ISBN 978-0-266-64988-5
PIBN 10770424

NUOVA
ANTOLOGIA

DI

LETTERE, SCIENZE ED ARTI

QUARTA SERIE

VOLUME CENTUNESIMO
DELLA RACCOLTA VOLUME CLXXXV
(SETTEMBRE-OTTOBRE 1902)

ROMA
DIREZIONE DELLA NUOVA ANTOLOGIA
VIA SAN VITALE, 7

—

1902

Roma, Via della Missione, 3 - Carlo Colombo, tipoglafo della Camela dei deputati

LE NUOVE UNIVERSITÀ FRANCESI

La grande riforma delle Università della Francia compiuta nell'ultimo ventennio è veramente memorabile e degna di essere meditata, potendo fornire utili ammaestramenti anche a noi, che sull'argomento della riforma universitaria abbiamo discusso molto e poco concluso. Avendo già altra volta diffusamente narrate le vicende dell'istruzione superiore in Francia dalla Rivoluzione al 1894 e il lavoro preparatorio delle più recenti innovazioni (1), riassumerò molto brevemente le fasi di queste, per indugiarmi poi ad esporre lo stato attuale delle Università.

Per tradizione derivata dagli ordinamenti del primo Impero, che comprese nell'*Université de France* tutto il sistema della pubblica istruzione (fatta eccezione del *Collège de France*, della Scuola politecnica e di alcuni altri pochi istituti speciali), anche quando l'*Université* cessò di esistere, il che avvenne, secondo l'opinione prevalente, per effetto delle leggi 15 marzo e 7 agosto 1850, non si adottò questa parola per designare, come da noi, la riunione delle Facoltà in un solo ente. Le Facoltà di giurisprudenza, di medicina, di scienze matematiche, fisiche e naturali, di lettere, e le Scuole di farmacia, più le poche Facoltà di teologia, rimasero quindi staccate le une dalle altre, senza alcun comune legame anche quando si trovavano nella stessa sede.

(1) Vedi il mio articolo: *La questione universitaria in Francia dalla Rivoluzione ai nostri giorni*, pubblicato nella *Nuova Antologia* del 15 giugno 1895, il contenuto del quale fu tratto in gran parte dall'opera bellissima del LIARD, *L'enseignement supérieur en France* (Paris, 1888-1894). Al Liard, come direttore dell'istruzione superiore al Ministero dell'istruzione pubblica in Francia, è dovuta principalmente la riforma, della cui necessità seppe convincere tutti i ministri succedutisi al potere e per la quale preparò i progetti di legge, i decreti e i regolamenti. Debbo alla sua cortesia (e qui pubblicamente lo ringrazio) i documenti ufficiali francesi che mi servirono per questo articolo, cioè il volume: *Constitution et organisation des Universités - Documents parlementaires et administratifs* (Paris, Imprimerie Nationale, 1898), i regolamenti generali delle Università e i regolamenti speciali delle singole Facoltà o Scuole. — Non poche notizie trassi pure dal diligentissimo lavoro del prof. LEXIS, *Die neuen französischen Universitäten - Denkschrift aus Anlass der Pariser Weltausstellung von 1900* (München, Akademischer Verlag, 1901): dal *Minerva - Jahrbuch der gelehrten Welt*, elfter Jahrgang, 1901-1902 (Strassburg, Trübner, 1902): e dall'ufficiale *Annuaire statistique*, 21ème volume, 1901 (Paris, Imprimerie Nationale, 1902).

Siccome il territorio nazionale era diviso (come lo è ancora adesso) in sedici grandi circoscrizioni scolastiche dette *Académies* (altra strana applicazione di un nome che presso gli altri popoli e nella stessa Francia designa ben altra cosa), avente ciascuna a capo un Rettore (specie di provveditore agli studi, ma con grado più elevato ed attribuzioni più larghe che non presso di noi), così le Facoltà erano poste sotto la vigilanza amministrativa di questo ed erano poco più che scuole professionali con poca libertà di movimenti.

Tale era lo stato delle cose, quando il ministro Jules Ferry colla circolare 17 novembre 1883 invitò i Rettori delle Accademie a procurargli il parere delle Facoltà su alcuni quesiti relativi al nuovo ordinamento da darsi all'istruzione superiore. Il primo quesito era così formulato: « *Des Universités. Y a-t-il avantage à réunir les Facultés d'un même ressort en une Université? Quels services rendrait cette mesure?* »

Così si poneva in prima linea il problema della costituzione delle Università secondo il sistema italiano e germanico, il quale era stato del resto il sistema francese fino alla Rivoluzione: anzi è noto che l'antica Università di Parigi (la prima sorta in Europa dopo quella di Bologna) aveva servito di modello per la creazione delle Università germaniche.

Le risposte delle Facoltà furono in gran parte favorevoli alla riunione di esse nell'ente universitario. Il Governo allora, con decreti del 25 luglio 1885, regolò l'accettazione e l'amministrazione, da parte delle Facoltà, delle donazioni e dei legati a loro fatti, così meglio confermando la loro qualità di persone giuridiche od enti morali: ed un decreto importantissimo del 28 dicembre 1885, mentre determinava le attribuzioni dei Consigli e delle Assemblee delle Facoltà e Scuole di insegnamento superiore (composti in vario modo dagli insegnanti, come vedremo) e il modo di nòmina e le attribuzioni dei Decani (Presidi) delle Facoltà e dei Direttori delle Scuole, creava il *Consiglio generale delle Facoltà*, chiamandovi il Rettore dell'Accademia come presidente, i Decani delle Facoltà e i Direttori delle Scuole, due delegati delle Facoltà e un delegato delle Scuole.

Era così creato il primo vincolo fra tali istituti, augurio di più stretta colleganza in avvenire. La legge del bilancio del 17 luglio 1889 e un decreto del 22 febbraio 1890 regolarono le dotazioni e la contabilità delle Facoltà e delle Scuole predette, così assicurando a ciascuna una propria vitalità economica, degna e necessaria base della loro personalità giuridica.

Nel 1890 e nel 1892 si presentarono speciali progetti di legge per la costituzione delle Università: ma per opposizioni parlamentari e locali non divennero legge. Tuttavia si riuscì, colla legge del bilancio del 28 aprile 1893, a conferire la personalità giuridica alla riunione delle Facoltà costituite nella stessa circoscrizione accademica; essa fu intitolata *Corps des Facultés*, dandone la rappresentanza al Consiglio generale delle Facoltà, le cui attribuzioni furono regolate dal decreto 9 agosto 1893, mentre il decreto 10 agosto 1893 organizzava il regime finanziario e la contabilità del Corpo stesso, che veniva così ad avere un proprio bilancio.

Era un nuovo e decisivo passo verso la mèta, a cui si tendeva con mirabile continuità di propositi. Nello stesso anno 1893 e nei successivi furono pure emanati varii decreti sull'ordinamento e sugli scopi delle varie Facoltà, cercando di trasformarle sempre meglio da pure scuole professionali in veri e proprii istituti scientifici, al che contribuì anche l'aumento delle dotazioni.

Venne finalmente la legge 10 luglio 1896, votata all'unanimità dalla Camera dei Deputati e con soli 29 voti contrari dal Senato.

Essa dava il bramato nome di *Università* al Corpo delle Facoltà creato dalla legge del 1893, il Consiglio generale delle Facoltà veniva costituito come *Consiglio dell'Università*, ed a questa si assegnavano, oltre alla dotazione inscritta nel bilancio dello Stato, speciali entrate derivanti dalle tasse di iscrizione, di laboratorio, ecc. Così si coronava veramente l'edifizio, il quale veniva nell'interno (mi si passi l'immagine) reso atto alla sua destinazione coi regolamenti e decreti 21, 22 e 31 luglio 1897 (di riforma in parte e in parte di complemento dei precedenti) sull'ordinamento amministrativo, finanziario, didattico e disciplinare dell'Università: e ad essi si aggiunsero poi diversi decreti con modificazioni e aggiunte ai precedenti relativi all'ordinamento ed agli scopi delle singole Facoltà e Scuole.

E delle così risorte e rinnovellato Università francesi darò ora notizia particolareggiata negli aspetti principali.

II.

L'Università francese è normalmente costituita dalla riunione delle Facoltà e Scuole di grado universitario, che si trovano nella stessa sede: però alcune, per effetto di ordinamenti anteriori stati rispettati, abbracciano Facoltà e Scuole in sede diversa.

Non tutte risultano dello stesso numero di Facoltà e Scuole e ciò pure per effetto delle condizioni precedenti alle nuove riforme: e due sole ranno la Facoltà di teologia (protestante). Esiste poi una certa varietà nell'ordinamento degli studi medici e farmaceutici: alcune Università ranno distinte la Facoltà di medicina e la Scuola superiore di farmacia, altre ranno la Facoltà mista di medicina e farmacia, altre la Scuola di pieno esercizio di medicina e farmacia, altre la Scuola preparatoria di medicina e farmacia. Queste due ultime categorie di Scuole esistono anche in sede diversa da quella delle Università. Vedremo più oltre in che consista la loro differenza dalle Facoltà e in che modo sieno rappresentate nel Consiglio dell'Università (§§ III e V). Si avverta però che esse non formano veramente parte integrante di questa neppure quando si trovano nella stessa sede, se anche nel seguito le considereremo come istituti universitari.

Le Università sono quindici: sono designate col nome della città ove si trovano: e secondo il numero delle Facoltà si possono distinguere in quattro gruppi, che specificheremo or ora: per ciascuna Università indicheremo anche le Scuole di medicina e farmacia costituite nella stessa circoscrizione accademica e aggregate a quelle per gli effetti della or accennata rappresentanza nel Consiglio dell'Università.

Primo gruppo con cinque Facoltà:

1° *Parigi*. — Ha le Facoltà di teologia protestante, di diritto, di medicina, di scienze, di lettere, e la Scuola superiore di farmacia. Ha aggregata la Scuola preparatoria di medicina e farmacia di *Reims*.

2° *Tolosa-Montauban*. — A Tolosa si trovano le Facoltà di diritto; di scienze, di lettere e quella mista di medicina e farmacia, a Montauban sta quella di teologia protestante, che è parte integrante dell'Università.

Secondo gruppo con quattro Facoltà:

1° *Bordeaux*. — Ha le Facoltà di diritto, di scienze, di lettere e quella mista di medicina e farmacia.

2° *Lille*. — È nelle stesse condizioni, ed ra aggregata la Scuola preparatoria di medicina e farmacia di *Amiens*.

3° *Lione*. — È nelle stesse condizioni di Bordeaux.

4° *Montpellier*. — Ha le Facoltà di diritto, di medicina, di scienze, di lettere e la Scuola superiore di farmacia.

5° *Nancy*. — È nelle stesse condizioni di Montpellier.

Terzo gruppo con tre Facoltà:

1° *Aix-Marsiglia*. — Ad Aix si trovano le Facoltà di diritto e di lettere, a Marsiglia la Facoltà di scienze e la Scuola di pieno esercizio di medicina e farmacia.

2. *Caen*. — Ha le Facoltà di diritto, di scienze, di lettere, e la Scuola preparatoria di medicina e farmacia, e vi è aggregata la Scuola preparatoria di medicina e farmacia di *Rouen*.

3. *Dijon*. — Ha le Facoltà di diritto, di scienze, di lettere, e la Scuola preparatoria di medicina e farmacia.

4. *Grenoble*. — È nelle stesse condizioni di Dijon.

5. *Poitiers*. — È nelle stesse condizioni di Dijon, ma vi sono aggregate le Scuole preparatorie di medicina e farmacia di *Limoges* e di *Tours*.

6. *Rennes*. — Ha le Facoltà di diritto, di scienze,. di lettere, e la Scuola di pieno esercizio di medicina e di farmacia, ed ra aggregate la Scuola preparatoria di medicina e farmacia di *Angers* e quella di pieno esercizio di *Nantes*.

Quarto gruppo con due Facoltà:

1. *Besançon*. — Ha le Facoltà di scienze e di lettere e la Scuola` preparatoria di medicina e farmacia.

2. *Clermont-Ferrand*. — È nelle stesse condizioni della precedente.

Non sarà inutile aggiungere che esistono anche, alla diretta dipendenza delle Università, Scuole speciali: così quella di Bordeaux ra annesse una Scuola di chimica applicata all'industria ed all'agricoltura ed una Scuola di odontojatria, più un Laboratorio zoologico marittimo ad Arcachon; quella di Lione ha annessa una Scuola di chimica industriale, una Scuola di conceria, una Stazione agronomica, ecc.

Anche gli Osservatorii astronomici dipartimentali governativi, che ranno sede in città universitarie, sono annessi alle rispettive Università.

III.

Per comprendere l'ordinamento delle Università francesi non bisogna dimenticare quanto sopra abbiamo già accennato, cioè che il territorio francese è diviso in sedici grandi circoscrizioni scolastiche dette Accademie, a capo di ognuna delle quali sta un Rettore, funzionario permanente. rappresentante del Governo e avente la direzione, per la parte amministrativa. delle scuole di tutti i gradi site nella circoscrizione accademica. Siccome le quindici Università ianno sede nei capoluoghi di altrettante Accademie. così vi si trova un Rettore e questo venne perciò chiamato a partecipare all'ordinamento delle Università. Ha la presidenza dell'organo collegiale più importante di queste, il Consiglio dell'Università, prepara gli affari su cui il Consiglio delibera, provvede all'esecuzione delle sue decisioni. rappresenta l'Università in giudizio, ne tutela i diritti patrimoniali. accetta (nel modo che vedremo) le liberalità fatte ad essa.

Il Consiglio dell'Università elegge nel suo seno un vice-presidente, il quale. in caso di assenza od impedimento. supplisce il Rettore nelle sue attribuzioni di presidente.

Il Consiglio, oltre al Rettore presidente, comprende: 1° i Decani delle Facoltà e il Direttore della Scuola superiore di farmacia (del loro modo di nomina a queste cariche darò a suo luogo notizia): 2° due delegati per ciascuna Facoltà e Scuola, eletti per tre anni dall'assemblea della Facoltà e Scuola. fra i professori titolari: 3° il Direttore dell'Osservatorio astronomico annesso all'Università; 4° il Direttore e un delegato. eletto nel modo sopraccennato, delle Scuole di pieno esercizio o preparatorie di medicina e farmacia esistenti nella stessa sede universitaria o in altro comune del dipartimento, ove si trova l'Università; però tali membri intervengono alle sedute soltanto per gli affari d'ordine scientifico. scolastico e disciplinare. non per quelli amministrativi e finanziarii. cosicchè tali Scuole non sono neppure in questa rappresentanza pareggiate alle Facoltà ed alla Scuola superiore di farmacia.

Si aggiunga poi che nel Consiglio dell'Università sono chiamati anche il Direttore e un professore titolare delegato dalle Scuole di istruzione superiore site fuori del dipartimento. però nella stessa circoscrizione accademica (ogni Accademia comprende più dipartimenti, da due a nove); ma essi intervengono soltanto alle sedute in cui si trattino affari contenziosi e disciplinari riflettenti la loro Scuola.

Il Consiglio dell'Università ia un triplice ordine di attribuzioni.

1°. Esso statuisce sull'amministrazione dei beni dell'Università (che è persona giuridica o ente morale). sulle liti. sui regolamenti pei corsi liberi e per i corsi, le conferenze e gli esercizii pratici comuni a più Facoltà, sull'ordinamento generale dei corsi, delle conferenze e degli esercizii pratici proposti per l'anno venturo dalle Facoltà e Scuole (su tale punto decide nel luglio, avendo cura di comprendervi tutti i corsi richiesti per i gradi accademici stabiliti dallo Stato), sulla istituzione di opere a vantaggio degli studenti, sulla dispensa dalle tasse. sulle vacanze durante l'anno scolastico. Le decisioni sue su tali argomenti sono definitive, se, entro un mese. non vengono, per eccesso di potere o per violazione di disposizioni di legge o di regolamento, annullate da decreto del Ministro dell'istruzione pubblica, sentito il parere della sezione permanente del Consiglio superiore della pubblica istruzione.

2°. Esso delibera sull'acquisto. alienazione e permuta dei beni dell'Università, sugli affitti superiori a 18 anni. sui prestiti, sull'accettazione di legati e donazioni. sulle offerte di sovvenzioni, sulla creazione di insegnamenti retribuiti sui fondi universitarii, sull'istituzione e collazione di titoli accademici di ordine puramente scientifico (cioè non stabiliti dallo Stato). sui regolamenti per le tasse e diritti percepiti dall'Università. Queste deliberazioni, per essere esecutive, devono essere approvate dal Ministro.

3° Esso dà parere sui bilanci e conti dell'Università e delle Facoltà, sulla creazione, trasformazione e soppressione delle cattedre retribuite sui fondi dello Stato, sui regolamenti relativi ai servizi comuni a più Facoltà (fra i quali stanno quello della biblioteca universitaria e quelli dichiarati comuni da decreto del Ministro su parere del Consiglio stesso), e su tutte le questioni su cui viene interpellato dal Ministro o dal Rettore.

Ogni membro del Consiglio ha diritto di formulare voti sulle questioni relative all'insegnamento superiore, presentandoli per iscritto al presidente: essi vengono letti e il Consiglio, nella seduta seguente, decide se debbano essere presi in considerazione.

Il Consiglio esercita anche attribuzioni disciplinari su professori e studenti. A tal uopo nella sua prima riunione dopo la rinnovazione dei suoi membri, che hanno durata limitata in carica, nomina una Commissione, in cui deve entrare uno almeno dei rappresentanti di ciascuna Facoltà e Scuola. Il Rettore inizia il procedimento (dopo aver assunto, se crede, anche informazioni per mezzo di un suo delegato scelto fra i membri del Consiglio), invitando la Commissione ad istruire l'affare ed a presentare la sua relazione.

Gli interessati sono invitati a difendersi o comparendo personalmente o mandando memorie scritte, e facendosi, nei casi previsti dalla legge, assistere, se credono, da un difensore.

Letta la relazione della Commissione, sentiti gli interessati o lette le loro memorie, il Consiglio decide. In certi casi è ammesso appello al Consiglio superiore della pubblica istruzione entro quindici giorni dalla notificazione della decisione agli interessati.

Come avvertimmo, tale giurisdizione contenziosa e disciplinare si estende a tutte le Scuole di istruzione superiore site nella |circoscrizione accademica, anche se non sono parte integrante dell'Università.

Il Consiglio fa ogni anno al Ministro una relazione sugli stabilimenti universitarii e sui miglioramenti che si credono necessarii. Alle sedute del Consiglio, in cui si esamina tale relazione, partecipano i sindaci delle città che dànno sovvenzioni all'Università, i presidenti dei Consigli generali dei dipartimenti, che fanno lo stesso, come pure i presidenti degli stabilimenti pubblici o di utilità pubblica e delle associazioni, fondati allo scopo di favorire lo sviluppo dell'Università.

Il Consiglio è convocato dal Rettore di sua iniziativa o su domanda scritta di un terzo dei suoi membri.

Ogni Facoltà ha un Decano, un Consiglio, un'Assemblea.

Il Decano è nominato dal Ministro per tre anni, fra i professori titolari, su una doppia lista di due candidati, presentata l'una dall'Assemblea della Facoltà, l'altra dal Consiglio dell'Università. Uno dei delegati della Facoltà a questo Consiglio, viene dal Ministro designato come assessore al Decano e lo supplisce in caso di assenza, impedimento o mancanza. Il Decano presiede il Consiglio e l'Assemblea di Facoltà, rappresenta questa, che è persona giuridica o ente morale, ne amministra i beni, accetta (nel modo che vedremo) i legati e le donazioni a suo benefizio, provvede all'esecuzione delle deliberazioni del Consiglio dell'Università che la riguardano, e del Consiglio e dell'Assemblea della medesima, esercita nel seno di essa la potestà disciplinare, la regola in tutto il suo andamento quanto ai corsi ed agli esami, ne prepara il bilancio, ordina le spese, rende il conto, nomina il personale di servizio, fa relazione al Consiglio dell'Università sulle condizioni della Facoltà e sui necessari miglioramenti.

Il Consiglio della Facoltà è composto dei soli professori titolari: delibera sull'accettazione di legati e donazioni, sull'impiego delle rendite, sulle liti, sul bilancio ordinario, sul conto amministrativo del Decano; dà parere sulla dichiarazione di vacanza delle cattedre, prepara la lista dei candidati per coprirle, fa regolamenti per assicurare l'assiduità degli studenti, dà parere sulle questioni per le quali è richiesto dal Ministro o dal Consiglio dell'Università, e può ammettere, nelle sedute in cui delibera sul fondo raccolto mediante le sovvenzioni, i privati e un delegato di ciascun Consiglio generale (dipartimentale) o municipale, che abbiano concorso a formare quel fondo.

L'Assemblea della Facoltà comprende i professori titolari, gli aggregati incaricati di qualche insegnamento retribuito sui fondi del bilancio o della direzione di lavori pratici, gli incaricati di corsi, i maestri delle conferenze; delibera sulle questioni di insegnamento, sui programmi dei corsi e delle conferenze, sulla distribuzione degli insegnamenti e sui corsi liberi, e sulle questioni rinviatele dal Ministro o dal Consiglio dell'Università.

Il Consiglio e l'Assemblea sono presieduti dal Decano che li convoca o di sua iniziativa o su domanda scritta di un terzo dei membri di essi. Ogni membro ha diritto di presentare per iscritto voti sulle questioni di competenza del rispettivo collegio: se ne dà lettura nella stessa seduta di questo che poi, nella seduta successiva, decide se debba deliberare in proposito.

Le Scuole superiori di farmacia, essendo pareggiate in tutto alle Facoltà, sono organizzate come queste: hanno il Direttore nominato allo stesso modo del Decano, il Consiglio e l'Assemblea di Scuola con le stesse attribuzioni dei corrispondenti collegi di Facoltà. Le Scuole di pieno esercizio e le preparatorie di medicina e farmacia hanno pure il Consiglio e l'Assemblea di scuola, ma i loro Direttori sono nominati con norme speciali ed esse non hanno il diritto di dichiarare la vacanza delle cattedre e di presentare i candidati per coprirle.

Siccome ci occorse già accennare al Consiglio superiore di pubblica istruzione e dovremo ancora ricordarlo, diremo che esso è composto del Ministro, presidente, e di 58 membri, di cui nove nominati con decreto del Presidente della Repubblica, su proposta del Ministro, fra alti funzionari e professori in attività di servizio o in riposo, e quattro pure scelti dal Governo fra gli appartenenti all'insegnamento libero (1): tutti gli altri sono elettivi: così cinque sono eletti dall'Isti-

<hr/>

(1) Come è noto, i cattolici hanno fondato in Francia istituti di istruzione superiore, che vengono designati comunemente come *Facultés libres*. A Parigi si trovano le Facoltà libere di teologia e di diritto, e la Scuola libera di alti studi scientifici e letterari. Ad Angers le quattro Facoltà libere di teologia, diritto, scienze, lettere, vengono designate anche come l'*Université catholique de l'Ouest*. Lille ha le quattro Facoltà libere di diritto, medicina, scienze, lettere, ed un collegio teologico. Lione ha le quattro Facoltà libere di teologia, diritto, scienze, lettere. A Tolosa trovasi un istituto cattolico di teologia, scienze e lettere. Benchè non conferiscano gradi riconosciuti dallo Stato (pei quali bisogna subire gli esami nelle Università di Stato), tuttavia esse erano nel 1901 frequentate da circa 2300 studenti. A Parigi sta anche, però come istituto non confessionale, la grande *École libre des sciences politiques*, che nel 1901 contava 600 studenti.

tuto di Francia (uno per ciascuna delle cinque sue Accademie), due dal *Collège de France,* uno dalle Facoltà di teologia, due da quelle di diritto, due da quelle di medicina, due da quelle di scienze, due da quelle di lettere, uno dalle Scuole superiori di farmacia, uno per ciascuna da parecchie Scuole ed Istituti speciali: vi sono pure otto delegati dei dottori aggregati e sei delegati dell'insegnamento primario. Il Ministro nomina fra i membri del Consiglio il vicepresidente, che di regola ne dirige le sedute in luogo di quello. Il Consiglio si raduna due volte all'anno in sessione ordinaria, e in sessione straordinaria quando lo creda il Ministro. Al Consiglio plenario sono riservati determinati affari; ma molti sono deferiti alla Sezione permanente, composta di quindici membri, cioè dei preindicati nove membri nominati con decreto del Presidente della Repubblica e di sei membri scelti dal Ministro fra gli elettivi: essa è presieduta da uno dei suoi membri a ciò delegato dal Ministro.

Esiste pure presso il Ministero un Comitato consultivo del pubblico insegnamento, diviso in tre sezioni, secondo le tre grandi divisioni di quello. La sezione per l'insegnamento superiore, detta brevemente la Iª Sezione, è composta di membri scelti dal Ministro fra gli ispettori (titolari od onorari) dell'insegnamento stesso, di professori (in attività o in riposo) delle Facoltà, delle Scuole superiori di farmacia e degli altri istituti di alto insegnamento dello Stato, del Vicerettore dell'Accademia di Parigi, del Direttore della Scuola normale superiore e del Direttore dell'insegnamento superiore al Ministero. Si occupa di questioni relative agli studenti, fra cui la concessione delle borse di studio, delle proposte delle Università per miglioramenti, ecc. Avremo occasione di accennare più oltre qualche sua speciale attribuzione relativa alle Università.

IV.

Il personale insegnante si distingue in professori titolari, professori aggiunti, incaricati e maestri di conferenze.

I professori titolari sono nominati dal Presidente della Repubblica su una doppia lista di due candidati, proposta l'una dalla Facoltà ove la cattedra è vacante, e l'altra dalla Sezione permanente del Consiglio superiore di pubblica istruzione: le due liste possono anche essere identiche (1). La nomina alle cattedre di nuova istituzione avviene senza tali liste su proposta motivata del Ministro al Presidente della Repubblica.

I professori titolari non possono essere traslocati d'ufficio ad altro posto equivalente se non su parere conforme della Sezione permanente del Consiglio superiore e dopo che questa li ha sentiti. La sospensione con perdita totale o parziale dello stipendio e la rimozione dalla carica possono aver luogo soltanto in seguito a decisione del Consiglio dell'Università, presa nelle forme sopraindicate; vi è appello al Consiglio superiore, il quale in tali materie deve decidere con due terzi del numero dei suoi componenti. Può però il Ministro sospendere i titolari senza

(1) Per i professori delle Facoltà teologiche protestanti hanno qualche ingerenza nella nomina anche i Concistorii e i Consigli centrali delle Confessioni evangeliche.

l'osservanza di tali forme, ma per un anno al massimo senza alcuna ritenuta sullo stipendio, e può per ragioni disciplinari, su parere conforme del Consiglio superiore, trasferirli a posto inferiore.

Prima di aver compiuti 70 anni non possono essere collocati a riposo se non su loro domanda o per accertata impossibilità di continuare nelle loro funzioni. I titolari aventi compiuti 70 anni di età possono essere, nell'interesse della scienza e dell'insegnamento, conservati al posto fuori organico, su parere della Sezione permanente del Consiglio superiore, però la cattedra da loro occupata può essere dichiarata vacante. Se continuano ad insegnare ed a dare gli esami ricevono l'intiero stipendio; soltanto i tre quarti, se attendono al solo insegnamento. Ai titolari, che sono anche membri dell'Istituto, tali disposizioni si applicano soltanto dopo il compimento del 75° anno di età. I titolari in riposo possono esser nominati onorari e come tali sono invitati alle solennità e possono, con voto deliberativo, prender parte alle sedute dell'Assemblea di Facoltà, tranne che per l'elezione dei delegati al Consiglio dell'Università e per la designazione del Decano.

Il titolo di professore aggiunto è dato, su proposta del Consiglio di Facoltà e su parere della Sezione permanente del Consiglio superiore, a quegli incaricati o a quei maestri di conferenze che hanno il grado di dottore e si sono distinti pei loro servigi. Sono pareggiati ai titolari tranne che per lo stipendio, come pure non partecipano alla proposta dei candidati per le cattedre vacanti. Il loro numero nelle Facoltà di teologia, di diritto e di medicina non può eccedere il sesto del numero dei titolari, in quelle di scienze e di lettere il terzo.

Gli incaricati e i maestri di conferenze (maîtres de conférences) sono coloro che in caso di vacanze di cattedre o di assenze di titolari danno i corsi ufficiali e coloro che tengono corsi complementari ed esercizi pratici. Nelle Facoltà di scienze e di lettere i titoli dei concorrenti al posto di incaricati e di maestri di conferenze sono sottoposti all'esame della Iª Sezione del Comitato consultivo dell'insegnamento pubblico, e la nomina è fatta dal Ministro. Invece nelle Facoltà di diritto e di medicina e nelle Scuole superiori di farmacia quei posti sono (salva qualche modalità, che accenneremo più oltre) affidati agli aggregati. All'esame di aggregazione, che si da presso le rispettive Facoltà e Scuole, possono presentarsi soltanto cittadini francesi muniti del diploma dottorale. La Commissione esaminatrice accoglie nella lista tanti candidati vincitori quanti ne occorrono per coprire i posti vacanti, e la presenta al Ministro per l'approvazione. Gli aggregati conservano, come attivi, il posto per nove anni nelle Facoltà di medicina, per dieci nelle Facoltà di diritto e nelle Scuole di farmacia: ricevono una retribuzione. Indi diventano aggregati liberi, e non hanno più nè insegnamento nè retribuzione, tranne che il Ministro per bisogni del servizio li lasci ancora o li richiami in attività.

Nelle Facoltà di scienze e di lettere, ove gli aggregati furono aboliti nel 1878, gli incaricati e i maestri di conferenze sono nominati, come dicemmo, annualmente dal Ministro e ricevono retribuzione di regola più elevata che non gli aggregati.

Cattedre per titolari e posti per incaricati e per maestri di conferenze sono istituiti non soltanto dallo Stato, ma anche dalle Università sui propri fondi. Però in questo secondo caso per l'istituzione occorre l'approvazione del Ministro: la nomina dei rispettivi titolar, è fatta allo stesso modo che pei titolari delle cattedre governative: invece la nomina dei rispettivi incaricati e maestri di conferenze è fatta dal Rettore su proposta del Consiglio dell'Università, sentito il parere della Facoltà o Scuola interessata.

I cosidetti corsi liberi sono tenuti da persone riconosciute capaci ed autorizzate a farlo dal Consiglio dell'Università: la concessione non si fa per più di un anno. ma può essere rinnovata.

Gli stipendi dei professori titolari sono distinti in classi. A Parigi la prima classe ha franchi 15,000, la seconda 12,000 nelle quattro Facoltà ordinarie, 8,000 e rispettivamente 6,500 nella Facoltà teologica, 11,000 e 9,000 nella Scuola superiore di farmacia. Nelle altre sedi la distinzione è in quattro classi, cioè fr. 11,000, 10,000, 8,000 e 6,000 nelle quattro Facoltà ordinarie, e in tre classi, cioè 6,500, 5,500 e 4,500 nella Facoltà teologica, e 8,500. 7,500 e 6,500 nelle Scuole superiori di farmacia. La promozione alla classe superiore avviene, in caso di vacanza, per una metà dei posti secondo anzianità, per l'altra metà a scelta del Ministro secondo le proposte del predetto Comitato consultivo. I Decani hanno a Parigi un'annuale indennità di fr. 3,000 per le quattro Facoltà ordinarie, di fr. 1,000 per la teologica: in provincia essa è di fr. 1,000. I professori non ricevono propine per gli esami.

Gli aggregati attivi ricevono a Parigi annualmente fr. 7,000 nella Facoltà di diritto. 4,000 in quella di medicina e nella Scuola superiore di farmacia: nelle altre sedi la retribuzione è fissata nell'identica misura di fr. 3,000. La retribuzione per gli incaricati varia a Parigi da fr. 1,000 a 8,000, nelle altre sedi da fr. 1,000 a 5,500: i maestri di conferenze hanno a Parigi da fr. 1,000 a 7,500, nelle altre sedi da 1,000 a 5,500.

Vediamo ora brevemente le norme che regolano l'ammissione e i doveri degli studenti.

Gli studenti debbono rinnovare l'immatricolazione ogni anno, dichiarando la propria dimora e quella dei genitori o tutori, e ricevendo una tessera personale, che deve pure essere rinnovata annualmente. Avuta l'immatricolazione, essi si iscrivono ai corsi richiesti pel grado, a cui aspirano, e devono rinnovare l'iscrizione ad ogni trimestre e questa può venir loro negata per decisione del Consiglio della Facoltà o Scuola, se non provano di aver assistito ai corsi ed esercizi obbligatori: almeno una volta all'anno il Decano o Direttore deve mandare al padre o tutore un bollettino colla carriera scolastica dello studente. È permesso il passaggio da una Facoltà all'altra con determinate cautele. L'iscrizione si perime, se lo studente, entro due o tre anni secondo le Facoltà, non va subito prove di esame, salvo che la Facoltà trovi che ciò avvenne per giustificati motivi. Gli studenti possono, secondo gli speciali regolamenti, ottenere che sia loro computato il tempo passato in Università straniere: è pure permessa la immatricolazione di studenti stranieri: ove però essi aspirino a gradi accademici stabiliti dallo Stato, devono o possedere gli stessi diplomi o certificati di studio richiesti pei francesi od ottenere dal Ministro la dichiarazione di equipollenza dei loro titoli ai diplomi o certificati francesi.

La giurisdizione disciplinare sugli studenti spetta al Consiglio dell'Università (salvo appello per alcune pene maggiori al Consiglio superiore) e le pene sono di otto gradi, dalla solenne ammonizione alla esclusione perpetua da tutti gli Istituti di insegnamento superiore governativi e liberi: l'ammonizione semplice è data dal Decano o Direttore.

I corsi non sono aperti al pubblico incondizionatamente: spetta al Consiglio della Facoltà o Scuola decidere a quali corsi si debbono ammettere soltanto gli studenti, a quali anche il pubblico: ma per ragioni d'ordine può il Decano o Direttore sospendere l'ammissione del pubblico e il Consiglio della Facoltà o Scuola determina la durata della sospensione.

A coloro, che vogliono seguire un corso come uditori, si rilasciano, in seguito a loro domanda e gratuitamente, speciali tessere rigorosamente personali. Il Decano o Direttore può rifiutare od annullare queste tessere od ordinare che siano presentate all'entrata dell'istituto o della sala di lezioni. Il rifiuto di presentare la tessera dà luogo all'interdizione di restare nell'istituto o sala.

In caso di gravi disordini il Rettore, su parere del Decano o Direttore, e il Ministro, su parere del Consiglio dell'Università, possono chiudere temporaneamente determinati corsi o una Facoltà o Scuola o l'Università tutta.

L'insegnamento, oltre che colla consueta forma di lezioni orali, si svolge anche per mezzo di conferenze, le quali possono essere veri corsi complementari e speciali od esercizi pratici secondo la varia natura delle discipline. Nelle Facoltà di scienze e di lettere vi sono a tale uopo, come vedemmo, i maestri di conferenze: nella Facoltà di medicina vi attendono gli aggregati.

Nella Facoltà di diritto, specialmente dal 1895 in poi, si è cercato di darvi sviluppo. Eccone alcuni particolari. Vi attendono di regola gli aggregati, ma anche i professori, che lo desiderino, e possono dal Consiglio di Facoltà essere chiamati ad impartirle anche semplici dottori in diritto. Le conferenze sono o per la licenza o per il dottorato: le prime consistono in interrogazioni, composizioni scritte, studio di speciali autori, con forme in certo modo di insegnamento secondario: le altre implicano lo studio approfondito di speciali questioni attinenti alle materie comprese nei programmi di dottorato, anche sotto la forma di lavori monografici, cosicchè queste conferenze possono assomigliarsi ai seminari scientifici delle Università germaniche. Gli studenti, che vi si inscrivono, devono pagare per semestre una tassa di 50 franchi (sono però concesse dispense); per ciascuna non possono essere ammessi più di trenta studenti. Sono semestrali od annuali, con una o due lezioni per settimana.

I gradi accademici conferiti dalle Università sono di due specie: i gradi stabiliti dallo Stato e quelli di ordine esclusivamente scientifico: ai primi è legalmente riservato il titolo di gradi (*grades*), i secondi si designano come titoli (*titres*). Questi ultimi vengono stabiliti dalle singole Università, per speciali gruppi di discipline, con regolamenti deliberati dal Consiglio dell'Università ed approvati dalla Sezione permanente del Consiglio superiore: non conferiscono alcuno dei diritti o privilegi derivanti dai gradi di Stato, ai quali non possono in nessun caso essere dichiarati equipollenti; così pure i relativi diplomi debbono differire da quelli dei gradi di Stato, e, mentre i diplomi di questi sono rilasciati, come vediemo, dal Ministro, i diplomi dei titoli scientifici sono rilasciati, a nome dell'Università, dal presidente del Consiglio dell'Università. Così a Lione si danno diplomi per elettrotecnica ed agraria, a Nancy per scienze biologiche, ecc. Tali titoli sono stati, a quanto appare anche dalla motivazione dei regolamenti generali universitarii ed è confermato dal fatto, introdotti specialmente per gli stranieri, i quali possano giovarsene nei loro paesi: ad esempio, l'Università di Nancy creò per gli stranieri un dottorato in diritto privato, uno in diritto pubblico, ed uno nelle scienze politiche, e fu da varie Università loro agevolata specialmente l'ammissione agli studi medici per conseguire il dottorato.

Vediamo ora i gradi accademici di Stato, almeno i principali, avvertendo, quanto alla durata degli studi, che siccome gli studenti debbono rinnovare l'iscrizione ogni trimestre, come vedemmo, così i regolamenti parlano non soltanto di anno scolastico e di anni di corso, ma anche del numero delle iscrizioni necessarie per conseguire i gradi: quattro iscrizioni corrispondono normalmente ad un anno di studio, otto a due anni, e via dicendo: e in tal senso si devono intendere le indicazioni, di cui in appresso. Resta pure inteso, per non ripeterlo sempre, che alla fine di ogni anno o corso speciale bisogna superare i relativi esami e che le dissertazioni di laurea danno luogo a discussione colla Commissione esaminatrice.

Nella Facoltà di diritto, in cui si entra col diploma di baccelliere dell'insegnamento secondario classico, si conferiscono: *a*) il grado di baccelliere in diritto, pel quale si richiedono almeno otto iscrizioni (cioè almeno due anni di studio); *b*) il grado di licenziato in diritto, pel quale occorrono almeno dodici iscrizioni; questo grado è sufficiente per avviarsi all'esercizio dell'avvocatura; *c*) il dottorato che è o in scienze giuridiche o in scienze politiche ed economiche: per conseguirlo, occorre ancora prendere almeno quattro iscrizioni dopo ottenuta la licenza e presentare una dissertazione: fra i due dottorati vi è qualche differenza nelle materie, ma essi sono necessarii soltanto per chi voglia aspirare all'insegnamento universitario. La Facoltà di diritto rilascia pure un *certificat de capacité en droit* a coloro, che, senza avere il baccellierato classico, vi hanno preso quattro iscrizioni a determinati corsi e superati i prescritti esami: il certificato serve per avviarsi alla professione di procuratore (*avoué*).

La Facoltà di scienze matematiche, fisiche e naturali conferisce: *a*) il certificato di studi fisici, chimici e naturali, pel quale occorrono almeno quattro iscrizioni: lo possono conseguire i muniti del baccellierato secondario classico o scientifico e chi possiede qualche speciale certificato di studi elementari superiori; esso serve anche, come vedemmo, per avviarsi agli studi medici; *b*) certificati di studi superiori, uno per ciascuna delle materie insegnate ed enumerate in un elenco fissato per ciascuna Facoltà e reso pubblico anche dal Ministero: li possono conseguire, dopo almeno quattro iscrizioni, coloro che sono muniti del baccellierato secondario scientifico: servono anche, come vediemo, per avviarsi agli studi medici: *c*) la licenza in scienze, che si consegue senza ulteriori prove da chi ha ottenuti tre certificati di studi superiori: quali debbono essere i tre certificati è specificato soltanto per coloro che vogliono servirsi della licenza per entrare come insegnanti nello insegnamento secondario o per il dottorato: in tal caso, secondo la qualità dei certificati, la licenza è o in scienze matematiche, o in scienze fisiche (e chimiche), o in scienze naturali; d) il dottorato, che è o in scienze matematiche o in scienze fisiche (e chimiche), o in scienze naturali; lo possono ottenere, con ulteriori prove, quelli che ebbero la licenza nel corrispondente gruppo di discipline e presentano due dissertazioni su due materie distinte del gruppo. Non è fissato alcun tempo che debba trascorrere fra il conseguimento della licenza e le prove pel dottorato; questo serve soltanto per aspirare all'insegnamento universitario.

La Facoltà di medicina e la Facoltà mista di medicina e farmacia conferisce il dottorato in medicina dopo quattro anni, il grado di cirurgo-dentista dopo tre anni, il grado di levatrice dopo due anni di studio. Per iscriversi nella Facoltà pel conseguimento del dottorato, del quale solo parleremo, vi sono due vie: chi possiede il baccellierato secondario classico deve procurarsi nella Facoltà di scienze il predetto certificato di studi fisici, chimici e naturali: chi possiede il baccellierato secondario scientifico deve procurarsi nella Facoltà di scienze quattro certificati di studi superiori, uno sulla fisica, uno sulla chimica, uno sulla botanica ed uno sulla zoologia (alla quale si può sostituire la fisiologia generale o l'embriologia generale): siccome per tali certificati occorre almeno un anno di studio, così la durata totale degli studi per la laurea in medicina è almeno di cinque anni. Essa è grado indispensabile per l'esercizio della professione. Dei cinque esami di gruppo richiesti, oltre alla dissertazione, per ottenerla, si possono subire i primi due nelle Scuole preparatorie e i primi tre nelle Scuole di pieno esercizio di medicina e farmacia.

La Facoltà di lettere, in cui si entra col baccellierato secondario classico, conferisce: a) la licenza in lettere dopo quattro iscrizioni: essa serve per entrare nell'insegnamento secondario e può essere conseguita con una di queste quattro menzioni: *lettere, filosofia, storia, lingue viventi*, secondo le materie speciali, su cui il candidato ha subìte le prove in aggiunta alle materie comuni; b) il dottorato in lettere, titolo necessario soltanto per aspirare all'insegnamento universitario: non è fissato alcun tempo che debba trascorrere fra il conseguimento della licenza e le prove pel dottorato, ma per questo occorrono due dissertazioni, una in latino e l'altra in francese.

La Scuola superiore di farmacia, la Facoltà mista e la Scuola di pieno esercizio di medicina e farmacia conferiscono il grado di farmacista a chi, munito del baccellierato classico o scientifico, vi studia almeno tre anni cioè prendendovi dodici iscrizioni: i due primi anni possono farsi in una Scuola preparatoria. Si avverta che la legge 19 aprile 1898 soppresse la distinzione prima esistente fra farmacisti di 1ª e di 2ª classe. Il farmacista così diplomato può aspirare all'insegnamento universitario, se si procura il diploma superiore di farmacia mediante il conseguimento della licenza in scienze fisiche o naturali in una Facoltà di scienze, oppure con un quarto anno di studi in una Scuola superiore o Facoltà mista di medicina e farmacia e con un esame speciale sulle materie della licenza in scienze fisiche e naturali applicate alla farmacia.

La Facoltà di teologia protestante conferisce il baccellierato dopo quattro, la licenza dopo otto, il dottorato dopo dodici iscrizioni, cioè rispettivamente dopo almeno uno, due, tre anni di studio.

Si noti in generale che negli esami speciali si fa larga parte alle prove scritte insieme colle orali, e che quelli sono spesso per gruppi di materie invece che su materie singole.

Tutti i diplomi corrispondenti ai predetti gradi stabiliti dallo Stato (1), sia quelli di licenza, sia quelli dottorali, sia quelli speciali (chirurgo-dentista, levatrice, farmacista, ecc.) sono rilasciati, non dall' Università, ma dal Ministro in base ai certificati emessi dalle Facoltà e Scuole in séguito alle prove, e trasmessi al Ministro per mezzo del Rettore dopo che questi li ha approvati.

VI.

Un cenno speciale merita anche il sistema finanziario delle 'Università.

La legge 17 luglio 1889 assegnò al bilancio speciale di ogni Facoltà le somme pel materiale inscritte nel bilancio dello Stato: esse vengono date a quelle sotto forma di sovvenzioni ed inscritte nel loro bilancio. La legge 10 luglio 1896 lasciò al bilancio di ogni Università il provento delle tasse ad esse pagate dagli studenti per immatricolazione, iscrizione, biblioteca, lavori pratici, coll'obbligo di assegnarlo alle spese di laboratorio, di biblioteca, di collezioni, di costruzione e manutenzione degli edifici, alla creazione di nuove cattedre, ad istituzioni a vantaggio degli studenti: rimase al Tesoro le tasse di esame, di certificati e diplomi, di dispense, ecc.

Il sistema finanziario delle Università si riscontra diviso in tre parti:

1° nel bilancio dello Stato, ove compaiono tutte le spese pel personale, specialmente insegnante (salvo quello che è espressamente posto a carico del bilancio dell'Università), le sovvenzioni pel materiale alle Università, Facoltà e Scuole; le quali ricompaiono nel bilancio di queste, più alcuni assegni a titolo particolare e altri per borse di studio. Le spese pel personale nel 1899 ammontarono a circa 10 milioni di franchi;

2° nel bilancio di ciascuna Università, distinto in ordinario e straordinario. Nel primo compaiono all'attivo le entrate patrimoniali, le entrate ordinarie dalle tasse, le sovvenzioni dello Stato, dei dipartimenti, dei comuni, degli altri enti, ecc.; al passivo le spese per imposte, per interessi dei mutui passivi, per la retribuzione del personale a carico dell'Università, per la biblioteca, pei servizii comuni a più Facoltà, per la manutenzione degli edifizi e del mobilio, pei laboratori, per le collezioni, per gli esercizii pratici degli studenti, per le speciali borse e le opere a beneficio degli studenti; per le pubblicazioni, per lo stipendio dell'economo, ecc. Nel bilancio straordinario sono comprese le entrate e le spese eventuali. Nel 1899 l'attivo totale delle Università fu di franchi 6,348,647, il passivo totale di franchi 4,421,588;

3° nel bilancio di ciascuna Facoltà o Scuola, distinto pure in ordinario e straordinario. Nell'ordinario compaiono all'attivo le rendite patrimoniali, il provento delle operazioni autorizzate dallo Stato per conto di particolari, il provento delle iscrizioni a conferenze facolta-

(1) Credo non priva d'interesse la seguente statistica dei principali gradi conferiti dalle Università e Scuole nell'anno scolastico 1900-901:

	in Diritto	in Medicina	in Scienze	in Lettere	in Teologia
Licenze.	1460	—	282	453	1
Dottorati	500	1152	42	26	1

tive, le sovvenzioni dello Stato, dei dipartimenti, dei comuni e degli altri enti, le allocazioni concesse dall'Università sul suo bilancio, ecc.: al passivo le spese per le imposte, per gli interessi dei mutui passivi, per corsi e laboratorii, per le collezioni, per gli esercizii pratici degli studenti, pel riscaldamento e l'illuminazione, per gli esami, per la manutenzione degli edifizii e del mobilio, per le pubblicazioni, per lo stipendio dell'economo, ecc. Nel bilancio straordinario sono registrate le entrate e spese eventuali. Nel 1899 l'attivo totale delle Facoltà ascese a franchi 3.701.826, e il passivo totale a franchi 3.112.994.

Ove si vogliano avere le entrate veramente proprie delle Facoltà e Scuole bisogna però dal loro attivo dedurre quanto loro è dato dal bilancio universitario, e che compare già nel passivo di questo: nel 1899 la somma totale fu di fr. 1.170.895. Anche facendo questa deduzione, rimane sempre il fatto che spese della stessa natura gravano in parte sul bilancio dell'Università, in parte su quello delle Facoltà: ma ciò si spiega colla formazione storica, perciè le Facoltà ebbero (e conservano) propria personalità giuridica e proprie dotazioni e proprio patrimonio prima della costituzione dell'ente universitario. Una tendenza all'unificazione si rivela però già nel fatto importante che ornai la spesa per la biblioteca si trova concentrata nel bilancio dell'Università: e forse altre semplificazioni si verificheranno in avvenire.

Il bilancio preventivo di ciascuna Facoltà o Scuola è presentato dal rispettivo Decano o Direttore nella prima quindicina di novembre al Consiglio della Facoltà o Scuola: dopo la deliberazione di questo, si sente il parere del Consiglio dell'Università e nella seconda metà di novembre il bilancio è trasmesso al Ministro per l'approvazione. Il bilancio dell'Università è presentato dal presidente (il Rettore, o, in sua assenza, il vicepresidente) nella seconda quindicina di novembre al Consiglio dell'Università: e dopo la deliberazione di questo è trasmesso, nella prima quindicina di dicembre, al Ministro per l'approvazione. I capitoli addizionali all'esercizio in corso sono votati nel mese di maggio.

Le funzioni di economo (*agent comptable*) presso l'Università e le Facoltà e Scuole sono tenute da un agente designato dal Ministero delle Finanze.

L'accettazione di liberalità fatte per atto tra vivi o testamentario è autorizzata, su proposta del Ministro e previo parere del Consiglio di Stato, con decreto del Presidente della Repubblica: alla proposta del Ministro precede la deliberazione del Consiglio dell'Università, o, rispettivamente, della Facoltà o Scuola interessata; l'accettazione poi avviene da parte del Rettore per l'Università, del Decano o Direttore per la Facoltà o Scuola. In alcuni casi questi, previo il parere dei rispettivi Consigli, possono accettare provvisoriamente a titolo conservativo le liberalità anche prima del decreto di autorizzazione.

VII.

Dall'esame delle riforme universitarie francesi emergono due fatti fondamentali, che sono anche fra di loro intimamente connessi: una tendenza sempre più spiccata verso l'autarchia, o, come si dice comunemente, ed io dirò pure per seguire l'andazzo, l'autonomia dell'ente universitario, e una tendenza pure sempre più spiccata a conferire all'ente universitario il carattere di istituto veramente scientifico.

Sul primo punto non bisogna fermarsi alle apparenze. L'ingerenza del Governo e del Consiglio superiore di pubblica istruzione nella nomina dei professori, l'essere lo stipendio della massima parte di questi inscritto nel bilancio dello Stato, l'intervento del Governo nell'accettazione delle liberalità, non sono fatti che alterino l'autonomia, e si presentano anche con lievi differenze nelle Università germaniche. La ingerenza dell'autorità centrale, nella nomina dei professori serve come garanzia di maggiore imparzialità nella scelta all'infuori delle consorterie di scuola e delle prepotenze delle consorterie locali, l'iscrizione degli stipendii nel bilancio dello Stato procura la certezza nel pagamento, l'intervento del Governo nell'accettazione delle liberalità assicura contro la formazione della manomorta e dalle largizioni non rispettose alla libertà della scienza ed ispirate a pregiudizii religiosi, sociali, politici.

L'aver posto a capo dell'Università un funzionario governativo, il Rettore dell'Accademia, non è neppure a considerarsi come violazione dell'autonomia. Il Rettore è sempre scelto fra persone di molta capacità amministrativa e spesso di forte coltura letteraria o scientifica: ra una posizione veramente elevata nella gerarchia civile e perciò è retribuito in modo cospicuo (gli stipendii secondo l'importanza dell'Accademia variano da 11,000 a 21,000 franchi); la sua permanenza in ufficio assicura continuità e regolarità di gestione. Quindi l'aver chiamati i Rettori a partecipare all'ordinamento universitario ha risparmiato alla Francia l'istituzione del *curator* germanico come delegato governativo presso l'autorità universitaria, e fu organo di decentramento, avendo permesso di affidargli attribuzioni che da noi spettano al Governo centrale, specialmente in materia di nomine e di spese universitarie. Nelle sue funzioni egli è in generale vincolato alle deliberazioni del Consiglio dell'Università, il che non gli consente una vera prevalenza: è un *primus inter pares*, come fu detto anche negli atti ufficiali.

Il sistema dell'autonomia si presenta chiaramente vuoi nella sua base economica, essendosi assegnati alle Università speciali proventi, direttamente percepiti, dalle tasse e trasmettendosi al bilancio delle Università, Facoltà e Scuole, le sovvenzioni dello Stato, dei dipartimenti, dei comuni e di altri enti morali, vuoi nell'ordinamento della gestione colla larghissima competenza attribuita nell'ordine amministrativo, finanziario, didattico e disciplinare al Consiglio dell'Università, al Decano o al Direttore ed al Consiglio di Facoltà o Scuola. Dalla sommaria esposizione che abbiamo fatta delle loro attribuzioni in materia amministrativa, finanziaria, didattica e disciplinare, appare con tutta evidenza che essi sono gli organi essenziali della gestione universitaria e belli e forti arnesi di autonomia. Così larga è la loro competenza, che un illustre professore tedesco, pur abituato alla vita autarchica delle Università del suo paese, non si peritò di osservare « essere dubbioso, se sia nell'interesse della scienza che i professori siano chiamati in così larga misura ad affari amministrativi, e se ciò non assorba troppe forze che più fruttuosamente potrebbero essere adoperate per l'insegnamento e la ricerca scientifica » (1).

Fatto sta che quell'autonomia ha prodotti benefici effetti svincolando gli istituti dalle vecchie pastoie ed accrescendone il prestigio

(1). LEXIS, op. cit., p. 61.

anche rispetto al pubblico, che si mostrò sollecito del progresso loro: i comuni in prima linea, i dipartimenti ed altri enti morali, gareggiarono in liberalità verso le Università: sorsero anche associazioni private, per lo più dette *Sociétés des amis des Universités*, larghe di aiuti morali e materiali.

L'autonomia è stata mezzo e strumento per meglio sviluppare l'altra tendenza accennata, quella di rendere le Università veri istituti scientifici.

Dagli atti parlamentari e dai documenti amministrativi, i quali spiegano i motivi delle singole riforme, appare che le Facoltà, specialmente le provinciali, erano decadute ad essere istituti puramente professionali e che la conferma ad esse della personalità giuridica, le larghe sovvenzioni dello Stato e degli altri enti, la loro riunione infine nell'ente universitario, ebbero per iscopo di farle uscire dal loro isolamento, di scioglierle dai ceppi dell'empirismo professionale, di dar loro eccitamento e mezzi per la più alta ricerca scientifica, di stabilire relazioni fra i varii insegnamenti e gli insegnanti anche di diverse Facoltà, di permettere la reciproca influenza delle varie discipline, di poter aggruppare queste più facilmente per determinati scopi di indagine e di coltura, di concedere la possibilità di creare nuovi insegnamenti con mezzi proprii o proponendoli allo Stato. Gli stessi gradi di Stato non sono, che in parte, professionali: fra i dottorati, la sola laurea in medicina è condizione in pari tempo per l'esercizio professionale e per giungere a posti nell'insegnamento universitario: invece i dottorati in scienze giuridiche, in scienze politiche ed economiche, in scienze matematiche, fisiche, naturali, in lettere, come pure il diploma superiore di farmacia, sono richiesti soltanto per concorrere all'insegnamento universitario: ed a questi si aggiungono i titoli accademici puramente scientifici per gruppi di materie, che le Università possono rilasciare, distinti dai gradi di Stato. I programmi perdettero la vecchia rigidezza, gli studenti furono chiamati a partecipare alla ricerca scientifica, e si fecero sforzi per attirare anche gli studenti stranieri, onde acquistarli alla Francia, impensierita dal vederli accorrere sempre più numerosi alle Università germaniche, ma che poteva già nel 1901 compiacersi di trovarne ben 1783, provenienti da ogni parte del mondo, nelle sue riformate Università.

E l'autonomia e il carattere scientifico si fusero nella vita delle nuove Università francesi e vi produssero mirabile fioritura. Nuovi edifizi, nuove cattedre, nuovi laboratori, nuove pubblicazioni periodiche, nuove collezioni di lavori di insegnanti e allievi, apparvero rapidamente: si accettò dalla coltura straniera quanto giovava per perfezionare la coltura nazionale, e contemporaneamente le Università divennero produttrici per la coltura mondiale, alla quale da assai tempo fornivano alimento quasi soltanto gli Istituti scientifici raccolti in Parigi (1). Ed all'Università ed agli altri Istituti di Parigi non tolsero

(1) A Parigi, oltre all'Università, esistono, come istituti governativi di istruzione superiore, il *Collège de France*, l'*École pratique des hautes études*, l'*École normale supérieure*, l'*École spéciale des langues orientales vivantes*, l'*École nationale des chartes*, il *Muséum d'histoire naturelle*, più le Scuole d'insegnamento tecnico superiore. Anche l'*École libre des sciences politiques*, benchè istituto non governativo, rilascia diplomi che sono riconosciuti dallo Stato per le carriere del Ministero degli Esteri.

le riforme quella prevalenza, che, con qualche danno, inevitabile in ogni accentramento, pur aveva salvato il prestigio della scienza francese: Parigi occupa sempre il primo posto, ma in provincia, ove si sonnecchiava, ora si è svegli non solo, ma operosi e gagliardi lavoratori, e vi si sono formati vividi focolari di alta coltura scientifica e cospicue agglomerazioni di studenti (1).

Così possiamo all' insegnamento superiore francese con tutta verità applicare i versi dell'Alighieri:

<blockquote>
Rifatto sì, come piante novelle
Rinnovellate di novella fronda,
</blockquote>

e chiudere con una parola di plauso al nobile paese che seppe in sì breve tempo tanto e tanto bene fare.

CARLO F. FERRARIS.

(1) Dal seguente prospetto appare il numero degli studenti inscritti nelle Università e nelle Scuole di medicina e farmacia, di altre sedi, ad esse aggregate, al 15 gennaio 1901:

Università		Scuole di medicina e farmacia aggregate	
Sedi	Studenti	Sedi	Studenti
Parigi	12289	Reims	92
Lione	2458	—	––
Bordeaux	2119	—	––
Tolosa-Montauban	2040	—	—
Montpellier	1610	—	—
Rennes	1139	Angers	154
		Nantes	316
Lille	1110	Amiens	99
Nancy	1027	—	—
Aix-Marsiglia	950	—	—
Poitiers	821	Limoges	121
		Tours	86
Dijon	669	—	—
Caen	646	Rouen	157
Grenoble	566	—	—
Clermont-Ferrand	299	—	—
Besançon	252	—	—
Totale. . .	27995	Totale. . .	1025

Anche ad Algeri esistono una Scuola di diritto, una Scuola di pieno esercizio di medicina e farmacia, una Scuola preparatoria all'insegnamento superiore delle scienze ed una Scuola preparatoria all'insegnamento superiore delle lettere. Al 15 gennaio 1901 esse avevano 881 studenti.

LA PSICOLOGIA DI UN CIECO

È gran tempo che io sentivo il dovere di pubblicare le pagine che seguono. Esse sono tutto ciò che resta della vita laboriosa, travagliata, infelice del giovane Luigi Ansaldi, figlio di poveri contadini del comune di Ronco Scrivia presso Genova. Fin dalla più tenera età egli perdette affatto la vista. Pure si diede agli studi con una tenacità meravigliosa davvero. E nel ginnasio-liceo Andrea Doria di Genova potè d'anno in anno superare tutti gli esami di lettere, di matematica, di fisica e scienze naturali. Aiutato dal suo condiscepolo Ettore Manni, che lo accompagnava sempre, e gli faceva costantemente da lettore, riuscì a prendere la licenza liceale.

Nell'ottobre del 1891, essendo ministro della pubblica istruzione, io ebbi notizia di questo fatto, che mi parve assai onorevole, non solo pel povero Ansaldi e pel liceo Andrea Doria, ma anche pel giovane Manni, al quale scrissi inviandogli alcuni miei libri, e ringraziandolo in nome del Governo. L'Ansaldi desiderava allora ardentemente di proseguire il corso de' suoi studi nella Università, al che si opponeva la sua estrema povertà. Io scrissi allora ai miei colleghi dell'Istituto superiore di Firenze, ed essi gli assegnarono, senza indugio, una delle borse di studio destinate a coloro che vogliono darsi all'insegnamento nelle scuole secondarie. Così egli potè, per altri quattro anni, frequentare i corsi dell'Istituto, nel quale anche io, tornato all'insegnamento, lo ebbi alunno. Superati gli esami, nel luglio del 1896 prese finalmente quella laurea in filosofia che tanto aveva desiderata.

Ma allora io che, insieme coi miei colleghi, credevo d'aver compiuto un'opera utile e buona, dovetti invece cominciare a dubitare d'aver commesso un grave errore. Avendo visto a Napoli un cieco insegnare la musica ad alcuni ciechi, m'ero persuaso che l'Ansaldi potesse agevolmente insegnar qualche cosa in una simile scuola. Ma l'Istituto dei ciechi in Firenze, da me interrogato, rispose subito, che non lo avrebbe mai accettato come insegnante, perchè appena gli alunni si fossero avvisti della sua cecità, non sarebbe più stato possibile mantenere fra di essi la disciplina. Una tale difficoltà, io pensai, sarebbe stata in altre scuole assai maggiore. Mi rivolsi quindi alla Direzione dell'Istituto dei ciechi in Milano, e ne ebbi una risposta poco meno scoraggiante, che grandemente mi afflisse, perchè dovetti cominciare a temer davvero che, dopo tante cure, noi non avevamo fatto altro che rendere l'Ansaldi più infelice che non fosse stato prima. Meglio assai sarebbe stato insegnargli un mestiere col quale, più o meno, qualche cosa avrebbe potuto guadagnare per vivere, come fanno parecchi di coloro che escono da altri Istituti dei ciechi, che io avevo visitati in Germania. Mentre però, tormentato da questi pensieri, mi stillavo il cer-vello, escogitando che cosa potesse farsi per aiutare l'infelice giovane, mi giunse improvvisamente la triste nuova, che egli era morto il 17 set-tembre di quell'anno (1896). Per quanto scrivessi e chiedessi non mi fu possibile saper qualche cosa di più della sua malattia, del suo passato, della sua vita. Egli è scomparso dal mondo senza lasciare di sè altra traccia che la sua tesi di laurea.

Il soggetto da noi suggeritogli era un'analisi psicologica delle con-dizioni in cui si trova il cieco: esporre quale idea esso si formi della luce, dei colori, della bellezza; dire quali sono le sue relazioni col mondo esterno. Questo l'Ansaldi fece con molta diligenza e non senza acume. Avendo, nella sua prima infanzia, avuto la vista, si trovava, come giustamente osserva egli stesso, in condizioni singolarmente adatte a far bene l'analisi richiesta. Non avendo però avuto da natura un ingegno davvero originale, costretto com'egli era a combattere conti-nuamente colla sua cecità, si trovavano nel suo scritto, accanto ad osservazioni ed a suggerimenti assai notevoli, altri che erano comuni e senza gran valore. Cercammo perciò di sopprimere i secondi, racco-gliendo solo i primi, che appunto perciò scritti da un cieco hanno una singolare importanza.

Io fui mosso a pubblicare queste pagine da un vivo sentimento di dovere. Ho tardato tanto per la speranza riuscita sempre vana d'avere altre notizie biografiche sull'autore. E non essendovi riuscito sono stato in tutti questi anni perseguitato da un pungente rimorso per aver lasciato scendere nella tomba l'infelice giovane senza una parola di addio, senza una parola di compianto: sembrava che egli continua-mente mi rimproverasse. Ed ora, nel dar finalmente il *buono a stampare,* mi sento liberato come da un peso angoscioso, che mi opprimeva. Mi par di vedere quegli occhi spenti illuminarsi momentaneamente d'una luce fugace. condannata pur troppo a spegnersi di nuovo e per sempre.

P. VILLARI.

L'aveugle voit dans l'ombre un
monde de clarté; quand l'œil du corps
s'éteint, l'œil de l'esprit s'allume.

Victor Hugo.

I.

L'autore della presente memoria è nato in pieno possesso della facoltà visiva, la quale gli si turbò poi in seguito ad un'affezione infiammatoria sopravvenutagli nel primo anno di vita. All'età di quattro anni e più egli perdeva l'uso dell'occhio sinistro, ai sette circa aveva perduto completamente la vista anche del destro. E quello che pare principalmente degno di nota è il modo con cui egli passò dalla luce alle tenebre e gli effetti che provò in quel brusco mutamento.

Era un pomeriggio d'inverno, quando egli cominciò a lamentarsi con la nonna, usa a compassionare ed a carezzare il piccolo malato, di provare una strana e penosa sensazione, che gli faceva tinto di rosso ogni oggetto, che guardasse. Ciò non mise però menomamente in apprensione i suoi, avvezzi come erano a sentire ogni giorno i lamenti del piccino, il quale anzi, venuta la sera, se ne andò come al solito a dormire in un'altra casa poco distante in compagnia dei fratelli. Il mattino seguente, svegliatosi, cominciò a chiamarli, ma, non ottenendo risposta e non avendoli trovati a sè vicini, si persuase che essi si erano levati prima di lui e a tentoni uscì dalla camera per incamminarsi verso la casa paterna.

Nel breve tragitto di forse cinquanta metri, accorgendosi di non sapersi mantenere nel mezzo della via, per non urtare contro alcun ostacolo, fu costretto a camminare rasente il muro e, giunto finalmente a casa, fece le meraviglie, che i suoi fratelli si fossero alzati così di buon mattino. Tutti cercarono di convincerlo che era invece quasi mezzogiorno: ma egli rispose: « Eppure a me non pare di aver mai veduta una notte così oscura ». A quelle parole spuntarono le lagrime sugli occhi dei genitori, ma il bambino non vide quelle lagrime, come non aveva veduto lo spuntar del sole, e però non pianse, nè si dolse. Restò qualche giorno un poco malinconico per la fatica che durava ad acquistar la pratica di camminare nei luoghi già conosciuti, e poscia riprese il suo ilare aspetto.

Ora egli si trova colpito dalla cecità più completa, causata, dicono i medici, da una panoftalmia, ed è insensibile al succedersi del giorno e della notte, nè percepisce menomamente la chiara luce del sole, di cui si accorge soltanto per gli effetti calorifici che ne risente.

II.

Vista. — Pur supponendo che il cieco, il quale sin dalla nascita sia stato insensibile alla più viva luce, per un mezzo qualsiasi possa avere una lontana idea di ciò che è il fenomeno luminoso, è d'uopo ammettere che non potrà esprimerla altrimenti che per mezzo di concetti derivati dagli altri sensi; sicchè diremo che vi può essere un concetto analogico, ma non la nota propria della sensazione visiva. Non può esservi quindi altra fonte sicura d'indagini, che l'individuo affetto dalla cecità acquisita più completa, il quale abbia perduto l'uso della vista in un'età di cui gli restino ancora i ricordi. Egli solo potrà dire, con rettitudine di giudizio, quale sia il rapporto che passa fra il concetto induttivo che il cieco può formarsi della luce e il fatto reale della percezione luminosa.

Io che per disavventura mi trovo ad aver tutti i requisiti necessari per poter dare una risposta soddisfacente, sostengo che le sole compensazioni possibili alla mancanza della vista sono quelle riguardanti le applicazioni pratiche di essa, mentre la qualità particolare della sensazione è inaccepibile da un cieco nato, come appunto sosteneva il Kant. Quanto ai concetti analogici che si possono avere della vista può darsi che, per esempio, un cieco nato, giudicando dalla vita pratica del veggente e dalle spiegazioni avute, paragoni il senso visivo al senso tattile per rispetto alle percezioni a distanza e così via.

Tatto. — Entrando l'uomo in modo brusco e repentino nel primo periodo di una completa cecità, ciò che frequentissimamente avviene. o per causa di una insolazione, o per un bagliore di folgore. o per uno sparo d'arma da fuoco, egli si trova nelle medesime condizioni di un veggente bendato. incapace come lui a camminare, ad orientarsi, a riconoscere con precisione le figure per mezzo del tatto e ad usare utilmente degli altri sensi nel modo che farebbe un cieco da lungo tempo abituato a questo esercizio. Però non appena la sua mente si risveglia da quella specie di torpore e di sbalordimento momentaneo e i bisogni della vita e le abitudini di essa lo stimolano ad agire, allora gli nasce per primo un vivo desiderio di conoscere quali oggetti lo circondino e subito protende qua e là le braccia a caso. tastando e scorrendo in tutte le direzioni gli oggetti che incontra. Quando si è reso conto di ciò che gli sta immediatamente dappresso. tenta di condursi da un luogo all'altro della casa, ciò che gli riesce di ottenere sempre col solito mezzo di tastare.

Fin qui, come ben si vede, non vi ha nulla di particolare: il cieco non fa nè più nè meno di quello che farebbe un veggente nell'oscurità. Ma è da osservarsi che, perdurando il cieco in questo esercizio, acquista man mano una maggiore franchezza, tanto che in capo a quindici o venti giorni riesce per mezzo della percezione di contatto e di quelle fornite dal senso muscolare, a camminare con sufficiente prestezza nei luoghi più da lui frequentati e di minore estensione.

In pari tempo egli si perfeziona anche nella facoltà di riconoscere in modo pronto e sicuro le forme dei corpi, avendo già appreso per esperienza che per avere il concetto di una forma qualsiasi non è necessario di palpare minutamente quelle parti di superficie che prime si offrono al tatto, il che per giunta riesce insufficiente quando sia fatto senza seguire alcun dato ordine di movimento: ma basta scorrere rapidamente sul corpo delle tre dimensioni e seguire col dito il contorno segnato dagli spigoli, per ottenere il volume ed il numero delle facce di un corpo, massime se il corpo ha una forma geometrica regolare od una forma che molto vi si approssima. Ora noi rileviamo da ciò che lo svilupparsi di queste prime possibilità nel cieco è favorito da uno sviluppo progressivo del tatto e del senso muscolare, per mezzo dell'esercizio. Delle facoltà che si sviluppano dal tatto, ve n'ha una la quale, se veramente esistesse, sarebbe meravigliosa assai e di massima utilità, facoltà che molti di voi avranno sentito attribuire ai ciechi, cioè la possibilità di riconoscere colla mano perfino i colori dei diversi oggetti. Tale opinione, se non si può dire assolutamente falsa (poichè ogni errore contiene sempre una parte di verità, almeno nelle cause che lo hanno prodotto), bisogna però intenderla in un senso tutto particolare e in ristrettissime proporzioni. Prendiamo due lastre di vetro perfettamente piane alla superficie, l'una incolora e l'altra colorata. Ora se noi domandiamo ad un cieco che ci indichi fra questi due corpi altre differenze da quelle che si riferiscono alla forma e al peso, possiamo essere sicuri che egli non ne troverà alcuna. Invece se rivolgiamo al soggetto le stesse domande, presentandogli due pezzi di marmo di egual colore, ma che abbiano ricevuto un grado diverso di pulitura, il cieco risponderà indubbiamente che, stando alle indicazioni del tatto, le due lastre gli sembiano essere di diverso colore. Da ciò apparisce chiaramente che le impressioni tattili che può fornire la superficie di un corpo qualunque non sono in verun modo atte e sufficienti a rilevarne il colore. È vero che alcuni di quei ciechi che hanno il tatto molto esercitato, specialmente le donne che lavorano di cucito, prendono pratica a riconoscere i colori dei fili e delle stoffe che usano, dal maggiore o minor grado di durezza che presentano al tatto, in causa dell'azione prodotta dalle tinte su di essi; ma ciò non dipende già dalla natura fisica dei corpi considerata in relazione alla produzione del colore: sibbene da certi caratteri estrinseci proprii di ciascun corpo, i quali vanno necessariamente uniti alla particolare colorazione di esso, senza perciò essere suscettibili di alcuna classificazione tattile che corrisponda in qualche modo ai caratteri cromatici visivi.

Quanto alla spiegazione che si può dare circa il modo con cui il tatto acquista nei ciechi tutte queste anormali possibilità, a me pare che non debba per nulla ricercarsi in uno sviluppo organico del tatto propriamente detto: ma sibbene in quel processo di educazione sperimentale a cui va soggetto il senso muscolare, confuso molto spesso colla facoltà tattile di cui non è che un fattore necessario, ma distinto. Una causa modificatrice importantissima della sensibilità tattile è senza dubbio il grado della durezza dell'epidermide la quale aumenta col ripetersi dei contatti della cute coi corpi esterni.

Ora per questo rispetto i ciechi che sono continuamente obbligati ad usare delle dita nella vita percettiva, non possono certamente aspirare ad un affinamento tattile di questo genere. Ma se consideriamo che le funzioni tattili sono suscettibili di maggiore o minore perfezionamento a seconda dei moti muscolari che le governano, per mezzo dei quali ora si aumenta ed ora diminuisce la pressione delle dita sui corpi, ora si fanno strisciare velocemente ed ora lentamente su di essi piuttosto in una direzione che in altra, si comprenderà facilmente come l'acuità tattile debba più spesso attribuirsi all'esercizio del senso muscolaie che non allo sviluppo oiganico delle papille tattili. Di ciò si possono aveie ciiaiissime pio\e speiimentando sui cieci occupati in lavoii giossolani, i quali sebbene in causa dell'indurirsi della cute peidano qualcie vantaggio di fionte ai loio compagni che si dedicano alle aiti belle od alle scienze, iestano pur sempie incomparabilmente supeiioii ai veggenti che abbiano le dita più moibide e delicate. Una semplicissima espeiienza che ci conferma nella nostia opinione è poi questa, che se tiacciamo su di un foglio dei punti rilevati vaiiamente disposti (e siano di un numeio almeno non minoie di quattio) ancie se collocati ad una distanza estesiometrica massima (mm. 2.5 a 3), tiove- iemo che un veggente di finissimo tatto impiega per contaili un tempo lungo ed uno sfoizo d'attenzione, mentie il cieco peiviene a numerarli colla massima speditezza e piecisione. Allo sviluppo tattile si accom- pagna natuialmente quello del senso muscolaie, che è l'elemento piin- cipale e indispensabile per il funzionamento di tutti gli altii sensi.

Questo senso acquista nel cieco, meicè lo sviluppo della memoiia oiganica, la massima esattezza nell'apprezzamento tanto della duiata e della lungiezza dei movimenti, quanto della diiezione di essi; in vitti di che il cieco, associando fia loio le successi\e impiessioni del tatto e dello sfoizo muscolaie, aiiiva a formaisi il concetto di qualsiasi corpo o serie di corpi. Qui abbiamo una veia e propria forma di com- pensazione fisio-psicologica impoitantissima; poiciè mentre l'occhio tiasmette all'intelletto una giande quantità di peicezioni sincione, il tatto invece non può che tiasmetteine un piccolo numeio nello stesso istante, a cagione della sua natuia di senso a locazione adeiente, ed è peiciò che il cieco si tiova costietto a sostituiie ad una peicezione visiva unica, per quanto piccola, una somma di minime peicezioni tat- tili e muscolaii. I concetti iisultanti dal diveiso modo di accoglimento dei due sensi sono necessaiiamente di natuia diveisa, e cioè, le per- cezioni visive, ancie quando passano dallo stato di peicezioni tianseunti a quello di peicezioni immanenti, conseivano sempie un caiatteie sin- tetico loio impiesso dall'ampiezza dell'accoglimento visivo, mentie le peicezioni tattili di una ceita estensione possono sempie consideiaisi come il piodotto di molteplici sensazioni allo stato immanente, e man- tengono peiciò un caiatteie analitico, che iitiaggono dal modo dell- l'accoglimento tattile. Per seiviimi di un esempio, se voi guaidate un oggetto e poi ciiudendo gli occii cercate di richiamarlo alla vostia mente, ottenete una iappiesentazione mentale della sua forma che saià più o meno esatta a seconda della potenzialità della vostia iitentiva, ma che ad ogni modo comprenderà in un medesimo momento tutta la massa del coipo in geneiale; io, al contiaiio, se ceico di iievocaie alla mente un oggetto che abbia antecedentemente peicepito per mezzo del tatto, non iiesco ad afferrarne che una singola paite per ciascuno dei successivi momenti, in cui diia la tensione mentale. A questo pioposito saiebbe inteiessante di deteiminaie numericamente l'esten- sione che queste immagini di oiigine tattile possono acquistaie; ma per ciò faie, oltie che bisogna dedicaisi a lungie e diligenti osserva- zioni, diventa ancoia indispensabile il sussidio di stiumenti atti allo scopo, di cui può soltanto dispoiie un gabinetto di fisiologia.

Quello che posso mettere subito in ciiaio come risultato delle mie osseivazioni individuali è questo, che il ricordo delle peicezioni tattili per rispetto alla vivezza sta in iappoito, entro certi limiti, colla duiata e l'intensità delle impiessioni iicevute e per iiguaido alla compiensione, varia a seconda dell'ampiezza della superficie percepita e della velocità con cui si succedono le impressioni.

Il cieco guidato dalla parola altrui può arrivare a farsi un'idea abbastanza approssimata delle cose inaccepibili dal tatto, aumentando mentalmente le proporzioni percettive di questo senso secondo che la ragione altrui lo guida: così il naturale declivio del terreno che scende verso il letto d'un ruscello e indi il subito risalire dalla parte opposta gli darà in piccolo l'idea di ciò che sia una valle; un cumulo di terra di pochi metri quella d'una montagna. Altre nozioni meno comuni può acquistarle per mezzo di oggetti plastici che si possono sottoporre alla minuta analisi del tatto: per altre inline d'un ordine tecnico particolare, come sarebbero macchine e costruzioni vaste e complicate, e perciò troppo faticose ad esaminarsi col tatto, resterà per il cieco una descrizione ben ordinata e precisa, perché egli se ne renda conto quasi sempre con chiarezza sorprendente.

Senso termico. — Le ristrette possibilità di questo senso nel cieco si riducono al riconoscimento della materia di cui sono composti i corpi. Tale riconoscimento è reso possibile dalla maggiore o minore conduttibilità, che essi possiedono, e si effettua per lo più coll'aiuto delle labbra, dove risiede più delicato così il senso termico come quello tattile. Però siccome molto raramente il cieco si ritrova nella condizione d'ignorare la materia di cui si compongono gli oggetti che egli ra fra le mani, questo senso prende ben poco sviluppo in paragone agli altri, tanto che si potrebbe dire che rimanga quasi allo stato in cui si trova nel veggente.

L'dito. — L'udito permette al cieco di percepire gli oggetti a distanza e i loro movimenti, dandogli la possibilità di orientarsi. Vediamo ora in qual modo giovi il suono alla percezione degli oggetti e del movimento loro. Dobbiamo premettere però la discussione d'un'importante opinione d'un illustre fisiologo, lo Spallanzani, il quale per ispiegare una certa esperienza da lui fatta, relativa alla percezione a distanza degli animali, senza sussidio dell'organo visivo, ha immaginato che esista, oltre ai molteplici sensi, un altro senso il cui ufficio sarebbe di dare le impressioni tattili dei corpi situati a distanza. Oibene, io credo che una tale ipotesi, così lontana dall'idea che abbiamo intorno all'ufficio degli organi del tatto, sia perfettamente inutile. Lo Spallanzani fece la seguente esperienza: dispose in una camera dei fili tesi in varii punti e senza regolarità di direzione, poi, accecato un pipistrello, gli dette il volo per osservare, se per avventura esso incappasse nei fili; ma l'animale invece si resse a volontà nell'aria senza incogliervi mai. A me pare che il fattore vero di tale percezione sia da ricercarsi nella facoltà auditiva, e che se si ripetesse l'esperimento dopo avere, oltre che accecato, anche assordato il pipistrello, forse si otterrebbero risultati negativi. Un sottil filo può dare impressioni sonore tali da segnalarne la presenza, sia per la via diretta delle vibrazioni del filo, sia per l'indiretta della riflessione dei suoni. Anche l'uomo cieco si dirige nello spazio per mezzo dell'udito: non solo riesce a localizzare i suoni primitivi con maggiore esattezza del veggente, ma in grazia del lungo esercizio acquista la facoltà di servirsi dei suoni riflessi, anche se d'intensità minima. Si può anche dire che questi sostituiscano nel loro complesso all'orizzonte luminoso un più ristretto orizzonte sonoro.

Le fonti sonore dirette di cui si serve più comunemente il cieco sono: il passo, la voce e i rumori diffusi di origine varia. Quando qual-

cuno di questi tre mezzi è posto in azione, le onde sonore che si producono vanno a riflettersi sugli oggetti circostanti, dai quali vengono
tramandati all'orecchio sotto forma di altrettante note in tutto eguali
alla nota fondamentale, se vogliamo chiamarla cosi, fuorchè nell'intensità. Cosi avviene che ogni oggetto posto non molto lontano diviene
per il cieco una fonte sonora secondaria, della quale egli sa apprezzare·
il valore intensivo e quindi la distanza e la direzione, come un veggente farebbe delle fonti sonore dirette. Perciè si effettui questo modo
di percezione è però necessario che la fonte sonora primitiva non sia
nè troppo debole da rendere inaccepibili i suoni riflessi, nè troppo intensa da distruggere l'effetto delle riflessioni. Il perciè di ciò si comprende facilmente, se si pensa che anche l'udito ha, come gli altri
sensi, un limite di percezione intensiva, oltrepassando il quale non si
può più discernere con precisione i suoni riflessi che si accompagnano
ai primitivi, per cagione della perturbazione non abituale del senso:
ciè, se entro certi limiti la perturbazione si facesse abituale. allora
l'orecchio ritornerebbe ad acquistare il suo acume, come avviene negli
operai addetti a lavori rumorosi, i quali, anche in mezzo al frastuono
della loro officina, riescono ad intendersi parlando, mentre noi non
percepiamo che un suono confuso di voci. Il concetto delle grandezze
spaziali che il cieco si forma per mezzo delle sensazioni auditive, se
da una parte è molto più vago ed imperfetto di quello del tatto. dal-
l'altra è tanto più comprensivo e per conseguenza tanto più vicino al
concetto dello spazio visivo. Per convincersi di ciò basta considerare,
che, mentre i concetti di origine tattile sono rappresentati da una
somma di percezioni, la cui ampiezza non può superare in ciascuno
dei momenti un massimo di venti o trenta centimetri di lunghezza, il
concetto spaziale sonoro nasce da una grande quantità d'impressioni
contemporanee, le quali abbracciano comunemente un'estensione circolare di più decine di metri. Inoltre mentre la percezione della distanza
di due punti nello spazio, se considerevolmente grande, non si può
effettuare per mezzo del tatto che in due istanti successivi, separati
da impressioni muscolari di maggiore o minore durata, nell'udito si
compie in un medesimo istante, come nella vista, mercè le impressioni
sincrone provenienti dai corpi riflettori. Siccrè, se togliamo la differenza '
degli elementi particolari di luce e di suono, noi possiamo stabilire
un giusto parallelo tra la vista e l'udito.

Le cause modificatrici delle percezioni sonore a distanza sono quelle
stesse che modificano l'intensità della riflessione del suono, cioè l'energia
della fonte sonora principale, l'ampiezza, la forma e le proprietà fisiche
del mezzo di riflessione. Riguardo all'intensità variabile della fonte
sonora primitiva, si osserva, che essa produce, aumentando, l'avvicinamento apparente del corpo sonoro o riflettore e, diminuendo, l'al-
lontanamento. L'apprezzamento dell'ampiezza della superficie di riflessione per una parte si ricollega con quella della intensità dei suoni e
per l'altra colla valutazione dei movimenti dell'ascoltatore.

Riguardo all'intensità in generale si può formulare questa legge
sperimentale, che, data l'intensità costantemente eguale della fonte
sonora primitiva, e la distanza fissa dell'ascoltatore dal corpo rifflet-
tente, la percezione di esso cresce entro certi limiti progressivamente
col crescere della sua superficie, e, come corollario di questa, che il
mezzo di riflessione diviene percettibile a tanta maggiore distanza,
quanto è maggiore l'ampiezza della sua superficie. Anche i movimenti

diretti dell'ascoltatore giovano a misurare l'ampiezza dei riflettori, ed ecco come si spiega. Supponendo che una superficie sonora di riflessione trasmetta all'ascoltatore un suono d'intensità fissa, restando costante l'energia della sorgente primitiva, quando l'ascoltatore stesso si muova parallelamente alla superficie, può arguirne la grandezza tenendo conto dei movimenti propri e del momento in cui principia a scemare l'intensità di riflessione, momento che corrisponde al punto dove termina la superficie stessa. La forma dei corpi sonori e riflettori ha certo un'innegabile influenza sull'intensità dei suoni emessi o tramandati, ma le variazioni che da essa derivano sono così difficilmente avvertibili, da potersi trascurare, talchè rispetto al suono noi possiamo ritenere come un piano ogni superficie che non presenti disuguaglianza di livello di almeno venti centimetri, anche se l'udito si trovi ad una distanza minima da essa. Questo numero però non ha un valore assoluto, perciè è sempre condizionato da molti fattori, primo dei quali l'ampiezza della superficie di dislivello. Ciò che è dato ricavarne in modo certo è l'enorme differenza che corre fra l'approssimazione reale delle percezioni sonore e delle visive.

Dopo aver detto questo, credo che riuscirebbe perfettamente inutile dichiarare inapprezzabili le proprietà fisiche dei corpi, modificatrici dei suoni, come l'elasticità e la durezza, la scabrosità e la levigatezza; soltanto una superficie reticolare può produrre notevoli differenze.

Un ultimo mezzo importante di cui si serve il cieco per rilevare l'ampiezza o la forma particolare d'un ambiente è il fenomeno della risonanza. Se in una data camera si produce un suono musicale od un rumore qualsiasi, come ad esempio, il passo d'un uomo, per effetto della risonanza il suono primitivo viene ad essere modificato prima nell'intensità a cagione dell'ampiezza dell'ambiente, poi nella tonalità e nel timbro a cagione della ampiezza medesima e della forma particolare del luogo, la quale è atta a rinforzare or l'uno or l'altro dei suoni concomitanti che concorrono a formare il suono primitivo. Questo genere di percezioni uditive giova mirabilmente a facilitare la vita pratica del cieco; poichè, associando egli la risonanza particolare di ciascun ambiente con la cognizione che ne ha per mezzo del senso tattile e muscolare, riconosce con la massima prontezza le stanze diverse della casa dalle loro varie risonanze.

Per quel che riguarda poi il vario timbro della voce merita d'essere notata l'ammirabile rispondenza che esso ordinariamente ha con la costituzione fisica delle persone, ciò che rende possibile al cieco, quando a ciò sia esercitato, di riconoscere con molta approssimazione la maggiore o minore rispondenza armonica delle parti del loro corpo.

Io ho fatto cogli amici frequenti esperienze sulla esistenza di tale relazione, io manifestato cioè il mio giudizio sulla bellezza d'una persona a me sconosciuta, subito dopo averne intesa la voce; e raffrontandolo poi con l'opinione dei veggenti, rarissimamente mi son trovato in disaccordo con essi. Non devono credere però i lettori che sia possibile per mezzo del timbro della voce distinguere certe determinate forme del corpo e tanto meno il colore dei capelli e del viso: non si tratta che di un'idea vaga di bellezza o d'imperfezione che si manifesta per un senso di piacevolezza o di disgusto, proveniente dal suono della voce.

Alcuno mi farà osservare che sono frequentissimi i casi di persone che hanno una voce dolcissima, senza che per questo siano avvenenti, e che ve ne sono al contrario altre, che non mancano di formosità, mentre ıanno una voce sgıadevole. Io ıispondo che ciò è veıissimo, ma che le ıelazioni accennate fıa la voce e le doti fisicıe di una peısona non dipendono già dallo insieme di tutti i fattoıi della modulazione vocale, dal complesso dei quali ıisulta la piacevolezza o sgıadevolezza della voce, ma soltanto da ceıte caıatteıisticıe speciali, che solo un'acuta ed assidua osseıvazione ıiesce a scopıiıe.

Se con un piano immaginaıio che tagli oıizzontalmente per metà l'asse di congiunzione delle oıeccıie di

vidiamo lo spazio sonoıo in due ıegioni, destıa e sinistıa, noi avıemo che una fonte sonoıa posta in una delle ıegioni, nella destıa, per esempio saıà percepita con maggioıe intensità dall'oıeccıio destıo che non dal sinistıo e viceveısa. Cosicchè il fatto di possedeıe due oıeccıie, le quali ci peımettono di udiıe un medesimo suono con due diveıse intensità vaıiabili in modo inveıso e coıelativo, col vaıiaıe della posizione ıecipıoca della fonte sonoıa e dell'ascoltatore, costituisce un pıimo mezzo di giudicaıe la posizione di una fonte sonoıa nello spazio. Ma non dobbiamo cıedeıe che questo, per quanto sia il più comune, sia l'unico modo di peıcepiıe le diıezioni dei suoni, giacciè, se cosi fosse, un uomo dotato di un solo oıeccıio non potıebbe in alcun modo peıcepiıe tale diıezione. Quante volte io ıo eseguito la semplicissima espeıienza di cıiudeımi prima entrambe le oıeccıie e, fatti alcuni giıi sopıa me stesso, schiuderne una sola per tentaıe di ıendeımi ıagione della diıezione d'un suono ıestando immobile, ıo veduto in realtà che non ıiuscivo ad indicaıe nemmeno la posizione appıossimativa; peıò se compivo un giıo sopıa me stesso in modo che il suono mi giungesse successivamente con intensità diveıse, io potevo indicaıe la diıezione del suono, mettendo in ıappoıto i movimenti muscolaıi col momento della massima e della minima intensità. Si può oppoııe che non sempıe un individuo che abbia un solo oıeccıio ha bisogno del senso muscolaıe per ıiconoscéıe da qual paıte pıovviene un suono; ma ciò deıiva in lui dalla abitudine di ıiconosceıe la diıezione dei suoni oltıe che dalla intensità, ancıe dal timbıo, che a motivo della complicata stıuttuıa del padiglione auıicolaıe subisce altıe modificazioni, secondo che l'onda sonoıa colpisce il padiglione medesimo più diıettamente in un punto o in un altıo. La peıcezione diıezionale dei suoni, mentıe non ha per il veggente che una secondaıia impoıtanza, per il cieco invece acquista una incalcolabile utilità. Essa gli giova per ıiconosceıe le posizioni simmetıicıe dei coıpi situati a distanza ed i loıo movimenti in senso ciıcolaıe o viceveısa quelli della pıopıia peısona ıispetto agli oggetti ciıcostanti.

Gusto. — Il senso del gusto è quello che subisce minoıi alteıazioni in causa della cecità, e la ıagione è il costante eseıcizio che se ne fa ancıe in condizioni noımali.

Olfatto. — L'olfatto va soggetto nella cecità a modificazioni abbastanza notevoli, poicıè per mezzo di esso il cieco facilmente aıguisce della pıesenza di paıticolaıi oggetti e magaıi della pıesenza di peısone. Questo senso diviene un mezzo pıincipale di sostituzione nel soıdo-cieco.

Cause dello sviluppo dei sensi. — Il modo con cui si effettua l'eseıcizio è semplicissimo e tutt'affatto speıimentale, come si può ıiconosceıe dallò esempio che stiamo per daıe. Un cieco che sia da poco entıato nel pıimo peıiodo della sua infelice condizione, tutto cıiuso nella pıofonda tenebıa che lo avvolge e pıonto colla mente a ıaccoglieıe ogni benchè minimo mezzo di comunicazione col mondo esteıioıe, osseıva ben pıesto che il suono della voce o del passo ıaıamente coıisponde d'intensità allo sforzo muscolare che lo ha prodotto e va soggetto ad alterazioni di natura estrinseca, che egli non si sa spiegare; di modo che rumori prodotti con un medesimo sforzo muscolare dànno intensità differenti nei diversi casi. Allora ricercando la cagione del fenomeno, s'accorge per mezzo del tatto e del senso muscolare, che l'intensità massima del suono corrisponde alla presenza d'un oggetto vicino e la minima allo spazio libero, e, ripetendo un considerevole numero di volte l'esperienza, arriva a poter stabilire un esatto paragone tra la posizione dei corpi e le modalità dei suoni.

Questo lento processo di associazione delle idee è quello che costituisce l'esercizio del senso auditivo.

Il senso dell'udito nel veggente non riceve lo stesso sviluppo che nel cieco, perchè manca a lui un alto grado di attenzione, il concorso della quale è indispensabile a rendere cosciente e proficuo l'esercizio di qualunque senso. Egli va una percezione esatta degli oggetti e della loro posizione mercè la vista, sicchè non è costretto a giovarsi delle percezioni auditive immensamente più limitate ed imperfette; perciò la sua mente si avvezza a trascurare i suoni riflessi, anzi a respingerli come un elemento perturbatore. In ciò soltanto noi riteniamo consistere la perfettibilità dei sensi, perchè i risultati sperimentali ci hanno convinto della poca influenza che si può attribuire allo sviluppo anatomico degli organi sensori; ed a confutare le contrarie opinioni, basta osservare come le impressioni semplici, sonore, tattili e muscolari, siano rilevate con pari approssimazione reale dal cieco e dal veggente. Infatti il dottor Giazzi in un suo studio sperimentale sulla facoltà auditiva nei ciechi, eseguito sugli alunni del Regio Istituto Vittorio Emanuele di Firenze, riscontrò in essi un udito tutt'altro che fine, il che non toglie loro la capacità di giovarsi dell'udito con molto maggior profitto del veggente. Anche a proposito dei sordo-muti, dei quali l'acuità visiva è generalmente ritenuta superiore a quella dell'uomo normale, il Ferreri ed altri competenti sperimentatori non ammettono in essi alcuno sviluppo fisiologico della vista; ma lo ritengono unicamente un pregiudizio. « Lo sviluppo apparente dei sensi nel caso della mancanza di alcuno di essi non dipende da alterazioni fisiologiche degli organi sensori, ma sibbene dalla mutata applicazione dell'elemento attenzionale e dalla conseguente associazione mnemonica delle percezioni specialmente auditive e tattili colle cause che le producono ».

III.

Il cieco, divenuto tale in età adulta, nei primordi della sua nuova vita può rappresentarsi le immagini luminose, ciò che avviene con mirabile vivezza particolarmente nei sogni; ma dopo qualche tempo gli si affievolisce talmente il ricordo della luce, che anche nel sogno cessa per lui il conforto dei fantasmi luminosi, e la rievocazione volontaria divien un vano sforzo della mente. Del resto importa osservare che le *percezioni colorate sono per il cieco divenuto inseparabili dagli oggetti in unione dei quali sono state percepite e perciò inapplicabili ad altre forme estranee.*

Ho potuto notare sopra me stesso che la ricordanza rimastami delle immagini luminose va sempre più affievolendosi man mano che mi allontano dal giorno in cui io perduto la vista e che i colori degli oggetti, da me con isforzo evocati, vanno generalmente uniti ad una determinazione locale, eccetto il sole e la luce diffusa.

Ricordo, per esempio, la blanda luce della luna, veduta dall'aia innanzi a casa mia; il contrasto del nero e del bianco della scrittura, osservato negli avvisi comunali affissi ad una casa vicina; la bianchezza dei pannilini, visti sopra una siepe; il colore della rosa e di molti altri fiori e frutta; tutte insomma o quasi tutte le percezioni luminose sono congiunte al ricordo d'un luogo o di un oggetto e magari dell'uno e dell'altro insieme.

È facile il comprendere come nel cieco il ritorno dei medesimi fantasmi e delle medesime idee innanzi alla mente debba necessariamente avvenire con molta maggior frequenza che nel veggente, e ciò per due ragioni: l'una, perciè la mente sua, essendo meno affollata d'immagini in conseguenza della limitazione apportata nel campo percettivo dalla mancanza della vista, può riposarsi sulle medesime immagini allo stesso modo, per esempio, che cri è obbligato ad aggirarsi in uno spazio relativamente ristretto deve per forza ripassare più volte in un medesimo luogo e ne prende così in breve tempo una esatta cognizione; l'altra, perciè il concorso della memoria è assolutamente indispensabile nel fatto della compensazione della vista per mezzo dell'udito e specialmente del tatto.

Infatti abbiamo veduto che, mentre le percezioni visive hanno un carattere eminentemente sintetico e comprensivo, talciè mediante un solo segno complesso si possono contemporaneamente trasmettere all'intelligenza più segni sensibili armonizzanti fra loro, come i lineamenti d'una persona o le forme d'un vegetale o l'aspetto maestoso del cielo scintillante di miriadi di stelle, il tatto invece è un senso di carattere più strettamente analitico, e siccome le impressioni da esso trasmesse sono, considerate ad una ad una, di pochissima estensione (cosicciè ne sono necessarie molte, disposte in ordine successivo, perciè noi possiamo acquistare un'esatta cognizione degli oggetti esteriori), così è evidente che vi ra bisogno continuo della azione della memoria, per conservare invariato il ricordo dell'ordine delle impressioni. Anche l'udito richiede l'esercizio della memoria nel fenomeno della compensazione, ma in un grado senza confronto inferiore a quello del tatto.

La vivezza delle immagini che si riferiscono alle percezioni sensitive è grandemente favorita nel cieco dall'intensità dell'attenzione abituale, che giova naturalmente anche al buono e logico collocamento dei fantasmi nell'ordine della memoria, la quale giunge per tal modo ad acquistare maggiore tenacità e fedeltà. Più di tre secoli or sono Ortensio Landi nel suo *Libro dei Paradossi* diceva: « Veggio il cieco dotato sempre di maggior memoria per non essere dalla luce degli occhi in varie parti distraato ».

Nel cieco havvi uno speciale sviluppo nella memoria dei suoni e in gradazione discendente anche in quella del tatto e del senso muscolare e da ultimo in quella degli odori.

Negli individui privi della vista il senso dell'udito è il maggiore e quasi l'unico per cui si compie la vita di relazione, ed è perciò superfluo il dimostrare quanta sia l'esperienza che è costretto a farne di continuo. Egli riconosce a grande distanza di tempo le persone dal timbro della voce, come non farebbe per mezzo della vista il più acuto fisonomista; e quando si dedichi alla musica ritiene in breve tempo così esattamente il tipo di ciascuna nota della gamma, da riconoscere prontamente le note che compongono un dato accordo e il tono in cui è suonato un pezzo di musica qualsiasi, ciò che gli altri cultori dell'arte giungono a poter fare soltanto in capo a molti anni di assiduo esercizio.

La ritentiva delle parole è ancor essa molto considerevole nel cieco, e così quella di tutti i concetti del pensiero, che per mezzo della parola si possono significare. Di ciò si può avere una prova sperimentale nel fatto che la cultura intellettuale dei ciechi è quasi esclusivamente fondata sulla trasmissione orale, ad eccezione delle prime due o tre classi elementari, e che basta leggere a un cieco di mediocre intelligenza due volte un brano di otto o dieci righe, perchè egli sia in grado di ripeterlo letteralmente.

Un ultimo fatto che dipende in parte dalla memoria applicata alle sensazioni tattili e muscolari, e per un'altra dalla potenza concentrativa del cieco, ci par degna di nota, ed è precisamente quello della gran facilità di associare i segni fonetici colle percezioni tattili, o meglio colle immagini di tali percezioni.

Ma per ispiegare con un esempio: se noi facciamo oralmente ad un cieco la descrizione d'una figura qualunque, e per prendere un caso particolare, gli facciamo la dimostrazione d'un teorema di geometria, per il quale si richiede una costruzione lunga e un intreccio di linee complicato, finita l'esposizione, noi possiamo constatare, che, quando essa sia stata molto esatta, il cieco si è formata un'immagine *ipotipica* molto chiara di ciò che abbiamo voluto rappresentargli, il che non avviene che in limitate proporzioni nell'uomo normale.

Questo proviene evidentemente dalla vivezza dei fantasmi tattili, i quali richiamati ed ordinati dalla determinazione di una particolare disposizione fatta con parole, producono quello che si potrebbe in certo modo chiamare fenomeno d'ipotiposi. A questo proposito mi ricordo che io, studiando geometria piana, riteneva una così chiara idea delle figure apprese col tatto per mezzo di linee punteggiate, che mi riusciva facile di ripetere la costruzione e la dimostrazione di quasi tutte le figure anche le più complesse, apponendovi qualsiasi ordine di lettere; e parecchi anzi dei teoremi li apprendevo anche senza il sussidio di figure tattili.

Il cieco non può ritenere esattamente le impressioni muscolari ricevute passivamente, mentre arriva con facilità ad imitare e a ricordare le posizioni percepite direttamente col tatto attivo. Della verità di ciò io ho avuto occasione di fare sufficiente esperienza un giorno che per combinazione mi trovai qui, in Firenze, insieme con un sordomuto. Egli non sapeva parlare (non meravigli l'espressione, perchè oggidì sono pochi i sordomuti ai quali essa si possa applicare): ciò non ostante nutriva un vivo desiderio di comunicare con me per interrogarmi intorno alle sensazioni che provano i ciechi, come io d'altra parte desiderava di conoscere la natura di quelle provate dai sordi. Allora per mezzo della madre sua gli feci intendere che la cosa sarebbe stata possibile, quando egli m'insegnasse l'alfabeto dei sordomuti, ed egli cominciò a dispormi le dita in modo da indicare le prime cinque o sei lettere; ma, per dire la verità, ne capivo ben poco, e quand'anche era riuscito a capire, non tardavo a dimenticarmele, confondendo l'una con l'altra. Pensai quindi di ricorrere al sistema inverso, di toccar le sue mani mentre egli eseguiva in ordine le venticinque lettere e di tentare poi d'imitarle io stesso. La prova riuscì a meraviglia; dopo due volte ch'egli ebbe ripetuto l'alfabeto, io ero in grado d'imitare perfettamente ogni lettera, e così si potè impegnare una conversazione animatissima, e abbastanza rapida, giacchè, mentre colla sinistra tenevo una mano di lui per sentire i segni, c1'egli faceva, colla destra gli rispondevo.

IV.

Se per concentrarsi è tanto necessario all'uomo normale l'eliminazione degli stimoli sensori, non ci occorre dimostrare quanto sia confacente alla profonda riflessione la mancanza organica della vista, la quale, mentre limita estremamente il numero degli oggetti percepiti dal cieco, in compenso raddoppia di vivezza le immagini.

L'attenzione interna, la quale diventa si può dire abituale pei ciechi, produce adunque come precipuo effetto il rinvigorirsi dei fantasmi presenti allo spirito e li rende quindi più atti non solo a lasciare traccia profonda di sè nella memoria, ma anche a renderle più intensi i sentimenti che si svolgono in relazione con esso. Da ciò deriva chiaramente che i sentimenti stessi debbono essere nel cieco molto più vivi e più persistenti che nell'uomo normale, e così più facili e più tenaci le passioni. Perciò è errata l'opinione di coloro che con soverchia leggerezza di giudizio sentenziano il cieco essere generalmente incapace di forti sentimenti, solo perchè non riscontrano in lui la vivace espressione del volto e degli atti; e non osservano anzitutto che la mancanza del senso visivo, mentre accresce l'intensità e la durata delle affezioni dell'anima, le riduce però di quantità, limitando il numero delle cause occasionali di eccitamento; e che d'altra parte la manifestazione esteriore delle interne commozioni, la quale dopo lo sguardo è data dal gesto, diviene nel cieco scarsa ed imperfetta.

Frutto della concentrazione sono anche la chiarezza delle idee, lo acume nello scoprire i loro rapporti, e la conseguente sicurezza nel sapere collocare ed ordinare, ciò che torna di compenso larghissimo alla scarsità dei mezzi di acquistarle.

Un fatto che accompagna la misera condizione dei ciechi è la mancanza di curiosità, o per lo meno un profondo intorpidimento di questo potente stimolo dell'animo umano, che è il principale fattore dello svolgimento della vita intellettuale. Cotale intorpidimento non permette al cieco nato, privo di educazione sociale, di approfittare neanche di quelle scarse possibilità che gli sono fornite dai sensi rimastigli. Il numero e la varietà infinita degli stimoli sensori visivi scuotono la mente eccitandola a paragonare fra loro le diverse percezioni, e quindi a ordinarle secondo le leggi psicologiche d'identità e di differenza, di somiglianza e contrapposto, di gradazione, ecc., mentre la scarsezza la lascia inerte e pigra tanto da farle rasentare un apparente ebetismo. A conforto di questa opinione ricorderemo il caso della sordo-muto-cieca Laura Bridgman nella quale erano così sopite le facoltà intellettive per l'estrema deficienza dell'educazione naturale, che il dott. Howe dovette affaticarsi più e più giorni per riuscire a risvegliare in lei la semplice idea che le si voleva insegnare col mezzo del tatto; ma il desiderio di conoscere, non appena fu sorto in lei, divenne potentissimo.

Per provare sperimentalmente l'insufficienza dell'educazione naturale nei ciechi nati citerò un caso, ch'io ho avuto occasione di verificare, durante la mia permanenza nell'Istituto dei ciechi di Genova, sopra un mio condiscepolo. Salvatore Mereta, cieco dalla nascita ed avente un fratello gemello nella medesima condizione, fu accolto

nell'istituto alla età di circa undici anni. Egli era affatto destituito
di forza muscolare, tanto che non avrebbe soretto colle mani il peso
d'un chilogramma durante un solo minuto. Non riusciva quasi ad
afferrare colle dita gli oggetti, e anche dopo averli presi non era atto
a trattenerli, e ciò non tanto per la mancanza dell'energia fisiologica
necessaria, ma ancor più per l'inerzia della volontà, come avviene
a chi sia preso dal sonno, che lascia cadere quello che tiene in mano,
perchè, sebbene la coscienza sia ancora desta in lui, pure la volontà
è, per così dire, quasi muta. Aveva un portamento fiacco e cadente, e
per muoversi era costretto a tener sempre entrambe le braccia aderenti
al muro, perciè la mancanza dell'esercizio non gli permetteva di affidarsi alle percezioni auditive, le quali restavano come prive di significato, non essendo ancora associate con quelle del tatto. Non conosceva
l'uso di nessun oggetto, e nemmeno quello delle posate, anzi possiamo
dire quello dei denti stessi, poichè non sapeva masticare i cibi, che
ingoiottiva tali e quali gli erano recati alla bocca. Tutta la manifestazione della sua vita esteriore consisteva in un movimento di rota-
zione sopra se stesso, ci'egli faceva quasi continuamente, non appena
fosse libero di sè. Questa misera condizione era una naturale conseguenza dell'assoluta incuria nella quale egli era stato lasciato dai
genitori. Ma se il cieco è fino dai primi anni oggetto costante di attenzioni per parte dei genitori e dei fratelli, non tanto per la vita materiale,
quanto per la vita dello spirito: se le doti del suo corpo sono state convenientemente coltivate mediante giuochi fanciulleschi, passeggiate, facili
occupazioni, e così via: se la sua mente può trovare un pascolo salutare
e proficuo nella conversazione dei parenti e degli amici, - allora egli non
tarda a raggiungere il livello intellettuale di sua famiglia, e talvolta anche
riesce a sorpassarlo.

Le percezioni sonore acquistano nel cieco un valore estetico di gran
lunga superiore a quello che hanno comunemente nei veggenti: tanto,
che non solamente egli si compiace delle bellezze, che nascono dall'armonia musicale e dal metro poetico, ma ritrova una fonte ricchissima di
dolci emozioni anche nei rumori più insignificanti e meglio nel timbro diverso dei suoni degli istrumenti e della voce umana: io, per esempio, giudico solitamente della bellezza d'una sala dall'impressione che ne ricevo
per effetto della risonanza dell'ambiente, sperimentata col battere il piede
o coll'emettere qualche voce in diversi punti della camera, e così avviene
che l'una m'invita più allo studio, e l'altra alla ricreazione, proprio come
accade nel veggente per ragione della prospettiva luminosa. Il tic-tac d'un
orologio mi produce una soddisfazione psicologica, quasi eguale a quella
che i veggenti provano allo splendore d'un lume, e che deriva da una
certa illusione di non sentirsi solo: il soave mormorio dei ruscelletti,
che scendono giù per il declivio sassoso del mio colle natio, mi accarezza così deliziosamente l'udito, che spesso mi soffermo lungo tempo
ad ascoltarlo, quasi volessi intenderne il linguaggio arcano e sublime:
lo sciosciare stesso della pioggia mi ridesta un senso indefinibile di letizia
e di vivacità, che fanno strano contrasto coll'umore melanconico dei
veggenti, proveniente dallo aspetto del cielo fosco e nuvoloso.

La voce umana poi risveglia nel cieco sentimenti estetici molto
somiglianti a quelli che gli altri provano osservando l'aspetto delle

persone. Nella diversa impressione dei suoni vocali egli discopre con maggiore acume del veggente l'interiore bellezza d'un animo buono e sereno, sicchè difficilissimo è il nascondere ad un cieco intelligente la vera natura dei propri sentimenti.

Le sensazioni tattili hanno anch'esse un'importanza grandissima nella valutazione estetica dei corpi. Sono caratteri di bellezza il levigato, il morbido e il vellutato, mentre l'aspro, il rigido e il viscido provocano un sentimento sgradevole. Quanto allo apprezzamento delle forme, il cieco si compiace molto delle figure rettilinee e rotonde, abbastanza semplici e regolari, poco invece del contorno variamente frastagliato, che suole generalmente offrire un alto grado di diletto allo sguardo. La figurazione piana, percepita dal cieco col tatto, non soddisfa gran fatto il suo senso estetico, meno ancora lo soddisfano i bassorilievi, mentre la scultura e la plastica gli porgono una perfetta espressione del bello. Riguardo alla disposizione delle parti d'un corpo complesso ed alla posizione simultanea di più oggetti, siccome il cieco non li può cogliere che nella serie dei momenti successivi, ed è obbligato a giovarsi della memoria applicata al senso muscolare per considerarli disposti nella loro reale contiguità spaziale, così avviene che in lui il criterio estetico si affievolisce, man mano che aumenta il numero delle sensazioni che la memoria deve sforzarsi di associare.

Il cieco pei bisogni pratici è condotto ad avvertire con maggiore acume del veggente le differenze degli odori, i quali perciò acquistano in lui un grado molto maggiore di piacevolezza e di disgusto. Inoltre, siccome il mondo delle percezioni a distanza si riduce per il cieco alle sole sensazioni di suono, di odore e di calore, è naturale che per lui un profumo molto gradito abbia la stessa potenza emotiva, che per un veggente avrebbe un fuoco d'artifizio. La spiegazione che a mio avviso si deve dare di questo invigorirsi nei ciechi dei sentimenti estetici relativi ai tre sensi, sopra esaminati, è di natura tutt'affatto psicologica e s'identifica con quella già data per l'attenzione.

I ciechi nati non potranno mai comprendere e quindi tanto meno gustare gl'incantevoli fenomeni naturali, che si rivelano all'uomo soltanto per mezzo della vista, come sarebbero a dire il lieto spettacolo dello spuntar della aurora, o il mesto cadere del giorno, o il maestoso scintillare della volta celeste in una notte serena. Se avete spiegato ad un cieco il soggetto d'un quadro colla più scrupolosa esattezza, se egli è intelligente, voi potete esser certi, che vi ha esattamente compreso, e ne potete fare agevole esperimento, facendogli ripetere la descrizione in un ordine tutto diverso da quello con cui gliel'avete fatta; ma l'animo suo resta freddo davanti alla bellezza del soggetto, perciè gli sfugge la simultanea rappresentazione delle parti, ossia quello che comunemente si dice il colpo d'occhio. Ora la mancanza di sentimento estetico rispetto a questa vastissima categoria di cognizioni genera nei ciechi un difetto corrispondente d'immaginativa, segnalato già nel 1883 dal Krause in un suo articolo inserito nelle colonne del Valentin Haug.

VI.

Il cieco nato o divenuto in tenera età, per quanta energia fisica e morale abbia ereditato dalla natura, ci mostra: primo, una spiccata tendenza alla vita sedentaria; secondo, movimenti abituali della persona di carattere particolare; terzo, una soverchia irregolarità nel portamento: quarto, mutismo ed imperfezione nel gesto; e per ultimo, inettitudine organica ad apprendere le scienze e le arti coi mezzi propri dei veggenti, eccezion fatta del linguaggio parlato. La repugnanza al moto, che si riscontra nei ciechi nati, mi pare spiegabilissima col fatto, che non essendo il cieco impressionato dalla vista degli oggetti circostanti e lontani dal proprio corpo, non prova in sè il desiderio di avvicinarsi ad essi, nè di trasportarsi da un luogo all'altro per iscoprirne dei nuovi. Gli resta, è vero, l'udito, dal quale apprende dopo qualche tempo a notare la presenza dei corpi situati a breve distanza, ma il tatto che è l'organo destinato a rendere ragione delle loro forme è tanto lento in tale operazione, che il cieco ha d'uopo di lunghissimo e tardo cammino per esplorare la propria casa e i dintorni di essa. Inoltre il camminare gli riesce ordinariamente, nonchè faticoso, spiacevole, per il timore continuo che ha di farsi male, o per lo sforzo di attenzione che gli è necessario per badare anche ai più piccoli avvertimenti del piede o dell'orecchio. Dallo scarso·movimento del corpo deriva naturalmente una notevole debolezza muscolare, la quale non può a meno di portare deplorevoli conseguenze nell'estrinsecazione delle facoltà interiori. Per combattere i gravi danni dell'inerzia fisiologica il Cambell, direttore del Reale Ginnasio dei ciechi di Londra, immaginò ed applicò un sistema pratico di educazione ginnastica, che io credo l'unico veramente efficace, o almeno il più efficace di tutti quelli finora escogitati. Egli dispose che il luogo di ricreazione fosse, invece di una spianata regolare di pochi metri, come·si vede quasi da per tutto, una vasta estensione di terreno frastagliato d'ineguaglianze continue, per cui fosse necessario ora discendere, ora salire e seguire ora una via retta, ora una via tortuosa, allo scopo di avvezzare i ciechi a muoversi con una certa francezza, e di porger loro occasione di rinvigorire i muscoli delle gambe e del corpo mediante l'irregolarità e la molteplicità dei movimenti.

Nell'educazione dei ciechi occorre anche tener conto dei movimenti abituali di alcuni di essi: tra i più frequenti sono: il premersi le dita sugli occhi che proviene dal desiderio di procurarsi i piaceri dei fosfeni, il muover più o meno rapidamente il capo da destra a sinistra, o il girare di tutta quanta la persona, che, ·per quanto io credo, deve dipendere dal fatto che essi si sono abituati a gustare quella particolare sensazione sonora, che si prova precisamente volgendo la testa dall'una all'altra parte con molta rapidità, sia mentre si parla, sia mentre si ascolta un suono qualsiasi, magari un rumore diffuso. Siffatto movimento può avere ancora un'altra origine, quella cioè del potersi rendere per tal mezzo più esatta ragione della provenienza dei suoni, il che si effettua assai meglio in istato di movimento, anzichè d'immobilità, per il continuo modificarsi del rapporto d'intensità dei due orecchi. È necessaria la più solerte vigilanza da parte degli istitutori dei ciechi sopra tutti gli atti esteriori dei loro ammaestrati, almeno fino ai dodici o quindici anni, fino cioè a quell'età, in cui il giovane non può, se non difficilmente, contrarre abitudini organiche difettose. La stessa accurata diligenza è d'uopo raccomandare agli educatori per correggere un difettoso portamento della persona, quale si trova nella grande maggioranza dei ciechi, non esclusi quelli che sono usciti dai più famosi educandati: chi porta il capo basso, chi lo inclina su di una spalla o lo solleva esageratamente, chi sta curvo sulla persona e chi colle braccia rattrappite, e così via. I mezzi con cui l'uomo

può senza la menoma fatica governare esteticamente i moti esteriori
del proprio corpo sono l'osservazione dell'esemplare di natura negli
altri uomini e l'imitazione perfezionatrice di esso mediante la vista;
ora il cieco non può fare questa osservazione, e perciò si abbandona
pienamente alle cause fisiologiche interne ed esterne. L'unico sistema
per supplire a questo difetto dell'educazione fisica del cieco è una correzione amorevole e continua.

Dalla mancanza della vista, ossia dalla impossibilità dell'imitazione
diretta degli altri uomini, deriva anche al cieco il così detto mutismo
del gesto. La quasi uniformità sostanziale del gesto presso tutti gli
uomini potrà far credere a qualcuno che esso sia dovuto principalmente a un bisogno fisiologico intrinseco alla costituzione del corpo
umano; ma ciò è dimostrato falso appunto dal fatto che nel cieco nato
non esiste nessuna forma di gesto propriamente detto. Il gestire, a parer
mio, deve questo suo carattere di universalità all'ufficio stesso, cui è
destinato, d'imitare cioè gli atti esteriori dell'uomo, di determinare la
posizione dei corpi nello spazio, la loro forma e i loro movimenti. L'insegnare il gesto al cieco, oltre che non pare presenti una grande utilità, è sempre un'impresa molto difficile, perchè non si riesce se non
a gran fatica a togliere ai movimenti quella rigidità e quella uniformità, quasi direi, meccanica; tuttavia non mi parrebbe fuori di proposito, che mentre si compie l'educazione fisica del cieco gli s'insegnassero
anche un certo numero di gesti più comuni, come, per esempio, il
salutare e il chiamare da lontano, il gesto di meraviglia, quello che
esprime grandezza e simili, e ciò per togliere alla sua persona parte
di quella immobilità che è tanto caratteristica in lui. Il metodo d'insegnamento e qualunque altro si riferisca ad addestrare le membra non
deve essere quello di disporre il braccio o la mano del cieco in quella
data posizione o far eseguire ad essa quel dato movimento; invece è
preferibile che il maestro prenda esso stesso i diversi atteggiamenti e
si faccia toccare attentamente dall'alunno, per la ragione già detta.

Se per l'uomo normale si dice che la compagnia dei suoi simili sia
per natura utile e necessaria, a più forte ragione dobbiamo ripeterlo
per il cieco. Da questa medesima condizione di cose scaturisce una
regola didattica, che non dovrebbe essere ignota a nessun istitutore
di ciechi, quella, dico, di favorire in ogni modo possibile la promiscua
connivenza dei ciechi coi veggenti. Soltanto nell'Istituto dei ciechi
di Amsterdam e parmi anche nel Reale Ginnasio di Londra è stata
riconosciuta l'utilità di siffatto provvedimento; poichè quivi gli allievi
passano le ore di ricreazione in giardini aperti al pubblico e possono
così stringere amicizia, ricevere consigli ed ammaestramenti pratici,
che li avvicinano intellettualmente sempre più all'uomo normale.

Riguardo all'educazione scientifica o istruzione propriamente detta,
siccome il cieco non può servirsi della colorazione figurata e della comune
scrittura, le differenze sono molto rilevanti, e noi dobbiamo mostrare
quali siano i mezzi più adatti per avvicinare i ciechi alla condizione
dei veggenti e quali le scienze che sono a quelli più accessibili. Per
impartire ai ciechi l'istruzione, che per lo più si restringe a quella
elementare, si usano due sistemi di scrittura: il primo dei quali consiste
in una disposizione convenzionale di punti prodotti in rilievo su carta
resistente per mezzo di una punta di metallo (metodo inventato dal
cieco Braille). Questa scrittura può benissimo esser letta dai veggenti,
dopo breve esercizio, ma resta però sempre di uso esclusivo dei ciechi

ed è per giunta molto lenta e faticosa da adoprarsi. Per le comunicazioni coi veggenti, è generalmente diffuso un sistema di scrittura, composto di una piastrina d'ottone con un foro rettangolare, la quale scorrendo sopra un regolo dentato serve di guida alla matita con cui si scrive. Questa scrittura presenta il grave inconveniente di non poter essere riletta dai ciechi: non solo, ma di riuscir confusa e indecifrabile per la menoma inavvertenza dello scrivente. Un altro cieco francese, il Billu, trovò recentemente una nuova scrittura semplicissima, la quale rassomiglia in tutto e per tutto a quella Braille, anche nell'apparecchio che serve a produrla: ma ha sopra di quella il vantaggio di dare alla disposizione dei punti in rilievo la forma esatta delle lettere comuni dei veggenti. L'immenso benefizio di poter usare la scrittura comune, aggiunto alla possibilità di rileggerla, rende questo sistema preferibile ad ogni altro: però esso non può servire che per uso di comunicazioni private, essendo molto lento, anche più di quello del Braille.

Nelle figure di oggetti, foggiate in cartone od altra materia, è importantissimo di avere le linee piuttosto rilevate, molto sottili e preferibilmente punteggiate, perchè queste, come l'esperienza insegna, stimolano più vivamente le papille tattili.

L'aritmetica è appresa dai ciechi mediante una tavola di egual traforata da buchi regolari disposti sopra più linee e ad egual distanza gli uni dagli altri: in questi i ciechi introducono numeri rilevati di piombo e possono in tal modo fare qualunque operazione aritmetica, con un metodo molto somigliante a quello di un tipografo compositore. Per diminuire la quantità considerevole dei pezzi necessari, gli Inglesi hanno immaginato, invece dei numeri comuni, una disposizione di punti collocati sulla faccia superiore di un prisma esagonale, il quale variando di posizione nel buco corrispondente, pure esagonale, fa variare il valore dei punti medesimi.

Per l'istruzione elementare, data la sufficienza del materiale bibliografico e l'uso limitato che si deve fare della scrittura, il cieco si trova alla pari di qualunque veggente, come dimostrano i resultati pratici finora ottenuti.

Invece per l'insegnamento secondario classico, tecnico o magistrale, manca ai ciechi il corredo necessario dei libri di testo stampati in rilievo, dovendosi ritenere come assolutamente insufficienti le scarse pubblicazioni di autori greci e latini e quelle riguardanti le scienze fisiche e naturali, fatte in questi ultimi tempi in Inghilterra. Perciò è giuocoforza che il cieco che intende seguire questi studi si provveda di un lettore, il quale non occorre abbia una grande coltura scientifica e letteraria, ma basta che sappia leggere le lingue alle quali il cieco si dedica od in cui sono esposte le dottrine scientifiche che egli vuole studiare. Quanto agli esercizi mnemonici e di traduzione letterale, il cieco si può giovare della trascrizione col sistema Braille; ma quanto al resto bisogna che faccia assegnamento sulla sua potenza concentrativa e sulla memoria, che da quella riceve la sua maggiore vigoria. Per la comunicazione con gli insegnanti veggenti gli diviene indispensabile un sistema qualsiasi di macchina scrivente, di cui v'ha oggi grande profusione; ma siccome il grafito di tali macchine non può esser letto dal cieco, così anche nell'uso di queste si richiede l'opera indiretta di un veggente.

Lo studio della geografia fisica, nella sua parte generale, è reso possibile da carte in rilievo che si preparano in Inghilterra. In Alsazia ed altrove, la fisica, la chimica e le scienze naturali in genere, sebbene non possano essere insegnate al cieco con metodo sperimentale, ciò non di meno possono essere apprese teoricamente con sufficiente esattezza e senza grande sforzo mentale; poiché in realtà l'esperimento serve, nell'uso scolastico, più che a dimostrare le leggi, a fissarle meglio nell'intelletto degli alunni, ciò che nel cieco si effettua invece per virtù della grande attenzione.

La geometria si rende facilmente accessibile preparando le figure punteggiate in rilievo sulla carta e applicandovi poi le lettere usate dai ciechi. In fine l'algebra si può egualmente insegnare, poiché si traduce in tutte le sue espressioni nel sistema di scrittura Braille, oppure nell'altro dei caratteri di piombo, che è stato fin qui preferito. Però il sistema Braille, modificato recentemente dal Pablasek, direttore dell'Istituto di Vienna, mentre riesce poco utile per gli studi letterari, offre invece vantaggi incontestabili per le matematiche e meriterebbe di essere conosciuto più di quello che ancora non sia.

Dopo aver esaminato sommariamente i metodi pratici più convenienti allo studio di ciascuna materia, cerchiamo di determinare quali siano i rami dello scibile che il cieco può coltivare con maggior profitto. Intanto cominciamo coll'escludere *a priori* tutte le scienze fisiche e naturali, in cui il cieco può bensì acquistare molte cognizioni teoriche ed in qualche caso eccezionale (come il Saunderson nell'ottica) segnalarsi anche in qualche parte speciale; ma generalmente, trattandosi di studi che richiedono una continua osservazione oggettiva, egli si trova in condizioni sfavorevolissime, e difficilmente potrebbe recare alla scienza alcun notevole progresso.

Le lingue moderne possono essere apprese dal cieco con molto profitto: non così le classiche, delle quali, dopo i grandi progressi della filologia, la paleografia è divenuto sussidio indispensabile. Le medesime difficoltà si presentano nelle ricerche storiche, riguardate in relazione alla paleografia stessa, alla diplomatica ed all'archeologia: quando però si studi la storia per dedurne leggi filosofiche e sociologiche, allora essa offre un campo vastissimo di proficua erudizione anche pei ciechi.

Essi possono inoltre dedicarsi con frutto alla giurisprudenza, come ne fanno fede i resultati ottenuti dalla scuola di Rochester, che diede recentemente dei procuratori e degli avvocati ciechi.

Restano per ultimo le scienze speculative, cioè la matematica pura e la filosofia. In queste il cieco può mettere a profitto tutte quelle doti dello spirito ch'egli possiede in grado maggiore dei veggenti e che dipendono dalle sue anomali condizioni fisiologiche: la concentrazione, la potenza dialettica e la memoria; mentre non gli sfugge la contemplazione piena degli oggetti, che sono per loro natura astratti e perciò quasi del tutto indipendenti dall'uso dei sensi. Inoltre queste scienze, essendo per la loro intima natura costituite in modo che raccolgono tutti i fatti particolari intorno a pochi principi generali, s'imprimono con grande facilità nella mente riflessiva del cieco, cosicchè viene considerevolmente a scemare anche il materiale bisogno di una lettura ripetuta e lo spirito trova sempre in sè medesimo un abbondantissimo pascolo intellettuale.

✠ L. ANSALDI.

ATTRAVERSO LA MONGOLIA

7 ottobre. — Gran vento stanotte. Si sentiva l'urto furioso contro la tenda e lo scrosciar della sabbia, come una pioggia, sul feltro di fuori. Per fortuna con l'alba è cessato, chè, fra quella furia, la marcia sarebbe stata forse impossibile. Ma la temperatura è ancora bassa: giudichiamo 10° sotto zero quando ci rimettiamo in cammino. Il nostro unico termometro s'è rotto nei primi giorni. Nulla si salva, dentro le carrette, dalle scosse furiose.

La stessa desolazione di ieri, la stessa terra arida, in qualche zona sabbiosa: lo stesso orizzonte sconfinato. Son queste le sabbie che nei mesi d'inverno volano al sud con la tramontana e investono la provincia del Pecili ricoprendo le città di una nuvola densa. In quei giorni l'aria divien fastidiosa fin dentro le case, chè nessuna chiusura trattiene il sottile invasore. A volte s'accumula tanto da produrre danni. Nel marzo passato fra Pekino e Tien-tsin un treno deragliò per il grande ingombro di sabbia sulla linea.

Ora l'aria è calma, altrimenti il falegname di Kalgan avrebbe avuto ragione davvero. Ci teniamo a una certa distanza fra una carretta e l'altra per poter respirare senza ingoiar troppa sabbia: conttuttociò ne entra abbastanza nelle carrette ed all'arrivo ci troviamo più neri del solito. Percorsi 250 *li* siamo a Talatolon, al confine cioè della provincia di Urga. Ciò spiega l'errore del governatore di Kalgan. Con le sue 32 stazioni intendeva parlare del cammino per arrivare sin qui. Tale confine, del resto, riguarda soltanto l'alta giurisdizione del Governo di Pekino sul paese. Il governatore di Kalgan sorveglia fin qui ed è in rapporti diretti coi capi mongoli. Al di là, subentra il mandarino cinese residente ad Urga.

Nell'ordinamento interno delle tribù mongole l'autorità cinese non ha direttamente a che fare. Esse sono rette da principi, che sono o si dicono discendenti di Gengiskan. Governano seguendo leggi tradizionali, alcune delle quali rimontano effettivamente a tempi antichissimi. Alla fine del XVII secolo nell'organizzazione che dette alla Mongolia l'impero cinese le sue leggi furono esaminate e rivedute a Pekino: riunite quindi in un Codice nelle tre lingue, cinese, mongola e mancese.

I principi ora governanti nelle varie città e tribù mongole hanno

titolo e potere ereditario: è però loro necessaria la sanzione dell'imperatore. Fra gli obblighi che sono loro imposti v'è quello di recarsi ogni anno durante la prima luna a rendere omaggio alla Corte di Pekino, portando in dono cammelli e cavalli di dato colore ed in numero stabilito dal cerimoniale. Ricevono in cambio stoffe, sete, porcellane.

Vi sono molte gradazioni di questi principi. I figli cadetti d'una famiglia principesca hanno finchè è possibile incarichi militari o secondarie attribuzioni nel governo della tribù. Come è facile immaginare, la casta dei nobili è oggi talmente numerosa da costituire una intera popolazione e principe mongolo è divenuto ormai nell'Estremo Oriente un titolo quasi di dileggio. Conservano pomposamente il nome: ma fanno qualunque mestiere, ed i russi hanno un detto ironico per questa folla di miseri aristocratici: «O principe, prendi un forcone e aiuta a spazzare il letame».

I nobili che hanno comandi militari riuniscono in determinati periodi le loro milizie per esercitarle nel tiro dell'arco. Esse sono divise in bandiere o reggimenti reclutati nel popolo nella proporzione di tre su quattro maschi di una famiglia.

Ogni anno vi è una grande assemblea di principi governanti che si riuniscono per trattare le faccende

Principe mongolo.

interne. A questa interviene un commissario imperiale cinese e nessuna importante decisione può essere presa senza il suo controllo.

La popolazione mongola resta così in definitiva suddivisa in tre grandi classi: nobili, clero e popolo. Le relazioni fra l'una e l'altra sono molto ben stabilite dalle leggi e dalla consuetudine; mentre il Governo cinese impera su tutti non solo per dominazione diretta ma anche con una sottile politica di assorbimento mirante a disperdere le ultime vestigia di questa razza che tenne un tempo la Cina sotto un giogo di ferro. Ed il Celeste impero non è il solo. Da un'altra parte, la Russia allarga lentamente la sua influenza, e, senza mostrar di volere, prepara il terreno ad avvenimenti futuri.

8 ottobre. — Siamo sempre nel Gobi: ma qua e là si comincia a vedere qualche traccia di prateria. Il terreno non è più così piano, anzi incontriamo frequenti pendii, prima rocciosi, poi, a misura che avanziamo, più teneri. Le nostre carrette, benchè oramai un po' sconquassate, van sempre benissimo: è bello veder questi cavalli slanciarsi al galoppo, per discese che i nostri mal farebbero al passo, e poi risalire, sempre con veloci andature, con l'asta e l'uomo sulla groppa, più che da lui, stimolati dalla corsa degli altri che vengono insieme. Il mongolo è cavaliere nato, li conduce a meraviglia e ne fa quel che vuole. Donne, bambini che non hanno ancora dieci anni corrono per il piano con la maggior sicurezza, partecipando senza eccezione al lavoro virile. Questi corpi, oltrechè alla fatica, son induriti alle scosse ed agli urti. A volte il trave pesante, per una violenza della bestia o perchè la bestia cade, picchia con forza sul petto o sul fianco dei cavalieri, e in qualche momento crediamo di vedere almeno le tracce d'una forte contusione. Invece nulla; è capitato anche di doverli togliere a braccia di sotto al trave che li premeva per terra e son rimontati a cavallo senza un'ammaccatura, pronti a ripigliare la corsa. Nelle ore pomeridiane siamo nuovamente in pianura perfetta; ma le zone erbose si van facendo frequenti, e, come ad accompagnare questi primi indizi di vita, anche i costumi dei mongoli son meno poveri e più originali. Ci avviciniamo alla tribù dei Kalkas, che più delle altre conserva il carattere antico e le antiche tradizioni. La veste e l'acconciatura delle donne è oltremodo caratteristica: sempre di seta, vecchia, sudicia, in pessimo stato, ma di seta ed a vivi colori. Scende giù naturale, stretta al petto soltanto.

Principessa mongola.

Una specie di giacca più ampia giunge fin sotto la vita e le maniche, quasi sempre abbellite con fregi e ricami, s'alzano al disopra della spalla in un orlo molto sporgente, così da ricordare, esagerandola, una moda che non troppi anni fa era comune fra le signore europee.

I capelli, divisi alla nuca e tenuti in un piano verticale per mezzo d'assicelle di legno o di argento, s'incurvano poi sul davanti e finiscono in treccie che pendon sul petto, così da dar nell'insieme imagine di un grande ventaglio di cui la testa occupa il centro. Sopra, un grosso cappello simile a quello degli uomini, guarnito di abbondante

pelo, e laighi nastri di
coloie svolazzanti di
dietio. Quando sono a·
cavallo ianno un bel-·
lissimo aspetto, e, da
lontano, quelle mani-
che svelte ed alte, i ac-
conciatuia dei capelli
che sembia un ·collo
alla Maiia Stuait, le assicelle d'aigento, disposte come un'auieola intoino·
al capo, danno per un momento un'illusione di eleganza e di giazia.
Bisogneiebbe non avvicinaisi per non vedeie come è iidotta quella seta
a fiorami e come son lustii i capelli per il molto giasso che mantiene·
la loio difficile architettura. Quèste donne fanno pensaie che si sieno
acconciate e vestite una volta nella vita e che tale ceiimonia debba
bastaie per sempie.

La nostia tuiba intanto per il luccic io degli oinamenti e lo svolazzar
dei nastii è diventata più allegia.

Incontiiamo antilopi e ocie, e ci feimiamo per faie un po' di caccia:
ma inutilmente. Abbiamo tentato una specie di battuta con qualcie
cavalieie che giiando molto laigo doveva spingeie veiso di noi la selvaggina. Ma le antilopi tagliano il ceicio velocissime e spaiiscono
all'oiizzonte. Le ocie si mantengono
basse; ma non si lasciano avvicinaie.

Dopo una maicia di 260 *li* giungiamo alle *jurte* di Pa-in-quo-sciò, dove
ci feimiamo per la notte. Ancie vicino
a questo villaggio, come in altii punti
della stiada, tioviamo uno stiano monumento. Niente altio che un muccio di
pietie giandi o piccole, secondo i casi,
tiiate su a cono; nel veitice piantati
molti bastoni con stiaccetti pendenti, di
tutti i coloii. Qualcie volta, fia le pietie
giezze, ve n'è una incastiata alla base
con iscrizioni in caiattei mongoli. Abbiamo cieduto dappiima che fosseio sol
tanto segnali per indicaie la via, ma
benciè abbian spesso ancie questo scopo, tali monumenti son sempie eietti per
un'idea ieligiosa.

Come in Cina, ancie in Mongolia
vi sono ancoia tiacce del feticismo antico. Lo spirito supremo anima di sè
tutte le cose e specialmente iisiede in
quelle maggioii che hanno aspetto più

Donna Kalkas.

solenne e maestoso. Le alte montagne, i giandi coisi d'acqua, il deseito,.
ianno una loio anima misteiiosa che bisogna adoiaie. La Cina ia
lasciato giaceie per secoli le sue iiccie minieie, per il sacio teiioie·
di distuibaie il *funciuè*, ovveio l'assetto natuiale delle cose, in ciascuna delle quali vive uno spiiito possente e spesso colleiico. Per
questo mistico concetto, fatto più di pauia che d'amoie e che deve
aveie avuto ampio svolgimento al tempo degli Sciamanni, i mongoli

d'oggi inalzano altari nel deserto, sulla vetta
dei monti, sulla riva dei fiumi, ai confini, e li
chiamano *obos*. S'arrestano a questi per pregar
lo spirito delle montagne, dell'acque, del piano,
offrendo al misterio pauroso l'omaggio dei piccoli drappi di seta, non più lunghi d'un palmo.
A volte tra la fioritura delle pezzuole svolazzanti son anche ciuffi di pelo di cavallo o cammello, messi lì perchè sien protette le bestie.

9 ottobre. — Stanotte gran vento di nuovo
e oggi gran freddo. Nelle carrette, malgrado
tutte le nostre coperture, si comincia a gelare,
e siccome il vento non è cessato, è una brutta
giornata di marcia. Bisogna coprirsi anche il
viso, chè andiamo fra un turbine di sabbia grossa
e pungente. Alla 38ª stazione ci fermiamo sotto
una *jurta* per respirare un momento e far colazione. Troviamo in questo villaggio un gran
corteo, che ha sostato qui come noi. È la moglie del mandarino cinese di Urga che da Pekino va a raggiungere il marito. Partita chi sa
quanto tempo prima di noi, arriverà anche dopo, chè, ci dicono i
nostri accompagnatori, non fa più di due stazioni al giorno. Il corteo
è composto di parecchie carrette attaccate come le nostre ma ricoperte
di stoffe speciali, secondo vuole il cerimoniale. Quella della donna è
verde, il colore delle portantine ufficiali. Molti soldati di scorta sono
sparsi per le *jurte* del villaggio. Un po' a parte, quattro o cinque tende,
le più belle, sono adorne di drappi, e la dama col suo seguito è dentro
a riposarsi. Non abbiam tempo di veder la partenza del corteo, ch'è
certo interessante; ci preme ormai di far presto. Il bel tempo è finito
e non vogliamo farci sorprendere dalla neve sull'altipiano. Già oggi
cominciano a cadere punte gelate che insieme alla sabbia saettano da
tutte le parti per la gran furia del vento.

Alla fermata della sera dobbiamo accomodarci alla meglio in una
jurta sola perchè l'uragano ha buttato giù tutto l'appartamento preparato per noi. Siamo stanchi, chè la strada nel pomeriggio è stata
difficile: abbiamo trovato ripidi pendii e ci siamo convinti una volta di
più che il far le carrette con assi così larghi è una cosa indispensabile. Naran è la tappa di stasera: vi arriviamo dopo aver fatto 300 *li*,
una marcia forzata; ma abbiamo stabilito d'essere a Urga dopodomani.
Qui siamo infatti alla 40ª stazione: non ne mancano che sette.

10 ottobre. — Stamattina è arrivato a Naran un mandarino proveniente da Urga. È stato spedito al nostro incontro dall'autorità cinese
colà residente. Si unisce alla nostra truppa e ripartiamo con lui.

Il vento è cessato e quindi la temperatura, non meno fredda di
ieri, è più sopportabile: ma andiamo incontro alla neve; già si vede
all'orizzonte qualche altura bianca. In compenso la strada divien un
po' meno monotona: qui c'è dell'erba, i cavalli son più forti e nutriti;
incontriamo forti pendenze, e finalmente nelle ore pomeridiane siamo
proprio nella neve. Ma è alta solo nei punti in cui una qualche acci-
dentalità del suolo l'ha protetta dal vento, che ha spazzato ieri tutti
i luoghi scoperti.

Il gran piano del Gobi è proprio finito: ora è un discendere e-
salire continuo, piccoli corsi d'acqua e letti di torrenti, un po' di
ghiaccio qua e là; ma non cosi da render la marcia difficile. Vegetazione ancora scarsissima, qualche raro arbusto non più alto d'un

Il ministro Salvago Raggi.

metro. Vediamo però da lontano cervi e caprioli, segno che le foreste
non devon esser lontane.

Nella sera giungiamo a Dolon. È un piccolissimo villaggio addossato a una altura. Qui è alta la neve, spesso segnata da orme di lupi.
Ci dicono che se ne vedono molti intorno alle jurte, e nell'inverno più
rigido son da temersi, cioè la fame li rende temerari. Abbiamo fatto
nella giornata 260 li e ci ritiriamo nelle nostre tende molto soddisfatti
all'idea che domani vedremo qualche cosa di nuovo.

11 ottobre. — Continuiamo a traversare regioni di neve; ma qui
il paese è decisamente montuoso e i cavalli devono lavorare non poco

su per erte difficili. Sono in quattro a tirare, cioè anche i cavalieri
esterni si cingono la vita con la corda ch'è fissa sul trave e vanno
così attaccati loro per non attaccare i cavalli. Non facciamo che un

cambio prima di Urga, alla 4ti^a stazione, ch'è un grosso villaggio con molti abitanti. Vi troviamo altri mandarini venuti da Urga, sicchè la nostra turba finisce col diventare imponente.

Alle 2, dopo il breve riposo, ci rimettiamo in viaggio per l'ultima tappa. Sormontate parecchie linee d'alture, dalla vetta dell'ultimo si scorge una grande valle profonda, chiusa all'estremo da monti più alti. È la vallata del fiume Tola, che nasce poco a levante di Urga, passa vicinissimo alla città, poi correndo a sud ed a nord finisce nell'Orkon. Questo si getta nella Selenga, che sbocca a sua volta nel Baikal.

Il nodo montuoso che abbiamo dinanzi è principalmente costituito dai primi contrafforti dei monti Jablonoi, che prolungandosi poi in direzione nord-est si riallacciano alla catena degli Stannovoi e fanno con questi l'alta barriera che separa il bacino dell'Amur da quello del Baikal e dei fiumi che si gettano a nord. Hanno qui una varietà infinita di nomi, che rinunzio a trascriver per non creare una inutile confusione. Russi, mongoli, cinesi, li han battezzati ognuno per conto proprio ed i viaggiatori che ne parlano han completato l'opera forzando nella propria lingua le voci straniere. È da notare inoltre che questa regione, specialmente dal XIV secolo, dopo cioè la cacciata della dinastia mongola dalla Cina, fu continuamente teatro di guerre sanguinose, sicchè nomi di battaglie, di condottieri e di eroi si frammischiano a quelli geografici nei ricordi delle popolazioni, così da produrre una confusione indicibile. Là vide la luce il magnanimo Gengiskan, sicchè la montagna, il fiume, il paese vanno appellativi

Le autorità di Urga.

che rammentano il fatto glorioso; qua l'imperatore Kang-sci riportò una strepitosa vittoria e le voci cinesi si confondono ai nomi delle cose.

Fra tante superbe memorie, corre tranquilla la Tola, dividendosi giù in fondo alla valle in corsi minori che si riuniscono poi per risalire a nord in un sol fiume, gonfio delle molte acque incontrate per via. Alle falde delle alture che abbiamo dinanzi, stretta fra i monti e le acque, la santa città di Urga, circondata di ricche foreste, si presenta davvero come un riposo dopo tanta miseria.

Scendiamo giù a precipizio nel fondo della vallata e ancor prima di giungere al fiume, al gran galoppo ci viene incontro un drappello di cavalleria armato di archi e di freccie. Il suo comandante scambia poche parole col nostro mandarino, dispone i suoi uomini in due file ai lati delle carrette, e si prosegue la corsa.

Il fiume è abbastanza profondo ed in qualche punto anche rapido, ma, suddiviso com'è in molti rami, non è difficile il guado.

Immediatamente al di là troviamo altra cavalleria che ci aspetta. Questa va grandi stendardi cremisi; i soldati vestono tunica bianca con fregi rossi, e una specie di turbante sul capo. A mala pena rie-

scono a trattenere i veloci cavalli che non sanno tollerare il breve
galoppo delle nostre bestie. Un messo del mandarino di Urga va portato le carte da visita sue e del principe mongolo che governa il paese.
Li troviamo coi loro seguiti a un chilometro dalla città sotto un gran
padiglione di tela dove vanno preparato dolci e rinfreschi. Ci tratteniamo
brevemente con loro. Il mandarino cinese è un bel vecchio con barba
e baffi, abituato, si vede, dal contatto dei russi, a trattare con europei.
Questo è il rappresentante del Governo di Pekino; in tutte le funzioni
che non sieno propriamente di carattere interno va la precedenza sul
principe, che è un giovane di 25 anni, piccolo, di fisonomia non troppo
intelligente. Ha alla cintura l'*indispensabile* che portano tutti i mongoli: un astuccio di metallo in cui sono infilati gli stecchi per mangiare e un coltello; una borsetta con acciarino ed esca. A volte questi
oggetti sono d'argento o d'oro e ne ho visti di grande valore.

I nostri due servi sono rimasti indietro; ma c'è un sott'ufficiale
dei cosacchi, mandato incontro al Ministro dal Console russo, che fa
da interprete alla meglio. Del resto la conversazione è sullo stampo
di tutte le conversazioni cinesi. Il mandarino ci offre alloggio per il
tempo che resteremo ad Urga; ma il Ministro partendo da Pekino ha
già accettato la ospitalità offertagli al Consolato russo, dove ci rechiamo
subito dopo aver ringraziato queste Autorità della loro gentile accoglienza.

La città di Urga è divisa in due parti molto ben distinte, la parte
mongola e la parte cinese, propriamente detta Maimacen, con una parola generica che i cinesi adoperano per indicare una specie di colonia
commerciale; significa appunto: luogo del commercio. Città cinese e
mongola distano fra loro circa tre chilometri ed a metà di questa
distanza è il Consolato imperiale di Russia, l'unico che sia ad Urga.
Il nome Urga del resto non è nè mongolo nè cinese, ma russo; i mongoli chiamano il paese Bogdo Kuren (Campo Sacro), ma è conosciuto
anche colla designazione di Hure (chiuso, recinto) ed il suo nome intero
sarebbe appunto Bogdo Lama en Hure (Recinto del Santo Lama).

Il vice-console, in assenza del console generale, fa gli onori di
casa con estrema cortesia. Abbiamo finalmente delle stanze, con dei
letti, fra mura europee, e le enormi stufe russe ci fanno dimenticare il
freddo di questi ultimi giorni.

È davvero una gradita oasi questo Consolato che s'incontra dopo
tanti giorni di viaggio in un paese così privo d'ogni risorsa. Le nostre
provviste erano agli sgoccioli; qui c'è tutto, e l'ottima cucina russa è
il primo passo verso i paesi civili.

Troviamo tre ufficiali tedeschi che tornano dalla Cina in Germania.
Partiti da Tien-tsin il 1° settembre e cioè più che 20 giorni prima di
noi, sono arrivati ieri soltanto. Son venuti a cavallo, con cavalli europei
e si son fermati qua e là per cacciare, in complesso con poca fortuna.
Hanno tenuto una direzione più a levante, e per non aver bestie adatte
alla traversata, il loro viaggio è stato meno semplice del nostro. Ci riu-
niamo tutti ad un allegro pranzo al Consolato insieme ad ufficiali russi
che son qui di guarnigione.

Da parecchi anni la Russia tiene ad Urga un distaccamento di
cosacchi e di fanteria comandati da un tenente colonnello che va cinque
o sei ufficiali ai suoi ordini.

All'epoca dei disordini in Cina il distaccamento fu rinforzato, ma
non vi fu occasione d'adoperarlo; i mongoli son rimasti tranquilli.

Conta ora 250 soldati, che stanno costruendo attorno alla caserma ed al Consolato una specie di spalto con trincee, palizzate e ostacoli contro la cavalleria. Il recinto diventerà un vero fortino. Ai mongoli, che, forse non senza ragione, chiedevano il perchè di tanti lavori, han risposto che si facevano per non far scappare i soldati dalla caserma.

Decidiamo di fermarci tutto domani anche per passare un po' in rivista il nostro bagaglio grosso che non deve essere in ottime condizioni. Dobbiamo anche far riparare le carrette per bene e, se c'è tempo,

Principessa mongola.

il Ministro Salvago non vorrebbe rinunciare a una bella partita di caccia che ci offrono con insistenza, promettendoci selvaggina d'ogni sorta. Per ora il tempo sembra poco favorevole, ad ogni modo potremo decider domattina.

Andiamo a dormire intanto sopra un piano meno duro del solito, dopo un lungo scambio di brindisi con la tradizionale *votka* dei russi.

12 ottobre. — M'ero proposto di veder la città: ma non si vede che neve e neve da ogni parte. Tutta la notte è caduta ed ha raggiunto un mezzo metro di altezza. Usciamo per andare a restituire le visite al comandante militare russo, al mandarino cinese, al principe mongolo. Fuori soffia ora un vento gelato che fa più rigida la temperatura. Siamo a 18 centigradi sotto zero; ma, per questo vento, è come fossero trenta.

L'incaricato d'affari cinese (così chiamano qui il rappresentante del Governo di Pekino) ci avverte che il mandarino che è venuto con noi per l'altipiano, finito il suo incarico, tornerà indietro, e fino a Kiakta saremo accompagnati da un principe mongolo. In cambio della sua buona volontà noi gli diamo notizie della moglie, che abbiamo incontrata a poche tappe da Urga e che abbiamo saputo essere in buona salute.

Il principe, da cui ci rechiamo dopo, ci riceve in una casetta costruita e disposta alla maniera cinese, ma sappiamo che è un luogo riservato soltanto alle visite: egli, da vero mongolo, vive nella sua *jurta.*

Tornando al Consolato il freddo è insopportabile, le vetture sono scoperte e gli occhi son così saettati dal nevischio pungente che è impossibile veder qualche cosa. Benchè sia mezzogiorno, in casa siam quasi all'oscuro: non si vede neppur l'alto monte che è di faccia, a poca distanza: il Monte Sacro, ai cui piedi è l'abitazione del Kutuktù, coperto da una folta selva di pini, ed abitato da numerosi cervi che non si posson cacciare perchè anch'essi, appartenenti al Dio, partecipano della sua divinità.

4

Nel pomeriggio il tempo accennando a rimettersi un poco, è decisa
la caccia che ieri fu progettata. Ritarderemo così la partenza di un
giorno. Il Ministro Salvago va col vice-console; si dovranno incontrare
sul posto con due o tre ufficiali russi. Io resto perciè, se è possibile,
voglio profittare di domani per visitare il paese. La piccola comitiva
parte in vettura accompagnata da qualche cosacco, tutti seppelliti fra
coperte e pelliccie. Servono a poco però; il tempo, che ha fatto sperare
un istante, non s'è rimesso punto e li vediamo allontanarsi fra la bufera dubitando molto che non debban tornare indietro.

Attorno al Consolato girano cani affamati in cerca di cadaveri, passa
qualche mongolo a cavallo procedendo a stento fra il vento e la neve.
È il triste inverno siberiano, l'inverno che ammazza senza pietà, che
intristisce ogni cosa, seminando miserie e dolori per tutta la vasta regione dell'Asia settentrionale. Dicono però che ad Urga un tempo come
questo di oggi è eccezionale, che godono di molto sole e la temperatura è in massima più alta che sull'altipiano. Speriamo dunque domani.

13 ottobre. — Un po' di sereno e meno vento di ieri. Vado col
segretario del Consolato a girar per le vie della città mongola.

Mentre all'esterno, verso il fiume, la maggior parte delle abitazioni
sono *jurte* o casette di legno, qui si trovano piccole costruzioni in mu-
ratura e persino qualche casa d'aspetto europeo, costruita e abitata dai
mercanti russi che si trovano a Urga in numero considerevole. V'è
anche una succursale della Banca Russo-Cinese.

Visitiamo la città mongola, Bogdo Kuren. Le viuzze strette e sel-
ciate di pietra grezza, le piccole case a cui si accede per un angusto
cortile, le botteghe, in cui pigri mercanti stanno seduti a sorbire il thè
con l'immancabile pipetta alla bocca, e sin gli odori di grasso e d'aglio
ricordano in tutto le città della Cina del nord. In generale i mercanti
sono appunto cinesi, stabiliti qui per il loro commercio, e nei magazzini
si trovano gli stessi oggetti che in Cina, meno ricchi, con minore
abbondanza, ma su per giù le solite cose. Lavoretti in legno, vasi di
rame e di bronzo, smalti, sete, ricami, ecc.

Il traffico principale di Urga è quello del tè e qui propriamente
avviene lo scambio dei prodotti cinesi e mongoli con quelli della Russia
asiatica.

Questo commercio, i rapporti continui che uomini d'affari ed autorità russe ranno col paese sono le naturali occasioni che il Governo
di Pietroburgo sa sfruttare efficacemente per procedere nel suo lento
e continuo lavoro.

Ai cinesi non importa nulla di costruire strade per giungere sollecitamente a Pietroburgo; ma i russi tengono moltissimo ad arrivar
presto a Pekino, e l'altipiano è lì che pare aspetti le rotaie. L'unica
difficoltà sarebbe quella dei rifornimenti, ma si rimedierebbe come s'è
rimediato altrove; e, se il tragitto dal Baikal ad Urga sembra oggi
troppo aspro per una ferrovia, non è detto che sarebbe impossibile
superarlo, o scegliere magari un altro punto più adatto per l'allacccia-
mento alla Transiberiana.

Creare una sollecita via di comunicazione con la Cina del nord è
il sogno politico, militare e commerciale della Russia, che, soggetta
alle altre potenze europee nell'industria dei trasporti per mare, fa ogni
sforzo per questo ambito ideale. Una linea che traversasse la Mongolia,
quand'anche gli inconvenienti della Transiberiana non fossero rime-

diati, condurrebbe da Pietroburgo a Pekino in meno di 15 giorni. e la Russia, pur essendone ancora molto problematica la riuscita finale, avrebbe fatto un gran passo verso la concorrenza alle linee di navigazione che hanno ora il monopolio dei traffici coll'Estremo Oriente.

Il Consolato ad Urga è stabilito da oltre quarant'anni ed è l'unico Consolato europeo. La Banca Russo-Cinese ha ottenuto qui importanti concessioni dai principi mongoli: ha messo in circolazione il rublo e questa moneta è ora popolare anche fra i mongoli del Gobi. Non sono molti anni che nella stessa Urga si usavano più comunemente, come monete, le tavolette di thè portate a carri sul mercato, dove si compravan con esse oggetti e bestiame. Ora il rublo è universalmente conosciuto, mentre il dollaro che ha corso in Cina non è possibile trovarlo neppure dai cambiamonete.

Lo stato maggiore dell'esercito russo si è incaricato da parte sua di fare una topografia completa della Mongolia orientale, riallacciandola a quella della Siberia. È stata pubblicata in molti fogli, nè vi sono carte della Mongolia più dettagliate di queste. Una speciale edizione è tenuta riservata, ed in essa sono inclusi tutti i dati che hanno importanza militare: descritte le risorse di ogni villaggio, fin sulla frontiera cinese ed oltre, con il numero dei cavalli, dei carri, dei cammelli su cui si può fare assegnamento in una requisizione di guerra.

Aiutata dalla naturale avversione che i mongoli hanno per i cinesi, l'influenza russa diviene ogni giorno più grande a scapito di quella del Governo di Pekino. I mongoli, mercanti, padroni di bestiame, o semplicemente popolani, trovano più convenienza a trattare con i russi, e questi avrebbero un appoggio sicuro nel paese stesso, se una occasione qualunque precipitasse gli eventi. Efficacissimo aiuto al progredire di tale influenza sono i Buriati, tribù del Nord soggetta allo czar fin dal 1644, a questo devota, e che serve mirabilmente d'anello, di congiunzione coi mongoli.

URGA. — Tempio del Maidari.

Così, nel fatale succedersi degli eventi, i vassalli di un tempo saranno padroni dei loro padroni. Fino al XV secolo i sovrani mongoli ricevevano nella capitale Karakorum gli omaggi dei principi russi, e la loro dominazione si estendeva possente e temuta sino alla lontana Moscovia. Mutate oggi le sorti, la nazione mongola ha vissuto: restano gli avanzi, destinati ad ingrandire le forze che le son cresciute d'intorno.

Ad Urga vi sono molte pagode e moltissimi lama. Su 30.000 mongoli ve ne contano poco meno di un terzo dedicati al sacerdozio.

Andiamo a vedere il tempio del Maidari posto in alto, sul declivio del monte e sormontato da una larga cupola gialla che risplende come un sole sulla città sottostante. È una bella costruzione, elegante, che si stacca un po' dal solito stile, ricordando curiosamente in qualche dettaglio le linee dell'architettura egiziana.

Nell'interno sembra un bazar: i muri sono completamente nascosti sotto la gran copia d'immagini, di figure simboliche, di grosse statue: trombe e tamburi in quantità, e dal soffitto scende giù la solita pioggia di sete d'ogni forma e d'ogni colore. Sul davanti, e precisamente sotto

la cupola, s'alza l'enorme simulacro del Maidari alto una dozzina di
metri, ricoperto di splendide stoffe e di cuoio dorato.

Maidari è il Dio che deve venire, quello che succederà un giorno
all'attuale Rettore dell'Universo. Secondo le sacre scritture corrono
ora i secoli sotto il quarto Budda: Maidari è appunto il titolo del quinto
Budda, del Budda dell'avvenire.

Dentro alla pagoda, ed anche esternamente, ma chiusi nel grande
recinto, vi sono molti *mulinelli di preghiere,* larghi cilindri di legno,
giranti attorno ad un'asse verticale, che
portano incisi brani di sacre scritture.

Dinanzi a questo tempio altre due
pagodine con i tetti dorati sono vietate
a qualunque straniero, e devo contentarmi di fotografarne l'esterno, benchè
i lama che ci accompagnano non si
mostrino molto soddisfatti neppure di
ciò. In questi tempietti si reca il Ghe-
ghen Kutuklù nelle grandi solennità,
lì siede sull'altare e si lascia adorare.

I mongoli sono molto orgogliosi
della loro attuale divinità, la cui famiglia pare tragga una lontana origine
proprio dalla Mongolia. È giovane ancora e molto ricco, non solo per le
grandi offerte dei fedeli, ma anche per
sue private proprietà; possiede immense estensioni di territorio con foreste e praterie ed i più veloci cavalli
del paese.

Le corse, che si fanno ogni anno
nelle vicinanze di Urga, sono la festa
nazionale dei mongoli. Vi si trasporta
una intera popolazione, si stabiliscono
tende, si crea una vera città nei giorni
in cui esse hanno luogo. Vi interviene
con gran pompa il Kutuktù, insieme
all'incaricato d'affari cinese, che, in
questa occasione, occupa il terzo posto,
dopo di lui e dopo il principe governante. A tali corse prendono parte più
di mille cavalli, ed hanno capitale importanza nella vita del paese.

Il Kutuktù
Dio vivente o Gran Lama di Urga.

Fuori della città, ripassando un ramo della Tola, arriviamo alle
case del Kutuktù. Sono costruite alle falde del Monte Sacro e v'è un
po' di tutto: stile cinese, tibetano e persino un edificio europeo.

Sembra che questo gran dignitario, o per gusto proprio o perchè
nella sua qualità di essere soprannaturale non può sopportare rivalità
di sorta, imiti qualunque cosa nuova veda fare dagli altri. Così si è
costruito una casa identica a quella del Consolato russo, facendone
copiare non solo il disegno ma fino i più minuti dettagli. Attorno a
questa, ove risiede abitualmente, sono sparse altre casette di legno di
varia forma e colore. Piccoli archi trionfali simili a quelli di cui i cinesi ornano le loro città, grandi aste con caratteri, fregi e palle dorate.

Case del Gran Lama di Urga.

I tetti sono gialli, cè le divinità lamaiche ianno in comune con l'imperatore cinese il privilegio di questo colore. Vicino alle abitazioni, in un altro recinto, son chiusi i cervi sacri, una diecina; splendida razza d'animali di grossa corporatura e magnifiche corna.

Mentre giro fra la neve per prendere qualche fotografia esce da tutto quell'intrigo di case e casette un lama che mi guarda con aria sospettosa.

Il Gran Lama nelle vesti sacerdotali.

Non è lecito agli stranieri avvicinare il Kutuktù; egli esce solo qualche volta dalla sua residenza per passeggiare in carrozza o a cavallo: questa uscita è annunziata da un colpo di cannone. Si mostra in pubblico, come supremo capo dei fedeli, in certe processioni religiose. Veste allora gli abiti sacri ed è trascinato in un carro per le vie della città con gran pompa di colori e di suoni.

Da qualche tempo si trova ad Urga un'altra mezza divinità vivente, di cui non sono arrivato ad aver notizie precise, nè l'ho vista nominata nelle relazioni di altri viaggiatori; ma è forse appunto perchè la sua presenza data da pochissimi anni. Questa è incarnata nel corpo d'un elefante e pare abbia qualche misteriosa relazione di parentela con il Kutuktù. Anche l'elefante, adorno di sacri paludamenti, è trascinato dai mongoli per le vie del paese sopra una gran piattaforma a ruote; ed è ammaestrato in modo che i suoi custodi al passaggio dell'altro Dio gli fanno abbassare la testa; dal quale atto i fedeli traggon motivo di grande allegrezza.

Torniamo al Consolato anche oggi discretamente intirizziti dal freddo. Alle 18 arrivano i cacciatori in uno stato che dice da sè come sono andate le cose. La caccia è riuscita una penosa odissea. Un cosacco ra un orecchio completamente gelato; due mongoli son morti di freddo dopo essersi smarriti nella foresta.

Mi racconta il Ministro che poco dopo partiti, con un freddo intensissimo, si son trovati in mezzo alla bufera violenta così da non vedei più neppure il cavallo attaccato alla vettura. Venuta la notte e smarrita naturalmente la strada benché il vice-console fosse praticissimo dei luoghi, sono entrati in un corso d'acqua, s'è rotto il ghiaccio e han dovuto lavorare con l'acqua alla cintola per tirar fuori cavalli e vettura. Dopo aver vagato così fino alle 10 hanno finalmente trovato la *jurta* a cui erano diretti e dove dovevan passare la notte. Nessuna traccia degli altri ufficiali incaricati di portare i viveri; sicché trè e un po' di montone appena riscaldato. Nella *jurta* si son trovati insieme a 14 persone, tutti mongoli, uomini e donne, rifugiati là dentro, e anche un vitello, una capra e due cani. Dev'essere stata una notte poco invidiabile. Stamattina poi hanno provato a fare un po' di caccia, e hanno visto molti caprioli, galli di monte, fagiani; ma non c'era gente per far la battuta. Tornati alla *jurta* hanno saputo che gli ufficiali avevan perduto la strada come loro e avevan girato tutta la notte in mezzo al turbine. In conclusione un enorme disagio e niente selvaggina. Soltanto il Ministro ha ucciso un fagiano e una starna, simile in tutto alle nostre, salvo che ha di più una macchia nerissima sul petto.

Nella sera l'incaricato d'affari ed il principe governante mandano a regalare al Ministro due pranzi cinesi. Son chiusi in grandi casse divise orizzontalmente in tre o quattro piani mobili: ciascuno ha all'esterno un numero d'ordine c'è quello in cui devono essere serviti

gl'innumerevoli piattini che porta. È una festa naturalmente per i nostri servi, che trovano ottima la scelta dei cibi e squisita la cucina. Il mandarino cinese ha mandato anche provviste che ci possono essere utili: carne fresca, vino russo, ottimo pane, dolci, ecc. Le carrette sono in ordine, aspettiamo le altre che ci sono state promesse per il bagaglio e domattina partiremo alle 10.

14 ottobre. — Fra Urga e Kiakta dobbiamo ancora fare 12 stazioni, 300 chilometri circa. Non sappiamo quanto tempo potremo impiegare, perché le strade sono in pessimo stato: da due giorni infatti al Consolato aspettano la posta dalla frontiera, arrestata per via dalla neve.

Alle 9 e mezzo viene a prenderci il principe che deve venire con noi. È un uomo sui cinquant'anni, abbastanza male in arnese, malgrado la veste di seta cremisi a fiorami ed il cappello con bottone rosa e pennacchio di pavone. Si butta giù, in ginocchio, con la fronte per terra, e ci presenta due straccetti di seta *bleu* come quelli che si vedono sulle pagode e sugli *obos*. È l'augurio ed insieme il talismano che ci farà fare buon viaggio.

Il drappello di cavalleria che venne a prenderci fuori del paese ci aspetta alla porta con i grandi archi e le freccie nelle faretre di cuoio dipinto. Lasciamo così l'ospitale Consolato russo, dal cui rappresentante abbiamo avuto la più gentile accoglienza.

Appena usciti dal paese troviamo una tenda innalzata all'aperto, la stessa che trovammo all'entrata, e molti mandarini son riuniti a darci il buon viaggio. Questi saluti all'entrata ed all'uscita delle città sono una delle usanze più solenni del cerimoniale cinese e mongolo,

Monti dietro i'rga.

nè si può del tutto negare a tali cortesie il gran valore che attribuiscono loro queste popolazioni.

Ripresa la marcia, la strada si fa sempre peggiore. Saliamo i monti a nord di Urga, camminando ora in fondo ai burroni ora sulle creste scoscese. La neve abbondantissima c'impedisce di procedere solleciti. Non possiamo andare che al passo e con grandi stenti, chè i cavalli affondano spesso per tutta la gamba e cadono continuamente. Non più la grande pianura in cui le ruote trovavano appoggio facile e sicuro: ma sentieri aspri e selvaggi, che la neve livellatrice ricopre nascondendo rudi scogli e fosse profonde. Il freddo continua ora intenso: nell'interno delle carrette (ad Urga ci siamo procurato un termometro) abbiamo 10 gradi sotto zero.

Traversiamo così foreste di pini e di abeti nel loro tetro aspetto invernale, e, verso sera, dopo la più disagiosa marcia che abbiam fatto finora, raggiungiamo il culmine dei primi monti. Ma, passata la valle, dovremo ancora salire per erti pendii. In qualche punto la neve è

ammassata così da rendere il luogo inaccessibile: cavalli e uomini ne
sono a volte quasi coperti e devono attaccare altre corde, tirar su a
braccia i veicoli. In tutto il giorno non si percorrono che 80 *li* e so-
stiamo al villaggio di Purukultè, cv'è soltanto la prima stazione.

   15 ottobre. — Oggi si cammina un po' meglio. Hanno attaccato
alla stanga due correggie di cuoio ed a queste una seconda stanga

che altri due cavalieri prendono in azione, tirando avanti alla prima.
Ed oltre a ciò altre corregge fissate dov'è possibile e girate alla cintura
dei cavalieri che circondano le·carrette liberi dal giogo. Abbiamo così
fino a 8 e 10 cavalli che tirano e si possono superare punti difficili.
Dobbiamo discendere per colli ripidissimi, veri precipizi, ed allora
lasciando due soli cavalli dinanzi, tutte le corde s'attaccan di dietro
e chi prima tirava ora trattiene. È un andar molto vario, di gran
corsa in qualche punto più piano, con stenti infiniti dove è ammassata la neve o t'erta è più forte. Bisogna discendere spesso per alleg-
gerir le carrette o perchè sul ghiaccio non ancora compatto i cavalli
van cauti e mal sopporterebbero il giogo. Traversiamo così lentamente
la valle del Kara Gol, le cui sorgenti son vicine a quelle del Tola e

che come questo si getta nell'Orkon. Malgrado tutto percorriamo più
di 300 *li* e ci fermiamo alla 5ª stazione: un gruppo di *jurte* seminate
in fondo alla valle, in vicinanza del fiume.

16 ottobre. — Oggi una caretta è rimasta stretta fra il ghiaccio che s'è spezzato e c'è voluto del tempo per liberarla. Il vecchio principe, sempre affaccendato attorno ai nostri piccoli disastri, ha fatto attaccare tutti i cavalli disponibili e lui stesso s'è girato una corda alla vita. È stata una giostra piacevolissima, c'è cavalli e uomini erano ad ogni momento per terra fra il ghiaccio e la neve; ma sempre forti ed allegri, pareva si divertissero un mondo. Questa parte del viaggio è assai più interessante della precedente malgrado i maggiori disagi ed il freddo che in qualche momento è intensissimo.

Qui bisognerebbe girare nei più grossi villaggi, a veder da vicino la vita di queste antichissime genti, e udire le loro leggende. Fra i Kalkas vivono più fortemente le memorie dei passati splendori: vivono la loro effimera vita nelle storie e nei canti, come miti di un'epoca favolosa. Il secolare dominio politico e l'interna egemonia religiosa, han tolto a queste genti la coscienza di sè e non un braccio o una mente si leva ormai ad arrestar la rovina. Pure queste alte montagne

e queste sterminate foreste parrebber create per un popolo forte. I fiumi scendono a valle pieni, rapidi, gagliardi come i cento battaglioni di un tempo, e fra le vette superbe par che debba ancor risuonare il fragor degli eserciti.

La strada che facemmo da Kalgan per salir l'altipiano, benchè varia e montuosa anch'essa, non era così bella. Qui vi sono di più le foreste di non grandissimi fusti, ma che copron letteralmente le montagne per immense estensioni. In certi punti la strada non è indicata che da un taglio d'alberi e nei luoghi piani si distende come un sontuoso viale fra i pini e gli abeti.

Prima di giungere al villaggio, dove pernottiamo, traversiamo un altro grosso corso d'acqua, anche questo a metà gelato. È il fiume Iro che nasce dallo stesso gruppo di monti in cui ha origine il Kara Gol e dopo un breve corso a nord piega ad ovest per gettarsi, come il precedente, nell'Orkon.

17 ottobre. — Abbiamo trovato strada migliore di quel che si credeva, ed al primo cambio, a mezzodì, ci assicurano che potremo arrivare in giornata a Kiakta. Sollecitiamo perciò quanto è possibile la nostra colazione modesta. Ci siamo fermati a un grosso villaggio pieno di gente. Qui le *jurte* saranno una quarantina. La nostra tenda è più del solito piena di mongoli che vengono a vederci mangiare. Son gli ultimi e li salutiamo volentieri. La consueta distribuzione di qualche po' di viveri e sopratutto quella dei recipienti vuoti desta grande entusiasmo. Il principe entra nella *jurta* e tutti fanno atto di fuggire, ma si rinfrancano poi, ai nostri gesti e all'espressione bonaria del capo. Egli si accovaccia per terra a fumare le sigarette che gli abbiamo offerte, mentre tutti gli altri restano in piedi dando segni della massima deferenza.

Il nostro *mafù* invece non mostra un grande rispetto per lui, e siccome noi gli facciamo osservare che è un grosso mandarino egli risponde sdegnoso: « Questo vai mongolo... ». Anche i cinesi hanno qualcosa da disprezzare. Non ci sembrava possibile finchè eravamo fra loro, ma è un fatto che da che siamo in Mongolia il nostro *mafù* sembra un signore.

Ci rimettiamo in cammino per l'ultima tappa. È l'estremo lembo di Mongolia, il confine dell'Impero cinese, e anche, finalmente! le ultime ore che passeremo in queste carrette che ci han trascinato per quasi 1500 chilometri.

In tutto il salire e scendere da Urga a qui ci siamo avvicinati al livello del mare di 500 metri circa, e troviamo ora una temperatura più mite. A qualche chilometro da Kiakta la neve è quasi completamente scomparsa.

Seguendo la linea telegrafica che va sino a Urga, entriamo in un magnifico bosco di pini; da questo sbocchiamo in una grande radura al cui estremo è Kiakta, e cambiamo per l'ultima volta i cavalli. Qui di carriera sfrenata ci raggiunge un drappello di arcieri, mandati a scortarci sino al confine.

Al confine non v'è un solo, ma tre paesi diversi, l'uno all'altro immediatamente seguenti: Maimacen, cinese; Kiakta e Troikoslawsk, russi. È il mandarino di Maimacen che ci fa l'onore di questa guardia e ci aspetta alle porte.

Già da lontano si vedono i bianchi campanili delle chiese ortodosse; Cina e Mongolia sono alle spalle: il regno di Budda è finito e siam giunti alla Croce.

Al di là d'una altura si scopre disposto in grazioso semicerchio il gruppo dei tre paesi. Una piccola riunione di casette cinesi e di *jurte*, Maimacen; poi le belle costruzioni di legno di tutte le città siberiane, Kiakta; e finalmente un gruppo di case bianche in cui si vedono emergere le chiese, Troikoslawsk. Dopo una breve sosta per salutare il mandarino che ci riceve, con le solite offerte, sotto una tenda, continuiamo per l'albergo russo di Troikoslawsk accompagnati sempre dalla numerosa scorta di cavalleria mongola. Traversiamo Maimacen, poi Kiakta, e sempre di gran corsa entriamo a Troikoslawks fra lo stupore della pacifica popolazione che non sa che pensare di tutto questo fracasso.

Siamo ormai fra gente come noi, vestita più o meno come noi e che pensa più o meno come noi. Alle prime figure incontrate per via, alle prime guardie ferme sugli angoli, ai primi saluti seri e corretti che si scambiano i passanti, sentiamo come un senso di malinconia. Dopo tanto deserto e vita libera d'ogni legame e d'ogni soggezione ci par quasi di tornare in collegio...

17 ottobre. — Ieri sera abbiamo congedato il principe, la scorta e tutti i mandarini minori che ci hanno accompagnato fin qui.

Molti saluti e molti rubli: anche Sua Altezza non ha sdegnato la sua parte. Lasceremo qui il *mafù* ed il dentista, a cui abbiamo fatto avere il passaporto per tornare sino a Pekino.

Si tratta ora di procurarsi i veicoli per proseguire fino alla ferrovia. Le carrette non servono più e *Mha* s'incarica di trovare un compratore. Fin da Kalgan ci assicurò che si sarebbero vendute a ottime condizioni.

Ora invece pare che il momento non sia propizio, che i mercanti non faccian richieste, che il traffico con la Mongolia sia interrotto per le pessime strade. Tutte ottime ragioni per giungere a quello che prevedevamo. Il dentista vuol fare un buon affare, rilevandole lui a vilissimo prezzo.

Conduce infatti un cinese che dopo averle esaminate a lungo, di tre carrette offre 70 dollari, un quarto del loro prezzo e un terzo al più del loro attuale valore. *Mha* protesta che questo cinese è un ladro; noi sappiamo benissimo che il ladro è lui, e il compare segue le istruzioni ricevute: pure dovremo cedere perchè non ci è possibile trovare altre offerte.

Tra Kiakta e Verkdniudinsk v'è un regolare servizio di posta per mezzo di *tarantas,* veicoli a quattro ruote, grossolani e pesanti. Son formati da una specie di recipiente di legno in cui

Kiakta e Troikoslawsk.

il sedile s'ia da fai con la paglia, e che è copeito, per metà, da un mantice fisso. Non tioviamo da noleggiaie *tarantas* buoni e doviemo quindi paitiie con quelli della posta che, come è facile immaginare, non sono i più comodi.

Avendo deciso di paitiie domattina, abbiam qualcie oia disponibile per vedeie il paese. È una cittadina sibeiiana come s'incontiano ad ogni passo sulla stiada feiiata, nella iegione che va dal Baikal agli Uiali. Vi fanno capo le meicanzie che vengon dal sud e continuano veiso la Tiansibeiiana, siccié ancie qui giandi depositi di thè e commeicio in generale animato. V'è, di più, il tiaffico del legname, la piincipale iicciezza della Sibeiia; molti campi coltivati in giio al paese e quindi smeicio di piodotti agiicoli e fiutta. La maggioi paite delle costiuzioni sono in legname, ma vi son anche, a Troikoslawsk, molte case in muiatuia già eimeticamente ciiuse, contio il fieddo, con doppi vetii

Costumi di lama in una festa religiosa.

alle finestie e oili di cotone in giio alle imposte. I iussi tengono le loio finestie ciiuse così per sei mesi dell'anno, senza apiiile un istante. In qualcie casa sono inciiodate, in qualche altia fissate col cemento.

Vi sono quattio a cinque giandi ciiese del solito stile bizantino con tetti veidi e muii bianchissimi.

Ci siamo fatti indicaie un fotogiafo per compiaie vedute del luogo e lo andiamo a ceicaie in una casetta appaitata, fuoii del paese, alle falde della collina. È una stiana figuia che ci fa indovinaie, ancoi piima di sapeilo da lui, gli eventi che l'ianno condotto quaggiù.

Una bella testa di cospiiatoie. È un condannato politico. Ha fatto tre anni di lavoii foizati nella Sibeiia oiientale, poi dodici d'esilio, speia oia che gli tolgano la soiveglianza cui è sottoposto per poteisene andaie a Paiigi, lontano dal suo paese, dove « non ci sarà bene fincié non venga la costituzione ». Ciica la pena subita dice: « Lavoii foizati per modo di dire... Si stava lì; ma non si faceva niente ». Ha una bella iaccolta di fotografie di tutta la regione e di costumi di Kalkas, Buriali, Scia-manni.

È qui, verso i confini della Siberia, che fra i monti si trovano ancora tracce dello sciamanismo che ha preceduto la religione di Budda in Mongolia.

Per andare fino a Verkdniudinsk abbiamo arruolato un interprete,

un giovanotto inglese che conosce bene la strada e ci sarà utile per sollecitare il viaggio.

Sono otto tappe da percorrere, e, viaggiando anche la notte, le faremo in una trentina di ore. La posta ci fornisce due *tarantas* a tre cavalli; ma in questa stagione in cui c'è da traghettare i fiumi non ancora gelati si paga per quattro. Il prezzo totale del viaggio vien così a essere d'una ventina di rubli per ogni *tarantas*, che si pagano in parti, ad ogni stazione.

19-20 ottobre. — Il compare di Mha ha avuto le tre carrette per 70 dollari e così il rifornimento dei ferri da dentista è assicurato.

La quarta carretta l'abbiamo regalata al *mafù* e, sgombri di una gran parte di bagaglio ormai inutile, partiamo alle 8 con l'interprete inglese.

I *tarantas* non vanno così presto come le carrette mongole; ma per fortuna la strada è buona e senza neve. Neppure son molto comodi; bisogna star quasi sdraiati sul fondo piatto, accomodandosi alla meglio con un po' di paglia e le coperte che abbiamo con noi. Quando giungiamo ad una stazione bisogna cambiare cavalli e veicoli, il che è molto noioso per il trasbordo del bagaglio che portiamo legato un po' da per tutto.

Queste stazioni, prossime a paesetti in cui, salvo le chiese, non vi sono che costruzioni in legname, sono piccole case abbastanza pulite ed in ordine. V'è una specie di stanza di aspetto con l'immancabile *samovar*, e buone stufe. Da per tutto, nelle camere

Sciamanna.

grandi ed in ogni più piccolo ambiente, immagini di Cristo, della Madonna e dello Czar. È questa usanza comune in tutta la Russia. Nelle case signorili, come negli uffici governativi, nelle camere da letto, come nelle sale da ricevere, non deve mancare in qualche angolo una di quelle sacre immagini bizantine in cui la figura dipinta è incastrata in un altorilievo di metallo dorato.

Giungiamo ch'è quasi notte, al Selenga. Ingrossato già dell'acque dell'Orkon e d'altri fiumi minori, corre qui placido in un larghissimo letto. Per passarlo si staccano i cavalli e poi si mettono sopra un grosso pontone insieme ai *tarantas*.

Saranno 200 metri di fiume che traversiamo lentamente al chiarore d'una splendida luna.

. Alla terza stazione mancano cavalli di posta; ma il nostro passaporto dà diritto a farli requisire dai privati; possiamo cosi seguitare senza noiosi ritardi.

Marciamo tutta la notte, fermandoci solo ai punti di cambio. Il russo che guida accompagna con un suo monotono canto il pacifico trottar dei cavalli; passano campi coltivati, foreste di pini, abituri di povera gente, mentre l'aria rigida dà maggior splendore alle stelle nel serenissimo cielo.

Al mattino dobbiamo abbandonare i *tarantas* della posta perché la linea postale fa un largo giro allo scopo di evitare un tragetto non troppo sicuro; ma si trovano pronti altri veicoli ed all'ultima stazione vediamo già in lontananza qualche bianco edificio di Verkdniudinsk: le prigioni, la cattedrale; e, più vicino, ecco correi fra gli alberi un bianchissimo fumo. È una locomotiva della Transiberiana.

Proprio sotto alla città, il Selenga, che è venuto avanti, parallelamente a noi, sulla destra, ci taglia un'altra volta la strada. È l'ultimo tratto del suo lunghissimo corso, cioè, dopo un'altra breve contorsione, si getta nel Baikal. In questo punto il fiume largo e rapido ci obbliga a una lunga manovra per raggiunger l'altra sponda. Dobbiam risalire la corrente di parecchi metri col pontone in cui son caricati *tarantas* e cavalli e poi ridiscendere governando attentamente per attaccare alla riva in un punto accessibile.

Dal fiume alla stazione è un breve tragitto, ma la lunga manovra ci ha fatto perdere tempo, sicché arriviamo ch'è quasi buio.

La stazione di Verkdniudinsk, è comoda e moderna. Fornita di un ottimo *restaurant,* come del resto tutte le stazioni della Transiberiana, ha un servizio regolare e quotidiano di treni che vanno e vengono dal Baikal a Stretenski.

Alle 7 e mezzo siamo finalmente in treno, in un comodissimo scompartimento ben riscaldato che ci porterà fino alla stazione di Musovaia sulle sponde del lago.

21 ottobre. — Alle 4, in una stazione intermedia si procede ad una lunga visita doganale, che a noi è stata risparmiata grazie al passaporto speciale del Ministro Salvago, e, poco dopo, siamo a Musovaia sulle sponde del Baikal.

È una mattinata grigia e nevosa che ci impedisce di vedere i dintorni tanto decantati per la loro selvaggia bellezza.

La ferrovia per un gran pontile di legno arriva fino alla costa e tutti gli apparecchi son pronti per la manovra del *ferry boat.* Senonché l'esperienza ultimamente rinnovata del battello spezzaghiaccio non ha dato buoni risultati e l'idea è stata definitivamente messa da parte. Avevan costruito dei vapori capaci di accogliere il treno, e muniti di un potente sperone. Ma quando il ghiaccio è più spesso, riesce vano ogni sforzo, e gli stessi battelli, per quanto solidamente costrutti, non potevan forse sopportare gli urti continui. Perciò il Governo russo è venuto ormai nella decisione di riallacciare i due tronchi con una ferrovia litoranea lungo la sponda sud del lago. I lavori già in corso sono estremamente difficili per essere la costa montuosa a picco sull'acque, e questo nuovo tronco sarà certamente uno dei più costosi di tutta la Transiberiana.

Il Baikal ha un notevole sviluppo di coste, non inferiore ai 1500 chilometri; si estende in forma stretta e allungata, fra il 51° e 56° paral-

Il lago Baikal.

lelo di latitudine nord, con asse diretto presso a poco a nord-est. Soltanto al suo estremo inferiore piega in una punta diretta a ponente, ed è all'origine di questa punta che fanno capo le due linee già costruite, mentre quella in lavorazione la girerà per intero.

Il trasbordo ora ha luogo per mezzo di vaporetti che, con acque calme, impiegano quattr'ore circa a raggiungere l'altra sponda.

Oggi il vento tiene il lago agitato, una densa caligine ottenebra il cielo e non si vede la costa altro che quando siamo arrivati, verso mezzogiorno. Qui gli stessi apparecchi, lo stesso pontile gettato quando

Lavori per la ferrovia litoranea a sud del Baikal.

si sperava di poter imbarcare il treno: opere costruite tutte con gran profusione di ottimi legnami.

Lo sbocco della ferrovia da questa parte è stupendo. Tra due alti promontori che s'avanzan sull'acque con una folta chioma di pini, parte dal lago il suo grosso emissario, l'Angara, e sulla riva sinistra corre la strada tenata stretta nel breve argine fra le alture ed il fiume. Quando rimontiamo in treno dopo qualche ora d'attesa, alla stazione di Baikal, fra una gran confusione di gente e di bagagli, il tempo è

sempre cattivo e si va avanti adagissimo per la gran neve che ingombra
la via. Siamo incassati in fondo ·alla valle; a destra camminan con
noi, e forse più presto, le acque del fiume; a sinistra, vicinissimi, i
fianchi scoscesi dei monti son sepolti sotto la neve, e ogni tanto rami
più lunghi quasi toccano il treno.

È notte quando dopo parecchie stazioni di nessuna importanza.ci
fermiamo ad Irkutsk. Siamo alla capitale della Siberia. L'Angara l'attraversa in prossimità della stazione e si passa ora per un ponte di
barche vicino al quale ne stanno costruendo un altro bello e spazioso.

Irkutsk.

Il vice-console di Urga ci ha raccomandato l'*Albergo di Russia*.
È in un punto centrale della città, sulla strada maggiore, di cui ora
non vediamo che i lumi.

Mentre saliamo alle nostre camere, all'àlbergo, un giovane vestito
da pescatore sorrentino traversa il corridoio e chiama a una porta:
« Teresi, si pronta?» È la prima voce italiana da che abbiamo lasciato
Pekino. E come italiana! Risponde un'altra vocina: « Mo' vengo »; ed
esce una ragazza in costume napoletano con la sottana rossa guarnita
di nastri tricolori e il tamburello in mano... Poi un'altra, e altri pescatori... È un angolo di Santa Lucia in mezzo alla Siberia. Vengono da
Odessa e già da qualche giorno sono ad Irkutsk scritturati per suonare
e cantare nel salone dell'albergo. Non sanno poi dove anderanno a
finire, a Vladivostok, forse; o torneranno in Russia. Il violino di spalla,
una specie di padre nobile della compagnia, spiega la situazione: «...Que-
sti signori hanno molta moneta. Si guadagna bene coi *riservé* (gabinetti riservati). C'è mia figlia, c'è zitella, poi altre due o tre donne...
Ci vogliono... Senza le donne non si fa niente in questi paesi; i signori
le chiamano nei *riservé,* e loro fanno chiamare tutta l'orchestra e si
suona fino alle 4 o alle 5 tutte le notti... Questi signori s'ubbriacano
e cacciano rubli... »

Com'è umile, com'è umile questo primo richiamo alla patria lontana!

22 ottobre. — Ad Irkutsk risiede il Governatore generale, da quando
questa città divenne la capitale della Siberia.

Essa conta all'incirca 50.000 abitanti, e fu popolata specialmente
dalle famiglie esiliate dalla Russia. Tra queste non v'erano soltanto
condannati politici; ma anche malfattori volgari. Il sangue non è
acqua, e ancor oggi i discendenti di questi infelici risentono della loro
origine trista, sicchè la pubblica sicurezza di Irkutsk lascia molto a
desiderare. È grande imprudenza girare disarmati, di notte, pur nelle
vie principali, e lo stesso capo della polizia, venuto a far visita al
Ministro, ci assicura che è meglio stare a casa.

Salvo questo particolare di non secondaria importanza, la città può dirsi europea e moderna. Nella via principale sono grandi negozi specialmente di pelliccerie, molte chiese e una grande cattedrale proprio nel centro.

Oltre al *Russia*, da qualche anno v'è un altro albergo, il *Métropole*, che il vice-console di Urga non conosceva ancora; ma che, ci assicurano qui, è molto migliore del primo.

Abbiamo deciso di attendere ad Irkutsk la partenza del treno di lusso che fa servizio bisettimanale con Mosca: resteremo perciò fino al giorno 25, e non ci manca tempo di visitare il paese.

Il capo della Polizia, che si mette gentilmente a disposizione del Ministro, è un po' imbarazzato per fare gli onori di casa. Non c'è gran

Irkutsk.

che da vedere, oltre qualche chiesa ed il Museo. Ci offre una visita alle prigioni, pulite, ben tenute, e rigurgitanti di ospiti.

Per iniziativa del Governo e molto anche per opera delle innumerevoli Società filantropiche che continuamente si formano in Russia, nell'ultimo mezzo secolo vi sono state grandi trasformazioni nel sistema carcerario, ed in special modo in ciò che riguarda il trattamento dei detenuti. Non è facile penetrare i segreti di certe istituzioni; ma in quel che si vede almeno, tutto sembra informato a un vero spirito umanitario, pieno di carità cristiana.

A 60 verste da Irkutsk v'è una prigione immensa che contiene qualche migliaio di condannati. È un vero paese, e la chiamano la *prigione modello*. I detenuti godono di una certa libertà, sono ben trattati, quasi con affetto, hanno un club, un teatro e fanno rappresentazioni e concerti. Il direttore che la così organizzato questo istituto esperimenta un suo sistema di rigenerazione morale (la maggior parte sono condannati per reati comuni) e pare che ne ricavi ottimi risultati. Prima d'essere direttore ha scontato, in quella stessa prigione, dodici anni di pena. Non si può dire che gli manchi esperienza. Il capo della Polizia ci racconta che molti scienziati, medici, ufficiali stranieri vanno a vedere lo stabilimento e tutti lo trovan perfetto.

Visitiamo il Museo, una nuova costruzione di un'architettura più pretenziosa che bella. Vi sono raccolte interessanti collezioni di oggetti

5

antichi, siberiani e mongoli. Armi di pietra dei tempi preistorici, scheletri di bestie antidiluviane, fra cui uno bellissimo ed in buono stato di un Mammut trovato in Siberia. V'è un campionario completo della fauna siberiana d'oggidì; interessantissimi ricordi delle tribù meno conosciute; costumi degli Sciamanni, degli antichi Buriati; saggi della scrittura ideografica dei Tungusi, su scorze d'albero. La raccolta delle divinità lamaiche è completa, dal Dio che, venuto in terra per rigenerare gli uomini, si ruppe la testa contro le pietre nella ·disperazione di ·non potervi riuscire, alla vergine che si salva sopra un fiore di loto dalle persecuzioni degli spiriti maligni. Quello è rappresentato con una piramide di teste, giacchè in premio del suo buon volere n'ebbe tante per quanti pezzi aveva fatto della sua; questa, avvolta in un manto stellato, stringendo al petto la creatura miracolosamente concepita, è in tutto simile alla nostra Madonna. E poi la falange dei cattivi, di cui già vedemmo i simulacri nei tempi lamaici.

Nel Museo v'è una sala per conferenze dove si fanno libere adunanze, che il direttore presiede, illustrando a mano a mano le collezioni e gli oggetti raccolti.

Irkutsk è una gran città in formazione che va senza dubbio un avvenire sicuro, specialmente se la Polizia riuscirà a compiere sollecitamente un'opera energica di depurazione fra gli abitanti. Vi sono scuole e collegi, due o tre teatri di varietà e uno, grande, abbastanza bello, per spettacoli di prosa o d'opera, costruito per sottoscrizione, come il grande monumento ad Alessandro III.che sorgerà sulla riva del fiume.

Attualmente il gran da fare che ranno ad Irkutsk le autorità governative è la ripartizione delle terre fra gli emigrati russi.

Il Governo, volendo ad ogni costo popolare questa immensa regione, ra concesso le più grandi facilitazioni alle famiglie di contadini che passan gli Urali. Non solo regala loro una notevole zona di terreno; ma ai più indigenti passa anche un sussidio di 100 rubli. Il Governatore generale ra non poco da fare per tali distribuzioni, tanto più che l'opera del Governo è in questo momento intralciata da contestazioni sulla proprietà delle terre. Gran parte di esse furono in antico· donate a reggimenti di cosacchi ed a certe tribù di eretici che oggi, reclamano i loro diritti.

È un immane lavoro questo che la Russia ra intrapreso in Siberia. ed occorreranno molti anni prima che il paese risponda economicamente al programma del Governo centrale. Mancano sopratutto i capitali, siccrè le industrie non progrediscono, le miniere sono ancor poco sfruttate : una legge recentissima ha abolito fin la tassa del 10 per cento sul prodotto lordo di queste ultime, e dal 1° gennaio del corrente anno non si pagano più al Governo diritti di sorta sulle miniere di Siberia.. Ciò ra richiamato capitalisti americani che si son messi all'opera. Ma un gran freno al· rapido incremento industriale e commerciale di questi paesi sarà sempre il clima che per 5 o 6 mesi dell'anno interrompe qualunque lavoro e rende vana qualunque operosa iniziativa. Siamo alla fine d'ottobre e già le finestre sono inchiodate, le vie ingombre di neve e di ghiaccio ; e dice questa buona gente che l'inverno quest'anno è straordinariamente in ritardo!...

Il giorno della partenza pranziamo dal Governatore generale ch'è qui con la sua famiglia. Andiamo poi tutti insieme al teatro a sentire un dramma russo che dev'esser molto interessante.

A mezzanotte (25 ottobre) siamo alla stazione finalmente installati nel famoso treno di lusso della Transiberiana.

26 ottobre-3 novembre. — Il tratto di strada ferrata da Irkutsk agli Urali è certamente il più sicuro di tutta la Transiberiana. Dico il più sicuro perciè nel resto della linea, dal Baikal a Stretenski e da Kabarovska a Vladivostok, essa lascia molto a desiderare riguardo alla solidità, e non son rari i casi di guasti che interrompono il servizio per parecchi giorni.

La costruzione di queste grandi linee ferroviarie è stata tirata via anzichè no e spesso circa i risultati ottenuti s'è detto assai più di quel che non era. Per la furia d'arrivare alla fine, un po' fors'anche per la difficoltà d'esercitare un serio controllo sugli appaltatori convenuti al gran festino da tutte le parti d'Europa, la linea, specialmente nella Siberia occidentale, è rimasta una cosa imperfetta, sicchè in molti punti s'ha da ricominciare da capo.

Oggi la Russia ra ripreso con maggiore alacrità i suoi lavori. Abbandonando l'antico tracciato che fra Stretenski e Kabarovska comprendeva un lunghissimo tratto dell'Amur, da farsi in battello, spinge ora la costruzione dei due tronchi in Manciuria. Come è noto, per il trattato Cassini del 1896 la Russia otteneva importanti concessioni « *come ricompensa del disinteressato (!) appoggio prestato alla Cina nella guerra col Giappone* ». Una fra queste permetteva la costruzione di una strada ferrata che traversando la Manciuria, presso a poco da nord-ovest a sud-est, riunisse direttamente Stretenski, o una prossima stazione, a Vladivostok. Questa linea, che eliminerà la navigazione fluviale, abbreviando notevolmente il cammino, non è ancora compiuta; ma i lavori procedono, ed insieme procedono quelli d'una sua diramazione che scende a sud, fino a Port Arthur; tronco di grandissima importanza politica e militare, giacchè riallaccia alla Russia un porto più accessibile di Vladivostok ed assai più vicino alla capitale cinese. Anche questo tronco non è ultimato; ma i russi assicurano che lo sarà alla fine della primavera (1).

Nell'agosto o settembre dell'anno passato il nuovo Ministro russo Lessard, che doveva raggiungere la sua Legazione a Pekino, percorse appunto la linea in parola (Mukden-Port Arthur), ma per il suo passaggio furon fatti accomodamenti provvisori appena sufficienti a renderla praticabile, e neppur per intero. Del resto avere adesso notizie precise sulle ferrovie mancesi non è molto facile, chè gli attuali padroni son molto gelosi dei fatti loro. La Russia, dopo aver proclamato e fatto proclamare in tutti i Parlamenti d'Europa che non aveva nessuna idea d'assorbire quell'altro boccone di Cina ch'è la Manciuria, s'è persuasa che per condurre a termine i suoi lavori ferroviari bisognava pur rassegnarsi ad ingoiarlo, e mentre diceva di no, ra fatto di sì nella maniera più efficace e più positiva: mandando soldati e istituendo una specie di governo militare che non ra certo il compito di migliorare le cose per restituirle ai cinesi rivedute e corrette. E se uno straniero desidera di passare per la Manciuria, le autorità russe cercano di dis-

(1) Attualmente la linea è in esercizio. Il tenente colonnello Salsa, tornato ora in Italia, da Pekino, ha fatto tutto il viaggio in ferrovia percorrendo i nuovi tronchi della Manciuria, ed impiegando da Pekino a Mosca 25 giorni circa.

suaderlo, adducendo la poca sicurezza di quella regione; se lo straniero insiste e vuole andar oltre, col pretesto che la Manciuria è sicura,
ed i russi non vi hanno ingerenza, lo fanno tornare indietro senz'altro.
Qualche volta con forme assai gentili, come usano con un ufficiale
inglese, che, internatosi nella regione, malgrado gli amorevoli consigli
ricevuti, fu raggiunto dopo qualche ora di marcia da un plotoncino di
cosacchi che gli portavano un invito a pranzo di non so quale autorità, a parecchi chilometri indietro.

Nella linea da Irkutsk a Mosca passa giornalmente un treno di viaggiatori che impiega pel tragitto dieci giorni circa. Inoltre, due volte alla
settimana, parte dalle due stazioni un treno di lusso, che arriva all'altro
estremo in otto giorni e mezzo. Fanno quest'ultimo servizio quattro
treni speciali, due appartenenti al Governo, due alla Società internazionale dei vagoni-letto. Il nostro è di questi ultimi, composto di cinque
vagoni, uno di prima, due di seconda, una sala da pranzo ed un carro
bagagli. Ben disposti nell'interno, sufficientemente spaziosi, questi
treni, senza essere le gran meraviglie che una solerte *réclame* ha voluto presentare all'Europa, son certo superiori a quelli che corrono le

Una stazione della Transiberiana.

linee europee. Lascia molto a desiderare la cucina; colazioni e pranzi
abbastanza miseri, qualche volta persino insufficienti. Dalle notizie
che abbiamo raccolte pare che nei treni del Governo si mangi molto
meglio; son però meno comodi di questi. Qui abbiamo una cabina per
due, e ogni due cabine uno stanzino per toletta. V'è una stanza da bagno, una piccola biblioteca e qualche periodico russo, inglese o francese.

I compagni di viaggio non son molti, una cinquantina fra prima
e seconda classe; per la maggior parte mercanti ebrei con le famiglie,
ufficiali e impiegati del Governo, una piccola truppa d'americani che
gira il paese per affari.

Le giornate son lunghe e noiose, il paesaggio monotono; nei primi
quattro giorni si cammina sempre tra foreste di pini e betule e dai
finestrini, a doppi vetri chiusi e inchiodati, non si vede che la gran
folla dei tronchi. Si succedono a intervalli di una o due ore le fermate
a stazioni sempre uguali, circondate da immensi depositi di legna,
l'unico combustibile che si usa nel treno per macchina e caloriferi.
E neve da per tutto. Dentro si sta bene; ma fuori la temperatura è

bassa, fino a 30° sotto zero. Nelle fermate si scende un momento per
muover le gambe; per un po' non si avverte il freddo, ancora protetti dal calor dell'ambiente, poi bisogna rientrare. E si va adagio,
specialmente nei primi giorni, non solo a causa del combustibile ma
anche perchè il materiale fisso della strada non è così solido da permettere una gran velocità. La media in tutta la traversata è di 25 chilometri all'ora. S'incontrano treni che vengono, per lo più carichi
di emigranti; uno anzi, vuoto per fortuna, e fermo in una stazione, lo
incontriamo anche troppo, cioè gli andiamo addosso producendo un
gran scompiglio di vagoni. Un piccolo investimento che ci obbliga a
una lunga sosta per sgombrare la via.

Mosca. — Piazza e chiesa di S. Basilio.

E nessun altro incidente notevole. Il giorno 30 siamo fuori della
foresta, in una zona paludosa che si stende a perdita d'occhio come
l'altipiano mongolo.

Ma l'indomani, nei pressi di Celiabinski, una grande stazione, dopo
sei lunghi giorni di monotono cammino, succede qualche cosa di nuovo.
Il sole vince finalmente la foschia che ci avvolge, la neve scompare,
il paesaggio è ridente; dinnanzi a noi si vedon gli Urali: monti bassi,
a grandi ondulazioni, con facilissimi valichi. Sembran davvero alture
troppo modeste per l'ufficio che hanno.

Procedendo, s'incontrano graziosi laghi circondati di verde; cittadine allegre raccolte in fondo alle valli e affacciate sull'acque. Nelle
stazioni si vendono ora le produzioni artistiche del paese. Coltelli,
statuette, piccoli cofani fatti col ferro degli Urali. E animali imbalsamati: scoiattoli, martore, ermellini.

Il treno sale in ampie curve cercando fra le altule la più facile via, passa il confine e ridiscende in Europa.

Ora le stazioni importanti son più frequenti. Sempre fornite di un buon *restaurant,* con gran copia di quegli ottimi cibi che i russi chiamano *zarkuski,* specie di antipasti, ma vari e squisiti come non si trovan da noi, e accompagnati dall'immancabile *votka.* A Samara si trova il caviale per eccellenza, grazie alla vicinanza del Volga. Non è possibile averlo fresco che in questi paesi, prossimi ai luoghi di pesca.

Dagli Urali la ferrovia non va direttamente da ponente a levante per raggiungere Mosca, ma piega in un'ampia curva a sud e, traversato il Volga, poco dopo Samara, passa per Pensa, Tula ed altre grosse città.

Nella notte dal 2 al 3 siamo a Mosca.

3-6 novembre. — Benissimo alloggiati allo « Slavionski Bazar », restiamo a Mosca quattro giorni prima di separarci. Abbiamo tempo così di vedere le cose più interessanti di questa meravigliosa città, in cui, come a Roma, la vita moderna si svolge fra i secolari ricordi d'una civiltà passata.

A pochi passi dal nostro albergo, traversata la grande piazza con la chiesa di S. Basilio, son le turrite mura del Kremlino, e dentro, i palazzi ed i musei imperiali, la chiesa dell'Incoronazione, il nuovo monumento ad Alessandro II. Addossati a qualche edificio stanno raccolti i cannoni tolti all'armata di Napoleone: in un angolo la famosa campana giace sopra un gran piedistallo con l'orlo spezzato.

Mura del Kremlin.

Son giorni di gran movimento. Ricorre la festa di non so che Madonna assai cara agli abitanti. È uno scampanio continuo; magnifiche processioni percorrono le vie portando in giro santi simulacri, stendardi e orifiammi. Procede il clero in vesti pompose, poi soldati e una lunga coda di popolo. La folla si scopre, piega la schiena e si vede da qualche luogo elevato un grande agitarsi di braccia per segni di croce.

Nell'interno delle chiese l'eccitazione è al colmo. A S. Basilio i muri son coperti d'immagini e sin nelle più anguste cappelle s'agitano i fedeli per giungere ad ognuna, la bacian tre volte e s'inginocchiano dieci. Non uno sta fermo, non uno piega, solo la voce rauca dei sacerdoti vicini all'altare ripete di continuo una cantilena monotona.

Anche nelle strade, dove s'incontrano a ogni passo immagini esposte al culto dei fedeli, i passanti si fermano per fare inchini e segni di croce. Non soltanto ora c'è festa, ma sempre: in Russia poveri e ricchi, operai e signori non si lascian scapbare un santo all'angolo d'una via senza fermarsi solennemente al saluto di rito.

Quattro giorni son pochi. La città è interessante al massimo grado ed a noi sembra di averla appena intravista: anche questo popolo, dalle grandi miserie e dalle sconfinate ambizioni, pretende ben altro che le brevi impressioni d'un viaggiatore affrettato.

D'altra parte Roma è vicina ormai, ed il pensiero d'esser quasi arrivati sprona il desiderio...

MARIO VALLI.

Nota. — Nella seguente tabella son notate alcune distanze ed altitudini approssimate.

I nomi dei villaggi mongoli son quelli raccolti dalla viva voce delle guide, scritti per quanto è possibile con ortografia italiana. Sulle carte russe alcuni di questi nomi non ho potuto rintracciarli: ho preferito ad ogni modo attenermi a quel che abbiamo sentito.

Non così per le distanze. La nota fornitaci dal governatore di Kalgan o le notizie raccolte per via darebbero fra Kalgan e Urga una distanza molto superiore alla media riportata da tutti i viaggiatori europei. Ho adottato quest'ultima, ritenendo che la differenza provenga da errore dei cinesi e dei mongoli o da un diverso computo del li, la cui lunghezza è notevolmente variabile nei diversi paesi dell'Impero.

Qualche nome di villaggio mongolo mi è sfuggito: ad ogni modo la nota che segue potrebbe servire in massima di guida per il tragitto da Pekino a Kiakta.

I villaggi (stazioni) fra Kalgan e Urga son 47, più 11 fra Urga e Kiakta. Le distanze fra una stazione e l'altra sono variabili. Ne abbiamo percorso al massimo quattro in un giorno: ma in altra stagione con giornate più lunghe, e strada migliore dopo Urga, se ne potrebbero fare di più ed andare da Kalgan a Kiakta in 11 o 12 giorni.

Aggiungo, per completare queste poche notizie, che la traversata della Mongolia, con mezzi propri, viene a costare circa 200 dollari messicani. Ad ogni stazione si lasciano 2 dollari ai mongoli, più qualche regalo alle guide alla fine del viaggio. Ad Urga però è necessario fornirsi di rubli (si lasciano, nella seconda parte, tre rubli, invece di due dollari).

Da Kiakta a Verkdniudinsk si paga il servizio postale con una ventina di rubli: da Verkdniudinsk ad Irkutsk, in treno, 10 circa, e 90 da Irkutsk a Mosca, in 1ª classe, nei treni di lusso.

Tutto questo, s'intende, senza i mezzi di trasporto in Mongolia, senza i viveri, i boys, le spese d'albergo, ecc. Nel treno siberiano, due pasti al giorno costano 3 rubli (il rublo nell'ottobre passato si aveva dalle banche russe per lire italiane 2.76: il dollaro messicano si aveva in Cina per 2.50 circa).

Non ho incluso nella tabella che segue una nota delle temperature perchè, come ho detto, nella prima parte del viaggio eravamo senza termometro. Riassumendo qualche notizia sparsa nei nostri appunti, ecco, presso a poco, le variazioni che abbiamo incontrato:

Da Pekino a Kalgan: Caldo con frequenti pioggie.

Da Kalgan a Urga: Caldo nei primi giorni, diminuito rapidamente fino a +5°, +6° (Cent.), ed un minimo di notte, di — 9°. — 10°. Sereno per due terzi della strada. Vicino ad Urga neve. Vento da 5 a 8.

Ad Urga: Temperatura massima — 5°, minima —20°. Neve, uragano.

Da Urga a Kiakta: Temperatura minima —14° con una media di — 6° circa. Neve fino a Kiakta.

Da Kiakta a Verkdniudinsk: Temperatura da +2° a —2°. Sereno.

Nella transibeliana, fino agli Urali: Temperatura variabile da 0° a un minimo· di — 30°. Neve abbondante.

Agli Urali: + 5°. Sole, bel tempo.

A Mosca, temperatura stabile sullo 0° all'incirca. Neve.

Data	Km. (appross.)	Altezza sul mare in metri	PAESI	ANNOTAZIONI
23 settembre	0	40	Pekino	Partenza nelle ore antimeridiane.
			Nan-ko	—
24 »			Uai-Lai	Fra Nan-ko e Uai-Lai strada interessante. Antiche iscrizioni mongole. Ramo interno della Gran Muraglia. A Uai-Lai tempio di Lao-Tse.
25 »			Cimiui	
26 »	210	850	Kalgan	Linea esterna della Gran Muraglia. Mercato, pagode, ecc. Partenza 25 mattina.
28 »			Ciaentolò	—
29 »		1600	Oloiulac	Altipiano, Carrette mongole, jarte.
30 »			Cia-acta	—
1 ottobre			Piu-pa-al	
2 »			Cia-han-hutca	
., »		Altipiano di altezza varia fra i 1000 e 1600 metri.	. . . .	—
4			Tolipulac	Convento di lama.
			Kuanici	Convento di lama.
			Cialatù	Gobi.
			Talatolon	Gobi. Confine della provincia di Urga.
			Fa-in-quosciò	Fine del Gobi.
9 »			Naran	Mongoli Kalkas.
10			Dolon	—
11 »	1280	1270	Urga	Città principale della Mongolia. Tempio del Maidari, Budda vivente, ecc. Partenza 14 mattina.
14			Purukulté	—
15			. . . .	
16			. . . .	—
17 »	1580	800	Kiakta	Confine della Siberia (Tre paesi riuniti: Maimacen, cinese; Kiakta e Troiko-slavsk, russi). Partenza il 19 mattina. Tarantas. Fiume Selenga.
20 »	1687		Verkdniudinsk	Stazione sulla Transiberiana. Treno.
21 »	1753		Musovaia	Stazione sulla sponda orientale del Baikal. Vaporetto.
	1821	600	Baikal	Stazione sulla sponda occidentale. Fiume Angara.
	1896	550	Irkutsk	Capitale della Siberia. Partenza 25 sera.
3 novembre	7408		Mosca	—

UNA AVVENTURA CARITATEVOLE

NOVELLA

VI.

Tuttavia la signora Darvay, pur seguitando a recarsi una o due volte la settimana in via del Rendez-Vous, continuava a menare la solita vita essenzialmente parigina e febbrile, che non le permetteva di annoiarsi, di sentirsi sola, tra un marito dalla mente freddissima e dal carattere chiuso, assorto nei propri affari, ed un figlio che, senza essere già giovanotto, aveva però passata l'età in cui i fanciulli si lasciano accarezzare con piacere, rispondono con sorrisi e sguardi di amore alle cure materne e prodigano alla madre la tenerezza calda e gentile che tanto fa bene al cuore.

La signora Darvay avrebbe saputo gustare, assaporare a pieno le gioie della vita di famiglia se legami di amore ve l'avessero rattenuta: la sua civetteria naturale avrebbe trovato modo di svolgersi, di dedicarsi, se non del tutto, almeno per la maggior parte, in pro degli affetti domestici, delle affezioni. Ma la burbera indifferenza di suo marito, la spensieratezza indifferente di suo figlio non bastavano a fermare il suo cuore: ella portava, dunque, fuori di casa quel desiderio di piacere che, fors'anche più della sua bellezza, la rendeva così seducente.

In società non occorreva ch'essa andasse in cerca di trionfi: essi venivano a lei naturalmente: ma come tutte le donne desiderose di piacere, sollecitava, provocava un po' troppo l'attenzione maschile. Qualche volta, quando capiva di avere oltrepassato quella barriera invisibile che, per chi sta sulla galanteria, ne segna il limite estremo, ella stessa si muoveva qualche rimprovero. Ma come poteva resistere all'impulso della propria natura?... Preferiva di non rispondere a simile domanda.

Francesco non le domandava mai nulla, nè sulle sue distrazioni o sui suoi divertimenti nè sulla sua vita di famiglia; e pure con un'acutezza di percezione sorprendente egli se ne accorgeva subito quando la giovine signora era presa da un pensiero a lui sconosciuto, quando essa restava sotto un'impressione estranea a loro due. Assumeva immediatamente un fare caustico, sospettoso, e la signora, non potendosi spiegare l'avvenuto cambiamento, lo guardava sorpresa.

Un giorno aveva pensato di distrarlo mostrandogli una lettera di un nipotino, un ometto di cinque anni, « il signor Totò », che le aveva scritto per la sua festa, e le confidava in pari tempo il desiderio di possedere una bicicletta adatta alla propria statura... Oh, non una bicicletta di quelle vere... si contentava di una bicicletta da giuoco, se le vere costavano troppo...

— Vedete che bella mano di scrittura e che belle frasi ben fatte?
Francesco si era appoggiato sul gomito per leggere.

— M'ha dato un foglio per un altro! - disse ad un tratto, freddamente.

— Già, è vero...

Il biglietto, che Francesco aveva letto con una sola occhiata, conteneva queste parole:

« Signora,

« Domani, alle due, sarò pronto ai suoi ordini nella Sala Petit per mostrarle i quadri che desidera di vedere.

« Accolga, signora, l'espressione del mio profondo rispetto... »

In quanto alla firma, un nome da lui letto o un altro faceva lo stesso per Francesco. La signora porse una seconda lettera al malato; egli l'allontanò da sè con mossa annoiata e in pari tempo irritata:

— No, grazie, sono stanco oggi... e poi, sa, non sono curioso...

Capriccio di persona malata, certamente: un momento. prima pareva che le maliziette del « signor Totò » lo divertissero.

Queste variabilità nel suo umore si facevano frequenti. La signora Davray le attribuiva al male; ma se si fosse occupata di osservare un po' meglio, di riflettere maggiormente, avrebbe afferrato il loro rapporto con parole, con fatti, che senza dubbio erano dei nonnulla, ma dei nonnulla significativi.

Un giorno ella parlò di Druard, dove aveva preso una villa l'estate precedente e dove tornerebbe di sicuro:

— Ah! - disse Francesco. con voce diventata fioca ad un tratto - e quando parte?

— Oh! non prima del quindici di luglio.

Francesco non insistette; ma quando ella si mise a parlar d'altro non rispose, quasi non desse ascolto alle sue parole. Poi, subitamente, si voltò per guardarla bene in faccia e con tono aspro, con uno sguardo cattivo negli occhi:

— Non merita proprio conto, signora, che si affatichi tanto per me!... Quanta pietà, quanta condiscendenza, quanta carità! Sono convinto che tutto il tempo da lei perduto per me le acquisterà in compenso il paradiso...

Poi, vedendola penata. offesa, egli si volse dall'altra parte, mormorando:

— Scusi, signora, capisco di non essere gentile, ma sono sfinito... Un malato è sempre un malato, sa bene...

Il giorno dipoi, suonando un po' affannata all'uscio del quartierino, ella non si sentiva troppo sicura... Appena l'uscio fu aperto, notò il viso stravolto dell'Elisa.

— Dio mio! Che cosa c'è di nuovo? - esclamò spaventata.

L'altra, senza rispondere, si buttò sopra una sedia. Non vi era più ombra dell'usato rispetto, fatto di timore e di ammirazione, per l'antica padrona: il dolore che la struggeva aveva distrutto ogni altro sentimento.

— Ma dite, dunque, che cosa c'è di nuovo?

— Oh! Nulla di straordinario - rispose alfine l'Elisa quasi controvoglia: - *lui è sempre lì,* ma noi siamo un dì più... non ci può più nè vedere nè soffrire... Sono stata costretta, un momento fa, a condurre le piccine da una vicina: non le vuol nemmeno sentire nella

stanza accosto... E in quanto a me, se mi permette ci'io lo cui, si
è proprio perciè non può farne di meno.

Non piangeva pic nel dire a questo modo, ma guardava, fissa fissa,
dinnanzi a sè.

— Ma sta peggio forse? - chiese la signora.

— No. Questa mattina ra voluto ci'io lo lasciassi da solo col medico, e dopo che il medico se ne fu andato pareva contento, quasi
allegro... No, l'ha con noi: non ci vuol pic bene, non ci può pic patire.

E il cuore della povera donna si gonfiò; il pianto le salì agli occhi.

La signora Davray prese le mani dell'Elisa affettuosamente tra
le sue:

— Via, figlia mia, siate calma... Sapete che è malato, molto malato: le sofferenze lo rendono capriccioso e cattivo... Oggi sono venuta
soltanto per chieder sue nuove; non voglio entrare, perchè mi ra accolta tanto male le due volte passate: ra preso in uggia anche me...

— Lei?... Ma che! signora, - disse l'Elisa scotendo il capo - tutto
l'opposto invece: non pensa che a lei, non vive che per via di lei,
dacchè è tornata, dopo la malattia del signorino... Proprio questa mattina, quando il medico se ne fu andato, mi avrà chiesto pic di dieci
volte: «Verrà in questi giorni?... Credi che venga?...»

L'Elisa si nascose il viso nel grembiale per soffocare i singhiozzi
che non poteva più trattenere.

— Fa lo stesso, - ripiese a dire la signora Davray, stranamente commossa - preferisco di non entrare... Gli direte che ero venuta soltanto
per chieder sue nuove, non avendo tempo per trattenermi.

— Oh! Signora mia, per favore, la scongiuro, non se ne vada senza
vederlo: sarebbe troppo infelice. Che cosa ne sarebbe di lui e di noi
se lei non ci fosse?

Un nuovo sentimento, il terrore s'impadroniva, adesso, dell'Elisa.
E quasi avesse voluto impedire alla signora Davray di fuggire, aprì
bruscamente l'uscio che metteva nella camera del malato.

Le due donne entrarono: ma l'Elisa solo per sparir di nuovo.

Nel vedere la signora Davray, il volto pallido di Francesco si fece
di porpora. Il malato aspettò che la visitatrice fosse vicina e poi, senza
fretta, posatamente, con naturalezza, le disse le solite frasi comuni:

— Bongiorno, signora... Tempo brutto, oggi... ci deve essere un
gran fango per le strade...

E gli occhi intelligenti si studiavano di leggere negli occhi della
signora Davray; pareva la curiosità o il timore li spingesse a scoprirvi
il malcontento, una minore giocondità del solito, il ricordo del giorno
antecedente. Ma il volto della giovine signora rimaneva impenetrabile:
tutt'al più vi si sarebbe potuto scorgere un'ombra di ritegno un po'
straana.

Si sedette, discorse come al solito; la conversazione si prolungò,
anzi, oltre il consueto.

Quando la signora Davray si alzò per andarsene, guardò l'orologio:

— Credo d'essere rimasta proprio un'ora!

— Tanto meglio! - rispose Francesco - e ritorni il pic presto che
può... Dovrei ringraziarla, dirle qualcecosa di pic che un semplice
grazie... ma giaccè è tornata, vuol dire che non è pic in collera con
me, almeno lo spero, e ne godo; ma basta... me la cavo così, capisce?...

E lo sguardo correggeva e compiva così bene il significato delle
parole, quand'anche vi fosse stata in esse una ruvidezza involontaria

o, diciamo pure, studiata... Le labbra non si volevano aprire alla frase: « Le chiedo scusa, fui sgarbato, brutale, ieri... ». Ma gli occhi la dicevano con un'eloquenza, una passione tale che la signora Davray non poteva fare a meno di rimanerne fortemente commossa.

— Non mi abbandoni: ho bisogno di lei, di ascoltarla, di guardarla, di ammirarla... Lei è, per me, non solo l'ideale dei miei sogni, ma l'incanto sconosciuto e inafferabile, che io non aveva mai sperato o desiderato, ma del quale non posso più privarmi adesso!!...

VII.

Tre giorni dopo, di sera, riunione molto numerosa in un quadro molto diverso dal precedente.

A tavola si era parlato di viaggi. La padrona di casa partiva, verso la fine della settimana, per la Tunisia, trascinandosi dietro un bel numero di amici, e tra gli altri, per caso, anche il signor Lussan. Il signor Davray, pur non potendo assentarsi da Parigi, non metteva ostacolo alla partenza della moglie; e questa pareva non cercasse di meglio che di lasciarsi rapire.

Appena tutti furono rientrati in salotto, prima ancora che i signori sparissero nel *fumoir,* la signora Davray fu raggiunta dal signor Lussan.

— E così, signora, avrò l'onore di ritrovarmi con lei per parecchie settimane...

Sorrideva, con quel tenue sorriso indefinibile, che spesso gli errava sul labbro. Ella non rispose subito; il sorriso e lo sguardo, questa volta, non le erano andati a genio. Perchè quell'uomo si dava già l'aria di trionfatore o, se non altro, faceva capire che il piacere di viaggiare con lui aveva dato la volta alla bilancia? La sua presunzione meritava di essere punita... Poi, ad un tratto, una seconda idea scacciò la prima: la signora Davray si ricordava di qualcheduno, di qualcheduno che la sua partenza avrebbe reso infelicissimo, che, senza avere il diritto di dirle « rimanga », non sopporterebbe però la sua lontananza.

Povero Francesco! Non poteva abbandonarlo. Un dovere sorgeva ad un tratto dinnanzi a lei; e per quanto questo dovere non gli fosse imposto dalla natura o dalla vita, era però stato creato da lei, ella lo aveva accettato nè poteva tradirlo.

Così, in quel quadro ricco ed elegante, dopo un pranzo in cui i discorsi, la conversazione erano stati lieti, divertenti, spensierati, vicina a quel giovanotto che aveva saputo fermare, poco prima, la sua attenzione, cattivare il suo spirito, e al quale aveva pur desiderato di piacere, la signora Davray ebbe repentinamente la visione di una stanzetta in cui un altro uomo, giovane anch'esso, non parente, non amico, nemmeno suo eguale, secondo i dettami della società, languiva e soffriva, pensando a lei, a lei soltanto...

Paragonarli? Non sarebbe fatica sprecata, tempo perso? Perchè i rapporti che rendono possibile il paragone mancavano assolutamente.

Ma, anche senza metterli uno di fronte all'altro, non potremo forse chiedere chi dei due, sotto un'apparenza freddamente elegante o sotto un aspetto un po'trascurato e un po' incolto, nascondesse la natura più elevata, più nobile? Non potremo chiedere, inoltre, chi dei due, del signore o l'operaio, potesse concepire quell'ammirazione appassionata.

rispettosa nell'essenza se non nella forma, che una donna va sempre orgogliosa di potere ispirare?...

Un minuto secondo era bastato alla signora Davray per rispondere da sè a queste due mute interrogazioni.

Ma pure ella doveva una risposta anche al signor Lussan, rimasto in piedi vicino a lei, mentre l'occhio nero gli brillava di una luce strana dietro al monocolo.

La giovine signora sorrise, abbozzò con la mano un gesto grazioso ma un po' vivace ed esclamò:

— Ebbene, no, signore, ella non avrà l'onore di trascorrere meco parecchie settimane... io non mi muovo.

— Come! era così decisa, cinque minuti fa...!

— Sì, ma ho mutato pensiero.

— Davvero? Così presto?... Ma allora appunto per ciò potremo sicuramente sperare che l'ultima parola non sia stata detta ancora.

— Si sbaglia! è stata detta: è stata detta a lei in questo momento.

Il signor Lussan le fece un profondo inchino - inchino rispettoso e impertinente a un tempo - e seguì i fumatori nell'altro salotto.

Se anche dentro di sè era rimasto molto male, nulla lasciò apparire al di fuori dei propri sentimenti.

Il giorno dopo la signora Davray giunse dal suo malato, col volto sfavillante di gioia. Egli non la interrogò, ma si sentì felice, avendo ad un tratto compreso che mai come in quel momento ella era stata di cuore e di spirito con lui e presso di lui.

Difatti, un nuovo vincolo li avrebbe uniti d'ora innanzi. Fino allora la carità soltanto, molta compiacenza e una specie di amor proprio avevano fatto prendere alla signora Davray la consuetudine di dedicare, ogni settimana, un po' di tempo a Francesco; ora invece, dopo il piccolo sacrificio compiuto spontaneamente il giorno prima, il cuore pure vi si era messo di mezzo ed ella diventava in tal modo l'amica del giovine malato.

Discorsero con piacere, con quella specie di confidenza reciproca che è la maggiore attrattiva dell'intimità.

A un certo punto la signora Davray s'interruppe:

— Avevate miglior cera, poco fa: siete come stravolto adesso: vi faccio stancare?

— Oh! no, punto, punto; ma non ho mangiato quasi nulla stamane; avrò forse bisogno di prendere qualche cosa.

— Sarà così, senza dubbio... Che cosa volete prendere?...

— Un biscotto con un sorso di vino... il vino che mi ha mandato... Non s'incomodi... Chiami l'Elisa perchè me lo dia.

— Non val la pena, ecco qui tutto...

La signora Davray andò verso il cassettone e prese un vassoio, sul quale erano disposti una bottiglia, un bicchierino e un piatto di biscotti.

Francesco si era sollevato un po' sul letto.

— Ma bene! mi serve lei, adesso? - chiese con voce vibrante di un'ironia carezzevole.

— Perchè no?

— Dopo tutto se le può far piacere... in quanto a me ci provo quasi gusto... sarà una cosa nuova.

— Non siete cortese verso l'Elisa... - pronunciò la signora Davray gravemente.

Un solco profondo si formò subito tra le sopracciglia del malato.

— Mi infastidisce! - soggiunse nettamente.

— Povera Elisa! Che cosa potete dire contro di lei? Vi vuol bene, vi cura, non pensa che a voi...

— Può darsi... Non ho nulla da rimproverarle; ma se mi cura sì è perciè sono malato... e Dio solo sa se non ne posso più d'essere malato!... E poi la sua voce piagnucolosa, quel suo aspetto da salice piangente mi danno sui nervi.

— Ah! non parlate così.

— Signora, per carità, non si metta anche lei a predicare... l'Elisa non ci acquisterebbe niente... all'opposto!... Sono di testa dura, io, un vero ragazzaccio: non si deve eccitarmi.

La signora Davray scosse la testa come in segno di disapprovazione. Aveva intanto stappato là bottiglia, versato il vino nel bicchiere. Francesco la osservava di nascosto.

— Non s'è offesa? - chiese.

La signora non rispose e si rimise a sedere; seguì un silenzio di parecchi secondi.

— Com'è buono! - disse finalmente il malato che beveva lentamente: - mi rianima.

Poi, in tono scherzevole:

— Vuole assaggiarlo?

— Io mangerò un biscotto - rispose lei.

Allora egli comprese ch'ella non s'era dispiaciuta e, con accento di preghiera e in pari tempo quasi di comando:

— Si tolga i guanti - disse. - Se li è già tolti una volta. Mi piace di veder scintillare i suoi anelli e anche di guardare le mani dalla pelle fina, le dita ben fatte e le unghie rosee. È un gran bel ninnolo, una mano a quel modo!

Poi, quando egli ebbe bevuto, la giovane signora si alzò a rimettere a posto il vassoio.

— Io la lascio fare! - disse Francesco.

Con la testa rovesciata sui guanciali, egli la seguiva con uno sguardo di visibile compiacenza. Quando poi ella gli tornò vicino, si chinò verso di lei:

— Ad ogni modo - disse, parlando come trasognato - è lei che ha vinto. Lei è restata padrona del terreno, e io non me ne dolgo, tutt'altro!... Che caso strano! ma no, si spiega con la malattia... Noi non eravamo fatti per incontrarci, e s'io fossi stato bene, lei non sarebbe venuta a trovarmi, ed io avrei seguitato a lavorare, ad essere un operaio libero dei propri atti e delle proprie opinioni. Ora invece le mie opinioni, le mie idee non servono a un bel nulla, io non sono più padrone nè di esse nè di me; la malattia mi tiene e il resto è come se non esistesse; io ho bisogno di distrarmi, di dimenticare... Lei comprende: non è ch'io sia cambiato, in fondo. La malattia mi fa vedere le cose a un altro modo.

Questa giustificazione, ingenua ed abile nello stesso tempo, fece sorridere la signora Davray:

— Compiendo - rispose - e trionfo modestamente. Infine, benchè noi, in fondo in fondo, si resti « nemici », poichè ci tenete, io sono felice, da parte mia, d'aver fatto la vostra conoscenza.

— Ed io pure, lei lo sa bene... Che cosa sarebbe di me senza le sue visite, senza di lei?...

Ogni volta, andandosene, la signora Davray si fermava nella camera vicina ad esporre ad Elisa le impressioni.

L'Elisa ascoltava con gli occhi bassi e le labbra strette. Vi era come un indefinibile impaccio, una certa soggezione fra le due donne. Ne andava ricercata l'origine nella gelosia dell'una per l'altra? No, senza dubbio: la differenza di condizione, la gravità dello stato in cui versava Francesco, tuttociò serviva ad allontanare l'idea di una possibile rivalità. L'Elisa si sentiva in fondo riconoscente pel servizio resole dall'antica padrona, avrebbe visto con dolore cessare le visite di lei, ma nulladimeno non s'erano spenti in lei gli affetti di moglie.

Era una crudeltà disdegnarla, respingerla, o al più tollerarla a mala pena, mentre l'estranea, la nemica, la *signora* diventava l'idolo!

La signora Davray comprendeva bene, ogni volta, quello che significasse il viso sempre scuro dell'altra: ma non era in grado di consolaria.

Il bene fatto a Francesco, la gioia che illuminava le ultime sue settimane, non erano certo causa di pena alla moglie, ma bisognava che ella si sacrificasse sino alla fine: questo esigeva il dovere, o piuttosto lo esigeva quella legge di sofferenza, per la quale non si libera una vittima, senza che un'altra sia sacrificata in sua vece.

VIII.

Una fase di sereno abbandono cominciò per il malato. Pareva ormai che la signora Davray gli appartenesse un poco; fu la breve luna di miele della loro amicizia.

La giovane signora si sentiva legata a Francesco dalla virtù segreta del piccolo sacrifizio che aveva fatto rinunziando ad un viaggio divertente. Francesco ebbe, se non la conoscenza, l'intuizione del sacrifizio; e poi, con una trovata geniale gli era riuscito di mettere d'accordo passato e presente, ed era ormai certo di potersi abbandonare al sentimento nuovo che l'aveva invaso, senza venir meno ai suoi « principii »; ogni ritegno, ogni sottinteso erano scomparsi dalle sue relazioni con la signora Davray; egli non celava più a sè stesso ch'ella era diventata il dolce incanto dei suoi occhi, l'oblio dolce dei mali, un'attrazione irresistibile. Le era grato che fosse bella, che si vestisse come si vestiva, da parigina ricca e di buon gusto, che gli desse, col fascino della persona, la freschezza del colorito, la vivacità degli occhi, il sorriso della bocca, l'espressione della piena salute e della vita felice.

— Quest'abito la sta bene: io non l'avevo visto ancora; ma sa, ella dovrebbe venirmi a trovare con un abito di seta, quest'altra volta... Teme il contrasto? Bah! io me ne rido, ormai. Anzi, mi divertirà di vederla tanto bella in una brutta cameretta, col mobilio di carta pesta... Io son malato, ed ho bisogno d'aver sott'occhio delle cose che facciano bene a guardarsi, lei mi comprende.

Egli prendeva questo tono leggero, infantile, per dissimulare l'avidità d'ammirazione che formava la base della sua fantasia.

Trascorsero due settimane, poi la giovane signora scorse una specie di accasciamento nel malato; egli parlava molto di meno, non voleva esaltarsi, si racchiudeva in un'indifferenza altezzosa. La signora Davray scrutando con maggiore attenzione i lineamenti alterati del volto capì che Francesco doveva soffrire in modo indicibile. A interrogar lui diret-

tamente non era nemmeno da pensarci; in quanto all'Elisa, ella non
si spiegava mai sul proposito che in una maniera evasiva.

Il medico non diceva niente, non rilevava alcun cambiaménto;
tuttavia una tristezza plumbea pesava sulla casa, appianando tutte le
collere, tutti i capricci del malato e il muto rancore della sposa sde-
gnata. Quando una vita sta per finire, tutti i sentimenti si spengono
a poco a poco non solo in essa, ma anche intorno a essa, al soffio
della morte che si approssima. Un senso d'angoscia invase la signora
Davray; avrebbe voluto sapere, ma paventava di indagare e interrogare. E un giorno finalmente Elisa, nell'accoglierla, uscì dal suo abituale
mutismo:

— Lo troverà meglio, oggi, signora, e più in vena di parlare del
solito. S'ella volesse profittarne per prepararlo alla visita d'un prete,
sarebbe una vera opera di carità. Un prete lo calmerebbe, gli farebbe
del bene, e poi è necessario; un malato ha doveri da compiere, deve
occuparsi di cose più serie...

L'Elisa, pel solito così remissiva, aveva pronunciato queste ultime
parole con una certa durezza.

« Tu rappresenti una distrazione, un divertimento: il sacerdote ha
un altro ufficio da compiere », ecco il vero senso delle sue parole;
tuttavia l'Elisa ritornò subito supplichevole e aggiunse:

— Soltanto lei, signora, può parlare di queste cose; or, io la
scongiuro, eserciti il suo potere in questo!

La signora Davray rispose commossa:

— Mi proverò.

E tentò, infatti; ma timidamente, presa da scrupoli e da timori,
traditi dal tremolio della sua voce. Fin dal suo primo entrare, il viso
di Francesco le apparve più disfatto, eppure la fisonomia si era più
schiarita e lo sguardo racchiudeva maggiore dolcezza dei giorni precedenti. Per affrontare l'argomento delicato, ella dovette preparare il
discorso alla lontana:

— Non è vero, che m'avete raccontato una volta d'essere stato
educato dai preti e che la vostra mamma era molto religiosa?

— Sì; ma perchè mi fa questa domanda?

— Soltanto per sapere se anche voi continuate ad essere religioso.

— Oh, ora capisco dove vuol venire! Grazie tanto della premura,
o piuttosto grazie all'Elisa che l'ha imbeccata. È da un bel pezzo che
mi fa la ronda, ci voleva poco a indovinarlo, ma ha pensato che presentata da lei la pillola mi sarebbe riuscita meno amara. Faccia venire
un prete, se le fa piacere. Per me tanto, prete o non prete, fa lo stesso.
Io non rifiuto di confessarmi, anzi son pronto a farlo davanti a tutti,
che me ne importa? Non ho nulla da nascondere, io. Non sono stato
un santo, questo è certo; ma dove sono, questi santi? E soprattutto,
esistono i santi? Che cosa curiosa di venirmi a dar de' guai a questo
modo nel momento in cui state per separarvi dagli amici e per abbandonare questa bella esistenza. E poi, avessi anche dei conti da rendere, ne avrei però altri da richiedere: perchè non sono nato con
centomila lire di rendita, per esempio? Me ne infischio un po', ora,
dei soldi; ma infine avrei ben saputo spenderli e far bella figura nella
buona società se m'avessero dato il denaro e l'educazione che gli si
accompagna. La commedia è finita, per me, e non chiedo più niente
a nessuno: e perchè allora rompermi il capo con queste vecchie
storie?... Dopo tutto, lo ripeto, se lei vuol per forza che qui c'entri

'una tonaca, non m'oppongo, anzi le prometto di mostrarmi ammodo e cortese.

Tutto ciò fu detto con disinvoltura. Nessuna amarezza, nessuna rivolta nelle parole del malato: solo una specie d'indifferenza stoica, sotto la spavalderia del discorso, e più ancora il timore di intrattenersi sulla sua sorte e di commovere la visitatrice.

Avendo vinto, la giovine signora taceva. Francesco si chinò verso di lei e quasi gravemente:

— Via, siamo serii, per un momento... Voglio dirle due parole soltanto, e poi... non mi ci proverò più, perciè preferisco parlar d'altro... Ecco, io non la conosco lei... Scusi!... S'è incomodata a venir qui spessissimo fin dal principio dell'inverno e solo per bontà sua, perciè altrimenti non ne comprenderei il motivo... pure, lo ripèto, non la conosco: non ho mai frequentato persone di riguardo come lei, capirà bene, e non so di preciso quello che può passare nella testa e nel cuore d'una bella signora; ma, dopo tutto, mi fido di lei, credo che continuerà ad essere verso di noi come è stata finora: quando dico noi voglio dire naturalmente l'Elisa e le piccine... Non sono stato un ottimo padre nè un marito esemplare: forse mi sono ammogliato troppo presto. L'Elisa non s'è mostrata troppo intelligente, io sono stato poco ragionevole e la baracca è andata alla malora... Adesso faccio assegnamento su di lei per riparare in qualche modo al malfatto.

Francesco teneva fisse sulla signora Davray le pupille azzurrognole, il cui sguardo sembrava scenderle nell'anima. Ella chinò la testa in segno di promessa: non poteva parlare in quel momento... non voleva alzare il fazzoletto per portarlo agli occhi, ma due lacrime le caddero giù senza che potesse trattenerle. Francesco le vide e mormorò a voce bassa, dolcissima, quasi tenera, che ella non aveva mai udita:

— Grazie, signora!

Un minuto dopo fece una mossa per voltarsi un po' verso la parte del muro, dicendo:

— Scusi, sono un po' stanco, oggi; saremo più in vena un'altra volta.

E mentre la signora Davray si chinava per porgergli la mano, soggiunse:

— È strana, in ogni caso, la vita; ne inventa di tutti i colori!... Non avrei mai supposto ciò che m'avrebbe riserbato per ultimo, eppure è il meglio che mi abbia dato. Ella è stata il fiore prelibato per me: dopo di lei, basta, non merita più conto di aspettar altro.

IX.

«Saremo più in vena un'altra volta!» aveva detto. Quando la signora tornò in via del Rendez-Vous, l'entrata nella camera le fu vietata.

— Non lo potrà vedere oggi, signora; egli non vuole - disse l'Elisa asciutta asciutta: - non ci sono grandi cambiamenti, ma mi ha proibito assolutamente di farla entrare.

Nelle sue visite seguenti la signora Davray trovò sempre lo stesso divieto. L'Elisa, col viso serio serio, ma con un'espressione meno chiusa, meno accigliata, non aspettava d'essere interrogata, scoteva la testa e diceva, a bassa voce:

— Va sempre lo stesso: non sta molto peggio, soltanto gli manca un po' il respiro e non vuol vedere nessuno...

La signora Daviay capiva bene che cosa significasse quel *nessuno* e se ne andava, triste ma non offesa, col cuore stretto, indovinando, sentendo quasi le sofferenze che egli voleva nasconderle.

Quella porta chiusa, quella porta di cui ella non poteva girare la chiave, era così dolorosamente suggestiva per lei. Dietro ad essa la morte aveva cominciato la sua opera di distruzione. Dinanzi allo spirito della giovane signora delle imagini passavano, imagini che avevano la parvenza del vero; ed ella le scacciava, essendo più simili a prossime realtà che a pure allucinazioni.

Una sera, in casa sua, cominciò a leggere una lunga lettera proveniente da Tunisi senza provare la minima curiosità. Un'amica zelante, che faceva parte della carovana, aveva trovato il tempo di scarabocchiare otto lunghe pagine al suo indirizzo; vera cronaca in cui tutti gli incidenti del viaggio erano registrati, senza dimenticare i comenti e le indiscrezioni. Il nome del signor Lussan vi era ripetuto più volte con sottintesi maliziosi, ma indulgenti.

Giunta alla quarta pagina la giovane signora posò la lettera, annoiata: quella gente le era diventata indifferente, e il suo pensiero non poteva fare lo sforzo di fermarsi su gli indifferenti; d'altra parte da che ella non vedeva più Francesco, da che ne sapeva tanto prossima la fine, nulla poteva più distrarla od occuparla seriamente.

Invero una delle sue più grandi sollecitudini stava per sparire dalla sua vita. I cinque ultimi mesi, che già sembravano un sogno, erano stati forse i più importanti della sua esistenza. Ella sentiva, adesso, di non aver mai dato tanto di sè come a questo fratello così lontano, a questo giovane operaio malato; ma anche nessun altro aveva alla sua volta avuto tanto potere su di lei. « Alcuni uomini, miei eguali per educazione e a me superiori per intelligenza, mi hanno qualche volta ammirata e corteggiata - essa poteva dire tra sè e sè - ma nessuno mi ha offerto un omaggio degno d'essere gradito come la simpatia ardente di questo giovane ».

Sembra perfino che la mancanza di cultura sia per alcune nature oltremodo delicate una grazia del loro stato. L'intuizione val più della coltura; è una virtù misteriosa, e solo essa mette le anime in contatto.

La signora Daviay si chiedeva come avrebbe fatto ormai a vivere privata di ciò che Francesco le aveva fatto gustare, come le basterebbero d'ora innanzi de' sentimenti superficiali, degli affetti senz'anima, delle amicizie senza vincoli reali. A chi si sarebbe dedicata come si era dedicata a lui? Nessuno di coloro che la circondavano le chiedeva la piena dedizione di sè stessa, nessuno meritava, nella cerchia di amici mondani, un serio interesse. Ed un pensiero riuscì a formarsi nel suo spirito: « Non sarò più per nessuno quello che sono stata per mezzo di lui e per lui ». Ed ella pianse su questa viva parte di sè stessa che sfuggiva, che era già svanita anzi, e dalla quale ella aveva attinto per un momento la sua espressione ideale.

Passarono quindici giorni ed una mattina la signora Daviay riconobbe su di una busta la scrittura irregolare di Elisa:

« Tutto è finito, signora. Francesco è morto l'altra sera. Ella sarà così buona da venire; lui stesso m'ha detto di chiederglielo: è il suo ultimo desiderio.

« La sua umile serva

                             « ELISA ALIZON ».

La signora Davray s'aspettava certamente questo colpo, ma ne fu
scossa come fosse giunto improvviso. Sentì dentro di sè come uno
schianto subitaneo, la sua intelligenza più non comprendeva nè tentava
di comprendere i suoi sentimenti.

Del resto un solo pensiero ben presto la dominò: stava per tornare
il giorno stesso in via del Rendez-Vous, stava per rivederlo.

Appena si videro, le due giovani donne si gettarono nelle braccia
l'una dell'altra, ambedue piangendo e singhiozzando. La signora Davray
era pallida, senza forze; l'Elisa non nascondeva più il proprio sentimento. Spossate, dopo questo primo sfogo, si sedettero; e l'Elisa rispose
alle interrogazioni mormorate a bassa voce dalla sua antica padrona.

— No, non ha sofferto molto verso la fine. La sua agonia è stata
piuttosto breve: capiva di andarsene, lo sapeva da tanto tempo... Ma
debbo dirle, signora, che Dio gli ha fatto una vera grazia: negli ultimi giorni è stato così rassegnato, così coraggioso, ha adempiuto a
tutti i suoi doveri.

Tacque, pareva non avesse altro da dire. Dopo un momento la
signora Davray ruppe il silenzio:

— Posso entrare, non è vero? - chiese additando l'uscio della vicina stanza.

L'Elisa vide negli occhi della padrona un'angoscia speciale; comprese, ebbe pietà:

— Sia tranquilla, signora: pregherà dinanzi alla bara chiusa, così
egli ha voluto: non voleva farsi vedere da lei nè aggravato, nè in fin
di vita, nè sul suo letto di morte. Nello scrivere, soltanto oggi, di
venire, mi sono conformata pienamente ai suoi voleri. Non so quale
fosse la sua idea, forse voleva risparmiarle una vista troppo dolorosa...
insomma tutto è stato fatto secondo i suoi desideri: le ho scritto, è
venuta ed anche con un mazzo di fiori, proprio come aveva detto lui:
« Verrà a pregare, e forse porterà dei fiori ».

La signora Davray si voltò dall'altra parte per nascondere le lacrime.

L'Elisa additò l'altra stanza:

— Vada pure, io non ho coraggio adesso.

Troppo le sarebbe costato di unire la sua preghiera a quella della
signora Davray, o forse ubbidiva ancora a Francesco morto, come aveva
ubbidito a Francesco malato lasciando il passo, scomparendo quasi dinanzi alla visitatrice, dinanzi a colei che era stata la consolatrice e
la incantatrice, nelle settimane precedenti la morte.

*
* *

In quella camera, in cui un uomo giovanissimo ancora avea dovuto
patire le sofferenze del corpo e dello spirito prima di addormentarsi
per sempre, tutto era in ordine, netto e quieto.

Le persiane chiuse, la bara nascosta da un lenzuolo candido e
parecchi ceri accesi intorno; nel fondo stava il letto vuoto e coperto.

La signora Davray aveva notato questi particolari alla prima occhiata. Dispose i fiori sul lenzuolo, s'inginocchiò. Una breve preghiera
in cui vibrava l'anima sua passò sulle sue labbra; poi si guardò attorno
e ricordò, rivisse allora tutto ciò che era avvenuto in quella camera,
rivide il sorriso diffidente ed ironico di Francesco, quando ella si era
accostata al letto da sconosciuta, da « nemica ». In origine una sem-

plice opera di carità, un tentativo di fare il bene ad ignoti, ed ora, invece, un lutto intimo, profondo. Vi era stato bisogno di un succedersi di sensazioni nuove, bizzarre e infine dolorose per destare, animare, illuminare una coscienza ignara di sè stessa. Inginocchiata dinnanzi a quell'umile bara, la signora si chiese ciò che non si era mai chiesto prima: «Che cosa valgo moralmente?» e subito si rispose: «Non io merito alcuno, la mia vita è stata senza scopo; tuttavia il cuore non mi manca e Dio, per questo, mi ha ispirato di venire».

L'Elisa era restata immobile, aspettando la venuta della signora Davray; quando la vide apparire le gettò un'occhiata torva di acerbo rimprovero, forse di pazzo odio, poi, per una subitanea reazione, scoppiò in singhiozzi.

La signora Davray corse a lei e la strinse tra le braccia; l'Elisa si schermiva piangendo:

— Oh! no, mi lasci andare, sono stata così disgraziata! Non era da sopportarsi, no, era troppo, troppo!

— Lo so, figliuola.

— Io che le volevo tanto bene, signora, che l'ammiravo tanto, dovei soffrire cosi per causa sua! E vedermi respinta e trattata male da lui che era il mio tutto!

La gelosia contenuta troppo a lungo trovava, ora,. il suo sfogo: la giovine, che si era saputa vincere finchè Francesco aveva conservato un soffio di vita, non aveva saputo sopportare l'ultimo incontro tra la rivale ed il marito.

Non pertanto la signora Davray le stringeva le mani gelate tra le sue:

— Elisa, mia povera Elisa, perdonami, perdonagli, te ne scongiuro! Era giovane e gli doleva di morire; sentiva bisogno di dimenticare, di strapparsi alla realtà che tu, anche non volendo, gli ricordavi, mentre io che non gli ero niente, «che non lo conosceva nemmeno » - me lo ha detto lui stesso l'ultima volta che ci siamo veduti - personificavo ai suoi occhi l'ignoto, la distrazione, la salute, la vita. Poveretto! bisognava compatirlo. Ma per te, più che per lui, per te, credimi, sono tornata dopo la mia prima visita, e ora ch'egli riposa in pace, sarò tutta tua e delle tue piccine. E questo voleva lui pure, me l'ha detto, perciè vi amava.

Parlò a lungo, con calore, con tutta l'anima; mossa dal desiderio di riparare al male di cui era stata causa, e anche dal dolore che lei stessa provava. A poco a poco l'Elisa si acquetò, poi sopraggiunse una nuova reazione salutare. Scossa da emozioni troppo forti, la moglie di Francesco riacquistava la solita passiva dolcezza, capiva e si sottometteva.

— Oh! signora, - esclamò, volgendo alla Davray uno sguardo in cui la riconoscenza aveva scacciato l'ira - dovrei benedirla. Ho sofferto, ma che importa, visto che egli non poteva fare a meno di lei? Come avrebbe fatto ad accettare la malattia e la morte se lei, signora, non fosse stata al suo capezzale? Dalla sua prima visita in poi, egli non viveva che per lei: mi sembra ancora di vedere in che stato si ridusse un giorno in cui gli aveva detto che sarebbe andata in campagna. Credevo quasi che impazzisse... Il giorno dopo fece venire il medico, si chiuse in camera con lui, - non le volli dir niente allora - e quando il medico se ne fu andato mi chiamò: « L'ho costretto a dirmi la verità, disse, e ora sono tranquillo: tutto sarà finito prima che se ne vada ai bagni di mare ». Egli sorrideva, sembrava felice, e io mi sentiva spezzare il cuore...

***

Mentre la moglie rimaneva sola, vicina alla cassa, con un dolore pieno di amarezza, la signora Darvay, trasportata dalla sua carrozza, rifaceva per l'ultima volta la solita strada.

Indifferente al rumore e al movimento che la circondavano, dimenlica della vita che pur doveva riprendere, seguiva il solco tracciato, da poco, dal proprio pensiero. Sì, la luce le si era fatta, alfine, proprio adesso, nella camera di Francesco. La giovine signora comprendeva tutto adesso, seguiva il nesso logico degli avvenimenti, o piuttosto penetrava il volere di Dio che le aveva concesso questa avventura così straordinaria, per assisterla forse in un momento un po' pericoloso della sua vita. Era stata strappata bruscamente all'ambiente mondano in cui viveva, condotta in una casa sventurata, che richiedeva la sua presenza. Vi era tornata più per il gusto di esercitare il fascino della propria bellezza che per amore della carità, ella lo sapeva: ma se la grazia divina, per penetrarle addentro nel cuore, aveva preso una via un po' profana, ciò non toglie, che non avesse raggiunto lo scopo e intensivamente.

Dopo aver consolato e addolcito, seducendo, dopo aver sofferto e fatto soffrire, l'amica di Francesco non potrebbe più d'ora innanzi passare da distratta, da indifferente, attraverso la vita, solo curante degli omaggi della società. Non incontrerebbe mai più un Francesco; ma il ricordo del giovine malato, di cui aveva alleviato gli ultimi istanti, rimarrebbe per lei stimolo prezioso: questo ricordo l'aiuterebbe a fare un po' di bene, l'animerebbe a cercare onestamente, al di fuori della vita che le era stata tracciata, tra gli umili in ispecial modo e tra gli afflitti, un po' di quella simpatia che non sempre incontriamo così fedele e sicura, tenera e forte quale vorremmo.

(Fine).

MARIANNE DAMAD.

DI UN NUOVO DOCUMENTO SU GIORDANO BRUNO

Questo nuovo documento su Giordano Bruno pubblicò, or non è molto, il sotto-bibliotecario della Nazionale di Parigi, il signor Luciano Auvray, illustrandolo con note di soda erudizione (1). Riguarda il secondo e breve soggiorno fatto dal Bruno a Parigi dal dicembre 1585 al giugno del 1586, ed è un estratto dalle note che il bibliotecario di Saint-Victor, Guglielmo Cotin, scriveva giorno per giorno per registrarvi tutte le notizie fornitegli dagli uomini illustri, che solevano capitare alla sua biblioteca. E uno di codesti illustri era senza dubbio Giordano Bruno (2), che, reduce dall'Inghilterra con l'ambasciatore Michele di Castelnau di Mauvissière, si recò il 16 dicembre 1585 alla biblioteca di Saint-Victor. La prima nota del Cotin è questa :

Ho visto Giordano Bruno, che andato in Inghilterra con l'ambasciatore del re, vi lesse a Oxford. È per pubblicare l'*Arbor philosophorum* e molti libri ha pubblicati in italiano e latino, come l'esposizione dell'arte Lulliana, i trenta sigilli ecc. Suo padre vive ancora a Nola. Abita presso il collegio di Cambray. Loda il Lucrezio di Oberto dedicato a Giovanni Sambuco della corte dell'imperatore.

Questa nota offre due notizie nuove sul padre e sulla dimora a Parigi del Bruno, e fa menzione di un libro, che doveva essere presto dato alle stampe: *Arbor philosophorum*. Il libro non appare nei cataloghi del Berti e del Fritz, ma è citato dal Bruno medesimo nella spiegazione dei trenta suggelli (3). Doveva essere un trattato Lulliano del genere della *Clavis magna* e al pari di questa rimasto inedito non so per quale ragione, ma certo senza danno alcuno: perciè questi due trattati non potevano essere se non un rimaneggiamento ed ampliamento della *Compendiosa architettura*, quale poi appare nella *Lampada combinatoria*.

(1) *Giordano Bruno à Paris d'après le témoignage d'un contemporain (1585-86)*, par LUCIEN AUVRAY, sous-bibliothécaire à la Bibliothèque Nationale (*Mémoires de la Société de l'Histoire de Paris et de l'Isle de France*, tom. XXVII). Paris, 1901.

(2) Un altro diario del tempo fa menzione del Bruno come d'una celebrità. È quello di un dotto olandese, il signor ARNOLD VAN BUCHEL, che viaggiando in Francia nel 158 vide, o per lo meno sentì parlare del Nolano, *philosophus subtilior, quam saluti suae conveniat*. Per questo diario l'AUVRAY rimanda al tom. XXVI delle stesse *Mémoires*, dove A. VIDIER ne dà in parte la traduzione.

(3) L'AUVRAY crede invece « qu'il s'agit ici d'un premier projet de la *Summa terminorum metaphisicorum* ». Ma confrontate J. B. NOLANI, opera II. 2, pag. 124 (Gfrörer, pag. 522): *Arbor ad inventionem, facit atque judicium, ut manifestum est in iis quae in « libro Arboris scientiae » perhibemus*.

Il giorno seguente nuova visita del Nolano e nuovo colloquio ancor più importante del precedente.

7 dicembre [1585]. Giordano è venuto da capo. Mi disse che la cattedrale di Nola è dedicata a San Felice. Ei nacque nel 1548, ha trentasette anni: fuggì d'Italia or sono otto anni, e per un delitto compiuto da un suo fratello, che gli suscitò odii mettendone in pericolo la vita, e per isfuggire le calunnie dell'inquisitori, che da ignoranti come sono, non intendendo molto della sua filosofia, gli darebbero dell'eretico. Dice di potere insegnare in un'ora la memoria artificiale non dissimile da quella del primo (*leggi* terzo) libro ad Erennio, memoria artificiale non intesa da quelli che la leggono, neanche dal Muret, che ammira alla guisa di un gentiluomo corso. Dice che il suo maggior maestro in filosofia fu un frate agostiniano (Teofilo da Vairano) ora defunto. Si addottorò in teologia a Roma e delle tesi poste per addottorarsi una era questa: « È vero tutto quel che dice San Tommaso nella somma contro i Gentili » e l'altra: « Vera è qualunque cosa dica il maestro delle sentenze ». Fa grandissimo conto di San Tommaso nella somma contro i Gentili e nelle quistioni controverse, o almeno in parte di esse. Tiene a vile le sottigliezze degli scolastici, dei sacramenti ed anche dell'Eucaristia, ignoti a San Pietro e a San Paolo, che non seppero altro se non « questo è il corpo mio ». Dice che facilmente i torbidi religiosi sarebbero levati di mezzo, se fossero spazzate coteste quistioni, e confida che tale appunto sarà la fine della contesa. Ma gli eretici di Francia e d'Inghilterra ei li detesta più che mai: perchè non fanno conto delle buone opere e predicano la certezza della loro fede e della loro giustificazione per essa, mentre tutta la cristianità tende al buon vivere. Disprezza il Gaetano e Pico Mirandolano e tutta la filosofia dei Gesuiti, che si riduce a quistioni lontane e dal testo e dagl'intendimenti di Aristotele. Mi disse molte cose sulla Geografia e sulla rigidità della Tartaria (?) e della Scozia e intorno alla temperatura dell'Irlanda.

Questo colloquio rivela il Bruno quale già lo conosciamo dagli scritti e dal processo veneto. Giudice acre e sarcastico degli scrittori più in grido, credente convinto nei miracoli della memoria artificiale e dell'arte Lulliana, interprete libero e audace della tradizione religiosa. Anche col Cotin, come più tardi col Mocenigo, si vanta di potere in un'ora svelare il mistero dell'artificio mnemonico accennato nella rettorica Erenniana meglio di quel che potesse fare un celebre professore, il Muret, che ammira senza intendere. Al pari del Muret fa poco conto di uomini famosi come il cardinale Gaetano e Pico della Mirandola. Non fa meraviglia che a costoro si mostrasse ostile il nostro filosofo, perciè sebbene fossero in grande riputazione il primo come interprete della Bibbia e il secondo per la prodigiosa memoria e per la vasta erudizione, pure l'uno e l'altro non ebbero il più lontano sentore dei nuovi tempi, e scrissero e filosofarono come nel medio evo, senza però conseguire quel rigore e quella compattezza di pensiero, che il Bruno ammirò sempre in San Tommaso. E quello, che ora qui dice di San Tommaso nell'abbandono di un colloquio privato, dove si lascia andare alle più pericolose confessioni, non è certo un artifizio per ingraziarsi il bibliotecario, ma la schietta convinzione sua, che va in tutto d'accordo con quel che scrisse nelle opere e disse nel costituto veneto.

Più preziose di questi giudizi sono le rivelazioni personali, che si raccolgono dal colloquio. Il Mocenigo nella sua denunzia all'inquisitore di Venezia scriveva: « M'ha detto di avere avuto altre volte in Roma querelle al'inquisitione di cento et trenta articuli. et che se ne fuggì mentre era processato: perchè fu imputato di avere gittato in Tevere chi l'accusò o chi credete lui che l'avesse accusato d'inquisitione ».

Alle quali parole il Berti nota: « Non avendo i giudici veneti tenuto·
conto di quest'ultima asserzione della sua denunzia, che per la sua
singolarità avrebbe dovuto chiamare a sè la loro attenzione, noi la
crediamo senza fondamento (1). L'osservazione è giusta ed è da far le
meraviglie che nè i giudici veneti nè··quel che più monta, i romani,
ben più severi contro l'imputato, non abbiano voluto andare in fondo·
a queste accuse. Ma quali ·che siano le cause di questa negligenza,
non par dubbio esservi qualche cosa di vero nella denunzia del Mocenigo;
perciè anche nel colloquio col Cotin il Bruno accenna vagamente
all'omicidio. Nè aveva ragione alcuna d'inventare di pianta un fatto·
di quella sorta per rendere ragione della fuga, cui la paura degli inquisitori pienamente giustificava. Sfortunatamente la denunzia del Moce-·
nigo e il colloquio col bibliotecario non sono del tutto concordi. In
quella non è fatta parola alcuna del fratello del Nolano, e in ricambio
il Bruno stesso appare imputato dell'omicidio; in questo dell'imputazione è taciuto, e solo copertamente vi si accenna quando si parla
dell'odio suscitato verso un fratello dal misfatto dell'altro. Nel colloquio
non è fatta menzione nè della persona uccisa, nè del motivo dell'omi-·
cidio; nella denunzia invece è detto essere l'ucciso il delatore del Bruno
al tribunale dell'inquisizione. Più che contraddizioni, codeste sono di-·
screpanze, che facilmente andrebbero composte, chi avesse la voglia di
indugiarsi in congetture. E forse la meraviglia stessa sulla $_{t_1a^{s}c^{u}r_1a^{n}z_a}$
dei tribunali di Venezia e di Roma cesserebbe quando si pensasse che·
all'accusa d'empietà gl'inquisitori dovevano attendere principalmente.
essendo l'altra per delitto comune di esclusiva spettanza dei tribunali
ordinari.

Non meno importanti di queste notizie sono le confidenze che il
Bruno fece al Cotin in fatto di religione, ed anche qui si possono fare
notevoli riscontri con la denunzia del Mocenigo. Le parole messe da
costui in bocca al Nolano sono queste: « che è biastemia grande quella
dei cattolici il dire che il pane si transustantii in carne, che lui è nemico·
della chiesa » (Berti, 2, 377). Nel costituto veneto il Bruno negò riso-·
lutamente di aver mai parlato a tal modo. affermando in modo esplicito
« di aver sempre tenuto et creduto, come tiene et crede che si faccia
la transubstantiazione del pane et vino in corpo et sangue di Christo ·
realmente èt·substantialmente come tiene la Chiesa ». Queste dichiarazioni non erano in verità d'accordo con qualche passo dello *Spaccio
della bestia trionfante,* ma si poteva supporre che il frizzo ivi contenuto contro l'Eucaristia non fosse se non una scappata umoristica di
Momo, tanto più che in tutte le altre opere e nello stesso costituto di
Venezia il Bruno, pure interpretando e trasformando a modo suo le
dottrine fondamentali del Cristianesimo, come quelle della Trinità, del
Verbo e dello Spirito Santo, lascia affatto da parte il domma eucari-
stico. E se pure è chiaro che, negati quelli, non potesse più leggere
questo, tuttavia era lecito argomentare e dalle opere e dalle dichiarazioni del filosofo, che della transustanza non avesse creduto opportuno
di tener parola, e che il Mocenigo avesse mentito o per lo meno esagerato. Così avevamo ragionato in parecchi, ma tutti ci siamo ingannati,
ed ora più che mai i fatti smentiscono i ragionamenti. Già fin dal 1886
il P. Raffaele de Martinis in un libretto polemico su G. Bruno ebbe·
il merito di pubblicare una copia della sentenza conservata nell'archivio·

(1) BERTI, *Giordano Bruno*, 2ª ediz., pag. 47: cfr. pag. 378.

dell'inquisizione (vol. di documenti, fol. 1379, t. 1380-1381, v. dal 1482
al 1600). Questa pubblicazione passò inosservata, benchè io stesso nel-
l'*Archivio di storia della filosofia* ne abbia rilevata per questo capo
l'importanza. Sfortunatamente la sentenza ci è data solo nella minuta
italiana, non nel testo definitivo latino, e manca l'elenco delle otto
proposizioni lette al Bruno perchè si riciedesse; ma il certo è che la
prima delle otto proposizioni non è se non la trascrizione della denunzia del Mocenigo.

    Essendo tu fra Giordano figliolo del q. Giovanni Bruno da Nola nel
regno di Napoli, sacerdote professo dell'ordine di S. Domenico, dell'età tua
di anni cinquantadoi in circa stato denunziato nel S. Uffitio di Venezia
già otto anni sono che tu avevi detto che era biastemia grande il dire che
il pane si transubstantii in carne et infra (1). Le quali propositioni ti fu
alli dieci del mese di settembre MDXCIX prefisso il termine di quaranta
giorni a pentirti; doppo il qual tempo si saria proceduto contro di te, come
ordinano et comandano li sacri canoni, et tuttavia restando tu ostinato et
impenitente in detti tuoi errori et heresie, nondimeno hai sempre perse-
verato pertinacemente et obstinatamente in dette tue opinioni erronee et
heretiche. Per il che essendo stato visto et considerato il processo contro
di te formato et le confessioni delli tuoi errori et heresie con pertinacia et
obstinatione, benchè tu neghi essere tali, et tutte le altre cose da vedersi
et da considerarsi, proposta prima la tua causa nella congregazione nostra
generale fatta avanti la santità di N. Signore sotto il xx gennaio prossimo
passato, et quella notata et risoluta, siamo venuti alla infrascritta sentenza».

    Segue la sentenza di degradazione, scomunica e consegna a Msr. Go-
vernatore di Roma, firmata da otto cardinali, primo il Madruzio e ultimo
il Bellarmino e in fine la data: « Anno a *nativitate* D. N. J. C. MDC die
vero VII mensis februarii feria III » (2).

    Questa pubblicazione in verità non toglieva tutti i dubbi; perciè
infine la sentenza riporta la denunzia del Mocenigo, ma fa bene intendere che l'accusato non ne ammetteva del tutto la verità. Ora il documento pubblicato dall'Auvray ci fornisce un nuovo e notevole dato per
la risoluzione del problema. Perciè non v'ha dubbio, che anche nel
colloquio col bibliotecario di Saint Victor, un frate della cui ortodossia
non abbiamo ragione di dubitare, il Bruno non ra scrupolo di coin-
volgere nel biasimo della scolastica tutta la dottrina dei saciamenti,
specie quello dell'Eucaristia, causa di guerre sanguinose e fratricide tra
i credenti nella stessa fede. Non è da dubitare che qui il Nolano esprima
le sue intime convinzioni: poiciè in tutte le opere sue mostra come
per i dommi non abbia predilezione, e li consideri tutto al più come
simboli imperfetti di verità filosofiche. Anche nel corso della sua vita
tempestosa passò dal Cattolicismo al Calvinismo per opportunità, non
per convincimento. E con la stessa facilità uscì dal sinodo calvinista
poco dopo che vi era entrato, e molto più tardi a Vittemberga fece tali
elogi di Lutero da farlo credere un luterano scrietto. Il che neance è
vero, perciè in tutte le opere sue, dalle prime alle ultime, non fa mistero della sua avversione ai protestanti, che in grazia del domma della

---

(1) « Questa nota non si ha in Archivio » - dice il trascrittore G. C. S.

(2) Qui segue questa nota redatta dallo stesso archivista dell'Inquisizione.
« Manca in questa minuta di sentenza la firma del notaro, che era Flaminius
Adrianus S. R. et U. Inquisitionis notarius. Romae ex tabulario S. R. et U. I.
de mandato excripsi et contuli die vigesima sexta Junii anno millesimi octin-
gentesimi octuagesimi sexti. Johannes R.° Stortius S. R. et U. I. Archivarius ».

giustificazione per la fede fanno gitto delle opere buone, contraddicendo alla religione vera, che al bene operare principalmente è volta. E qui nel colloquio col pio Cotin, come più tardi nella lettera del 1588 all'imperatore Rodolfo, e più tardi ancora nel costituto veneto del 1592, si dichiara cristiano in quanto ammette la massima fondamentale del cristianesimo: « Ama il prossimo tuo come te stesso ». Ma in grazia di questa massima appunto non può mandar buono, che per una quistione teologica gli uomini si combattano in modo spietato peggio delle fiere più sitibonde di sangue. Fra tutti i dommi quello che divideva gli animi nel secolo XVI era proprio l'Eucaristia, di che nei primi tempi della Chiesa, quando la vita religiosa era più pura e la carità più intensa, non s'era mai sentito parlare. È probabile che lo stesso discorso fatto nel 1585 al Cotin sia stato ripetuto a sette anni di distanza al Mocenigo. E se ci è lecito riempiere le lacune dei documenti, possiamo aggiungere che negli otto anni che durò il processo romano l'accusato, messo alle strette, non avrà più negato risolutamente come a Venezia, ma pur confessando la sua imprudenza, avrà soggiunto che se egli si permise di dire qualche cosa dell'Eucaristia, fu perciè gli era parso un domma nuovo ignoto agli antichi padri. Così, o io m'inganno, si debbono interpretare quelle parole della sentenza, che sembiano ecieggiare il discorso del Cotin: « visto che le confessioni delli tuoi errori, benciè tu negri essere tali ». No, diceva il Bruno alle prese coi suoi giudici, non sono errori quelli che gli apostoli non avrebbero chiamati a tal modo, nè si può attribuire un gran valore a quella gramigna dommatica tallita sul vecchio e robusto tronco della fede primitiva.

A sei giorni di distanza ebbe luogo quest'altro colloquio con notizie e giudizii nuovi:

12 dicembre giovedì. Giordano mi portò i suoi libri dell'arte mnemonica; disprezza tutti i dottori, specie Cujacio e Passerat, nè loda il Bossulo per eloquenza e per pronunzia. Dice che gl'insegnanti di belle lettere in Italia sono quasi nulli e nulla guadagnano, fuorchè se insegnino privatamente a figli di signori, come il Mulet, che riscuoteva dal cardinale Colonna un salario di 3000 scudi per insegnare al nipote. Chiunque abbia 5000 scudi di capitale o di reddito ne impiega due o tremila per istruire i suoi figliuoli. Tra i predicatori tiene in pregio soltanto l'Ebreo e per eloquenza e più ancora per il sapere. Dice che il Panigarola più che dotto è futile. Il Fiamma in vecchiando è così scaduto, che ebbe a pentirsi di aver predicato gli ultimi tre anni, sciupando la fama acquistata negli stessi luoghi dove avea predicato col miglior successo. Disprezza grandemente il Toledo e i Gesuiti, che nell'esordio si sprofondano in grandi misteri, contenuti, a sentir loro, nei loro testi, ma in seguito non dicono nulla. Del Tarcagnota, istorico italiano, dice essere molto eloquente ed ammirevole nelle sue consulte, nelle aringhe e nelle lettere. Scrisse l'istoria universale.

Su questi giudizii del Bruno non sarà inutile qualche commento. Che l'arte mnemonica gli fornisca l'occasione di parlare dei giureconsulti, degli umanisti e dei predicatori più in voga, non è da far le meraviglie. Da Pietro Ravennate e anche più in su i glossatori e i giureconsulti coltivavano la mnemotecnica in cerca d'un congegno, che rendesse più agevole il ricordo dei testi del diritto romano o per lo meno delle parole iniziali di essi. Non era dunque fuori di luogo il ricordare il Cujacio e il Passerat, nè forse il Bruno li biasima come giureconsulti, che manchino di vedute filosofiche, ma piuttosto come

inesperti e ignari dei congegni mnemonici, recati a perfezione da lui nel
De Umbris, nel *Cantus Circaeus* e nella *Triginta sigillorum explicatio*.
Dai giureconsulti agli umanisti è breve il passo; perciè l'arte
mnemonica dalla rettorica ad Erennio prendendo le mosse, nessun
professore di belle lettere può trascurare di darne un cenno, e se ha
le velleità novatrici del Nolano, ai vecchi congegni, che gli parranno
poveri e logora cosa, sostituirà altri più complicati ed oscuri. E
coi retori ben s'intende come s'accompagnino i predicatori, che del-
l'arte mnemonica avrebbero bisogno più degli altri, per mandare a
mente le orazioni loro in tal guisa da recitarle senza intoppi o inver-
sioni. Che tra i predicatori più famosi fosse un Fiamma o un Pani-
garota ben sappiamo dalla storia letteraria. E appunto perchè famosi,
doveano essere fatti segno agli strali del Bruno, sdegnoso di quell'eloquenza parolaja, che mal nasconde la povertà di dottrina e di pensiero. E al disopra del Panigarola, del Fiamma e del Toledo, che
valeva meno dei due primi, mette un certo Ebreo e per l'eloquenza e più
ancora per il sapere. Chi è codesto Ebreo, ignoto alla storia letteraria?
Che sia un errore del bibliotecario, il quale avrà scambiato per un
predicatore chi era lodato dal Bruno soltanto come scrittore non men
dotto che eloquente? In tal caso viene subito in mente il nome di
Leone Ebreo, i cui dialoghi d'amore non appena pubblicati da Mariano
Lenzi nel 1535, quando l'autore era già morto, incontrarono tal favore
da meritare molte edizioni e andar tradotti in francese, spagnuolo,
latino ed ebraico (1). L'autore, benchè fosse ebreo e, ciecerè ne dica
l'editore dei dialoghi, conservasse tra le più crude calamità intatta la
sua fede alla religione degli avi, doveva tornare simpatico al Bruno
se non altro per i casi compassionevoli della vita. Nato tra gli agi e
gli splendori della casa paterna a Lisbona, ebbe ad esularne il 1584
per seguire il padre, coinvolto, pare a torto, in quel processo di tradimento, che costò la vita al duca di Braganza. Da Toledo, dove avea
riparato e rifatto con la professione di medico la sua fortuna, ebbe
ad emigrare la seconda volta, vittima dell'intolleranza, che non pure
lo spogliò di tutti i beni, ma gli rapì l'unico figliuolo per educarlo
alla cristiana. Venuto in Italia, ramingò molti anni tra Napoli, Genova
e Venezia, e non ostante la miseria e gli affanni dell'esilio e il cruccio
del figlio lontano, seppe trovar conforto ai suoi mali nella filosofia e
nello studio dell'italiano, e nell'una e nell'altro fece tanti progressi
da scrivere non in portoghese ma nella nostra lingua i famosi dialoghi,
informati alla filosofia platonica in gran parte. Chi confronti i *Dialoghi di amore* di Leone Ebreo con gli *Eroici furori* di G. Bruno vi
trova tanta coincidenza e nella fonte platonica a cui il dialogo è attinto,
e nel metodo allegorico e nella fusione talvolta sbalorditoja degli indirizzi filosofici più opposti, da non comprendere come il Bruno non
faccia mai menzione del suo predecessore. Nè quindi si meraviglie-
rebbe, se nel colloquio col bibliotecario di Saint-Victor egli facesse
ammenda del suo silenzio, lodando l'Ebreo non pure per la dottrina,
che è un misto di platonismo, neoplatonismo e cabala al Bruno senza

1) Sui dialoghi d'amore vedi il ROSI. *Saggio sui trattati d'amore del cinquecento* (Recanati, 1889). Sulla vita e la filosofia di Leone è importante il libro
dello ZIMMELS, *Leo Hebraeus ein judischer Philosoph der Renaissance* (Breslau,
1886). Vi sono citate nove edizioni italiane dei dialoghi, cinque francesi, tre spa-
gnuole, due latine, una ebraica.

dubbio alcuno bene accetto, ma bensì per l'eloquenza a metafore
ardite, a comparazioni ingegnose e inaspettate, a sentimento caldo e
non di rado efficacemente espresso. Basterebbe questa sola pagina,
che qui trascrivo per mostrare che lo stile dell'Ebreo nei trapassi,
negli artifizii, nelle ripetizioni, nelle antitesi non è molto lontano da
quello del Bruno, il quale dunque lodando lui non avrebbe se non
lodato sè stesso :

L'amore, che è regolato da la ragione, non suole forzare l'amante;
benchè habbi il nome de l'amore, non ha l'effetto; perciè il vero amore sforza
la ragione e la persona amante con mirabil violentia et d'incredibil sorte, et
più che altro impedimento humano conturba la mente, ove è il giuditio,
fa perdere la memoria di ogni altra cosa, et di sè solo l'empie, et in tutto
fa l'uomo alieno da sè medesimo et proprio de la persona amata, il fa inimico di piacere et di compagnia, amico di solitudine, malinconioso, pieno
di passioni, circondato di pene, tormentato dall'afflitione, martorizzato dal
desiderio, nutrito di speranza, stimolato da la disperatione, ansiato di pensamenti, angosciato da crudeltà, afflitto da sospitioni, saettato da gelosia,
tribolato senza requie, fadigato senza riposo, sempre accompagnato da sospiri,
respetti e dispetti mai gli mancano. Che ti posso dire altro se non che
l'amore fa che continuamente la vita muoia et viva la morte dell'amante,
et quel che io truovo di maggiore meraviglia è, che essendo così intollerabile et estremo in crudeltà et tribolatione, la mente per partirsi da
quello non spera, non desidera et non il procura, anzi chi il conseglia et
soccorre lo reputa mortale inimico. (Dialogo primo, pag. 34, dell'ediz. 1535).

E potrei seguitare per un pezzo notando gli accordi tra il Portoghese e il Nolano: ma tutti i discorsi, tutte le prove romperebbero
contro il fatto, che Leone Ebreo, già morto avanti il 1535, fu un
medico, un filosofo, non un predicatore, laddove l'Ebreo del Bruno è
un predicatore contemporaneo del Panigarola e del Fiamma, all'uno
e all'altro superiore e vivente oltre il 1585; poicchè secondo il diario dello
stesso Cotin un Pierrevive a me ignoto diceva il 20 marzo 1586 « essere
il Panigarola ancor vivo, e l'Ebreo vincerlo in sapienza, essendo tutto
quel che dice zeppo di sentenze, e il Toletano predicare tutte le feste
davanti il Papa » (pag. 291, nota 2). Senza dubbio alcuno questo
Ebreo è proprio un predicatore, che sarà stato o un convertito o un discendente di famiglia ebraica, o che altro si voglia supporre: un predicatore di tanto merito da essere giudicato superiore ai più celebri del tempo.
Eppure la storia letteraria non lo conosce, e per quante ricerche abbia
fatte, non m'è riescito di sapere di più quel che ne dice il diario del Cotin !
Alla nota del 12 dicembre 1585 seguono tre altre, che qui riporto
per ordine :

13 dicembre. Due italiani sono venuti da parte di Bendizio, abbate
referendario del Papa, in cerca delle profezie dell'abate Gioacchino sui pontefici. Riferiscono che il Papa non fece cardinale se non il suo nipote quattordicenne e non di sua volontà, ma stimolato e piegato dal cardinale di
Joyeuse. Ei punì severamente d'esilio e di morte parecchi gentiluomini,
costrettovi dal fatto che sin del tempo di Gregorio XIII i ladri assedia-
vano Roma ed infestavano le vie tra Roma e Napoli. Di questa severità
del Papa mi avea ieri parlato Giordano biasimandola.

21 dicembre. Giordano mi disse che chiamato da Napoli a Roma dal
Papa e dal cardinale Rebiba vi arrivò in calesse per fare esperimento della
sua memoria artificiale. Aggiunse di avere recitato a mente il salmo Fun-
damenta in ebraico, ed insegnato qualche cosa dell'arte mnemonica al Rebiba suddetto.

27 *dicembre, venerdi.* Gioidano mi disse d'essere stato rubato o meglio di esseisi fatto rubare da un servitore che aveva seco. Non può pubblicare i suoi libri come vorrebbe. Medita tre opere: 1° *L'Arbor philosophorum ;* 2° La filosofia completa d'Aristotele ridotta in poche figure da insegnare in un semestre; 3° La spiegazione più ampia dell'arte Lulliana e d'uso ancor più largo, che non abbia pensato l'autore medesimo.

Le profezie dell'abate Gioacrino, che il referendario del Papa voleva acquistare, saranno senza dubbio una nuova redazione di quel libretto apocrifo, di molta voga al tempo del grande scisma, quando apparvero anche le profezie del cosidetto Telesforo, di Cosenza. La nuova redazione, pubblicata secondo l'Auvray nel 1527, doveva contenere notevoli aggiunte al testo apparso più d'un secolo avanti. Un'altra notizia apprendiamo da queste note: che il Bruno venne a Roma chiamatovi dal papa Pio V e dal cardinale Rebiba per dare prova delle sue scoperte di mnemotecnica. Questo viaggio, che il Bruno avrebbe fatto prima del maggio 1572, anno della morte di Pio V, mal s'accorda con le dichiarazioni venete, dove per ben due volte afferma che non andò a Roma se non nel 1576 per isfuggire il processo apertogli dal generale dell'Ordine. E l'Auvray per sanare la contraddizione, da lui giustamente rilevata, pensa che forse il Cotin avrà scambiato Pio V con Gregorio XIII. In verità da codesta sostituzione si guadagna ben poco; perciè nel 1576 il Bruno si recò a Roma non chiamatovi dal Papa, ma per ischivare la carcere. Si deve dunque ammettere, e l'Auvray questa ipotesi non esclude, che prima del 1576 abbia il Nolano fatto un altro viaggio a Roma, non da fuggiasco ma per invito. Nè v'ha ragione che questo viaggio si debba porre dopo il maggio 1572 e non prima. Resta sempre il dubbio come mai egli non abbia nel costituto veneto ricordato un viaggio, che oltre al tornare a suo onore, mostrava in qual conto era tenuto dal Papa e dai Cardinali. Ma questa difficoltà non è bastevole a mettere in dubbio il racconto fatto al Cotin con tanta precisione di particolari. Che il Bruno non abbia sempre detta la verità è fuori di questione, ma che inventi di pianta i fatti per millanteria non potremo certamente affermare. E che il Papa e il Cardinale abbiano avuta curiosità di sapere in che stesse quell'artificio mnemonico da tanti magnificato e quali vantaggi fosse per recare, non è da far le meraviglie. Come non parrà strano che il Bruno stesso ai prodigi della memoria artificiale presti piena fede. Dotato di buona memoria, attribuiva all'artificio tecnico quello che doveva a sè medesimo. Perciè senza dubbio alcuno per ricordarsi dei nessi artificiali da lui posti tra una serie di suoni ebraici e una serie d'immagini mitologiche occorreva maggior forza mnemonica che per mandare a mente il testo del salmo LXXXVI.

Checchè ne sia, questo della memoria artificiale era uno dei suoi chiodi, e l'altro era l'arte Lulliana, da lui così levata alle stelle, che non content o di averla sinora compendiata e commentata, ora intendeva di chiarirla con maggior larghezza nell'*Arbor philosophorum.*

La terza opera, alla quale attendeva, era, come bene ha visto l'Auvray, la *Figuratio Aristotelici auditus,* pubblicata infatti a Parigi senza data, ma certo non oltre il 1586. Che non possa accennare all'altro scritto, pubblicato anche in quel tempo: *Centum et viginti articuli de natura et mundo adversus peripateticos,* è ben chiaro da ciò, che quest'ultimo opuscolo mirava a fissare i punti di discussione contro la filosofia peripatetica, non di riassumere questa filosofia in poche figure e in tal guisa da potersi insegnare nel breve giro di un semestre.

Alle note del 1585 seguono queste altre quattro del 1586, tutte, e specie l'ultima, di non poco interesse:

2 febbraio 1586. Giordano mi disse essere a Parigi Fabrizio Mordente Salernitano, sessantenne, dio dei geometri e superiore a tutti i suoi predecessori. E poichè costui non sa di latino, Giordano pubblicherà un libro latino sulle invenzioni Fabriciane. Inoltre Giordano leggerà il suo riassunto della Fisica Aristotelica, che ora è sotto stampa.

2 febbraio (1). Giordano mi disse di non saper nulla della città fabbricata dal duca di Firenze, ove si parlerebbe latino, ma solo sentì dire che il duca suddetto voleva fondare una *Civitas Solis*, dove il sole risplenderebbe tutti i giorni dell'anno, come sono molte città di simile rinomanza, tra le altre Roma e Rodi.

Su queste due note c'è poco da dire. Che il Bruno abbia levato alle stelle Fabrizio Mordente per l'invenzione del compasso a otto punte si sapeva di già dall'opuscolo pubblicato dopo questo colloquio. Nè fa meraviglia come un uomo, appena citato nella storia della matematica, sia stato messo dal nostro al di sopra di tutti i geometri del mondo. Il nostro non conosceva misura nè nei biasimi e neanco nelle lodi, e le sue cognizioni in matematica erano sì scarse, che nel *De Minimo*, nel *De Monade* non meno che negli *Articuli adversus mathematicos* cade in molti e non lievi errori. I suoi giudizii, anche sfrondati dalle esagerazioni, non hanno valore alcuno. Intorno al granduca di Toscana Francesco I, il Cotin avea già saputo da un tal Cocoly, Vittorino anche lui, che quel principe intendeva di fondare una città dal nome *Paradisus*, dove non si parlerebbe se non in latino. Richiesto il Bruno, se nulla sapesse del disegno granducale, rispose di aver solo sentito dire che il Duca voleva fondare una *Città del Sole* dove l'astro maggiore splenderebbe tutti i giorni come a Rodi e a Roma. Che Rodi fosse tenuta di un clima così felice, che giammai nell'anno il sole appare velato da vapori, lo dice non solo Orazio ma più ancora Plinio. Di Roma non ho sentito nulla di simile, nè saprei dire onde il Bruno abbia cavato la peregrina notizia, che sarà stata una fandonia. Ma fandonia maggiore anche a lui doveva ben apparire il disegno attribuito' al Granduca, il quale, se pure cadde nelle reti di Bianca Cappello, non era poi di tale ingenuità da credere che bastasse fondare una città nuova in Toscana e chiamarla dal Sole, perchè questo si compiacesse di risplendervi sempre. Forse, o io m'inganno, la sortita del Bruno è una canzonatura delle voci che correvano sui progetti del Granduca, e il buon Cotin, non rilevandone l'ironia, l'avrà tenuta per una notizia di fatto.

La nota che segue contiene una notizia interessante sulla dimora del Bruno a Ginevra:

20 marzo [1586]. Giovanni Vincent mi ha portate le epistole di Lipsio centuria prima, e dice che Giordano fece ammenda in ginocchio per aver calunniato il sig. de la Faye, dottore di medicina a Padova, che leggeva filosofia a Ginevra, e per avere pubblicato un foglio, dove contava cento errori commessi dal suddetto La Faye in una lezione sola. Giordano disse che sarebbe entrato nella religione ginevrina, se non gli avessero recato questo disdoro. Il La Faye è ora predicatore.

(1) « Cet article - annota l'AUVRAY - vient à la suite d'un autre qui porte la date du 4 février, mais un renvoi paraît l'attacher à ce qui vient d'être reproduit sous la date du 2 ».

Il signor Vincent pare che conoscesse la verità a mezzo, poiché, a parte uno sbaglio di numero ('chè venti e non cento sarebbero gli errori ritrovati nella lezione del La Faye), secondo i documenti pubblicati dal Dufour il Bruno era già entrato nella religione calvinista, quando se la prese col professore di filosofia. Di fatti la pena inflittagli il 13 agosto 1579, dopo sette giorni di carcere, fu l'ammonizione e la esclusione dalla Cena, il che non avrebbe senso per chi nel cenacolo non fosse stato ammesso (*les dictes remonstrances et deffence de la céne luy a estée faicte et renvoyé avecq remonstrances*). La qual pena gli fu condonata il 27 agosto dopo che riconobbe la sua colpa, facendone ampia ammenda. Il Bruno anche nell'interrogatorio di Venezia negò di essere entrato nella religione calvinista, ma pur troppo i documenti autentici lo smentiscono.

L'ultima e più importante nota riguarda la disputa universitaria e merita un largo commento. Eccola:

Il 28 e il 29 maggio, che furono il mercoledì e il giovedì della Pentecoste, Giordano invitò i regii lettori e il pubblico a udirlo argomentare nel collegio di Cambray contro parecchi errori di Aristotele. Alla fine della lezione o discorso investiva eccitando qualcuno che volesse difendere Aristotele o combattere lui Bruno, e non presentandosi alcuno, gridava più forte come se avesse causa vinta. Allora si levò un giovane avvocato, Rodolfo Callier, che in una orazione difese Aristotele contro le calunnie del Bruno. E nell'esordio avvertì che i lettori tacevano, reputando il Bruno indegno di risposta. Finalmente provocò costui a rispondergli e difendersi, ma egli si tacque e sgombrò di lì. Gli scolari cercarono bene di trattenerlo, dicendo che non lo lascerebbero andare, se non rispondesse o ritirasse le accuse lanciate contro Aristotele. Ma questo alla fine sfuggì alle loro mani, non so se a condizione che sarebbe tornato domani per rispondere all'avvocato. Quest'ultimo al mattino seguente, avendo con affissi convocati gli uditori, montato in cattedra seguitò con molto garbo la difesa di Aristotele contro le imposture e le vanità del Bruno, invitando costui a rispondere. Ma egli non compare e da quel tempo non s'è più visto in questa città.

(*Aggiunta tra il 1° e 4 giugno*). Giordano sedeva su di una piccola cattedra presso l'uscio del giardino, e dalla cattedra grande Giovanni Hennequin suo discepolo sosteneva le tesi contro Aristotele delle quali Giordano pretendeva essere giudice.

Il discepolo non seppe cosa rispondere al primo argomento del Callier. Quando il maestro fu invitato a rispondere lui stesso, non volle farlo, dicendo esser l'ora passata, ma la dimane non volle presentarsi col pretesto d'esser stato battuto il giorno avanti. Nota che il Callier è francese, guascone, giovane che fu avvocato avventizio (*pourmenant*), ma ora non è più, essendosi ritirato col sig. di Perron oratore e cronista del Re.

Questa nota risolve in modo definitivo la questione dibattuta tra il Berti e il Fiorentino, dandola vinta a quest'ultimo. L'errore del Berti, dice l'Auvray, sta nell'aver confusa l'università di Parigi, l'*alma litterarum parens* del Bruno, con la Sorbona, che invece non era se non una parte di essa, come altra parte era il collegio di Cambray, dove difatti ebbe luogo la disputa. Dalle note precedenti sappiamo ancora, che il Bruno avea presa dimora presso il suddetto collegio, nella speranza di leggervi la fisica Aristotelica su quel compendio, che fra poco sarà per pubblicare. Ed all'antico professore di Tolosa e di Parigi non poteva certo contendersi una lettura in qualunque parte dell'università parigina più gli tornasse. Intorno alla disputa di Cambiay la narrazione del Cotin non è tutta concorde; perciè secondo le note 28-29 maggio il solo che prese la parola combattendo Aristotele e sfidando i regii lettori a difenderlo sarebbe stato il Bruno. Secondo le note 1-4 giugno invece l'oratore sarebbe stato l'Hennequin, che sedeva sulla cattedra più alta, e il Bruno invece assisteva in una cattedra minore come giudice più che parte in causa. Secondo la prima versione il Bruno stesso avrebbe schivato di rispondere al Collier, malgrado che gli scolari lo premessero da tutte parti; secondo l'altra invece non seppe che rispondere il discepolo Hennequin e il Bruno non volle soccorrerlo adducendo il pretesto dell'ora tarda. Secondo la prima versione il Bruno sarebbe fuggito da Parigi, come un cane battuto, il giorno seguente alla disputa; secondo l'altra versione il giorno seguente era a Parigi ed avrebbe anzi fatto sapere non essere il caso di una nuova disputa, essendo stato già sconfitto il giorno avanti (v'immaginate voi il pugnace Nolano che si dichiara vinto senza avere neanche combattuto?). Da queste divergenze si può ben argomentare che il Cotin attinge a due fonti diverse, e benchè talvolta ai racconti altrui aggiunga del suo, pure non si cura di metterle fra loro d'accordo. Al racconto dunque, che il Cotin fa su così malfide e discordi testimonianze, non si può prestare quella fede, che vuole l'Auvray. E sarebbe veramente meraviglioso, che un uomo così battagliero, il quale seppe tener testa ai dottori di Oxford, non valesse ora a rispondere a un giovane avvocato, che sì per l'età sì per la professione sua non poteva essere bene addentro nella filosofia Aristotelica, nè tampoco nella scienza nuova che alla peripatetica volgeva le spalle.

Combinando i diversi dati potremo ricostruire i fatti in questo modo. Non v'ha dubbio che l'Hennequin pronunziò un discorso in favore delle tesi di Giordano Bruno; è appunto l'orazione apologetica, che sotto il titolo ben significativo di *Sveglia* è riportata nell'edizione Wittembergese dell'Acrotismo cameracense (1). Nè v'ha ragione di dubitare che a codesta orazione precedesse un discorso del Bruno medesimo sul tono della lettera proemiale ai filosofi francesi che si legge nella stessa edizione; discorso che avrà invitati i regi lettori a discutere a fondo le tesi che sarà per proporre l'Hennequin, scuotendo quella cieca fiducia in Aristotele, il quale all'università parigina non avea tanto giovato quanto questa a lui. In tal modo ben s'intende come il Callier nel rispondere all'Hennequin abbia esordito coll'annunziare che i lettori disdegnavano di prender parte alla disputa; perciè le invettive o le contumelie scagliate contro Aristotele non meritavano altra risposta che il silenzio. Se le cose sono così andate, come tutto induce a credere, è chiaro il perciè Giordano, pure premuto dagli scolari, non abbia voluto replicare. Non era della dignità sua rispondere ad uno scolaro, quando i professori da lui invitati alla discussione vi si erano sgarbatamente rifiutati, smentendo la generosa ospitalità tanto lodata dal Bruno nella lettera al lettore Filesac.

_____

(1) Il titolo è questo: *Excubitor seu Joh. Hennequin apologetica declamatio habita in auditorio Regio Parisiensis Academiae in festo Pentecostis anno 1586 pro Nolani articulis*. Questa *declamatio* ch'è precede il *catalogus articulorum* nell'edizione dell'*acrotismus* del 1588 manca nell'edizione parigina del 1586 dei « centum et viginti articuli ». Ed è ben naturale perchè la stampa dell'opuscolo parigino avrà preceduta la disputa.

Con la disputa tra l'Hennequin e il Callier la questione per il Bruno era finita. Voler rimovere i professori e i giovani parigini dall'idolatria di Aristotele era tempo perso, nè valeva la pena di parlare dei larghi orizzonti della scienza nuova a cui chiudeva a bella posta gli occhi per non vederli. Il Bruno avea già fatto proponimento di partire da Parigi, e il sospetto che egli si sia indotto a fuggire dalla Francia in seguito allo scacco di Cambray è una sciocca malignità, nella quale il Cotin credeva, ma che per noi è chiaramente smentita dalla lettera al rettore Filesac, ove si legge: « Avendo stabilito di recarmi in altra università non volli partire come ospite insalutato, ma decisi di presentare queste tesi da discutere come pegno di ricordanza ». Nè parrà strano che il Bruno dopo aver sperato per qualche tempo di leggere nel collegio di Cambray vi abbia rinunziato; perciè in quello stesso anno avea principio la guerra dei tre Enrici, con che veniva a mancare la protezione e di Enrico III e dei signori francesi, che, come il Castelnau, l'aveano sinora difeso e sostenuto. Lo stesso Bruno nel costituto veneto accenna ai pericoli, che gli sovrastavano nell' università di Parigi, dove l'opposizione contro Aristotele poteva suscitargli contro non pure i filosofi ma più ancora i teologi:

Direttamente non ho insegnato cosa contro la Religione Christiana, benchè indirettamente, come è stato giudicato in Parisi, dove pur mi fu permesso trattare certe disputationi sotto il titolo di cento vinti articuli contro li Peripatetici et altri vulgari philosophi, stampati con permissione dei superiori, come fusse lecito trattarne secondo la via de principi naturali, non preiudicando alla verità secondo il lume della fede, nel qual modo si possono leggere et insegnare li libri di Aristotele. a lei molto più contrarii che li articuli da me filosoficamente produtti.

La libertà filosofica in quel turbinio di guerra civile non poteva essere garantita; onde il Bruno, non per effetto della disputa, ma per le imminenti calamità (*a causa di tumulti,* egli dice), decise di mutare cielo e riparare nella Germania, dove sperava di poter seguitare più liberamente la sua campagna contro la filosofia delle scuole.

Non so finire questo scritto senza rendere grazie al dott. Auvray, che colla pubblicazione di un documento prezioso ha reso un gran servigio agli studi Bruniani.

FELICE TOCCO.

TARDI

CAPITOLO VIII.

Espiazione.

I.

Un battello bianco, elegante, leggerissimo percorreva l'Adriatico in una bella mattina di novembre costeggiando in modo da permettere a' passeggieri di distinguere col cannocchiale le case scaglionate su i monti abruzzesi.

— Ecco *Villa Alta!* - disse Alberto con voce commossa. - Vuoi vederla anche tu, Bianca? Senza che ti muovi farò in modo...

L'inferma scosse su i guanciali la testa e volse altrove i grandi occhi annebbiati.

— Fra un'ora sbarcheremo; fatti animo, cara. Troverai un carro con buone molle e potrai continuare la via sul tuo lettuccio. Non soffrirai nulla, proprio nulla!

La voce che aveva pronunziate queste parole era amorevole e dolce, non in armonia con lo sguardo ansioso e triste.

Bianca non udì nè vide, sprofondata in un suo sogno continuo e doloroso.

Il marito si accostò a lei poggiando la mano sinistra sulla spalliera della lunga poltrona in leggiera paglia indiana, e con la destra accarezzò lievemente i capelli scomposti che incominciavano di oro pallido senza riflessi un volto incolore e smunto. Al tocco delicato le sopracciglia ne si riavvicinarono e presso la bocca chiusa apparve una ruga. Egli conosceva que' segni impercettibili: erano di ripulsione. Subito ritrasse la mano, colpito al cuore, e si allontanò sospirando.

Fatti alcuni passi tornò, attratto presso la sofferente da un invincibile sentimento.

— Vuoi prendere qualche cordiale? Hai bisogno di forze. Ora ti manderò il dottore. Intanto ecco Maria Paola che sale. La nostra buona montanara dopo quaranta giorni di navigazione non ha fatto amicizia con le onde: al minimo rullio è sossopra. Quanto ha sofferto questa notte! Non si lamenta, ma giubila oggi perchè si torna a terra...

Nessuna risposta. Bianca al nome di Maria Paola si è scossa ed accoglie con un sorriso pallido la fida ed unica assistente che sopporta vicina.

— Siate uomo! - grida il dottore Orlandi dalla soglia della cabina verso Alberto, notando l'espressione del suo volto invecchiato e stanco. - Siate uomo! La signora sta meglio del giorno che l'abbiamo imbarcata quasi moribonda. In un mese non si possono ottenere miracoli e se vi ho consigliato di ricondurla a terra è perchè si preparano giorni burrascosi che potrebbero aumentare le crisi di nervi.

Il dottore, non per interesse ma per amicizia e per studiare il male di Bianca così inesplicabile e complesso, si era imbarcato anche lui ed aveva messo in opera, a rianimare quella vita vacillante, quanto possono insegnare la scienza moderna e una lunga pratica. Nel suo segreto serbava il sospetto che una causa morale avesse cagionato quell'attacco, ma si era anche dovuto persuadere che Alberto era scevro di colpa.

— La salveremo! - continuò con calore. - I suoi organi sono sani, ve lo giuro... è molto pallida e magra, ma è tanto giovane...

— Ha gli organi sani? E il cervello? E la terribile fissazione? Voi ed io siamo i suoi carnefici, non gli amici che vorrebbero salvarla ad ogni costo!

— Effetti dell'anemia cerebrale: tutto finirà col ricupero delle forze...

Alberto in quel momento sentì che anch'egli era sfinito; aveva presunto troppo. Il dottore Orlandi gli aveva consigliato di far armare il bellissimo *yacht* e di tentare la navigazione come mezzo di cura. Avevano visitato Trieste, poi la Dalmazia, il Montenegro, spesso ancorati in piccoli porti, fuggendo la vicinanza delle città o di altre navi di piacere che nella buona stagione solcano quei mari. Quando *La Bianchina*, nel primo anno di matrimonio, era stata ordinata, come ne aveva gioito la giovane sposa! Quali sogni, quali disegni aveva fatti per le gite future in compagnia dell'amato consorte sul liquido elemento ad entrambi caro! Ed era sorto il giorno in cui, ultimata la nave, essi ne avevano preso possesso; ma dove era la giocondità immaginata, dove la fede, dove l'amore? Dopo quaranta giorni tornavano a casa, ella ferita a morte, egli più sconfortato e dubbioso che nella prima ora seguita all'orribile scoperta...

Ad ogni modo per lui, se non per Bianca, il viaggio era stato una diversione. Innamorato del mare, aveva sovente diretto la manovra accanto al comandante, e nelle ore di guardia notturna, nelle fatiche materiali divise con i semplici uomini di bordo era riuscito non a dimenticare ma ad assopire il dolore. Spesso l'Orlandi lo spronava a prender terra con lui per alcune ore e visitavano insieme paesi pittoreschi abitati da popoli intelligenti e guerrieri. La ricca flora dei monti spronava lo scienziato a lunghe esplorazioni ed Alberto ne attendeva il ritorno conversando con qualche vecchio dalmata o montenegrino, di battaglie, di eroismo e di patria! Que' discorsi ardenti risvegliavano in lui la fede nell'umanità, il desiderio attutito di lavorare al bene de' suoi simili. Ma tornato presso l'inferma, un manto glaciale di accidia e di dolore ricadeva sulle sue spalle che si andavano incurvando.

Invano ansioso egli si chinava su di lei spiando un pallido sorriso dopo la lunga assenza. Invano tentava descriverle i luoghi veduti, interessarla alle poetiche leggende testè udite! Che se poi stendeva la mano a carezzarla, subito la sinistra espressione del volto amato ne paralizzava ogni moto.

Fra poco sarebbero tornati a *Villa Alta*. Egli rivedrebbe quelle stanze, quel parco! Gli sarebbero appaise minacciose quelle torri di Santavia, faro altravolta della sua esistenza.

E ripeteva a sè stesso che la fatalità spesso ingiusta e cieca si era compiaciuta con suo pieno diritto ad applicargli la terribile legge del taglione, alla quale invano si ribellava.

·— Amore per amore! - ma senti nel ripetere il triste motto che l'amore per Clelia era una cosa ben finita, morta! Invano tentava ricostruire il passato, rianimare quei ricordi, trovare in essi una scusa alla propria condotta. In lui esisteva soltanto una cocente ferita inguaribile ed un sentimento che le soffeienze di Bianca ingigantivano.

Perchè l'amava ora, quando era troppo tardi?

A *Villa Alta* i soli servi attendevano. Mistress Elena era partita subitamente il mattino dopo la terribile notte; non avvezza a mentire, non avrebbe potuto rivedere Carlo senza tutto narrargli e aveva profittato della sua assenza per lasciargli scritto che motivi urgenti la richiamavano a Milano e di là a Londra. Il giovane, in giro dall'alba alla sera per ispezionare poderi lontani, si era addolorato al ritorno, ma non impensierito per quella subitanea dipartita; si era accorto da tempo che la madre dimorava a malincuore in que' luoghi. E forse Bianca involontariamente le aveva mancato di riguardo; Bianca, altravolta tanto buona e cortese, ora cosi nervosa e sofferente!

E la mattina dopo egli si era allontanato ancora, e cosi per più giorni, chiedendo alla sera di Bianca al marito che ripeteva invariabilmente:

— Come al solito! Ha bisogno di molto riposo!

Durante un'assenza più lunga di Carlo, Alberto aveva fatto trasportare l'inferma a bordo dello *yacht* lasciando per l'amico una lettera quasi lieta con gli affettuosi saluti di Bianca, che si riprometteva da quel viaggio grande diletto. E ne' primi giorni aveva scritto sempre poche ma mendaci parole: « Bianca sta meglio, è allegra: ti raccomanda i suoi fiori, i suoi uccelli; ti prega di farle accordare il pianoforte, di spargere larghe elemosine in suo nome »..

Nulla era vero. Bianca peggiorava, ogni giorno diveniva più triste; annientata! Il nome di Carlo non usciva dalle sue labbra chiuse; non curandosi più di alcuna cosa al mondo, forse neppure più di colui che aveva amato fino alla colpa.

Alcuni giorni prima del ritorno dei padroni di casa Carlo aveva ricevuto un telegramma da Londra; sua madre era gravemente ammalata! E scusandosi con Alberto era subito partito.

— Meglio cosi! - questi esclamò quando lo seppe, mettendo piede a terra. - Come avrei potuto nascondergli il vero stato di Bianca?

E fece trasportare l'inferma con ogni cura più delicata in una stanza a terreno della villa, non volendo che ritornasse più nella propria stanza. Quando l'ebbe vista in letto, affidata alle cure di Maria Paola, la baciò sulla fronte, malgrado l'aggrottare delle sopracciglia e la piega istintiva di ripulsione presso la bocca, e se ne andò solo nello studio attiguo a discorrere con l'ironico barone che sembrava rendergli sguardo per sguardo e dire: «·Va là, caro erede mio, ti puoi proprio vantare di nobili imprese! »

Al mattino seguente tentò di riprendere le interrotte occupazioni, gli studii, i lavori, ma la molla era spezzata. Invano cercò di irrigidire la propria volontà, di obbligare il cervello a funzionare come prima, invano!

E tutto sembrò congiurargli contro per accrescere il suo sconforto: la vendemmia era stata pessima, malgrado i rimedii prodigati alle viti. I coloni ed anche i piccoli proprietarii del vicinato versavano in gravi condizioni che i suoi larghi soccorsi di poco riescivano a mitigare. Pochi fra i suoi grandiosi disegni si erano potuti attuare per le tante difficoltà incontrate non solo negli ublllll*l ma ne' regolamenti e nelle stesse leggi. L'ingordigia degli uni, l'insipienza degli altri creavano ogni giorno ostacoli contro i quali Alberto non si sentiva la forza di combattere nello stato presente della sua anima.

I lavoratori delle fabbriche e de' campi affacciavano pretese in parte giuste, in parte eccessivo: ma egli non aveva i mezzi per contentare le prime, per combattere le altre.

Il fiero barone nel costume da caccia, attorniato dalle mute dei cani, continuava ad irriderlo alla sera: « Se volevi cangiare uno stato di cose stabilito da secoli dovevi darti anima e corpo alla tua missione umanitaria! Invece, non istruito dal passato, rai voluto scierzare con le passioni! Hai sposato una donna che non hai amata quando fidente, amorosa venne a te, e adesso che ti ra tradito e che muore ti rodi di non poterla salvare... È tardi, è tardi! »

II.

L'estate di San Martino era splendida; fortissimi temporali avevano turbato i primi giorni dell'autunno, ma adesso l'aria era soave quanto in primavera, il sole tiepido come nella dolce estate. Una abbondante rifioritura di rose di ogni mese e di gelsomini di Spagna profumavano l'aria. Sugli alberi di gaggie i fioretti brillavano quali stellucce di oro tra le foglie minute e l'olezzo sottile si sposava a quello dell'erba cedra e della malvarosa.

Le inchinate cime dei cedri e dei pini mormoravano tra loro accarezzate dal vento lieve e da lunge l'invisibile ruscello mormorava con più forza la sua perenne canzone. Di quelle voci di natura, di quelle fragranze i nervi delicati dell'inferma erano offesi.

— Chiudi l'invetriata, Maria Paola, chiudi l'invetriata! Un solo fiore vorrei che fiorisse dovunque. Dimmi, vi sono molti crisantemi laggiù? Se domani starò meglio mi condurrai a vederli...

— Starai meglio, figlia mia! Mettici un poco di buona volontà, bevi questo latte...

— Sei certa?... - e Bianca sollevava la scarna persona - sei certa ch'egli non vi ha messo il veleno?

Negli occhi profondi dall'espressione di sonnambula il triste e folle sospetto metteva uno sgomento invincibile.

— Madonna santa! Egli ci metterebbe la sua vita, il suo sangue per fartelo bere, e ridarti la salute.

Maria Paola nella sua devozione per quei due esseri cari moltiplicava le preghiere perchè il Signore rendesse all'una la salute, all'altro la pace.

— Va', fa cogliere dal giardiniere un grosso mazzo di crisantemi bianchi, tutti bianchi!... tutti bianchi!

E mentre la fida vecchia si allontanava, Bianca seguendola con lo sguardo ritornato sereno si commoveva alle tante prove di non mercenario affetto ricevute dalla contadina abruzzese. Era tanto buono quel popolo, ed ella non lo aveva saputo apprezzare! Le eleganti cameriere popolavano la villa, brontolando: ella non voleva vederle; soltanto quell'essere semplice sopportava vicino; e si faceva narrare nelle ore di quiete le leggende miracolose della Madonna, poi le avventure del barone, le orgie di cui erano complici il pietonzolo Ros-

sillo, il cocchiere Michele, il prepotente guardacaccia; ma anche le
tante beneficenze, la popolarità di cui godeva in paese l'antico signore.

— Dimmi la verità: donna Maria, la madre di mio marito, era
l'amante del cognato? - L'inferma fisava la fida montanara con occhi
ardenti e maligni.

— Gesummaria! Il barone l'amava, questo l'ho pensato · anch'io;
ma come si amano le cose sante. Vedova, avrebbe voluto sposarla.
Non volle! Voialtre forestiere ci state male in questi paesi...

Bianca rideva con cattiveria:

— Che ne sai tu della santità di quell'amore? Io non ci credo!

Ella si compiaceva dell'acuto pungolo del dubbio. Ben era stata
colpevole lei! E perchè anche l'altra, lontana come lei dal proprio paese,
dagli amici e dai parenti, non avrebbe fallito? Con aspra insistenza
si accaniva ad interrogare Maria Paola, alla ricerca di prove per ricostruire quell'amore lontano.

Alberto voleva farla morire! Era la sua presenza, erano i farmachi
velenosi che affrettavano la sua fine! Era la lontananza di Marco, di
cui ignorava la sorte, che la toglieva di senno. Ma si voleva vendi-
care! Nell'ora estrema avrebbe gridato: « Anche tua madre falli in
questa stessa casa maledetta, anche tua madre! »

A queste crudeli esaltazioni seguivano ore meno desolate: ella
chiudeva gli occhi e ritornava fanciulla nella casa antica degli Oseroldi. Carlo le presentava lo sposo scelto per lei. Gioia suprema! Marco
le stava di fronte e le mormorava parole di amore. Con Marco abbandonava la casa, la città natia, inebbriata e felice; giungevano al castello di Santavia, di cui diveniva la signora...

Sorrideva beata, poichè le nozze con Alberto, *Villa Alta*, l'odiosa
presenza di Mistress Elena, la colpa, tutte queste creazioni di un sogno
inquieto si erano dileguate innanzi alla verità fulgente.

Si scosse alla voce di Maria Paola che recava una cesta di crisantemi bianchi. I fiori bizzarri le si sparsero in grembo.

— Portali via! Questi sono fiori di morte! Anche tu mi vuoi morta?
Io sono tanto giovane ancora!... Riportatemi nella mia stanza, toglie-
temi da questa prigione senza orizzonte... Fate ch'io guardi lontano!

E in rapida visione le si parò innanzi Marco soffuso nella luce
mattutina, ritto a cavallo sul monticello, mentre la via tortuosa che
conduceva al santuario l'invitava a un amoroso convegno...

III.

Una mattina Alberto ricevette un telegramma da Carlo: Donna
Maria Oseroldi era morta di subito col nome di Bianca sulle labbra.
Egli pianse la vecchia e venerata avola, poi corse dal dottore per do-
mandargli se poteva senza pericolo comunicare all'ammalata il triste
annunzio!

— Indugiate! - fu la risposta; - perchè turbare la poveretta con
tale notizia?

Ma il marito non seppe tacere; parlò prima della malattia che
aveva colpito a un tratto la cara nonna, e offeso dall'indifferenza di
Bianca le confessò che non era più, senza tanti riguardi.

— Morta! - Bianca accolse la triste novella senza commozione apparente. - Morta! Ma per me, non ora! La nonna morì il giorno che
mi divisi da lei... Poveretta, era vecchia ed ha finito di soffrire!

A un tratto la sua voce si fece aspra e cupa:

— Altre vecchie vi sono che vorrei saper morte!

Alberto rabbrividì, poi guardò Bianca con severa compassione. Comprese che pensava a Mistress Elena. Dopo un indugio domandò:

— Ti vestirai di nero?

— No! aborro il nero!

Il pensiero dell'inferma non era con la dolce avola che le aveva voluto tanto bene, ma con l'altra: con l'inglese sempre abbrunata. Ebbe un fremito:

— Lasciami, lasciami essere Bianca nel nome e nella veste fino alla fine!

E nei giorni seguenti, della donna gentile, dell'avola augusta, che tanto aveva fatto parlare di sè un tempo e che aveva consacrata la vita matura alla cara nipotina, non si tenne più parola.

Carlo era in Milano: egli rappresentò la famiglia ai funerali: le sue lagrime furon le sole versate sulla bara della vecchia amica, alla quale chiese segretamente perdono. Se Bianca non era interamente felice, di cui la colpa se non sua?

Egli aveva lasciata la madre a Londra in casa di una vecchia parente ed era tornato in Milano per cercar lavoro. Nella sua dignità cresciuta e dopo l'esperimento fatto sentiva di non poter accettare presso l'amico un posto mal definito. Era corso a *Villa Alta* accecato dall'amore per Bianca e vi era rimasto ammantando l'opera propria di rimbombanti nomi umanitari, ma restava il fatto: malgrado il tempo e la propria virtù, egli amava la moglie del suo amico; il dubbio non era permesso all'anima sincera.

I Bianchini, ripresi dalla febbre della speculazione che non abbandona mai chi ne ha sofferto una volta, avevano aperto una Banca e Carlo era sul punto di accettare il posto di direttore. Non aveva osato ancora scriverne ad Alberto, ma si proponeva di tornare a lui per qualche giorno ed esporgli a voce la propria risoluzione.

E con la sua prolungata assenza intorno a *Villa Alta* declinavano i sogni di un fallace progresso. Alberto aveva abbandonato di nuovo ogni cura ai fattori, al notaio, agli avvocati, e costoro, a rifarsi del danno e della paura provata sotto l'amministrazione oculata degli Ademolli, moltiplicavano le vessazioni, il disordine, il furto.

L'esodo degli emigranti era ricominciato e sommessamente il nome del Durani, un giorno benedetto, veniva ora pronunziato insieme a quelli degli altri prepotenti e cattivi proprietarii.

Egli non se ne dava pensiero, incurante ormai di tutto ciò che non fosse Bianca.

Una mattina un vecchio scarno, cencioso, dal volto sinistro l'attese presso il cancello della villa.

— Sono Giovanni! - gridò vedendo il padrone e togliendogli il passo. - Ricordate? Sono quel vostro colono che vendette la casa e partì per l'America in cerca di fortuna...

— Giovanni! - Alberto sorpreso contemplò quel rudero umano nel quale non avrebbe saputo riconoscere il forte e coraggioso montanaro partito tre anni prima, se non si fosse nominato. - Ricordo! Io volli dissuaderti, ma non mi desti ascolto... E tua moglie?

— Morta laggiù! E morte le mie due figlie, così buone e belle! Carmela che si doveva maritare langui fin dal primo giorno, ma Giovanna che sempre cantava e rideva mi fu portata via in un baleno da un male che non perdona...

— Povero Giovanni! Ah perchè non mi desti ascolto?

— Perchè, perchè? E perchè non tentate neppur più di trattenere tutti quelli che partono, malgrado il mio esempio? Sono le leggi della patria, il dispregio in cui è tenuto il lavoratore della terra, l'ignoranza a bella posta cresciuta intorno a noi che ci spinge lontano in cerca di un paese dove la dignità dell'uomo sia rispettata, dove il lavoro sia degnamente retribuito...

Alberto guardò il vecchio con crescente sorpresa: quel misero avanzo di tristi avventure aveva pagato a caro prezzo la scienza delle frasi con le quali ora avrebbe fatto propaganda fra i campagnuoli.

— Voglio aiutarvi, Giovanni; che cosa posso per voi?

— Per me, nulla! Sono vecchio e solo; posso morire. Ma per gli altri, è tempo che ci pensiate! Con qual diritto sei tu il ricco, il padrone, e noi ci dobbiamo uccidere a lavorare i tuoi campi? È giunta l'ora in cui la terra si deve dividere fra quelli che vivono di essa... Non vogliamo più essere mercenari...

— Càlmati! Nè tu nè io potremo cambiare il mondo in un momento. Pensa soltanto che le tue parole possono togliere, a chi deve lavorare per vivere, il coraggio e la rassegnazione, e a chi deve provvedervi il lavoro, la pazienza e la generosità. Anch'io penso che giorni migliori si preparano e ne affretto il sorgere col desiderio. Ma, Giovanni, tu almeno dovresti sapere che vi sono altre sventure più crudeli della miseria e che affratellano il ricco ed il povero: tu hai perduto le persone più care, io ho la giovane moglie gravemente ammalata! Per salvarla, vedi, darei quanto posseggo... Va, non invidiare le mie ricchezze... Se vuoi, possiamo maledirle insieme...

Il vecchio si allontanò declamando da solo, e Alberto rinunziò ad uscire e andò a rinchiudersi nello studio. Colà, la testa fra le mani per non incontrare l'ironico sguardo del barone Cuocco, si diè a riflettere sulle umane sventure dimenticando per poco le proprie.

IV.

In un momento di supremo sconforto Alberto afferrò la penna e scrisse a Carlo: « Bianca sta male, peggiora ogni giorno. Vieni; se tardi non la troverai più! »

Tracciate appena quelle linee, le lagrime, di cui credeva esausta la fonte, sgorgarono. Quel: « vieni! » lo riportò per incanto sulla spiaggia adriatica, nel piccolo albergo che prospettava il mare.

Era un tardo autunno, ma nel suo cuore quel giorno rifioriva la primavera! Anche allora scriveva all'amico lontano, non poche parole, ma lunghe pagine inconcludenti. Anche allora tracciava quel: « vieni! » e non una volta sola, ma invano! Allora Carlo non venne, ed egli andò a raggiungerlo per cercare da sè stesso il proprio infausto destino.

— Ma questa volta Carlo verrà, non per me, ma per quella moribonda! E voglio farlo soffrire come soffro io! Gli dirò che non lo ha nominato mai, che non ha pianto la nonna; che è immersa in un solo pensiero che la uccide: infame pensiero di colpa! Sì, voglio che sappia tutto: deve assistere con me a quell'agonia... Ho perdonato invano... Bianca disdegna il mio perdono, il mio affetto, si consuma di amore...

Lo colse il ricordo del tempo che amando disperatamente egli pure aveva sperato la morte. Poi, Clelia aveva avuto pietà...

Perchè ora non avrebbe egli pure pietà di Bianca e di Marco? Lo aveva tanto amato quel fanciullo!... Pensò un attimo di sparire...

Nel medesimo giorno ricevette una lettera dal marchese Giacomo, che diceva:

« Madre e figlio mi hanno lasciato. Clelia, non contenta del santuario miracoloso che abbiamo a due passi, è andata a sciogliere un voto alla Madonna di Pompei. Non so se invoca la mia guarigione, ormai impossibile, o il mezzo per impedire a Marco di calcare le mie orme, d'impaludarsi nelle stesse acque torbide che mi hanno sommerso.

« Questo mezzo non esiste e nessun miracolo potrà farlo trovare alla madre. Marco è mio figlio e vuol godere a qualunque costo; egli è della razza de' gaudenti e de' seduttori, per i quali è fatto il mondo.

« Più tardi, forse, sconterà su questo seggiolone meccanico - e gli auguro la mansuetudine mia - i piaceri che vorrei rivivere un'ora, anche se li dovessi pagare con più crudeli patimenti ».

Poi la lettera chiedeva le nuove di Blanca e terminava: « Scrivendo a Clelia, la pregherò d'implorare la salute di tua moglie; ma dai sintomi, che mi ha descritti l'Orlandi, mi è sembrato di capire che non tenesti conto de' miei consigli. Donna Bianca si annoia, si annoia a morte. Non era donna da vegetare fra questi monti. In quanto a Marco, fingo di essere sdegnato contro di lui e non gli scrivo: mi libero così dal bisogno di fargli la morale ».

— Ecco gli uomini per i quali le donne si perdono e muoiono! - pensò. - Le numerose vittime di Giacomo di Santavia gli tornarono innanzi, dimenticati fantasmi! Una specialmente! La figlia di un contadino, resa madre, che nella giusta collera osò attentare alla vita del seduttore.

Nella sua giovinezza erano stati quei fatti ad attenuare, innanzi alla propria coscienza, la colpa sua e di Clelia. Clelia! Per tanti e tanti anni eragli apparsa come la sola donna! Gli era penetrata nell'anima così che, anche dopo l'abbandono, non aveva saputo amare nessun'altra.

Ora i suoi ciechi occhi si erano riaperti alla luce: la triste malia, dileguata! Se quella donna fosse stata quale se la dipingeva, non già in vani pellegrinaggi, ma in opere di alta carità avrebbe cercato conforto... Con quella grande delusione l'edificio altero di un amore, che egli supponeva eterno, crollò e la falsa dea s'infranse.

E di nuovo il suo pensiero si posò sopra Bianca con ardore sconosciuto ai giorni del passato: egli, egli solo era il vero colpevole... Perchè non aveva aperto il cuore alla giovanetta innamorata, venuta a lui con infinito desiderio? Dalla notte funesta, nella quale ella aveva gridato: « Perdono! » e cercata la morte, era stato sorretto dalla confusa speranza di poter ricominciare una nuova esistenza.

Oh! non più amanti, ma degni entrambi di vivere vicini, di tenersi per mano, d'implorare insieme un perdono che scende dall'alto, purifica e rende migliori! L'anima travagliata di Alberto, persuasa della vanità di ogni nuova scienza, come quella di Clelia, istintivamente cercava conforto al di là dalle cose terrene, senza superstizione, con la fede di un filosofo, che, stanco d'indagare e di soffrire, piega le ginocchia e prega.

Se Bianca aveva agognato altravolta Alberto solo di lei pensoso, avrebbe potuto esultare; ma la colpa e l'oblio avevano impresso con mano leggiera sulla sua fronte madida: « Tardi! »

E nullameno, dacchè Alberto supponeva Marco indegno di lei, la
sua speranza si sarebbe rianimata se le parole sconfortanti del dottore
e lo stato della moglie non le avessero reciso le ali.

Dunque per Marco l'amore di Bianca era stato una qualunque
avventura di giovane? Dunque come l'inesperto fanciullo spezza le
corde di un delicato istrumento, di cui ignora il prezzo, scambiandolo
per un vano giocattolo, così colui aveva infranto l'anima gentile?

E se invece le parole del padre racchiudessero una raffinata vendetta? L'opinione pubblica lo faceva conscio dell'onta patita... Se
dispiegando Marco avesse voluto significargli: « A renderti il male che
mi facesti è bastato un vizioso fanciullo... » ?

In quello stato di supremo abbattimento, l'annunzio del matrimonio di Rosina De Rosis con un tenente medico lo colpì come im-
portuna morsicatura di zanzara. Egli si era mostrato generoso e le
aveva dato la dote, nè da mesi e mesi si era più curato di lei; ma
quell'annunzio improvviso gliela fece balzare innanzi poderosa e ridente,
immagine di salute e di vita.

Grande ammiratore del forte poeta d'Italia, Giosue Carducci, che
anche ora leggeva spesso alla sera, avido di dimenticare e di essere
distratto alcun poco dal perenne tormento, il rammarico contenuto nel
verso dell'*Idillio maremmano* gli salì alle labbra:

Meglio era sposar te, bionda Maria!

E confondendo insieme la vivida descrizione del poeta e i propri
ricordi, rivide Rosina apparirgli baldanzosa innanzi sul colle natio,
un fascio di fiori fra le mani, sicura di conquistarlo in virtù della
provocante beltà delle membra: gli veniva incontro dardeggiandolo
con que' suoi occhi neri dalla pupilla fulgida nuotante nel bianco azzurrognolo e rideva mostrando le fila perlacee dei denti intatti.

Ah! meglio sposar quella! Era un frutto selvaggio de' suoi monti,
doveva accontentarsene. Colei lo avrebbe allietato di prole. Egli sarebbe vissuto senza grandi gioie o dolori... mentre nuovi esseri sani e
lieti avrebbero ripopolato quella grande casa che mancava di bimbi da
quasi un secolo. Così avrebbe pagato il suo debito alla vita; nè più il
barone Cuocco sorriderebbe ironicamente, innanzi a quelle teste bionde...

Ah! quella doveva scegliere, umile compagna al cui seno avrebbe
visto pendere baldi figliuoli; ella gli avrebbe imbanditi i cibi nativi
senza chiedergli conto nè dei ricordi del passato, nè delle imprese
del presente; e non mai la vergine innamorata dell'amore, rivestita
di un candore fallace, bella di beltà caduca creata a brillare fra i dop-
pieri delle feste mondane, disadatta alla maternità, traditrice!... E che
pure avrebbe voluto salvare ad ogni costo, ad ogni costo!

Per la prima volta dalla notte fatale i singhiozzi irruppero dal suo
petto.

V.

— In tal modo dovevamo rivederci, amico Carlo! - Bianca si sollevò sul lettuccio con vivacità insolita e gli stese ambo le mani dia-
fane e stecchite: un sorriso adorabile appare sulle labbra ardenti, dis-
seccate da perenne febbre; e nello stesso mentre un lampo di malizia
infantile brillò ne' grandi occhi, che sembravano grandissimi in un loro
livido cerchio. - Così dovevamo rivederci?

Carlo rimase muto.

Giunto da alcune ore aveva a lungo parlato con Alberto e col dottore: ogni speranza di guarigione sembrava dileguata.

Bianca era un'ombra, un essere impalpabile nella sua magrezza; ma più colpiva l'espressione di tristezza e diffidenza che aleggiava sulla fronte e presso la bocca.

Aveva ancora i magnifici capelli di oro e se ne incorniciava, anzi se ne copriva il volto cereo. I grandi occhi un tempo striati di verde ora apparivano quasi azzurri, ma scuri come acqua profonda di lago dove il sole non giunge.

La fissità delle pupille va le ciglia lunghe, sotto il marcato arco delle sopracciglia nerissime in più stridente contrasto col pallore della fronte, faceva nascere in chi la vedeva insieme a infinita pietà un involontario senso di spavento.

Ma dal mattino, all'annunzio dell'arrivo di Carlo, l'inferma si era scossa, rianimata; un non so che di giovanile le aveva per incanto irradiato il volto.

Aveva con insistenza chiesto lo specchio per ravviare i capelli e indossato un lungo accappatoio di preziosi merletti:

— Presto, Maria Paola, porgimi le perle... or! non quelle nere tanto rare e costose... No, no, voglio le perline bianche in molteplici fila... Vedi, questo è l'unico gioiello che io ereditato dalla nonna... queste perle sono l'unico avanzo della sparita superbia delle donne di casa Oseroldi.

Immacolata fra i merletti, le rose, i crisantemi, ella fece spalancare la porta per ricevere l'amico. E Carlo si fece innanzi, mentre gli altri, fermi presso l'uscio, guardavano in dolorosi atteggiamenti.

— Sedete vicino, voglio leggere nei vostri occhi quello che pensate di me.

Con intenso sguardo ella interrogò i coraggiosi occhi nei quali non brillavano lagrime. No, non sapeva della sua colpa!

Una fervente preghiera di grazia ammollì il cuore angosciato:

— La mia nemica ha taciuto.

Grosse lagrime benefiche discesero sulle guance smorte.

L'altro, credendo ch'ella avesse inteso di leggere l'impressione prodotta dal suo aspetto mutato, vedendola piangere si accorava di non aver saputo mentire e con più tenerezza la contemplava tentando di sorridere.

— Come sta vostra madre? - domandò lei a un tratto.

Carlo non poteva supporre di qual forza di animo Bianca desse prova movendogli quella domanda con un filo di voce. Nondimeno sapeva che le due donne non si erano comprese e tentò di pronunziare la parola atta a pacificarle:

— Mia madre è sempre a Londra; è stata molto male, nè si può dire guarita. Mi ha scritto: « Dirai a Bianca che ora entrambe... sofferenti » - la lettera diceva: « sull'orlo della tomba » - « dobbiamo pensare l'una all'altra con scambievole bontà... » - La voce di Carlo divenne tremante.

— Scrivete a vostra madre che la ringrazio!

Il calore col quale pronunziò quelle parole colpi Carlo, ma egli non poteva apprezzarne l'ardente significato. Ella reclinò la testa e parve assopita, come se lo sforzo l'avesse estenuata. Si scosse ad un tratto, ma non era più la stessa.

— Guaidate quanti fioii! - disse con voce affannosa. - Quanti ne·
fioriscono qui e come olezzano! I piofumi mi fanno male e i coloii
feiiscono i miei occhi... Da bambina io sempie amato i fioii candidi...
ma in questo paese piospeiano meglio quelli che ianno coloii accesi.
Se avessi saputo del vostio aiiivo vi aviei ciiesto una cosa... Lo cre-
deieste? malgiado tante piove il giaidinieie non è riescito ad accli-
mataie un fioiellino che da noi ciesce spontaneo su per le balze nevose:
l'elleboro... dalle coiolle candide e tenui! Dovete iicoidailo, peiciè
me ne poitavate dei fasci, quando andavate a caccia. Non so se sia
veio, ma Betta mi naiiava che l'elleboro cuia la follìa... Basta posaie
sulla fionte un seito di quei fioii bianci, e vaniscono le visioni, i
sogni, i desideiii...

Ella ciiuse gli occii nuovamente esausta e foise assoita in quelle
visioni che avrebbe voluto scacciaie.

Cailo la contemplava tiasognato. Avrebbe la foiza di non scoppiaie
in singiiozzi?

— Betta... Betta! - l'inferma iipetè quel nome e poi, balzando:
- Che ne fu di lei?

— Vivete tianquilla sulla soite de' vecchi familiaii di casa. Albeito ia laigamente piovveduto a tutto...

— È bella la tomba della nonna? Fioiiscono attoino attoino i
ciisantemi bianchi?

Cailo annuì col capo.

— Quanto ci voleva bene! Ricoidate il gioino che c'impose di
daici del *voi*? Eppuie saiebbe stato meglio ci'io fossi iimasta per voi,
almeno per *voi*, la piccola Bianca indomita che sgiidavate invano...

— Biancina, soiella mia. ti iendeiò il *tu* se mi piometti di gua-
rire...

— E ciedi ci'io non voglia? - s'intorbidì lo sguaido. - Sono loio!
I loio faimacii mi fanno peggioiaie sempie più! Cercatelo, Cailo, il
iimedio! - congiunse le scaine mani. - Un iimedio ci deve essere... Se
fosse il fioie dell'elleboro, il fioie dell'oblio?

Il dottoie, iitto piesso la poita, fece cenno a Cailo di allontanaisi
dall'ammalata che non doveva tioppo affaticaisi...

— Albeito!

I due amici eiano soli nello studio.

— Albeito! - In quel nome pionunziato sommessamente quale stia-
ziante doloie fiammisto a ciudele rimprovero...

— Non mi guaidaie in quel modo, Cailo. Si diiebbe che tu mi
accusi... Ricoida che la madie di Bianca è moita giovane...

— Ma foise nessuno tentò di salvaila a tempo! Noi invece non
la lasceiemo morire... Il dottoie pietende che a quel giave inesplicabile maloie non è estianeo un fatto moiale a lui sconosciuto. Se lo
sai confidalo a me, qualunque sia! Ceiciiamo insieme il modo di riparare... Ah! i tuoi occii mi dicono che conosci il segreto... Fu tua la
colpa, di', fu tua? Che cosa le iai fatto? È la gelosia che la uccide?
Ma di ·cii, di cii? Paila, foise vi è ancoia iimedio, paila!...

Cailo non vinceva l'espiessione del foite amoie per tanti anni
iepiesso.

E Albeito innanzi all'amico sempie così mite e ciicospetto, oia
mutato in seveio accusatoie, sentiva anche in sè feimentaie la colleia.

— Mi accusi ingiustamente, mentie il veio colpevole fosti tu!
L'amavi, potevi sposaila! Peiciè non mi dicesti la verità quando te

la chiesi con fraterna insistenza? Quale stupida sete di sagrifizio l'impedì di confidarmi il vero?

— Dandola a te credetti di assicurare la sua felicità...

E lavorasti invece alla rovina di entrambi! Anzi a quella di tre persone, perchè tu hai sofferto e soffrirai...

Egli s'interuppe innanzi al pensiero che Carlo fino a quel momento era il solo risparmiato dalla più atroce sofferenza: il saperla colpevole! E già la rivelazione saliva alle labbra quando Maria Paola apparve sulla soglia:

— Donna Bianca ti chiama, signori: sia benedetta la Madonna che già la fa stare tanto meglio.

— Ti ho chiamato per chiederti un favore - disse Bianca appena vide il marito. - Mi vorrei confessare... ma non Rossillo! - ebbe un sussulto di raccapriccio nominando colui che credeva autore della lettera anonima a lei diretta. - Non a lui e neppure al paroco, bensì al buon romito che vive al santuario e che Maria Paola mi dice tanto pietoso... Quel vecchio m'insegnerà di nuovo a pregare... forse mi darà l'assoluzione.

— Sì, cara, hai scontato ogni tua colpa...

— Taci. Io non sono pentita! Io accuso gli altri de' miei peccati: te, Carlo e...

— Dimentica! - Alberto si chinò su di lei e fece per prenderle la mano, ma ella la ritirasse sussultando. - Dimentica! Vedrai, cara: quando sarai guarita c'intenderemo molto meglio, perciè la sofferenza affratella più dell'amore...

La sua voce da vibrante si era fatta umile.

— E appena ne avrai la forza saliremo insieme al santuario in cerca del buon romito...

— Mai! Per arrivare alla Madonna delle Grazie si deve passare per il castello di Santavia! Tu ritroveresti Clelia, ed io Marco!

Appena quel nome le fu sfuggito gittò un grido e cadde riversa sui guanciali.

VI.

Al mattino il dottore aveva detto a Carlo:

— La malattia della signora Durani non si può combattere perchè ne ignoriamo la vera causa. Non sono di quelli che di ogni male fisico cercano la causa morale o viceversa; ma... voglio citarvi un esempio. Alcun tempo addietro fui chiamato a curare la bella figlia di Peppino il massaro, gravemente ammalata di anemia. Dopo lunga osservazione dissi alla madre: « Credo vostra figlia innamorata... » I genitori giurarono che no e la ragazza negò.

Una notte, chiamato in fretta al capezzale della moribonda, trovai nell'orto Tonio, il bracciante, che singhiozzava... A farla breve, con un piccolo sacrifizio pecuniario tolsi di mezzo gli ostacoli ed ora quei due sono felici. La donna è un fiore di salute e sarò presto il padrino del nascituro.

— Qual nesso trovate...?

— Nessuno. Ho voluto dimostrarvi che anche da quel grave stato si guarisce quando si riesce a trovare il bandolo... Voi che siete intimo del Durani cercate di scoprire che cosa è avvenuto tra di loro... Io

credo si tratti di qualche pazza gelosia... benché egli mi abbia giurato che no...

E Carlo dopo la scena con Bianca, dopo la vivace apostrofe di
Alberto, ripensando alle parole del medico, sentiva crescere la propria
desolazione: il rimedio, il rimedio! Vi doveva essere! E cri glielo
avrebbe indicato? Che cosa era avvenuto a Bianca durante la sua
assenza? Che cosa le avevano fatto?

Dal giorno del ritorno egli consacrò anima, pensiero, tempo alla
diletta sofferente.

Sia poi per la rettitudine del carattere e l'interessamento per le
umili classi, sia per la volontà di sfuggire Alberto che non usciva di
casa, nelle ore mattutine, quando Bianca riposava alquanto dopo lunghe
notti insonni, aveva ripreso le antiche mansioni.

Offeso dal disordine, dall'abbandono in cui tutto era caduto durante la sua assenza cercò di riparare alla meglio. Ora facendo vergogna ai prepotenti, ora rimprovando i negghittosi, riprese in breve la
fiducia di cui aveva già goduto fra quella gente laboriosa e semplice:
benché la stagione avanzata non permettesse lavori campestri, subito
fu visibile dovunque l'efficacia del suo ritorno.

Tutti ricorrevano a lui per consigli; egli pacificava gli animi:
incoraggiava i timidi, metteva in guardia gli incauti contro le vane
promesse de' sobillatori.

Una conferenza tenuta nel locale delle scuole ritrasse molti dal
proposito di espatriare. Il caso del povero Giovanni che seppe esporre
con verace sentimento; il nome di un tale arricchitosi in breve come
agente di emigrazione e ch'egli non si peritò d'indicare come quello di
un vampiro che succhi il sangue delle vittime; il caldo appello a tutte
le forze vive di quella privilegiata regione d'Italia così fertile nel piano
e ricca d'acque, doviziosa per i nascosti tesori che serbano nelle viscere i monti, madre di scienziati e di artisti, strappò a tutti i presenti fragorosi applausi.

Egli non andava in cerca di vane popolarità, ma educato al lavoro,
altruista nell'anima, credeva fermamente che fosse dovere degli uomini
volenterosi il contribuire con tutti i mezzi in loro potere al progresso
sociale e dimenticava il proprio affanno per compiere un dovere.

Teneva a rendersi utile ad Alberto ed ogni sera, nei brevi istanti
che passavano insieme durante la cena, gli rendeva conto del proprio operato. Era quello il modo di evitare altri più intimi discorsi;
ma il padrone di *Villa Alta,* l'erede di tante ricchezze sembrava indifferente ormai a quanto avveniva intorno a lui. Aveva rinunziato alla
vile soddisfazione di svelare la colpa di Bianca, e taceva.

Carlo di ritorno dalle sue escursioni in campagna, dai comizii,
dalla fabbrica, dai tribunali, mutava accuratamente gli abiti e riprendeva il suo posto d'infermiere presso la diletta sofferente.

Nei primi giorni ella lo accoglieva con un pallido sorriso che man
mano era divenuto più affabile e lungo.

Dacchè ogni mattina la posta recava una cassettina con i deside-
rati fiori dell'elleboro, sembrava davvero che con essi giungesse il de-
siato oblio.

Oh, il grido di gioia le prime volte che ella rivide le delicate
corolle! Esse erano alquanto vizze per il lungo viaggio, ma immerse
nell'acqua ripresero vita a poco a poco. E Bianca se ne intrecciò un serto
con le deboli dita... E volle che Carlo gliene cingesse la fronte pallida.

Ora egli la chiamava Bianchina come al tempo dell'infanzia, o-sorella. Il suo affetto si era affinato ancora e nulla serbava di terreno. Con quale delicato garbo sapeva riordinarle i guanciali, sollevarla, porgerle da bere!

E qualche volta la sgridava dolcemente:

— Prendete quel latte, quel cordiale! Lo voglio!... Così... È fatto!... Oh la buona bambina! Anche Alberto sarà contento, il vostro Alberto che tanto vi ama!

Spesso Bianca era ripresa dai suoi diavoli neri. In tal modo ella soleva chiamare le ore di sconforto e di vaneggiamenti.

Carlo allora le carezzava la fronte con mano leggiera cercando di calmarla come se fosse stata davvero una bambina:

— La mia piccola sorella merita il castigo! Domani i fiori non verranno... E io pure partirò; che cosa sto a fare qui se non mi dà ascolto?

— Non mi lasciate! Sarò tranquilla...

Adesso Bianca voleva discorrere della nonna, della Arici, di tutte le sue amiche...

Carlo con tatto assai fine abbondava in particolari quando la vedeva intenta ad ascoltarlo, taceva a tempo, sorvolava sopra circostanze che potevano affliggerla. Come era dolce discorrere a cuore aperto del passato, dimenticando la miseria presente!

Essi avevano in comune tanti ricordi! Un gesto, un nome ed una lunga serie di fatti si ripresentava al loro pensiero...

Allora la Bianca maritata, la Bianca colpevole non esisteva ancora, non esisteva più! Socchiudeva gli occhi cullata dalla voce tenera e grave dell'amico della nonna, del protettore della sua infanzia...

Nei primi giorni Alberto era venuto spesso ad interrompere le loro conversazioni spinto dal desiderio di prendervi parte. Ma al suo apparire ecco il corrugare delle sopracciglia, ecco l'amara contrazione della bocca! E poi il silenzio! O peggio, ecco Bianca esaltarsi da capo, parlare di morte, alludere a tenebrose congiure, a colpevoli segreti...

I due uomini la lasciavano per alcun tempo e poi Carlo tornava solo. Ella era scossa ancora, ma egli le prendeva le mani fredde e ridava loro il suo calore stringendole.

— Bianca, per il bene che vi porto, dovete vincere i nervi. Ricordate quando da piccolina facevate le bizze? Un giorno dissi: « O smetti o non mi vedrai più ». Smetteste!

— Credete dunque che io esageri il mio male?

— No, poveretta, soffrite davvero! Ma questa volta non per me, per Alberto dovete farvi forza. Egli vi ama tanto...

— Non può amarmi più! - disse umilmente; e le lagrime inumidirono il volto.

Carlo pensò: « Teme di non essere più amata perciè meno bella di prima... » E nessun sospetto accrebbe la sua desolazione.

VII.

Era il cuore dell'inverno. Ogni giorno giungevano dai monti notizie assai tristi per i danni cagionati dalle valanghe di neve. I lupi cacciati dalle tane avevano invaso un ovile sulle terre di Alberto e da più giorni si era stabilito di salire lassù a cacciare.

— Andiemo ancie noi? - domandò Carlo al suo ospite.

— Io no, mi sento oppiesso ed ho disappieso i disagi; andrà qualcie nostio vicino e potiai uniiti a quelli, se ciedi...

La novità di una battuta ai lupi, spettacolo nuovo ed eccitante, inteiessava assai Carlo. Egli era ottimo tiiatoie e poiciè Bianca stava assai meglio ben poteva allontanaisi per un paio di giorni...

Albeito in quella occasione si era alquanto iianimato: teneva lungie confeienze col maestoso guaidacaccia, faceva addestiaie i cani, pre- paiaie i fucili. E nello stesso tempo invitava Carlo ad uniisi ai cac- ciatori... con maggioie insistenza! Ben poteva negailo a se medesimo, eppuie egli era divenuto in bieve geloso di Carlo. Il pensieio di man- dailo lontano per alcuni gioini lo rallegrava... Quel posto piesso il lettuccio di Bianca lo aveva rubato a lui.

Quella donna colpevole egli l'amava adesso, voleva iiconquistaila e foise ci saiebbe riescito, ma Carlo era sopraggiunto... Con quale diiitto si era fatto il compagno assiduo, l'infeimieie, il consolatoie? Che cosa pietendeva? E non bastava! Ancie piesso i suoi coloni, i lavoiatoii de' campi, gli aitigiani, non appaiiva oia il veio padione?

Sì, egli doveva molto a Carlo, ben lo iiconosceva, ma peiciè gli aveva peimesso d'invertire le paiti?

La soida gelosia che inconsciamente lo iodeva per la piima volta in vita sua lo iendeva ingiusto, capace di un sentimento astioso veiso l'amico, quasi fiatello. A questo contiibuivano i discoisi del dottoie Oilandi che assisteva inciedulo e stupito al miglioiamento inatteso di Bianca.

— Tutto meiito del signoi Ademolli! Egli ha un poteie magnetico su donna Bianca. Con uno sguaido, un gesto, la suggestiona... Ottiene che si nutrisca... che iientii in sè stessa! È un caso stiaoidinaiio e incomincio a ciedeie che la salveremo...

Era la vigilia del gioino stabilito per la caccia. Al mattino seguente tutti si saiebbeio tiovati all'appuntamento a un ciilometio dalla villa sulla stiada che mena a Santavia. Una volta ancoia Albeito aveva ciiamato il guaidacaccia per dargli seveie istiuzioni. I caccia- toii aviebbeio pieso la feiiovia e si saiebbeio iecati al punto stabilito. Di là pigliando la via che mena alla Maiella si saiebbeio uniti ad altii cacciatoii già pievenuti del luogo. Bisognava esseie piudenti e bene piovvisti di cibi, di liquoii e di pellicce.

Il fieddo era eccezionale, la strada gelata, le cime de' monti ap- parivano candide di neve.

— Non saià peiicolosa una tal caccia per Carlo non avvezzo a simili impiese? - pensò fuggevolmente Albeito; ma di nuovo il desi- deiio di sapeie l'amico lungi da Villa Alta lo vinse. - Egli è foite e buon alpinista... Qual peiicolo vi può esseie?

Il sole fiammeggiante scendeva al maie, globo ciiconfuso di oio e di veimiglio. L'aiia gelida dell'esteino appannava leggeimente i ciistalli e peimetteva di contemplaie quel fulgido spettacolo senza socciiudeie gli occii. Albeito lo guaidava quasi tiuce, coiiugando la fionte. Egli, piesago, piovava il piesentimento di cii teme di vedeie per l'ultima volta....

Ancie nella stanza attigua Carlo e Bianca contemplavano l'acceso tiamonto tenendosi per mano.

— Maiia Paola mi ia detto che domani andrete alla caccia.

— Toineiò fra due gioini.

— Perchè mi lasciate. Carlo? Quando sarete lontano mi sentirò
tanto sola...

— Non parlate così: avrete dappresso il povero Alberto che vi ama
tanto: permettetegli di farvi compagnia... Mostrategli che siate veramente meglio... lo farete contento...

— Non lo credete! A quest'ora preferirebbe di vedermi morta...
Non ve lo ha detto? - E inquieta affisava gli occhi dell'amico.

— Bianca! Vi proibisco di parlare in tal modo! Scacciate per sempre
i diavoli neri! Scacciateli per pietà di Alberto e di me, vostro fratello...

— Pessimo fratello! Tu, tu!.. - Ella si coprì la faccia vicina a divenir preda della temuta esaltazione, ma riuscì a contenerla: - Carlo,
non vi allontanate da me, non sono ancora abbastanza forte per rimanere sola con lui. Fratello, mi hai dato i fiori dell'elleboro, i fiori
dell'oblio, ma se mi lasci ricorderò ancora!.. - E sempre più forte,
inconscia che Alberto avesse aperto l'uscio e fosse apparso sulla soglia:
- Non mi lasciate sola con lui! Difendimi, salvami!

Alberto si ritrasse. Un senso profondo di raccapriccio frammisto a
sdegno e dolore s'impadronì della sua anima.

Questa, dunque, la ricompensa dovuta alla sua longanimità, al
generoso perdono. alle cure apprestate? Doveva lasciarla moiie, doveva
ucciderla con le proprie mani...

Ma di nuovo un senso d'infinita pietà per lei lo vinse...

Povera Bianca! Le sofferenze le avevano fiaccato lo spirito e non
aveva intera coscienza di quanto diceva. Verrebbe un giorno in cui
ritornata in sè apprezzerebbe il suo affetto.

Ricordò il passato. Quanta gentilezza in lei!.. Pianse! E nel gran
silenzio sentì la voce di Carlo severamente amorosa, che ammoniva:

— Promettete che non pronunzierete più simili parole...

— Lo prometto...

— Il vostro cuore affettuoso non può essere mutato: l'ingiustizia
prodotta dal vostro stato deve finire. Dovete rimediare al male che
avete fatto. Non vi accorgete che Alberto soffre? Non lo guardate? È
pallido e smunto; non si cura più delle nobili imprese immaginate, tra-
scura i suoi studi... Vogliamo unirci per rendergli la felicità? Vogliamo
chiamarlo qui con noi? Noi due siamo quanto ama sulla terra...

Trepidante, Alberto ascoltava... Se Bianca in quel momento l'avesse
chiamato a sè, lo avrebbe dovuto a Carlo. Si sentiva umiliato, geloso,
pure pronto ad accorrere...

— Non ora, non ora! - La voce della donna gli giungeva appena,
ma riboccante di spasimo, di dolore. - Non posso chiamarlo... Egli è
generoso più di quanto immaginate... ma è la mia stessa indegnità che
mi rende impossibile il ritorno all'antico amore... Ah, perciè non venne
quando lo amavo tanto? Egli avrebbe potuto essere il mio tutto... il
mio maestro... la mia guida!.. Non volle, non volle! Ora è tardi! In
questo momento voi solo mi restate... mi avete strappata alla morte...
Non mi lasciate! Non mi lasciate! - Ella congiungeva le mani pallide:
- Non mi lasciate!

E Alberto fremente si caccìava le unghie nelle carni per non accorrere e gridare: « Io dirò ciò che avvenne, e perchè l'infedele mi teme!...»
Fuori di sè lasciò lo studio per non udire altro e uscì all'aperto.

Carlo intanto continuava coraggioso l'opera intrapresa, e finalmente Bianca, rassicurata e piangente, mormorò:

— Sì, prometto di vincere me stessa, ritornerò la Bianca di un

8

tempo... Se Alberto mi sopporterà con pazienza io seguirò i vostri consigli, diverrò per lui una compagna umile, se non più amante. E chi sa, poi, col tempo... Ma, concedetemi la grazia che chieggo, non vi allontanate ora! Che farei domani? Se mi sento rivivere lo debbo alle vostre cure incessanti... E vorreste farmi soffrire per dare la caccia a una povera lupa che esce dalla tana per cercare nutrimento ai figli? Siate buono, rinunziate a questo pericoloso divertimento!...

Di nuovo le mani giunte, la testa poggiata sulla spalla sinistra, la grazia di un tempo riapparsa negli occhi maliziosi e sulle labbra appena dischiuse, ella era veramente la Bianca di prima, la Bianca irresistibile.

— Rimarrò, cara, - la voce di Carlo era incerta; egli non osava più levar gli occhi in fronte all'incantatrice - lo dirò ad Alberto! Spero che la mia decisione non venga troppo tardi.

— Potrebbe andar lui in vostra vece.

Ella disse ciò con la spensieratezza di un tempo, ed appena l'amico fu uscito chiamò Maria Paola e le ordinò di recarle il mandolino. Da mesi e mesi non aveva più pensato alla musica, ora a un tratto era stata presa dal folle desiderio di tentare il canto.

Lentamente accordò l'istrumento e ne tastò le corde con la piccola penna:

Non piango, no, il mio perduto amore!

Non più il tesoro della limpida voce, ma i suoni velati che uscivano dalle labbra di fiamma avevano il fascino della passione.

Dopo il primo verso s'interruppe e lo mutò:

Io piango, piango il mio perduto amore!

Ma tacque daccapo. Una voce le bisbigliò che Marco non era degno delle sue lagrime. Dov'era?

Ella aveva tremato per lui temendo di vederselo innanzi inconscio della scoperta e del giusto sdegno di Alberto... Il suo amore per quel fanciullo era esistito davvero o faceva parte del tempo di follia che aveva attraversato? Anche sua madre era stata folle dopo la morte del marito... Ella di ciò non aveva parlato mai, ma lo sapeva, Betta glielo aveva detto...

Adesso si sentiva guarita in virtù del solo affetto vero, immutabile, appreso dalla nascita: quello di Carlo. Se egli avesse continuato sempre a sgridarla, a correggerla, non avrebbe mai fallito!.. Ma dopo il suo matrimonio non si era più curato di lei... Ora sì, era ritornato a volerle bene...

— Ma ch'egli non sappia mai, mai!

Un freddo sudore le imperlò la fronte e gli occhi si chiusero.

VIII.

A notte alla Alberto era solo nello studio, innanzi alla scrivania.

— Carlo ha rinunziato alla caccia per volere di Bianca. Egli le è divenuto necessario, è l'unica persona che sopporta vicino.

Una amarezza infinita gonfiò il cuore del solitario.

Per vincere sè stesso tentò di leggere i giornali che poc'anzi gli avevano recato...

Lesse dapprima con occhio distratto il risultato delle ultime ele-
·zioni politiche di Lombardia e poi i suoi occhi furono attratti da un
nome, la mente da un ricordo: Sandro... antico operaio meccanico nella
fabbrica Bianchini, eletto deputato... - Rise. - Ecco, pensò, rido di ciò
che altravolta mi avrebbe preoccupato tragicamente. Il mondo è dei
volenterosi: quel colosso, che riveggo ancora annerito di carbone, è
giunto là dove non ho voluto nè saputo con tutte le mie ricchezze...

Come un lampo gli attraversò il pensiero la propria nullità... Perchè
non aveva tentato fermamente di prendere il suo posto al banchetto
della vita?

Riprese a leggere e divenne attento: un fatto luttuoso... un cacciatore caduto in un profondo burrone...

Sicuro! Andando a caccia su per le balze nevose non era impro-
babile di rimetterci la vita!... Ricordò confusamente la fine di un romanzo letto anni addietro... Era stato il marito o l'amante a scomparire
iu tal modo? Ed era stata accidentale o volontaria quella morte?

Non egli. Il suicidio, che soleva chiamare una coraggiosa viltà,
gli era sembrato sempre un mezzo indegno di sottrarsi al proprio dovere. Non egli! Avrebbe lottato contro la propria debolezza, vinta
l'inerzia... Voleva incominciare una vita nuova. Finora nulla gli era
riuscito, perchè non aveva saputo volere.

Ma intanto una cosa era chiara: doveva dirigere la caccia, poichè
·Carlo gli aveva dichiarato che non poteva allontanarsi. I vicini, i coloni,
una turba di cacciatori sarebbero accorsi all'appuntamento; era dunque
un dovere per lui il trovarsi colà.

Altravolta, con quale entusiasmo giovanile aveva preso parte a
·simili battute! Egli allora era il primo in sella, l'ultimo a tornare.
Nessun pericolo lo arrestava, ed avrebbe lottato volentieri corpo a corpo
·con un lupo senza neanche pensare un momento alla possibilità della
morte.

Quale delizia gli appariva allora la vita trascorsa nel moto, nel-
l'amore...

Adesso la sua giornata era un vegetare inutile e increscioso... Levarsi, coricarsi, senza alcun fine, senza riescire a nulla, disadatto al
bene, al male, all'amore, all'amicizia...

Si accorgeva tardi, ma in modo indiscutibile, di avere sbagliato
strada e per dare principio a una vita nuova quella caccia veniva a
proposito... Voleva mostrare a tutti che non era nè vecchio, nè pauroso...

A questo punto si volse verso il ritratto del barone Cuocco come
a sfidare il suo ironico sorriso, ma più non lo seppe ritrovare sulle
labbra carnose, sugli occhi fieri. L'immagine era amorevolmente paterna e sembrava ammonirlo con dolcezza:

— O figlio di colei che io tanto amato, diffida di quanto fermenta
·nel segreto del tuo cuore!

Egli scosse le spalle e prese un foglio di carta:

— Non si sa mai! E poichè non ho sonno, perchè non traccerei il
mio testamento? Ma metterò un'antidata... Avrei dovuto tracciarlo fin
dal giorno del mio matrimonio... farò come se in quell'ora di felicità
avessi dettato le mie volontà estreme... La vita e la morte sono nelle
mani di Dio, perciò è sempre bene provvedere a tempo.

Rilesse prima di firmare con mano ferma: metà dei beni a Bianca,
una parte a Carlo, esecutore testamentario, il rimanente in opere uma-
.nitarie...

Non aveva dimenticato nulla? Tentò di pensare ancora, ma invano!
Era tanto stanco, stanco più di quanto si fosse mai sentito...

Una nebbia circondava il cervello e ogni tanto sussultava alla voce
di Bianca che diceva:

— Carlo, non lasciarmi sola con lui!

Prima dell'alba il corno da caccia risuonò per le convalli.. Un'alba
gelida e pura, foriera di lieta giornata. I forti cuori de' montanari
esultavano...

Il maestoso guardacaccia nel fastoso costume verde bottiglia ma-
novrava in mezzo agli uomini che tenevano in lassa a due a due i
cani: i segugi, gli spinosi bianchi, i mastini fulvi abbaiavano lietamente,
impazienti della prova e del trionfo.

I cavalli che dovevano condurre il signore e alcuni vicini fino al-
l'appuntamento erano sellati e scalpitavano a testa alta, mentre nelle
stalle i compagni rimasti nitrivano chiamandoli.

Il Durani fu ricevuto da un « urrà » formidabile: si era in un attimo sparsa la voce che egli stesso avrebbe condotta la caccia. Egli
appariva giovane e bello nel suo elegante costume: sorrideva stringendo a tutti la mano, e la brezza frizzante aveva scacciato dalle
guance il pallore.

Carlo teneva per la briglia il morello, sul quale egli montò senza
sforzo.

— Sarai prudente, Alberto? Come stai bene, stamane, e quanto
mi rincresce di rimanere... T'invidio, caro...

Intorno i cacciatori tranguggiavano grossi bicchieri di vino poderoso che aveva il colore dell'oro.

— È vin cotto di cento anni!

— E cento anni di vita al nostro anfitrione!

Alberto toccò appena con le labbra il suo bicchiere e lo porse a
Carlo:

— Vuotalo tu! Non riesco neppur più a vuotare un calice di vino.
Ma tu puoi compiere ciò che lascio interrotto...

— Alberto! Alberto!

A un tratto, mentre i cavalli si allontanavano al trotto, era la voce
ansiosa di Carlo, che aveva chiamato; ma quel nome andò perduto
fra le grida festose, l'abbaiare de' cani, lo scalpito degli zoccoli ferrati
sul duro suolo agghiacciato della strada...

L'appuntamento era a metà strada tra *Villa Alta* e Santavia e
proprio presso il monticello dal quale Marco soleva salutare la finestra lontana dell'amata da tanti mesi tristemente chiusa. Su quel
rialzo salì Alberto e contemplò la propria casa circonfusa dalla luce
vivida del mattino: tutto intorno il paesaggio, dalla pianura a' monti,
scintillava in un candore immacolato.

Egli discese senza rivolgere neppure uno sguardo al castello ancora
nell'ombra...

*
* *

Alla sera giunse l'orribile novella.

Alberto Durani, messo un piede in fallo, era precipitato nel profondo
burrone in cui l'acqua mugghiava... Il suo corpo non si era ritrovato.

Un sospetto fugace traversò la mente di Carlo che pianse a lungo
l'adorato fratello. Ma no, egli era troppo nobile e virtuoso per aver

voluto il suicidio... E perchè poi nel momento che di nuovo la vita
gli sorrideva con la guarigione di Bianca ed il risveglio del suo amore?

L'anima avvinta ad un unico indistruttibile affetto, Carlo non accolse un istante la possibilità di pensare alla moglie dell'amico morto.
Bianca doveva appartenergli anche oltre la tomba: egli doveva insegnarle ad apprezzare morto chi aveva sconosciuto in vita, e si doleva
fra i sospiri di avere edificato sulla sabbia la felicità di que' due esseri
cari. Si era schiantato il cuore inutilmente!

. . . .

Bianca è rimasta assai cagionevole di salute; per consiglio di Carlo,
al quale ubbidisce quale bambina, è tornata a vivere a Milano nel
vecchio palazzo Oseroldi sottratto da Alberto agli usurai. Sempre elegante, spesso malinconica, di quando in quando è visitata ancora dai
diavoli neri, che due cose riescono a dissipare: la tenerezza di Carlo
e la musica. Nella sua casa antica, a cui le nuove ricchezze han ridato
lustro, i più famosi artisti si danno convegno, nè ella è disdegnosa
degli omaggi che la circondano; ma se l'unico suo amico le è vicino
ella gli chiede sempre con lo sguardo ansioso:

— Non sai?

Non sa. Sua madre è morta senza nulla svelare. Non sa, ma continuamente pensoso di Bianca da lontano, non osa starle d'appresso a
lungo, come se un fantasma dovesse sorgere tra loro.

Egli vive quasi sempre a *Villa Alta* beneficando in nome di lei.
Consacra l'ingegno e la volontà a compiere ciò che Alberto aveva
ideato. È deputato e di tanto in tanto si reca a Roma. Anima buona
e semplice, crede che la migliore soluzione de' tanti problemi che travagliano il mondo sia nella parola: « Carità ». Carità di patria, di
affetto. Carità per ogni umano dolore o debolezza, per tutto e tutti!
Non mai per sè medesimo.

(Fine).

GRAZIA PIERANTONI-MANCINI.

IL GENERALE ENRICO COSENZ

Nel settembre del passato anno si costituì in Napoli un Comitato
per un monumento ad Enrico Cosenz; e deputati, senatori e militari,.
assunti ad alte cariche, si riunirono con gl'intenti lodevoli di perpe-
tuare il ricordo di un uomo, la cui vita prodigiosamente fu consacrata all'unità italica, negli anni in cui la medesima appariva come
una fantasima, e il giudizio universale la battezzava un'utopia. Il generale rinviene memorie di gloria nel tenente, appena uscito dal collegio
della Nunziatella, entrato nell'esercito napoletano. Ferdinando II, tentennando ora sulle proprie opinioni, vaghe assai, del passato, ora sui
voleri del popolo, stimando in ultimo necessario non potersi tenere
lungi dalle aspirazioni nazionali, deliberò anch'egli di coadiuvare colle
sue forze alla guerra intimata allo straniero. Guglielmo Pepe capitanò
la spedizione malaugurata, e fra' giovani militari fu aggregato ad essa
Enrico Cosenz.

Dai primi giorni del maggio 1848 al dì 22 il Borbone, mutando
parere, sgomentato dalla rivoluzione siciliana, ma più compiaciuto di
mantenere saldi legami coll'Austria, richiama, senza frapporre indugio,
le truppe, e cagiona lutti, amarezze e diserzioni. Si uccide, all'udire i
nuovi ordini, apportati dal generale Statella, il Lahalle (1); muore di crepacuore il colonnello Testa; diserta il maggiore Ritucci con un battaglione di cacciatori, fuggendo il disonore, ed anelando di combattere,
per la indipendenza d'Italia. Il Cosenz segue Guglielmo Pepe, tornato
in patria dopo 28 anni di esilio. Con lui si determina di passare il Po,
correndo alla difesa di Venezia, della quale reggevano la proclamata
repubblica Daniele Manin e Niccolò Tommasèo. Il popolo, contro le
minacce e le forze prepotenti dell'Austria, decretava: *Venezia resisterà*
ad ogni costo; e alle resistenze intrepide furon visti il Cosenz, i fratelli Mezzacapo, il Rosaroll, il Boldoni, l'Ulloa, Damiano Assanti, e
quell'Alessandro Poerio, al quale nell'aprile, pochi giorni prima della
spedizione, il Tommasèo, membro del Governo provvisorio, aveva
scritto: « Caro Poerio, non vi parlo di versi, nè d'ombre o di acque; vi
parlo di un vapore da guerra che ci fa bisogno. Vostro fratello, consorte mio nelle carceri e nel Ministero, vegga se può farmene avere
uno in prestito, perchè la Repubblica è povera. I marinai li metteremo
di nostro ». E tali parole erano state confidate, quando già Venezia
aveva scacciati gli Austriaci, e il *Giornale ufficiale delle Due Sicilie*
aveva annunziato che una flottiglia sarebbe subito andata a Venezia

---

(1) Il Lahalle si uccise, e lo attestano tutti gli storici del tempo. Così il LA FA-
RINA specialmente nella *Storia d'Italia* e il SETTEMBRINI nelle *Ricordanze*.

con quattromila uomini da sbarco, per rimanere nelle acque adriatiche operosa contro l'Austria.

Tali le aspirazioni meridionali in quelle ore supreme, strozzate dalle incerte e malvage opere del Governo!

Il Cosenz, dapprima destinato col grado di capitano ad istruire gli accorrenti alla milizia nell'artiglieria da fortezza, assediata nuovamente Venezia dagli Austriaci, si mette all'opera, e, gagliardamente, resiste

al sovrapporsi delle forze imperiali; e se perizia e valore rivela al forte di Marghera, lo dimostrò l'Ulloa, che temendo troppo gli ardimenti del giovane militare, già colonnello, gl'invia la lettera, tenuta fino ad ora inedita, e che è di ricordo assai glorioso. Gli scrive: « Mio caro Cosenz, - Tu ora sei comandante e non subalterno; tu sei divenuto necessario, anzi necessariissimo alla difesa di Venezia: quindi è nell'interesse di questa difesa, che tanto ti è a cuore, che io ti prego, anzi ti scongiuro di comportarti da comandante e non già da cannoniere. Se ti accadesse una disgrazia, sarebbe una sventura pei tuoi amici e per questa infelice città. Federico II ripeteva che colui che voleva servirlo più del dovere, lo serviva malamente. Fammi dunque l'amicizia, anzi te lo impongo, di restare al tuo posto.... Se, caro Cosenz, non darai ascolto a quanto t'inculco, cadrai nella dispiacenza degli amici tutti. Riscontrami, perchè desidero in iscritto la tua promessa che ubbidirai agli ordini ed ai suggerimenti del tuo affez.mo amico - ULLOA ».

Ma 'quasi inutili gli avvertimenti amichevoli, il Cosenz, che ne' dì
4 e 24 maggio 1849 riporta due ferite, uccide il Brüll, capitano del-
l'esercito austriaco, fortemente combatte per 22 giorni, ed è ultimo a
lasciare il forte. Dopo Margiera, egli e il Rosaroll compiono prodigi,
con gravi fatiche, per lo scoppio della polveriera. Muore Cesare Rosaroll, lasciando assai dolore negli animi italiani, che lo chiamarono
l'*Argante delle lagune*, e dal nome suo si battezza la batteria Sant'Antonio (1).

Caduta Venezia, il Cosenz segue nell'esilio il Manin, il Tommasèo
e Guglielmo Pepe. Carattere taciturno, meditò sempre sul risorgimento
italico, e in Genova, ove, emigrato, prese ultima stanza, studiando sulla
scienza militare, curando assiduo per tre mesi i colèrosi, aspetta il
momento dei supremi combattimenti. Non accetta l'offerta di militare
sotto la bandiera inglese in Crimea, perciè crede suo primo dovere
dedicarsi alla redenzione d'Italia. Impedito di aggregarsi a Carlo Pisacane, per la spedizione nel Napoletano; impedito, per la solerzia dello
scienziato Pirla e per l'energia del conte di Cavour, tranquillamente
attende i giorni del riscatto. Contro le insinuazioni federali con le
vecchie monarchie e con nuovi principi, che avrebbero rimenato l'Italia
al 1848, nel 1857 accoglie calorosamente il programma del Manin, e,
nel far noti i suoi concetti, combatte ogni pretesa sulla Penisola, che
avesse potuto smembrare l'Unità, o mettere un ritardo alla rivoluzione, ch'egli invocava, con efficacia, dalla regione meridionale.

Scrisse allora a Giorgio Pallavicino: « Credete voi possibile che il
Piemonte intraprenda una guerra contro l'Austria, prendendo l'iniziativa? Io non lo credo, e direi che avrebbe ragione, poiciè se una insurrezione generale non ne seguisse, o accadesse una battaglia perduta, si troverebbe a mal partito. Supponiamo una insurrezione nella media Italia;
il Piemonte sarebbe obbligato di far la guerra; e intanto quali aiuti
in armi ed armati si possono colà attendere immediatamente? Infine
supponete per poco l'insurrezione a Napoli, il Piemonte ra il tempo
di armare e di apprestarsi alla guerra; altrettanto Napoli, che non
avrebbe oggi a temere dell'intervento austriaco, non per le parole del
congresso, ma per la situazione delle cose; e quindi la guerra sin
dall'inizio procederebbe formidabile e fiduciosa. Anche vista la cosa
dal lato politico, Napoli che sorgesse col principio di unificazione, tra-
scinerebbe con sè tutte le provincie italiane. So bene che queste parole
vi sembreranno dettate da troppo affetto al natio luogo; ma pure non
è cosi: vengono solo da un raziocinio che io credo esatto, e che in
generale è stato poco riconosciuto e valutato, e lo è tuttavia. Si può

<hr>

(1) Così narra la sua morte l'ordine del giorno che per lui pubblicò il ve-
nerando generale Guglielmo Pepe, capo supremo dell'esercito veneziano: « Alle
tre pomeridiane, una bomba nemica fece scoppiare un deposito di polvere: Rosaroll ne riparà immediatamente i danni facendo continuare il fuoco dei nostri
pezzi. Cinque ore più tardi, mentre da sopra il parapetto egli osserva gli Austriaci,
una palla fatale di cannone, rasentandogli la spalla sinistra, lo rovescia a terra:
ed egli: Ai pezzi, ai pezzi! imperiosamente grida agli artiglieri accorsi ad as-
sisterlo ». - Un'altra versione afferma che il grido fu: *Salvate la batteria!*

 Il generale in capo recossi da lui, e trovandolo boccheggiante gli stringe
la mano, profferendo parole di conforto. Ma l'alto guerriero, richiamando a sè
quanto può di forze: Non io - gli dice - spirante, ma l'Italia nostra esser debbe
l'oggetto delle vostre cure. - e pochi momenti dopo l'anima grande percorreva
le legioni dell'immortalità ».

provare, storicamente e militarmente parlando, che Francia e Austria
quando avevano in mano una parte dell'alta Italia, non sono state
padrone della penisola, se non avendo il regno meridionale in mano,
ovvero almeno nella stessa politica. - La guerra del Po si ridurrebbe
immediatamente all'Isonzo; una volta che concorressero le forze di
Napoli e di Piemonte, sarebbe vano benanco il famoso quadrilatero
tra Mincio e Adige. Laddove senza Napoli, ancorchè si avesse l'ordine
di far la guerra, questa non potrebbe essere che lunga e penosa molto».

*
* *

Dopo il Congresso di Parigi, il Cosenz, quasi presago dell'avvenire italiano, lasciata Genova, si reca a Torino, ove la sua presenza
arreca un contributo di senno alle speranze vagheggiate e agli ardimenti politici, che travagliavano nelle agitazioni gli esuli sospiranti
l'indipendenza italiana. Nel principio del 1859, dichiarata dal Piemonte
la guerra all'Austria, il conte di Cavour, istituendo il corpo de' *Cacciatori delle Alpi*, ricorda l'eroe dell'assedio di Venezia, e scrive a
Cesare Cabella: *Cosenz assumerà quanto prima il comando di quelli
raccolti a Cuneo;* e il di 16 marzo, il Cialdini chiudeva la lettera di
invito in questi sensi: « La bella e ben meritata fama militare della
S. V. Ill.ma e la nobile lealtà del di lei carattere mi sono garanti che
Ella saprà nel disimpegno dell'affidatole comando corrispondere pienamente alla fiducia del Governo ed all'aspettazione di quanti amano
la causa che propugniamo ».
Garibaldi, già nominato dal 17 marzo maggior generale comandante il corpo de' Cacciatori, e che aveva corrisposto col dire: « Il
Governo del re con tale onorevole prova di fiducia ha guadagnato
la mia riconoscenza, ed io sarò fortunato, se, con la mia condotta,
potrò corrispondere alla volontà che io nutro di ben servire il re e la
patria », avuta libera la scelta degli uffiziali, chiamò primi il Cosenz,
il Medici, l'Ardoino, il Bixio, il Sacchi, incaricando il Bertani di organizzare ed aver comando dell'ambulanza.
Nella campagna del 1859 il nome ed il valore del Cosenz risplen-
dono in ogni pagina gloriosa. Intrepido nel combattimento di ponte
di Casale; nel passaggio del Ticino frena l'imprudente fretta dei volon-
tarj, indi a Varese dà effetti decisivi alla giornata, piombando di fianco
alla colonna austriaca, che attaccava il Medici. Muove da San Fermo
con due compagnie, e, incamminatosi per un sentiero scosceso, pro-
legge la destra della posizione principale, costringendo a retrocedere
una colonna nemica, che, liberamente, si avanzava tra San Fermo e
Monte Olimpino. E il Carrano in proposito scrive: « Le ultime fucilate
a quest'ala sinistra dei Cacciatori delle Alpi furono a casa Bonomi,
dove il tenente-colonnello Cosenz, spingendosi sempre avanti, si abbattè
in due cacciatori i quali, appostati dietro la siepe che cinge il belvedere in capo al maggior viale del giardino, gli spianarono a pochi
passi il fucile contro, ed egli più lesto di loro, li rovesciò a colpi di
sciabola giù per lo scoscendimento a valle ». Nel tentativo di sorpresa
contro il forte Laveno fu nella notte del dì 30 maggio in compagnia
di G. Garibaldi, e, fallito il tentativo, il Cosenz, usando la solita
calma, rimasto alla coda della colonna, ordinò la ritirata, continuamente esposto ai pericoli dei tiri del forte e dei legni del lago. Al
combattimento di Seriate comandava i Cacciatori delle Alpi; ai Tre

Ponti con 900 uomini mise in esecuzione un controattacco contro 7000' uomini ottenendo lo scopo propostosi. E se Garibaldi sul campo di battaglia, dopo tanta energia e perizia militare, lo chiamò *prode,* non meraviglieremo punto se, pel complesso delle giornate di Varese, Tre Ponti e San Fermo, l'austriaco feldmaresciallo Urban, costretto sempre a indietreggiare e a fuggire, avesse divise per metà le maledizioni al generale Garibaldi ed al colonnello Cosenz, chiamando entrambi *figli del diavolo.* Tanto senno strategico e tattico rivelò il Cosenz in quelle battaglie! – Oh belle e gloriose giornate, in cui caddero Enrico Cairoli e Carlo De Cristoforis, morendo pure di lì a poco, per ferite riportate, quel Bronzetti, cui il generale scriveva: « Voi siete certamente al di sopra di qualunque elogio, ed avete meritato certamente il nome di prode dei prodi della nostra colonna ».

Dopo le vittorie degli alleati a Solferino e a San Martino, ove 160 mila combatterono contro 200 mila austriaci; dopo Solferino, preso dai Francesi, e San Martino, in seguito a ripetuti assalti, dalle armi piemontesi, e ai nemici non rimase che rinserrarsi entro le fortezze, si sperava vicino il giorno della liberazione di Venezia. E in vero parevano favorevoli le condizioni delle armi alleate, poiché i Francesi si erano accostati a Verona, i Piemontesi a Peschiera, Garibaldi erasi prodigiosamente spinto fino alle Alpi del Tirolo, e la flotta franco-sarda stava già pronta nell'Adriatico per assalire Venezia. Ma le vagheggiate speranze caddero all'annunzio di un armistizio. L'imperatore d'Austria e quello di Francia avevano già stabiliti a Villafranca i preliminari di un trattato di pace conchiuso il dì 10 novembre a Zurigo. Per esso l'Austria cedeva la Lombardia, eccetto il Mantovano e il distretto di Peschiera, all'imperatore dei Francesi, che la cedeva al re di Sardegna; Venezia rimaneva all'Austria, come provincia separata dagli altri Stati dell'Impero. I principi spodestati sarebbero ritornati nei loro Stati, purché richiamati per voto popolare, e senza intervento armato. Una federazione italiana si sarebbe costituita con a capo il Pontefice.

Napoleone nella *Proclamation,* emanata dal quartiere imperiale di Valeggio, aveva detto:

Les bases de la paix sont arrêtées avec l'empereur d'Autriche: le but principal de la guerre est atteint, l'Italie va devenir pour la première fois une nation. Une confédération de tous les Etats de l'Italie, sous la Présidence honoraire du Saint Père, réunira en un faisceau les membres d'une même famille. La Vénétie reste, il est vrai, sous le sceptre de l'Autriche; elle sera néammoins une province italienne faisant partie de la Confédération.

Ma vani rimasero i proponimenti politici de' due imperatori, chè, dopo Zurigo, la rivoluzione di Sicilia e la spedizione de' Mille ridiedero vigore al concetto d'unità politica, ci era un desiderio universale. Il Cosenz, che non fece parte della prima spedizione, nè tampoco della seconda, capitanata dal Medici, il dì 27 maggio 1860 uscito dall'esercito regolare, rassegnando le dimissioni di colonnello brigadiere, preparò la terza spedizione, che mosse per la Sicilia ne' primi del luglio, e vi giunse il dì 9. Prima di lasciare il continente italico dirigeva un proclama a' suoi compagni d'armi nell'esercito del Regno delle Due Sicilie, vibrato di sensi d'italianità. Diceva:

Diligo a Voi, miei antichi compagni di collegio e d'arme, in questi supremi momenti le seguenti parole, perchè voi che mi conoscete da giovanetto possiate crederle dettate soltanto dal più grande amore al nostro paese ed a Voi. Io mi rivolgo specialmente a Pianeti, Desauget, Negri, Novi, Ussani, Guillemont e a quanti altri mi ebbi compagni nei primi passi della carriera militare, specialmente perciè avevamo le medesime aspirazioni e gli stessi intenti, e perchè lo stesso dolore martellava il nostro cuore, quello cioè di vedere l'Italia, e più Napoli, così basso nella opinione d'Europa.

Sono scorsi ben dodici anni, e la parte superiore d'Italia ha guadagnato immensamente nella stima europea, e noi siam caduti più basso ancora d'assai!

Un esercito forte ed abbondantemente provveduto di materiale di guerra, il quale, se avesse concorso con l'esercito piemontese, a quest'ora avrebbe redenta la patria raccogliendo non pochi allori, a che è stato destinato, durante questo lungo periodo di dodici anni, se non a soffocare nel sangue le rivolte che in ogni canto del reame sorgevano contro l'oppressione? avrà a soffocare lo slancio nazionale? Sì, e Voi lo sapete, ogni moto, ogni aspirazione, ogni dimostrazione ch'è succeduta e succederà in Italia, non vuol dire altro che questo: Vogliamo essere una nazione forte e rispettata, non vogliamo essere satelliti o valletti di nessuna nazione, noi o noi. Ma Voi stessi lo sapete, perciè tale è pure il sentimento che tenete ascoso e custodito con tanta cura.

Stendete dunque amica la mano al primo che incontrate, e troverete in lui un fratello preparato ad ogni sacrificio, dite una parola e resterete sbalorditi della grande umanità: vogliate, farete prodigi.

Chi governa usa un'arte trivialissima della quale Voi siete cieco strumento; semina cioè disistima tra Voi ed il popolo, fra Napoli e Sicilia, per potere a sua voglia martirizzarvi ed opporsi ai vostri nobili propositi. Di Voi già non si fida e, sotto nome di esteri, forma ed arruola nuovi corpi, mentre a Voi non prepara che guerre civili. Oggi avete forse campo ancora di salvare Voi stessi e, quel che è più, il nostro nome. Ricordatevi pure che deste un giuramento alla costituzione del 1848, la quale fu calpestata! Su, sorgete, e fate che almeno una volta un grido di gioia ci venga da Voi, da cui fin'ora non ci venne che grida di dolore.

Da Palermo mosse per esplorazioni ne' pressi di Milazzo, e il dì 20 strenuamente combattè alla testa di due compagnie di bersaglieri, formando uno de' tre scaglioni dell'ala destra. Il combattimento cominciò alle ore sette del mattino alla sinistra presso il villaggio di San Pietro. I nemici, che erano assai pratici dei luoghi, avevano profittato sagacemente di qualsiasi ostacolo. Era protetta la loro destra da grosse artiglierie; il centro da un muro di cinta formidabile, che ben riparava il nemico, che agiva per mezzo delle molte feritoie: la sinistra, possedendo una linea di case a levante di Milazzo, formava martello; e di conseguenza fiancheggiava con fuochi incessanti gli assalitori del centro. La pugna diviene audace d'ambo le parti; e quando già pareva che il nemico, forte per le posizioni, guadagnasse il terreno, conteso accanitamente, e i garibaldini ripiegassero, chiesti nuovi soccorsi, il Medici spedì subito il maggiore Migliavacca col suo battaglione ed il capitano Frygysy, ungherese, che comandava la compagnia terza del battaglione Gaeta. Allontanatosi il Garibaldi, per dare ordine che il vapore *Veloce* fulminasse i nemici, il generale Bosco spinge le sue forze contro il centro, e il fuoco diventa terribile: cadono molti dei garibaldini, si diradano le loro file, e le forze del centro sono costrette a retrocedere. In questo duro frangente, entrano pure in azione la settima e l'ottava compagnia al comando del Ciancolo, destinate ad occupare la fiumara di Meri; rinforzano il centro i battaglioni dei bersaglieri, comandati dal generale Cosenz, e lo Specchi e il Bronzetti riprendono la offensiva. Si mutano le sorti della battaglia in favore

delle legioni di Giuseppe Garibaldi. Combatte strenuamente Enrico
Cosenz, da esperto divide le forze in due ali, e abbenchè sieno costrette
rasentare selve di fichi d'India, pure combattono, e sono risparmiate
dalle mitraglie, che miravano il centro. Combattono pure da forti il
Brida, aiutante maggiore di Giuseppe Garibaldi, e il Corte; ma questi
è ferito, l'altro ucciso da una palla. Il valore garibaldino è immenso
nel fitto della pugna, e fu valore quello del Framarini e dello Zaffa-
roni, che con la prima e la seconda compagnia del battaglione Gaeta
e con le altre compagnie, guidate dal Frygysy, dal Bolognini, dal
Bianchi e dal Carini, furiosamente respingono i nemici, cagionando
loro la perdita di non pochi ufficiali e di molti soldati, l'abbandono
delle posizioni e di due pezzi di artiglieria. Ripreso vigore dai nemici,
si spinge alla carica un drappello di cacciatori a cavallo, e Giuseppe
Garibaldi, circondato da tre cavalleggeri, pugna con essi corpo a corpo.
Accorso il Missori ne uccide due; il terzo muore per un fendente alla
testa assestatogli da Garibaldi.

Sopraggiunto, per gli ordini dati da Giuseppe Garibaldi, il battaglione comandato dal Migliavacca, che era alla destra, si dà la carica
al nemico; poichè il generale Bosco, già messo in fuga colle soldate-
sche, dai canneti e dalle case aveva chiamato la riserva, ad opporre
ogni resistenza al ponte. Filippo Migliavacca, prodigiosamente, combatte ed anima con vibrati accenti al combattimento le sue schiere.
Concentratesi tutte le forze in un punto, orribile diviene la pugna, si
lava di sangue il terreno, si muore, ma si vince. Cade il Migliavacca,
e gli muore a fianco il luogotenente Leardi; cade ferito il generale
Cosenz, che tosto si rialza al grido di *Viva l'Italia!* ma le truppe bor-
boniche, rientrate in Milazzo, sempre combattendo, inseguite con carica
alla baionetta, sono costrette a ritirarsi nella fortezza, e Giuseppe Garibaldi colle sue legioni, dopo tanto spargimento di sangue, vittorioso
entra in Milazzo.

In Messina era a capo delle armi il generale Clary, ed egli, due
giorni dopo la battaglia di Milazzo, preparavasi a bombardare la città.
Il che cagionò un grande sbigottimento alle famiglie, che, memori delle
ruine del 1848, fuggivano ad evitare i novelli orrori. Però mentre il
dì 25 l'esercito garibaldino moveva da Milazzo alla volta di Messina,
e il dì 26 dal villaggio Gesso trovavasi sulle alture della città, i generali Clary e Medici firmavano una capitolazione, che eliminava qualsiasi strage. Si stabiliva, con modi cavallereschi, che le truppe regie
avessero abbandonato la città e i due forti Gonzaga e Castellaccio, per
ritenere la cittadella coi forti Don Blasco, Lanterna e San Salvatore,
senza che, meno nel caso di aggressione, si potesse recare alcun danno
alla città. Sottoscritti tali patti, il generale Medici il dì 27 ritornava
al suo quartiere generale in Gesso. Propagatasi intanto la notizia della
convenzione, il popolo, festeggiante, fece ritorno alla città, e quel
giorno, al giungere delle legioni garibaldine, la gioia e gli entusiasmi
furono immensi.

Sparso l'esercito dei ventimila volontari nei luoghi principali del-
l'Isola, le divisioni comandate dal Cosenz e dal Medici e la brigata
Eber erano nei pressi di Messina e di Torre del Faro, quando Giuseppe
Garibaldi la sera del 18 agosto faceva imbarcare sul *Torino* e sul *Frank-
lin* quattromila e trecento uomini. Superati i nuovi ostacoli, respinte
le pressioni diplomatiche, Garibaldi, duce della rivoluzione, si trovò
in quella notte tra il capo dell'Armi ed il capo Spartivento, e i volon-

taii alla vista di Melito e dei monti calabii iuppeio in fiagoiose giida
di eviiva.

Giunta in Messina la notizia dello sbaico nel continente, il Cosenz,
che aveva il comando in Torre di Faio, compiende essere quello il
momento opportuno di portaisi con le sue truppe in Calabria: e mentie
la notte del 20 il Bixio combatte in Reggio, il Cosenz muove con ottocento volontaii, difeso da cinque barcie cannoniere, guidate dal Castiglia, e il dì 21 approda alla Favazzina. I tiii delle aitiglierie di Sicilia riuscivano inefficaci, peiciè lontani; ma le legioni del Garibaldi
toccato il lido, i due piroscafi *Archimede* e *Fulminante,* giunti da Villa
San Giovanni, affondaiono ventiquattro barcie, aiseio due cannoniere,
e il Tilling, capo dello stato maggiore, e dieci ufficiali feceio prigio-
nieii. Salvatoie Castiglia, che comandava la piccola flotta, colle rimanenti barche si mette in salvo dietio li scogli delle Pietie neie: e il
Cosenz, respinto il drappello guidato dal De Angelis, giunge a Solano,
e vi si accampa. Sbarcando a Villa San Giovanni al noid della città
di Reggio, questa deteiminazione, oltie la eneigia dell'uomo di gueiia,
rivela l'avvedutezza del geneiale Cosenz; poiciè egli, diveigendo le
truppe boiboniche, e concentrandole nella città e nei dintoini, le pose
in mezzo alle piopiie e a quelle del Garibaldi, inteicettando con un
lampo luminoso, piesa Reggio, la ritirata delle soldatescie boiboniche.
Nei piccoli scontri, a Solano, cadde moito il colonnello De Flotte, che
nel 1848 aveva difeso le barricate dei sobborgii, insorti contro l'Assemblea costituente. Intiepido e geneioso si estinse oia per la libertà
d'Italia! Sbandati i soldati regi, attiaveiso balze e rupi, siepi e burroni, a maicia foizata giunge il Cosenz a Napoli, e vi giunge nei momenti che la città era in deliiio per l'aiiivo di Giuseppe Garibaldi;
ed ambi entiaiono salutati fieneticamente dal popolo. Il geneiale Cosenz,
che aveva compiuta un'opeia degna, come si scrisse alla sua moite, del
console Bonapaite, da quel gioino fu, per oidine del Dittatoie, ministio della gueiia; caiica, che mal volentieii accettò, peiciè non
avrebbe voluto scostaisi un solo istante dalle file dei combattenti.

In quei gioini, in cui in Napoli era tiipudio univeisale, il ministio della gueiia e il geneiale della 16ª divisione, lieto di aveie ab-
biacciato dopo dodici anni di esilio la diletta madie e le soielle, si
rivolge assiduo a rioiganizzaie l'esercito, dal quale, giudicava, sareb-
beio dipese in bieve le soiti d'Italia, cui aveva consaciato l'intelletto
e il biaccio. Con tali pensieii in mente si affaticò ad oiganizzaie i
seivizi, iaccogliendo il mateiiale, cooidinando i iinfoizi. Paiendogli
foise scabioso questo lavoio, nè riputando, sempie per la eccellenza
che dominò il suo caiatteie, lontano da ogni ingoidigia ed ambizione,
poteie ancie attendeie con iigoie alla sua divisione, ne lasciò il comando al Milbtzi; ma Giuseppe Gaiibaldi, in quei momenti difficili e
decisivi, gli dà l'incarico di diiigeie le opeiazioni d'assedio, davanti
a Capua, iimanendo al suo comando una biigata di volontaii e alcuni
distaccamenti delle truppe iegolaii. I iinfoizi, iiuniti dal Cosenz in meno
di un mese, feceio bella piova nei gioini uno e due ottobie, per gli ottimi
successi delle legioni gaiibaldine nella battaglia combattuta al Voltuino.

*
* *

Dal 1861 al 1866 sostenne il Cosenz onoievoli faticie in pio della
unità politica, tanto nelle aimi, che nelle Commissioni deputate alla scelta
de' militaii volontari da aggregarsi all'eseicito iegolaie, e a rimettere

l'ordine, colla carica di prefetto di Bari, nelle provincie napoletane, ove
imperversava il brigantaggio. I quali servizi rendeva noti Urbano Rat-
tazzi, nel 1862, ministro degl'interni, dicendogli di sentire « il debito
di porgere i suoi sentiti ringraziamenti pe' distinti servizi resi allo
Stato ». Dal settembre di quest'anno al 1866 comandò la 20ª divisione
attiva dell'esercito, fu aiutante effettivo del re, ed ebbe altre cariche,
dalle quali volle essere esonerato il giorno che Vittorio Emanuele ma-
nifestava: « L'Austria rifiutò anche questa volta i negoziati, e respinse
ogni accordo, e diede al mondo una novella prova che se confida nelle
sue forze, non confida egualmente nella bontà della sua causa e nella
giustizia dei diritti che usurpa. Voi pure potete confidare nelle vostre
forze, Italiani, guardando orgogliosi il florido esercito e la formidabile
marina pei quali nè cure nè sacrifici furono risparmiati; ma potete anche
confidare nella santità del vostro diritto, di cui ormai è immancabile
la sospirata rivendicazione. Ci accompagna la giustizia della pubblica
opinione, ci sostiene la simpatia dell'Europa, la quale sa che l'Italia
indipendente e sicura del suo territorio diventerà per essa una gua-
rentigia d'ordine e di pace, e ritornerà efficace strumento della civiltà
universale ».

Nella guerra del 1866 il Cosenz non prese parte attiva, poichè la
divisione comandata da lui fu lasciata a fronteggiare Mantova da
Ovest. Il generale, per il fatale andare degli avvenimenti, in quella
guerra non ebbe campo alcuno per fare spiccare l'altezza del suo
intelletto di condottiero; poichè pria trovandosi alla testa della sua divisione sul Mincio, sente lontano il cannone di Custoza, e freme di non
potervi accorrere; indi, nel secondo periodo della campagna, segue
dappresso la divisione del Medici su per Val Lugano, e mentre ambi
sperano dare la mano, traverso le rive dell'Adige, a Garibaldi, do-
vutosi costui ritirare, per ordini supremi, su Brescia, il Cosenz e il
Medici ricalcarono. tristi e pensosi le vie del Brenta.

Dal 1866 al 1870 il Cosenz si dedicò a scrivere, facendolo a pubblico ammaestramento, sulle operazioni belligere svoltesi in Boemia;
e, inoltre, in iscritti, che rimangono tuttavia inediti, con chiarezza e
precisione mirabile, pose in luce gli errori commessi nel Veneto, rile-
vandoli con puro patriotismo. Dopo i dolori cagionatigli il 1866, fu
assai lieto nel 1870, acquistando l'Italia la sua capitale. Volò allora
col pensiero, col cuore e colle opere a Roma. E il dì 20 settembre, a
capo la divisione comandata, eseguì la marcia di fianco, con la quale il
corpo di spedizione, dopo che furono minacciati Monte Mario e Ponte
Molle, attaccò Roma fra Porta Salaria e Porta Pia. Dopo cinque ore di
combattimento, lasciando il cavallo, seguito da alcuni ufficiali, fu visto
tra' primi salir sulla rampa dell'opera costruita a difesa di Porta Pia.

Compiuta la grande e sospirata opera nazionale, che dalla giovinezza aveva signoreggiato gli animi forti, il Cosenz, non credendo
ancora paghi i suoi voti, rimanendo a capo della divisione in Roma
fino al 1877, e da quest'anno al 1882 a Torino, al comando del corpo
d'armata, spese il tempo in studi militari, profondi d'intenti e di
previdenze, e che gli recarono fuori d'Italia la fondata opinione di
un'intelligenza militare di primo ordine; specialmente pe' problemi
sulla difesa della frontiera occidentale, ne' quali non vi ra sbarra-
mento di valico alpino, nè campagna logistica, nè manovra possibile,
dalla strada della Cornice al Gran San Bernardo, che egli non avesse
con profondità studiato.

Chiamato nel 1882 a capo dello stato maggiore, la nomina fu raccolta con entusiasmo in Italia e fuori; sì che nel 1888 l'imperatore di Germania manifestavagli la sua stima, quale espressione dello stato maggiore di Germania, decorandolo delle insegne dell'Aquila Rossa di prima classe in brillanti e del gran cordone dell'Aquila Nera. A' quali onori se ne aggiunsero altri da parte di re Umberto, che nel 1890, al combattente da Venezia a Roma, al rappresentante della Nazione in diverse legislature, al senatore del Regno, al capo dello stato maggiore, faceva tenere il collare dell'Annunziata, e nello stesso anno 1890 la medaglia mauriziana, accompagnata da queste parole: «Signor generale, desidero di annunziarle io stesso, che Le ho oggi conferito la medaglia mauriziana, a memoria cinquanta anni di servizio militare da Lei dedicati, con esemplare valore e studio, al bene della patria e dell'esercito. Possa questa distinzione d'onore essere foriera di lunga prosperità, compiendo così i voti che io Le porgo, in nome del paese e dell'esercito, con sentimenti d'amico e di compagno d'armi».

Nel 1894, vecchio d'anni, ritiravasi dall'esercito, lasciando le memorie di Venezia, Varese, San Fermo, Tre Ponti, Milano, Reggio, Volturno; ma non tralasciava, anche gravato dagli anni, quegli studi, che saranno di vantaggio, negli urgenti bisogni, all'esercito. Collocato a riposo, lo stesso Umberto, dicevagli:

« Le conferisco la Gran Croce dell'Ordine di Savoia, e prego Dio che conservi lungamente la preziosa di Lei esistenza, specchio di ogni più eletta virtù di soldato e di cittadino ».

Del Cosenz, ancora vivente, furono scritte queste memorande parole, che giova ricordare, essendo un compendio del cittadino, dello scrittore e dell'uomo: « È, invero, fra gli ultimi rappresentanti di quel periodo leggendario che dava all'Italia uomini nei quali era, insieme all'audacia ed alla nobiltà dell'animo e dei propositi, l'ingegno e la dottrina. Così è che uno dei più insigni allievi di quella Nunziatella, che il Borbone teneva ai proprii danni, diveniva uno dei soldati più valorosi del mondo e insieme uno fra i più stimati cultori europei delle scienze militari. Tutte queste virtù, il più spesso divise, riunite in un sol uomo e poste al servizio di una causa santa, facevano di essere come Enrico Cosenz, non solo degli eroi, ma dei saggi, dei benefattori; e spiegano insieme e i loro incredibili successi, e l'influenza da essi esercitata su tutto il popolo: e le fortune della nuova Italia, senza di essi, mai più sarebbero risorte ».

Dopo quattro anni dal ritiro degli esercizi pubblici, cessò di vivere in Roma, in quella Roma, ch'era stata sempre in cima de' suoi ideali, e in cui fu riverito ed amato. Ed ora sarà cosa assai degna di lode che all'appello del Comitato si uniscano i cittadini e il Governo per far sorgere a onore dell'illustre uomo, sempre modesto, e che giammai parlò di sè, o volle che altri ne parlasse, un monumento, che perpetuando la memoria ne eterni le gesta!

FRANCESCO GUARDIONE.

I PROBLEMI DELLA SCIENZA

La radio-attività della materia.

Se, lanciando per un momento un'occhiata indietro, si volge lo sguardo alla storia del progresso nel secolo testè decorso, non si può far a meno dall'essere profondamente meravigliati dell'immane cammino percorso. Fu il secolo d'oro per le scienze che segnò il regno incontestato del vapore, essendo nello stesso tempo la culla dell'elettricità, di quella forza tanto potente e misteriosa che, malgrado i suoi relativamente pochi anni di vita, ha già avuto così molteplici applicazioni. Nè qui solo si ferma questo secolo così fecondo di scoperte e di progresso. Non abbiamo noi forse un Pasteur che per primo rivelando l'esistenza degli infinitesimi viventi, così terribili nella loro impercettibilità, porta una vera rivoluzione nella scienza medica? E, venendo d'un tratto a questi ultimi anni, le scoperte dei raggi di Röntgen, della telegrafia senza fili, della radio-attività non sono là a dimostrare che all'alba del secolo nuovo più che mai ferve il lavoro sull'indefinito cammino ascendente del progresso?

Alcune di queste scoperte, note ancora quasi esclusivamente fra scienziati nelle feconde solitudini dei laboratori, stanno per diventare fra poco dominio del pubblico, suscitando in esso una vera corrente d'ammirazione, sia per le loro impre,,edute applicazioni, sia per i curiosi fenomeni che le accompagnano. Fra queste ultime è da annoverarsi per prima la radio-attività.

Henri Becquerel, scienziato francese, nel 1897 scopriva nell'uranio, metallo pesantissimo, la facoltà di emettere un genere speciale di radiazioni, che, non potendosi attribuire nè a fosforescenza nè ad altro, essendosi prese tutte le precauzioni per eliminare qualunque causa nota potesse produrle, parevano essere spontanee. Infatti alcuni sali d'uranio da cinque anni a questa parte hanno continuato ad emettere la stessa quantità di radiazioni senza che il metallo si fosse menomamente alterato. Le nuove radiazioni che si propagano normalmente in linea retta rivelano la loro esistenza impressionando le lastre fotografiche, producendo viva fosforescenza in alcuni corpi, come, per esempio, il cloruro di zinco, e scaricando i corpi elettrizzati. Le nuove radiazioni, chiamate dallo scopritore « raggi uranici », dal primo metallo in cui furono riscontrate, vennero poi, in onore dello scienziato francese, consacrate dalla scienza col nome di « raggi di Becquerel ».

La nuova scoperta, come dovea del resto avvenire, suscitò nel mondo della scienza le più forti discussioni: essendochè le leggi più note, da quella della trasformazione dell'energia al tanto elementare assioma che ad ogni effetto corrisponde una causa, si trovavano in apparenza in errore. Una nuova X da risolvere si presentava, un nuovo punto nero da chiarire. Nè pareva vicina una soluzione, tanto più che le proprietà radio-attive dell'uranio erano così deboli da rendere difficilissima se non impossibile qualunque misurazione od apprezzamento. Chissà per quanto tempo si avrebbe dovuto ancora brancolare nel buio, se una nuova serie di scoperte, dando un potente impulso alla questione, non avesse di molto avvicinata la meta.

Nelle miniere di Joachimsthal, in Boemia, si estraggono alcuni minerali, quali la carnolite (minerale d'uranio, vanadio, bario, bismuto, ecc.), l'autunite (minerale fosfato calcico idrato), la pecblenda (ossido d'uranio). La signora Curie riuscì nel 1898 a separare dal bismuto, estratto da questi minerali, un nuovo corpo, il polonio, chiamato anche col nome originalissimo di « metallo coniugale ». Scoperta seguita a breve distanza da quella del signor Curie e di Bemont del radio, e nel 1899 per opera di Debierne dell'attinio, metallo molto consimile al torio da cui è stato separato.

I nuovi metalli, per le loro enormi proprietà radio-attive - nell'attinio, per esempio, centomila volte maggiore dell'uranio, - attrassero tosto gli sguardi degli scienziati di tutti i paesi e permisero alla nuova scienza di fare i passi che ora sto per analizzare.

*
* *

Gli studi si concentrarono specialmente sul radio, i cui fenomeni presentavano complessità molto più strane di quelle riscontrate nel polonio, nell'attinio e nell'uranio. Prima di tutto il radio emetteva spontaneamente una luce sufficientemente viva, tale da poter leggere a breve distanza di una piccola quantità di prodotto (1), fenomeno che non si riscontra negli altri metalli radio-attivi in cui le radiazioni emesse non sono percepibili ai nostri occhi. La penetrazione di questi raggi è così intensa che la nostra retina li percepisce anche se l'occhio è tenuto chiuso e fra noi e la sorgente è interposta una lamina di platino, e se i sali radiferi sono chiusi in una cassetta a pareti di piombo. Demarçay, che ra fatto profondi studi sopra questo curioso metallo, ne ra scoperto lo spettro, rappresentato da tre linee oscure finora sconosciute (2), e la signora Curie ra costatato in esso un curiosissimo fenomeno, l'aumento del peso atomico con l'aumento della radio-attività (3). Un pezzo di radio 3000 volte più attivo dell'uranio ha per peso atomico 140: se però la radio-attività si porta a 4700 questo giunge a 140.9 e con 6000 a 145.8; cosa del tutto inspiegabile.

I raggi di Becquerel non si polarizzano nè si riflettono ed il loro assorbimento varia secondo la materia da attraversare e il metallo che li produce. Così, per esempio, il radio e l'uranio emettono delle radiazioni che attraversano la carta, lo squarzo, il vetro, sostanze male attra-

(1) Société de Physique, mars 1898: *Revue de Chimie pure et appliquée*, luglio 1899.

(2) EUG. DEMARÇAY, *Sur le spectre du radium*. Comptes rendus de l'Académie des Sciences. Paris, 1900, 2° semestre, vol. 131, pag. 258.

(3) M.me CURIE, *Sur le poids atomique du barium radifère*. Comptes rendus 1900, 2° semestre, vol. 131, pag. 382.

versate dai raggi del polonio e dell'attinio, che preferiscono i metalli, come platino, argento, ecc.

La proprietà radio-attiva può essere benissimo comunicata per induzione ai corpi vicini (1). Un corpo che si trova nella sfera d'azione di un metallo radio-attivo ne acquista rapidamente tutte le proprietà, però in grado minore. Così con dei sali di radio da 5000 a 50,000 volte più attivi dell'uranio si ottenne una radio-attività indotta da 1 a 50 volte l'uranio. Levata la sorgente il corpo perde regolarmente e molto lentamente, qualche volta dopo vari mesi, le sue proprietà indotte, facendo quasi credere che la radio-attività ottenuta per induzione sia dovuta ad un irraggiamento secondario. Becquerel ottenne dell'acqua che emetteva per vari giorni dei raggi fotogenici, e distillando la pecablenda, un gas fortemente radio-attivo. Ruthefordt, basandosi sulle osservazioni di Owens che le correnti d'aria levano all'ossido di torio una parte della sua attività radiante (2), trovò che l'aria allontanata conservava facoltà indotte per più di mezz'ora (3). La radio-attività si propaga poi più o meno palesemente a tutti i corpi. Nei laboratori di Debierne e di Curie non si può più fare nessuna misurazione elettrica esatta, nessun apparecchio essendo più convenientemente isolato. L'aria, i muri, le pance, i vestiti, tutto è diventato radio-attivo. Non tutti i metalli producono un medesimo grado di radio-attività indotta: col radio e con l'uranio questa è notevolissima, mentre invece molto più debole con l'attinio ed affatto nulla con il polonio.

* *

I raggi di Becquerel hanno molto più analogia con i raggi catodici e con i raggi Röntgen che con la luce ordinaria. Essi non risultano formati da una specie unica di raggi, ma da un assieme molto complesso di radiazioni di genere e proprietà molto diverse di cui non si è riusciti ancora a fare un'esatta analisi. E se qualche cosa si è potuto fare lo si deve al fatto che una parte delle radiazioni sono deviate dall'influenza di un campo magnetico.

Il curioso fenomeno d'inflessione venne scoperto quasi contemporaneamente da Geisel in Germania (4), da Meyer (5) e Schweidler in Austria e da Becquerel (6) in Francia. Continuando gli studi venne riscontrato che i raggi deviabili sono del tutto analoghi ai raggi catodici scoperti da Hittorf nel 1876.

I raggi deviabili che si propagano normalmente in un campo magnetico descrivono una curva che li riconduce al punto d'origine, avvenendo però lungo il percorso un forte fenomeno di diffusione. Questo genere di radiazioni non sono altro, secondo l'ipotesi di Crookes, che elettricità negativa trasportata a grandissima velocità. La materia radiante si carica frattanto positivamente.

Viene spontanea la domanda: come si produce quest'elettricità? Ignoto; essa pare spontanea. Non tutti i metalli attivi posseggono il fascio di raggi deviabili della stessa importanza; esso è rilevantissimo

(1) BECQUEREL, Comptes rendus, vol. 129, pag. 714.
(2) OWENS, Phylosophical Magazine, ottobre 1899.
(3) RUTHEFORDT, Phylosophical Magazine, gennaio-maggio 1901.
(4) WIED., Ann., vol. 69, pag. 884.
(5) Acad. Wien., 3-9 novembre 1899.
(6) Comptes Rendus, 11 dicembre 1899.

nell'uranio e nel radio, molto minore nell'attinio ed infine non esiste affatto nel polonio.

Se però mettiamo assieme il fatto poco prima descritto dell'assenza di radio-attività indotta, sotto l'influenza delle radiazioni del polonio, col fatto che questo metallo non produce raggi deviabili, se ne potrebbe quasi argomentare che solo i raggi suscettibili di deviazione possono produrre fenomeni di radio-attività indotta.

Venendo ora ai raggi non deviabili possiamo osservare che una parte di essi è formata da radiazioni molto assorbibili, e quindi vivamente fotogeniche, mentre l'altra si compone di raggi di una penetrazione enorme, tale da attraversare vari centimetri di metallo (1). La natura di questi raggi ci è completamente sconosciuta: solo possiamo dire che essi ranno grandissima analogia coi famosi raggi X scoperti da Röntgen nel 1895.

Nè qui solo si fermano le proprietà ed i fenomeni di queste radiazioni così strane e misteriose, a sviscerare le cui origini tanti scienziati si son sottoposti inutilmente a studi tanto pazienti, i raggi di Becquerel producendo modificazioni chimiche e molecolari nei corpi che essi colpiscono. Il cloruro di bario, per esempio, che è normalmente incoloro, diventa prima rosa, poi rosso, sotto l'influenza delle nuove radiazioni. L'acido iodico si colora in violetto e l'acido azodico monoidrato in giallo (2), mentre l'ossigeno si trasforma in ozono; le pareti delle boccettine che contengono sali radio-attivi diventano nere o violette secondo che il vetro contenga o non contenga del piombo, ed infine il platinocianuro si colora in bruno.

Quest'ultimo fatto si riscontra anche se invece di raggi Becquerel si fa uso di raggi X, come ra dimostrato Demarçay (3), e mostra un altro punto di contatto fra queste due specie di radiazioni.

Il signor Geisel già da vario tempo ra richiamato l'attenzione sopra alcuni interessanti effetti fisiologici prodotti dai nuovi raggi e che furono argomento di un accurato studio da parte dei coniugi Curie. Secondo queste esperienze i raggi di radio sarebbero fortemente caustici. Fu provato infatti di esporre una mano alla loro influenza; tosto si sviluppò sulla parte colpita un forte rossore seguito da dolorosissime ustioni di cui persistettero gli effetti per vari mesi (4).

Dopo aver descritto i vari fenomeni dovuti alla radio-attività non posso far a meno di parlare delle applicazioni che avrà in futuro la nuova scoperta e che son sicuro saranno numerosissime. Quali saranno poi precisamente? Ignoto; non ci resta che da rispondere:

Ai posteri l'ardua sentenza.

Alcune prove sono già state fatte con sufficiente buon esito. Besson, per esempio, servendosi della proprietà dei raggi di Becquerel di rendere alcuni corpi vivamente fosforescenti, riuscì ad ottenere alcuni tubi luminosissimi, mescolando a grandi quantità di cloruro di zinco pochi milligrammi di radio; la luce emessa era tale da poter leggere comodamente nella sala. Era una lampada ottima che non aveva bisogno nè di manutenzione, nè di alimentazione.

(1) VILLARD, Comptes Rendus. 1900, 1° semestre, vol. 130, pag. 1010.

(2) BERTHELOT, Comptes Rendus, vol. 133, pag. 6594.

(3) DEMARÇAY, Société de Physique, 18 marzo 1898.

(4) GEISEL, Berichte der deutschen chemischen Gesellschaft, vol. 35, pag. 3569; e WALKOFF, Fotogr. Rundschau, ottobre 1900.

Da Curie, da Debierne e da altri si ottennero ottime radiografie di letteie chiuse, di uccelli, ecc., servendosi, invece dell'ampolla di Crookes e dell'ingombrante macchinario che necessita per metterla in azione, di un semplice tubo contenente una piccola quantità di metallo radioattivo.

Infine un mio amico, illustre scienziato inglese, mi scrive che in Inghilterra alcuni medici cominciano ad usare il radio per constatare la più o meno completa cecità di alcuni individui, come pure per altri scopi medici di cui non si conosce ancora la specie.

*
* *

Ci troviamo dinnanzi a. fenomeni contrari a tutte le più elementari leggi della fisica, della chimica e della meccanica. Siamo alla presenza di corpi spontaneamente luminosi che emettono elettricità, producono fenomeni chimici e fisiologici, senza che si possa trovare una qualunque spesa calcolabile d'energia. Curie ha stabilito che ci vorrebbe un miliardo d'anni, perchè la materia modificata o trasformata nei metalli radio-attivi dai fenomeni di radiazione arrivasse ad un milligramma. Riporterò alcune delle ipotesi formulate per ispiegare questa X tanto tenebrosa.

Becquerel dice che il corpo radio-attivo si potrebbe paragonare ad un' elettro-calamita che, giunta a questo stato da una perdita primitiva d'energia, si mantiene poi ad uno stato fisso, producendo però intorno a sè trasformazioni d'energia. L'illustre Curie dà un'altra ipotesi che presenta massime probabilità. L'insigne scienziato parte da questo principio: I raggi X sono molto sparsi nella natura, Nodon avendo dimostrato ultimamente che il solo passaggio di radiazioni ultra-violette in un campo elettrico basta a produrli. Si potrebbe dunque venire ad ammettere che tutti i corpi sono attraversati da radiazioni consimili ai raggi X, ma molto più penetranti di questi. Questo irraggiamento universale sarebbe assorbito a preferenza dai corpi a grossi atomi, come l'uranio, il torio, il radio, il polonio e l'attinio. Fatto del resto confermato dal fenomeno recentemente scoperto da Willard che il bismuto (atomo grossissimo 207.5) diventa radio-attivo se posto in opposizione di un catodo in una ordinaria ampolla di Crookes da radiografia.

Benchè questa ipotesi abbia tutti i caratteri di massima probabilità, tuttavia un'immensa strada resta ancora da percorrersi, ed è necessario di spingere il più che possibile avanti lo studio per dissipare i numerosi dubbi che son sorti nella mente degli scienziati. Pur troppo però gli esperimenti costano caro, un grammo delle nuove materie, per le inaudite difficoltà d'estrazione, rivenendo a varie migliaia di lire. Questo impedisce di procedere colla velocità desiderabile nelle ricerche; la Francia però, vistane l'importanza, ha decretato a Curie il premio Caze di 10,000 lire per poter continuare i suoi studi.

In Italia, se la scoperta non è del tutto sconosciuta, tuttavia non vi è nessuno scienziato che si sia posto a serie ricerche sull'argomento, ed è un vero peccato, trattandosi di cosa tanto importante.

Francesco Savorgnan di Brazzà.

A PROPOSITO DELLE POESIE DI GIOSUE CARDUCCI

Nel 1848, io che scrivo, era un ragazzo, e ragazzo, d'un paio d'anni, se non eno, minore a me, era Giosuè Carducci. Tutti e due, in Firenze, andavamo a scuola dagli Scolopii, nel locale, come si diceva, di San Giovannino, che il Bardessono, prefetto, fece chiudere, per vedere se gli riusciva di cacciare que' frati dalla città. Ma il Bardessono se ne andò, e i frati rimasero, mettendo in Firenze una nuova casa, difesi, incoraggiati e soccorsi dai fiorentini che erano stati educati alla loro scuola, fra' quali stavano in capo fila i due fratelli Ricasoli, il barone Bettino e il barone Vincenzo, e il Capponi e Ubaldino Peruzzi. Dunque, diceva, noi andavamo dai frati, ed io prima, il Carducci dopo, fummo scolari del Barsottini, un frate che era un po' poeta, un po' liberale, e tutt'insieme molto romantico: ma a cui stava bene il nome di Padre Maestro, perchè veramente amava tutti noi suoi scolari, come tanti figliuoli e c'insegnava con grande amore. Fatto già vecchio, il padre Barsottini, una volta, parlando con me, ricordava con un certo orgoglio il suo Carducci: e si vedeva proprio nelle sue parole, e anche nei suoi occhi, quanto egli si tenesse d'averlo avuto per scolare, non ostante che il Carducci, mi pare, avesse già pubblicato il suo *Inno a Satana*.

Io non so veramente se quei buoni Padri Maestri insegnassero con le migliori regole didattiche o pedagogiche; certo non c'insegnavano nè il latino, nè il greco e nemmeno l'italiano, come s'insegnano oggi; ma riuscivano a innamorarci dei grandi scrittori e latini e greci, e c'invogliavano a leggere degli italiani quanti più potessimo, e come oggi non si fa, o non si fa in tutte le scuole.

Allora eravamo nella grande fioritura di quelle lettere che si chiamarono civili, non perchè soltanto avessero tra i loro ideali la patria e l'Italia, ma perchè da ogni cosa grande e da ogni cosa bella traevano in certa guisa nutrimento e corpo, cioè pensiero e parola, verità ed arte, il che faceva o doveva fare civiltà vera. E in Firenze era Felice Le Monnier, il quale con la sua *Biblioteca Nazionale*, stampando e ristampando, con una bellezza tipografica a que' giorni affatto nuova in Italia, tutti que' libri che più erano in voga, ce li metteva, a così dire, sotto gli occhi e ce ne innamorava con la stessa veste con che ce li presentava. Però non è maraviglia se anche noi scolaretti, oltre i classici, usciti di scuola, leggevamo a casa tutti quei libri che così facilmente ci venivano alle mani, e c'innamoravamo di quegli autori che illuminarono del loro nome e delle loro opere i primi cinquant'anni del secolo, e furono la più grande preparazione del fatto più grande che siasi compito in tutta quanta la nostra storia, il fatto cioè del risorgimento, anzi del rinnovamento d'Italia. Chi era di noi che non leggesse allora, dal Parini, dall'Alfieri, dal Monti al Foscolo, al Leopardi, tutti quei poeti, che pur morti erano, come disse il Giusti, sempre vivi, e i cui versi ci erano in certa guisa ripercossi nell'anima da tutte le cose che ci stavano intorno, da tutti i fatti che si compivano in quei giorni? Chi era di noi che, andando a Bellosguardo o entrando in Santa Croce, non si andasse ripetendo i più bei versi del Cantore delle *Grazie* e dei *Sepolcri?* Chi passeggiando nei Lungarni, dinanzi alla casa dove aveva abitato e scritto Vittorio Alfieri, non ripetesse alcuni passi delle sue tragedie, che di quando in quando si rappresentavano ancora nei nostri teatri e che accendevano vieppiù gli animi allora bollenti di libertà? E chi era più contento di noi, quando tornando a casa, potevamo dire d'avere incontrato per via il Niccolini, l'autore dell'*Antonio Foscarini,* del *Giovanni da Procida,* dell'*Arnaldo;* d'aver visto il Giusti, di cui sapevamo a mente tutti i versi; o d'essere potuti andare dietro dietro al Capponi cieco, al discendente di Piero Capponi, che il Foscolo aveva chiamato fratello, a cui il Leopardi aveva indirizzati i suoi versi, e che allora viveva si può dire d'una vita medesima col Giusti e col Niccolini?

Ma non leggevamo dunque altro che versi? Era tutta poesia quella letteratura civile? Niente affatto: c'era anche della prosa, e che prosa! Non avevano scritto tutti versi l'Alfieri, il Parini, il Monti, il Foscolo, il Leopardi, il Manzoni, il Niccolini, che erano, per modo di dire, i nostri autori, gli autori de' quali leggevamo ogni cosa che ci capitasse innanzi. Non avevano scritto in versi il Guerrazzi, il Mazzini, il D'Azeglio, e sopratutti il Gioberti, che leggevamo non soltanto nel *Primato,* che si poteva dire una grande poesia, ma anche nella *Introduzione allo studio della Filosofia,* e persino nella *Teorica del soprannaturale* che non potevamo nemmeno capire.

E c'era qualcosa di più alto che non tutti quei versi, qualcosa di più vero che non in quelle prose, che educava al pensiero e al sentimento la mente e il cuore di noi ragazzi; c'era la storia che si svolgeva in que' giorni intorno a noi, c'era l'alba di un gran giorno che c'illuminava tutti e ci riscaldava l'anima. Eravamo ancora agli Scolopi quando i nostri fratelli maggiori, i nostri padri erano a combattere in Lombardia per la indipendenza d'Italia, e d'Italia e di libertà era un continuo parlare nelle nostre case, nelle nostre scuole, per i caffè, per i teatri, per le vie e persino nelle chiese, così che di pensieri e di sentimenti grandi era, per così dire, piegna l'aria che respiravamo, e che si faceva nostro sangue. Ragazzi, formavamo il battaglione così detto della speranza; giovanetti, alla Università, ci sentivamo tutti arrolati sotto la bandiera che aveva sventolato su i campi di Curtatone e che gli stessi nostri professori e gli scolari prima di noi avevano tenuta alta contro al nemico gloriosamente; quella bandiera che avevano riportata fatta a brani dalle palle austriache, e l'avevano riconsegnata alle nuove generazioni, dopo di averla tinta del loro sangue, e consacrata dalla morte di quanti e professori e scolari morirono in quella giornata, che fu una delle più belle giornate della prima guerra d'indipendenza, la quale sarebbe stata davvero troppo infelice, se non si fossero riprese le armi più mai.

Questo, come oggi si suol dire, era l'ambiente in cui crescevamo tutti noi fanciulli e giovinetti, e in cui s'apriva l'ingegno grande e la fantasia stragrande del Carducci; il quale fin d'allora volava sopra

tutti noi «*come aquila vola*» e fin d'allora mandava lampi di poesia
che dapprima ci abbagliavano tutti, ma che finirono col rivelarci una
poesia nuova, una poesia che aveva le sue radici nel fondo della letteratura greca e romana, che si nutriva dove s'era nutrita la poesia
di Dante, ma che apriva il fiore a' tempi suoi. Il Carducci dal 1850
al 1900 fu il poeta vero e solo d'Italia rinnovantesi e rinnovata. Egli ha
pieno del suo nome tutti questi cinquant'anni, ne' quali è cominciata
la sola e vera storia d'Italia: egli ha cantato la nostra storia, i nostri
uomini, i nostri paesi: ha avuto degli inni per tutti i nostri trionfi,
degli strali per tutti i nostri errori: non ci fu altezza in Italia che
egli non misurasse col suo verso, «*con la penna che sa le tempeste*»:
non ci fu vergogna che non lo facesse fremere: l'amore per ogni cosa
grande, l'odio per ogni cosa vile, lo fecero poeta e grande poeta. E
quanto dev'essere a lui costato quel terribile verso: «*la nostra patria
è vile!*» a lui a cui la patria fu il pensiero, l'amore, lo studio di tutta
la vita: a cui la patria libera, gloriosa, grande, aveva ispirata tutta
la poesia, da quando cantò la *Croce di Savoia*, a quando cantò *Villa-
gloria*, dal suo *Vittorio Emanuele* al suo *Giuseppe Garibaldi*, dai versi
coi quali ricordò «Maria bionda», a quelli che furono un saluto alla
Regina d'Italia: là dove sulle nevi delle nostre Alpi parve ricercare
tutte le orme degli eserciti che le passarono, e dove sulle onde cerulee
del nostro mare tenne dietro al solco luminoso delle navi partite da
Quarto, per la Sicilia, sopra una delle quali

..... *al collo leonino avvoltosi
il pancio, la spada di Roma
alta sull'omero bilanciando,
stie Garibaldi.*

Rileggendo tutte insieme, nel bel volume pubblicato nel 1901 e
ripubblicato già in una seconda edizione, arricchita di quattro facsimili
e di un'appendice dallo Zanichelli, le poesie del Carducci, mi si ridestarono le più belle e le più care memorie della mia e della sua giovinezza,
e mi si ridestarono tutti i grandi entusiasmi dell'età che fu sua. Con
pochi e forti versi, con luminose e quasi infocate immagini, talora con
una parola affilata come una spada, o con una frase torta come l'aureo
anello di una catena, egli seppe renderci vivo alla mente quello che
di più bello avevamo letto, quello che di più magnifico avevamo veduto,
tutta per così dire la letteratura che era fiorita nel secolo, innanzi che
noi nascessimo, e tutta la storia in mezzo alla quale siamo vissuti.
Perciò nessun altro volume di poesie poteva l'Italia del secolo decimonono presentare al secolo ventesimo, che più e meglio di questo
potesse agli Italiani che nasceranno ricordare la sua storia e la sua
gloria, essere un saluto e un augurio.

*
* *

D'animo serenamente buono, il Carducci è passato glorioso nella
sua vita, salendo dal Ginnasio di San Miniato, dove stampò i primi
suoi versi, all'Università di Bologna che è stata a lui la seconda patria, un'altra Firenze ch'egli ha amato ed ama tanto, e dove è bello
che resti di lui la biblioteca sua, que' libri cioè che gli furono gli
amici più cari nella vita, e tra' quali pensò, amò, scrisse. Nell'amore
ai libri egli somigliava al Petrarca: sarebbe andato non si sa dove
per vedere un codice, un libro nuovo che gli destasse desiderio o dal

quale s'aspettasse aiuto o lume ai suoi studi, e non c'era regalo che
a lui riuscisse più gradito, nè ricompensa che gli giungesse più cara,
di un libro. E il pensiero che un giorno potessero andare dispersi
que' libri, che aveva raccolti intorno a sè con tanto amore, che aveva
letti e riletti con tanto studio, e a' quali doveva i più puri e più alti
godimenti della sua vita, i godimenti cioè della mente e del cuore,
doveva essere un triste pensiero della sua tarda età, un pensiero che
lo affliggeva: e quanto però deve averlo consolato il fatto della Regina
Margherita, che assicurò tutti que' suoi libri e i suoi manoscritti, i suoi
studi cioè, i suoi autografi, le sue lettere a Bologna, alla città diletta
del Carducci, alla città che giustamente sentiva l'orgoglio d'averlo
avuto tra le sue mura come figliuolo e come maestro de' figliuoli suoi
e di tutta l'Italia!

Il Carducci non è stato e non è solamente un grande poeta, è
ancora un grande prosatore. E come la poesia gli è sempre sgorgata
dall'anima fiera e dolce ad un tempo, terribile come l'odio e serena
e pura come l'amore, gli è sgorgata come al fiero Ghibellino e al cantor
di Beatrice, « segnata bene dall'interna stampa »; così e non altrimenti
la prosa gli veniva giù dagli alti recessi del pensiero, ora come limpido ruscello tra l'erba verde, ora come fiume sonante che corre al
suo mare, e trascina seco terra fecondatrice e sassi e ghiaia rotta dai
monti. Vi sono delle prose del Carducci che sono belle come e quanto
alcune delle più belle sue poesie, e tutte ranno l'impronta sua propria, e rispecchiano intera l'anima sua. Egli ra scritto delle pagine
austere, direi fredde, che ci ricordano quelle de' migliori nostri storici
e politici, piene d'una critica minuta, profonda, intessuta di fatti e
d'idee, e accanto a queste, altre pagine d'un'eloquenza così calda, che
c'infiammano tutti, come una volta infiammavano noi giovanetti alcune
pagine del Foscolo, dove parlava dell'Italia, quale allora si sognava.
E se ci fosse lecito, noi oggi chiederemmo allo Zanichelli, e allo stesso
Carducci, un volume che di tante e tutte belle sue prose ci desse
quelle pagine che possono parere anche a lui più nobili e più belle,
o che in qualche modo sono a lui più care. Oggi che si legge tanto
poco, un solo volume di prose scelte del Carducci, che andasse compagno a quello delle sue poesie, potrebbe fare tanto bene! Potrebbe,
se non altro, essere un grande lume e una guida sicura a studi più
forti, e senza dubbio animerebbe i giovani a ricercare con lungo studio
la lingua e lo stile de' nostri grandi scrittori, sarebbe davvero per i
giovani « vital nutrimento ». Ma un volume come questo non può
essere messo insieme che da lui. Egli solo può scegliere fiori e farne
mazzo in quella sua grande primavera, di che s'allieta ancora oggi
l'Italia nostra. Tutt'altri non saprebbe che cosa non cogliere.

Ma il Carducci, grande poeta e grande prosatore, fu altrettanto
grande pensatore? E si può essere poeta e prosatore davvero, senza
essere nello stesso tempo un forte pensatore? E il non aver fermato
il suo pensiero sopra un corpo di dottrina, sopra una scienza particolare, il non avere scritto, come si dice, ex professo di filosofia, di
politica, di storia, significa forse non essere egli stato profondo nei
suoi pensieri, come fu sublime nelle sue immaginazioni? Io credo che
no: e a me duole di non sapere a che punto egli abbia portata la
Storia del Risorgimento italiano, alla quale si preparava da tanto
tempo, e per la quale aveva raccolti e andava tutto dì raccogliendo
notizie, documenti, libri; e che gli bolliva fortemente non nella fan-

tasia. ma nell'anima da anni ed anni. Io sono sicuro che una tale·
storia compita da lui sarebbe stata opera degna, e in quella sarebbe
apparsa la profondità della sua mente, e quanto, egli poeta, avrebbe
saputo essere e critico e storico. Fra le sue prose ve ne sono, come
io diceva, alcune che per sè sole bastano a mostrare come egli fosse
nella storia minuto ed attento indagatore de' fatti, paziente ricercatore
di notizie e di documenti, e come quanto a giudizi ei procedesse fermo
e sicuro per una via, che non era quella sulla quale galoppava in
groppa del « *sauro destrier de la canzone* », andando però sempre,
come soleva ad ogni suo passo, « *avanti, avanti* ».

E qui faccio punto: non perciè io abbia detto nè quello che si
conveniva, nè quello forse che più importava a proposito di un volume qual'è quello delle sue *Poesie;* ma perciè a dire di più a me
manca il sapere, e a dire di meglio manca l'ingegno.

Capitatami in mano la seconda edizione, che, come io diceva, già
è uscita di questo volume, io pensato - e come io poteva non pensarci? -
al Carducci, al Carducci intero uomo, scrittore, poeta, e m'è venuto·
fatto di buttar giù queste povere parole, che sono un ricordo pieno
d'affetto di quando eravamo giovani tutti e due, e che ora che siamo·
tutti e due vecchi, vorrei che valessero come un affettuoso saluto di·
chi è bell'e morto a chi non morrà mai.

AURELIO GOTTI.

TEATRO NAZIONALE E TEATRO DIALETTALE

In questi giorni, in due teatri di Roma, due compagnie dialettali – quella veneziana dello Zago al Nazionale e l'altra napolitana del Pantalena al Quirino – hanno dimostrato ancora una volta che, mentre il teatro nazionale non è giunto finora a mettersi sulla buona via, ed autori ed attori lottano con mediocre risultato contro l'indifferenza dei pubblici, la commedia in dialetto accenna invece a rifiorire con sorprendente rigoglio.

Non c'è da illudersi: le tendenze del nostro teatro di prosa hanno assunto, da un ventennio circa, caratteri così vaghi e indeterminati da non lasciare adito, purtroppo, a fondate e ragionevoli speranze.

Nel penultimo ventennio, dal 1860 al 1880, furono in Italia due scrittori fra loro assai diversi per indole e assai disparati nelle forme e negl'intendimenti, i quali rimasero per qualche tempo a capo d'un movimento che parve destinato a porre la nostra letteratura drammatica sopra un duplice cammino, con una meta però ugualmente buona ed utile. I due nomi di Paolo Ferrari e Achille Torelli segnarono infatti una serie di produzioni forti e geniali e di successi fortunati.

Paolo Ferrari, ingegno robusto e fecondo, scrittore limpido ed efficace, osservatore acuto e profondo, parve dapprima volesse porre la commedia italiana sopra una nuova strada di romanticismo letterario, ardito nella sostanza e attraente nella forma. Il *Goldoni e le sue sedici commedie nuove*, *La Satira e Parini* e *La Prosa*, produssero un'impressione intensa e stabilirono solidamente la riputazione del nuovo commediografo. Le prime due, specialmente, misero in bella evidenza le doti veramente eccezionali dello scrittore ed ebbero lode e plauso universale.

E mentre l'importanza degli argomenti sollevava l'intellettualità dei pubblici, il motivo comico e la punta critica, scintillanti nella esposizione dialogica, davano alle nuove produzioni un'andatura agile e snella, dinanzi alla quale il gaudio spirituale dei pubblici facevasi più vivo e duraturo.

Dal romanticismo convenzionale del Castelvecchio, e dalla leziosaggine toscana del Gherardi del Testa, la nostra letteratura drammatica entrava improvvisamente, per merito e virtù del Ferrari, in una atmosfera di arte seria e significativa di cui in Italia non avevasi sentore. Per la prima volta, dopo il glorioso periodo goldoniano, il nostro teatro di prosa cominciava ad aver ragioni ed elementi di vita bella e florida. L'Italia del secolo decimonono possedeva finalmente il suo poeta comico.

Senonchè, mentre sulle scene della penisola l'arte seria del Ferrari bandiva il nuovo verbo, in Francia - dove la letteratura drammatica era nella sua piena fioritura - sorgeva il mago dei moderni
drammaturghi: Vittoriano Sardou. Le piante esotiche del produttore
francese venivano in un baleno trasportate in Italia ove, favorite dal
moderno clima, verdeggiavano lussureggianti.

Fernanda, Dora, Andreina, Odette, ecc., queste sirene affascina-
trici ammaliavano in breve tempo il pubblico d'Italia e lo soggioga-
vano completamente. La speculazione, naturalmente, ne traeva profitto,
e mentre i capi-comici combattevano un vero torneo per conquistare la
priorità della riproduzione, la febbre delle platee aumentava incessante,
sino a raggiungere una temperatura altissima.

Sopraffatto da questa invasione ultramontana e conquiso sopratutto dagli effetti che il dramma passionale del Sardou produceva sul
pubblico, il Ferrari ebbe la debolezza di lasciarsi prendere e piegare
l'ala del proprio ingegno verso le tendenze nuove.

Sarebbe ingiusto tuttavia non tener conto delle forti intenzioni
dimostrate dal Ferrari nel passaggio da quella sua prima maniera
- chiamiamola così per intenderci - schiettamente italiana, all'altra
maniera cui appartengono *Cause ed effetti, Marianna, Le due dame,* e
segnatamente *Il Ridicolo.*

In queste produzioni, dove i segni del contagio francese sono più
visibili e penetranti, la personalità del Ferrari vi rimane nonostante
impressa e si appalesa in modo caratteristico nella parola dei personaggi, parola quasi sempre elevata e nutrita sovente di pensiero sagace
e ammonitore. Lo scrittore italiano non appare soltanto un poeta comico,
bensì un filosofo ameno e garbato, caratteristica alla quale non rinunzia
quasi mai. Vi sono anzi due produzioni: *Il Duello* e il *Suicidio,* nelle
quali la filosofia del Ferrari diviene sensibilmente accademica, nonostante sia appunto in questi due lavori che il Ferrari si emancipi dal
Sardou e fissi in modo netto e risoluto la sua personalità drammatica.

*
* *

Achille Torelli, contemporaneo quasi al Ferrari, non sale mai al
dramma vero: la sua produzione è assolutamente comica, sebbene i
suoi personaggi non arrivino mai ad avere sulla scena quell'amenità
mordace e satirica nella cui esposizione il Ferrari è addirittura maestro. La commedia del Torelli appare più gentile, più omogenea, più
semplice. Il suo capolavoro *I Mariti* ha una impostatura di caratteri
così prossimi al vero che la loro naturale pittura li fa subito penetrare
nell'anima del pubblico come antiche conoscenze della vita vissuta.

Purtroppo anche il Torelli subisce l'influsso d'oltr'Alpe, e lo
subisce tanto più forte in quanto che la sua personalità non ha la
consistenza di quella del Ferrari. La sua decadenza quindi si annuncia
e si verifica più presto, e mentre il Ferrari arriva al *Fulvio Testi,* il
Torelli va forse anche più giù.

Dopo la morte del Ferrari e il silenzio del Torelli vi fu un momento in cui il campo della letteratura drammatica italiana appare
quale steppa arida e incolta. Man mano però qualche seme cominciò a
fruttificare. Camillo Antona-Traversi, il Praga, il Rovetta, il Giannino
Traversi, il Bracco, il Butti, il Lopez, il Bàffico e qualche altro ne atte-
starono via via il sensibile risveglio. Senonchè tutti indistintamente

peccaiono in un eccesso di natuialismo che, a mio modo di vedeie, essendo fuoii del buon senso, è il più delle volte fuoii del teatio e dell'aite. Nella commedia e sul teatio, mentie *tutto* bisogna che sia di necessità convenzionale per ciò che iiguaida luogii, tempo e azione, l'uomo attoie invece dev'esseie e iimaneie sempie uomo, con le sue passioni e la sua fisonomia schiettamente umana. Convenzione e aitifizio fin che si voglia, laddove trattisi dei mezzi e della iappiesentazione e figuiazione scenica, ma verità sempie e natuialezza nei caiatteri e nella loio espiessione pailata.

Ecco peiciè il teatio dialettale italiano ha un vantaggio deciso sulla commedia nazionale, la quale, in causa di questo benedetto guaio della lingua pailata, non siamo ancoia iiusciti, puitioppo, a cieaie.

Questa supeiioiità della commedia in dialetto non si manifesta già peiciè gli autoii che scivono e i comici che iecitano, per quanto lodevoli, valgano più di quelli delle compagnie italiane; l'asserirlo saiebbe un plagio veiso gli uni e una ingiustizia veiso gli altii. La superiorità della commedia in dialetto oiigina piecisamente da quella benedetta lingua della mamma che sulla penna dello scitttoie dialettale diviene un istiomento pionto, docile, spontaneo dell'aite, e sulla bocca del comico acquista quel gaibo, quella finezza e quella disinvoltuia che iisponde così bene ad ogni vaiio atteggiaisi del pensieio.

In questa infeiioiità di condizione è ben difficile quindi cie i commediografi italiani, i quali, oltie l'ambiente, debbono cieaie, volta per volta, e ciascuno a piopiio modo, ancie la lingua, possano lottaie vittoiiosamente con i veneti, i piemontesi, e i napoletani nella pittuia scenica di luogii, costumi e caiatteii iisultanti essenzialmente dalla piopiietà paiticolaie dell'ambiente e dalla iispondenza viva della fiase e della paiola. Dalla fiase e dalla paiola, infatti, adopeiata dall'attoie sul palcoscenico nel suo veio e costante significato, scatuiisce pionto il senso e producesi il voluto e pieciso effetto sul pubblico. Senza la immediata e spontanea coiiispondenza tia autoie, attoii e pubblico, iesta impossibile di otteneie quella sospiiata illusione del veio costituente l'efficacia sensibile dell'aite iappiesentativa.

Ora, la voce dialettale, questa lingua *fatta e non da farsi,* succiiata col latte, divenuta l'espiessione continua e fedele del nostio pensieio, è quella che, essendo il piodotto natuiale dell'uso, deteimina poi sulla scena luogii, costumi, caiatteii nella loio esatta fisonomia. Quando ciò accade, si può essei ceiti che il pubblico, ancie nelle iegioni dove quel tal dialetto non è familiaie, batteià foite e volentieii le mani.

Inutile confondeisi: a chi ia da sciveie per il teatio fa di bisogno una lingua che sia viva ed inteia; viva perchè il dialogo iitiae la conveisazione familiaie e peiciè al teatio non ci si va col vocabolaiio in tasca; inteia peiciè - come ben disse il Moiandi - nella commedia occoiie pailai di tutto, dalla lista del bucato al sistema copeinicano; e peiciè la paiola dev'esseie appiopiiata alla condizione, all'età, alla cultuia e all'indole del peisonaggio, vaiiando al vaiiai di queste qualità ancie il modo di significaie lo stesso pensieio.

Osseivate, per esempio, le commedie del Gallina. Sono scene veie di vita vissuta, dense di pensieio e piofonde di sentimento ed esposte sempie con una semplicità incantevole. Il Gallina, come già il Goldoni, non vuole che il teatio cessi mai di esseie fonte desideiata e giata di sollievo e diletto. Devoto a questo piogiamma, il Gallina

prende, quando vuole, il pubblico con una mano e lo porta sul declivio della sensualità appassionata; coll'altra però lo trattiene e lo
ritrae in tempo, lasciandogli la visione rapida dell'effetto. Semplicità
e buon senso: ecco i due mezzi potenti adoperati dal Gallina per
vincere le battaglie della scena; semplicità nella lingua, buon senso
nell'azione.

Il forte interesse che destano le produzioni dell'Augier, del Dumas
e del Sardou hanno tutte una prerogativa comune: lo studio accurato
della parola, in guisa che dessa rimanga sempre il più vicino possibile alla intuizione pronta dell'uomo-pubblico. E così, sebbene l'argomento e l'azione rasentino talvolta l'inverosimile, l'esposizione dialogica dei fatti risulta nonostante sempre vera e spontanea. È facile
concepire come in una commedia o in un dramma, dove la parola è
il mezzo unico della riproduzione scenica, il commediografo debba fare
di questo mezzo il tramite più umano e omogeneo.

Anch'io col professore Morandi penso che l'uso del proprio dialetto giovi immensamente allo scrittore comico per raggiungere quella
naturalezza, efficacia e verità di dialogo che molti tentano invano di
conquistare, adoperando una lingua che non parlano e nella quale non
pensano mai. Ciò proseguirà probabilmente sino a che gli autori drammatici non affluiranno verso il grande vivaio della capitale, dove non
v'è provincia d'Italia che non abbia oggi larga e viva rappresentanza.

*
* *

Occorre che i commediografi italiani si persuadano che Roma è
oggi la città la quale meglio d'ogni altra può loro fornire, non solo
gli argomenti, ma una lingua più vicina a quella unità nazionale di
letteratura parlata che ha dato alla Francia il primo teatro del mondo.
E questo primato la Francia lo deve appunto a Parigi che lo ha conquistato raccogliendo attorno a sè un complesso di forze vive e feconde
atte a formare quella unità indistruttibile di pensiero - e soprattutto di
lingua - nella quale gli autori francesi tutti - da Molière a Sardou -
hanno scritto e parlato.

Fino a che non avremo pertanto, come in Francia, una lingua nazionale parlata con la quale definire, determinare e fare intendere esattamente e allo stesso modo a tutta italia il pensier nostro in tutto ciò
che si vuol dire, il dialetto servirà sempre meglio per esporre dalla
scena le proprie osservazioni, i propri studî intorno a costumi, caratteri, sentimenti peculiarmente paesani.

Questa continuazione di letteratura dialettale non credo ci allontanerà da quella unità di lingua da tutti concordemente voluta, anzi
ne affretterà il giorno col porre in evidenza quanto già possediamo di
unità nei varî dialetti e quanta dobbiamo ancora cercarne e trovarne
per dare alla nostra letteratura drammatica una lingua viva ed intera
con la quale dire tutto quello che si sente e far sentire tutto quello
che si dice. Ciò non scrivo allo scopo d'incoraggiare la fioritura della
commedia dialettale, bensì con il desiderio di veder dissipate le ubbie
di coloro che nelle compagnie in dialetto scorgono un ostacolo allo
sviluppo della nostra letteratura drammatica.

Molto meno intendo di unirmi al coro menzognero di coloro i
quali gridano in tutti i toni che l'arte drammatica italiana è moribonda: anzi che non è mai veramente vissuta. Ma, e il teatro passato

di Goldoni, e quello contemporaneo del Ferrari, e quello presente del
Rovetta, del Giacosa, del Praga, del Bracco, del Giannino Antona-
Traversi, sono forse cose morte o in procinto di morire?

In questi ultimi mesi due commedie italiane hanno percorso trion-
falmente tutti i teatri grandi e piccoli della penisola: *Come le foglie*
di Giacosa e *Romanticismo* di Rovetta. I pubblici, con tutto il palato
scottato dal pepe e dallo zenzero della *pochade* parigina, ranno assa-
porato beatamente il romanticismo filosofico del Giacosa e il romanticismo patriottico del Rovetta e sono andati in visibilio come da un
pezzo non succedeva loro più.

Ambedue i lavori debbono però questo grande e legittimo successo
a una qualità che esce fuori appunto da quel naturalismo che para-
lizza il più delle volte la bella fantasia de' nostri autori comici e la
sincerità rappresentativa de' nostri attori.

Ciò, a mio modo di vedere, vuol dire che in Italia la commedia
vera, vissuta, appartiene in gran parte al teatro dialettale, mentre
l'altra, la commedia romantica, storica, sociale, psicrica, filosofica,
rimane patrimonio esclusivo della nostra letteratura drammatica nazionale.

GINO MONALDI.

NOTIZIE ARTISTICHE

Non vi sarà chi non riconosca come lo studio storico e critico
dell'arte si vada diffondendo sempre più e si faccia via via più familiare oggidì nella educazione dei popoli civili. A gara sorgono i periodici e i libri in tutte le lingue, che si occupano di arte e la trattano sotto
i più svariati punti di vista. Ora sono i centri di cultura che vengono
fatti oggetto di studio, ora i singoli artisti, ora lo sviluppo dell'arte
in genere nel processo dei tempi e presso i diversi popoli. Più spesso
sono monografie quelle che ci vengono imbandite. Esse ranno dal più
al meno il pregio di prestarsi come altrettanti materiali da servire a
tempo e luogo alla costituzione del grande edificio storico dell'arte.

Fra siffatte monografie occupano un posto ragguardevole quelle
che si vengono pubblicando dalla Casa editrice Bell di Londra. Sono
per lo più dei graziosi volumi in-4° piccolo, nitidamente stampati e
corredati d'illustrazioni eseguite con ogni perfezione e molto utili quindi
a dilucidare e rendere evidente quanto sta esposto nel testo. Svaria-
tissimi gli argomenti, tanto per quel che concerne l'Inghilterra quanto
per quello che si riferisce ad altri paesi.

Di uno speciale interesse per noi è il volume in grande formato
che ra l'intento di far conoscere al pubblico una singolare raccolta di
schizzi del celebre pittore Antonio van Dyck (1), per opera del signor
Lionello Cust, autore di un' opera già anteriormente composta intorno
al Van Dyck stesso e consistente in uno studio storico della sua vita
e delle sue opere.

Il nuovo volume, in forma di album, contiene 47 tavole con ottimi
facsimili in fototipia, preceduti da un breve testo esplicativo intorno
alla origine del libro e ai soggetti trattati nei singoli fogli che lo compongono. Non è tanto l'attrattiva dell'esecuzione che conferisce agli
schizzi un particolare valore, poi che il maestro fiammingo per verità
non si è mai distinto come gran disegnatore, mentre a ragione la sua
arte nel dipingere viene tuttodì ammirata massime nei numerosi ritratti
cavati dal vero; quello che rende tanto interessanti invece codesti studi
si è che essi sono il frutto delle sue osservazioni fatte sui dipinti da
lui veduti nel viaggio intrapreso in Italia fra gli anni 1621 e 1627.

Il libro degli schizzi si compone di ben 125 fogli, recanti le traccie
de suoi tratti di penna tanto sul diritto quanto sul rovescio. Rimasto
nello studio del pittore dopo la sua morte nel 1641, ben presto passò
in possesso di Sir Peter Lely, ritrattista suo seguace, che su gran
parte dei fogli impresse le sue iniziali con apposito timbro. Oggi si

(1) *A Description of The Sketch-Book by Sir Anthony Van Dyck*, ecc. London,
George Bell and Sons, 1902.

trova in possesso del duca di Devonshire che lo conserva nella sua
magnifica sede di Chatsworth insieme alla rimanente ricchissima raccolta di disegni.

*
* *

Il Van Dyck, come si ricava da' suoi biografi, partì da Anversa
nell'ottobre del 1621 e giunse a Genova in novembre. Nel febbraio 1622
andò a Roma per breve tempo, poi si diresse a Venezia, non senza
fermarsi a Firenze e a Bologna. Nel corso dello stesso anno visitò
Mantova, Milano e Torino, probabilmente nel seguito della contessa di
Arundel. Dopo essere tornato a Roma una seconda volta nonché a
Genova, nell'estate del 1624 visitò Palermo, e da ultimo fece un soggiorno più prolungato nella capitale ligure, lasciandovi larga impronta
della sua maestria nel ritrarre le imagini di moltissimi membri delle
più cospicue famiglie di quella città.

La descrizione particolareggiata di quanto è contenuto nel libro
di schizzi accennato, compilata dal signor Cust, porge una varietà di
soggetti grandissima, riferentisi principalmente alle opere di pittura
vedute dall'artista nelle città percorse. Vi sono tuttavia anche parecchie
impressioni ricavate dal vero, come sarebbero certe scene popolari e
da carnevale, costumi di gente popolana non meno che delle alte sfere
sociali, e via dicendo. Fra gli artisti italiani le di cui opere egli deve
avere osservato con ispeciale compiacenza va nominato Tiziano, e bene
ce lo attesta il numero prevalente di schizzi ricavati da'quadri suoi, nello
stesso tempo che vale a renderci ragione della forte impressione provata
alla vista dei dipinti del grande colorista veneto per parte di una natura di pittore per eccellenza quale il Van Dyck.

Quello poi che potrebbe quasi far nascere in noi un senso d'invidia mettendoci a seguire il viaggiatore nei suoi ricordi d'insigni
capolavori si è il pensiero ch'essi a quel tempo si trovavano tutti raccolti
nel nostro paese, mentre ora per vederne una buona parte ci occorre
migrare in lontane contrade; dove valgono bensì a proclamare con
eloquenza la grandezza e lo splendore dell'antica arte italiana.

Primo fra tutti questi nell'ordine del tempo, il quadro di Tiziano,
d'importanza storica non comune, rappresentante San Marco in trono
che riceve gli omaggi di Jacopo Pesaro vescovo di Pafo, trionfatore nella
battaglia di Santa Maura contro i Turchi nel 1502, presentato dalla
persona stessa del papa Alessandro VI. Quest'opera, destinata senza
dubbio per Venezia in origine e colà veduta dal Van Dyck, ora per
le vicende dei casi trovasi conservata nel Museo della città di Anversa,
di quella città appunto dalla quale trasse i natali il nostro pittore.

In un altro foglio dov'è tracciato il soggetto dell'*Annunciazione*
di Tiziano, che ci riporta col pensiero a quella da lui eseguita pel
duomo di Treviso, vedonsi pure indicati tre putti dormienti, raccolti
in un gruppo, dal pittore qualificati: *L'Estate, la Primavera e l'Inverno*, ma che in realtà non sono altro che le figure intese rappresentare la prima gioventù nel celebrato quadro delle *Tre età dell'uomo*,
l'originale del quale da tempo è passato in Inghilterra e trovasi ora
nel Bridgewater House di Londra.

Altrove vedonsi riprodotte le figure delle Veneri più volte trattate
da Tiziano, delle quali ci rimane la più bella, vale a dire la Venere
dei Medici a Firenze.

Secondo il commentatore vi sarebbe ricavata anche quella dal Morelli rivendicata a Giorgione nella Galleria di Dresda, ma in ciò evidentemente egli s'inganna, perchè oltre che la figura nello schizzo apparisce accompagnata da tre putti, laddove si sa che nel quadro mirabile di Dresda non vi era che un amorino il quale venne più tardi cancellato perciè guasto, la Venere stessa sta in un atteggiamento diverso, più somigliante forse, salvo errore, a quello della dea stessa rappresentata in un quadro di scuola veneta, esposta a piano terreno della Galleria Borghese.

Come una delle più felici reminiscenze di un originale di Tiziano vuolsi citare quello della Venere che si guarda nello specchio, esempio interessante della interpretazione di un grande Fiammingo da un vie più grande Italiano. Ne esistono varie repliche. L'esemplare migliore ritiensi sia quello che appartiene alla Galleria Imperiale di Pietroburgo, proveniente da casa Barbarigo di Venezia.

È in quella città che il giovane pittore vide certamente e ritrasse anche le effigi della figlia di Tiziano, ora nelle Pinacoteche di Berlino e di Dresda. Nè mancano gli schizzi dai più rinomati quadri del Vecellio, tuttora in Italia, quali sono quelli della *Purificazione della Madonna* a Venezia, del così detto *Amor sacro e Amor profano* e delle *Tre Grazie « nella villa Borghese »*, del ritratto di papa Paolo III co'suoi nipoti ora nella Pinacoteca di Napoli, ma allora ancora a Parma nella residenza dei Farnese, e via dicendo.

Fra le opere di Raffaello, come si vede, dovettero averlo impressionato più delle sue Madonne alcuni ritratti; tale il Leone X, parimenti accompagnato da due cardinali di palazzo Pitti, tale un certo ritratto di giovine signore con berretto sulle ventiquattro, ora nella raccolta Czartoryski a Cracovia, noto al pubblico del giorno d'oggi a mezzo delle fotografie della ditta Braun di Parigi, presso la quale si troverebbero molte altre riproduzioni di dipinti sparsi per diverse parti del mondo, da confrontare cogli schizzi del Van Dyck.

L'antichità romana non vi figura se non una volta sola ed è per mezzo del noto dipinto del Museo Vaticano, denominato *Le Nozze Aldobrandine*, scoperto nel 1606, c'egli ritrae fugacemente e commenta colle parole: *« si vede nel giardino di Aldobrandino dipinto in fresco antico »*. Circostanza codesta che non può fare a meno di richiamare alla mente come in quello stesso volgere di anni un altro distinto artista forestiero residente in Roma, il francese Nicola Poussin, si compiacesse copiare in un dipinto ad olio la singolare opera ricuperata d'infra le vestigia dell'antica capitale del mondo. Questo dipinto del Poussin, come si sa, si può osservare tuttodi nella Galleria Doria-Panfili in Roma.

Le disposizioni speciali del giovane pittore nella sua qualità di ritrattista si rispecchiano in certo modo anche nel suo libro di schizzi. Noi ve lo vediamo infatti con pochissimi tratti riprodurre maestrevolmente il carattere dei personaggi da lui imitati negli originali cinquecentisti, posseduti dai signori le cui case egli ebbe a visitare. Lo dimostrano fra altro le effigi di alcuni signori delle note case Doria e Pallavicini di Genova, da originali forse perduti, quella della vecchia pittrice Sofonisba Anguissola ritratta dal vero a Palermo e varie altre egualmente. Dov'è pure da costatare, a soddisfazione del critico, come l'artista fiammingo siasi ingannato talvolta nei nomi degli autori notati a canto ad alcuni ritratti, facendone fede se non altro un foglio

(tav. XXXIV nelle riproduzioni) dove dà per Tiziano un uomo seduto
in un seggiolone, c1'è notoriamente il così detto *Maestro di scuola*
del bergamasco G. B. Moroni, oggi nella raccolta del duca di Sutherland e a canto un giovinetto, nel quale si ravvisa bene il piccolo cavaliere di Malta del Salviati, nella Galleria di Berlino, dal Van Dyck
egualmente preso per un originale di Tiziano.

*
* *

Autore di due volumi in-4°, pubblicati dallo stesso editore, è il
noto erudito e cultore dell'arte signor Bernardo Berenson. Nell'uno,
sotto il titolo: *Studio e critica dell'arte italiana* (1), egli ci dà riunite
diverse monografie da lui trattate anteriormente in diversi periodici;
nell'altro ci giunge benvenuta la seconda edizione del suo elaborato
studio, dedicato ad uno degli artisti più geniali, al nostro Lorenzo
Lotto (2).

Tanto nell'uno quanto nell'altro il lettore troverà evocati una
quantità di problemi di alto interesse per la storia della pittura italiana, problemi eminentemente suggestivi ed attraenti, come quelli
che si riferiscono ad un periodo di splendore della nostra cultura nazionale, quale non si ebbe a riscontrare mai ulteriormente.

Qual'è infatti quell'amatore dei grandi maestri che non si sentirebbe ben disposto a trattenersi in nuovi ragionamenti intorno a figure
quali un Correggio, un Giorgione, un Botticelli, che sono i principali
genii ispiratori del nominato scrittore? Egli tratta questi soggetti sotto
speciali punti di vista, atti a delinearne sempre meglio il carattere
proprio e a trasportarci in ispirito nell'ambiente estetico nel quale
ebbero ad aggirarsi. E nel fare ciò egli si rivela per un rispettoso seguace di un critico italiano che fino a pochi anni or sono tenne un
posto dei più elevati fra i suoi compagni d'ogni paese, il senatore
Giovanni Morelli, di Bergamo. Tenendo conto del metodo da lui raccomandato, egli si applica a studiare i grandi maestri non meno che
i loro satelliti, a seconda dei tratti caratteristici che si manifestano
nelle loro opere, confrontando queste fra di loro non solo colla parola,
ma anche con opportune riproduzioni grafiche.

Così, quando egli ragiona dello sviluppo artistico del Correggio, ribadisce con nuovi argomenti quanto in genere ebbe a costatare per primo
il Morelli, vale a dire la sua derivazione dalla scuola di Ferrara, circostanza codesta avvertita soltanto da che si riconobbero per sue una
serie di opere dell'adolescenza dell'artista. E il procedimento tenuto per
giungere a siffatta conclusione è dei più logici, come quello che si diparte da un estremo cognito per giungere alla conoscenza di quello che
anteriormente non era conosciuto. In altri termini, nel caso concreto
la grande pala fatta dal pittore poco più che ventenne per l'altare
maggiore della chiesa di San Francesco nella sua piccola città natale
(ora uno dei precipui ornamenti della Galleria di Dresda) servì al critico oculato a vie meglio determinare un precedente campo di azione
dello stesso autore, fino a pochi anni or sono affatto ignorato e che non
si sarebbe imaginato il risultato di così sorprendente precocità. Circo-

(1) *The Study and Criticism of Italian Art.* London, 190'.
. (2) *Lorenzo Lotto, an Essay in Constructive Art Criticism.* Revised edition
with additional illustrations. London, 1901.

stanza importante codesta da trovare la sua conferma fra altro nel presumibile avvenimento dell'incontro del giovinetto emiliano coi pittori ferraresi Lorenzo Costa (1509) e Dosso Dossi (1511) nella vicina Mantova, da lui certamente visitata già ne'suoi più verdi anni, come lo provano, in mancanza di documenti storici, parecchie tracce ben sensibili di motivi da lui desunti dalle opere del Mantegna rimaste in quella città dopo la costui morte seguita varii anni prima.

*
* *

Fra gli artisti italiani maggiormente in auge, staremmo quasi per dire alla moda oggidì, specie all'estero, è, come ognun sa, il Botticelli. Non è altrimenti che si spiegano le cifre elevate, raggiunte nei prezzi di alcuni quadri di lui venduti recentemente. Se a Londra ci fu dato vedere pochi anni or sono una sua tavola da cassone rappresentante la *Morte di Lucrezia,* la quale ora è andata a rallegrare gli amatori del Nuovo Mondo contro il compenso di settantamila franchi a profitto del possessore precedente, fra noi si ripercuote ancora l'eco della vendita della Madonna di casa Chigi per ben trecentoquindici mila lire. E non si trattava di un capolavoro di grande momento, bensì di una modica tavola con tre modeste figure, quali ci piace richiamarle nella unita riproduzione. Quale meraviglia pertanto se il Botticelli è diventato soggetto di molteplici e svariati studi per parte dei moderni critici? Mentre da prima venivano citati alla rinfusa sotto il suo nome infinite opere di merito ineguale, si volle stabilire di poi, in base a criteri ragionevoli, una distinzione fra quanto devesi ritenere uscito dalla mente e dalla mano del maestro medesimo in contrapposto alle cose che lo arieggiano soltanto, più o meno da lontano. Una distinzione in questo senso già la troviamo iniziata dallo stesso Morelli nei suoi studi fatti nella Galleria Borghese (1). Il Berenson volle proseguire su questa via e prendendo in esame un numero di opere molto più ragguardevole credette poterne raggruppare fra loro ben parecchie come prodotti dell'attività di un solo uomo, cr'egli, non conoscendosene il nome, si compiace di designare coll'appellativo di *Amico di Sandro.* Ora se vuolsi ritenere opera degna dei progressi della scienza moderna il rievocare in vita l'imagine fedele dei luminari dell'arte, eliminando gli elementi che non fanno che intorbidarne e falsarne l'intima natura, conviene che il critico nello stesso tempo si guardi dall'avventurarsi in asserzioni troppo assolute, là dove non si hanno argomenti validi all'infuori della sfera delle impressioni essenzialmente personali. A queste il nostro autore ha forse la tendenza d'affidarsi troppo incondizionatamente nel processo de' suoi studi in genere, non senza esporsi al cimento che altre considerazioni, altri argomenti possano essere addotti ad invalidare le sue conclusioni.

Con tutto ciò, non potendo noi addentrarci in particolari, è d'uopo riconoscere che la rassegna cr'egli fa di tanti egregi artisti, massime nel dominio della scuola veneta, viene a far conoscere all'amatore una quantità di opere ragguardevoli, spesso poco conosciute ed in buona parte emigrate dall'Italia in paesi stranieri, principalmente in Inghil-

---

(1) Vedi: *Della pittura italiana.* Studi storico-critici di GIOVANNI MORELLI (Ivan Lermolieff): *Le Gallerie Borghese e Doria Pamphili.* Milano. Fratelli Treves. editori. 1897. pag. 77.

teiia. Seivono poi di eloquente commento al testo le numeiose e ben eseguite tavole inseiite nei volumi, iicavate dalla loio volta da ottime fotogiafie. Oltie alle iipioduzioni di opeie di Galleiie piivate difficilmente accessibili ci piace segnalaie singolaimente un facsimile da una stampa di T. v. Kessel appaitenente al cosi detto *Theatrum pictori-*

cliché Bell & Sons

MADONNA DEL BOTTICELLI
(già appartmente al principe Chigi).

cum di D. Teniers, iappiesentante il soggetto noto sotto la denominazione della *Nascita di Paride* quale ebbe a dipingeilo il Gioigione in un quadio puitioppo peiduto oggi, iicco di svaiiati motivi, di figuie e di paesaggio. E noi ci associamo al voto espiesso dal Beienson, che la composizione iipiodotta nella stampa, per quanto malamente eseguita, possa servire quando che sia a ritrovare in qualche luogo il dipinto originale, il quale in principio del Cinquecento si trovava in casa di messer Taddeo Contarini in Venezia (1) e più tardi nella raccolta dell'arciduca Leopoldo Guglielmo a Bruxelles (2).

Colla sua particolareggiata monografia intorno al Lotto il Berenson è riuscito a dedicare al geniale artista un monumento degno del suo merito. Affascinato già da anni dalla natura originale e spiritosa di codesto suo prediletto campione, egli si era addentrato nello studio del

Cliché Bell & Sons.

LORENZO LOTTO. — Ritratto.

suo carattere quale si rivela nelle sue opere, con una assiduità ed una passione a tutta prova. Approfittando largamente dei privilegi della facile locomozione dei nostri tempi egli non risparmiò viaggi per andar a ricercare ogni traccia del suo operato, sia nelle gallerie delle grandi capitali, sia nelle chiese e nelle raccolte dei centri minori del Veneto, della Lombardia, delle Marche, dove l'artista profuse successivamente i tesori del suo agile pennello. Promosse opportunamente buone ripro-

(1) Vedi *Notizie d'opere di disegno* (Anonimo morelliano), 2ª edizione, pubblicata da N. Zanichelli in Bologna nel 1884, pag. 167.

(2 La serie di *Studi* del BERENSON sta per essere completata in un secondo volume, dove sono trattati argomenti attinenti principalmente alla pittura toscana e all'umbra.

duzioni grafiche delle sue opere, massime per mezzo dei fotografi Anderson, Alinari e Braun, ne raccolse in ogni parte del mondo civile e servendosene di termini di paragone dopo avere studiato gli originali, anche in relazione di quanto concerne i suoi precedènti da riscontrarsi nelle opere dei pittori veneti della generazione anteriore, ne tracciò la carriera partitamente, seguendola nelle diverse fasi del suo sviluppo. Senza sostenere una teoria troppo assoluta egli addita quale principale e più spiccato maestro di Lorenzo Lotto il muranese Alvise Vivarini, che a Venezia tenne a canto ai Bellini la sua propria scuola, non altrettanto celebrata, ma degna pure di considerazione per gli artisti che ne scaturirono, Il Lotto del resto, che per certi rispetti rivela una natura affine a quella del Correggio, è tale natura che si sentì spinta presto a battere le sue proprie vie, animato qual'era da un sentimento cosi vivo di quanto andava rappresentando da renderlo naturalmente insofferente di sottostare alle tradizionali pastoie scolastiche. Tant'è vero che anche nelle sue opere più precoci si riconoscono ora i tratti caratteristici che lo distinguono da tutti gli altri suoi contemporanei; contrariamente a quanto avvenne in tempi in cui l'immaturità della scienza critica rendeva possibile lo scambiare opere sue con quelle di Tiziano, del Correggio, del Cariani e di parecchi altri autori.

Secondo il consueto il Berenson, da uomo pratico, volle anche questo volume largamente corredato di tavole illustrative, riferentisi ad una quantità di soggetti altrettanto attraenti nella loro peregrina originalità quanto poco conosciuti spesso, per trovarsi oggidi sparsi in luoghi non facilmente accessibili. Rappresentano, d'accordo col testo, dapprima una piccola serie di opere de' suoi anni giovanili, poi quella de' suoi predecessori (dove primeggia il sunnominato Vivarini), intesa a dimostrare il nesso che corre fra l'arte sua e quella dei Veneti del Quattrocento, in fine gli svariati soggetti trattati negli anni più provetti. Sono in tutto ben 62 illustrazioni, cioè più del doppio di quelle contenute nella prima edizione, e servirebbero da sè a rivelarci la versatilità dell'ingegno suo, abile in ogni genere di rappresentazioni. E in vero, mentre la natura umana egli la interpreta con una penetrazione psicologica più unica che rara, nel sentimento di quanto appartiene al mondo esteriore egli precorre i tempi, emulando il Correggio nella virtuosità di rendere gli effetti pittoreschi, inerenti non solo alle linee del paesaggio ma innanzi tutto all'aria e alla luce ond'è circonfuso.

Non deve recare meraviglia poi che in un artista simile si fosse sviluppata una vocazione speciale per l'arte di ritrarre le persone dal vero, come ben lo attesta il numero ragguardevole di opere di tal genere. E noi, per porgere almeno un esempio del suo modo di condursi in questo campo, vogliamo qui sottoporre al lettore l'imagine di uno de' suoi più splendidi ritratti, che figura nel libro del Berenson, quello di una florida giovane in isfarzoso costume del tempo, poco conosciuta generalmente, poi che da anni si trova nella raccolta privata della famiglia Holford di Londra.

GUSTAVO FRIZZONI.

LO SGRAVIO DEL SALE

Consolidiamo le spese!

La stampa amica del Governo annuncia che l'on. Zanardelli è inemovibile nel proposito di presentare a novembre un progetto di legge per la riduzione del prezzo del sale.

Se la notizia è esatta sia lode a lui!

Il problema tributario si trascina da anni ed anni tra le floscie declamazioni dei riformatori impotenti e le fallaci promesse di Governi e di uomini sterili. Se l'on. Zanardelli, se il Ministero a cui egli presiede sentono giunta alfine l'ora delle forti e delle serie risoluzioni, ad essi dobbiamo spontaneo e sincero il nostro plauso indipendente.

Da lungo tempo, noi chiediamo che finisca l'ora delle parole e delle discussioni: che parlino alfine i fatti (1). Se il Ministero a novembre, all'atto stesso della ripresa dei lavori parlamentari, presenterà l'annunciato disegno di legge sulla riduzione del prezzo del sale, esso dimostrerà di porsi sopra di una via pratica e seria, che farà uscire alfine la Riforma tributaria dal campo delle vane e screditate promesse. Sarà un inizio e nulla più: ma sarà tale inizio, che additerà la via su cui proseguire, affinchè il nostro sistema fiscale si conformi ai principii della giustizia sociale, del progresso economico e del benessere popolare.

Annunciata la riforma, uopo è condurla in porto con decisione e sollecitudine. Quale la via migliore da scegliere?

Anzitutto la riduzione del sale dev'essere presentata e discussa, come semplice provvedimento in sè, indipendentemente da nuove e grandi trasformazioni finanziarie. Noi abbiamo poca fede nei provvedimenti complessi, che aspirano ad una specie di riordinamento generale del sistema tributario. Essi rispondono assai più ad aspirazioni dottrinarie di studiosi, che ai metodi pratici di riformatori popolari. Senza dubbio è necessario migliorare in più punti il nostro sistema finanziario, troppo oneroso per i poveri e pei lavoratori, troppo mite e corrivo verso la ricchezza ed il lusso. Ma sia per gli sgravii, come per gli aggravii, crediamo assai più ai ritocchi parziali, fatti con discernimento e con chiarezza di propositi, che alle grandi riforme organiche, destinate a fallire nei meandri delle procedure parlamentari. Un piccolo progetto di riduzione del prezzo del sale – sia pure accompagnato da qualche parziale provvedimento finanziario - può giungere in porto per il gennaio prossimo, tutt'al più per il luglio successivo, a nuovo

---

(1) MAGGIORINO FERRARIS, *La Riforma tributaria - Consolidiamo le spese!* in *Nuova Antologia*, 1° marzo 1901; *Pane e Sale.* in *Nuova Antologia*, 16 giugno 1901.

esercizio. Una grande riforma sarebbe ben presto seppellita nei vortici delle Commissioni e degli studii.

In secondo luogo, è altamente desiderabile, che il costo attuale del sale, di 40 centesimi al chilo, sia ridotto al prezzo di 25 centesimi, che consente il facile frazionamento di un soldo per ogni 200 grammi di sale.

In astratto, nessuno può dubitare della convenienza che il prezzo del sale scenda a 20 centesimi il chilo. Ma la decisione è unicamente determinata da considerazioni finanziarie. Praticamente si può dire che ad ogni soldo di riduzione nel prezzo del sale comune corrisponde una perdita di 7 ad 8 milioni di entrate, tenendo conto di un ragionevole aumento del consumo. Il ribasso a 30 centesimi costerebbe dunque 15 a 16 milioni l'anno: il ribasso a 25 centesimi costerebbe 23 milioni circa: il ribasso a 20 centesimi darebbe non meno di 30 a 31 milioni di perdita effettiva annuale.

A qual punto arrestarci?

Dieci centesimi sono pochi. Bisogna resistere alla tendenza erronea di polverizzare le riforme, in modo da distruggerne l'effetto utile, finanziario, economico e morale. Se pur troppo le nostre finanze non consentono di compiere d'un tratto la desiderata riduzione del prezzo del sale a 20 centesimi al chilo, arrestiamoci al prezzo di 25, ma non andiamo più oltre. Lo ripetiamo con sincera, ferma convinzione. Ridurre il prezzo del sale soltanto da 40 a 30 centesimi sarebbe un errore: ad esso non potremmo rassegnarci che dopo aver fatto ogni sforzo per ottenere il prezzo di 25 centesimi. Confidiamo quindi vivamente che il Ministero vinca, anche sovra questo punto, ogni esitanza: che rifletta sulla necessità di dare alla nuova e felice riforma un carattere di seria efficacia, di decisa popolarità e di indiscutibile beneficio sociale e morale.

Quali saranno le conseguenze per il bilancio?

Più volte, nelle pagine di questa Rivista, abbiamo esposto il progressivo miglioramento della nostra finanza, che si può ricapitolare nel seguente specchio:

Entrate e spese effettive.

(Milioni di lire).

	1897-98	1898-99	1899-900	1900-901
Entrate	1629	1658	1671	1720
Spese	1620	1626	1633	1672
Avanzo	+ 9	+ 32	+ 38	+ 68

Questi sono i risultati già accertati negli esercizii passati: quale sarà la situazione degli esercizii prossimi?

Oramai non v'ha dubbio che lo splendido avanzo dell'esercizio 1900-901 tende a diminuire, essenzialmente per due cause: per l'aumento eccessivo delle spese e per il provvido sgravio del dazio consumo sopra le farine. Oltre ciò, la mutata politica ferroviaria del Governo lo costringe necessariamente a coprire, coll'entrata effettiva, le spese per costruzioni di ferrovie, in circa 18 milioni l'anno. Occorre quindi che nei prossimi esercizii il bilancio dello Stato abbia da 60 a 70 milioni l'anno di disponibilità, fra le entrate e le spese effettive, onde provvedere allo sgravio totale delle farine, a 18 milioni l'anno per le ferrovie ed a 23 milioni per il sale. Più esattamente, le occorrenze salirebbero a 59 milioni per il 1903-904 ed a 68 milioni per il 1904-905..

Ha il nostro bilancio codesta potenzialità?

La risposta non è dubbia: *alla sola condizione di frenare le spese.*

Ancora non conosciamo i risultati definitivi dell'anno 1901-902: ma è presumibile che l'avanzo, fra le entrate e le spese effettive, non sia disceso al disotto di 50 milioni di lire, malgrado la facilità dello spendere. Questo è il punto iniziale di partenza, a cui bisogna aggiungere l'incremento normale medio dell'entrata di almeno 20 milioni l'anno. In allora la progressione degli avanzi si presenta così, nelle entrate e spese effettive:

	1901-902	1902-903	1903-904	1904-905
Disponibilità	50	70	90	110
Nuovi oneri	18	27	59	68
Eccedenza . . .	+ 32	+ 43	+ 31	+ 42

La situazione attuale del bilancio è dunque tale che l'incremento normale delle entrate ci consente di provvedere nei prossimi esercizii allo sgravio delle farine, alla costruzione delle strade ferrate ed alla riduzione del prezzo del sale a 25 centesimi al chilo. *alla sola condizione di frenare le spese.*

L'eccedenza che queste previsioni presentano – anche dopo lo sgravio del sale – gioverà a coprire un aumento ragionevole di spese ed a far fronte a qualche minore entrata, soprattutto per il grano, che da due anni dà un gettito eccezionale. Tranne circostanze favorevoli, essa non basterà a provvedere alla deficienza del movimento dei capitali, almeno nella sua totalità: ma su questo punto noi concordiamo coll'*Economista* di Firenze, che non è serio sacrificare il concetto, politico e sociale, della Riforma tributaria all'ambizione di ammortizzare 12 o 14 milioni l'anno di un debito pubblico di almeno 13 miliardi! Come assetto del debito nazionale, l'effetto pratico è minimo o quasi nullo; mentre l'onere della finanza è sensibile. Non poniamo come principio che non si debba, negli anni buoni, alleggerire di qualche cosa il debito pubblico: ma non crediamo lo si debba fare a scapito dei doveri che allo Stato incombono verso le classi popolari.

Siamo certi che le nostre previsioni saranno impugnate dai soliti pessimisti, che possono avere merito di rigidi finanzieri, ma che pur troppo sono ciechi dinanzi al profondo movimento sociale che si va accentuando nelle campagne. Sotto l'aspetto politico, sarebbe doloroso ch'essi non comprendessero che si tratta oramai di salvare non solo la finanza, ma anche i nostri ordinamenti costituzionali. Sotto l'aspetto finanziario, ci basterà dire che le nostre previsioni ebbero la più assoluta conferma nei conti consuntivi, mentre i calcoli loro risultarono radicalmente sbagliati. Continuiamo quindi sulla nostra via, perciè risponde alla verità.

In campo più largo, sarebbe utile discutere, se iniziandosi una seria politica di sgravi, giovi cominciare del sale. L'on. Luzzatti, se non erriamo, ha, con valide ragioni, osservato come lo sgravio del petrolio conterrebbe in sè una virtù ricuperatrice per il bilancio, grazie all'aumento del consumo, che avverrà in misura assai minore per il sale. Dal punto di vista finanziario, egli ha perfettamente ragione ed in un sistema completo ed organico di riforme fiscali, acquista non poca importanza il concetto di sgravare gli articoli, che più sono suscettivi di aumento di consumo, a condizione però che i ribassi di gabella siano molto notevoli. Ma qui siamo in materia di semplici ritocchi pratici, e le considerazioni politiche e sociali che militano a favore dello sgravio del sale ci paiono predominanti. La selva delle imposte che aggravano i consumi e rattristano la vita del popolo italiano è così aspra e forte, che dovunque si cominci a diradarla, si fa opera buona, civile e patriottica, purchè si maneggi la scure a dovere e non si risparmino i buoni colpi! E poi non vi sono contribuenti migliori dei milioni di bocche delle classi popolari! Sgravate dove volete, nelle farine, nel sale, nel petrolio, nel caffè, nello zucchero e vedrete tosto la potenza di consumo del popolo accrescersi in questi od in altri articoli e gittare nuove entrate allo Stato! Ciò che importa, ciò che urge, è cominciare ad alleggerire con vigoria l'enorme sovrastruttura di tormenti fiscali, che opprime, schiaccia e soffoca le classi lavoratrici e popolari italiane.

*
* *

Più alta e più attraente sarebbe la controversia circa il miglior impiego degli avanzi. Data un'eccedenza delle entrate sulle spese, sono gli *sgravii* il miglior modo di destinazione degli avanzi, oppure non gioverebbe meglio rivolgerli ad una politica di *lavoro* o ad una politica di *circolazione,* secondo la triplice distinzione, così bene enunciata dall'on. Guicciardini ?

In astratto, la controversia è bella e vasta, per quanto ognuna delle soluzioni non possa escludere in modo assoluto l'altre. Politica di sgravii, di lavoro e di circolazione, sono elementi indispensabili all'assetto economico e sociale di un popolo: si può dare la prevalenza all'una, ma non si possono escludere, del tutto, le altre. Ma qui ci troviamo di fronte a condizioni ed a necessità pratiche e gli uomini politici, nella quotidiana contesa colle passioni e colle debolezze umane, devono discendere alla realtà della vita. Anche l'esperienza recente ci ha dimostrato che i regimi parlamentari in Italia sono incapaci di tesoreggiare gli avanzi a scopo di grandi, di benefici risultati. Appena cessa quella che l'on. Luzzatti ha giustamente chiamata *la virtù educatrice del disavanzo,* gli appetiti si ridestano da ogni lato e non c'è nè fibra d'uomini, nè virtù di Governi, che vi sappia sempre e costantemente resistere. In allora, sotto i colpi ripetuti delle spese, piccole e grandi, coll'insidia continua dei dispendii, popolari in apparenza, dannosi in realtà, l'avanzo sfuma e scompare con esso non solo la politica di lavoro e di circolazione, ma anche quella degli sgravii! Meglio dunque ipotecare gli avanzi colla diminuzione delle imposte e persuaderci, che, nelle presenti condizioni, è atto di prudente finanza e di savia politica restituire ai contribuenti più poveri, sotto forma di sgravio, gli avanzi permanenti del bilancio. Le tasche del popolo sono la miglior cassa di risparmio a cui affidare gli avanzi del bilancio, grazie ai quali si attua vieppiù in pratica il principio della giustizia distributiva dei tributi e si promuove il progresso sociale.

V'ha tuttavia un punto intorno a cui è unanime l'accordo: la politica degli *sgravii,* anzi lo stesso pareggio, sono inconciliabili colla politica delle *spese.*

Le spese sono di due specie, come bene le divide la finanza inglese : spese *produttive* e spese *improduttive,* ossia *effective* e *non effective expenditure.*

Un Governo non può ragionevolmente rifiutarsi alle spese *produttive*, che si traducono in un aumento reale, indiscutibile di produzione, di lavoro e di ricchezza. Per esse è lecito anche ricorrere al credito, quando il capitale che vi è impiegato produce gli interessi e le quote d'ammortamento. Ma pur troppo, la tendenza dei regimi parlamentari, soprattutto dei popoli latini, è di accrescere le spese improduttive di organici, di burocrazia, di piccoli sussidii, di congegni inutili, mediante quegli infiniti rivoli, nei quali si disperdono le entrate dello Stato ed i sacrifizii dei contribuenti. A questa dolorosa e dannosa tendenza non ha saputo sottrarsi la finanza recente dell'Italia, specialmente dopo conseguito il pareggio.

È questo il campo, in cui dovrà rifulgere la virtù d'uomo di Stato dell'on. Zanardelli. La politica delle riforme tributarie, modeste e pratiche, da lui iniziata, si tradurrà in successo od in disastro, secondo che egli saprà, o no, attuarla con un rigoroso indirizzo di economia nella pubblica spesa. Da ciò dipenderà il giudizio che dell'opera sua si darà tra breve; se il di lui nome sarà, o no, inscritto fra i creatori della pubblica fortuna. Non spiaccia all'illustre uomo questo linguaggio sincero e leale di amici, anch'essi devoti alle riforme liberali e tributarie e desiderosi di assicurarne il successo.

Una politica di *sgravii* non accompagnata da un forte indirizzo di *economie*, farebbe ricadere il bilancio nel disavanzo, cosicchè l'Italia comincierebbe a ridiscendere da quell'alto posto, ch'essa va acquistando nel credito e nella circolazione, tanto che la rendita è salita oggidì a più di 102 in oro e l'aggio è disceso a meno dell'un per cento, a 100,65. Una finanza debole vedrebbe tosto ribassare la rendita e risalire il cambio, e gli effetti dannosi di questi fenomeni si ripercuoterebbero immediatamente sulle classi popolari, come diminuzione di lavoro e di salario. In allora le popolazioni nostre andrebbero incontro a sofferenze ben maggiori dei benefizi ottenuti con lo sgravio del sale.

A queste dannose conseguenze di una politica finanziaria incerta e contraddittoria, il Ministero deve ad ogni costo sottrarsi. Ma non bastano le buone intenzioni, occorrono i fatti. Un indirizzo finanziario riformatore richiede non soltanto un freno alle nuove spese improduttive, ma esige l'accurata e severa revisione delle spese già impostate in bilancio. Bisogna avere il coraggio di recidere, con mano ferma, ciò che v'ha di superfluo in quegli organismi costosi o parassitari, che, per forza ineluttabile di cose, crescono con gli anni in tutte le grandi aziende e specialmente nelle pubbliche amministrazioni. Una revisione diligente e periodica della spesa delle grandi aziende, sola può condurre alla scoperta di quanto v'ha di inutile e di superfluo in esse, a fine di attuarvi metodi rispondenti ai principii di buona amministrazione, agli interessi della finanza ed allo sgravio dei contribuenti.

La trasformazione tributaria si impone. Restaurata la finanza per opera dei vari Ministeri che si succedettero, negli ultimi anni, e per merito precipuo degli on. Sonnino, Luzzatti e Boselli, il primo còmpito, il primo dovere di qualsiasi Ministero si trovi al Governo è di iniziare e proseguire, con vigoria, la riforma tributaria, giovandosi soprattutto degli avanzi di bilancio, accumulati e difesi con una energica politica di economie. Quando chiedemmo al paese i duri sacrifizii ch'esso ha nobilmente accordati, per restaurare il credito e l'onore della nazione, si prese da tutti solenne impegno di consacrare i primi risultati della nuova politica finanziaria allo sgravio delle classi popolari. Esso costituisce oggidì un sacro debito d'onore e non possiamo, nè dobbiamo, sottrarci al suo adempimento.

Ben venga adunque la riduzione della tassa del sale che l'on. Crispi già prometteva nella seduta della Camera del 22 giugno 1894, appena le condizioni della finanza consentissero di alleviare le imposte. Il Ministero Zanardelli ereditò una splendida situazione finanziaria: nessun Governo trovò mai un bilancio così florido e forte. È quindi evidente che le classi popolari e la storia gli chiederanno quale uso abbia fatto di questo splendido patrimonio nazionale, dovuto ai sacrifici del paese ed alla saviezza dei suoi predecessori: gli chiederanno se abbia saputo rivolgerlo ad alti e patriottici scopi a sollievo delle classi meno agiate, o se l'abbia lasciato disperdere nella piccola, incessante, quotidiana soddisfazione di appetiti e di interessi secondarii. Il Ministero Zanardelli, oltre all'insufficienza della politica economica, ebbe finora due gravi deficienze, nel campo strettamente finanziario. In primo luogo non seppe rendersi conto esatto della potenzialità vera del bilancio dello Stato e soprattutto dell'incremento normale delle entrate. Quindi procedette incerto e inefficace nelle riforme tributarie, lasciandosi rimorchiare assai più dagli avversari degli sgravii popolari, che dagli amici di una finanza sanamente e fortemente democratica. In secondo luogo, esso non ha potuto resistere alla pressione per l'aumento delle spese - soprattutto delle piccole spese - che si annidano insidiosamente in molteplici capitoli del bilancio e che minano la saldezza della finanza, senza un utile pratico positivo per il paese.

Ma esso può ancora rimettersi vigorosamente sulla diritta via, riprendendo una politica energica di *sgravii* e di *economie*, quale gli abbiamo augurata, fino dal suo primo nascere. Nella nostra *Riforma tributaria*, pubblicata il 1° marzo 1901 - in *Pane e Sale*; che a quella tenne dietro, il 16 giugno 1901 - abbiamo *dimostrato e provato* che il bilancio consentiva l'immediato sgravio delle farine e del sale, fiduciosi che il Ministero presente avrebbe iniziata la sola politica finanziaria che i partiti costituzionali possono fare in Italia e che si estrinseca nella forte difesa del pareggio, come mezzo e base di una ardita riforma tributaria. I fatti hanno confermate e superate le nostre previsioni finanziarie. che nessuno oggidì oserebbe contraddire: ma l'inesatto apprezzamento della potenzialità delle entrate e l'aumento delle spese hanno finora resa incerta e debole l'azione riformatrice del Governo.

La riduzione del prezzo del sale, a 25 centesimi, che speriamo venga immediata e risoluta, mette il Ministero sulla buona via, per quanto riguarda *la politica degli sgravii*. Essa non è e non sarà che un primo inizio, ben altre e maggiori essendo le riforme tributarie che i partiti costituzionali devono compiere. Ma in pari tempo, il Gabinetto deve rimettersi anche sulla buona via della *politica delle economie,* se non vuol preparare all'opera sua il più disastroso insuccesso. La *consolidazione delle spese*, già più volte da noi invocata, almeno per alcuni esercizii, si impone sempre più, di fronte alla patriottica fermezza colla quale la Camera respinse le nuove imposte sul lavoro e sul commercio, in occasione degli organici dei ferrovieri.

Il problema oramai si pone in termini precisi. Il Ministero Zanardelli non può, non deve rinunciare alla riduzione del prezzo del sale e alle ulteriori riforme tributarie, senza fallire alla sua missione, senza venir meno alle sue promesse verso il paese e verso le classi popolarii, senza ripiegare, in una parola, la sua bandiera. Ma allo stato attuale della finanza dopo l'aumento verificatosi nella spesa, e di fronte alla resistenza che la Camera saviamente oppone a nuove imposte sulla produzione e sul lavoro, ogni seria riforma tributaria - e lo sgravio stesso del sale, in misura efficace - diventano impossibili, senza un indirizzo risoluto di freno e di consolidazione della pubblica spesa, e senza una politica decisa di economia. Fuori di questa via, il Parlamento compirà un atto di grande saviezza rifiutando gli sgravii, oppure il Governo farà ridiscendere il paese nella china dolorosa del disavanzo, dell'aggio, della mancanza di lavoro e del ribasso dei salarii. Alla bandiera delle *riforme*, bisogna oggidi indissolubilmente intrecciare la bandiera delle *economie.* Congiunte, esse condurranno alla vittoria; disgiunte, faranno naufragare la nave dello Stato, fra l'insuccesso politico ed il dissesto finanziario ed economico del paese.

MAGGIORINO FERRARIS.

PUBBLICAZIONI STRANIERE.

L'Action sociale par l'initiative privée, par EUGÈNE ROSTAND. — Paris. 1902. Guillaumin, pagg. 736. Fr. 15.

Le monde polynésien, par HENRY MAGER, avec figures et cartes. — Paris, 1902, Schleichel, pagg. 250. Fr. 2.

Les mystères de Mithra, par FRANZ CUMONT. — Paris. 1902. Fontemoing. pagg. 190.

La comtesse de Bonneval - Lettres du XVIIIe siècle, par GUSTAVE MICHAUT. — Paris. 1902, Fontemoing. pagg. 100. Fr. 2.

Projet d'organisation du mouvement scientifique universel, par E. M. CAVAZZUTTI. — Buenos Aires, 1902, pagg. 177.

Bundesstaat und staatenbund von Dr. LOUIS LE FUR und Dr. PAUL POSENER. — Breslau. 1902. Müller, pagg. 384.

Corneille and the spanish drama, by J. B. SEGALL. — New York. 1902, Macmillan. pagg. 15). L. 1.50.

TRA LIBRI E RIVISTE.

Stefano Türr — Nella casa di Renan — Il nuovo Ospedale di Novi — I Musei — Il mestiere di Regina — Un discorso di Roosevelt — Un catalogo di stoffe antiche — Un poeta salto — Varie.

Stefano Türr.

Il generale Stefano Türr è stato insignito di una nuova onorificenza, di grand'ufficiale della Legion d'onore. Quanti sono lieti del ravvicinamento franco-italiano apprenderanno la notizia con piacere. Da parecchi anni quale fondatore e presidente della Lega Franco-Italiana egli lavorava a questo scopo generoso, che mercè l'abilità diplomatica di Delcassé e la valida cooperazione dell'ambasciatore Barrère, nonchè dell'on. Luzzatti e del conte Tornielli, fu realizzata con un formale buon accordo fra le due nazioni.

Il generale Türr è una delle figure più caratteristiche degli ultimi tempi. Nei sommovimenti che determinarono nel secolo testè scorso la ricostituzione delle nazionalità sorsero i nuovi cavalieri dell'idea di libertà e d'indipendenza, i rappresentanti delle stirpi che anelavano a costituirsi in gruppi liberi, tenuti coerenti non dalla volontà o dagli interessi delle dinastie e delle diplomazie, ma dalle loro proprie affinità e preferenze. Non potendo esplicare le loro aspirazioni nella loro nazione propria, esulavano e portavano la loro opera alle nazioni che si trovavano in lotta per gli stessi scopi. Così mentre i re distruggevano una nazione, la Polonia, molti polacchi si sparpagliavano per l'Europa a portarvi i loro impianti, e gli Ungheresi venivano a combattere in Italia.

Stefano Türr ci è caro come uno dei padri della nostra patria e il simbolo vivente di questa fraternità tra le nazioni che combatte per l'indipendenza - e agisce, in pace, con l'intelligenza e la simpatia, per conservarla. Egli, che l'Italia, la Francia, la Grecia contendono all'Ungheria nella lor propria cittadinanza, si può dir uno dei primi cittadini di quella federazione che alcuni stimano non molto lontana a verificarsi e il cui avvento è sommamente a desiderarsi: gli Stati Uniti d'Europa.

Stefano Türr nacque a Baia di Ungheria nel 1825, secondo che ci narra il suo più recente biografo, il conte E. Pecorini-Manzoni, nel libro testè uscito a Catanzaro: *Stefano Türr ed il Risorgimento italiano*. L'autore è figlio di Carlo Pecorini-Manzoni, già capitano di stato maggiore dell'esercito meridionale, la cui *Storia della 15° Divisione Türr nella campagna del 1860 in Sicilia e Napoli* apparsa nel 1876 è un pregevolissimo documento della nostra storia militare. Scorrendo questi cenni storico-bibliografici ci si sente riaccendere di quegli ideali e di quegli entusiasmi. Stefano Turr era luogotenente in un reggimento di fanteria austriaco nel 1848, di guarnigione in Italia. La lotta che i suoi compatrioti magiari combattevano per la propria indipendenza gli faceva trovar più simpatica la causa di coloro che aveva di fronte quali nemici. Nel gennaio 1849 abbandona la bandiera contro cui insorgevano i suoi stessi fratelli e passa in Piemonte, ove il generale Bava gli affida l'incarico di formar una legione di tutti gli Unghèresi, che come lui abbandonavano l'Austria e cercavano libertà sul suolo italiano.

Cadute a Novara le sorti d'Italia, la rivoluzione ungherese trionfava. Il Türr accorre ma il Badese ov'era scoppiata una rivoluzione, sperando raggiungere la patria: inutilmente, chè dovette riparare cogli avanzi della sua squadra in Isvizzera. La guerra di Crimea lo fa accorrere, e, incaricato dall'Inghilterra di far provviste in Valacchia, è preso, incalcerato, condannato a morte, poi graziato e bandito a vita per ordine dell'imperatore d'Austria. Nel '59 offre i suoi servigi a Garibaldi ed allora il gran generale pone in lui quella fiducia che lo trasse ai fatti gloriosi che tutti conoscono.

Egli fu che con l'abilità diplomatica che gli servì in ben altre occasioni indusse il governatore di Orbetello a provveder cannoni, fucili, polveri, cartucce, in Talamone, ai Mille. A lui fu dato di metter piede a terra per il primo a Marsala: di poi il nome

del Türr è talmente legato alla spedizione di Garibaldi, che non potrei seguirlo in questo breve cenno e rimando i lettori al diligente libro del Pecorini-Manzoni.

« La storia d'italia - scrive l'autore - segnala soltanto le fatiche militari di Stefano Türr per il riscatto d'Italia, e giustamente lo segnala come una delle più elevate figure della grande epopea; ma se si tien conto della parte principale che egli ebbe in Napoli per decidere Garibaldi a firmare il decreto del Plebiscito, malgrado la più rigorosa resistenza dei repubblicani; se si tien conto della parte che ebbe a moderare in Torino l'urto tra Garibaldi e Cavour; se si tien conto di quel che fece per mantenere salda l'amicizia di Vittorio Emanuele e di Garibaldi, - non si esiterà a giudicare che l'Italia deve forse maggiore gratitudine a Stefano Türr per i suoi fatti politici che militari ».

L'opera diplomatica del Türr si spiegò anche, e pur troppo inutilmente, tra le nazioni interessate, nel 1870, per evitare la guerra. Ma egli che può rappresentar quanto è più elevato nelle arti della guerra e della diplomazia, è anche un fautore e iniziatore di opere di pace. Oltre a lavori di canalizzazione importantissimi compiuti nella sua patria, gli si deve l'esecuzione del taglio dell'Istmo di Corinto.

Ed ora egli ha dedicato la sua robusta vecchiaia ad un'altra opera. Testè lo vedemmo, alto, roseo di carnagione, con lunghi baffi e lungo pizzo candidi, marziale nell'aspetto, fra i delegati francesi alle feste di Roma per Victor Hugo: ma è facile vederlo in tutti i Congressi per la pace. Poichè coloro che più combatterono per la libertà diventano i più ostinati pacificatori, in questa risurrezione di sentimenti di conquista. La fratellanza fra i popoli non fu l'ideale di coloro che diedero il sangue per la loro reciproca indipendenza? Volere e promuovere la loro concordia è la conseguenza logica della loro opera, è anzi per essi la sola giustificazione di aver a loro volta sparso del sangue, e parrebbe loro di venir meno all'ideale della loro vita se non si facessero apostoli di fratellanza, dopo essere stati cavalieri di libertà.

Nella casa di Renan.

« Un paese ove non sono strade
ferrate, ove devesi viaggiare in qualche traballante diligenza fra colline
coronate di pini, traverso villaggi

perduti; un paese limitato, da una
parte, dal melanconico mare che lava
le *Côtes du Nord*, dall'altra, da dense
foreste di pini ove Merlino fu ammaliato da Viviana e giace seppellito
sotto una pietra; un paese ove alture
coperte da ruine druidiche declinano
in profondità nella cui ombra si nascondono cappelle dedicate a qualche
sconosciuto e pauroso santo che i
contadini venerano con strani riti;
un paese il cui popolo è più *ivre de
Dieu* che qualsiasi altro in Bretagna
e cammina con un'aria di chi piega
andando e vede la notte maravigliose
visioni di santi e d'angeli, tale è il
paese ove nacque Renan ».

Così incominciano a narrare un
loro *Holiday Pilgrimage* Alys ed Eyre
Macklin nel *Pall Mall Magazine*. Pochi scrittori come Renan sono così
collegati alla terra di loro nascita: penetrando nell'anima della sua terra,
riusciamo meglio a interpretare il temperamento singolare di quel mistico
critico-poeta che egli fu.

« Nei cuor di questa contrada è
Tréguier, che fu già regina della sua
boscosa collina, un de' nove vescovadi della Bretagna, ricca di monasteri, di castelli, d'industrie popolari,
ed ebbe una storia illustre. Del suo
splendore antico rimane traccia nella
cattedrale di Sant'Yves: essa domina
la città, un mucchio di case che appaiono mezzo fortezze, colle porte

ferrate: vi domina il silenzio dei luoghi decaduti ».

Vi nacque Ernesto Renan nel febbraio 1823, nella penombra d'una
vecchia e nera cucina di una delle
più vecchie case. Il padre, natura
dolce e melanconica, non faceva molto
buoni affari e il suo battello da costa
non aiutava la famiglia gran che. La
sussistenza di questa fu perciò mantenuta per parecchio tempo dalla madre che teneva un banco di negozio
all'esterno della casetta. Nascevano
bimbi; e, venuto due mesi
prima del tempo (come Victor Hugo),
fu tra questi Ernesto, un'altra bocca
da mantenere!

Ell'era coraggiosa donna, e il bimbo
debole fu allattato fino a tardi. Guascone di nascita, ella aveva un carattere aperto e fiducioso, tutto l'opposto
del marito bretone, fatalista, melanconico; e quando il marito annegò,
triste fine degli uomini di mare, ella
tolse l'ultimo bimbo, lo portò alla cap-

La casa ove nacque Renan.

pella di Sant'Yves e votò alla Madonna
il futuro autore della *Vita di Gesù*.

Sant'Yves, che è l'anima di Tréguier, fu brillante studente di legge in Parigi e collega di Dante. Giudice, avvocato e prete, costituisce un interessante carattere storico. Ma i Bretoni lo circondarono di leggenda. Renan viveva in questa mistica atmosfera: solitario e sognatore, non si mescolava agli altri fanciulli, e spesso volgeva il piede a un luogo favorito, la campagna di Sant'Yves, dov'è una specie di castello in cui nacque e

La cattedrale vista dal cimitero.

morì il santo, e su un sedile fatto con un decrepito albero ove il santo riposava, il fanciullo amava sognare lunghe ore.

In questa regione monotona, interrotta da qualche cascinale, onde s'appuntano nell'aria i camini, e da qualche resto di castello, vivono i più poveri contadini. Vi si usano letti altissimi infossati nel muro: i bambini vi son nutriti colla zuppa di cavoli fin dalla nascita, portano collane di spicchi d'aglio al collo, son fatti dondolare col capo in giù per la cura delle coliche, e son chiusi a dormire dentro armadii. Al cader del sole le vecchie sdentate, con cuffie a mulino a vento, siedono sulle porte filando con filatoi più vecchi di loro medesime. Il paesaggio è calmo e maestoso: fredde lontananze violette, bei tramonti: i contadini sono avvezzi al duro lavoro a dodici soldi la giornata, senza lamenti, ma con sempre maggiore a insanabile tristezza, che soltanto le religione conforta, senza metter sui loro volti il sorriso. Dappertutto cappelle, campanili, calvarii e crocefissi.

Ernesto tiracva dal temperamento materno, mite e uguale, felice: le sue visite alla contrada di Sant'Yves e alla cappella che ermarono nell'opinione ch'egli fosse chiamato al sacerdozio, e grazie alla sorella Enrietta fu messo nel collegio di Tréguier. Un premio ivi ottenuto lo fece notare da Monsignor Dupanloup, preside del seminario di St-Nicholas du Chardonneret. Lasciò Tréguier contando tornarvi, prete. Ma «l'*Angelus* della sera - dice egli stesso - risonante da chiesa a chiesa, che infondeva nell'atmosfera un non so che di calmo, di dolce, di triste, mi diede il senso come d'una vita ch'io abbandonassi per sempre».

*
* *

Quel che egli divenne a Parigi tutti sanno. Ma interessante è conoscere che cosa ne pensassero i suoi compaesani.

La casa di Renan è ancora in possesso della famiglia, ma un occupante la tiene, il quale cede anche due camere mobiliate se l'occasione se n'offre. Egli è panettiere e molte pagnotte escon giornalmente dalla porta della casa alta e stretta. Una trista scala di pietra che sa di claustrale porta a certe cellette: tolta una guardaroba che copre una parete e puzza di sepolcro, la stanza di Renan non ha nulla di notevole. Rimobigliata dopo l'infanzia del grande scrittore, contiene parecchi ritratti da cui è tolto il presente qui riprodotto.

Poco lungi dalla casa è un cimitero. I visitatori v'entrarono e chiesero al becchino:

— V'è qui qualche parente di *lui?*

— No, grazie a Dio - rispose subito quegli. - Sua madre, anche quella brava donna! non andò a vivere con lui a Parigi? Non morì nelle sue braccia? Ella era cattiva come lui... Anticristo!

La cattedrale è bella come allor che Renan vi edificava i sogni della sua infanzia. Essa è piena di testimonianze del taumaturgo Sant'Yves;

doni e voti, modelli in cera, ecc. La settimana prima un medaglione di Renan modellato da Chaplin e una epigrafe erano stati murati sulla facciata della casa di Renan, mentre la popolazione di Tréguier era stata invitata in chiesa per un solenne servizio di espiazione. I visitatori andarono la domenica dopo alla predica. La collera del parroco non era ancora sbollita. Alludendo a Renan diceva «colui», «il nemico di Dio», «l'agente del demonio», «colui che vi offre un cibo avvelenato in un piatto dorato, ornato di gioielli bril-

Entrata della Cattedrale dal Chiostro.

lanti; colui il cui nome non oso pronunziare in luogo sacro; esso può essere designato da tre parole: ostinazione, bestemmia, menzogna - l'onta di Tréguier».

Il Bretone non è felice fuori dell'ombra della sua chiesa o lontano dai suoi compaesani. Sentì Renan le ostilità dei suoi Bretoni? Pare ch'egli non avvertisse, nel suo candore, i sentimenti che covavano intorno a lui. Egli mandò una copia della *Vita di Gesù*, con affettuosa dedica, a un amico che fu poi arcivescovo e quando la riebbe, respinta, disse tristamente: « La Chiesa non comprende il ser-

vizio che le ho reso ». È curioso notare che diceva pubblicamente in Tréguier, volei egli esser sepolto nel chiostro della cattedrale che era stata « la prima culla del suo pensiero ».

Eppure egli rimase, a Parigi e dovunque, un Bretone sognatore e poeta. Le sue abitudini quotidiane furono fino alla fine quelle dell'infanzia, passata nella sua cucina con la madre o passeggiando traverso la campagna – ore di sogno che egli dichiarò « essere state l'inizio e la causa della sua assoluta incapacità pratica ». Le sue regole di vita furono sempre quelle instillategli dai semplici preti del collegio di Tréguier. Anche le credenze che sì crudelmente analizzò conservarono per lui tutta la mistica bellezza in cui esse gli apparivano splendenti a Tréguier.

Egli ci racconta come gli salissero le lagrime agli occhi quando vide l'Acropoli e pensò alla dea della sua giovinezza, cui usava fervidamente rivolgere i dolci appellativi di « Stella del mare », « Regina dei gementi in questa valle di lacrime », « Rosa mistica », « Torre d'avorio ». « Casa d'oro », « Stella mattutina » – Ella sarebbe rimasta la sua dea se il destino non l'avesse portato lungi da Tréguier.

E quand'egli parla dell'antica leggenda della città d'Is che fu improvvisamente ingoiata dal mare, dice: « Les jours de calme on entend monter de l'abime le son des cloches modulant l'hymne du jour. Il me semble souvent que j'ai au fond du cœur une ville d'Is, qui sonne encore des cloches obstinées à convoquer aux offices sacrés des fidèles qui n'entendent plus ».

Il nuovo Ospedale a Novi Liguré.

Domenica 17 agosto, alla presenza di S. A. R. il Duca di Genova, di S. E. il Senatore Saracco, Presidente del Senato, dell'on. Giolitti, Ministro dell'interno, dell'on. Cortese, Sotto-Segretario di Stato all'istruzione, di Senatori, Deputati, e delle Autorità cittadine e di numerose Rappresentanze popolari, veniva inaugurato solennemente il nuovo Ospedale che l'on. Conte Edilio Raggio, deputato

Novi Ligure. — Ospedale S. Giacomo.

di Novi, la fatto eligere e ha donato alla città sua di elezione, con atto generoso che ricorda e rinnova la munificenza dell'antico Patriziato Ligure.

I giornali di Genova e della Capitale hanno dato un ampio resoconto della simpatica festa indetta in nome di un alto sentimento di beneficenza, e ranno reso meritato plauso all'uomo egregio, che dopo avere infuso nuova vita alla città e alla Regione Novese, promovendovi e proteggendovi le industrie e il lavoro, ra saputo acquistarsi altro titolo di benemerenza, con la istituzione del nuovo e grandioso Sanatorio, intorno al quale faccio seguire brevi cenni descrittivi, augurando che il nobile esempio dato dal Conte Raggio trovi degli imitatori, che affrettino il giorno di un accordo leale e bene inteso tra lavoratori del pensiero e lavoratori della mano, tra capitalisti e operai, in quell'alta idealità di amore e di giustizia sulla quale deve basarsi in un prossimo avvenire l'organamento civile e sociale.

Il nuovo Ospedale di Novi sorge nel luogo altra volta occupato dalla filanda Tedeschi, della quale furono conservate, e solo in parte, le mura perimetrali. Costruito su disegno dell' ingegnere cav. Rosario Bentivegna di Palermo e eseguito sotto la direzione dell'architetto Corrado De Rossi-Re si erige sopra un'area di oltre dodicimila metri quadrati, parte della quale sarà adibita a parco e a giardino. Il fabbricato ra forma di un T e comprende quattro grandi infermerie per uomini e donne, una sala per bambini, due sale chirurgiche, una sala operatoria. Le infermerie mediche alte e arieggiate, secondo le norme più moderne e sperimentali dell'igiene, misurano mq. 160 ciascuna, le sale chirurgiche mq. 126, mentre il fab-

bricato ra una lunghezza totale di m. 100 con un'ala che si prolunga all'interno per m. 55.

In fondo all'area destinata a giardino sorge una palazzina isolata, riservata agli affetti da malattie contagiose e vicino a questa, pure isolata e circondata da alte mura, fu costrutta la camera mortuaria con gli opportuni locali e macchinarii di disinfezione e lavaggi.

Tale, nelle sue linee generali, il nuovo Ospedale di Novi munito di tutti i maggiori progressi che la scienza suggerisce: per esso lavorarono a costruire le caldaie e i tubi di riscaldamento, i macchinarii di lavaggio, gli smalti antisettici, i mobili e gli altri accessori, molte fra le più accreditate Ditte d'Italia e tra queste le case Eupilio De Micheli di Milano, Sario di Alessandria, Cooperativa muratori di Novi, Odorico di Milano, Colafiancesco di Roma, Repetto di Novi, Palmieri di Napoli, Cipollini di Massa Carrara ed altre ancora.

Con profondo sentimento d'arte furono ideati e finemente eseguiti i dipinti della piccola ma simpatica chiesa dal pittore Montecucco, pure di Novi: e, ultima ma interessante nota, nell'Ospedale nuovo di Novi sono a profusione le vasche, i bagni, le doccie. i rubinetti derivanti l'acqua a migliaia e migliaia di litri dall'acquedotto Raggio, altra grandiosa opera di cui l'operoso deputato di Novi-Ligure ha dotata quella città.

La previdenza e la beneficenza sono due grandi forze del progresso sociale e noi dobbiamo grandemente allietarci, quando se ne incontrano esempi così luminosi, come quello dell'Ospedale che l'on. Conte Raggio ra donato all'industre e graziosa città di Novi Ligure.

I Musei.

L'atto del ministro Nasi che chiude va i Musei la domenica, commentato sfavorevolmente da tutta la stampa italiana con esemplare concordia e assai prestamente ritrattato, m'induce in qualche riflessione. Si dice che fosse suo scopo accrescere i proventi dei Musei; ma questo scopo fu leggermente ventilato, poiché gran parte dei forestieri, protestanti, preferiranno il giovedì alla domenica. Ma altri suggerì la riflessione che lo scopo fosse veramente di impedir l'affollamento dei giorni festivi. Nelle poche ore di libera entrata irrompono le orde dei barbari, popolani, campagnuoli, soldati: s'urtano, fanno tremar gl'impianti, si avvicinano alle raccolte senza delicatezza: la polvere s'innalza, s'insinua, rovina i dipinti... I conservatori, che guardano i tesori come l'avaro gli scrigni, non pensano punto che tutta quella grazia di Dio è inutile se non la gusta nessuno, e soprattutto se non suscita nelle anime e nei sensi emozioni ed emulazioni ed impulsi ad esplicazioni d'arte, vedono nelle lor fantasie precipitar la rovina...

I nostri Musei son troppo frequentati la domenica appunto perchè il popolo (che li mantiene, notiamolo bene) non ha che tre o quattr'ore la settimana per goderne. E queste non sono neanche le ore più buone - le prime del pomeriggio. Come vogliam immaginare un risveglio dell'arte nazionale, se ne nascondiamo i modelli? Come pretendiamo che si abbelliscano tutte le forme della vita che ne circondano, se, dopo avere tolte le antiche dintorno a noi, sequestrandole, dagli arazzi fino alle maniglie delle porte, ai pettini, alle tabacchiere, le togliamo interamente dalla vista! Se i Musei sono scuola - e non sono altro - devon essere per tutti, invitare il popolo, invece che escluderlo. Al Louvre si rifugiano d'inverno certi poveri diavoli intirizziti, e, purchè non si corichino e non russino, son lasciati tranquilli. Nel salon carré! Che orrore, mio occhialuto erudito..., che gratti un dipinto per cercarne la firma, levi una sovrapposizione di vernice, rovinandolo! Ebbene, io guardavo appunto, un giorno, un di questi

straccioni, nella sala dei ritratti al Louvre: il calore gli ammolliva tutte le fibre: che sforzo per tener gli occhi aperti! Ebbene, non mi è parso affatto che Rembrandt o Delacroix o lo stesso Ingres, che Dio gli perdoni, facessero il viso arcigno. Se l'avessero trovato così nel loro studio, lo avrebbero probabilmente lasciato dormire! In Inghilterra è invalso l'uso di coprir i dipinti con un vetro. Perchè non si fa altrettanto da noi, allo scopo d'impedir il lavorio della polvere e del ripulimento?

Ma questo voglio ricordare, concludendo. Che se c'è un popolo che visiti volentieri i Musei, questo è il nostro. Ed è una vera commozione vedere, al Louvre o alla National Gallery, l'elemento italiano predominare sull'indigeno: ed io sentii profonda compiacenza udendo più volte artisti stranieri, amici miei, parlare con ammirazione d'un muratore, d'un fabbro, d'un operaio, venuto a riparare in casa loro un calorifero, o che so altro, proclamandoli dotati d'una sensibilità e d'un gusto da imporre maraviglia. E molti, mi ripetevano, sanno citare un tal quadro in una tal sala, soprattutto molti oggetti del Museo di Cluny: il che dimostra quanto dovremmo contare sul nostro popolo per il rinnovamento dell'arte decorativa!

E sapete voi che cosa amano della patria i nostri operai all'estero? Giotto, Leonardo, Raffaello... A cri li disprezza hanno questi compatrioti da mostrar col dito!

Questo ci compensa del triste esodo delle nostre opere d'arte: il sangue italiano emigra in tutte le plaghe, ma in tutte le plaghe una consolazione l'ha preceduto.

Lo spopolamento della Francia e l'agricoltura.

Nel numero del 26 luglio della Revue Bleue il signor O. Gervin-Cassal studia le cause dello spopolamento in Francia. Lo stesso numero s'inizia con un discorso del presidente degli Stati Uniti, intitolato: La vie intense, ove noto questo passo: « In uno dei suoi libri forti e melanconici, Daudet parla della paura della maternità, del terrore che ossessiona la giovane sposa d'oggidì: quando tali parole possono veridicamente scriversi su una nazione, questa nazione è inflacidita fino al cuore... »

E tanto inquietante questo spopolamento che da anni produce tante geremiadi? - incomincia il Gevin-Cassal. - Il male esiste, pur troppo. Ma vediamo anzitutto quali ne sono le cause. In Francia muoiono annualmeute 150,000 bimbi al disotto dell'anno compiuto.

Una delle cause è l'abbandono della campagna. Ci sono dei villaggi di cui non restano più che le case: comuni autonomi, in meno di mezzo secolo perdettero sindaci, maestri, poi sino all'ultimo abitante. La proprietà si frazionaa e si sbriciola talvolta, perchè un grosso proprietario la inglobi tutta ad un tratto. I proprietari poi desiderano avere il loro *figlio unico* che sarà avvocato o professionista. Le macchine, che procurate dalle cooperative e dai comuni sarebbero di giovamento ai contadini, fanno invece loro una spietata concorrenza nelle mani dei grossi proprietarii. La rendita del suolo è diminuita del 50 per cento, i carichi fiscali sono dal 20 al 25 per cento.

Le fabbriche venute a istallarsi nelle campagne vi portano il lavoro delle donne e dei fanciulli, al chiuso, con orari lunghi; e la razza ne soffre: aggiungete l'alcoolismo e la tubercolosi... E i neonati muoiono per debolezza congenita.

All'ufficio di beneficenza del *XVI Arrondissement* si presenta un uomo a chiedere una levatrice e della biancheria, e aggiunge orgoglioso:

— È il mio diciottesimo nato!

Tutti maravigliano. Ma uno domanda:

— Benissimo! Quanti vivi?

E l'uomo, non senza mortificazione:

— Sei!

E l'inchiesta verificò che la moglie spossata aveva due volte di seguito messo al mondo bimbi morti, e parecchi degli altri eran periti di debolezza costituzionale.

Dei 150,000 piccoli francesi 80.000 – dice il dott. Budin - muoiono di malattie evitabili.

Dati questi fatti, una Lega sta per costituirsi in Francia ai seguenti scopi:

1° Domandare sgravii sulle imposte agricole;

2° Fondare scuole agrarie dipartimentali per giovinetti e giovinette;

3° Istituire corsi per i soldati;

4° Distribuire stampe d'istruzione agraria;

5° Provocar la compra da parte di Municipii di macchine agricole di proprietà comunale;

6° Organizzare conferenze agricole pratiche.

A proposito dell'istruzione agraria impartita alle donne, lo scrittore cita una signora dell'alta società parigina che amministra una importante colonia alla Nuova Caledonia, seguita poi da altre, che vi fondarono con lei scuole e associazioni agricole. Quanto all'insegnamento dei principii di agricoltura nell'esercito, l'esperienza dimostra che nulla è più utile e pratico, e l'autore cita a questo proposito anche i tentativi fatti in Italia, e le conferenze tenute ai soldati ad Alba, a Ivrea, ecc.

A Belfort, a Nancy, a Lyon, si sono affidati ai militari dei terreni incolti, nei dintorni delle fortezze. Ne è risultata una fioritura di giardini e di orti, ove da reggimento a reggimento si lottava di zelo per la superiorità della coltura e del reddito. I soldati di Nancy, arrivando avanti a tutti, ebbero, a diverse riprese, i loro prodotti premiati ai Comizi agricoli ed alle Esposizioni d'orticoltura. A Cherbourg, la fanteria coloniale è fiera a buon diritto del suo giardino che fa l'ammirazione della legione.

Col rifiorire dell'agricoltura il contadino riavrà l'amore alla terra, risentirà colla salute e il benessere il desiderio di fondare una famiglia operosa che perpetui la sua stirpe sul suolo della Francia.

Il più urgente per ora è trovar modo di salvare tutta questa infanzia che perisce in sì gran numero. C'è in Francia una legge che affida ai medici ispettori la vigilanza dei neonati: essi devono far loro una visita mensile fino al secondo anno d'età inclusivo; ma questa ispezione è in balìa della buona

volontà dei Comuni e dei medici, sì
che questa legge che funziona da
vent'anni non la impedito i danni
che oggi si lamentano. Si tratta ora
di riformarla, per iniziativa dello stesso
creatore, dott. Russel. È necessaria
non soltanto la visita mensile, ma la
cura gratuita e le medicine in caso di
malattia, l'osservazione e la cura del
bimbo e della madre a domicilio;
sono necessarii ospizii in ogni dipartimento per ricoverare le madri e nutrire i bimbi. Associazioni come l'*U-
nion des Mères de Famille* dovrebbero
vegliare su le madri, distribuir soccorsi e istruzione: anche le ragazze
dovrebbero venir istruite perciè non
si trovino ignare e inette in faccia al
problema più importante della vita.

Sebbene assai forte, dice il dottor
Gevin-Cassal, la cifra della mortalità
infantile è inferiore in Francia a quella
della Germania, dell'Italia, dell'Inghilterra (ove del resto è maggiore
altresì il numero delle nascite). Il
record della mortalità infantile è tenuto dal Siam, ove sale all'89 per 100!

Il mestiere di Regina.

Elena Vacaresco è una graziosa
scrittrice rumena, degna dama di
compagnia di Carmen Sylva, la geniale Regina. Di lei leggo un bell'ar-
l'articolo nel numero di agosto della
Contemporary Review: ella intitola il
suo scritto col nome della Regina
Alessandra, perciè una gran parte è
dedicato a descrivere la visita di Carmen Sylva ad Alessandra, allora principessa di Galles a Balmoral. Ma le
pagine che mi sono sembrate più interessanti, e che anche ai lettori della
Nuova Antologia riusciranno assai
gradite, sono quelle che ritratteggiano
alcune grandi figure contemporanee
di Regine europee.

« Pochi esempi conta la storia –
scrive Elena Vacaresco – nei quali il
mestiere di Regina non sia stato assai
arduo. Dai più remoti giorni del medio evo ai più brillanti secoli del Rinascimento, in Italia, in Francia e in
Inghilterra, sempre quando si ricordi
l'invidiato titolo, esso ridesta nella
memoria un mondo di leggende poetiche o tragiche. Esso ha una magia
tutta sua propria, benciè il fatto del-
l'esser Regina signifchi sofferenza,
compimento di doveri alti e difficili,
quotidiano sacrificio di sè stessa: e
noi tutti sappiamo quanti cuori gentili e orgogliosi sono stati affranti
dalla porpora, quante volte una pura
fronte di donna è stata oscurata dal-
l'ombra del diadema.

« Le Reali Consorti dell' Europa
moderna, a seconda delle tendenze
delle differenti razze, della loro educazione e dei loro sentimenti naturali, hanno avuto un modo speciale
di concepire il mestiere di Regina,
ma tutte si sono lasciate guidare da
un sentimento predominante: il senso
del dovere ».

**

Quando i giulivi rumori che avevano proclamato Elisabetta di Baviera
Imperatrice d'Austria si furono calmati, dopo la prima foga di entusiasmo e di amore che salutava la sua
giovine bellezza, ella rialzò il capo
orgoglioso ed ascoltò la voce del Destino. Si ricordò che nelle vene le
scorreva il sangue di un Artista Reale,
il cui spirito, misterioso come quello
di Amleto, sacro come quello del
Tasso, avrebbe potuto ispirare i sogni
di Wagner, con armonie selvagge
come il ruggito degli elementi, terribili come gli scatti di un cuore umano
disperato. Ella si guardò dintorno.
Tutti i legami imposti ai movimenti
della sua anima dalla vita e dall'eti-
chetta di Corte la spaventarono. Convinta che il suo dovere consistesse
nel cercar di diventare un ideale di
femminilità indipendente e amica del
silenzio, un'immagine soprannaturale,
quasi simile alle forme di invisibili,
di fate, di fantasmi e di sogni, divenne la Regina silenziosa, la Regina
delle solitudini, dei boschi e delle
montagne ricoperte di neve... Per i
suoi sudditi e per il mondo intero
ella divenne un simbolo strano e fatato, il cui sorriso inesauribile ci rendeva sempre cari i luoghi da lei abitati, gli specchi d'acqua dove i suoi
occhi si posarono spesso e lungamente.

I discorsi preferiti di Elisabetta di
Austria non si aggiravano mai su
questioni del secolo in cui ella visse.
I suoi pensieri erano sempre intesi a
scoprire la nascosta tragedia dell'esi-

stenza, paragonandola ai racconti e ai miti pervenuti fino a noi dall'antichità. Quando la sua anima ferita tentò di trovare consolazione dopo la morte di suo figlio, ella trovò conforto nelle rapsodie di Omero, e, ricordando Tetide e il dolore di lei quando il suo eroico figlio fu ucciso, costruì il famoso Achilleion, e trascorse le giornate fra le rose e le statue dei giardini greci che guardavano sul mare. Così il nome dell'Imperatrice Elisabetta rimarrà sempre congiunto con quei gloriosi ricordi da lei tanto accarezzati e così profondamente compresi.

* *
*

Margherita di Savoia doveva, fin dal momento in cui entrò nella vita pubblica, adornare la professione, e dimostrare fino a qual punto di perfezione può essere portato il « mestiere di Regina ». Ella comprese immediatamente, che, pur appartenendo ad un lignaggio antico e onorato da secoli, nondimeno si trovava alle soglie di una dinastia; gli albori del Regno d'Italia illuminavano con timidi raggi i suoi ardenti capelli d'oro. Ella comprese pure che nel paese dell'arte, della poesia e della musica un sorriso di donna avrebbe avuto più battaglie che non la spada di un valoroso guerriero, e il suo sorriso instancabile dichiarò guerra ai nemici del trono, obbligandoli a chiedere mercè.

La Regina Margherita è così versata nell'arte di porre una parola di incoraggiamento o di pietà, di gettare uno sguardo di ricognizione o di meraviglia curiosa e sodisfatta, a tempo e luogo opportuni, che la sua condotta ra un'aria completamente genuina, ed anche la più semplice frase, detta alla sfuggita, reca l'impronta e l'importanza lusinghiera di una attenzione molto considerevole da lei prestata. Degli avvenimenti pubblici ama essere informata rapidamente, e così pure di quelli privati, dei quali spesso si interessa coi suoi modi dolci e compassionevoli, indicando diverse soluzioni di un difficile problema, e trovando la via in mezzo alle difficoltà; invisibile e pur sempre presente, dovunque vi sia da usare la gentilezza e da impedire la disgrazia. Talvolta ella meraviglia coloro che

la circondano con atti che sembrano loro puerili o capricciosi, e che poi risultano sempre determinati da una causa seria, e capaci di ottenere un felice effetto. Così la Corte fu attonita e quasi spaventata nel vedere quanto ella apprezzasse le poesie di Giosuè Carducci che era considerato un ardente repubblicano, e, benché tutti fossero convinti che egli non avrebbe mai mancato di cortesia, pure la sua attitudine verso la Regina avrebbe potuto essere fredda, e ciò sarebbe spiaciuto a tutti i sudditi di Margherita. Ma i principi del poeta rivoluzionario cedettero davanti alla grazia della Regina, e dal giorno del loro primo incontro e della prima loro conversazione Carducci divenne un suo caldo ammiratore e suo suddito devoto.

* *
*

In un altro Regno latino e perciò in stretto nesso con Margherita di Savoia, possiamo trovare una Regina, il cui compito politico è finito or ora, e che solo poche settimane fa ha quietamente mutato il suo titolo di Regina Reggente in quello di Regina Madre, dopo che la sua esistenza privata è stata del tutto velata e distrutta dalle cure quotidiane per la sua situazione nello Stato spagnuolo, temendo continuamente di perdere il trono destinato a suo figlio. In questo compito, che porta così grandi difficoltà per una donna non avvezza al complicato funzionamento dei Consigli dei ministri e dei procedimenti parlamentari, Maria Cristina non ha fallito. Ella giunse a Madrid, giovine e sorridente arciduchessa, che, dopo essere stata il centro e il magnete della Corte austriaca, si preparava a godere tutti i piaceri e gli agi ai quali può aspirare una giovane Regina.

La morte di suo marito e la nascita di un figlio cambiarono quel bel quadro in una grave preoccupazione. Non è necessario ricordare qui come la Regina di Spagna abbia interpretato l'alto significato del suo « mestiere ». Il grande amore e la devozione che gli Spagnuoli dimostrano per il grazioso giovane Re ben palesano al mondo la cura con cui la madre lo ha allevato, e il grande successo del suo primo apparire in pubblico durante le feste dell'incoronazione giunse diritto al cuore della madre, e fu il migliore elogio e la miglior prova di gratitudine che ella potesse ricevere. Assai giudiziosamente Maria Cristina cercò di impedire che suo figlio si mostrasse spesso ai sudditi prima della maggiore età, cosicchè l'impressione di gradevole meraviglia è ora in continuo aumento, man mano che gli Spagnuoli vanno scoprendo le doti di Alfonso XIII.

Solo una madre poteva aver concepito una simile idea, e solo una vera Regina poteva riuscire a condurla così bene ad effetto.

*
* *

Elisabetta di Romania, Regina per volontà della Nazione, poetessa per volontà di Dio, come ella stessa scherzosamente si chiama, ha scelto un altro cammino, diverso da quello delle sue reali consorelle. Ugualmente portata al sogno ed all'azione, ella ricorda, col suo gusto per le arti alcune delle principesse del Quattrocento italiano, mentre sotto altri aspetti assomiglia a quelle dame pure e mistiche dell'oscuro Medio Evo, il cui solo godimento consisteva nel trascorrer i giorni e le notti in qualche nuda cella di convento dipingendo un messale e tracciando sulle ricche pagine schiere di angeli e di vergini inginocchiate al cospetto di Dio. La Regina di Romania è un'eccellente pittrice: ella disegna bei libri di preghiere, e li adorna coi fiori copiati dai mazzi che raccoglie nelle lunghe passeggiate per le montagne. A tutti è nota la sua passione per la musica; Marcello, Pergolesi, Palestrina, Bach e Beethoven sono i suoi compagni nelle ore di solitudine, quando si potrebbe vederla seduta a piede di un altissimo organo. Il suo maestro Rubinstein la contava fra le sue più notevoli alunne, e Paderewski, quando parla del suo talento, così si esprime: « Non vi è una sola donna in Europa, che senta, comprenda e decifri la musica come la Regina di Romania ».

La principale gioia di Carmen Sylva consiste nel riunire intorno a sè, nel suo palazzo di Bucarest o nel Castello Reale di Sinaia, quanti artisti, poeti e scrittori ella conosce. E possiede l'arte di farli parlare dei loro lavori e delle loro aspirazioni, a ciascuno ispirando il sentimento che l'opera sua è stata per lei una grande gioia e una rivelazione; si occupa delle loro vedute, dei loro progetti, e incoraggia le speranze di gloria e i sogni di perfezione. I suoi occhi sembrano creati per vedere e riflettere soltanto forme di bellezza e di contentezza; diventano volontariamente miopi, quando dovrebbero scorgere difetti ed errori.

Chiamata a trascorrere la vita in un paese quasi interamente ignorato dalle nazioni occidentali e civili di Europa, Elisabetta di Romania divenne in breve schiava delle tradizioni e della storia della patria adottiva e cercò con ogni sforzo di fare entrare nella famiglia della letteratura universale i canti popolari dei Rumeni, attirando l'attenzione e la simpatia dell'Europa su quell'angolo della terra che adesso le è più caro del paese nativo.

Quella Regina laboriosa, infaticabile, che prima ancora che la luce del giorno invada i balconi del suo palazzo è già al lavoro, che non lascia il pennello e la penna asciutti, e che, per amor dei suoi sudditi, ha sentito la necessità di assumersi tutte le fatiche e le noie di un poeta e di un romanziere di professione, è ora il simbolo della razza latina orientale, l'imagine vivente e l'amore della Rumania, una Regina di cui andrebbe superbo ogni grande Impero.

*
* *

Dalla poetessa Elisabetta, Regina di Romania, ad Alessandra, Regina Consorte d'Inghilterra, non vi è che un passo: ad onta della immensa distanza che separa i loro Regni e le loro razze, esse hanno molti punti di contatto e assai si ravvicinano innanzi tutto per il modo sincero e profondo con cui ciascuna riconosce ed apprezza i meriti dell'altra, poi perchè sono ugualmente buone e di mente elevata, e perchè posseggono le stesse quiete ed eroiche virtù. La medesima sventura le ha colpite colla morte di un figlio amato: due bianche tombe occupano i loro pensieri e sono sempre presenti alla loro memoria.

« ...La Regina Alessandra ha studiato a fondo il genio e la sicurezza di giudizio della Regina Vittoria, ha analizzato l'essenza di quelle ammirabili qualità che crearono un accordo così intimo fra la Sovrana e la Nazione, e così risolse di essere alla sua volta una Regina amata, di acquistarsi la popolarità con mezzi diversi, ma sicuri e numerosi, come quelli impiegati dalla sua illustre suocera. Ella ha compreso bene ed ha saputo anche evitare il pericolo di voler rassomigliare a colei, la cui situazione era tanto differente da quella di una Regina Consorte ».

La Regina Alessandra ha cambiato la virtù in grazia, e ha fatto della grazia una virtù: tutto ciò che ella pensa, indossa e dice reca l'impronta dell'originalità e della perfezione preparata di lunga mano, benchè apparisca affatto spontaneo. La Regina Consorte d'Inghilterra ha un profondo gusto artistico e si rende esatto conto del compito che all'arte spetta nella società moderna. Ella non solo incoraggia gli artisti, ma anche dimostra quanto ricorra al loro talento ed al loro aiuto nelle ore di depressione, quanto ella sia sensibile ad ogni manifestazione del pensiero e del lavoro. La sua mano è abile quanto il suo sorriso nell'adornare la casa, e nel far sì che ognuno che passa la soglia del suo palazzo di Londra o della residenza d'estate si trovi a suo pieno agio. La musica la diletta oltre ogni credere, e sempre desidera di udire i celebri pianisti e cantanti che passano per Londra, mostrando poi, quando parla del piacere avuto dalla loro abilità, di avere compreso tutta la finezza dell'arte loro. Ma ad ogni altra cosa preferisce la poesia; i poeti sono per lei una fonte di perpetuo studio, ed ogni volta che le è possibile, trovandosi perfettamente sola, si pone a recitare ad alta voce le poesie che le hanno destato maggiore impressione.

La Regina Alessandra detesta alcune delle esagerazioni che il femminismo moderno adotta così apertamente, e mostra senza reticenze la sua disapprovazione di quelle teorie, mentre che stima il lavoro della donna nelle classi inferiori, e ammira le poetesse, le pittrici, le cantanti.

La fede della Regina Alessandra è ancorata nel porto della pace e della forza. È impossibile di avere con lei una lunga conversazione, senza essere colpiti dalla piena evidenza della sua pietà, incrollabile e serena, senza ricondurre la sua condotta, le sue parole, le sue speranze, alla fonte di ogni conforto e di ogni gioia. Alla cerimonia dell'incoronazione, davanti all'altare dell'Abbazia di Westminster, nessuna preghiera sarà salita più fervida e più umile della sua, sotto il tetto dell'edificio sacro, nessun cuore sarà stato aperto alla benedizione celeste, quanto il cuore della gentile Imperatrice e Regina, che, al fianco del suo Sovrano e marito, piegherà Dio in favore del paese che ella ama fino all'adorazione.

Elena Vacaresco non ci parla dell'Imperatrice di Russia, ma sul Correspondant del 10 giugno trovo un articolo di M. Paul Delay sull'opera caritatevole e filantropica della Zarina. « Grazie ai suoi sforzi - egli scrive - la Russia è incamminata al raggiungimento di una organizzazione dei suoi istituti di beneficenza, così perfetta, come non è mai esistita in alcun altro paese civile. Se Sua Maestà riesce a portare a compimento il programma che si è proposto e al quale lavora incessantemente, il pauperismo, questa orribile piaga della società, sparirà quasi interamente dalla Russia ».

Nel 1896 l'Imperatrice prendeva sotto la sua speciale protezione tutti gli istituti pii della Russia, noti sotto il nome di Case di lavoro, che erano allora quarantatrè. Fu costituito un Comitato centrale di dieci membri, fra i quali sono la principessa di Galizia, Witte, il conte Lamsdorf e il generale Kleige's, e di cui l'Imperatrice ha la presidenza a vita. Questo Comitato ha avuto fin dal 1898 un organo ufficiale, la *Rivista dell'assistenza per mezzo del lavoro.*

L'Imperatrice è desiderosa di trar profitto dagli esperimenti fatti nelle varie parti del mondo per migliorare gli istituti di beneficenza; così il suo cancelliere è in rapporti diretti coi più grandi editori di Europa e d'America per avere i libri che trattano questioni filantropiche, appena siano pubblicati. Il Comitato centrale ha impiegato un certo numero di ispet-

tori che debbono visitare nelle provincie gli istituti pii, rende1 conto
sul loro andamento, e fornire somme
dove siano necessarie. Ogni anno si
concedono quattro premi agli autori
delle migliori opere su argomenti filantropici.

Poco dopo la nascita della grandu-
chessa Olga, l'Imperatrice ebbe l'idea
di fondare il primo ospizio per fanciulli, che ricevette il nome di *Ol-
ginski*. In esso si insegna l'agricoltura a 120 ragazzi e a 60 fanciulle,
e l'Imperatrice stessa fa le spese, che
ascendono a 150,000 franchi all'anno.

Le « Case di lavoro » sono assai
cresciute in numero dacchè l'Imperatrice le ha prese sotto la sua protezione, ed esse esercitano la beneficenza in un senso assai lato, poichè
sono anche ricoveri notturni e uffici
di collocamento; provvedono vitto e
vestiti ai nulla abbienti; educano fanciulli che crescerebbero incolti per
negligenza dei genitori; funzionano
anche da orfanotrofi e da ricoveri per
i vecchi. A capo di tutta questa organizzazione vi è l'Imperatrice stessa,
la quale di recente ha nominato una
nuova Commissione, coll'incarico di
esaminare tutte le proposte di progetti umanitari e filantropici.

Un veliero a sette alberi.

Nello stesso mese in cui l'arsenale
di New York completava per la difesa
della costa americana il più formida-

bile cannone che finora si sia veduto,
la Compagnia Fore River Ship and
Engine di Quincy nel Massachussets
varava il più grande veliero che abbia
mai solcato i mari. Esso è tanto più
importante perchè rappresenta un tipo

totalmente nuovo, quello cioè dello
schooner a sette alberi. Due o tre anni
or sono uno *schooner* a cinque alberi
fu una delle meraviglie della marina.
Il settealbero *Thomas W. Lawson*,
varato il 10 luglio, è una notevole
innovazione non solo per la sua ve-
latura e per le dimensioni gigantesche,
ma anche perchè la sua costruzione,
compresi gli alberi, è in acciaio, e
perchè la manovra delle vele è eseguita per mezzo di macchine a vapore,
cosicchè sedici uomini solamente formano il suo equipaggio. La lunghezza
della chiglia del *Lawson* è di circa
140 metri; gli alberi salgono fino a
50 metri e portano 25 vele; il carico
può essere di 8100 tonnellate.

Questo nuovo veliero di trasporto
è provveduto delle maggiori comodità:
luce elettrica, riscaldamento e pompe
a vapore, linee telefoniche dal ponte
di comando alle macchine. Per ora
il *Lawson* sarà adibito solo per il ca-
botaggio; più innanzi traverserà anche
il Pacifico.

Il cameratismo fattore politico.

Molti giornali hanno citato l'energico discorso di Teodoro Roosevelt,
il presidente degli Stati Uniti, sui modi
di esplicazione interna e d'espansione
dell'America del Nord, intitolato: *La
vita intensa*. Ora la *Revue Bleue* riporta uno scritto di lui molto più significativo e degno d'esser citato in
Europa ad esempio.

Il presidente incomincia a lodare
la scuola pubblica, la quale rimane
estranea ai dissensi religiosi, poichè
protestanti, cattolici, ebrei vanno alle
stesse scuole, imparano le stesse lezioni, giocano agli stessi giochi, e sono
costretti, « mediante la rude e aspra
democrazia della vita di giovinotto, a
pigliar ciascuno per quel che vale »
e l'intolleranza non vi regna più. Nè regna in America il regionalismo. Nord
e Sud, Est ed Ovest si dànno la mano.
Antipatie religiose e antipatie regionali scompaiono, vivono però ancora
antipatie di classe...

« Nella maggior parte dei paesi
europei le classi sono separate da limiti rigidi, i quali non possono essere
superati che di rado e con difficoltà
e pericoli. Qui non si può dire che

non esistano, ma son sì fluttuanti ed evasivi, sì indistintamente segnati che si notano soltanto quando son guardati ben da presso. Qualunque famiglia americana può in poche generazioni giungere ad aver dei suoi membri in tutte le classi. I grandi uomini d'affari, i grandi uomini delle professioni e specialmente i grandi uomini di Stato e militari sorgono facilmente dalle fattorie e dai salariati, mentre i lor parenti rimangono presso il vecchio focolare o al mestiere. Se v'è al mondo una comunità ove l'identità degli interessi, delle abitudini, dei principii e dell'ideale debba esser sentita come una forza vivente, è questa nostra. E generalmente parlando è sconosciuta nelle altre nazioni più importanti. Vi sono porzioni della Norvegia e della Svizzera che per gli ideali sociali e politici e la lor prossima realizzazione non sono materialmente diversi da noi. Ma fra le grandi nazioni, è solo nelle comunità americane che vedonsi fattori, salariati, uomini di legge, mercanti ufficiali, tutti alleati, tutti accoglienti la lor relazione con perfetta naturalezza e semplicità».

E lo scrittore continua con la sua intelezza e chiarezza di stile che fa somigliare il suo discorso a una moderna *lettera pastorale:* « Ogni americano sano di spirito è costretto a pensar bene d'ogni altro americano, solo che lo conosca. Il male è che non lo conosce. Se il mercante o l'industriale, l'avvocato e il procuratore non incontrano l'operaio che in rare occasioni, in rapporti d'interessi o di lotta, ciascuna parte sente l'altra estranea e naturalmente in antagonismo... Mi si perdonerà di citar la mia esperienza.

« Fuor de' collegiali e degli uomini politici, i miei primi camerati furono dei bovari, dei cacciatori di caccia grossa, e fui in breve convinto che non c'erano migliori uomini di loro nel paese. Poi praticai coi fattori, e mi persuasi che i proprietari di terre sono il fondamento della repubblica. Poi vidi molti ferrovieri e dopo una intima frequentazione con essi cominciai a sentire che presentavano le qualità di coraggio, di fiducia e di comando su se stessi, di iniziativa e di disciplina, che più amiamo associare al nome americano.

« Poi mi capitò di praticare con certe unioni di carpentieri ed ebbi un gran rispetto per essi e per il tipo d'artigiano.

« Allora mi venne l'idea che tutti erano simpatici giovinotti, e che assaggiando a volta a volta ogni corpo della società m'entusiasmavo successivamente di ciascuno.

« È questa capacità di simpatie, di cameratismo e di mutua comprensione,. che forma la base d'ogni movimento felice, per il governo e il miglioramento delle condizioni sociali e civili ».

Ma in questo punto essenziale sta il segreto della democrazia americana. « La prima lezione da insegnare è quella che tratta *ogni uomo secondo il suo valore come uomo...* È impossibile che una democrazia duri, che le linee politiche sono tirate in modo da coincidere con le linee di classe ». E qui il ragionamento è sottile, ma chiarissimo e importante: « Il Governo che ne risulta, sia della classe alta o della bassa, è un Governo del popolo intero, ma d'un gruppo. Là dove le linee di divisione politica sono verticali, gli uomini, classificandosi secondo le lor tendenze e principii, formano una compagine sana e normale. Tirate orizzontalmente, riesce malsana, disastrosa... » Le classi risultano chiuse e ostili, non c'è la trasfusione d'una in altra, l'ascensione delle energie individuali dalla più bassa alla più alta. Ora sopravvince e regna un'oligarchia, ora la massa; nei due casi o tirannia o anarchia. « La caduta delle repubbliche greche e italiane è dovuta fondamentalmente a queste cause ».

* *

Il presidente Roosevelt vuol dunque che gli Americani entrino in contatto fra loro, si mescolino, si conoscano, si aiutino, s'amino. Le caste devono scomparire. E da uomo pratico, entrando nell'argomento delle elezioni (massima funzione civile che determina la volontà e i bisogni della nazione), esorta a uscir dagli stretti interessi di corporazione e di classe, notando che i falegnami, ad esempio, avranno fatto male anche a se stessi quando, esigendo dal loro rappresentante soltanto una legge o un privilegio per loro, avranno lasciato andar a fascio la repubblica in balìa dei desideri e delle avidità particolari. Il cameratismo, vale a dir la simpatia più diffusa fra cittadini, farà sì che nessun gruppo esigerà qualcosa che sia di nocumento all'altro gruppo. Il banchiere non dimentichi che ha interessi comuni col beccaio al minuto, che è nella strada sottostante o col mercante di biciclette lì vicino: questi a loro volta avranno sempre qualche servizio da rendergli. La solidarietà sociale non è una bontà, vale a dire un soprappiù, ma una mutuazione d'interessi. « In ogni comunità sana dev'esservi una solidarietà di sentimento e una conoscenza della solidarietà d'interessi tra i differenti membri: ov'essa manca, la comunità è matura per il disastro... Naturalmente la simpatia varia in proporzione della sua spontaneità. Un sentimento naturale val meglio che uno artificialmente suscitato. Ma quest'ultimo è ancor meglio che l'ostilità o l'indifferenza, e quel che è incominciato con una dose di buona volontà può in seguito divenir naturale e durevole ».

Come vede il lettore, il discorso del presidente Roosevelt non è soltanto utile ai *Yankees:* in una Camera europea non sarebbe affatto fuori di posto.

Nello stesso numero della *Revue Bleue* notiamo un articolo di Maurice Mulet su un uomo di Stato che è a qualche distanza dal precedente, il procuratore del Santo Sinodo, Pobedonotszeff... e un arguto scritto di Emile Faguet che consiglia ai padri di famiglia di richiedere ai lor futuri generi un *diploma di buona salute,* per diminuire i centocinquantamila tubercolosi annui che muoiono in Francia; tesi già sostenuta in Italia dal nostro Mantegazza.

La Società Internazionale di libri nuovi.

La prima proposta nacque quattro anni or sono in Inghilterra; e la Società che aveva per scopo di mostrare tutti i nuovi libri doveva chiamarsi *Sanctum Society.* Ora l'idea risorge, e le trattative preliminari sono a buon porto per la costituzione di una *International New Book Society.* Siccome le riviste e le librerie non possono dare agio sufficiente di conoscere la nuova letteratura, la Società costituenda terrebbe nei suoi scaffali tutte le recenti pubblicazioni, a disposizione dei soci che volessero consultarli. La collezione non dovrebbe crescere all'infinito, ma, giunta a un certo limite, i nuovi libri venuti, sostituirebbero i più antichi. La raccolta sarebbe accessibile tutti i giorni e durante l'intera giornata, ma in nessun caso potrebbe mai darsi in prestito neppure un volume. Un altro avvisato ed attraente scopo della Società sarebbe la diffusione dei libri nuovi, dei quali sarebbero anche acquistate varie critiche e recensioni.

Quando ci saranno 500 adesioni, lo Società procederà alla sua costituzione definitiva. Per ogni comunicazione rivolgersi a Mr. W. Beauchamp Mashall, Roughwood, Chafont, St. Giles, Bucks.

Un catalogo di stoffe antiche.

L'elegantissimo volume della signora Isabella Errera (1) ha avuto un largo successo anche in Italia. Gli studi in questo campo sono così controversi da essere contraddittorii. Questo libro meritava il successo che ha avuto e l'interesse che ha destato; e per sè stesso e per l'esempio. I libri scritti e compilati dalle donne sono in massima parte uno sfoggio di forma. La sostanza vi è sempre rara. Ma ogni regola ha la sua eccezione: ed ecco, per esempio, un volume denso di cose e d'osservazioni, in cui la forma si limita soltanto alle più indispensabili indicazioni schematiche. Non c'è che dire: è un libro ideale, un esempio di rinunzia altamente lodevole.

La colta autrice dichiara modestamente nella prefazione di aver cercato, il più che abbia potuto, la esattezza nelle attribuzioni e nelle provenienze; di proposito ella ha

(1) *Collection d'anciennes étoffes,* réunies et décrites par Mme ISABELLA ERRERA. Catalogue orné de 420 photogravures exécutées d'après les clichés de l'auteur. Bruxelles, Librairie Falk fils, éditeur.

evitato le ipotesi, non avendo autorità per farne. La dichiarazione più che modesta è di una franchezza simpatica: è una prova di più della discrezione e del senso critico cui è informato il catalogo, coronato da un paziente ed esauriente indice di luoghi, autori, stili, secoli, motivi decorativi, ecc.

La collezione fu formata negli ultimi dieci anni, e comprendeva anche

Seta italiana - Sec. XIII-XIV.
(N. 43 del Catalogo).

tessuti copti in lana ed in seta, che furono già donati al *Musée du Cinquantenaire* di Bruxelles. E allo stesso degnissimo istituto son anche destinati i 420 pezzi di stoffa, che, riprodotti tutti in chiare fotoincisioni, costituiscono questo catalogo che vale per sè stesso più di qualunque trattato dimostrativo. Poichè non bisogna dire che là dove, come per stoffe orientali o di derivazione orientale,

occorreva qualche maggior notizia a spiegazione dei simboli, questa manchi; come non vi mancano i pareri di illustri cultori dell'arte tessile specialmente interpellati per altri numeri e i giudiziosi richiami a quelle stoffe che furono dipinte in tele o in affreschi da pittori illustri e che la sapiente autrice ha saputo distinguere *de visu*.

Il catalogo è distinto per secoli; e da un frammento di seta siriaca del IV secolo si va al n. 401, un frammento serico di damasco attribui-

Seta orientale o italiana - Sec. XV. (N. 126).

bile agl'inizii del secolo XIX. Segue,. a guisa di appendice, una piccola. serie di stoffe impresse, egualmente distribuite per epoca: 18 numeri.

La nostra attenzione è naturalmente più attirata dalle stoffe, in cui si scorge qualche figurazione mistica o simbolica, e da quelle che hanno relazione con dipinti. Rileviamone alcune.

Il primo frammento, che è di seta rossa completata col pennello, fu acquistato al *Kunstgewerbe Museum* di Berlino: ha una decorazione circolare e in mezzo un cavallo alato. Il prof. Serting, conservatore di quel Museo, la crede siriaca; e secondo il Goblet d'Alviella, che ampiamente tiattò della *Migration des Symboles*, il cavallo alato saiebbe un simbolo del sole. Non già che il senso simbolico degli oggetti iaffiguiati ce ne dia la spiegazione esatta; ma si può diie che la tiadizione abbia conservato e peipetuato de' soggetti, il cui

Una stoffa di valoie eccezionale è quella segnata dal Catalogo col numeio 7. È di seta e di lino veidi, decoiati in aigento, lumeggiati di bianco e di giallo; lavoio probabilmente siciliano. Vi è iaffiguiato l'*Hom* o albeio della vita fia due leoni rampanti. Questo disegno piesenta analogia con quello del mantello imperiale (secolo XII) conseivato a Vienna. Le palmette delle iiquadiatuie hanno affinità con quelle che sono stilizzate nella pianeta di S.ᵃ Valbuiga d'Eichstaedt, designata per lavoio bizantino del secolo X. A Ravenna, nella ciiesa di S. Apollinare in classe, vi ia un saicofago con l'albeio della vita nello stesso stile. Ed è poi da iilevaie che questo albeio della vita era univeisalmente adoiato da' Semiti e dagli Aiiani, sin dai tempi più antichi.

Questo ed altii fiammenti di stoffa illustiano molto bene, quel peiiodo tioppo oscuio, ma glorioso, in cui la Sicilia ebbe manifattuie tessili i cui piodotti, per quanto improntati di stile aiabo, si diffuseio per tutta l'Europa dal secolo XI al XIV, cioè finchè le manifattuie di Lucca e di Venezia non preseio il sopiavvento. Ed al secolo XIV iisale la stoffa n. 50 – in seta iossa decoiata di oio –

Seta siciliana - Sec. XIV. (N. 50).

significato oiiginale si è peiduto. Altii simboli solaii, secondo lo stesso autoie, sono le aquile che noi vediamo affrontate in un altio fiammento di seta, lavoio siciliano o spagnolo, foise del secolo XI. Le aquile poitano una foglia nel becco; e la signoia Eiieia ia notato un motivo simile su una miniatuià spagnola del secolo undicesimo.

che è sicuiamente siciliana, anzi paleimitana, secondo la stoffa del South-Kensington Museum molto affine. Maitino Sciwaiy di Rothenbuig (1480) ia il fondo di un suo quadio foimato da un tessuto molto simile, specialmente pel motivo dell'aquila. L'albeio è il melogiano, il cui fiutto è per sanzione antica simbolo di fecondità, abbondanza e vita.

Nell'affresco di Benozzo alla Cappella di Palazzo Riccardi in Firenze vi ha un cavallo ornato di una gualdrappa analogo alla seta bianca decorata in oro e velluto rosso, del numero 126. Ma questa stoffa è variamente giudicata italiana o orientale; il catalogo Tachard la fa veneziana; essa è certamente del secolo XIV.

Altre relazioni notevoli corrono fra la stoffa n. 127 – velluto rosso, decorato di oro – e la dalmatica con cui un quadro con Cristo e la Vergine che nel Museo di Augsbourg porta la data 1501.

Anche un'altra pianeta (n. 119) è identica a quella indossata da S. Nicola da Bari nel quadro del Tobiolo, composizione gentile di Cima da Conegliano ora all'Accademia di Venezia.

Noi potremo citare ancora molte altre di queste relazioni, che rivelano e confermano con quanta serietà di studio e con quanto amore la

Velluto italiano (?) · Sec. xv-xvi. (N. 159).

lo Zurbaran (1598-1662) ornò il suo S. Lorenzo nel quadro conservato nel Museo di Pietroburgo: anche questa stoffa, del secolo XV, non è sicuramente italiana.

La pianeta n. 163, che è in velluto rosso cesellato in rosso, è un lavoro sicuramente italiano, fra il sec. XV e il sec. XVI, si può dire anche veneziano, ed ha molti riscontri stilistici nei quadri del Crivelli (la Vergine in estasi della *National Gallery*) e del Pinturicchio (la Vergine fra santi nella chiesa di Sant'Andrea a Spello) e di Hans Burgkmain in colta signora ha condotto e curato questo catalogo. A noi basti averne dato questo cenno dimostrativo. I lettori e gli amatori troveranno nel libro prezioso uno dei più efficaci contributi a risolvere in qualche modo i problemi intricatissimi di una parte della storia dell'arte, finora molto oscura e poco amata, come è quella delle stoffe.

La « British Academy ».

Il gennaio scorso una petizione era stata presentata al *Privy Council* per la creazione d'una Accademia inglese

Damasco italiano (?) - Fine xvi secolo. (N. 314).

per la promozione degli studi storici, filosofici e filologici. Il Re ha firmato un decreto che la istituisce. Tre dei dignitari della petizione sono morti: Lord Acton, S. R. Gardener, A. B. Davidson; gli altri, coll'aggiunta di Lord Rosebery, il cui nome entra ora in lista, hanno il privilegio di passare nella storia come i primi 49 membri della *British Academy*. Essi sono:

Lord Rosebery – Il visconte Dillon – Lord Reay – Arthur Balfour – John Morley - James Bryce - Mr. Lecky – Sir William Anson – Sir Fred. Pollock – Sir Edward Maude Thompson – Sir Henry Churchill Maxwell-Lytte – Sir Courtenay. Ilbert – Sir Richard Jebb.

Il Dr. Monro – Dr. Edward Caird – H. F. Pelham – John Rhys – Rev.

George Salmon – Professor J. B. Bury
– S. H. Butcher – Ingram Bywater –
E. B. Cowell - Rev. William Cun-
ningham – Rhys Davids – Albert Di-
cey – Rev. S. R. Driver – Robinson
Ellis – Arthur J. Evans – Rev. A. M.
Fairbairn – Rev. Robert Flint – J. G.
Franzel – Israel Gollancz - Thomas
Hodgkin - S. H. Hodgson - T. E.
Holland – F. W. Maitland – Alfred
Marshall – Rev. J. B. Mayor – Dr.
J. A. H. Murray – W. M. Ramsey
– Rev. William Sanday - Rev. W.
Skeat - Leslie Stephen – Whitley
Stokes - Rev. H. B. Swete – Rev.
H. F. Tozer – Robert Velverton Tyr-
rell – Prof. James Ward.

Oltre alle materie storiche, filosofiche, filologiche, si dibattè la questione se dovessero entrarci le lettere; ma esse furono escluse. Il fatto
di vedervi due letterati, come Leslie
Stephen e John Morley, è accidentale.

Un poeta sarto.

*Most wretched men - are cradled into
poetry by wrong; - they learn in suffer-
ing what they teach in song* (Molti miserabili sono cullati nella poesia dal-
l'ingiustizia; essi imparano soffrendo
quel che insegnano col canto).
Con questi versi di Shelley incomincia la *Revue de Paris* un articolo
su Morris Rosenfeld, un poeta del
ghetto di New York. Egli nacque in
Lituania da un sarto: ebreo, si nutrì
dei libri tradizionali e si provò a poe-
tare nel linguaggio degli ebrei tedeschi, il *Yiddisch*. Nei *Nationale Ver-
sen* egli cantò le miserie e le aspirazioni religiose della sua razza. Ma i
versi più forti e originali furono
scritti da lui quando, non trovando in
patria di che nutrire la sua giovane
famiglia, partì per Londra, a White-
chapel, poi per New York, ove si
stabilì a *Jewtown*. Qui scrisse i *Canti
del Lavoro*.
Questa poesia è caratterizzata, oltre
che dall'elevazione del pensiero e
dall'assenza di ogni volgarità, dalla
unità d'ispirazione. I quadri della
misera vita che conduce egli coi suoi
compagni non servono che a metterle in
luce i differenti aspetti della fatalità
sociale, che non risparmia nè i grandi

nè i piccoli, e diminuisce la colpa
degli individui aumentando quella
dello stesso sistema sociale.
Particolare è anche la sua tecnica:
metri varii e adatti, ritmi martellati
e incisivi. Eccone qualche tratto:

Nell'officina le macchine rumoreggiano
sì furiosamente che spesso, nel tumulto, oblio
li esistere... il mio *Io* sparisce: divento una
macchina. Io lavoro, lavoro senza fine e do-
loro senza misura. Perchè? Per chi? Non lo
so: non lo chiedo: come una macchina potrebbe esser dotata di pensiero?
A mezzodì l'officina mi appare come un
campo di strage ove tutto riposa omai: intorno a me giacciono cadaveri... Un momento dopo si suona l'allarme, i morti si
destano, la lotta rinasce, i cadaveri combattono per gli estranei, per gl'ignoti; combattono, cadono, affondano nella notte!

Egli vede accanto a sè il *Pallido
approntatore:*

Da quando mi ricordo egli cuce sempre...
I mesi fuggono, gli anni passano correndo,
e l'uomo pallido è sempre lì, chino, che
lotta contro la macchina... Mi arresto e
guardo il suo volto, il suo volto coperto
di polvere e di sudore... le lagrime cadono
dall'alba alla sera, penetrano le stoffe, im-
pregnano i punti delle cuciture...
Ditemi, per quanto tempo questo debole
uomo spingerà ancora la ruota?... Ahimè,
difficile, ben difficile a dirsi. Intanto una
cosa è certa e chiara: quando la fatica avrà
ucciso questo, un altro piglierà il suo posto
a cucire.

Udite che tenerezza desolata in
questo *Mein Jüngele* (*Il mio pargolo*):

Ho un bimbo, un bimbo tutto bello!
Quando lo vedo, parmi che tutto il mondo
mi appartenga. Ma di rado, di rado lo veggo,
il mio bel bimbo, quand' è sveglio; lo trovo
sempre addormentato, non lo vedo che la
notte!
Il lavoro mi caccia presto di casa e non
mi lascia tornare che tardi: ahimè! La mia
propria carne mi è straniera! Straniero lo
sguardo del mio bimbo!
Torno a casa nell'angoscia, tra le tenebre:
la mia donna pallida mi racconta tosto tutti
i giochi del mio bimbo e com' è dolce la
sua parola e come chiede con malizia:
« Mamma, mamma cara, quando verrà a
portarmi un soldino mio babbo, il mio caro
babbo? »
Odo e m'affretto: « Sì: bisogna, bisogna
che il mio bimbo mi veda!...» Mi tengo vicino alla sua culla, lo vedo, l'ascolto e... sst!
Un sogno move i labbruzzi: « Dove, dov'è
papà? »
Bacio gli occhietti azzurri: « Oh mio bimbo! » Mi vedono, mi guardano, e si richiu-

12

dono. « Tuo babbo è qui, caro, ecco un soldo per te! » Un sogno agita i labbruzzi: « Dove, dov'è papà? »

Io rimango lì pieno di dolore e d'amarezza e penso: « Quando ti sveglierai un giorno, bimbo, non mi troverai più qui! »

Quanto questa è dolce e accorata, altrettanto quest'altra è disperata e cupa: *Varzweiflung* (Disperazióne).

Tu vuoi dimenticar la sorte e riposare!
— Non inquietarti, ben tostó otterrai riposo!

Aneli d'esser un campo arioso e verde?
— Pazienza, ben tosto ti si porterà!

Desideri-immergerti, tergerti nel ruscello?
— Ti si laverà dalla testa ai piedi!

Vorresti cingerti d'una veste candida?
—- Fra non molto ti si rivestirà.

Agogni al rezzo, alla frescura?
— Non tarderai ad essere ben freddo!

Non possiedi amici, sei solo?
— Avrai presto amici innumerevoli:

Brulicano e ti aspettano...

Un giorno Rosenfeld partì traverso i *ghetti* degli Stati Uniti a portar il conforto del suo canto. Spossato, vecchio prematuramente, si fece amare dai suoi uditori che l'ospitarono e contribuirono alla pubblicazione d'un piccolo volume (*Songs from the Ghetto*, Boston). Nel *North End* di Boston lo incontrò il prof. Leo Wiener, un erudito, che lo ascoltò con entusiasmo e provocò poi una sottoscrizione fra gli ammiratori del poeta errante, grazie alla quale egli potè acquistare una cartoleria con cui ora nutre la moglie e quattro bimbi.

Il più potente cannone.

Il cannone fabbricato di recente nell'arsenale Watervliet per la difesa del porto di New York segna una data memorabile nella storia dell'artiglieria. Esso ha un calibro di 16 pollici che non è il massimo finora raggiunto, perchè ve ne è uno italiano che ne ha quasi 18, uno francese che supera i 16 e quello Armstrong sulle corazzate inglesi che è di 16.25. Ma l'energia del nuovo cannone americano sorpassa del 45, del 41 e del 65 i giganti rivali d'Italia, di Francia ed Inghilterra. La sua portata teorica è di ventun miglia, imprimendo al

proiettile una traiettoria che lo porta fino a sei miglia dal suolo.

Il mostruoso cannone è lungo quasi 15 metri; e pesa, senza il fusto, 126

tonnellate; il suo proiettile ha la lunghezza di due metri circa.

Per la difesa del porto di New York saranno fabbricati diciotto cannoni uguali, di straordinaria potenza; dieci saranno posti a San Francisco, otto a Boston e quattro a Hampton Roads.

La percezione visuale
dello spazio.

La Biblioteca di pedagogia e di psicologia pubblicata sotto la direzione di A. Binet s'arricchisce d'una monografia eccellente sopra la percezione visuale dello spazio coll'opera del Bourdon. (*La perception visuelle de l'espace,* avec 143 figures et 2 planches, pag. 460. Librairie C. Reinwald, Schleicher Frères Éd., 1902, Paris, L. 12). Il chiaro professore di filosofia dell'Università di Rennes, tenendo il più largo conto dei risultati ottenuti dai maggiori fisiologi dell'ultimo secolo (Aubert, Volkmann, Donders, Helmoltz, Hering) presenta in questo volume tutti i fatti essenziali relativi alla percezione visuale dello spazio, distinguendo accuratamente la parte di ciascuna specie principale di sensazioni, ed aggiungendo un ampio corredo di determinazioni quantitative originali.

Lo studio della percezione speciale dello spazio è giustificato dal fatto che noi, mediante la vista, da una parte percepiamo la luce ed i colori, dall'altra lo spazio, vale a dire le grandezze, le forme, le posizioni, i

movimenti, le profondità. L'indipendenza relativa di questi due gruppi
di fatti si dimostra facilmente; così
le stesse forme persistono qualunque
siano i colori che si dànno loro, come,
ad esempio, le lettere stampate in un
dato colore conservano la medesima
forma se si stampano in colore diverso. Ora, mentre la percezione dei
colori è strettamente retinica, la percezione visuale dello spazio è costituita, in modo particolare, da sensazioni tattili, muscolari ed articolari.

Si comprende agevolmente quanto
sia grande l'interesse delle determinazioni quantitative di questi fenomeni, a cui s'è accinto l'A., valendosi
dei suoi considerevoli studi analitici
pubblicati anteriormente in diverse
riviste. Dopo un chiarissimo esame
degli organi della percezione visuale
dello spazio, l'A. presenta tutti i fenomeni psicologici elementari che intervengono nella percezione suddetta,
quindi studia l'acuità visuale, la percezione delle forme, delle grandezze,
delle posizioni, delle direzioni, dei
movimenti per mezzo delle sensazioni
tattili, muscolari e retiniche, delle
profondità mediante la percezione
monocolare e binoculare. Un'importanza caratteristica assumono i capitoli consacrati allo studio delle illusioni
ottiche geometriche, d'irradiazione,
anortoscopiche e motorie, delle proprietà spaziali delle immagini conse-
cutive, e particolarmente le esperienze
sopra i bambini e i cieco-nati operati,
e sopra le grandezze e le distanze ap-
parenti degli oggetti celesti.

La semplicità e la chiarezza che
l'A. ha saputo introdurre in questo
genere di studi fanno di questo trattato un velo quadro chiaro ed evidente in tutte le parti, utilissimo a
tutti gli studiosi, ma in singolar modo
agli insegnanti di psicologia, che di
queste monografie scientifiche sentono
di avere un vero bisogno, sia per le
esigenze personali della loro coltura,
sia per quelle didattiche del loro insegnamento. Dal canto loro, gli editori
non hanno risparmiato nulla perchè
questo libro riuscisse corretto e bene
illustrato di figure dichiarative nel
testo.

Il nuovo libro
del Duca degli Abruzzi.

Pel novembre venturo si prepara
un avvenimento librario di prima importanza. Presso l'editore Hoepli vedrà la luce il lavoro del Duca degli
Abruzzi: La « Stella Polare » nel mare
Artico. Il volume sarà in ottavo
grande, stampato su carta di lusso;
consterà di circa 600 pagine con 208
illustrazioni nel testo e due panorami
in colori, uno dei quali lungo quasi
due metri, e uno 60 centimetri. Vi
saranno anche tre carte geografiche e
25 tavole in oleografia riproducenti gli
episodi e i paesaggi principali della
spedizione. Il principe ha diretto personalmente la pubblicazione tenendosi in continua corrispondenza epistolare e telegrafica coll'editore.

La prima edizione italiana sarà di
4500 esemplari, ciascuno dei quali
sarà posto in vendita a lire 12. 50.
Contemporaneamente il libro uscirà in
tedesco a Lipsia, presso Brockhaus;
in inglese a Londra, presso Hutchin-
son; e in francese a Parigi, presso
Hachette.

L'opera è dedicata alla Regina Madre e alla memoria di Re Umberto,
che salutò alla partenza i componenti
la spedizione polare, ma non potè
vederne il ritorno.

NEMI.

NOTIZIE, LIBRI E RECENTI PUBBLICAZIONI

Si è costituito in Roma un Comitato, il quale ha per scopo di organizzare un pellegrinaggio nazionale al Pantheon per la prossima ricorrenza del 25° anniversario della morte di Vittorio Emanuele II. Il Comitato d'onore si compone delle LL. EE. i cavalieri dell'Ordine supremo della SS. Annunziata, i ministri segretari di Stato, gli ex-ministri di re Vittorio Emanuele II, delle principali autorità civili e militari di Roma e di tutti i sindaci delle città capoluogo di provincia.

— Ad Aosta si è formato, sotto gli auspici del Club Alpino, un Comitato per l'erezione di un monumento a Umberto I.

— Il ministro dell'Istruzione presenterà al Parlamento un progetto di legge per l'acquisto delle opere lasciate da Domenico Morelli. La Giunta Superiore di Belle Arti ha già nominato una Commissione composta di Giuseppe Sacconi, di Filippo Carcano, di Francesco Jacovacci, di Cesare Biseo, di Federico Andreotti, di Ettore Ximenes, di Nicola Breglia e di Giuseppe Pisanti, con l'incarico di designare il prezzo che giustamente si potrebbe attribuire alle opere lasciate dal Morelli. Tale prezzo sarebbe circa in lire 130,000.

— Il 21 agosto è stato commemorato a Venezia Riccardo Selvatico nel primo anniversario della sua morte. Lesse un discorso il signor Romanello, ed aggiunse brevi parole Antonio Fradeletto.

— Il 17 settembre si inaugurerà a Verona un monumento al generale Pianell.

— Per iniziativa del comune di Cutigliano Pistoiese, si è celebrato il primo centenario di Beatrice Pastora del Pian degli Ontani, improvvisatrice di rime, vissuta nei primi del secolo XIX.

— A Cireglio presso Pistoia ha cessato di vivere Policarpo Petrocchi, noto per le sue pregevoli opere filologiche, fra le quali il Dizionario per la pronunzia della lingua italiana.

— All'ospedale di Pammatone presso Genova è morto, in età di 73 anni, il capitano Giuseppe Daneri, che nel 1857 comandava il piroscafo *Cagliari* della Società Rubattino, che condusse la spedizione di Sapri, e con Nicotera, Pisacane, e gli altri valorosi partecipò a quell'impresa eroica ed infelice.

— Il paese di Cesenatico si prepara a festeggiare il giorno 6 settembre in cui ricorre il quarto centenario dell'arrivo di Leonardo da Vinci per sistemare e fortificare quel porto.

— Monsummano, patria di Giuseppe Giusti, ha celebrato il terzo centenario della sua fondazione.

×

Dal 16 al 19 settembre si riunirà in Torino il Congresso dell'Associazione internazionale per la protezione della proprietà industriale.

— Il primo Congresso nazionale di chimica applicata s'inaugurerà a Torino il 4 settembre.

— Si è aperta in Avellino una Mostra internazionale di macchine e attrezzi agrari.

— Il 26 agosto a Treviglio fu inaugurata un'Esposizione agricola industriale.

— Il 25 ottobre si riunirà a Palermo il V Congresso giuridico nazionale e III Congresso forense.

— Dal 23 al 29 settembre p. v., Napoli sarà sede del Congresso per la proprietà letteraria e artistica. Questo Congresso viene promosso dall'Associazione letteraria e artistica internazionale di Parigi fondata da Victor Hugo nel 1878. I componenti il Comitato d'onore sono: il sindaco di Napoli, presidente ono-

laiio, il piof. comm. Enrico Pessina. senatore del Regno, presidente effettivo.
Roberto Biacco. piof. Alessandro Chiappelli, Benedetto Croce. Salvatore Di Giacomo, piof. comm. Pasquale Fiore. presidente del Circolo giuridico, D' Orsi Achille, piof. comm. Emanuele Giantureo, deputato al Parlamento, prof. comm. Alberto Marghieri, Giuseppe Martucci, direttore del Conservatorio di musica di Napoli, comm. Achille Torelli, Paolo Vetti, segretario, Gaspare Di Martino. La quota di iscrizione è di lire 20.

— È aperto il concorso al premio di L. 1200 annue istituito dall'Università di Padova col titolo di *Fondazione Dante*.

×

L'assemblea della Associazione artistica di Venezia ha acclamato suo presidente onorario l'architetto conte Giuseppe Sacconi. Tale onorifica carica fu già occupata dal compianto maestro Verdi.

— La Giunta comunale di Vicenza ha approvato un progetto d'armamento compilato d'urgenza per arrestare il processo di disgregazione della Basilica Palladiana e per poter intraprendere i lavori sotterranei necessari all'integrità dell'insigne monumento.

— Il Ministero della pubblica istruzione ha acquistato per L. 8,000 il bassorilievo in marmo del Tenncrani. *Fede e Carità*. per la Galleria Nazionale d'arte moderna in Roma.

— A Canitello. presso la punta estrema della Calabria. fu rinnovata nel fondo del mare un'antica galera spagnuola. della quale si sono già recuperati varii cannoni.

— Nel giugno scorso un grande impresario teatrale americano ha stretto un contratto col maestro Mascagni, perchè musicasse il dramma *The Eternal City*, tratto dal celebre romanzo di Hall Caine. Ora apprendiamo che il Mascagni ha terminato la composizione, scrivendo un preludio e quattro interludi.

— *Cecilia*. la nuova opera del maestro Olefice. ha avuto a Vicenza un successo molto felice.

— La Commissione esaminatrice del concorso per una romanza da camera bandito dallo Stabilimento musicale Romano, è stata composta dei maestri padre Hartmann, Vessella e Stolti, e dei signori: D'Atri e Mario Roux. Il termine utile per la presentazione dei lavori scade il 30 settembre p. v.

— Nello scorso luglio il comm. Guido Cora ha eseguito un nuovo viaggi, nella penisola balcanica per continuare gli studi che va facendo su quella regione da molto tempo.

— L'editore Zanichelli ha ripreso la pubblicazione della *Biblioteca storico-critica della Letteratura dantesca*. affidata alle cure del prof. Pasquale Papa.

— *Passione*, il romanzo di Neera che fu pubblicato nella *Nuora Antologia* sarà tra breve messo in vendita. in volume. da Sandron di Palermo.

⚜

Mindowe - Il padre degli appestati, di GIULIO SLOWACKI, trad. dal polacco di A. UNGHERINI. ROUX E VIARENGO. Torino. — Giulio Slowacki (1809-1849) è uno dei maggiori poeti della Polonia. Di lui nulla fu tradotto in italiano. Per la prima volta compare in bella veste italiana questo forte dramma: *Mindowe, rè di Lituania*, composto dal poeta a vent'anni: è un quadro della storia della Lituania nel XIII secolo, all'epoca della lotta fra quel popolo e i Cavalieri Teutonici: dramma tetro, che risente molto del periodo in cui fu composto (1827) ma non privo di un potente soffio shakespeariano. *Il padre degli appestati* è un poemetto lugubre, un lamento di un padre che si vede rapiti dalla peste tutta la famiglia nelle lande asiatiche. Il traduttore ha curato il suo testo con molta esattezza. Auguriamogli ora che si rivolga alla letteratura polacca contemporanea e ce ne renda qualche buon saggio.

Gli ‹ Anciens Régimes › e la Democrazia diretta, per GIUSEPPE RENSI, con introduzione di ARCANGELO GHISLERI. Bellinzona, edizione COLOMBI & C.. 1902. — Uno dei concetti più generalmente diffusi, perchè appartengono alla categoria dei semplicismi accettati senza esame, è quello che i governi parlamentari differiscono radicalmente dalle monarchie assolute. Ora il Rensi sostiene che tra le monarchie assolute ed i governi parlamentari non v'è differenza di sostanza e che la vera e sostanziale distinzione delle forme di governo deve farsi tra gli Stati accentrati e parlamentari - entrambi *anciens régimes* - da una parte e quelli a democrazia diretta (*referendum*, diritti di iniziativa e di revisione) dall'altra. Ciò forma precisamente il punto centrale del suo saggio storico

politico che, nella piccola mole, tratta largamente delle più importanti e discusse
questioni costituzionali del nostro tempo, e specialmente del problema del migliore dei governi, il quale - a suo giudizio - non può essere altro che la democrazia diretta. L'A. dichiara che, trattandosi soltanto di ricordare gli argomenti
e i fatti che condannano la teoria dell'indifferenza verso le forme di governo,
sarebbe ultraneo voler cercare in queste sue pagine novità e profondità di vedute. Ma egli è troppo modesto; sotto la popolarità del dettato trapelano, ad
ogni passo, osservazioni e critiche personali, notizie e ricerche storiche e politiche ben importanti, perchè riescono quasi sempre, se non a convincere, certo
a rischiarare in tutti gli spiriti il secolare ed ardente dibattito della libertà.
L'opera è presentata al lettore da una briosa introduzione di Arcangelo Ghisleri,
piena di sfiducia nel pubblico italiano...

     Monografie dantesche per A. AGRESTI, edite dal 1887 al 1901. Napoli, TIPO-
GRAFIA DELLA R. UNIVERSITÀ, 1902. — Come usano fare da qualche tempo
dantisti egregi, quali il Fornaciari, il D'Ovidio, il Novati ed altri, anche il professore Agresti raccoglie in questo volume varie memorie concernenti argomenti danteschi, quasi tutte apparse negli Atti dell'Accademia Pontaniana, e
perciò difficilmente reperibili. Chi conosce la speciale competenza dell'A. in siffatti argomenti, ai quali consacra una notevole parte del suo libero insegnamento
nell'Università napoletana, saprà degnamente pregiare questa raccolta.
     Certo, se meglio che una ristampa egli avesse inteso darci una revisione o
seconda edizione di scritti già editi, avrebbe provveduto, in qualche parte del
volume, ad accennare a studi più recenti, pubblicati dopochè queste monografie
accademiche videro per la prima volta la luce. In tal caso, ad es., le pagine su
Dante e Vanni Fucci, quelle sul collocamento degli Eretici, le altre su Dante e
i Patareni, e qualche altra ancora, avrebbero porta occasione ad aggiunte, e
forse anche a qualche modificazione e collezione opportuna.
     Ma ad un libro non può nè deve chiedersi ciò che non vuol essere; e i
pregi di queste monografie rimangono, ad ogni modo, tali e tanti, che ogni buon
cultore degli studi danteschi, ora che le accenniamo, anche fra noi da ogni parte, a
riprenderle vigore, sarà grato all'autore di avergli agevolato l'uso di questi importanti contributi all'indagine del poema sacro.

     Il sonetto del Petrarca a Giacomo Colonna. Saggio critico di ENRICO SI-
CARDI. Roma, MARIANI, 1902. — Da nessuno era stato posto in dubbio, neppure dal Carducci, nel suo Saggio di un testo e commento nuovo, che il delicato
sonetto del Petrarca « Mai non vedranno le mie luci asciutte » fosse stato diretto al vescovo Giacomo Colonna, suo signore ed amico, in risposta di un sonetto con cui quel cardinale gioiva per l'incoronazione di Messer Francesco in
Campidoglio. Con varie argomentazioni sottili e stringenti il Sicardi, che è una
vera autorità per ciò che riguarda gli studi petrarcheschi, vuol dimostrare che
quel sonetto fu indirizzato a Laura e non al Colonnese. Il breve e succoso studio
ci sembra che raggiunga pienamente lo scopo prefissosi dall'autore.

     La prostituzione considerata dal punto di vista dell'igiene, del dott. MAX
GRUBER. Torino BOCCA, pag. 80. L. 1.50. — Per cura della Lega per la moralità pubblica di Torino è pubblicato questo breve studio che viene a portar un
contributo notevole all'opera che società di tutte le nazioni vanno sviluppando
nel senso di combattere il flagello così efficacemente descritto dal marchese
Paulucci de' Calboli nella Nuova Antologia. Esso dimostra che sbagliano coloro
i quali giustificano la prostituzione per ragioni d'igiene e di moralità, colla scusa
ch'essa costituisca una valvola di sicurezza per gli istinti prepotenti. No: dal
punto di vista dell'igiene è pericolosissima, come diffonditrice delle più terribili
malattie che minano la specie umana; dal punto di vista della moralità è elemento
di corruzione individuale e di dissoluzione sociale, ripercuotendo per lo più i suoi
tragici effetti su creature innocenti, spose, madri e bambini. Un elenco notevole di scritti su tali questioni è messo a disposizione del pubblico gratuitamente dalla Società d'igiene piemontese e dalla Lega per la moralità pubblica di
Torino, nonchè dalla Federazione abolizionista internazionale (6, rue Saint-Léger,
Ginevra.

     Imperatore e Galileo. Dramma di ENRICO IBSEN. Milano. TREVES. — Tutto
il teatro del grande drammaturgo norvegese è stato pubblicato dalla casa Treves.
Ci mancava uno dei suoi primi lavori che lappresenta per la sua
grande ampiezza, e che può chiamarsi un poema drammatico. S'intitola: Imperatore e Galileo; porta per sotto-titolo dramma di storia universale; e si divide
in due parti: l'Apostasia di Cesare e l'Imperatore Giuliano. L'Ibsen lo scrisse

mentre era a Roma nel 1871; e da questo dramma preselo la mossa i numerosi
lavori storici e romanzeschi su Giuliano l'Apostata. Ora questo dramma fu tradotto da Malio Buzzi col consenso dell'autore, e viene a far palte della collezione Treves.

I figli del Cielo. Racconti cinesi di TCHENG-KI-TONG. Torino, 1902. ROUX
E VIARENGO, pag. 322. L. 2.50. — Tcheng-Ki-Tong, l'autore dell'*Uomo giallo*, il
fortunato romanzo che lo scorso anno ebbe tanto successo, pubblica ora questi
sei racconti, attraverso ai quali la vita, i costumi, le usanze dei cinesi, ci appariscono in una fusione geniale coll'elemento fantastico tanto in voga nella Cina.
Qua magie, fiori umani, prodigi e incantesimi; là fanciulle innamorate o giovani
avventurosi. In complesso, un volume piacevole e interessante.

La brigata dei Granatieri di Sardegna. Memorie storiche raccolte dal maggiore
DOMENICO GUERRINI. Torino. ROUX E VIARENGO, pag. 823. — Con esempio
non nuovo, poichè già fu dato egregiamente da alcuni dei nostri più antichi
reggimenti, ma semple altamente lodevole, anche la brigata granatieri di Sardegna ha voluto raccogliere le sue gloriose memorie ed ha affidato l'incarico ad
uno dei più colti e studiosi ufficiali del nostro esercito, il maggiore Domenico
Guerrini, professore alla Scuola di guerra. Muovendo dalle origini del reggimento delle guardie creato da Carlo Emanuele II nel 1659, con largo corredo
di erudizione attinta alle fonti originali, così copiose nei ricchi depositi di documenti di storia militare che vanta Torino, o custodite gelosamente nell'archivio
della brigata, il Guerrini conduce la narrazione fino ai tempi recentissimi. La
parte prima del suo lavoro è dedicata a studiare gli ordinamenti del reggimento
delle guardie, poi della brigata granatieri guardie, che coll'altro reggimento dei
cacciatori guardie di Sardegna, venne a costituire l'attuale Brigata. La parte
seconda contiene la narrazione di varii fatti d'arme fino alla battaglia d'Adua,
in cui i granatieri ebbero a segnalarsi. L'edizione, nitida ed elegante, vorrebbe
esser più rigorosamente corretta, ma di essi fu causa l'affrettata pubblicazione.
Una seconda edizione non tarderà certo a venire ed a far scompaiire anche
questi nei.

Diritto Ecclesiastico - Costituzione della Chiesa, per CARLO CALISSE. Firenze. Casa edit. « Fratelli CAMMELLI », 1902. L. 15. — Il chiarissimo professore
dell'Università Pisana ha compiuto un poderoso e dotto lavoro, che è una novella
prova della sua feconda attività e della sua larga dottrina storico-giuridica.
L'opera consta di un'*Introduzione* divisa in tre capitoli, ove si espongono le fonti
del Diritto Ecclesiastico (fonti canoniche e fonti civili), e di sei capitoli, ove si
tratta della storia della Chiesa, del clero, della Santa Sede, delle diocesi, delle
parrocchie, e delle associazioni religiose. Una sicura conoscenza della storia della
Chiesa in tutt'i suoi rami, e in tutt'i tempi, sta a base del lavoro: ed una non
meno sicura ed ampia conoscenza della legislazione ecclesiastica emana da tutto
l'insieme. Il pregio fondamentale del lavoro, a parte il sostrato scientifico importantissimo, è nel metodo espositivo che permette di orientarsi facilmente nell'intricata e difficile materia, sì che l'opera può tornare utile non soltanto allo studioso di quistioni religiose, ma anche e soprattutto ai giuristi e a quanti hanno
rapporti e interessi col Foro ecclesiastico. Venuto ultimo in ordine di tempo,
questo lavoro compendia e rende superflui i precedenti, e torna in onore della
cultura italiana, perchè sta a provare che non ci sono in tutto sono negletti tra noi questi
studii, che altrove hanno cultori attivissimi.

Firenze presa sul serio. Libro allegro di NOVELLINO (Augusto Novelli). Firenze, 1902. ELZEVIRIANA, pagg. 210. L. 2. — È un libro bizzarro che si legge d'un
fiato. L'autore immagina di alzarsi di buon'ora e di fare una lunga passeggiata
per la città sino a notte avanzata: ci fa assistere così alla sveglia dei torpidi
abitanti, ai primi brividi della graziosa Firenze che si rianima, alla vendita tumultuosa dei giornali, alle prime disgrazie. Poi ci sono le « macchiette » del pomeriggio e della sera. Il libro è scritto con stile spigliato: la satira è sempre
garbata, l'umorismo non forzato. Peccato però che l'autore abusi un po' del dialetto fiorentino.

F. Nietzsche e L. Tolstoi - Idee morali del tempo, per IGINO PETRONE.
Napoli, PIERRO, 1902 — In una serie di conferenze lette alla Società « Pro
Cultura » in Napoli, l'A. ha dimostrato che due correnti opposte tengono il mag-
gior campo nell'idee morali del tempo nostro: quella del Nietzsche e quella del
Tolstoi. Con una sintesi felice ed efficace, egli ha riassunto la filosofia del super-
nmano, esponendo il pensiero dello strano pensatore tedesco, e la critica del-

l'umano contio il *superumano;* ha esposto poi la moiale e la ciisi spiiituale del Tolstoi. Bene si è avvisato l'editoie Pieiio di iaccoglieie in volume queste quattio confeienze, peichè sono il mezzo più sicuio - elaboiate come sono di vasta dottiina filosofica, e in veste letteiaiia chiaia ed elegante - per conosceie il pensieio intimo dei due giandi pensatoii.

Nuovo Manuale di letteiatuia italiana, per F. MARTINI, Roma, A. FIOCCHI, 1902. — Avemmo già ad occuparcene ampiamente quando l'opeia non era ancoia completa. Ricco di ancoi nuovi piegi ci appaie questo terzo ed ultimo volume, che va dalla iivoluzione scientifica alla iivoluzione politica, compiendendo cosi tre secoli di letteiatuia. Il secolo XIX, come quello da cui diiettamente si svolge il pensieio e l'aite contempoianea, vi tiova una speciale e più ampia tiattazione; la quale dà a tutto il manuale un simpatico sapoie di modernità.

Ottimi gli esempi, scoitati da bievi e lucide annotazioni; buona la bibliogiafia. Non possiamo che auguiaie a questo *Nuovo Manuale* una diffusione ancoi maggioie di quella che ha già saputo meiitaisi.

FRANCIA.

A Besançon, il 17 agosto fuiono inauguiati due monumenti, l'uno a Victoi Hugo, l'altio a Pasteui.

— Si è iiunito a Paiigi il secondo Congiesso inteinazionale dei piofessoii libeii.

— L'areonauta De la Vaulx tenterà nuovamente alla metà di settembie, col suo pallone *Méditerranéen,* la tiaveisata del Mediteiianeo.

— All'Arena di Bézières è stato iappiesentato con buon successo un dramma stoiico di soggetto peisiano: *Parysatis.*

— La *Comédie Française* ha subito una giave peidita per la moite della giovane e valente aitista diammatica Wanda de Bouzca.

×

La Libieiia Fasquelle ha pubblicato un volume di Jean Hess: *La Catastrophe de la Martinique,* con 50 incisioni da fotogiafie. (Fr. 3.50).

— Anche il libio di Camillo Flammaiion: *Les Eruptions volcaniques* ha veduto la luce piesso la libieiia Flammaiion. (Fr. 3.50).

Recenti pubblicazioni :

Un Adolescent. Roman par DOSTOIEWSKI, tiaduit par J. W. BIENSTOCK & FÉLIX FÉNÉON. — Editions de la « Revue Blanche ». Fr. 3.50.

La Fille des Vagues, par FERNAND LAFARGUE. — Tallandier. Fr. 3.50.

La Comtesse de Bonneval. Letties du XVIII siècle, par GUSTAVE MICHAUT. — Fontemoing. Fr. 2.

Le Livre de l'Emérande - En Bretagne, par A. SUARÈS. — Calmann-Lévy. Fr. 3.50.

Le Monde Polynesien, par HENRI MAGER. — Reinwald. Fr. 2.

La France dans l'Afrique Occidentale, par CAMILLE DREYFUS. — Société Fiançaise d'Editions d'Art. Fr. 1.

Etude sur l'évolution des foimes architecturales, par J. DE WAELE. — Librairie de la Constiuction Modeine. Fr. 20.

Du rôle de l'Etat en matière d'art scénique, par PAUL SORIN. — Rousseau. Fr. 6.

Dictionnaire de poche français-allemand-anglais, contenant les termes techniques de l'automobilisme et de l'électricité, par W. ISENDAHL. — Haai & Steineit. F. 2.50.

Bonheur en geime. Roman par JEAN BLAIZE. — Plon. Fr. 3.50.

Larmes et Baiseis. Poésies par ALBERT BRUNSWICK. — Léon Vaniei.

La Vendetta. Diame coise en six tableaux par J. MARTINI. — Léon Vaniei.

Trop jolie. Roman par RENÉ MAIZEROY. — Ollendoiff.

Conquête de Madagascar (1895-96), par JULES POIRIER. — Henii-Chailes-Lavauzelle. Fr. 7.50.

❧

La méthode histoiique appliquée aux sciences sociales, par Ch. SEIGNOBOS. (Bibliothèque généiale des sciences sociales). Paiis, FÉLIX ALCAN, 1901, pag. 322. L. 6. — L'opeia è divisa in due paiti. La piima studia il metodo stoiico applicato ai documenti delle scienze sociali, svolgendo la teoria del documento ed esaminando minutamente le precauzioni necessarie alle diverse critiche: di provenienza, di interpretazione, di sincerità e di esattezza; discute l'impiego dei fatti critici, il loro raggruppamento preparatorio, così nelle serie simultanee come nelle serie successive, e contemplando da ultimo la costituzione dei fatti delle scienze sociali e le condizioni d'una conclusione scientifica qualunque. Facendo astrazione dall'applicazione della teoria ai documenti delle scienze sociali, il lettore si trova di fronte ad un vero *trattato sommario di metodo storico*, il quale senza internarsi nelle questioni puramente teoriche, che interesserebbero soltanto gli specialisti, rende un pregevole servigio a tutti coloro che hanno bisogno d'una guida per orientarsi nella ricerca, nell'apprezzamento e nella ricostituzione dei fatti storici. La seconda parte, rivolta soprattutto agli specialisti delle scienze sociali, tratta estesamente della formazione della storia in generale e della genesi della storia sociale in particolare: quindi ne espone lo stato, la costituzione, le difficoltà, le precauzioni ed i limiti. Fissati i criteri del metodo evolutivo, fa un'analisi completa dei differenti sistemi di storia sociale, dimostra l'ufficio di questa storia particolare nella conoscenza generale della storia e termina collo studio della duplice azione dei fatti umani individuali sopra i fatti sociali, e dei fatti umani collettivi sulla vita sociale medesima. Il lavoro del Seignobos, quantunque redatto in una forma un po' troppo scheletrica, più adatta ad un questionario che ad un'opera organica definitiva, anzi forse appunto per questo, ha una sveltezza ed un valore pratico non comune. L'idea fondamentale dell'A. è la seguente: la storia sociale non può essere compresa che collo studio delle altre parti della storia, perchè essa non è che un frammento della storia generale dell'umanità.

Le Monténégro et le Saint-Siège - La question de Saint-Jérôme, par le Marquis P. MAC SWINEY DE MASHANAGLASS. Rome, IMPRIMERIE COOPÉRATIVE SOCIALE, 1902. — La dibattuta questione di S. Girolamo, che tanto appassionò l'opinione pubblica italiana, ha trovato nell'A. uno storico imparziale e diligente. Trattando *ex novo* la questione, il Mac Swiney ha saputo tenersi lontano dalle esagerazioni dell'uno e dell'altro partito, e non ha rimpicciolito il fatto ad un'arma di parte, ma ne ha mostrato la connessione con gravi problemi politici. Il Montenegro nei rapporti con la Santa Sede e il titolo primaziale dell'arcivescovo d'Antivari, costituiscono la sostanza fondamentale della dotta monografia. Sei documenti inediti tratti dagli Archivii Vaticani comprovano la chiara ed efficace esposizione fatta dall'A. Il Mac Swiney, che già prima aveva pubblicati eruditi lavori storici, si mostra in questo ragionatore pieno di vigoria, elegante e convincente espositore.

Deux ans chez les anthropophages et les sultans du centre africain, par R. COBRAT DE MONTROZIER. Paris, PLON, 1902. — Membro della spedizione Bonnel de Mézières, l'A. narra con semplicità e evidenza l'esplorazione, a scopo specialmente commerciale, compiuta tra il 1898 ed il 1900, nel bacino dell'Ubangi e dell'Mbomu, sulla destra del Congo, nella parte più interna dei possedimenti equatoriali francesi. Per quanto dedite all'antropofagia, sul qual barbaro costume abbondano qui particolari assai nuovi, quelle popolazioni non paiono del tutto refrattarie alla civiltà. Forse in un avvenire non troppo lontano, col modificarne gradatamente le abitudini, si trasformeranno questi paesi, destinati per la bontà dei loro prodotti naturali ad essere, meglio assai che non ora, fonte di qualche ricchezza.

INGHILTERRA.

A Belfast è stato varato il nuovo transatlantico *Cedric*, della lunghezza di 213 metri e dello stazzamento di 21,000 tonnellate. Esso è il più grande dei vapori esistenti, e può portare tremila passeggeri.

— Nella cittadina di Cromarty è stato celebrato il centenario di Hugh Miller, scrittore di grande merito.

— Il movimento letterario e la produzione libraria sono in un periodo di ristagno in tutti i paesi, ma specialmente in Inghilterra, dove la stagione autunnale è sempre fecondissima. L'agosto e buona parte del settembre rappresentano il periodo più laborioso della gestazione con una produzione assai scarsa.

— Mr. Elkin Matthews prepara la pubblicazione di un diario di Edward Williams, l'amico di Shelley, che col poeta morì annegato. Il volume sarà importante per la nuova luce che verrà a gettare sulla vita intima di Shelley.

— Col 15 settembre comincierà a pubblicarsi un nuovo periodico mensile a Crockham Hill, nel Kent. Il suo titolo sarà: *The Protest*. Nel manifesto che ne annunzia la nascita, gli editori spiritosamente consigliano i bibliofili a provve-

deisi del piimo numeio della futuia iivista, essendo difficile che il secondo ar-
iivi a vedeie la luce.

— *Through the Casentino* è il titolo di un lavoio di Miss Lina Eckstein,
iiccamente illustiato da Miss Lucy du Bois Reymond. Il volume, edito da Dent,
appaitiene alla « Mediaeval Town Seiies ».

-- Sir Alfied Lyall sta lavoiando attoino ad una biogiafia di Loid Duf-
feiiu, e peiciò studia a Claudeboyes tutte le caite e la coiiispondenza di lui.

— L'editoie Fishei Unwin ha in piepaiazione un iomanzo di Lucas Cleeve,
intitolato : *The Man in the Street*.

Recenti pubblicazioni :

The Sea Lady. A novel by H. G. WELLS. — Methuen. 6s.

Matthew Arnold, by HERBERT PAUL. — Macmillan & Co. 2s.

The Unspeakable Scot, by T. W. H. CROSLAND. — Giant Richaids. 5s.

The Nation's Pictures. Vol. I, containing 48 beautiful iepioductions in coloui
of some of the finest modein Paintings in the Public Pictuie Galleiies of Gieat
Biitain, with desciiptive Text. — Cassel & Co. 12s.

Alfred Shaw, Cricketer - His Career and Reminiscences, iecoided by A. W.
PAULIN. — Cassel & Co. 2s. 6d.

The Automobile - Its Construction and Management, fiom the fiench of GÉ-
RARD LAVERGNE. Revised and edited by PAUL N. HASLUCK. — Cassel & Co.
10s. 6d.

⚜

The Conqueioi. A novel by GERTRUDE ATHERTON. MACMILLAN. 6s. —
Mis. Atheiton ha intiapieso a naiiaie in questo volume la veia e iomantica
stoiia di Alessandio Hamilton, il giande statista americano, la cui gloiia è seconda solo a quella di Washington stesso nel peiiodo più antico della stoiia
degli Stati Uniti. Raiamente uno sciittoie ha avuto il coiaggio di piendeie una
giande figuia stoiica per cioe del iomanzo. Di iegola le giandi figuie della stoiia
iappiesentano nel iomanzo una paite secondaiia; ma Mis. Atheiton è stata più
coiaggiosa dei suoi piedecessoii e, mentie da piincipio aveva intenzione di sciiveie soltanto una veia e piopiia biogiafia di Hamilton, ha finito collo sciiveie
un bel iomanzo, che è una biogiafia in foima diammatica.

In the Fog, by RICHARD HARDING DAVIS. HEINEMANN. — Nella sala del
Giill Club sono iiuniti vaii soci, fra i quali Mi. Andiew, membio del Pailamento. Egli è appassionato per i iomanzi a base di intiighi polizieschi, peiciò
i suoi compagni del Club, che quella seia hanno inteiesse di non lasciailo an-
daie al Pailamento peichè non dia il suo voto alla legge sull'aumento nella
flotta, si pongono a naiiaie la stoiia di un misteiioso delitto commesso la notte
piecedente a Londia. L'uno di essi è stato quasi testimonio del fatto; un altio`
conosce dei paiticolaii inteiessanti iiguaido all'eioina dell'immaginaiio iomanzo;
un teizo, come difensoie dell'accusato, aviebbe assistito ai piimi passi dell'istrut-
toiia. Quando giunge la notizia che il Pailamento è chiuso, tutti iivelano fra
le iisate che la stoiia del delitto è inventata da cima a fondo; ma Mi. Andren
si leva impassibile. Egli si è ugualmente diveitito, tanto più peichè era venuto
al Club dopo che la Cameia aveva appiovato l'aumento della flotta, in favoie
della quale legge egli aveia pionunziato un discoiso di tre ore.

A Quaiteily Review of County and Family Histoiy, Heialdiy and Anti-
quities « THE ANCESTOR » - Numbei 11, July 1902, Londia, ARCHIBALD CON-
STABLE & Co., 5s. netti. — È una pubblicazione di gian lusso, in caita a mano,
con numeiose tavole, iitiatti, stemmi, aimi, ecc, esce ogni quattio mesi in un
giosso volume iilegato, di ciica 250 pagine, e si occupa, come dice il titolo
della stoiia delle antiche famiglie, di aialdica e di genealogia, di aicheologia e
d'aite. Questo numeio contiene numeiosi aiticoli e note, fra cui citiamo: Gli
oinamenti dell'incoiouamento del Re; Pieoetti nell'uso delle aimi; Le oiigini,
dei Fitzgeiald; Le nostie più antiche famiglie; Letteie di antenati; Il popolo
noimanno; Famiglie ugonotte in Inghilteiia; Le spade della collezione Moi-
gan, ecc. ecc.

Medioeval Rome fiom Hildebrand to Clement VIII (1073-1600), by WIL-
LIAM MILLER (The Stoiy of the Nations), illustiated. PUTNAM. S. 31.50. — È un
manuale accuiato ed attiaente che viene ad aggiungeisi a questa seiie già divenuta popolaie: esso suiioga convenientemente piesso il pubblico le giandi opeie
del Gregorovius e di altii che sono quasi esclusivamente dedicate agli studiosi.

Siberia - Guide to the Great Siberian Railway, published by the MINISTRY OF WAYSF COMMUNICATION. PUTNAM. S. 3.50. — Nulla potrebbe chiarire meglio i pensieri della maggior parte del pubblico riguardo ai disegni e alle intraprese russe. che la pubblicazione del presente volume. Elegantemente legato ed edito. ampiamente illustrato. e scritto con singolare accuratezza di dettagli e larghezza di vedute, l'opera è molto più che una semplice guida ferroviaria. La prefazione è dedicata a uno « Sguardo geografico-storico della Siberia » e i susseguenti capitoli trattano non solo della ferrovia in sè stessa e di ciò che essa significa, ma di differenti soggetti sia industriali, educativi o etnografici. Coloro che vagheggiano un viaggio lungo questo maraviglioso nastro d'acciaio che i Russi hanno steso attraverso i loro dominii, o coloro che si interessano della Russia *per sè*, troveranno il libro di singolare valore o interesse. Il volume fu preparato con tale abilità che ha del fenomenale, e riflette, in miniatura, quelle splendide qualità di carattere che tradussero in atto la grande impresa di che già si tratta.

Commercial Trusts, by J. R. DOS PASSOS. London, PUTNAM'S SONS. S. 5 — In questo periodo in cui tanto si parla della questione dei *Trusts*, ben giunge questa pubblicazione di J. R. Dos Passos, membro del New York Bar, sui *Commercial Trusts*, come una difesa del *Trust* ed una opposizione contro la necessità di alcun intervento legale. Il libro di Dos Passos. consistente in un documento indirizzato alla Commissione industriale di Washington nel 1899, merita giustamente l'attenzione di tutti coloro che si interessano di queste caratteristiche questioni americane. Dopo aver parlato brevemente, con pochi tratti arguti, sulla politica speculativa, egli tratta chiaramente e concisamente l'origine legale e la struttura di un *Trust*, e il significato del Monopolio.

AUSTRIA E GERMANIA.

Un monumento all'Imperatrice Federico è stato inaugurato a Homburg con grande solennità; a Cromberg è stato inaugurato quello dell'Imperatore Federico III.

— La celebre *Siegesallée*, Viale della Vittoria di Berlino, è stata completata coll'inaugurazione della Fontana di Rolando, opera di Lessing in stile medioevale tedesco. Essa forma una piccola fortezza turrita, in mezzo a cui sorge la statua di Rolando, simbolo delle antiche libertà comunali.

— È morta a Gmunden l'arciduchessa Margherita Sofia di Württemberg, nipote dell'Imperatore Francesco Giuseppe.

— In un sobborgo di Berlino è stato trovato un quadro che si pretende essere di Raffaello. Esso rappresenta la Vergine Maria che ascende al cielo.

— In età di ottanta anni è morto il celebre pittore di animali Ludwig Beukmann, nato a Düsseldorf nel 1822.

— Il professore Schenk. dell'Università di Vienna, che aveva acquistato tanta celebrità cogli studi biologici sulla formazione dei sessi. ha cessato di vivere.

— Coll'estendersi, il progredire e il perfezionarsi delle arti fotografiche e fotomeccaniche, era naturale che dovesse svilupparsi la legislazione in materia fotografica. In Germania in questi giorni si è pubblicato un nuovo progetto di legge. Esso dice che la proprietà spetta di diritto all'autore della fotografia. cioè a quello la cui firma è segnata nell'esemplare fotografico. Questo diritto di proprietà si trasmette agli eredi. L'autore ha diritto di valersi della sua opera anche per usi industriali. Sono libere le riproduzioni a scopo scientifico, didattico o tecnico. È pure libera la riproduzione di esemplari già comparsi entro libri o pubblicazioni stampate, quando si citi la fonte. Il diritto di proprietà dura quindici anni dalla prima esecuzione. I ritratti di persone non possono essere esposti al pubblico senza il loro consenso che dopo 10 anni. però se si tratta di fotografie collettive possono sempre esporsi liberamente. Vi sono per i contravventori pene che giungono fino a parecchi mesi di carcere, e indennità fino a seimila marchi a favore di chi venisse danneggiato dalla violazione del diritto fotografico.

— Sono quasi compiuti i lavori per una Esposizione internazionale di piscicultura da tenersi a Vienna.

— La XI Conferenza interparlamentare che doveva riunirsi a Vienna nel settembre era stata rinviata al mese di ottobre. Ora il presidente del Gruppo austriaco comunica che. a causa delle scarse adesioni, la Conferenza è rimandata all'anno venturo.

— Dal 21 al 27 settembre si riunirà a Karlsbad il Congresso dei naturalisti e medici tedeschi.

— La *Deutsche Revue* di agosto ha un articolo di Tommaso Salvini intitolato : *Die Komödie im Leben·*

VARIE.

È molto nella sua villa presso Varsavia il celebre pittore Enrico Siemiradzki. Egli era molto conosciuto a Roma, dove possedeva un villino in cui conveniva il fiore della società romana e straniera. I suoi due quadri più celebri sono : *La danza dei gladii* e *Le fiaccole vive di Nerone.*

È uscito a Madrid il primo numero della *Revista Ibérica*, che si pubblica il 5 e il 20 d'ogni mese con 32 pagine in-8°. Si occupa d'arte e di letteratura ed è riccamente illustrata con disegni originali: notiamo nel primo numero un frammento di studio sul pittore detto *El Greco*, novelle, biografie, versi, e l'articolo di De Amicis su D'Annunzio il quale appare originalmente in spagnuolo su *La Prensa.* Augurii alla consorella.

— Un Congresso internazionale di diritto penale sarà inaugurato a Pietroburgo il 19 settembre e durerà cinque giorni.

— Si dice che Tolstoi desideri stabilirsi in Romania, dove è stato ripetutamente invitato dalla regina Carmen Sylva. Intanto i letterati e gli artisti si preparano a celebrare il cinquantenario letterario di Tolstoi, il quale cominciò a scrivere *La Storia della mia infanzia* il 13 settembre 1852.

— Il Governo belga ha organizzato un Congresso internazionale dell'industria e del commercio, che è tenuto ad Ostenda dai 25 al 30 agosto.

— Dal 20 al 24 agosto si è tenuto a Cristiania il XV Congresso internazionale delle Associazioni cristiane della gioventù.

— Lo scultore Paolo Troubetzkoi ha scoperto, privatamente, la statua di Alessandro III che gli fu commessa, in seguito al grande concorso internazionale.

— L'imperatrice Alessandra di Russia ha accettato il suo ritratto, eseguito dal pittore italiano Enrico Arcioni, che tanta parte ebbe nel successo della recente Esposizione italiana di Pietroburgo, ed ha inviato all'autore uno splendido dono.

— Ad Atene saranno fondati tra breve un conservatorio ed un teatro francese, sul modello della Casa di Molière. L'iniziativa è dovuta al Re Giorgio che si assume la spesa sulla sua cassetta privata.

— Baldomero Galofre, distinto pittore catalano, è morto a Barcellona in età di cinquantaquattro anni.

— Sulle rive dello Zambesi è stata ritrovata dal signor Wallis. console inglese, la bussola di cui si servì Livingstone.

×

Lo studio della lingua italiana all'estero è in continuo sviluppo. Oltre i provvedimenti presi l'anno passato dal Ministero rumeno della istruzione pubblica, che rendeva obbligatorio lo studio della nostra lingua nei programmi delle ultime quattro classi liceali-tecniche del Liceo di Braila, nel passato aprile con decreto reale la Spagna ristabiliva l'insegnamento della lingua italiana nelle scuole superiori di commercio di Alicante, di Barcellona, di Cadice e di Valenza, insegnamento stato prima soppresso. Anche la Grecia ha posto fra i corsi regolari quello della nostra lingua per gli studenti dell'Accademia commerciale e della Scuola ateniese e sono in corso pratiche per estendere tale insegnamento alla Scuola commerciale di Patrasso.

— La Sezione parigina della *Dante Alighieri* si è posta d'accordo col Comitato delle associazioni italiane per fondare una biblioteca popolare.

ʌ

A Lugano è stato inaugurato l'Ospedale italiano. situato in saluberrima posizione vicino al lago.

— Lo scultore Canonica ha ottenuto la medaglia d'oro all'Esposizione di Berlino.

— A Portland, negli Stati Uniti, il signor Edoardo Petri, professore nell'Università di New York, ha tenuto una conferenza su Leopardi.

— A Buenos Aires si è inaugurata una sezione della Lega navale italiana.

NOTE E COMMENTI

Il Re d'Italia a Berlino.

Re Vittorio Emanuele è ospite in questi giorni della Corte e del popolo tedesco. Egli reca alla Nazione amica ed alleata - alla grande Nazione germanica – il saluto cordiale ed affettuoso del popolo italiano: possiamo quasi dire di tutti i nostri partiti politici, perchè mai, come in quest'anno, la Triplice alleanza si è rinnovata con minori dissensi in Parlamento e fuori.

La visita di Re Vittorio Emanuele a Berlino, grazie al suo passaggio per il Gottardo ed alle simpatiche accoglienze di Göschenen, ha pure offerto una felice occasione per suggellare la recente ripresa delle relazioni diplomatiche fra l'Italia e la Svizzera. È questo un fatto che vivamente ci allieta, perchè desideriamo che dell'increscioso incidente non resti ricordo o traccia alcuna nelle relazioni fra i due paesi. Le cordiali accoglienze che il Governo della Confederazione ha fatte al Re, nel suo passaggio sul territorio svizzero, sono oramai la migliore garanzia che la futura cordialità dei rapporti fra i due paesi farà dimenticare il passato. Noi tutti attendiamo l'apertura del Sempione per aggiungere una nuova via di comunicazione attraverso le Alpi e speriamo che la grande opera sia completata dai migliori rapporti politici ed economici fra i due Stati.

Il viaggio del Sovrano a Berlino deve inoltre aver per risultato di farvi meglio conoscere lo spirito e l'opinione pubblica del nostro paese. Siamo dolenti di aver visto nel popolare *Berliner Tageblatt,* ed in altri giornali, delle manifestazioni di freddezza da parte della Germania verso di noi, per colpe e responsabilità che ci sentiamo di non avere. Forse queste manifestazioni possono servire a chiarire dubbi ed equivoci, che sono sempre nocivi nella politica internazionale, ma che nel caso presente non hanno alcuna ragione di esistere, specialmente dopo la felice rinnovazione della Triplice alleanza. A Berlino probabilmente si ignora come dalla stipulazione della Triplice in poi sia stata dignitosa e leale la condotta dell'Italia: temiamo anzi che vi si ignori affatto quanto il nostro paese abbia sofferto in causa di questo suo nobile contegno. È risaputo oramai a tutti il folle tentativo economico del Governo francese d'altri tempi di rovinare l'Italia, anzi di farla fallire, dopo la sua adesione alle Potenze centrali. La rottura del trattato di commercio che espulse i nostri vini e non pochi altri prodotti dalle piazze francesi, la crisi sul mercato monetario e l'ostilità della Borsa parigina, sono fatti e incidenti a tutti noti. Una variazione così improvvisa nei nostri rapporti economici non poteva a meno di arrecare profonde sofferenze nella nazione e di ingenerare delle crisi acute in alcune produzioni, specialmente nel commercio dei vini e dei prodotti agricoli. Eppure l'Italia soffrì con paziente rassegnazione per lunghi anni, prima di poter rimaginare le sue perdite, anche grazie ai nuovi trattati di commercio colla Germania e l'Austria-Ungheria, che vennero solo stipulati dal Ministero Di Rudini-Luzzatti, nel 1891. Ricordiamo che le nostre esportazioni verso la Francia, che nel 1883 furono di 500 milioni di lire, e di circa 402 nel 1887, scesero nel 1888 a 174 milioni ed a soli 119 nel 1897. In un decennio una differenza a nostro danno di circa 300 milioni l'anno, in media!

Non possiamo tuttavia tacere che è desiderio di molti che l'alleanza fra l'Italia e la Germania si manifesti in modo da parlare più da vicino sia agli interessi, sia ai sentimenti dei due popoli. Le relazioni economiche e sociali fra di essi non sono cresciute con quella rapidità ed intensità, che i rapporti politici fra i due paesi avrebbero dovuto determinare. È questo un tema degno di studio al di qua come al di là delle Alpi, essendo noi persuasi che giovi accrescere gli scambi fra le potenze alleate. La Germania in quest'ultimo ventennio ha mirabilmente progredito, grazie all'abilità del suo Governo ed all'energia del suo popolo. Noi desideriamo vivamente che l'Italia possa in maggior misura associarsi a questo ingente e poderoso movimento di espansione della Germania. Se a ciò potranno riuscire i governanti dei due paesi, essi rinsalderanno, assai più che con i trattati, l'amicizia e l'alleanza fra loro. Per buona fortuna presiede ora ai destini della Germania un Imperatore di genio, che nel cancelliere Conte di Bülow ha ai suoi servigi l'uomo di Stato più eminente dell'Europa. Il Conte di Bülow è non solo un antico amico dell'Italia, ma uno studioso che conosce bene le nostre condizioni e che quindi meglio d'ogni altro deve trovarsi in grado di rinsaldare i vincoli economici e sociali fra le due nazioni.

Ma la rinnovata alleanza non può intendersi secondo le illusioni e le speranze di certi sciovinisti tedeschi, i quali paiono vedere di mal occhio il ristabilimento delle relazioni amichevoli fra l'Italia e la Francia e che arrivano persino a brontolare sommessamente per la visita del Re Vittorio Emanuele a Pietroburgo! Costoro hanno doppiamente torto e quando sospettano l'Italia di una condotta fredda o dubbia, e quando dànno alla Triplice alleanza un'interpretazione inaccettabile da parte nostra. La Triplice non ha mai impedito all'Austria la più cordiale amicizia colla Francia e persino la stipulazione da parte del Gabinetto di Vienna di accordi speciali colla Russia circa i Balcani. Perciè dunque si dovrebbe infliggere all'Italia una disuguaglianza di trattamento e chiedere a noi una parte nè dignitosa, nè simpatica nella Triplice? Malgrado i timori infondati dell'opinione pubblica in Francia, l'Italia accettò la Triplice unicamente come un trattato di difesa e di pace. A questi due fini sono quindi utilissimi i buoni rapporti che l'Italia ha felicemente riannodati colla Francia e colla Russia.

Da parecchi anni il nostro paese va gradatamente raffermando la sua situazione finanziaria ed economica. Nello stesso modo che gli è assolutamente necessaria la pace, a fine di proseguire in quest'opera di ricostituzione nazionale, così gli giova estendere le sue relazioni commerciali ed i suoi scambi con gli altri paesi. Ciò urge assai più in questi momenti in cui vediamo con vero dolore resa sempre più difficile una soluzione dell'intricata questione dei trattati di commercio colla Germania e coll'Austria-Ungheria. Sotto questo aspetto l'opinione pubblica italiana si mostra assai meno esigente di quella dei paesi alleati. Noi accettammo senza difficoltà i trattati del 1891 malgrado le riduzioni di tariffe ch'essi contenevano a favore di notevoli produzioni tedesche ed austriache, che muovono viva concorrenza ai prodotti italiani. Noi siamo disposti a nuovi patti ad eque condizioni, mentre essi trovano la più viva opposizione nei Circoli agrarii degli Stati alleati. È quindi evidente che la condotta nostra in questa delicata faccenda è assai più ragionevole ed amichevole di quella di una parte importante dell'opinione pubblica delle potenze alleate. Quella parte della stampa tedesca od austriaca che va alla ricerca del fuscello nell'occhio nostro, dovrebbe prima esaminare questa diversa condotta dello spirito pubblico nei varii Stati della Triplice e trarne logiche conseguenze.

Perciè è inutile dissimularci tutta la gravità del problema dei trattati di commercio. Un'alleanza politica fondata sull'antagonismo economico non avrebbe che poco valore reale. Ogni popolo deve accettare le conseguenze del periodo storico in cui vive, e se la Germania e l'Austria annettono un valore alla continuazione della Triplice alleanza, non devono seguire una politica commerciale che la renda impossibile. I Gabinetti di Berlino e di Vienna dovrebbero persuadersi che i più pericolosi avversarii della Triplice non si trovano nei francofili italiani, ma negli agrarii tedeschi ed austriaci. Noi apprezziamo le ragioni di politica interna che possono indurre i due Governi di Berlino e di Vienna a cercare un accomodamento cogli agrarii ed auguriamo loro di riuscire in questi propositi; ma, in ultimo, essi non avranno che a porsi il dilemma: *o con la Triplice o con gli agrarii.*

Sotto questo aspetto ci piace il linguaggio aperto e deciso, che un notevole deputato liberale al Parlamento tedesco, il Barth, ha adoperato in una recente intervista con un corrispondente del *Pungolo* di Napoli. L'egregio uomo politico ritiene che allo stato attuale delle cose la miglior soluzione consisterebbe nella proroga in blocco, per almeno sei anni, dei trattati vigenti, che scadono colla fine del 1903. La matassa va facendosi oramai così imbrogliata, che il differire una soluzione può ancora essere la migliore delle soluzioni. L'idea di una proroga, almeno annuale, era già stata più volte in Italia propugnata dall'on. Luzzatti e saremmo lieti ch'essa acquistasse terreno. Concordiamo anzi col Barth che sei anni darebbero una maggiore garanzia di stabilità ai produttori od ai commercianti.

Quando le incertezze parevano addensarsi nella situazione della politica europea, noi abbiamo propugnata e preveduta la rinnovazione della Triplice e la continuazione di un'alleanza che, volere o no, ha garantita la pace all'Europa ed ha così assicurato il regolare sviluppo del benessere sociale dei popoli. Oggi confidiamo ugualmente nel senno dei Sovrani e dei Governi degli Stati della Triplice, perciè vogliano superare con fermezza le difficoltà del campo economico e riuscire alla stipulazione di equi trattati commerciali. Essi rappresentano la causa della civiltà e del progresso sociale. Le nazioni non si arricchiscono col protezionismo, ma coll'avviamento graduale e costante verso la libertà dei commerci. Bisogna resistere virilmente a coloro che vorrebbero ripiombare l'Europa in un medio evo economico e creare nuove cause di diffidenze e di animosità, perfino tra paesi alleati. I popoli che non sanno elevarsi alla considerazione degli interessi generali della loro situazione interna ed estera, ma che cedono alla pressione di interessi particolari, siano pure vasti e potenti, segnano ben presto l'ora della propria decadenza. La conquista verso una civiltà superiore, anche nel campo economico, cagiona dolori e vittime; ma in mezzo ad esse sorgono le nuove condizioni di benessere degli Stati. La nazione tedesca, nella sua grande massa, nei suoi più modesti e laboriosi strati sociali, proverà un immenso beneficio da trattati di commercio che promuovono un'alimentazione popolare abbondante, sana ed a buon mercato, come l'economia nazionale italiana si giova dell'introduzione delle macchine e dei prodotti dell'industria tedesca e dell'affluenza del capitale germanico. Senza abbandonarci ad un vacuo lirismo e ad un vano dottrinarismo, queste sono le vere armonie che devono prevalere a gradi nelle relazioni fra i popoli. Qualunque siano le sofferenze che i nuovi trattati possono infliggere agli agrarii tedeschi od austriaci, è più giusto ch'essi riflettano che non saranno mai uguali ai dolori ed alla crisi che la Triplice alleanza ha inflitto a tanta parte delle popolazioni agricole dell'Italia. È in nome di queste sofferenze e di questi dolori che il nostro paese può oggi difendere con dignità e fermezza i suoi interessi commerciali con le Potenze centrali, nella persuasione che anche esse daranno prova di uguale abnegazione e di uguale virtù di sacrificio.

LIBRI

PERVENUTI ALLA DIREZIONE DELLA *NUOVA ANTOLOGIA*

Teofania, di Ugo Fleres. — Torino, 1902, Roux e Viarengo, pagine 170. L. 2.

Delle manifestazioni plastiche del sentimento nei personaggi della « *Divina Commedia* », di Manfredi Porena. — Milano, 1902, Hoepli, pagg. 190. L. 4.

I Padovani ribelli alla Repubblica di Venezia, di Antonio Bonardi. — Venezia, 1902, Monatni, pagg. 300.

Guerra in montagna, di Vincenzo Rossi. — Roma, 1902, Casa editrice italiana, pagg. 170. L. 3.50.

Farmacoterapia con formulario, di P. Piccini. — Milano, 1902, Hoepli, pagine 382. L. 3.50.

Il pensiero pedagogico nell' « *Émile* » *di Rousseau,* di Elena Luzzatto. — Venezia, 1902, Visentini, pagg. 153. L. 2.50.

Il problema dell'istruzione popolare in Italia, di N. Mastropaolo. — Milano, 1902, Magnaghi, pagg. 90. L. 1.

Inchiesta economica sui carboni in Francia, di C. Savini. — Parigi, 1902, Balitout, pagg. 190.

Le scritture complesse statmografiche delle pubbliche aziende. di G. Capparozzo. — Caserta, 1902, Marino, pagg. 75. L. 2.50.

PUBBLICAZIONI TAUCHNITZ.

Schoolgirls of to-day, etc., by F. C. Philips. 1 vol. 3594. M. 1.60.
A girl of the multitude, by W. R. N. Trowbridge. 1 vol. 3595. M. 1.60.
The new Christians, by Percy White. 1 vol. 3596. M. 1.60.

Direttore-Proprietario: MAGGIORINO FERRARIS

David Marchionni, *Responsabile.*

Roma, Via della Missione, 3 - Carlo Colombo, tipografo della Camera dei Deputati.

ANCORA LA TRATTA DELLE RAGAZZE ITALIANE

E LA CONFERENZA INTERNAZIONALE DI PARIGI

Forse la mia parola par tropp'osa.

Par.. XIV. 130.

Incombe anzitutto a chi scrive un grato dovere, quello di porgere le più vive grazie alla *Nuova Antologia* che, rompendo con le viete tradizioni del falso pudore, gli volle accordare, insieme alla più generosa ospitalità, la libertà più lata nella trattazione del delicatissimo tema sul commercio delle ragazze italiane (1), « meritando così piene lodi d'un passo che, benchè fatto nell'interesse d'una causa di moralità sociale, le avrà valso senza dubbio critiche non poche » (2). Parole queste di chi ha potuto apprendere a sue spese di qual forza e di qual coraggio occorra armarsi per discutere certi temi scabrosi e far la luce dove si addensano ad arte le tenebre.

A questo spirito di liberale discussione facciamo oggi appello di nuovo per aggiungere poche parole sullo stesso argomento.

Siamo intimamente convinti esser la nostra una di quelle questioni cui non basta pensare, ma di cui bisogna invece parlare e a voce alta. Occorre battere il ferro mentre è caldo; *bis repetita juvant,* tanto più che l'egoismo rende la nostra memoria sì fallace per ciò che concerne il prossimo, dandoci troppa forza morale per sopportare i mali degli altri!

Lunge da noi la pretesa di scrivere un articolo di studio, di scienza o di sentimento; lasciamo ad altri di noi più competenti il difficile compito. « *Il faudrait un Dante* - scrive con ragione il Claretie (3) - *pour conter la désespérance de ces enfers* ». Qui intendiamo solo raccogliere alla meglio qualche nota ed appunto che valgano a completare e confermare le due verità e i tristi fatti esposti nel nostro primo lavoro e riassumere infine ciò che si è fatto in questi ultimi mesi a prò' della nobile causa.

I.

È con giusto orgoglio ed intima soddisfazione che gli abolizionisti della tratta possono oggi vantarsi d'un primo trionfo, quello di aver fatto subire una profonda evoluzione allo spirito pubblico, già incline al meschino criterio della vergogna nel trattare certi argomenti. La mas-

(1) Vedi articolo del 1° aprile scorso: *La tratta delle ragazze italiane.*
(2) Cfr. *Review of Reviews* dello Stead del 10 maggio 1902.
(3) In un articolo nel *Journal* del 23 luglio: *La traite des blanches.*

sima antica *Veritas nihil veretur nisi abscondi,* per sì lungo tempo messa da banda da una malintesa verecondia, torna oggi a trionfare. Ciò che fino a pochi mesi fa conservava invero un carattere proibitivo di segretezza, è adesso invece pubblicamente all'ordine del giorno. È consolante il notare come il xx secolo abbia ereditato quello slancio di altruismo e quella sete di risoluzione dei problemi riguardanti i deboli e gli oppressi che rimarranno sempre la gloria più grande e più pura del xix. Tutte le questioni relative allo stato d'inferiorità fatto alla donna formano oggi soggetto di studii e di sforzi concordi, e Fantina, Sonia, Elisa e la Maslova, le sciagurate vittime della miseria e del vizio, escono dalle pagine romanzesche dell'Hugo, del Dostoiewsky, del Goncourt e del Tolstoi per assurgere agli onori d'una ben intesa discussione e domandare alla coscienza sociale l'esame spassionato della loro condizione. Il disprezzo per certe dolorose sventure cede oggi intieramente il campo alla pietà, ed il fango in cui è caduta la vittima non insozza cui si abbassa a porgere la mano. La sciagurata creatura che un forte nostro scultore, Medardo Rosso, ci rappresentava recentemente a Milano sotto il terribile titolo: « Carne altrui » diventa adesso moralmente carne nostra: la derelitta ci appartiene, ma per la redenzione e per la ristruzione morale.

Il problema che qui trattiamo non è che parte di quello della terribile piaga sociale, antica quanto le passioni umane e che ha per vittima l'essere più debole. Ma se su questo campo possiamo essere divisi tra liberali e rigoristi nell'estensione del diritto dell'*uti et abuti* che può avere la donna di disporre di sè stessa, siamo invece tutti unanimi, in qualsiasi partito militiamo, a riconoscere che deve cercarsi con tutti i mezzi possibili la soppressione del vile intermediario, di quel mercante che si arricchisce sulla colpa e sulle miserie altrui, triste onta per l'umanità, vero danno sociale.

Che non si fraintenda lo scopo della nostra campagna. Siamo completamente alieni dall'impegnarci in una impari lotta contro l'abolizione del mal costume a tutela di rigidi principii, che se appaiono di splendida concezione teoretica, sono però d'impossibile attuazione pratica, almeno da noi (1). Per ciò fare occorrerebbe non che modificare dagli imi fondamenti la nostra educazione, ma riformare la macchina umana. Evitiamo le generalizzazioni che nuocciono all'interesse intensivo d'una causa particolare. Non abbracciamo troppo: il lato della questione che qui contempliamo è già di per sè stesso troppo importante per permetterci di spingere più in là il nostro sguardo.

II.

Le tinte del primo nostro quadro non furono calcate ma piuttosto ad arte attenuate, pur rimanendo ossequiosi alla verità, perciè il dipinto non fosse tacciato *a priori* d'inverosimile e la critica negasse così all'importante problema l'onore della discussione.

(1) La santità dello scopo può condurre anche le menti più posate ad assurde proposizioni; per esempio, quella del pastore svizzero Ninck che pretenderebbe che la donna maggiorenne che si dà al mal costume per sua volontà libera fosse posta in una casa di correzione, *perchè la dignità personale della donna non permette che essa si venda.* E con questi eccessi che si perdono le buone cause. All'istesso genere di proposte appartiene pure quella d'un altro

Che se questo intento fu raggiunto da una parte, le accuse di esagerazione e le critiche di inverosimiglianza non ci mancarono dall'altra.

Era del resto ben naturale che le prime notizie pubblicate sullo infame traffico delle nostre fanciulle apparissero a molti quasi fantastiche, vero parto di fantasia malata; come era più da attendersi che esse fornissero occasione a quei periodici per cui nulla v'ha di sacro di lanciare strali più o meno spuntati contro i nuovi *pudibondi moralisti* (1). Allo scetticismo ed al ridicolo di cui si tentò coprire i denunziatori del fatto contribuì certo l'esagerazione di quegli ardenti proseliti, che con lo zelo soverchio fanno a una buona causa più male che i loro avversari! La smania della statistica, vera malattia della nuova generazione, portò pure i suoi perniciosi effetti, e fu pubblicata e più volte ripetuta come Vangelo una cifra assurda dovuta alla fantasia d'una pia signora americana, di centinaia di migliaia d'infelici, vittime delle arti de' malvagi! (2).

III.

Tutte le informazioni da noi date, così sull'organizzazione del commercio in generale come sulla direzione delle sue varie correnti, appaiono dalle nuove inchieste appieno confermate. La scena non cambia: abbiamo solo *nuovi tormenti e nuovi tormentati*.

A doloroso commento di quanto affermavamo sul triste primato della fanciulla ebrea, il Congresso dei rabbini (3) indetto l'11 luglio 1902 a Francoforte ci ha rivelato nuovi raccapriccianti ragguagli ed il

pastore, il Pierson, sulla istituzione olandese delle così dette « Missioni di mezzanotte », composte di uomini che a tarda notte si mettono come di fazione davanti alle case malfamate cercando di allontanare i visitatori. Il Pierson ha pure fatta sua la proposta diaconiana del Coote, di espellere ogni diaboleria straniera.

(1) Non vogliamo far nomi, tanto più che la stampa cui si accenna è priva di qualsiasi importanza. Fra le critiche fatte ve ne fu però una giustissima, relativa all'espressione di *tratta delle bianche*, che noi pure troviamo impropria ed infelice, ma che ormai tutti adopriamo e comprendono nel suo giusto senso.

(2) Anche sulla tratta delle fanciulle italiane si sono date erronee cifre ed indicazioni inesatte: citiamo fra queste quelle della *Voce della Verità* (29 luglio) che afferma, non sappiamo su quale base, che *dal Congresso internazionale contro la tratta delle bianche sembra venuta fuori la statistica che assegna all'Italia il primato vergognoso;* forse la *Voce* avea preso questa informazione dalla *Patria*, che in un articolo del 27 dell'istesso mese diceva che al Congresso di Parigi *fu provato che l'Italia dà uno de' più elevati contingenti a questo sozzo commercio di carne umana*. Ci duole di questa affermazione gratuita che infirma un articolo del resto giustissimo sotto ogni punto di vista.

(3) Risultarono dalla discussione curiosissimi particolari su tali mediatori e sul loro mestiere. Si fecero nomi di mercanti che conoscevano sino ad otto lingue differenti, e si citò uno di questi che aveva cambiato sedici volte di cognome e che possedeva un assortimento di barbe posticcie e di parrucche per rendersi irriconoscibile. Quest'individuo, uno de' più scaltri del mestiere, parlava anche l'italiano e si faceva chiamare Pietro Venturini. Fra le vittime vi eran pure ragazze di tredici anni! E a proposito del Congresso di Francoforte, citiamo pure la proposta incredibile, da giustificare davvero qualsiasi spirito di antisemitismo, fattavi dal rabbino Cohn di Kattowitz, di riscattare questo commercio, facendo delle collette per indennizzare i mercanti ebrei che finora si erano dati a questa speculazione! Naturalmente la proposta fu respinta, ma ebbe gli onori della discussione!

rabbino Rosenack di Brema ha potuto parlare di espoitazione di donne israelite nel mondo intero, sino nel Giappone e nella Cina. Contemporaneamente a questa riunione si pubblicava l'ultimo rapporto dell'Associazione israelitica per la protezione delle fanciulle e delle donne (1), dove si espongono pure tanti casi di tratta di fanciulle ebree nei più lontani paesi.

E di traffico di donne semitiche si è pure occupato recentemente il tribunale di Vienna nel processo contro Isacco Schäferstein (2), che risultò reo di aver arrolato in un anno solo per le case malfamate d'Oriente 400 fanciulle, che quel negriero trasportava a gruppi di trenta per settimana, guadagnando per ogni carico ben 30,000 franchi.

Quanto asserimmo circa il traffico in generale negli altri paesi, riceve nuova conferma dal processo dell'aprile e dell'agosto scorso a Parigi contro Beaucourt ed Hayum, incettatori di « ragazze ben formate atte a figurare in quadri viventi », da essi ingaggiate invece pei templi del vizio nel Transvaal (3).

(1) Cfr. *Report of the Jewish Association for the protection of Girls and Women for the Year ending December 31th 1901*. È segretario di questa società, che, sebbene abbia carattere confessionale, protegge pure le donne appartenenti ad altre religioni, l'attivissimo Mr. Arthur Moro.

(2) V. *Deutsches Volksblatt* del 19 luglio 1902: lo Schäferstein fu condannato ad un anno!

(3) Il processo Beaucourt e Hayum è il tipo classico delle arti e dei maneggi adoprati dai trafficanti del mestiere. Riportiamo dal *Temps* del 26 aprile 1902 un breve riassunto dei fatti:

« TABLEAUX VIVANTS. — Il y a quelques jours, un journal publiait une annonce ainsi conçue: *Très pressé. Deux jeunes filles pr. tableaux vivants. Office central concerts, 55, Fg. St-Martin, 10 à 12*. En même temps, une affiche manuscrite ainsi conçue était placardée dans le quartier du Faubourg Saint-Martin: *On demande jeunes filles très bien faites pour tableaux vivants*. Suivait l'adresse, celle que nous venons d'indiquer. Deux hommes se trouvaient à la tête de l'Office central des concerts, Beaucourt et Hayum, le premier se donnant comme directeur de théâtre à Capetown. C'est pour ce théâtre qu'il demandait par voie d'annonces et d'affiches des *jeunes filles bien faites*. On n'exigeait des futures figurantes aucunes connaissances spéciales. On leur donnerait là-bas les leçons nécessaires.

« Les promesses étaient brillantes. Elles étaient, au surplus, garanties par un engagement en règle. Et, séduites, des jeunes filles se présentaient à l'Office central des concerts. Beaucourt et Hayum procédaient par sélection, ne retenant que les plus jeunes et les plus jolies.

« Celles-là étaient alors amenées à signer l'engagement dont nous venons de parler, à l'insu, bien entendu, de leur famille; on les soumettait même à l'examen d'un docteur en médecine, et la veille ou l'avant-veille du paquebot qui devait cingler vers la colonie du Cap, dans la circonstance, on les groupait dans un hôtel meublé.

« C'est, en effet, dans un hôtel meublé de la rue de Clichy que M. Lespine, commissaire de police, chef du service de garnis, vient de trouver et de délivrer cinq de ces jeunes filles, toutes mineures, et de mettre en état d'arrestation Beaucourt et Hayum. On devine pourquoi et sous quelle inculpation. Beaucourt, en effet, n'est pas le moins du monde directeur de théâtre; mais, en revanche, Hayum, son compère, tient à Capetown une maison close de rendez-vous. Ils ont été mis l'un et l'autre à la disposition de M. Lemercier, et les cinq jeunes filles, mises au courant de l'avenir qui leur était réservé, ont été rendues à leurs parents ».

Senza far commenti notiamo solo la scaltrezza dell'annunzio che per non dar nell'occhio a chi legge parla appena di due ragazze, mentre il numero di quelle ingaggiate al momento dell'arresto dei suddetti era già di cinque.

Tacciamo così delle ultime rivelazioni fatte dal prefetto Lepine circa i sessanta individui inscritti nei registri della polizia di Parigi quali trafficanti di donne, come del deposito generale della merce scoperta ad Andrésy nelle vicinanze della capitale (1). Accenniamo appena e al fatto delle settantanove fanciulle francesi, in massima parte minorenni, trovate recentemente nelle case di dubbia fama ad Amsterdam, ed ai recenti scandali di Creibourg (2). Così pure non ci dilunghiamo nè sulle ultime scoperte fatte a Barcellona (3) ed a Sofia (4), nè su quanto risulta dalla nota or ora pubblicata per cura del Governo federale *sur la surveillance des bureaux de placement et sur les mesures internationales prises en Suisse*, dove è citata l'eloquente statistica austriaca sul grande numero di figli illegittimi dato dalle ragazze svizzere ingaggiate nell'Impero come istitutrici : tutto ciò ribadisce fatti già noti.

Il vero carattere internazionale e l'enorme estensione che ha preso recentemente il morbo son dimostrati dalle ultime rivelazioni fatte dalla stampa di quei paesi che avevano finora cercato di nasconderlo. Citiamo in primo luogo le terribili informazioni fornite per la Russia asiatica dal *Novoje Wremia* (5) sulla vendita che i coloni vi fanno ora delle mogli e delle figlie. Il prezzo di queste infelici varierebbe dai dieci ai cento rubli, secondo l'età e la bellezza loro. Legate con corde, esse vengono gettate nelle mani rapaci del miglior offerente senza che possano fare opposizione alcuna. È un mercato legale fatto *coram populo:* compratori e venditori mercanteggiano animatamente e brutalmente fra di loro, valutando la merce, come si trattasse di bestiame e sovente attaccano lite per mezzo rublo e fino per pochi *kopiecki*. E dalla stessa Russia e dall'Austria sono pure con arti scaltre ingaggiate e dirette in convogli al Giappone, come si scrive da Nagasaki all'*Hameliz* (6), povere fanciulle dei due paesi, che finiscono in quelle infami dimore sull'ingresso delle quali potrebbesi a ragione incidere le *parole di colore oscuro* della porta dell'inferno:

Lasciate ogni speranza, voi ch'entrate!

La merce asiatica per la legge di scambio e di compenso viene sul mercato europeo, e così un foglio a stampa del dott. Ismaïl Kémal Bey (7), narrandoci gli orrori della *tratta* in Turchia, cita la Circassia

(1) Questa scoperta si deve anzitutto all'inchiesta attivissima fatta dal giornale Le Matin, più d'ogni altro benemerito della campagna contro la *tratta*.

(2) V. *Le Messager de la Manche* dell' 11 maggio 1902.

(3) V. *La Patrie* del 2 agosto 1902.

(4) Vedi telegramma da Budapest all'*Adriatico* del 13 agosto. Il trafficante arrestato al confine rumeno coi due suoi complici, mentre voleva far passare in Romania dodici ragazze ungheresi munite di falsi passaporti, era da anni in relazione d'affari con tutti i mercanti di ragazze ungheresi ed orientali e dall'Oriente ne avea inviate già parecchie centinaia a Sofia.

(5) Citato dal *Corriere della Sera* 10-11 giugno 1902.

(6) V. *Écho de Paris* del 24 marzo 1902.

(7) *La traite des blanches en Turquie,* par le docteur ISMAÏL KÉMAL BEY, ancien major dans l'armée ottomane. Paris. 1902, Impr. Veuve Albony.

In questa petizione, diretta ai membri della Conferenza internazionale, l'autore, dopo aver dimostrato non esservi un altro paese al mondo dove la *tratta delle bianche* sia esercitata sopra sì vasta scala come in Turchia, così parla di ciò che si riferisce al traffico nella Circassia:

• Etant moi-même d'origine circassienne, j'ai tenu à présenter ici la défense de nos sœurs, les jeunes filles de Circassie qui peuplent en si grand nombre

russa come la terra donde gli emissarî turchi traggono quanto occorre a saziare il vizio dei loro compatrioti. Non ci dilunghiamo in altri particolari perchè non ci sembra possibile che vi possa essere ancora chi dubiti della estensione e della gravità che ha assunto oggigiorno la *tratta*.

IV.

Nuovi fatti e recentissime rivelazioni dànno pure ampia conferma all'importanza della parte che ha l'Italia nel traffico infame. Di mesti episodi da narrare avremmo dovizia: non sono pur troppo i documenti quei che mancano a comprovare il nostro asserto! Citiamo appena l'ultimo caso pietoso additatoci dal prof. Bettazzi, che conosce personalmente la vittima. Questa, una povera ragazza torinese, appena quattordicenne, era stata affidata dal padre, contro pagamento di quaranta franchi, ad un individuo che aveva dato formale promessa di condurla all'estero per impiegarla come modella. Due anni dopo, la fanciulla, fuggita da un luogo malfamato di Bruxelles, si presentò a quel nostro Consolato e fu rimpatriata per sua cura. Dai quattordici ai sedici anni la misera non avea fatto che cambiare di padrone in Belgio ed in Francia, ceduta dall'una all'altra casa di mal costume dei due paesi!

Ma lasciando in disparte questi particolari, che troppo dilungherebbero la nostra narrazione, e venendo alle linee generali della *tratta* italiana, vediamo ripetuto recentemente da un giornale del luogo, che l'Egitto resta pur sempre: *le débouché le meilleur pour les proxénètes internationaux* (1) e pur troppo per la merce italiana. I processi contro i trafficanti Cat... Moi... Lon..., tutti e tre italiani, l'ñan confermato, dando pure dolenti ragguagli sulle nostre compatriote chiuse nelle case di prostituzione egiziane, case che risultarono di proprietà di italiani. Nuova forma di emigrazione assunta dalla *tratta* per l'Egitto (ed anche per la Turchia) sarebbe quella delle nostre giovani artiste « reclutate e speditevi quasi in pacco postale » da Napoli e da altri porti italiani (2). Non è l'arte del canto che darà loro da vivere!

Informazioni complementari favoriteci da Alessandria (3) ci narrano la triste odissea delle nostre donne e le arti dei mediatori per la libera introduzione della merce. Le disgraziate vengono soprattutto da Tunisi, dove pare esista un traffico regolare di passaporti, di cui il

le sérail du Sultan, où, comme je l'ai déjà dit, sur six cents captives, il y a trois cents Circassiennes.

« A ce sujet, je m'adresse particulièrement au Gouvernement russe, duquel actuellement dépendent les provinces de la Circassie musulmane, et je lui demande d'enrayer la traite des blanches, si florissante dans cette région.

« Enfin, à tous les membres du Congrès, à quelque nation qu'ils appartiennent, je remets le soin de défendre l'humanité, de sauver d'innombrables jeunes filles vouées à la torture et à la prison perpétuelle, d'arracher à la plus horrible des mutilations de malheureux enfants; en un mot, je supplie le Congrès d'effacer cette tache sanglante qui déshonore à la fois l'Orient et le monde civilisé ».

(1) V. *Journal du Caire* del 23 luglio 1902.

(2) Cfr. fra gli altri giornali napoletani l'*Eldorado* del 23 luglio 1902.

(3) Ne siamo debitori alla cortesia del cav. Burdese, regio vice-console, che nel darci tali interessanti particolari conclude non servire il carcere ed i processi che a fare una pubblicità che riesce dannosa al nome italiano. La sola grave misura temuta dai trafficanti è quella dell'espulsione, perchè li colpisce più direttamente in ciò che hanno di più sacro, il denaro.

Moi... summentovato spiegò davanti all'autorità consolare italiana i raggiri dolosi. Le indicazioni forniteci per Alessandria ci dànno i nomi e cognomi degli agenti e delle loro socie in questo commercio che è esercitato con filiali, con rappresentanze e con commessi viaggiatori. Il sistema della mezzadria è il prescelto, per la sistemazione degli interessi tra lo sfruttatore e la sfruttata: *metà* e *metà*, ma dalla metà del profitto sono detratte le spese, ed è facile quindi immaginare quale sia la parte fatta alle vittime. Ci è ingrato dover notare che nelle case malfamate di Alessandria, giusta le dichiarazioni del capitano ispettore di Polizia, signor L..., vi sarebbero tuttora molte minorenni italiane, condotte in Egitto senza passaporto ed ivi vendute dai soliti mercanti.

Da autorevolissima fonte ci giunge pure la riconferma delle gravissime condizioni della nostra *tratta* per Malta (1): il porto di Siracusa ci è indicato come il luogo d'imbarco della merce di provenienza catanese e messinese, destinata all'esclusivo consumo di quella guarnigione!

Parallela alla corrente mediterranea che trasporta in Africa le miserie meridionali, abbiamo quella transatlantica, pure fortissima, che traduce al di là dell'Oceano l'onta del settentrione d'Italia.

Ci riferiamo per l'America del Sud, oltre alle patriottiche e coraggiose rivelazioni del Barzini nel *Corriere*, che vi allude come a cosa a tutti notissima nella Repubblica Argentina, a ciò che ci è stato narrato da persona che fu sui luoghi per vari anni, circa gli sbocchi aperti all'avorio italiano, nel Venezuela e nel Brasile (2). Ci fu fatto pure il nome di uno dei nostri grandi agenti d'emigrazione che avrebbe favorito quel traffico! Prove indubbie ci sarebbero state inoltre fornite sulle arti scaltrissime dei negrieri a bordo dei transatlantici, di cui si occupò pure la Conferenza internazionale di Parigi, riconoscendo, più che utile, necessaria la cooperazione dei capitani dei piroscafi per la sorveglianza delle giovani passeggiere.

Fortunatamente ci è giato, fra tante tristissime note, poter portarne una consolante. L'America del Nord ha veduto in questi ultimi mesi diminuire sensibilmente l'importazione delle donne italiane, e questo miglioramento è dovuto principalmente all'opera intelligente della *Society for the protection of Italian emigrants* e del dottor William Tolman, il noto sociologo e filantropo della *Social League* di Nuova York. È giustizia ricordare pure l'attività ed oculatezza, mai smentita, del Commissariato d'Ellis Island.

Ma ritornando all'antico continente per osservare e studiare più da vicino la nostra emigrazione nella Francia, nella Svizzera e nella Germania, dove si recano oggidì tante migliaia di fanciulle racimolate nel Regno allo scopo di lavoro onesto e ben retribuito, i caratteri speciali del fenomeno non possono menomamente sfuggire alla nostra attenzione.

A Parigi, nei *cafés-chantants* e teatri-concerti, il numero delle donne italiane che si aggirano in cerca di clienti è aumentato, come ci fu ripe-

(1) Il regio console in Malta, cav. Grande, ci fa osservare che, fortunatamente, l'emigrazione delle minorenni è quasi cessata, mercè la sorveglianza delle nostre autorità e la nuova legge sui passaporti. Resta pur sempre immutata quella delle maggiorenni.

(2) Vedi pure *Corriere d'Italia* di Parigi del 5 agosto 1902.

tutto dai nostri suonatori ambulanti impiegati in quei ritrovi. La maggior
parte verrebbe dall'Alta Italia e molte di esse sarebbero state modelle.
Da Cannes il nostro solerte agente consolare, cav. Coignet, ci
scrive che le giovani emigranti scendono a stuolo dai nostri monti
nel dipartimento delle Alpi marittime « per la raccolta dei fiori d'arancio,
con certe padrone, zie, amiche o madri, e molte di quelle ragazze ritornano poi in paese incinte, ed i nostri sindaci informino ». Ironia
del mestiere: poveri fiori d'arancio! E a St-Rambert-en-Bugey, piccolo villaggio di cinquemila anime nel Dipartimento della In, si sarebbero or ora scoperti, a quanto ci consta in modo indubbio, gli
stessi scandali già da noi narrati per Sandrofen. Sopra 2323 operai ed
operaie impiegati in quel grande stabilimento di filanda e tessitura, si
conterebbero 805 nostre donne, di cui 443 minorenni e 362 maggiorenni.
Queste ragazze che provengono da due o tre villaggi piemontesi, sole ed
inesperte, senza alcuna sorveglianza civile o religiosa, divengono troppo
facilmente le vittime della seduzione. Anche a St-Rambert abbiamo le
taverne dove esse sono attirate i giorni di festa dai giovinastri dei
paesi vicini che vengono in frotta a vedere le belle operaie italiane.
E il 10 per cento di queste disgraziate sono madri, senza esser spose! (1)
Migliori notizie abbiamo invece per un'altra categoria di emigrazione femminile italiana in Francia, quella delle balie, di cui si è
molto parlato, perciè è su queste che gettano sovente lo sguardo i
rapaci mercanti di carne umana. Si pensi che a Parigi la statistica
mostra che il 50 per cento del contingente delle donne pubbliche è fornito dalle balie dei Dipartimenti. Le nostre nutrici, che provengono quasi
tutte da Viù, Ceres e Lanzo, non hanno dato fortunatamente appiglio
ad alcuna voce poco benevola sul loro conto. Anche le cameriere italiane, di cui è importantissimo il numero così negli alberghi come nelle
case private del mezzogiorno della Francia, molto occupate come sono,
ma bene pagate, non forniscono reclute alla *tratta*.
Abbiamo paragonato le condizioni di St-Rambert a quelle di
Sandrofen (2) e ciò deliberatamente, perchè non possiamo che riconfermare interamente quanto scrivemmo sulle condizioni di quel nostro
centro d'emigrazione nel Baden. Nuove testimonianze di persone del
luogo, che nium interesse hanno a mentire, ripetono, aggiungendovi
particolari raccapriccianti, e che il rispetto dovuto al lettore non ci
permette di qui riprodurre, la istessa antica storia: Una lettera di un

<hr>

(1) Il regio console generale in Lione conferma interamente le nostre informazioni, narrateci da persona che fu sul luogo. Il comm. Perrod ci aggiunge
interessanti particolari sulle condizioni delle operaie, il cui salario varierebbe
da 2 fr. 30 a 3 franchi per ogni giornata di dieci ore, più un premio di 3 franchi
per ogni quindicina a chi non conta nessuna assenza in quel periodo. Medici
e medicine sono gratuiti; il vitto costa mensilmente da 20 a 25 franchi; l'alloggio da 4 a 6 franchi al mese, perchè le operaie affittano sempre una camera
in tre, quattro ed anche dieci persone per esagerato spirito d'economia. Esse
mandano in media alla famiglia 20 franchi al mese. Le sorti di queste nostre
colonie hanno interessato la benemerita Opera di monsignor Bonomelli, che pare
intenda fondarvi una missione.

(2) La *Gazzetta di Lucca* del 21 giugno scorso pubblicò una lettera di certo
signor Cappelletti da Mannheim che tacciava di inesatte le nostre informazioni
per ciò che si riferiva alle giovani operaie toscane addette allo jutificio di Sandhofen. Anche il *Corriere della Sera*, nel suo numero del 22 giugno, pubblicò
una rettifica, redatta nei termini più cortesi. Non abbiamo voluto opporre smen

nostro corrispondente che « parla per la pura verità » chiude colla frase: « Se dovessi dare consigli alle fanciulle che devono venire, direi loro francamente di andare in montagna a cibarsi di erbe selvatiche... almeno salverebbero, se non altro, l'onore ».

Nella Svizzera pure, poco o nulla ci consta che vi sia di mutato: sembra anzi che per i cantoni di Ginevra, di Zurigo, e del Ticino si abbia un leggero aumento (1). Il compianto conn. Paolo Meille richiamava nell'agosto scorso la nostra attenzione principalmente sul centro industriale di Affoltern am Albis, dove la questione delle minorenni passerebbe però in seconda linea dopo quella dei minorenni. L'ardente filantropo volea approfittare del suo soggiorno colà richiesto da motivi di salute per fare, come egli ci scriveva, con tutte le dovute cautele un'inchiesta: la morte ha troncato tutti i suoi generosi progetti.

VI.

Ma se il male è cresciuto è più consolante il notare che una forza operosa ed utile si è spesa dai buoni ed onesti per combatterlo. Se in tutti i paesi vi è stata una fervida agitazione ed un principio di lotta salutare, l'Italia non si è tenuta indietro, e, spettacolo più unico che raro nei suoi annali, si è vista la discesa in campo di tutti i partiti, divisi nella nobile gara da divergenza nei mezzi, ma uni nel fine per la concordia dei propositi. Niuna questione di amor proprio e di priorità: la carità ha fatto il suo cammino senza che la vanità le facesse compagnia. Quando una causa è giusta, forse che tutte le file non sono buone e tutti i concorsi utili?

tita a smentita per non perderci in lunghe ed inutili polemiche. A chi ci tacciò di esagerazione e d'inesattezza nella nostra denunzia, rispondiamo colle parole colle quali un giornale francese volle prendere anni sono le nostre difese contro chi ci aveva attaccato per le rivelazioni fatte sulle miserrime condizioni dei piccoli italiani addetti alle vetrerie: « *Le tableau est suffisamment noir pour qu'étant bon patriote, l'auteur ne l'ait exposé aux yeux du public qu'après s'être assuré de la rigoureuse exactitude d'une photographie* ».

I fatti da noi indicati sulla testimonianza di persone del luogo non potevano essi noti al direttore della fabbrica, che provocò la smentita, perchè compiti a sua insaputa. L'inchiesta fatta dal Governo granducale, e di cui parla la *Tribuna* (1° luglio 1902), non poteva essere completa perchè non fu sentita che una sola campana. Un vecchio detto insegna che *chaque mauvais cas est niable:* e del resto qual fede può prestarsi alla deposizione di povere ragazze che sanno che dalle loro parole può dipendere la perdita dell'impiego? La miglior prova della verità di quanto asserimmo è data dalle disposizioni prese dal Governo badese, e di cui parla la *Tribuna* (articolo citato), perchè « la polizia sorvegli anche maggiormente la colonia di Sandhofen specialmente nei giorni festivi e di paga, raddoppiando il numero delle guardie nelle strade ».

(1) Ci è stato impossibile controllare tali indicazioni. Possiamo solo notare pel cantone di Ginevra che, in occasione delle grandi feste musicali d'agosto, l'*Unione internazionale*, Sezione centrale di Neuchâtel, ha creduto dover informare il *Comitato italiano contro la tratta*, che da Ginevra si fa in tale occasione grande ricerca di giovani donne anche all'estero, per posti di *kellnerinnen*, cameriere d'albergo, inservienti nei mercati, ecc. L'*Unione* avverte che alcune di queste richieste sono sospette e che negli anni trascorsi parecchie giovani donne, ingannate dalla promessa di posti inesistenti, finirono nelle case di mal costume di Ginevra, ampliate per la circostanza.

Il partito cattolico, memore della bolla gloriosa di Alessandro III sull'abolizione della schiavitù nella cristianità, si è schierato in prima linea, ritenendo sotto la sua bandiera così i giovani democratici cristiani come i vecchi intransigenti (1). Il passo fatto dal partito cattolico è tanto più importante in quanto che su tutte le questioni attinenti alle relazioni dei sessi il suo programma era stato sin adesso completamente negativo, la sua arma educativa essendo il silenzio (2).

Dall'altro canto le numerose schiere socialiste delle varie scuole non hanno esse pure esitato un istante ad abbracciare la generosa causa (3), e così parimenti tutto il partito monarchico con impetuoso slancio si è portato compatto all'assalto. Abbiamo avuto il grido d'allarme di tutta la stampa, meno rare eccezioni, contro gli orrori della *tratta* (4) ed eloquenti oratori sono scesi nell'arringo a bandire la nuova e santa crociata (5).

E l'appello è stato sentito. I Comitati italiani delle due principalissime grandi Associazioni internazionali, cattolica e protestante, di Friburgo e di Neuchâtel, per la protezione e per la difesa delle ragazze, Comitati che erano appena in embrione, si sono d'un tratto sviluppati sotto al benefico raggio della carità e, postisi alacremente all'opera, hanno allargata la cerchia della loro azione. Numerose reclute sono accorse a rinforzare le primitive rade file e ciò che prima si compiva quasi misteriosamente e timidamente nell'ombra, è fatto adesso apertamente al sole. Nuove Sezioni si sono aperte e varie Società si sono fondate dietro loro iniziativa e sul loro esempio, che hanno pure innalzato il vessillo abolizionista (6). Il Congresso internazionale per la protezione delle fanciulle, tenutosi a Monaco di Baviera nello scorso giugno, contemporaneamente al Congresso delle Opere cristiane di beneficenza (*Charitas*), ha mostrato quale frutto si sia potuto ritrarre, entro i limiti forzatamente ristretti della iniziativa privata, dall'azione dei singoli Comitati nazionali, facenti capo all'Ufficio internazionale di Friburgo, e fra questi di quelli italiani di Torino, Milano, Novara, Alessandria e Cuneo (7).

(1) Vedi articoli pubblicati dall'*Osservatore Cattolico*, dalla *Voce*, dalla *Croce*, dal *Domani d'Italia*, dalla *Difesa* di Pistoja, ecc.

(2) Lo ha notato con molto acume l'Obici in un magistrale articolo: *Les erreurs de l'éducation sexuelle*, pubblicato nella *Revue* del 15. agosto p. p.

(3) Cfr. principalmente l'*Avanguardia Socialista* e l'*Avanti* di Roma e la *Battaglia* di Milano.

(4) Fra le centinaia di articoli, oltre ai ricordati, notiamo quelli del numero unico: *Schiave bianche*, pubblicato per cura del Comitato milanese, quelli della *Tribuna* e della *Patria* (non firmati), quelli del Bettazzi nell'*Italia Reale*, del Puccini nella *Difesa*, di Flavia Steno nel *Secolo XIX*, del Cantono nella *Patria* d'Ancona e nella *Bandiera* di Firenze, di Lino Ferriani nella *Libertà*.

(5) Fra le conferenze ricordiamo quelle del prof. Bettazzi a Torino, Novara e Milano, del prof. Buzzati e di monsignor Pogliani pure a Milano, città divenuta ormai il centro della lotta contro la *tratta*.

(6) Citiamo fra queste le *Unioni per il bene* di Roma e Venezia.

(7) È debito aggiungere che la creazione di queste Sezioni è opera precipua del prof. Bettazzi, il Bérenger italiano, che aveva già fondato nel 1894 a Torino la *Lega per la moralità pubblica*, che dette la spinta alla fondazione dell'*Œuvre catholique*. Le più importanti Sezioni son quelle di Torino, sotto il patronato di S. A. R. la Principessa Isabella di Genova e la presidenza della contessa di Gropello, nata De Bray, e quella di Milano, sotto il patronato della Regina Madre e la presidenza della marchesa Trotti-Belgioioso.

Se nel centro del cattolicismo, qual'è l'Italia, i protestanti sono rarissimi, è pur giusto dover riconoscere che il loro lavoro ha somma importanza, a giudizio pure dei loro avversari religiosi.

L'*Union internationale de l'amie de la jeune fille,* che conta 9000 membri divisi in 42 diversi paesi, 84 uffici gratuiti di collocamento e 240 asili, è rappresentata adesso in Italia in 62 località differenti da più di 300 amiche (1). Queste sono sempre pronte a porsi a disposizione di ciunque per assumere informazioni intorno a posti ed impieghi offerti a giovani donne, o per sorvegliarle quando viaggiano sole. Un'agente dell'Unione (una donna) si trova *in permanenza* nelle stazioni ferroviarie di Milano, Torino e Genova per assistere ed aiutare le giovani che viaggiano sole, specialmente quando sono costrette dagli orari a pernottare in città loro sconosciute. Esistono già in vari luoghi « rifugi » ed asili, e fra questi notiamo quelli di San Remo, di Genova e di Napoli (2). La benemerita Opera, che ha già 25 anni di vita ed estese ramificazioni in tutto il mondo, può, per così dire, condurre e guidare per mano a qualsiasi destinazione le sue protette, raccomandandole di città in città, anche in lungo viaggio da Roma a Bombay o a Buenos-Ayres.

Ma il posto d'onore compete senza dubbio al *Comitato italiano,* contro la tratta che, grazie all'attività dell'on. Luzzatti e del dott. Garofalo, nulla ha lasciato d'intentato pur di richiamare l'attenzione pubblica sull'argomento (3). Nuovi Sottocomitati furon fondati in varie provincie, ed a quelli già esistenti venne infusa nuova vita. Citiamo

(1) Vedi lettera della signora Berthe Furin, presidentessa dell'Opera, al *Giornale d'Italia* del 10 aprile 1902.

(2) Nel libro d'oro della filantropia devono iscriversi i nomi delle signore Tiedeman e Meuricoffre: alla prima, moglie del console generale d'Olanda in Genova, devesi la creazione dell'Asilo in quella città; alla seconda, la fondazione ed il mantenimento di quello di Napoli. Ambedue le case, benchè protestanti, assistono, senza far opera di proselitismo religioso, anche le donne cattoliche. Trattasi tanto nell'uno che nell'altro caso di gentildonne straniere, ed i loro atti sono quindi tanto più commendevoli.

(3) Nel maggio scorso il Comitato centrale diresse ai sindaci e parroci del Regno una circolare, inspirata a nobilissimi sensi, per chiedere la loro cooperazione nella difficile lotta ed offrire i propri servigi per quelle ricerche e per quei provvedimenti anche internazionali che richiedessero i casi che gli venissero segnalati. Riportiamo a titolo d'onore, e per darvi sempre maggiore pubblicità, il nobile documento:

« In armonia ad un movimento internazionale iniziatosi da qualche anno nei paesi più civili d'Europa, è sorto anche in Italia un Comitato per combattere la *tratta delle bianche,* cioè l'odioso traffico che alcuni esseri abbietti compiono per alimentare il vizio, circuendo di inganni e di frodi povere fanciulle ignoranti, rese deboli ed incoscienti dalla miseria, le quali, *adescate dal miraggio di promesse menzognere,* vengono attratte nella cerchia fatale del vizio, dalla quale non potranno più uscire che coll'animo corrotto e col corpo contaminato.

« Il Comitato italiano, che da un anno sta facendo delle ricerche sulla estensione di questo male nel nostro paese, si è potuto convincere che in alcune provincie di esso questi trafficanti di carne umana tentano spesso di compiere l'opera loro.

« I nostri rappresentanti all'estero riferiscono che in molte grandi città straniere abbondano disgraziate donne italiane, indotte ad espatriare con fallaci promesse, e che, trovatesi fuori del proprio paese, ignare della lingua e delle consuetudini straniere, furono obbligate a prostituirsi.

« Specialmente in Francia oggi questo fenomeno doloroso si osserva più diffusamente, e le persone che lo hanno studiato ritengono che esso sia in rap-

tra questi il Comitato milanese, che rimasto lunghi mesi inoperoso, scossosi ora dal letargo, ha potuto in poche settimane, grazie principalmente ad un'offerta anonima di diecimila lire, raccogliere i fondi per la creazione d'un asilo (1). Il Comitato di Roma si è pure assicurata la preziosa cooperazione del Commissariato dell'emigrazione ed ha pure interessato in alcuni casi sospetti di incetta di donne per l'estero (per esempio, di *Kellnerinnen* pel Cairo) la Direzione generale della pubblica sicurezza. L'opera del nostro Comitato centrale e delle sue sezioni provinciali rifulgerà degnamente, non ne dubitiamo, al prossimo secondo Congresso internazionale che avrà luogo in ottobre a Francoforte sul Meno, dove il concorso italiano già si annuncia numeroso ed im-

poito con l'esodo di *fanciulle racimolate nel Regno per lavorare negli opifici francesi.*

« Questo fatto, già segnalato dalle inchieste eseguite in alcune provincie del Mezzogiorno sul traffico dei fanciulli, è stato confermato da speciali ricerche in Francia sul traffico delle donne.

« In presenza di questi fenomeni degradanti, il Comitato italiano contro la tratta delle bianche ha stabilito di richiamare su di essi l'attenzione delle Autorità governative o comunali, dei reverendi parroci, degli ufficiali sanitari e dei medici condotti, dei maestri, ed in generale di tutti i padri di famiglia, di tutte le madri di *qualunque ceto,* di *qualunque* fede *politica e religiosa,* affinchè *tutti indistintamente* si uniscano ad esso per combattere questo male vergognoso.

« Il mezzo più efficace per raggiungere questo scopo è certamente quello di *diffondere nel miglior modo possibile la conoscenza del traffico innominabile,* affinchè le povere donne, ignoranti ed inesperte, siano messe in grado di resistere alle tentazioni che vengono fatte alla loro onestà. Migliaia di esse, partite dai loro paesi con la speranza di un lavoro onesto e rimuneratore, furono costrette dalla miseria, dalle minacce e dalle insidie ad entrare nella via del vizio, in capo alla quale era la loro rovina.

« *In tutti i paesi d'Europa e di America si sono raccolte prove sicure della esistenza di un vero commercio di donne, tanto che i Governi civili hanno deciso di combatterlo con leggi e trattati internazionali.*

« Il Comitato italiano fa caldo appello alla S. V. affinchè voglia cooperare alla diffusione di queste notizie, le quali debbono penetrare nella gran massa del popolo, in mezzo al quale i trafficanti cercano le loro vittime. Se ciascuno con la sua opera individuale potrà salvare anche *una sola fanciulla,* potrà esser lieto di aver ottenuto il più gran risultato della sua nobile iniziativa.

« Il Comitato accetterà ben volentieri qualunque notizia che possa interessare l'argomento, e provocherà ricerche e provvedimenti anche internazionali per i casi che gli venissero segnalati.

« Confidando nell'aiuto di tutti i buoni per quest'opera santa, Le esprimiamo i sensi della massima riconoscenza per quanto V. S. potrà fare.

« *Il Presidente ·*

« LUIGI LUZZATTI, deputato al Parlamento.

« *Il Segretario*

« Dott. ALFREDO GAROFALO ».

Dalle lettere giunte al Comitato romano appare che l'effetto di propaganda sia stato conseguito. Il dott. Garofalo ci fa giustamente notare che in seguito a questa circolare un vescovo, quello di Sessa Aurunca (Caserta), ha scritto una pastorale apposita sulla tratta dei fanciulli e delle donne dal Napoletano.

(1) Il Comitato milanese è presieduto onorariamente dal senatore Mussi ed effettivamente dalla signora Ersilia Majno Bronzini. I fondi raccolti sommano a più di 70 mila lire. Il Comitato ha già firmato il contratto per la compera di un edificio con una grande estensione di terreno per poterlo ampliare.

portante (1), e dove il Comitato centrale romano sarà, lo speriamo, rappresentato dal dott. Garofalo, la cui competenza è pari alla modestia.

Ma se le Associazioni ed i Comitati non mancano, le forze sono troppo sparse, ed il grande esercito della carità e della filantropia sente il bisogno di più intima unione per dare più praticamente battaglia. Sembra che, per iniziativa della Lega torinese per la moralità pubblica, quest'alleanza debbasi tentare nel Congresso nazionale che avrà luogo in settembre a Torino, dove si cercerebbe di concordare le operosità di tutti i fautori della moralità, e trovare i mezzi di tradurre in pratica le disposizioni concordate (2).

In questo Congresso si esaminerebbero le misure preventive (3) da adottarsi perchè la fanciulla non caschi nei lacci tesi alla sua inesperienza, si studierebbero le risoluzioni d'ordine morale atte a rialzare le cadute e si coordinerebbero gli sforzi individuali, restringendo sempre più i vincoli e le relazioni delle varie Società filantropiche fra di loro. Dio voglia che le gare meschine e le intransigenze settarie, di cui noi italiani soffriamo tanto e nel campo politico e nel religioso, non si oppongano all'attuazione di questo progetto di sì evidente utilità pratica. L'unione fa la forza, ed è solamente *viribus unitis* che la vittoria arriderà ai nostri sforzi. A spronare gli indecisi, e ad ottenere la necessaria unione nazionale, valga il salutare esempio di ben intesa concordia e di reciproci sacrifici dato dalla Conferenza internazionale di Parigi.

VII.

L'esposizione di quanto si è fatto recentemente per reprimere la tratta sarebbe invero incompleta, se tacessimo dell'avvenimento più importante, quello cioè dell'appello rivolto non ha guari dalla Francia alle nazioni civili per lo studio dei mezzi atti a rendere legalmente più completa l'azione privata, e della conseguente adesione e riunione a Parigi dei rappresentanti dei Governi.

Combattuta ad oltranza dai liberali, come pericolosa, appena ne fu emessa l'idea, ostacolata nel suo nascere da chi la riteneva qual dimostrazione di esagerato puritanismo, derisa dagli scettici come inutile *a priori*, la Conferenza internazionale contro la tratta, la cui convocazione, massime dopo la proroga del giugno, parve, fino agli ultimi momenti, problematica, potè riunirsi finalmente a Parigi dal 15 al

---

(1) Il Congresso internazionale indetto a Francoforte sul Meno nei giorni 3 e 4 ottobre prossimo venturo avrà una particolare importanza, perchè in esso dovrà discutersi e concretarsi il programma dei Comitati regionali, coordinandolo alle deliberazioni della Conferenza ufficiale di Parigi.

(2) Vedi Bollettino del giugno della Lega torinese e cfr. pure l'*Italia evangelica* di Firenze del 10 giugno 1902.

(3) Le misure preventive sono le più efficaci in questa materia. Siamo interamente dell'avviso del giudice inglese SNAGGE, che fu de' primi ad occuparsi della questione della tratta: «*The true remedy is prevention rather than punishment*». (V. *Reports of T. W. Snagge. Esq. of the Middle Temple Barrister-at-law, on the alleged traffic in English Girls for immorals purposes in foreign Towns*. London, 1881, Eyre and Spottiswoode, page xxxvi).

25 luglio scorso. Vi presero parte sedici Stati (1) che inviarono trentotto delegati.

Primo segnalato trionfo del feminismo questo Convegno di Parigi, non indetto per cercar la soluzione di problemi economici o territoriali, ma per raggiungere un alto fine morale di solidarietà umana. a pro' della donna! Spettacolo pure nuovissimo di questioni sovente d'ordine puramente interno e di riforme di legislazione nazionale studiate internazionalmente, mentre così rigido soffia il vento del nazionalismo! La contraddizione non poteva essere più lampante, e ben a ragione potè osservare il Buzzati, che mentre nei rapporti politici gli Stati tendono ad una più gelosa affermazione della propria autonoma indipendenza, la Conferenza di Parigi abbia dimostrato che il sentimento di carità e di giustizia rompe i freni dell'egoismo nazionale e si espande sovrano pel mondo (2).

Si temè per un istante che quelle stesse difficoltà, quegli stessi equivoci che si erano incontrati per la riunione della Conferenza si potessero rinnovare in seno all'adunanza. Convinti invero della serietà e gravità degli ostacoli da superare, i delegati si sentivano invadere l'animo dallo scoraggiamento e dallo scetticismo di cui era saturo l'ambiente. Parea si fosse dimenticato che la Conferenza era stata chiesta dalla coscienza universale del mondo civile; l'impressione prodotta nei più era quella d'una discesa in campo a compiere, con un bel gesto, un atto di poetico eroismo superiore alle forze e sproporzionato così al loro coraggio come alle loro attribuzioni. Chi scrive deve pur confessare d'aver provato quell'istesso sentimento nella prima adunanza dell'alto Consesso, quando, per dirla coll'arguta espressione del Dreyfus, tutti gli Stati fecero *il loro esame di coscienza* (3), esponendo le condizioni presenti delle rispettive legislazioni.

Benchè ogni paese implicitamente e indirettamente riconoscesse, con l'adesione fatta alla Conferenza, che il male esisteva e che bisognava porvi riparo, le dichiarazioni dei vari delegati suonavano tutt'altro che confessioni di debolezza; esse avean l'aria piuttosto di abili difese e d'ingegnose dimostrazioni, fatte allo scopo di provare che tutto era per il meglio in ogni paese! E la deficienza di quasi tutte le legislazioni appariva invece così chiaramente da quell'esame! Il reato di *tratta* non era generalmente contemplato: due o tre Stati appena, e tra questi l'Italia, con l'articolo 3 della nuova legge sulla emigrazione, lo designavano chiaramente; per gli altri occorrevano interpretazioni ed applicazioni di testi laterali più o meno indiretti. Ma niuno volle o fece risultare queste discordanze, e chiusa, dopo tale sfogo inutile ed innocente, la rapida rassegna delle forze di cui disponevano, o meglio, mancavano i vari Paesi, la Conferenza cominciò il suo vero utile lavoro legislativo, amministrativo e di procedura, in ordine al programma pro-

---

(1) L'Austria, il Belgio, il Brasile, la Danimarca, la Francia, la Germania, la Gran Bretagna, l'Italia, la Norvegia, i Paesi Bassi, il Portogallo, la Russia, la Spagna, la Svezia, la Svizzera e l'Ungheria.

(2) Vedi numero unico, già citato, delle *Schiave bianche*, pubblicato per cura del Comitato milanese.

(3) Rimandiamo i lettori all'ottimo articolo di FERDINANDO DREYFUS nella *Revue philanthropique* del 10 agosto: *La Conférence internationale pour la répression de la traite des blanches*. Vi si dà in poche pagine un chiarissimo riassunto dell'opera della Conferenza, di cui lo stesso Dreyfus fu *magna pars*.

posto dal Governo francese (1). Messi da banda tutti i meschini criteri, lo spirito della più alta solidarietà umana presiedette la discussione, ed un sentimento di carità e fratellanza attutì ogni rivalità e dissenso. In quell'adunanza di pace e concordia il gran poeta avrebbe ritrovato *le majestueux embrassement du genre humain sous le regard de Dieu satisfait.*

VIII.

Riassumiamo, per sommi capi, l'opera della Conferenza di Parigi. Nel dominio legislativo essa cercò anzitutto di definire il corpo del nuovo delitto, che non è nè esclusivamente lenocinio, nè ratto, nè eccitamento alla corruzione, nè *prossenetismo,* ma che consta invece di frammenti di vari delitti e di vari atti successivi compiuti di regola in differenti paesi, ciò che permise d'indicarlo pure quale *delitto ambulante.*

Quali i caratteri del reato di tratta?

La Conferenza ha proclamato che « *doit être puni quiconque, pour satisfaire les passions d'autrui, a embauché, entraîné ou détourné, même avec son consentement, une femme ou fille mineure en vue de la débauche, alors même que les divers actes qui sont les éléments constitutifs de l'infraction auraient été accomplis dans des pays différents* ». Per la donna maggiorenne, il delitto dovrà essere accompagnato da certe circostanze aggravanti, quali la violenza, le minaccie, l'abuso d'autorità od ogni altro mezzo coercitivo.

Il lettore osserverà che si è fatta quindi una distinzione tra la maggiorenne e la minorenne. Per quest'ultima l'articolo votato mette in un campo solo, per assumerne la difesa, le schiave volontarie ed involontarie. La ragione è ovvia: il problema da risolversi era della redenzione della donna e insieme alle ingannate e deluse furono poste le minorenni consapevoli, incapaci pur legalmente di contrarre qualsiasi impegno valevole.

Quanto alla donna maggiorenne, si potrà forse domandare se non peccò di timidezza il Congresso parigino limitandone invece la prote-

(1) Il programma era il seguente:

I. MISURE D'ORDINE PENALE. — Introdurre nella legislazione penale dei paesi le cui leggi sono insufficienti a questo riguardo i delitti seguenti:

A) *Contro le minorenni:* 1° Incetta e mantenimento di minorenni per scopo di prostituzione: ammissione o detenzione nelle case o luoghi di vizio. Pene da determinarsi: 2° Approvazione della pena se il delitto è stato commesso con l'aiuto di violenze, di minaccie, frodi, abuso di autorità o altro mezzo costrittivo.

B) *Contro le maggiorenni:* Incetta e mantenimento a scopo di prostituzione, ammissione o ritenzione nelle case di vizio o di prostituzione, allorquando questi fatti sono stati commessi con l'aiuto di violenze, minaccie, frodi, abuso di autorità o altro mezzo coercitivo. Pene da determinarsi.

II. Convenzione internazionale da stabilire per quanto concerne: 1° la competenza sui processi da intentare: 2° l'estradizione degli autori e dei complici: 3° una esecuzione rapidissima dei mandati di cattura e delle rogatorie; 4° la sorveglianza da esercitare sulle partenze e sugli arrivi delle persone sospette di esercizio delle pratiche incriminate e delle vittime di queste pratiche; gli avvisi da trasmettere al Governo del domicilio di questi ultimi e del loro rimpatrio: 5° le istruzioni da dare agli agenti diplomatici o consolari dei diversi Governi all'estero.

zione ai soli casi di annuolamento fatto con violenza od inganno. E l'opinione di molti ed ancie la nostia. Il Feuilloley, avvocato gene-iale alla Coite di cassazione, ed il Puibaraud, diiettoie dell'uffizio di riceicie alla Piefettuia di Paiigi, già avevano affeimato per piopiia espeiienza nelle impoitanti adunanze delle *Société des piisons* del maggio scoiso che, se il fatto del lenocinio non fosse eietto a delitto per ogni caso, la iepiessione non aviebbe potuto esseie efficace, peiciè la tiatta era eseicitata piincipalmente sulle maggioienni. Essei d'altia paite indubbio che la cieatuia umana non potea foimai mateiia di commeicio e che il traffico delle donne per fini immoiali fatto da teiza peisona iivestiva un caiatteie illecito. Non essei foise la donna, ancie maggioienne, pur sempie la giande fanciulla, debole e meiitevole di difesa? Sfoitunatamente mancaiono in seno alla Confeienza i piv abili iappiesentanti di questa scuola e la maggioianza temè di andai tioppo oltie, eiigendo a delitto il lenocinio, pur lasciando al tempo stesso alla donna maggiorenne ogni libeità, ma senza l'inteimediaiio. La Confe-ienza si appagò di misuie che iealizzavano già un piogiesso conside-ievole, tanto piv, e ciò è di somma impoitanza, che queste iappiesenta-vano il *minimum* del piogiamma. Ogni Stato è libeio così di adottaie misuie di iepiessione piv late e piv seveie, quali si confanno alle sue condizioni etnologicie, fisicie e moiali. Ma è indubitato che le scieie delle tapine condotte a inginocciiaisi all'altaie del vizio *coll'infamia in man*, sono oggi piincipalmente, come già accennammo, composte di maggioienni, o di minoienni che si dicon maggioii, meicè un atto di nascita o falso, o non loio piopiio. L'opeia della Confeienza iesta letteia moita per loio, se il piogiamma minimo che i delegati hanno iaccomandato alla appiovazione dei Goveini iispettivi, peiciè sia tia-sfoimato in convenzione diplomatica, sarà adottato, come è piobabile, nella sua foima oiiginale. Ma è pur giustizia iiconosceie che le ob-biezioni avveisaiie eiano foitissime, e che colla sua adozione i paesi, che ianno la iegolamentazione del mal costume, si saiebbeio tiovati in difficile postuia veiso i piopiietaii e locataii delle case tolleiate. Vinseio sui geneiosi i piudenti, che peiò nelle nuove lotte non lon-tane si faianno ceito i paladini di ciò che ianno cieduto dovei oggi combatteie.

Ammesso il ieato, e il debito di puniilo anzitutto nel piopiio ter-iitoiio, se si vuol che sia punito in quello degli altii e lasciato alle diveise legislazioni la facoltà di decideie, confoimemente allo spiiito delle piopiie leggi, sulla punizione da daisi al colpevole, la Confeienza si pionunciò unanime sulla necessità di concedeie la estiadizione per la *tiatta*, stipulando saggiamente, allo scopo di evitaie convenzioni addi-zionali, che il ieato fosse insciitto di pien diiitto « nel numeio di quelli che dànno luogo all'estiadizione giusta le convenzioni vigenti ».

Per le iogatoiie necessaiie si adottò la comunicazione diietta fia le Autoiità giudiziaiie, e ciò per isfuggire alle note lentezze buiocia-tiche. Si votò poscia la comunicazione iecipioca delle condanne dei tiafficanti, quando i ieati fosseio compiti in diffeienti paesi.

Per la questione di competenza inteinazionale si piesentava viva-cissima la discussione, ma fu scaitata, peiciè iitenuta, piv che diffi-cile, inutile, il diiitto comune bastando ad assicuiaie la punizione del colpevole. Ma questa attitudine di soveiciia piudenza e modestia non vaiià foise ad accoidaie puie, in qualcie caso di conflitto inteinazio-nale, l'impunità?

IX.

Ma finché questa desiderata concordia internazionale fra le leggi penali de' vari paesi per ciò che riguarda la *tratta* non potrà essere ottenuta. i Governi potranno intanto già cominciare ad agire, mercè l'applicazione delle misure amministrative. A queste, invero, non occorre, per esser messe tosto in vigore, di dover sostenere, come quelle legislative, il lungo e difficile esame delle assemblee dei paesi parlamentari.

Questo accordo amministrativo (*projet d'arrangement*) contiene disposizioni d'ordine più contingente e più variabile che la convenzione, come indica l'illustre relatore Renault, ed è quindi più facilmente modificabile. Tali misure sono destinate *à paralyser le trafic, le constater quand il se produit, et protéger les malheureuses femmes qui en sont les victimes.*

Un ufficio centrale sarà stabilito in quegli Stati dove esso non esiste ancora (e sono i più) per radunare tutte le informazioni sull'arruolamento delle donne per la *tratta.* Quest'ufficio potrà corrispondere direttamente con quelli analoghi degli altri Stati contraenti.

La più attiva sorveglianza sarà esercitata, nelle stazioni, nei porti d'imbarco e nel corso del viaggio, sui mediatori e le loro vittime, e agli agenti appositi saran date istruzioni e facoltà di procurarsi, nei limiti legali, tutte le indicazioni che valgano a metter l'Autorità sulle traccie dei colpevoli (1).

I Governi s'impegnano pure a far ricevere, quando ne sia il caso, le dichiarazioni di donne straniere dedite alla mala vita per stabilirne la identità e lo stato civile e cercare chi le abbia indotte ad abbandonare il paese natio.

Seguono i vari provvedimenti per regolare il rimborso delle spese di rimpatrio. che, quando le famiglie non siano in grado di farlo, sono a carico dello Stato, dove risiede la vittima della *tratta,* sino alla prossima frontiera, o porto d'imbarco, nella direzione del paese d'origine, che dovrà poi pagare il resto del viaggio. Sarebbe forse più dignitoso e più utile lasciare ad ogni Stato l'incarico di provvedere interamente al rimpatrio dei propri nazionali. Pur troppo il paese dove è stata spedita e dove si è scoperta la vittima ha, oltre l'interesse pecuniario, anche quello morale di tenerla nascosta: certi bassi mestieri si lasciano così volentieri in mani straniere!

Non isfuggì pure all'esame della Conferenza, fra le misure necessarie d'ordine amministrativo, quelle relative alle agenzie di collocamento. sulle quali si chiese la sorveglianza governativa (2).

(1) Il nostro Governo, per mezzo del Commissariato della emigrazione, è già entrato in questa sana via: gli ispettori dell'emigrazione nei porti di Genova, di Napoli e di Palermo, e i *medici governativi* che accompagnano gli emigranti sui piroscafi transatlantici, sono stati invitati a vegliare sul traffico delle donne e a riferirne.

(2) Vorremmo poter riportare per intero, se i limiti ristretti d'un articolo di rivista non ce lo vietassero, l'interessantissima nota presentata dal ministro di Svizzera, signor Lardy, sulle misure intercantonali ivi adottate per sorvegliare le Agenzie di collocamento e proteggere le giovani svizzere impiegate all'estero. (Concordato del maggio 1875).

14

X.

Ma nel corso di questa rapida rassegna dell'opera della Conferenza internazionale, abbiamo dimenticato di parlare di quello che fu detto giustamente « una novità interessante », dell'invito cioè rivolto ufficialmente, nel progetto d'accordo, alle Società filantropiche d'assistenza ad unire la loro azione a quella delle pubbliche amministrazioni a pro' della donna.

Cosi il Dreyfus a nome della Commissione legislativa, come l'Hennequin a nome di quella amministrativa, avevan amendue reclamato nelle loro relazioni questa cooperazione che l'Assemblea plenaria fu lieta di approvare. Tal concetto, che era stato già adottato dalla Francia in un'altra circostanza pure relativa alla protezione dei deboli a proposito della legge sui fanciulli tradotti in giustizia, fu adesso trasportato in un accordo internazionale.

Nel caso attuale i Governi si impegnano di confidare, a titolo provvisorio ed in vista d'un eventuale rimpatrio, le vittime del traffico, quando siano sprovviste di mezzi, ad istituti di beneficenza pubblica o privata od a particolari che offrano le dovute garanzie. Ciò si fece perchè si volle vedere nelle sciagurate, il cui rimpatrio può essere ritardato, sia perchè è ritenuta necessaria la loro presenza nel processo contro il loro mezzano, sia per qualsiasi altra ragione amministrativa, delle vittime e non delle complici, la cui demoralizzazione non deve in alcun caso esser accresciuta dagli orrori del carcere. Dei caratteri e dei limiti di questa assistenza caritatevole fu lasciato naturalmente giudice ogni paese contraente. Alla Conferenza bastò di avere richiamato, con tale passo, l'attenzione dei Governi sulla necessità della collaborazione fra i poteri pubblici e le iniziative private.

XI.

Non abbiamo dato che un pallido riassunto del lavoro della Conferenza, che, nell'esame del problema sottopostole, seppe risolvere con saggio spirito conciliativo tante serie difficoltà, così d'ordine tecnico e giuridico, come d'ordine amministrativo e pubblico, prendendo quasi tutte le sue deliberazioni alla unanimità dei voti.

L'importanza capitale dell'intesa ottenuta non può non essere, a prima vista, nel suo giusto valore apprezzata. Seri provvedimenti d'indubbia utilità pratica e di possibile attuazione immediata furono votati; gravi riforme furono additate alla approvazione dei poteri legislativi, e voti generosi, la cui risoluzione avrebbe oltrepassato i poteri delle delegazioni, furono emessi e registrati in apposito protocollo.

Spetta ora ai Governi contraenti di approvare le proposte che i loro rappresentanti accettarono *ad referendum;* e noi ci lusinghiamo, per nostra parte, che l'Italia non sarà l'ultima ad adottare il programma della Conferenza di Parigi.

Ma, ammesso che così il nostro Paese come gli altri accedano a questa nuova santa alleanza, e che gli Stati che mancarono al primo appello vi diano ora piena ed intera la loro adesione, potremo forse allora credere abolita la *tratta delle bianche?*

Sarebbe soverchia ingenuità il credere che con un tratto di penna si possano risolvere le gravi questioni sociali! Le misure adottate dai poteri civili in ordine alla *tratta* varranno a diminuire in certa guisa il male. declinando forse le file di questo povero proletariato del piacere. Ma a che pro' tante riforme legislative ed amministrative se l'iniziativa privata. ben piè forte della pubblica ed a cui tesoro la mano, come vedemmo. gli stessi delegati ufficiali. non porgerà dal suo canto valido aiuto agli sforzi degli Stati?

Abbiamo bisogno in questa lotta del concorso di tutti, ma principalmente di quello della donna. Ben disse il Guibert parlando dell'influenza femminile. che *si les hommes font les lois. les femmes font les mœurs*. È questa salutare riforma di costumi che domandiamo all'apostolato muliebre che dovrebbe assumere più efficacemente e più direttamente la causa della repressione della *tratta*. Abbiamo parlato più sopra delle Associazioni femminili che vanno già inalberato il vessillo abolizionista. ma, ahimè - è pur doloroso il confessarlo - la grande maggioranza delle donne italiane non segue quel nucleo coraggioso!

L'apatia e la indifferenza. ci si permetta ripeterlo. non vengono già da mancanza di sentimento, perchè la donna va sempre *un instinct céleste pour le malheur*, ma sono i costumi e l'educazione che vietano ancora generalmente. nonostante che qualche passo si sia già fatto in avanti. che di certe materie morali. che pur toccano direttamente il sesso femminile. la donna si possa, si debba occupare. La maggioranza delle donne ignora ancora l'esistenza o non conosce i dolori di tutta una categoria di paria, formata da creature più sventurate che colpevoli, sovente vittime. e sempre deboli! Perciè non occuparsi di esse, perchè non proteggerle, perciè non metterle in guardia contro il pericolo?

E se le misure preventive giungessero sciaguratamente in ritardo, perchè la mano caritatevole della donna non porgerà aiuto alla caduta e non cercherà rialzarne il morale? Non merita forse la più profonda pietà una povera traviata. travolta dalla corrente della miseria in quella del vizio? Nessuna teoria e nessuna religione possono giustificare l'abbandono attuale di creature infelici da parte delle loro simili, cui la virtù e la vita sono rese tanto facili dalla educazione e dagli agi? Che le madri italiane abbracciando le loro bambine pensino alle infelici che furono esse pure bimbe gentili e innocenti e scherzarono nelle caste gioie dell'infanzia sulle ginocchia materne (1).

Che l'appello femminile sia anzitutto una oculata ma franca esposizione dello stato attuale delle cose. Non si temano le conseguenze d'un coraggioso linguaggio: che se la verità dapprima appaiono confusamente come nubi, esse divengono tosto pioggia, mèsse e cibo. È a questa propaganda morale. civile e religiosa delle nostre donne, a queste saggie misure preventive di difesa e repressive d'offesa cui spetta informare la nuova educazione del cuore e della mente, che dovremo. più che al sussidio delle leggi. di non aver nella nostra emigrazione. anche per i mestieri infami, quell'onta del doloroso primato che già abbiamo per gli infimi. A proposito d'una recente circolare del Ministero degli esteri sulle notizie giornalistiche diffamatorie contro l'Italia, vi fu chi fece giustamente osservare che la vera diffamazione contro la nostra civiltà vien compita dalla presenza di donne italiane nei più bassi ginecei del vizio internazionale.

(1) Vedi l'articolo della *Gazzetta di Torino* del 16 giugno 1902. inspirato a questi sentimenti.

XII.

Il cammino asprissimo da percorrere, i duri ostacoli da superare non ci facciano perdere d'animo. Il vizio è sì formidabilmente armato e sì strenuamente costituito che sarebbe follia sperare di poter debellario alla leggera senza che ci opponga la più disperata difesa. « La lotta sarà lunga - diceva il Pierson ad Amsterdam - e niuno di noi ne vedrà la fine ».

Che importa? Avremo la coscienza di aver fatto il nostro dovere coll'additar il disastro e portarvi i primi soccorsi, pur lasciando alla nuova e meglio armata generazione di compire l'opera, già iniziata, di salvataggio. Proseguiamo concordi e fidenti, senza pensare che la guerra, che pur ci promette delle vittorie, ci serba pure delle disfatte: la virtù sta nella lotta.

PAULUCCI DI CALBOLI.

L'ERITREA E IL SUO COMMERCIO

— Dell'Eritrea, che cosa si può fare?

Questa è la domanda che mi è stata quasi quotidianamente ripetuta, da persone e da parti diverse, per lettera e a voce, dacchè sono tornato dall'Africa.

Quella interrogazione insistente è di certo, e prima di tutto, una conferma: conferma, purtroppo dolorosa, della manchevole o, forse, nessuna conoscenza che gli italiani hanno tuttavia della loro colonia. Se parecchi ministri, infatti, negli anni non ancor lontani lasciarono crescere il sospetto che essi ne ignorassero la geografia, la storia, la economia e perfino le condizioni climatiche, la maggior parte degli amministrati non ha sentito ancora l'opportunità, e quindi il desiderio, di saperne di più. Per non pochi dei governanti, deliberatamente o no da parte loro, l'Eritrea è stata, negli anni di subito seguiti all'occupazione, il paese in cui si faceva o si preparava ovvero da cui si temeva la guerra, la guerra imposta da una fatalità oscura ma immovibile o da un proposito indeterminato, infinito e non confessato di conquista verso l'ignoto. Senza tener conto di tali elementi insieme di inconsapevole e di rassegnazione inerte al destino, non si intenderebbe, non diciamo la politica, ma l'azione seguita laggiù, e per cui da Massaua si arriva a Saati e da Saati all'Asmara, poi al Mareb, poi ancora a Cassala senza affermare perciò si vada avanti e fin dove; per cui, dopo aver creato l'impero, la forza e quasi la persona di Menelik, si lavora a farcelo nemico e inimicato lui si mette in condizione Mangascià di varcare la frontiera e venir molto avanti se la fortuna o l'avvedimento del tenente colonnello Salsa non lo arresta. E come spiegare, per l'opposto, che quando Cassala ha cessato di essere una minaccia si voglia venirne via per poi fermarsi a venti chilometri di distanza, quasi per non perdere la soddisfazione di vedere gli imporati inglesi a prenderne possesso? E che saremmo mai rimasti a fare nell'altipiano dell'Asmara, decorato dalla insigne bellezza militare del forte levatovi dal Baldissera, quando, secondo gli accordi già stipulati in proposito, gli scioani avessero acquistato il miglior territorio della colonia, fino intorno a Debaroa, che don Francesco Alvarez, quattro secoli sono, vide fiorente e mirabile città?

Non è qui il posto, e io non ne ho l'intendimento, per raccogliere accuse o sciogliere recriminazioni: mi basta constatare quello che mi pare fatto certissimo, e, cioè, che nell'opera del nostro Governo non appare mai, successivamente, il disegno meditato, netto, fermo di ciò che nell'Eritrea dovessimo fare od attendere.

Nessuna meraviglia, pertanto, se la moltitudine inafferrabile che pure, anche tra noi, chiamiamo opinione pubblica, se, insomma, la maggioranza dei concittadini nostri, ancora così poco fattiva di pensieri proprii e tanto meridionalmente restia alla fatica di formarseli, si fosse assuefatta a considerare che di là, tra il Mar Rosso e il mare, non c'erano per noi che battaglie da combattere e denari da sborsare, così che il meglio si riduceva a questo: augurarsi il silenzio sull'Eritrea, il silenzio dell'ignoranza, a patto che, poiché una passività eterna doveva essere, divenisse almeno una tollerabile passività pel nostro bilancio. Pertanto governanti e governati si trovarono concordi in un solo programma: che della Colonia non si facesse e, soprattutto, in Italia non si sentisse parlare.

Ma l'insistenza presente della domanda: « Che si può fare dell'Eritrea? » conferma pure un'altra cosa, e anzi un altro stato di animi. Appare, infatti, il primo indizio di un criterio o piuttosto di una sollecitudine nuova e opposta che va penetrando nelle menti: la sollecitudine, cioè, di apprendere che cosa vi sia veramente in quella parte d'Africa che ci appartiene, nel desiderio ovvero nel sospetto, insinuatosi timidamente, pressoché inavvertitamente, che una qualche utilità se ne possa trarre.

Non sono queste le prime, ancora incerte manifestazioni, gli albori di un concepimento della Colonia Eritrea diverso da quello finora accettato o tollerato pur nell'opinione comune?

Pare a me avventurato che lo stimolo, forse tuttavia incosciente di sè, di ricerche e di assicurazioni intorno alla potenzialità di quel possedimento italiano sia ora finalmente sorto e accenni a diffondersi nella penisola, perchè quest'ora appunto può essere decisiva per la Eritrea.

Il Governo civile, nei pochi anni dacché si è istituito e anzi dacché ha conseguito la facoltà di operarvi, ha portato laggiù una vera novità davvero ardita, di disegni maturati e di atti conseguenti. Prima, infatti, ha cercato la pace con dignità e in tal guisa da dare affidamento di non vacua stabilità per noi; poi della pace ha mirato a trar profitto, il maggior profitto possibile. La mira che ha avuto avanti limpida, costante è stata lo studio di una attività e quindi di un compenso economico da promuovere e conquistare.

Certo il Governo civile non in tutto è riuscito ugualmente avveduto pei metodi, altrettanto fortunato nel successo; certo anche non può affermarsi che qualche probabile feconda iniziativa egli non abbia omessa, o che nell'azione sua, per difetto di ben esperimentati congegni, sia giunto già, quasi di un tratto, a infondere l'unità pronta e intensa che pur è desiderabile. Ma molto, insperato cammino, mercè di lui, è compiuto. Le varie risoluzioni amministrative circa il mantenimento e il rifornimento delle truppe hanno prima portato un grosso risparmio nel bilancio, quindi hanno riconfermato come il frumento e l'orzo e ogni specie di foraggi crescano mirabilmente nella colonia. Poi l'aver ricondotti gli indigeni, con la confidenza nella pace e con la sicurezza della retribuzione, al lavoro ha ormai formata tra loro una specie di maestranza operaia sufficientemente utile e sfruttabile. E ancora: numerosi e svariati esperimenti hanno confortato l'opinione che varie e ricche culture possono provarvisi con le maggiori promesse di larga rimunerazione. Contemporaneamente là dove, neppure per precauzione e direi meglio per obbligo militare, si erano aperte e stabilite dirette, facili o, almeno, possibili comunicazioni, si sono costruite quattro vie che rappresentano davvero le quattro grandi arterie per cui fluisce e rifluisce la vitalità coloniale. Una ferrovia è ora in costruzione, e altre strade si stanno preparando o riparando.

Il paese, dunque, mercè l'attuazione di un concepimento meditato e proseguito senza esitanze o contraddizioni è omai preparato, preparato a compiere una funzione nuova. È preparata ugualmente l'opinione pubblica fra noi ad assistere il compimento pratico di quella funzione, a dirigerla, a derivarne tutti i possibili vantaggi per la patria? Quest'altra, non meno necessaria, preparazione tuttavia non è avvenuta fra noi, anzi appena se ne manifesta il desiderio.

Perciò credo utile discorrere dell' Eritrea, discorrerne con sincerità e con precisione, in guisa da darne una notizia esatta, così lontana dalle pessimistiche ripugnanze di qualche tempo fa come dalle pericolose esaltazioni di speranze che alcuni, forse più per ispontaneo contrasto che per determinato interesse proprio, vorrebbero accendere fra noi.

Non occupiamoci, per adesso, del probabile successo sopra ampia scala delle coltivazioni agricole o delle ricerche minerarie; fermiamoci a quanto è più semplice e può essere più facile. Dacchè, dunque, si chiede: « E che può farsi dell' Eritrea? » vediamo se i commercianti nostri hanno possibilità di istituirvi scambi maggiori e maggiormente retributivi.

Incominciamo, insomma, dal commercio della colonia.

*
* *

Per procedere sopra la base presumibilmente meglio sicura, prendiamo in esame le cifre della dogana di Massaua, la porta per cui tutto deve entrare, tutto deve uscire.

Avanti, però, occorrono due premesse e due richiami alla memoria dei lettori.

Primo: se il territorio dell' Eritrea è molto vasto - non inferiore a quello della penisola, - la sua popolazione è, comparativamente, molto scarsa. Le cause di tale deficienza sono, nell'opinione mia, assai più remote e meno mutevoli di quanto comunemente si mostri di credere. Le guerre secolari, infatti, le frequenti malattie contagiose non combattute od arrestate da alcuna acquistata sapienza di cure non sono ragioni sufficienti - sempre secondo me - a spiegare un così formidabile spopolamento. Ma, comunque, gli indigeni nella colonia non sono certamente oltre 350,000: che è quanto dire un terzo degli abitatori della sola provincia di Roma sparso per tutta l'Italia.

Ancora: quei rari abitanti, da tempo lunghissimo, sono cresciuti insieme nella necessità e nella consuetudine della parsimonia: la maggiore, anzi la grandissima parte di essi dimora entro capanne per le quali, mercè del clima, non occorrono dispendi di ripari; si sostiene con pochi soldi di farina messa nell'acqua e quindi scaldata alla fiamma di frasche strappate per via; si veste con una tela che difficilmente varia per variàr di stagioni e ancie di anni.

Non basta, si vuole avvertire pur questo: che, quantunque, come ho accennato avanti, una rapida mutazione in meglio sia rapidamente avvenuta, tuttavia pochi e costosi continuano ad essere i mezzi di comunicazioni e di scambi, i quali, in verità, si riassumono in uno solo: il cammello finchè è, per forza, non va da sostituirsi col mulo. Ugualmente rari e inferiori rimangono gli organismi, gli strumenti del commercio, che, eccezione fatta per Massaua e per Asmara e dovunque per le rivendite di vino, birra e liquori, restano pur essi circoscritti in una forma unica primitiva: quella dei mercati.

Con queste premesse e questi richiami passiamo alle cifre. A quanto sale, nelle sue somme riassuntive, il movimento commerciale constatato dalla dogana dell'Eritrea?

Ecco le cifre per l'anno 1900: due milioni e settecentoquarantacinque mila lire di esportazioni; nove milioni e trecentosettantasei mila lire di importazioni.

Nè queste somme, che certamente non appaiono trascurabili, in ispecie date le condizioni presenti del paese e dei suoi abitatori, sono le maggiori o si debbono ritenere soggette a facili diminuzioni.

Infatti, nel 1898 le importazioni erano pure salite oltre i nove milioni, e le esportazioni erano di poco rimaste inferiori a due milioni e duecento mila lire. Nel 1901 le importazioni rappresentano il valore di lire 9,342,133, e le esportazioni crescono ancora, in confronto dell'anno precedente, di cento mila lire.

Può, dunque, affermarsi che il movimento commerciale della colonia nostra misura alla importazione circa dieci milioni e all'esportazione due milioni e mezzo.

Non è, assolutamente parlando, gran cosa, ma pur sempre, in modo innegabile, significa una attività e possibilità di scambi delle quali conviene tener conto, in ispecie nell'affannosa ricerca di nuovi sbocchi e di materie prime indispensabili al crescere della nostra produzione.

Pertanto cerchiamo coll'analisi degli introiti doganali di Massaua se è possibile aumentare gli scambi tra la colonia e la madre-patria.

*
* *

Moviamo nel nostro esame dalle merci importate.

Per evitare inesattezze e anche per riuscire, possibilmente, esatto, dovrei trascrivere qui alcune delle tabelle compilate dall'ufficio doganale di Massaua. Ma so, purtroppo, quanto, per la falsità della educazione accademica che ci stagna dentro, so, purtroppo, quanto i numeri, soltanto colla semplice esposizione grafica, mettano orrore nei più. Pare che le cifre, esponenti sinceri e limpidi della quantità, facciano, nella maggior parte dei lettori, l'impressione di mani levate e tese a menare schiaffi.

Quindi mi rassegno, per non provocare le ripugnanze di questa idiosincrasia nazionale, a riassumere brevemente, fermandomi sulle materie di maggiore importazione.

Abbiamo detto che nel 1900 la somma delle importazioni salì a lire 9,376,542. Pei luoghi di origine, quella somma si decompone così: Dall'Italia, lire 2,275,888; dalla Francia, lire 119.400; dall'Inghilterra, lire 1,095,200; dall'Austria, lire 1,402,821; dall'Egitto, lire 691,946; da porti turchi asiatici, lire 1,147,158; dall'India, lire 2,400,951; e dalla Russia europea, lire 134,869.

Come si vede. l'Italia non importa neppure per un quarto di quanto acquista il commercio eritreo, e, come constateremo ora, anche quel quarto è dato da ciò che si richiede più direttamente dal Governo o dai connazionali nostri nella colonia.

Premettiamo: le merci importate, almeno in quantità notevole, sono: *acque minerali, vino, spirito, liquori, olii, zuccheri, sciroppi, spezie, tabacchi greggi, prodotti chimici e medicinali, sale raffinato, lino, cotonerie, lana, sete, legnami, carta, lavori in pelle, metalli, terraglie e vetrerie, granaglie e riso.*

Dedichiamo qualche osservazione soltanto ai principali articoli di tale importazione, senza fermarci neppure ad osservare come in alcuni prodotti che pure potrebbe avere facilmente il primato - in ispecie protetta, qual'è, dall'esenzione d'ogni dazio di entrata - l'Italia sia ancora indietro. Negli olii, infatti, nei prodotti chimici, nelle terraglie e vetrerie, nella carta, nelle mercerie noi non avremmo da subire competitori.

Ma esaminiamo soltanto alcune voci, quelle che rappresentano un maggior valore.

Il *vino.* Nel 1900 se ne importò per lire 391.497, delle quali soltanto per 4220 proveniente dalla Francia.

È questo, dunque, il commercio in cui la produzione nazionale predomina: e non solo, in cui avviene un non trascurabile aumento.

Nel 1899, infatti, la importazione totale del vino fu di lire 242,000; nel 1900, come ne abbiam visto, di 387,277; nel 1901 è salita a lire 416.898. Non è a dimenticare che dal 1899 andò scemando il numero di italiani, specialmente militari, nella colonia. Quindi al maggior consumo contribuiscono, evidentemente, gli indigeni, i quali non soltanto nella pace hanno conquistata, in quest'ultimo periodo, una maggiore agiatezza, ma si vanno coll'esempio assuefacendo al vino. Agli abissini in ispecie - i musulmani in ogni cosa sono più schiettamente religiosi - agli abissini in ispecie una buona bottiglia è un presente assai gradito, immediatamente esperimentato e goduto. Ma essi, che già apprezzano la *Champagne,* - io ne vidi distribuire largamente nello sposalizio di un indigeno non molto prospero di fortuna, - prediligono, almeno per ora, i vini bianchi e spumanti. Invece, tranne che per qualche saggio della cantina Mirafiori, l'importazione nostra è quasi formata esclusivamente di Chianti - non sempre buono e rispondente ai campioni - per mezzo di due case toscane. È probabile dunque che di anno in anno si possa vendere di più, soprattutto con una scelta più giudiziosa dei prodotti inviati.

Passiamo agli *spiriti,* dei quali pure il consumo aumenta costantemente, così che nel 1899 era di lire 40,000; nel 1900 di lire 105,835; nel 1901 di lire 113,217. E di tale aumento basta visitare la colonia per acquistare il convincimento o avere la conferma. Anche là dove non si trova nessuna traccia di commercio, dove, quasi, non esiste il più modesto mercato indigeno, è sorta una rivendita di liquori, rivendita tenuta - s'intende - da greci. Ora per gli spiriti la importazione nazionale è di gran lunga inferiore a quella di altri paesi, della Francia in ispecie; nel 1900 raggiunse appena la tenue somma di lire 21.535 e nel 1901 - pure con qualche miglioramento - di 32,031.

Peggio ancora accade per gli *zuccheri* e *sciroppi.* Prendiamo le cifre del movimento doganale nel 1901. Di zucchero e sciroppi se ne importò dall'Austria per 200.000 lire, dall'Egitto per 60,000, dall'Italia per 68.580. Ed era stato peggio nell'anno precedente: soltanto per lire 57,925.

Una nota ancora: di *seta,* sopra una importazione di quasi 1,200.000 lire, appena il valore di 10.000 è dato dall'Italia. E veniamo a quello che è il prodotto più largamente venduto: le *cotonerie.*

La richiesta indigena è in aumento notevolissimo: nel 1900 se ne erano importate per lire 2,805,794, ma nel 1901 si arrivò a tre milioni e trecentonovanta mila lire.

Quale è il posto che vi occupa l'Italia? Prendiamo il conto dell'ultimo anno, del 1901. Di cotonerie s'importarono per lire 2,096,317 dalle Indie, per 950,000 dall'Inghilterra; soltanto per 345,245 dall'Italia. E questa cifra così modesta, in confronto dell'altre due, significa già un lieto, grande progresso.

Perchè ecco quanto accadeva negli anni non remoti per l'importazione italiana di cotonate: nel 1897, lire 30,000; nel 1898, 48,000; nel 1899, 90,000. Soltanto nel 1900 si sale a lire 277,360 e nell'anno seguente, come abbiamo constatato, si è progredito ancora. Però bisogna chiederisi: tale aumento continuerà tuttavia? Giacché - devesi aggiungere - esso era l'opera esclusiva, personale di un commerciante nostro da molti anni domiciliato a Massaua e quindi provveduto di una larga conoscenza del paese. Disgraziatamente, al principio dell'estate scorsa, egli è morto, e chi vorrà ora continuare quella sua intrapresa che era una eccellente speculazione e una buona azione patriottica? Nessuno dei nostri industriali, ch'io sappia, ha mai, per iniziativa propria, tentato di avviare la sua produzione nell'Eritrea e pei porti del Mar Rosso. I più audaci - piemontesi - hanno dai loro esploratori fatto toccare le città principali dell'Egitto. E vi ranno trovato una ben larga rimunerazione.

*
* *

Accenniamo ora alla esportazione della nostra colonia.

Nel 1900 l'importo delle merci esportate salì a lire 2,745,470.

Nel 1899 era stato di lire 1,628,000; nel 1898 di 2,413,000; nel 1897 di 1,980,000.

Le cause della lieve diminuzione nel 1899 si possono facilmente accettare: principale fra esse, indubbiamente, lo stato di guerra nel Tigrè, per cui moltissima parte dei movimenti commerciali rimase arrestata.

La esportazione eritrea si compone di: *caffè, gomma, pelli secche, cera, perle, madreperla, tartaruga, avorio, zibetto.*

Già nel 1900, riferendo al Ministero e al Parlamento intorno alla colonia, l'on. Martini avvertiva come fino all'anno precedente la sola di quelle merci che avesse nella penisola nostra un qualche compratore fosse il caffè, del quale, tuttavia, sopra 155 tonnellate, appena un terzo veniva in Italia: gli altri due terzi andavano sul mercato di Gedda, donde erano poi rivenduti per arrivare in Europa.

Ma da quell'anno precisamente incominciò una mutazione lenta, ma notevole. Infatti, alla fine del 1900, i calcoli dell'ufficio doganale di Massaua davano alle merci esportate le destinazioni e le proporzioni seguenti:

Per l'Italia, lire 407.150; per l'Austria, 979,971; per l'Egitto, 18,000; per la Turchia asiatica, 551,383; per l'India, 574,000; per l'America del Nord, 219,518.

Un maggiore avviamento di prodotti eritrei verso l'Italia si è constatato anche per l'anno 1901. Infatti, vi vennero per 300.000 lire di pelle e per 62,000 di madreperla. Ma, con ciò, siamo forse arrivati al massimo grado raggiungibile? Non vi è in quella produzione più di

una materia che a noi manca e che siamo costretti a ricercare e com
perare altrove?

incominciamo dal notare: il caffè dello Scioa. che piglia la via di
Massaua per giungere al mare. è, senza dubbio, eccellente, superiore
di qualità a quello che si può acquistare in Italia. Il suo costo, stabilito dalle carovane che lo portano, senza che alcuno abbia provveduto
a istituire un commercio diretto, supera raramente quello di una lira
al chilogramma, così che, anche dopo aver pagato la tassa di canale,
il prezzo del trasporto e quello del dazio, riman sempre al rivenditore
nostro un largo margine di guadagno. Tuttavia, come abbiam veduto,
il negoziante nostro preferisce di comperare a Gedda, per pagarlo di
più, il caffè abissino.

Non meno singolare è quanto avviene pel commercio delle pelli
secche: di queste, nel 1900, ne venneio in Italia per 150,000 lire e
niente nel 1901; ma ne andarono per 200,000 lire in Austria e per
219.518 negli Stati-Uniti d'America. Se, ad onta del più lungo trasporto, torna ai commercianti americani, pur così copiosamente provvisti
di pelli dal loro grande paese, quella esportazione, perchè mai non
dovrebbe essere retributiva per le nostre concerie? È da non dimenticare che spesso i vapori della Navigazione Generale, la quale ha
l'obbligo, ben poco ragionevole, ma abbondantemente sovvenzionato,
di un servizio mensile per la colonia, partono da Massaua con un
carico molto scarso.

Uguali osservazioni potremmo ripetere per l'avorio, quasi esclusivamente avviato all'India, e per la gomma, per la cera, delle quali
soltanto l'Austria fa acquisto.

Ma, per fermo, e per lungo tempo ancora, il grosso della esportazione eritrea sarà fornito dalle perle e dalla madreperla. Il commercio
di questi prodotti è antico, tradizionale nella nostra colonia; e la
ragione è facile ad assegnarsi. Le sponde del Mar Rosso in molti punti
in ispecie attorno a Massaua sono ricche di banchi madreporici. Fino
a pochi anni sono così la pesca come il traffico erano esercitati poco
meno che primitivamente: i negozianti assoldavano i pescatori facendo
oro anticipazioni in natura che rappresentavano un vero, durissimo
strozzinaggio, e poi comprayano da essi la merce al prezzo che volevano.

Nel 1899 il Parlamento approvò il contratto intervenuto fra il
governo coloniale e una Società italiana espressamente costituitasi a
Milano per la pesca della madreperla. Quella Società fu la prima a portare dalla penisola a scopo di commercio un non piccolo capitale, un
milione e mezzo. Ma nel primo tempo non arrise la fortuna alla sua
impresa: non arrise per varie cause, non ultima delle quali che, per
scambievole impreparazione, si erano fissate nel contratto condizioni
le quali, come la provato l'esperienza dei più vecchi di noi in tale commercio, non sono attuabili: per esempio, la coltivazione della madreperla. Tuttavia migliori sarebbero state le sorti dell'impresa fin dal
principio se non le fosse toccato di coincidere collo straordinario invilio
della merce nei mercati europei. A così basso prezzo, nè la pesca nè
il commercio potevano più avere retribuzione. E infatti, pesca e commercio decaddero non solo sulla costa eritrea, ma su quella araba. Ora
che il costo della madreperla è nuovamente rialzato, cioè in quest'anno.
avverte già un notevole risveglio di attività. Nel primo semestre
del 1902, infatti, il numero dei pescatori offertisi alla Società per la cam-

)agna perlifera è quasi doppio che nell'uguale periodo nel 1901. Si
leve pure aggiungere : anche l'esportazione della madreperla incomincia.
i dirigersi - benchè scarsamente sopra una quantità che rappresenta
oltre lire 700,000 di valore - verso l'Italia. Una sola ditta di Legnago
ne acquista per 300 quintali all'anno.

La stessa constatazione può fortunatamente ripetersi per le perle.
Queste perle che si commerciano a Massaua, è stato più volte ripetuto,
non sono pregiate in Europa; troppo piccole, colorate, quasi sempre
irregolari. Ma è pur da avvertire, contro quella facile affermazione,
che anche là se ne trovano di grosse e bianche e che comunque, in
Francia, dove si hanno conoscitori espertissimi, se ne fanno da qualche
anno acquisti per somma considerevole.

L'esportazione delle perle dal porto di Massaua è avvenuta durante
l 1901 nelle proporzioni seguenti: lire 500.000 per le Indie; lire 400,000
per la Francia; lire 300,000 per l'Italia.

La parte che viene fra noi è, dunque, la minore. Tuttavia essa segna
un gravissimo aumento in confronto di un tempo non lontano, aumento
anche maggiore di quello notato per la madreperla.

Così che, riassumendo la brevissima analisi fatta, possiamo con-
chiudere: tra l'Italia e la sua colonia si va lentamente, quasi inconsciamente formando una maggiore, più profittevole intimità di rapporti e di interessi, tanto nella importazione che per l'esportazione.

*
* *

Avanti abbiamo fissata la cifra complessiva - per quanto modesta -
delle esportazioni eritree nel 1900.

A quella cifra, per diffondere esattamente il criterio della cosa, occorre aggiungere una osservazione: la somma, cioè, da essa significata
non rappresentava merci esclusivamente derivate dalla nostra colonia.
Una parte, infatti - e precisamente per un valore di 394,634 lire - proveniva dall'Abissinia, e un'altra parte - per 93,259 lire - dal Sudan.

Nell'anno precedente nessuna carovana dall'Abissinia aveva passato il Mareb; nessuna era venuta dal Sudan. Ma, stabilita la pace col
Negus, non tardarono a ravvivarsi gli scambi col Tigrè specialmente,
mentre, conclusa la convenzione col Governo inglese, accennavano a
riprendere - benchè tutt'altro che incoraggiate dai rappresentanti di
questo Governo - quei rapporti che la cessione di Cassala aveva minacciato di interrompere per sempre. Scambi e rapporti sono divenuti ora
più frequenti e intensi, mercè una savia politica che ha di molto risolle-
vato in quelle regioni il nome italiano e mercè l'attrazione esercitata
dalla prosperità crescente della nostra colonia. Ai mercati di Senafè
e di Asmara giungono ormai numerose le carovane abissine; dal Sudan
moltissimi commercianti e negozianti son venuti a comperare buoi, dei
quali l'Eritrea ha potuto abbondantemente rifornirsi, per dare in cambio
prodotti loro, specialmente l'oro purissimo. Però la gomma ha di nuovo
largamente rifluito sulla piazza di Massaua e ne è stata fatta per Trieste
una esportazione molto maggiore del consueto.

Indubbiamente, se imprevisti turbamenti non comprometteranno
l'opera feconda del Governo coloniale, gli scambi coll'Etiopia e anche
col Sudan proseguiranno nell'avvenire prossimo, e in ben più larga
misura, quell'ascensione di cui abbiamo ora voluto stabilire le promesse
anzi gli inizii felici. L'Italia potrà, pertanto, derivare dall'antica capi

ale della sua giovane colonia alcune merci - caffè, gomma, avorio,
velli, zibello, cera - che concorrenti stranieri, già da anni, lavorano a
contenderle definitivamente.

Tuttavia non è a credere che lo studio e l'operosità nostra debbano
circoscriversi ad accrescere tali esportazioni.

Abbiamo veduto come l'importazione nell'Eritrea rappresenti un
campo non trascurabile per le attività nazionali. Ma l'Eritrea, per queste
attività, se ben illuminate e dirette, non ha da essere fine a sè stessa,
pensi il fondamento, il centro di una larga e proficua irradiazione.

Non si esclude che anche nel Sudan non possano trovare rimunerativa accoglienza alcune merci nostre: a buon conto un giovane e
olte negoziante che ve n'ha portato in questi ultimi mesi, per conto
di una società formatasi con modestissimi capitali, qualche esemplare
è stato felice di un buon successo di affari. Ed anche nel Tigrè, per
quanto tuttora sconvolto dalle guerre passate e dalle discordie presenti, nell'Agamè floridissimo si possono trovare compratori per un
determinato numero di prodotti nostri, specialmente cotonerie, spiriti,
zucchero, saponi.

Ma è all'interno dell'Etiopia, più propriamente allo Scioa, che
occorre mirare, intorno a Menelik, per l'intromissione fattiva di parecchi
europei, per le stesse fatalità della politica sua, germogliano istinti di
una nuova vita di agiatezza, si spargono consuetudini finora igno-
rate. Non solo vi cresce l'uso delle bevande spiritose, ma anche quello
delle fogge nostre nel vestire. Il signor Hugues Le Roux, nel recente
suo libro ove, forse, si compiace di mostrarsi espositore troppo convinto
di quel rapidissimo adattamento - più esteriore che reale, tranne negli
effetti economici - delle popolazioni etiopiche alle forme della civiltà, il
signor Hugues Le Roux afferma che gli scambi commerciali dell'Impero
salgono annualmente a cinquanta milioni di valore. L'affermazione è,
forse, non esattissima. Certo - pure non tenendo conto del movimento
accertato della dogana di Gibuti - certo lo Scioa è ormai un mercato
aperto che l'Inghilterra e la Francia si contendono. Può credersi che
non vi sia più posto per noi? Nessun argomento persuasivo per giungere a una tale conclusione: anzi molti buoni argomenti per la conclusione opposta. Il commercio francese, per quanto tragga vive speranze dall'ancor fantastica ferrovia per Harrar, avrà sempre a lottare
colla difficoltà della distanza; l'attività inglese è tuttavia troppo occupata nella ricostituzione del Sudan per precludere a noi, se non tar-
deremo ancora, qualsiasi cammino.

Mercè sopra tutto delle ultime concessioni territoriali stipulate ed
acquisite, noi ci siamo notevolmente avvicinati agli antichi, sempre
floridi mercati dell'Abissinia. Le strade tradizionali che da quei mercati conducevano al mare - e la tradizione nella materia ha moltissima
efficacia - sono ora incluse nei possedimenti nostri. Con meditata sollecitudine si è già provveduto a riattivarne intanto una, munendola
di quelle garanzie di vigilanza, di sicurezza che da molto tempo non
aveva più.

Nè il riattamento delle classiche strade carovaniere è provvedimento isolato: anzi dal marzo scorso si lavora con intelligente, benefica alacrità alla costruzione della ferrovia che per adesso da Massaua
deve condurre a Ginda. E se non verrà meno in noi, o in chi amministra
le nostre fortune, la saviezza delle feconde continuità, fra non molto,
prima che sia compiuta la Gibuti-Harrar e magari soltanto intrapresa la

Berber-Suakim, noi avremo costruito la ferrovia che dal mare salrà sull'altipiano, a Nefasit o ad Asmara, la prima grande linea ferroviaria in tutta quella zona africana. Aboliti i vecchi, ancora insostenibili mezzi di trasporti, agli scambi dei prodotti sarà data una agevolezza difficilmente calcolabile negli effetti raggiungibili.

Ma tocca, per intanto, ai commercianti, agli industriali italiani - ora che non hanno contrasti ma sussidii dalla politica del Governo - tocca loro, liberandosi dalla inerzia e dalla imprevidenza presenti, di non lasciarsi crescere avanti ardue e insormontabili le barriere della precedenza straniera. Siano essi forti ed avveduti pellegrini che osano tracciare nuovi sentieri al lavoro nazionale.

Comunque, alla domanda insistentemente ripetuta: « Nell'Eritrea che c'è da fare? » mi sembra di aver dato risposta confortata di cifre e di fatti, risposta che - se non isbaglio - sufficientemente chiarisce come nella colonia possano trovare campo non trascurabile di attività i produttori nostri.

*
* *

Nè, fin qui, io discorso, ed assai brevemente, che del commercio di importazione ed esportazione nello stato presente, al giorno d'oggi.

Rimane ad esaminare - se il direttore della *Nuova Antologia* vorrà consentirlo - quale possa essere, per le attitudini, per la potenzialità sua di rinnovamento e di espansione, l'avvenire economico dell'Eritrea.

LUIGI LODI.

L'INGENUO

NOVELLA

— Beato chi ti vede! - mormorò Paolo Rottoli, toccando leggermente il braccio di Gastone Valli.

Questi era fermo all'angolo di via del Tritone, verso piazza Barberini, e, tutto scintillante dalla tuba alle scarpette verniciate, assisteva al passaggio delle carrozze, che salivan la via. Si volse, vide Paolo Rottoli, lo riconobbe immediatamente, ma finse di rimanere dubbioso.

— ·Non so con chi ho il piacere... - disse a denti stretti.

— Paolo Rottoli, - rispose l'altro timidamente. - Paolo Rottoli: siamo stati compagni; ti ricordi?

— Ah sì, Paolo Rottoli! - ripetè Gastone, con freddezza e con un rapido sguardo al condiscepolo, che portava un miserabile abito nero a doppio petto, lucido dall'uso, troppo corto, troppo attillato.

Gastone pensò che Paolo gli avrebbe chiesto del denaro, e rivolgendosi ancora verso le carrozze, lasciando Paolo dietro di sè, a un passo di distanza, continuò leggermente:

— E che fai a Roma, tu?

— Cerco: sono qui a combattere; cerco, insomma.

— Ah! - disse freddamente Gastone.

— E tu, sempre sulla breccia? - seguitò Paolo, facendosi coraggio. - Sempre d'un'eleganza impeccabile...

— Sono tornato da Parigi due giorni or sono, - mormorò Gastone con aria distratta. - Come ci si annoia in quella...!

S'interruppe, per salutare una signora giovane e piacevole, che stava sdraiata in una vettura scoperta a due cavalli. Paolo Rottoli, alle spalle di Gastone, salutò pure, con un gesto rapido, secco e fiero.

— ... in quella stupida città! - concluse Gastone, quando la carrozza passò oltre.

— Annoiarsi a Parigi? - disse Paolo, ingenuamente: ma si corresse subito: - Eh, sicuro, tutto il mondo è paese...

— Tutto. - confermò Gastone, sbadigliando. - E tu, che fai a Roma?

— Te l'ho detto: son qui a cercarmi un posto...

— È vero, me l'hai detto...

Gastone continuava a parlare, sentendosi alle spalle il compagno, e aspettandosi una richiesta di denaro, da un momento all'altro: ma non degnava nemmeno di volgersi per fargli arrivar chiare le parole.

— E che posto cerchi? - egli seguitò.

— Mio Dio, qualunque, tanto da vivere: capisci che non è il caso di...

S'interruppe a sua volta, perchè Gastone aveva salutato un vecchio signore in carrozza, ed egli pure lo salutava, col suo gesto sobrio
e fiero.

— ... non è il caso di fare una scelta, - continuò poscia : e aggiunse,
con un ardire di cui si stupiva : - Scusami, chi è quel signore che hai
salutato?

— Il senatore Borsi, - disse Gastone.

Gettò la sigaretta, ne estrasse un'altra dall'astuccio, l'accese, e
proseguì :

— Oh, un perfetto imbecille!...

— Imbecille, un senatore! - esclamò Paolo Rottoli; ma si corresse
subito : - Di imbecilli ce n'è dovunque!

— E da dove vieni? - chiese Gastone, sempre senza voltarsi.

— Da Genova : sono stato a Genova, a cercare...

— E da Genova, hai fatto una volata fino a Roma? Non ti sei
fermato in altre città; per esempio...

Non potè finire, perchè lo rasentava una carrozza scoperta, tirata
da due splendidi morelli, in cui era una vecchia dama, ch'egli salutò
con rispetto. Paolo Rottoli, alle sue spalle, salutò dignitosamente, col
suo gesto secco e rapido.

— Oh, no, - egli disse. - sono stato a Milano, a Torino, a Firenze,
a Bologna, un po' dovunque.

— E niente, sempre? - chiese Gastone.

Ma, prima che l'altro avesse tempo a rispondere, Gastone aggiunse:

— Guarda, approfitto di questo intervallo nella sfilata, e me ne
vado : arrivederci, Paolo, e buona fortuna!

— Addio, Valli! - disse Paolo, un po' confuso, vedendo che Gastone
se ne andava per davvero, senza volgersi nemmeno, attraversando la
strada, libera un istante.

Egli vide altre carrozze passare, e si dolse di non poter più fare
il suo bel saluto, fiero e dignitoso, alle spalle di Gastone. S'incam-
minò verso piazza Colonna, senza fretta, e pensò:

— « Volevo chiedergli dieci lire : forse me le avrebbe date; ma
sarebbe stata una relazione rotta per sempre. Ho fatto meglio così :
mi gioverà in cose di maggiore importanza. Frattanto, ora posso salutarlo, quando è in carrozza o a cavallo, e ciò fa buon effetto... ».

Paolo Rottoli aveva mangiato ventiquattr'ore prima, e non gli era
rimasto un soldo. Si guardava attorno, quasi cercando, quasi sperando
che qualcuno gli leggesse in volto il bisogno d'essere aiutato, un
po' aiutato, soltanto un pochino. E procedendo, stringeva i pugni,
nervosamente...

— « Se andassi a casa di Gastone, verso l'ora del pranzo? - pensò,
quando fu in piazza Colonna e vide che l'orologio del palazzo Wedekind
segnava le quattro del pomeriggio. - Un tozzo di pane me lo potrebbe
dare, e tirerei innanzi ancora un giorno... ».

Ma gli venne l'idea che l'avvocato Damiani poteva, forse, dargli
del lavoro, e come colpito dalla bellezza della scoperta, si avviò frettoloso giù per il Corso, volse per via delle Convertite, giunse in via
della Mercede, e salì nello studio. In anticamera c'erano otto persone che attendevano: egli diede il suo nome, piano, all'usciere, che
gli disse:

— Non so se il cavaliere la riceverà. È tardi, e ci sono molti
prima di Lei.

— Speriamo! - borbottò Paolo, sedendosi tranquillamente.

Squadrò con diffidenza ostile i suoi compagni d'attesa, uomini e donne, che non l'avevan degnato d'uno sguardo, irritati e stanchi per la lunga aspettazione; estrasse dalla tasca un giornale di tre giorni prima e si mise a leggerne la cronaca con attenzione meticolosa, notando che v'eran molti errori di stampa.

— « Non mi hanno voluto come correttore di bozze, - egli pensò, - dicendomi che hanno un correttore ottimo: e guarda qui: è zeppo di spropositi, il loro giornale... ».

S'aprì l'uscio dello studio, ne uscì un signore, ne entrò un altro, e l'uscio si richiuse: Paolo gettò un'occhiata alla soglia, e continuò a leggere: lesse tutta la terza, tutta la seconda pagina, poi venne alla prima, all'articolo politico, dove s'insegnava il modo di alleviar le miserie delle classi meno abbienti. Paolo sospirò, tornò alla seconda pagina, e lesse l'appendice, nella quale si veniva a conoscere che Raoul aveva sedotto una fanciulla e che ormai doveva sposarla, ma che, avendo fatto lo stesso qualche tempo prima in un'altra città, Raoul si trovava in obbligo o di non sposare affatto o di sposarne due in una volta.

— « Mi piacerebbe sapere come se l'è cavata, questo briccone! » - pensò Paolo, riponendo accuratamente il giornale in tasca. - Peccato che non abbia gli altri numeri! »

Durante la lettura, l'uscio s'era aperto e chiuso più volte, e parecchi clienti dell'avvocato Damiani erano entrati nello studio a parlare e se n'erano andati poi; non ne rimanevan che tre, prima di Paolo Rottoli: una signora giovane, e due vecchi, i quali tossivano con alternativa isocrona, in tono basso e solenne.

Paolo estrasse di nuovo il suo giornale e si diede pazientemente alla lettura della quarta pagina, imparando in un attimo tutte le virtù dei liquidi contro la canizie, la calvizie, la stiticezza; ma non vi prese gusto, e tornò all'appendice. L'avventura di quel Raoul gli piaceva.

— « Come fanno questi romanzieri a inventarne tante! - egli andava pensando. - È cosa incredibile: io leggerei un romanzo al giorno, se potessi!... »

E decise, se l'avvocato Damiani gli dava lavoro, di sacrificare qualche soldo per comprarsi i numeri del giornale che raccontavano il seguito dell'avventura di Raoul. A lui piacevano pazzamente gli uomini eleganti e donnaiuoli: talvolta, per istrada, si fermava di botto a osservare qualche signore in tuba e in *redingote* che gli pareva « distinto » e gli avveniva d'imitarne, senz'accorgersi, l'andatura. Certe mattine, ronzava intorno al Circolo della Caccia per vedere da vicino i signori che stavano sulla soglia: duchi, marchesi, principi, e li covava con lo sguardo, notando che gettavan tante sigarette appena cominciate da bastare a lui per più settimane.

Ma l'usciere venne a toglierlo improvvisamente dalla sua dolce meditazione.

— Non è Lei il signor Rottoli? - egli chiese.

— Rottoli, Paolo Rottoli, - disse questi, levandosi in piedi.

— Bene: il signor cavaliere l'avverte che non può riceverla.

Paolo si sentì impallidire.

— Non può? - ripetè. - Ma si tratta d'una parola, una parola, alla sfuggita, di furia...

L'usciere allargò le braccia e si strinse nelle spalle.

— Ha detto così, - egli concluse, - e non si può discutere...

Paolo, muto e triste, rimise in tasca il suo giornale e si avviò all'uscita; ma quando fu per le scale, gli venne in mente che non poteva finire così, che non meritava quell'accoglienza, e che doveva a tutti i costi parlare con l'avvocato.

« Se non gli parlo, sono un vile », - egli si disse.

E per mostrare a sè medesimo c'era uomo di coraggio e d'ingegno, restò in istrada, a qualche passo dalla casa, spiando l'uscita dell'avvocato. Aveva fame: una fame terribile, la quale gli eccitava la fantasia e gli mostrava come in un sogno una quantità di cose ghiotte, profumate, calde e succolente: e pensava che se avesse avuto il potere di svaligiar quei che passavano per via della Mercede, di svaligiarne soltanto una diecina, avrebbe raccolto un cumulo di denaro, avrebbe avuto da pranzare per un anno, da soddisfare tutti i suoi capricci gastronomici.

Addossato al muro, con le mani in tasca e l'occhio sempre fisso alla porta di casa dell'avvocato, egli s'imaginava d'essere un brigante famoso, di giungere in via della Mercede, di spianare il fucile, ordinando a tutti : « Faccia a terra! » E poi, a una a una, perquisiva tranquillamente le sue vittime: e andava a pranzo al Caffè Colonna...

Ma in quell'istante, quando già si figurava d'ordinare un antipasto spettacoloso per dieci persone, che avrebbe divorato da solo, vide l'avvocato Damiani uscire, gettare uno sguardo intorno e avviarsi al Corso.

Sentì il cuore battergli in fretta in fretta, e si mosse, per raggiungere l'avvocato prima che si perdesse tra la folla. Gli giunse alle spalle, e lo chiamò timidamente ;

— Cavaliere! Signor cavaliere!

L'avvocato, o non udisse o non volesse udire, seguitava la sua strada, quietamente, fumando una sigaretta di cui l'aria recava al naso di Paolo Rottoli il profumo.

— Signor cavaliere, mi perdoni...

— Ah, siete voi? - disse l'avvocato Damiani, volgendosi e squadrandolo.

Ma non si fermò, nè aggiunse parola; e Paolo, spinto dal terrore, di non poter mangiare neppur quel giorno, gli si piantò al fianco e cominciò a parlargli:

— Ero venuto, sono venuto da Lei, illustrissimo signor cavaliere, per domandarle se potesse, se si degnasse favorirmi qualche incarico, qualche lavoro...

— Sapete, - interruppe l'avvocato, avviandosi giù pel Corso, - sapete che non ho lavoro per nessuno in questi giorni...

— Lavoro! - corresse Paolo, sforzandosi a sorridere. - Ella sa che mi contento di tutto. Non oso chiederle un lavoro di concetto: mi basterebbe copiare: far delle copie, a un prezzo convenientissimo per Lei; io una bella calligrafia...

— Sì, sì, non ne dubito, - osservò l'avvocato Damiani; - ma ora ci son le macchine da scrivere, che fan presto, bene, e a buon prezzo... Non faccio copiar nulla a mano...

Il Corso,- verso quell'ora, era fitto di gente: e fra due ale di spettatori, correvan le carrozze, una dietro l'altra, in una sfilata interminabile; di tanto in tanto s'udiva il rullio sordo d'un automobile, che si lasciava appresso un lieve puzzo di benzina. Paolo gettava agli automobili uno sguardo di odio impotente: gli automobili avevan fatto la loro comparsa nel mondo civile insieme alle macchine per scrivere, e le macchine per scrivere avevano distrutto il mestiere di copista.

— Non saprei veramente come giovarvi. - disse l'avvocato. mentre salutava qualcuno in una bella carrozza padronale.

Paolo Rottoli salutò egli pure, col suo gesto rapido e fiero: quindi rispose:

— È triste: è veramente triste, perchè avrei bisogno d'essere aiutato, un pochino. non molto: tanto da poter mangiare, infine...

— Ma!... - disse filosoficamente l'avvocato, che s'avviava appunto verso casa, a pranzo. - Non dico che sia una cosa allegra, e non mi mancherebbe la buona volontà di giovarvi: ma non posso inventare una professione per voi...

— S'Ella mi mandasse per commissioni? - mormorò Paolo...

— Ho già i miei uomini.

— E se mi mettesse in anticamera, come usciere...?

— Avete visto: l'usciere c'è...

— Mi contenterei di così poco!... - sospirò Paolo.

— Poco!... Niente è poco. se non siete necessario...

Paolo Rottoli stette silenzioso, continuando il cammino a fianco dell'avvocato: gli balenò in mente di chiedere una lira, mezza lira, per comprar del pane, ma sentì mancarsene l'animo. Il volto dell'avvocato Damiani era buio, esprimeva una noia ineffabile, e, d'altra parte, gli oziosi che andavano a passeggio urtavano i due uomini, li pigiavano ad ogni istante. L'avvocato non avrebbe dato un soldo, tra la folla, sotto gli sguardi di tutti, ed egli, Paolo, non avrebbe osato stendergli la mano, anche se l'altro avesse offerto.

— Dunque, vedete, - concluse l'avvocato Damiani, guardandolo di traverso.

— Mi scusi tanto, cavaliere! - disse Paolo, fermandosi e salutandolo. - Buona sera e buon pranzo.

— Addio. Mi rincresce, sapete?... Ma!...

Paolo stette a guardar l'avvocato che s'allontanava, e fece una smorfia. Non era « distinto », vestiva con negligenza, camminava pesantemente: si indovinava l'uomo che non aveva tempo di badare alle mille piccolezze, le quali mandavano Paolo in visibilio innanzi agli eleganti di professione.

E mentre era così assorto a contemplare l'avvocato, Paolo si vide passare davanti due. tre, dieci signore elegantissime, con un'andatura molle e voluttuosa: e le sue nari aspiravano qualche profumo sottile, che aleggiava intorno, come un solco aperto nell'aria dalle femmine leggiadre. Paolo si sentì intenerito: aveva una fame atroce ed era commosso, di quella commozione sensuale, che non ha oggetto e vi fa vibrare d'un desiderio scomposto.

Ma l'urto datogli da un passante frettoloso, la voce dei cocchieri che dirigevano la carrozza su di lui, lo trassero da quelle inutili fantasie. Le lampade elettriche erano accese, ormai, e bisognava mangiare: mangiare o morire...

II.

Quando fu nel salottino del marchese Gastone Valli, Paolo Rottoli si lasciò cadere sopra una poltrona, affranto. Egli si chiedeva con terrore che cosa avrebbe detto al suo condiscepolo, che poche ore innanzi, sull'angolo di via del Tritone, lo aveva accolto con tanta freddezza. E si stupiva di aver avuto l'audacia di spingersi fino in quella sua palazzina riservata: e non sapeva se ridere o piangere della fortuna d'aver trovato un paio di servitori che, solo al vederlo, non l'avevano respinto in istrada. Si guardava intorno, trasognato, fra tante cose belle: era stanco morto; fissava il pavimento lucido sul quale aveva camminato con difficoltà, reggendosi in piedi per un vero giuoco d'equilibrio. E guardando il pavimento, vide le sue scarpe bianche di polvere; trasse il fazzoletto, le pulì con cura più volte, e poi non osando agitarlo, lo rimise in tasca, benchè fosse divenuto gialliccio.

Il signor marchese stava per mettersi a tavola, gli aveva detto un servo... Quel servo! Lo aveva guardato con un'espressione così compassionevole, che Paolo s'era sentito venire i lucciconi agli occhi; ed era rimasto molto impacciato, dovendo confessare che non aveva una carta da visita da presentare al signor marchese.

— Bene, bene, non importa, - gli aveva detto il servo. - La annunzierò a voce; ma intendiamoci, si tratta proprio d'una grave comunicazione che Ella deve fare al signor marchese?... Non mi procuri dei dispiaceri, perciè il signor marchese, quand'è qui, non riceve nessuno...

E Paolo aveva giurato al cameriere che si trattava d'una comunicazione gravissima; e s'era lasciato cadere sulla poltroncina, fulminato dalla propria audacia e dalla responsabilità che s'era assunta.

Un uscio si aperse bruscamente, mentre la voce di Gastone diceva:
— Dov'è?
Paolo balzò in piedi. Gastone gli stava innanzi e lo squadrava stupito.
— Come! - egli esclamò. - Sei tu?... E quell'imbecille di Battista mi ha annunziato un signor Rondoli o Grondoli o Frondoli, che deve darmi una notizia importante...

Paolo si sentì venir freddo. « Quell'imbecille di Battista » era certamente il servo, ed egli l'aveva rovinato! Guardò in faccia Gastone, e comprese che non avrebbe mai ardito, in quel luogo, in quell'istante, dargli del « tu » come in istrada...

— Non s'irriti, marchese, - egli balbettò. - Il signor Battista ha confuso i nomi: Rottoli, Frondoli, Róndoli, è facile ingannarsi; ma la colpa è mia. Il signor Battista voleva la carta da visita, e io non l'ho...

— Oh, ma guarda, che improvvisata! - esclamò Gastone, ridendo e mettendosi a sedere sulla medesima poltrona che occupava Paolo qualche minuto prima. - Dunque, niente comunicazione gravissima?... Una frottola per passare?... Respiro!...

Paolo guardava Gastone con meraviglia profonda: pareva che dal volto del giovane signore fosse caduta una mascera, quella mascera di freddo disdegno che portava in pubblico; e che d'un tratto, il gentiluomo ospitale e allegro si rivelasse lì, in casa sua, in quel nido sicuro e misterioso. Paolo sentì allargaglisi il cuore improvvisamente.

— Be', che mi stai a guardare? - disse Gastone. - In che cosa posso esserti utile?

E mentre sorrideva ancora, la sua mano destra istintivamente si alzò fino alla tasca interna dell'abito, dove era forse il portafoglio. Paolo vide il gesto, arrossì, ed esclamò in fretta:
— No, scusi. Non sono venuto a chiedere denari... Quando ho lasciato Lei, oggi a via del Tritone...
— Veramente, - interruppe Gastone, ridendo - sono stato io a lasciare te...

— Infine... - disse modestamente Paolo. - E allora sono andato ancora a cercarmi del lavoro; ma è stato tutto inutile... E allora, poiché era tardi, e io ho mangiato soltanto ieri mattina, ho pensato a Lei, e mi sono detto che forse mi poteva dar da mangiare... Mi perdoni tanto, marchese, quest'audacia; ma quando si ha fame, si sta così male...

— Sfido io! - disse Gastone, non osando più ridere.

— Lei potrebbe darmi qualche cosa: io andrei in cucina, coi servi... Non è vero, signor marchese?...

E al solo pensiero di andare in cucina e di mordere un tozzo di pane, gli occhi di Paolo Roffoti brillarono...

— Diavolo! - mormorò Gastone. - In cucina, coi servi!...

Pareva esitare, guardando Paolo mal vestito, con quell'abito nero troppo corto e lucido...

— Non c'è bisogno d'andare in cucina, - disse.

E alzandosi improvvisamente, uscì dal salotto e scomparve nelle altre camere.

— « Che cosa avviene? - pensò Paolo, sempre in piedi. - Che l'abbia offeso e che mi faccia buttar fuori dai servi? Non si mangia: ho bell'e visto; per oggi non si mangia. Il diavolo ci mette la coda... »

Era a fianco d'uno specchio il quale teneva tutta l'altezza della parete: e guardandosi, Paolo vi si vide così pallido, così mingherlino, così ridicolo e compassionevole, che senti d'aver pietà di se medesimo; a un uomo simile, egli, Paolo, se fosse stato ricco, avrebbe dato il più largo e il più spontaneo appoggio, perché un uomo simile non poteva far paura ad alcuno...

Risuonò di nuovo il passo rapido di Gastone, e nell'attimo in cui la porta si schiudeva, Paolo pensò che il suo amico sapeva camminare con maravigliosa sicurezza su quell'infernale pavimento sdrucciolevole.

Gastone pareva contento.

— Scusami, - disse. - Sono andato a chiedere... Be', allora metti giù il cappello. Pranzerai con me; io vado a pranzo ora...

Paolo fissò Gastone, impallidendo di gioia; ma non credette, e restò immobile.

— Ehi! - disse Gastone, ridendo. - Vieni a tavola: ti ho invitato a pranzo: non hai capito?...

L'altro, senza parlare, gli si precipitò incontro, come per prendergli una mano; ma Gastone sempre ridendo si schermì.

— Via, via! - disse. - Non facciamo sciocchezze!

— Io non so come... Io non posso dirle che cosa sento, - balbettò Paolo.

— Sentirai appetito, - interruppe Gastone con un sorriso.

E si avviò; ma al momento di passar la soglia, si volse a Paolo che lo seguiva, e aggiunse a voce bassa:

— Debbo dirti... Non sono solo a pranzo...

— Oh, mio Dio! - gemette Paolo, dandosi di nuovo un'occhiata furtiva nello specchio.

— C'è una signora, - continuò Gastone. - È una mia parente, di passaggio a Roma.

— No, no, marchese, - protestò Paolo. - Non posso: preferisco andarmene.

— Suvvia! Ho detto alla signora che sei un mio compagno di

scuola, ed essa sarà ben felice di stringerti la mano... Del resto, l'abito non fa il monaco.

Paolo gemette di nuovo, ma seguì Gastone. Pensando alla signora, egli non vide nemmeno le camere che attraversava, illuminate dalle lampadine elettriche.

Fra tutti i sacrifici che la fame gli poteva imporre, quello di essere presentato a una donna era senza dubbio il più gravoso; ma si consolò, pensando che doveva essere una vecchia, una parente di Gastone: pranzava da sola con lui... qualche vecchia zia, gottosa e tossicolante...

Quando Gastone schiuse finalmente l'uscio della sala da pranzo, Paolo non vide che una gran luce, e in mezzo alla camera la tavola scintillante, con molti fiori, e due servi, immobili, in guanti bianchi. Ma si sentì prendere per un braccio da Gastone, che un po' lo dirigeva, un po' lo sosteneva sull'impiantito lucidissimo; e prima di poter formulare un'idea, si trovò innanzi alla signora.

La signora stava sdraiata mollemente in una poltrona a dondolo, e fumava. Paolo abbassò gli occhi, scorse un cumulo di trine, di nastri, un caos di roba elegantissima entro la quale pareva che la donna stesse a suo agio; ella teneva una gamba accavallata sull'altra, e Paolo senza volerlo vide i piccoli piedi chiusi in piccole scarpe di vernice e qualche po' dei polpacci serrati nelle calze di seta nera.

— Eccovi il mio amico, - disse Gastone alla donna.

Paolo fece due o tre inchini, senza alzare gli occhi, goffamente; e scorse una piccola mano femminile rutilante di gemme, che gli si stendeva.

— *Enchantée*, - mormorò la signora.

Paolo Rottoli toccò appena la mano fredda e sottile. Egli credeva di sognare: sentiva intorno quel profumo, che poche ore prima, sul Corso, l'aveva inebbriato al passaggio di tante donnine leggiadre; e sarebbe forse rimasto innanzi alla seggiola dondolante a fare inchini, se Gastone non l'avesse preso pel braccio, mentre la donna si levava.

Ella sedette a tavola; Gastone le sedette di fronte, accennando a Paolo il suo posto, tra l'una e l'altro. Paolo urtò la sedia, fece cadere una forchetta, che un servo raccolse rapidamente e cambiò; e infine riuscì a sedere anch'egli.

Più che per la presenza della signora, Paolo Rottoli era impacciato per la presenza dei servi; non aveva osato guardarli; uno dei due era forse « quell'imbecille di Battista » al quale egli doveva tanta fortuna; e imaginava lo stupore, l'ironia degli sguardi, le supposizioni che quei due facevano alle sue spalle.

Poi s'inquietò vedendosi innanzi tante posate e tanti bicchieri, dell'uso dei quali non era pratico. Dove mettere le mani? Egli badava di sottecchi a ciò che faceva Gastone, per regolarsi saviamente e non commettere villanie... Ma nel mentre rifletteva a questi piccoli problemi angosciosi, udì la voce della donna, che si rivolgeva a lui, proprio a lui, e in francese:

— *Alors, monsieur, vous avez été à l'école avec Gaston?*

Ma s'interruppe subito, con un risolino:

— *Ah, oui, mon Dieu!* Voi non parlate francese; scusatemi...

Bisognò guardarla in faccia, per risponderle e anche per farle intendere che se egli non parlava il francese, lo capiva benissimo.

Dio, com'era bella! Ed egli aveva creduto di trovare una vecchia! Ma costei non contava più di vent'anni, e aveva capelli nerissimi,

lucidi, ondulati: le labbra erano rosse, ardenti: gli occhi neri, velati
da ciglia lunghe e fitte, che facevano un'ombra delicatissima. Ed era
un pochino scollata e si vedeva il seno alzarsi ritmicamente, sollevando
un monile di pietre preziose, che Paolo Rottoti non conosceva, ma che
brillavan come tanti soli...

— Sì, signora marchesa, - egli balbettò infine. - Siamo stati compagni di scuola.

Il titolo di « signora marchesa » fece apparire sulle labbra della
giovane un sorriso fuggevole, che Paolo notò con spavento. Forse non
era marchesa... Duchessa o principessa, forse. Ma, in fondo, Gastone
non l'aveva presentato: aveva detto a lei: « Eccovi il mio amico », e
a lui nulla...

Gastone sorrideva pure e stava zitto: Paolo gustava un certo brodo,
un brodo portentoso, che pareva un liquore divino, e quel liquido lo
toglieva a poco a poco d'impaccio, e lo confortava di tutte le goffaggini che poteva commettere o che aveva già commesso. Lo importuna-
vano i servi: silenziosi e impassibili, sembravano aver le suole di gomma:
nessuno udiva il loro passo: Paolo se li sentiva d'improvviso alle
spalle, vedeva sparire innanzi a sè il piatto e la posata, vedeva comparire un'altra posata e un altro piatto, rapidamente: e quel meccanismo preciso e impeccabile lo infastidiva.

Ma alzando gli sguardi dopo la prima portata, scorse la giovane
signora che toglieva tranquillamente una sigaretta dall'astuccio, mentre
un servo accorreva con un cerino acceso. Ella accostò a questo la
sigaretta e aspirò il fumo, soffiandolo poscia dalle nari: quindi rimise
l'astuccio in tasca, nel didietro della gonna, con un gesto maschile.
Paolo guardava, a bocca aperta.

— *Jeannette!* - mormorò Gastone, lanciandole uno sguardo di rimprovero.

— *Ah, tu sais, mon ami!...* - ella rispose, crollando le spalle.

— « Che strano costume! » pensò Paolo. - Mangia, fuma, beve, tutto
in una volta: è una trovata per guastarsi questi sapori deliziosi... »

Egli aveva gustato un certo vino, che pareva Barbera o Barolo,
ma non era: un vino di fuoco: e appena deposto il bicchiere, un servo
glielo aveva riempito.

— E voi frequentate la società, non è vero? - chiese Jeannette
improvvisamente, guardando Paolo in faccia.

Questa, egli non se l'aspettava: restò col bicchiere in mano, quasi
colto in flagrante, non sapendo che rispondere.

— Sì, ia qualche buona conoscenza, a Roma. - disse Gastone,
accorrendo in suo aiuto.

— *On voit bien qu'il est homme du monde!* - osservò Jeannette,
rivolgendosi a Gastone, con una sottilissima intonazione di sarcasmo.

— Jeannette! - ripeté il giovane, lanciandole un'altra occhiata.

— E di che cosa vi occupate? - domandò la signora a Paolo, dando
alla sua voce un'espressione benevola.

Paolo era sulle spine. Di che cosa poteva egli occuparsi, per far
piacere a quella signora bellissima?

— È redattore d'un giornale politico. - rispose Gastone.

— *Je n'aime pas ça,* - disse la giovane, deponendo la sigaretta per
recare il bicchiere alle labbra.

— *Mais je vous en prie, Jeannette.* - esclamò Gastone. - *Vous n'êtes
pas aimable avec mon ami...*

La donna riprese la sigaretta e stette silenziosa un istante, mentre Paolo, chino sul suo piatto, mangiava una certa pietanza indefinibile ma indimenticabile: egli non aveva mai mangiato così bene e con tanta varietà di gusti; se non fossero stati i servi e un pochino anche la stupenda signora che interrogava troppo, egli avrebbe considerato quella sera come la più memorabile della sua vita. E spesso gettava a Gastone un'occhiata di tenera gratitudine, e il vino, un vino giallo che pareva Marsala ma non era, gli dettava i più caldi brindisi alla magnanimità dell'amico ritrovato.

— *Dites donc,* - riprese Jeannette, mentre toglieva dall'astuccio un'altra sigaretta, nonostante le occhiate di Gastone. - *Dites donc, Monsieur.* Mi trovate molto insolente con le mie domande, non è vero? Ma voi dovete perdonarmi...

— Oh, marchesa! - esclamò Paolo, inghiottendo in fretta in fretta un boccone per rispondere.

— So che voi siete tanto amico del mio Gastone, - ella seguitò, - e vi tratto in confidenza.

Benché seduto, Paolo trovò modo d'abbozzare in aria uno dei suoi inchini maravigliosi, e aggiunse:

— Onoratissimo... Troppo buona.

— *Suis-je trop bonne, vraiment?* - chiese Jeannette a Gastone, strizzando l'occhio con espressione di tanta furberia, che Paolo scoppiò a ridere. - *Suis-je trop bonne, dis, mon chat?*

Ma vedendo che il giovane fingeva di non udire, ella si rivolse a Paolo, e continuò:

— Siete da molto tempo a Roma?

— Da tre mesi.

— E prima, dov'eravate?

— Jeannette! - interruppe Gastone, battendo leggermente sulla tavola con una mano, per troncare quell'interrogatorio.

— *Mais, écoutez, mon ami,* - esclamó Jeannette annoiata. - *Si cela m'amuse, donc!*...

— Ero a Genova, marchesa, - disse Paolo.

— E scrivevate anche lassù nei giornali?

— No.

— E siete venuto subito a Roma?

— Sono andato prima a Milano.

— Ah, Milano! - esclamò Jeannette. - Ecco una città dove si vive! Non vi sembra che assomigli a Parigi, un poco?

— Assomiglia, - disse Paolo, che non era stato mai a Parigi.

— *Vous voyez, mon ami,* - fece la donna a Gastone. - *Nous allons parfaitement d'accord; les mêmes goûts, les mêmes idées...*

Gastone, il quale sapeva che Paolo non avea mai posto piede a Parigi, si mise a ridere, e battè sulla spalla del condiscepolo.

— Bravo! - disse. - A Parigi si sta meglio che a Milano, però; non è vero?

— E in quale Università avete conosciuto il mio Gastone? - seguitò Jeannette.

— A Roma.

— Allora avete un titolo: siete dottore, avvocato, professore? Figuratevi: il mio Gastone, *mon petit chat,* è avvocato! È anche voi?

— *Allons donc!* - interruppe Gastone. - *C'est assez...*

Ma Paolo Rottoti aveva già accennato di no, col capo: e la cosa interessava troppo Jeannette.

— *Non? Vous dites non? Comment se peut-il...?*

Con i gomiti piantati sulla tavola, le mani intrecciate e il mento appoggiato sulle mani, la giovane guardava Paolo attentamente, e Paolo guardava le braccia di lei che in quell'atteggiamento, nude e bianche, segnate da sottilissime vene azzurre, sbucavan fuori dalle maniche ampie.

— *Vous l'embarrassez trop, voyons!* - mormorò Gastone.

Il pranzo era assai inoltrato; Paolo Rottoli non poteva più mangiare; era sazio, d'una sazietà pacifica e lieta, che non ricordava avere sentito mai prima; e non beveva più, perciè i vini gialli e rossi e bianchi minacciavano di inebriarlo. Temeva di apparire maleducato, e per ciò, coi bicchieri colmi innanzi a sè, beveva acqua e mangiava delle frutta.

In quello stato di felicità in cui era, non ebbe ritegno a confessare:

— Io sono povero, marchesa: e non ho potuto continuare gli studii: per questo, non ho alcun titolo.

— Oh, vi ho forse fatto dispiacere? - domandò Jeannette confusa.

— *Vous pouviez y penser avant!* - disse Gastone.

— No, marchesa. Non c'è nulla di male in tutto questo...

— Anzi, anzi, - assicurò Jeannette. - *C'est très intéressant, très pathétique...* Voi fumate?

Paolo Rottoli era superbo di sè: giunto alla fine del pranzo, si accorgeva di non aver commesso tante goffaggini quante egli medesimo si aspettava; non poteva dire d'essersi rivelato uomo di molto spirito, ma nemmeno aveva dato a conoscere la disperata e famelica situazione in cui si trovava.

Vide che Jeannette gli tendeva il portasigarette aperto; prese una sigaretta, e quasi contemporaneamente si trovò al fianco un servo col cerino acceso. Nell'accostarsi a questo, alzò gli occhi. Il servo era « quell'imbecille di Battista », serio, imperturbabile e muto. Paolo dovette far forza a sè stesso per non abbracciarlo e baciarlo sulle tonde gote.

— Auf! Che caldo! - esclamò Jeannette, buttando il tovagliolo sulla tavola. Si alzò, si stirò, andò presso Gastone, che le teneva gli sguardi addosso; ma ella gli fece un giro intorno, con un sorriso ironico all'angolo delle labbra, e finì per sedersi nella poltrona a dondolo, accavallando ancora una gamba sull'altra e continuando a fumare.

I servi erano spariti. Paolo ebbe un istante d'angoscia. Doveva congedarsi? Doveva rimanere? In ogni modo, poichè la signora s'era levata da tavola, doveva levarsi egli pure; ma Gastone non si moveva... D'altra parte Jeannette aveva già abbandonata la poltrona a dondolo e gironzava per la camera, canterellando sotto voce. Paolo la seguiva con gli occhi, ammirandone la figura alta e flessuosa e la nobile semplicità con cui portava un abito di tale ricchezza. V'era, nell'atteggiamento di Paolo, un candore così fanciullesco, che Gastone scoppiò in una risata.

— Ehi! - disse, toccando Paolo sul braccio. - Dove sei? A che pensi?

— *Tu es gai, mon ami*, - disse Jeannette.

— *Je vous annonce que vous venez de faire une conquête!* - rispose Gastone.

Jeannette sorrise, diede un'occhiata a Paolo, e seguitò a camminare tranquillamente. Paolo s'era fatto di porpora, in viso; e guardava ora Gastone, fisso, cercando una parola, un gesto, per dirgli tutta la gratitudine che sentiva per quell'ora di gioia.

Ma un servo rientrò portando il vassoio coi liquori e il caffè. Jeannette riprese il posto a tavola, e poiché Battista entrava a sua volta recando i giornali della sera, la giovane disse a Paolo:

— Dunque, voi siete giornalista? E in che giornale scrivete? Come vi firmate? Di che cosa vi occupate? *Toujours de cette sale politique?*

Paolo gettò uno sguardo a Gastone perché lo aiutasse: ma Gastone, che si divertiva, pareva occupato a versare il caffè con esagerata attenzione.

— Sono... - balbettò infine Paolo, - sono corrispondente dell'*Allgemeine Zeitung!*

Gastone diede in una risata così forte, che la chicchera del caffè gli ballò nella mano; e Paolo stesso dovette ridere.

— *Oh, un journal allemand!* - disse Jeannette.

— Infatti. - mormorò Gastone, - per esser galante potevi andare più al nord!

Quando ebbero preso il caffè, Jeannette ricominciò la sua passeggiata per la camera, e Paolo sentì di nuovo il dubbio su quel che gli restava a fare. Ma Gastone indovinò la sua angoscia, e guardando l'orologio, gli disse:

— Non far complimenti, Paolo. Tu hai un convegno, e non ti rimane che il tempo di andarvi...

Paolo si levò, corse dietro a Jeannette che camminava sempre, le passò innanzi e descrisse nell'aria un paio d'inchini, mormorando:

— Marchesa, io sono felice, la ringrazio, onoratissimo...

— *Au revoir, mon ami!* - disse Jeannette, stendendogli la mano bianca e gemmata. - E non tenetemi il broncio per tante domande indiscrete... *Les femmes, vous savez...*

— Oh, che dice, marchesa! - balbettò Paolo.

Si recò presso Gastone per salutare lui pure, ma il giovane gli disse:

— Ti accompagno! - e volgendosi a Jeannette, aggiunse: - *Vous permettez, n'est-ce-pas?*

Uscirono, dopo che Paolo sul limitare ebbe disegnati altri due inchini alla «marchesa», la quale lo salutò familiarmente con la mano.

Gastone lo condusse nel suo studio, in una vasta sala ricca di mobili intarsiati e di addobbi.

— Marchese, - susurrò Paolo con voce tronca dalla commozione, - io non oso dirle tutta la mia riconoscenza, tutto il bene che mi ha fatto...

— Sì, sì, - interruppe Gastone. - Capisco: ma come te la caverai domani?

Paolo stette muto, e gli parve anzi che la domanda fosse crudele, come quella la quale in una serata di delizie gli recava innanzi lo spettro famelico dei giorni venturi.

— Ah, povero pulcino nella stoppa! - esclamò Gastone quasi ridendo al vedere quel viso scialbo e scorato.

Si mise innanzi alla scrivania, trasse un foglio di carta e una busta, scrisse rapidamente e seguitò poi:

— Guarda: questa è una raccomandazione pel senatore Medagli. Va da lui, domattina, dopo le dieci. Farà per te qualche cosa, certo.

Paolo prese la lettera, mentre le sue labbra si muovevano in vano per dire una parola che non veniva; e Gastone aggiunse:

— Farà qualche cosa, ma non domani, si capisce. Per ciò, non ti offendere se ti do il mezzo di tirare avanti qualche giorno...

E nella mano di Paolo che teneva la lettera fece scivolare alcuni biglietti di piccolo taglio. Paolo non credeva, non riusciva a parlare, e sentiva gli occhi riempirsi di lagrime.

— Gastone, - balbettò, - marchese...

Poi, improvvisamente, gettò le braccia al collo del giovane, lo strinse forte, forte, lo baciò sulle gote, e uscì, prima che Gastone si riavesse dallo stupore. Ma quando fu in anticamera, Paolo ebbe uno scrupolo, tornò indietro, raggiunse il giovane che usciva dallo studio, e gli disse:

— Se ho mancato verso la signora marchesa, Lei vorrà scusarmi, colla confusione di trovarmi davanti ad una signora così bella e così compita...

— Va, va! - esclamò Gastone, ridendo. - La « signora marchesa » è intelligente! Buona fortuna!...

In anticamera, Battista porse il cappello a Paolo Rottoli, e questi strinse la mano a Battista, energicamente, con gli occhi ancora lucidi di lagrime e di gioia...

III.

Il cocchiere di Gastone arrestò bruscamente il cavallo; dall'angolo di via Milano s'era staccato un uomo, e precipitandosi innanzi alla carrozza aveva fatto dei gesti così violenti e scomposti, che il cocchiere temette si fosse slacciata una tirella o sfibbiato il morso.

Ma, non appena la carrozza si fermò, l'uomo si avvicinò sorridente, col cappello in mano, e Gastone riconobbe Paolo Rottoli, tutto vestito a nuovo, con un fiorellino all'occhiello.

— Ah! - disse Paolo. - Che cosa grande! Il senatore Medagli mi ha ricevuto come un signore e mi ha già dato il posto. Una cosa incredibile!...

Gastone era freddo e sdegnoso come sempre quando si trovava in pubblico; ma poichè intorno a lui non era tutto il lusso della sua casa, Paolo Rottoli si trovava a suo agio.

— Che cosa posso fare per te, Gastone? - egli soggiunse. - Io ti porterei in trionfo: io ci penso giorno e notte. Non è mai avvenuta una cosa simile: non s'è mai visto l'amico aiutare l'amico!... E poi, ero forse tuo amico, io?

— Di, - interruppe Gastone. - fai conto di trattenermi ancora molto, qui, nel bel mezzo di via Nazionale?

— No, volevo ringraziarti, soltanto. Figurati: uno stipendio di cencinquanta lire al mese! Una cosa grande, ti dico!

— Cencinquanta lire! - ripetè Gastone, sbalordito che si potesse chiamare « cosa grande » una tal cifra. - E ti bastano?

— Mi bastano? Ma ne metto a parte! Tesoreggio, capitalizzo...

La gioia scizzava dagli occhi di Paolo Rottoli, e Gastone, ch'era annoiato e sonnolento, lo guardò con invidia.

— Be', mi lasci andare? - egli chiese.

— No, - rispose Paolo, fatto ardito dalla fortuna.

A lui pareva che, quanto al censo, le sue cencinquanta lire potessero competere con le rendite di Gastone: e per ciò, quella mattina, era audace e gaudioso.

— No, - egli disse. - Devo dirti ancora che sono commosso, che non so come esprimerti la mia gratitudine.

— Me ne vado. Scànsati, o la ruota ti passa sui piedi.

— E la signora marchesa sta bene? -.domandò Paolo, ostinato a rimanere presso la carrozza.

— Quale marchesa? - ripetè Gastone distratto.

— La signora marchesa; quella con la quale io avuto l'onore di pranzare, or sono quindici giorni...

— Ah, Jeannette! - esclamò Gastone ridendo. E chi l'ha più vista? Ma notando la faccia stupita di Paolo, corresse:

— Sta bene, sta bene, la marchesa. Sta sempre bene, quella!... Ora me ne vado... Avanti, James! Addio, Paolo, e buona fortuna!...

Paolo salutò con la mano, col cappello, con dei gesti così affrettati e calorosi, che anche il volto glabro di James ebbe una smorfia fuggevole d'ilarità.

Ma questa era diventata ormai la preoccupazione di Paolo: che cosa doveva fare per Gastone? con quali termini poteva egli esprimere la sua riconoscenza? Paolo Rottoli aveva il difetto d'esser grato: una gratitudine senza limiti, morbosa, bizzarra, lo tormentava in ogni ora del giorno, suggerendogli la necessità di dare una forma al sentimento di cui si vantava presso lo stesso Gastone.

Comprava dei fiori e li inviava alla palazzina « per la signora marchesa Jeannette », senza sospettare che sovente la « marchesa » ivi di passaggio era un'altra e i fiori adornavano i capelli e il seno di qualche dama sconosciuta a lui. Nel suo bilancio, esattamente calcolato e scrupolosamente rispettato, la spesa dei fiori teneva un posto grande; dal fioraio, ov'egli si recava almeno una volta la settimana, non si riusciva a comprendere chi fosse la signora stramba che accoglieva l'omaggio di quel piccolo uomo saltellante, gaio, vispo, con qualche ridicola pretensione di eleganza. Egli entrava, gironzava da un canestro all'altro, sceglieva i fiori più squisitamente odorosi e più stranamente variegati.

— Quei garofani!... Ah, quei garofani che paion dipinti a mano! Tutti! E cotesto grappolo di narcisi! Dio, che ebbrezza!... Tutti! Anche quel fiore lì: che cosa è quel fiore così grande, con le foglie a due colori, sopra e sotto? Mettete anche quello!...

Ma poi veniva sempre il momento in cui, fatta la somma, essa oltrepassava di molto la spesa prevista, e bisognava rinunziare o ai garofani o ai narcisi o a qualche fiore « così grande, con le foglie a due colori ». Onde il fioraio aveva finito per non dare più ascolto a Paolo Rottoli e componeva il cartoccio non secondo le voglie, ma secondo la borsa del piccolo uomo vispo e saltellante.

— Portateli subito, subito, - raccomandava, mentre ficcava tra il cespo olezzante e gocciolante la sua carta da visita, sempre un poco gualcita.

Però, gli rimaneva un chiodo in mente:

— La marchesa è servita, e sta bene: ma Gastone? Che cosa posso fare per Gastone, al quale devo tutto?

E benchè squadrasse le vetrine dei negozii in via Condotti o sul Corso o in piazza di Spagna, non gli riusciva di trovar nulla pel suo protettore. I prezzi lo atterrivano: non si poteva venire a patti come col fioraio... Del resto, il marchese Gastone Valli aveva la casa piena di oggetti magnifici, dai più piccoli, dagli ornamenti personali alle decorazioni del luogo. E se anche avesse avuto molto, molto denaio, Paolo non si sarebbe fidato del proprio gusto...

Così egli si tormentava, sapendo bene che anche i suoi fiori erano inutili e non rappresentavano con degna chiarezza il sentimento di gratitudine onde era tutto animato.

— Di'. - gli fece un giorno Gastone, incontrandolo al Pincio.

Era una domenica. e Gastone s'era perduto là. egli stesso non avrebbe potuto dir come. e aveva fermato il cavallo tra la moltitudine delle carrozze. sulla rotonda. indugiandosi ad ascoltar la marcia del *Tannhäuser*, che il Corpo di musica aveva cominciato.

— Di', ti è piaciuta Jeannette? - egli chiese a Paolo Rottoli. con una lieve intonazione canzonatoria.

— Come? - domandò Paolo, avvicinandosi.

— Fiori. fiori. fiori!... - seguitò Gastone sorridendo. - Vuoi sposarla?

— Oh. mio Dio! - esclamò Paolo sinceramente desolato. - Allora non sono compreso: è un omaggio di rispetto. un segno della mia gratitudine; credevo che il simbolo fosse chiaro...

— Be', lascia stare i simboli. - disse Gastone, pentito dello scherzo. - Ho compreso benissimo. ma con questa tua gratitudine farai una malattia... Jeannette m'incarica di dirti che basta. Anzi, vieni da me, domani sera. a pranzo. C'è Jeannette che vuol ringraziarti...

Mosse le redini. e il cavallo s'avviò.

— Alle sette, - aggiunse Gastone, - e senza fiori. siamo intesi. Senza simboli!

Paolo sorrise consolato e restò un poco a guardare l'amico che dirigeva il cavallo tra l'ingombro dei veicoli; poi gettò un'occhiata intorno. e fu felice comprendendo che alcuni giovani seduti sopra una panchetta avevan notato il dialogo. e certo avevano inteso l'invito.

Anche i pranzi s'aggiungevano ora al carico ponderoso della gratitudine! Erano pranzi non frequenti, ma piacevolissimi: cucina squisita, vini sottili come lame e tenuemente profumati. discorsi arguti ed eleganti; cose tutte che Paolo Rottoli godeva con pienezza di sensi da vecchio buongustaio.

Era come in casa sua. e poter dire di sentirsi come in casa propria quando si trovava in casa di Gastone Valli era dir molto, per Paolo. era il più gran vanto ch'egli potesse menare di quell'aristocratica amicizia. Ma tolta questa gioia, sentiva che la riconoscenza per tanti benefici lo soffocava. lo opprimeva, gli schizzava da tutti i pori. stava per farli commettere qualche incommensurabile sciocchezza...

IV.

In un grande magazzino di stoffe, Paolo Rottoli aiutava Ettore Marracci a tenere i conti: i due lavoravano dalle otto del mattino alle sette di sera. di buon accordo; ma, quantunque già fosse scorso qualche mese dal giorno in cui Paolo aveva avuto tale impiego, egli non s'era ancor fatta un'idea chiara del suo compagno.

Ettore Marracci era stato furiere maggiore in un reggimento di lancieri.

— I lancieri gialli! - diceva, passando una mano sui grossi mustacchi fulvi. Ed era alto un palmo più di Paolo Rottoli e batteva il pugno sulla scrivania, quando a piè di pagina la somma non tornava; il calamaio, le penne, le matite, davano un balzo ad ogni colpo calato dall'ex-lanciere giallo.

— « È un buon diavolo, ma fa troppo rumore! » - pensava Paolo, guardandolo di sfuggita.

E qualche volta Ettore Marracci, uscendo alle sette dallo studio, voleva che Paolo gli tenesse compagnia e se lo conduceva a pranzo in una trattoria di via Fiattina, incitandolo a bere, a mangiare, e a snebbiar le malinconie, come se Paolo ne avesse avute mai. Quando Ettore Marracci pagava, Paolo non poteva trattenersi dal pensare:

— « Fa un po' troppo rumore; ma è un buon diavolo! »

E il suo giudizio sarebbe andato oscillando tra quel difetto e quella virtù, se un giorno in cui c'era poco lavoro, Ettore Marracci, a cavalcioni d'una sedia, soffiando fumo da una pipa e dalle nari, non avesse parlato delle sue amanti.

Abituato ormai alle somme e alle moltiplice, Paolo Rottoli non si stupì del numero enorme di donne che il lanciere giallo aveva conosciuto; ma calcolò che se ogni lanciere ne avesse avute altrettante, la città in cui il reggimento era di guarnigione avrebbe dovuto chiedere a prestito delle femmine dalle città limitrofe, poiché non ne sarebbe rimasta una a disposizione di quegli infelici che non portavano l'elmo e la lancia.

Poi Ettore Marracci insisteva troppo sull'estetica e sulla parte descrittiva del tema, esaltando le grazie delle sue innumerevoli gentildonne con vocaboli, che disturbavano Paolo Rottoli quanto i pugni calati sulla scrivania.

— « È uno spaccone insopportabile! - ruminava Paolo tenendo gli sguardi fissi negli occhi del narratore, per fingere un'attenzione che ne lusingasse la vanità. - È un intollerabile sciocco! A chi vuol darla da bere? A me? Crede proprio ch'io non abbia mai veduta, che non abbia mai parlato con una donna? E che donne son queste, da buttar le braccia al collo d'una simile giraffa? »

— Splendida, ti dico! - seguitava intanto Ettore Marracci. - Non ho mai incontrato nella mia esistenza una più bella donna! Che occhi, che bocca, che spalle!

Raccontava d'una giovinetta, la quale si era pazzamente innamorata di lui, e voleva esser sua moglie; ma i parenti di lei s'opponevano, e la fanciulla si era già suicidata due o tre volte: o, per meglio dire, aveva bevuto due o tre volte il sublimato corrosivo.

— Fa la cura? - interruppe distrattamente Paolo.

— Di che? - disse Ettore.

— Del sublimato...

— Ti pare? Che ti viene in testa?

— Ne ha bevuto tanto! C'era un re antico, il quale beveva i veleni come l'acqua Marcia e stava benissimo.

— Non conosco questo imbecille. La mia Evelina voleva morire, capisci? - disse gravemente Ettore Marracci, dandosi un tono sentimentale. - Povera fanciulla!

— Poveretta! - ripetè Paolo, cercando fra le carte del suo tavolino qualche cosa da scrivere, tanto per isfuggire alla noia e all'irritazione che quei racconti svegliavano in lui.

Ma Ettore era implacabile: pareva avesse bevuto un vino ardente: gli lucevano gli occhi, e le gote s'eran fatte di porpora: gestiva largamente, in preda all'ebbrezza della vanità, gustando i particolari del romanzo che inventava con una fantasia maravigliosa.

— Del resto, - egli osservò, - non è la prima volta che una donna commette delle follie per me. Ah le donne! Quanto mi hanno fatto soffrire!...

Tacque, aspettando che Paolo, incuriosito, lo stuzzicasse a continuare, lo invitasse a nuove confidenze; ma Paolo non disse parola e ficcò il naso sulla carta che aveva innanzi, fingendo di scrivere con inusitata attenzione.

— Ah, le donne! - seguitò allora Ettore, per conto suo. - Quanto mi hanno fatto soffrire! Mi son battuto quattro volte per una signora che mi amava!... Guarda!

E rimboccando la manica e slacciando il polsino della camicia, mostrò a Paolo l'avambraccio destro solcato da una lunga cicatrice.

— Questa è una sciabolata, vedi? Poi ne ho un'altra più su, all'omero; un colpo di spada al petto e uno al ventre.

— Le buscavi sempre, parte? - disse Paolo Rottoli ingenuamente.

— Come si vede che non sei pratico! Mi sono battuto venti volte, e ho quattro cicatrici: ciò vuol dire che negli altri sedici duelli le buscarono i miei avversarii.

— È vero. - convenne Paolo.

— Anzi, questo è il danno del duello: che quando le pigli, ti resta il segno, e quando le dài non rimane traccia.

— Non si può avere anche le cicatrici degli avversarii, - osservò Paolo con filosofia.

Ma l'argomento, questa volta, lo interessava davvero: il duello era una cosa da signori: battersi, essere battuti, sparar dei colpi di pistola, balzare con la spada in pugno, infilzar l'avversario, uccidere senza la più piccola mancanza d'educazione... Cose rare, aristocratiche, privilegiate, alle quali Paolo Rottoli aveva pensato sovente, con un segreto desiderio di tentar l'avventura, che forse anche al marchese Gastone Valli avrebbe dato una idea eccellente del suo modesto protetto.

— Venti volte! - ripetè a un tratto, guardando il compagno. - Ti sei battuto venti volte! È una bella cosa: t'invidio davvero...

Ettore arricciò i mustacchi fulvi, sorridendo.

— Raccontami qualche episodio, - insistette Paolo, abbandonando la scrivania e facendosi vicino ad Ettore.

— Ti racconterò un altro giorno, - disse questi, poichè i duelli, ch'eran forse meno fantastici delle conquiste amorose, non gli davan modo di imaginare tutto un romanzo. - Ora ti basti sapere che per una sola donna mi son battuto quattro volte.

— Ma io vorrei che tu mi dicessi come ci si regola in questi casi. Fa molto paura la spada dell'avversario? Avevi paura, tu?

— No, niente paura, - assicurò Ettore; e volendo proseguire il racconto amoroso, continuò: - Dunque, costei si chiamava Teodolinda ed era la moglie d'un gran signore di Palermo, ove il mio reggimento si trovava in quel tempo.

— Aspetta, - interruppe l'altro. - Rimettiamo Teodolinda a domani, e dimmi invece quale senso hai provato la prima volta che ti arrivò una sciabolata nella pancia...

— Ma questo non è affatto curioso, mentre la storia di Teodolinda

è veramente strana, stranissima, - disse Ettore, che voleva divertirsi
a modo suo. - Figurati che mi scrisse lei per la prima una lettera piena
di passione...

— Non avertene a male, - osservò Paolo, - ma io preferirei sapere
che cosa dicono i padrini quando si trovano insieme, prima del duello.

— Una lettera appassionata, - seguitò Ettore, senza più badare al
compagno, - la quale cominciava così, l'ho ancora fissa in mente:
« Mio eroe!... »

— Sì, sì, va bene, - interruppe Paolo, nervoso. - Non vuoi rispondere alle mie domande, per parlarmi di Teodolinda che non ho mai
vista!

— Mi chiamava eroe, capisci, perchè avevo avuto un duello da
poco, e avevo messo a mal partito il mio rivale...

— Morto? - chiese Paolo con ansietà.

— Non morì, ma fu ad un pelo di restarci. Queste cose piacciono
molto alle signore per bene. Io devo ai duelli le mie conquiste, e alle
conquiste i miei duelli.

— E come hai fatto per conciar così il tuo nemico? Conosci bene
la scherma tu?... Vi siete battuti alla sciabola?

— Uh, quanto sei noioso! - gridò il Marracci, levandosi da sedere
e mettendosi a camminare per la camera. - Alla spada, alla spada!...
In Sicilia non ci si batte quasi mai alla sciabola. Vedo che per tenerti
tranquillo devo proprio raccontarti almeno questo scontro...

E tirando ampie boccate di fumo dalla pipa e seguitando a passeggiare, Ettore Marracci fece la storia minutissima di quel suo duello.
Paolo stava zitto e quatto come un bambino al quale si narri una ricca
favola, seguendo con gli occhi i gesti eroici di Ettore e non battendo
palpebra.

— Ah, bello!... Ah, perbacco, è bello davvero! - esclamava di
tanto in tanto. - E allora, allora?...

Allora, proprio quando i duellanti stavano per mettersi in guardia,
l'uscio s'aperse ed entrò il principale seguito dal direttore del magazzino.

— Lei, - disse a Ettore, - verifichi questo muccio di fatture, e poi
aiuti il direttore a ordinare il campionario arrivato oggi. Sarà bene che ⟨
scendano in magazzino, per far più presto. Lei, Rottoli, scriva quattro
o cinque lettere alle ditte che ho notato qui. Sa, scriva precisamente
ciò che le dissi ieri. Voglio veder la minuta, prima...

Si guardò intorno, e aggiunse:

— Che fumo!... Lei ha una pipa che dà un fumo rancido!

Ed uscì, chiudendosi la porta alle spalle.

— Fumo rancido! - disse Ettore Marracci, guardando la pipa, che
teneva ancora in mano. - È la prima volta che si dice un'insolenza a
questa pipa: la prima volta in vent'anni di servizio! Ci voleva «lui»
a scoprire anche il fumo rancido! Che ne dice, signor direttore?

Il direttore, un tedesco alto e biondo, sorrise con discrezione.

— Di', Marracci, - interruppe Paolo Rottoli. - Me la devi raccontare, sai, la storia del duello... Andiamo a pranzo insieme stasera? Così
potremo discorrere...

— Va bene.

Paolo Rottoli, consolato, si mise a scrivere la minuta delle lettere, ed Ettore Marracci caricò nuovamente la pipa per soffiare tutto
il fumo che i suoi polmoni eran capaci di cavarne.

Andarono a pranzo insieme, nella solita trattoria di via Frattina. Paolo ebbe tempo di udir da Ettore i racconti che gli piacevano, perchè una volta avviato, il Marracci fece prodigi di fantasia e i colpi di spada, di sciabola e di pistola piovvero come la grandine. Paolo Rottoli si diverti immensamente; alle frutta, egli era persuasissimo d'esser diventato uno spadaccino incomparabile e gettava intorno qualche occhiata piena di fierezza. Aveva passato due ore fra una tempesta di sciabolate imaginarie, e ne usciva con l'animo ringagliardito: sapeva tutto ciò che deve sapere un buon duellista; non gli mancava che di veder da vicino una sciabola.

Forse per render omaggio all'arte narrativa di Ettore Marracci, Paolo bevve parecchi bicchieri più del consueto, distrattamente.

S'alzarono, infine, i due amici, e se ne andarono pel Corso. Eran le nove di sera: la gente sul Corso, fittissima; davanti al caffè Aragno, non un tavolino vuoto: un brulichio di uomini e di signore, che Paolo ed Ettore osservarono con attenzione, rasentando l'ultima fila dei tavolini.

— Permettimi, un momento, - disse Paolo. - C'è il marchese Valli, laggiù: lo saluto e ritorno.

— Se vuoi trattenerti, - osservò Ettore, - io me ne vado al caffè-concerto.

— Bene: ti raggiungerò, allora, - concluse Paolo, mentre Ettore si allontanava.

Gastone Valli era solo, e centellinava una tazza di caffè.

— Oh, guarda! - egli disse, stendendo la mano a Paolo. - Siediti: fammi un po' di compagnia... Bevi un cognac?... E che c'è di nuovo?... Lavori sempre, tu?...

Ogni volta che Paolo s'imbatteva in Gastone, la cordialità di quest'ultimo gli faceva un grand'effetto, e n'era tutto lieto e confuso. Confuso, perchè il problema di esprimere praticamente la sua gratitudine gli tornava al pensiero, e lo angosciava... Fiori, fiori, sempre fiori!... Niente altro, per tanto bene che ne aveva avuto!...

— Non hai bisogno di nulla? - chiese egli improvvisamente a Gastone.

— Io? - esclamò Gastone ridendo. - E di che posso aver bisogno?

— Dico, se non hai da comandarmi qualche cosa, se non posso esserti utile in qualche modo...

— Bevi il cognac, via! - disse Gastone. - Te ne ho avvertito già, che finirai per fare una malattia di questa tua gratitudine...

— Ma ti devo la vita, - rispose Paolo calorosamente. - Qualche mese addietro, ricordi, non avevo un tozzo di pane...

Gastone lo interruppe con un gesto: i tavolini erano l'un presso l'altro, e si udiva dall'uno all'altro tutto ciò che si diceva. Paolo rimase muto: bevve lentamente il cognac: poi bevve dell'acqua.

— Ti sei mai battuto, tu? - domandò poscia a un tratto.

Gastone rise nuovamente.

— Che domande mi fai, oggi!... Mi son battuto, due o tre volte...

— Soltanto? - esclamò Paolo con voce desolata.

— Non ho potuto far di più, - disse Gastone, continuando a ridere.

Dev'esser bello, non è vero?

— Secondo...

Io ho un amico che si è battuto venti volte, - dichiarò Paolo, - e mi ha detto che la cosa è molto divertente.

— Sarà un cialtrone, il tuo amico! - osservò il marchese Valli.

Paolo stette muto ancora qualche tempo e poi si alzò.

— Arrivederci, - gli disse Gastone. - Vieni a trovarmi presto.

Paolo Rottoli se ne andò con passo frettoloso, perchè voleva raggiungere Ettore Marracci e chiedergli un consiglio. Lo trovò seduto in una sala del caffè-concerto, sotto la luce intollerabilmente bianca delle lampade elettriche, mentre s'arricciava i baffi e si dava degli atteggiamenti scultorii davanti ad alcune ragazze, che non gli badavano affatto.

— Ah sei qui? - egli disse, vedendo Paolo avvicinarsi. - E chi era quello scimiotto col quale parlavi, all'Aragno?

Paolo si fermò, di colpo, sbalordito.

— Ma come? - balbettò, impallidendo. - Non te lo dissi? È il marchese Gastone Valli, mio compagno di scuola, il mio unico benefattore...

Ettore diede in una risata, si lisciò i baffi tra l'indice e il medio della mano destra, e guardò intorno, per vedere se si notava la sua posa marziale. Nessuno notava nulla; l'orchestra cominciava il preludio d'una canzonetta.

Scorgendo Paolo ancora in piedi, rannuvolato ancora per l'offesa toccata a Gastone, Ettore diede in un altro scoppio di risa.

— Ah, è il tuo benefattore, quel buffo damerino? - egli seguitò, ad alta voce, perchè le sue facezie non andassero perdute. - Pare uno stuzzicadenti succhiato...

— Ma che vai, tu? - disse Paolo, prendendo una sedia e mettendosi di fronte a Ettore, con piglio deciso. - Chi ti dà il diritto d'insultare una persona che non conosci, una persona come quella?

Era comparsa sul palcoscenico la canzonettista, vestita d'azzurro, con un cerchio d'oro intorno al capo, e lanciava in aria i suoi trilli, dimenando l'anca. Alcuni spettatori intimarono silenzio: Ettore tacque e ingoiò un lungo sorso di birra. Ma Paolo non poteva leggere, e sottovoce seguitò:

— È il mio benefattore, capisci? Un uomo raro, un gentiluomo, pieno di bontà e di affezione... È stato lui a farmi avere l'impiego con una parola... Anzi, volevo chiederti un consiglio... volevo domandarti come potrei fare per dimostrargli la mia gratitudine...

— Che gratitudine? che cosa vai raccontando? - interruppe Ettore, il quale, seccato di non aver potuto attirare gli sguardi delle ragazze, aveva cambiato umore d'un tratto e s'era fatto irascibile. - Se t'ha dato l'impiego, che importa?... Per quel che gli è costato!...

— Silenzio! - esclamò una voce.

— Silenzio, laggiù! - incalzarono altri.

Ettore Marracci gettò un'occhiata al pubblico, e continuò tranquillamente:

— Cotesta canaglia ricca può quanto vuole... E tu non devi gratitudine ad alcuno....

Paolo Rottoli aveva fatto un balzo sulla sedia.

— Canaglia? - ripetè. - Tu chiami canaglia il marchese Valli?

— Ma sì, non te la pigliar calda... Il Valli o un altro, è sempre

la medesima roba: giuocatori, donnaiuoli, cattivi soggetti pieni di debiti, che si danno il lusso di atteggiarsi a benefattori...

— Io ti proibisco... - interruppe Paolo con voce strozzata.

— Il tuo marchese Valli dev'essere un mascalzone come gli altri.

— Io ti proibisco di parlare a questo modo! - gridò Paolo, driz-
zandosi in piedi.

— Che cosa avviene laggiù? - esclamarono alcuni spettatori.

— Facciano silenzio...

— Metteteli alla porta!.. Brava, brava, bis, bis!..

La canzonettista aveva finito la sua romanza e si ritraeva, inchinandosi, gettando baci, sorridendo. Alcuni giovanotti, attirati dal rumore, si levarono per vedere ciò che avveniva tra Ettore e Paolo, e
fecero circolo intorno al tavolino di costoro.

— Che cosa vuoi proibire, pover'uomo? - disse Ettore in tono can-
zonatorio.

— Ti proibisco di parlare sconvenientemente delle persone che
non conosci.

— Ben detto! - esclamò un giovane, colla sigaretta tra le labbra,
il monocolo all'occhio sinistro e le mani in tasca.

— E se io continuassi, invece? - seguitò Ettore, che si vedeva
finalmente circondato da un pubblico.

— Se tu continuassi, capisci, l'avresti a fare con me! - rispose
Paolo con un gesto risoluto.

— E non dico poco! - osservò un altro giovane, che fiutava distrattamente un mazzolino di fiori.

— Allora, continuo! - fece Ettore Marracci, provocante. - E con-
fermo, e proclamo, e attesto che il marchese...

Ma non arrivò a pronunziare il nome, perciè Paolo, giovandosi
del vantaggio ci'egli, ritto in piedi, aveva su Ettore seduto, lasciò
andare a costui, fulmineamente, un manrovescio che gli turò la bocca...
Ettore balzò dalla sedia, afferrando la tazza di birra.

— Ah, si fa seria! - esclamò il giovanotto dal monocolo, sempre
con le mani in tasca... - Divideteli, e che la sia finita...

— Su, basta, si calmi!

— No, prego, mi lascino andare!...

— Via, via!... Portatelo via!... Non vedete che è ubbriaco?

— Lo lascino andare, lo lascino pure: sono pronto a tutto!...

— Gli insegnerò io!...

— Che cosa vuoi insegnare?... A chi?... Ma mi lascino, dunque!

— Si calmi, si calmi... È un malinteso...

— È un manrovescio! - osservò il giovanotto dal monocolo...

— Fuori, fuori, all'aria aperta... Il fresco fa bene!...

— Ci rivedremo!

— Basta. È una pagliacciata... Ha pagato la birra, almeno?

Trattenuto, spinto, urtato, senza cappello, con gli abiti in disordine, la testa in fiamme, circondato da una diecina di signori che ridevano, commentavano, gli davan ragione, gli davan torto, Paolo Rottoli si trovò in istrada come per miracolo, quasi senza toccar terra...
Dall'altra parte, un'altra turba trascinava Ettore Marracci, furioso e
minacciante; e il manipolo s'ingrossava di curiosi, che chiedevano
dov'era «il ladro» e guatavano avidamente Ettore, sperando di vederlo
con qualche portafoglio in mano.

— Salga! salga! - dissero alcuni a Paolo Rottoli, fermando una

carrozza che passava. - Lei ha fatto benissimo : ma ora ci vuole dignità...
Salga, vada a casa, faccia una buona dormita...

Paolo salì in carrozza, diede l'indirizzo, si allontanò ringraziando,
confuso, intontito, mentre udiva la voce del signore dal monocolo che
affermava :

— Un ceffone dato non è mai perduto...

VI.

Un'intera settimana fu consumata prima di poter fissare le norme
e le condizioni del duello tra Ettore Marracci e Paolo Rottoli. I padrini
dell'uno esigevano condizioni disperate: la pistola, a dieci passi, fuoco
a volontà; i padrini del Rottoli eran più miti; pareva loro che, cedendo
alle pretensioni degli altri, avrebbero finito col portare a casa due cadaveri; preferivano la sciabola o la spada, scontro senza esclusione di
colpi; un duello serio, non una follia macabra. Del resto, c'era il Codice;
penale, non cavalleresco; e il Codice penale avrebbe appioppato ai quattro testimoni una memorabile lezione, se avessero agito con tanta leggerezza. Il Rottoli doveva rispondere del suo *beau geste* ed era pronto;
ma toccava ai padrini impedire un macello inutile...

Ogni sera, verso il tramonto, Paolo Rottoli ascoltava la narrazione
esatta e minuta delle trattative, e ogni sera sbuffava... Ah, un bel
divertimento davvero, stare per due, per tre, per quattro giorni in
attesa di scendere sul terreno, e non venirne mai a capo !

— Accettate la pistola, il fucile, il cannone, la dinamite, purchè
la si finisca ! Che gli altri non abbiano a credere ch'io abbia paura !...

— No, no, adagio, - osservava uno dei suoi amici. - La tua vita
e il tuo onore sono in mano nostra, e noi dobbiamo averne cura... tu
capirai...

E quasi non fossero bastate le discussioni tra padrini e padrini,
s'ingaggiava una discussione, ogni sera, tra padrini e primi.

A furia di discutere, però, i testimoni di Paolo riuscirono a ottenere la sciabola invece della pistola; sciabola e guantone, un bel duello
serio; cessazione dello scontro solo in caso di assoluta impossibilità
d'impugnar l'arme... E cominciarono a girare in carrozza per cercare
il terreno, nei dintorni della città; poi le armi, poi i medici...

Paolo Rottoli, sbollite le prime impazienze, era ormai calmo. Andava
da un maestro di scherma, ogni giorno dopo le ore d'ufficio, e tirava colpi
all'impazzata, sbuffando e saltabeccando. Il maestro voleva insegnargli
il solito colpo al braccio col salto indietro, ma Paolo non ne capiva
nulla; faceva il salto prima di tirare il colpo, o tirava il colpo e rimaneva poi immobile; o calato un fendente spettacoloso, tagliava l'aria
e perdeva l'equilibrio... Infine si ricordò che nel duello era prescritto
il guantone; e il maestro si sforzò allora a spiegargli qualche altra
mossa elementare, con uno stesso ed unico risultato... Paolo correva
dietro la sua sciabola e se per caso non incontrava l'avversario, ten-
tennava come un ubbriaco e arrischiava di cadere fra le braccia del
maestro. Solo frutto di quelle lezioni fu un terribile dolore alle gambe,
pel quale Paolo camminava adagio, facendo smorfie ad ogni passo.

Ma tolte queste piccole miserie, egli era felice. Il caso gli aveva
offerto ciò ch'egli andava cercando con tanta trepidanza, da mesi. Un
duello per difendere la riputazione del suo amico e benefattore: la vita

arrischiata per lui, senza dirgli nulla, senza fracasso, nobilmente e modestamente!... Quale miglior prova d'una gratitudine sincera? Quale più bel dono?... Paolo si riprometteva di raccontar tutto a Gastone, quando la vertenza fosse stata chiusa: e sentiva di poter respirare ormai liberamente, d'essere un uomo onesto e grato, un amico vero... Infine, gli scrupoli ond'era di continuo afflitto, svaniva repentinamente, come avesse pagato il debito più formidabile della sua esistenza modesta...

Fra tanti pensieri lieti, gli restava qualche inquietudine sul suo avvenire. Comunque la vertenza si fosse chiusa, bisognava abbandonare l'impiego, perchè Ettore Marracci era più anziano di lui e il proprietario del magazzino non avrebbe mai consentito a disfarsene; nè egli poteva vivere nella stessa camera, a fianco del suo nemico...

Aveva avuto già qualche dispiacere, perchè il proprietario sapeva del prossimo duello, - Ettore Marracci ne parlava dovunque e a chiunque, - e aveva minacciato di congedare immediatamente i due spadaccini.

— Buffonate! Sciocchezze! I miei commessi che si battono!... Non s'è mai visto niente di simile!... Pensino a guadagnarsi il pane!... Son cose da studenti ubbriachi!... Quale fiducia posso io avere in questi due matti scatenati? Li manderò al diavolo, e si batteranno con la fame, senza guantone!...

Paolo stava zitto: Ettore bestemmiava, borbottando:

— Se quel rospo non la finisce, lo piglio a calci...

— È un disonore per la mia ditta, - seguitava il padrone, - e diventeremo ridicoli tutti quanti! Io vendo le stoffe, e non voglio pagliacci in casa: qui tutti devono essere serii...

— Se non la finisce, - interruppe Ettore senza alzare il capo, quasi parlasse da solo, - se non la finisce, stavolta lo piglio a calci...

Il padrone udì, e non aggiunse più parola.

Mentre duravano le trattative interminabili fra i padrini, Paolo Rottoli s'incontrò un giorno con Gastone Valli.

— Che c'è? - chiese quest'ultimo, parendogli che Paolo fosse impacciato e timido.

— Nulla. Sto bene; tutto va bene! - rispose Paolo con un sorriso enimmatico.

— Diventi strano... Che cosa stai tramando?

— Nulla, ti dico...

Poi, di repente, Paolo aggiunse:

— Gastone, credi tu alla mia amicizia? Credi alla mia affezione?...

— Ci siamo! - esclamò Gastone, ridendo. - E perchè dovrei dubitarne? Sono certo che mi vuoi bene. Ma tu ne farai una malattia: te l'ho detto, devo dirtelo ogni volta che ti vedo...

— Ti preparo una sorpresa: una grossa, una bella sorpresa! - esclamò Paolo, con gli occhi luccicanti. - Non te l'aspetti: resterai a bocca aperta!...

— Bada che non voglio regali!...

— Regali? - disse Paolo con una risata. - Altro che regali! Vedrai, sentirai, uno di questi giorni...

E stesa la mano all'amico, Paolo se ne andò, svelto, allegro. Gastone rimase un poco a guardarlo, mentre Paolo s'allontanava tra i passanti e le carrozze: e un'invincibile, un'incomprensibile malinconia lo prese d'un tratto.

— Forse io fatto male, - pensò, mentre s'avviava verso casa, - io fatto male ad aiutarlo. Mi sembra impazzito davvero, poveretto!

VII.

La snella e graziosa Jeannette aveva invitato a pranzo alcuni amici con alcune amiche, in casa sua. C'erano Gastone Valli, il giovane avvocato Golfi, il commendator Vigliotti, il conte Tomeini; e tra le donne, oltre Jeannette, una allegra cantatrice da caffè-conceito che si chiamava Pablada, una giovane russa che si chiamava Tatiana Ivànovna Karpova, una piccola e impacciata giapponese che si chiamava Kolousa Mahikàma...

— *Sapristi*, - disse Gastone, entrando nel salotto e inchinandosi alle fanciulle, - che diavolo di lingua parleremo?

— Io propendo per il giapponese, - osservò l'avvocato Golfi. - Non c'è nulla che ti faccia venir l'appetito quanto il giapponese.

— Permettetemi di rilevare, Jeannette, - seguitò Gastone, - che in questa corona di bellezze avete totalmente dimenticato l'Italia.

— Tutte le vostre donne sono virtuose, - disse Tatiana Karpova. - Vi avrebbero annoiato.

— *Ululù, gululù, palipù, turututù*, - cominciò l'avvocato Golfi.

— Mio Dio, che cosa fate? - esclamò Jeannette. - Vi sentite male?

— No, sto benissimo, cara. Parlo giapponese.

La piccola Kolousa Mahikàma, vestita d'un abito di raso giallo, rideva...

— Non è vero? - seguitò l'avvocato. - Voi, Kolousa Mahikàma, dovete aver capito benissimo. - Che cosa ci date da mangiare, Jeannette? - riprese poscia. - L'ultima volta che sono stato con voi a pranzo, ho mangiato malissimo.

— *C'est la faute à Gaston*, - disse Jeannette.

— *C'est la faute à Voltaire*, - commentò l'avvocato. - Dacchè Gastone è vostro amico, io noto che i vostri pranzi abbondano di pepe. Pepe dovunque; se ne esce con la bocca in fiamme. Perciè tanto pepe, mio Dio?

Il commendator Vigliotti, grassoccio e prudente, rideva in silenzio; e il conte Tomeini, un lungo e magro giovane vizioso, guardava l'avvocato Golfi, con espressione di lieve disdegno.

— C'è un duello, oggi! - egli disse, volgendosi a Pablada.

— Due vostri amici? - chiese la cantante.

— No. Due ignoti... Ma dovete ricordarvi, voi, il tafferuglio che avvenne nella sala, poche sere sono, mentre cantavate?

— È vero, - disse Pablada. - Si sono picchiati, mi pare?

— Rettifico, - interruppe l'avvocato Golfi. - Io era presente, perciè io sono sempre presente ai tafferugli... Non si sono picchiati. Ci fu un piccolo uomo, alto (perdonate Kolousa Mahikàma, se io oso compararvi a terrestre creatura), alto come Kolousa, che diede un potentissimo ceffone a una specie di colosso antipatico... L'uomo piccolo deve a me, a me solo, se il colosso non gli restituì il manrovescio... Io, veramente, non ho fatto nulla, perciè avevo le mani in tasca e la sigaretta in bocca; ma nei tafferugli io prendo sempre il comando; e comandai di separare i due contendenti, e poiciè non avevo alcun diritto a comandare, fui obbedito... .

— Li avrebbero separati lo stesso, via! - disse il conte Tomeini.

— Chi lo dice?... In fin dei conti, il colosso aveva diritto alla replica... Ma voi sapete com'è la folla : una voce gettata lì per lì imprime alla folla un moto, dà il pensiero, fa agire...

— Credo che il Manzoni dica qualche cosa di simile, nei *Promessi Sposi*, - osservò il commendator Vigliotti.

Ne ho piacere, per il Manzoni, - rispose l'avvocato Golfi. - In ogni modo, i contendenti furono separati, e il piccolo uomo ebbe la fortuna di non venire a contatto col suo avversario. Era svelto, il mostricciattolo! Io lo accompagnai fino a una carrozza, elogiandolo per la sua condotta energica, e in tal modo si strinse amicizia.

— Ma chi era? - domandò Jeannette.

— Questo, poi, non so. So che nel taffeuruglio perdette il cappello, e che la cosa gli spiaceva molto... Ora tu dici che si battono?

— Devono esseisi battuti già, - rispose il conte Tomeini. - Lo scontro era fissato per le due, oggi...

— Ah, che bella cosa, che bella cosa! - esclamò Tatiana Ivànovna. - Se io fossi uomo, mi batterei tutti i giorni...

— E faireste una sciocchezza, amica mia, proprio come se foste donna!

— Ormai, non ci si batte più, - disse Gastone, - perchè si è scoperto che chi ha ragione resta morto; e tutti credono d'aver ragione, ma nessuno intende morire.

— Allora, - osservò l'avvocato Golfi, - il mio piccolo uomo del caffè-concerto dovrebbe avere ammazzato, già a quest'ora, il suo colossale nemico.

— Aveva torto, il piccolo? - chiese Gastone.

— E come no? Ti pare un metodo commendevole quello di bigliare a schiaffi chi non la pensa a tuo modo?

In quel momento, una graziosa cameriera dal visetto furbo e dagli occhi nerissimi entrò senza cerimonie nel salotto, recando a Jeannette i giornali.

— Lasciatemi vedere, - disse l'avvocato Golfi, avvicinandosi a Jeannette. - Ci sarà qualche notizia del duello...

— Perchè te ne occupi tanto? - domandò Gastone ridendo.

— Che vuoi? - rispose l'avvocato, mentre spiegava lentamente un giornale, - io presi affetto a quel piccolo sconosciuto, e vorrei sapere come se l'è cavata...

— Bene, bene, - disse il conte Tomeini, con un sorriso, - tutto bene: i duelli servono da salassi, ormai...

— Alt! - esclamò l'avvocato Golfi. - State ad udire!... Ho trovato!... Per bacco! Altro che salassi!... Oh, ma guarda!...

Sedette, e mentre gli altri tacevano, lesse rapidamente:

« DUELLO MORTALE. - All'ora d'andare in macchina ci si avverte che un duello alla sciabola è avvenuto oggi, fuori Porta Salaria, alla Villa Azzurri, tra i signori Ettore Marracci e Paolo Rottoli... »

— Che? - gridò Gastone, alzandosi in piedi di scatto. - Paolo?...

— Paolo Rottoli, - ripetè l'avvocato, guardando Gastone con meraviglia.

— Dà qua, dà qua, - disse Gastone, strappando quasi il foglio di mano all'amico; poi, volgendosi a Jeannette: - Sai, Paolo Rottoli, tu lo conosci, devi rammentartene?

— *Mais oui, sans doute,* - rispose Jeannette. - *Il était à diner chez toi, je me rappelle, un soir.*

— È un mio caro, un mio eccellente amico, - seguitò Gastone, rivolto agli altri, che stavano silenziosi.

Continuò a leggere, febbrilmente:

« ... tra i signori Ettore Marracci e Paolo Rottoli, ambedue impiegati presso la Ditta Costantini. L'esito fu pur troppo letale: al secondo assalto, il Rottoli toccava una larga ferita alla gola, per la quale spirava quasi immediatamente fra le braccia dei padrini... Daremo domani più ampii particolari, che l'ora tarda non ci consente... »

— *Mais c'est terrible!* - esclamò Jeannette.

Gastone rimaneva immobile, nel mezzo del salotto, senza poter trovare parola...

— Perchè? - disse a un tratto, quasi parlando a sè stesso, - perchè s'è battuto? E non mi ra avvertito!... Io avrei potuto giovargli...

Le parole strane pronunziate da Paolo Rottoli l'ultima volta che s'era incontrato con lui gli tornarono alla memoria; e repentinamente, decise di sapere, di raccogliere notizie.

— Addio, Jeannette, - egli disse stendendo la mano alla giovane. - Me ne vado. Voi perdonatemi, amici. È un vero lutto, per me: non potrei rimanere più oltre... Vi lascio...

Tutti erano in piedi, e silenziosi. L'avvocato Golfi accompagnò Gastone fino alla porta.

— *Ah, c'est un grand malheur pour Gaston!* - disse Jeannette, rattristata, quando il marchese Valli fu uscito. - *Il aimait trop ce petit homme.*

— *Ce petit homme?* - ripetè l'avvocato Golfi. - Dunque era il piccolo?... Io non osava chiederlo... Il mio piccolo uomo è morto!... Ed era così simpatico!...

— *Oui, il était bien gentil, le pauvre. Il m'envoyait toujours des fleurs... Il avait une religion pour son ami... Il était vraiment trop comm'il faut... Et voilà pourquoi il vient de mourir!...*

E così dicendo Jeannette, con gli occhi lucidi di tenerezza, s'appoggiò al braccio dell'avvocato Golfi, invitando con un gesto i commensali a passare nella sala da pranzo, ove un magnifico banchetto e magnifici fiori li attendevano...

LUCIANO ZÙCCOLI.

IL PODERE

Picciolo aver: quanto arano due bovi
in un mattino al declinar de l'anno:
ma i parchi desideri tuoi non vanno
più là de la tua siepe irta di rovi:

un orticel che, guai se un dì, te morto,
volessero partirselo gli eredi!
Sì, ma d'intorno vai bel guardai: non vedi
più buona cosa del tuo picciol orto.

Nessuna vigna (e tu conosci tutte
le vigne) va una vendemmia più gioconda:
nessun pometo mai crinò la fionda
sotto più dolci e più copiose frutte.

E le tue fragolaie? E i tuoi piselli?
Una delizia: empi i canestri a sera
e, ritornando il giorno dopo, ov'era
fiore, tu vedi fragole e baccelli.

Poi, ne l'autunno, il grano turco e quando
caligan lunge i vesperi e le aurore
il cavolo cappuccio e il cavol fiore
sì rubicondi sotto un ciel sì blando.

Un breve, un piccioletto orto ma d'oro:
propiziato da una maga buona
(forse da la frugifera Pomona)
che lieta benedice il tuo lavoro.

Tu non la puoi veder: c'è, s'ella avverte-
voce o passo, che sia, ratto dilegua,
lucciola o grillo, che non ha mai tregua,
tra fruscii d'erbe e guizzi di lucerte.

Talvolta, al dolce tempo de la spica,
suole cangiarsi in nuvoletta lieve,
tal che la vedi, bianca più che neve,
andar vagando su la valle aprica.

E tu non sai: tu interroghi la nova
falce del cielo e zufoli contento;
e, mentre va la nuvola d'argento,
t'allegri in cor de l'imminente piova.

Ella attende così, sia verno o state,
l'ora in cui dormi accanto a la tua sposa:
e, quando il picciol chiuso orto riposa,
cauta riprende le sembianze usate.

Tu allora udresti per l'erbetta bruna
ovunque splende e palpita l'azzurro:
« zitto è qui, zitto è qui, zitto... » e il susurro
vanìr lontano al lume de la luna.

Ma già tu dormi: e la gentile intanto
vigila la tua casa e il tuo podere,
lieta che tu, dormendo, possa avere
la pace in core e la tua sposa accanto.

Anche fa le sue care arti: trasfonde
ne l'acre gemma la virtù del frutto,
onde la tua dispensa abbia, per tutto
l'anno, secche uve in serbo e mele bionde.

Educa il breve seme a gittar fuori,
sotto la neve, il germe delicato:
lo scalda, appena schiuso, col suo fiato
che sa l'acuto odor di tutti fiori.

Forse è per ciò che il pane che tu spezzi
su la tua parca mensa è così buono:
forse è per ciò che, quando mieti prono,
l'aura a te vien come alito che olezzi.

Ella ajuta la terra e ajuta il sole
ne le sempre felici opere agresti,
e, se le fronde mormoran, diresti
che ne conosce tutte le parole:

fronde di pomi, rigide, di salci,
lente, di peschi e nespoli, stecchite,
ove in autunno la pampinea vite,
come su pioppio avei, manda i suoi tralci:

frusci, bisbigli (or lunghe estive sere!)
soavi risatine in cui tu senti,
stando sotto le coltrici, che i venti
dicono cose dolci e lusinghiere.

Quanta giocondità! Toni di verde
chiaro, jalino, scintillante, fosco,
quà grandi ombre compatte come un bosco,
là frange che una lieve aura disperde:

macchie di verde che al tuo sguardo fine
prolungan ne l'estate il chiuso brolo:
chè allor non vedi più, lungo lo scolo
irto di canne, i rovi del confine.

Ma, ne la sera, al lume de la prima
luna, è una massa egual, salce, orno e melo,
che dentro l'acqua chiara più del cielo
segna ogni lieve tremito e ogni cima.

Non forse anch'essi ascoltano la cara
maga presente ne l'azzurra notte?
Deh quante opime valli ininterrotte
che l'uomo senza gioja erpica ed ara,

deh quante solitudini ove il molto
grano dà poco pane a chi lo miete
t'invidïan le vage ombrie discrete,
la grande copia in picciolo raccolto!

Campagne senza un albero che stampi
gaje ombre intorno e chiami le cicale;
senza un fil d'acqua, per quell'erba eguale,
che disseti le gole e irrighi i campi:

valli ampie a cui fa siepe l'orizzonte
con la perenne sua caligin rada,
ove ergesi, a ogni svolto de la strada,
un lungo esil camino o un grigio ponte:

e molti uomini tristi, che non hanno
ciascun per le sue braccia un suo podere,
nè un'aja bianca, ove sia dolce bere
del proprio vino al declinar de l'anno:

forniscon la giornata a la mercede
di chi per ozio disposò la noja:
ma la giornata è sterile di gioja
se muto è il solco ove tu posi il piede.

Più lieti assai, chè non conoscon fieno,
i fulvi più che l'ôr cavalli biadi
che, a gruppi, a mandre, lungo i chiari guadi,
empiono di nitriti il ciel sereno;

e i bovi, per le vie piane, tornanti
da la pastura, liberi da giogo,
mentre, a la valle, il sole, come un rogo,
manda le smisurate ombre giganti:

poi che là giù li attende, arcata e bianca,
fra vili case dove manca il pane,
la grande stalla ove dà sera a mane,
sia pur la mala annata, il fien non manca.

Ecco peiciè quell'Umile (foise una
\etusta dea \enuta cii sa donde)
più che le immense \alli sitibonde
ama il tuo campo che una siepe impiuna:

la casa tua, gli alaii tuoi: pacato
gaudio di cii per entio le sue \ene
sente pulsaie, aicano unico bene.
la \ita del podei che ia la\oiato.

Ecco: per essa, il campicel ti ciiede
lieta opia, ilaie \olto ed umil coie,
per indi apiiie in dolce atto d'amoie
la sua felicità sotto il tuo piede;

ciè il pane, il pane d'ogni gioino, è amaio
se nol condisce un'intima letizia;
e questo è il bene occulto onde piopizia
la buona maga il campo che t'è caio.

MARINO MARIN.

LA POLITICA DOGANALE DEI SOCIALISTI TEDESCHI

L'avvicinarsi della scadenza dei trattati di commercio, che legano reciprocamente tra loro l'Italia, la Svizzera, l'Austria-Ungheria e la Germania, ha sollevato vivaci controversie, pratiche e teoriche, sulla possibilità e sulla convenienza di rinnovarli; controversie che dalla stampa, dai libri e dai comizi si sono trasportate nei gabinetti degli uomini di Stato e nelle aule parlamentari.

Il conto del dare e dell'avere tra le singole Nazioni è stato fatto volta a volta colle lenti dell'avaro e con lenti di ingrandimento adoperate con abilità, che talora rasenta la malafede, dai rappresentanti dei singoli Stati, per fare in guisa che apparissero maggiori le importazioni delle esportazioni di ciascuna nazione: per mostrare, insomma, che la così detta bilancia commerciale in seguito ai trattati del 1892 è divenuta sfavorevole più o meno a chi fa la voce grossa onde ottenere, nella possibile futura rinnovazione, diminuzione nelle tariffe doganali sulle proprie merci da esportare ed avere consentiti degli aumenti di dazio in casa propria pei prodotti da importare dalle nazioni contraenti.

I rappresentanti ufficiali degli Stati, ora precedendo, ora seguendo le correnti della pubblica opinione, a tale uopo hanno proposto da per tutto, meno che in Italia, delle modifiche alle tariffe doganali: modifiche che non si sa ancora se riceveranno la sanzione legislativa e che si sospetta anche che rappresentino delle semplici minaccie o delle armi da potere opportunamente adoperare nelle trattative colle altre nazioni.

La copiosa esposizione delle cifre sulle importazioni ed esportazioni da per tutto si frammischia colla discussione teorica sul liberismo e sul protezionismo: discussione teorica che ciascuna delle parti contendenti cerca di confortare coi dati di fatto che le pubblicazioni ufficiali somministrano. La discussione è vivace perciè vi sono in giuoco gravi interessi economici di singole classi sociali, che talvolta si confondono cogl'interessi di dati partiti politici. E non manca l'intervento di un fattore importante che alla controversia assegna uno speciale carattere politico: mi riferisco al fattore regionale che porta innanzi gl'interessi collettivi non di una sola classe o di un solo partito politico, ma quelli di varie classi e di vari partiti politici che si rendono solidali transitoriamente e su quella data questione, in difesa contro un reale o immaginario nemico.

Egli è così che in Italia si discute vivamente degl'interessi del Mezzogiorno agricolo e del Settentrione industriale, riunendo nella difesa o dell'agricoltura o dell'industria liberali e conservatori, reazionari e radicali. In Italia, però, solo i socialisti del Mezzogiorno rappresentano una eccezione in contrasto doloroso cogl'interessi della loro regione.

Questa confusione politica che contraddistingue i contendenti nel conflitto economico in Italia, si ripete altrove: nell'Impero austro-ungarico, l'Ungheria agraria trovasi in conflitto coll'Austria industriale; in Germania il conflitto regionale è tra le contrade della Prussia orientale e quelle Renane, tra il Granducato di Posen e la Sassonia, ecc. ecc.; ed ivi ancora, a difesa delle tendenze o degl'interessi economici in contrasto, troviamo uniti i socialisti e la borghesia liberale - in lotta continuata ed aspra in tutto il resto - contro il protezionismo agrario dei *Junkers* (1).

Giova conoscere l'atteggiamento dei singoli partiti in questa grave controversia doganale, ma giova soprattutto conoscere quella dei socialisti tedeschi per un doppio ordine di considerazioni: 1° I socialisti costituiscono dappertutto una forza notevole, colla quale si devono fare i conti: la conoscenza dell'atteggiamento dei socialisti tedeschi, poi, ra singolare importanza, perché il socialismo in Germania è più forte, più dotto e meglio organizzato ed esercita, perciò, non piccola influenza sul socialismo degli altri paesi; 2° In Germania la lotta tra la tendenza protezionista e la liberista, tra lo Stato agrario e lo Stato industriale, è più viva che altrove, e la importanza degli scambi dell'Impero germanico cogli altri Stati è tale che la prevalenza colà di una o di un'altra tendenza eserciterebbe una singolare, notevole influenza sulla maggiore o minore probabilità della rinnovazione dei trattati di commercio tra i quattro Stati dell'Europa-centrale. Questa la ragione d'indole generale che mi fa giudicare interessantissimo lo studio della politica doganale dei socialisti tedeschi. Ce n'è una secondaria, non disprezzabile tra noi: cercare un criterio che possa servire per giudicare la politica doganale dei socialisti italiani.

I.

Le presenti controversie doganali tedesche (2), non s'intenderebbero bene e non s'intenderebbe la portata delle riforme che attualmente s'invocano, se non si conoscesse l'origine dell'attuale regime doganale.

(1) A proposito del conflitto regionale in Germania, Max Schippel dice: « Se fosse vero ciò che sostoneva Prince-Smith, e cioè che *la sofferenza dell'agricoltura andava a benefizio dell'industria*, non si dovrebbe dimenticare che molte provincie dell'Impero hanno popolazioni che vivono esclusivamente dell'agricoltura; e le provincie non si lasciano facilmente amputare come gli arti! » (*und Provinzen lassen sich, wie Gliedmassen, nicht so leicht amputiren*). Queste parole del socialista tedesco non si attagliano al contrasto tra il Sud agricolo e il Nord industriale d'Italia?

(2) Per questo studio mi avvalgo delle seguenti pubblicazioni: RICHARD CALWER, *Arbeitsmarket und Handelsverträge* (Frankfurt a M., Verlagsinstitut zur Socialwissenschaften Dr. Eduard Schnappel, 1901); ID., *Die Meistbegünstigung der Vereinigten Staaten von Nordamerica* (Berlin, 1902, Akademischer Verlag zur sociale Wissenschaften, Dr. John Edelheim); MAX SCHIPPEL, *Grundzüge der Handelspolitik* (Berlin, 1901, Akademischer Verlag zur sociale Wissenschaften, Dr. John Edelheim); KARL KAUTSKY, *Handelspolitik und Sozialdemokratie*. Per la parte storica mi sono servito del libro di ALFRED ZIMMERMANN, *Die Handelspolitik des Deutschen Reichs* (Berlin, 1901, 2ª edizione).

La Germania dopo la guerra del 1866 si può dire che accettò un liberismo largo come l'inglese. Questa politica liberista tedesca fu la continuazione della politica doganale della Prussia, che primitivamente l'aveva adottata come arma di combattimento contro l'Austria in seno della Confederazione germanica. Durò il liberismo tedesco anche dopo che erano cessate le ragioni di opportunità politica come imitazione dell'Inghilterra, senza alcuna necessità o giustificazione economica, sotto l'influenza dei dottrinari guidati dal Delbrück, che fu per tanti anni un attivo collaboratore di Bismarck.

Nel 1879 il liberismo venne sostituito da un protezionismo relativamente moderato che fu ad un tempo - è bene avvertirlo - protezionismo agrario e protezionismo industriale. Il mutamento del Gran Cancelliere parve improvviso e determinato esclusivamente da motivi fiscali. Ciò, ed è facile intenderne il motivo, con maggiore insistenza venne sempre affermato dai socialisti e il Kautsky astutamente presenta l'aumento delle spese dell'Impero, alle quali non potevasi far fronte che con l'aumento dell'imposte indirette, non potendosi ottenere ciò che era necessario al bilancio dell'Impero dalle imposte dirette. Ma egli con poca lealtà mentre ricorda, per renderli odiosi, i dazi doganali sui prodotti alimentari, dimentica che in pari tempo si erano creati dei dazi in difesa dei prodotti industriali.

La genesi della riforma doganale tedesca del 1879 nè fu improvvisa, nè fu determinata esclusivamente dalle esigenze fiscali: la cronaca delle controversie doganali in seno del Reichstag e fuori dimostra all'evidenza l'inesattezza di quelle asserzioni. Si discusse, poco dopo il 1870, sulla convenienza del protezionismo o del liberismo. Si erano respinti i dazi sul petrolio e si voleva la libera entrata del ferro che il deputato von Beher considerava necessario quanto il pane. Ma nel 1873 già il dottor Moll contraddiceva il Beher, dimostrando che la libera entrata del ferro non giovava all'agricoltura e danneggiava i lavoratori delle miniere e delle industrie. A prova adduceva queste cifre: la importazione del ferro in Germania, con le tariffe liberiste, da due milioni e mezzo di tonnellate nel 1868 era salita a 14 milioni nel 1872. Si comprende come fin d'allora la grande industria siderurgica, per bocca di Stumm, respingesse il liberismo unilaterale della Germania. Il 7 dicembre 1875 furono presentate al Reichstag numerose petizioni in favore del dazio sul ferro, per provvedere alla crisi metallurgica; ma Bamberger e Delbrück furono energici in difesa del liberismo e consideravano la crisi metallurgica come un affare privato che, avendo avuto i suoi anni grassi, non aveva il diritto d'invocare la protezione dello Stato quando sovraggiungevano gli anni magri.

Respinta la petizione in favore dei dazi sul ferro nel 1875, cominciò l'agitazione protezionista degl'industriali e si costituì allora la *Centralverband deutscher Industrieller*. Una petizione con 60,000 firme, in favore del dazio sul ferro, viene presentata in settembre 1876; ma che il protezionismo dovesse avere prossimamente causa vinta nelle sfere governative si argomentava dalla caduta del ministro Delbrück, avvenuta in maggio 1876. Bismarck allora cominciava ad occuparsi delle questioni economiche e in ottobre 1876, contro l'avviso di Camphausen, ministro delle finanze, manifestò l'opinione di non abolire il dazio sul ferro al 1° gennaio 1877.

Il protezionismo, se aveva conquistato l'animo del Cancelliere, non aveva fatto uguali progressi tra i ministri e nel Reichstag; perciò la

proposta di prolungare il dazio sul ferro sino al 1° gennaio 1879, fatta
da Windthorst nel Reichstag, ebbe appena 116 voti favorevoli e 201
contrari; Bismarck non prese parte alla discussione; Camphausen, ministro delle finanze, e Ackemback, ministro del commercio, dichiararono di non volere influire sulle decisioni del Reichstag; così il 1° gennaio 1877 caddero gli ultimi dazi sul ferro e il liberismo ebbe la sua
piena vittoria. Ma questa vittoria gli fu fatale, perciè suscitò una
vigorosa agitazione, che condusse in brevissimo tempo alla sua caduta.

Le opposizioni che aveva sollevato il liberismo e le esigenze del
bilancio – diminuzione di entrate e aumento di spese – indussero Bismarck a romperla col sistema propugnato dal Delbrück nell'inverno
1876-77. Il 13 febbraio 1877 manifestò la sua intenzione in una lettera
al ministro delle finanze Camphausen; il 18 aprile vi è la presentazione di un progetto di un dazio sul ferro con analoghe proposte di
Löwe e ne segue un'ampia discussione. In nome degl'interessi della
agricoltura parlarono Wedel-Malchow e Unruh, che ritennero pazzeschi
i progetti che potevano riuscire al rincarimento del ferro grezzo e
delle sostanze alimentari. Contro di essi, e nell'interesse della stessa
agricoltura, intervennero Schorlemer e Frankenberg; essi nella prosperità dell'industria videro anche la prosperità dell'agricoltura. Ma
Richter fu il più eloquente libero-scambista, che contribuì alla vittoria
dei liberisti; e così il 27 aprile vennero respinti i progetti del Governo
e di Löwe. Intanto Bismarck maturava il suo piano di riforme, il quale
fu ventilato per la prima volta nella *Provinzial Correspondenz* del
10 aprile 1878. Il 17 ottobre dello stesso anno, avviene la dichiarazione di 204 deputati del Reichstag, certamente gradita a Bismarck,
con la quale s'invoca la riforma della tariffa ed una politica commerciale non ispirata alle teorie liberiste o protezioniste, ma agl'interessi
reali del paese e all'amore della patria. Pochi giorni dopo, una lettera
di Bismarck al capo dei protezionisti Varnbüler proclama la necessità
della revisione; il 28 ottobre 1878, in un messaggio al Bundesrat,
vengono esposte le ragioni della riforma energicamente e limpidamente.
La maggioranza degli Stati si dichiarò favorevole e il 12 dicembre 1878
venne nominata una Commissione di quindici membri per istudiarla.
Il 12 febbraio 1879, all'apertura del Reichstag, nel discorso della
Corona si annunzia la riforma. La prima opposizione contro di essa
si ha in occasione della rinnovazione provvisoria del trattato con
l'Austria e la campagna s'inizia con un discorso di Richter il 20 febbraio. Ma il popolo in maggioranza chiarivasi in suo favore e solo
alcuni gruppi, pei loro particolari interessi, la respingevano; perciò,
avvenuto l'accordo di Bismarck con Windthorst del *Centro* (31 marzo),
si potè ritenere assicurata la vittoria del Gran Cancelliere e le cose,
dopo d'allora, procedono rapidamente. Ad un secondo messaggio di
Bismarck al Bundesrat segue la discussione della tariffa nel Reichstag
e viene iniziata con un suo grande discorso (2 maggio). Una speciale
Commissione parlamentare esamina le nuove tariffe e poco dopo la
legge doganale fu accettata con 211 voti contro 122 (9 luglio).

La esposizione di queste vicende basta da sè sola a dimostrare:
1° che la riforma non si deve ad un improvviso mutamento di Bismarck,
ma seguì ad un largo movimento della opinione pubblica ed ebbe una
lunga preparazione di circa otto anni; 2° che i motivi fiscali ebbero
una decisa influenza sull'animo di Bismarck, ma che non furono i soli
a determinarlo.

Nelle prime proposte di Löwe e del Governo c'era l'intenzione di frenare le conseguenze dei premi indiretti di esportazione della Francia; Bismarck, inoltre, fu indotto a rompere col liberismo dalla politica economica dell'Austria e della Russia: i dazi agrari, sul legname e sul bestiame nel suo programma entrarono come armi da adoperare contro i due vicini Imperi.

L'insieme dei motivi economici che indussero Bismarck alla riforma del 1879 venne esposto ai rappresentanti della Prussia il 28 ottobre 1878 e nella citata lettera al Bundesrat del 15 dicembre dello stesso anno.

Il Gran Cancelliere vi diceva che « l'avversione ai dazi protettori derivava dall'idea che con i medesimi si creava un privilegio in favore di singoli rami di produzione: ma l'avversione doveva cessare quando la protezione era accordata a tutti i rami della produzione. E siccome tutti i produttori sono anche consumatori degli altri prodotti, così i benefizi e i danni dei dazi si ripartiscono ugualmente su tutti. Soltanto una piccola minoranza della popolazione improduttiva, che vive di rendita e di onorari, non ne comprende le giuste ragioni ed è la sola realmente danneggiata dai dazi ».

Il socialista Max Schippel tali motivi riferisce estesamente con non piccola compiacenza.

Il cambiamento che si verificò negli ordinamenti doganali, come non fu improvviso in Bismarck, così non fu circoscritto a lui solo. Avvenne un mutamento nelle preferenze pel liberismo e pel protezionismo, tanto nelle regioni, quanto nelle classi sociali. Riconosce il Kautsky che gl'industriali, e specialmente i metallurgici e i tessitori, furono quasi sempre protezionisti, anche quando l'ideologia suscitava entusiasmi nella borghesia tedesca: viceversa gli Agrari e i *Junkers* della Prussia si mantennero, sino a poco prima della riforma del 1879, decisamente liberisti: ed è notevole che verso la fine del 1876, quando gl'industriali mandavano al Governo ed al Reichstag petizioni in favore del protezionismo, delle petizioni in favore del liberismo vennero mandate da 354 *Unioni agricole* del Sud e della Germania centrale, dalle Camere di commercio delle città marittime e da 31 città della Prussia orientale ed occidentale; tali petizioni, nelle quali gli Agrari avevano tanta parte, nè più nè meno adoperavano il linguaggio dei democratici moderni, parlando nell'interesse dei consumatori e del commercio; additavano pure, coll'adozione del protezionismo, il pericolo d'incoraggiare la Russia a battere la stessa via. Sino al 1876 i *Junkers,* per mezzo della *Vereinigung der Steuer- und Wirthschaftsreformer* caldeggiarono il liberismo. Essi proclamavano l'armonia degl'interessi coi fabbricanti inglesi e dominando in Prussia ne sospingevano il Governo verso il loro prediletto regime doganale; e il Governo, alla sua volta, come si disse, accentuava la tendenza liberista nello *Zollverein* per mettersi in contrasto coll'Austria.

Pareva allora che le idee di List dovessero trovare la più esplicita e recisa applicazione, poichè il suo protezionismo industriale non incontrava ostacoli nelle domande di protezionismo agrario. Il grande propugnatore dell'economia nazionale tedesca era contrario alla protezione agraria, perchè quando egli scriveva prevaleva il concetto della rendita ricardiana creduta in continuo aumento per l'aumento della popolazione.

Ma dopo poco tempo questo normale processo improvvisamente

17

e completamente venne interrotto e rovesciato. Le grandiose trasformazioni del commercio, in unione coi grandi movimenti di colonizzazione, la crescente produzione dei paesi nuovi in una allo sviluppo gigantesco dei mezzi di trasporto al massimo buon mercato mutarono di un colpo, e nell'intutto, le condizioni della produzione agricola e la determinazione dei prezzi in Europa. Questo rapido e profondo mutamento si doveva necessariamente ripercuotere sulle opinioni e sulla politica doganale dei *Junkers* e degli Agrari. Questi erano stati liberisti sino a tanto che avevano potuto mandare cereali, bestiame e legname in Inghilterra e altrove; dovevano cessare di esserlo tosto che dall'America, dalla Russia e da altri paesi venne una concorrenza formidabile ai loro prodotti, non solo sui mercati esteri, ma anche sul mercato interno. All'uopo riesce istruttiva la tavola che dà il Kautsky sulla differenza tra importazione ed esportazione di cereali in Germania. Sino al 1872 l'esportazione tedesca di frumento prevalse sulla importazione di un milione di tonnellate all'incirca; dal 1873 in poi, ad eccezione del 1875, prevale invece la importazione, che s'inizia con 240 tonnellate nel 1873 e si mantiene attorno ai 3 milioni di tonnellate tra il 1876 e il 1878. Per la segala c'era stata sempre prevalenza d'importazione sin dal 1871; ma questa eccedenza d'importazione, che in media era stata di 1,479,600 tonnellate nel periodo 1861-70, cresce dopo il '72 rapidamente ed arriva a 10,140,000 tonnellate nel 1877. Nulla di più naturale, quindi, che i *Junkers* e gli Agrari abbiano abbandonato il liberismo che noceva ai loro interessi: le nuove condizioni economiche li sospinsero ad una nuova politica. Perciò nell'autunno 1877 gli Agrari tennero una conferenza cogl'industriali e si accordarono sul terreno del protezionismo.

Ed ora riassumiamo brevemente gl'insegnamenti che scaturiscono da queste vicende: 1° Gl'industriali in Germania, nè più nè meno che in Italia, furono i primi ad invocare la protezione; 2° Gli Agrari e i *Junkers* reazionari, smentendo l'ideologica armonia delle libertà, in nome dei propri interessi furono prima tanto caldi liberisti per quanto oggi sono accaniti protezionisti; 3° La riforma del 1879 continuò o aggravò il protezionismo industriale ed iniziò il protezionismo agrario.

II.

I caratteri che presentò l'evoluzione dei partiti politici tedeschi nella politica doganale costituiscono il migliore criterio per giudicare del giuoco degl'interessi che la determinarono. I fatti che si svolsero e in Germania e altrove riescono opportuni per metterle in evidenza altresì la partigianeria di alcune asserzioni del Kautsky.

In Germania non si volle seguire l'ideologia liberista, e prendendo consiglio dai fatti si riconobbe: che la diversità delle condizioni imponeva una diversità di politica doganale; che il protezionismo era riconosciuto dallo stesso Marx come una fase necessaria nella lotta per la concorrenza internazionale e che il protezionismo, come aveva preparato la superiorità inglese, doveva preparare la superiorità delle altre nazioni che lo avrebbero adottato. Queste vedute, che erano già induzioni sperimentali, corrispondevano a quelle che aveva esposte List nella prima metà del secolo XIX. Oggi i fatti insegnano che vide meglio List, preconizzando la politica protezionista, anziché Cobden, le cui teorie non fecero che una breve apparizione nel continente europeo, in America ed anche in alcune Colonie australiane (*Max Schippel*).

I fatti poi danno torto al Kautsky che sul protezionismo e liberismo ha enunziato opinioni antisperimentali. Egli accusa il protezionismo di avere determinato negli Stati Uniti un fenomeno da tutti invidiato, cioè l' eccedenza attiva nel bilancio federale, alla quale attribuisce la corruzione politica: al protezionismo addebita la politica coloniale, quasi che l'Inghilterra, liberista, non fosse lo Stato che in maggiori proporzioni, e con maggiore mancanza di scrupoli, l'abbia praticata sistematicamente; egli distingue il vecchio protezionismo, che era industriale, educativo e temporaneo, dal nuovo, che giudica agrario, perpetuo e conservativo; accusa, in fine, il soverchio protezionismo di creare ostacoli allo sviluppo dell'industria, riconoscendo la eccezione degli Stati Uniti, ma dimenticando che la protezione è valsa a favorire lo sviluppo di alcune industrie in Italia e altrove.

Il Kautsky, che non può non vedere quanto il protezionismo abbia giovato all'industria tedesca, ne fa una questione di misura e concentra la sua requisitoria contro il protezionismo austriaco e francese, che ritiene troppo esagerato. Ma i benefici del protezionismo industriale in Germania più esplicitamente vengono riconosciuti da Max Schippel, che li misura dalla diminuzione dell'emigrazione, dalla importazione delle materie greggie, dalle importazioni ed esportazioni degli altri prodotti e dei manufatti. Non si comprende, perciò, come il Calwer possa dare alla politica libero-scambista il merito di avere potentemente contribuito allo sviluppo industriale della Germania. A parte, adunque, le vedute teoriche sulle ragioni intime del protezionismo industriale, che si riducono alle esigenze dei capitalisti, che vogliono un extraprofitto, pare che fra i socialisti tedeschi vi sia un accordo nel riconoscere la convenienza di mantenere lo *statu quo*, basato su di un moderato protezionismo industriale e la preferenza da accordare allo Stato industriale sullo Stato agrario. Ed è questa preferenza che, nelle presenti condizioni di evoluzione, sospinge i socialisti liberisti come Kautsky a trovare giusto tutto ciò che riesce a beneficio dell'industria ed a condannare ciò che domandano gli agrari: e questa partigianeria viene esplicitamente biasimata dallo Schippel.

Chi non segue da vicino il movimento socialista tedesco e non conosce i particolari dei loro Congressi può immaginare che nella democrazia sociale non ci sieno divergenze in quanto alla politica doganale. Nulla, intanto, di meno esatto.

Sin dal Congresso di Gotha, nel 1876, si potè rilevare, dalla mozione che vi fu votata, che i socialisti tedeschi, se non erano protezionisti, molto meno si potevano annoverare fra i liberisti. Essi si dichiararono estranei alla controversia sul regime doganale, quasi che essa riguardasse esclusivamente la borghesia capitalista. Col tempo mutarono avviso e nel seno del partito, man mano che si sviluppava, si delineavano delle tendenze antagonistiche nè più nè meno che negli altri partiti.

Ho segnalato nel mio libro: *Pel dazio sul grano e per l'economia nazionale* alcune delle manifestazioni che facevano intravedere la esistenza di una corrente protezionista in minoranza, contro una maggioranza che nel momento attuale si professa condizionatamente liberista e che rappresenta, per cosi dire, la corrente ortodossa. Costituiscono la manifestazione eterodossa recente le dichiarazioni di Schippel (Congresso di Amburgo del 1897) in senso favorevole ad una economia

nazionale, quale la intendeva il List. Che sieno quelle di List le idee
di Max Schippel più chiaramente risulta dalla lettura dei suoi *Grundzüge des Handelspolitik*, in cui amorevolmente s'indugia ad esporre
ed a commentare le teorie del grande sostenitore della economia nazionale. Identica può considerarsi la posizione presa da David nel Congresso
di Stuttgart (1898). Ivi egli dichiarò che, la solidarietà internazionale
dei socialisti tedeschi non deve andare tanto oltre e sino al punto da
far danneggiare i progressi economici della Germania dalle condizioni
arretrate dei paesi stranieri. Il Calwer, alla sua volta, al Congresso di
Magonza (1900), suffragò le stesse tendenze, aggiungendo che se il
capitale è internazionale, perciò può emigrare al di là della frontiera,
non può esserlo la popolazione operaia, la quale, in complesso, è costretta a lavorare nell'industria nazionale e col danno del capitale
industriale vede ristretto il campo del lavoro. Donde la necessità di
proteggere le industrie nazionali.

Ad ogni modo, è bene rilevare che chi rappresenta la tendenza
ortodossa della maggioranza socialista, cioè il Kautsky, nulla di assoluto afferma in fatto di politica doganale, ma questa vuole determinata
dalle condizioni reali del momento. Teoricamente il suo è un realismo
sano da cui non può dissentire chi s'ispira allo sperimentalismo (1).

In che cosa consiste, adunque, il dissidio tra la maggioranza e la
minoranza socialista?

Essenzialmente in questo: nella valutazione delle condizioni reali
della Germania; valutazione che induce il Max Schippel a pubblicare
un libro per giustificare il proprio modo di vedere. Egli nei *Grundzüge*
dichiara di volere dare allargata la rappresentazione del punto di vista
presentato nel Congresso di Stuttgart (1898), ed a presentare le diverse correnti della politica commerciale come conseguenza delle profonde cause
economiche e delle trasformazioni degli interessi dei vari gruppi sociali:

> Gl'ideologi politici e i missionari unilaterali nel libro non troveranno
> appoggio, ma in ultimo vi vedranno anche un nemico. I compagni (socia-
> listi), i quali hanno imparato nella scuola del nostro maestro che le grandi
> rivoluzioni sono generate dalle basi materiali economiche e perciò anche
> dalle diverse correnti della politica commerciale internazionale, giudi-
> cheranno meglio che non possa fare l'ordinario economismo liberale. Il
> quale colla sua scarsa intelligenza (*Verständnisslosigkeit*) - innanzi allo
> sviluppo reale ed alla condizione dell'agricoltura europea non sa che gri-
> dare: abbasso i *Junker!* - è il più adatto a sospingere nelle braccia dei
> più intransigenti agrari gli elettori rurali e così consolidare come in una
> rocca inespugnabile il dominio della *Junkertum* su di una nuova, fortis-
> sima base, e più largamente democratica.

Come si vede, lo Schippel non nasconde qui le sue simpatie per
gli *agrari* e quasi per farsele perdonare le giustifica in nome della
tattica elettorale. Non mancò, però, di ricordare che il liberismo era
stato condannato da Marx e da' socialisti delle prime ore:

> Le idee espresse da Marx nel discorso di Bruxelles nel 1849 non eser-
> citarono influenza in Germania perchè non fu tradotto in tedesco che nel 1885.
> E Marx si scagliava contro la *Kölnische Zeitung* che lodava il cobdenismo

---

(1) Questo realismo venne riaffermato nel Congresso de' socialisti austriaci
in Vienna del settembre 1901. I due relatori del Congresso furono Kautsky e
Karpeles; riconobbero entrambi l'utilità della fase protezionista per l'industria;
più accentuatamente il secondo.

che mirava a sottoporre al giogo del despota del mercato mondiale, l'Inghilterra, le classi borghesi delle diverse nazioni di Europa, come fece principalmente nell'articolo della *Neue Rheinische Zeitung* del 1° agosto 1848.

E Marx considerava la fratellanza delle nazioni che si voleva far derivare dalla libera concorrenza commerciale come una fratellanza nella quale tutti i fratelli venivano sacrificati a vantaggio di un solo.

Gli operai dal 1851 al 1870 furono liberisti: ma Prince-Smith si era lamentato per gli altri tempi dell'avversione dei lavoratori pel liberismo. E il liberismo dei lavoratori tedeschi nel passato fu un episodio transitorio. Von Schweitzer, il successore di Lassalle, sulle proposte di abbassamento delle tariffe nel 1870 si schierò dalla parte dei protezionisti. Così fece Bracke nel 1877 quando si discusse il dazio sul ferro e i premi di esportazione dalla Francia, come ricordò Auer nel Congresso di Stuttgart nel 1898.

Sono anche da ricordare e l'aggiunta di Liebknecht al Programma di Gotha del 1875 e il suo discorso del 27 gennaio 1880 nel Landtag sassone. (Pag. 343 a 351).

L'eterodossia sua volle anche spiegare il Calwer. Egli nella prefazione all'*Arbeitsmarket und Handelsverträge*, dopo aver notato il fatto che la pubblica opinione è già convinta che manca l'unità nella democrazia sociale nella quistione della politica commerciale, si vide indotto, essendo stata più volte designata la sua posizione come divergente, alla pubblicazione in discorso: per mezzo della quale volle far conoscere che il suo pensiero non è in opposizione con quello della democrazia sociale, ma è semplicemente diverso da quello di alcuni altri, come ad esempio da quello manifestato da Kautsky in *Handelspolitik und Sozialdemokratie*.

E procedendo oltre dalla difesa passa all'offesa e soggiunge:

Chi vuole presentare la democrazia sociale come un partito liberoscambista mostra di sconoscere completamente il socialismo. Giacché liberismo commerciale significa lasciare liberi a lottare nel mercato mondiale i forti contro i deboli, gli armati contro gl'inermi, i predatori contro i depredati (*Ausbeuter gegen ausgebeuteten*), senza che la forza dello Stato intervenga per moderare ed uguagliare le condizioni della lotta. Ma invece l'essenza del socialismo sta nell'intervento nella lotta della concorrenza di tutti contro tutti in favore della parte più debole. Tutta intera la legislazione sociale derivata dal pensiero socialista non mira ad altro che a porre i lavoratori sotto protezione nella concorrenza della forza di lavoro e ad impedire agli imprenditori che danno lavoro di trarre da tale concorrenza uno smisurato giovamento. Sotto questo aspetto disgraziatamente il manchesterianismo non è stato ancora vinto nello interesse del progresso sociale e della cultura.

Questo interesse esige che lo Stato intervenga nella lotta economica, sia che essa venga combattuta sul terreno nazionale, sia in quello internazionale. Al contrario il principio manchesteriano esige che lo Stato faccia il meno possibile e preferibilmente nulla faccia che diminuisca o impedisca la libera concorrenza. I improperi da parte dei libero-scambisti inglesi - ricordiamo soltanto Gladstone - lanciati contro la politica di protezione non hanno alcun fondamento per coloro, che hanno imparato a conoscere le illusioni della libera concorrenza per la popolazione lavoratrice; illusioni generate dalla seducente apparenza che viene dalla parola libertà e che spiega la fatale influenza dell'ordinamento manchesteriano. *Non c'è alcun dubbio adunque: il liberismo commerciale è addirittura in contraddizione col pensiero socialista.*

Si deve partire da questo criterio fondamentale quando si vuole comprendere la posizione della democrazia sociale nella politica commerciale. Il fatto che la democrazia sociale sinora ha appoggiato le esigenze libeliste non contraddice il principio. La democrazia sociale non è nemmeno partigiana di quella politica che oggi si designa sotto il nome di protezionismo. Ma certamente noi stiamo molto più vicini teoricamente all'idea protezionista che a quella liberista... Ma noi ci distinguiamo dall'odierno protezionismo in questo: noi vogliamo protetti gl'interessi dei lavoratori, non quelli dei proprietari fondiari e degli intraprenditori industriali. Noi ci poniamo esclusivamente dal punto di vista del mercato del lavoro e giudichiamo la norma della politica commerciale in rapporto al danno o al benefizio cr'essa arreca al mercato del lavoro tedesco... Sarebbe erroneo quindi il volerci ritenere partigiani della protezione.

Noi rimaniamo estranei tanto al sistema protettivo, quanto a quello liberista. Entrambi appartengono ad una fase di sviluppo economico in cui la classe lavoratrice non fa intendere la sua voce nella politica economica. Essa, perciò, può appoggiare soltanto quell' indirizzo la cui politica commerciale ha avuto conseguenze meno dannose per sè.

Idee perfettamente analoghe svolsi e sostenni in Italia con grave scandalo de' socialisti ortodossi italiani, e non è senza compiacimento, perciò, che io riprodotto il pensiero di chi nel Reichstag germanico milita nelle fila della democrazia sociale.

III.

I socialisti tedeschi, ortodossi ed eterodossi, hanno esaminato con larghezza, e spesso con acutezza, gl'interessi della classe lavoratrice di fronte alla politica doganale. Hanno constatato che gli operai non apprendono i loro veri interessi che lentamente e dopo inutili e ripetuti tentativi, specialmente nella società contemporanea, nella quale le questioni sono tanto complesse e multilaterali. L'ignoranza della storia del proprio paese e di quella degli stranieri ha fatto sì che oggi destino stupore i lavoratori che manifestano una tendenza al protezionismo; e ciò perciè si ritengono termini inseparabili: democrazia sociale e libera concorrenza internazionale.

A parte ciò che fu esposto precedentemente sulla tendenza protezionista di socialisti tedeschi, Max Schippel per raddrizzare le opinioni ricorda soprattutto e come dato caratteristico il movimento cartista; movimento che fu paragonato a quello socialista odierno, ma che fu in opposizione decisa della Anti-corn-law League; carattere che gli venne riconosciuto da Engels e da Marx prima, da Rose, e da Hyndmann, dopo. Marx, Lassalle, Engels ed Hyndmann s'indugiarono a provare altresì che la riforma di Cobden era inutile pei lavoratori e che l'abolizione delle leggi sui cereali giovava ai capitalisti (1).

Il Calwer alla sua volta rileva la grande importanza della quistione doganale pei lavoratori della Germania; poicrè, data la esportazione del-

---

(1) Schippel suffraga i suoi giudizi colle seguenti citazioni : Marx, Neue Rheinische Zeitung (5 gennaio 1849); Das Elend der Philosophie, Anhang II; Rede über die Frage des Freihandels (Stuttgart, 1895, pag 197, 198); Engels, Die Chartistenbewegung in England (Zurigo, 1897); Zur Wohnungsfrage (Leipzig, 1872, pag. 22, 23); Lassalle, Offenes Antwortschreiben (Reden und Schriften, vol. II pag. 428); Hyndmann, The historical basis of socialism (London, 1883) Rose, The rise of democracy (London, 1897). Il severo giudizio di Engels della riforma di Cobden dal punto di vista internazionale venne riprodotto nella seconda edizione del suo classico libro: Die Lage der arbeitenden Classe in England. Stuttgart, 1892.

l'Impero, ogni impedimento apportato all'esportazione coi dazi degli altri paesi sui prodotti tedeschi influisce sull'altezza del salario; parimenti, ogni dazio che la Germania pone all'entrata delle materie prime, elevando il prezzo dei prodotti manufatturati, diminuisce la loro esportazione e quindi deprime il livello dei salari. Non possono sorgere controversie su queste ultime affermazioni: rimane però da stabilire, a parte ogni considerazione sul passato, quale è oggi l'interesse vero della classe lavoratrice nel problema doganale: deve essa preferire il liberismo o il protezionismo?

Tra i due maggiori dissidenti della dottrina socialista ortodossa, c'è qualche divergenza nello apprezzamento della politica doganale passata, che fanno servire di guida nella scelta per la politica doganale futura. Il Calwer, contro l'evidenza dei fatti e contro l'unanime parere di coloro che si sono occupati del problema, come già fu avvertito, spiega le simpatie dei lavoratori per la politica libero-scambista coll'impulso da quest'ultima impresso allo sviluppo delle industrie; ma riconosce che, a causa della concorrenza transmarina, l'agricoltura pagò, e doveva pagare, alle forze lavoratrici che impiegava, salari minori di quelli che poteva dare l'industria coi suoi lucri crescenti. Perciò ritenne naturale che la classe lavoratrice scorgesse il suo migliore avvenire nel maggiore rifiorimento della industria e che per conseguirlo appoggiasse quasi incondizionatamente la politica commerciale liberista.

Max Schippel invece, con maggiore rispetto della verità, ricorda agli operai che è stata la politica protezionista, seguita da quella dei trattati, che ha prodotto la efflorescenza industriale della Germania e la elevazione delle condizioni dei lavoratori. I dati statistici di ogni genere che egli riproduce eliminano ogni dubbio in proposito sul giudizio da dare sulla riforma di Bismarck prima e sulla politica di Von Caprivi dopo.

A parte questo errore del Calwer, egli espone opportune considerazioni sulla politica doganale che dovrebbero seguire i lavoratori. « La politica protezionista tedesca – egli dice – non poteva avere l'appoggio della classe lavoratrice, perciè la protezione era a beneficio non dei lavoratori, ma di quei gruppi economici che possedevano già una posizione sociale preponderante. Sinora vennero protetti i proprietari fondiari ed una parte dei fabbricanti; ma i lavoratori, invece, non hanno ricevuto dalla protezione alcun beneficio, e ciò perciè essi non possono agire nella determinazione del salario. L'intraprenditore (*Arbeitgeber*) in Germania è sempre padrone assoluto (*Herr im Hause*) e stabilisce senza alcun concorso del lavoratore le somme che vuole destinare al salario. Ai lavoratori, quindi, rimarrebbe il compito di far sì che con una più forte organizzazione vadano di conserva e l'elevazione dei dazi e i più alti salari. Ma siccome questa organizzazione non è ancora abbastanza sviluppata per ottenere con sicurezza l'elevazione del salario, perciò i lavoratori si dichiarano contro la protezione (1).

« E mentre la protezione non ha favorito una forte organizzazione dei proletari, in guisa tale da assicurare a loro una parte equa nella

---

(1) Questo punto di vista del Calwer, cioè: elevazione o mantenimento dei dazi da far andare d'accordo coll'elevazione dei salari per mezzo delle associazioni, venne da me sostenuto in alcuni articoli di rivista prima e poscia nel libro: *Per l'economia nazionale e pel dazio sul grano.*

divisione degli utili che la stessa protezione procura alle industrie, viceversa, ai proprietari ed agli industriali somministra quelle nuove e formidabili armi che si chiamano *trusts*, sindacati, ecc., che vengono adoperate contemporaneamente e nella concorrenza contro la produzione estera e nella lotta contro i lavoratori. La protezione, quindi, aumenta la potenza dei capitalisti e lascia inermi i lavoratori. Gl'intraprenditori in questo modo coi dazi doganali guadagnano per doppio motivo: 1° coll'assicurazione del mercato interno ad un prezzo relativamente alto; 2° col rinvigorimento della loro forza contro quella dei lavoratori. I lavoratori, invece, nell'attuale organizzazione economico-sociale vengono parimenti danneggiati in due modi dalla protezione doganale: 1° coll'aumento nel prezzo delle merci superiore a quello dei salari; 2° coll'alterazione delle proporzioni delle Unioni degli intraprenditori e di quelle dei lavoratori. Quando si parla, poi, di una protezione del lavoro per indicare un determinato sistema della politica commerciale, si ricorre ad una frase completamente falsa, perciè la vendita della forza di lavoro non è affatto protetta dai dazi odierni.

« Infatti col dazio protettore viene ostacolata la concorrenza di una merce estera e mantenuto il prezzo per i produttori interni ed anche elevato in una determinata percentuale. Ma salgono i salari nella proporzione del rincaro dei prezzi delle merci? Garentiscono le industrie – ad esempio, l'agricoltura – che vengono protette dai dazi una contemporanea elevazione dei salari del 10 o del 20 per cento? Ciò non avviene e non può avvenire; e si capisce, perciò, che la protezione riesce solo a vantaggio degl'industriali e dei capitalisti, ma non dei lavoratori. Si comprende del pari che i lavoratori, non potendo oggi esercitare alcuna influenza sulla determinazione delle condizioni della produzione e del lavoro, combattano la forma attuale della politica protezionista ».

Il Kautsky a questo proposito calcola ciò che il protezionismo agrario costa ai singoli consumatori, alle famiglie e alla nazione. Il dazio sui cereali, che nel 1889 dette 128 milioni di marchi, rappresenta un aggravio di marchi 2.32 per abitante e di 11.50 per famiglia. Parimenti il dazio sul petrolio aveva dato 68 milioni, cioè marchi 1.22 per abitante; e così proporzionalmente per altri prodotti di generale consumo (caffè, thè, frutta, cacao, ecc.). Nell'insieme questi dazi rappresentano un aggravio di 10 marchi per abitante e di 50 marchi per famiglia; in una al prodotto di altri dazi agrari per l'intera nazione, danno una maggiore spesa di un miliardo all'anno. Che cosa guadagnano gli operai? È assai dubbio se ci sia stato aumento nei loro salari; ad ogni modo sarebbe stato sempre inferiore all'elevazione dei prezzi e quindi la protezione si sarebbe tradotta in perdita reale pei lavoratori e per la nazione tutta.

Il Calwer, nei suoi calcoli, è più moderato, giudicando che dal salario annuo medio di 756 marchi a testa, la protezione fa una sottrazione di 30 marchi all'anno. Egli aggiunge:

« Accettando i calcoli dei conservatori, si viene a constatare che il solo dazio sul grano, nella misura attuale, prende 1.33 per cento del salario d'un operaio; se poi il dazio si dovesse raddoppiare, la diminuzione del salario sarebbe del 2.66 per cento sopra un salario annuo di 750 marchi; ma sono numerosi i salari sotto i 600 marchi e quindi il dazio attuale prende già il 3.33 per cento del reddito di un operaio. La classe lavoratrice industriale paga, col dazio attuale, circa 70 milioni

di marcii all'agricoltura, cioè il reddito di 280.000 operai. Con l'attuale
basso livello dei salari è evidente, adunque, che la loro elevazione
non sarebbe dannosa ai soli lavoratori, ma a tutta l'economia nazionale: e le classi lavoratrici debbono combattere ogni dazio che diminuisce la forza di acquisto del salario.

« L'interesse dei lavoratori, però, è molto minore nel combattere
i dazi sui prodotti industriali; ciò principalmente pel piccolissimo consumo che fanno di tali prodotti. Infatti, il reddito di un operaio,
dal 60 al 70 per cento viene assorbito dalle spese per l'alimentazione;
dal 10 al 15 dall'abitazione: dal 20 al 25 dalle altre merci.

« Nelle sottrazioni che i dazi agrari fanno sul salario risiede la
precipua ragione egoistica del liberismo attuale dei lavoratori: i quali
non hanno alcun obbligo di attenuare il proprio reddito, insufficiente
per sè stesso, per rinforzare le gambe dell'agricoltura ».

Da questi accenni, e da altri che si potrebbero fare, emerge la
antipatia, il disprezzo che il Calwer sente e professa all'unisono col
Kautsky, verso l'agricoltura, a differenza dello Schippel che non nasconde mai le sue simpatie per la medesima. Ma il Calwer si separa
bentosto dal Kautsky, propugnando e desiderando il rialzo dei salari
nell'industria, mentre il secondo si dichiara poco tenero, se non del
tutto avverso a tale aumento, perciè nella mitezza sua attuale scorge
la condizione principale della vittoriosa concorrenza che le industrie
tedesche possono fare sul mercato mondiale.

« Per lo insieme di questi motivi, continua il Calwer, i lavoratori
oggi, non potendo adottare il punto di vista dell'interesse dei *produttori*, accettano quello dei *consumatori;* dal quale, a preferenza, giudicano la questione della politica doganale e commerciale. Da questo
punto di vista, per lo appunto, tenendo conto dell'influenza dei dazi
sui prezzi delle merci, è perfettamente logico che essi rifiutino qualunque dazio sui prodotti agricoli ed industriali. I lavoratori, in questo
caso, si comportano egoisticamente come i banchieri, i capitalisti, i
proprietari fondiari; e con lo stesso buon diritto. Si può concedere ai
difensori della proprietà fondiaria che l'agricoltura si trovi in una
condizione infelice; si può deplorare questa condizione nello interesse
generale della economia nazionale; si può ammettere lo scopo economico dei dazi adatti a rimuovere a poco a poco questa sofferenza della
agricoltura. Ma non si può pretendere dai lavoratori che essi, nella
loro presente condizione sociale, debbano sopportare le spese del miglioramento nella condizione dell'agricoltura. Ed è per tutto questo
che oggi i lavoratori combattono energicamente l'odierna politica protezionista; tanto che spesso suscitano il sospetto che si sieno posti
dalla parte dei libero-scambisti ».

Come si scorge, il socialista eterodosso Calwer mantiene e accentua
la sua simpatia per gli operai dell'industria e la sua noncuranza per
gl'interessi dell'agricoltura. C'è nelle sue affermazioni un punto interessante, ed è quello in cui egli afferma la maggiore importanza che
ha pei lavoratori in generale l'aumento del salario sulla diminuzione
dei prezzi. A lui si potrebbe obiettare, che la condotta suggerita agli
operai dell'industria dall'interesse egoistico può e deve agire identicamente sulle classi agricole; è quindi perfettamente logica e legittima
la presente loro riscossa - e tale l'ha riconosciuta lo Schippel. Si può
aggiungere che gli agricoltori sofferenti, lasciando i campi per correre nelle officine, vanno a determinare la disoccupazione fatale ed

una concorrenza che diminuendo i salari, o arrestandone l'incremento, neutralizza i benefizi che si ricavano dalla diminuzione dei prezzi; infine, non va dimenticato che la diminuita forza di acquisto nel salario degli operai industriali agisce identicamente sulle classi agricole e diminuisce i consumi dei prodotti industriali.

All'argomento tanto prediletto dai liberisti e dalla massa dei socialisti, e cioè che bisogna dar la preferenza ai consumatori che sono più numerosi, ra dato risposta Max Schippel, che ra riprodotto in parte. gli argomenti di Bismarck : « I lavoratori – egli dice – non sono semplicemente *consumatori;* ma sono anche *produttori*. Il basso prezzo dei prodotti interessa esclusivamente e direttamente quegli strati sociali (impiegati, *rentiers,* ecc.) la cui entrata è stabile e non segue in alcun modo il movimento dei prezzi ».

I lavoratori devono porsi dal punto di vista della produzione. *Nella sfera della produzione – chi vorrebbe disconoscerlo? – nel presente come nell'avvenire stanno riposte le basi del proletariato (fallen die entscheidenden Würfel des Proletariats).*

Anche cogli argomenti da liberisti si prova che i periodi degli alti prezzi sono favorevoli e quelli dei prezzi bassi sfavorevoli ai lavoratori. Sono gli anni di *crisi* quelli infausti.

Per il lavoratore ha grande interesse tutto ciò che riguarda il movimento del suo reddito e l'elevazione della sua posizione sociale; e perciò con la massima prevalenza lo interessa la forte produzione, la quale ha per conseguenza una più forte domanda di forze di lavoro ed un aumento di salario. Ed era questo l'avviso di Marx. (*Lohnarbeit und Capital*. Höttingen, Zurich, 1884, pag. 19 e 20).

Se la classe lavoratrice di un paese si decide in favore della libertà commerciale, il suo punto di vista sarà giusto e durevole, quando sarà basato sulla produzione e sulle condizioni del mercato del lavoro, ma non sul superficiale entusiasmo dei consumatori per i prezzi bassi. E al contrario: non ostante il conseguente elevamento del livello dei prezzi, i lavoratori si dovranno decidere in favore della protezione doganale, quando con la medesima si ottiene un aumento ed un rigoglio (*Beflügelung*) delle forze produttive, che non si potrebbe ottenere con la libertà commerciale.

I lavoratori devono maggiormente temere i periodi di crisi e di bassi prezzi, che deprimono le forze produttive, e viceversa.

Il Calwer, dalla soverchia predilezione per gl'interessi degl'industriali, fu indotto a fare delle dichiarazioni che potrebbero sembrare ispirate a liberismo, ma egli non manca di mettere in guardia i lavoratori contro le dottrine di Cobden :

Se i lavoratori hanno finora seguito senza pericolo tale punto di vista, con ciò non è detto che essi debbano incondizionatamente convenire nelle esigenze del *Manchesterianismo*. Sono necessarie delle spiegazioni affinchè si comprenda che se i lavoratori pel momento accettano il liberismo, ciò avviene per altre cause e per altre ragioni fondamentali, che non sono quelle dei liberisti. L'indirizzo libero-scambista ha l'appoggio dei liberisti odierni sola, mente ed esclusivamente nei circoli del capitale internazionale o in quelli del commercio. I gruppi produttori invece non sono liberisti, e, ad eccezione di alcuni rami, divengono sempre più protezionisti. I primi sono liberisti, perciè lo scambio vivace di merci e di denaro essi guadagnano somme enormi in tutti i paesi. Che in questo sviluppo del commercio del mondo il gruppo che lo spinge sempre più innanzi contenga un elemento di progresso economico, non può essere negato. Ma da questo progresso esce fuori pure un campo di morti, su cui può giacere una forte percentuale della forza di lavoro industriale. Quando, per esempio, coll'aiuto del capitale europeo si costituisce il *trust* americano dell'acciaio per fare concorrenza all'industria europea, sorge il pericolo che quest'ultima subisca una depressione, la quale si faccia risentire anche sul livello del salario dei lavoratori tedeschi del ferro. Sorge quindi l'indicazione di provvedimenti che pongano ostacoli alla concorrenza dell'alta finanza internazionale e in favore dai paesi industriali meno progrediti. Può la democrazia sociale, possono i lavoratori continuare a mettersi da un punto di vista che favorisca gl'interessi del paese industrialmente più sviluppato a danno dei propri?

Nell'orbita di una economia chiusa la democrazia sociale naturalmente appoggia lo sviluppo della grande industria e sa esattamente che l'industria meno adatta deve soccombere. Se questo principio si dovesse generalizzare si dovrebbe venire alla conclusione che l'industria economicamente più sviluppata di un paese dato debba essere favorita anche quando l'industria del proprio paese ne venisse danneggiata. Questa conclusione sarebbe legittima se noi potessimo esercitare un'influenza sulle condizioni della produzione, sull'indirizzo della politica commerciale, sulla misura della protezione del lavoro del paese suddetto. Noi entro i confini dello Stato nazionale favoriamo la grande industria: ma non soltanto per amore del progresso economico, ma in prima linea perchè per mezzo della legislazione sociale e della organizzazione dei mestieri noi possiamo costringere la grande industria a concedere più favorevoli condizioni di lavoro e più alti salari e più brevi giornate di lavoro. Ma noi non possiamo esercitare alcuna azione sulla grande industria straniera. Se in tutti i paesi stranieri esistesse un movimento operaio che esercitasse quell'influenza che non possiamo esercitare noi, allora sarebbe discutibile, se dal nostro punto di vista non dovessimo rallegrarci incondizionatamente del trionfo della libera concorrenza.

Infatti sta che, per esempio negli Stati Uniti, non esiste un movimento operaio forte politicamente e sul terreno dell'organizzazione dei mestieri: in conseguenza tutti i progressi della tecnica e dei processi di fabbricazione vanno quasi esclusivamente a benefizio degli intraprenditori: perciò tutto il progresso economico di quel paese può riuscire ad ostacolare ed a deprimere la posizione sociale ed economica della classe lavoratrice degli altri paesi. Quindi sarà ottimo precetto per la classe lavoratrice di un paese, nel proprio interesse, di porre ostacoli a questa specie di concorrenza internazionale e si ha, per conseguenza, che per lo sviluppo ulteriore della vita economica c'è un'eminente opposizione tra la concezione della politica commerciale del liberismo e quella della classe lavoratrice.

Questi dubbi e questi consigli di Calwer nello interesse della industria armonizzano colle proposte fatte da Federico List sessant'anni or sono quando assunse la difesa dell'economia nazionale.

Non si trova da obiettare alcunchè contro questi argomenti protezionisti in pro della industria, che vengono oggi accampati dal deputato socialista. Questi dimentica però che tali argomenti valgono tanto per l'industria, quanto per l'agricoltura. Per ciò, opportunamente lo Schippel segnalò la importanza della produzione dei cereali in Russia e nell'India, che venendo da operai ed anche da proprietari con bassissimo tenore di vita e costretti da impellenti necessità a vendere a qualunque prezzo, rende impossibile la concorrenza dei suoi prodotti e genera il pericolo dell'abbassamento delle condizioni di vita di quei paesi, i quali contro tale concorrenza non si premuniscono.

Su questa circostanza richiamai l'attenzione dei socialisti italiani nel cennato libro: *Per l'economia nazionale, ecc.*, ed ora vedo con compiacimento che un socialista tedesco com'è lo Schippel sia dello stesso mio avviso nel valutare il fatto invocando anche l'autorità di Engels. Questi, infatti scrisse: « Le comunità russe ed indiane devono vendere una parte sempre crescente del loro prodotto per ricavarne il danaio col quale devono pagare le imposte che lo spietato dispotismo dello Stato loro estorce - spesso colla tortura. Questi prodotti vengono venduti senza alcuna considerazione del costo di produzione - venduti pel prezzo che il commerciante offre perciè il contadino deve avere il danaio infallibilmente all'epoca del pagamento. E contro questa concorrenza - delle terre vergini come dei contadini russi e indiani, che stanno sotto la inesorabile pressione delle imposte (*Steuerschraube*) - i contadini e gli affittaiuoli di Europa non possono contare sull'antico reddito. Una. parte del suolo in Europa è stato messo definitivamente fuori concorrenza per la coltura del grano, producendo da per tutto - dalla Scozia all' Italia, dal Sud della Francia all' Est della Prussia - i lamenti degli Agrari. *E fortunatamente non tutte le terre vergini sono state ancora messe in cultura; ve ne sono ancora abbastanza per rovinare i grandi e i piccoli proprietari d'Europa* » (1).

Si capisce tutta la soddisfazione sinistra che esce fuori dal periodo dello scritto di Engels che io sottolineato: c'è il grigno di chi crede e spera nella soluzione catastrofica. Ma si capisce del pari che chi non desidera e non vagheggia la catastrofe debba protestare e provvedere contro una concorrenza che rovina l'agricoltura europea e che mira ad abbassare le condizioni di vita delle classi agricole. E protesta fieramente il socialista Max Schippel contro questa concorrenza che egli chiama della fame, della barbarie, del bisogno di vendere da parte di contadini schiavi, istupiditi, che appena appena possono conservare tanto del loro prodotto da vivere nel massimo squallore: protesta contro la concorrenza della *Russia che ha fame,* contro la concorrenza di un grado di sviluppo inferiore su quello superiore, contro la concorrenza della miseria e della ignoranza regressiva sull'abilità, sulla cultura di popoli e di classi progressive.

IV.

Le discussioni vivaci attuali sulla politica doganale tedesca vertono quasi esclusivamente intorno ai dazi sui prodotti agricoli e specialmente sui cereali. I socialisti, che ranno esplicitamente dichiarato di non voler essere confusi coi libero-scambisti, cobdeniani, non ranno alcun entusiasmo nel combattere quel ramo del protezionismo da cui trasse finora tanto giovamento l'industria tedesca; essi aguzzano le loro armi contro l'aumento del dazio sui cereali, facendosi paladini degl'interessi dell'industria contro quelli dell'agricoltura; ed è questa, per lo appunto, la parte della discussione che maggiormente e direttamente interessa i grandi Stati esportatori di cereali e, in proporzioni minori, l'Italia per gli altri prodotti agrari di sua esportazione, che verrebbero colpiti dai proposti aggravamenti dei dazi doganali. L'Italia non è interessata nel rincrudimento del dazio sui cereali, ma per essa acquista importanza la quistione per comparare gli argomenti che i socialisti tedeschi

---

(1) « Glücklicherweise ist lange nicht alles Steppenland in Bebauung genommen; es ist noch übrig (tiber?) genug vorhanden, um den ganzen europäischen grossen Grundbesitz zu ruiniren und den Kleinen obendrein ». Ecco l'idea catastrofica! (Dal III volume del *Capitale* di MARX, parte II, pagg. 259-60). Il KAUTSKY nell'*Agrofrage* rilevò del pari che la concorrenza russa è formidabile per la necessità in cui si trovano i produttori di cereali a venderle a qualunque prezzo.

e quelli italiani adoperano per conseguire l'intento comune agli uni e agli altri, cioè il massimo buon mercato delle sostanze alimentari.

Per procedere ordinatamente nello studio di questa quistione, giova esaminare a parte i vari aspetti della medesima.

a) Una discussione che esorbita quella semplicemente doganale si è impegnata con grande calore tra i sostenitori dello *Stato agrario* da un lato e quelli dello *Stato industriale* dall'altro (1).

Attualmente in Germania si lotta per determinare la struttura sociale dell'Impero, per fissare la direzione secondo la quale si deve fare sviluppare la vita politica ed economica della Nazione tedesca. I diritti di dogana pel grano non sono che un'esca; è poca cosa in apparenza ed intanto questa quistione racchiude in potenza i problemi più considerevoli che si chiamano: l'Agrarismo o l'Industrialismo; l'Economia nazionale o l'Economia mondiale; il Nazionalismo o l'Imperialismo (*Wolf*).

Tra i problemi più importanti nella discussione presente è quello dell'aumento indefinito della popolazione che crea, alla sua volta, il bisogno d'importare materie prime e quindi la necessità di esportare prodotti fabbricati. Donde viene il bisogno dell'espansione industriale, degli sbocchi nel mondo e infine l'imperialismo.

Questo sviluppo si deve desiderare o deplorare? È un presente pericoloso o un vero vantaggio? È una causa d'indipendenza o di soggezione, di forza o di debolezza, d'abbondanza o di povertà? Porta in sè stessa la garanzia d'essere durevole o è uno stato di febbre che sarà seguito da una catastrofe?

In favore dell'agrarismo stanno Oldenberg e Wagner; in favore dell'industrialismo Dietzel, Max Weber e Lujo Brentano. La quistione è stata vivamente discussa in Congressi economici, sociali e religiosi.

Gli Agrari dicono da un lato che cresce la concorrenza contro i prodotti industriali dall'Oriente (Giappone, India, Cina, Russia) e dall'Occidente (Stati Uniti, Argentina).

Il pericolo della concorrenza ha le sue fasi: prima, si chiude il mercato concorrente ai nostri prodotti industriali; dopo, i prodotti di questi paesi vanno a fare concorrenza ai nostri sugli altri mercati e vengono anche a farceli in casa propria.

Intanto, questa espansione industriale, rendendo necessaria la introduzione di materie prime e di sostanze alimentari, determina per la Germania questo grave pericolo: quando i suoi prodotti industriali non potranno trovare collocamento all'estero, avverrà una catastrofe sottolineata ed aggravata dalla deficienza dei mezzi per alimentarsi. Si comprende da tutto ciò che gli Agrari vorrebbero vedere frenato l'aumento della popolazione.

Gl'industriali rispondono: « Quando un popolo produce al di là de' suoi bisogni gli oggetti che gli costano proporzionalmente il meno di lavoro, esporta l'eccedente e importa, grazie a ciò, i prodotti che

(1) Le ragioni dei partigiani della *Stato agrario* sono state sistematicamente e lungamente esposte da ADOLFO WAGNER nel libro: *Agrar und Industriestaat* (Jena, Gustav Fischer, 1902); quelle dello *Stato industriale* sono state riassunte in un opuscolo di LUJO BRENTANO. Gli argomenti degli uni e degli altri vennero lucidamente e sinteticamente esposti dal dott. JULIUS WOLF: *L'Allemagne et le Marché du Monde* (Paris, 1902, Giard et Brière). Mi gioverò di quest'ultimo nella esposizione dei termini del problema.

costano agli altri popoli il minore sforzo relativo; allora, l'insieme del lavoro di tutti i popoli diventa più produttivo, l'insieme delle produzioni è più considerevole di quanto non potrebbe essere se ogni popolo dovesse produrre da sè ciò che desidera consumare ».

Così, ogni popolo ha la sua parte di questo eccedente. Oldenberg s'era lamentato della dominazione latente esercitata sulla Germania da quegli Stati dai quali essa dipende. Dietzel risponde che questa dipendenza è reciproca e che per ciò non vi è più dipendenza. Egli giudica con fiducia l'avvenire delle esportazioni tedesche : « Assai spesso - egli dice - mani di profeti hanno scritto *Mane Tecel Fares* sul muro del palazzo industriale dell'Europa... Ma siamo ancora al principio ».

Dietzel sviluppa, particolarmente, questa idea: che la Germania esporta soprattutto i suoi prodotti nei paesi industriali e prima di tutto in Inghilterra. Così, non si può nulla desiderare di meglio che ciò che Oldenberg teme, cioè che i paesi produttori di materie prime diventino paesi industriali. Dietzel non teme il pericolo dell'Estremo Oriente. Al contrario, discute il pericolo della carestia e conchiude che il rendimento della terra in Germania e fuori della Germania (per esempio, in Russia) è suscettibile d'un forte accrescimento. Non vi è dunque pericolo di mancar d'alimenti. Infine gl'industriali ritengono che sia difficile, se non assolutamente impossibile, impedire l'approvvigionamento di cereali alla Germania in caso di guerra.

Tra i socialisti, e in occasione della discussione doganale, il Kautsky si è occupato fugacemente della differenza tra *Stato agrario* e *Stato industriale*. Non la nega, attualmente; ma la dice derivata dalla fase capitalistica presente e perciò la ritiene sociale, non naturale, e destinata a scomparire. Il Kautsky, che fece le sue prime armi scientifiche sostenendo nel campo socialista un relativo maltusianismo che da me fu maggiormente svolto nello stesso indirizzo, adesso tratta con molta leggerezza il problema della popolazione (1). Ma egli espone delle vedute che finiscono col dare ragione su molti punti agli stessi Agrari che così strenuamente combatte. Con Lujo Brentano accetta la superiorità dello Stato industriale sullo Stato agrario, ma in tale superiorità scorge la causa precipua della prossima cessazione di tale distinzione, poichè, tutti gli Stati agricoli si sforzano a divenire industriali.

Quali le conseguenze di questa progressiva, generale trasformazione? Kautsky le scorge nè più nè meno di quel che facciano gli Agrari nella concorrenza asprissima che si va sviluppando sul mercato mondiale. « La vecchia teoria del liberismo commerciale inglese - egli dice - è fondata sulla divisione tra Stato industriale che esporta prodotti fabbricati e Stato agrario che somministra materie prime e sostanze alimentari; presuppone che l'Inghilterra sia la grande officina industriale del mondo. Ma la teoria ora fallisce: tutti gli Stati, alla loro volta, divengono industriali; anche nell'India orientale inglese vi è notevole lo sviluppo delle industrie quantunque essa non vi sia stata protetta. Gli ostacoli allo sviluppo delle industrie negli Stati agrari non derivano dalla mancanza di capitali; nè dalla mancanza di protezione, ma dalla mancanza di operai abili. Ciò non ostante è vicino il giorno in cui cesserà la distinzione tra Stati industriali e Stati agrari. Oggi dai

---

(1) Per le idee di Kautsky sul problema della popolazione, si vegga: N. Co-LAJANNI, *Il Socialismo*, 1ª edizione, 1884; 2ª edizione, 1898. Roma, presso la *Rivista Popolare*.

primi si pratica ancora una proficua esportazione di capitali, ma anc re questa cesserà: gli Stati nuovi, divenendo industriali, gradatamente li accumulano ».

Ammesso questo successivo sviluppo dell'industrialismo negli altri Stati agrari, si comprende che venga limitato ognora più il mercato mondiale ai prodotti industriali tedeschi; e non riconoscendo la convenienza di una limitazione nello incremento della popolazione, egli confida nello sviluppo e nella intensificazione della stessa agricoltura tedesca per la produzione sufficiente delle sostanze che devono alimentare il popolo. Nella fiducia in questo incremento della produzione agraria locale, sta riposta la ragione della sua risposta al dilemma di Von Caprivi: *esportare uomini o prodotti.* Egli nega recisamente il dilemma. Ma è evidente l'errore dell'eminente socialista tedesco nella negazione del medesimo. Il Von Caprivi lo poneva giustamente tenendo conto delle condizioni presenti: e che egli lo ponesse giustamente risulta dalla connessione e coesistenza di questi termini: diminuzione dell'emigrazione, aumento enorme della importazione di sostanze alimentari, aumento della esportazione di prodotti industriali. È evidente che coi prodotti industriali si pagano le sostanze alimentari: se non ci fosse questo compenso, che non c'era vent'anni or sono, è del pari evidente che si dovrebbe ritornare alle centinaia di migliaia all'anno dell'esportazione di uomini di una volta.

Questa la realtà, contro la quale le vedute del futuro remoto di Kautsky non valgono; ci vorranno decine di anni e centinaia di milioni, e forse miliardi di marchi, per far sì che l'agricoltura tedesca s'intensifichi in guisa da poter fare a meno di quel miliardo e mezzo circa di sostanze alimentari che la Germania ritira dalla Russia, dall'Austria-Ungheria, dagli Stati Uniti, dall'Argentina.

Questa stridente contraddizione tra le condizioni reali presenti a cui si vorrebbe porre riparo colle lontane future trasformazioni serve a giustificare i timori e le preoccupazioni degli Agrari.

Infatti, se è ammesso dallo stesso Kautsky che gli Stati agricoli divengono industriali, era facile prevedere che l'esportazione dei prodotti tedeschi si sarebbe ristretta ognora di più. Questo avvenimento non furono solamente gli agrari a predirlo, ma ci fu anche lo Schmoller, in una ad altri economisti non impegnati appassionatamente nel dibattito, a prevederlo. E la concorrenza dei nuovi Stati industriali se si nega almeno nell'attualità dalla parte orientale (India, Giappone, Cina), cresce spaventevolmente dall'occidente (Stati Uniti) e preoccupa anche l'Inghilterra che sinora si era allarmata della sola concorrenza tedesca. Il pericolo crescente di queste varie concorrenze venne segnalato da Calwer e studiato colla massima obbiettività da Julius Wolf. Lo sviluppo crescente dell'industria in Germania, parallelo a quello della concorrenza sul mercato mondiale, necessariamente doveva ripercuotersi sulle condizioni del mercato tedesco. La crisi di sopraproduzione e di deficienza di capitale che attualmente travaglia la Germania viene a dare una prima sanzione alle previsioni degli Agrari (1).

Questa crisi e questa diminuzione possibile di esportazione di prodotti industriali dimostrano già che a nulla gioverebbe alla Ger-

(1) Chi vuole conoscere colla massima esattezza i dettagli della presente crisi tedesca, ricorra all'Annuario pel 1900 e 1901 di Riccardo Calwer (*Handel und Wandel.* Berlin-Berna, editore dott. John Edelheim).

mania la crescente, colossale produzione di cereali nel mondo dimostrata dallo stesso Wolf e che viene a confermare pienamente quanto qui stesso altra volta fu da me sostenuto e che serve ancora a dimostrare come la crisi agraria che attraversano l'Italia e la Germania non sia prossima a scomparire.

b) Il conflitto teorico tra lo Stato industriale e lo Stato agrario, sotto l'azione irresistibile delle nuove condizioni della produzione e del commercio industriale, si trasformò in aspro conflitto pratico di interessi tra le classi dedite alla produzione agricola e quelle dedite alla produzione industriale. Questo conflitto non ha nulla di nuovo e di speciale; si è presentato da per tutto nelle identiche condizioni. Gl'industriali che producono per la grande esportazione hanno interesse a produrre al massimo buon mercato, onde tener testa ai concorrenti nel mercato mondiale; e perciò essi hanno bisogno di materie prime da trasformare e di sostanze alimentari al più basso prezzo possibile. Si capisce che desiderano cereali, carne, ecc., a buon prezzo, per poter mantenere senza gravi contrasti molto basso il livello dei salari che è parte tanto preponderante del costo di produzione.

Da questa situazione scaturisce evidente l'antagonismo degl'interessi cogli Agrari. I quali, da un grande sviluppo industriale - che se non è il prodotto di un aumento considerevole della popolazione, come vorrebbe il Wagner, certamente lo accompagna, - ne avrebbero tratto grande giovamento perciè necessariamente l'aumentata domanda di sostanze alimentari ne avrebbe elevato i prezzi. Ma per loro disgrazia la concorrenza estera ha assunto tali proporzioni da produrre quello che sembrerebbe un paradosso: grande aumento di consumo e grande diminuzione dei prezzi. Il fenomeno per gli agrari riesce tanto più doloroso in quanto che non può dirsi che essi siano rimasti inerti di fronte all'incalzare del pericolo della concorrenza straniera; essi hanno apportato nell'agricoltura la maggior parte dei progressi tecnici desiderabili. L'agricoltura tedesca, in sè considerata, si può riguardare in grande progresso riflettendo a queste cifre: il grano prodotto nel 1890 fu di 2,831,000 tonnellate e arrivò a 3,841,000 nel 1900; gli aumenti furono altrettanto considerevoli nella produzione della segala, dell'orzo, dell'avena, del fieno; fu ancora più considerevole nelle patate, che da 23,321,000 tonnellate arrivano a 40,585,000 nello stesso periodo, presentando così in 10 anni l'aumento del 73 per cento.

Se progredi tecnicamente l'agricoltura, regredirono economicamente gli agricoltori. La loro perdita derivò dalla grande diminuzione del prezzo dei prodotti agrari, presentandosi in Germania gli stessi fenomeni che s'erano avuti in Inghilterra. La misura di queste perdite vien data dal Conrad, che non ha alcuna simpatia per gli Agrari, col sistema dei *numeri-iudici*. Dando il valore di 100 al prezzo del frumento nel 1847-70 esso divenne 104.4 nel 1871-80; 85.3 nel 1881-85; 67.2 nel 1886-90; 61-1 nel 1891-95; 53.4 nel 1896. Il ribasso nel prezzo degli altri cereali fu proporzionale; fu anche notevole nell'alcool di patate e nello zucchero di barbabietole, nonostante il regime di favore di cui tali prodotti godono. Lo zucchero, tra il 1890-900, discese da marchi 31.90 a 21.90 il quintale metrico e l'alcool da marchi 56.90 a 48.80 l'ettolitro, E questi prodotti rappresentano la quintessenza della industrializzazione agricola!

La conoscenza di questi singoli elementi della crisi agraria viene completata dai dati sulle aziende agricole della piccola, media e grande proprietà. Il bilancio di ogni azienda dimostra che vi aumentarono le spese di cultura in modo considerevole, sia per l'elevazione dei salari, sia per l'acquisto del concime, di macchine, ecc. Questi risultati non si conoscono solamente per bocca degli agrari interessati, ma vennero constatati da coloro che possono essere meno sospettati di parzialità in loro favore. Fu il Kautsky prima, nell'*Agrarfrage*, a riconoscere che l'agricoltura tedesca, nonostante gli sforzi energici degli agricolori, era avviata fatalmente al fallimento. Il giudizio del socialista ortodosso, testé venne riconfermato da socialisti dissidenti: da Max Schippel e, più recentemente, dal bernesteiniano Nossig (1).

Ma il risultato delle vicende dell'agricoltura tedesca è meglio lasciarlo esporre sinteticamente allo stesso Kautsky. Così egli parla del progressivo decadimento degli agricoltori, se non dell'agricoltura: « In un gran numero di dominì la produzione agricola è stata trasformata in produzione industriale: in molti altri questa trasformazione è prossima; non c'è dominio dell'agricoltura, che può sfuggire a questo processo. E ogni progresso in questo senso deve necessariamente avere per risultato di aggravare lo stato di crisi in cui si trovano gli agricoltori, di accrescere la loro dipendenza di fronte all'industria, di diminuire la sicurezza della loro esistenza...

« La rivoluzione dell'agricoltura è una corsa sfrenata nella quale tutti sono spietatamente spinti sino a che i concorrenti non cadano sfiniti - ad eccezione di pochi privilegiati che riescono ad elevarsi sui caduti per entrare nei ranghi di quelli che danno la caccia agli altri: ne' ranghi dei capitalisti » (2).

Di fronte a questa diagnosi spietata delle sofferenze della classe agricola, ed alla indifferenza pei suoi mali del Kautsky che li aveva constatati, scrissi altrove che c'era un'apparente contraddizione tra le premesse e le conclusioni dello illustre marxista tedesco: e la contraddizione spiegavo con una di queste tre ipotesi: « o egli vuole punire gli agricoltori che non vogliono andare al socialismo: o spera che col fallimento dell'agricoltura e degli agricoltori si avvicini la soluzione catastrofica: o, infine, è convinto che lo sviluppo industriale della Germania sia tale da metterre in minoranza l'interesse dell'agricoltura » (3).

C'era tanto e c'è ancora da poter sostenere che tutte tre le ipotesi potevano forse invocarsi a spiegazione della forte antipatia del Kautsky e degli altri socialisti ortodossi tedeschi verso l'agricoltura, ma mi piace oggi di poter constatare che la prima delle tre ipotesi, che poteva essere considerata come lesiva della sincerità scientifica del Kautsky sia stata testé ammessa da uno dei più illustri socialisti francesi, che

---

(1) *Die moderne Agrarfrage*. Berlin, Akademischer Verlag für sociale Wissenschaften. - Il Nossig in questo interessante lavoro rivolge molte critiche all'unilateralità sistematica della esposizione del Kautsky ed afferma che in Inghilterra come in Germania il liberlismo doganale pei prodotti agricoli e nello interesse della industria dà la prova che coll'attuale costituzione agraria l'interesse dei consumatori non si può armonizzare con quello degli agricoltori. È d'accordo con lo Schmoller e col Gierkes nel riconoscere che la scuola di Manchester sul terreno agricolo ha fatto bancarotta. Dimostra pure che il Kautsky e gli altri socialisti ortodossi errano volendo spiegare l'evoluzione dell'agricoltura coll'evoluzione dell'industria.

(2) *La question agraire*, trad. francese. Giard et Brière edit., Parigi.

(3) *Per l'economia nazionale*, ecc., pag. 89.

il socialismo professa con intenti esclusivamente scientifici e non è tra i così detti ministeriali:

« In Germania - scrive G. Sorel - i rappresentanti dell'ortodossia marxista rifiutano di abbandonare l'opposizione irriducibile alla politica protezionista del Governo. Gli argomenti che essi danno sono, spesso, somigliantissimi a quelli che danno i *manchesteriani*, e ciò non deve arrecarci meraviglia; ma la ragione fondamentale della loro opposizione è la necessità di mantenere vivente il principio della lotta di classe in opposizione col principio della *solidarietà voluta* » (1).

Ad ogni modo quali che possano essere le contraddizioni e le ragioni dei socialisti tedeschi, è indiscutibile che gli Agrari hanno lo stesso diritto di propugnare e di difendere i propri interessi, in nome della logica marxista, quanto tutte le altre classi sociali.

c) I socialisti ortodossi non disarmano come non disarmano i manchesteriani quando si vedono costretti a riconoscere le sofferenze più o meno gravi dell'agricoltura e degli agricoltori. Essi allora ricorrono a delle distinzioni sottili, a delle sottrazioni più o meno arbitrarie per concluderne che le sofferenze dell'agricoltura e degli agricoltori non riguardano che una minoranza spartuta - una vera *quantité négligeable* - di grandi proprietari e di latifondisti, i quali - anche non tenendo conto delle origini impure della loro proprietà – non meritano alcuna considerazione: sia perciò essi sono ricchi abbastanza per poter sopportare tutte le perdite che loro infligge la concorrenza straniera; sia perciò essi rappresentano una sparuta minoranza il cui miglioramento non si ha il diritto o il dovere di farlo pagare, e caramente, a tutta la nazione.

I socialisti e i liberisti italiani ci hanno avvezzato a questa specie di calcoli più o meno cabalistici, che sono stati integralmente riprodotti dal Kautsky. Egli infatti ha calcolato che, « secondo il censimento delle professioni del 1895, erano 17,815,187 le persone occupate nella agricoltura: di queste 11,300,108 erano agricoltori indipendenti colle loro famiglie (*Selbständige Landwirthe mit ihren Familienangehörigen*); gli altri 6,500,000 erano salariati, dei quali soltanto pochissimi vendevano sostanze alimentari e la maggiori parte le compravano. Ma anche tra gli agricoltori indipendenti vi erano due milioni di servi e di domestiche che non erano occupati come comproprietari nell'azienda agricola (*Wirthschaft*) del padre o del fratello e quindi non ricevevano alcun vantaggio dalla elevazione del prezzo dei mezzi di sussistenza. Degli stessi agricoltori indipendenti non tutti vendono prodotti agrari in quantità maggiore di quelli che comprano; la maggior parte produce pel proprio consumo. Il danaro necessario per pagare le imposte e per la compra di prodotti industriali viene guadagnato col lavoro salariato o con altre entrate. Tutta la statistica delle professioni dimostra dunque che la maggior parte della popolazione agricola non ha alcun interesse agli alti prezzi delle sostanze alimentari. Agli stessi risultati si perviene guardando alla statistica delle aziende agricole (*Betriebs*). Nel 1895 c'erano in tutto 5,558,317 aziende; ma di esse 3,236,367 erano al disotto di due ettari. A queste, con poche eccezioni, appartengono le persone che comprano anziché vendere prodotti alimentari; esse, quindi, soffrono come soffre la maggioranza degli otto

(1) *Idea e fatti economici al XIX secolo*, in *Revue socialiste*, Parigi, maggio 1902, n. 209, pag. 529.

milioni dei lavoratori agricoli dell'aumento dei prezzi delle sostanze alimentari. Altrettanto può dirsi del 1.016.238 aziende della estensione da due a cinque ettari. Il numero delle aziende che potrebbero trarre un vantaggio dall'aumento di tali prezzi venebbe dato soltanto da quelle al di sopra di cinque ettari e che in tutto sono 1.305,032, con una popolazione, compresi i membri delle famiglie, da cinque a sei milioni: e così la popolazione agricola interessata all'aumento dei prezzi rappresenterebbe *un terzo* della medesima e soltanto *un decimo* dell'intera popolazione della Germania ».

Si comprende che prendendo alla lettera queste successive riduzioni, i nove decimi della popolazione della Germania sono interessati al ribasso dei prezzi delle sostanze alimentari. Ma i dati non sono materialmente del tutto esatti: ed è erronea la interpretazione data ai medesimi.

In linea di fatto è il Nossig, un socialista, che ha diligentemente dimostrato che la piccola proprietà in grande maggioranza vende prodotti agricoli. La interpretazione giusta ai fatti l'ha data, del resto, tutti gl'interessati: e non senza ragione il Wagner si è compiaciuto della grande solidarietà che nella questione del dazio sui cereali hanno dimostrato i proprietari della terra, piccoli, medi e grandi. Senza tale solidarietà non si spiegrerebbe la potenza numerica e politica della grande *Lega degli agricoltori tedeschi:* nè si spiegrerebbe il fatto che i voti vanno ai sostenitori dei dazi in alcune regioni del sud e dell'ovest della Germania, nelle quali prevale la piccola e la media proprietà: in tale solidarietà sta la ragione precipua del pericolo elettorale pei socialisti segnalato da Max Schippel (1).

Questa solidarietà tra grandi, piccoli e medi proprietari non si può considerare come un'aberrazione dei Tedeschi, poichè la vediamo nè più nè meno riprodotta in Francia.

« La solidarietà agricola – dice il Sorel – si è affermata da alcuni anni in Francia per mezzo del protezionismo, che non è difeso soltanto dai grandi proprietari, ma anche dai più piccoli, dai minuscoli: alla Camera, in mezzo ai deputati protezionisti, spessissimo si trovano rappresentanti delle classi povere della campagna: i socialisti francesi non hanno sul libero scambio l'opinione dottrinale dei democratici sociali tedeschi ». E lo stesso Sorel, in nota, rileva il rammarico manifestato da Yves Guyot, che a proposito delle pubbliche riunioni tenutesi a Berlino per protestare contro i dazi del grano, esclama: « I socialisti tedeschi danno ai socialisti francesi un esempio che noi li invitiamo a meditare » (2).

Un esempio contrario a questa solidarietà forse si potrebbe trovare in alcune provincie dell'Alta Italia; ma ivi la propaganda socialista, riuscita efficacissima per altri motivi, ha trascinato i piccoli proprietari nella corrente abolizionista del dazio sul grano.

Rimanendo in Germania, dalla rettifica di Nossig e dalla solidarietà tra le varie classi di proprietari risulta di già corretto il calcolo

---

(1) Di recente si è costituita un'associazione di agricoltori intesa a favorire i trattati di commercio (*Handelsvertragsverein*). I suoi 16.000 membri sono ben poca cosa di fronte ai 250 mila soci dell'*Unione degli agricoltori*. Il *Bund der Landwirthe* nel 1901 tenne 7200 riunioni e spedì 73 milioni di esemplari della propria *Correspondenz*. Del resto, i trattati di commercio non escludono un moderato protezionismo.

(2) SOREL, art. cit., pag. 357.

sopraccennato di Kautsky. Inoltre le aziende agricole sino a 5 ettari rappresentano una superficie di 5,094,428 ettari, cioè il 15.67 per cento della terra coltivata, mentre le aziende al disopra di 5 ettari comprendono 27,423,513 ettari, cioè l'84.33 per cento del totale; è evidente, dunque, che c'è un'immensa massa di contadini che lavora in queste aziende. Ora, come sperare che questi lavoratori della terra possano ottenere un salario discreto, quando il conduttore dell'azienda, sia il fittaiuolo, sia il proprietario, versa in tristissime condizioni?

I socialisti ortodossi, di fronte all'industria agraria, propugnano una differenza di trattamento davvero strana: essi non esitano a riconoscere che una industria non prospera non può pagare alti salari. Il Kautsky specialmente è tanto convinto della relazione che c'è tra le condizioni di un'industria e il livello dei salari, che non si mostra, come fu rilevato, tenero di un ulteriore aumento dei salari per timore di mettere le industrie in condizione da non poter fare concorrenza a quelle straniere sul mercato mondiale. Perciè dunque la sola industria agricola dovrebbe essere posta nella dolorosa condizione di pagare buoni salari pur versando in crisi? Ciò non può avvenire e non avviene: si verifica, quindi, nell'agricoltura ciò che avviene in tutte le altre industrie: le sue sofferenze necessariamente si ripercuotono sugli operai che vi sono addetti. E le masse agricole della Germania, che per aberrazioni teoriche o per calcolata indifferenza si vedono abbandonate dai socialisti, non vanno alle nuove dottrine.

d) Una delle ipotesi da me enunciate a spiegare l'ostinazione del Kautsky e dei socialisti ortodossi nel trascurare duramente le sofferenze dell'agricoltura e degli agricoltori fu quella derivata dall'esempio inglese, cioè della prevalenza crescente degl'interessi dell'industria su quelli dell'agricoltura. In Inghilterra tale prevalenza raggiunge tali proporzioni da farmi assegnare ad uno dei capitoli del mio libro: *Per l'economia nazionale, ecc.*, questo titolo paradossale: *La crisi agraria forma la ricchezza dell'Inghilterra*.

In Germania le proporzioni tra la popolazione e gl'interessi industriali e la popolazione e gl'interessi agricoli si vanno spostando rapidamente. Non molti anni or sono circa il 60 per cento della popolazione era addetta e viveva dell'agricoltura; adesso le proporzioni con l'idustria sono completamente invertite: non solo tutto l'aumento dovuto all'eccedenza dei nati sui morti si è riversato nell'industria, producendo la diminuzione relativa della popolazione agricola; ma in questa c'è stato anche, tra il 1882 e il 1895, una diminuzione assoluta. Nel 1882 l'agricoltura, la pastorizia, l'industria forestale e la pesca comprendevano 19,220,000 abitanti; le industrie e il commercio 20,400,000. Nel 1895 le prime erano ridotte a 18,500,000, le seconde erano salite a 26,210,000. Nelle sole costruzioni marittime tra i due anni vi fu un aumento di 21,000 persone. Lo spostamento in favore della popolazione industriale s'è ancora di più accentuato negli ultimi anni; ed oggi la popolazione agricola non sorpassa il 34 per cento del totale.

Questa trasformazione viene anche meglio dimostrata dalla qualità delle importazioni ed esportazioni tedesche. In soli 5 anni, dal 1894 al 1899, la importazione di materie grezze per le industrie sale da 1666 milioni a 2607 milioni; corrispondentemente l'esportazione di manufatti da 1879 milioni ascende a 2712 milioni di marchi.

Questa trasfomazione evidente, adunque, spiegerebbe in gran parte il maggiore interesse che nell'economia nazionale tedesca rappresentano le industrie e gl'industriali. Si potrebbe quindi continuare nella stessa direzione se le industrie presentassero la potenzialità d'assorbimento della popolazione rurale che presentò sinora in Inghilterra. Ma questo non è il caso nè per la Germania, nè per l'Italia, nè per molti altri paesi del vecchio continente.

Che questo non sia il caso dimostrai con abbastanza larghezza nel citato libro: *Per l'economia nazionale, ecc.*; mi piace oggi rifermare il mio giudizio colle parole non sospettabili di tenerezza protezionista del Sorel: « L'Inghilterra, per circostanze storiche eccezionali, possiede un'industria che vive sopratutto per l'esportazione: essa ha abbandonato l'agricoltura e accettato un regresso notevole dal punto di vista rurale (molte terre, prima coltivate, ritornarono brughiere), ma questa è una situazione che non potrebbe ripetersi in molti paesi: vi è stata più che compensazione nella popolazione, perchè l'Inghilterra ha trovato all'estero una enorme clientela per comperare i prodotti che fabbrica un capitalismo prodigiosamente ricco. Non si può dare questa eccezione come esempio a tutti i paesi » (1).

Il parere mio e di un marxista come il Sorel ha trovato infine la conferma quasi negl'identici termini in un socialista tedesco eterodosso:

È poi sicuro - esclama Max Schippel - che l'industria troverebbe un compenso comodo e facile per tutto ciò che perderebbe con la catastrofe dell'agricoltura? Lo troverebbe quando, come in Inghilterra, la superficie della terra coltivata a grano venisse ridotta alla metà: quando centinaia di migliaia di contadini avrebbero perduto la loro zolla di terra? E quanti di questi contadini valicherebbero l'Oceano? E se andassero altrove a maneggiare l'aratro, quanti si vestirebbero ancora con le stoffe tedesche e si procurerebbero i mobili e i gioielli tedeschi? Nel decennio passato il reddito e la produzione agricola a poco a poco si sono adattati all'organismo della produzione industriale: e gli agricoltori e l'agricoltura danno un largo contributo all'industria col consumo produttivo di macchine, di masserizie, prodotti chimici ed ogni altro genere di prodotti industriali.

Ma si spera di trovare un parziale compenso con le perdite che l'industria farebbe con la rovina dell'agricoltura in un'altra direzione: la minore spesa nei prodotti alimentari i lavoratori la impiegerebbero in maggiore consumo di prodotti industriali. Ma è sicura questa azione compensatrice? Quando l'industria si troverebbe dinanzi ad un rapido regresso del mercato agricolo: quando contemporaneamente a schiere i contadini espropriati rifluirebbero sul mercato del lavoro: che cosa diverrebbero questi ultimi rimanendo a casa se non lavoratori salariati? E non si avrebbe allora una profonda e difficile scossa nel livello nazionale del salario, una verosimile e forse incredibile depressione del salario, che nel mercato industriale si tradurrebbe in minaccioso regresso delle masse lavoratrici salariate?

E questo sarebbe avvenuto sicuramente in Germania se accanto allo sviluppo delle industrie non ci fossero stati i dazi protettivi dell'agricoltura che ne hanno impedito la rovina, anche nell'interesse della stessa industria.

C'è della buona gente e dei cattivi apologisti della femminile libertà economica che di quella rovina si compiacciono, che intuonano sempre i

---

(1) Art. cit., pag. 530. - Nel citato mio libro, esaminando *a chi giova* il dazio sul grano, ho esaminato la quistione dei produttori e i rapporti tra dazio, salari, prezzi e consumi, emigrazione e disoccupazione. Credo che finora non mi sia venuta alcuna risposta soddisfacente dai miei numerosi critici.

versetti e i mottetti dell'*Anti-corn-law League* e che hanno invocato sopra
di noi la censura democratico-sociale (*über uns socialdemokratische Trottel
auch noch ungeheuer erhaben Dünken*) perciè abbiamo creduto di riconoscere le sofferenze dell'agricoltura e invece prodigano lodi a Kautshy, che
manifesta avviso contrario.

La crisi che attraversa attualmente l'industria tedesca conferma
che la sua facoltà di assorbimento della popolazione agricola ha raggiunto il suo estremo limite. La disoccupazione è già arrivata a proporzioni che da gran tempo non si erano viste; ed avviene un fenomeno
veramente straordinario: il riflusso della popolazione delle zone industriali verso i paesi orientali della Prussia. In queste contrade agricole, nelle quali finora c'era stata l'emigrazione verso le provincie occidentali, che era stata insufficientemente compensata dall'immigrazione
dei lavoratori russi, non si avverte più quella deficienza di operai
agricoli (*Leutenot*) che finora veniva vivamente lamentata dai proprietari che avrebbero voluto importare nelle loro terre i cinesi... d'Italia (1).

Gli ottimisti diranno che la crisi attuale è passeggera come qualunque crisi; e si è davvero ottimisti ammettendo che le condizioni
economico-industriali della Germania ritornino quello che erano prima
del biennio 1900-901. Ma la testimonianza degli scrittori di ogni scuola,
non esclusi i socialisti ortodossi, è troppo concorde nel ritenere che
le condizioni della produzione industriale e la concorrenza sul mercato
mondiale possano consentire un ulteriore incremento all'industria tedesca e quindi un ulteriore assorbimento della popolazione agricola,
che sarebbe costretta ad abbandonare la terra se dovessero perdurare le
tristi condizioni in cui versano attualmente l'agricoltura e gli agricoltori. Se questo ulteriore sviluppo della economia tedesca e se il conseguente movimento demografico della Germania non sono possibili in
Germania, è chiaro come luce meridiana che i socialisti ortodossi tedeschi, perdurando nella loro ostilità verso l'agricoltura, finiranno col
nuocere a quelle stesse classi lavoratrici dell'industria di cui finora
esclusivamente si sono occupati e preoccupati.

(*La fine al prossimo fascicolo*).

NAPOLEONE COLAJANNI.

(1) Per questo grave fenomeno della disoccupazione e del ritorno dei lavoratori dalle provincie renane e della Westfalia, verso le provincie orientali,
come pure della disoccupazione, si riscontri: RICHARD CALWER, *Handel und
Wandel* (Jahrgang, 1901). Per l'emigrazione delle provincie orientali verso le occidentali della Prussia, che si verificò in considerevole proporzione pel passato,
si riscontri l'opera citata di WAGNER.

F·V·R·I·A

La sala dell'albergo del *Luccio azzurro* era piena zeppa. In vano, entrando, cercai coll'occhio un posto vuoto a una delle sei o sette tavole che v'erano: nessuno si mosse per farmi un po' di luogo. Final-

PAOLO HEYSE.
(Da un quadro di LENBACH).

mente il giovine alberga-tore, che volava qua e là tra i forestieri come una rondine prima del tempo-rale, vedendo il mio im-barazzo, venne a me col braccio carico di bottiglie vuote, e scusandosi della poco cortese accoglienza colla confusione della fiera degli animali, che ogni anno a quel tempo richia-mava nella piccola città del basso Reno i possi-denti dei dintorni, mi fe' un cenno misterioso di seguirlo.

Attraversammo un cor-ridoio stretto e scuro. Di-nanzi alla cucina, gridò alla bella e giovine sposa dalle gote accese e gli occhi neri e vivi, ch'era in grande faccenda colle pentole e coi tegami, una parolina che si riferiva alla mia cena, diede le bot-tiglie a un lesto ragazzo coll'ordine di riempirle, e aprì un uscio che metteva in una stanza di dietro, facendomi passare davanti con un inchino gentile.

Nella stanza bassa, ma non angusta, v'era una sola tavola dinanzi a una porta a vetri spalancata, per cui si spaziava sopra un giardino coltivato a fiori e sulla vigna che con dolce pendio scendeva sino al fiume. La notte era già caduta. Di là, sulla riva sinistra, si vedevano scintillare i lumi nelle case, e la luna spandeva un dolce chiarore sulle dalie del giardino e sulle viti rigogliose. Sulla tavola invece ardeva una sola candela, e, con mia grande meraviglia, di sego, entro un can-deliere archeologico di ottone: i tre che vi sedevano intorno avevano ancr'essi delle faccie archeologiche e fra tutti contavano forse un due-centoquarant'anni.

Alla vista di quelle antichità, lo confesso, fui tentato di tornar-mene indietro con un pretesto. Per di più i tre degnissimi signori, che 'fumavano del tabacco acuto a pipe corte, mantennero un silenzio poco gentile quando l'albergatore chiese licenza di presentar loro un fore-stiere giunto pocanzi col piroscafo. Soltanto quando pronunciò il mio nome, il meno rassicurante dei tre - un uomo alto, vestito di grigio, con un viso abbronzato e giallognolo, in cui sfavillavano due occhietti mobili, mentre una ciocca d'ispidi capelli grigi gli cascava giù sul-l'ampia fronte sin quasi alle ciglia foltissime - alzatosi, disse ch'era oltremodo lieto di fare la mia conoscenza, ma col tono e colla faccia, onde l'orco saluta, nella sua capanna, il viaggiatore smarrito, che pensa di divorarsi nella notte stessa. Aggiunse ch'ero figlio di un tale che aveva una magnifica raccolta di antichi libri tedeschi, d'incunaboli e di fogli volanti. Anche lui era un topo di biblioteca, e tempo addietro aveva posseduto una grande collezione di libri vecchi: e se ero figlio di mio padre, non mi doveva certo esser nuovo il nome di Pietro Frettgen.

M'inchinai senza chiarir nulla, e mentre l'albergatore se ne andava, mi diedi a osservare gli altri due singolari personaggi che dal signor Frettgen mi vennero presentati, l'uno pel parroco Block di Sant'Egidio, da dieci anni giubilato, e l'altro pel proprietario ***, di cui non ricordo il nome. In questo non c'era nulla di notevole, se non che ogni dieci minuti faceva l'atto di smoccolare la candela senza mai riuscirvi, sicchè ogni volta il piccolo parroco doveva togliergli di mano le mollette. Della triade il parroco mi piaceva di più. Il suo visetto fine, coronato da radi capelli d'argento, aveva un'espressione di profonda placidezza e di bontà serena, mentre il possidente non faceva che sospirare, e con la faccia larga e coriacea, il cranio calvo e le orecchie vizze sembrava una mummia cirucciata che le avessero tolto l'involucro delle fascie e dei lini.

E costui non apriva mai bocca, mentre il piccolo religioso faceva udire di quando in quando la sua vocina sottile che ricordava il verso dei grilli, soltanto però per discorrere del tempo e delle speranze di quell'autunno, poichè il suo cervello raggrinzito non era più in grado di concepire un pensiero più alto.

Ma in compenso turbinavano le idee nel capo del vecchio anti-quario. Certamente io caddi dalla sua stima quando gli confessai che del « tesoro librario » paterno avevo una cognizione assai scarsa e che pur troppo non avevo sortito da natura il bernoccolo storico e lo spi-rito collezionista ereditario nella famiglia; ma potei però risarcirmene. Infatti, quando il vecchio signore m'ebbe raccontato che, ritiratosi del tutto dagli affari, aveva ritenuto soltanto una piccola libreria per suo diletto e conforto, ma che trovava sempre da fare intorno ai piccoli tesori completando con bella calligrafia fogli strappati o titoli man-canti, io mi guadagnai l'animo suo partecipandogli che in codeste arti, benchè giovine, ero abbastanza desto anch'io, così da saper rimediare ai guasti che mani sbadate o il dente di vermi e di topi nemici della coltura solevano recare ai preziosi cimeli. Il volto scuro del vecchio bibliofilo si rischiarò, e ingaggiossi fra noi un discorso intorno ai mezzi e agli ausili tecnici della nostr'arte, un discorso che doveva essere ben poco interessante per gli altri due: ma essi non fecero alcun atto di impazienza, o di noia. Il parroco guardava sorridendo placidamente il bicchiere; la bruna mummia del proprietario seguitava a smoccolar la candela: la rondine dell'albergatore veniva di tratto in tratto a chiedere se volevamo da bere, e di fuori lo splendore della luna si faceva più vivo e dominante, così che io caddi a poco a poco in un sogno, e di tanto in tanto mi coglievo in flagranti che delle dotte dissertazioni del mio vicino sulle varie specie d'inchiostro comune o della China e sulla inopportunità delle penne d'acciaio nella reintegrazione calligrafica non percepivo che un suono indistinto.

Da trent'anni, come seppi allora, si riunivano in quella stanzetta ogni sabato: grossa brigata una volta, ora dalla morte e da vicende d'ogni genere assottigliati a loro tre. Avevano però conservato fedelmente il ricordo degli altri in un col vecchio candeliere che proveniva da un tempo più umile, col vaso delle striscie di carta per accendere la pipa e cogli antichi bicchieri pel vin del Reno: e ogni anno, in un determinato giorno, bevevano parecchi fiaschi di un certo vino, che ora stagionava per loro soli nella cantina. A codeste parole del signor Frettgen i compagni assentivano del capo, seri e composti, come se fossero compresi di essere i guardasigilli dei misteriosi segreti. Con tutto ciò non potei togliermi il sospetto che le loro teste non fossero molto dissimili dalle tre scatole di tabacco giacenti sulla tavola, che a poco a poco erano state vôlate, e ormai non contenevano che un tritume di foglie polverizzate e secce.

Quando la luna fu al sommo del cielo e l'orologio della torre battè lentamente le undici, il parroco si alzò, vôtò la pipa, la ripose nel cassetto della tavola e prese il cappello. Noi lo seguimmo. Allo scoccare dell'ora designata l'albergatore fu pronto a farci lume colla storica candela pel corridoio scuro. Nella sala il chiasso era diminuito: pochi indugiatori se ne stavano muti e raccolti sull'ultimo bicchiere: e di fuori la luna sola peregrinava nella notte.

Il vino nuovo mi avea scaldata la testa; sì che sull'uscio mi congedai dai tre vecchi, non già per salire nella mia stanza, ma per fare una giratina per la piccola città incantata dalla notte d'estate. Quando manifestai tale intenzione, il signor Frettgen, nonostante che mi scernissi, mi afferrò subito pel braccio. Gli altri due mi posero la mano appassita stringendo la mia con tutta indifferenza, e svoltarono di conserva lemme lemme al primo canto di sinistra. Noi prendemmo la via principale, ciascuno immerso nei propri pensieri, quando a un tratto il mio compagno si fermò e volgendo solennemente al cielo gli occhi pieni di rabbia, uscì in queste parole: — « Sia ringraziato il Signore che in settantanove anni di vita io non posato la testa notte per notte su un origliere di scapolo! »

Tale confessione di antico misogamo, non provocata da nessuna parola dei precedenti discorsi, non mi destò gran meraviglia: ed io, che non volevo aver che fare collo stiano eremita, deliberai di chiedere della suggestiva esclamazione quel conto che avrei chiesto del frammento di un monologo udito per caso; ma il vecchio signore non lasciò che me la cavassi così a buon mercato. Fermo nel mezzo della strada, guardò, in silenzio, una casetta, che, illuminata dalla luna, avea un aspetto abbastanza tranquillo coi vasi di garofani e di gerani dinanzi ai vetri lucenti, poi alzò la destra col pugno chiuso e la scosse più volte in atto di minaccia verso le finestre del pianterreno crollando il capo. Parve che sulle labbra gli volesse correre un'imprecazione, ma non fece che stringerle fortemente, mi riafferrò il braccio e riprese il cammino per la larga via, col suo passo lungo, ma lento.

Tornammo a discorrere, con tutta indifferenza, di un esemplare dell'opera *Il re bianco* (1) che gli era venuto alle mani in uno stato miserando, e intorno al quale esercitava il dovere di buon samaritano. Io notai che un libro vecchio gli doveva essere tanto più in pregio quanto più abbisognasse delle sue cure calligrafiche.

Eravamo sulla piazza davanti alla cattedrale, ove sorgevano due file di baracche e un piccolo mercato di cose minute, stabilitosi modestamente accanto ai mercati maggiori dei cavalli e de' buoi. Quello de' buoi era un po' discosto, all'estremità inferiore della città sul grande prato, di cui non appariva nulla. Dopo aver salutato le due o tre guardie che con le loro lanterne facevano inutile spicco al vivo raggio della luna, svoltammo in una via laterale, e ci trovammo nella parte più antica della città, ov'erano delle casette di un solo piano, dagli alti comignoli, costruite di legno e mattoni, colle soglie inclinate e le grondaie storte. Non avevamo fatti cinquanta passi, che ristemmo dinanzi a una che sorgeva nella stessa fila, ma superava la vicina di un piano ed era pure fabbricata con qualche maggiore eleganza: colle finestre incorniciate di arenaria, con un drago scolpito sulla porta nella chiave dell'arco, e una larga panca di pietra sotto le tre finestre del pianterreno. Ma il più importante era questo, ch'essa sorgeva su una piazza quadrata, la quale aveva a destra e a sinistra due case basse e i muricciuoli, chiudenti due piccoli giardini, coperti dai rami di alberi fruttiferi, dirimpetto, una vecchia cappella nelle cui strette finestre ogivali scintillava la luna, e nel mezzo, piantata fra pietre sepolcrali, un'alta croce di legno con sopravi un Cristo antico, grande quasi al naturale, coronato da un vecchio pero, che spandeva un'ombra fitta sul capo cinto di spine, sì che in quel momento non si potevano discernere le fattezze del viso cadente sul petto.

Il signor Frettgen si era seduto sulla panca di pietra, col vecchio cappello grigio a cilindro vicino, il bastone dal pomo d'argento fisso in terra e sopravi il mento avvizzito. Io me gli sedetti allato e arrischiai una parola sulla magnificenza di quella pace notturna e di quegli angoli antichi, per cui mi aveva condotto.

Egli assentì col capo, senza parlare.

Dopo qualche tempo alzò d'improvviso lo sguardo e mi chiese: >
— « Lei è cattolico? »

Risposi di no.

— « Hm! allora non è meraviglia. Voi luterani o ebrei, quel che siete, guardate nel nostro mondo medievale come in un paradiso, da cui siete stati proscritti appena usciti d'infanzia. Se ci foste rimasti dentro, l'incantesimo avrebbe perduto la sua virtù anche per voi come per noi altri. E specialmente quello là... » - e col pomo del bastone indicò il crocifisso.

Tutto stupito, guardai il vecchio colla coda dell'occhio. Nutrendo simili opinioni, come aveva potuto andar d'accordo col parroco per la bagattella di trent'anni?

(1) *Il re bianco* (*Weisskunig*) è il risconto in prosa del famoso *Tenerdank* del poeta Melchiorre Pfinzig. Mezzo cronaca, mezzo romanzo, racconta il matrimonio e l'incoronazione dell'Imperatore Federico III e la storia del figlio Massimiliano I, rivestendo d'allegorie i nomi dei protagonisti. Il disegno dell'opera è dello stesso Massimiliano, che nel 1512 la lasciò compiere dal suo segretario particolare Marx Treitzsauerwein, morto nel 1527.

— « Sì, sì - soggiunse - le pare una bestemmia, e se vivessimo ai bei tempi dell'Inquisizione o del Sant'Uffizio e lei andasse dal vescovo a denunciarmi, sarei bruciato sul rogo. Oggi invece non mi si torce un capello, solamente non posso mettere ciò che penso nella Gazzetta. E se lo dico forte ai miei vicini, che sono tutti buoni cristiani, al più al più si stringono nelle spalle. Ma perchè sanno che abito qui da molti anni e che conosco quello là meglio che non vorrei... »

— « Lei abita in questa casa? » - interruppi, e involontariamente mi alzai per osservare un'altra volta il vecchio edificio.

— « Da più di quarant'anni, - rispose calmo - e gli ultimi dieci, dacchè morì la mia vecchia governante, del tutto solo. E non ho paura degli spiriti. La vecchia casa è più larga che non si direbbe al vederla, e io vi posso accomodare magnificamente i miei libri. Ma ogni mattina, aprendo i balconi, gli occhi mi cascano su quello là. E con una sì vecchia e intima conoscenza, lei mi capisce, vengono dei pensieri strani ».

Mi corse sulla lingua una parola quale avrebbe concepita il modesto intelletto di un cameriere, ma mi guardai dal proferirla.

Tacemmo di nuovo per qualche tempo e d'un tratto egli alzò la mano al punto, dove la ciocca grigia gli si arricciava bizzarramente sulla fronte, chiedendomi :

— « Lei crede nel diavolo? »

— « Caro signore... » - risposi.

— « Benissimo! Lei, naturalmente, non crede in nessuno di quegli esseri che vanno intorno rancando, colle corna e co' piedi equini, dando la caccia alle povere anime, per cui non si affannerebbe nessun mercante di carne umana. Io pure non ci credo, nè ce n'è bisogno ; i propri affari in questo mondo senza Dio si sbrigano altrimenti ».

Mi sedetti di nuovo. Da tutti i suoi discorsi pregni di fiele e di aceto vibrava il suono di un cordoglio antico, non mai sopito, che mi attizzasse al vecchio denigratore.

Egli teneva chiusi fortemente i piccoli occhi, e le ispide ciglia avea contratte in modo ch'esse formavano sulle orbite come una siepe di spini. Dopo qualche tempo che non faceva segno di proseguire, gettai là a caso la domanda :

— « Chi abitò questa casa prima di lei? »

Parve non udisse o non volesse udire.

Un pipistrello, che doveva avere il nido sotto il tetto sporgente della cappella, schizzò fuori d'improvviso, e fece dei giri in tutti i sensi sulla piazza vuota, svolazzando intorno al comignolo della casa, dinanzi alla quale sedevamo. Il luogo cominciava a diventarmi un po' lugubre. Stavo per dare la buona notte e congedarmi quando il mio vicino aprì la bocca e disse in tono cupo :

— « Chi abitò questa casa? Uno che dovette scontare d'avei fatto troppa stima di quello là, e che più tardi strinse anche troppa domestichezza col così detto diavolo. Era mio amico, l'unico che avessi nella mia vita : e il fatto ch'egli sia andato ai cani, voglio dire sia stato condotto a una sì misera fine, io non posso perdonarlo a quel signore là che viene adorato, e perciò non apro mai le finestre senza dire fra me stesso : Dio gli perdoni, perchè non sa quello che fa ! »

Levò un poco la testa e rimirò per di sotto la siepe di spini l'immagine del Salvatore, che, nel suo muto abbandono, parea confondere il vecchio implacabile odiatore.

Mi feci coraggio e gli dissi:

— « Egregio signore, lei non mi vorrà far carico se le sue parole misteriose stuzzicano la mia curiosità. Io non ho alcun diritto alla sua confidenza: ella però non vorrà ritenermi, è sperabile, per uno di quei viaggiatori importuni, che da per tutto vanno fiutando gli scandali segreti, bensì per un osservatore serio del mondo e degli uomini, il quale è riconoscente se qua o là può perfezionarsi un poco nello studio dell'anima. Se adunque non le gravasse di raccontarmi del suo amico... la notte è bella e tranquilla, ně io mi sentirei sonno... »

Il vecchio signore cavava colla punta del bastone i fili d'erba che sgusciavano dalle pietre del selciato, e si stava tutto raccolto in sè stesso, tanto che credetti di averne un rifiuto. Ma d'improvviso uscì a dire:

— « E perchè non dovrebb'ella conoscere questa storia che al suo tempo nella valle del Reno era sulla bocca di tutti? Ora non se ne parla più, ma quarant'anni fa non c'era scolaretto che non le sapesse raccontare del *Crocifisso del diavolo*. Nessuno però, neanche allora, era meglio di me informato della cosa.

« Infatti colui che n'è l'eroe principale era il mio compagno più caro e più intimo sin dal tempo che andavamo a scuola con la saccetta dei libri, sebbene avesse cinque anni buoni meno di me. Ma era così grazioso e perfetto di dentro e di fuori, che io provai per lui l'attrattiva stessa che per una donna, e ne divenni geloso come di un'amante. Anche lui mi si affezionò, ma non con la medesima, quasi ridicola mia esaltazione. Era un fanciullo serio, di una famiglia molto cattolica, di costumi purissimi e con un cuor di bambino, che conservò lungamente anche adulto. E non era poco, poichè le donne gli tendevano lacci da per tutto. Giovani e vecchie parevano perdute dietro a lui; e io stesso, come suo amico particolare, salii nella stima delle madri e delle zie che avrebbero scelto volentieri il giovine bello, bravo, e anco agiato, per una delle loro bertuccie. Io mi ci divertivo, facevo l'uomo d'importanza, il diplomatico, ma al mio Luca non dicevo nulla di simili intrighi. Nè avrebbe giovato. Egli non viveva, non ardeva che per due cose sole: la religione e l'arte. Avendo una grande attitudine alla scoltura, dopo avere studiato un paio d'anni a Colonia sotto un mediocre maestro, andò in Italia, nel paese celebrato dell'arte, e ne tornò dopo quattr'anni uomo e artista fatto, ma ancora vergine di corpo e d'anima, così che io, povero peccatore, che oltre alla passione pei libri ne avevo qualche altra, ne fui sommamente stupito.

« Quando gli domandavo se nessuna delle romane dagli occhi grandi e dal collo superbo o delle napoletane che mandano fiamme di lava dagli occhi lo aveva rapito, egli sorrideva di un sorriso che gli dava un'attrattiva speciale, poichè di solito era serio, e mi rispondeva: — No, Pietro, sino ad oggi sono stato fatato contro ogni amore di donna, per quanto non sia disposto, come sai, a terminare i miei giorni senza moglie nè figli. Ma fui occupatissimo nello studiare le bellezze dipinte o scolpite della felice Italia, e l'esempio dei camerati mi fece accorto che niente fa sciupare il tempo più dell'amore. Perciò anche prima di pigliar fuoco ero sfuggito a ogni pericolo d'incendio, e penso di scaldarmi per qualche tempo al mio fuoco soltanto anche qui nella zona più temperata.

« Aveva allora ventisette anni, e mantenne la parola per altri cinque.

« Faceva le opere più mirabili, ma tutte cavate dalla Storia Sacra, per chiese e conventi, pur non essendo nè un collotorto nè un bigotto. Aveva preso a pigione questa casa subito dopo il suo ritorno e costruitovi un ampio studio, che dava sul cortile. Coll'andare del tempo, essendo i suoi lavori sempre più ricercati e pagati, il numero de' suoi scolari crebbe sino ad oltre la mezza dozzina. Questi abitavano, parte le stanze sopra lo studio, parte nel piano superiore del fronic della casa; e tutti erano affezionati al maestro, che aveva una maniera speciale di prendere ciascuno e di volgerlo al meglio. Ma nessuno di loro aveva un gran genio artistico, e di rado andavano più in là che imitare con diligenza e speditezza i modelli del maestro.

« Lei avrà veduto parecchi di codesti lavori senza sapere ch'erano di Luca. Egli aveva un'abilità particolare pei crocifissi. Pietra o legno, gli era indifferente; ma quelli di legno sapeva colorire assai bene, non di quella vernice sfacciata che di solito si vede, ma di una tinta sobria, di un'ombra di colori naturale: onde i committenti non erano altrettanto paghi che se avesse usato una coloritura grossolana, eppure non dicevan nulla avendo egli tanto grido da imporre loro il suo gusto.

« Così non potè mancare ch'egli divenisse uno dei più cospicui cittadini, non foss'altro pel gran denaro che affluiva ne' suoi forzieri come un rigagnolo perenne d'argento. E tanto maggiore era la meraviglia pel suo celibato. Ma se alcuno gliene toccava, egli rideva dicendo non essere ancora tanto vecchio da doversi mettere in riposo.

« Sì, riposo con una donna! Ma, come io detto, era un fanciullo, e non le conosceva.

« Una volta essendo dovuto andare a Colonia per consegnarvi un gruppo da altare, vi trovò una quantità di restauri e qualche schizzo per nuovi lavori da eseguire senza indugio, sì che stette lontano tutta un'estate. Il tempo che passavo senza il mio buon compagno m'era parso sempre orribilmente lungo, ma questa volta la sorte mi avea procurato uno svago.

« Infatti un bel giorno ecco appariie alla finestra di una casa sulla via principale un viso nuovo quale da anni non si era veduto nella cerchia della città. Io non posso descriverlo, caro signore. Io non sono nè pittore nè poeta: e poi, il più attraente in quella donna era tale da non potersi esprimere a linee e a colori. La fata chiamavasi Mietje; ed era venuta da Gand a trovare una zia che aveva perduta la figliuola, per esserle di conforto e d'aiuto. E che adempisse l'ufficio con coscienza, pareva indubitato a quanti la vedevano tutto il santo giorno assisa alla finestra dietro i gerani e i garofani, e coi grandi occhi indifferenti, circonfusi di un umido splendore, guardar giù sulla strada, ove c'era più allegria che nella casa desolata. Infatti da quando era capitata la fiamminga, la strada non era mai vuota di bellimbusti che non avevano di meglio a fare che uno sciame di farfalle dinanzi a un vetro, dietro il quale arda un lume.

« Confesso che fui anch'io del numero, ma per poco. A me piacevano le cose spiccie: e, da scaltro cacciatore di donne, seguii le orme più sicure andando direttamente in casa col pretesto di un'antica parentela, che mi dava il diritto e il dovere di fare le mie condoglianze alla povera derelitta. Al primo sguardo compresi che la rondinella non era sì timido nidiace come universalmente si credeva. Essa conosceva benissimo la potenza delle sue occhiate indifferenti e del suo boccrino semichiuso che pareva un po' stupidetto; sapeva benissimo che poteva sorprendere anche un intenditore comparendogli dinanzi all'improvviso colle braccia come abbandonate lungo il corpo snello e agitando len-

tamente la testolina sul collo superbo. Anche la voce, un po' velata,
contribuiva all'incantesimo; e il suo tedesco mezzo fiammingo sonava
come l'innocente ciangottar di un bambino. Comunque, io non mi
lasciai pigliare a tale esca. Dovetti riconoscere che qui non era il caso
di uno dei soliti amori, benché fossi tentato di prendere il di sopra
sulla bella ragazza che trionfava colla sua indifferenza; ma poiché a
malgrado della mia condotta sregolata' ero tanto onesto da non portare
nessuna vergogna nella casa della cugina, non potevo giustifi-
carmi se non colle più serie intenzioni di far girar la testa alla giovine
fiamminga. E n'ero lontano le mille miglia.

« Di fatto, se mai mi fosse dato l'animo di abdicare alla mia
libertà e di smentire il *credo* del mio celibato, Mietje sarebbe stata
l'ultima, che m'avrebbe messo il freno. Io la giudicai subito per quello
ch'era in effetto, cioè una botte preziosa piena di un liquore dolce e
inebriante, ma misto di sostanze velenose. E così, benché mi costasse
non poco pena, poiché in vita mia non avevo mai stretto una manina
più calda e delicata, nè veduto rifulgere denti più candidi entro una
bocca del color della fragola, pure alla seconda visita diedi a conoscere
che io non mi volevo punto arrolare in quel reggimento di matti, di
cui essa aveva il comando, e dettale qualche fredda garbatezza, rivolsi
quasi unicamente il discorso alla povera vecchia, e dopo un quarto
d'ora me ne andai.

« Sentii d'averla punta nel vivo, e ne fui lieto, poiché, strano a
dirsi, la odiavo quasi più che non la desiderassi. Pareva presentirsi la
disgrazia, che da lei sarebbe nata. Ed essa mi ricambiò cordialmente.
Quand'ebbe perduta ogni speranza di adescarmi, e mi vide passare
dinanzi alla sua finestra non più di quello che le mie faccende richie-
devano levandomi il cappello colla stessa indifferenza che davanti alla
più nobile matrona, notai bene ch'essa mi lanciò uno sguardo di rabbia,
che se non fossi stato a prova di fuoco mi avrebbe senz'altro incene-
rito. Fortuna che proprio allora avevo messo gli occhi su due incunaboli, l'acquisto dei quali mi premeva assai più che quello della Venere
più bella. *Sic me servarit Apollo.*

« Scrissi scherzevolmente al mio Luca in Colonia che si armasse
di un ossicino delle undicimila Vergini, poiché qui era capitato il diavolo sotto le sembianze di una donna, e non attendeva che il suo
ritorno per condurlo all'inferno.

« Nessuna risposta. Egli non era mai stato amante dello scrivere.
Ma un giorno che stavo per andare a Magonza per assistere a un'asta,
eccolo entrare nel mio eremo lui stesso.

« Le nostre accoglienze furono cordiali come sempre, però non mi
sfuggì, dopo scambiate le prime domande, ch'egli era più cupo e astratto
del solito. Ancora, era tornato da due giorni e aveva atteso tanto a
venire a vedermi. Gli chiesi se qualcuna delle undicimila Vergini di
Colonia gli avesse apprestato qualche filtro, qualcuna pure delle non
sante, se non anche la fata di Gand.

« A queste parole si fece di bragia e mi confessò, con la sua sincerità, che aveva veduto Mietje, e ch'era la più bella creatura che gli fosse
mai venuta dinanzi agli occhi.

« — Oh, or! - diss'io - le italiane la perderebbero con codesta
bruna fiamminga? Tu sei come quello che non ha libato da gran
tempo una goccia di vino, e al quale il primo sorso dà alla testa.

« Egli non volle ammettere quel *primo*, e celebrò le qualità fisiche

di lei con sì profonda conoscenza e con tali termini tecnici che io mi
dovetti dare per vinto, e la disputa si volse alle qualità morali.

« Anche qui mi tenne testa vivamente. — O Luca, - diss'io - povero
giovine, tu sei tuffato nella caldaia dell'inferno sino al di sopra delle
spalle, e senti già un particolar piacere nella cottura. Ma te', guarda! —
E trassi dalla cartella una lettera che avevo ricevuto poco prima dalla
patria della bella Mielje. Ivi abitava un amico di affari, pure negoziante di libri e antiquario, al quale avevo scritto fra parentesi che
nella nostra città c'era una sua compaesana che faceva molto onore
alle Gandesi come fiore di bellezza, ma che a noi pareva di un impasto
un po' pericoloso. Ed egli aveva risposto che se alludevo a certa Mietje
Vanderhooven, essa era veramente una vicina da starci in guardia. Da
poco era stata l'eroina di un brutto affare : aveva scaldato la testa a
un marito assai maturo, per modo ch'egli avea risoluto di separarsi
dalla moglie bella e buona, con vivissimo dispiacere della figlia adulta,
non per altro che per isposare lei, cambiando perfino religione. E la
cosa avrebbe avuto effetto se un insulto apoplettico non colpiva a tempo
il valentuomo. L'autrice dello scandalo non poteva più lasciarsi vedere
in città, e quindi erale giunto opportuno l'invito della zia renana.

« Questo romanzo assai morale non fece la minima impressione
sul mio povero amico. Che ci poteva lei se un vecchio pazzo se n'era
invaghito perdutamente? Era poi naturale che d'una creatura sì bella
si sparlasse o per invidia o per amor proprio offeso.

« Lo guardai spaventato. — Penseresti mai...? - gli dissi prenden-
dogli la mano.

« Egli sorrise co' suoi begli occhi seri, e rispose: — Non aver timore,
caro Pietro: sai che io non ho tempo di essere felice. A Colonia mi
hanno accollato tanto lavoro che ci ho da sgobbar per dieci anni. E
poi non credo di poter essere il preferito.

« Non credeva quel cuore di bambino! Un uomo come non ce n'era
un secondo: bello, nella prima virilità, colle tasche piene di denaro e
il cervello di capilavori d'arte, e che ancora non aveva avuto a che
fare con una donna!

« Tutto contristato partii pe' miei affari al più presto. Quattro
giorni dopo ero di ritorno, ma quel tempo era bastato perciè il diavolo guadagnasse la partita. Quando lo rividi, il mio fratello di elezione aveva il viso come un uomo, al quale fosse stato conceduto di
vedere il paradiso dal buco della serratura.

« Si era fidanzato la sera innanzi con Mietje.

« Egli non mi aveva mai fatto un dispiacere sino allora, ma questo
era tanto più amaro. Io però parlai fuori dei denti, e nel mio cruccio
gli snocciolai tutto quello che avevo in cuore contro la fiamminga, e
a lui stesso diedi mille volte dell'imbecille e del pazzo, a lasciarsi abbin-
dolare così presto e così miseramente. Ma egli che di solito si riportava a me inchinandosi alla mia pratica del mondo e della vita, questa
volta non volle intenderla. Si accese tra noi un contrasto fierissimo:
e siccome ci amavamo, vedendo che si sarebbe andati agli estremi,
facemmo scontare al nostro cordoglio l'inevitabile rottura: e l'uno parve
all'altro un nemico degno d'odio perci'era causa che in avvenire non
potevamo più amarci.

« Basta, lo lasciai colla morte nell'anima. Non avevo amato alcun
essere vivente oltre lui, e se in quel momento mi fosse capitata fra i
piedi la strega fiamminga, senza dubbio me le sarei scagliato addosso,
l'avrei strozzata e gettata nel Reno ».

Dicendo questo il vecchio diè del bastone nelle pietre con tale impeto che ne scizzarono le scintille. si passò una grande pezzuola di seta sulla fronte imperlata di grosse goccie, mise un profondo sospiro e si scosse come si sentisse gelare; ma l'aria era ancora calda e calma come di pieno giorno.

— « Vede, - mormorò fra i denti - anche oggi mi altero se ripenso a·quel momento disgraziato; e qualche volta mi arrabbio contro me stesso di non aver avuto il coraggio e il buon senso di mandare a monte le cose colla forza, cascasse il cielo; ma le buone idee vengono sempre troppo tardi.

« Da allora cominciò un brutto tempo. Com'ella s'immagina, io me la battei, e non presi la minima parte alle feste e alle nozze che seguirono. Per evitare le meraviglie della gente. addussi il pretesto di un viaggio d'affari in Inghilterra. Quando tornai, Luca era già da due mesi sposo beato di Mietje; e vivevano del tutto ritirati, nella loro luna di miele, sicchè non diè nell'occhio se anch'io non ero spettatore della loro felicità.

« Ma neanche lui venne da me: anzi, se talvolta lo incontravo a caso per via, notavo che egli, non appena mi scorgeva da lontano, scantonava alla prima strada, e io ne sentiva ogni volta una punta nel cuore. La fiamminga me lo aveva alienato, e, credevo, per sempre. Nè lei mi biasimerà se per ciò la odiavo più forte. sì, che non potè riconciliarmi seco neanche il fatto che pareva lo rendesse felice, come dicevano taluni che avevano gettato uno sguardo nel loro nido.

« Può figurarsi adunque il mio stupore quando un sabato sera fu picchiato al mio uscio ed entrò nientemeno che il mio vecchio amico e compagno perduto, Luca stesso. Da un anno e mezzo non ci vedevamo nè scambiavamo una parola.

« A me si gelò la lingua, ma egli co' suoi grandi occhi lucenti e e con un sorriso impacciato sulle labbra mi si accostò e mi stese la mano dicendomi: — Come va, Pietro? Come hai passato tutto questo tempo? Non ci si vede più, e mia moglie mi manda a pregarti di venire domani a mangiar la minestra con noi.

« — Tua moglie? - balbettai io. e gli presi la mano e gliela strinsi un po' esitante ancora. - Non credevo di essere nelle sue grazie.

« E lui, sempre col suo sorriso cordiale: — Sì. Pietro, qualche volta siamo nemici di noi stessi e ci guastiamo l'attimo di vita con dei capricci. Anch'ella ha creduto di esserti in disgrazia. Non sarebbe una bella cosa che tu venissi e che tutte le vecchie ombre sparissero al primo saluto che vi scambiaste? Io ho un gran desiderio di farti assaggiare il vino spremuto l'anno scorso dalla mia vigna.

« A codesta esibizione non rifiutai. Mi sarebbe stato raddolcito in bocca l'amaro che la donna mi avrebbe fatto inghiottire a tavola. Promisi di andare, e andai la domenica stessa sull'imbrunire: mi vergognavo di ripassare, a giorno chiaro, quella soglia che da tanto tempo per giusta ragione non varcavo.

« Trovai la coppia seduta sulla panca di pietra dinanzi alla casa, questa panca stessa, ove ora siamo. La signora Mietje mi accolse con tutta cordialità come un ospite degno che si vede per la prima volta. Dovetti riconoscere che aveva impiegato bene il suo tempo e s'era fatta più bella: e quando si alzò con agile flessuosità per salutarmi, e mi saettò uno sguardo da' suoi occhi scuri, potei comprendere che il diavolo, quando pesca con tali blandizie, non ritira mai la rete vuota. ove non gli capiti un vecchio luccio ammalizziato come la mia umile persona.

« Sedemmo un'oretta insieme al fresco della sera, ciarlando di cose indifferenti. Ma, bench'ella facesse magistralmente la parte della donna di casa modesta e pudica, non mi sfuggì, nella sua voce e nel gesto, una irrequietezza e un malcontento rattenuto, e alla mia domanda: come si trovasse nella nuova casa, rispose: — Non male, tranne che si è un pochino soli.

« Non male e soli con un uomo come il mio Luca?

« E come avesse indovinato il mio pensiero, soggiunse: — Mio marito lavora tutto il giorno nel suo studio, e poiché non abbiamo figli, io me ne sto spesso colle mani in grembo. L'ho pregato di comperare una casetta giù presso il Reno, in un luogo più allegro, dove si vedessero passar le navi; ma dacché sono sua, non ho più alcun potere su lui.

« Il buon uomo le diè uno sguardo che avrebbe liquefatta una pietra, e presale una delle mani, le disse: — Tu sai, cara, che sono legato alle mie faccende, altrimenti ti farei volontieri il piacere. Ma non vai quasi ogni giorno dalla zia e non ti godi tutta la sfilata degli spasimanti che vengono a ronzare dinanzi alla tua finestra? Fortuna, Pietro, ch'io non ho nelle vene il sangue di Otello!

« — Chi è Otello? - chiese essa, che non aveva letto se non dei cattivi romanzi francesi. Ma senza attendere la risposta si volse a me dicendomi: - Non pare anche a lei, signor Frettgen, che dalla mia finestra ci sia una vista malinconica? Sempre il crocifisso dinanzi agli occhi, e un crocifisso come quello: un essere bruno, scarno, quasi roso da un digiuno di secoli, coi colori dilavati dalla pioggia e la corona di spine scivolata giù sull'orecchio sinistro. Se Luca vi inalzasse uno dei suoi bei crocifissi, che ci fosse almeno un po' di pascolo agli occhi!

« E così dicendo gli carezzava le guance nell'atto di un fanciullo ch'è avvezzo a ottenere colle moine la sodisfazione di ogni capriccio; ma Luca si fece serio.

« — Mia cara, - diss'egli - le tue parole sono poco sensate, anzi quasi empie. Il Redentore non sta in croce per pascolo degli occhi, bensì dell'anima, e la mia coscienza d'artista non mi consente di rappresentarlo in così misero stato, la mia coscienza di cristiano me ne fa spesso rimprovero. Ma la mia sposina - soggiunse ridendo - è una piccola eretica, e ora c'è qui anche Pietro, che dopo aver compromessa la salute eterna col leggere i suoi libri pagani, farà della mia donna una libera pensatrice.

« Io tacqui. Allo sguardo truce ch'essa lanciò al crocifisso, non mi sentii di scherzare. Le donne devono rispettare qualsiasi sventura, colpisca un dio o un povero diavolo; ma lei considerava il coronato di spine come uno che, pel dolore, non potesse rendere omaggio alla sua bellezza, il che per essa era un delitto imperdonabile.

« Luca seguitò a dire dell'impressione che quell'immagine doveva fare nelle vicende dei tempi su ogni spirito delicato, e come per la povera umanità non potesse esservi maggior conforto del vedere cogli occhi propri che anche il Creatore del cielo e della terra non si era sottratto alla legge inesorabile che condanna ogni vivente a soffrire.

« La bella donna gli gettò uno sguardo di fuoco. — Io mi figuravo - diss'ella - che tu non conoscessi il soffrire, ti credessi anzi in paradiso.

« Egli arrossì come un collegiale. — L'ho pensato spesso, - rispose - ma temo della mia presunzione. Tutto ciò ch'è umano, è caduco. Il conforto che ci viene dal di là, sopravvive a giorni buoni e cattivi.

« In quella vedemmo venire avanti un giovine, decentemente e-
stito e con una cartella come quella che portano sotto il braccio li
studenti, traversare la piazza verso il crocifisso e inginocchiarsi su
panca davanti. Era una cosa straordinaria: di solito, infatti, solta e
le vecchie e i bambini ivi facevano le loro devozioni. Pensai che
pio giovine portasse in cuore ben altra immagine, alla quale, i
troppo, perchè sedeva dirimpetto fra due persone vigilanti, dovev
volgere il dorso, ma fu un falso sospetto: anche Mietje lo guardò in
occhio del tutto indifferente.

« Luca però disse: — Qui ci dev'essere sotto qualche cosa: è i
la terza volta che lo vedo fermarsi là, e quando viene, è tutto triste
quando se ne va, leva il capo. Non farebbe tanto il mio più bel cro-
fisso di marmo. Voglio interrogarlo. — E quando il giovine, rizzato
si avviava senza pur darci un'occhiata, gli si accostò e s'intrattene
con lui qualche tempo. Frattanto la moglie mi disse: — Ha ragio :
io non credo; il Salvatore crocifisso non mi fece mai nè caldo nè fred.
Se fosse stato un dio, avrebbe vinto i suoi nemici e fondato in te
il regno del cielo; ma con Luca non se ne può ragionare.

« Aggiunse qualche altra cosa che rivelava una grande freddez
di cuore e non poco intelletto, però a me spiaceva anche ciò che dice
di sensato. Insomma, avevo antipatia per lei.

« M'impedì di risponderle il ritorno del marito, che, congedat i
dal bacchettone con una forte stretta di mano, ci riferì ch'era un
vero giovine, figlio di una vedova, che a stento l'aveva indotto a pro-
dere il posto di scrivano presso un notaio. La madre campava co
lavori d'ago e con servizi di supplenza, ma allora era malata. E poich,
da quando le era morto il marito, essa aveva recitato ogni giorno p
l'anima di lui un *Paternoster* e un'*Avemmaria* dinanzi al crocifiss
óra le doleva di dover lasciare la pia consuetudine, il figlio si era offer
di farne le veci. Luca gli aveva domandato se fosse contento della su
professione, e il giovine gli aveva risposto che l'aveva scelta di nec
sità, per assistere la madre, ma, quanto a lui, non aveva pel capo alt
che disegnare e dipingere, e sarebbe stato felice di andare all'Ac
demia di Düsseldorf. Luca gli aveva chiesto allora se volesse tentä
la scoltura offrendogli di frequentare il suo studio, cioè se in lui c'e
veramente la stoffa di un artista, ben presto col pennello e lo scalpe
sarebbe andato più avanti che non percorrendo le molte classi de
scuola d'arte, e si era esibito di dargli volentieri da principio que
che guadagnava coll'umile ufficio di scrivano. Gli occhi del buon g
vine si erano illuminati, ed egli voleva baciare le mani al maestro, e
a fatica se n'era schermito; indi era corso di galoppo dalla madre
il domani per tempo avrebbe cominciato il tirocinio.

« — Vedi, Mietje, - conchiuse l'eccellente uomo - egli era tutto ra
giante come se gli fosse stata concessa una grande felicità; dunque
crocifisso ha operato un nuovo miracolo. Io non ho mai veduto un'anim
più pura brillare da due occhi azzurri come in quel giovine. Non invai
avrà riposto le sue speranze nel cielo.

« Non so perchè, quella storia commovente non mi piacque. Guard
Mietje: aveva sulla bocca un sorriso sardonico, ma non disse null
E poichè per una prima visita di riconciliazione m'ero fermato abb
stanza, m'affrettai a congedarmi e non mi lasciai trattenere a cena r
dalle cortesi preghiere di Luca nè dalle feline amorevolezze del
moglie.

« Tornai da loro una settimana dopo; e premendomi di scoprire
se avevo fatto torto alla donna, e se pure con tutte le sue falsità ella
sentisse pel marito un amore sincero, che coll'andar del tempo avrebbe
potuto cambiarla intimamente, volendo insomma acquistare anch'io
qualche autorità su lei, presi l'abitudine di andar da loro ogni domenica prima di notte a conversare un paio d'ore su questa panca. Mi
accorsi subito che il tarlo della noia rodeva il cuore della donnina un
po' viziata. Non aveva che lo specchio e gli occhi limpidi e cari del
marito che ne lodassero la bellezza; ma ciò non bastava a farle passare il tempo e a occupare il suo animo incontentabile. Io proposi
più volte delle gite in carrozza o in battello, e Luca era sempre disposto a tutto ciò che piacesse alla moglie; ma neppur questo giovò
gran cosa: era cavar la sete con una pera.

« Nel primo tempo mi accorsi che a lei non spiaceva di scherzare un pochino con me, forse perchè non c'era altri da menar pel
naso. Sarebbe stato un doppio trionfo per lei far girar la testa a me:
prima, perchè me le ero mostrato sì avverso; e poi, per fare scorno al
marito, che si fidava ciecamente della mia amicizia. Ma in onta di certe
occasioni pericolose, in cui essa usò contro di me tutte le sue armi,
io resistetti validamente, e posso giurare di non averle baciato la piccola mano, non che le morbide guancette brune che bene spesso si
accostavano alle mie quando le mostravo le figure in un libro raro,
mentre Luca era ancora occupato nello studio. Sentivo che lei ce l'aveva,
e di cuore, con me, ma mi faceva quasi pietà. Che ne può una povera
libellula o un fantasma se non ha del sangue ardente, che gli faccia
battere il cuore per tutto ciò che è bello e intimo nella vita umana?

« Però la pietà cedette all'indignazione quando mi avvidi che perfino il nuovo scolaro del marito non era per lei tanto disprezzabile
da non tentare di attirarlo nella rete. Costui era propriamente un buon
giovine e vero figlio di una vedova, il quale avea penato a vivere, e
alzava timidamente l'occhio se qualcuno gli volgeva il discorso; vo-
lonteroso a ogni fatica e pieno di riconoscenza per ogni minimo atto
di cortesia e di favore. Non era bello: di corporatura gagliarda, ma
logorata dagli stenti, impacciato e goffo nel gesto, solo negli occhi
azzurri aveva una certa grazia femminile: e i capelli folti e bruni
spioventi sulla fronte gli davano un'aria di giovine leone ammansato.
Come Luca diceva con orgoglio, mostrava un ingegno straordinario
e prometteva di far onore al maestro; era inoltre lo scolaro più tranquillo e zelante dello studio, nè lasciava mai, appena finito il lavoro,
di fare le sue devozioni davanti al crocifisso e di correre poi dalla
madre, che per la fortuna toccata al suo diletto era quasi guarita e scriveva a Luca le più calde lettere di ringraziamento.

« — Senti, - diss'io all'amico - quel pio ragazzo, di cui tu fai
tanta stima, non mi piace. I giovani non devono tenere gli occhi bassi
come se non fossero degni di alzare lo sguardo al bel mondo di Dio.
Questo far da somione o è infermità di nascita o una maschera, dietro
cui si nasconde un animo scaltro e sensuale. Ho notato ancora che
quando non si crede osservato lancia delle occhiate scintillanti alla
moglie del suo maestro. La prudenza è la madre delle scatole di porcellana, dice l'olandese: tu faresti bene, con bella maniera, a liberartene.

« Luca rise. Il ragazzo non gli dava nessuna ombra; esso aveva
un pedagogo fido e severo: quello bruno e taciturno là sulla croce.
Se non si era ancora temperato alla disciplina del suo maestro, se

mortificava la propria carne troppo coscienziosamente, se sprezzava il
mondo, questo suo zelo si sarebbe moderato al primo bollire della
gioventù; ma ora non era da parlarne, e l'ammirazione di Mietje non
faceva che onore al suo ingegno. Se fosse altrimenti, sarebbe stato un
prodigio d'ingratitudine, poichè dovea sapere che la madre sua era stata
tolta allo stato miserando, in cui giaceva, pei benefici della moglie del
maestro, e ch'egli stesso era debitore del suo avvenire non ad altri che
al marito di questa donna.

« Che si poteva replicare? Io tacqui, ma fui tutt'altro che tranquillo avendo sorpreso di quando in quando gli occhi di Mietje posarsi
sul giovine con uno sguardo tutto particolare, fiso e lievemente acceso,
come per dirgli: — Dormi ancora, il mio sciocco? non vedi quali stelle
ti adocchiano?

« Anche codesto non degno scherzar col fuoco chi glielo poteva
ascrivere a colpa? L'ozio è il padre dei vizi, caro signore: e poichè il
marito la teneva come una regina, che anche nelle piccole faccenduole
doveva rimettere ogni cosa alla serva, doveva nascere quel che nacque.

« Era stato avvertito; ma di lui può dirsi che aveva occhi e non
vedeva, che aveva orecchi e non udiva.

« Una sera avevamo fatto una passeggiata lungo il Reno: era un
giorno di festa, e tutti gli allievi erano fuori. Mietje, per non uscire,
finse un dolor di capo. Era pigra di natura e non camminava volentieri, nè doveva far abbronzire la sua pelle delicata al sole d'autunno.
Tornando sul crepuscolo, entrammo in casa pian piano. Egli aveva
detto sorridendo: — Scommetto che si è appisolata sur un libro di
Eugenio Sue o del Dumas. — Nelle prime stanze non c'era. Cautamente
ci avvicinammo, pel corridoio, al cortile, Luca davanti. Ma come fu
all'uscio, ch'era socchiuso, egli si fermò e mi rattenne. — Guarda: –
mi disse indicando colla mano fuori nel cortile; – può Raffaello immaginare una cosa più attraente, o uno scalpello effigiare nel marmo
qualche cosa di più perfetto in forma umana?

« E veramente quello che ci stava dinanzi agli occhi non era uno
spettacolo comune. In mezzo al vasto cortile, spazzato con cura, ove
i massi di marmo e il legno che si usavano nello studio erano stati
accatastati intorno a un piccolo riparo, sorgeva un alberetto, che
appunto allora era stracarico di frutti: le più belle susine claudie,
d'un verde oro, che si potessero vedere. Il giovine tronco non era
molto più alto d'un uomo, e stendeva i due rami inferiori di qua e di
là come le braccia di una croce. Presso l'albero, in veste leggera,
bianca, lenta alla cintura, stava ritta la bella donna volgendo le spalle
al tronco e, tenendo avvinto colla sinistra uno dei rami, bianci-
cava colla destra nel fitto fogliame cercando i frutti più maturi e più
grossi. Aveva il viso rivolto all'insù, sicchè le si vedeva dal di sotto
il mento e il nasino, e il collo bruno che parea tornito di avorio
antico, indi la figura snella, e pur florida, che si alzava sulla punta
dei piedi, per modo che le pieghe della veste le si stringevano dolcemente alle anche. Quando aveva trovato un frutto ben sugoso e lo metteva in bocca, le si vedevano biancheggiar tutti i denti, e non v'era nulla
di più grazioso della elegante disinvoltura, onde sputava il nocciolo.
Sul viso e sul petto le correvano le ombre tremole delle foglie, poichè
alitava sul cortile la brezza della sera; le maniche pendenti dai gomiti
lasciavano vedere le braccia bellissime e alla nocca della mano sinistra
le brillava un cerchio d'oro, il primo dono dello sposo innamorato.

« — Ebbene? - bisbigliò l'amico dopo aver contemplato qualche tempo come in estasi la dolce scena. - Quella donna non meritava che un galantuomo ci perdesse la testa? Eppure lui aveva ancora tutti i suoi sensi a posto.

« — Hm! - feci io - tu forse sì; ma guarda la finestra dello studio a sinistra. Temo ci sia un altro che non abbia altrettanza padronanza su sè stesso.

« Infatti, a quella finestra, il san Fridolino del nuovo scolaro, assiso nell'angolo scuro, con la bocca e gli occhi spalancati si divorava divotamente la bella immagine di Eva.

« Luca si rannuvolò un tantino, ma disse con tutta placidezza : — Il povero giovine ha voluto farsi un merito straordinario e finire il suo intaglio anche di festa. Doveva esser cieco per ciò che delizia i nostri occhi? Ma lei non sapeva che le fosse vicino.

« Aprì tutto l'uscio, e si accostò al susino con una arguzia sulla golosità della moglie, che ci salutò senza impaccio. Si recò poi nello studio, dove l'udii lodare e riprendere insieme l'allievo per lo zelo eccessivo : indi rimandollo a portare una saccoccia di frutte mature alla mamma.

« — Avresti dovuto farlo da un pezzo, Mietje, - disse rivolto alla sposa.

« — Io non sapeva che se ne stesse rintanato a lavorare - rispose questa senz'arrossire. - Tu lo sai, non mi piace; non è allegro. Il crocifisso là di fuori gli è una compagnia più gradita che i suoi simili.

« Luca mi die' un'occhiata come per dire: chi aveva ragione? Ma io non mutai pensiero ».

* * *

Il vecchio mise un sospiro come se fosse andato ben lungi. Si passò la mano sulla fronte, guardò l'orologio e disse:

— « Mi scusi se le accorcio il riposo, signor dottore: ma ora che le ho inflitto dei particolari senza importanza, bisogna che abbia pazienza sino alla fine. D'altra parte non c'è molto ancora, e il più buono viene adesso... Infatti è una storia vecchia e non mette conto di parlarne che una trista femmina inganni un galantuomo; nel nostro caso però non si comprende, a meno non si consideri che l'istinto del male sia l'impulso più forte per quella razza di serpi, come non le facesse ribrezzo la scelta fra un uomo come Luca, che avrebbe onorato qualsiasi trono del mondo, e un ipocrita, un disutile, un... Ma acqua in bocca, e lasciamo le contumelie; mi sono sfogato abbastanza e su tutti i toni contro quelle due gioie nei lunghi anni che successero alla disgrazia. Allora, come io detto, non feci più parola : sarebbe stato senza frutto. Ma io, pazzo, pensai che avrei potuto impedire il peggio se da leale amico di casa avessi vegliato diligentemente al buon ordine. Portavo meco di quando in quando un bel libro per isvogliarla da quei maledetti *Misteri di Parigi* e compagni, e speravo che col tempo si potesse ancora salvare quell'anima perduta. Se non fosse stato pel mio vecchio amico, avrei preferito di non mettere più piede nella sua casa.

« Era passato l'autunno, e il susino aveva dato gli ultimi frutti e deposta l'ultima foglia. Verso la fine di ottobre Luca dovette fare un viaggio in un paese a settentrione del Reno per vedere una chiesa, in cui gli era stata commessa un'opera da altare. Essendo l'occasione

piopizia per visitaie qualcie biblioteca di convento, me gli unii, e
passammo insieme due bei gioini, gli ultimi bei gioini pur tioppo. Nel
iitoino vidi ancoia una volta quanto fosse legato a quella donna. Parlava sempie di lei, e mi avvidi che doveva faisi foiza per non isco-
prire ceiti paiticolaii della sua bellezza iiseivati soltanto al felicę pos-
sessoie. Lodava che nell'ultimo tempo ella si mostiasse piu volonteiosa
nell'adempiere i doveii domestici. — Se tu vedessi, - diceva - quest'acqua tianquilla, che giudicavi sì poco piofonda, sciiude ancoia
una volta le sue segiete soigenti e diventa un gian fiume che poita,
lieto e sicuio, la nave della mia vita.

« Io non iisposi nulla. Poteva daisi che un uomo buono e puio
come lui avesse la foiza di conveitiie la cattiva, e d'una diavolessa
faie una donna, piesso la quale fosse dolce il viveie. Anzi quando,
appiodati veiso le dieci di seia, lo vidi avviaisi a casa con la testa alta
e a passo iapido, piovai una punta d'invidia pel felice che tiovava
un bel fuoco acceso e due floidę biaccia pionte ad accoglieilo. Non-
peitanto mi consolai ancı'io entiando nel mio quaitieie di scapolo,
poiciè avevo io puie fia le biaccia un piccolo tesoio, un pacciettino
di stampe iaie antiche, scovate per via.

« Volevo assaporarmele quella seia stessa; e acceso il lume, col
mantello indosso, poiciè la stufa era spenta, mi sedetti al tavolino e
mi spiegai dinanzi la pieda voltandola di qua e di là con gian giubilo.

« Non era scoisa mezz'oia, che udii una stiappata fuiiosa al campanello, come se il tetto sul mio capo fosse in fiamme.

« Coiio alla finestia: era Luca.

« — Che c'è di nuovo così taidi? - gli ciiesi, e non aggiunsi altio,
assalito da un tiiste piesentimento.

« Per tutta iisposta egli diè del pugno sull'uscio, e mise un iuggiio
come di cignale feiito.

« Apeito ch'ebbi, quasi mi cadeva il lume sulla scala quando
glielo alzai sul volto. Era coloi della ceia: aveva gli occii come quelli
di un ubbiiaco, le labbia gli tiemavano senza potei aiticolaie una
paiola.

« Lo tiiai dentio con impeto: egli cadde come un pezzo di legno
inanimato sulla piima sedia che gli capitò, e quando lo pregai di togliermi da quell'angosciosa inceitezza, apeise con visibile sfoizo la
destia e mi poise il biglietto sgualcito che vi teneva ciiuso. Duiai
fatica a sciouinaie quel cencio e a decifrarne il iabesco cancellato. Senza
la mia vecciia eseicitazione diplomatica su caite goticie ingiallite, non
mi saiebbe foise iiuscito.

« Era sciitto a un di piesso così :

« Caio Luca,

« Io me ne vado per qualcie tempo: mi annoio tanto e patisco la
« nostalgia. Non sentiiai tioppo la mia mancanza: hai l'aite tua e la
« tua fede. Non ricercarmi: saiebbe inutile. Andiò a casa fia i miei o
« altiove. Ho meco un po' di denaio. Le ciiavi sono sul vecciio cas-
« settone del tinello. Sta' bene.

« *Fiimato:* La tua Mietje ».

« Il foglio mi cadde di mano e dalle labbia m'uscì, ciedo, una
maledizione quale non avevo mai piofeiito in vita mia. Stemmo per
piu di mezz'oia seduti l'uno di fionte all'altio senza diie una paiola.

E che potevamo dire? Per me la cosa, in fondo, non aveva nulla di
stupefacente, e i miei pensieri viaggiavano sulle orme dei fuggitivi
quasi con soddisfazione pensando che ora ella ingannerebbe e farebbe
ammattire altra gente che non il semplice amico mio. Ma vedendomelo
assiso davanti come un uomo spezzato, roso dentro dalla febbre del
dolore, della rabbia, della disperazione, avrei dato non so che cosa
perciè l'antica benda della follia velasse ancora i suoi occhi senza speranza. In quel momento sentii quanto l'amavo: il mio cuore provò
tutte le punte furiose che trafiggevano il suo.

« D'improvviso ecco una nuova scampanellata, ma di una mano
debole e peritosa. Mi alzai cretamente come se mi attendessi un'altra
cattiva notizia che avrei voluto risparmiare all'amico, e così ad aprire.
Sull'uscio, imbacuccata in un vecchio panno scuro, c'era una donna
tremante, non giovine, con un viso cadaverico, la quale mi piantò in
faccia due occhi azzurri lagrimosi. Mi chiese se ci fosse da me il signor
Luca. Io le domandai che cosa volesse da lui: ed essa diè in un pianto
dirotto. Era la cucitrice, madre del giovine allievo. Uscito, come di
solito, la mattina per tempo, alla sera non era più rincasato. Richiesto
se un lavoro urgente lo tenesse occupato di notte, i compagni le avevano detto che il maestro era fuori e che il figlio non si era fatto vedere
nello studio, per tutto il giorno. Aveva domandato di parlare alla
padrona, ma questa pure non la vedevano dalla sera innanzi: poteva
essere indisposta o a letto. E poiché era la prima volta che il suo
figliuolo restava fuori di notte e lei era una povera vedova che aveva
quel figlio soltanto... E qui un fiume di lagrime dagli occhi, singhiozzi
e gemiti d'angoscia, tanto che ebbi il mio da fare a chetarla per allora
con delle vaghe frasi stentate e a rimandarla confortandola che suo
figlio non era certo uscito dal mondo e che forse era stato mandato
fuori con un incarico del maestro in qualche luogo, dove la notte l'aveva
sorpreso: ma il maestro non era in casa mia.

« Sempre gemendo e piangendo, la poveretta se n'andò con passo
incerto e io lanciai, fra i denti, una maledizione a quella buona lana
che si era così presto perfezionato alla scuola della sua padrona. Pensai
di non dir niente a Luca per quella sera. Sapevo che aveva l'ipocrita
quasi in luogo di figlio e che tale scoperta gli sarebbe stata un nuovo
tizzo acceso nel cuore. Ma quando mi voltai per rientrare, lo sciagurato stava ritto nell'andito scuro dietro di me, immobile come una
colonna. Aveva udito ogni cosa.

« Io rabbrividii, ma non c'era più rimedio. Biancolando cercai la
sua mano per ricondurlo nella stanza, ma egli si scermì con un gesto
risoluto e volle uscire a forza. — Luca, - gli dissi - devi farmi il piacere
di passar la notte con me. Non è bene che uno sia solo quando ha
perduto il suo dio. Domani concerteremo insieme pacatamente quel
che devi fare, e alla fine con un po' di ragionevolezza si può ancora
impedire il peggio. — Ma non fu possibile trattenerlo. Quel che più
mi dava pensiero si era che non proferiva una sillaba: e mentre
andavamo, gli parlavo per rompere a ogni modo il suo silenzio, per
farlo sfogare, affinchè lo stupore dell'animo non lo attenasse: era come
parlare a un cadavere ambulante. Paventavo che potesse fare uno spro-
posito. Fra il silenzio sepolcrale della notte si udiva gorgogliar nella
chiusa il ruscello del mulino che cascava nel Reno. Quel suono poteva
allettarlo: ma fu vana paura. I suoi sensi erano chiusi anche ad esso,
e giungemmo a casa senza peripezie.

« Quivi ristette un momento volgendosi alla cappella; e vidi i suoi occhi andare con un'espressione ineffabile al crocifisso e rimanervi inchiodati. Fu scosso da vivo tremito e cadde su questa panca mettendo un cupo grido. Ma quando, spaventato, mi lanciai verso di lui e, credendo gli fosse scoppiata un'arteria, gli venivo in soccorso, egli scattò in piedi come una molla d'acciaio, e strinse i pugni verso il cielo contraendo la faccia a un ghigno di scherno che mi fece aggricciar la pelle. Prima che mi riavessi, aveva aperto l'uscio e spariva dentro rinchiudendosi a doppio giro di chiave ».

* **

— « Può immaginare come rimanessi dinanzi all'uscio chiuso. Ma capii subito che per quella notte non mi avrebbe aperto, e il pericolo che l'infelice attentasse a' suoi giorni non mi pareva più da temere dopo il gesto energico fatto all'ultimo. Me ne tornai dunque a casa sospirando, nè ho bisogno di dirle che non potei chiuder occhio fino al nuovo giorno.

« Mi ero gettato sul letto, vestito, e stavo continuamente in orecchi attendendo sempre qualche cattiva notizia. Se mi si fosse riferito che il povero alienato aveva posto il fuoco ai quattro angoli della casa, non me ne sarei forse meravigliato; ma non ci fu nulla di nuovo. Quando mi scossi da un tardo sonno mattinale, penai qualche tempo a convincermi che quest'orribile storia fosse veramente accaduta. Senza lavarmi e senza far colazione, così com'ero, corsi alla casa sventurata e quasi mi stupii di trovar tutto cheto e tranquillo. Quello là sulla croce poi aveva un aspetto paziente come se non avesse veduto un'altra magnifica prova della nequizia, dalla quale era venuto a redimere il mondo.

« Dopo un lungo furioso picchiare e scampanellare mi fu aperto da un fanciullo di forse dieci anni, che Luca teneva nello studio per commissioni e per ogni sorta di servizi. Seppi da lui che il maestro, la mattina per tempo, aveva desti i suoi scolari, pagato a ciascuno tre volte tanto la mercede, ma ingiungendo di fare il sacco e d'andarsene. Poi si era chiuso nella stanza dietro lo studio, nella quale soleva fare gli abbozzi e i modelli, e gli aveva comandato nel modo più rigoroso di non lasciar entrare anima viva, il che del resto non era neppure possibile avendo egli gelosamente chiuso a catenaccio anche l'uscio dello studio. Ciò che il maestro facesse là dentro, non sapeva.

« Pel momento non desideravo neanch'io di saperlo. A chi prova simili schianti, qualunque cosa imprenda, gli giova non foss'altro a impedire con movimenti meccanici che il cuore s'impietri. D'altra parte, pensandoci bene, avevo respinto il desiderio che un qualche caso ci desse in mano i fuggiaschi. Era meglio ch'essi non ricomparissero mai. La vergogna e lo scandalo sarebbero tanto più presto e più profondamente sopiti, quanto più la memoria dei due campioni sparisse una volta per sempre come nelle acque del Reno.

« Per allora dunque non mi restava di meglio che andare dalla madre di quel fintone matricolato e, confortandola con buone speranze, farmi promettere di star cheta e di non andar a gridare la sua disgrazia a tutte le vicine. Avendola assicurata che, anche senza il cattivo figliuolo, non avrebbe patito alcun bisogno, si rassegnò finalmente al destino e la lasciai tranquillata, non senza però che mi ricantasse una lunga litania delle virtù e delle doti del suo furfante, e protestasse e tornasse a protestarmi che una volta o l'altra ne sarebbe stata riconosciuta l'innocenza.

« I giorni che seguirono furono per me di grande inquietudine. Ogni tentativo per giungere al maestro fu vano. Il fanciullo mi diceva che di giorno esso non usciva mai dallo studio. Quel po' di cibo che gli abbisognava, glielo andava a prendere dal trattore e glielo passava da uno sportello. Soltanto di notte lo aveva veduto una volta nel cortile girare attorno all'albero spoglio, senza parlare e a passi rapidi, come se fosse portato dal turbine. Ma di giorno lo si udiva lavorare: stava scolpendo qualche immagine e a volte canterellava un'aria, di cui però non si potevano intendere le parole.

« Tali notizie mi tranquillarono in qualche modo. Lavora, pensava io: codesta è l'unica medicina per le ferite dell'anima e per la febbre del cervello. Alla perfidia dell'amata troverà conforto nella prima sua fiamma, l'arte, che non ha ancora ingannato i suoi devoti. E un giorno avrà compiuta una bell'opera e uscirà dalle nebbie che lo avvolgono, risanato e ringiovanito e ogni ombra sarà da lui dileguata per sempre.

« Si crede quel che si desidera. Vidi però confermata la mia speranza in questo, che il rumore sollevato dalla scomparsa di Mietje e dell'imberbe suo vago cessò in effetto più presto che in altre circostanze non mi sarei aspettato: primamente, perciè i fuggitivi rimanevano invisibili; e poi, perchè di lontano non giunse nessuna voce che ne desse notizia.

« Passarono quattro o cinque settimane. Pensai finalmente se non fosse opportuno di penetrare con uno stratagemma o con la forza nella spelonca del leone malato per vedere a qual punto fosse la guarigione della ferita, e aveo ordito un disegno ingegnosissimo, che volevo eseguire la mattina dopo per tempo. Intanto sopravvenne la chiusa della singolare tragedia.

« Erano i primi giorni di dicembre, ma la temperatura ancor mite. La notte avanti era caduta la prima neve che aveva coperto appena il terreno e di giorno col sole era scomparsa. La notte seguente dormii d'un sonno inquieto: aveo la testa piena dell'assalto allo studio dell'amico. Verso le sei fui destato da un vivo rumore nella strada. Salto giù dal letto e vedo una folla di uomini, parte, come allo scoppiar di un incendio, con abiti presi a caso, donne alla finestra in camicia, i più passar via in fretta verso la casa dell'amico.

« In un attimo son vestito e giù nella via, ma dalla gente agitata non si poteva saper niente di certo. Era stato commesso un delitto inaudito, un sacrilegio senza nome. Voci vaghe accennavano a un crocifisso, a un'opera di Satana, dalla cui vista si dovevano sottrarre le donne e i fanciulli. E tra discorsi, mormorii e gran segni di croce, gli uomini correvano per la strada, e io con loro, in un'ansia che mi obbligava a fermarmi ogni momento.

« Ma come svoltai la cantonata e fui nella piazza, mi apparve uno spettacolo che superava ogni più strana immaginazione. Dinanzi al vecchio crocifisso si levava, dal suolo, un altro crocifisso con le braccia distese, ma così poco regolari, che riconobbi tosto il susino spoglio, ch'era nel cortile dell'amico. Aveva la scorza intatta, e i rami che si slanciavano in alto, su dal tronco, nel loro irregolare sviluppo stavano rigidi nell'aria quasi piccola cima. Come gli fosse riuscito di svellere l'albero, di notte, dalla terra indurita dal verno e piantarlo là, non me lo sapevo spiegare se non colle forze sovrumane della pazzia. Ma il più meraviglioso era l'effigie collocata, per istrazio, dirimpetto al crocifisso, ed esposta al raccapriccio di tante anime timorate.

« Infatti come l'avevamo adocchiata quella sera sotto l'albero, ivi era l'immagine di Mietje, grande al naturale, scolpita nel legno bianco, ma ignuda, e in luogo delle vesti aveva le floride membra coperte di un'ombra di colore, tanto ch'io stesso, al primo istante, ne fui spaventato credendo che fosse lei in persona. Soltanto quando mi accostai capii ch'era un'opera del marito; e per quanto le mani gli avessero dovuto tremar di rabbia e d'odio, egli non aveva mai fatto alcuna cosa più bella del corpo nudo di questa giovine donna che, appoggiata al tronco, la mano sinistra avvinta al ramo sporgente, la destra che teneva un frutto morsicato, il capo gettato un po' indietro, guardando con gli occhi languidamente socchiusi, parea farsi beffe del povero crocifisso dirimpetto.

« L'opera era così sovranamente bella che, almeno a me, non ne balenò subito l'audacia; e mi prese un lieve ribrezzo quando rimirai sulle labbra rosate il sorriso della seduzione; e a certi momenti mi parve che la figura si animasse dal capo ai piedi e fosse lì lì per istaccarsi dall'albero e scegliersi una vittima fra la moltitudine ammaliata.

« Soltanto appena vinto il primo sbalordimento potei scorgere sopra il capo della donna, fra i rami della cima, una tavoletta, sulla quale, per manifesto contrapposto all' I·N·R·I· del crocifisso, si leggevano chiaramente le lettere: F·V·R·I·A·

« Era singolare il vedere la folla raccolta intorno a quell'immagine di scherno. Sulle labbra trementi e sulle fronti corrugate di quegli uomini semplici traspariva chiaro lo sdegno rattenuto contro un delitto sì mostruoso; qua e là dalla cerchia muta uscivano voci d'ira: dei mormorii, dei fremiti quali sogliono precorrere un violento scoppio del sentimento cristiano offeso; ma insieme il prorompere era frenato dallo strano incantesimo che emanava dalla bellezza nuda; e il fatto ch'ella ricomparisse d'improvviso fra i suoi vecchi concittadini toccava così da vicino il portento, che gli animi più rigidamente e più fervidamente cattolici per qualche tempo ne rimanevano soggiogati.

« Io fui l'unico che pensai quali mani avevano formata quell'opera meravigliosa, e com'essa potè nascere nella testa e nel cuore del povero artefice. Ma prima che avessi il tempo di meglio indagarlo, si fece un movimento nella calca, ed ecco una figura nera avanzarsi a gran passi per la stretta via formata dai curiosi che si ritiravano di qua e di là.

« Inorridii riconoscendo il parroco della città, un prete fanatico e gretto, che solevo scansare, perciè il suo viso duro, sempre acceso di ira spirituale, mi moveva la stizza, così che mi potevo appena tenere dall'attaccarla con lui. Tutto fremente d'indignazione, egli si piantò dinanzi all'anticrocifisso e', fattisi tre grandi segni di croce, colla bocca spalancata si diè a rimirare quell'abominio dal capo ai piedi così amorosamente, da non potersi dubitare che, benché si trattasse di un'opera d'arte e dell'effigie di una bella donna, lo spirito infernale operasse non poco anche su lui. D'intorno si era fatto un silenzio di tomba. Tutti pendevano dal viso del pastore che si andava facendo sempre più scuro, così che gli occhi sfolgoravano come due piccole agate in un busto di porfido.

« Ma la pietra si animò d'un tratto, e colla voce poderosa, onde tonava dal pulpito, il zelante che considerava quell'inalzamento di croce notturno come un'offesa, uno scorno alla propria dignità, cominciò a gridai vendetta contro l'opera inaudita del demonio, sì che a poco a poco il suo sermone prese le dimensioni di una filippica di condanna e di penitenza tra i due crocifissi, durante la quale però tenne sempre le spalle rivolte a quello vecchio e santo, alzando come per iscongiuro le braccia verso la donna muta, che ne subiva gli anatemi con un sorriso irresistibile sulla bocca e con uno sguardo maliziosamente ammaliatore. Quando non ebbe più fiato, ristette; lanciò uno sguardo minaccioso sulla moltitudine timida e silenziosa, e gridò: — Chi ha fatto quest'opera satanica? o chi può indicarne l'autore, che noi lo consegniamo alla giustizia terrena come pure a quella delle pene infernali?

« A simile domanda tutti restarono muti, sebbene forse nessuno dei presenti dubitasse che uno soltanto poteva inalzar quell'immagine. Ma d'un tratto una figura giovanile si caccia traverso lo steccato vivente che circondava il sacerdote furibondo e gli cade ai piedi alzando le mani e tremando di paura come un reo che supplichi per la vita. Era il fanciullo che Luca avea ritenuto per suo servizio dopo il licenziamento degli scolari. Egli non aveva da rivelar nulla di particolare: sapeva solo che il maestro verso mezzanotte l'avea destato comandandogli di aiutarlo a estirpare l'albero dal cortile e a trapiantarlo sulla piazza; rimandato poi a letto, mentre succedeva il resto, avea dormito ed era stato svegliato dal rumore della via.

« Il prete irato non gli disse alcuna rude parola: gli premeva di interrogare severamente il colpevole. E dato un ultimo sguardo all'opera diabolica e fattosi un nuovo segno di croce, si avviò in fretta alla casa, che baciata dal sole mattutino, con le imposte chiuse, non aveva l'aria di albergare nè un grande malfattore, nè un sacrilego.

« La folla si aperse per lasciarlo passare; io mi cacciai dietro a lui, e con qual animo lei può immaginarselo. Il prete aveva ghermito il giovinetto tremante per una manica e se lo spingeva dinnanzi perchè gli facesse da guida. Non si dovette molto cercare. Da una stanza del pianterreno, a sinistra, ove penetrava un debole raggio dalle fessure delle finestre, udimmo un respirare leggero e tranquillo; e quando le imposte furono aperte, vedemmo il mio povero amico disteso placidamente sul vecchio sofà, ove si era buttato con le vesti, con le quali aveva terminato l'aspro lavoro della notte, vinto, a quel che pareva, dal sonno dopo l'enorme fatica. Il volto era tutto sereno: egli giaceva come un vincitore che ha guadagnato una dura battaglia e può concedersi di riposare sugli allori.

« Lo scalpiccio dei passi concitati non lo destò. Soltanto quando il parroco lo prese in furia per un braccio e lo scosse, aprì lentamente gli occhi guardando stupito la folla e, come mi vide, mi stese la destra. Ma l'uomo di Dio si cacciò in mezzo e ingiuntogli bruscamente di alzarsi, cominciò su due piedi un rigido interrogatorio.

« L'infelice, benchè paresse ancora in preda a' suoi sogni e avesse una strana espressione, come di deliante, nel volto e un continuo sorriso sulle labbra, nondimeno rispose chiaro e franco a tutte le domande.

« Sapeva dell'empia immagine ch'era stata eretta, di notte, sulla piazza?

« Certamente. L'avea scolpita e colà inalzata lui stesso.

« Perchè compiere un delitto sì mostruoso, un'offesa sì atroce a tutti i santi?

« Avea dovuto farlo per ordine di un altro.

« Di chi?

« Non poteva dirne il nome, ma credeva che fosse il re delle tenebre. Questi era venuto da lui di notte e gli aveva imposto di fare quell'opera descrivendogliene i particolari.

« Non s'era guardato dal commettere un tal peccato mortale, tanto più se aveva conosciuto da chi gli veniva l'incarico?

« No: non ci aveva pensato. A lui piuttosto era parso assai ragionevole che anche il diavolo volesse il suo crocifisso vedendo che Cristo aveva piantato il suo da per tutto per tanti secoli. Era nell'ordine delle cose che anche l'Anticristo mostrasse al mondo una buona volta chi regnava propriamente sulle anime. Perciò non aveva esitato a eseguire il lavoro, ligio alle istruzioni dell'invisibile committente.

« S'era costui manifestato più volte?

« Sì. Era venuto quasi ogni notte, e se lui, l'artista, non si ricordava bene una forma o una linea, quello tornava a mostrargli in una nuova visione la figura viva.

« Aveva avuto simili visite anche di giorno?

« No, mai. Di giorno aveva atteso al lavoro, dall'alba alla notte.

« Aveva mai provato paura o angoscia, o sentito odor di zolfo?

« S'era sempre sentito sollevare il cuore finchè aveva maneggiato lo scalpello: e credeva di poter affermare senza iattanza che quella era l'opera migliore che fosse uscita dalle sue mani.

« Ciò dicendo, con gli occhi stanchi cercò i miei come soleva fare quando mi mostrava un lavoro nuovo e attendeva che glielo lodassi.

« La calma serena, ond'era stato risposto, sconcertò manifestamente l'inquisitore, tanto più ch'egli nutriva per l'infelice la maggiore benevolenza, e la vista di lui lo turbava non meno che se l'avesse colto d'improvviso in compagnia del diavolo. Tacque adunque per alcuni momenti e rimirò l'ossesso – così lo stimava – con un misto di orrore e di pietà, poichè nel suo cervello fanatico e oscurato da idee medievali cominciava a farsi strada il dubbio che qui ci fosse da deplorare una grande sventura, ma non una colpevolezza cosciente.

« Si grattò la fronte e dopo aver sorbita una presa di tabacco da una grande scatola d'argento, ricominciò con un diluvio di domande di nessun conto: in qual legno era scolpita l'immagine; se ne aveva fatto l'abbozzo; se durante il lavoro pregava, o beveva vino; e simili inezie. Ma all'ultimo gli si affacciò una cosa più importante: che significava la scritta sopra il capo della donna: F·V·R·I·A?

« Significava: *Femina Vniversi Regina In Aeternum*.

« L'aveva trovata lui o gli era stata dettata dal malo spirito?

« Da questo. Sino dalla prima notte, in cui gli aveva dato l'ordine, gli aveva ingiunto di non dimenticare la tavoletta con la iscrizione. Si poteva dire, e non a torto: *Iesus Nazarenus Rex Iudaeorum*, ma codesto segno non dominava il mondo, o tutt'al più le anime deboli e meschine, delle quali non fa nessun conto neanche l'inferno. Le forti, tanto buone che cattive, le savie e le folli, avrebbero sempre, come sta scritto, abbandonato il padre e la madre, anzi Dio stesso e l'eterna salute per attaccarsi alla donna; perciò la donna era il vero simbolo della potenza e della signoria del principe delle tenebre, la sua creatura e alleata: e finch'egli manifestamente calcava il trono del mondo e quanto viveva si curvava al suo scettro, si doveva dire: *Femina universi regina in aeternum*.

« E si diè a ripetere incessantemente queste parole senza badare a ulteriori domande, e ne rideva fra sè come chi ha fatto una geniale scoperta e si compiace di quello che ne dirà la gente una volta ch'ei la propalerà. Gli occhi mi s'inondarono di lagrime, nè sapevo staccare lo sguardo dal caro volto, che aveva preso un'aria strana e malinconica e pareva ancora illuminato da un fioco barlume di ragione.

« L'inquisitore all'incontro avea ripreso tutta la sua rigidità spirituale. Quest'ultimo vanto menato dal diavolo gli parve troppo forte: e senza dubbio si sarebbe lasciato trascinare a un severo provvedimento, se per fortuna, proprio in quel punto, non entrava il nostro vecchio amico, il parroco di Sant'Egidio, la cui faccia umana e buona mi rifulse come un raggio di conforto.

« Egli trasse il collega in un canto, e, fattosi raccontare l'accaduto ne' suoi particolari, prese a ragionare col fanatico animatamente, ma sempre sottovoce, sì che solo dai gesti potei capire che contrastavano per la pover'anima del mio amico. Io frattanto me gli sedetti vicino sul sofà, e cercai di ritoglierlo dalla sua astrazione alla realtà delle cose, ma invano. Con quale angoscia mirai la rovina che quelle poche settimane avevano recato al suo bel volto, a tutto il suo esteriore! I capelli, già incanutiti, come si vedeva, non erano stati pettinati, nè detersa la polvere dalla pelle, e il vestito mostrava i segni del faticoso lavoro notturno. Ciò non di meno egli mi riconobbe e mi salutò prendendomi a un tratto la mano, ma rilasciandola tosto.

« Frattanto i due religiosi tornarono, e io mi alzai dal banco d'accusa, dove l'infelice restò seduto senza un'ombra di turbamento. Il parroco della città gli disse che sarebbe condotto a sua eminenza il vescovo, ma, poichè si vedeva ch'era in preda a viva febbre, sarebbe stato per intanto quivi custodito e curato finchè fosse guarito. Era da sperare che col ritorno della salute sarebbe cessato l'orribile accecamento del suo spirito, ed egli si ridurrebbe alla memoria se tutto ciò fosse in effetto suggestione del diavolo o frutto della fantasia malata. Però l'opera satanica non doveva profanare più oltre la piazza, ma venir subito distrutta col fuoco e le ceneri essere disperse nel Reno.

« L'infelice ascoltò come se il parroco parlasse in una lingua ignota. Ma la gente corse fuori per dar mano all'abbruciamento che a lei pareva un'azione meritoria e cara a Dio; e mentre il piccolo religioso, nostro amico, rimaneva meco vicino al malato, vedemmo sradicar l'albero, legarvi sopra l'immagine e trascinar via ogni cosa con un ronzino al prato delle feste, che anche in passato aveva servito agli *auto-da-fé*.

« Mi pianse il cuore nel vedere la bella effigie abbandonata alla distruzione, ma d'altra parte compresi che non si poteva impedire la giustizia spirituale, e tanto meno sperare che il povero alienato si riavesse finchè avea sotto gli occhi l'immagine visibile della sua pazzia. Per la stessa ragione non mi opposi quando il parroco della città insistette per condur fuori anche Luca e farlo assistere alla distruzione della croce del diavolo. Io stesso lo presi a braccetto: mi accorsi però che vacillava sulle ginocchia, e più volte minacciò di cadere lungo la via; nondimeno a un dolce richiamo si riprendeva subito, e giungemmo finalmente al prato.

« Quivi erano già state accatastate delle assi vecchie e stipa, e postovi sopra l'albero con l'effigie, che nella sua giacitura orizzontale pareva anche più viva. Quando le fiamme si levarono guizzando, guardai l'amico nel volto. Egli mirò pensosamente la bella testa, e tirandomi pel biaccio paiea volgeisi con tiepidazione verso di essa. E allorchè le fiamme l'ebbero avvolta in un col seno togliendocene la vista, dagli occii del poveio alienato uscì un fiume di lagiime: agitando le biaccia come se volesse iatteneie una figuia fuggente, egli fece un passo avanti, ma incespicò e cadde lungo disteso. Corremmo a sollevailo, e lo poitammo a casa con ogni cuia ».

*
* *

Il signoi Frettgen si tacque. Assoito ne' suoi pensieii, col mento sepolto nelle piegie del vestito, stette seduto piesso di me, per ben dieci minuti. immobile. Io ebbi l'agio di osseivaie la piazza, su cui era avvenuto lo stiano fatto, e il muto testimonio laggiù, che sopravviveva inciollabile a tante lotte e a tante iivolte contio il sacio suo capo.

Cii sa quanto tempo ancoia saiemmo iimasti a sedeie, e foise il vecciio aviebbe finito coll'appisolarsi sui suoi mesti iicoidi; ma si levò un foite vento e la paiete di nubi che dalla iiva opposta si avanzava veiso di noi copeise a un tiatto la luna. L'improvviso spaiiie della luce destò il sognatoie.

— « Venga - mi disse iizzandosi. - Scusi se l' io tiattenuta qui a lungo: bisogna che lei toini a casa se non vuol pigliaisi una doccia. D'altia paite la stoiia è finita ».

— « Il suo amico non è sopiavvissuto? ».

— « Oh sì! se può diisi viveie la vita da lui duiata per oltie sei anni ancoia qui nella sua casa. Io ceicai di iiconduilo alla iagione, lo assistei, lo vegliai. Da piincipio paive che il tiibunale ecclesiastico non fosse disposto a lasciaisi sfuggiie il caso impoitante; e alcuni csoicizzatori mostiavano quasi voglia di fai piova sul poveietto della loio abilità. Ma poici'egli iideva loio in faccia innocuamente senza mai iispondeie a nessuna domanda suggestiva, per paite del cleio fu lasciato finalmente in pace. A poco a poco peidette del tutto la favella: ancie a me non iispondeva che con segni e con gesti, peiò gli era sempie caio di aveimi seco, e talvolta mi poneva la mano scaina e fiesca sul biaccio, caiezzevolmente. Ma tutto il gioino era intento con ogni diligenza a iiscolpire il giande ciocifisso del diavolo in piccole piopoizioni, e non si può ciedeie quanto fosse ingegnoso nel vaiiaie leggiadiamente la figuia della donna. Quando aveva finita una di codeste figuiine, adagiatala sur un piccolo tionco, la collocava per un paio d'oie sopia un cassettone della sua stanza con accanto due ceii accesi. E alloiciè i ceii eiano quasi consumati, poitava la immagine insieme coi moccoli nel coitile. Quivi appiestava un piccolo iogo, vi componeva sopia il piccolo ciocifisso e assisteva alla ciemazione divotamente, colle mani giunte.

« La mattina dopo ne cominciava un altio.

« Lei può immaginaisi com' io m'adopeiassi per togliegli di mano codesti lavoii. Era piopiio peccato la distiuzione di tant'arte miiabile. Ma per quanto fosse di solito senza sospetti, su questo punto non c'era modo d'ingannailo. Piendeva seco nel letto il lavoio cominciato, e quelli che eiano compiuti distiuggeva. Mi peimetteva soltanto di starlo a vedeie, e paiea gioii vivamente quando lo lodavo.

« Ma una mattina che, non facendosi vivo a oia piì taida del solito, mi accostai al suo letto per destarlo, egli giaceva disteso, nell'ultimo sonno, col volto tiasfiguiato, gli occii spalancati e fissi, e l'ultimo lavoro tra le mani giunte, tutto abbracciato al suo crocifisso come un pio cristiano morente.

« Questo solo gli potei togliere dalle mani. Sarebbe stato un nuovo scandalo se lo avessi voluto porre nel feretro col suo crocifisso. Aspetti: può vederlo ancora ».

E corso in casa, dopo breve tempo aperse la finestra del pianterreno, dinanzi al quale ci eravamo seduti, e mi porse il mirabile intaglio. Io non ho mai avuto nelle mani un'opera del miglior tempo del Rinascimento, la quale rappresentasse il corpo di una bella donna con più fine intelletto d'arte e con più felice sentimento del vero. Anche la espressione della testa, non più grande di una noce, aveva la bellezza fascinatrice ricordata dal vecchio: le labbra parevano respirare e gli occhi semichiusi mandare uno sguardo lusingatore di concupiscenza e insieme di trionfo. Al di sopra delle braccia distese del piccolo albero, pure in questo minuscolo formato, non era stata dimenticata la tavoletta tinta di bianco con su dipinte a caratteri rossi ed eleganti le lettere significative:

F · V · R · I · A

Paolo Heyse.

(*Versione dal tedesco di* V. Trettenero).

UNA GITA A TUNISI

Panorama di Tunisi.

Quando scesi verso Tunisi, tornavo da Caprera, dove ero stato col quarto pellegrinaggio nazionale.

Avevo visto, in quel giorno con cui il giugno si annunziava caldissimo, una infinita schiera di uomini veneandi, cui nessun nemico fuorchè il tempo potè domare, ribellarsi contro le ingiurie incancellabili degli anni, e salire baldi la lunga e faticosa via che conduce alla casa dell'Eroe, spinti dalla forza dei ricordi. Avevo stretto la mano di Stefano Canzio e di Teresita Garibaldi; avevo udito in ogni crocchio, in ogni discorso ricordare le gloriose giornate che formano una leggenda più che una storia, e mi ero sentito avvolgere da quell'onda di entusiasmo che dalle spiagge della penisola, pel golfo della Maddalena, saliva al sommo di Caprera.

Pieno ancora di quella visione, giunsi dopo due giorni a Palermo, e là, più che la bellezza della Conca d'oro e del Golfo, più che le vestigia di tre dominazioni, più che la vetustà delle tombe normanne alte e ricche come troni, nella Cattedrale, mi commosse la vista della povera stanzetta

Il tempio di Segesta.

presso la cima di Porta Nuova, dove si riposò Garibaldi dittatore; mi commosse il vedere il Ponte dell'Ammiraglio e quelle vie dove i Borboni sostennero il primo cozzo dei Mille, piombanti dalle altme di Gibilrossa, mentre il generale Landi illuso e deluso li cercava sulla strada di. Corleone.

Da Palermo andai a Calatafimi, e ai piedi della città, dove la via fa una brusca voltata per dirigersi a Trapani, mi trattenni lungamente, assorto nell'ammirazione. Tre colli mi stavano dinanzi, ciascuno superbo nella sua gloria: il primo, a destra, addossato alla roccia di Monte Barbaro, ostentava l'eleganza purissima del tempio dorico di Segesta, che lo sormonta come una corona nobiliare; il secondo, a sinistra, aveva sul fianco ammassate le case aride di Calatafimi, e sul capo le rovine di un castello de' Saraceni; il terzo, nello sfondo, era ammantato di verde, e portava sulla cima un obelisco in pietra, piccolo di mole, grandissimo pel suo significato: esso ci dice che quel colle fu il campo di battaglia di Garibaldi; che quelle balze furono ad una ad una conquistate a prezzo di sangue dai valorosi sbarcati a Marsala; esso ci nomina coloro che caddero negli ·assalti ripetuti con slancio sovrumano; esso ci ricorda tutte le grida, tutte le lagrime di gioia del popolo di Sicilia, che vedeva avvicinarsi l'ora della sua resurrezione.

*
* *

A Calatafimi, i vecchi ricordano quei giorni, e ricordano di avere pianto di commozione, ma, parlando dell'oggi, crollano mestamente il capo e sospirano. «Liberati, sì, ma poi quasi abbandonati - essi dicono - e afflitti dalla penuria e dalla doppia cupidigia dell'agente delle tasse e del padrone lontano, incurante della sua proprietà e dei lavoratori. Poi le malattie sono venute a distruggere i nostri vigneti, ed ora non ci resta che emigrare da una terra ingrata e da un regime opprimente». Partono numerosi per la Tunisia, e anch'io incontrai diversi convogli di masserizie, scortati da famiglie intere, che procedevano faticosamente sulla via di Trapani, il giorno della partenza del vapore. Provai un senso di pena grande, più che per la miseria di quegli emigranti, per il pensiero che quelle braccia, destinate a ravvivare la produzione in un suolo straniero, lasciassero in abbandono la bella terra di Sicilia, capace di tanta fecondità.

Il monumento commemorativo a Calatafimi.

In vano erano promettenti i campi verdi, ondulati, fra i quali la diligenza correva sopra una strada fiancheggiata da siepi capricciose di fichi d'India, criazzate di rosso dalle infiorescenze sanguigne del geranio.

Il vapore che attendeva a Trapani partì a notte inoltrata per portarci in dieci ore fino alla costa d'Africa. Di Tunisi avevo udito i giudizi più disparati; alcuni perfino me l'avevano dipinta come una città piccola, piı̀va di monumenti, piı̀va di bei palazzi, piı̀va anche del coloıe locale che piı̀ stuzzica la curiosità; tale insomma da non compensaıe del distuıbo del ı̀aggio. E, a diıe il ı̀eıò, temeı̀o che i giudizi piı̀ sfavorevoli fosseıo quelli piı̀ confoımi alla ıealtà. Io sono ammiıatoıe sinceıo e pıofondo del pıogıesso e di tutti i suoi poıtati che tendono a faı spaıiıe le distanze e ad accomunaıe le ıazze umane. Ma non ıiesco a sıadicaımi dall'anima un senso di ıancoıe per tutti quei fıutti della civiltà modeına, che, aı̀ı̀icinando ed assimilando le cinque paıti del mondo, ıendono sempıe piı̀ piccolo e sempıe piı̀ monotono il poı̀eıo pianeta su cui ı̀iı̀iamo senza la speıanza di poııe il piede in altıi punti dell'uniı̀eıso.

Le città dell'Australia, dell'America, dell'Africa meıidionale assomigliano oııibilmente a quelle d'Europa. Come dunque illudeımi che a pocıe ore dalla costa italiana si potesse tıoı̀aıe un paese ancoıa pıoı̀ı̀isto delle seduzioni dell'esotismo? Con questi pensieıi che piı̀ ı̀olte mi si eıano aggiıati pel capo, io attendeı̀o dalla pıua del *Cariddi* che si delineasse piı̀ nettamente la costa.

La Goletta.

Già da qualcıe tempo, sulla sinistıa, il pıofilo del Capo Bon, aı̀anguaıdia afıicana, ci aı̀eı̀a dato il benı̀enuto; poi, sulla destıa, si ı̀ideıo spuntaıe le case di Sidi-Bou-Saïd e di St-Louis, e infine giungemmo alla Goletta. La piccola città della Goletta siede sopıa una angusta stıiscia di teııa che sepaıa dal maıe un lago dagli Aıabi cıiamato El-Baıııa. Sulla ıiı̀a opposta del lago, a dieci cıilometıi di distanza, si ı̀ede biancheggiàre Tunisi. Fino a pocıi anni oı sono le naı̀i non poteı̀ano entıaıe nel Baıııa, che del ıesto non aı̀eı̀a sufficiente pıofondità per ıiceı̀eıle; bisognaı̀a scendeıe alla Goletta, e pıoseguiıe per teııa fino a Tunisi. Da qualcıe tempo i Fıancesi hànno scaı̀ato un canale nel mezzo del lago, tagliato la stıiscia di teııa che ne impediı̀a l'accesso dal maıe, e ıeso possibile ancıe ai ı̀apoıi di gıossó tonnellaggio di daı fondo dinanzi a Tunisi.

La pıima impıessione che ı̀i pıoduce la città non è la miglioıe, quella destinata a lasciaıı̀i un ıicoıdo incancellabile. E ciò peıcıè, scendendo dal bastimento, vi trovate nella parte nuova di Tunisi, completamente fabbricata dai Francesi, in cui le case nulla presentano di caratteristico. Però una cosa attrae immediatamente l'attenzione, e sono gli arabi, mescolati numerosi all'elemento europeo e formanti con esso un singolare contrasto. Essi conservano tutti il pittoresco costume tradizionale, col turbante e il manto bianco drappeggiato sopra giubbetti variopinti di seta o di lana. Anche a chi appena arriva si mostrano nel loro carattere: si vedono incedere per le vie, dignitosi e lenti, non coll'aria del popolo che sa di aver dei dominatori in casa sua, ma coll'aria di gente di gran buon senso, che gode dei vantaggi del progresso, lasciando che gli altri si affannino e si esauriscano per strappare alla natura i suoi segreti.

Il *tramway* elettrico che dal porto mi condusse al centro della città mi suggeriva questa riflessione, col suo stranissimo effetto. All'infuori di due o tre europei che se ne stavano in piedi vicini al conducente, la vettura era tutta occupata da arabi, fra i quali erano parecchie donne, infagottate di bianco e velate nero. La vettura elettrica arrivò in breve ad una bella e larga strada, l'Avenue de la Marine, e da questa ad un'altra, fiancheggiata da sontuosi palazzi, l'Avenue de France. Ai lati si diramavano altre vie ampie e regolari, con alberate e ricchi negozi di mode, di oreficerie, di libri. Nell'Avenue de France discesi, e volli percorrere a piedi i portici animatissimi, dove i grandi caffè coi servitori in marsina ricordavano quelli delle nostre maggiori città. Se la temperatura alquanto africana, mitigata sotto i portici da giganteschi ventagli mossi da arabi per mezzo di funi; se gli europei, cogli abiti di

Indigeno tunisino.

tela bianca e gli elmetti, non mi avessero attestato che mi trovavo in un paese veramente nuovo, avrei creduto che tutti quegli arabi che incontravo per la via e che affollavano il *tramway* su cui ero salito, fossero i resti di qualche numerosa mascherata. Nulla infatti di moresco nella città che finora avevo veduta; non minareti, non mezzelune, non cammelli, non casette bianche dalle finestre impenetrabili. E cominciavo a pentirmi di essermi mosso di lontano per provare quella disillusione, e a convincermi che Tunisi era senza dubbio più bella prima che la civiltà europea la coprisse colle sue ali protettrici. Pranzai in una trattoria mezzo italiana e mezzo francese, mi sedetti in un caffè donde mi scacciò l'intermezzo della *Cavalleria Rusticana*, girellai intorno al concerto degli zuavi che rallegrava con qualche ballabile il pubblico elegante tunisino, e alla fine mi ritirai, un po' scorato, all'albergo, e mi coricai sperando di trovare almeno in sogno le moscree, le carovane, i palmizii, e forse, se la notte mi fosse più propizia della giornata, anche le traccie dell'elefante e del leone.

*
* *

La mattina seguente ripresi l'esplorazione dell'Avenue de France, e giunsi fino al fondo, dove la bella strada termina davanti ad una porta monumentale, la Porte de France. Quella porta, intorno alla quale ferve la vita più intensa di Tunisi, mi doveva immettere nelle meraviglie dell'ambiente indigeno. Essa è il punto di contatto fra la città francese e la città araba, ed essa rappresenta fra le due la grande muraglia di separazione. I Francesi la chiamano Porte de France, gli Arabi Bab-el-Bahr, cioè «porta a mare». Tunisi una volta finiva là, e di là si usciva per recarsi alla riva del lago Bahira. Poco navigabile e poco profondo, quel lago dava anche esalazioni insalubri, perciò i fondatori di Tunisi non avevano preso stanza sulle sue rive. Nel tratto rimasto vuoto fra le antiche mura e il lago, i Francesi, quando ebbero scavato il canale che bonificava il Bahira rendendolo accessibile alle grosse navi, costruirono la nuova città. Questa è venuta dunque a posarsi accanto alla Tunisi antica, la quale è rimasta intatta, salva dalla sovrapposizione di un nuovo elemento, salva da sventramenti che l'avrebbero dilaniata se avesse avuto vicino al porto il suo ginepraio di viuzze e la distesa delle sue casette bianche.

Dalla porta Bab-el-Bahr, lasciando la regolare e comoda monotonia della città francese, si entra in un labirinto, dove si perde fin dal principio l'orientazione. A poco a poco si vede disperdersi in mezzo alla popolazione indigena la corrente europei che viene dall'altra città, finché, inoltrandosi per quelle anguste straduccie, ci si trova in mezzo ad una folla puramente indigena e oltre ogni credere pittoresca. I Turchi, dopo la Riforma, hanno adottato l'abito nero degli Europei, perciò nè il bazar di Costantinopoli, nè quello di Smirne o di Trebisonda mostrano la festa di colori che anima le vie del quartiere arabo di Tunisi.

Molte di quelle strade sono coperte, e allora prendono il nome di *Suk*. In ciascuna si esercita uno speciale commercio, e in molte anche una speciale industria. Nulla colpisce l'immaginazione più di quei corridoi bianchi e tortuosi, nei quali si agita una folla di turbanti e di manti bianchi,

Il «Suk» dei profumi.

che lasciano intravedere lembi di stoffe violette, scarlatte, gialle e verdi. Passando pel *Suk* dei profumi o per quello delle droghe, delle calzature, delle armi, dei tappeti, quasi sempre si vede il proprietario gravemente intento alla fabbricazione delle sue merci, tessendo tappeti, intagliando zoccoli, preparando miscele profumate. Secondo l'uso degli orientali, quei venditori non vi importunano con le insistenti offerte: solo vi capiterà che uno spacciatore di essenze vi faccia segno di accostarvi e vi chieda di porgergli la mano per spalmarvi sopra una goccia di olio di gelsomino o di rosa, che per molte ore vi accarezzerà le narici, seducendovi più di qualunque argomento di mercante loquace.

Quando si lasciano le vie centrali, esuberanti di moto, si piomba in mezzo al silenzio, in strade quasi deserte, dove le piccole e basse

Una via coperta a Tunisi.

casette dalle finestre verdi impermeabili agli sguardi, sembrano disabitate: dove qualche arabo sta seduto tranquillamente sulla porta, o qualche figura di donna vi passa dinanzi alla sfuggita, scomparendo ad uno svolto o dentro il mistero di una casa. Percorrete otto o dieci di queste strade quasi deserte, e quando credete che la città stia per finire, trovate improvvisamente un'altra arteria affollata. Qua i negozi sono meno frequenti, ma le moschee ed i caffè attraggono numerosi gli arabi, che non tralasciano alcuna occasione di trascorrere in un ozio sereno varie ore della giornata. Delle moschee di Tunisi non si può vedere che l'esterno il quale, a dire il vero, nulla presenta di caratteristico. L'accesso agl'infedeli è gelosamente interdetto, anche in forza del trattato del Bardo, con cui fu istituito il protettorato francese in Tunisia, e che, pure stabilendo un rapporto di dipendenza per tutte le manifestazioni della vita pubblica degli indigeni, lasciava intatta la loro suscettibilità religiosa e confermava per ogni europeo la proibizione di porre il piede nelle moschee.

Nei caffè arabi potete invece entrare liberamente; i tunisini sdraiati intorno intorno sulle stuoie non vi degnano neppure d'un'occhiata, poichè gli europei riescono per loro assolutamente indifferenti. Durante la giornata i caffè rappresentano la più alta espressione della vita serena e contemplativa degli orientali: la sera per la maggior parte si chiudono, ed alcuni dei più frequentati che rimangono aperti cambiano completamente di fisonomia. Io visitai verso la mezzanotte il grande caffè della piazza Halfa-Ouine, che è nel centro della città araba. La piazza era oscura e quasi deserta: solo il caffè mandava fasci di luce e ondate della musica strana e monotona con cui si accompagna la danza del ventre. Entrando, mi trovai in mezzo a un gruppo compatto di arabi seduti o accovacciati sulle panche lungo le pareti. Attraverso una densa nuvola di fumo, vidi nello sfondo, sopra un piccolo palco di legno, cinque giovani donne in costume orientale sedute in fila accanto ai suonatori: una sesta in piedi dinanzi ad esse cantava e danzava con quei contorcimenti e con quei sussulti che hanno fatto acquistare tanta celebrità alla curiosa danza orientale. Le cinque che erano sedute attendevano il turno per mostrare la loro agilità. Il

pubblico era composto di indigeni, che assiste\ano impassibili allo spettacolo, senza peidere una sola mo\enza delle danzal iici. Se a qualcuno
degli spettatoii luccica\ano gli occii, accesi dal desideiio, subito si
\ede\a tra lui e il gruppo delle danzatiici andaie e \eniie un sei\o

Caffè arabo.

indigeno, affaccendato a poitaie bibite, caffè, tabacco, pioposte e con-
troproposte. Dopo alcuni suoi \iaggi i due occii accesi si spegne\ano
lentamente in una paziente attesa.

Stoidito dal fumo, dal caldo e dalla musica moiesca, insistente
iu una cadenza in\aiiata, uscii di nuo\o sulla piazza Halfa-Ouine.
Le tenebre a\e\ano fugato l'armonia di coloii che formano di quel
luogo il punto più pittoiesco di Tunisi. Il \asto spazio albeiato che è nel
mezzo è sempie seminato di inteiessanti giuppi di indigeni. Il canta-
stoiie \i è immancabile: per lo più è un \ecchio, copeito di stiacci,
che naiia leggende d'amoii e di guerre, assumendo aiie ispirate, e
tal\olta mostiandosi agitato da uno spirito che lo muo\e a pailaie.
Spesso un matto che compie mille stiamberie è attoiniato da aiabi
che lo ossei\ano e lo seguono con aiia ii\eiente, perchè piesso di loio
la pazzia è una forma di santità, tanto che il matto piende addirittura il nome di santo. Intoino intoino alla piazza sono \enditoii di
amuleti e di ieliquie, e molti meicanti sudanesi, neii e lucidi come
l'ebano, che \engono a poitaie a Tunisi i piodotti delle loio industiie
piimiti\e.

Alla piazza Halfa Ouine mette capo la maggioie stiada del quaitieie ebieo di Tunisi. Questa paite della città, assai \asta, perchè glî
Ebiei sono circa 50,000, per il coloiito, per il mo\imento e per la nettezza, che a Tunisi è \eiamente ammiie\ole, non si distingue facilmente dalla paite aiaba. Gli ebiei indigeni \estono infatti come i. musulmani: ma le loio donne, che si \edono più fiequentemente sulle poite
delle case, non ìanno il \olto copeito: esse poitano un costume ampio

e bianco con un'acconciatura conica sul capo, come le donne delle quali ci parla la Bibbia.

Le varie sfumature di razza che si osservano fra gli indigeni, e il brusco contrasto del passaggio nei quartieri europei rendono assai curioso e sempre gradevole il passeggiare per le vie di Tunisi.

Donna araba.

*
* *

L'11 giugno, alle prime ore del mattino, rapidamente, per le tortuose vie della città indigena, si diffuse una dolorosa notizia. Il bey Alì-Pascià era morto. L'apatia degli arabi fu scossa a quell'annunzio, perchè il bey, pur avendo una sovranità ridotta ai minimi termini dal trattato di Kassar-Said, rappresenta sempre per loro, se non il segnacolo, per lo meno il ricordo dell'indipendenza. Ali-Bey Pascià, possessore del regno di Tunisi, era nato nel 1817 ed era il terzo figlio del Bey Hussein, che ebbe la flotta distrutta alla battaglia di Navarino, e che morì nel 1835. Durante il regno di suo fratello Saddok, Ali, secondo il costume della famiglia, aveva occupato la carica di Bey di campo, colla missione di recarsi, due volte all'anno, con una spedizione militare, nell'interno del paese per esigere le imposte. Il 12 aprile del 1881 egli ricevette anche l'ordine di opporsi con un esercito all'invasione dei Francesi in Tunisia. Ma quando si vide inutile ogni resistenza, e quando la bandiera francese e quella beylicale sventolarono insieme sull'alto della Kasba, Si-Ali, alla testa delle sue truppe, dovette combattere per i Francesi a soffocare lo spirito d'indipendenza di alcune tribù ribelli. Non dunque colle imprese gloriose contro lo straniero, ma con la inesauribile bontà Ali-Bey si era guadagnato intero l'affetto dei suoi sudditi. Gli arabi lo consideravano come un loro benefattore; perciò intorno alla sua residenza della Marsa, dove tanti poveri trovavano ogni giorno largo soccorso, una folla enorme di indigeni dolenti si precipitò al diffondersi del triste annunzio.

Ma lo spettacolo più grandioso si sarebbe svolto l'indomani per le esequie solenni. Il carattere religioso che esse dovevano avere faceva temere qualche eccesso da parte del fanatismo indigeno. Benchè la popolazione tunisina si sia sempre mostrata mitissima e assai tol-

Ali-Pascià-Bey.

lérante verso gli europei, pure si sapeva che ogni intervento di questi in
cerimonie religiose avrebbe potuto urtare la loro suscettibilità, e portare
gravi turbamenti. Siccome i funerali del bey precedente, Mohammed-es-

Gli arabi al funerale di Alì-Bey.

Saddok, erano stati fatti in forma quasi privata, le autorità francesi,
temendo qualche spiacevole sorpresa durante il trasporto di Alì-Pascià,
avevano dato le istruzioni più rigorose, perchè fosse subito represso
ogni segno di ostilità che gli indigeni mostrassero verso gli europei.

Ad onta dei molti consigli di prudenza che avevo ricevuti, io mi trovavo già alle sei del mattino fuori di Tunisi nelle vicinanze del palazzo di Kassar-Said, donde il corteo funebre doveva muovere. Dalla Marsa, residenza abituale di Ali-Bey, la salma era stata portata a Kassar-Said, che ha un carattere quasi sacro per la famiglia degli Husseiniti, perchè il fondatore di quel palazzo fu anche il fondatore della dinastia; tale carattere sacro è anche dimostrato dal fatto che spesso gli indigeni invocano a testimoni dei loro giuramenti le mura di Kassar-Said.

Per attendere il corteo, mi posi nella strada che conduce alla porta Sidi-Abdallah. Una folla di figure candide si assiepava ai lati dietro i cordoni formati dagli zuavi: e vicino al poco d'ombra che offrivano i rari alberi, gruppi di donne si addensavano, spiando attraverso il velo nero. Finalmente il corteo comparve, guidato da uno squadrone di cacciatori d'Africa, da un nuvolo di agenti di polizia francese e dalla guardia indigena beylicale, il solo resto dell'antico esercito tunisino. Seguiva uno stuolo fittissimo, innumerevole, di indigeni accorsi da Tunisi e dai paesi vicini per rendere al loro Signore l'estremo omaggio. Camminavano lentamente, cacciati avanti come un'immensa mandra dagli agenti di polizia, e, scalmanati sotto il sole che dardeggiava, cantavano con una furia da ossessi la formula sacra dell'Islam: « Non vi è altro Dio che Allà, e Maometto è il suo profeta ». Non potrò mai dimenticare l'effetto di quello stuolo fanatico, di quei volti aventi tutte le gradazioni del bruno e del nero, stravolti e ispirati, cogli occhi lucenti rivolti al cielo, e le bocche spalancate ad un urlo selvaggio e cadenzato. Per via il numero degli indigeni salmodianti andava crescendo, e ovunque la strada si restringesse, o vi fosse da passare una porta od un arco, quel torrente umano diveniva impetuoso e gli urli di dolore o di rabbia si univano al canto sacro.

Il feretro era semplice, in forma di portantina, e seguito da pochi dignitari e dal nuovo bey Sidi-Mohammed, figlio di Ali-Pascià, la cui bella figura, addolorata e maestosa, suscitava nella folla un mormorio di compianto e di ammirazione. Il trono beylicale non si trasmette di padre in figlio, ma spetta al maschio più anziano della famiglia. Nel caso attuale era designato Mohammed, figlio del defunto bey. Nato il 24 giugno 1855, egli è salito al trono accolto dalla simpatia universale: la sua cultura è vasta e moderna; più volte ha visitato l'Europa, di cui conosce le principali lingue, ed ha un carattere dolce e caritatevole come il defunto suo padre.

Mohammed-Pascià Bey.

Dopo una lunga marcia sotto il sole, il corteo giunse a Tunisi e salì fino alla Kasba, nella parte più alta della città. La Kasba era una volta la cittadella araba, e conserva ancora una torre che domina tutta la città: oggi serve da caserma al quarto reggimento degli zuavi. Sulla piazza della Kasba stavano ad attendere il corteo tutte le autorità militari, civili e religiose, indigene e francesi, insieme col corpo consolare. Miscuglio bizzarro, nella sua bellezza, di abiti neri di funzionari, di uniformi gallonate di ufficiali, di caffettani e turbanti di sacerdoti musulmani, di toghe di magistrati. Tra i gruppi più caratteristici era quello

La Kasba.

dei tribunali, che comprendeva il tribunale francese, il tribunale arabo, il tribunale misto e il tribunale rabbinico. L'amministrazione della giustizia in Tunisia è assai complessa, sia per la coesistenza di due popoli appartenenti a civiltà avanzate tanto diverse, sia perchè l'elemento francese, pur avendo il predominio, non ha disconosciuto e annullato tutte le istituzioni preesistenti. Il nuovo palazzo di giustizia è senza dubbio fra i più belli di Tunisi; è costruito e decorato in stile orientale con ele-

Il Palazzo di giustizia.

ganza e buon gusto. Quando io mi recai a visitarlo, volli anche assistere ai dibattimenti, e mi trattenni qualche tempo nelle principali sale di udienza: quella del tribunale civile francese e quella del tribunale misto, dove, accanto alle tre figure in toga nera dei magistrati francesi, sedevano due giudici musulmani, solenni nell'aspetto profetico, fieri del loro panneggiamento pittoresco, del turbante e della fluente barba bianca. Ma la udienza che maggiormente mi colpì per la sua novità, e direi quasi per la sua stranezza, fu quella del giudice di pace. Le parti contendenti, un arabo ed un maltese, non si comprendevano fra loro, e non erano affatto comprese dal giudice francese. Ogni domanda ed ogni risposta passava pel tramite di un interprete, il quale mostrava così poca facilità nell'esprimersi in francese, da farmi dubitare dell'equità della sentenza che avrebbe chiuso un simile dibattimento.

Ma torniamo alla Kasba, dove l'insieme dei magistrati attendevano l'arrivo della salma di Alì-Pascià. Alcuni minuti prima del corteo, giunse

il nuovo bey che a mezza strada fra Kassar-Said e Tunisi era montato
sopra una vettura tirata da quattro mule. Le carrozze della Corte beylicale hanno un aspetto curioso, perchè tirate da mule, e perciè hanno
un'aria antica e venerabile: esse furono vendute ai bey di Tunisi dalla
Corte di Francia ai tempi di Luigi Filippo, e forse già allora cominciavano
ad invecchiare e a passare di moda. Da quella vettura, che mi faceva
l'effetto di un equipaggio cardinalizio del medio evo, Mohammed-bey
scese alla Kasba, in mezzo ai dignitari, dinanzi alla moscrea di Sal-
Salab. Quando giunse il corteo, i Mufti della grande Moscrea, ingi-
nocchiatisi sopra stuoie, recitarono le preghiere di rito: poi il mondo
ufficiale si disperse, il nuovo bey scomparve col suo equipaggio, e il
feretro di Ali-Pascià fu sollevato per essere trasportato nella tomba
di famiglia a Tourbet-el-Bey. Assistetti allora ad una scena selvaggia
e commovente al tempo stesso. Un centinaio di indigeni si precipitarono verso la bara, cercando di raggiungerla e di toccarla, malgrado
gli sforzi della guardia beylicale e degli zuavi per impedirneli. Al primo
istante credetti ad un tentativo di profanazione, ma poi appresi che
essi volevano furire di una generosa consuetudine, che accorda grazia
a quei carcerati i cui parenti siano riusciti a porre le mani sulla bara
del bey nel giorno dei funerali. Infatti gli agenti cercavano bensì di
impedire che gli indigeni si avvicinassero, ma se qualcuno riusciva
nel pietoso intento, ne prendevano il nome, per presentare a Sua Altezza l'elenco delle grazie da concedere. Così dalla piazza della Kasba
vidi sprofondarsi nei bassi quartieri arabi il grande corteo, con un coro
di grida e di preghiere, con un agitarsi confuso di turbanti, di berretti rossi e di fucili, sotto la sferza del sole africano di giugno.

Il Museo del Bardo.

Nel palazzo del Bardo, l'antica residenza dei bey di Tunisi, si era
svolta, nel giorno stesso della morte di Ali-Pascià, la solenne ceri-

monia dell'investitura di suo figlio Moıammed. Per poteı visitaıe quel palazzo dovetti peıciò attendeıe che fosse ıicaduto nell'ordinario abbandono, dopo una bıeve ıiappaıizione della vita fastosa di Coıte. Pıima dell'inteıvento fıancese, il Baıdo era il centıo della vita tunisina. Una cinta foıtificata lo difendeva, di cui oıa ıimangono solo alcuni ıesti smantellati; belle vie vi conducevano, che oıa sono scompaıse sotto un alto stıato di polveıe; una folla di dignitaıi e coıtigiani popolava le sale, per le quali oıa si aggiıa un vecchio custode che conobbe i bei gioıni e sfoga con i ıaıi visitatoıi il suo amaıo ıimpianto. È veıamente un peccato che il palazzo del Baıdo sia tanto negletto. La scala dei leoni che vi accede, il poıtico e i due coıtili moıeschi sono di finissimo gusto, e le sale sono belle e ıicche, specialmente quella gıande delle feste, che è oınata con ıitıatti al natuıale di molti sovıani euıopei. Luigi Filippo, Napoleone III, Vittoıio Emanuele II e Ottone di

Le rovine di Cartagine.

Bavieıa vi si alteınano coi sovıani tunisini Saddok, Aımed e Hussein, l'ultimo dei bey che poıtò il tuıbante e il tıadizionale costume dei tuıchi.
La paıte del palazzo destinata una volta ad *haıem* è stata dal Goveıno del pıotettoıato tıasfoımata in museo, le cui sale, oınate di stucchi delicatissimi, contengono un gran numeıo di pıegevoli pezzi di scultuıa e una magnifica collezione di mosaici ıomani.

La Cattedrale di Cartagine.

Un altıo museo degno di esseı visitato è quello istituito dai Padıi Biancıi nel villaggio di Saint-Louis, così detto in onoıe di Luigi IX re di Fıancia, che moıì all'assedio di Tunisi. Esso contiene gli oggetti tıovati nelle tombe dell'antica Caıtagine, insieme con vaıi avanzi dell'aıte fenicia.

Le ıoıine di Caıtagine non sono tali da destaıe gıandi emozioni. La Caıtagine ıivale di Roma, colpita dalla condanna di moıte che Catone instancabilmente ıipeteva, è spaıita affatto, e quello che oıa si è ıitıoıato e messo in luce, appaıtiene alla

Cartagine ricostruita dai Romani: sono rovine di basiliche e pochi resti
di abitazioni romane e bizantine: di costruzioni fenicie non si sono
scoperte che alcune cisterne. Il nome di Cartagine spetta ora ad un
piccolo villaggio formato da un convento, da qualche casa, e da una
grande chiesa biancheggiante, in stile orientale. fondata dal celebre
primate d'Africa, il cardinale Lavigerie.

La Marsa.

Il breve tratto di ferrovia che va da Tunisi alla Goletta, passando
vicino a Cartagine, conduce ad un'altra residenza beylicale, la Marsa,
situata in un'amena pianura, cosparsa d'alberi. Dopo una breve visita alla Marsa, mi diressi, a piedi, verso il vicino villaggio di Sidi-
Bou-Said, seguendo la via che piega
a destra avvicinandosi al mare. La
strada sale con un pendio dolce e
continuo, fiancheggiata da gigantesche siepi di fichi d' India, le quali
di tratto in tratto si interrompono
per lasciare il passo verso piccoli ac-
campamenti di beduini nomadi, che
vengono a piantare le loro tende
larghe e basse fin nei dintorni di
Tunisi.

Sidi-Bou-Said è un paese abitato
esclusivamente da arabi, per la maggior parte ricchi, che hanno costruito
lassù la loro casetta candida per godere di una pace solenne, di un'aria
purissima e di un panorama superbo.
Dall'alto di quella collina vedevo la
pianura seminata di casette mezzo
nascoste nel verde; Tunisi biancheggiante fra gli specchi di due laghi;
una lunga e sottile striscia di terra
che partendo da Cartagine separava
il Bahira dal mare: nello sfondo, il
gruppo capriccioso del monte Za-
ghuan: e in mezzo a questa cornice

Beduina.

di caldi colori violetti e rosseggianti per il vicino tramonto, la grande
distesa cristallina del golfo di Tunisi, chiuso ad oriente dal profilo del
Capo Bon.

*
* *

Quella seia stessa, a taida oia, rividi il delicato aggiuppamento
di case di Sidi-Bou-Said; lo rividi dal basso, navigando ai piedi della
collina, in mezzo al golfo, sopia un vapore diietto verso l'Italia. Il

Sidi-Bou-Said.

piccolo villaggio bianco era immeiso nella luce lunaie, e Tunisi s'in-
tiavedeva, come una leggieia fosfoiescenza, sulla costa afiicana che
scompaiiva iapidamente. Passai sul ponte la notte insonne. Davanti
agli occhi abbagliati mi tuibinavano ancoia sciami di moii agitantisi
per le toituose stiadine dei *bazar;* zuavi e guaidie beylicali; giuppi
di donne velate passanti con andatuia malfeima e fiettolosa; feietii
di bey accompagnati da canti selvaggi; file di cammelli piocedenti su
vie soleggiate e polveiose.

Il piimo appariie delle coste di Sicilia diede un nuovo indiiizzo
alla coiiente delle idee che scatuiivano tumultuose dalla mente ecci-
tata per la veglia e le fantastiche iievocazioni. Quando giungemmo in
vista di Maisala, mi sentii iicadeie in pieda alla visione gaiibaldina
che mi aveva accompagnato nella paitenza. Fra le Egadi che si dise-
gnavano all'oiizzonte, iivedevo le galeie boiboniche ansanti nell'in-
seguimento del *Piemonte* e del *Lombardo;* e sulla spiaggia il popolo
in delirio, quasi inciedulo all'inatteso giungere dei libeiatoii.

Ma dal momento in cui posi il piede sul suolo d'Italia, il sogno
oiientale e il sogno eioico si dileguaiono d'un tiatto. Tunisi era in
un'altia paite del mondo, e sulla costa di Sicilia, invece del popolo
deliiante di gioia, tre doganieii sul molo deseito, candido di sole, ci
attendevano colle naii dilatate per fiutaie il tabacco di contiabbando.

GUGLIELMO PASSIGLI.

IL ROMANZO DELLA SCIENZA

H. G. WELLS.

Il romanzo inglese sta traversando un periodo veramente nuovo nella storia letteraria dell'Inghilterra e tiene un posto determinato nella produzione artistica contemporanea. Le antiche scuole sembrano dimenticate o per lo meno trascurate dai nuovi scrittori. Quello che era stato

un pregio grandissimo nella prima metà del secolo e che prometteva una lunga discendenza non ha oggi traccia nelle pubblicazioni recenti. Tramontata la scuola romantica di Walter Scott, tramontato l'umorismo verista del Dickens o del Thackeray, tramontato il sentimentalismo malinconico di Currer Bell, la nuova letteratura ha liberamente adottato una via diversa. Si direbbe quasi che i giovani scrittori abbiano bisogno del meraviglioso e cerchino oltre le nostre forze le favole e le azioni dei loro racconti. Per suscitare l'interesse dei lettori essi immaginano avvenimenti drammatici in paesi lontani, o – meglio ancora – applicano la formula di Edgardo Poë ad azioni più complesse e più vaste. Bisogna riconoscere che questi ultimi sodisfano più di qualunque altro ai bisogni del pubblico inglese. I pochi che si allontanano da questo sentimento derivano più tosto dalla letteratura francese, e se in tempi non lontani il *Picture of Dorian Grey* poteva sembrare un'eco affievolita dell'*A rebours*, oggi le novelle e i racconti di Henry James sono un così evidente riflesso dell'opera di Paolo Bourget che escono in modo assoluto fuori dello spirito e del sentimento inglese.

Ma queste tendenze si possono spiegare con lo sviluppo veramente mirabile della vita e dell'attività anglo-sassone. In questi ultimi cinquant'anni quel popolo ha creato una nuova patria, ha dato vita a un nuovo organismo formidabile, dove tutte le razze umane si sono trovate in contatto, unite, se non assorbite, da un vincolo ideale. Così Rudyard Kipling ha potuto descrivere la vita dell'India e Olivia Scrieiner quella dei popoli sudafricani e l'Oppenheim quella dei minatori di California e lo Stoddart le visioni luminose delle isole oceaniche, e Gilbert Parker i costumi dei coloni canadesi e Hanthony Hope le vicende degli avventurieri, vicende tragiche e violente che facevano dire di un suo libro essere *one long and delightful nightmare*.

A questa lunga serie di scrittori che ranno saputo interessare l'errante nostalgia dell'anima inglese, Enrico Giorgio Wells ra portato un elemento nuovo: l'elemento inverosimile e meraviglioso. Cerchiamo dunque di vedere quale sia l'essenza della sua arte, oggi che i suoi libri cominciano a essere noti anche in Italia.

I.

Henry George Wells è nato nel 1866 e ra compiuto i suoi studi a Londra nel *Royal College of Science,* dove si è laureato dopo aver seguito i corsi di anatomia comparata, di scienze fisiche, chimiche e naturali, di astronomia e di meccanica. Il suo spirito si è dunque formato sulle discipline scientifiche: ritroveremo nell'opera sua l'impulso della prima educazione e il metodo imparato negli anfiteatri di Londra. Perchè egli è sopra tutto uno scienziato e i suoi racconti si basano quasi sempre sopra un principio scientifico il quale – se fosse ammissibile – darebbe rigorosamente quei risultati a cui ci conduce l'autore nelle conclusioni. Uno dei suoi primi lavori fu infatti una dissertazione sulla *Assurdità della logica,* che egli pubblicò nella *Fortnightly Review* non senza destare una qualche curiosità intorno al suo nome. Ora si può dire che tutta la sua opera di novelliere è informata a questo principio: accettata la premessa, le risultanti non possono essere diverse. E perciè non ammettere quella premessa? « La geometria – egli dice nell'introduzione del romanzo intitolato *The Time Machine* – è fondata sopra un concetto falso. La linea, infatti, non è materialmente concepibile da una mente umana, come non lo è il punto e il piano matematico: tutte queste cose sono semplici astrazioni ». L'affermazione è paradossale e appunto per questo ra una parvenza di verità. Ma tutti i romanzi del Wells si basano sopra una premessa paradossale, sia che egli esamini il caso generale della *War of the Worlds,* sia che si restringa a quello particolare del *When the sleeper wakes.* Nel primo è il paradosso astronomico e scientifico, nel secondo il paradosso economico e individuale. Certo, se gli abitanti del pianeta Marte potessero scendere sulla terra in una loro necessità di emigrazione, si dovrebbe credere che essi agirebbero come ci dimostra l'autore della *Guerra dei Mondi,* e non vi è nessun dubbio che le sorti del genere umano sarebbero schiave di un mostruoso assolutismo capitalista se potesse darsi il caso bizzarro dell'uomo addormentato, in quelle tali circostanze, e che si sveglia dopo molti secoli di sonno.

Questa è dunque la caratteristica dei suoi romanzi. Egli è evidentemente un narratore fantastico, ma la fantasia è legata ad una logica così rigorosa che sembra a volte la riproduzione matematica della sua asserzione. E da questa precisione deriva a punto una delle sue maggiori qualità. Perciè, essendo un osservatore spesso acutissimo dei fatti umani, egli sa rivestire di una apparenza reale i portentosi avvenimenti che ci racconta e può con tanta vivezza riprodurre le scene della sua immaginazione che sembra a volte di assistere al succedersi delle azioni animate di un cinematografo perfezionato. E dico le azioni animate di un cinematografo piuttosto che la verità stessa della vita, perciè i suoi romanzi danno veramente l'impressione di qualcosa che pur rappresentando l'immagine di un'azione non siano l'azione stessa.

In una parola, egli ci dà il riflesso della verità: e questo è già un risultato grandissimo se si pensa che i suoi romanzi si svolgono sempre in mondi irreali o in epoche del futuro remoto.

Egli è dunque uno scrittore fantastico senza fantasia o per lo meno la sua fantasia è sottomessa a un'apparenza di rigorosità scientifica che in certo modo inaridisce la favola dei suoi racconti. Sia che egli faccia parlare l'eroe principale del romanzo, sia che faccia agire le moltitudini, si sente in lui l'antico studente di una facoltà scientifica, lo spirito dimostrativo e cattedratico. E, d'altra parte, manca a lui il senso poetico, la visione sentimentale di un paesaggio o di un individuo. Nessuno dei suoi romanzi più acclamati va questo sentimento direi quasi umano. Egli si compiace a costruire macchine portentose, a immaginare bizzarrie risultanti scientifiche, a prevedere i destini del genere umano: ma in ognuno di essi è il meccanismo che trionfa, perchè l'uomo vi apparisce a pena senza un carattere determinato e senza una volontà individuale. Si direbbe anzi che egli, avendo avuto un meraviglioso materiale tra le mani, non abbia saputo trarne alcun profitto, o per lo meno un profitto assai mediocre e che ognuno dei suoi soggetti - che si annunciavano sempre grandi e promettitori di meraviglie - si sia venuto mano mano impicciolendo per via, fino a raggiungere un livello inferiore. Esaminiamone qualcuno, cercando di vedere quello che avrebbero potuto essere e quello che sono.

The invisible Man è la storia di uno studente che, dopo lunghi studii e dopo sofferenze infinite, è arrivato a scoprire un processo elettro-chimico che lo renderà invisibile. « La visibilità deriva dall'azione dei corpi visibili sulla luce - spiega il protagonista del romanzo a un suo compagno di studi. - Voi sapete benissimo che ciascun corpo riflette la luce o l'assorbe o la rifrange: se non facesse nessuna di queste cose sarebbe invisibile. Così, per esempio, voi scorgete una cassetta rossa opaca perchè il colore assorbe una parte e riflette il resto della luce rossa. Se non assorbisse nessuna parte speciale della luce ma la riflettesse tutta, vi apparirebbe bianca. Così alcune qualità di cristallo sono quasi invisibili e lo divengono totalmente se le immergete nell'acqua, perchè la luce, passando a traverso l'acqua, è a pena rifratta dal cristallo ». « Ma l'uomo non è di cristallo - dice il suo interlocutore ». « È vero, ma è *più trasparente del cristallo* - risponde l'invisibile. - Pensate un po' a tutte le cose che sono trasparenti e che non lo sembrano. La carta, per esempio, è fatta di fibre trasparenti ed è opaca per la medesima ragione che è opaca una polvere di cristallo. Ora, ungete la carta, riempite d'olio i suoi più piccoli interstizii così che non vi sia più rifrazione o riflesso se non alle superfici e la carta diverrà trasparente come il cristallo... »

Io non posso riprodurre qui la discussione troppo lunga, ma ammesso il principio, si capirà come ogni materia possa, con certi preparati e sotto certi aspetti, rendersi trasparente. Così riesce a fare Griffin del suo corpo. Ora voi vedete quale mirabile campo si apra d'innanzi a un romanziere di fantasia: un uomo invisibile nella nostra società, a traverso gli affari, gl'intrighi, la politica del mondo. Il romanzo poteva attingere le più alte vette della satira sociale: invece questo inventore geniale si limita a una povera lotta in un albergo di terzo ordine e finisce col farsi prendere e uccidere scioccamente in un oscuro villaggio inglese, avendo limitato la sua potenza a qualche furtarello di poche sterline.

Nel *The Island of Dr. Moreau* il caso è diverso, e se bene il soggetto stesso sia profondamente drammatico, pure egli si limita a descriverlo come se narrasse di cose vedute da uno spirito superficiale non abituato all'osservazione. Si tratta di un naufrago che viene raccolto in pieno mare da una goletta misteriosa che porta verso un'isola ignota un carico di animali selvaggi, di conigli e di cani, proprietà di uno strano medico che ha al suo servizio un uomo veramente bizzarro e inesplicabile. La goletta giunge finalmente all'isola, ed ecco che una barca guidata da colossali rematori, che avevano nel volto qualcosa di bestiale, viene a prendere i passeggeri e il carico della nave. In quest'isola il naufrago trova il dottor Moreau, ed è trattato gentilmente da lui. Pure alcune cose cominciano fin da principio ad apparirgli strane: gli abitanti di quest'isola hanno tutti un aspetto che non è umano, la sua libertà è limitata, il dottor Moreau e il suo assistente lo sorvegliano in ogni sua azione. Un giorno, deliberato di conoscere la verità, egli si allontana nel bosco ed ecco che intravede alcune scene paurose: uomini bizzarri che balbettano parole a pena comprensibili, esseri con la faccia ignobile di animali suini, per così dire, umanizzati, curiose e paurose figure che siedono sulla porta di miserabili capanne tutti intenti ad ascoltare una monotona cantilena di uno dei loro, più avanzato o più dotto. E questa cantilena è la legge: la legge terribile e vendicatrice a cui tutti quegli esseri sono sottomessi. Ed ecco che a poco a poco è preso dallo spavento: quel mondo in cui vive non è un mondo reale. Il desiderio di una fuga lo porta a traverso un bosco, in cui sente paurosi fruscii di erbe, rumori di passi, alenare di petti invisibili. Qualcuno lo insegue, qualcuno che è agile e feroce al tempo stesso, una specie di uomo ferino che lo guarda con occhi luccicanti e terribili. Questa sua corsa angosciosa e sovrumana lo riconduce alla casa dove è ospitato: si corica. Ma nella notte ode grida di dolore nella stanza vicina: grida di una bestia torturata. Allora crede di capire: il dottor Moreau è un fisiologo, costretto a vivere in quell'isola lontana per poter fare i suoi esperimenti di vivisezione. Ma nelle notti successive i gridi si ripetono sempre più lugubri: questa volta *hanno qualcosa di umano*. E se quell'ardito sperimentatore osasse veramente un così orribile tentativo? E se anche egli fosse destinato a passare nel suo misterioso gabinetto? Non reggendo più balza dal letto, entra nella camera e vede un *puma* legato sul tavolo anatomico, fasciato in più parti, attanagliato orribilmente. Allora egli ha la spiegazione del mistero: il dottor Moreau, in seguito a un suo processo perfezionato, umanizza le bestie. Modificando la loro massa cerebrale riesce a dare sentimenti e pensieri umani a quei corpi artefatti e già la sua isola è popolata da uomini-tori, da uomini-maiali, da uomini-cani, da uomini-leopardi, da uomini-capre, da tutta una spaventevole fauna che partecipa del tipo umano pur conservando le tracce di quello bestiale da cui è derivata.

« Io sono religioso come ogni sano organismo deve essere – dice il dottor Moreau al suo ospite. - E credo di potervi asserire d'aver visto più di voi le diverse vie del Fattore del mondo, perciè io ho investigato le sue leggi durante tutta la mia vita, mentre voi vi siete contentato di correr dietro alle farfalle. E vedete, posso dirvi sicuramente che il piacere e il dolore non hanno niente da fare col Cielo e con l'Inferno. Piacere e dolore... Bah! Che cosa è mai l'estasi dei vostri teologi se non il paradiso di Maometto nelle tenebre? Questa preoccupazione degli uomini e delle donne per il dolore è il marchio della bestia sopra di loro, della bestia da cui essi derivano. Dolore! Il dolore e il piacere durano per noi solamente il tempo per cui noi ci dimeniamo nella polvere ».

Ma di tutto questo mirabile mondo bestiale il Wells non sa trarre altro interesse che quello derivato dall'argomento: una avventura di viaggio che finisce tragicamente e scioccamente con l'assassinio del dottore e del suo aiuto fatto dagli uomini ridivenuti bestie, in una sete di vendetta e di sangue.

The wonderful Visit è la storia di un angelo caduto sulla terra e costretto a vivere fra i mortali. Egli assiste alle discussioni di una cerchia ristretta di uomini in un villaggio inglese, ne studia gli egoismi e le bassezze, ferito crudelmente da quella natura così diversa dalla sua. Ma tutto ciò non esce dalla satira spicciola e non arriva a sollevarsi fino a quelle altezze ideali che un simile soggetto poteva suggerire.

In ognuno di questi romanzi egli ha trovato il punto di partenza: per conto mio non mi sembra che sia riuscito a svolgerlo come il lettore si aspetta: e ha chiuso nel breve ambito di un incidente volgare una scena che poteva aprirsi sopra visioni più vaste, ricche di tutti gli ammaestramenti umani.

II.

Ma vi è nell'opera del Wells un altro lato che bisogna considerare: il concetto che egli ha dell'avvenire del mondo. In tre dei suoi romanzi ci presenta il genere umano in tre diversi periodi della sua storia futura. Nella *War of the Worlds* siamo ancora nell'epoca attuale, pochi anni soltanto più innanzi, quando gli abitanti di Marte, spinti dal raffreddamento del loro pianeta, vengono a conquistare il nostro. Nel *When the sleeper wakes* alcuni secoli sono già trascorsi e il mondo ha già cambiato aspetto. Pure gli uomini parlano il medesimo linguaggio a pena modificato e un medesimo pensiero di civiltà occupa le loro menti. Ma nel *Time Machine* siamo veramente alla fine dei tempi; nuove razze e nuovi costumi; centinaia di secoli sono trascorsi, il mondo è giunto al suo ultimo stadio, e una pallida stirpe di umani vive in un sogno spensierato di gioia e di voluttà. Debbo confessare che in questi tre volumi le qualità narrative del romanziere inglese sembrano rafforzarsi. Perciè egli non è l'analista degli individui, ma l'osservatore delle moltitudini; e se non sa descrivere le passioni e le sensazioni di ciascuno dei suoi personaggi, ha invece una larga visione della folla dove si agitano.

Si direbbe anzi che la *Guerra dei Mondi* abbia l'unico scopo di mostrare sotto un tragico aspetto la grande marea degli uomini soggiogati da un cieco terrore.

Ho già accennato al soggetto di questo romanzo: vorrei potere qui riportarne due o tre capitoli che mi sembrano veramente magistrali.

Durante tutta la narrazione egli descrive a pena i Marziani: questi esseri misteriosi non si veggono quasi mai. Chiusi nelle loro macchine corazzate, portano dovunque la distruzione e la morte. Ma agiscono come spettri, senza una parola, senza un atto di pietà, spopolando la Terra che debbono e vogliono occupare. Per mezzo di materie asfissianti e ardenti, smontano le batterie puntate contro di loro prima che comincino a far fuoco, uccidono gli uomini, le donne, i fanciulli, prima ancora che essi abbiano potuto fare un gesto. Sono senza compassione per una razza che non è la loro e che debbono pur distruggere per godere delle sue terre. È facile immaginare quali effetti egli sappia trarre da questi elementi. Si direbbe, a volte, che egli abbia visto veramente le cose che descrive e le scene di desolazione a cui assiste: gli uomini in fuga, le vie deserte, il tumulto della città, le case abbandonate, gli eserciti in scompiglio. Qui è un placido *cottage* da cui gli abitatori sono partiti in fretta, là un biciclo abbandonato sull'orlo della strada, più in là ancora un gruppo di cadaveri, un boschetto di alberi in fiamme, un affrettarsi di popolo, un chiedere ansioso di notizie. Questo succedersi di visioni terribili è descritto rapidamente, ma i particolari scelti per metterne in rilievo la fisonomia acquistano una importanza speciale e suscitano un senso profondo in chi legge. Due terzi del romanzo contengono di tali pagine veramente belle; ma verso la conclusione, l'interesse affievolisce e il libro si chiude in un modo qualunque, come se lo scrittore avesse perduto oramai ogni possibilità di elevarsi.

Gli altri due romanzi del futuro, invece, appartengono a una categoria più ideale: in questi il Wells cerca di mostrarci quali saranno le leggi e i costumi delle società future. Ma contrariamente a quello che si potrebbe supporre - per l'analogia di altri lavori simili - egli non prevede il trionfo del socialismo. La sua società è sempre ed esclusivamente una società aristocratica, dove gli uomini appariscono divisi in due razze distinte: quella degli esseri superiori che gioiscono e governano, quella degli esseri sottoposti che lavorano e obbediscono. Per giungere al trionfo di una bizzarra oligarchia egli immagina nel *When the sleeper wakes* un curioso espediente.

Un uomo, che da lunghi mesi aveva « ucciso il sonno », cade in una catalessi profonda. Il caso nuovo nella scienza occupa i medici, i quali formano un comitato di sorveglianza per studiare il fenomeno che si prolunga indefinitamente. Intanto la generazione a cui apparteneva l'addormentato muore ed egli eredita da alcuni parenti una piccola somma che viene affidata a un consiglio di amministrazione.

I secoli passano senza che egli si desti e a poco a poco questa sua eredità, accresciuta dagl'interessi sempre aumentati, assorbe l'intera ricchezza del mondo. Dopo un lungo periodo di secoli, egli è divenuto il « Padrone del mondo » e il consiglio che amministra i suoi beni è oramai signore di tutta la Terra, che governa in suo nome. I commerci, le officine, le fabbriche lavorano solo per mantenere quella mostruosa ricchezza ed è per l'uomo addormentato che le plebi soffrono e muoiono. *When the sleeper wakes!* esse mormorano con una rassegnata speranza. « Quando il dormiente si sveglia! » e continuano a gemere sotto la schiavitù dei tiranni che custodiscono in una sala marmorea il loro prezioso padrone. Ma ecco che questi, un giorno, si sveglia. Le conseguenze di un tale fatto possono cambiare le sorti del genere umano: i suoi governatori, atterriti dal pensiero di dover lasciare il potere, pensano di sottrarre il Dormiente alla vista del popolo, che già comincia a sospettare del cambiamento. Ed il « Padrone del mondo » viene racchiuso in una prigione segregata, mentre il gran consiglio delibera intorno alla sua sorte. Ma il popolo - che ha un vago sentore di tutto ciò e che anela di rompere il giogo - come in suo aiuto: nella mente delle plebi lavoratrici egli è la salvezza e la libertà, egli è quello che può affrancarle dalla tirannia dei governatori. In una notte tenebrosa e fredda alcuni arditi popolani vengono nella sua stanza e lo rapiscono: trasportato nella sala delle grandi assemblee, è mostrato al pubblico da Ostrog, il capo del partito rivoluzionario. Questa vista eccita la moltitudine, che in un grido immenso di vendetta si avventa contro la casa del governo.

La lotta che segue è piena di ansietà e di orrore: si combatte nelle tenebre, perchè gli uomini del consiglio hanno immediatamente fermato le dinamo che producono la luce artificiale, si guerreggia con la rabbia della disperazione, e si vince. Il Dormiente si è svegliato: egli è il « Padrone del mondo ». Ma il trionfo è breve, e Ostrog, che mettendolo sul trono ha perduto ogni potere, si rivolta contro di lui e lo tradisce. Il mondo sarà governato come prima, a beneficio di pochi, mentre la folla continuerà a lavorare, a soffrire e a obbedire. L'ammonimento morale che deriva da questo volume è assai tenue; ma il Wells non ha voluto dare una lezione e nè meno svolgere una utopia. Egli si è giovato del soggetto per descriverci quella sua larga visione di popolo in movimento e vi è riuscito mirabilmente, con la stessa plasticità e col medesimo sentimento cui aveva mostrato l'esodo delle popolazioni britanniche sotto la minaccia dei Martiani.

Forse, una qualche morale si potrebbe trovare nel terzo romanzo: *The Time Machine*, che fu scritto prima degli altri due e che è opera giovanile dello scrittore inglese. In questo libro egli immagina la fine dei tempi, l'anno ottocentomila, quando veramente una nuova razza occupa la terra. Un audace meccanico ha inventato una macchina per viaggiare nel tempo ed è con questa macchina che si è lanciato nella sua meravigliosa esplorazione.

Come sempre, il punto di partenza è basato sopra un assurdo che ha apparenza di logica. « In ogni oggetto - dice infatti il Viaggiatore del tempo - noi consideriamo solamente tre dimensioni: l'altezza, la superficie e la profondità. Pure ve ne è una quarta senza la quale un oggetto non potrebbe esistere, ed è *la durata*. Se questo oggetto non *ha il tempo* di rimanervi sotto l'occhio, voi non lo potete vedere ». Ed è basandosi su questa teoria delle quattro dimensioni che egli costruisce il suo meccanismo per potere viaggiare nel tempo, così come gli altri uomini viaggiano nello spazio. Una sera, mentre un gruppo di amici stava riunito nella sua casa, egli arriva tutto infangato e stanco e lacero quasi tornasse da una corsa lunga e faticosa. Alle domande che gli vengono rivolte non può rispondere da principio; ma in seguito, ristorato con cibi e con bevande, racconta la sua incredibile avventura: egli ritorna infatti da un suo straordinario viaggio, egli è passato a traverso i secoli fino all'ultimo crepuscolo del nostro mondo.

La narrazione del *Time Traveller* è veramente molto bella. Si direbbe quasi che in questo primo volume della sua giovinezza il Wells abbia esaurito la poesia del suo spirito. Verso l'anno ottocentomila - epoca in cui il curioso e ansioso viaggiatore fa la sua prima fermata - il mondo è trasformato in un giardino. Fiori d'insospettata bellezza, e che lunghi secoli di sagace coltivazione hanno reso più grandi e più odorosi, invadono le aiuole del mondo. Una razza nuova abita quei giardini: una razza raffinata, piena di grazia, più piccola, più elegante, più nobile, più bella. Questi uomini hanno i capelli inanellati, le membra fragili e graziose, i volti infantili: essi vivono mangiando solo alcuni frutti squisiti, e danzano sorridendo tra i fiori, e compongono meravigliose grirlande. Non conoscono il lavoro e lo studio, non sanno la fatica e il dolore. Passano la loro vita nell'amore e nella voluttà e compongono la razza degli Eloi, la razza aristocratica e superterrena che lunghi secoli di selezione ha reso perfetta in questa sua ultima decadenza. Ma nelle profondità della terra, ostile alla luce, segregata dalla gioia del sole, un'altra razza vive e lavora. Questi esseri hanno grandi occhi rossicci, come quelli di alcuni animali delle tenebre; hanno corpi ignudi e bianchi, della bianchezza livida di certe piante cresciute nella notte; hanno grandi mani e lunghe braccia, membra snelle ed agili. Essi vivono sotto terra e non escono dai loro ricoveri se non le notti di luna nuova, quando l'oscurità è completa sul mondo. Si chiamano i Morlaok e sono l'ultima trasformazione delle plebi lavoratrici, delle plebi tenute lontane dai beni della vita, abbrutiti nel lavoro e nella sofferenza. Ma quale terribile vendetta la sorte non ha loro riserbato! Perciè questi Morlack sono carnivori e si nutrono degli Eloi, troppo deboli oramai per difendersi. Nelle notti oscure e tempestose, essi vengono sulla terra e s'impadroniscono dei superterreni, i quali vivono nelle case costruite dagli avi e non sanno e non possono sottrarsi alla sorte che « l'egoismo atroce di molte generazioni d'uomini aveva loro preparato ».

Questo è l'unico accenno a un sentimento qualsiasi verso gli oppressi. Ma bisogna aggiungere che *The Time Machine* è il primo libro del Wells e che in seguito egli non si è più preoccupato di coloro che soffrono o di coloro che gioiscono nè meno per dar rilievo al suo quadro. E in fondo io non saprei se egli si commuova sinceramente per la sorte dei Morlack. Questi esseri inferiori destano nell'animo suo più ripugnanza che compassione e quando si tratta di difendersi dai loro assalti notturni è con un certo sentimento di crudele piacere che ne descrive la strage.

Con tutto ciò *La Macchina del Tempo* resta fra le sue cose migliori; la migliore di tutte, poi, se si considera dal punto di vista dello stile. Nel descrivere le grandi rovine degli antichi uomini, oramai oppresse da una vegetazione di fiori, e nel descrivere questi fiori così ardenti e voluttuosi egli sa trovare espressioni di poesia quali non si ritrovano più nei volumi successivi. Come altissime espressioni di poesia sa trovare quando il Viaggiatore, per sottrarsi all'estremo assalto dei Morlack, arriva agli ultimi limiti del tempo e vede la terra sotto un cielo sanguigno dove il sole apparisce come un globo porporeo ed immoto. Tutte le roccie intorno sembrano come di ferro e l'unica traccia di vita visibile è una vegetazione trionfale e possente che ha invaso in un unico manto la superficie del globo.

E su quella natura desolata mostruosi crostacei si muovono lentamente, crostacei colossali e voraci, ultimi avanzi della fauna terrestre. Queste ultime pagine del volume hanno una semplicità grandiosa e profonda, e l'agonia del nostro vecchio pianeta sotto quel livido cielo, sopra quel mare morto e desolato ci apparisce tutta avvolta da un sentimento di infinita desolazione piena di nobile poesia.

III.

Il carattere dell'opera di G. H. Wells è determinato adunque da questa apparenza di esattezza scientifica. Egli non è il romanziere del mistero - come alcuni hanno voluto chiamarlo - e tanto meno il successore di Edgardo Poë. Per raggiungere la gloria dello scrittore americano a lui mancano molte qualità essenziali e fra queste il temperamento lirico. Perchè Edgardo Allan Poë fu prima di tutto e sopra tutto un poeta. Colui che seppe raggiungere il sentimento malinconico di *Annabel Lee*, o il brivido profondo di *Ulalume*, o il mistero indeterminato dell'ode a Elena, o l'elevazione mistica di Eleonora, non potrebbe paragonarsi a questo narratore di favole scientifiche, nel cui stile è quasi continuamente il riflesso delle formule imparate nelle scuole di fisica o di astronomia. Io direi anzi che il segreto di quel *frisson nouveau* rivelato dal Beaudelaire sta principalmente nell'essenza stessa del suo stile e nella scienza profonda che egli ha della parola. Ho citato la lirica in morte di *Annabel Lee* e quella così misteriosa e bizzarra di *Ulalume*. Nell'una e nell'altra l'effetto è un effetto esclusivamente ritmico, basato su certe sapienti allitterazioni, su certe ripetizioni suggestive. Niente può rendere la sconsolata tristezza di quei versi, che sembrano lasciare dietro loro un'eco di sconforto infinito :

> It was many and many years ago
> In a kingdom by the sea
> That a maiden there lived whom you may know
> By the name of Annabel Lee...

Come niente può rendere l'improvviso spavento che prende il lettore quando in mezzo a quel passaggio misterioso « di un solitario autunno della vita » d'innanzi a quella inaspettata sepoltura l'anima prorompe in un grido che sembra varcare lo spazio :

> Ulalume! Ulalume!
> 'Tis the vault of thy lost Ulalume !

E io citato queste due liriche, perciè in esse la parola acquista veramente un significato profondo.

Di più Edgardo Poë aveva la conoscenza perfetta del terrore umano. Nei suoi racconti, come nelle sue poesie, egli sa analizzare con una acutezza non superata la paura del suo lettore. Prendete la *Rovina della casa Usher*, per esempio. Le storie di uomini sotterrati vivi sono infinite, ma quale di queste storie rende con maggior potenza l'angoscia di quella pallida Lady Madeline, in lotta con le porte di rame della sua tomba, e lo spavento di quella notte d'uragano quando comparisce alfine sulla porta dello studio, fra i lugubri cortinaggi di velluto nero? Ora, un solo elemento giova ad acuire questo orrore più di ogni minuta descrizione : la lettura di un vecchio poema di cavalleria e la corrispondenza fra i rumori descritti nelle imprese di Etelredo e i vaghi rumori che giungono dalla cripta lontana dove la sepolta si aggira lottando contro le infrangibili muraglie di rame. A poco a poco, senza annettervi nessuna importanza, le strofe del poema acqui-

stano il senso affannoso di una nota ripetuta; e quando finalmente la
porta si apre e fra l'ululare del vento Roderico Usier grida prima
ancora di vederla: «È là, vi dico, è là; noi l'abbiamo sepolta viva
nella sua tomba!» il brivido che egli provoca è così acuto che pochi
possono o sanno resistervi.

Di questa sapienza analitica non è traccia nell'opera del Wells.
Nel volume, che va sotto il titolo di *The Stolen Bacillus*, sono alcune
novelle che vorrebbero ottenere simili effetti di terrore e di mistero.
Ma lo svolgimento ne è così povero e lo stile così arido che provocano un sentimento di stanchezza e di rimpianto per il bel materiale
che non ha saputo utilizzare. Osserviamo il racconto intitolato: *The
flowering of strange orchid*. Un umile collezionista di orchidee ha com-
piato, ad un'asta pubblica, un lotto di bulbi sconosciuti, che facevano
parte del bagaglio di un esploratore, morto nelle foreste dell'Indocina.
Egli pianta questi bulbi e aspetta che vegetino nella sua serra. Tutti
producono esemplari di orchidee già note, tutti meno uno, da cui
nasce una pianta bizzarra come nessuno aveva visto mai.

Questa pianta cresce, vegeta robustamente, si cuopre di foglie e
di bottoni: il collezionista ogni mattina si reca a vederla aspettando
che quei bottoni si aprano per gioire di questo nuovo fiore mirabile.
E una mattina infatti il fiore è sbocciato, un fiore mostruoso dal cui
calice si partono innumerevoli tentacoli che avvincono l'uomo, lo aspirano, lo soffocano, mentre un odore soporifero impregna l'aria della
serra con le sue emanazioni letali.

Osserviamo anche l'altro racconto: *The remarcable case of Davidson's eyes*. In questo, il dottor Davidson doventa improvvisamente
cieco. Ma la sua cecità ha una forma curiosa: egli vede costantemente
un cielo grigio, increscioso, dolente, un breve lembo di spiaggia nelle
cui sabbie finisce d'imputridire un carcame di nave, un mare livido
e biancìccio che si frange su quella spiaggia con un moto continuo
e uniforme, e vede anche stuoli di pinguini volare senza posa intorno
alla breve isola perduta nella nebbia.

Questa cecità dura qualche mese; poi a poco a poco la visione
svanisce e il dottor Davidson ricupera la vista. Egli riprende la sua
vita abituale e non pensa più alla bizzarra malattia che lo aveva afflitto,
quando una sera a un pranzo d'amici un ufficiale di marina, reduce
da una crociera nei mari del Sud, narra incidentalmente di una sua
avventura in un'isola degli Antipodi, un'isola su cui vivevano frotte
di pinguini e dove l'imbarcazione che lo conduceva aveva dato in secco.
E nella descrizione di quest'isola il dottor Davidson riconosce, meravigliato, la visione che per tanti mesi aveva chiuso la sua vista.

Immaginate ora quale terribile ansietà avrebbe saputo trarre da
questi due soggetti colui che aveva scritto: *Il caso del signor Valdemaro*
e *La parabola del silenzio*. Il Wells, invece, si contenta di narrarli
come un medico narrerebbe un caso patologico nel bollettino della sua
clinica: ridotti al puro fatto di cronaca i due racconti - che potrebbero essere meravigliosi di colore e di sentimento - rimangono due
tentativi nei quali il lettore rimpiange a punto quello che non c'è e
che avrebbe dovuto esserci.

Mi sono limitato a citare le due novelle che più rivelavano questa
mancanza; ma potrei, volendo, trovare altri esempi che sosterrebbero
la mia tesi. Si potrebbe dire che l'intiera opera sua è un commento a
questa tesi: i suoi romanzi, i suoi racconti, le sue narrazioni conten-

gono un concetto che manca di uno svolgimento naturale. Per questo mi sembra ingiusto paragonare Giorgio Enrico Wells a Edgardo Poë. Lo scrittore americano è tanto superiore all'inglese quanto può esserlo un poeta d'innanzi a un arido estensore di processi verbali. E il Wells non fa altro che darci il processo verbale di avvenimenti immaginarii.

E nè meno può dirsi che abbia una qualche parentela con Giulio Verne, come vogliono alcuni e come potrebbe sembrare a chi paragonasse superficialmente il *Viaggio al centro della terra*, le *Ventimila leghe sotto i mari*, *Dalla terra alla luna* e gli altri romanzi di questo genere con quelli del Wells. Perciè Giulio Verne è un romanziere di avventure che ha applicato la formula romantica alle tendenze scientifiche dei nostri tempi. Egli ha fatto con la geografia e con la scienza quello che Alessandro Dumas o Paolo Féval avevano fatto con la storia e si è preoccupato più delle avventure nelle quali erano avvolti i suoi personaggi, che non ai risultati pratici di una data scoperta e di una data esplorazione. Il Wells invece si preoccupa esclusivamente di quei risultati e nella produzione fantastica rimane isolato a punto per quelle sue reminiscenze di studii universitarii.

Questa è la fisonomia caratteristica del nuovo romanziere inglese, fisonomia che non credo si cambierà in avvenire. Perciè se bene recentemente un critico dell'*Academy* si rallegrasse di vedere il Wells sopra una nuova strada con le *Wheeles of the chances* - che è la novella di un ciclista domenicale scritta molto arguamente - e con *Love and Mr. Levisham* - che è un tentativo di romanzo psicologico più complesso e meno interessante - pure gli ultimi volumi suoi ritornano al metodo antico.

The first man in the moon, infatti, e *Anticipations* che chiudono per ora la serie dei suoi romanzi, ci riconducono in quel mondo fantastico che egli predilige e dal quale non si deve allontanare. E non se ne deve allontanare perciè in fondo quella è l'essenza del suo ingegno di scrittore. Certo, il campo è ristretto e per un cervello privo di fantasie descrittive e d'immaginazione romantica v'è il pericolo costante di una ripetizione monotona. Ma per ora non so vedere come egli potrebbe uscirne, tanto più che i suoi concittadini - e un poco anche tutti gli uomini – sono avidi di queste visioni che trasportano le loro anime erranti fuori del mondo e della vita.

Diego Angeli.

IL VERO DES GRIEUX

Il vero amante di Manon Lescaut fu disgraziato assai con i biografi contemporanei, che gl'incolparono e disonorarono la vita ancor vivo: e centotrentatrè anni dopo la sua morte non ebbe un artista degno di lui nell'erudito che gli rifece la biografia appunto per discolparne ed onorarne la fama. Curioso destino! Intorno al Vero Des Grieux, al romanzesco e sentimentale cavaliere, raccolse ignorati documenti uno storico geografo! uno scrittore di bibliografia cartografica!

Ma questo dotto e paziente Henry Harrisse illustrò anche i viaggi di Cristoforo Colombo; e forse una visione dei luoghi ove spirò Manon lo indusse a ricercare per gli archivi la storia del doloroso amante. L'Harrisse compiè accurate ricerche; fece belle scoperte ed accumulò un tesoro di notizie: se non che egli restrinse tanta materia in una introduzione breve e fredda, appagandosi poscia di riferire ad uno ad uno. in ordine cronologico, con indifferenza tedesca, i documenti delle sue faticose esplorazioni; i quali sarebbero bastati per rappresentare e agitare nella storia del protagonista tutta un'età e una folla di figure strane e diverse.

Così l'opera, utile agli storici della letteratura, sfuggì al gran pubblico francese; e in Italia, dal 1896 ad ora, nessuno, nè per simpatia al metodo dell'autore, nè per efficacia del Massenet o del Puccini, s'avvide dell'*Abbé Prevost - Histoire de sa vie et de ses œuvres*.

Oh! l'abate romanziere, a quanto dicevano una volta, ne avrebbe ben fatte di peggio che amare, in abito del cavalier Des Grieux, quella graziosa povera cortigiana! Prete da prima, e poi soldato, e di nuovo prete e poi soldato, avrebbe tradito la milizia per sposare in Olanda due donne in una volta!

Abbandonatele, dicevano ch'era divenuto benedettino in Francia, cameriere e cuoco ad Amsterdam, falsificatore di cambiali e seduttore di giovanette e apostata in Inghilterra. Poi, di ritorno a Parigi, l'avrebbero visto girar per le strade, in costume d'ufficiale di cavalleria, e tra i vagabondi e le prostitute nelle bettole a scriver romanzi. Si aggiunga che ebbe accusa di parricidio involontario o volontario, e infine si dica se non paresse degno di morire ammazzato da un chirurgo che, credendolo morto, l'avrebbe aperto svenuto per vedere che male o che diavolo avesse in corpo.

Furon tutte favole e calunnie: ma chiacchiere così tremende da indurci a ricercarne con ansia pietosa o sdegnosa il motivo recondito.

Perchè?... Potè inventare e propalar tutte queste menzogne l'invidia, l'odio dei letterati, che a quei tempi infelici bisognava accarezzare come il Prevost non seppe? O anche apparenze nocive e fatti certi valsero alle calunnie di quella canaglia?

I.

Anton Francesco Prevost nacque di una famiglia borghese dell'Artois ed entrò a sedici anni (1713) come novizio fra i gesuiti di Parigi. Dopo due anni fu messo a studiare filosofia nel collegio di La Flèche; e di là, o per dispetto della filosofia, o per ardore di gloria, scappò ad arruolarsi soldato. Ma due anni di vita al reggimento bastarono a che dimandasse di ritornare fra i gesuiti. Essi non lo vollero, ed egli disertò in Olanda; di dove tornò alla casa paterna.

Suo padre, il quale era un magistrato retto e rigido, concepì il disegno di farne un cavaliere di Malta, forse unica via che convenisse allo spirito avventuroso di quel ragazzaccio ventiduenne; e a tal fine, e per consiglio e aiuto, lo mandò ad Amiens da un amico che aveva l'ufficio di penitenziere in quella diocesi. Ma ahi! che ad Amiens l'irrequieto figliolo trovò anche amici suoi meno dignitosi e più allegri; trovò altri consigli ed altri aiuti; sicchè quando al padre pareva di vederlo in cerca del gran penitenziere, Anton Francesco andava, con un compagno, incontro a Manon.

Passavano da un albergo; e vi arrivava una diligenza. « Corri! Corri! » - si incitarono, l'un l'altro, gli amici correndo ad osservare le viaggiatrici che scendevano dalla vettura. Osservano una di esse... Come bellina!... Era una giovinetta, che ristava nel cortile... Com'era afflitta!... Come giovane! Prevost appiccò discorso con lei, intanto che il vecchio, il quale la conduceva seco, faceva scaricar le valigie. E la poverina non perdè tempo; raccontò subito che i genitori la mandavano in un chiostro. Un'infamia davvero!; ma forse la sola via che convenisse a domarne lo spirito avventuroso.

Che meraviglia dunque se lui e lei si conobbero a un tratto? se il giovinotto s'infiammò d'amore con la fulminea velocità e con la fulminea violenza che, romanziere, egli doveva più tardi attribuire a tanti suoi eroi?

Ah Manon! ai Manon! Quanta gioia per lei, quanto soffrire! Eccoli il domani per la strada di Parigi: ella in una sedia di posta: egli a cavallo, galoppante allo sportello.

A Parigi vivono felici finchè durano i quattrini. Ma alle strette della miseria, alla incomportabile e vicendevole pietà della miseria, Manon non resiste. Manon è buona; Manon è debole; Manon è bella: segue un banchiere.

La maggior sventura fu che a Prevost riuscisse di ricuperarla. Perchè, intanto, il padre, il severo magistrato, ebbe notizie del figliolo e intervenne insieme con il luogotenente generale di polizia. Ed ecco Manon nella carretta, legata alle femmine che la polizia ha destinate alla colonia di Nouvelle Orléans! Eccolo in viaggio il triste, infame convoglio. Prevost piangente, a cavallo, a piedi, accompagna la sua Manon. Ad ogni tappa compera dagli arcieri il permesso di confortarla, di ripe-

terle che l'ama, di piangere con lei: ad ogni tappa... Finchè durano
i quattrini gli è concesso di parlarle...; eppoi...

Presso Ivetot anche le forze vengono meno all'infelice amante.
Sviene, cade in mezzo alla strada. Sghignazzando i carrettieri fanno
schioccare le fruste e sollecitano i ronzini... Addio, Manon, per sempre!

II.

« La sciagurata fine d'un amore troppo tenero mi portò alla tomba » :
così Anton Francesco disse di sè e dell'Abazia di Jumièges, dove fece
professione di benedettino nel 1721, a ventiquattro anni. Nessun dubbio
che la passione per Manon fu di quelle che lascian tracce per tutta la
vita, se, quindici anni dopo, il Prevost dipingeva sè stesso così:
« Un uomo che ha nel viso e nell'animo indelebili impronte d'antichi dolori; che per settimane non esce dalla sua camera, dove lavora
sette o otto ore al giorno; che di rado cerca star allegro e resiste agli
inviti, e che a tutti i piaceri preferisce un'ora di compagnia con un amico
di buon senso. Un uomo beneducato, ma poco galante; d'umor dolce
e malinconico ».

Nessun dubbio che quell'amore di Manon accrebbe nel vero Des
Grieux i difetti e gli eccessi naturali e soliti negli artisti d'ogni tempo:
mobilità di fantasia; soverchia sensibilità nervosa; cedevolezza spirituale; calore imaginativo; tristezza; inrequietudine; insofferenza di ogni
schiavitù; incapacità di ciò che si dice « senso pratico ». Ma se gli
errori di chi ebbe tale indole e carattere ottengono facilmente perdono
quando all'uomo sopravvive l'opera d'arte, non tutto per questo si
deve scusare nel Prevost. D'altra parte, per comprenderne tutta la
rilassatezza morale, bisogna avvertire che egli, artista nato, fu anche
uomo della società più corrotta del secolo decimottavo.

Dell'artista è questa confessione: « Che pena a riprendere un po'
di forza dopo che della propria debolezza si è fatta abitudine! Quanto
costa la vittoria dopo che, per lungo tempo, fu dolce lasciarsi vincere! »

Invece del monaco settecentista è quell'altra confessione, che il
Prevost faceva poco dopo professati i vóti sacri: « Il Cielo conosce a
fondo il mio cuore, e mi basta per esser tranquillo. Io pronunciai le
formule dei nostri voti con tutte quelle restrizioni interiori per cui mi
divenga lecito il romperli ».

Dunque a questa norma peseremo i peccati dei quali l'abate Pre
vost morendo domandava perdono al Signore con pentimento improvviso
come la morte che lo coglieva.

III.

Durante sette anni egli fu trasferito a otto o nove conventi, dimo-
strandosi in tutti capriccioso, avverso agli ordini e a sè medesimo,
infelice. Gli amici l'esortavano a chiedere un'osservanza meno severa.
La chiese infatti; ma non ancora aveva avuta risposta che già impaziente e dubbioso d'essere accontentato, abbandonava il monastero di
La Croix-Saint-Leufroy, senza nemmeno un addio al padre superiore!
La mancanza era grave. Più grave di quanto era dovè credersi il

colpevole, che pensò far bene ad emigrare in Olanda. Colà non commise i delitti che le male lingue connazionali, fratesche o letterate, gli attribuirono. Viveva senza devozione, eppure ringraziando il Cielo (diceva lui), senza mancare alle antiche massime della rettitudine e dell'onore: senza nemici e senza odiare alcuno: « Je me fais gloire de ne haïr personne et de n'avoir non plus d'ennemis ».

Certamente però da Lattaye si trasferì a Londra con una giovanetta. Vorremo creder a lui e non ai suoi nemici di Francia? Egli asserì sempre d'averla condotta seco per sottrarla ai pericoli e affidarla a persone dabbene: proprio con la virtuosa tenerezza e le buone intenzioni che ci fan sorridere quando le vediamo celebrate ne' romanzi e nei drammi di quel secolo corrotto non meno che patetico. Ma forse il sentimentalismo compiè davvero il miracolo di così onesta protezione? o piuttosto egli si contenne in tanta virtù perciè ricordò... Ah Manon! Del resto, nei quattro anni d'esilio in Inghilterra, il Prevost lavorò molto, trovando da per tutto ammiratori e amici illustri e magnifici. Ed era già il celebre autore delle *Mémoires d'un homme de qualité* (di cui faceva parte l'*Histoire du Chevalier des Grieux et de Manon Lescaut*), quando chiese assoluzione delle sue colpe monacali. L'ottenne: rimpatriò: fu messo in una regola meno aspra, la quale non l'obbligava all'astinenza dei cibi che tre volte la settimana e l'esentava ad alzarsi di notte a cantar mattutino.

IV.

Documento curioso assai, per l'uomo e per i tempi, è la norma che il Prevost seguì in questo secondo noviziato. Dal monastero della Croix-Saint-Leufroy, di dove, come diceva, prendeva la via per andare in vettura molto comoda in Paradiso, scriveva all'abate Le Blanc:

« Datemi notizie di Parigi...: in compenso io pregerò per voi. A voi non ne importa nulla delle mie preci? Ma non avete qualche piccola sorella in religione a cui cedere le mie preghiere e che le gradisca? » Egli aveva una vecchia zia che gli raccomandava di raccogliere molte briciole di messa e di fargliene tutte le settimane un cartoccino spirituale!... Aggiungeva:

« Nous avons belle et bonne compagnie de l'un et de l'autre sexe, ducs et duchesses, etc.: point tous les jours, mais si souvent qu'on ne sent pas les intervalles ». Eppoi: « Io vi chiederei di Mlle Gaussin (celebre comica) »: « ma questa curiosità disdirebbe a un novizio ». Non solo: di un'altra celebrità, Mlle Sallé, ballerina levata alle stelle per un amore ferocemente platonico, il monaco Prevost scriveva a un altro amico parigino:

« Je ne la reverrai pas non plus jusqu'à ce que je possède cent mille livres par an. Je pourrai alors l'aimer et le dire et espérer être bien reçu ».

Aveva dunque ragione Voltaire a lamentare ch'egli si fosse rifatto benedettino.

Che peccato! « un homme fait pour l'amour »! Peggio fu che il troppo buon cuore piegasse il Prevost anche ai debiti. Divenuto Grande elemosiniere del Principe di Conti, si dolse di non ricevere quanto gli bastasse al decoro della carica. Spandeva per generosità; spendeva per sè quale primo romanziere della Francia e frequentatore di salotti aristocratici; e quindi, nei diciotto anni che tenne quell'ufficio, si impacciò spesso in duri imbrogli. Una volta aveva da pagare un debito di quasi cinquanta luigi. Chiederli a qualche amico del suo signore, non osava. Che fare? Udite che cosa fece! Con un candore, una ingenuità, una speranza, una fiducia a dirittura riprovevole e scandalosa per chi non accordi il giudizio dell'uomo al giudizio dei tempi, scrisse, lui benedettino, a... Voltaire! Non chiedeva semplicemente un prestito al filosofo ateo: questo no; anzi egli, prima di tutto, voleva essere utile al grand'uomo; contro il quale inveivano tanti maligni e tanti ipocriti, mentre egli, Prevost, era in piena voga e godeva la simpatia universale. L'umile romanziere poteva perciò difendere il grande filosofo!

Egli comporrebbe con molto studio, vigoria e semplicità un libro che costringerebbe i cattivi a starsene zitti:

« J'y emploierais tout ce que l'habitude d'écrire pourrait donner de lustre à mes petits talents ».

In contraccambio, chiedeva a prestito i cinquanta luigi; che restituirebbe soltanto con la gratitudine se la morte lo rapisse prima del tempo; se no, li renderebbe in contanti, a' pochi per volta e secondo i guadagni letterari. « Voilà - conchiudeva - une lettre fort extraordinaire ». Straordinaria! e tuttavia non tale da scandalizzare Voltaire. Ci voleva altro! Il qual Voltaire, manco a dirlo, rifiutò la proposta: rinunciò a una difesa per cui sarebbe stato necessario accusar troppa gente (scrupolo da far sorridere anche il Prevost): rifiutò il prestito perchè... Sentite:

« Il y a un article dans votre lettre qui m'intéresse beaucoup davantage, c'est le besoin que vous avez de douze cents livres. M. le prince de Conti est à plaindre de ce que ses dépenses le mettent hors d'état de donner à un homme de votre mérite autre chose qu'un logement. Je voudrais être prince ou fermier général pour avoir la satisfaction de vous marquer une estime solide... (Une estime solide!)... Mes affaires sont actuellement fort loin de ressembler à celles d'un fermier général, et sont presque aussi dérangés que celles d'un prince... » (Bel colpo!).

Egli aveva un debito anche con la marchesa du Châtelet!... «... Mais sitôt que je verrai jour à m'arranger, soyez très persuadé que je préviendrai l'occasion de vous servir avec plus de vivacité que vous ne pourriez la faire naître... ». Anche qui la punta era acuta! e aspetta, povero Prevost!, « celui de nos écrivains que j'estime le plus! »

Immaginarsi come Voltaire stimava quegli altri!

V.

Dopo un nuovo ma breve esilio nel Belgio, a cui fu condannato per colpa d'un gazzettiere libellista, l'abate Prevost abbandonò, non ancora cinquantenne, Parigi e il mondo. (Ah Manon!). Presto o tardi - diceva - chi ha senno s'innamora della solitudine. « Noi perdiamo troppo tempo a viver fuori di noi stessi ». E prese dimora su di una collinetta cara al cielo e alla natura, a cinquecento passi dalle Tuilleriès, con una gentil vedova per governante, la cagnetta Loulu per amica fedele, una cuciniera e un lacchè; e..., lontana lontana, la rimembranza di Manon. Modesta e gaia era la casa: bella la vista; bello il giardino. Ivi con numerati amici rideva delle umane pazzie; e invitandone uno lo salutava in questo modo:

« Je vous embrasse tendrement; et des deux bras: c'est-à-dire, la petite veuve de l'un et moi de l'autre ».

Pareva contento. Ma forse... Ah quell'ombra, lontana lontana!...

In campagna, a Saint-Firmin, Anton Francesco Prevost morì di 66 anni, il 23 novembre 1763.

Rincasando un giorno dalla passeggiata del dopo pranzo, a un tratto della strada vacillò e chiamò disperatamente alcuni contadini che erano ivi presso: « A moi, mes amis: je me meurs! »

Aggiunse: « Seigneur! pardonnez-moi mes fautes! » E cadde morto, per aneurisma.

Molti dei suoi peccati eran raccolti nei 112 volumi delle sue opere. Ma uno di quei troppi volumi conteneva un capolavoro: la breve storia della passione giovanile da lui lungamente scontata: *Manon Lescaut*.

ADOLFO ALBERTAZZI.

LE COSE

La prosa italiana ha un suo proprio incesso, che non si giova nè
delle lunghe nè delle brevi, e nemmeno di suoni determinati o di determinati accenti, e che pure, senza strepito, senz'ali, direi quasi senza
punto piedi, arriva di suo passo alla mente di chi la scrive, nonchè
alla voce di chi la sa leggere. È come una musica particolare, che ri-
cerchi non tanto l'orecchio, quanto le più riposte nostre fibre, senza
lasciar mai avvertire nè un ritmo preciso, nè un numero deliberato. Fa
bene allo spirito, allo stesso modo dell'aria, che si conosce per buona
quando fa bene al corpo.

Ma non tutte le buone arie giovano a tutti egualmente, e così anche
voi, se volete provare gli effetti della vera buona prosa, dovete accostarvi o a Guicciardini o ad Annibal Caro, per dire dei maggiori, a
seconda che vi troverete inclinati od all'austerità od al raccoglimento.
Ma dopo, che vero equilibrio vi daranno, per poco che abbiate scelto
bene! Quanto di criterio attingerete dal più grave, e quanto di serenità
da quello più tenue!

La poesia, con tutti i suoi valutevoli aiuti, ha sempre fatto, se non
meglio, assai più, non dico in vantaggio degli eletti, ma certamente
dell'universale dei lettori, perchè più aveva in sè di forza, quando era
alta, e più di dolcezza, quando era affettuosa o gentile. E da che le
venivano questi maggiori effetti? Anche dai suoni, quando flautati e
quando poderosi come di oricalco. Ora la nuovissima scuola poetica,
mediante certe sue nuove o innovate forme, tende, quasi per suicidio
volontario, ad un numero più latente di quello della prosa stessa, ma
che prosa! Si cercano anzi le dissonanze, colla segreta intenzione di
dare scatto e vigore ai pensieri più forti, o di toglierle di lasciva a
quelli più dolci, ma la massima parte delle volte non si ottengono che
degli effetti negativi di qua e di là. Il motivo poetico ci deve essere,
ben inteso, ma non va rilevato che adagio, da quei dati lettori che
meritino di vederselo sorgere piano piano frammezzo alle righe, come
se fosse una iniziazione scritta con l'inchiostro simpatico, o come se
si mutasse in una parola d'ordine, cautamente trasmessa d'orecchio
in orecchio. E così, frenando gli empiti da una parte, per paura, Dio
ne guardi, di dar fiato alle trombe, e scemando le grazie dall'altra per
lo spavento, Dio ne liberi, di gorgheggiare cogli usignuoli, che risultante abbiamo? Una specie di mar morto, dove il lettore, che desideri
di sentirsi intenerito o commosso, non sa da che parte prendere il
drizzone, e che, pur di non sentirsi allentare del tutto, deve inge-
gnarsi a trovare di suo. Il lettore! Il lettore mutato in poeta! Dategli
la matita piuttosto, e fatelo scrivere sotto dettatura di Messer Lodovico,
come faceva il pittore Scaramuzza. È più facile cavarne un *medium*
che un poeta estemporaneo.

Con queste sordine applicate alla cetra, fu giuocoforza evitare anche
il contenuto poetico, almeno apparentemente. Alla larga dunque, e per
sistema, dagli affetti tempestosi, dalle magnanime ire, dagli orizzonti
interminati, e mano agli echi solitari, alle mezze tinte, alle sfumature
ed ai sottintesi. Mai una gran figura umana, presa di getto, mai un
vero sprazzo di luce, e sempre sempre o misteriose penombre, o scorci
furtivi, o diafani profili, vaganti fra l'incenso dei più dilicati profumi
(tanto dilicati che non sanno nè di me nè di te), per non dire che si
è tentato d'istoriare a parole anche l'iride, anche il silenzio, anche le
più fuggevoli e quasi... spirituali sensazioni tattili. Che ne è venuto?
Ne è venuto che se una volta, per troppa cura del grandioso, si cadeva
nell'enorme, adesso, per fregola d'isterismo, si dà nel complicato o
nell'insipido. Così la pittura, per aborrimento di ogni gesto che abbia
dell'accademico o almeno del teatrale; così la musica, per tema che
l'uditore vada avanti a cantare da sè, per eccessiva facilità di spunto.
Ed ecco il trionfo del recitativo, a strappi improvvisi od a nenie incoe-
renti; ecco il trionfo del paesaggio, tanto più pieghevole quanto più
opportuno ad essere pensato, per così dire, piuttosto che veduto: ecco
finalmente l'anima delle cose, trasfusa nella poesia, per dilagare poi
come una marea anche negli scritti minori.

Le cose!

Che salto nel buio da quando Vergilio scriveva:

Sunt lacrimae rerum.

Erano austere lagrime di pietà universale quelle delle cose, allora,
pietà di sè stesse e dello spettatore e di Dio; era l'agonia del Paganesimo, che non sapeva più trarre, dalla primavere, il dolce oblio del-
l'inverno: era il tutto angosciato del nulla. Ora le cose non piangono
più, parlano soltanto, o molte insieme, e danno, come ora si dice, il
tono all'ambiente, od una alla volta, e riflettono minutamente lo « stato
d'animo » di chi le guarda, ma ne dicono sempre tante che pare impossibile.

Nel primo modo danno una idea del coro nelle tragedie antiche,
nel secondo quella degli animali parlanti nelle favole di Esopo, colla
differenza che quel coro, austero per sua natura, sapeva intonare ben
chiaramente le sue sintesi meravigliose, e che quegli animali sapevano
rendere colla massima semplicità le loro differenti attribuzioni morali.
Ora il mondo ha mutato, o mutarono gli occhi dei poeti. L'ambiente,
sotto altre forme, può essere ancora doloroso quanto quello degli Atridi,
ma non c'è mai caso che i poeti lo rendano austeramente, con sincera
parsimonia di colori e di disegno, no, allo stesso modo come il mondo
delle coscienze non cerca più i suoi riverberi negli oggetti più semplici e lampanti, ma li vede o li vuol vedere in quelli più intralciati
e meno comuni. Che fissazione! E tutto per contentare i così detti lettori dilicati, che vanno in busca di sensazioni fluttuanti, tutto per allontanare da sè il volgo profano, troppo sordo e troppo ottuso a certi
incanti o, per meglio dire, a certe mistificazioni. Anche Orazio aveva
lo stesso tic, si sa, ma quello del suo tempo era un altro volgo, e si
spera in Dio che adesso non covi un altro Tiberio, e che non ci si ac-
costi ad un altro *Satyricon*. Basta... Carlo Baudelaire.

Adesso coviamo noi, lettori dilicati suddetti, e i poeti - voglio dire
gli ostetrici del nuovo stile - ci palpano e ci lisciano come se si fosse
altrettante puerpere. Non dobbiamo scaldarci il fegato per niente, nè

per piangere nè per ridere: basta di tenerci fermi in una specie di dor-
miveglia, a regime dietetico e blando di cordiali e di brodetti; basta
di farci balenare davanti, come alle lodole, tanti specchietti, dove le
parvenze, accresciute e moltiplicate, perdano di valore quanto più acqui-
stino in ricchezza di nomenclatura. Che folgorio e che sonno! Che estasi
estetiche e che torpore!

Ma intanto, dall'anima delle cose, si discendeva bel bello alla nuovissima anima delle parole, e le ricche enumerazioni, messe in fila,
davano l'impulso, per non dire il pretesto, alla fitta grandinata dei bei
vocaboli. Quanti ne ranno reperiti! E quante vecchie anime resuscitate!
Come dire che una volta erano le idee che nobilitavano le parole, e che
adesso tocca alle parole di nobilitare le idee. Date del velo ad un porco
e quel porco vi diventa subito un animale poetico! Come no? Velo
è un bel vocabolo, e Vere aveva un bel nome. Direte che questi sono
giuochi di parole, ed è vero, ma qui si scherza e quelli giocano sul
serio.

Torniamo alle cose! Lucrezio, che era un ateo a modo suo, le ra
prese in senso universale, per poter combattere tutta la compagine
dell'edifizio religioso, come era stata sentita dai suoi alti maggiori;
adesso si fa il medesimo, ma in piccolo e di maniera, cioè senza nessuna necessità, perchè la religione non è punto morta nelle anime,
come era ai tempi di Lucrezio. Ora si finge di ritenere che il divino
non meriti più l'onore del combattimento e si salta a piedi pari, per
innalzare le cose terrestri al posto dell'ideale, come se fossero un simbolo perpetuo, altrettanto multiforme quanto seccagginoso.

« Tante belle cose! » si dicono adesso gli amici alla moderna,
quando si lasciano, e più e meglio di così credono di non poter dire.
Per essi il vecchio commiato « Addio! » è diventato insufficiente, perchè
non voleva significare che un'umile e reciproca raccomandazione a
Dio. Pensate un po' quanti numerosi aiuti non vi possono venire dalle
cose, purchè sieno propizie come gli Dei d'una volta, e purchè, chi le
consideri, non le lasci mai come sono e come stanno, cioè terra terra,
ma le elevi gradatamente ad una insidiosa ed eccelsa transustanziazione.

Oramai esse vedono tutto, sanno tutto, comprendono tutto, e il
giocretto panteista, travestito alla moderna, rimonta a Diderot, ma
conviene, per brevità, di rifarci da Sainte-Beuve, che aveva tanti punti
di... religioso contatto col gerente responsabile dell'*Enciclopedia*.

Nello scrivere su Balzac diceva:

« Gli stessi mobili di casa che egli descrive ranno qualche cosa
di animato: le tappezzerie fremono e la medesima pagina ha dei brividi ».

Anche i mobili! Anche la pagina!!

Cherbuliez in *Jean Téterol* prosiegue:

« Vi sono dei momenti in cui le cose si animano: guardano, ascoltano, vedono l'uomo e contemplano con istupore una creatura che
somiglia loro così poco, piena di passioni, piena di volontà e che
muta di luogo come d'idea ».

D'idea? Vedono anche lo spirito, dunque. Più addentro ancora
dei raggi X!

Remy de Gourmont è andato più avanti dall'alto verso, e ra
fatto di sè medesimo come il creatore delle cose:

« Il mondo è la mia rappresentazione. Io non vedo ciò che è, ma
è ciò che io vedo ».

Se fosse stato solo in terra, poteva ancora passare, ma o che tutti gli altri debbono crearsi tanti mondi ognuno? Ovvero accettare tutti ad occhi chiusi il suo?

Come le foglie è una bella commedia che seguita da anni ad empire i teatri. Lo deve fors'anche all'avere assunto per impresa le nuovissime Iddie, che vi rincorrono da principio a fine, e non già soltanto nella loro vecchia forma concreta, ma anche in quella ascendente e suggestiva del nuovo formulario.

Spigoliamo discretamente:

Giulia, la bella matrigna di Nennele, parla del pittore svedese e dice: « I suoi paesaggi volano e tutte le cose hanno le ali ». E poco dopo il burbero Massimo: « La ricchezza è delle cose ». E il suddetto pittore, non senza, questa volta, un poco di voluta affettazione: « L'universo svanisce, le cose non hanno più nè forma nè colore e non mi confidano più nulla ». Poi Tommy, il giovine decadente, alla sorella: « Io contava che le cose mi avrebbero preso », ed essa, che la fa da mammina, ripete mestamente poco dopo: « Le cose non ti avevano preso? Bisogna darsi alle cose ». E il padre, in fine, con doloroso rimpianto al nipote Massimo: « Vedeva, sai, venire le cose!... »

Cioè il Fato, l'ira di Dio! È vero che Domeneddio medesimo ha prescritto di non lo nominare in vano, ma adesso lo prendono in parola un poco troppo. A che serve questa progressiva elevazione delle cose, se non a coprire od almeno a nascondere il vero mondo dello spirito?

Alfredo East ha fermato sulla tela un bel paesaggio e lo ha intitolato: « La strada che aspetta ». Che cosa aspetta? L'aurora? Il sole? I viandanti? Pare di sì. Ma sa, sente di aspettare? Pare di sì. Guardate un po'! Un paesaggio che non si limita a « suggestionare » chi lo guarda, ma che prima si era già « suggestionato » da sè solo, per esercizio!

Oh nuovi decadenti e nuovissimi esteti, quante ce ne date a bere! Non per nulla si racconta che voi non potete scrivere nemmeno una riga senza quel tal calamaio pompeiano, quella tal carta del Quattrocento e quella tal penna... del Campidoglio.

Finiremo con una storiella.

Un ragazzo, nato a Mantova e mandato a Parma a studiare il violino, stava paragonando le due città con un uomo attempato, che non aveva preferenze nè per questa nè per quella, benchè non ignorasse che la prima si trovi in mezzo a tre laghi, recentemente dichiarati « assai pestiferi » e la seconda abbia intorno delle buone e ben tenute campagne.

— È più bella Mantova! - diceva fieramente il ragazzetto.

— Anche fuor di porta? Anche per le passeggiate?

— Tanto più. A Parma non si vedono che alberi e campi coltivati!

— E il puzzo dei laghi dove lo metti?

Il piccolo esteta mandò indietro la testa, come stupito di dover dare, così appena nato, una grossa lezione ad un adulto, e rispose, con pacata superiorità:

— Il puzzo non ha che fare colla bellezza delle cose!

Avete capito!?!

ALBERTO CANTONI.

PER LA BASILICATA

Politica restauratrice!

L'annuncio della visita dell'on. Presidente del Consiglio alla Basilicata è stato accolto con il più lieto compiacimento dagli amici del Mezzogiorno, che non possono a meno di provare un legittimo senso di ammirazione verso l'uomo illustre, che, dopo i lavori di una sessione parlamentare e le fatiche, non lievi, del Governo in Italia, si accinge, con rinnovata energia, all'adempimento di nuovi doveri.

La Basilicata soffre e decade. Questa è la voce che, con parola inspirata, affettuosa e commovente, i deputati autorevoli di quella regione hanno portata alla Camera, ed essi trovarono, ben tosto, eco di viva simpatia e di cordiale interesse fra i colleghi d'ogni parte della penisola. Bella e nobile affermazione di solidarietà nazionale, che prova sempre più quanto siano infondate le discussioni e ingiuste le diffidenze, che indarno si tenta di sollevare e diffondere nel Mezzogiorno. Soltanto nella loro più stretta ed intima colleganza di interessi e di sentimenti le varie regioni d'Italia - del Nord e del Sud - possono trovare le basi del progresso e del benessere reciproco, a fine di promuovere il risorgimento della patria intera.

Il problema della Basilicata non si distingue da quello del Mezzogiorno, che abbiamo particolarmente studiato nelle nostre pagine sopra *Il riscatto economico* di quelle regioni (*Nuova Antologia*, 1° aprile 1902). Esso non è che una parte del grande problema meridionale, col quale ha comuni le cause ed i rimedii: anzi, la stessa questione meridionale non ci si presenta, alla sua volta, che come il riflesso delle difficoltà, delle sofferenze, delle crisi, che travagliano i paesi ad economia *estensiva*, specialmente quando vengono a rapido contatto con le regioni giunte ad un più alto grado di economia *intensiva*.

Perturbata ed isterilita dall'armeggìo dei gruppi e degli uomini di Montecitorio, la politica italiana non si accorse, per lunghi anni, che, nel Mezzogiorno soprattutto, si addensavano tristi e inquietanti gli effetti di un indirizzo di governo erroneo. Le Provincie meridionali, dallo estendersi delle ferrovie, della navigazione e degli scambi, furono d'un tratto chiamate ad una evoluzione e trasformazione economica e sociale, per la quale non esisteva sufficiente preparazione nelle loro condizioni materiali e culturali. Spettò ad esse la sorte degli organismi deboli, costretti d'un tratto a camminare con organismi più forti. Così, non solo rimasero le cause antiche di debolezza; ma le energie locali, già per se stesse insufficienti, furono chiamate ad affrontare nuove e maggiori difficoltà.

I fattori delle sofferenze della nazione, che si riflettono con maggiore intensità nel Mezzogiorno e quindi nella Basilicata, si possono così riassumere:

Povertà della produzione e degli scambi;
Scarsità ed alto prezzo del capitale;
Usura e sfruttamento dei deboli, che sono i più, da parte dei forti, che sono i meno;
Insufficienza di lavoro e tenuità di salarii;
Mancanza di istruzione popolare e professionale;
Assenza di una forte coscienza civica nella vita pubblica, nazionale e locale.

Da queste cause derivano quei fenomeni dolorosi di povertà, di ignoranza, di criminalità, di cattiva amministrazione, di emigrazione, ecc., che si riscontrano, in misura maggiore o minore, in ogni parte d'Italia, ma che, per le ragioni note, affliggono maggiormente le Provincie del Mezzogiorno. Curare - nei limiti del possibile - siffatti mali con metodi pratici, positivi ed efficaci di governo; creare e diffondere in ogni regione del Regno una corrente risanatrice e fecondatrice di vita amministrativa, economica e morale: ecco il compito della nuova politica nazionale!

Di fronte alle presenti condizioni dell'Italia in genere e delle provincie meridionali in ispecie, non è la conoscenza dei mali o dei rimedi loro che ci difetta: ciò che manca è la costante successione, negli organi dello Stato, di uomini dotati della volontà inflessibile, del sentimento del dovere e dell'energia morale necessaria, per affrontare e risolvere a fondo, e con mezzi adeguati, i singoli problemi, grandi e piccoli, che la vita nazionale presenta.

Le attuali sofferenze della Basilicata, che con diversa intensità si rippresentano in Calabria, in Puglia, in Sicilia, in Sardegna ed altrove, sono, a nostro avviso, la condanna più recisa della *Scuola individualista* nel governo dei popoli a progresso estensivo. Quarant'anni di insuccessi in Italia devono oramai aver tutti persuasi, che le dottrine della iniziativa individuale sono inapplicabili ai paesi che non hanno raggiunto il complesso di energie morali e di risorse materiali indispensabili a provocare ed a promuovere le iniziative individuali. Le provincie del Mezzogiorno non possono riscattarsi dalle loro presenti condizioni, che mediante l'opera collettiva delle forze intere del paese, che in pratica si estrinseca nell'*Azione dello Stato*, da non confondersi con l'azione del Governo, che ne è soltanto una parte. Occorre, per il Mezzogiorno, determinare con precisione e seguire con continuità di propositi *una politica di ricostruzione e di restaurazione*, che avvivi, rinforzi e sviluppi gli elementi sani ed operosi della costituzione morale ed economica di quelle popolazioni.

Fattori economici.

I fattori di questa politica di ricostruzione e di restaurazione, che giova anzitutto applicare alle provincie meridionali, sono essenzialmente di due specie: *economici* ed *amministrativi*, e si traducono nei concetti seguenti:

Politica di lavoro e di credito;
Scuola popolare e professionale;
Amministrazione e giustizia.

Il concetto di *Politica di lavoro* fu ampiamente illustrato, in questa Rivista, il 16 giugno 1898. D'allora in poi, esso fu proclamato, come programma di Governo, da Ministeri e uomini politici; ma nessuno di essi finora potè o seppe fermamente tracciarlo e svolgerlo. Per i più, *Politica di lavoro* divenne una formola, anzi una frase, con cui promuovere lavori pubblici improduttivi o nascondere l'assenza di un indirizzo pratico e fecondo di Governo!

Politica di lavoro - abbiamo detto dal 1898 in poi - vuol dire risanare e rinvigorire tutti gli elementi, tutti i fattori della costituzione economica dello Stato, affinchè il loro funzionamento regolare, costante, assicuri giusti profitti al capitale ed equi salari al lavoro. Politica di lavoro è quel complesso di riforme, di leggi, di provvedimenti, di atti assidui e continui di Governo, che accrescono la produttività della nazione in ogni ramo della sua attività economica, cosicchè imprenditori ed operai, capitale e lavoro trovino nell'aumento della produzione e nell'equa distribuzione della ricchezza le basi di un più rapido miglioramento economico.

Quindi il primo e più urgente provvedimento per il sollievo della Basilicata e delle altre provincie del Mezzogiorno è l'applicazione di una energica *Politica di lavoro*, determinata ed attuata all'infuori delle preoccupazioni politiche ed elettorali, e degli interessi personali, ma diretta soltanto al bene generale del paese. *Aumentare la produzione* e quindi gli scambi della regione: ecco la mèta prima ed immediata' della nuova azione pratica e positiva dello Stato nel Mezzogiorno, quale già l'aveva preconizzata Camillo Cavour.

Questa politica restauratrice può esplicarsi essenzialmente in tre campi diversi: *l'agricoltura, le industrie, i commerci*.

Non abbiamo mai disconosciuta l'importanza delle diverse forme dell'attività economica; ma per le provincie del Mezzogiorno e delle isole - soprattutto poi per la Basilicata - qualsiasi politica di lavoro deve necessariamente iniziarsi mediante un'attiva *Politica agraria*. Al risorgimento dell'agricoltura, terranno dietro, per ordine naturale di cose, lo sviluppo delle industrie agrarie e manifatturiere e l'aumento dei commerci, che l'agricoltura e le industrie promuovono.

Or bene, i fattori di una politica agraria restauratrice sono necessariamente: il capitale; il lavoro; l'associazione; l'istruzione; lo smercio dei prodotti; le tariffe doganali; la viabilità; il regime delle acque; le imposte. Esaminiamoli brevemente.

La deficienza di capitale, e quindi l'alto saggio degli interessi e l'usura, costituiscono la debolezza organica delle provincie meridionali e perciò della Basilicata. Le terre aduste ed esauste del Mezzogiorno non potranno nè rinvendirsi, nè rifecondarsi, senza una grande, sana e benefica irrigazione di capitale, che restituisca al suolo la sua potenza produttiva. « Il problema agricolo di tanta parte d'Italia, quello, cioè, di passare dalla coltura estensiva alla coltura intensiva, è un problema puramente agronomico: il che vuol dire, più chiaramente, un problema di capitali a buon mercato ». Così diceva, nel suo discorso del 1898 sopra *Il dovere politico*, Giustino Fortunato, che ricordo con affetto e che cito a titolo d'onore, scrivendo della Basilicata. Orbene, la distribuzione di capitale a buon mercato non può ottenersi che mediante il credito: quindi la politica di lavoro e la politica agraria nelle provincie meridionali devono anzitutto esplicarsi in una forte e sana *Organizzazione del credito*.

L'organizzazione del credito in tutte le sue forme - e soprattutto del credito agrario, fondiario e popolare - ecco uno dei principali fattori della ricostituzione economica del Mezzogiorno. Essa deve proporsi tre scopi fra di loro intimamente collegati: 1° dare alla terra ed alla produzione in genere la quantità di capitale necessaria ad uno sviluppo progressivo e perfezionato; 2° abbattere l'usura che ora va dall'8 e dal 10 per cento fino a limiti invereicondi, riducendo il saggio degli interessi al tasso normale del 4 al 5 per cento; 3° disciplinare il credito in modo forte e sano, a fine di prevenirne gli abusi e di impedire soprattutto che il credito di produzione traligni in credito di consumo.

Facciamo qui astrazione dalle grandi riforme del credito pubblico, che migliorando il mercato monetario di tutto il paese giovano pure alle singole regioni. Ma ripetiamo vivissimo il desiderio che l'Italia, mediante una buona finanza ed un razionale riordinamento della circolazione delle Banche e dello Stato, affretti due grandi provvedimenti: la scomparsa definitiva dell'aggio e la libera conversione della rendita dal 4 al 3 e mezzo per cento. L'una e l'altra faranno sentire i loro benefici indiretti sopra tutto il paese, compreso il Mezzogiorno. Ma in materia di credito, il Mezzogiorno ha bisogni più immediati, ed essi riflettono:

1° il credito comunale e provinciale;
2° il credito agrario;
3° il credito ipotecario;
4° il credito popolare.

Lo spazio non ci consente di accennare, anche solo per sommi capi, alle linee di questa organizzazione di credito, che è base essenziale della vita economica dei popoli progrediti e di cui si hanno, in Basilicata, appena delle traccie informi. *Ma senza di essa, il Mezzogiorno non risorge*. Nella storia non v'ha esempio di paese che siasi riscattato dalla povertà, senza una forte organizzazione di credito produttivo, che abbatta l'usura, aumenti il lavoro ed il salario, promuova la produzione ed il risparmio. Bisogna convertire i debiti comunali e provinciali a fine di liberare le amministrazioni locali da interessi ingiustamente onerosi (1); bisogna porre un freno insormontabile al pro-

---

(1) Al 31 dicembre 1900, la provincia di Potenza presenta le seguenti cifre:

Debito comunale . . . . L. 7,608,954
Debito provinciale . . . . » 5,404,564

Totale . . . L. 13,013,518

V'ha inoltre un debito stradale e ferroviario della provincia di circa 4 milioni, cosicchè il totale dei debiti locali della Basilicata sale a 17 milioni di lire.

gressivo indebitamento dei Comuni e delle Provincie, al di là delle loro-
risorse; giova organizzare con mezzi adeguati ed efficaci il credito
agrario, in ogni angolo delle più remote convalli; trasformare, ridu-
cendone gli interessi onerosi od usurai, il credito ipotecario; far rivivere un credito popolare sano e di lavoro. Il cómpito non è facile:
esso richiede menti aperte a questi problemi moderni dell'arte di governo e mani risolute; esso esige organizzazioni forti e sane, che sappiano impedire quei dolorosi abusi del credito cambiario, che hanno
cagionato tanti dolori al Mezzogiorno e segnatamente alla Basilicata.
Ma l'esperienza del passato ci sarà di norma sicura nei nuovi ordinamenti, senza i quali l'economia rurale dell'Italia non risorgerebbe!
   La Basilicata ha quasi un milione di ettari di superficie (9.962 chilometri quadrati). Un credito agrario serio non può commisurarsi ad
una cifra minore di cinquanta lire l'ettaro in sementi, concimi, bestiame e macchine: totale 50 milioni di lire, siano pure da raggiungere in una serie di anni! Alla sua volta il debito ipotecario fruttifero-
della Basilicata figura in circa 123 milioni di lire: applicando ad esso
un criterio pratico di riduzione e deducendo le iscrizioni fittizie e
quelle inconvertibili, il debito ipotecario convertibile sarà forse di 60 a.
70 milioni. Ecco adunque un'altra cifra notevole di capitale di cui
bisogna disporre, per convertire questo debito ipotecario dagli alti
saggi attuali ad interessi normali. Nè occorre tacere che applicando la
stessa riforma all'altre provincie del Regno, il capitale necessario si
addiziona a centinaia di milioni, anzi a miliardi. Ma calcolando che la
riduzione degli interessi del debito ipotecario della Basilicata si aggiri
intorno al 3 per cento - e sarà anche maggiore - il benefizio netto-
della provincia ammonterebbe a circa 2 milioni l'anno. Si aggiunga il
vantaggio della riduzione degli interessi sul debito comunale, provin--
ciale, agrario e popolare, e si fa presto a scorgere come la sola *organizzazione del credito darebbe alle classi produttrici della Basilicata
uno sgravio quasi uguale all'abolizione totale dell'imposta erariale sui
terreni e sopra i fabbricati, che ammonta a circa tre milioni di lire
l'anno!*
   Questi sono i risultati a cui deve aspirare una politica pratica,'
positiva, moderna, che abbia per obbiettivo il benessere reale delle
popolazioni!
   Ma lo scopo essenziale di siffatta politica di lavoro, a base agraria,
dev'essere quello di elevare la produzione della Basilicata ad un va--
lore assai maggiore, per quantità e qualità di prodotti e per attività
di scambi. Quindi, insieme con il capitale, giova pensare al lavoro.
Il lavoro a buon mercato - a troppo buon mercato – abbonda nella
regione, tanto che molte braccia disoccupate o mal retribuite abbandonano le valli natie ed emigrano. La crescente emigrazione è uno dei
fenomeni più dolorosi, ma in pari tempo più naturali della Basilicata
e di altre provincie del Mezzogiorno.
   Il movimento della popolazione nella Basilicata è l'indice più ma--
nifesto delle condizioni infelici della provincia. Come si è detto, essa
ha una superficie di 9.962 chilometri quadrati. La popolazione presente-
al 31 dicembre 1881 era di 524,504 abitanti: al 10 febbraio 1901 era
scesa a 490,705: mentre nello stesso periodo di tempo, la popolazione-
del Regno è salita in media da 99.28 a 113.28 abitanti per chilometro-
quadrato, nella Basilicata essa vi è discesa da 52.65 a 49.25. Questo
fenomeno così diverso da tutto ciò che accade in ogni altra parte del

Regno, non è dovuto a diminuzione di matrimonii o di nascite oppure
ad eccesso di morti. Le relative cifre sono nelle medie normali, se pure
non presentano dati migliori. La ragione vera, determinante, della
diminuzione della popolazione consiste nella crescente emigrazione, ri-
velata dalle più recenti statistiche che ci presentano le seguenti cifre
veramente dolorose:

Emigrazione permanente dalla Basilicata.

Anni	Numero assoluto degli emigranti dalla Basilicata	Emigranti per 10.000 abitanti dalla Basilicata	dal Regno
1896	10.963	219.8	58.3
1897	8.529	171.6	52 2
1898	8.052	162.6	39.7
1899	8.906	180.4	40.9
1900	10.797	219.6	47.4
1901	16.586	338.0	77.2

Dal 1° gennaio 1882 al 31 dicembre 1901 gli emigranti dalla Basilicata sommarono in complesso a 187,483, di cui soli 1919 in emigrazione temporanea. Dal 1889 in poi non si è più verificata emigrazione
temporanea dalla provincia.

Codesto sensibile sviluppo della emigrazione non può essere prodotto che da tre cause: mancanza di lavoro; tenuità di salario; desiderio di miglioramento. Se l'Italia possedesse una statistica coscienziosa
della disoccupazione e dei salarii - quale speriamo abbia a compilarsi
dal nuovo Ufficio del lavoro - essa non potrebbe che presentarci la
conferma di siffatte induzioni. Or bene, preso in sè stesso, ed astrat-
tamente considerato, questo fenomeno dell'emigrazione della Basilicata
è confortante. Anzitutto esso ci dimostra il risveglio di una coscienza
civile nelle classi povere, che non potendo trovare in paese migliori
condizioni di vita, ranno il coraggio di affrontare i sacrifici necessari
per cercarle altrove. In secondo luogo, l'emigrazione, col diminuire
l'offerta delle braccia, affretta la perequazione fra il capitale che si
impiega nella produzione ed il numero dei lavoratori necessarii, cosicchè scema la disoccupazione e crescono i salarii. Finiscono quindi di
star meglio e coloro che partono e coloro che restano. Per ultimo
l'emigrante rimette spesso a casa una parte dei suoi guadagni o ritorna
più tardi al paese natio con qualche risparmio ed apporta così capitale e
ricchezza alla sua regione ed alla patria. Una provincia di forte emigrazione spesso presenta un più rapido sviluppo del benessere e persino dell'agiatezza.

Nessuno ra il diritto di pretendere - nè lo Stato italiano, nè le
classi dirigenti locali - che il lavoratore rimanga in paese, nella disoccupazione, nella miseria e nell'abbiezione, quando può altrove elevarsi a condizioni di vita migliori. L'emigrazione del contadino meridionale gli fa onore: essa fa torto soltanto allo Stato italiano che finora
non ra saputo creare, nelle campagne, delle condizioni di vita discrete
per il contadino e per il piccolo proprietario. Se vogliamo attenuare il
fenomeno doloroso, ma sano, dell'emigrazione, occorre che lo Stato italiano muti l'indirizzo erroneo e dottrinario fin qui seguito, specialmente
nelle campagne: occorre che le classi dirigenti, che finora ranno dato il
loro appoggio a siffatta politica fallace e sterile, impongano allo Stato un
indirizzo migliore. In caso diverso, lo Stato e le classi dirigenti devono

rassegnaisi alle conseguenze degli eiioii loio e vedeie le belle tене d'Italia abbandonate dai contadini che, consci dei piopiii mali e foiti delle loio salde biaccia, giustamente si iifiutano di viveie nella miseiia e nell'abbiezione. In un paese libero, i cittadini devono accettaie gli effetti dell'indiiizzo della cosa pubblica che scelgono e soiieggono con i loio voti: se dà cattivi fiutti, è loio doveie di mutaie piogiamma e uomini. Dati quaiant'anni di goveino dottiinaiio, a base di giostie pailamentaii, iingiaziamo anzi Iddio di non esseie giunti a situazione peggioie !

Ma *Capitale* e *Lavoro* di iado possono iaggiungeie un alto giado di pioduttività senza *l'Associazione*. Anciе nel campo economico si palesa tutta la fallacia della *scuola individualista,* applicata in paesi poco piogiediti. I piccoli capitali e le biaccia poco istiuite, abbandonate a sè, si logoiano e si affaticano steiilmente, in una pioduzione antiquata, costosa e scaisamente iimuneiativa. Da ciò, tenuità di piofitti, insufficienza di salarii e poveità ad un tempo dell'impienditoie e dell'operaio, del piopiietaiio e del contadino. Associate insieme, con giusti patti, le piccole foize capitalistiche e lavoiatiici, dànno oiigine a quelle foiti oiganizzazioni mutue e coopeiative, che mediante congegni peifezionati e potenti sviluppano la pioduzione, dominano il meicato e conducono ad una più iapida accumulazione della iicchezza, a benefizio del capitale e del lavoio. Infoimandosi a questi concetti, è soito in tempi modeini il *sistema mutualista*, che è la base, la foiza e la gloiia dell'organizzazione economica dei popoli deboli sotto foima di *Associazioni coopeiative*. Esso estende, ogni gioino, le sue applicazioni, nel ciedito, nell'agiicoltuia, nelle industiie e nei commeici. L'oiganizzazione mutualista e coopeiativa dell'agiicoltuia è uno dei più giandi piogiessi e postulati dell'economia iuiale modeina, ed è condizione indispensabile per iisollevaie le piovincie del Mezzogioino dalle loio piesenti condizioni economiche e sociali. Quest'organizzazione mutua e coopeiativa dell'agiicoltuia è quindi l'espiessione piatica che la *Politica di lavoro* deve piendeie in Basilicata, come nelle piovincie meiidionali. Il Goveino che vi aviià maggioie successo, saià quello appunto, che mediante un'azione vigoiosa, sapià moltiplicaivi le applicazioni sane e piatiche di una *Politica agraria* intesa all'organizzazione mutua del ciedito agiicolo, degli stiumenti di lavoio, delle industiie e dei commeici dei piodotti del suolo.

Due elementi della pioduzione economica sono spesso collegati fia di loio: il iegime delle acque e quello dei boscii. Sotto l'uno e l'altio aspetto, l'Italia agiicola, sopiattutto nel Mezzogioino, veisa in condizioni infelici. Ripaiaie all'imprevidenza ed all'eiioie del passato, è opeia lenta, lunga, laboiiosa, ma non peiciò meno necessaiia. Bisogna a poco a poco, con tenace continuità di sfoizi, iicostituiie le foieste impiovvidamente distiutte, ed in paii tempo iegolaie a giadi il coiso dei fiumi e dei toiienti, mediante aigini ed opeie d'aite. Ma il bisogno più uigente, per il Mezzogioino, è quello di tempeiaie la siccità estiva che spesso vi è cagione di fallanza dei iaccolti: il che non si può otteneie che mediante un sistema iegolaie di sbaiiamento dei fiumi e dei toiienti per cieaie depositi di acque, sussidiati da canali e pozzi per iiiigazione. Lo studio e la soluzione di questo pioblema costituiscono uno dei cómpiti più aidui e più meiitoii della politica economica dello Stato.

Vi sono per ultimo alcuni fattoii della pioduzione che ianno caiat-

tere più appariscente e che quindi più facilmente attirano l'attenzione
e le aspirazioni delle popolazioni. Essi sono le tariffe doganali, la viabilità e le imposte, soprattutto le imposte dirette sopra i terreni, i fabbricati e la ricchezza mobile. Tutti i popoli poveri e deboli - che sono
spesse volte anche i popoli meno attivi, meno tenaci ed operosi - invocano ad alta voce e ad ogni momento delle tariffe protettive, delle
strade, delle ferrovie, degli sgravi di imposte. In queste riforme fanno
per lo più consistere la loro salute, quindi esse acquistano tale favore
da rendere popolari specialmente gli uomini politici che propugnano
o realizzano siffatte aspirazioni.

A dir vero, v'hanno in queste domande due aspetti: l'uno reale,
l'altro appariscente. La politica doganale, intesa a proteggere la produzione interna ed a favorire la esportazione; le strade, i ponti, i porti,
le ferrovie nella giusta misura, richiesta dalla entità della produzione
e dei commerci; le imposte miti, perequate, che largamente risparmino le piccole fortune ed i consumi popolari, sono indispensabili al
risorgimento di un popolo ed alla sua ricostruzione economica e sociale.
Questo è l'aspetto vero della questione. Ma è interamente erronea la
fallacia popolare e politica che si ripromette l'aumento della ricchezza
e del benessere nazionale quasi soltanto dalla moltiplicazione dei lavori
pubblici, dall'aumento delle tariffe protettive, dalle facilitazioni dei trattati di commercio, e dallo sgravio delle imposte.

L'Italia ha di non poco sviluppate le strade ordinarie e le ferrovie
in tutte le provincie del Regno, ma non vi è in pari misura progredito il movimento economico delle varie regioni. Non basta avere strade
e ferrovie: bisogna crescere la produzione per alimentarne il traffico.
Quand'anche si fosse destinato allo sviluppo della produzione locale
un solo decimo dei *sei miliardi* finora spesi in lavori pubblici, l'Italia
non vedrebbe oggidì improduttive tante opere costose, che attraversano regioni povere e terre esauste. Si è risolto il lato appariscente,
popolare, elettorale del problema: *costruire la strada o la ferrovia;*
ma si è dimenticato il lato pratico, positivo, benefico del problema
stesso: *sviluppare energicamente le condizioni della produzione e quindi
del traffico,* lungo la strada. Ecco quindi tutta la differenza fra l'empirismo di governo, dettato da piccoli interessi locali od elettorali, e
l'indirizzo largo, moderno di una politica economica inspirata da uomini
di Stato, che sappiano elevarsi alla visione di interessi più alti e più
generali. Molti e grandi sono ancora i bisogni della viabilità nelle campagne, soprattutto del Mezzogiorno, specialmente per quanto riguarda
le strade ordinarie e le tramvie rurali (1). Ma anch'esse non daranno
che poveri frutti, senza un'attiva politica agraria, che mediante il credito, l'istruzione e la cooperazione sviluppi la produzione locale, e
quindi il traffico delle nuove vie di comunicazione.

In termini non dissimili si pone il problema della protezione agraria e dei trattati di commercio. Nessuna politica doganale dà risultati
benefici, senza una forte organizzazione economica e tecnica della produzione e dei commerci all'interno. Malgrado il dazio di lire 7.50 a
quintale, sul grano, l'Italia ha importati negli ultimi esercizi per quasi

(1) Dep. RAFFAELE CAPPELLI, *Le tramvie in Provincia di Foggia,* nel *Bollettino della Società degli agricoltori,* 31 agosto 1902.
Sen. GIANNETTO CAVASOLA, *Le tramvie nel Mezzogiorno,* nel *Giornale d'Italia,*
22 agosto 1902.

200 milioni l'anno di fiumento, faiine ed altii ceieali, mentie la pioduzione media dei suoi campi è di gian lunga infeiioie a quella degli altii paesi piogiediti. Altiettanto avviene per le nostie espoitazioni agiaiie. L'Inghilteiia piesenta a noi un meicato ricciissimo, quasi inteiamente apeito, essendovi minime di numeio le voci protette da taiiffe doganali, mentie i piovvidi tiattati Di Rudini-Luzzatti del 1891 assicuiaiono, per dodici anni, miti dazi con la Geimania, con l'Austria-Ungieiia e con la Svizzeia. Ma i nostii commeici di espoitazione, sopiattutto di deiiate agiaiie, malgiado qualcie piogiesso, non presentano lo slancio di un popolo giovane e vigoioso. Anzi in tempi iecenti i vini italiani sono espulsi dai piincipali meicati del mondo, non tanto dalle taiiffe doganali quanto dalla supeiioiità economica e tecnica dei vini fiancesi e spagnuoli! Nessuna politica doganale basta di per sè ad aiicciiie un popolo, che non sappia dotaisi per viitì piopiia della foite oiganizzazione economica ed agiaiia indispensabile a combatteie e vinceie le battaglie dei tiaffici e dei commeici inteinazionali!

Per ultimo, s'impone il pioblema della *Riforma tributaria,* e spetterà ben piesto al Goveino il doveie di piesentaie un piano oiganico di indiiizzo finanziaiio e di sgravii, in paite collegati alla conveisione della iendita. Intanto giova speiaie che la Basilicata, sopiattutto, abbia tia bieve a giovaisi della peiequazione fondiaiia, che per le piovincie del Mezzogioino dev'esseie compiuta in base alla media dei piezzi, a cui i piodotti agiicoli sono discesi negli ultimi anni. Ma, nè la ievisione dell'imposta fondiaiia, nè le stesse piì aidite e sollecite iifoime tiibutaiie che la piesente situazione finanziaiia consente, sono tali da miglioiaie in modo piofondo e iapido le condizioni del Mezzogioino e della Basilicata. Qualsiasi iifoima tiibutaiia si escogiti, essa deve necessaiiamente estendeisi a tutto il Regno: quindi non può esseie che lenta e giaduale nella sua applicazione, a fine di non sconvolgeie il paieggio, che è il supiemo beneficio della nazione. Per conseguenza non è dalle giandi e potenti iifoime tiibutaiie che possiamo speiaie l'immediato sollievo dalle piovincie del Mezzogioino, per quanto sia nostio doveie piepaiaie ed attuaie a giadi un piì iazionale assetto dell'imposta in Italia.

Fattoii amministiativi.

Tre giandi fattoii d'oidine amministiativo e moiale, concoiiono alla iicostituzione economica dei popoli modeini: essi sono l'*istruzione,* l'*amministrazione* e la *giustizia.*

L'istiuzione - sopiattutto l'istiuzione popolaie e piofessionale - è il iamo piì negletto delle funzioni pubbliche in Italia; è impossibile che il nostio paese possa iisoigeie a piì alte condizioni di vita economica e sociale, fino a quando vi peiduiino le piesenti infelici condizioni della scuola popolaie (1). Ciò è veio sopiattutto nel Mezzogioino. L'oidinamento dell'istiuzione del popolo in Italia è del tutto insufficiente come intensità; è sbagliato nell'indiiizzo suo, peiciè tende assai

---

(1) Sulle infelici condizioni dell'istiuzione elementaie in Italia e specialmente nel Mezzogioino, ha iifeiito egiegiamente Fiancesco Toiiaca, quale diiettoie geneiale al Ministeio della pubblica istiuzione: ma pur tioppo i piovvedimenti necessarii non venneio!

più a creare degli spostati, anche nelle così dette scuole tecniche: è
di una spaventosa povertà di mezzi, che si traduce necessariamente
in povertà culturale. La riforma economica e sociale in Italia non
dovrebbe mai scompagnarsi dal riordinamento della scuola e dal miglioramento delle condizioni dell'insegnamento e dei maestri, che
dovrebbero inscriversi fra i punti fondamentali d'ogni programma
e di ogni partito nazionale e patriottico. Ma pur troppo codeste idee
sono ancora lontane dal successo: e per esse bisogna lottare con fede e
tenacia, perciè è nella povertà dei nostri sistemi educativi, che prepa-
riamo la debolezza economica, politica e sociale della nazione, anche per
l'avvenire. Noi quindi simpatizziamo per la propaganda che l'on. Co-
lajanni va facendo per la scuola popolare nel Mezzogiorno: siamo anzi
persuasi che senza una grande riforma dell'istruzione popolare e professionale, nessun Ministero lascierà traccia di opera sanamente democratica e civile. ·

L'esempio della Basilicata valga per le altre provincie del Mezzodì,
in condizioni poco dissimili. Secondo il censimento del 10 febbraio 1901,
si hanno le seguenti dolorose proporzioni:

Analfabeti per 100 abitanti da 6 anni in su.

Comune di Potenza	61.0	per cento
Provincia di Potenza	75.6	»

Queste cifre dimostrano come il problema della scuola popolare
sia ancora da risolvere in Italia. Infatti, la spesa complessiva per l'istruzione elementare in tutti i Comuni della Provincia di Potenza, compreso il Comune Capoluogo, era di lire 624,211 ossia di lire 1.34 per
abitante nel 1899. Or bene, secondo i principii degli educatori tedeschi,
in ciò competentissimi, non è possibile organizzare in un paese una
buona istruzione popolare con una spesa minore di lire 5 per abitante
all'anno. Il fabbisogno per la sola Basilicata salirebbe così a circa
2 milioni e mezzo di lire all'anno, invece di 624.000 lire. La differenza
fra questi due numeri spiega la povertà della scuola popolare nella
Basilicata, quale pur troppo si riscontra in molte altre parte d'Italia.
Ma essa dimostra pure l'impossibilità assoluta per i Comuni, specialmente per i Comuni rurali, di risolvere in modo serio il problema della
scuola popolare, senza l'intervento ed il concorso efficace dello Stato.

Più decise sono le aspirazioni del paese verso una riforma amministrativa. L'ingerenza della politica nell'amministrazione perturba
la vita pubblica in Italia, soprattutto nel Mezzogiorno. Da lunghi anni
le Provincie meridionali sono amministrativamente governate in modo
da formare le maggioranze parlamentari necessarie ai Ministeri che
si succedono a Roma. L'opera dei prefetti e la macchina dello Stato,
in genere, non vi funzionano nell'interesse delle popolazioni, ma a
servizio delle clientele elettorali, necessarie a dare una maggioranza
ai varii Ministeri che si alternano a Montecitorio. Finchè perdurino
siffatti metodi amministrativi, finchè una grande, una gloriosa riforma non separi nettamente la politica elettorale dall'amministrazione pubblica - il risorgimento sociale del mezzogiorno incontrerà
sempre le maggiori difficoltà. Un paese ricco, istruito, operoso può
progredire per forza propria, malgrado una cattiva amministrazione:
ma provincie povere, incolte, prive di energie e di iniziative individuali difficilmente possono risorgere quando la più grande forza sociale - lo Stato - anzichè lavorare alla ricostituzione del paese, è

soprattutto intento a fare ed a disfare le clientele elettorali. In tal'
caso, l'azione dello Stato, che dovrebbe essenzialmente essere educativa, risanatrice e produttiva, diviene deprimente, corruttrice e depau-
perante. Una delle cause maggiori dei mali del Mezzogiorno consiste
appunto in questo concetto fondamentalmente falso della funzione
dello Stato, che soprattutto in quelle provincie è discesa e tralignata
a semplice macchina elettorale di maggioranze e di Ministeri.

Un tale fatto crea di necessità un ambiente viziato, in cui la stessa
azione della giustizia non può esercitarsi in tutta la sua purezza.
L'amministrazione della giustizia è una delle migliori funzioni dello
Stato in Italia: ma la necessità di un forte ordinamento giudiziario,
autonomo, del tutto sottratto alle influenze della politica, è oramai
universalmente riconosciuta. Il Ministero Zanardelli ha promessa la
riforma giudiziaria per la prossima Sessione parlamentare e speriamo
essa sia tale da assicurare la completa indipendenza della magistratura, da rafforzarne il carattere ed il prestigio morale e da migliorarne
le condizioni economiche. Solo un corpo giudiziario in condizioni
simili varrà a contenere e reprimere gli abusi della politica nell'amministrazione, che ora sono ancora tanto frequenti da diminuire credito e prestigio, ad un tempo, all'amministrazione ed alla giustizia.
Basti citare la crescente corruzione elettorale, da parte dei funzionari
del governo e dei candidati, nelle elezioni politiche ed amministrative,
alle quali la magistratura spesso assiste consapevole ed impassibile.
Il giorno in cui vedremo l'autorità giudiziaria, di sua iniziativa, pro-
cessare e condannare alti funzionarii governativi, che abusano della
autorità dello Stato a scopi elettorali, e candidati, d'ogni colore, che
corrompono gli elettori con bevande, cibi e danaro, il paese sentirà
che la sua vita pubblica si eleva verso più alti orizzonti morali e che
la magistratura e l'amministrazione si avviano verso un nuovo periodo
di correttezza, di prestigio e di decoro.

Per ultimo - è inutile tacerlo - alcune provincie del Mezzogiorno,
specialmente della Basilicata, delle Calabrie, come quelle della Sicilia
e della Sardegna, furono per lungo tempo il centro di destinazione degli
impiegati peggiori. Per buona fortuna un simile sistema va scomparendo.
Ma ancora oggidi non pochi funzionari od impiegati di altre provincie,
destinati alle residenze sovraindicate, anche per promozione, mettono
in moto tutte le influenze personali e politiche, di cui possano disporre, per ottenere al più presto un mutamento di residenza. Da ciò
derivano due gravi mali. Il primo si è: che negli uffici del Mezzogiorno
e delle isole si va sempre più accentuando l'elemento locale, mentre è
assolutamente necessario insieme contemperare i funzionari delle varie
regioni, a fine di rinsaldare il carattere nazionale della pubblica amministrazione e di accrescerne la correttezza e l'efficacia. In secondo luogo,
v'ha sempre nel Mezzogiorno una massa di impiegati svogliati, che
non si agita e non si preoccupa che del proprio trasloco e che a tale
uopo si vale d'ogni influenza elettorale e parlamentare.

Un sistema siffatto - che si va persino infiltrando nell'esercito -
non può che essere altamente deleterio al pubblico servizio. Ad esso
non si pone rimedio che mediante una profonda riforma legislativa intorno allo stato civile degli impiegati, che sottragga interamente allo
arbitrio dei Ministeri, ed alle influenze politiche, il movimento dei funzionari superiori ed inferiori e che introduca per tutti, criterii di giustizia, all'infuori delle influenze politiche e parlamentari.

La nuda esposizione di queste incresciose verità potrà spiacere a più d'uno di quegli spiriti fiacchi che amano il quelo vivere. Ma è vano sperare il risorgimento dell'Italia e soprattutto del Mezzogiorno, se cominciamo dal mentire a noi stessi e dal nascondere il vero. L'Italia nuova, che ogni mente eletta deve sospirare e vagheggiare, non può scaturire che da una grande riforma economica, amministrativa, educativa e morale, che scenda fino agli ultimi strati sociali e svolga la vita nazionale in un ambiente di lavoro, di giustizia, di libertà e di istruzione. Questo è il grande cimento che alla generazione nostra spetta affrontare e superare, se l'Italia deve uscire, nel presente secolo, dal novero delle nazioni tarde e deboli, per entrare nella cerchia dei popoli forti, progressisti e dominatori.

La Basilicata e la Riforma agraria.

Le attuali sofferenze della Basilicata rispecchiano l'intera questione meridionale, che è per noi il problema dominante della vita politica italiana.

Lo storico dell'avvenire, quando dovrà esporre e giudicare il primo periodo della nostra unità nazionale, non potrà a meno di porsi un grave quesito: *perchè dopo quarant'anni di vita libera, le provincie del Mezzogiorno e delle Isole elevarono così potente, così doloroso, così unanime il grido delle loro sofferenze?*

Or bene, a nostro avviso, una delle cause fondamentali delle condizioni presenti del Mezzogiorno e delle Isole, e del loro lento progresso verso destini migliori, risiede essenzialmente nell'indirizzo erroneo dello Stato parlamentare in Italia, inspirato al dottrinarismo politico ed economico.

Si credette sul serio ed a lungo che bastasse dotare un paese di congegni liberi e di organismi elettorali perchè esso risorgesse senz'altro a lavoro, a cultura, a ricchezza, a giustizia. Ma purtroppo i risultati furono assai diversi: invece di far servire gli ordini liberi e rappresentativi al paese, si è fatto servire, di spesso, il paese ai congegni elettorali. Così la funzione dello Stato e degli enti locali si è andata, non di rado, tramutando in una semplice macchina elettorale, a servizio di Ministeri e di partiti.

Per richiamare a nuova vita le provincie del Mezzogiorno, bisogna scendere dai criterii astratti del dottrinarismo e del liberismo dottrinario e dare a quelle regioni metodi pratici, positivi, ed efficaci di buon Governo, inteso al bene delle popolazioni assai più che agli interessi delle clientele elettorali, politiche od amministrative.

Occorre, in primo luogo, ricostituire le condizioni economiche del Mezzogiorno, perchè la ricchezza vi sia base d'ogni ulteriore progresso sociale e morale. Ora la prosperità di un paese non consiste nell'esistenza di poche grandi fortune, ma nella larga suddivisione e distribuzione dell'agiatezza, mediante il sorgere ed il raffermarsi di un'infinita miriade di piccole aziende, che diano vita ad una numerosa classe media, agiata, istruita ed operosa. A questo scopo non giova affatto la grande politica dei grossi lavori pubblici improduttivi che stremano lo Stato, trassero vicini alla rovina Provincie e Comuni ed aggravarono i contribuenti, lasciando povero il paese. La ricostituzione delle fortune economiche del Mezzogiorno deve prendere a base principale

la terra e l'agricoltura, mediante la difesa della piccola e media pro·
prietà, cosi opportunamente invocata dall'on. Lacava.

Questa difesa della piccola proprietà è essenzialmente il fine che
si propone il disegno di legge sulla *Riforma agraria* che sta ora dinnanzi alla Camera dei deputati (1) e di cui anche l'on. Luzzatti ha recentemente invocato l'esperimento nel Mezzodi (2). Incominciando dalla
piccolà proprietà e salendo a gradi alla proprietà media ed alla grande,
bisogna restaurare con mezzi potenti, organici e continuati, la fortuna
agricola e territoriale del Mezzogiorno, come primo passo al riscatto
economico ed alla prosperità sociale di quelle contrade, secondo il programma esposto in questa Rivista il 1° aprile di quest'anno (3).

L'on. Baccelli, nella discussione del bilancio d'agricoltura, l'on. Zanardelli in nome del Governo, dichiararono di accettare la discussione
del disegno di legge sulla *Riforma agraria*, che trovasi inscritto al-
l'ordine del giorno della Camera dei deputati. Uopo è dunque che tutti
gli amici della terra, che tutti gli amici del Mezzogiorno, in ispecie, si
stringano, si muovano, si affermino, affinché la provvida Riforma vinca
gli ultimi ostacoli e sia presto tradotta in atto (4).

La *Riforma agraria*, ove venga applicata con serietà ed intensità
di propositi, deve estendere alla Basilicata, come alle altre regioni del
Mezzogiorno, i seguenti benefici:

1° Il credito agrario *in natura,* in tutti i Comuni e villaggi della
regione, ad un interesse non superiore al 5 per cento l'anno netto da
tasse, spese e provvigioni;

2° La somministrazione agli agricoltori, *in natura,* a contanti od
a credito, ai minimi prezzi e per qualità garentite, delle sementi selezionate, dei concimi chimici, del solfato, dello zolfo, degli attrezzi, delle
macchine, del bestiame, di tutte le materie prime e degli strumenti
perfezionati della produzione agraria;

(1) *Della Riforma agraria,* Proposta di legge d'iniziativa del deputato Maggiorino Ferraris, svolta e presa in considerazione nella seduta del 14 marzo 1901.
Relazione della Commissione composta dei deputati Sacchi, presidente, Si-
nibaldi, segretario, Guicciardini, Colosimo, Rava, Vendramini, Ferrero di Cambiano, Vagliasindi e Ferraris Maggiorino, relatore, sulla proposta di legge *Della
Riforma agraria,* seduta del 21 dicembre 1901 (n. 233-A).
(2) LUIGI LUZZATTI, *Un interrogatorio sul Credito agrario,* nel *Credito e Cooperazione* del 16 luglio 1902.
(3) MAGGIORINO FERRARIS, *Il riscatto economico del Mezzogiorno e il tributo
granario dell'Italia,* in *Nuova Antologia,* 1° aprile 1902.
(4) Diamo uno specchio del modo con cui - secondo il disegno di legge -
potrebbe esplicarsi la *Riforma agraria* nel Mezzogiorno:

Regioni	Unioni regionali	Unioni mandamentali	Fondo iniziale
—	N.	N.	Lire
Abruzzi e Molise	1	106	5,196,000
Campania	1	179	5.122,000
Puglie	1	107	5,996,000
Basilicata.	1	45	3,132,000
Calabrie.	1	108	4,727,000
Sicilia	1	179	8,089,000
Totali . . .	6	724	32,262,000

In pratica il numero delle Unioni mandamentali diminuirebbe di poco, a
causa dei mandamenti urbani. Oltre alle 700 Unioni mandamentali, si avrebbe
inoltre un'Agenzia agraria, in ogni Comune dotato di ufficio postale, ossia in
circa altri 1000 Comuni del Mezzogiorno.
La somma iniziale di 32 milioni da somministrarsi dalla Cassa depositi e
prestiti, in tre anni, non rappresenta affatto l'intero capitale da destinarsi al cre-

3° L'istituzione delle Cattedre ambulanti di agricoltura in ragione, per ora, di una Cattedra per ogni 300.000 ettari di superficie, con i relativi assistenti, gabinetti, ecc.

4° L'organizzazione cooperativa e mutualista del lavoro, della produzione e dei commerci agrarii, mediante l'iniziativa e il credito occorrenti alla costituzione di Società per macchine e strumenti, di latterie, cantine, granai ed oleifici sociali: mediante Associazioni mutue, sia per il miglioramento e l'assicurazione del bestiame, sia per il commercio all'interno e l'esportazione all'estero delle principali derrate agrarie, vini, olii, agrumi, formaggio, verdure, frutta, ecc.

In pratica, la *Riforma agraria*, secondo il disegno di legge che sta dinnanzi alla Camera, si esplica nella Basilicata col seguente ordinamento:

1° *Un'Unione Agraria Regionale*, con sede a Potenza, amministrata da un Consiglio agrario regionale. Ad essa sono aggregati: 1° il Sindacato agrario regionale, per la somministrazione a tutta la provincia di sementi, concimi, solfato, zolfo, bestiame, macchine, strumenti, ecc.; 2° la Cassa agraria regionale per l'esercizio del credito agrario, ma *esclusivamente in natura;*

2° *Quarantacinque Unioni Agrarie Mandamentali*, che possono volontariamente istituirsi in ciascuno dei 45 mandamenti amministrativi della provincia di Potenza, e con agenzie in ciascuno degli altri Comuni della Basilicata, presso il rispettivo ufficio postale. Potranno così aversi nella provincia circa un centinaio di uffici e di agenzie agrarie. Ciascuna Unione agraria mandamentale funziona come Sindacato per la distribuzione dei generi agricoli e come Cassa locale di credito e prestiti in natura:

3° L'assegnazione di una prima somma di circa 3 *milioni di lire*, come fondo di dotazione o di garanzia, esclusivamente riservato all'esercizio del Credito Agrario nella provincia di Potenza, all'interesse massimo del 5 per cento, senza tasse o provvigioni in più, e colla probabilità di potere nei prossimi anni ridurre l'interesse al 4 e mezzo per cento.

---

dito agrario *in natura*, ma solo il fondo di dotazione o di garanzia. Esso potrà aumentare mediante il concorso delle Casse di risparmio, delle Banche popolari e del capitale nazionale in genere.

Il limite massimo del capitale che, secondo il progetto di legge, può affluire al credito agrario del Mezzogiorno si accosta a 400 milioni nei primi tre anni e quasi al miliardo negli anni successivi, in omaggio alla ferma convinzione che solo con mezzi potenti si può riscattare l'agricoltura meridionale.

Il limite massimo del credito essendo uguale a 25 volte l'imposta fondiaria, esso verrebbe così a ripartirsi, in cifra tonda, fra le varie regioni del Mezzogiorno:

	Lire		Lire
Abruzzi e Molise	90.000.000	Basilicata	50.000.000
Campania	282.000.000	Calabrie	100.000.000
Puglie	180.000.000	Sicilia	192.000.000

A questa cifra complessiva di 894 milioni di limite massimo di credito per il Mezzogiorno, fa duopo aggiungere le somme assegnate al credito per la Mutua bestiame e per le Cantine sociali, cosicchè la cifra totale può salire al miliardo.

Inutile aggiungere che questo limite massimo di credito è puramente facoltativo: ch'esso può essere raggiunto solo in una adeguata serie di anni ed alle due condizioni, che il mercato nazionale dia il capitale necessario e che esso trovi utile e sicuro impiego nell'agricoltura del Mezzogiorno.

Il credito è *sempre in natura*, quindi non soggetto a storni per scopi improduttivi o ad abusi.

Questa somma di *3 milioni* non costituisce che il fondo iniziale di garanzia per l'apertura delle operazioni di credito e dovrà aumentarsi a gradi con il concorso dell'intero capitale nazionale, fino a raggiungere alcune diecine di milioni. Il concetto fondamentale della Riforma Agraria si è di federare le piccole *Unioni mandamentali* e la rispettiva *Unione regionale* coll'*Unione Nazionale*, avente sede in Roma, e col tramite di questa, collegare ogni più piccolo villaggio ed ogni più modesto e remoto agricoltore del Regno con i maggiori Istituti di credito, con le più grandi Casse di risparmio e con tutta la vasta, solida e potente organizzazione cooperativa e mutualista dell'agricoltura nazionale;

4° L'istituzione di 3 Cattedre ambulanti di agricoltura nella Basilicata, collegate alla Unione regionale ed alle Unioni mandamentali, per l'impiego razionale delle sementi, dei concimi, delle macchine, ecc.

5° La direzione tecnica e l'organizzazione del credito per l'impianto nella Basilicata delle industrie agrarie più confacenti alle produzioni locali; di cantine, oleifici, granai sociali, ecc., e per la vendita all'interno ed all'estero dei prodotti della Provincia.

L'intera organizzazione è autonoma e provvede di per sè alle proprie spese, cosicchè non domanda nè contributi alle Provincie ed ai Comuni, nè un solo centesimo di tasse ai contribuenti!.

Questi sono i benefici che l'approvazione della *Riforma agraria* dovrà assicurare alla Basilicata. Essa avrebbe a sua disposizione gli strumenti tecnici perfezionati del progresso e della redenzione agraria che consistono non solo in sementi e razze selezionate, in concimi chimici e macchine moderne, ma anche nel credito agrario, nell'istruzione e direzione intelligente e nell'organizzazione mutua della produzione, dell'esportazione e della vendita. Nessun provvedimento può dare a quella regione cosi valido ausilio di aiuti materiali e di assistenza morale, per avviarla al progresso agrario, come prima base della sua redenzione e della sua prosperità economica. Dobbiamo quindi esprimere il nostro animo grato ai deputati della Basilicata e segnatamente agli on. Giantureo, Grippo, Lacava e Torraca che accolsero con favore il progetto di legge sulla *Riforma agraria*, confidando chè essi vorranno tenacemente propugnarlo fino al giorno della sua pratica attuazione (1). Essi vedranno in allora rinverdirsi e ripopolarsi le pendici della Basilicata, che oggidi l'usura e l'abbandono rendono tristi e deserte!

Conclusione.

Il problema della Basilicata, non dissimile da quello del Mezzogiorno, non si risolve che mediante l'azione decisa e continuata dello Stato, intesa a rafforzarvi con mezzi efficaci i fattori economici, amministrativi e morali della produzione, del benessere e del progresso sociale. I risultati di questa politica di restaurazione e di ricostruzione,

(1) L'on. Lacava, nel suo discorso alla Camera dei deputati, del 13 dicembre 1901, esaminando con larghe vedute e con diligenti indagini il problema agrario nel Mezzogiorno, così concludeva: « Io sono lieto di vedere presente il « mio egregio amico Maggiorino Ferraris, il quale ha presentato d'iniziativa « parlamentare una *Riforma agraria* che spero possa al più presto venire in « discussione. Discuteremo delle modalità degli articoli, ma il concetto a cui si « informa la sua proposta, io non posso che approvarlo ».

saranno tanto maggiori, quanto più lo Stato si allontanerà dalle vane declamazioni e dalle formule risonanti, per attenersi a metodi di governo pratici, positivi ed efficienti.

Nel *campo economico*. occorre, anzitutto, migliorare la correlazione tra *capitale* e *lavoro*. aumentando l'offerta di capitale e diminuendo quella del lavoro, onde assicurare maggiori profitti ai proprietarii e condizioni meno tristi di esistenza ai lavoratori. Giovano a questa correlazione tra capitale e lavoro:

1° La trasformazione del debito comunale e provinciale;

2° La conversione del debito ipotecario:

3° L'organizzazione del credito agricolo, secondo le proposte della *Riforma agraria:*

4° Le misure atte a promuovere l'emigrazione dalla Provincia, sia verso altre regioni del Regno, sia verso l'estero.

L'effetto di questi provvedimenti è duplice: da una parte coll'affluenza e con il buon mercato dei capitali, si accresce la produzione e si aumenta la domanda di lavoro. Dall'altro lato, qualora si vincano i pregiudizii popolari contro l'emigrazione, si sottraggono con essa migliaia di famiglie a salarii derisorii e ad una povertà che abbrutisce. Per riguardo al capitale. come al lavoro, bisogna avere il coraggio di misure decise. efficaci: i mezzi termini finiscono nel ridicolo o nel disinganno.

Nè all'applicazione di questi provvedimenti, che sono fra i più essenziali ed urgenti, possono fare ostacolo alcuno le difficoltà finanziarie. Infatti:

1° La riduzione degli interessi dei debiti comunali e provinciali, dai saggi attuali, a circa il 3 ', per cento, oltre la ricchezza mobile, non costa nulla al Tesoro, mentre arrecherà un vero sollievo agli enti locali ed ai loro contribuenti. Essa richiede soltanto una seria e forte organizzazione del credito comunale e provinciale;

2° La conversione di 60 o 70 milioni di debiti ipotecarii, dai saggi attuali del 6 al 12 per cento, all'interesse di circa il 4 per cento, oltre la ricchezza mobile, non costa nulla all'Erario, mentre alla sua volta darà alla Basilicata un sollievo di circa *due milioni* di lire all'anno per i proprietari di terreni e fabbricati. Basterà a tale uopo una vasta operazione di assetto e conversione del debito ipotecario, come si è compiuta in Prussia;

3° L'organizzazione della *Riforma Agraria*, con l'impianto del credito agricolo. dei sindacati, delle Società cooperative rurali, ecc., non costa nulla al Tesoro. Essa domanda solo un'anticipazione di capitale alla Cassa Depositi e Prestiti, alla quale corrisponde un interesse adeguato.

Non sono adunque le difficoltà finanziarie che possano in qualsiasi modo ostacolare l'adozione di questi provvedimenti, che darebbero ad un tempo ed in larga misura, *sgravio. lavoro e profitti* alla Basilicata. ed al Mezzogiorno: occorrono invece un concetto chiaro di ciò che si deve fare ed una mano risoluta nell'attuazione delle riforme necessarie al benessere di quelle popolazioni.

Nel *campo amministrativo* le misure più urgenti appaiono:

1° L'impulso forte, profondo, decisivo all'istruzione popolare e professionale. intesa a creare agricoltori intelligenti e buoni operai. Un popolo ignorante è necessariamente un popolo povero e tutte le

declamazioni e le buone intenzioni non riescono a nulla, finchè la
grande massa delle popolazioni del Mezzogiorno rimane in una do-
lorósa ignoranza, che la condanna a lavori grossolani ed abbietti,
e quindi male retribuiti ed improduttivi. Le condizioni della scuola
popolare in Italia sono una vergogna per i nostri metodi e sistemi di
governo;

2° Un miglior regime delle acque, dei torrenti e dei boschi, in
base a progetti organici, da attuarsi gradatamente, a seconda delle
risorse disponibili;

3° L'incremento prudente, graduale della viabilità, dovendosi,
anzitutto, provvedere allo sviluppo economico delle zone già aperte ai
traffici dalle ferrovie e dalle strade ordinarie esistenti. In allora provincie e comuni disporranno di nuove risorse, a fine di proseguire i
lavori pubblici, tra i quali conviene dare la preferenza alle strade ordinarie, alle ferrovie locali ed alle tramvie rurali. A favore di esse
giova promuovere ed accrescere il concorso ed il sussidio dello Stato;

4° Sottrarre l'amministrazione alle influenze politiche, imprimendo loro un indirizzo corretto e parsimonioso;

5° Assicurare l'indipendenza e l'imparzialità della magistratura
e provvedere ad una miglior scelta dei funzionarii destinati al Mezzogiorno ed alle isole, insieme contemperando l'elemento locale e quello
d'altre Provincie.

Siffatte riforme, in quanto importano spese non possono tradursi
in atto che a gradi, per non scuotere l'intangibilità del bilancio. Ma
se i provvedimenti, di diverso ordine, qui additati verranno applicati con continuità d'azione ed in misura adeguata, varranno senza
dubbio a riscattare gradualmente la Basilicata ed il Mezzogiorno dalle
loro presenti condizioni. Il successo della nuova politica di restaurazione e di ricostruzione, che ardentemente invochiamo per quelle
belle e care contrade, sarà immancabile, sempre quando esso riposi
sopra due basi fondamentali: l'*agricoltura* e la *scuola*.

Il problema agricolo precede ogni altro. Senza l'evoluzione del-
l'agricoltura meridionale dalle sue forme estensive e povere a culture
intensive e ricche, non v'ha sviluppo di lavoro, di industrie, di salarii
e di risparmio per quelle Provincie. La creazione della ricchezza agricola è indispensabile non solo a promuovere ogni altra forma di attività e di lavoro, ma è la sorgente prima di una nuova ricchezza, da
cui gli enti pubblici ed i privati debbono trarre ulteriori mezzi necessarii a spargere fra le popolazioni i benefici impareggiabili di una
scuola educatrice, che apra la mente del popolo, ne renda abile la
mano, proficuo il lavoro e che gli dia una forte coscienza civile nella
vita politica, amministrativa e sociale dell'età nostra.

Ma nel risolvere i due grandi problemi dell'agricoltura e della
scuola nazionale, uopo è procedere con quella serietà di propositi, che
solo si estrinseca nell'efficacia dei mezzi. Bisogna abbandonare l'indirizzo erroneo che consiste nel porre mano ad un tempo a troppe cose,
nell'attuarne nessuna a fondo, nel dotarne nessuna dei mezzi adeguati
per raggiungere risultati pratici. Solo i grandi organismi, discentrati
nelle loro più umili e modeste applicazioni, ma rinsaldati in vaste
federazioni regionali e nazionali - quali sono proposti nella *Riforma
agraria* - possono affrontare i maggiori problemi della vita economica
e sociale odierna. Milioni di ettari non si riscattano che mediante diecine
- forse centinaia di milioni - di capitale: migliaia di umili lavoratori

avviliti dalla disoccupazione, dalla miseria, dall'ignoranza, non si redimono che con la adeguata potenza dei mezzi. Bisogna una volta per sempre proclamare la bancarotta delle piccole misure, delle piccole iniziative slegate e sconnesse, delle piccole Casse, deboli od usuraie, delle piccole scuole, delle piccole istituzioni d'ogni specie, che costano, che non danno frutti adeguati, che falliscono o che vivono intristite tra lo sfruttamento e l'usura. Bisogna combattere a viso aperto gli istituti-giocattoli, i ninnoli economici, le leggi malvacee, di cui si accontenta la fiacca fibra delle classi dirigenti italiane, oramai invase da uno spirito sterile di micromania. Capitale, lavoro, istruzione e cooperazione, ogni giorno elevano le condizioni di regioni povere del Nord, specialmente nella Svizzera, nella Germania e nella Danimarca: gli stessi fattori redimeranno ed innalzeranno, a più prospere sorti, le terre e le popolazioni del Mezzogiorno, purcè applicati, non quali gingilli, ma come fattori poderosi ed efficaci di produzione e di lavoro. Il riscatto agrario del Mezzogiorno e delle Isole richiede *parecchie centinaia di milioni,* essenzialmente sotto forma di credito produttivo: chi non sa decidersi a queste forti risoluzioni, si astenga dall'accrescere le delusioni di quelle contrade, con promesse ingannatrici e con mezzi compassionevoli.

L'on. Zanardelli vedrà attorno a sè, in Basilicata, le rovine che il dottrinarismo politico e l'utopia economica e sociale dell'individualismo e della libera iniziativa vi hanno seminate. Ma l'opera sua può giungere in buon punto per iniziarvi quella forte e decisa azione restauratrice che le migliorate condizioni del credito e della finanza pubblica consentono. Veda con quale serietà di propositi, con quale potenza di organizzazione e vastità di mezzi procedano gli Inglesi in Egitto (1) . che vi iniziano il credito agrario con un fondo di 62 milioni di lire, per un'area coltivata poco più vasta della Sicilia! Nell'animo suo elevato e patriottico, sentirà che i travagliati agricoltori della Basilicata, della Calabria, della Puglia meritano le sollecitudini del Governo del loro paese, quanto almeno il *fellah* egiziano le riceve da reggitori stranieri, ma abili e coscienti! Anche l'Austria ha testè votata una legge organica sulla Riforma agraria *obbligatoria,* mentre quella proposta per l'Italia è puramente *facoltativa!*

Il nostro fervido augurio si è che la visita dell'on. Zanardelli alla Basilicata, segni per le provincie meridionali l'inizio di un nuovo indirizzo, pratico e positivo di politica economica ed agraria, con intenti risoluti e mezzi adeguati. Egli che ha nobilmente dedicata la sua vita alla consolidazione delle pubbliche libertà ed al progresso giuridico del paese, deve più di ogni altro sentire che un popolo non può essere nè libero, nè forte del suo diritto, fincè è povero, corroso dall'usura, oscurato dall'ignoranza. Riscattare la terra e l'agricoltura del Mezzogiorno è il primo passo per redimerne il popolo, per chiamarlo ai benefici di una grande nazione libera e prospera. Senza il progresso dei campi, non c'è risorgimento nè materiale, nè morale. Ed è perciò che oggidì si presenta sempre più inflessibile ed inesorabile, per il Mezzogiorno, il dilemma che da lungo tempo tormenta l'animo nostro: o *Riforma agraria,* fortemente, seriamente intesa, o *decadenza* continua e rattristante di tante belle e care contrade italiche!

MAGGIORINO FERRARIS.

(1) M. FERRARIS, *Il Credito agrario in Egitto,* in *Nuova Antologia,* 1° giugno 1902.

TRA LIBRI E RIVISTE

Virchow — La Scienza del Bene — Paolo Verlaine — L'anima ebraica — I lavori del Sempione — La regina di Porta Palazzo — Due marine e due punti di vista — Le profondità dell'Oceano — Varie.

Virchow.

Or son otto mesi ci rallegravamo del felice esito d'un accidente toccato al grande scienziato tedesco, di cui davamo alcuni dati biografici. Ora il suo nome ricorre tristemente su tutti

i giornali d'Europa che deplorano una perdita gravissima per la scienza e per l'umanità.

Egli fu insieme un grande scienziato e un gran cittadino. Coloro che per professione o per predilezione di studi sono costretti ad aggirarsi negli ambienti della malattia e della miseria difficilmente possono rimanere sola-mente impassibili scienziati: diventano riformatori ed apostoli. Per questo scienza e progresso, scienza e democrazia, scienza e ideale sono in accordo perfetto.

Nell'estate del 1847 un'epidemia di tifo imperversava nell'Alta-Slesia. Le autorità assistevano passive alla strage. La stampa fece allora energici appelli al Governo che infine si risolse a una inchiesta. Virchow ci andò come aggiunto e ne pubblicò le conclusioni in una *Comunicazione sull'epidemia del tifo nell'Alta-Slesia*. Era un atto d'accusa in regola contro il sistema amministrativo prussiano: egli vi esponeva tutte le cause lontane, storiche, economiche e sociali che contribuivano a diffondere l'epidemia.

Tutto ciò lo portò a considerazioni e illazioni ben più larghe e feconde. « Quand'io tornai dall'Alta Slesia, ero giunto fino alla conseguenza che potevo trarne. Ero deciso, in faccia alla nuova Repubblica francese, di contribuire con tutte le forze a rovesciare il nostro edifizio politico tarlato e a far valere i miei principî nei comizi della 6ª circoscrizione di Berlino, per le elezioni all'Assemblea nazionale germanica. Questi principî s'enunciano in tre parole: *Democrazia intera, illimitata* ». Così scrisse egli più tardi.

La carriera politica di Virchow è intera e logica come la sua scienza. Nulla l'arresta, nè l'indifferenza delle alte sfere, nè l'ostilità dei funzionari scomodati nelle loro abitudini d'inerzia. La sua storia di più d'un mezzo secolo ra d'allora una bella unità. Egli lavora ed arricchisce la scienza; egli lotta e sostiene, cogli scritti e colla parola, tutte le misure che crede necessarie a migliorar la salute, il benessere delle classi popolari.

Riassumo in poche parole questa parte della sua vita consacrata alla politica per il bene de' suoi simili.

Nel 1849 è scelto presidente dell'Associazione elettorale democratica: Io si depone pensando metterlo così fuori di condizione d'agire. È subito chiamato a Wurzburg, ove professa fino al 1856. Richiamato a Berlino facendo accettare sue condizioni. Eletto deputato alla Camera prussiana e più tardi al Reichstag (1880-1893). Fu al Landtag prussiano (1862-1902) uno dei fondatori della *Fortschrittspartei*, ed era l'ultimo superstite di questa prima falange. Si unì poi alla *Volkspartei* liberale.

Oratore d'opposizione energico e franco, aveva l'eloquenza sicura e mordente che ne fece un degno avversario del cancelliere di ferro. Bismarck lo provocò una volta in duello: Virchow rifiutò allegando che la brutalità non aveva che fare in un conflitto d'idee.

Egli era sempre pronto a pigliar la parte dei diritti offesi. Nel 1869 egli sottomise alla Camera un progetto di disarmo per provocare una manifestazione europea che' sollevasse i popoli dal fardello militare già schiacciante. L'iniziativa gli fu addebitata come un atto antipatriottico; più tardi veniva ripresa da un monarca autocratico.

Ma il meglio della sua attività politica si svolse nell'assemblea comunale di Berlino.

A lui si deve la fognatura di Berlino e le misure di sorveglianza sugli ospedali. Difensore irreduttibile dell'autonomia municipale, osò proclamare in un banchetto offertogli or sono undici anni che « la nuova Berlino è l'opera delle proprie forze della borghesia, *malgrado* il governo».

Pochi giorni dopo il suo giubileo d'ottuagenario, in cui l'imperatore ch'egli non aveva certo adulato mai gli aveva conferito la gran medaglia d'oro per la scienza, un volgare accidente di strada lo inchiodava in un

letto: pareva risanato e di nuovo vegeto, quando il medico riapparve nella sua casa e ora il grande vecchio è scomparso.

La sua fisionomia, affatto popolare, era energica e forte, un Gladstone tedesco, faccia più larga e fronte più alta, come fu detto, ma colla medesima volontà, medesima fermezza nella piega delle labbra. Un sorriso l'illuminava quando incontrava dei fanciulli.

Egli amava i fanciulli. Nei suoi ricordi, pubblicati negli *Archivi d'anatomia patologica*, Virchow raccontava: « Ogni volta ch'io scendo in istrada i fanciulli corrono a me, mi tendono le manine e mi gridano: Buon giorno, signor Virchow! »

E finiva con queste parole:

« Ecco la riconoscenza popolare. Così io dico a tutti: Abbiate confidenza nel popolo e lavorate per esso; la ricompensa non vi mancherà. Ecco la mia professione di fede, che m'accompagnerà sino alla fine dei miei giorni ».

La Scienza del Bene.

Quando Leone Tolstoi affermò che la dottrina della vita consiste nel far sì che la vita d'ogni uomo sia la vita della umanità, e, per determinare il precetto della legge d'amore sulla terra, prese a rimeditare il Sermone del Cristo sul Monte, non a torto richiamava la tribù sofferente degli uomini al culto della grande massima cristiana umanitaria, perchè il compito più urgente che spetta ancora adesso alla morale contemporanea è, fuor d'ogni dubbio, la fondazione della civiltà umanitaria.

A questo superbo e nobilitante sogno si rivolgono fortunatamente gli sforzi dei più profondi pensatori dei giorni nostri, con uno slancio così cordiale ed unanime, e direi quasi con una paura così penosamente istintiva, da dimostrarci quanto sia vera la opinione dell'autore di questa nuova « scienza del bene » (GIUSEPPE TAROZZI, *Idea d'una scienza del bene*. Ed. Lumachi, Firenze, 1901, pag. 313. L. 4) che ogni problema che s'impone alla coscienza pubblica corrisponde in ultima analisi ad un dolore diffuso. Era tempo che questa osservazione si facesse, perchè se il dolore e la colpa deprimono ed oscurano il senso della vita individuale, noi sentiamo sempre meno il bisogno di incolpare l'uomo singolo, quanto più diventiamo capaci di comprendere per quali meandri passa e giunge alla vita dell'individuo la vita tempestosa ed immensa della società. Ora l'A. ha pensato: « Che cosa è naturale e giusto che chieda l'uomo di fronte alla gravissima crisi di dolore che attraversa? – Che gli si renda la fiducia del bene, dimostrando la possibilità di costruire, sopra puri dati positivi, una scienza morale ». E la sua opera coraggiosa, larga, benevola, sintetica e costruttiva è veramente degna di eccitare la meditazione di tutti gli uomini desiderosi del bene.

A persuaderci di ciò basterebbe il sommario ragionato dei vari capitoli in cui il geniale autore, che occupa uno dei primi posti fra la schiera dei giovani pensatori italiani contemporanei, espone lucidamente in brevi formole suggestive tutto il bel fondo umano di quella teoria che gli ha ispirato la sua forte anima di filosofo e di poeta.

Noi siamo stati abituati finora, così a sentire predicare dagli altri, come a predicare noi stessi (ahimè, ahimè!) intorno ai più severi argomenti di morale da una parte, ed a scrivere con sì superbo disdegno la questione dell'amore dall'altra, che la lettura di queste pagine filosofiche, adorne di quell'amorosa freschezza che zampilla soltanto da una serena concezione della vita, ci ha procurato un vero godimento.

Tentar di riassumere a larghissimi tratti l'idea dell'A. non è possibile qui. Basti dire che se una dottrina della vita deve avere sopra tutto questi due compiti: 1° fornire il concetto sintetico dei fatti naturali ed umani per cui l'uomo possa dare a sè stesso ragione de' suoi sentimenti e conoscerne la direzione; 2° fornire la giustificazione delle tendenze buone onde sorgono l'obbligazione, il dovere e la responsabilità, – la *scienza del bene* (Incremento personale – Mondo morale – Fonti del bene) del Tarozzi vi soddisfa completamente.

Fra gli innumerevoli sistemi di morale, che furono escogitati dai filosofi – nuvole evanescenti alla rossa luce del tramonto – è dunque della maggior importanza il rilevare che, in mezzo alla recrudescenza di tanti sentimenti antisociali, in basso agitantisi nell'anima oscura delle folle, in alto affermantisi in non pochi *intellettuali* d'avanguardia .come una chiara volontà di ribellione e di negazione sociale, noi abbiamo finalmente un'opera di morale costruttiva, che gettando i capisaldi della scienza del bene, unisce ai meriti della più severa meditazione filosofica l'entusiasmo efficace per la natura sanatrice, e il culto per l'arte e la poesia, consolatrici della vita umana.

Paolo Verlaine.

L'autore dei *Poètes maudits* dà ancora argomento di studi e di narrazioni interessanti. Nella sua vita indolente e feconda, disoccupata e pur piena di cose, con istinti vagabondi e con un'ammirabile sicurezza nello svolgimento della sua arte, si trovano continuamente aneddoti inesauribili.

La *Revue Hebdomadaire* del 30 agosto ne riporta alcuni caratteristici:

Sarà una diecina d'anni fa che parecchi autori, oggi in fama, accorrevano nelle ore cattive presso un editore raro e per la sua generosità quasi leggendario. Un romanziere ora dei più famosi ebbe da lui una pensione di 200 franchi al mese, che del resto rendette puntualmente, quando i suoi lavori non fruttavano 500 franchi all'anno. Albert Savine – tal è il nome dell'editore – fu l'introduttore in Francia di Ibsen, di Björnson, di Verdaguer, di Verga, ecc. Trovò il modo così di sbarazzarsi in sette anni d'un patrimonio di mezzo milione. Dio lo benedica e le muse altresì!

Un giorno Savine parlava nella sua libreria con un cliente, quand'ecco entratа Verlaine con una solennità straordinaria. Era già ben innanzi nella sua abituale ubbriachezza che lo condusse poi alla rovina.

— Signore, – dice Verlaine all'editore – vi chiedo cento franchi, che mi dovete. Io sono felice di proclamare dinanzi al pubblico che qualche volta i poeti sono creditori.

E come il cliente mostrava di non conoscere l'autore di *Sagesse* e di *Fêtes galantes*:

— *Plat-pied!* - gridò Verlaine - forse che i poeti non hanno il diritto di far del denaro? Signor Savine, datemi un grosso registro e io vi farò la ricevuta.

Savine cercò di pacificarlo e gli diede il biglietto da 100 in una busta. L'altro firmò e se ne andò. Un'ora dopo il Savine vede entrare un cameriere di caffè che gli dice tutt'ansioso:

— Abbiamo nel caffè un consumatore su tutte le furie che grida ai quattro venti che non ha di che pagare e voi gli dovete del denaro. Son venuto ad avvertirvi!

Savine comprese e accorse. Spettacolo eroico e grottesco! Verlaine, in mezzo a tre o quattro bevitori che egli aveva invitato, gesticolava, urlava, piangeva:

— *Crapule,* - gridava al padrone - tu vai d'accordo con questo infame capitalista di editore per strangolare la poesia! Che? Ho bevuto per nove franchi? Infame borghese! Cittadini, forse che un poeta non può spendere nove franchi *pour se rincer la dalle?*

Si sa fino a qual parossismo montavano i suoi furori quando l'ubbriachezza l'accecava. L'editore gli mise le mani nelle tasche e non trovandogli nulla cercò intorno. La busta dei 100 franchi era per terra tutta sciupata...

Un'altra volta Verlaine, che era *habitué* negli ospedali ove i suoi reumatismi eran leggendari, manda il pittore Cazals, suo amico, a prendere una somma che gli era dovuta. Nessuno scrittore fu più prodigo del denaro, e nessuno ricorse come lui ai suoi editori per averne. Quasi tutti gli autografi che restano di lui sono richieste di tal genere.

Il pittore tornò chiedendo al poeta una lettera che l'autorizzasse a ritirare la somma. Verlaine allora scrisse una lettera furibonda all'editore, meravigliandosi altamente che si esigessero tali formalità ad un suo intimo amico. Questa lettera costituiva un'autorizzazione e il pittore ebbe il denaro. Otto giorni dopo, Verlaine, furioso, andò dall'editore a lagnarsi che avesse pagato il conto all'amico senza il suo permesso. Aveva dimenticato tutto!

Egli era curiosissimo nella composizione dei suoi Indici e delle sue Dediche: ogni giorno mutava idea. Quante missive per mutamenti e rimutamenti improvvisi partivano dal letto 25 della sala Woilley nell'ospedale Cochin, o dal letto 5 della sala Bichat nell'ospedale Sant'Antonio, o dal letto 1 della sala Parrot nell'ospedale Broussais! Egli conobbe anche l'ospedale Saint-Louis, e l'Hôtel Dieu. Non so se la nomenclatura è completa.

E certe cose sono assolutamente divertenti. Ho sotto gli occhi un autografo nel quale egli dice al suo editore: Vi invio tre sonetti nuovi, per mezzo del mio proprietario!

Sì, questo *bohème* compie questo prodigio, di entusiasmare per lui dei placidi padroni di casa, a tal punto che, non soltanto essi non gli serbavan rancore di trascurare la scadenza della pigione, ma ancora gli prestavano del denaro. E si dirà che la poesia non ha più valore presso i nostri contemporanei?

L'anima ebraica.

L'anima ebraica? Questa semplice espressione evoca tanti ricordi, sveglia tanti sentimenti, solleva tante passioni, copre tanti interessi materiali e morali che è forse impossibile ad un europeo qualunque di parlarne con imparzialità, almeno prima che tutte le religioni – senza fedeli – siano entrate definitivamente negli ipogei della storia. Aspettando questa epoca – che noi non vedremo mai – siamo obbligati (qualunque posizione noi teniamo di fronte a tali quistioni) a tener conto degli sforzi di coloro che ne affrettano la venuta.

V'ha uno spirito ebraico? Ecco appunto la grave domanda a cui Maurizio Muret (MAURICE MURET, *L'esprit juif,* deuxième édition. Perrin et C.ie, Paris, 1901), sollevandosi fuori d'ogni idea preconcetta e d'ogni polemica, cerca di dare una risposta affermativa, con tale larghezza di vedute, con tal corredo di citazioni storiche, da guadagnarsi la simpatia e l'autorità dei pensatori più competenti.

Il piano del suo studio è da lui nettamente tracciato.

Dopo una brillante difesa dell'idea di razza in appoggio alle teorie del Taine, l'autore, aprendo una serena ricerca etnografica, s'accinge ad una specie di operazione di chimica morale sopra l'anima israelita, studiando in quale rapporto l'ambiente europeo e il momento contemporaneo stiano col terzo termine della formola nota: il fondo primitivo della razza. La psicologia semitica e la storia gli rivelano che ogni Ebreo ha due nazionalità: l'innata, che è costituita dall'*ethnos* ebraico ereditario, e l'acquisita, che è determinata dall'elemento francese, inglese o tedesco con cui s'è mescolato. Tracciato un ritratto dell'Ebreo dell'antichità, termine di confronto indispensabile allo esame degli Ebrei contemporanei, come un botanico che, desideroso d'acquistare qualche idea precisa sopra una famiglia di vegetali, studia successivamente le piante principali di cui si compone questa famiglia, così l'autore cerca lo spirito ebraico nell'opera dei più notevoli israeliti di ogni tempo. Sei monografie stupende: Spinoza, Heine, Lord Beaconsfield, Carlo Marx, Giorgio Brandès, Max Nordau esauriscono la ricerca. Questi *representative men* del giudaismo contemporaneo, legati fra loro da una parentela evidente, incarnano, secondo l'autore, le stesse vicissitudini storiche, le stesse abitudini morali, gli stessi principi ereditari e rivelano la doppia natura dello spirito ebraico, i cui tratti più caratteristici sono il cosmopolitismo, la scristianizzazione del mondo, l'ateismo, l'antitradizionalismo, l'odio contro l'autorità, lo spirito di rivolta e di demolizione, la collaborazione contraddittoria alla causa rivoluzionaria (Marx e Rotschild), la nozione del progresso, l'entusiasmo per la scienza, l'emancipazione degli spiriti e la confidenza nell'ascensione perpetua dell'umanità.

L'esame di questi caratteri della mentalità e quasi della funzione storica dell'ebraismo presenterebbe un vivo interesse, ma la mancanza di spazio ci costringe a segnalare appena alcune opinioni più discutibili del coraggioso scrittore francese.

Molto ci sarebbe da dire, per esempio, sopra questo giudizio: « Les plus nobles nations d'Europe sont celles qui se sont formées de plus grand nombre de peuples divers: les Français, les Allemands, les Anglais ».. (Pag. 14).

Sopra due altri punti facciamo ancora le più ampie riserve: anzitutto sopra l'apprezzamento della teoria del nostro Cesare Lombroso, il quale non avrebbe fatto altro che precisare in modo paradossale (l'autore non è tenero per i paradossi degli altri, ma senza volerlo è un paradossale... come tutti gli uomini di spirito) la formola di Moreau de Tours, già preceduto a sua volta da Lélut e Reveillé-Parise... (pag. 283); quindi sopra l'apprezzamento del socialismo marxiano in genere e del socialismo italiano in particolare, il quale - secondo l'autore - « tirait d'une façon plaisante l'aspiration des masses au *farniente*, le droit à la paresse: grève s'y dit *sciopero*, vacances! » (Pag. 199).

Niuno più di noi saprebbe avere per il Muret quella stima e quella calorosa simpatia che egli seppe meritarsi tra la falange dei giovani scrittori francesi, ma crediamo di fargli piacere esprimendo liberamente l'animo nostro sopra alcune affermazioni che - soprattutto in Italia - si sentono un po' forzate.

Malgrado queste e poche altre imperfezioni - inevitabili, senza dubbio, trattando un problema su cui è sì malagevole raggiungere la verità, tanto essa è stata oscurata dallo spirito di partito, dalle passioni e dagli interessi scatenati da tanti secoli nella coscienza europea - l'opera di Maurizio Muret, scritta con una lingua abbondante e sonora piena di franchezza e d'originalità, sostenuta dalla conoscenza critica delle più autorevoli opinioni sull'argomento, compie sopra *l'esprit juif* una vivisezione psicologica quasi definitiva.

Il Muret troverà - non abbiamo bisogno di augurarglielo, perchè l'opera sua ha già raggiunto la seconda edizione - una larga accoglienza tra i lettori imparziali... ed anche parziali di tutti i paesi.

La maldicenza reciproca dei letterati.

La suscettibilità e l'esagerato sentimento di sè che si attribuiscono in tutti i tempi al *genus literatorum* vanno aumentando? Pare di sì, grazie alla maggiore attenzione del pubblico rivolta verso gli artisti della penna e al fatto che essi sanno come ogni loro atteggiamento, ogni loro motto sono riprodotti su per i giornali e gli album. Ma soprattutto pare accresciuta la malignità con cui essi giudicano l'un dell'altro, secondo che scrive F. Loliée nella *Revue Bleue*. Certi motti e *boutades* sono celebri. Senza parlare di Barbey d'Aurevilly, nè dei fratelli Goncourt, nè dei *cahiers* di Saint-Beuve, pieni di note incisive e mordenti, si ricorda che Balzac esclamò un giorno: « *Du moment où vous me comparez à ce nègre, là, je quitte la conversation!* » (ce *nègre* là era Dumas Père). « *Saint Beuve est un croquant* » – dice Cousin. « *Cousin est un laquais,* – rimbecca Bélanger - *le laquais de Platon* ». Anche un uomo benigno, Ernesto Renan, dopo aver ascoltato qualcuno che gli riportava delle dicerie al suo indirizzo di Edmond de Goncourt, risponde: « *J'ai pour principe que le radotage des sots ne tire point à conséquence* ». Il qual ultimo detto ci dimostra che gran parte di questo reciproco astio fra uomini di spirito è accresciuto e stimolato dalla malignità di chi lo porta in giro e dal pubblico che se ne nutre.

Le città delle vespe.

Di Marcelin Berthelot non è d'uopo raccontai la biografia ai lettori dell'*Antologia*. Come scienziato e come uomo politico egli è universalmente noto, e noi vogliamo ricordare quanto se n'è detto qui, in occasione del suo ricevimento all'Accademia francese, nel fascicolo del 1° giugno 1901. Alla fine dello scorso anno egli pubblicava (Paris, Masson et Cie) quattro volumi in cui esponeva i lavori da lui eseguiti nella stazione di chimica vegetale di Meudon. Il titolo era: *Chimie végétale et agricole:* la fissazione dell'azoto, lo sviluppo generale della vegetazione, la formazione dei principi immediati delle piante, l'esame dell'umo o terra vegetale, gli zuccheri, gl'idrati di carbonio, ecc., n'erano i principali argomenti.

Si sa che la risoluzione del problema riguardo la fissazione dell'azoto atmosferico per mezzo dei vegetali è dovuta al Berthelot. Certi microbi sono agenti accumulatori di questa sostanza inorganica, che procacciano così alle piante.

Il Berthelot mise in evidenza altresì l'azione dell'elettricità nella fissazione dell'azoto. Le sue ricerche, teoretiche e pratiche, sono preziose tanto per la scienza quanto per l'agricoltura.

Ora il Berthelot pubblica nell'ultimo numero della *Revue de Paris* una serie di osservazioni sulle vespe:

Marcelin Berthelot.

« La vita degli animali e la loro psicologia (riassumiamo alcune osservazioni dell'illustre scienziato) hanno sempre esercitato una singolare attrazione sullo spirito degli uomini, tanto del volgo come dei pensatori. Gli animali superiori erano stati finora argomento di studi e di favole: l'anima degli insetti ci era più occulta. Vi sono eccezioni: le api e le formiche, che attirarono l'attenzione dei poeti, dei naturalisti e dei filosofi, da Virgilio a Michelet, da Réaumur a Maeterlink. Io domando il permesso di occuparmi d'un insetto finora trascurato, esponendo una serie d'osservazioni precise fatte nel mio giardino.

« Noi consideriamo gli animali con simpatia o con antipatia secondo che essi sono utili o nocivi, belli o schifosi: non nella loro essenza. Ogni essere nel mondo si riguarda, al pari dell'uomo e con egual diritto, come il centro dell'universo e agisce come se tutto esistesse per la sua vita personale. Ogni bestia da preda, ogni uccello, ogni insetto canta a suo modo il suo *te deum*, il suo *osanna* a Belzebuth, il dio delle mosc1e, come si diceva una volta. Fra gli uomini si fa anche peggio, secondo quel che vedemmo testè ancora nell'Africa Australe...

« Le vespe hanno una costituzione sociale simile a quella delle api. Ma la città delle vespe non è permanente come l'arnia, è una città annuale, fabbricata ad ogni primavera, rapi-

Berthelot nel suo laboratorio.

damente sviluppata, colpita da morte coi primi freddi. La vita di queste bestiole è d'ordinario annuale; qualcuna d'esse riesce a svernare e ai primi giorni belli una femmina esce dal suo riparo, sceglie un sito favorevole, il più sovente sotterraneo o in un tronco d'albero o in un muro o una roccia, e incomincia il suo lavoro.

« Prima cura è di provvedere la casa di cellette, fatte a somiglianza di quelle delle api, ma di materia differente. La vespa raccoglie briciole di foglie secche, fibre di legno putrido, le taglia colle sue mandibole e le unisce con una sorta di saliva che secerne: essa macera questa materia fin che sia divenuta una specie di foglio papiraceo che foggia a cilindro

esagono, della stessa forma di quello delle api. Aggruppa le cellette a raggi e depone in ciascuna un uovo, da cui esce la larva che, nutrita di miele, diventa ben tosto una vespa adulta. Allora la vespa madre è regina: si fa nutrire dalle altre vespe e attende soltanto alla procreazione. Circostanza sconosciuta fra i vertebrati, le vespe così nate sono senza sesso, come le api operaie.

« Il nido delle vespe ordinarie è generalmente sotterraneo, installato nelle gallerie scavate dalle talpe o dai topi; in alcuni mesi migliaia di vespe si trovano così riunite ».

Più innanzi il Berthelot ci indica come si deve intraprendere la lotta contro queste nemiche personali, nonchè delle nostre frutta:

« La lotta comprende due fasi: azione collettiva contro tutto il vespaio; azione speciale contro ogni individuo.

« Se ci si avvicina al vespaio lentamente le vespe non ci avventono: non possono certo distinguerci nel complesso, ma se ci agitiamo esse cominciano a vedere qualche parte del nostro corpo; appena toccata la pelle, esse conoscono subito che hanno a fare con avversari e piantano il loro pungiglione.

« Scoperto un nido di vespe, bisogna osservare tutto attorno: esso ha certamente parecchie uscite: è d'uopo otturarle ad una ad una la sera e tornar da capo se non si riesce la prima volta. Un processo efficace l'impiego delle cosidette *moscherole*, specie di grandi sfere di vetro vuote provvedute nella parte inferiore di vani al disopra dei quali il vetro si ricurva intieramente, in modo da formare una specie di mezzo anello concavo: ci si versa prima dell'acqua saponata assai diluita, a cui si aggiunge dell'acqua di Javel. Messane una sulle diverse aperture, state tranquillamente ad osservare quello che avverrà.

« Le vespe che escono, due o tre per minuto, con volo impetuoso, urtano contro le pareti trasparenti che esse non avvertono. Si sa che il vetro costituisce un mistero che gli animali anche superiori non capiscono. Le vespe imprigionate gettano tosto il loro grido d'allarme e le altre si scagliano in massa dall'interno e turbinano nella sfera finchè il cieco volo le precipita nel liquido viscioso, dove periscono. Non è tutto. Di lì a tre o quattro minuti tutte le altre uscite a far bottino accorrono e formano una nuvola attorno alla trappola trasparente che non possono pungere: parecchie trovano l'entrata e vanno ad annegarsi con le altre ».

Dopo queste considerazioni pratiche lo scienziato s'innalza alle conclusioni generali che gli suggerisce la città delle vespe, intendendo particolarmente insistere sui processi molteplici secondo i quali l'individuo vivente si trova in qualche modo subordinato alla collettività di cui fa parte:

« Ogni vivente, infatti, rappresenta una risultante materiale ed effettiva d'esseri inferiori; alla base i batterii, gli esseri cellulari che sono senza dubbio organismi già ben complicati.

« La nostra scienza non ha potuto discendere più oltre. Ma la scienza ha verificato altresì che i viventi più complessi, come i vegetali, i polipi, gli zoofiti devono essere riguardati come costituiti da aggregazioni. Più sopra i radiolari, gli anellidi, i vertebrati – costituiti di segmenti, anelli, vertebre – vivono una vita collettiva sempre più accentuata. Le società delle api, delle formiche e delle vespe sono le più singolari, sviluppandosi in modo fatale, sebbene col concorso in apparenza libero di ogni individuo, il quale vi è sacrificato alla comunità senza nemmeno aver coscienza del sacrifizio. Ma, più o meno coscienti e libere, non è men vero che le società degli animali, fino all'uomo, sono risultanti ideali più importanti in faccia alla natura che gli esseri individui che le costituiscono.

« In realtà la scienza umana non conosce e non concepisce neanche un'unità semplice e assoluta nell'ordine delle esistenze; ogni unità è una risultante, e reciprocamente la risultante vive individualmente come una unità specifica.

« È evidente che nelle società umane l'idea collettiva non ha questo carattere di necessità che ha nelle società d'insetti, ma non si può negare che la nozione scientifica della solidarietà riuscirà un giorno a equilibrare la società avvenire ».

I lavori del Sempione.

Il quindicesimo rapporto trimestrale della compagnia Giura-Sempione, al Consiglio federale, sullo stato de' lavori del tunnel rende conto de' lavori compiuti alla fine del giugno scorso.

Fianco Nord. Durante il secondo trimestre 1902, la galleria d'avanzamento ha traversato due complessioni di terreno assai differenti, separate da una zona di appena cinque metri di spessore di schisto micaceo calcareo con qualche strato di calcare cristallino.

Nei fori di m. 1.50 di profondità la temperatura in gradi centigradi è stata constatata a 7.014 chilometri di $42°.7$; a 7.220, di $43°.6$; a 7.400, di $47°$. Queste temperature si sono abbassate di circa $4°$ in un mese.

Le osservazioni fatte nei fori per le mine di avanzamento ai tre diversi punti hanno dato: a 7.000, $44°.8$; a 7.200, $49°.8$; a 7.400, $50°.7$. Il raffreddamento della roccia in seguito alla potente ventilazione sembra dunque propagarsi molto rapidamente a più di m. 1.50 di profondità, giacchè le osservazioni fatte nei fori *ad hoc*, dopo tre o quattro giorni di ritardo, danno delle temperature di più gradi al disotto della realtà. Paragonate a quelle delle sorgenti, le temperature osservate nei fori delle mine per lo avanzamento sono ancora di circa un grado troppo basse.

Una sorgente al km. 7.216 aveva una temperatura di circa $52°$.

Il grande ventilatore, che compie 370 giri al minuto, ha spinto nel tunnel II, in ventiquattro ore e mezza, a una pressione iniziale di mm. 243 d'acqua, 2,994,300 metri cubi d'aria.

Per il refrigerio sono state installate due turbine accoppiate direttamente con le pompe centrifughe di 300 cavalli ciascuna. Ognuna di esse funzionando separatamente può spingere nel tunnel 80 litri d'acqua per secondo sotto una pressione di 22.5 atmosfere. Queste pompe possono anche funzionare insieme e allora forniscono 80 litri d'acqua al secondo sotto una pressione di 45 atmosfere.

Dopo il 3 giugno è stata messa in azione una turbina con una pompa centrifuga per fornire l'acqua fredda e l'apparecchio di refrigerio per polverizzazione installato al km. 6.890 nella galleria di base del tunnel I.

L'acqua sotto pressione per il refrigerio è derivata dal canale del Rodano e passa prima per il filtro cellulare. La sua temperatura è di 9°.6 ove sono le macchine e di 13°.6 nella trasversale al km. 6.900.

Fianco Sud. È stata traversata dapprima una zona assai spessa di roccia poco solida. Le sorgenti hanno subìto una notevole riduzione nella zona acquea dal km. 3.850 al chilometro 4.400.

Nelle parti ove vi sono delle infiltrazioni d'acqua (km. 3.800 a 4.200), il rivestimento è stato eseguito con il cemento: gli spazi vuoti fra la volta e la roccia sono stati riempiti con mattoni.

Al fine di proteggere la parte superiore della volta dalle infiltrazioni d'acqua, sono state poste al disopra delle lamiere sottili le di cui estremità sono sovrapposte.

Il grande ventilatore, che compie 216 giri al minuto, ha spinto nel tunnel II, in ventiquattr'ore e mezza, a una pressione iniziale di mm. 63 di acqua, 1,503,000 metri cubi di aria.

Notizie diverse. Nel fianco nord si ebbero 102 accidenti in tutto, dei quali 84 nel tunnel e 18 al difuori. Due accidenti furono mortali, gli altri non furono gravi. Il 15 maggio il guardafreno Giovanni Barbagelati di Torriglia (Genova) rimase schiacciato tra i vagoni deragliati di un treno che portava dello sterro. Il 12 giugno il manovratore Leanza Cataldo di Cesarò (Sicilia) fu schiacciato da un treno fuori del tunnel. La morte fu istantanea.

Nel fianco sud si ebbero 104 accidenti, dei quali 92 nel tunnel e 12 fuori. Un solo accidente fu mortale. Il 18 giugno, il minatore Antonio Mallamaci, volendo continuare la perforazione di un antico foro per la mina, u ucciso dallo scoppio di una cartuccia che eravi stata lasciata.

I mandati consegnati con destinazione per l'Italia agli uffici postali di Briga e di Naters si elevarono in aprile (699) a fi. 27,653; in maggio (911) a fi. 39,992; in giugno (779) a fi. 31,276. Totale fi. 98,921.

La regina di Porta Palazzo.

Chi non ha sentito parlare della *Regina di Porta Palazzo?* Il giorno del-

l' « Incoronazione » nell'amplissima piazza del Mercato di Torino era una

festa di colori sgargianti, gettati alla rinfusa sulle baracche, sulle pergole improvvisate; orifiamme, bandiere, palloncini giapponesi tesi fra un banco e l'altro, levati in cielo sopra i rossi pennoni; intorno, un mare indescrivibile di gente animata da improvviso impeto di gioia; nelle *Halles,* uno spettacolo caleidoscopico ed un chiasso enorme; nelle vie, lungo il passaggio del corteo, la folla assiepata come nelle più grandi circostanze; da per tutto un'animazione e quasi un'esaltazione epidemica.

Il corteo era formato da cinque carri allegorici spettacolosi, rappresentanti rispettivamente le corporazioni delle fioraie, dei negozianti di tessuti, di frutta e verdura, degli esercenti e dei commercianti burro, uova, pescheria e pollame; fiancheggiavano quattro quadriglie di cavalieri in costume dell'epoca di Vittorio Amedeo II, sui disegni dello spiritoso *Caramba*; la regina, splendidamente vestita, *posava* con una grazia ed una solennità incredibile.

La festa gentile e popolare si rinnovellerà ogni anno.

La gaia freschezza di queste feste torinesi rampollate spontaneamente dal cuore del popolo, questo trionfo inaspettato e commovente delle cose

e delle vite semplici ed umili, questa ripresa d'una gioconda tradizione nostrana, congiunta fortunatamente nella storia colla libertà nella vita civile, meritano una singolare attenzione.

Talora un avvenimento volgare può assumere una discreta importanza data la poetica abilità che ha il popolo d'annettere un significato profondo agli avvenimenti più insignificanti della sua vita.

È il caso nostro. Questa poesia popolare che è venuta ad interrompere lo stato abituale, la vita ordinaria e monotona della città - contro ogni previsione di calendario - ha lasciato negli animi della maggioranza

come un sentimento rinnovellato, di comunione di benessere e d'indipendenza civica.

I sogni, le malattie, gli avvenimenti strani, i viaggi, certe riunioni spensierate d'amici non operano - fino a un certo punto - in modo analogo anche nell'anima nostra? Le aggradevoli illusioni collettive riescono sempre ad alleviare le ferite aperte dal flagello economico. Il popolo adora le illusioni. Un certo arcaismo di stile, l'esaltazione artificiale creata da una allegoria iperbolica che fa rivivere - anche nel breve giro di un'ora - quel sogno di indipendenza e di sovranità cittadina che sonneccia nel cuore di tutti, sposta quasi materialmente il fato che gravita sulla città.

Alcuni rideranno di questa abilità d'illusione poetica, sopra tutto nel popolo.

È un errore.

Più una cosa è poetica più essa è reale.

Due marine
e due punti di vista.

In un libro di cui in altra rubrica prossimamente si è occupata la *Nuova Antologia*, Mr. Archibald S. Hurd studia sotto il titolo *Naval Efficiency* tutto l'ordinamento della marina inglese. Con l'alta competenza che ha acquistato in questi argomenti, e con sereno giudizio egli ha scritto anche un breve articolo sulla marina germanica, pubblicato nel numero di luglio della *Nineteenth Century and After*.

Naturalmente egli non considera soltanto lo stato attuale della flotta tedesca, perchè è recente l'approvazione della celebre legge che deve portare ad essa un meraviglioso sviluppo. Quando la nazione inglese prendeva impegno di spendere circa 550 milioni di lire per rinforzare la flotta, la Camera dei Comuni fu molto sorpresa per una simile temerità e stravaganza... Eppure quel sacrificio diventa insignificante in confronto colla legge sulla marina germanica, votata nel 1900, e autorizzante la spesa di 1825 milioni di lire per la costruzione di nuove navi, e 325 milioni per lavori portuali. Quella legge tedesca prevede tutte le necessità della flotta da costruirsi, dispone che il numero degli ufficiali salga da 1285 a 3090, mentre gli uomini di equipaggio saranno aumentati da 21,528 a 55,809. Ma la disposizione saliente della nuova legge è quella che riguarda le costruzioni di nuovi legni, cioè trentotto corazzate, quattordici grandi incrociatori e trentotto piccoli incrociatori.

Non vi è esempio nella storia di una previdenza politica pari a quella mostrata dalla Germania con la legge sulla marina. Essa è stata approvata non già perchè quella nazione abbia vasti territorii, popolazione o commercio grandissimi, che richiedano di essere salvaguardati da una flotta, ma perciè la nazione germanica, ed ancor più il suo imperatore, ha fede nell'avvenire ed è determinato a trovarsi ben pronto. In quella legge si riconosce la magnifica concezione di un profeta. La maggior parte dei membri del Reichstag che le diedero il voto favorevole ben sapevano che non avrebbero vissuto abbastanza per vedere molte delle grandi navi delle quali decretavano la creazione; ma, guidati dall'Imperatore, ebbero la fede. È vero che essi non potranno passeggiare sul ponte delle grandi corazzate e dei rapidi incrociatori, ma a loro spetterà la gloria

il giorno in cui la flotta germanica solcherà l'oceano in tutta la sua maestà, ed essi sono stati contenti di assumersi i sacrifici dell'oggi, per amor di coloro che verranno più tardi.

Forse il concetto di una marina possente emanò dal principe di Bismarck, ma fu l'Imperatore, cultore di scienza militare, e aspirante a fondare un grande Impero sull'Oceano, che diede ad esso forma. Egli fu il promotore instancabile della Lega Navale, ponendo suo fratello, il principe Enrico di Prussia, a capo di quel grande movimento nazionale, che ha destato sulle rive del Reno il concetto di ciò che significhi l'essere una potenza marinara. La Lega Navale, che è andata sempre diffondendosi in tutto l'Impero, conta ora ben 600,000 soci. Le sue entrate sono perciò tanto cospicue, che essa può invadere gli Stati tedeschi con una letteratura navale e con un numero enorme di quadri rappresentanti le più belle navi e le loro evoluzioni in mare, cosicchè anche coloro che non sono mai arrivati alla costa prendono interesse allo sviluppo della forza marittima dell'Impero. Fin dal principio Guglielmo II si è posto a capo di questo movimento, studiando egli stesso tutti i problemi che si impongono per la costruzione di una flotta moderna, compilando egli stesso tabelle dimostranti la forza relativa delle grandi marine del mondo, e la inferiorità della flotta germanica, ed egli stesso cogliendo ogni occasione, il varo di una corazzata o di un incrociatore o la partenza di una spedizione per un lontano servizio, per predicare al suo popolo il vangelo della potenza sul mare.

« ...L'energia che l'Imperatore dimostra nel rafforzare la posizione della Lega Navale è dovuta al fatto che egli sente la presenza di valide forze disposte in battaglia contro la riuscita dei suoi piani grandiosi. La Germania non è ricca, ed ora attraversa un periodo di imbarazzo commerciale, di cui non è facile prevedere la soluzione. Il carico delle tasse grava già pesantemente sulla popolazione, e deve farsi sempre più pesante, perchè di anno in anno le domande per la flotta aumentano. Con-

tro tale aumento grave è l'ostilità
del partito socialista, che si è fatto
strada in tutto l'Impero e può divenire un ostacolo insormontabile per
l'avverarsi dei sogni di Guglielmo II.
Il rigore della legislazione riescirà per
un certo tempo a far tacere questo movimento, ma, col crescer del carico
delle tasse, coll'affluire della popolazione alle città troppo affollate, e
coll'aumentare la riluttanza alla cosci-
zione, il socialismo troverà il terreno favorevole per un progressivo
sviluppo. Benchè la legge per la marina sia già stata approvata, pure ciò
che essa si propone non è ancora
compiuto, e molti avvenimenti sono
possibili ».

Mr. Hurd narra poi una sua visita a
bordo di alcune corazzate tedesche re-
catesi in Irlanda sotto il comando del
principe Enrico di Prussia. « Una cosa
che mi sorprese a bordo delle navi
da guerra germaniche - egli scrive -
e che le spese della verniciatura sono
interamente a carico dello Stato, diversamente da quella che si fa in Inghilterra, dove l'Ammiraglia o stabilisce
una certa somma che serve per tre
verniciature all'anno delle parti esposte all'aria esterna, e una sola all'anno
per ciò che è al coperto. Se si usasse
solo quella somma, le navi da guerra
britanniche non sarebbero quei nitidi
e lucidi palazzi che in realtà sono;
gli è che il comandante, sapendo che
la nave sporca significa un ostacolo
alla carriera, adopra molta più vernice di quella che passa l'Ammira-
gliato, e paga di sua tasca la differenza.

« Le navi tedesche sono dipinte
in grigio, senza speciale ricercatezza
per ottenere un effetto elegante, ma
col solo scopo di meglio confondersi
col mare, dovendo esse non già attrarre l'occhio dell'artista, ma sfuggire
all'occhio del nemico. Esse non hanno
ponti di legno, ma di cemento rossa-
stro, nè hanno tanti ornamenti ed attrezzi di ottone o bronzo, che esigono
di essere continuamente lustrati. Da
un capo all'altro della nave, pur os-
servandola in pieno sole, non vidi ri-
splendere neppure la più piccola bor-
chia metallica: tutto era nascosto sotto
uno strato di grigio pallido. Ciò significa che vien risparmiato all'equipaggio quell'interminabile strofinare

e lustrare che occupa tanta parte del
tempo del marinaio inglese.

«... In conclusione la marina germanica rivela alcuni caratteri ammire-
voli. È una forza cui ben poche
tradizioni vengono a fare ostacolo;
essa esiste per un solo scopo, di
combattere e vincere. Avrà anch'essa,
certamente, i suoi difetti; l'insieme
dei suoi equipaggi non è all'altezza
di quello della marina britannica, e
nel loro addestramento vi è ancora
qualche cosa a ridire; però è innegabile il fatto che l'istruzione dei
marinai è impartita assai seriamente,
che ogni eleganza pel solo amore
dell'eleganza è abolita, e che fra le
forze navali del mondo essa segna,
sotto parecchi importanti aspetti, il più
alto grado di perfezione finora raggiunto ».

· ⁂ ·

Come contrapposto a questo notevole articolo di un competente scrittore inglese sulla marina germanica,
trovo nella *Contemporary Review* del
luglio uno studio di un tedesco, Ernst
Teja Meyer, sulla marina britannica.
Quello di Mr. Hurd è molto equili-
brato, mentre il collaboratore della
Contemporary non si mostra abbastanza sereno, e fa alla marina inglese
una critica molto acerba. Forse troppo
severa, ma certo non senza un fondamento di verità. Ne cito alcuni passi,
fra quelli che mi sembrano di maggiore interesse:

« La marina inglese ci è sempre
portata come modello, e ci sentiamo
gridare negli orecchi, colla persistenza
di un'idea fissa, di stare in guardia
contro « il predominio della flotta
inglese, padrona dei mari ». Ed è
infatti verissimo che essa è superiore
a tutte le altre, se si consideri il numero delle navi, la velocità, l'armamento e la massa degli equipaggi; nè
si troverebbero due nazioni che potessero, anche unite, tenerle fronte.
Ma all'occhio di un osservatore profondo e critico, che abbia le necessarie cognizioni tecniche, le cose ap-
pariranno ben diverse; egli scorgerà
a prima vista difetti che Dio vorrà
tener lontani dalla nostra flotta costituenda. Tra le navi da guerra inglesi, se ne trovano di eccellenti e

24

di potenti, ma non una, neppure fra le nuovissime già costruite o solo in progetto, che sia paragonabile per valore tattico con le nostre navi del tipo della *Kaiser*. Non solo, ma anche l'armamento e la sua disposizione è nelle navi tedesche superiore a quello delle inglesi, troppo grandi e troppo pesanti».

Specialmente gravi sono le accuse che Teja Meyer muove contro il grado di coltura e la condotta militare degli ufficiali inglesi, e prende come sintomo della loro insufficiente abilità il fatto che il numero degli accidenti che accadono nella marina inglese è, in proporzione, superiore a quello che si verifica nelle altre... «Le manovre navali degli inglesi non sono che riviste, senza quella serietà che, sola, ha un certo valore! Quando le squadre vanno lungo le coste britanniche, non si ha che una grande serie di banchetti, legate ed altri generi di *sport* assolutamente inutili, e la vecchia Inghilterra va in solluchero, e sempre più si convince dell'insuperabilità della sua meravigliosa marina. Non molto tempo fa le manovre della squadra mediterranea furono interrotte e le navi furono rimandate a Gibilterra, perchè gli ufficiali e i marinai non avessero a perdere una bella regata.

«Certo nella flotta inglese si conteranno ufficiali seri e di valore, che hanno un giusto concetto della loro elevata e nobile professione: ma questi si trovano in piccola proporzione, e non costituiscono la regola. Per la maggior parte degli ufficiali della marina inglese il servizio è un'occupazione secondaria, un lavoro che disgraziamente non si può evitare; essi sono imbevuti di orgoglio, di boriosa ignoranza e di disprezzo per tutti gli stranieri. Domandate a ciascuno di loro se egli si crede mai di poter divenire ammiraglio e di avere il comando di un'azione, e domandate anche chi consideri capace di manovrare una squadra. In verità io credo che, se è un uomo onesto, egli per tutta risposta si stringerà nelle spalle.

«Gli uomini dell'equipaggio, poi, sono malcontenti, ed hanno ragione di esserlo; dall'un lato essi sono trattati in modo arrogante ed offensivo, dall'altro sono trascurati. Le mancanze sono talvolta lasciate impunite; ma, se punizione vi è, questa è orribile e degradante: poichè anche la pena corporale è ancora in uso. La «flotta modello» degli inglesi è la sola del mondo in cui avvengano gravi ammutinamenti durante i quali sono gettati a mare piccoli pezzi di artiglieria, gli ufficiali assaliti violentemente, e corpi di cinquanta e più uomini arrestati in massa. A bordo del *Majestic* l'intero equipaggio insorse perchè era stato tolto il permesso di scendere a terra, ed era stata diminuita l'ora fissata per fumare, essendovi da compiere un lavoro straordinario di riordinamento; e così sulla nave ammiraglia *Barfleur* i marinai si rivoltarono perciè nulla era loro toccato della preda fatta a Pechino.

«Come conclusione debbo dire che la marina dell'Inghilterra è così poco preparata alle ostilità, come l'esercito, e che un uguale insuccesso l'attende; benchè essa sia incomparabilmente superiore a quelle orde spezzatrici di quanto è necessario all'esercito di una potenza mondiale e di uno Stato civile. A paragone dei disgraziati comandanti in capo dell'esercito, gli ufficiali della marina inglese sono altrettanti geni strategici. Ma i futuri avversari della marina britannica sono tali, quali le sue navi non hanno ancora avuto di fronte, con navi modernissime, bene armate e pronte per la guerra e con equipaggi bene addestrati ed appoggiati da forti riserve».

Le profondità dell'Oceano.

Tra gli studi accurati e pregevoli della *Quarterly Review*, ne leggo uno, nell'ultimo numero, sulla vita animale nelle profondità del mare. Lo scrittore comincia col farci la storia dei tentativi di scandaglio marino, da quando, nel 1521, Ferdinando Magellano trovò il sondaggio del Pacifico Meridionale, anzi da quando il cardinale Cusano (1401-1464) aveva immaginato un apparecchio consistente in due corpi, uno più pesante, e l'altro più leggero dell'acqua, connessi in modo, che quando quello più pesante toccava il fondo, l'altro era lasciato libero e risaliva alla superficie. Calcolando il tempo che trascorreva prima della sua ricomparsa, si cercava di determinare la profondità del mare.

Nel secolo XVIII, il francese Buache pubblicò la prima carta con l'uso delle curve isobate, e il conte Marsigli studiò con profitto le temperature del mare a varie profondità, e varii altri problemi connessi con la fauna del fondo. Nel 1872 la nave inglese *Challenger* partì per un viaggio di tre anni e mezzo, inteso a studiare le acque delle varie parti del globo. Fu quella la spedizione meglio equipaggiata che si sia mai accinta a tali ricerche e i risultati ottenuti furono abbastanza soddisfacenti. Elaborati da naturalisti di tutte le nazioni, essi formano la più completa raccolta di osservazioni riguardanti la fauna e la flora e le condizioni fisiche e chimiche delle profondità marine.

Durante la prima metà del secolo scorso prevalse un'idea esagerata degli abissi oceanici e si credeva che i punti di maggiore profondità fossero quelli più lontani dalle coste, mentre ora è dimostrato che essi si trovano vicino ai continenti o in prossimità di isole vulcaniche... Numerosi tentativi furono fatti, a partire da quelli di Edward Forbes, per dividere il mare in varie zone o strati e, come gli strati geologici sono caratterizzati da particolari specie, così, all'incirca, le varie zone marine hanno una fauna speciale. Però queste zone non sono universalmente riconosciute, e i loro limiti, come quelli delle regioni zoogeografiche sulla terra, mentre servono per alcuni gruppi di animali, non hanno alcun valore riguardo ad altri. Vi sono però nel mare due regioni distinte abbastanza nettamente, e il limite che le separa è quello fra le così dette acque di superficie, che sono permeabili dalla luce del sole, e nelle quali, per la presenza di quella vivificante luce, possono vivere alghe ed altri organismi animali, distinte dalle acque più profonde, dove i raggi solari non possono giungere e nelle quali niuna pianta può vivere. L'una regione passa nell'altra impercettibilmente; le condizioni della vita gradatamente cambiano ed il preciso livello a cui la vita vegetale diventa impossibile è tutt'altro che costante. Quando la luce solare è forte e il mare è calmo, i raggi penetrano più profondamente di quando la luce è debole e le acque sono sconvolte.

Una delle nozioni che prima si insegnano nella scuola elementare è che tutta la vita animale dipende, in ultima analisi, dagli alimenti immagazzinati dalle piante verdi, e che il potere che tali piante possiedono di fissare l'acido carbonico dell'ambiente e di trasformarlo in un alimento più complicato dipende dalla presenza della materia verde detta clorofilla, e si esercita solo sotto lo stimolo dei raggi solari. Ma, come abbiamo più sopra osservato, questi non possono penetrare più di 600 metri; la mancanza al disotto di un certo limite e la conseguente mancanza di vita vegetale fece sorgere il convincimento che gli abissi dell'Oceano fossero disabitati e inabitabili; mentre si è dimostrato che in tutti gli strati del mare si trovano animali. Quelli che abitano le regioni medie e che sono nuotatori attivi, vanno di tempo in tempo a visitare gli strati superiori maggiormente popolati; quando poi scendono nelle parti più profonde, cadono preda degli abitatori dello abisso. Ma probabilmente una parte ancora più grande del cibo consumato dalle creature abissali consiste nei corpi morti di animali che dagli strati superiori cadono continuamente, come manna, sul fondo.

Nel cercare di rendersi conto dell'aspetto che presenta il fondo dell'Oceano, è importante il tener presente che colà domina una meravigliosa uniformità di condizioni fisiche. Il clima non vi ha alcuna influenza; le tempeste non disturbano quei pacifici abitanti, che non conoscono lo alternarsi del giorno e della notte; le stagioni ed ogni cambiamento di temperatura sono ad essi ignoti. Si potrebbe credere che negli abissi che giacciono in fondo ai mari polari la temperatura sia molto più bassa che non nei mari dei tropici; invece la differenza è soltanto di un grado o quasi, differenza che a noi è percettibile solo per mezzo di strumenti di precisione.

Le correnti e i moti della marea influiscono sulla forma di vari animali, che riescono a formarsi in simmetria raggiata solamente quando si trovano nella tranquillità del fondo. Più grandi ancora sono gli effetti prodotti dall'assenza della luce. Siccome i raggi del sole non possono giungere alle grandi profondità, quel po' di luce che vi si trova è fornita dagli organi fosforescenti degli animali stessi, e deve essere debole e intermittente. Una grande percentuale di animali presi dal profondo mare mostrano tali fosforescenze quando sono portati sul ponte, e probabilmente quell'emissione di luce a temperature più basse e sotto una pressione di una tonnellata per centimetro quadrato è maggiore ch'e non alle ordinarie condizioni atmosferiche della superficie. La forma più semplice che questi organi fosforescenti assumono è quella di glandole epidermiche che secernono un liquido luminoso e vi sono alcuni pesci della famiglia degli Stomiad, che hanno sul capo due piccole lanterne, e due file di lumi sui fianchi; cosicchè quando nuotano rapidamente per gli spazi silenziosi ed oscuri debbono fare l'effetto di piroscafi in miniatura. Talvolta l'organo fosforescente si trova in cima ad un lungo tentacolo, e gli incauti che si avvicinano per osservare il lumicino cadono dentro la enorme bocca irta di denti.

Se è vero, come alcuni affermano, che la *phacodaria*, un protozoo abissale, abbia un organo fosforescente, il fondo dell'Oceano sarebbe tutto ricoperto da queste piccole lampadine che darebbero nel complesso tanta luce quanta ve ne è alla superficie del mare in una calda notte d'estate.

Anche il colore degli animali abitanti delle acque profonde indica la oscurità dell'ambiente in cui essi vivono: molti sono sbiaditi e pallidi, ma ciò non sempre avviene, anzi non vi è una tinta caratteristica per la fauna abissale. Ad eccezione dell'azzurro, tutti i colori sono bene rappresentati; parecchi pesci sono neri, altri hanno bei riflessi metallici, altri sono violetti, rosei o rossi, altri infine hanno una pelle bianca quasi trasparente, attraverso la quale può

vedersi il sangue diffondersi nella rete delle vene.

Come più sopra abbiamo notato, gli animali che abitano gli strati profondi sono necessariamente carnivori, e probabilmente molti di essi soffrono di una fame cronica. Vari pesci hanno mascelle enormi, l'angolo boccale situato tanto indietro, che la lunghezza della bocca è uguale a un terzo della lunghezza del corpo; altri hanno lunghi tentacoli o pinne sproporzionate alla loro grossezza. Queste eccentricità, che danno ai pesci abissali una apparenza così bizzarra, servono quasi da avamposti per avvertire l'animale, immerso nell'oscurità, della vicinanza del nemico o della preda. Si è detto che per la fauna del deserto la vita è una continua guerra; ma lo stesso può dirsi anche per la profondità dell'Oceano, dove, più che in ogni altro luogo, è vero ciò che disse un francese, che la vita non è altro, che la coniugazione del verbo « Io divoro », col suo terribile correlativo « Io sono divorato ». Ma un'altra avventura assai spiacevole può capitare ai pesci che vivono presso il fondo. Essi, come tutti gli altri pesci, hanno una vescica natatoria piena di aria, che possono comprimere o dilatare con movimenti dei muscoli, e in tal modo passare a strati inferiori o superiori. Se però essi salgono troppo, la pressione dell'acqua diminuisce di tanto, che lo sforzo muscolare dell'animale non può impedire l'eccessiva dilatazione dell'aria della vescica. Allora il pesce sale suo malgrado, e la vescica sempre più si dilata e la salita si fa addirittura vertiginosa, finchè il malcapitato animale arriva alla superficie morto, e deformato, con le viscere spinte fuori dalla bocca. Molte di queste vittime della levitazione furono raccolte e fornirono un buon materiale agli studiosi.

Quando furono fatti i primi tentativi di esplorare il fondo dell'Oceano, si sperava ancora che il mare avrebbe rivelato più di una forma di animali appartenenti ad un mondo scomparso, e a noi noti solo come fossili; si aspettava che venisse alla luce più di un anello d'unione fra specie diverse. Qualche cosa si è ritrovato; particolarmente fra i crinoidi ed i crostacei, dei quali furon pescate alcune forme credute estinte; ma in fine dei conti la fauna delle profondità oceaniche non può considerarsi più antica di quella che popola le acque superiori dei mari, e le speranze a lungo accarezzate di ritrovare ittiosauri e plesiosauri viventi, o i pesci gauvidi Devoniani, o alcuni di quei curiosi echinodermi che conosciamo solo come fossili, hanno dovuto essere abbandonate.

Contro i critici teatrali.

Gli impresari teatrali di Parigi sembra che abbiano dichiarato guerra ad oltranza ai critici. Già alla fine della scorsa stagione essi cessarono di dare la prova generale in costume, fatta per i critici, ed ora vogliono addirittura negar loro l'ospitalità e quasi la libertà del giudizio.

Uno dei più noti impresari così si è espresso a questo proposito: « Noi siamo stufi dei critici, i quali, in compenso dei posti gratuiti e di tutte le facilitazioni, non fanno che contrariarci coi resoconti sfavorevoli, assottigliandoci sempre l'uditorio, e facendo cadere ogni nuovo dramma. – Ma se i lavori sono cattivi? – ci si obbietta. Non è questo che noi mettiamo in discussione. Noi abbiamo deciso, e una nostra adunanza ratificerà quella decisione, di non più accordare posti gratuiti ai giornalisti. Oltre a ciò, se un giornalista cercasse coi suoi scritti di abbattere un dramma, procederemmo contro di lui per le vie dei tribunali. Noi ci consideriamo mercanti: sia pure, se volete, mercanti di piacere, ma pur sempre mercanti. Se un giornale pubblicasse un articolo affermando che il cognac della fabbrica X è imbevibile, il giornalista autore dell'articolo e il giornale che lo ha accettato sarebbero processati per danni. Il caso nostro, per chi ben lo consideri, è identico ».

Cospicue donazioni alla Grecia.

Il Governo greco ha ricevuto due doni di grande importanza archeologica. L'uno, dovuto alla generosità del signor Glymenopulos, comprende una collezione di 1100 monete che vanno da Costantino il Grande all'ultimo imperatore Costantino Paleologo (200 pezzi sono in oro); oltre a queste, 300 monete della Macedonia, dei Tolomei e dell'epoca greco-romana, 1000 greche e romane, e circa 500 franche e veneziane, incluse quelle di Nauplia e di altre città che si valevano del conio veneto. La donazione comprende anche statuette di bronzo e di rame, oggetti egiziani, scarabei, 200 statuette di terracotta, vasi di varie località della Grecia e di varie date, infine una statua di Asclepio recentemente scoperta in Macedonia. La condizione posta dal donatore è che tutti questi oggetti siano depositati nella sua città natia, Nauplia, in un Museo impiantato appositamente. Il Governo ha accettato di buon grado questa condizione, tanto più perciè Nauplia non possiede ancora alcun Museo.

Ancor più interessante è il dono di Costantino Karapanos, il noto scopritore e scavatore di Dodona nell'Epiro. Egli vi ha trovato bronzi, bassorilievi, iscrizioni, utensili di templi, e memorie di domande rivolte all'oracolo. L'interesse di queste antichità è aumentato dal fatto che il tempio e l'oracolo di Dodona fu in fiore da tempi remotissimi fino all'epoca romana. La pregevole collezione occuperà una sala separata nel Museo Centrale di Atene.

NEMI.

NOTIZIE, LIBRI E RECENTI PUBBLICAZIONI

ITALIA.

Nei giorni 11 e 12 settembre si è tenuta a Salsomaggiore una solenne commemorazione del senatore Pollo, coll'intervento di quasi tutti i componenti del Congresso di ginecologia. Per la cerimonia dello scoprimento del busto del compianto senatore, pronunziò un discorso l'on. Berenini.

— Grandi feste hanno avuto luogo a Brescia per il centenario di quell'Ateneo. In quell'occasione è stato inaugurato il Pergolo del palazzo del Broletto, ricostruito sulle traccie dell'antica Loggia delle Gride, ed è stata inaugurata una Società di scienze naturali *Giuseppe Ragazzoni*.

— A Lucca, nell'atrio del teatro comunale del *Giglio* è stato collocato un medaglione in bronzo in memoria di Giuseppe Verdi.

— All'esterno della casa ove nacque l'architetto Luigi Del Moro, in Livorno, è stata posta con solennità una lapide di marmo.

— A Bibbiena fu inaugurato il 4 settembre un monumento a San Francesco, donato da un Comitato di signore e signori fiorentini. Il discorso fu pronunziato da Isidoro Del Lungo.

— Una lapide in memoria di Leonardo da Vinci fu posta a Cesenatico.

— Una solenne commemorazione di Matteo Renato Imbriani sarà fatta in Napoli il 20 settembre.

— Ai primi di ottobre sarà inaugurato in Roma presso la Chiesa di Sant'Andrea della Valle il monumento a Nicola Spedalieri, opera dello scultore Rutelli.

A Piacenza furono inaugurate il 7 settembre la Mostra di agricoltura, quella industriale e quella di arte sacra, che è riuscita di speciale importanza.

— Un'Esposizione di zootecnica, di macchine, di apicoltura e floricoltura si apriva nello stesso giorno a Forlì.

— Anche a Figline in Valdarno si è avuta un'Esposizione *réclame* e una mostra zootecnica.

— La Commissione giudicatrice ha pronunziato il suo giudizio sul concorso bandito dal Comitato di musica sacra sotto l'alto patronato della Regina Margherita per una messa di gloria a quattro voci miste, con quartetto ed organo. È risultato vincitore il maestro Mattioli, direttore dell'Istituto *Donizetti* di Bergamo, quello stesso che vinse il concorso all'Esposizione d'arte sacra di Torino. Il lavoro porterà la dedica alla Regina Madre. Conseguirono la menzione onorevole il prof. Giuseppe Terrabugio, direttore del periodico *La musica sacra* di Milano, ed il maestro Giuseppe Cerquetelli, direttore delle scuole civiche musicali di Terni. I lavori saranno eseguiti a cura del Comitato, nell'inverno prossimo, alla abbazia della Santa Trinità di Firenze.

— Per iniziativa dell'on. Rosano è stata aperta una sottoscrizione per provvedere alle condizioni dell'Arco di Alfonso di Aragona in Napoli.

— Alfredo Testoni ha conseguato a Claudio Leigheb una nuova commedia in tre atti, intitolata: *Fra due guanciali*.

— La tradizionale festa parigina della « Regina del Mercato » è stata trasportata in Italia. Torino l'ha celebrata quest'anno, e.la gioconda cerimonia è riuscita splendidamente.

— Ecco l'elenco dei numerosi Congressi riunitisi o da riunirsi durante il settembre in varie città d'Italia :
Congresso ginecologico internazionale, a Roma :
Congresso socialista, ad Imola :
Congresso giuridico, a Palermo :
Congresso geologico, a Spezia ;
Congresso fisico e sismologico, a Brescia ;
Congresso di chimica applicata, a Torino :
Congresso sanitario, a Mantova :
Congresso alpinistico, a Napoli :
Congresso dei sindaci, a Messina :
Congresso della Regia Deputazione di Storia Patria, a Terni :
Congresso medico umbro, a Foligno.

Per gli amici miei. Ricordi autobiografici di JACOPO MOLESCHOTT. Palermo, 1902. SANDRON. L. 3. — Elisa Patrizi-Moleschott ha tradotto dal tedesco queste pagine del grande scienziato suo padre, che volle dare ai ricordi autobiografici un titolo modesto : « Per gli amici miei ». Modesto nell'intenzione, ma non nel fatto, perchè sterminato è il numero degli amici di Jacopo Moleschott. Queste pagine autobiografiche comprendono solo il periodo della gioventù del grande biologo, che morì prima di portare a compimento le sue memorie. La parte che per noi avrebbe avuto speciale interesse, quella cioè riguardante il lungo tempo che Moleschott trascorse in Italia, manca : ma vi suppliscono in parte quattro discorsi su Moleschott, pronunziati da D'Annunzio, Mosso, Lombroso e Piero Giacosa e l'allocuzione di Moleschott pel giubileo professionale.

Nel mio paese, di ARCANGELO PISANI. Parma. BATTEI. L. 3. — La prefazione a questo volume è stata scritta da Domenico Ciàmpoli, che nelle prime righe ne offre una breve analisi. Noi ci serviremo delle parole stesse del chiaro letterato per dare ai nostri lettori notizia di questo nuovo libro : « Arcangelo Pisani non è nuovo nel campo delle lettere : vi ha seminato bene e raccolto meglio. Ora, dopo il riposo, manda fuori queste quattro novelle, ciascuna delle quali sembra scelta a rappresentare una diversa tendenza. La prima, l'*Epilogo*, narra le vicende d'un dramma che alieggia quello degli amanti di Verona, non senza qualche tratto de' *Masnadieri* e del *Ratcliff* heiniano ; la seconda, *Realtà*, è un semplice episodio famigliare, nel quale la persona più simpatica, più debole, la vittima, l'innocente soccombe : la terza, *Moira*, è la rappresentazione di misteriosi ravvicinamenti di sangue e di casi pe' quali la passione diventa una condanna fatale : e la quarta, *Agguato*, è una cronaca brigantesca. Ognuna di queste novelle ha un fine, verso cui l'autore ci conduce accortamente ; e mentre l'*Epilogo* e *Moira* paiono tentare il genere analitico, *Realtà* e *Agguato* appartengono allo schietto genere narrativo, che va oramai sotto il nome di bozzetto : tutte però hanno a sfondo la pittoresca, gagliarda e cavalleresca Calabria, tanto celebre pei filosofi e letterati, quanto per le vendette sacrate nel sangue ».

Le sentenze del presidente Magnaud riunite e commentate da E. LEYRET, tradotte ed annotate da R. MAJETTI. S. Maria Capua Vetere. F. LAVOTTA, editore. 1901. pagg. 497. L. 6. — Anche in Italia è già notissimo il nome del presidente Magnaud del Tribunale di Château-Thierry, il caldo apostolo della giustizia nuova, di una giustizia cioè velamente umana e sociale, l'autore di sentenze che tanta maraviglia e rumore suscitarono in Francia e fuori. Il giudice Majetti nel tradurle unitamente ai commenti del Leyret, e aggiungendo di suo copiose annotazioni, ha fatto opera degna di plauso. Il volume è diviso in nove parti in cui sono raccolte separatamente le sentenze riguardanti il diritto alla vita delle donne, dei fanciulli, dei lavoratori, del pubblico, della società contro la Chiesa, dei cittadini, dei cacciatori e pescatori, dell'uguaglianza. Meritano particolare menzione la sentenza di assoluzione di Luisa Ménard, imputata di furto, quella di assoluzione del giovane Chiabrando, imputato di mendicità, e la sentenza 2 febbraio 1900 contro gli avvocati diffamatori.

Evviva la vita! Dramma in cinque atti di ERMANNO SUDERMANN. Milano. TREVES. — *Evviva la vita!* È il titolo del nuovissimo dramma di Ermanno Sudermann, il celebre autore di *Onore* e di *Magda* o *Casa Paterna*. Questo lavoro è stato rappresentato su tutte le principali scene di Germania, ed ebbe entusiastiche accoglienze e un numero grandissimo di repliche, suscitando vive discussioni per l'arditezza dell'argomento, e l'originalità dell'intreccio. La scena si svolge verso la line del 1900, e presenta nello sfondo tutti i problemi più ardenti che agitano la società ai nostri giorni: la lotta fra socialisti e conservatori, la questione del duello e quella del divorzio vi sono trattate con profondità di osservazione, e con arguzia di critica. Su questo sfondo, si stacca un dramma vigoroso, a forti tinte; e domina l'ambiente una donna, una ribelle, carattere nuovo, originale, umano, altamente moderno. La traduzione, autorizzata dal Sudermann stesso, è di Enrico Gerolamo Nani.

FRANCIA.

La Société du Salon d'Automne va prendendo sempre maggior consistenza. Il Comitato fu costituito coi seguenti artisti per la pittura: Abel Truchet, Aman-Jean, Adler, Auburtin, Besson, Desvalières, Lopisgich, Olive, Louis Picard, Ravanne. Wéry, Willette. Per la scultura furono nominati: Gustave Michel, Masseau, Camille Lefèvre, Gasq, Laporte, Blavisy. Per l'incisione: Lepère, Manuel Robbe. Per l'architettura: Tronchet. Plumet. Per la critica d'arte: Camille Mauclair. Henri Frantz, Frantz Jourdain, Yvanhoé Ramboson, Edouard Saradin. I presidenti onorari del Comitato. ordinatore sono: Eugène Carrière e Abel Besnard.

— È morto a Parigi, in età di sessantasette anni, il pittore Victor Huguet, noto specialmente per i suoi bei quadri di soggetto orientale. Nel Salon del 1873 aveva ottenuto la medaglia.

— La sezione egiziana del Museo del Louvre è stata completamente riordinata con l'aggiunta di quattro nuove sale, sotto la direzione di M. Georges Bénédite. L'opera di riordinamento cominciò nel 1895.

— Presso la libreria Plon è uscita la seconda edizione dell'opera di Julian Klaczk: *Jules II.* (Fr. 10).

— L'editore P.-V. Stock pubblica una ristampa del libro di J.-K. Huysmans: *L'Art Moderne*.

— Marinoni lascia, per ragioni di salute, la direzione del *Petit Journal*, e gli succede suo genero Cassigneul.

— La più grande corazzata francese, la *République*, è stata varata il giorno 5 del corrente mese.

Recenti pubblicazioni:

Avant le massacre. Roman de la Macédonie actuelle, par PIERRE D'ESPAGNAT. — Fasquelle. Fr. 3.50.

L'Horloge des Siècles. Roman humoristique, par A. ROBIDA. — Félix Juven Fr. 3.50.

Les Écoles libres, par ÉDOUARD VIOLLET. — H. Oudin. Fr. 2.

Souffles d'en haut. Poèmes intimes et poèmes alpestres, par EMILE ROUX. — Grenoble. Falque et Perrin. Fr. 25.

Chez les autres, par EMILE BERR. — Fasquelle. Fr. 3.50.

Lettres inédites de Mme de Genlis à son fils adoptif Casimir Baecker (1802-1830) publiées par HENRY LAPAUZE. Paris, PLON. 1902. — Autrice di romanzi e di opere morali e pedagogiche, legata intimamente nelle vicende liete e tristi coi principi d'Orléans. Mme de Genlis è figura molto nota nella storia letteraria ed aneddotica del periodo che sta a cavaliere dei secoli decimottavo e decimonono. Si pubblicano ora per cura del Lapauze le lettere che scrisse dal 1802 al 1830 - morì appunto in quell'anno ottantenne - al figlio adottivo Casimiro Baecker. Sebbene avesse altri figli, la buona signora trovandosi emigrata a Berlino nel 1799, infatuatasi del bambino della sua ospite, ottenne di prenderlo con sè, lo convertì al cattolicismo, gli insegnò l'arpa, secondo un suo metodo di cui era orgogliosissima, e ne fece un distinto concertista. Casimiro non corrispose però sempre alle infinite cure morali e materiali della sua protettrice e, sebbene ci manchino le sue lettere, possiamo indovinarne il contenuto dalle risposte di Mme de Genlis. Teneri paternali, prudenti consigli, raccomandazioni talvolta puerili non vengono risparmiate al giovane artista, che, se riesce a buscarsi per la non comune abilità il titolo di primo arpista del Re di Prussia, non dà sempre le maggiori soddisfazioni a « Maman Genlis ». costretta a pagaagli i debiti e a paraigli altri guai. Ma più che Casimiro c'interessa Mme de Geulis, le cui lettere come « documento umano » meritavano di essere pubblicate, a dimostraie cioè che, quando si trattò di metter in pratica i suoi sistemi pedagogici, essa si lasciò dominare più dal cuore che dalla ragione.

Le duc et la duchesse de Choiseul. leur vie intime, leurs amis et leur temps, par GASTON MAUGRAS. Paris. Plon, 1902. — Non tanto l'ambasciatore ed il ministro di Luigi XV. quanto il Choiseul uomo privato, amico e protettore dei filosofi, e più ancora la simpatica duchessa, sua moglie, una delle figure più squisite del secolo decimottavo, sono i protagonisti di questo bel volume del Maugras, già noto per altri parecchi studi sul duca di Lauzun, sul Voltaire e Rousseau, sull'abate Galiani, su Mme d'Épinay, ecc., insomma su tipi salienti di quel periodo. Lo spirito elevato, la nobiltà del carattere, l'incanto ineffabile del tratto meglio della bellezza e dei natali cospicui diedero alla duchessa un vero primato sulle sue contemporanee. dalle quali la distingueva anche l'assoluta onestà della vita. In un secolo in cui i vincoli coniugali erano così facilmente offesi, in cui era di moda riguardarli come un pregiudizio necessario per le classi inferiori ma inutile per le elevate, la duchessa di Choiseul fu un'eccezione rara. Attorno al duca ed alla duchessa rivivono in questo lavoro parenti, amici, clienti: la marchesa du Deffand, Voltaire, Walpole, l'abate Barthélemy, Lauzun, il principe di Beauvau, il cavaliere di Boufflers, ecc., e di loro come dei protagonisti si rileggono con piacere brani di carteggi, sparsi a piene mani di spirito leggero e facilmente motteggiatore. oppure si assaporano lettere finora inedite, che la buona ventura del Maugras riuscì a scovare presso loro discendenti o fortunati possessori di autografi. I primi capitoli del libro, che narrano il soggiorno del Choiseul a Roma come ambasciatore di S. M. cristianissima presso Benedetto XIV, interesseranno particolarmente i lettori nostri. Qualche inesattezza però vi troveranno essi da correggere: p. e., a pag. 57, nel conte *Lagnasco*, ministro di Sassonia, è da riconoscere *Lagnasco*. il prozio di Massimo d'Azeglio. che fece col ritratto di lui e con quello della contessa sua moglie il famoso « viaggio cogli antenati ». L'edizione è bella e accurata, come sogliono essere quelle della rinomata casa Plon, e resa più completa ed elegante da parecchie illustrazioni, tra le quali squisitissimo il ritratto della duchessa. posto in principio del volume.

INGHILTERRA.

Mr. T. Edgar Pemberton, intimo amico di Bret Harte, si accinge a scrivere la biografia del compianto romanziere. Molti materiali egli ha già raccolti.

— Nella città di Westminster si è riunito. il 15 settembre. il Congresso della British Archaeological Association.

— Mrs. Humphry Ward terrà un corso di lezioni a Glasgow nel prossimo gennaio.

— Durante la prima quindicina di settembre si è riunito il Congresso delle Trade Unions.

— La Bodleian University celebrerà il suo centenario il giorno 8 di ottobre.

— Gli editori Cassel & Co. hanno in preparazione un artistico volume di Miss Frances Simpson, intitolato: *The Book of the Cat.* Esso sarà illustrato con tavole a colori ricavate da pitture originali, fotografie e disegni. La prima parte. che andrà in vendita il 25 settembre, contiene la riproduzione. di un quadro di Mme Romei, rappresentante un gatto persiano.

— *Antonio Stradivari* (1644-1737) è il titolo di un libro scritto da W. H. Hill, A. F. Hill, e A. E. Hill e pubblicato da W. E. Hill & Sons al prezzo di due sterline e due scellini.

— Il 28 agosto fu messo in vendita da Methuen il nuovo romanzo di Maria Corelli: *Temporal Power.* La prima edizione, di 120.000 esemplari. è già quasi esaurita. e la seconda di 30,000 è in preparazione.

— Si annunzia tra breve la pubblicazione di un libro di memorie del generale boero Dewet. La storia completa ed ufficiale della guerra sarà scritta dopo da Botha. Dewet e Delarey insieme. Entrambi i libri saranno scritti in taal, la lingua della defunta Repubblica sud-africana: ma una traduzione ne sarà fatta contemporaneamente, nelle principali lingue d'Europa.

Recenti pubblicazioni:

A Prince of Good Fellows. A novel. by ROBERT BARR. — Chatto & Windus. 6s.

The Awakening. A novel, by HELEN BODDINGTON. — Hurst & Blackett. 6s.

Nebo the Nailer. A novel, by BARING GOULD. — Cassell & Co. 6s.

Under the white Cockade. A novel, by HALLIWELL SUTCLIFFE. — Cassell & Co. 6s.

The Colonel Sahib. A novel, by GARRETT MILL. — Blackwood. 6s.

Alexandre Dumas. His Life and Works, by ARTHUR F. DAVIDSON. — Archibald Constable & Co. 12s. 6d.

An Autumn Tour in Western Persia, by LADY DURAND. — Archibald Constable. 7s. 6d.

Aconcagua and Tierra del Fuego. A book of climbing, travel and exploration, by SIR MARTIN CONWAY. — Cassell & Co. 12s. 6d.

Travels in Space. A history of Aerial Navigation, by E. SETON VALENTINE and F. L. TOMLINSON. — Hurst & Blackett. 10s. 6d.

VARIE.

Un'opera assai pregevole di critica e storia dell'arte è stata scritta da Carl Aldenhoven col titolo: *Geschichte der Kölner Malerschule* e pubblicata a Lubecca presso l'editore Johannes Nöhring, per cura della Gesellschaft für Rheinische Geschichtskunde. L'opera, di cui furono già pubblicate a parte ben 131 tavole, è dedicata con gentile pensiero a Domenico Gnoli, con queste cortesi e belle parole: *Dem treuen Freunde Deutschlands und der Kunst, Domenico Gnoli in Rom, gewidmet* (dedicato a Domenico Gnoli in Roma, sincero amico della Germania e dell'arte).

— Il 4 settembre si è riunito ad Amburgo il XIII Congresso internazionale degli orientalisti.

— A Posen, in occasione della visita di Guglielmo II, è stata inaugurata una statua di Federico III, opera dello scultore Boese.

— Si annunzia la demolizione della casa in cui Mendelssohn compose il suo *San Paolo* a Düsseldorf. Vi era anche stata apposta una lapide commemorativa.

— L'Esposizione internazionale della pesca è stata inaugurata a Vienna il 6 settembre.

— Il Congresso internazionale della *Corda Fratres*, che doveva tenersi nel settembre a Budapest, è stato rinviato all'anno venturo.

— Il comune di Zara ha preso l'iniziativa di commemorare, il 9 ottobre, il centenario della nascita di Nicolò Tommaseo.

— A Ginevra si è riunito il Congresso internazionale massonico, e l'80° Congresso della Società elvetica di scienze naturali, cui intervennero il senatore Blaserna e il dottor Battelli.

— L'Università di Cristiania ha celebrato il centenario della nascita del grande matematico Nicolò Enrico Abel.

NOTE E COMMENTI

Il Congresso d'Imola.

Il Congresso socialista che ebbe luogo ad Imola dal 6 al 9 di
questo mese, sotto la presidenza dell'on. Andrea Costa, si svolse con
la più ampia libertà e con ordine perfetto. Vi accorsero numerosi i
delegati delle sezioni d'ogni parte d'Italia, tra cui le maggiori nota-
bilità del partito. La discussione fù ampia, spesso vivace, talvolta pur
troppo anche tumultuosa. L'Italia non pare matura ancora a quei dibattimenti calmi e ordinati, senza i quali è difficile svolgere la vita pubblica di un paese. La stessa Camera dei deputati ha più di spesso
l'aspetto di un'arena che di una solenne assemblea parlamentare.

L'attesa per il Congresso era grande: due ordini di problemi vi
si dovevano agitare. Il primo aveva carattere di formalità quasi estrinseca; gli altri erano di natura sostanziale. Da lungo tempo il partito
socialista è animato, in parte anche dilaniato, da due tendenze diverse:
la *riformista,* personificata dall'on. Turati di Milano: la *rivoluzionaria,*
propagata dall'on. Ferri di Mantova. Si trattava quindi di decidere,
anzitutto, quali delle due tendenze doveva prevalere nel partito, specialmente nella sua azione parlamentare. In secondo luogo, dopo la
costituzione degli organi direttivi del partito, erano all'ordine del giorno
alcuni dei problemi più importanti che riguardano la vita politica ed
economica del paese.

Pur troppo la discussione sulle due tendenze si protrasse così a
lungo da assorbire quasi intera la durata del Congresso. Così esso si
tradusse più che tutto in una semplice giostra oratoria, fra i rappresentanti più noti delle due idee, soprattutto fra l'on. Turati e l'on. Ferri.
La vittoria spettò completamente all'on. Turati: l'ordine del giorno,
in senso intransigente, dell'on. Ferri, posto in votazione per appello
nominale, fu ad un primo scrutinio respinto con 417 voti contro 275.
Un secondo scrutinio non diede risultati dissimili. Su questo punto
- e fu quasi il solo che sia stato oggetto di vera discussione - il Congresso si pronunciò in modo energico, deciso. Come conseguenza di
tale voto, fu approvata la condotta riformista del giornale *L'Avanti!*
organo del partito, e l'on. Bissolati fu senza contrasti riconfermato a
direttore.

Il significato di questa votazione è notevole ed avrà una sensibile
importanza sull'avvenire del partito. Il socialismo, specialmente dopo
la politica inabile ed illiberale del Ministero Pelloux, fece grandi progressi in Italia, in pochi anni: ma nessuno ben sapeva che cosa esso
si fosse. Per l'on. Ferri e per i suoi più devoti amici, il socialismo
poggiava sopra due punti ben distinti: l'organizzazione collettiva della
proprietà e la lotta di classe che si esplicava essenzialmente mediante

l'organizzazione degli operai in Leghe di resistenza e di sciopero, contro la classe capitalistica, la proprietà e la borghesia.

Questo era il concetto astratto, il programma teorico del partito. Nella realtà si vedeva spesso la bandiera del socialismo inalberata da borghesi e da capitalisti, soprattutto a scopo di lotte elettorali, sia per imprimere un diverso indirizzo alla cosa pubblica, sia anche collo scopo, più modesto, di conquistare un posticino nei Consigli comunali e provinciali od in Parlamento. La contraddizione ebbe la sua spiegazione nelle due tendenze che così vivacemente si palesarono e si combatterono ad Imola. Malgrado l'affermata unione del partito, è quindi evidente che abbiamo due indirizzi, due metodi d'azione diversi, e che l'uno e l'altro tenderanno a prevalere là dove sono più numerosi e risoluti i fattori dell'una o dell'altra parte. Lo screzio è troppo profondo, perchè oramai più non si possa contare che sopra una semplice apparenza di unità d'azione del partito socialista.

Quale giudizio si può dare in merito alle due tendenze?

Il socialismo intransigente è quello che più si presenta come una vera e profonda riforma sociale. I suoi due cardini sostanziali - *proprietà collettiva*, come fine, *lotta di classe*, come mezzo - possono essere erronei: a nostro avviso sono, almeno nella società presente, decisamente erronei. Ma secondo i loro apostoli, essi segnano l'avvenire di una società nuova, chiamata a sopprimere le inuguaglianze, i dolori e gli sfruttamenti della società attuale. È tuttavia inutile tacere che quest'avvenire è molto lontano: che il principio della proprietà collettiva ha finora trovato in Italia dei fattori più convinti e ardenti che numerosi, e che i progressi reali del partito socialista intransigente non possono essere rapidi. Ma nella sua stessa idealità esso ha un fascino, specialmente per gli animi facili alle illusioni: nel suo rifiuto, anzi nel suo disdegno - qualche volta più apparente che reale - delle transazioni così frequenti nella vita pubblica italiana, esso raccende una forza ed una austerità che può piacere e sedurre. Nella società moderna, il socialismo puro e ideale pareva chiamato a costituire una specie di monacato civile e sociologico: nulla per sè, tutto per gli altri. L'esistenza di questo largo ordine di religiosi sociali, dediti al bene degli umili e dei poveri, avrebbe potuto esercitare una ingente influenza morale e purificatrice, in mezzo alla vita odierna, così contrassegnata da disuguaglianze, da ingiustizie, da contrasti di ogni specie.

Ma il socialismo intransigente, per mantenersi a queste altezze ideali e pure, doveva rimanere il partito, anzi la fede, di pochi eletti. Quando esso ha cercato di allargare le sue basi e soprattutto la sua forza elettorale, la fisionomia e l'essenza stessa del partito dovettero necessariamente cambiare. L'on. Ferri può oggi combattere con eloquenza la tendenza riformista, ma egli è stato il primo a promuoverla, sia pure inconsapevolmente, quando mosse alla conquista di collegi politici fuori del Parlamento, e quando nella Camera si piegò alla modesta funzione dei gruppi borghesi, intenti troppo a fare e a disfare dei Ministeri e delle maggioranze. Così incominciò l'evoluzione o la degenerazione del socialismo che ha condotto alla deliberazione del Congresso di Imola.

È naturale che i riformisti protestino altamente contro tutti coloro, che anche solo dubitano che con essi sia finita la dottrina socialista. È proprio dei scismatici d'ogni fede di proclamare ad alta voce che essi soltanto sono i veri interpreti e seguaci della dottrina pura. I riformisti continueranno a predicare la proprietà collettiva, la lotta di classe e la rivoluzione sociale, con voce tanto più alta, quanto più se ne discosteranno nella pratica. È la contraddizione tra la loro dottrina ed i loro atti che non lo consente. Essi non possono allargare la propria base elettorale e politica, che a condizione di continue alleanze con gli elementi affini e soprattutto colla borghesia minuta e colla democrazia liberale ed intelligente. Ora questi partiti affini non accetteranno l'alleanza dei riformisti, nè davanti alle masse elettorali, nè nelle assemblee amministrative o politiche, se non in quanto sentano che in tal modo il collettivismo, la lotta di classe e la rivoluzione sociale si allontanano e sfumano. La bancarotta che l'on. Ferri predice e constata per i cosiddetti « partiti popolari », si estenderà al socialismo classico. Si può fare astrazione da alcuni centri, ove predominano le masse operaie o le plebi rurali: ma si può anche essere certi che riuscirà impossibile ai riformisti di fare del socialismo con degli elementi antisocialisti. Che se poi i riformisti credessero di convertire al socialismo le grandi masse della piccola borghesia, sbaglierebbero a fondo. L'indole del carattere italiano - essenzialmente diversa da quello tedesco - non è in favore del collettivismo, ma dell'individualismo, persino dell'individualismo esagerato e dannoso. La tendenza e l'aspirazione d'ogni operaio, d'ogni contadino, in Italia, non è quella di far parte di una associazione mutua collettiva, ma di diventare artigiano, padrone di bottega, proprietario di un campicello o d'una casetta. Si possono avere eccezioni in alcuni centri di masse operaie o di plebi rurali, come sopra si è detto: ma esse non sono così numerose da costituire un largo partito e tanto meno da formare una maggioranza. Da ciò la necessaria evoluzione di una gran parte del partito socialista, destinata a formare semplicemente l'ala sinistra di una futura democrazia riformatrice e popolare.

La deliberazione d'Imola è il trionfo del senso pratico di cui è così largamente dotato il popolo italiano: è la vittoria della verità sopra l'apparenza. Se il partito socialista italiano fosse davvero rimasto sulle alte vette dell'intransigenza e dell'astinenza, come minaccia e monito dei partiti costituzionali, esso avrebbe potuto proclamare questa sua linea di condotta ideale ed astratta. Ma da tempo il socialismo italiano è sceso a più modeste e terrene aspirazioni. Nella Camera esso ha votato in favore della politica estera, a base di triplice alleanza; ha opposta una debole resistenza all'aumento delle spese militari, resistenza più fiacca di quella che in altri tempi fecero uomini conservatori e liberali; non ha provocato un voto contro la militarizzazione dei ferrovieri; non ha nè presentata, nè propugnata nessuna di quelle grandi riforme che segnano una tappa nel progresso sociale e nella redenzione delle classi lavoratrici. Nelle recenti elezioni amministrative, i socialisti spesso accolsero l'alleanza non solo con la piccola borghesia, ma anche con i grassi capitalisti, soprattutto nei centri minori, meno soggetti al sindacato della pubblica opinione. Pur di vantare un successo elettorale o di conquistare un modesto seggio per sè e per gli amici, nei comuni minori, si videro talora i socialisti - fortunatamente di rado - allearsi persino con vecchi deputati conservatori o reazionari. La critica che l'on. Ferri ha mossa ai cosiddetti « partiti popolari » nel *Socialismo* è dal suo punto di vista, altrettanto vera quanto spietata.

Noi constatiamo semplicemente dei fatti, non li giudichiamo. Come costituzionali possiamo anzi rallegrarci di questa evoluzione della grande massa del partito socialista, che viene a riconoscere la bontà intrinseca del metodo delle riforme graduali e progressive, che l'antico partito progressista democratico ebbe il torto di proclamare molto, di praticare poco. Ora che alle schiere liberali si aggiunge l'ala temperata del socialismo, speriamo che prevalga alfine un indirizzo di Governo fortemente riformatore, che conduca il paese sulla via di una sana e benefica democrazia.

Il tempo solo potrà dirci se la deliberazione di Imola sia vantaggiosa al progresso delle classi popolari, che dev'essere la mèta suprema e l'aspirazione costante di ogni partito veramente e sinceramente liberale. Era innegabile che l'antico socialismo intransigente agitava le masse, eccitava le classi dirigenti sonnacchiose e per via indiretta spingeva lo Stato alle riforme. Il nuovo socialismo, invece di starsene in disparte, scende anch'esso in mezzo alle classi borghesi, nell'intento di lavorare alle riforme popolari. Il suo successo dipenderà essenzialmente dall'abilità con cui i socialisti riformatori sapranno evitare il difetto dei partiti costituzionali, che parlano sempre di riforme e non le fanno mai. Purtroppo, questa è stata finora anche la sorte dei socialisti in Parlamento. Da oltre un anno, essi appoggiano il Ministero, senza aver tentato di ottenere da esso alcuna grande riforma. Sappiamo benissimo ch'essi giustificano tale condotta, affermando che dal Gabinetto essi ebbero in ricambio larga libertà di organizzazione e di sciopero; nè l'asserzione manca di fondamento. Ma giova pure affermare che dopo l'infelice esperimento del Ministero Pelloux, nessuno più contestava in Italia la libertà del lavoro e dello sciopero, che la borghesia. tanto combattuta, aveva già consacrata nel Codice penale Zanardelli del 1889. Era semplice questione di misura e di tempo e nulla più. Ma intanto, nè la riforma tributaria, nè la riforma agraria, nè la riforma amministrativa, nè la riforma giudiziaria, nè i provvedimenti sociali, nè l'organizzazione mutualista del lavoro, nè la lotta contro gli abusi delle Società anonime e contro la corruzione elettorale fecero alcun passo decisivo in diciotto mesi di un Governo, sotto cui il gruppo socialista ebbe alla Camera un voto decisivo.

È una constatazione di fatto dolorosa, ma vera ed imparziale, che dobbiamo fare, per due ragioni diverse. La prima, perchè essa indica ai partiti costituzionali, piagnoni, ma inerti, in quale vasto e benefico campo l'opera loro avrebbe potuto affermarsi e svolgersi. In secondo luogo essa prova alle moltitudini come non bastano i nomi nuovi a mutar sostanza alle cose. Temiamo anzi che il nuovo socialismo trasformista troppo presto si imbeva dei difetti e della fiacchezza, ch'esso tanto rimprovera alla borghesia, e che quindi prepari nuove delusioni al proletariato italiano, le cui sorti sono la sostanza, mentre il resto è parvenza o vanità. Se ne ebbe un indizio nei lavori stessi del Congresso. La questione formale e preliminare delle due tendenze ha assorbito quasi intero il periodo dei suoi lavori o, per dir meglio, delle sue sedute: ma i problemi pratici che erano all'ordine del giorno - benessere dei contadini, legislazione sociale, ordinamento ferroviario, e quelle altre questioni che interessano da vicino la vita stessa delle classi operaie - non poterono venir trattate « per mancanza di tempo »! Il giudizio, vero, sincero, sopra questo andamento dei lavori del Congresso, lo diede quel contadino bonario ed illuso - di cui ci sfugge il nome, ma all'animo suo schietto certo non importa la modesta notorietà delle nostre pagine - che dopo tre giorni di Congresso manifestò il suo dolore, perchè si era fatta tanta accademia e si era lasciata affatto in disparte la sorte dei poveri lavoratori della terra! L'oscuro contadino ci raffigura lo schiavo che legato seguiva il carro del trionfatore romano: anche i socialisti, nell'ora del loro grande ed imponente Congresso, hanno avuto il loro schiavo, che li ha richiamati, inascoltato oggi, alla dolorosa realtà delle cose umane.

Prima di chiudere questi rapidi cenni, mandiamo il nostro saluto amichevole di confratelli all'on. Bissolati, che la fiducia della grande maggioranza del Congresso ha riconfermato a direttore dell'*Avanti!* Un giornale socialista non può certamente essere giudicato secondo il criterio dei lettori della stampa del buon tempo antico. Ma sotto la direzione dell'on. Bissolati, l'*Avanti!* - senza punto venir meno al calore delle convinzioni ed al fervore dell'apostolato - dà spesso l'esempio di una discussione rispettabile ed equanime delle idee e dei programmi altrui. Proseguendo per questa via, esso diventerà organo sempre più importante di quella larga ed onesta discussione, che costituisce l'anima e la forza dei regimi liberi e dei popoli civili. Esso potrà così servire di esempio a quella numerosa serie di piccoli giornali locali, che troppo spesso confondono le nuove dottrine, con metodi e forme di discussione che non dànno nè prestigio, nè decoro alla libera stampa.

Il partito socialista, ora che ha abbandonate le tendenze rivoluzionarie, potrà utilmente affermarsi nella vita pubblica italiana, alle due condizioni di una serena e libera discussione e di un'azione riformatrice decisa, positiva e pratica. In caso diverso passerà come tutte le manifestazioni violente e rumorose, che poco o nulla lasciano dietro di sè. Ma data l'inerzia delle classi dirigenti, un risultato siffatto sarebbe una nuova delusione per il proletariato italiano. Si è perciò che vivamente ci auguriamo di vedere il sòcialismo nuovo prendere la via delle riforme concrete, sia proponendole di sua iniziativa, sia appoggiando vigorosamente quelle che da altri lati venissero agitate, nell'interesse e nel bene del popolo e delle classi disagiate.

LIBRI

PERVENUTI ALLA DIREZIONE DELLA *NUOVA ANTOLOGIA*

Ricordi biografici di Niccola Visco, scritti dal figlio ADRIANO. — Napoli, 1902, Pierro & Veraldi, pagg. 275.

Umanità. Romanzo sociale di FORTUNATO CAMERINO. — Catania, 1902, N. Giannotta, pagg. 276. L. 3.

Funzione pedagogica della scienza in rapporto al fattore economico e religioso, di EDOARDO BUZZANCA, con prefazione di ENRICO MORSELLI. — Palermo, 1902, Remo Sandron, pagg. 566. L. 5.

Prospettiva lineare pratica per gli artisti, con 23 tavole doppie a rilievo, di SALVATORE MARCHESI. — Milano, 1902, Ulrico Hoepli, pagine 144. L. 8.

Confessioni di un medico. di VERESSAIEF. Traduzione di F. VER-DINOIS. con introduzione di G. B. UGHETTI. — Palermo, 1902, A. Rebei, pagg. 300. L. 2.50.

M. Tulli Ciceronis - In L. Catilinam - Oratio secunda. — Roma, 1902, Paravia, pagg. 50. L. 0.90.

Le dottrine edonistiche italiane del secolo XVIII. Saggio storico-psicologico di MICHELE LOSACCO. — Napoli, 1902, Tipografia dell'Università, pagg. 225.

Vita Nuova. Romanzo di MARIA SAM-LOPEZ. — Roma, 1902, Paravia, pagine 428. L. 3.

Cuor di Regina, di A. BASLETTA. — Roma, 1902, Voghera, pagg. 250. L. 2.

Al di qua. Contributo allo studio dei fenomeni spiritici di LEO PAVONI. Introduzione di PIETRO BLASERNA. — Torino-Roma, Roux & Viarengo, pagg. 186. L. 2.50

F. Nietzsche e L. Tolstoi. di IGINO PETRONE. — Napoli, 1902, Pierro. pagg. 163. L. 1.50.

L'anima delle carni. Romanzo di GIORGIO OFREDI. — Palermo, 1902, Sandron, pagg. 286. L. 2.50.

Memorie storiche mirandolesi. — Mirandola, 1902, Grilli, pagg. 242. L. 4.

Scritti pedagogici. di LUIGI GAMBERALE. — Agnone, 1902, Tip. del Risveglio, pagg. 265. L. 2.

Studii di letteratura classica. di PAOLO FOSSATARO. — Napoli, 1902, Di Gennaio. pagg. 196. L. 2.

Piero Strozzi nell'assedio di Siena. di ANNITA COPPINI. — Milano, 1902, Paravia. pagg. 201. L. 2.

Nozioni di contabilità di Stato, di LEOPOLDO VIALI. — Genova, 1902, Libreria Moderna. pagg. 185. L. 2.50.

L'autore del libro « De origine et situ germanorum », di SANTI CONSOLI. — Roma, 1902, Loeschei. pagg. 134. L. 3.

Qualche nota all'Inferno. di ERNESTO ANZALONE. — Catania, 1902, Galati, pagg 78.

La pittura all'Esposizione di Venezia, di FILIPPO LACCETTI. — Napoli. 1902, Pierro. pagg. 122. L. 1.

Belliniana. di ANTONINO AMORE. — Catania, 1902, Giannotta, pagg. 200. L. 1.

Sull'aia. Scene campagnole di FERRUCCIO ORSI. — Catania, 1902, Giannotta, pagg. 200. L. 1.

Torneando. Novelle di A. ALTOBELLI. — Catania, 1902, Giannotta, pagine 197. L. 1.

PUBBLICAZIONI DELLA CASA TAUCHNITZ DI LIPSIA.
(Ciascun volume L. 2).

I crown thee King. by MAX PEMBERTON. 1 vol. 3588.
The Hinderers. by EDNA LYALL. 1 vol. 3589.
Those Delightful Americans, by Mrs. EVERARD COTES. 1 vol. 3590.
A Double-Barrelled Detective Story, etc., by MARK TWAIN. 1 vol. 3591.
The Epistles of Atkins, by JAMES MILNE. 1 vol. 3592.
A Damsel or Two, by FRANK FRANKFORT MOORE. 1 vol. 3593.
Schoolgirls of To-day, etc., by F. C. PHILIPS. 1 vol. 3594.
A Girl of the Multitude, by W. R. H. TROWBRIDGE. 1 vol. 3595.
The New Christians, by PERCY WHITE. 1 vol. 3596.
The Just and the Unjust, by RICHARD BAGOT. 2 vols. 3597-3598.

Direttore-Proprietario: MAGGIORINO FERRARIS

DAVID MARCHIONNI, *Responsabile.*

Roma, Via della Missione, 3 - Carlo Colombo, tipografo della Camera dei Deputati.

L'ULTIMA PAROLA DI HERBERT SPENCER

I.

Non è questo soltanto « l'ultimo libro », cioè il più recente, ma anche il libro ultimo del grande pensatore inglese (1). Le nuovissime pagine, composte di fronde sparte cadute dal grande albero del *Sistema di filosofia*, o meglio di frammenti che non hanno trovato il luogo loro nella costituzione del solenne edificio, d'idee, come l'autore stesso s'esprime, non incorporate nelle sue opere sistematiche, richiamano alla mente tutta una ricca letteratura congenere di frammenti e pensieri filosofici, che dal Nietzsche, e dal Renan, o dal nostro Leopardi, per il Pascal, risale fino a Marco Aurelio, e forse fino ad Eraclito, se intorno all'opera dell'antico d'Efeso deve accogliersi, come io credo, l'opinione del Diels (2). Queste parole che pronuncia il filosofo ottuagenario sono certamente le ultime sue, come egli stesso annuncia nelle brevi linee della Prefazione, con quella serenità solenne che gli viene dalla grave età e dalla grande autorità del suo nome. E quelle linee destano una profonda commozione in chi legge, quasi assista ad un atto augusto e quasi sacro; al chiudersi del libro d'una vita data ad una grande opera di pensiero, dalle cui altitudini quell'intelletto eminente ha dominato, per gran parte, gli spiriti nella seconda metà del secolo testè trascorso; dando al mondo della cultura la più compiuta forma la sistematica della dottrina dell'evoluzione, ed applicandola ai più svariati ordini delle conoscenze umane.

Ragionando di questa specie di testamento filosofico dello Spencer, altri ha più specialmente rilevata l'importanza del volume in quanto ci porge occasione ed elementi per penetrare nell'intimità d'un eletto spirito, finora rimasto chiuso ad ogni confidenza autobiografica (3). A noi piuttosto giova guardare questo ultimo atto di una nobile vita intellettuale come un segno dei tempi, come indice di nuovi orientamenti ideali. Perciè è un fatto ben notevole e confortevole, sebbene non nuovo, questo: ché una mente la quale ha assommate in sè ed espresse in sintesi sistematica le tendenze e i risultati della scienza in un grande e glorioso periodo, accenni sul chiudersi dell'opera sua, quasi compreso d'una dolorosa sfiducia nei suoi ideali, ad inclinare verso le correnti ideali delle giovani generazioni che s'incamminano per nuove vie.

Non v'è dubbio che in molti, e nei più notevoli, di questi frammenti (dei quali l'autore medesimo riconosce la diversa importanza)

---

(1) SPENCER, *Facts and Comments*. London, 1902.

(2) DIELS, *Heraklit von Ephesus*, griech und deutsch. Berlin, 1901.

(3) T. DE WYZEWA, in *Revue des Deux Mondes*, 15 maggio 1902; *Review of Reviews*, Jun. 1902.

il pensatore inglese conduce, colla sua consueta libertà e schiettezza,
alle estreme conseguenze idee altrove espresse. Nessun altro forse - se
se ne eccettui il Tolstoi, col quale il suo pensiero in questo volume
sembra avere non pochi punti di contatto - ha espresso con tanto vigoroso convincimento, con tanta libera energia, la sua avversione
contro ogni forma d'imperialismo; sia contro quella che altra volta
aveva chiamata la nuova schiavitù, nascente dall'intervento dello Stato
in ogni parte della vita pubblica, sia contro ogni forma di socialismo
collettivistico, sia, come più propriamente in queste ultime pagine,
contro le tendenze espansionistiche e liberticide, risorgenti nella politica e nei sentimenti del popolo inglese. E nessun'altra cosa appare più
deplorevole allo Spencer di quella « mania educativa » dello Stato, che
si presenta nelle più svariate forme e si risolve nell'imporre a tutti un
sistema ufficiale di vita civile, pel quale sembra che all'antico diritto
divino dei re si vada sostituendo oramai una specie di diritto divino
dei parlamenti e dei governi. Questa artificiosa superstizione politica
condanna in tutte le sue manifestazioni, come quella che contradice
al processo storico della società umana, già studiato nei *Principles of
Sociology,* secondo il quale, mentre le società primitive di tipo guerriero e militare tendono al concentramento, il crescente industrialismo
delle società moderne favorisce lo svolgersi delle libere istituzioni, ci-
coscrivendo l'onnipotenza dello Stato e del potere legislativo, dinanzi
alla libertà dell'individuo, punto vitale, nel parer suo, e termine di
ogni svolgimento sociale e politico. Dove accade d'osservare che l'individualismo politico-sociale dello Spencer contrasta colla stessa sua idea
sistematica intorno al processo di evoluzione della vita. Se l'evoluzione, difatti, è insieme integrazione della materia e dissipazione di movimento, e il processo della vita non è che integrazione e aggregazione
di parti eterogenee in un tutto unificatore, non s'intende perciè ciò
non debba accadere anche nel processo sociale: nè perciè, quindi, lo
Spencer neghi la necessità progressiva delle unificazioni sociali che egli
qualifica dispregiativamente col nome comune di « reggimentazione »
e pone sulla stessa linea dell'imperialismo, del militarismo e delle
altre forme di rimbarbarimento degenerativo. La degenerazione non è
che dissoluzione, cioè disgregamento degli elementi organici divenuti
indipendenti: al che appunto condurrebbe invece nell'ordine sociale
l'individualismo spenceriano.

Ma più grave sintomo di questo « rimbarbarimento » odierno egli
trova, specialmente fra i suoi connazionali, nel ravvivarsi dello spirito
del militarismo e dell'imperialismo. « Voi dovete sottomettervi. Noi siamo
i dominatori, e ve lo faremo riconoscere »: ecco le parole esprimenti il
sentimento che domina oggi la nazione britannica, specialmente nella
sua condotta di fronte alla repubblica dei Boeri. Contro questo ritorno
alla barbarie liberticide è bello il vedere come il filosofo della libertà non
risparmi le più acerbe censure, e muova anzi le più fiere proteste. Nel
momento in cui la magnificenza dell'Impero britannico, compressa l'indipendenza delle repubbliche sud-africane, sembra avere attinto il più
alto segno colla incoronazione imperiale, è ben grave monito questo
del vecchio pensatore che leva la sua voce libera e aperta a dire,
« di che lacrime grondi e di che sangue » la pompa della cerimonia,
così solennemente celebrata. Nè ei teme l'accusa di poca carità di
patria, se questa debba contradire ai principî di universale giustizia
civile. Patriotismo non è il minacciare o il conculcare i diritti altrui;

il gridare « viva il paese nostro, sia buono o cattivo, rappresenti esso il buon diritto o la violenza ». Solo la necessità di resistere all'altrui aggressione o all'altrui minaccia può legittimare la violenza. Ma dove l'esaltazione delle forze brute, ufficialmente rappresentata dagli armamenti smisurati e dalla prepotenza militare, comincia a trovar credito (come avviene appunto da qualche tempo in quella Inghilterra che era rimasta fino a qui quasi immune dallo spirito e dalle consuetudini del militarismo), non fa meraviglia di dovere assistere ad altre molteplici manifestazioni di « rimbarbarimento » nella vita sociale, nella opinione pubblica, nella letteratura e nell'arte. La quale analisi pessimistica della vita sociale che il pensatore amareggiato fa della società inglese in molte pagine del libro, e si applica in gran parte alla società moderna, ricorda per alcuni rispetti il Ruskin, per altri la critica che della società odierna dal punto di luce del Cristianesimo sociale svolge il Tolstoi. Il fatto di questa degenerazione o regressione nostra verso la barbarie appariisce, secondo lo Spencer, da molti segni. La crescente fede nell'azione dello Stato nei popoli che così naturalmente *ruunt in servitutem;* il trionfo del militarismo e i suoi riflessi in tutti i rami della vita sociale; il culto della forza nelle forme dell'« atleticismo »; la risurrezione di generi di *sport* che erano stati aboliti per la loro brutalità, come il combattimento dei galli, e la tauromachia; l'impero sovrano della *boxe* e del pugilato: il corriere più celebrato per le boccie e il venir più segnalato per la stampa i nomi dei vincitori al *cricket* che non quelli di studiosi valenti: il moltiplicarsi dei periodici dedicati agli esercizi sportivi: tutto questo è indice d'una recrudescenza d'istinti barbarici nel seno della civiltà, che dovrebbe equivalere a libertà.

E la letteratura e il giornalismo non fanno che conferire a questo fenomeno. Basta a mostrarlo la rapida diffusione che per la stampa hanno le notizie sui delitti di sangue; il credito che hanno le piose di romanzi che solleticano gl'istinti inferiori; e, quanto all'Inghilterra, l'immensa popolarità degli scritti di Rudyard Kipling, « nei quali un decimo di cristianesimo nominale è congiunto con nove decimi di paganesimo reale: ove s'idealizza il soldato e si ripone l'onore e la grandezza nel trionfo della forza brutale ». Oltre di questo, la stessa tendenza attestano i numerosi lavori biografici e le apoteosi dei grandi conquistatori ed oppressori, da Alessandro al Nelson: l'esaltazione di tutte le passioni violente, la descrizione e figurazione, nei giornali e nei periodici, di tutti i mezzi distruttivi che la industria moderna ha ritrovati. Non soltanto il sentimento della bella natura sparisce nel popolo, ma anche i tipi dell'arte sembrano accennare a questa rinascita di barbarie. Il rifiorire delle forme dell'arte cattolica medioevale sulla semplicità disadorna e quasi iconoclastica delle vecchie chiese protestanti: la predilezione per le forme e gli stili arcaici, cioè barbarici, quale appariisce dai periodici d'arte, dai mobili antichi tornati in uso nei salotti eleganti. Curiosa, e in parte vera, è l'osservazione che fa lo Spencer intorno alla moda dell'asimmetria e disarmonia nei caratteri tipografici. Nei cartelli d'avvisi, nei frontespizi dei libri, noi troviamo sovente l'uso di lettere intenzionalmente mal formate, la combinazione di lettere di differente grandezza nella stessa parola come nelle epigrafi arcaiche,. contraria ad ogni senso di simmetria e di regolarità geometrica; al che poi s'aggiunga la moda recente, in uso per la stampa come per la corrispondenza privata, di carta rozza e spesso anche disegnale per grandezza e per forma.

II.

Dalla diagnosi del male sociale passando alla sua etiologia, uno dei maggiori coefficienti di questa specie di abbrutimento odierno lo Spencer addita là dove meno ci saremmo aspettati: nel grande svolgimento della intellettualità. Anche l'arte declina così perchè se ne è smarrito il concetto vero, per una erronea valutazione delle varie attività dello spirito, e dei loro prodotti. Mentre il fine proprio dell'arte sta nel suscitare emozioni d'ordine superiore, oggi si va imprimendo ad essa un carattere e una funzione principalmente intellettuale. Quella « mania educativa » che lo Spencer lamenta prevalente nei nostri sistemi e metodi d'istruzione pubblica, ha condotto ad identificare lo spirito coll'intelletto, dando all'azione di questo una importanza e una estensione assai maggiore di quella che esso ha realmente nella vita.

Ora nel campo dell'arte questo subordinare tutto al culto dell'intelligenza, o questa, diremo noi, soverchia sua saturazione scientifica, ha condotto a fare dell'arte più un mezzo di comunicazione di certe idee che di evocazione di certi sentimenti, a farne una specie di alta critica della vita, come Matteo Arnold definisce la poesia. Al che se altri potrebbe opporre, e con qualche ragione, il grande incremento odierno della musica, l'arte forse meno intellettuale e, certo, la più emotiva, lo Spencer soggiunge che la musica moderna è diventata anche essa un esercizio intellettuale, e il suo fine, secondo il concetto del Wagner, è l'istruire. Ora l'arte non è tale che aggiunga qualche cosa alla nostra conoscenza della vita, bensì che accresca il nostro sentimento della vita.

Ma più che a pervertire l'arte questo soverchio intellettualismo riesce a sovertire la vita, rompendo l'equilibrio naturale tra le due principali funzioni dello spirito, l'intelligenza e il sentimento, e sacrificando, anzi, quest'ultimo, che è l'essenziale nella vita, alla prima. Quell'antagonismo che trovasi nell'arte fra l'apprezzamento intellettuale e il compiacimento emotivo, è sostanzialmente quello stesso che trovasi alla radice della nostra struttura mentale, fra la sensazione e la percezione. Ora grave errore, e tale che vizia tutta la nostra vita civile, è il credere appunto che la parte essenziale dello spirito umano sia la intelligenza o il pensiero, che malamente s'identifica colla coscienza. Senza che possa dirsi che lo Spencer è un volontarista, al modo del James, o del Wundt o del Paulsen, certo è che qui i suoi concetti sono molto prossimi all'idea fondamentale del moderno volontarismo, che, pur movendo dalla idea kantiana del primato della ragion pratica, ha per suo diretto progenitore, come è noto, lo Schopenhauer. Quando, ad esempio, il James dichiara che uno dei risultati fondamentali della moderna psicologia, soccorsa in ciò dalla fisiologia, è il predominio della parte volitiva della nostra natura sulla concettuale e sensitiva (1), comprende in questa denominazione di « natura volitiva » tutti i definiti propositi del soggetto, come egli dice, le preferenze e le avversioni per certi effetti, forme, ordini e così via, cioè quel complesso di emozioni superiori delle quali appunto parla lo Spencer (p. e., pag. 27) come di forze direttive della vita quotidiana (the prevailing emotions... are those components of mind, wich determine the daily condùct). Il

(1) JAMES, The Will to Believe, pag. 114. London, 1898.

sentimento inteso nel suo significato generale (*feeling*) comprende anche quelle emozioni che sono il principio dell'attività pratica, e quindi elementi non tanto sensitivi ed affettivi, quanto volitivi.

Mentre quindi « l'emozione è realmente la signora, e l'intelligenza non è che una sua ancella », nella società odierna lo Spencer trova una soverchia valutazione dell'intelligenza a scapito della natura emotiva. Anche tralasciando di notare quanto conferisca maggiormente alla felicità di un popolo l'elemento morale dell'intellettuale, la soverchia fede nell'istruzione intellettiva che si nutre oggi genera l'illusione che basti istruire per elevare moralmente, che basti sapere ciò che è bene, perchè questo principio riconosciuto intellettualmente divenga fatto e azione morale. Nè questa fede vien meno per quante smentite vengano dalla esperienza e dalla vita. Non vale che, più moltiplicando le scuole, cresca il numero dei truffatori, degli adulteratori d'alimenti, dei corruttori, dei barattieri, degl'intriganti e facinorosi d'ogni specie; nè l'aumento annuale dei delitti che le statistiche annunciano. Moltiplicare le scuole, diffondere l'istruzione, nell'opinione generale oggi equivale malauguratamente ad educare a moralità, con grave pregiudizio di questa.

Ora un tal dispregio per la cultura intellettuale, oltre ad essere manifestamente eccessivo, come quello che disconosce i benefici innegabili dell'istruzione diffusa, coll'attenuare, come essa fa, ad esempio (secondo ha ben mostrato testè anche il nostro Lombroso), la natura dei crimini, diminuendo, nei paesi più colti, i delitti di sangue anche se possono mantenervisi ed accrescervisi talvolta quelli contro la proprietà, discorda anche da quell'utilismo razionale che è la sostanza dell'Etica spenceriana. Imperocchè, se è vero che l'azione morale è quella che meglio conviene ai fini della vita individuale e sociale, non si vede come questo adattamento si possa produrre senza un discernimento o discriminazione dei mezzi e degli atti, cioè senza un'opera dell'intelligenza; e come quindi l'incremento di questa non debba portar seco necessariamente un aumento complessivo di moralità privata e sociale.

III.

Se, ad ogni modo, l'educazione intellettuale è insufficiente a creare la moralità, ed anzi, disgiunta dalla educazione dei caratteri, tende a ricondurci alla barbarie, su qual fondamento potremo oggi edificare l'educazione morale? Nei due ultimi capitoli, che sono, senza dubbio, i più importanti del volume e possono considerarsi come un indizio eloquente d'un mutamento che si produce oggi negli spiriti più alti e rappresentativi, lo Spencer abbandona praticamente il terreno del suo agnosticismo. Il problema che oggi si presenta è delicato e difficile; quale attitudine deve prendere il pensatore moderno dinanzi a colui che ancora serba la fede dei padri? Molti credono che un sistema di morale naturale possa oggi sostituire nelle anime l'antica morale religiosa, e che basti svolgere un tal sistema per avere una sicura norma nella vita. Ma lo Spencer non esita a dichiarar vana questa speranza, dinanzi alla eloquente evidenza dei fatti. Poichè il *video meliora proboque, deteriora sequor* è una verità umana e costante; nè il riconoscere la bontà d'una azione equivale a compierla. Oltredichè l'intelligenza comune non è atta a seguire un ragionamento concreto, e tanto meno un ragio-

namento astratto. Invece l'insegnamento dogmatico è quello che meglio
le conviene. È vana utopia credere che l'uomo comune possa ben condursi solo per amore del principio dell'utile sociale che da codesta buona
condotta deriva. E piuttosto varrà, almeno pei più, il principio inverso:
che la Società, costituita come è, debba invece servire ai fini dell'individuo. Quel principio dell'utile comune, se mai, potrà aver forza sopra
nature già organicamente morali col rinvigorire quelle credenze che già
la loro condotta ordinaria tradisce. S'inganna, dunque, l'agnostico il
quale creda di poter fornire agli uomini una guida della vita presentando loro soltanto un codice naturale di norme pratiche.

Ma se una morale naturale e razionale non basta, la storia ammo-
nisce che non meno scarsamente operativi sulla moralità umana furono
i dogmi delle religioni. Basta volgersi indietro e riguardare i secoli
trascorsi, per vedere quante iniquità furon commesse, pur sotto l'impero della credenza nelle sanzioni oltremondane. L'efficacia che questa
credenza ha esercitata nel ritrarre gli animi dal mal fare non è stata,
dice lo Spencer, maggiore di quella che potrebbe avere il principio il
quale insegna come la condotta morale è in ultimo individualmente e
socialmente benefica. Si direbbe che il mondo morale è governato da
una legge analoga a quella che regge il mondo fisico, l'attrazione varia
inversamente al quadrato delle distanze; cioè un piacere o un dolore
vicino, anche minimo, esercita maggiore stimolo di un dolore o di un
piacere lontano, anche se massimo. Certo, vi ranno nature superiori
nelle quali le sanzioni religiose rinvigoriscono le disposizioni naturali,
quasi due ordini paralleli e corrispondenti. Ma così non è per la maggior parte degli uomini; per la quale questo sistema soprannaturale
appariscé non meno inefficace di quello che sarebbe una etica tratta
dalla pura ragione.

Se, dunque, la questione della convenienza che l'agnostico esprima
ai credenti il pensier suo si guarda da questo aspetto morale, non v'ha
dubbio, per lo Spencer, che talora riesca salutare ed anzi doveroso il
farlo; come quando altri, ad esempio, sia oppresso dalla paura di pene
eterne. A codeste anime terrificate si ha il debito di rilevare l'assurda
bestemmia di supporre che un Potere al quale si manifesta in tanti
milioni di soli abbia una natura che in un essere umano non desterebbe
altro che orrore; mentre in tutta la vita cosmica, ove opera l'ignota
forza, il *Deus absconditus,* non v'ha traccia alcuna d'una idea di vendetta. Ma d'altra parte s'incontrano altre anime, più felicemente disposte,
le quali s'afferrano alla speranza della futura felicità, sola forza consolatrice nei loro mali, solo presidio ed asilo nelle loro miserie. Il
cambiare o perturbare la fede di costoro sarebbe opera stolta e crudele.
L'Agnostico non ha che da evitare ogni discussione con essi. Così vuole
e impone la simpatia umana.

Espediente pratico e d'opportunità, come si vede, più che risoluzione soddisfacente di una così grave questione. Il quale espediente,
mentre richiama per alcuni rispetti le idee etico-religiose dell'Hume,
avrebbe dovuto deviare (affinché il silenzio e il riserbo imposto al-
l'agnostico non apparisse una frode, per quanto pia) da una analisi
psicologica profonda e da una severa valutazione etica del fenomeno
psicologico della illusione, quale l'ha tentata, ad esempio, più volte nelle
pagine dei suoi *Pensieri* il nostro Leopardi e talora lo Schopenhaeur.
Nè lo Spencer si chiede se codesta, chiamiamola pure illusione salutare d'anime buone, non adombri poi forse una verità più profonda

ove il processo cosmico si abbia a considerare come una immensa opera o un immenso conato verso il bene, che tenda a risolversi e a compiersi in un atto di finale giustizia. L'agnostico, il quale ha rinunciato a pronunciarsi su ciò che oltrepassa i termini dell'esperienza, non può, a rigore di logica, anche dentro di sè considerare codesta speranza di una eterna felicità come un assurdo, perchè in verità gli mancano gli elementi per dimostrarlo.

Ma l'insigne pensatore esce di nuovo dai termini dell'agnosticismo da lui professato, mostrando così di provare in sè gli effetti di quella rinascita dell'anima religiosa, che oggi sembra muovere dalle più alte cime della cultura. Nelle estreme pagine del volume intitolate « Ultime questioni », alita un non so che di solenne e di venerabile; poichè in esse appare lo sforzo supremo di un alto intelletto verso « l'enimma dell'esistenza », che nel suo pensiero, come in quello degli agnostici da lui conosciuti, occupa, secondo l'espressa dichiarazione sua, un posto maggiore che non in quello della comune degli uomini. Lo agnostico, convinto com'è della inanità di cotali sforzi, dovrebbe di fatto rassegnarsi e comporre il suo pensiero nell'*ignorabimus* del Du Bois-Reymond. Ma il vero è che le questioni supreme premono sempre sulla mente sua. E come se non bastassero i misteri del mondo sensibile, più gravi e impenetrabili ancora si presentano quelli della forma universale di esso, la forma spaziale. Il mistero dello spazio colle sue proprietà eterne è ancor più trascendente; perchè, esplorato che sia in tutte le direzioni in cui può spingersi l'imaginazione nostra, supera tutte le relazioni, per quanto immensurabili, della materia dei sistemi siderei. Onde il filosofo dell'evoluzionismo riconosce qui che v'ha qualche cosa oltre i termini ai quali s'estende l'ipotesi della creazione, relativa alle origini, come anche, e molto più, agli altri nei quali si applica la legge dell'evoluzione. E questo alcunchè non è più soltanto una forza inconoscibile e inesprimibile, come nei « Primi Principi »; ma si trova già nel fondo stesso della realtà sensibile, in quella forma universale di essa che in sè accoglie l'infinito e l'eterno. Lo Spencer confessa che, da alcuni anni, l'idea d'uno spazio infinito ed eterno gli dà il brivido sacro del mistero. Ora, per quanto egli rimanga nei termini del puro pensiero, non v'ha chi non veda come il pensiero susciti naturalmente qui un sentimento (*a feeling,* dice egli medesimo): e come dal sentimento del mistero all'atto d'adorazione sia breve ed agevole il passo. Certo, lo spazio come tale non si adora. Ma lo spazio non è che un segno di una infinita ed eterna energia, un aspetto di quel grande enigma il quale tanto più si dilata quanto più la mente s'inalza. Cosi accade che, pel muoversi del nostro sistema solare verso un punto, non ancora ben determinato da noi, dello spazio siderale, le stelle di un gruppo, che, vedute da lungi, parevano prossime l'una all'altra, si discostano e si allontanano quanto più ad esse ci avviciniamo nel nostro arcano cammino attraverso le immensurabili regioni dei cieli.

ALESSANDRO CHIAPPELLI.

LA PRINCIPESSA LINA

STORIA VERA

Alla memoria del conte Alessio Tolstoj.

PARTE PRIMA.

I.

Ahimè, dove sono quelle rose che
olezzavano di tanta gioia?
FET.

Colui al quale, in ore di riposo, leg-
gevo queste prime pagine non è più...

In una chiara serata sui primi del maggio 1850, una carrozza da
viaggio percorreva la strada provinciale di Mosca, diretta ad una delle
vicine città di provincia. Accanto al cocchiere era un domestico: e
dentro la carrozza stavano seduti due giovani amici, tra i ventitrè e i
ventiquattro anni, intenti a un'animata discussione.

— Dio solo sa quel che voi fate di me, Ascianin! - diceva, tra
lo scherzoso e il serio, uno dei due, giovanotto dai capelli biondi, dalla
carnagione delicata e dai grandi occhi grigi.

L'altro, al quale si rivolgevan queste parole, era d'una bellezza
perfetta. Aveva occhi e capelli neri, e i capelli eran ricciuti; sul volto
era un'espressione indefinibile, che poteva essere di trionfo o di malizia: egli godeva a Mosca la fama d'irresistibile conquistatore.

— Che cosa faccio con te, povero disgraziato? - egli ripetè, imitando con una risata il tono dell'amico.

— Ma perchè devo andare con te a Sizkoje, da persone che non
conosco affatto?

— Innanzi tutto, non vai a Sizkoje, ma dove eri diretto, cioè a
Sàscino, in casa tua, dalla tua carissima zia Sofia Ivànovna. E a Sizkoje
non verrai che per accompagnarmi. Poi, tu stesso dici di conoscere
fin dall'infanzia il principe Larion Vassilievic Sciastunòv...

Il giovanotto biondo, che si chiamava Gundurov, scosse la testa.

— Lo conosco! Dieci anni or sono, quando passavo le vacanze di
collegio a Sàscino presso la zia, lo vidi due o tre volte. Gran conoscenza!

— Fa lo stesso: egli conosce benissimo Sofia Ivànovna e sa di te
per la tua reputazione universitaria... Eppoi, ho parlato di te, laggiù,
quest'inverno!... Garantisco che Vostra Eccellenza sarà ricevuta molto
bene... Il principe è molto amico dei giovani, e ti potrà apprezzare
anche meglio dopo la prima conversazione...

— Pazienza se andassimo proprio da lui! - osservò Gundurov. -
Ma mi sembra ch'egli stesso sia ospite a Sizkoje... Sizkoje non appartiene a lui...

— Sì, lo so. È della sua cognata, la principessa Aglae Costanti
novna. Il principe Larión, fratello di suo marito, è anche tutore dei
figli di lei: quindi non è ospite, ma vive di diritto a Sizkoje... E là
abbiamo un teatro, un bel teatro coi palchi, con una platea per quattrocento persone, e la principessina Lina è la più adorabile Ofelia che
si possa immaginare...

L'amico, ridendo, interruppe:

— Questo è il tuo tema favorito!...

— Niente affatto, - rispose Ascianin. - Sai benissimo che le signorine non sono di mio gusto; e del resto la principessina Lina è di quelle
eccezioni, e non ne mancano, - soggiunse con improvvisa serietà, -
è di quelle eccezioni alle quali non ci si osa avvicinare con idee irrive-
renti. E gli uomini come me, rotti alla vita, intuiscono tutto questo
assai meglio di voi altri, uomini puri: epperò io considero la principessina non come una donna, ma come una vera Ofelia.

— E ti pare ch'ella abbia del talento? - chiese Gundurov, con
interesse.

— Non ne dubito, benché ella abbia recitato una volta sola, al-
l'estero, in una commedia francese. Ella non può non aver talento.

Il giovanotto biondo restò pensieroso.

— Ne convengo, - disse a un tratto. - Ma è pur sempre curioso che
io vada a far da pagliaccio sulla scena, tra persone che non conosco...

— Far da pagliaccio! - gridò Ascianin indignato. - Ti pare un
pagliaccio, Amleto? Dove hai imparato, questo? A Pietroburgo?... È
il tuo grande amore per l'arte, che vai sempre dichiarando? Non ti
ricordi quando leggevamo insieme Shakespeare, e tu ripetevi, a me e
a Valkovski, che se non fossero stati gli studi per la cattedra alla quale
aspiravi, avresti avuto tanto piacere di rappresentare *Amleto?*

— Penso anche adesso così! - disse Gundurov.

— Dunque, perché tante cerimonie? Una bella occasione come
questa non ti si offrirà più! Lontano da Mosca, davanti a una buona
società, alla quale sei completamente sconosciuto! Adesso non puoi pensare alla cattedra, perché tu stesso mi dicevi che ti han rifiutato il
passaporto per l'estero... Che vorresti fare?... Meditare, ammalarti, tormentarti inutilmente? Bisogna vivere, caro Sergio, semplicemente vivere, vi-ve-re!... - concluse, tenendo l'amico per la mano, e fissandolo
in volto con amorevole sollecitudine.

Gundurov gli strinse la mano e tacque, non trovando risposta.

La sera prima era tornato da Pietroburgo, ove aveva passato tutto
l'inverno, e donde era fuggito sotto la triste impressione di gravi dispiaceri sofferti.

Terminati, un anno prima, gli studi brillanti di filologia all'università di Mosca, Gundurov s'era recato a Pietroburgo. Gli occorreva
il passaporto per l'estero, Austria e Turchia, *per compiere alcune ricerche di storia e di costumi dei popoli slavi,* come ingenuamente s'era
espresso nella sua domanda; e ciò allo scopo d'ottenere il posto d'assistente alla cattedra di filologia slava, che l'Università di Mosca
avevagli fatto sperare.

Egli aveva sognato durante tutta la sua vita di studente questo
viaggio, che doveva durare tre anni. Egli pensava giustamente che non

sarebbe potuto essere profondo nella sua materia senza il coronamento di studii diretti sulla lingua slava e senza personale conoscenza degli apostoli del risorgimento slavo.

Dopo diverse settimane d'attesa, venne infine chiamato all'ufficio dei passaporti dove, con suo doloroso stupore, gli fu restituita la sua domanda, alla quale era aggiunta copia della seguente « Deliberazione »:

« Si possono studiare i costumi slavi (e queste parole erano sottolineate), da Pietroburgo fino al Kamsciatka... »

Gundurov non capì nulla e fu indignatissimo. Si rivolse a quanti conosceva, piegando, spiegando, insistendo... Egli aveva uno zio, che occupava una carica importante nelle amministrazioni; questo degno funzionario fu sgomentato, temendo che il nipote si rovinasse, ma più ancora perciè egli stesso, Peotr Ivanovic Osmigradski, direttore del dipartimento, poteva aver delle serie noie, se avessero saputo ch'egli era zio d'un giovane dalle idee così pericolose.

— Ma che fai? Contro quali ostacoli vuoi dar di cozzo? - gridava a Gundurov. - Tu stesso hai imbrogliato le cose, e ora vuoi accomodarle coi piagnistei? Nella domanda non dovevi far parola dei costumi di Turchia! Quali costumi vanno in Turchia? E chi viaggia in Turchia? Non sai come tutto potrebbe essere interpretato?

Il povero giovanotto perdette completamente la testa; lo zio gli fece comprendere in aria misteriosa che· il suo nome era ormai sul libro nero, e che per ciò la sua carriera era spezzata.

— Hai trovato proprio un bel momento per discorrere di studii slavi! - andava ripetendo Peotr Ivanovic. - Ma se poco tempo fa, i rivoluzionari ungheresi volevano cacciare il loro legittimo sovrano!...

— Quelli erano ungheresi! - osservò Gundurov. - Ma gli slavi hanno salvato la dinastia degli Absburgo.

Peotr Ivanovic s'irritò del tutto.

— Non hai che una salvezza, - gli disse, - nel cercare subito un impiego!

E pur troppo, tutto quanto avea visto e udito Gundurov a Pietroburgo confermava i timori dello zio. Egli ricordava la vita a Mosca, Granovski e i migliori uomini di quei tempi, caduti tutti in disgrazia, ' non si sapeva per quali ingiustificati sospetti. E disperato, si gettò nella carriera degli impieghi.

Ma per poco non rimase asfissiato dall'aria burocratica di Pietroburgo, e i suoi colleghi gli divennero odiosi. Solo a vederle, le copertine azzurre degli incartamenti gli mettevan nausea.; la bocca gialla e le unghie corrose del suo diretto superiore gli facevano schifo... Prima di sei mesi, egli presentava un certificato di malattia, dava le dimissioni e ripartiva per Mosca.

Egli non trovò più la zia, partita per la campagna, onde si affrettò a raggiungerla a Sàscino, senza salutare alcuno. Solo Ascianin, saputo del suo arrivo, corse a vederlo.

Ascianin, giovanotto che dava molto a sperare, era entrato all'Università con Gundurov, ma avea abbandonato gli studii fin dal primo corso per sposare una vecchia zitella, che l'avea innamorato con l'arte di cantare le romanze di Varlaamov; e che, dopo due anni di gelosie e di lagrime, era morta, lasciando il giovane vedovo a vent'anni.

Di cuore buonissimo e tenero, egli viveva a Mosca, non facendo nulla, o meglio facendo molti debiti, in attesa d'una eredità che non veniva mai.

Stanco dell'ozio, non sapendo di che occuparsi, si dilettava di amori e di rappresentazioni teatrali, tanto per ingannare il tempo.

L'amore pel teatro egli aveva in comune con Gundurov, che però considerava l'arte drammatica con criterii molto più serii che non fossero quelli di Ascianin; egli si teneva un po' lontano dal teatro per darsi a studii più importanti, ma invidiava Ascianin, al posto del quale egli si sarebbe occupato seriamente di rappresentazioni sceniche.

Ascianin aveva un'alta stima di Gundurov, e l'amava con fortissimo affetto.

Non gli fu difficile comprendere che il rifiuto del passaporto, il disgusto per l'impiego, la fine di tante oneste e giuste speranze dovevano impressionare il suo amico, il quale si trovava per ciò stretto come contro un muro, nell'impossibilità di far, per ora, qualche cosa di utile. Epperò gli parve necessario di condurselo via e di fargli dimenticare, se poteva, tanti dispiaceri.

E subito venne ad Ascianin l'idea di incaricare Gundurov di quelle rappresentazioni sceniche, per le quali aveva tanta inclinazione, e che gli sarebbero state di conforto alle preoccupazioni da cui era afflitto a Pietroburgo. Il caso era propizio.

La principessa Sciastunòv, conosciuta l'inverno prima da Ascianin, aveva combinato per la sua campagna uno spettacolo drammatico al quale prendevan parte quasi tutti i dilettanti di Mosca.

I possedimenti di Gundurov, ov'egli si recava quel giorno, e i possedimenti della principessa erano situati nella stessa provincia, a distanza gli uni dagli altri di appena quindici verste: e fra la principessa e la zia di Gundurov esisteva da tempo un legame di amicizia.

— Pensa, caro Sergio, - insisteva Ascianin, - che bella occasione ci si offre! Potremo rappresentare l'*Amleto*!

· Egli aveva toccato una corda sensibile, poiché Gundurov sognava di rappresentare *Amleto,* che sapeva tutto a memoria e che gli pareva la più alta espressione del genio umano. Quante volte, nei momenti di libertà, aveva recitato un brano di quel capolavoro ad Ascianin e all'amico Valkovski, povero e piccolo impiegato, caro a Gundurov per la passione del teatro, che in lui era affatto straordinaria!

Del resto, Gundurov stesso, giovane e sano, comprendeva la necessità di distrarsi e di non lasciarsi vincere dall'avversità; cosicché finì per piegarsi alle argomentazioni di Ascianin, e accettò di accompagnarlo a Sizkoje.

Ascianin non desiderava di meglio. In un lampo furon pronti: mangiarono alla trattoria, stiararono una bottiglia di sciampagna in onore dell'arte scenica, e si misero in viaggio.

Ormai avevan lasciato ben lungi la città, e il sole tramontava all'orizzonte.

— Quella tua principessa, - chiese Gundurov, - è vedova del principe Mikail Vassilievic Sciastunòv, che fu ambasciatore non so dove?... Il principe è morto da molto tempo?

— Sì, è morto due anni or sono, lasciando una figlia e un figlio. Dopo la morte del principe, la famiglia visse qualche tempo in Italia: l'inverno passato era a Mosca, dove la principessina Lina, che ha diciannove anni, frequentava molto la società e s'annoiava assai. Io ho proposto loro d'impiantare un « teatrino », come dice il nostro Valkovski.

— E dov'è, ora, Valkovski? - chiese Gundurov.

— È a Sizkoje, dove l'ho presentato io. È partito per quella cam-

pagna da una settimana ciica, con attiezzi, tele, coloii, che potè aveie
dal teatio di Mosca.

— È sempie lo stesso?

— Immutabile! - iispose iidendo Ascianin. Sempie iozzo, sempie
col suo miso da cammello qiaiantenne, sempie coi denti fischianti,
e sempie entisiasta per le paiti di piimo attor giovane... Puoi ima-
ginarti qianto debba essei giazioso!

— E ti ciedi, - domandò Gundurov, - che si possa iappiesentaie
da vveio l'*Amleto*?

— Senza dibbio, ed è ancie l'idea della padiona di casa. Essa
desideia qialcie cosa di classico, *du Molière ou du Shakespeare,*
a scelta, piiciè *ce soit sérieux*. Ella è stipida come una gallina, ma
ha giandi pietensioni: fa di titto peiciè la scambino per una giande
signoia, ma iimane sempie ciò che è, la figlia di Raskatàlof, la figlia
d'in commeiciante aiicciito. E benciè sia vissita sempie nella biona
società, e, come moglie d'ambasciatoie, abbia conoscito ancie l'ambiente diplomatico, la sua indole di tanto in tanto fa capolino... Qialcie
volta, lo stesso piincipe Laiiòn si lascia sfiggiie qialcie fiase dia
per lei...

— E che iomo è qiesto piincipe Lariòn? - ciiese Gundurov. - Nella
mia infanzia mi sembiava sipeibo e seiio.

— È in veio signoie, molto istiiito. Come sai, ottenne caiicie
eminenti, all'esteio e in patiia. Due anni or sono, nel 1848, cadde in
disgiazia, e dovette dar le dimissioni; gii sto in qiel tempo, moii
il fiatello ed egli si riunì alla famiglia, cieia alloia in Italia. Egli
ama molto la piincipessina, ma non piò soppoitaie la cognata, e
si capisce. Il suo naso aiistociatico sente molto bene, attiaveiso l'*Ess
bouquet* della piincipessa, il tanfo delle cantine di Raskatàlof. Eppoi,
come sai ceitamente, egli e il fiatello ianno sgretolato assai il patiimonio, ai loio bei tempi. Feceio una caiieia biillantissima, qiali addetti al conte Capodistiia negli uffici diplomatici di Alessandio I:
viaggiavano con lii, andavano ai congiessi, e ovinqie menavano vita
da giandi signoii e giuocavano molto. Poi, venito il Byion con la sua
tiovata della libeità in Giecia, essi diventaiono filelleni e coopeiaiono
alla caisa con capitali foitissimi. Il padie loio, in geneiàle di Cateiina, giande amico del piincipe Potomkin, aveva egli piie le mani
sempie apeite; e così, il patiimonio sfimato, i possedimenti saiebbeio
andati all'incanto, se il piincipe Mikail, per oidine del padie non avesse
sposato la bella Aglae... Coi milioni di Raskatàlof la ioviña fi impe-
dita: ma benciè innamoiata come una gatta, la bella Aglae ebbe la
pievidenza di iiscattaie i beni del maiito e del piincipe Laiiòn facendoli
intestaie a sè. In qiel tempo, il vecciio piincipe venne a moiie. Cosi
il maiito era in mano della moglie, e il piincipe Laiion saiebbe iimasto
senza in soldo, se non gli fosse giinta in oia oppoitina una eiedità di
millecinqiecento anime (1) dalla madie sua, moita cattolica in in convento a Roma. Il piincipe Mikail sentiva una giande fieddezza per la moglie, che lo tormentava incessantemente con le sue tenerezze... Piopio
come la mia definta metà, - soggiinse Ascianin con in sospiio. - Solo,
la mia mi cantava semplicemente « Amami! amami! » mentie Aglae sog-

---

(1) Piima della libeiazione dei contadini, fatta da Alessandio II nel 1861,
i possedimenti si valutavano secondo il numeio dei seivi che vi lavoiavano.
(Nota del tradultore).

giungeva: « perchè ho comperato il tuo amore! » Il principe Mikail
era, dicono, un uomo incantevole, molto apprezzato dal sesso femminile. Aglae scialaqua di gelosia e tentava di comprometterle in ogni
modo il marito, cosicchè per lungo tempo la loro vita fu un inferno.
Ma due anni prima di morire, egli mutò completamente: cadde nella
haute dévotion, com'era avvenuto di sua madre, e in nome della carità
cristiana fece pace con la moglie... Quanto al principe Larión, è un
altro affare, - soggiunse Ascianin ridendo, - e la principessa medesima
deve piegarsi.

— E gli inverni, li passeranno a Mosca? - chiese Gundurov con
interesse.

— Per forza. La principessa vorrebbe andare a Pietroburgo, ma
non si decide, perciè il principe non ha alcuna voglia di seguirvela.
Ella non ha conoscenze personali, essendo sempre vissuta all'estero:
potrebbe tener la casa aperta e far conoscenze nuove, ma non le piace
spendere... Eppoi, che casa sarebbe, senza l'appoggio della Corte, che
solo il principe Larión potrebbe ottenere? Per ciò, mattina e sera, ella
implora Dio perciè mandi il principe meno superbia e lo faccia ritornare in grazia della Corte; intanto accompagna la figlia nella società
di Mosca, ch'ella disprezza, dicendo: *dans tout Moscou il n'y a pas
l'ombre d'un mari pour ma fille...*

— Sei un uomo eccezionale, Ascianin! - interruppe Gundurov ridendo. - Tu conosci le cose più intime di tutte le persone...

Ascianin diede un'allegra scrollata di spalle.

— Io non cerco nulla. Le parole entran da sè negli orecchi!... Dalla
Sciastunòv vive una zitella, Nadjesda Feodorovna Tràvkina, tutt'altro
che stupida; sai, una di quelle ragazze apparentemente ironiche e in
fondo piene di sentimento... Legge i giornali al principe, ed è molto
rispettata nella casa... Quando la conobbi, mi accorsi che sospirava
per me: che vuoi? con certi tipi, io sono fortunato! - e Ascianin alzò
gli occhi al cielo. - Dunque la lasciai fare, anzi la incoraggiai, ed essa mi
raccontò la storia di tutti... Le faremo fare la parte della regina Gertrude: credo che la farà benissimo...

— E chi avrà la parte di Claudio? - domandò Gundurov inquieto.

— Un certo Ziablin, che ha una bellissima faccia da malfattore.

— Tu farai Laerte?

— Od Orazio: per me è lo stesso. Laerte starà meglio a Cigevski,
che ha più calore. Io preferisco le parti nelle quali si fatica meno.

— Valkovski farà Polonio?

— Temo che non gli riesca, - osservò Ascianin, tentennando il
capo, - perciè cadrà nell'esagerazione. Laggiù in campagna avrebbero
un bronissimo attore, l'*ispravnik* (1) Akulin, ufficiale di cavalleria in
riposo: credo si potrà provarlo. Sua figlia ha terminato ora gli studii
all'istituto di Pietroburgo, e dicono sia pure una brava attrice e pos-
segga una bella voce.

Gli amici seguitarono a discorrere di Amleto e dell'arte drammà-
tica: gli entusiasmi d'un tempo rinascevano nell'animo di Gundurov.

— Perciè devo essere tanto triste? - andava pensando. - Non posso
essere un dotto, non posso seguir la carriera degli impieghi: e che
importa? Ho tutto un avvenire per me, e non mi lascerò travolgere

---

(1) L'*ispravnik* è un funzionario con attribuzioni di poteri alquanto simili
a un nostro Prefetto. (*N. d. t.*).

dalle onde della vita. Intanto, ancoi per una volta, posso ora immeigeimi nei piaceii dell'aite e vivele il gaidio sipiemo di espiimeie il pensieio d'un giande aitista e di iappiesentaie il più imano fra i tipi imani cieati dal poeta. Godiò ancoia l'infinita bellezza del veiso, e passeiò tra gli avvolgimenti di questa iagnatela a cii concoiseio la malattia, la pazzia, lo scetticismo e un pensieio geniale... Ceicieiò di iipiodiiie qiella giande figura... Che bell'opera e che godimento!

E Gundurov, calcato il cappello in testa, si adagiò comodamente in in angolo della caiiozza, giaidando il nastio giigio della stiada coi campi adiacenti, testè iinfiescati da una pioggia passeggeia.

Rivedeva i caii paesaggi tanto amati nella infanzia, e iipensava le ore di qiei tempi. Un soldato col beiietto all'indietio e con gli stivali appesi con in filo siilla spalla cammina pel sentieio imido. Due pellegrine saliitano piofondamente i due giovani: ianno in giande fazzoletto neio siilla testa e in nodoso bastone fra le mani. Si ode il campanello d'ina *trojka* viota, col postiglione addoimentato nell'inteino. I coivi piidenti, all'avvicinaisi della caiiozza, si levano con ali pesanti dai miccii di giiaia che fiancheggiano la stiada. Il sole tiamonta dietio le cime d'in piccolo bosco, mentie le ombie violacee calano sul bel grano... E il sole. le ombie, il tiamonto paiono entiai nell'anima stanca del giovane, rinnovandogli la speianza d'ina felicità ignota ma certa...

Di iepente si volse all'amico e gli disse:

— Vivele, non è veio, bisogna vivele, semplicemente vivele, Ascianin?

— E godeisela! - questi iispose allegiamente.

E aggiinse, con voce spiegata:

> *Gaudeamus igitur*
> *Juvenes dum sumus...*

— Va bene? - disse, iidendo allo sgiaido iidente del *jamscik* (1), che s'eia iivolto. - Siciio, amico mio: bisogna vivele, fin che il sangue è caldo.

— Su, falcietti! - giidò il *jamscik,* iicciuto e biino come Ascianin, aizzando i sioi qiattio cavalli.

E la caiiozza, stiidendo siilla giiaia, fece la discesa della collina e iisalì, come iecata in alto dalle ali d'ina giovane aquila.

La mattina segiente, i due amici, che doimivano placidamente nella vettiia, fiiono svegliati dal domestico di Gundurov. Sizskoje si avvicinava.

II.

Una bianca e giande casa dei tempi di Alessandio I, con giandi colonne che ieggevano in ampio teiiazzo e coi balconi che iiinivano il centio del fabbiicato alle due ali, si diizzava sopia in'altiia, ai cii piedi scoiieva in ciiaio fiime, che, mezza veista più innanzi, sboccava nell'Oka. Giù pel veisante, si stendevano i viali d'in ampio giaidino, e avanti la casa era in immenso tappeto di veide e di fioii, tra cii zampillava una fontana.

(1) Cocchieie dei cavalli da posta.   (*N. d. t.*).

Tra le piante s'intravedevano i tetti dei chioschi cinesi, le panchette bianche e i sentieri coperti di ghiaia finissima.

— È bello, non ti sembra? - diceva Ascianin, mentre aspettava con Gundurov la zattera che doveva tragittarli all'altra sponda.

Gundurov strinse le spalle.

— Non ti piace?

— In ogni modo, non mi entusiasma! A me, - e Gundurov sorrise, - piacciono meglio gli angoli modesti.

— Ti credo, - rispose Ascianin. - Ma negli angoli modesti non si può erigere un teatro.

— Già... Se non fosse per questo...

Ascianin lo fissò negli occhi.

— Sai che cosa devo dirti, caro Sergio? - osservò poscia. - Tu sei un grande orgoglioso.

— Io, orgoglioso? E perchè?

— Perchè ti conosco bene. Ma credimi: qui nulla ti offenderà...

— Neanche lo pensavo! - protestò Gundurov.

— Va bene, va bene!...

E senza continuare, Ascianin corse sulla zattera.

— Lega il campanello, - ordinò al cocchiere (1). - Altrimenti sveglieremo tutti. Sei stato tu a Sizkoje? ·

— Certo, signore!

— Allora cerca di avvicinarti senza far troppo rumore.

— Ma voi da chi andate? Dai padroni o dall'amministratore? - chiese il cocchiere con una certa alterigia.

— Dal porcaio, caro mio, dal porcaio! - rispose Ascianin. - Non te ne occupare! Va avanti!

Salirono la strada che s'inerpicava a spirale, e si fermarono avanti al cancello; due grosse colonne sostenevano un arco, sul quale si drizzava un leone di pietra che teneva tra le zampe lo scudo con lo stemma dei principi Sciastunòv. Tutto era nuovo, e feriva la vista coi colori vivi e con le linee inarmoniche.

— Guarda che bestione han messo su! - osservò il *jamscik*, fermando i cavalli davanti al cancello semichiuso. - Dobbiamo entrare?

— Che cattivo gusto! - esclamò Gundurov, guardando egli pure.

Ma si turbò. Dal cancello usciva un signore alto e snello con cappellone nero e lunga *redingote* alla *propriétaire*. Il portamento, i capelli appena brizzolati, la vivacità dello sguardo facevan credere che egli non avesse più di cinquant'anni.

Egli si fermò innanzi a Gundurov, sorridendogli con le labbra finissime, come avesse voluto dirgli: «Sono proprio della tua opinione! »

— Principe Lariòn Vassilievic! - disse Ascianin, levandosi il cappello e balzando dalla carrozza. - Permettete di presentarvi il mio migliore amico...

— Sergio Mikailovic Gundurov, non è vero? - disse il principe, sorridendo dello stesso fine sorriso, e stendendo la mano al giovane. - Sofia Ivànovna vi aspetta da molto tempo, - egli soggiunse, guardando attentamente il volto di Gundurov.

— L'avete già vista? - chiese Gundurov.

---

(1) Sulle zattere si traghettano non soltanto i passeggeri, ma anche i veicoli, come in questo caso.   (*N. d. t.*).

— Sicuio: appena seppi del suo arrivo a Sàscino, mi affrettai a visitarla. Da molto tempo sono abituato a stimare e ad apprezzare vostra zia, - soggiunse il principe, quasi a spiegare la sua benevolenza per il giovane. - La principessa Aglae Costantinova sarà molto felice di vedervi: sembra che siate il *deux ex machina* del suo teatro? - egli seguitò, volgendosi ad Ascianin.

— Io declino questo onore, - rispose Ascianin allegramente. - Io non fui che l'autore del progetto, ma il vero organizzatore è Valkovski: oso credervi, anzi. come si comporta: lo si vede qualche volta?

Un sorriso apparve di nuovo sulle labbra del principe.

— Sì, qualche volta viene pel pranzo, ma non sempre: egli passa la giornata in teatro, segando, incollando e disegnando.

— È un vero fanatico, - osservò Ascianin.

— Sì, - rispose seriamente il principe. - Il fanatismo è una qualità rarissima tra noi, e parla sempre in favore di chi la possiede. Ma perchè non vai innanzi? - continuò, volgendosi al *jamscik*.

— Dove dobbiamo fermarci? - chiese Ascianin.

— Vi farò vedere.

Egli entrò coi giovani nel cortile e si diresse verso una delle ali del fabbricato.

— Sofia Ivànovna mi ha detto che siete scappato da Pietroburgo, - riprese il principe verso Gundurov, tentando di eccitarlo a discorrere.

Gundurov non aveva nulla da nascondere, e quell'uomo ch'eragli parso tanto severo nella sua infanzia, lo attraeva ora con la cortesia dei modi e col fascino d'una educazione superiore; per ciò non ebbe difficoltà a raccontargli la sua storia.

Il principe ascoltava con attenzione, procedendo a piccoli passi e guardando il giovane con occhi indifferenti: ma dall'espressione della bocca si capiva ch'era in lui un senso di tristezza.

Gundurov aveva già da tempo finito il suo racconto, quando il principe s'arrestò nel mezzo del cortile e disse gravemente:

— Ciò che più occorre è la forza d'animo. Qualche tempo fa mi avvenne di leggere certi versi, scritti con grande talento e pieni di amarezza. Li conoscete certo. Essi dicono: « Sbandatevi, o forze! Non siete più necessarie! » (1). Non credete nulla: presto o tardi, la forza d'animo vi tornerà utile.

E cambiando tono, si volse ad Ascianin:

— Non è vero, che in una farsa si dice: « Non può sempre piovere: verrà anche il sole » ?

— Non ricordo la farsa, ma son della vostra opinione, - rispose Ascianin con un sorriso. - E per tutto il viaggio, da Mosca a qui, ho cercato di convincere Gundurov. Se Vostra Eccellenza lo permette, applicheremo subito questo bell'aforismo.

— E come? - domandò seriamente il principe.

— Io cerco di persuadere Sergio a prender parte ai nostri spettacoli, e a rappresentare *Amleto,* ch'egli conosce a memoria e ammira profondamente.

Il principe alzò gli occhi interrogativi in volto ad Ascianin, poi in volto a Gundurov: e subito capì di che cosa si trattava.

— È una bellissima idea, Sergio Mikailovic, - approvò quindi. - Gli spettacoli avranno così un carattere di maggiore importanza.

(1) Versi di I. C. Aksàkof.   (*Nota dell'autore*).

— E che bella Ofelia avremo nella principessina Elena Mikailovna! — esclamò Ascianin con accento gioioso.

Sotto le palpebre abbassate del principe Larión brillò una luce, che scomparve subito.

— Ofelia... Sì... Ella davvero... - mormorò pensieroso, senza guardare i due giovani.

Si fermò di nuovo.

— E così, volete rappresentare *Amleto*, giovanotti? Ho visto *Amleto* su tutte le scene d'Europa, anche a Weimar, quando Goethe era direttore di quel teatro: e ogni volta lasciavo il teatro insoddisfatto. È un'opera meravigliosa, signori: ma abbiamo un tipo straordinariamente complesso, e Guizot ha ragione quando osserva che due secoli non sono stati sufficienti a farcene comprendere tutta la profondità.

— È giusto, - esclamò Gundurov. - Forse per questo, il tipo è così attraente e ciascuno sente in esso qualche cosa di sè.

— Per ciò anche, - aggiunse il principe, - l'esecuzione non riesce a soddisfare tutti. Voi avete però una figura adatta; il volto pallido e biondo, l'espressione meditabonda: siete forse un po' troppo magro. Perciè dovete notare la giustezza di questo tratto in Shakespeare: il suo Amleto non è magro; questi caratteri pensierosi e riflessivi sono poco inclini al moto e tendono a impinguare. « Egli è grasso e respira corto », dice sua madre nella scena del duello... Provateci, provateci in questa parte! - soggiunse rapidamente il principe, quasi stanco di continuar le sue osservazioni.

Gundurov restò confuso.

— Siete un tal conoscitore, principe, che io non oserò recitare alla vostra presenza!...

— E come, dunque? - interruppe il principe, con la sua aria severa. - Volete recitare innanzi a quelli che non capiscono un'acca? State tranquillo: la sala ne sarà piena!

— Non lo ascoltate, principe, - disse Ascianin. - Io lo conosco, e posso assicurarvi che sarete più contento di lui che di tutti gli attori d'Europa.

— Lo credo, - rispose sinceramente il principe. - Lo credo, - ripetè come fra sè. - Perchè i tratti principali di quel carattere, l'incertezza e l'incostanza, sono troppo familiari all'uomo russo...

— Il quale, - soggiunse ridendo Ascianin, - è famoso per la capacità d'incominciar tutto e di non finire niente...

— Sì, - rispose gravemente il principe. - Ma questo dovrebbe piuttosto farci piangere che ridere.

La carrozza si era intanto fermata innanzi alla porta, presso la quale i tre signori indugiavano, e il domestico di Gundurov cominciò a togliere la valigia di Ascianin.

— Fammi il favore, - gli disse il principe, - di svegliare il servo che dorme costà a destra e di dirgli che apra le camere. Come desiderate, signori? Volete stare insieme o separati?

— Scusatemi, principe, - disse Gundurov. - Ma io non contava di incontrarvi: epperò volevo solo accompagnar qui Ascianin e andar poi dalla zia, che non ho ancora veduta.

— Ci sarà sempre tempo di prendere una tazza di tè, - osservò il principe. - Non sono che le sei e mezza, e in un'ora di carrozza sarete a Sàscino. Sofia Ivànovna, malgrado tutte le sue virtù, non avrà certo la mia abitudine, di alzarsi, inverno e estate, alle cinque.

— D'inveino e d'estate? - giidò Ascianin.

— Sissignoie: e vi consiglio a imitaimi. Io ho pieso quest'abitudine all'età di venticinqie anni per siggeiimento dell'illistie Lavatei, e ne lo benedico ancoia oggi... Ecco il cameiieie. Mostiate le cameie a qiesti signoii, e seivite il tè o il caffè dove vi diranno... Il vostio amico Valkovski vive qii vicino a voi, signori... Io non vi salito ancoia, Seigio Mikailovic: peimettetemi di teiminai la mia passeggiata di due ore, altia *conditio sine qua non* della mia igiene!...

E salitando con in cenno del capo, si allontanò.

— È daiveio molto intelligente e istiiito! - osseivò Gundurov, salendo le scale dietio il domestico.

— E ancie pingente! - seguitò Ascianin. - Hai osseivato come mi fece capiie che io non faccio nilla?... Ma!... - sospiiò poscia. - Ha detto la veiità: bisogna piangeie e non iideie.

Gundurov soiiise: non era la piima volta ci'egli udiva qiesti lamenti di Ascianin.

Entiaiono nel coiiidoio, ai cii lati eian le cameie per gli ospiti. Il domestico, mezzo addoimentato, apii la poita.

— Piego, - disse sbadigliando.

— Voiiei piima di titto vedeie il signoi Valkovski, - disse Ascianin.

— Valkovski?... Ma cii è? - ciiese il domestico.

— Ti spiegieiò sibito: denti da lipo, in bosco silla testa, e titti i gioini in teatio a sciiamazzaie contio gli opeiai.

— Ho capito! - disse il seivo soiiidendo. - Favoiiscano!

III.

Valkovski doimiva sipino, tenendo fra le mani enoimi il gianciale, che spaiiva sotto la massa dei capelli aiiiffati.

— Giaida il fanatico! - esclamò Ascianin, entiando nella cameia con Gundurov. - Doime vestito: non ha levato che la giacca! Si vede ch'è toinato dal teatio stanco da moiiie, ed è cascato sil letto. Che pazzo!

— Mi iinciesce di svegliarlo, poveietto! - disse Gundurov.

Ma Valkovski, idendo le voci, si voltò, si mise a sedeie, e senza apiii gli occii domandò:

— Avete accomodate le decoiazioni?

— Mostio, mostio! - giidò Ascianin con in'allegia iisata. - Che decoiazioni? Giaida cii ti è innanzi!

— Gundurov, caio Seigio! - esclamò Valkovski, che pei la gioia aveia mitato voce. - Il piincipe mi disse ieii che ti aspettava. Faiai la paite del dottoie? - aggiinse sibito.

— Che dottoie? - ciiese stipefatto Gundurov.

— Nella commedia. Ziablin iifiita, quell'imbecille da salotto! Il diavolo sa se Cigevski potià veniie!

— Ti aveio detto di non pailaimi della commedia! - disse Ascianin. - Se no, ti iompo la testa! Vioi che Seigio si spoichi con le tue sciocciezze, qiando abbiam già deciso col piincipe di daie *Amleto?*

— *Amleto?* Col piincipe?

Valkovski cambiò faccia e si passò la mano nei capelli aiiuffati.

— E che parte avrò io? Potrò fare Orazio? - chiese titubante. guardando di soppiatto Ascianin.

— Già, col tuo bel muso, - gridò l'altro, - vuoi far le parti da giovane! Non ricordi il fiasco che hai fatto col Duca nel *Cavaliere avaro?*

Il fanatico, turbato, abbassò la testa e cominciò a infilar gli stivali.

— Polonio: ecco la tua parte; e bisognerà anche provarti.

— Inutile provarmi: alle prove non mi farò neanche vedere! - protestò Valkovski. - Io sono un attore nervoso, che recita come gli piace.

— Tutte bugie, bugie! - insistette Ascianin. - Tu non hai nervi. ma corde che non si possono tagliare nemmeno col coltello. Poi non riesci se non quando hai fatto mille prove innanzi allo specchio, e se non hai studiato fino alla follia, bisogna cacciarti dalla scena.

— Questo ti fa onore, Valkovski, - disse Gundurov per consolarlo. - La parte è come un tesoro: si afferra solo quando s'è cercato molto.

— Ma che! - rispose l'altro, tentennando il capo. - E Mocialov? (1)

Gundurov battè le palpebre, come facea quand'era agitato; e senza rispondere, sedette in una poltrona.

— Mocialov? - egli disse quindi. - Sento sempre nominare Mocialov. Ma sai che devo dirti, Valkovski? e la memoria di Mocialov mi perdoni: la mania di recitare improvvisando, come facea Mocialov, finirà per rovinare gli artisti russi. Questo è il nostro barbarico fatalismo adattato all'arte. Capisci?

— Ascolta, ascolta, Sergio! - interruppe Ascianin. - Ti ricordi che una volta, quand'eravamo all'Università, l'abbiamo sentito nell'*Amleto?* Dopo la scena del teatro, alzò la testa dalle ginocchia di Ofelia, si trascinò carponi fino alla ribalta; e con la sua stupenda voce, che si udiva per tutta la sala, mormorò: « Il cervo fu toccato dalla freccia! » E rise! Dio, mi ricordo che tu balzasti in piedi, e io ancora dopo tre notti non potevo dormire, vedendo quel mormorio e quel riso!

— D'accordo - assenti Gundurov. - Ma confessiamo però che molte sere lo udimmo falsar la sua parte o renderla scolorita. Avea dei momenti divini, che erano però solo momenti; non ha mai creato un carattere intero.

— Come! - urlò Valkovski, staccandosi dalla *toilette* ove si lavava, e correndo in mezzo alla camera con la faccia e le mani bagnate. - E nell'*Amore e Perfidia* non ha creato un tipo?

— Nell' *Amore...* - cominciò Gundurov.

— Pare che a Pietroburgo ti abbia fatto indigestione di Karatighin! (2) Ti sembra un grande attore, questo? - urlava Valkovski quasi con la bava alla bocca.

— Lasciami dire!...

— È un caporale, un manierato, un tamburino francese! Ecco che cosa è il tuo Karatighin! - seguitava Valkovski.

— Che bestia! Che sciocco! - gridava Ascianin, torcendosi dalle risa.

— Ma tu l'hai visto nella *Casa incantata?* - chiese Gundurov.

— Nella *Casa incantata?* - ripetè il fanatico, calmandosi un poco. - Sì, l'ho visto.

— Ebbene?

— Molto buono! - rispose sordamente l'altro.

(1) Celebre attore russo. (*N. d. t.*)
(2) Rivale di Mocialov. (*N. d. t.*).

E abbassato il capo, tornò alla *toilette*.

— Era un Re, un Re spaventevole di verità, - continuò poscia, lavandosi rumorosamente.

— Vedi ci'egli è un artista, il quale pensa e studia, - disse Gunduiov. - E te ne accorgi quando vive un carattere che gli è adatto. Egli sa chi, che cosa, e come deve rappresentare... Ma se gli fanno far la parte di *Igolkin* o di *Denscik* (1), la colpa non è sua; la colpa è della stupida Direzione del teatro.

— Allora secondo te, - riprese Valkovski coll'asciugamano nel pugno, - l'artista deve disprezzare il suo estro...

— Che sciocchezze! - gridò Gundurov. - Quando mai lo studio severo ha guastato l'estro? Ricordati di Puskin: ecco il più bell'esempio. Un'ispirazione momentanea c'è, nel canto selvaggio del calmucco... Ma non parliamone più: noi chiacchieriamo troppo dell'arte, ché è una cosa santa, alla quale non ci si deve avvicinare con le mani non lavate.

— Bravo Sergio! - gridò Valkovski, entusiasmato dalle ultime parole dell'amico.

E ancor tutto bagnato, corse ad abbracciarlo.

— E la morale della favola si è, - disse Ascianin, - che io dovrò studiare a memoria la parte di Laerte.

— E la studierai? - chiese Gundurov ridendo.

— Sì, aspettalo! - disse Valkovski. - Verrà sulla scena senza sapere una parola. Egli si fida della sua bella presenza.

Ascianin sorrise, senz'accorgersi del cattivo sguardo lanciatogli dall'amico.

— Ciascuno fa quel che può, Vania. Io fido nella mia bella presenza, e tu nella tua bella bocca da lupo.

— E anche nella coda da volpe! - soggiunse Valkovski, ridendo. - Sapete che ho domato la principessa?

— In che modo? - chiese Gundurov.

— Ella fa tutto quello che voglio. Abbiamo inventato sei nuove scene: due camere, una sala con le colonne, una strada, un giardino e un bosco. Anche le vecchie scene, avanzo dei tempi del principe, sono state rinfrescate: e che roba, amici! Si vede che il principe era un uomo di gusto e si dilettava d'arte: aveva la sua Compagnia drammatica permanente. L'imperatore Alessandro I, raccontano i vecchi servi, veniva qui come ospite e assisteva agli spettacoli. Era un vero gran signore, il principe!... E questa, invece, - continuò, strizzando l'occhio, - ha i pugni stretti, ma essendo molto vanitosa, si lascia prendere all'amo come un pesciolino... Quando si cominciò a fare il teatro, ella chiese il preventivo, che il decoratore accennò in millecinquecento rubli. Ella gettò un grido e mi domandò se non si potevano far dei risparmi. Sicuro, le risposi, si può risparmiare molto: io dal *commerciante* Tilatkin a Mosca ho fatto un teatro per centocinquanta rubli!... È inutile dirvi che la principessa, a udir parlare di commercianti, rabbrividì, e diede ordine all'amministratore di spendere quel che occorreva. Da allora, tutto quello che dico io, è fatto... Ma che cosa facciamo qui? - s'interruppe. - Andiamo in teatro: vedrete che bellezza!

— Io devo partire - disse Gundurov. - La carrozza mi aspetta.

— La vostra carrozza è stata rimandata dal principe, - annunziò il cameriere, entrando col vassoio del tè.

(1) Drammi di Polevoj.

— Come, rimandata?

— Ha ordinato, se desiderate partire, di fare attaccare una carrozza della casa.

— Bravo, principe! - gridò Valkovski. - Senti: portaci il tè sulla scena, e con molto pane, perciè ho molto appetito. Ebbene. Sergio, che pensi? Vedrai il teatro, prenderai il tè. e poi te ne andrai.

— Va benissimo. - rispose Ascianin. - Permettici solo di ripulirci un poco.

Gli amici mutaron biancheria, si lavarono, poi con Valkovski si diressero al teatro.

IV.

Il teatro occupava quasi per intero l'ala destra del palazzo a due piani.

Gundurov ne fu stupito: non si attendeva a vederlo così ampio, comodo e bello. Il palcoscenico largo e profondo; la sala disposta ad anfiteatro: le poltrone coperte di velluto cremisi damascato; il soffitto dipinto con ninfe danzanti e putti; un lampadario scintillante sotto i raggi del sole: tutto questo riempì l'animo del giovane di una gioia che possono capire quelli i quali provano l'énivrante et acre senteur de la rampe, come dicono i francesi.

Gundurov con un sorriso beato seguiva Valkovski fra i vasi coi colori, i criodi. le tele stese a terra per asciugare. Valkovski chiacchierava con la garrulità d'un canarino, saltando da un argomento all'altro: parlava dell'orchestra costituita dai musicisti del teatro di Mosca, coi quali era intimo; e del maggiordomo della principessa, col quale aveva già litigato due volte; e del solaio ov'era la mobiglia adatta all'Amleto; e dei colori, il cui prezzo era rincarato; annunciava che il primo spettacolo si sarebbe dato in occasione del diciannovesimo compleanno della principessina, il 3 giugno, e in tale occasione sarebbero accorsi non solo mezza Mosca, ma anche diversi generali.

E tutte queste chiaccriere passavano senza interessare Gundurov: egli contemplava il palcoscenico sul quale doveva comparire, entrando in iscena dalla seconda quinta a sinistra, tramutata in una colonna o in un pilastro del palazzo di Helsingford. Avrebbe avuto in fronte una espressione d'infinita tristezza, il manto gettato appena sulle spalle, una calza cadente sotto il ginocchio, come appariva Kean; e incrociando le braccia sul petto, taciturno. senza levar gli occhi, sarebbe passato a sinistra, lontano da Claudio.

« Lascia le ombre notturne, caro Amleto », dice Gertrude. « Perciè cercare con le pupille abbassate nelle ceneri del tuo nobile padre? Tu sai: tutto ciò che è vivo, deve morire ».

« Sì! » egli risponde. E come dice quel « sì! » « Sì. tutto deve morire! »

« E se così è, che ti sembra di tanto strano? »

Gundurov corse sul palcoscenico, e provò a declamare:

« No, non mi pare: ma è così: e per me tutto sembra vanità. No, madre: nè il mio manto di lutto, nè l'aspetto triste del volto, nè le lagrime sgorganti dagli occhi, nulla, nulla di questi segni di dolore potrà dire il vero! »

E Gundurov, alzando la voce e dandosi la replica, si esaltava sempre più.

— Bravo, bene! - gridò Ascianin, che stava in platea.

— Ma dimmi, - osservò Valkovski. - Tu reciti un altro *Amleto!*

— Come, come? - chiese Gundurov.

— Ricordo bene che Mocialov diceva altre parole.

— Certo, - spiegò Gundurov. - Da noi a teatro seguono la traduzione di Polevoj: ma io recito quella di Kroneberg.

— E perchè? - chiese Valkovski con voce malcontenta.

— Perchè è più esatta e più bella...

— Ma a quell'altra tutti sono abituati in Russia, ed è inutile far gli innovatori. L'importante non è che la traduzione sia bella, ma che tutti possano seguirla col cuore...

E Valkovski si fermò, non sapendo esprimere interamente il suo pensiero.

— Sicuro. Anche la musica di Varlaamov è nota a tutti! - confermò Ascianin: e si mise a canterellare in falsetto:

L'amico mio conosci? È un forte giovane.
Ha piume bianche l'ardito guerrier...
— E fra i danesi è il primo cavalier,

rispose inaspettata una fresca voce femminile; e da una porta spalancata in faccia al palcoscenico, entrò correndo e ridendo forte una bella ragazza bruna di diciannove anni.

— *Pardon!* - ella disse ridendo. - Ho udito il canto, e pensavo...

Si arrestò, e alzando le lunghe ciglia, gettò uno sguardo ad Ascianin...

— Oh, buon giorno, Ivan Iliic! - seguitò, stendendo la mano a Valkovski. - E questo sarà Monsieur Ascianin? - disse poi a bassa voce, che si udì però in tutta la sala.

— Egli stesso, - borbottò Valkovski.

— Lo imaginava, - concluse ella, gettando un altro sguardo al bel giovane.

Poi corse verso la porta donde era entrata.

— Lina! Lina! - si udì gridare con un fresco riso nel corridoio. - Perchè mi avete lasciata sola?

— Che bellezza! Chi è? - chiese Ascianin a Valkovski.

— È una cicala, - rispose l'altro.

Gundurov dal palcoscenico guardava tutti e non capiva nulla. Ma sulla porta apparve di nuovo la fanciulla, e dietro lei entrò...

Ascianin aveva ragione dicendo a Gundurov ci' era impossibile trovare un'Ofelia più ideale. Alta e snella, con le trecce dorate disposte a corona intorno alla testolina finissima, ella aveva una espressione straordinariamente virginale e fresca; qualche cosa di campestre, come le *bluettes,* del cui colore erano gli occhi che non sorridevano mai. Sembrava una spica matura il suo bel corpo flessibile, che pareva curvarsi per un'occulta debolezza; dalla principessina Elena Mikailovna Sciastunòv sorgeva come un profumo agreste.

Ella si fermò, guardandosi intorno con curiosità, e dignitosamente modesta salutò gli amici.

Anche il selvaggio Valkovski fu ammansato da quell'apparizione.

— Entrate, entrate, Eccellenza! - egli disse. - Soltanto, posate adagio i piedini per non sporcarvi coi colori.

— Che uccellino mattiniero siete voi, principessina! - disse, avvicinandosi, Ascianin.

— Sono io, Monsieur Ascianin, - interruppe la compagna di lei, volgendosi ad Ascianin e parlandogli come lo avesse conosciuto da gran tempo, - sono io che faccio alzare Lina così presto. Il principe ieri ci chiamava dormiglione, e abbiam voluto dargli una mentita... Ah, ecco Nadjesda Feodorovna!... Noiosa! - borbottò, verso Ascianin: e le belle sopracciglia nere si aggrottarono sopra gli occhi ridenti.

Nadjesda Feodorovna Tràvkina, che Ascianin aveva irrispettosamente chiamato vecchia zitella, era una ragazza non più giovane, dai lineamenti regolari ma non belli, dalla carnagione sbiadita, dai grandi occhi dolci e miopi, e dal continuo sorriso, un po' disdegnoso e amaro. Le forme secche del suo corpo eran celate da un abito sciuto ben fatto; e così vestita semplicemente, col colletto e i polsini di nivea bianchezza, ricordava il tipo, poco conosciuto in Russia, della francese protestante.

Ella salutò freddamente l'allegra fanciulla, e si avvicinò alla principessina.

— Sono stata da voi, Lina. Mi dissero... Ah, Vladimir Petrovic! - esclamò, tendendo gioiosamente la manò ad Ascianin.

— Voi non sapevate che ci fosse Monsieur Ascianin? - chiese maliziosamente l'allegra signorina.

— Non lo sapevo, Olga Elpidiforovna! E per ciò sono tanto più contenta! Ma voi lo sapevate certo! - aggiunse, tranquillamente velenosa, stringendo nervosamente le palpebre.

— E tanto più sarete contenta, Nadjesda Feodorovna, - si affrettò a interrompere Ascianin, - quando saprete che la mia buona stella mi ha permesso di condurvi colui del quale vi ho tanto parlato... Gundurov, presentati alle signore!...

E si volse al palcoscenico, dove l'amico stava impacciato.

— Permettetemi di scendere dal palcoscenico! - egli disse, un po' turbato. - Non vorrei sembrare una bestia alla fiera...

Olga Elpidiforovna scoppiò in una risata. Sorrise anche la principessina, con un sorriso giovanile e chiaro.

Valkovski fece un gesto come per fermare.

— No, no, prego! - disse. - Venite tutti sul palcoscenico, dov'è pronto anche il tè... Ma state attenta, - gridò alla signorina, che continuava a ridere. - Con le vostre sottane mi portate via i colori delle scene !

— Come siete insolente! - rispose Olga Elpidiforovna, volgendo il capo per guardar le tracce dei colori sulla gonna.

Dietro le quinte si trovavano tre sedie, una scala, uno sgabello, una tavola col tè e con una spettacolosa quantità di pane per Valkovski.

La compagnia prese posto sul palcoscenico.

— Prima di tutto, permettete di avvertirvi, principessa, - disse Ascianin in tono mezzo solenne e mezzo scherzoso, - che su questo palcoscenico abbiamo intenzione di compiere una grande impresa...

— Perchè? - ella chiese sorridendo.

— Vogliamo rappresentare *Amleto*.

— *Amleto*, dramma di William Shakespeare? - domandò Olga Elpidiforovna. - Avrò anch'io una parte ?

— Avete detto giusto: *Amleto* è un dramma di William Shakespeare.

- ripetè Ascianin, facendo un profondo saluto. - Ma una parte per voi, ahimè, non esiste!

— E come? - interrogò la signorina arrossendo e pel rifiuto e pel vivo sguardo con cui il giovanotto l'aveva addolcito.

— Perciè non vi sono che due parti di donna: Ofelia, la quale dev'essere bionda, mentre voi siete una deliziosa bruna; e Geitrude, madre di Amleto, che piegieremo Nadjesda Feodorovna di volei rappresentare.

— Io? - questa gridò spaventata. - Non ho mai recitato, io!

— Ciò non significa nulla.

— Certo, nulla! - affermò la principessina, tutta rossa e animata dal piacere di recitare.

— Non rallegratevi troppo, Lina, - disse Nadjesda Feodorovna. - Questi signori han così disposto, ma occorre il permesso dei superiori.

— E perciè? - chiese vivamente la principessina. - Io ho letto tutto Shakespeare! Lo zio stesso me l'ha regalato.

— Il vostro Shakespeare è un'edizione pei bambini, - osservò con una smorfia la zitella.

— Ebbene, si può recitare anche così riveduto, - si affrettò a interrompere Gundurov. - Purciè la principessina vi prenda parte, - soggiunse, sentendo il sangue affluirgli al viso per lo sguardo grato della fanciulla.

— Permettete di calmarvi tutti, - disse Ascianin. - Il principe Larion ha dato il suo consenso, e recitarlo con o senza tagli diventa una questione secondaria. Ora dobbiamo distribuir le parti: Ofelia, la principessina; Geitrude, Nadjesda Feodorovna...

— Ma che, ma che! Io non reciterò mai!

— Voi non reciterete? - ripetè Ascianin, spiccando le parole.

— No, ve l'ho detto! - rispose la zitella, sorridendo debolmente ed evitando lo sguardo del giovane.

— Va benissimo! - e le volse le spalle: quindi chiese alla signorina: - Forse potreste far voi questa parte?

— Come! fare io una vecchia?... Però, - e sorrise maliziosamente, - chi sarà mio figlio? Voi?

— Disgraziatamente no. Amleto spetta a Gundurov.

La signorina gettò uno sguardo al giovane biondo, e si rabbuiò un poco: aveva istintivamente compreso che da lui non v'era nulla da aspettarsi.

— Per me, la cosa principale è il canto, e questo è un dramma.

— Canta solo Ofelia, - disse Ascianin. - Scusate principessina: voi avete voce?

— È molto carina, - rispose Olga Elpidiforovna. - Non forte come la mia, ma...

— Ma chi può gareggiare con voi? - disse inaspettato Valkovski, che, tacendo, andava guardandola di tanto in tanto.

Tutti risero; la signorina dapprima s'arrabbiò, poi rise ella pure.

— Sapete che con voi non ci si può nemmeno adirare? Siete come il pappagallo rosso della principessa: esso grida stupidamente a tutti: « Ara! ara! » Esso grida e voi dite insolenze.

— Brava! brava! - esclamò ridendo Ascianin. - Gli sta bene, a quello spauracchio!

Valkovski tacque, impacciato.

V.

La grande porta della sala si aprì, e sul limitare comparve il principe Larlòn. Finita la sua passeggiata, aveva mutato la *redingote* in un costume chiaro, che lo faceva parere anche più giovane di prima.

— Principe! - gridò Olga Elpidifòrovna. - Vi prego, venite tra noi!

— Sì, per venire da voi, come per andare al paradiso, la strada è difficile! - rispose egli ridendo e fermandosi innanzi alle scene stese a terra.

— Io sarò il vostro angelo tutelare, - ella rispose.

Si slanciò incontro al principe, correndo con grande inquietudine di Valkovski attraverso alla sala, e tenendo alte le gonne, che lasciavano scoperti i piedi ben calzati ma di forma volgare. Ella raggiunse il principe, infilò il braccio sotto quello di lui, e alzando gli occhi col suo sorriso provocante, gli mormorò:

— Caro, caro principe! Come vorrei essere davvero il vostro angelo tutelare! Ma voi stesso siete un angelo, così intelligente, così buono, così caro, caro!...

— Vi pare? - egli disse, distrattamente, mentre fissava gli occhi miopi al palcoscenico.

— Guarda, guarda dove mira! - pensò Ascianin, al cui acuto sguardo nulla sfuggiva.

E andò a raggiungere Nadjesda Feodorovna presso il tavolino dove la principessina e Gundurov prendevano il tè, e il fanatico divorava un panino dietro l'altro.

— E così, rifiutate positivamente di recitare? - egli chiese.

Ella alzò i grandi occhi tristi.

— Vi ho già detto che non ho mai recitato: e non ne ho alcuna voglia, - rispose con fermezza.

— Anche se vi pregassi tanto, tanto? - chiese dolcemente il nostro Don Juan, fissandola.

Il volto bruttino della zitella si coperse di rossore.

— Dio mio! - ella osservò quasi tremando. - Che uomo strano siete voi! Perchè vi sono necessaria?... Voi che potete tutto, fate recitare quella sfacciata ragazza della quale siete già innamorato!

E con gesto sprezzante mostrò la signorina, che si avvicinava appoggiandosi al braccio del principe Larlòn.

— Io innamorato? - gridò con tono innocente Ascianin. - Ma se la vedo per la prima volta e non so neanche chi sia!

— Ella è figlia dell'*ispravnik* Akùlin, - spiegò Nadjesda Feodorovna.

— E pare faccia l'occhiolino al principe, - concluse Ascianin.

— Come vedete! Non avrei mai creduto che una fanciulla potesse essere tanto civetta!

— Questo non fa male, Nadjesda Feodorovna!

— Sì, - ella rispose amaramente. - So che questo genere vi piace.

— Certo, è un genere che va benissimo, - egli confermò, per aizzarla.

— Sapete? - ella disse dopo un momento di silenzio, guardandolo con ira e passione. - Non so come una donna potrà amarvi...

— Ah sì, nessuna si decide ad amarmi! - sospirò Ascianin modestamente. - Chi mi ama?

— Silvia! - ella rispose sorridendo.

— E voi reciterete la parte di Gertrude! - concluse Ascianin trionfante.

Ella non rispose.

Intanto la principessina Lina diceva a Gundurov:

— Quando Olga mi disse che Monsieur Ascianin era giunto con un altro signore, io indovinai subito ch'eravate voi...

Gundurov si stupì.

— Come potevate saper di me, principessina?

— Vi conoscevo per mezzo di Monsieur Ascianin, che tutto l'inverno ci parlò di voi: e vostra zia mi disse che dovevate arrivare da Pietroburgo.

— Conoscete mia zia? - domandò Gundurov.

— Sì, sono stata da lei con la mamma. Lo zio che la stima molto ci condusse da lei: ella conosceva anche mio padre. Sono ben contenta di averla avvicinata, - soggiunse la principessina.

— Or, vi comprendo benissimo! - esclamò Gundurov. - Mia zia è una donna ammirevole.

Lina allontanò dalle fresche labbra la tazza del tè, e disse con un sorriso:

— È ben giusto ciò che avete detto!

La giovinetta aveva i movimenti lenti e precisi, e Gundurov ammirandola pensava al fascino di quella grazia femminile.

— Ho detto ciò che sento, - egli rispose. - Alla zia devo tutto: ero senza padre e senza madre ed ella mi allevò, e salvò anche il mio patrimonio dalla rovina.

La principessina assentì col capo.

— Mi ha fatto proprio questa impressione, - ella disse. - Vostra zia pensa ed agisce sempre bene... Com'è spiacevole, - soggiunse dopo una pausa, - che vi abbiano rifiutato il permesso d'andare all'estero!

— Sì, - e gli occhi di Gundurov scintillarono, - è stato un colpo a tutto il mio avvenire: hanno allontanato un uomo da tutto ciò che formava la sua vita...

E si arrestò, mentre la principessina lo osservava attentamente.

— Io ho vissuto finora all'estero, - disse, - e giudico con le idee di quei paesi. Laggiù, a nessuno verrebbe in testa di agir così contro un innocente. Io amo molto la mia patria e sono ben contenta di vivere in Russia: però è orribile quando...

S'interruppe; poi d'improvviso:

— Farete la parte di Amleto?

Egli la guardò con devozione.

— Sì, principessina. La farò e spero che non vi sembrerò ridicolo: e se riderete, - aggiunse scherzando e arrossendo, - farete un gran peccato! Vi assicuro che in un altro momento avrei rifiutato: ma ho bisogno di distrarmi e di liberarmi dai pensieri che mi affliggevano a Pietroburgo. Ecco perciè è tanto grande l'arte! - disse con voce appassionata. - L'arte può farci dimenticare tutto ciò che ci tormenta nella vita.

Stette un istante come nel dubbio di parer troppo ragazzo per l'importanza ch'egli dava a ciò che la gente oziosa giudica un passatempo, e temette che la principessina non lo comprendesse. Ma dall'attenzione di lei intuì che nessuno avrebbe potuto intenderlo come quella giovinetta dal volto tranquillo e dagli occhi gravi.

— Cercate di recitar bene, - ella disse. - Desidero tanto di sentire

Amleto. Io ho letto *Amleto*, ma non in edizione pei bambini, - spiegò quasi sottovoce. - Il mio professore di inglese ad Hannover, mi diede a leggere lo Siakespeare, tutto, dicendo che quanto v'era d'impuro non poteva toccarmi. E anci'io penso che il male è di esempio solo ai cattivi. Ma non lo dite a nessuno, perchè molti non capiranno questo. Voi non lo direte: sono certa.

E si alzò per andare incontro allo zio. Egli le prese la mano e ansiosamente la fissò in volto.

— *Bonjour, Hélène!* Non mi aspettavo di trovarti qui così presto! Ti senti bene?

— Benissimo, - rispose Olga Elpidiforovna invece di Lina. - Ieri abbiam deciso di alzarci alle cinque, *pour vous faire plaisir*, - e disegnò una riverenza, - *mon prince!*

— Davvero, *Hélène?* - e guardò la principessina con occhio vivissimo. - tu..., voi l'avete fatto per me?

— Sicuro! - ripetè Olga.

— Per voi, zio, certo per voi! - confermò la principessina con un sorriso.

Egli si fece subito molto allegro.

— Sergio Mikailovic, sono ben contento di rivedervi. Avete fatto la conoscenza di Hélène? Siete stato presentato a questo uccellino canoro?' - e indicò la signorina allegra, che seguitava a girargli attorno. - Ve la raccomando: canta stupendamente le romanze russe.

La signorina strinse le labbra umide.

— Monsieur Gundurov non ha fatto alcuna attenzione a me!

— È troppo giovane per apprezzare le vostre qualità, - disse il principe sorridendo. - Soltanto noi vecchi...

— Voi vecchio? - interruppe la signorina, lanciandogli uno sguardo. - Lo dite per civetteria!

Il principe aggrottò la sopracciglia e la guardò con occhi freddi: ma ella non parve punto confusa.

— Sì, sì, per civetteria! - affermò.

— E così, Sergio Mikailovic, - chiese il principe a Gundurov, - avete deciso di dare *Amleto*?

— Oh sì, zio! - esclamò la principessina. - Lo desidero tanto! Te ne prego!

Egli la contemplò e disse lentamente a Gundurov:

— *Could beauty, my lord, have better commerce than with honesty?* Ho udito recitare questa magnifica scena da una giovanissima ragazza, mi pare la figlia della celebre Mistress Siddons, sorella di Kembl, nel 1821 a Londra: e finora le parole e l'espressione dell'attrice mi son rimaste nella mente.

— E allora, dunque, possiamo recitare, zio? - incalzò di nuovo la principessina.

— Si può, si può, - egli rispose. stringendole la mano. - E io conto assistere a tutte le prove, se la mia presenza non annoierà la vostra giovane compagnia, - soggiunse amabilmente il principe, rivolto agli altri amici.

— Suonano! - gridò a un tratto Valkovski, che s'era già addormentato all'ombra delle quinte, nella pace della sua anima ingenua..

— Per la colazione! - disse il principe: e osservò sorridendo: - Questo v'interesserà, Ivan Iliic!

— Mio Dio! - esclamò Gundurov. - E io non sono ancor partito!

Tutti risero.

— E avete fatto benissimo! La principessa non vi avrebbe mai perdonato! Signori e signore, - invitò il principe, - prego! Sergio Mikailovic, il vostro braccio alla principessina.

L'allegra signorina si avvicinò a lui.

— Eccellenza, non mi rifiutate l'onore d'esser mio cavaliere! - disse.

Il principe la guardò con un lieve sorriso.

— Permettete di offrirvi un cavaliere molto più adatto, - rispose, additandole Ascianin. - Andiamo, Ivan Iliic!

Nadjesda Feodorovna passò ultima, a capo basso, con un amaro sorriso, e si diresse alla sua camera del terzo piano.

VI.

La padrona di casa, una grassa signora quarantenne, dal viso ancor fresco e dagli occhi dolci e languidi che contrastavano stranamente con la scura lanugine ond'erano ombreggiate le sue labbra, - stava sorbendo il tè quando la giovane brigata entrò nella sala da pranzo.

Ella non era sola: presso la lunga tavola, coperta d'una candida tovaglia che spariva sotto una•profusione di vasellame d'argento, erano seduti diversi ospiti. A destra della principessa,•intento melanconicamente a inzuppare il pane in un uovo, stava un certo Ziablin, uno stanco e rovinato lyon di Mosca; signore dal gran naso, e dalle folte basette nere: tipo di « brigante calabrese mal riuscito », come lo chiamava il principe. Dall'altra parte, movendosi sulla sedia, chiacchierava e rideva Scigariew, soprannominato da Ascianin « il buffone »: uno di quegli uomini che hanno la felice capacità d'imitare il ronzio della mosca, il rumore della tabacchiera che si apre, il belato della pecora, il miagolio del gatto, che sanno con la punta della lingua toccare la punta del naso; un uomo, insomma, pieno di trovate piacevoli. Era un brillantissimo comico sulla scena, e rammentava col suo aspetto un uccello acquatico.

All'altra estremità della tavola, a fianco di Madama Crébillon, ex governante della principessa, un'allegra vecchietta con gli orecchini di argento sotto una cuffietta di tulle, biancheggiava la faccia scrofolosa di Ivan Karlovic Mars, giovanotto che aveva appena finito gli studi all'Istituto Superiore, di cui il padre suo era dottore. Il giovane Ivan Karlovic faceva sentire la sua superiorità e perchè era tedesco e perchè usciva da un Istituto che era il semenzaio dei più alti funzionarii russi; e benchè occupasse per allora la modesta carica d'un azzeccagarbugli, troneggiava serio e maestoso come un ministro di giustizia...

Solitario fra le sedie vuote si vedeva un lungo e brutto geometra, chiamato dalla principessa per studiar certi lavori che occorrevano in casa. Godendo della sua aria confusa e sorridendone sfacciatamente stava in piedi, innanzi a lui, Monsieur Vittorio, non si sapeva bene se italiano o belga, bell'uomo di quarant'anni; una volta corriere del principe, ora maggiordomo e factotum della principessa.

— Da dove venite voi? - chiese questa, vedendo la figlia entrare al braccio d'un giovane sconosciuto.

— Sergio Mikailovic Gundurov, nipote di Sofia Ivànovna. - lo presentò il principe con una certa solennità.

L'allegra signorina non diede alla principessa il tempo di rispondere, ma corse innanzi alla poltrona di lei e si mise ginocchioni, afferrando le mani della signora.

— Mia bella e cara principessa, come avete passato la notte? - chiese con voce infantile e carezzevole.

— *Merci, petite, merci!* - ella rispose con tono lamentevole. - Ho perduto l'abitudine di dormire, *ce qui s'appelle dormir, vous savez?* Ma oggi mi sento meglio, *merci!*... Una vera gattina! - soggiunse accarezzandole una guancia. - *Levez-vous donc!... Enchantée de vous voir chez moi, monsieur,* - disse poi, volgendosi a Gundurov, che stava sempre ritto innanzi a lei.

— Scusatemi, principessa, se mi presento a voi in abito così poco conveniente: ma son qui per caso, ed il colpevole è il principe Lariòn Vassilievic, che ebbe la bontà di trattenermi.

— Senza scuse, e sedetevi, - ella disse gentilmente, poichè le piaceva l'aspetto del giovanotto, e trovava che le sue scuse erano *bien tournées,* come quelle che significavano ossequio per lei.

— Ed io non ho neanche scuse, - cominciò Ascianin, il quale era egli pure tuttavia in abito da viaggio. - Fate di me ciò che volete, - e abbassò la testa verso la mano della principessa.

— *Toujours beau!* - ella rispose, concedendo la mano alle labbra di Ascianin, verso il quale aveva qualche tenerezza perciè era bello e perchè sapeva pulitamente raccontarle certi aneddoti « piquants », che le donne mature apprezzano *in pectore.*

La compagnia si dispose intorno alla tavola.

— Permettetemi di cedervi il mio posto, principessina, - disse Ziablin con una voce molle come una pasta dolce, che contrastava curiosamente col suo aspetto da brigante calabrese.

— Vi ringrazio!

E la principessina sorrise passando: e gettato uno sguardo intorno, scelse il posto vicino al solitario geometra, col quale si mise subito a parlare.

Ziablin sospirò profondamente e si versò un bicchiere di Porto.

— Sedete presso Lina: là c'è un posto libero, - disse la principessa a Gundurov.

Egli si affrettò ad obbedire, mentre il suo cuore martellava; senza quell'invito formale, egli non avrebbe mai osato scegliere quel posto.

— Mi avete sognata questa notte, come avevate promesso? - domandò a Monsieur Maus, Olga Elpidiforovna, sedendo fra lui e Ascianin.

Il giovine voltò la testa e i suoi occhi videro qualche cosa di bello, e di elastico, che si moveva ritmicamente sotto la *blouse* trasparente della signorina. Egli arrossì e ne rimase incantato.

— Da quanto tempo siete diventato muto? - domandò la fanciulla con un sorriso stentato, poichè s'era accorta benissimo dell'impressione che le sue grazie avevan prodotto sul giovane.

— Ho dormito stanotte molto forte! - rispose Maus, guardandola con occhi da vitello e nascondendo il mento nell'alto colletto.

— Un'altra volta cercate di dormir più leggero! - osservò sullo stesso tono scherzoso la signorina; e susurrò ad Ascianin: - *Qu'il est bête, donc!*

— E chi non fareste diventare sciocco? - rispose Ascianin, pure sottovoce.

— Non voi, di certo!

— Che ne sapete, voi?

— Vado sovente a Mosca, e so tutto di voi! - disse la fanciulla.

— Che cosa sapete? - domandò Ascianin sorridendo.

— So che siete un gaudente! - ella rispose. - Bisogna ch'io mi occupi di voi in modo speciale, - soggiunse, minacciandolo scherzosamente col dito.

Ascianin l'avvolse in uno sguardo ardente.

— Mi date la parola che vi occuperete di me in modo speciale? - chiese con voce bassissima e penetrante.

Ella lo guardò e nei suoi occhi brillò lo stesso lampo che passava negli occhi del giovanotto.

— Non so, - disse appena. - Soltanto, non mi disturbate, perchè mi sembra ch'*egli*, - e accennò con la testa il principe Larion - sia geloso!

— E voi sperate...? - cominciò Ascianin, ma s'interruppe, e si morse le labbra per non ridere.

— E perciè no? Egli è vecchio? Meglio così. Voi, già, non mi sposereste! - rispose la signorina con una sincerità che stupì anche Ascianin. - Non lo negate, ve ne prego! Siamo ambedue abbastanza intelligenti... Voi non dovete sposarvi: ci son degli uomini che non devono mai legarsi...

— E non vi sono anche delle donne così? - domandò egli sorridendo.

— La donna, anzi, è libera soltanto quando si sposa, - osservò la ragazza seriamente.

— *Où est donc le jeune prince?* - risonò in quel punto la voce della principessa.

Monsieur Vittorio, al quale erano rivolte queste parole, corse alla porta. Ma nello stesso tempo entrò nella sala *le jeune prince,* cioè il figlio della principessa; un ragazzo di undici anni, dal volto freddo ed altero, che ricordava assai il tipo della madre. Egli era accuratamente pettinato e vestiva con eleganza. Lo accompagnavano due precettori, un giovane e robusto inglese e un giovane studente chiamato da Mosca per le lezioni di lingua russa.

— Tu sei sempre in ritardo, *Basile!* - osservò la principessa.

— Stavo vestendomi, *maman,* - egli rispose malcontento.

— È molto minuzioso nella sua *toilette,* - disse la principessa, sorridendo, a Scigariew.

— Ragazzino che si alza presto, che si lava da sè, - cominciò Scigariew, - principe dal berrettino d'oro, dal fioccetto di seta, datemi la vostra mano di brillanti!

Il ragazzo mise annoiato la mano sulle dita aperte di Scigariew, che le richiuse tosto, imitando il rumore d'un lucchetto; il principino lo guardò tranquillamente, liberò la mano e andò a sedersi coi suoi precettori.

— Lina, - disse alla sorella che gli sedeva di fronte, - tu eri in teatro?

— Come lo sai? - ella domandò sorridendo.

— Me l'ha detto Simeon Petrovic, - rispose il ragazzo, accennando lo studente. - Egli ti spiava, nascosto tutto il tempo dietro una tenda.

Lo studente arrossì fino alla radice dei capelli e borbottò qualche cosa.

— Sì, ero in teatio! - disse la principessina; e continiò a discorrere col geometra.

— Ancie lei era là? - tornò a domandaie il ragazzo, accennando
col capo Olga Elpidiförovna. - Che cosa facevate là?

— Noi reciteremo, caro! - risposè la signorina.

— Ah, faiete l'attrice?

— Attrice, amoi mio, attrice! Che carino!...

Ed ella si mise a ridei forte.

— Io non voglio essere attore! - annunziò il principino con una
smorfia di disprezzo.

— Non attore, ma sarai uno spadaccino, trapasserai tutti con la
spada, - cominciò Scigariew. - Principino galletto, ciesta d'oio, *dlin
dlin!* - e affeirando due coltelli, si mise a imitare il tintinnio delle spade.

— Io voglio essere aiutante di campo! - diciiaiò il ragazzo.

Il principe Lariòn, fino allora tacitumo, alzò gli occii.

— Per farti passaie certe idee dal capo, - egli disse al principino, -
ti metterei in castigo due volte la settimana!

Il ragazzo cambiò faccia; e volgendosi con le lagrime in gola, infuriato, allo studente, annunziò veemente:

— Quando sarò grande, metterò lo zio in prigione!

— *Nonsense!* - osservò il precettore inglese, mister Knocks, tirandosi vicino la casseruola d'argento con le patate.

La principessa trovò opportuno di difendere il figlio.

— Non comprendo perciiè lo rimproveriate, principe! - ella osservò. -
Le pauvre enfant ha detto una cosa giusta per la sua età: è un desiderio innocente. Mi pare, *bien au contraire, qu'il faut encourager dès
le jeune âge les nobles ambitions.*

Il principe le lanciò un'occiiata dall'alto in basso.

— Trovate certe frasi, principessa, - fece poi ironicamente, - che
bisogna ascoltare in silenzio.

Aglae Costantinova battè ripetutamente le palpebre senza capir nulla.

— *Il est unique Larion, n'est-ce pas?* - disse, cercando l'approvazione di Ziablin.

Questi la guardò con tenerezza, mandò un profondo sospiro, e non
rispose perchè anch'egli non aveva capito nulla.

La principessina che non aveva ancora diretto la parola a Gundurov,
si volse a lui con la faccia pallida e gli occii arrossiti:

— Se mio padre fosse vivo, questo non si vedrebbe! - mormorò.

— Che cosa vuol dire?-pensò Gundurov. - Che cosa non si vedrebbe?
L'educazione vana di suo fratello o le parole offensive per sua madre?

Egli la comprendeva ormai abbastanza per sapere ci'ella soffriva,
e avrebbe dato qualunque cosa per non vedei le lagrime tremolare su
quei cari occii.

— *Qu'est-ce que vous allez jouer donc à votre théâtre?* - domandò
la vecciia madame Crébillon, la quale credeva si trattasse del teatro
e degli attori.

— *Hamlet, madame!* - le rispose la principessina.

— *Ah bien, la tragédie de Ducis!* - approvò ella con la testa.

— *Oh, oh, oh! De Dioucis! 'Hamlet de Dioucis!* - esclamò il giovane inglese mister Knocks, ridendo sonoramente e smettendo di mangiare le patate.

— *Eh bien, qu'a-t-il donc à rire comme cela, l'Anglais?* - osservò
risentita la veccia francese. - *Je dois, pardié, bien le savoir, moi, puis-*

que feu monsieur Crébillon mon mari était un descendant direct de Crébillon, le fameux auteur de Rhadamante, dont Ducis était le disciple, et que j'ai moi même vu jouer la pièce à Paris en dix huit cent dix, l'omelette comme disaient les rieurs du temps.

— *'Hamlet de Dioucis* oh, oh, oh*!* - seguitava a ripetere e a ridere mister Knocks.

— *Il y a deux tragédies,* - cercò Maus di spiegare alla sua vicina, guardandola con dignità dall'alto del suo colletto, - *une française et une anglaise.*

— *Ah bien, on l'aura traduite en anglais alors!* - disse la vecchia, più calma, - *mais il n'est pas toujours poli, le jaune boule* (1), - borbottò poscia, guardando ancora l'inglese, che scoppiava dalle risa.

— *Maman* - disse alzandosi la principessina. - Oggi è domenica.

— Sicuro, - rispose la principessa, - bisogna andare in chiesa. Vittorio, *les voitures!*

— Ho dato già gli ordini! - rispose inchinandosi lo svelto italiano.

Ella approvò col capo, e voltandosi a Ziablin sospirò:

— È così spiacevole non aver la cappella in casa!...

Ziablin alzò il volto brigantesco, guardò la principessa con tenerezza, e sospirò a sua volta.

— Dunque, bisogna andare! - disse la principessa, alzandosi.

Tutti si levarono, e gli ospiti si recarono a salutare la signora. La principessina e Olga Elpidiforovna corsero a mettersi il cappello: passando accanto al principe, Lina si fermò un istante.

— Zio, vi avevo tanto pregato!... - ella disse con dolcezza.

Egli comprese e si turbò.

— Sei arrabbiata con me? - chiese: e la sua voce tremava. - Ebbene, tagliami la testa! - soggiunse, forzandosi a scherzare.

La fanciulla si allontanò senza rispondere.

Intanto Gundurov ossequiava la principessa che cortesemente lo salutava ed esprimeva il desiderio di rivederlo al più presto.

— Tanti saluti, *je vous prie,* a vostra zia! Sono molto grata al principe, al quale devo la conoscenza di lei... *C'est une personne si comm'il faut!* Ella, però, non è ancor venuta a trovarmi! - osservò Aglae Costantinova. - Ma spero che voi ce l'accompagnerete, e che anche prenderete parte al nostro spettacolo, *n'est-ce pas?* Ma, - s'interruppe, - noi andiamo in chiesa, e non bisogna parlare di questo! *Il ne faut pas mêler le profane au sacré, a dit, je crois, Boileau.*

E avendo così data prova della sua cultura, ella chinò la testa per fare intendere al giovanotto che l'udienza era terminata.

Gundurov uscì sulla veranda con Ascianin e Valkovski.

.

VII.

Who ever lov'd who lov'd not at first sight!

SHAKESPEARE.

— Ti avrei accompagnato a casa, - disse Ascianin a Gundurov, - ma tu e la zia avete tante cose da dirvi, ch'io vi riuscirei d'impaccio.

— Può essere! - rispose ridendo Gundurov. - Ma anche tu non hai troppa voglia di lasciar questi luoghi.

(1) John Bull.

Che! - negò l'altro.

— È molto spigliata, quella signorina bruna. Come si chiama?

— Akùlina, Olga, e anche Elpidifòrovna! - rispose Ascianin, con aria di comica importanza. - È una ragazza che andrà molto lontano!

— Una furba, a dir poco! - concluse Valkovski.

— Tu, mostro cinese, aspetta a denigrarla! - disse Ascianin. - Con le tue insolenze finirai per distoglierla dal recitare! E avete parecchie parti da fare insieme nelle farse!

— Son tutte cose da nulla, - ribattè Valkovski.

— E Liev Guric Sinickin? Ecco una bella parte per te!

— Liev Guric? - ripetè il fanatico come ispirato. - È una bellissima parte, davvero. Come non l'ho pensato prima? Bisogna che la provi!

E, tutto felice, Valkovski si mise a passeggiar per la veranda per meditare Liev Guric.

— E che pensi, Sergio, della principessina? - domandò Ascianin, fissando in viso Gundurov.

— Non dirò nulla, - questi rispose, seccato.

Le sopracciglia di Ascianin si contrassero. Voleva aggiungere qualche parola, ma non ebbe tempo.

La principessina, Nadjesda Feodorovna e la signorina, tutte in mantello e cappello, uscivano sulla veranda, pronte a partire.

— Venite con noi o andate a casa? - domandò Lina a Gundurov, mentre abbottonava un guanto sulla lunga e sottil mano.

— Io devo partire, principessina, - egli rispose a malincuore.

— Sì, è giusto: partite! - ella disse, senza staccar gli occhi dal guanto. - E quando tornerete?

— Presto, molto presto! - esclamò Gundurov impetuosamente.

Ella forse non volle capire ciò che voleva dire quell'impeto, alzò imperturbabile i grandi occhi celesti sul giovane, e gli sorrise con calma.

Les voitures, come le chiamava la principessa, cioè una daumont aperta, tirata da quattro cavalli, e uno char-à-banc a due cavalli, si avvicinarono alla veranda. Dietro la carrozza, veniva condotta a mano una cavalla inglese baja pel principe.

La carrozza di Gundurov col bagaglio e il domestico era l'ultima.

— Me voilà! - risonò la voce della principessa, che scendeva pesantemente la scalinata.

Era vestita come un figurino di moda.

Un groom elegantissimo di dodici anni la precedeva, tenendo il plaid e un libro di messa dalla ricca rilegatura con la corona principesca in oro.

La signora s'avvicinò alla daumont. Un cameriere di bell'aspetto, nella stessa livrea del groom, e Monsieur Vittorio in frack e cravatta bianca, rispettosamente aiutarono dai due lati la principessa che saliva e si metteva a sedere. Il groom gettò il plaid sulle ginocchia di lei, e salì al suo posto, presso il cocchiere; il valletto si collocò sul sedile posteriore.

— Venite con noi? - domandò la principessa sorridendo a Ziablin, ch'era comparso sulla veranda col principino e Scigariew, mentre Lina, Nadiesda Feodorovna e la signorina Akùlina sedevano nella daumont.

Ziablin con tenero sguardo e un profondo sospiro, fece del capo un segno affermativo.

— El vous, Larion? - chiese la principessa al cognato, che metteva il piede nella staffa.

— Mi raccomando alle vostre preghiere! - egli rispose seccamente.

La carrozza partì: la principessina, con un moto lento della testa salutò Gundurov.

La brigata degli uomini col principino e lo studente partì nello char-à-banc.

— Addio, Sergio! Torna presto! - gridavano gli amici.

Gundurov fissava la daumont che spariva; egli aspettava ancora un ultimo sguardo dalla principessina, come avessero dovuto separarsi per sempre. Ma la carrozza svoltò il gomito della strada e Gundurov prese posto nella sua.

Il principe Lariòn lo seguì dello sguardo, e un triste sorriso sfiorò le sua belle labbra. Sembrava che un ricordo lontano e caro gli fosse balenato in mente; egli mosse le redini, e passando innanzi al giovanotto lo salutò amichevolmente. Gundurov s'affrettò a levarsi il cappello.

Lasciati i campi verdeggianti di Sizkoje, la carrozza del giovane entrò in una vasta foresta governativa, che da Sizkoje si prolungava fino a Sàscino, e della quale Gundurov conservava le più dolci memorie.

La foresta risonava di rumori primaverili e di gorgheggi d'uccelli; attraverso le pozzanghere, la carrozza passava con fatica e i cavalli soffiavano vigorosamente, aspirando con le narici dilatate il profumo dell'aria silvestre. Grosse mosche del colore di smeraldo ronzavano sopra le foglie novelle; fra le radici degli abeti, sull'erba, biancheggiavano come neve le campanule dei mughetti.

Gundurov fece fermare, saltò a terra, e raccolse un cespo di quei fiori, nel quale immerse la faccia; il profumo fresco ed eccitante gli salì alla testa come il vino. Risalì in carrozza, si stese, guardando in alto, ove appariva il cielo quasi uno stretto nastro solcato da nuvolette perlacee.

Gundurov si ricordò d'un'aria che cantava il famoso Mario al teatro di Pietroburgo: e cantò egli pure a gola spiegata:

Io ti vidi e t'adorai!...

Il vecchio domestico, non abituato a simili sorprese, si volse a guardare il suo signore.

— ...ai! - rispose l'eco in fondo alla foresta.

Un uccello spaventato volò via; il profumo dei mughetti turbinava nel cervello di Gundurov. La foresta intorno cantava con tutte le sue voci di primavera.

O gioventù, o momenti che non tornate!...

VII.

Sofia Ivànovna Perevèrsina, zia di Gundurov, era veramente una degna signora, e il suo aspetto era pure simpatico e venerabile. Educata nel convento di Smolensk, ai bei tempi della imperatrice Maria Feo·dòrovna, ella, nonostante una lunga vita in campagna, conservava le abitudini e i gusti d'un'educazione eccellente. La vivacità del suo carattere era temperata in lei dalla padronanza di sè stessa, acquistata nelle prove della vita.

Figlia di poveri discendenti d'una famiglia di *bojari* Osmigrazki, aveva, verso i trent'anni, sposato un attempato generale storpio, vecchio amico di famiglia: al quale s'era affezionata sinceramente per corrispondere all'adorazione di che, fin dall'infanzia, egli l'aveva sempre circondata... Invece della felicità, il matrimonio le aveva offerto una vita comoda e tranquilla, che però doveva durare poco.

Il marito, che occupava un posto importante nelle amministrazioni militari, s'era lasciato ingannare dal suo amministratore, affarista e ladro; onde un giorno egli si vide coinvolto in un processo per storno di fondi, che l'amministratore, a sua insaputa, andava appropriandosi da diversi anni. Il povero vecchio non potè reggere a tale sventura, e alle parole d'indignazione con le quali un alto personaggio, suo benevolo protettore fino a quel giorno, l'aveva rimproverato.

— Eccellenza, - gli aveva detto quel personaggio, - voi avete tradito la fiducia dell'imperatore!

Il vecchio morì improvvisamente e la sua la sostanza fu confiscata per rifondere i danni dell'amministrazione. Dopo tre anni di matrimonio, Sofia Ivànovna si trovava così vedova e in miseria. I suoi genitori eran morti nel frattempo; il fratello ammogliato aveva un impiego a Pietroburgo, e all'annunzio della disgrazia aveva risposto alla sorella una lettera di quattro pagine, ricche di espressioni sentimentali e di belle sentenze, ma senza offrirle nè tetto, nè aiuto. Per fortuna, nello stesso tempo la sorella minore Gundùrova la chiamava presso di sè, a Sàscino, nel suo paradiso terrestre.

Alexandra Ivànovna Gundùrova s'era sposata, quasi contemporamente alla sorella, con un giovane proprietario. Ella era bella e delicata, e il marito, pel quale l'esistenza si presentava davvero come un paradiso terrestre, la colmava di attenzioni e di cure.

Poco dopo l'arrivo di Sofia Ivànovna, Mikail Serghejevic Gundùrov fu ricondotto morto da una caccia: il fucile gli era esploso nel salto d'un fosso. Alexandra Ivànovna, vedendo quel corpo esanime e quegli abiti intrisi di sangue, cadde senza dir parola sul cadavere del marito, e in capo a tre mesi moriva ella pure. Ella aveva venti anni; il marito ventisei: e come stelle cadenti, le due giovani esistenze avevano attraversato il mondo ed erano scomparse.

Sofia Ivànovna restò in tal modo sola col nipotino Sergio, di un anno e mezzo.

Un tutore, cugino del defunto Mikail Serghejevic, ufficiale degli ussari in ritiro, e forte giuocatore, fu incaricato di amministrare i beni del fanciullo. In tre anni, il degno parente mise a mal partito quella sostanza, e Sofia Ivànovna non temette di porsi contro di lui e di dichiarargli apertamente la guerra. Grazie a certe protezioni ch'ella aveva a Pietroburgo, e anche mercè l'aiuto del vecchio principe Sciastunòv, che s'era interessato alla situazione della giovane vedova, questa finì per uscir trionfante dalla lotta. Il tutore fu esonerato dal suo ufficio e Sofia Ivànovna lo sostituì con un altro che le ispirava maggior fiducia, conservando però a sè il diritto d'amministrare i beni del piccolo Sergio.

Il compito non era agevole, poichè il primo amministratore, sentendo prossima la sua revoca, aveva negli ultimi mesi imbrogliato anche più la gestione delle sostanze. Sofia Ivànovna non trovò nè danari, nè registri, nè i documenti d'un processo, intentato al nonno del bambino da un proprietario delle vicinanze, il quale processo era in quei tempi innanzi al Senato. Con un miracolo di pazienza e di economia e con uno sforzo d'ogni giorno e d'ogni ora, la giovane riuscì tuttavia a chiarire la difficile situazione; e il processo fu vinto allorchè il piccolo Sergio abbisognava appunto di qualche agiatezza per essere educato ed istruito con cura. Diventato maggiorenne, Sergio trovò dei terreni suoi, liberi da ipoteca, un possedimento di 500 anime, e una rendita di otto o diecimila rubli.

Fu per Sofia Ivànovna un bel giorno quello in cui potè render tutti i conti al nipote; ella lo amava col fuoco d'un cuore che non ha altre passioni, ed ammirava in lui l'ingegno, il carattere, la cultura, che le parevano giustamente il frutto delle sue fatiche e della sua tenacità. Ella aveva passato lunghe ore presso il letticcio dell'addormentato bambino, pensando come avrebbe dovuto educarlo per crearne un uomo e per non lasciarlo inerme contro le difficoltà della vita.

Un semplice caso lè additò il cammino. Ella s'era recata a trovare il vecchio principe Sciaslunòv, verso il quale nutriva la più tenera gratitudine per l'aiuto prestatole ai tempi in cui ella lottava contro il cattivo tutore; e aveva trovato il principe Mikail, giunto dall'estero per accompagnare il padre a Karlsbad.

Il giovane diplomatico e Sofia Ivànovna trascorsero la sera conversando. Egli, da poco tempo ammogliato, aveva una carica eminente presso l'Ambasciata di Londra, ma sotto le sue parole ironiche s'indovinava un amaro malcontento per il suo stato.

— S'io dovessi tornar daccapo, - egli diceva, - mi darei a studiare le scienze: vorrei essere un geologo o un cristallografo. Innanzi tutto, perchè questi studii non hanno mai mandato nessuno in Siberia, se non per farvi delle ricerche scientifiche: e poi perciè il dotto non ha tempo di abbandonarsi a idee nere.

Quella sera medesima, Sofia Ivànovna tornò a casa contenta, col disegno ormai stabilito di avviare Sergio agli studii scientifici. Ella scrutava con febbrile interesse le propensioni del giovanetto, il quale, se non aveva alcuna tendenza alla geologia, dimostrava però una facilità non comune per gli studii linguistici. Ed ella fu felice quando Sergio le annunziò che l'Università di Mosca gli offriva la cattedra di storia slava. Ben si comprende quanto dovesse poi non solo addolorarla ma incuterle spavento la notizia che era stato rifiutato a Sergio il passaporto per l'estero. Tutte le sue speranze, tutto l'edificio ch'ella aveva in tanti anni e con tanto amore innalzato, veniva così a crollar d'improvviso.

Energica e laboriosa, non poteva imaginarsi che il nipote s'adattasse a vivere senza una mèta, senza uno scopo grave e difficile. L'impiego da lui trovato a Pietroburgo non le pare sufficiente, poicrè conosceva bene l'indole del giovane; eppeiò con pacia e con gioia lo aspettava ora a Sàscino dov'egli le aveva scritto che tornava, dopo aver lasciato l'impiego, per ridarsi ai suoi studii e per attendere pazientemente giorni migliori.

Stava seduta al suo solito posto, nella grande camera da letto, verificando dei conti presso la finestra prospiciente un immenso parco. Un canarino saltellava sulla tavola, si posava sulla spalla della donna, e la guardava con gli occhietti neri e lucidi.

Era quasi mezzogiorno; i raggi caldi del sole dardeggiavano le peonie sotto la finestra. A un tratto Sofia Ivànovna alzò il capo e tese l'oiecciio: un rumoie lontano giungeva dal paico. Ella non sapeva gioino in cui il nipote doveva aiiivaie, ma il cuoie le disse ch'e si avvicinava: e alzatasi, fattasi il segno della cioce, s'incammi veiso la poita; ma le gambe tiemanti iifiutavano di poitaila, ed e dovette sedei di nuovo nella poltiona, stiingendosi con le mani il pe palpitante.

Nella casa iisonaiono giida di gioia, e la cameiieia si precip nella cameia, uilando come un'ossessa:

— Il padione Seigio Mikaïlovic!

Davanti all'atiio si feimò la caiiozza: passò un istante, e Serr fu ai piedi della zia, in ginocciio, baciandole le mani.

IX.

Sofia Ivànovna sentì una puntuia al cuoie quando seppe che Gu duiov giungeva da Sciastunòv.

— Come ti tiovavi là? - ella ciiese stupita.

Egli iaccontò con tutti i paiticolaii, con tioppi paiticolaii, for quanto era avvenuto: il teatio, Ascianin, il piincipe Lariòn, eian no e paiole che iisonavano stianamente agli oiecchi della zia, la qu non si saiebbe mai aspettata che la piima conveisazione con Ser dovesse aggiiaisi intoino a simili aigomenti.

Tutto ciò le sembiava cuiioso e spensieiato.

— Foise, - pensava, - egli vuole distiaimi da ciò che mi afflig e che egli ben conosce. Ma che cosa faiai, oia? - ella domandò, i affiontaie il tema al quale andava pensando gioino e notte.

— Vi ho già sciitto, zia, - iispose Seigio con un'aiia distrat che stupì Sofia Ivànovna.

— Sta bene, ma voiiei sapeie che cosa intendi faie, — ella ir stette. - Son peidute tutte le speianze di diventai piofessoie?

— No, - iispose Gunduiov, come ceicando le paiole. - Ho fatto conoscenza... ho incontiato per caso... un peisonaggio impoitante Ministeio.

— E alloia? - ciiese Sofia Ivànovna con impazienza.

— Egli mi ha detto che se l'Univeisità volesse occupaisene, potiebbe...

— Dio, come tu iaccontil male! - esclamò la zia. - E a Mosca visto qualcuno dell'Univeisità?

— No, zia: avevo fietta di tornai da voi.

— E hai passato tutta la mattinata a Sciastunòv! - impioveiò e dolcemente. - Io, peiò, ho visto qualcuno e ho parlato... L'Univeis non può per ora pensaie a te; la cattedia è occupata, e v'è un ord pel quale, fino a nuovo avviso, l'Università non può inviaie alcu all'esteio.

Gunduiov alzò le spalle.

— Ti iassegni così facilmente? - esclamò stupita Sofia Ivànov

— Che cosa devo faie? - egli osseivò leggeimente con un soiiis Non si può dar di cozzo nel destino. Ho fatto tutto ciò che poteve non abbandonerò i miei studii: ho studiato molto ancie a Pietrobur nelle biblioteche... Ne so già, ne sapiò di più studiando a Mosca. N sempie piove, zia: deve soigeie ancie il sole!

Ella ascoltava incredula. Così, con tanta filosofia, rinunziava al suo viaggio all'estero, pel quale una volta era tutto vibrante d'entusiasmo, affermando che, senza di esso, i suoi studii non avrebbero avuto alcuna serietà? Donde veniva l'indifferenza e la leggerezzza per ciò che in giorno gli era tanto caro? Pietroburgo l'aveva così presto e così profondamente cambiato?

Sofia Ivànovna non si sentiva tranquilla: s'era imaginata di vederlo tornar triste e accasciato, e se lo vedeva innanzi allegro, d'una strana e frivola allegria. Andava scrutandolo attentamente di sotto alle palpebre abbassate, mentr'egli girava per la camera, fermandosi innanzi agli scaffaletti, contemplando le statuine di Saxe, i vasi di porcellana con le rose, e il ritratto della imperatrice Maria Feodorovna, chiuso in una cornice dorata: il più prezioso oggetto di tutto l'arredo per Sofia Ivànovna.

— È felice d'esser tornato a casa, e non pensa ad altro, - concluse ella, caimandosi.

— Suona, Sergio, - disse ad alta voce. - M'hai portato tanta polvere nella camera!

Al servitore che sopraggiunse, ella ordinò di pulir gli stivali di Sergio e di spazzare il pavimento.

— Siete sempre la stessa! - osservò Gundurov ridendo. - Sempre la monomania della nettezza!

— Tu scherzi; invece la tua principesssa Sciastunòv mi approvò molto, quando venne a trovarmi. Ella non rifiniva di stupirsi che, nonostante la negligenza proverbiale dei servitori russi, potessi *obtenir ces effets-là,* cioè mantener la casa in buon ordine. Mi fece molto ridere il principe Lariòn, il quale le spiegava che non si può far tutto questo senza conoscere la geometria, mentre ella lo ascoltava seriamente.

— Egli è qualche volta troppo avventato! - osservò Gundurov, mentre l'imagine della principessina gli tornava alla mente.

E raccontò alla zia la scena avvenuta a proposito del principino.

— Sì, - ammise la zia, - è un uomo assai intelligente, ma anche troppo amaro, e non potrà mai ottener dai nipoti l'affetto ch'essi portavano al padre principe Mikail.

— E sente bene tutto questo la principessina Lina! - esclamò Gundurov.

Il suono della sua voce inquietò Sofia Ivànovna.

— Come pensi ciò? Come lo sai? - chiese, per indagare e sentirsi rassicurata.

Ma Sergio, che guardava nel giardino, le volgeva le spalle, e la zia non potè veder la sua faccia, mentr'egli rispondeva:

— La principessina mi ha detto qualche cosa del padre, e da questo ho potuto capire...

— Che le è cara la sua memoria? - finì Sofia Ivànovna. - Ciò le fa onore, ed egli se lo è meritato.

— Voi lo amavate, zia? - chiese Gundurov, voltandosi.

La domanda turbò stranamente Sofia Ivànovna, che non trovò subito una risposta. Forse in quel momento ella dava un altro senso alle parole innocenti del nipote, ed ella si chiedeva quale sentimento avesse avuto in realtà per l'uomo col quale s'era incontrata diverse volte, a distanza di tre o quattro anni; i discorsi di lui le eran rimasti sempre nella mente, e la sua morte le aveva dato un vivo dolore.

— Egli, come il principe Lariòn, era molto istruito, - rispose finalmente. - La loro educazione fu fatta in Inghilterra e in Germania. Ma era assai più buono del fratello, e non fu felice. Il suo matrimonio con quella Aglae gli rese la vita pesante, molto pesante: è vero, però, che anch'egli non era un marito esemplare. La carriera poi, cominciata bene, finì con nulla; i suoi superiori tedeschi gli intralciarono il cammino, temendo il suo spirito acuto e i suoi sentimenti russi. Tre anni prima che morisse fu mandato come ambasciatore presso una piccola Corte tedesca. « Sono un uomo morto, mi diceva prima di partire, e posso parlare di me come di un estraneo. Ho avuto grandi capacità, un gran desiderio di servire la mia patria. Durante la guerra per l'indipendenza greca, potei agire; ma per ciò appunto sembrai pericoloso e m'impedirono di continuare. Molti come me sono in Russia, poichè tale è il destino del nostro paese, che le sue forze morali e materiali abbiano a rimanere inoperose. L'unica mia consolazione è in mia figlia... ».

— Sì, zia! - interruppe Gundurov. - Essa è una fanciulla straordinaria!

— Straordinaria? - ripetè Sofia Ivànovna, e restò senza poter aggiungere parola.

Gli occhi brillanti del giovane, la voce che vibrava come una corda... Non v'era più da dubitare... Un incendio l'aveva invaso, nelle due o tre ore passate a Sizkoje, e contro di esso, Sofia Ivànovna lo capì subito, bisognava lottare strenuamente.

A dispetto della sua viva intelligenza, Sofia Ivànovna in tutti i suoi disegni per l'avvenire non aveva mai dato posto al caso; e il caso che Sergio potesse un giorno amare, non le era neppure balenato in mente.

— Sergio! - esclamò con voce turbata. Ma si trattenne subito, cambiò tono, e chiese sorridendo: - Ella ti è piaciuta molto, non è vero?

Gundurov stava però in guardia, conoscendo troppo bene la zia. L'esclamazione sfuggitale e il suo forzato sorriso gli fecero capir tutto, e come un fiore sotto il soffio gelato, la sua anima parve richiudersi.

— Sì, - rispose quasi indifferente. - Ella è straordinaria; non ho mai incontrato una fanciulla con idee così sane e così nobili: la sua conversazione mi ha dato un grande piacere.

— Piacque molto anche a me, - confermò Sofia Ivànovna. - È bella e ben educata...

— E voi alla vostra volta, zia, avete fatto una eccellente impressione alla principessina.

— Davvero? Sono ben contenta; essa somiglia molto a suo padre. Tu dici che spesso si rammenta di lui?

— Sì.

— Ha trovato anche tempo a parlarti di lui! - osservò Sofia Ivànovna.

— Come, ha trovato tempo! - rispose vivacemente Gundurov. - Parlava con me per puro caso, perciò le ero più vicino degli altri. Quando il principe Larión si lasciò sfuggire un'insolenza contro Aglae Costantinova, ella mi osservò che se suo padre fosse stato ancora tra noi, ciò non sarebbe avvenuto.

— Aveva ragione! - approvò Sofia Ivànovna: e restò pensierosa.

Un lungo silenzio seguì. Gundurov riprese a camminar per la camera.

— Pensi di tornar presto a Sizkoje? - chiese finalmente la zia. Egli si arrestò.

— La principessina mi ha detto che ci attende tutt'e due, zia! - rispose con voce di preghiera.

— E hai bisogno di tornarvi presto? - ripetè Sofia Ivànovna.

— Sì, perchè devo recitare... Amleto! - fece Gundurov impacciato, poichè la cosa, in quell'istante, gli pareva molto goffa.

— E la principessina recita ella pure? - incalzò la zia.

— Sì: Ofelia.

— E tu dovrai dirle allora: « Bella ragazza, pregate per i miei peccati! »

— « O ninfa, ricordati de' miei peccati nelle tue sante preghiere! » - corresse Gundurov.

— È molto strano,. - osservò Sofia Ivànovna; - soltanto Shakespeare poteva mettere una « ninfa » insieme con le « sante preghiere! »

— Già: ma è bellissimo, - esclamò il giovane.

— Non nego, - assenti la zia con un sorriso. - Ma tu vuoi forse riposare dopo il viaggio e dopo quella visita? Noi pranzeremo, come di solito, alle tre.

— Se permettete, zia, - egli disse affrettatamente, - poichè davvero sono molto stanco!...

Essa lo vide allontanarsi e strinse le mani: una profonda ruga le si delineò sulla fronte, e le sue labbra si agitarono come mormorando. Sofia Ivànovna si rimproverava di non aver preveduto il caso: e intanto, non sapeva in qual modo provvedere. Una vita severa e pura aveva tenuto Gundurov lontano da tutte le tentazioni della gioventù; e forse ciò era stato uno sbaglio, pensava Sofia Ivànovna con angoscia. Ecco che la passione infuriava d'un tratto, prorompendo come un torrente, e il giovane apparteneva oramai alla fanciulla con la devozione d'un'anima vergine. Nulla di riprovevole, in ciò: la fanciulla era adorabile, degna di lui, e aveva conquistato subito le simpatie della vecchia signora. Ma bastava dare un'occhiata a quella Aglae Costantinova per comprendere ch'ella non avrebbe mai acconsentito, ella, figlia d'un mercante fattosi ricco, al matrimonio di sua figlia principessa con un semplice professore. Forse aveva già altri disegni!... Quell'amore sarebbe stato fecondo di umiliazioni e di dolori: e come salvare il giovane dalla disperazione che lo attendeva?

Sofia Ivànovna non trovava alcun mezzo.

Fece scricchiolare nervosamente le dita, e voltasi alle *ikone,* mormorò con immensa tristezza:

— Santa Madonna, prendilo sotto la tua protezione!

X.

La zia non riuscì a trattenere Gundurov a Sàscino per più che tre giorni. Egli si annoiava visibilmente, evitava di parlare, e usciva di buon mattino giungendo sempre in ritardo per il pranzo.

— È tutto là! Egli non ci appartiene più! - diceva Sofia Ivànovna, gli occhi pieni di lagrime, rispondendo al pigolio del canarino, col quale passava lunghe ore di solitudine e di abbandono nella sua fresca stanza; in quella stanza dove il giovane aveva dormito bambino, e dove ogni angolo rammentava le sue prime parole e le sue prime carezze.

Ma non era proprio di Sofia Ivànovna il disperarsi vanamente. Al lupo bisogna guardar dritto in faccia, ella usava dire.

Epperò anche in questo frangente, fu per lei agevole trovare una risoluzione. Ordinò di attaccare il *phaeton*, indossò il suo abito di seta color tabacco, e spedì la cameriera ad annunziare a Sergio ch'ella si recava a Sizkoje.

Gundurov accorse subito, e senza dir parola si mise ad abbracciar la zia. Guardando il suo bel volto raggiante di felicità, Sofia Ivànovna si rimproverò d'essere stata troppo egoista e di aver forse esagerato le difficoltà dell'avvenire. Forse la paura di perderlo aveva ingrandito in lei le preoccupazioni, e tuttavia ella avrebbe dovuto prevedere che un giorno egli le sarebbe stato tolto; ma pure non si trattava d'un sentimento egoistico, bensì della felicità del giovane; e per questo essa doveva agire.

Un'ora dopo, la zia e il nipote partivano in un *phaeton* nuovo, tirato da quattro bei cavalli grigi, e Gundurov con una certa compiacenza pensava che l'equipaggio era decoroso e avrebbe fatto buona figura innanzi alla veranda di Sizkoje. Ma arrossì subito, sentendo quanto l'uomo sia meschino anche nei suoi migliori momenti, poiché ben capiva che questi dolci momenti si avvicinavano.

Giunsero al trotto fino alla foresta governativa, oltre la quale si stendevano i possedimenti di Sciastunòv. Per la strada stretta e disagevole, i cavalli dovettero procedere al passo.

Dalla foresta giunsero gli scoppii d'una voce irosa, che sembrava rimproverasse qualcuno.

— Che è? - chiese Gundurov.

— È l'ispettore che ha sorpreso qualcuno mentre tagliava gli alberi! - spiegò il servo Fedossei.

Il cocchiere mosse le redini e i cavalli accelerarono il passo.

Si udirono distintamente le parole:

— Ah, tu non vedi, canaglia? Non vedi?... Allora ti farò capire! - gridava una voce baritonale infuriata.

— Padre mio, Eccellenza, vogliate scusarmi! Dove posso voltare? - rispondeva una voce di falsetto spaventata. - Farò cascar tutto!...

— E fallo cascare, che cento pesci possano strozzarti! - seguitava la voce baritonale più vicina.

Voltato il gomito della strada, si vide questo spettacolo: nel mezzo, serrati da due file d'abeti, stavano di fronte l'uno all'altro un *tarantass* a tre cavalli e un carro, le cui ruote s'erano affondate pesantemente nel terreno umido. Il carro era pieno di oggetti in legno ricoperti da un telone e male assicurati con le corde; il padrone, senza berretto, che gli avevan certo fatto volar via, si copriva il volto con le palme, quasi volesse difendersi da un colpo che sentiva imminente. Minaccioso e infuriato, gli stava sopra un signore in uniforme, molto svelto nei movimenti, malgrado il ventre che gli cominciava dalla gola, e le gambe che parevano sostenere a stento il peso dell'enorme corpo. Egli era appena saltato dal suo *tarantass*, nel quale stava ancora il suo compagno, un giovanotto grosso, col mantello grigio e il berretto bianco.

— L'*ispravnik!* - disse il servo a Gundurov.

— Io lo conosco! - esclamò Sofia Ivànovna, indignata a quella scena. - Signor Akulin, signor Akulin! - gridò forte, mentre la sua carrozza si fermava dietro il *tarantass*.

La mano del signore, già levata contro il conduttore del carro, si abbassò subito, e il signor Akulin si volse. Si volse anche il giovanotto seduto nel *tarantass*.

— Ah, Gundurov, buon giorno! Cantami, o diva, di Elpidifor figlio di Paolo l'ira funesta!... - disse il giovane, accennando l'*ispravnik*.

— Chi è quel giovane? - chiese accigliata Sofia Ivànovna.

— Svisciow, un ex-avvocato e uno scienzato! - rispose Gundurov fra i denti.

— Si vede!

Akulin intanto s'appressò al *phaeton* salutando.

— Vostra Eccellenza, Sofia Ivànovna!...

Questa non lo lasciò finire.

— Battere sarà forse molto piacevole, - disse, - ma non vi farà fare un passo innanzi!

— *Pardon, Madame* - egli rispose, punto da quelle parole. - Sono educato, ma *ces canailles...*

Sofia Ivànovna lo interruppe di nuovo.

— Tutto questo è bellissimo, ma voi vedete che finchè le ruote del carro saranno così affondate, nè la vostra carrozza nè la nostra non potranno passare. Per ciò, prima di tutto, bisogna liberare il carro: e così risparmierete forse anche la noia di battere il conduttore.

— Fedossei, - disse Gundurov che si dominava a stento, - andiamo a dare una mano!

L'*ispravnik* irritato ritornò al *tarantass*. Il compagno di lui insieme con Gundurov, Fedossei e il cocchiere dell'*ispravnik* si affaticavano a liberar le ruote del carro, mentre il contadino batteva il cavallo, tirandolo or qua, or là. Finalmente, con un ultimo sforzo, il cavallo trasse il carro dal solco, ma nello stesso tempo cadde, e l'intero carico si rovesciò a terra, fra le zampe dei cavalli del *tarantass*.

— Ora andiamocene, Nicolaj Ignatievic! - disse l'*ispravnik* al suo compagno. - Questo per il tuo danno! - fece poi, gettando alteramente al contadino dieci rubli.

— Alcantara Calatrava, grande di Spagna! - esclamò Svisciow, con una risata che sonò per tutta la foresta, mentre indicava Akulin a Gundurov. E aggiunse: - Anche tu vai a Sizkoje?

Gundurov non potè trattenere un gesto di maraviglia, poichè Svisciow non gli aveva mai dato del tu.

— Allora, arrivederci! - seguitò l'altro tranquillamente, senz'attendere la risposta.

La *trojka* partì, facendo tintinnire i campanelli.

— Passate anche voi, Eccellenza! - disse il contadino a Gundurov, mentre con l'aiuto di Fedossei rialzava il cavallo.

— E tu come farai senza la tua merce?

— Non importa, Eccellenza: la raccatterò subito! - rispose l'uomo contento, con un sorriso.

— È ben feroce con voi l'*ispravnik* - gli osservò scherzando Fedossei.

— Er, pur troppo! Mi ha buttato via il berretto! Però, Dio gli renda salute: mi ha ricompensato!...

XI.

Sulla terrazza di Sizkoje, che occupava tutta la facciata della casa dalla parte del cortile, si vedeva l'agitarsi d'una grande riunione.

Gundurov si sentì stringere il cuore.

— Sarà qui la principessina? - pensò turbato, mentre cercava di nascondere alla zia l'impazienza che lo divorava.

Sulla terrazza non v'erano nè la principessina, nè la madre, nè il principe: v'eran tutti gli amici di casa, che Gundurov e Sofia Ivànovna conoscevano appena.

Soltanto Nadjesda Feodorovna, riconoscendoli, discese le scale per riceverli, e subito li accompagnò nell'appartamento della padrona di casa, ove non passavano che le visite più importanti. (Agli altri, che la principessa chiamava le menu fretin, ella concedeva solo un'udienza in comune prima del pranzo).

La principessa era nel suo elegante salotto di cretonne, insieme col « brigante calabrese ». Accolse con molti complimenti Sofia Ivànovna, della cui dignitosa semplicità doveva subire il fascino, e che ella apprezzava molto perciè aveva conosciuto personalmente l'imperatrice Maria Feodorovna.

L'invitò a sedere e mandò Monsieur Serge a trovare la giovane compagnia.

— Vi aspettano da molto tempo, - gli disse. - Le prove son già cominciate e tutti sono a teatro, con Lariòn. Là vi divertirete meglio qu'avec une vieille femme comme moi. Monsieur Ziablin, andate, andate anche voi: io non vi trattengo.   •

Ziablin sospirò, lanciò il suo sguardo da vitello, che voleva dire « crudele! » e non si mosse dal suo posto.

— Che donna adorabile! - pensò Gundurov, baciando la mano grassoccia e inanellata della principessa, che gliela concedette con aria di protezione.

Egli uscì, composto e tranquillo, dal salotto. Ma appena sulle scale, si mise a correre velocemente, e giunse in teatro, ov'era quel frastuono enorme, che i dilettanti chiamano la prima prova. La confusione era al colmo; il palcoscenico ingombro di gente che cercava qualche cosa, rideva e correva; il direttore di scena si sfiatava a chiamar per nome quelli che facevan le prove del vaudeville « Liev Guric Sinickin ».

— Raissa Minisna! Borzikòw! Kàtia! Nàdia! Màscia! Vària! - gridava.

Si udivano esclamazioni in risposta:

— Devo uscire io?

— Voi, certo!

— Ah, scusi, non avevo capito!

— Varia, Varia! Chi è Varia, Mesdames?

— Non c'è!

— No, no, sei tu!

— Io sono Nadia.

— Non è vero: Nadia sono io.

— Dio mio! Ho preso la tua parte! Dov'è la mia? Chi ha visto il mio copione?

— Calma, calma, signore! Non si capisce più nulla!

— Mai, mai, io non dirò questo! - risonò la voce di Olga Elpidiförovna. - Bisogna tagliare!

— E come potrò io rispondervi? - urlava Valkovski.

Tutti erano così occupati, che non s'accorsero dell'entrata di Gundurov.

— Il quarto atto! Signorine, la canzone! - urlava con voce rauca il direttore, fatto arrivare appositamente da Mosca. - *Ensemble, ensemble!* Il conte Zefirov e le signorine, prego!

— Io non conosco questa musica!

— Anch'io!

— Ah! ah! ah!

— Ieri sera l'abbiamo studiata al piano.

— Permettete: il musicista la ripeterà subito!...

Un violino accennò un motivo di valzer.

— Conte Zefirov, a voi!

Scigariew, ch'era sul palcoscenico con quattro signorine, cantò imitando la voce flebile d'un vecchio:

Ah, siete voi le mie gallinette!

Una risata proruppe da tutti gli angoli.

— Scusate, ora tocca a voi, subito dopo il canto:

Si affrettava ciascuna di noi...,

andava gridando il direttore, mentre batteva il tempo col copione.

Le signorine si raccolsero in crocchio e apriron la bocca per cominciare il canto...

— Scusate, scusate: così è impossibile! Dovete circondare il conte:

— E anche salutarlo con grazia! - gridò dalla platea l'ex-avvocato Svisciow, che dava il suo parere su tutto.

— Ah, ah, ah, com'è ridicolo! - esclamavano le signorine, che s'erano disposte intorno a Scigariew.

— Ebbene, cominciamo!...

— Ah, siete voi le mie gallinette?
Che cosa mi portate? Bei regali?...

cantava Scigariew.

— Si affrettava ciascuna di noi
Nel dì onomastico...

risposero con un filo di voce Katia, Nadja, Mascia e Varia.

— Ahi, ahi, ahi, ci rompono i timpani! - miagolò, imitandole, Svisciow, che si mise anche le dita negli orecchi.

Il riso nella sala si propagò più forte; una delle signorine ne fu offesa.

— Che è questo? Ci prendono, e poi ridono alle nostre spalle? Io non recito più!

— Anch'io, anch'io!

— No, no, non recitiamo! - gridarono tutt'e quattro, cominciando a piangere.

Il direttore, disperato, gridava al pubblico.

Dalla prima fila delle poltrone si alzò una signora alta, moglie al direttore d'una Banca, la quale aveva la parte di Raissa Minisna, e corse verso la scena.

— *Fenicka! Eulampe! Finissez, quelle honte! Je vous ai donc ame-*
nées ici!

(Due delle signorine erano sue nipoti).

Ma le fanciulle rimanevano sorde alle rampogne.

— Perciè noi non siamo nè nobili, nè contesse! - mormoravano.

Valkovski, rimasto dietro le quinte a rileggersi la parte di Sinickin,
discese dal palcoscenico.

— Via! Vattene via! - gridò a Svisciow, causa principale di quelle
lagrime, che con calma insolente guardava le signorine piangenti.

— Sei matto? - egli rispose a Valkovski, impallidendo.

— Tu non fai che disturbare! - ripetè furioso Valkovski.

Il pubblico si agitò nella sala.

— Signor Valkovski! - risonò la voce forte del principe Lariòn. -
Siete in casa della principessa Sciastunòv.

Il fanatico si sentì rabbrividire: gettò un'occhiata confusa dalla
parte ove il principe sedeva, si volse, e come un tipo spaventato rientrò
dietro la sua quinta.

Gundurov, approfittando della confusione, s'inoltrò inosservato e
raggiunse la finestra presso la quale stava la principessina seduta sopra
un divano a fianco di Ascianin. I due eran così intenti alla loro conversazione, che non s'accorgevano di quanto avveniva loro intorno. A
Gundurov, quella intimità spiacque: ma subito intuì ch'egli stesso era
il tema dei loro discorsi, e che di null'altro poteva Ascianin parlare con
la principessina.

— Ecco che arriva lui in persona! - esclamò, quasi a conferma di
questo pensiero, Ascianin.

La principessina lo salutò col suo bel saluto cortese.

Gundurov si avvicinò.

— Buon giorno! - ella disse sorridendo, senza stendergli la mano.

Egli si era accorto che la fanciulla non dava la mano ad alcuno,
e ciò gli piaceva molto, perciè gli pareva che la donna non dovesse
essere troppo familiare.

— Sei giunto ora? - domandò l'amico abbracciandolo.

— Sì, mezz'ora fa, con la zia!

— Anche vostra zia è qua? - disse, animata, la principessina. - Ma
voi vi fermate per recitare?

—Abbiamo già combinato tutto, - annunziò Ascianin, - e se tu avessi
tardato ancora, sarei venuto io a prenderti. Domenica dopo la tua partenza sono arrivati molti ospiti, Cigevski, Dukònin da Mosca, alcuni
vicini. Io e Valkovski abbiamo approfittato di questo e col permesso
della principessa abbiamo raccolto un'intera Compagnia per la tragedia
e pel *vaudeville*. Tutti quelli che siedono nelle poltrone laggiù, sono
parenti e amici degli attori, venuti a veder la prova.

— E sapete: *maman* ha permesso di rappresentare *Amleto*, - aggiunse la principessina. - Coi tagli, però, che farà lo zio. Io so già quasi
tutta la mia parte.

— E Geltrude chi sarà? - chiese Gundurov.

— Nadjesda Feodorovna. Ma quanto mi è costato! - mormorò Ascianin all'orecchio dell'amico. - Questi sacrifici non si fanno che per te.

In quel momento, saltando e lisciandosi i baffi con la grazia di
un ex-ussaro, s'avvicinò alla principessina l'*ispravnik* Elpidifor Akulin.

— Permettete d'augurarvi il buon giorno, *princesse!* - egli disse
con voce melliflua. - E nello stesso tempo, come uomo sincero e pas-

sionale, - e rise, - vogliate permettermi d'aggiungere una preghiera. Rivaleggerò con la mia Olga che, a suo grande onore e per la mia felicità, gode la benevolenza della principessa, e, spero, anche la vostra...

— Che cosa desiderate? - chiese, senza capir niente e un po' turbata la fanciulla.

— Domando un *rôle*, il più piccolo *rôle*, da recitare. Che volete? È una mia passione invincibile, nata con me. Ero portato a calcare le scene: e invece il destino ha disposto ben diversamente!...

E Akulin, con un gesto disdegnoso, accennò la sua uniforme da poliziotto.

— Le vostre glorie artistiche sono qui conosciute! - disse cortesemente Ascianin, mentre Gundurov corrugava la fronte, ricordando la scenata della foresta. - Vi abbiam già preparata la parte di Polonio nell'*Amleto*, se però non preferite una parte nel *vaudeville*.

— Shakespeare! - gridò con sincero entusiasmo l'*ispravnik*. - È il mio Dio, la mia unica religione. Vi ringrazio tanto: sono davvero felice! - continuò, stringendo la mano d'Ascianin con le sue grasse dita. - Spero di recitarvi Polonio in modo da farvi contenti.

— Voglio salutare vostra zia! - disse la principessina a Gundurov, mentre si alza e s'incamminava per uscir dalla sala.

Il giovanotto guardò quasi con odio il tondo viso di Akulin, comprendendo ch'ella si allontanava per non trovarsi con lui. Lo stesso Akulin capì d'aver fatto cattiva impressione alla fanciulla, e non potè trovarne la ragione. Egli si diresse all'altro lato della sala, dove, a fianco del principe Lariòn, stava seduta sua figlia, chiacchierando e fissandolo con occhi provocanti. Fermatosi a pochi passi di distanza, Akulin contemplava la scena con la compiacenza della sua anima da vero commediante.

— Lisa! Dov'è Lisa? - chiamarono dal palcoscenico.

— Sono io, - rispose, balzando in piedi, Olga Elpidifòrovna; e vedendo suo padre si diresse a lui.

— Ebbene, abbocca? - chiese il padre a mezza voce.

— Già, proprio! Bisogna provare! - ella rispose, stringendosi nelle spalle. E passò oltre con un moto di dispetto.

— E tu, cerca far meglio! - le consigliò prestamente il degno genitore.

— Dobbiamo cominciar subito! - disse Maus, avvicinandosi a Olga.

Maus recitava la parte di Borzikov, e durante la conversazione col principe, avea continuamente avvolto di sguardi gelosi la signorina.

Le fanciulle rivoluzionarie s'eran già calmate e avevano ripreso il loro posto sul palcoscenico, circondando Scigariew e ridendo dei lazzi ch'ei faceva per incoraggiarle.

> V'ho lavorato una bella borsetta,

cantava, sottovoce, per paura, Nadia.

> Grazie, cara amica,

rispondeva Scigariew, ballando e saltellando come un galletto.

> Vi ho ricamata una bella sciarpa,

cantò con voce stridula Varia, sollevando fin quasi ai capelli le enormi sopracciglia nere.

> Grazie, gattina mia,

rispose il conte Zefirov, e l'abbracciò.

— Come osate tanto? - urlò la fanciulla.

— Secondo la commedia, io devo baciarvi. E voi ancie! E ancie voi! Tutte, devo baciarvi!

— Non è vero, non è vero! Noi non permetteremo! - gridavano a una voce le ragazze.

— Eppure così vuole la scena! - osservò, avvicinandosi, il direttore.

— No. no. Piuttosto rinunciamo a recitare!

Di nuovo stava per prorompere la rivoluzione delle pudice signorine, ma fu subito stornata dalla signora, moglie del direttore di una Banca. Essa le calmò, decidendo che *Zefirov* doveva *faire semblant* di baciarle, e in tal modo la situazione non era guastata e le convenienze erano salve.

— Ma allo spettacolo vi bacerò tutte per davvero! - borbottò sotto voce Scigariew.

— Ed io vi darò uno schiaffo! - rispose Eulampe, ch'era la più energica delle quattro.

— Andiamo in giardino a fumare! - propose Ascianin a Gundúrov. - Qui il principe non permette! Terminata questa pioggia, cominceremo la nostra. Hai fatto molto bene a venire.

— Ma la principessina se ne è andata?.- chiese Gundurov.

— Torrerà, - rispose Ascianin, incamminandosi verso la porta.

I due amici uscirono nel giardino.

(Continua).

B. M. Markevic.

Derelizione.

Deluso andrà l'amore che tu hai
Chiesto al prossimo tuo. Come un aperto
Giardino intorno agli altri olir vedrai
D'affetti il mondo: intorno a te il deserto.

Come un ospite estrano assiderai
Al focolare degli sposi. Incerto
Ti guarderà il fanciul che abbracci. E mai
Per te gioito alcuno avrà o sofferto.

Mesto Ismaele, in morte d'aridezza
La fiamma sperderai che 'l cor t'alluma?
No, se ricordi c'è anco una salvezza

Divina resta da l'orribil tarlo
Ch'entro rodendo l'anima consuma
A quei che amore non ottenne: il darlo.

Le anime fidenti.

Son anime quaggiù, che la prudenza
Del dubitare non acquistan mai;
Candidi gigli, in ogni dove, senza
Siepe nè muro, aprirsi le vedrai.

Con la bontà che a sè conformi estima
Tutte le cose, incontro all'uomo vanno.
Non scrutano esse; accettano la prima
Parola. Esse non chiedono; si dànno.

Da' sguardi obliqui e dalle labbra bieche,
Onde l'umana compagnia s'attrista,
Non imparano nulla. Esse son cieche,
Ovvei gl'inganni pèrdono di vista.

Così vanno quaggiù, secure in viso,
Sublimi incaute, alla lor fede in braccio.
Può insanguinarle ogni beffardo riso,
Ogni rea mano ordir può loro un laccio.

Ma guai! L'offesa, che vendetta chiama,
Di quella mano e di quel riso, è scritta:
Scritta nel cielo, ove un'orribil lama
Gronda sangue nel cor di Dio confitta.

Ὃν οἱ θεοὶ φιλοῦσιν ἀποθνήσκει νέος
(Muor giovane colui che al cielo è caro).

MENANDRO.

Elegia.

Vedete i fiori in quanti modi
Muoiono! I più sopra la pianta
Sfiorendo, della vita i nodi
Al frutto danno. Altri ne schianta
Il turbine: altri 'l gelo
Abbrucia in sullo stelo.
Con l'erba falciane a migliaia,
Strisciando a tondo a tondo,
L'aspra mortal falce fienaia.
Altri n'avrà 'l pantano immondo.
A caso più molti ne cade,
Che giaccion pesti per le strade.

Ve n'ha di quelli a cui nel cuore
Petali e stami ha roso e guasto
Un vermicciuol roditore.
Taluno a sè nasce nefasto;
E come il suicida
Sua morte in petto annida.
O fortunati quei che sciolti
I lor vaghi velami,
Man gentil sul cespo ha colti!
Muoiono anch'essi; ma dai rami
Che di lor bello andaron privi
Ridendo son scomparsi vivi.

O voi dolenti, e mane e sera
Indarno pur chiamando a nome
Chi fu la vostra anima vera,
E sparve quando il sol le chiome
Floride e la serena
Fronte baciava appena;
Quel pio conforto a voi ne spiri:
— Miei giovane colti
Che al cielo è caro. — E in tra i sospiri
Anche pensate i fiori a cui
Più rise il maggio, e in que' sorrisi
Vivi in sul ramo fur recisi.

Ballata.

Fiorisce nel decembre il mio rosaio,
Lucido i rami e tutto quanto verde,
Che nè fogliuzza perde,
Nè l'han ferito i ratti del rovaio.

I suoi compagni e gli altri arbusti spogli
De' gai colori e d'ogni altra adornezza,
Son fascetti di sterpi irti e di spine,
Con frutticelli di sanguigno tinti:
Buffo trofeo de' lor caduti orgogli.
Il mio rosaio, che dell'acri brine
Nella sua floridezza
Sfida egli solo o più non sente il guaio,
Porta in sui rami nell'invoglio avvinti
I rosati bocciuoli a paio a paio.

Tutti gli amori una stagion fiorita
Hanno nel mondo, che trapassa e muore;
E una secchezza dietro sè sol lascia
A dar frutti di sangue e a pingere sempre.
Solo un'amica al ciel vergine vita
Forte agli odî perenna e fra l'ambascia
L'amoroso suo fiore.
Campo di morte ove indurì 'l nevaio
A lei fu il mondo. Non mutò sue tempre
Ella, e col maggio in cor rise a brumaio.

Luisa Anzoletti.

UN POETA CÔRSO.

Sono debitore al dio Caso d'una lieta scoperta (e quante scoperte, antiche e moderne, non ci sono venute da lui?); della scoperta, dico, d'un poeta Côrso, poeta in lingua italiana e nel dialetto della sua isola natale. Credevo per verità che l'ultimo di tali poeti fosse stato il Viale (oriundo Ligure, per altro, e d'una famiglia di Pielà, in provincia di Porto 'Maurizio), i cui versi, trenta e più anni fa, uscirono stampati a Firenze coi tipi del Lemonnier. Ed ero venuto anche testè a credere, contro ciò che recavano tante monografie sulla Corsica, e che mi avevano confermato amici miei, nativi di quell'isola (tra i quali il mio indimenticabile Polidoro Casalta d'Ornano, colonnello garibaldino), che davvero in questi ultimi tempi il vecchio dialetto dei Côrsi fosse poco meno che spento nell'uso, perché, a detta dell'*Archivio Storico Lombardo* (31 marzo 1901), «non v'ha ormai fra gli abitanti dell'isola chi se ne valga ordinariamente, parlando o scrivendo». Ma ecco qua; mi vien proprio di Corsica un poeta autentico, di schietta italianità se scrive in lingua, di pittoresca vivezza se scrive nel suo vernacolo Bastiese, tanto da poter stare co' suoi sonetti paesani al paragone coi moderni poeti dialettali della Penisola. E questo poeta ha dettato in quel suo dialetto più di venti commedie, nelle quali con amabile festività di dialogo e con altrettanta felicità d'invenzioni si esprimono tutti gli aspetti della vita presente, nel ceto medio e nel popolino di Corsica; commedie che stampate e ristampate dal 1889 fino ad oggi, sono andate a ruba; lette, adunque, intese e gustate da tutti quegli isolani.

Furono appunto queste commedie, venutemi per caso alle mani, che mi fecero desiderar di conoscere il nome dell'autore. « Pietro Vattelapesca » era stampato su quei venti e più libriccini: non poteva bastarmi: andai di fatti alla pesca, e mi venne all'amo un grosso volume di « Versi Italiani e Corsi », uscito nel 1887 a Bastia, dalla medesima tipografia Ollagnier, che aveva preso poi a stampar le commedie. In quel volume, Pietro Vattelapesca era sempre il nome di guerra; ma accanto, e tra parentesi, gli si leggeva il nome vero: Pietro Lucciana. Ebbi il volume, a cui or ora venrò; e dell'autore seppi anche più che prima non isperassi sapere: ch'egli era stato professor liceale a Bastia, già salito in bella fama tra i suoi concittadini per una traduzione in versi italiani dell'*Arminio e Dorotea* del Goethe, poscia,

in prosa francese, della *Corsica* e della *Storia dei Còrsi* del Gregorovius;
che insieme col fratel suo Luigi e col Consigliere Caraffa aveva nel
Bulletin de la Société des Sciences historiques et naturelles di Bastia
pubblicati gli atti d'un vecchio processo, poco onorevole, animé, pel
governo della Serenissima di Genova: in conseguenza del quale erano
stati, in Genova e nel triste cortile del Palazzetto Criminale, giustiziati
il 7 maggio 1747 dieci cittadini Còrsi; tra essi un Francesco Maria
Licciana, antenato del nostro poeta.

Di cui poscia ho letto volentieri e attentamente ogni cosa, spesso
anche riletto. Egli scrive il francese con una proprietà, con una snel-
lezza elegante, che molti giornalisti parigini, e non dei mediocri, potrebbero invidiargli. Ha familiare il tedesco, come si vede, oltre che dalla
versione dell'*Arminio e Dorotea*, dalla più parte dei *Versi Italiani*, ove
ci dà traduzioni di lirici germanici, dal Lessing al Goethe e allo Schiller.
Possiede l'italiano, e lo usa come lingua veramente materna, riuscendo
così ricco di modi da dissimular quasi sempre lo sforzo inevitabile di
chi vorrebbe esprimere tutta l'energia o la delicatezza dei pensieri d'un
poeta straniero, e meravigliando ancora con la grande varietà dei metri,
derivati, quasi a mostra di valentia, da poeti di tutti i secoli della
letteratura italiana. Ed è Còrso, soprattutto; ha profondo l'amore del-
l'isola natale, il che è bello, come tutto ciò
che è sincero, sentendosi bene che nel suo modo di pensare non entrano affatto ragioni politiche, riposte ó sottintese. Egli usa nei « Versi
Còrsi » come nelle Commedie il vernacolo di Bastia, misto evidente di
toscano e di ligure, tranquillamente elaborati nello spazio di sette secoli,
come un Còrso di Cargese usa ancora il suo greco bisantino del secolo XVII (1), o un Sardo di Algiero il suo catalano del XIV: notevole
persistenza dei dialetti indigeni, che tanto facilmente si lasciano comandare e raggentilire dalla lingua letteraria del ceppo etnico a cui
appartengono, e con altrettanta tenacia resistono all'azione della lingua
d'un popolo dominante, o premente all'intorno.

Si veda come il signor Licciana tratta garbatamente il delicatissimo tema, etnografico e non politico, nella parte vernacola del suo
volume di versi. Chi è che dice che i Còisi abbiano dimenticata la

_____

(1) Intendo per greco bisantino la lingua ellenica scritta e parlata non solamente nel lungo periodo dell'Impero d'Oriente, ma ancora più oltre, nell'At-
tica e nella Morea innanzi la compiuta invasione Musulmana. La colonia Greca
di Corsica data dal 1675, quando Giorgio Comneno Stefanopulo, costretto ad
espatriarsi dalla Maina, nel Peloponneso, veleggiò con settecento partigiani per
Genova, ove accolto con molto onore ebbe da questa Repubblica la concessione
del territorio di Paonia nell'isola di Corsica. Quella colonia Greca durò flori-
dissima fino al 1729, quando, scoppiata la grande insurrezione dei Còrsi contro
Genova, i coloni di Paonia dovettero rifugiarsi in Aiaccio, e Giovanni VI
Stefanopulo formò un battaglione di trecento uomini a difesa del dominio Genovese. Ceduta poi l'isola alla Francia, i Greci di Paonia ebbero collocamento
a Cargese, nuova colonia presto fiorente come l'antica, e lungamente governata
dagli Stefanopoli, la cui nobiltà e i diritti come discendenti diretti ed autentici
degli imperatori di Bisanzio e di Trebisonda furono riconosciuti con lettere pa-
tenti di Luigi XVI nel 1778. Quanto alla parlata greca dei coloni di Cargese,
essa era considerata così pura, al paragone di quella dei Fanarioti, che ancora
sul finir del Settecento, e forse più oltre, usavano i Patriarchi di Costantinopoli
di mandare a Cargese alcuni dei loro giovani chierici, per attingervi la retta
pronunzia del greco ecclesiastico. Notizia, questa, che ebbi giovanissimo da un
cittadino di Cargese, stato alcun tempo maestro di scherma a Genova; uomo di
tre anime, come io lo chiamavo, poiché aveva familiari tre lingue: greca, italiana e francese.

lingua di Pasquale Paoli e di Sampieio d'Ornano? o che i bambini, da noi, chiedano la poppa in francese? Quella dei vecchi è una lingua che non si potrà siadicaie: più facile saiebbe siadicaie il Rotondo, che è il monte centiale dell'isola. Vedete, ad esempio: se io pianto vitigni di Boigogna, che cosa ciedete voi che n'abbia a veniie? Vin di Boigogna? Baie! vino Còrso, e sarà bene; perché, tra l'altio, il vino Còiso è miglioie. E se io pianto paiole e pensieii galli nei ceivelli corsaiòli, che ciedete che il sole, od altia foiza qualsivoglia, ne faccia veniii fioii? Galli, no, nasceiànno Còrsi senz'altio. Ho stillato e sciipato in piosa paieccie stiófe, ma per far meglio intendeie il testo, che qui iifeiisco a saggio della poesia del Licciana e del dialetto ch'egli usa.

A NOSTRA LINGUA.

Ma seià piopiu cusine,
    Comme a disse un cunsiglieru,
    Che un capite più u linguaghiu
    Di de Paoli e di Sampieru?
   · Che perfinu e crïature,
    Quando vòleno tittà,
    U dummandano in pinzutu
    Alla so caia mammà?

Eo sò un ommu un poco anticu,
    E per questu un po' ignoiante:
    Un cunnuscu ma' che Alfieri.
    Monti, Tassu, Aiiostu. Dante,
    E altre simile anticaglie
    Da ripone in un placcà,
    E sol bidi qui, scapponi,
    I grand'ommi d'u dilà.

Ma se à Mecca un sò mai statu
    A acquistà giazia e talentu,
    Aghiu un pocu di von sensu
    Païsanu, e mi contentu.
    Ora u miò von sensu dice:
    Ete voi bellu giacciià!
    No signori, a nostia lingua
    Un si pô, no, siadicà.

È più facile u Rutondu!
    Permettite un paiagone:
    Eo piantatu aghiu una vigna
    Cun bignizzu vurguglione.
    Cosa cridete chi faccia?
    U Vurgogna, forse?... Bah!
    Binu còisu (e un ci aghiu persu,
    Ch'è più bonù). Dite avà!

Se pientate in de' cerbelli
    Cursacchioli ancu e paiole
    E i penseii galli, galli,
    Cosa cridete che u Sole,
    O chi foiza pur si voglia,
    Faccia nasce?... Gallu?... Bah!
    E né gallu e né gallina;
    Còrsu, còrsu nascerà.

E boi nulla perderete.
  L'hanu detta: « Se brammemmu
  « Che u stranieru ci rispetti
  « E ci stimmi, rispettemmu
  « E noi stessi, 'e a nostra mamma ».
  U sapete, vergugnà
  D'ella, certu, un ci putemmu;
  Grande è sempre, e più serà.

D'una armonia, d'una grazia, che ricorda il siciliano Meli, è improntato il canto « U Castagnu », dove son celebrati con iscorrevole vena popolare albero e frutto, con tutte le forme in cui questo è acconciato dalla domestica economia montanina. Non potendo riferirlo intiero, mi restringerò a darne la chiusa, che viene inaspettata, ma più naturale, e che per intanto ci fa penetrare più addentro nell'anima Côrsa del poeta.

  Gridu infine ai païsani:
    I castagni rispettate!
    Un strughite cu le mani
    E sostanze! Ricordate
    Che da voi sempre luntani
    Fuimo i dèsputi... Perchè?

  Perchè in cimma ae vostre zenne (balze)
    U castagnu vi restava.
    Essu liberi vi tenne;
    Sì no, Corsica era schiava...
    Un padrone pur ci venne;
    Ma fu un Côrso, e binse i re.

« Ma fu un Côrso, e vinse i re ». Sta benissimo; « *sume superbiam quaesitam meritis* » può dire alla sua Musa isolana il concittadino di Napoleone Bonaparte. « Fu vera gloria? » chiedeva il Manzoni; e nel dubbio lasciava già intendere da che lato dovesse pendere il giudizio, dei posteri. I posteri di Corsica, a buon conto, lo hanno pienamente confermato, essi che di quella gloria vivranno lungamente, come, ristretti a difesa sulle balze natali, i loro antenati seppero vivere insofferenti di giogo, sostentandosi col frutto dei liberi. Aver dettato legge al mondo è ancora, e sarà per un pezzo, gran titolo di gloria ad un uomo, e al popolo donde quell'uomo è nato. Noi stessi non viviamo di Giulio Cesare? e del ricordo di tutti i grandi che Roma ha dati, non abbiamo rifatta la patria?

                           ANTON GIULIO BARRILI.

LA POLITICA DOGANALE DEI SOCIALISTI TEDESCHI

V.

Il socialismo internazionale, se presentò delle proposte apparentemente facili d'organizzazione e di propaganda sul terreno delle industrie, invece si trovò a disagio di fronte alla questione agraria. Le teorie sull'espropriazione della terra, sul collettivismo, non trovarono che scarsissima accoglienza tra gli agricoltori, compresi i lavoratori salariati.

Quando la propaganda tra gli operai dell'industria fu abbastanza progredita divennero più evidenti e dolorosi gli scarsi risultati che avevano dato nelle campagne; perciò, i socialisti di ogni gradazione, che non trovavano nel vangelo marxista alcuna proposta concreta da presentare agli agricoltori per attirarli nella loro orbita, nel Congresso di Marsiglia, se non erro, per la prima volta presentarono un programma agrario che offrì questa singolarità: si mise in contraddizione col programma generale del collettivismo e per penetrare nella campagna cominciò dal dichiarare che avrebbe rispettata la piccola proprietà rurale. A Nantes è meglio esplicato questo programma, il quale, naturalmente, venne fatto segno alle critiche vivaci di Engels e della maggior parte dei marxisti ortodossi. Ma questi ultimi nulla di meglio seppero esplicare, e il libro di Kautsky sulla *Questione agraria,* che avrebbe dovuto dare il vangelo del socialismo agricolo, nella parte sua sostanziale non riuscì che all'esposizione rigorosamente documentata delle sofferenze dell'agricoltura e degli agricoltori; lo stesso Kautsky, come osservò il Bernstein, gli negò il titolo di programma agricolo sociale-democratico. Lo stesso illustre marxista tedesco non volle consentire nei principi dell'associazione e della cooperazione agraria che nel deputato Gatti tra gli ortodossi italiani e nel Nossig tra gl'indipendenti hanno trovato dei convinti difensori.

Di questo imbarazzo in cui si trovano i socialisti tedeschi nel proporre rimedi adatti ad eliminare o ad attenuare la crisi agraria, si ha un documento caratteristico nel fatto che lo stesso Max Schippel, il quale non ha esitato a romperla con gli ortodossi nella questione doganale, e che ha manifestata tanta simpatia per la causa dell'agricoltura e degli agricoltori, lo Schippel che ha adoperato un'ironia amara contro le proposte del Kautsky, non sa egli stesso decidersi francamente a sostenere il dazio sui cereali. Non si può e non si deve nascondere che anche gli altri socialisti dissidenti, come il Bernstein, il Calwer, il Nossig, si dichiarano contrari al protezionismo agrario. D'altra parte è davvero notevole che lo stesso Kautsky, cioè il marxista più rigido della Germania, se respinge l'aumento del dazio sui cereali, considerandolo come inefficace a mantenere il desiderato livello dei prezzi, d'altra parte, pur ammirando i procedimenti della Lega contro il dazio sui cereali in Inghilterra e i risultati ottenuti sotto Peel nel 1846, riconosce che la situazione dell'Inghilterra di allora non si ripete più; poiché l'industria dell'Inghilterra signoreggiava allora illimitatamente sul mercato mondiale e contemporaneamente gl'interessi e le tendenze liberoscambiste erano fortissime all'estero, tanto che il buon esempio dato venne imitato dagli altri Stati più importanti. Ben diversa è oggi la situazione. « Noi – dice il Kautsky – abbiamo una serie di Stati industriali che non permettono la preminenza degli uni sugli altri; d'altra parte, le tendenze protettrici nei capitalisti industriali, negli Stati industriali ed anche in quelli agrari sono così forti che il buon esempio che darebbe uno di essi passando al libero scambio rimarrebbe senza imitatori; donde la conseguenza di non poter adottare di un colpo e isolatamente il libero scambio, ma di doverlo preconizzare come un ideale, ed escludendo la rimozione del protezionismo complessivo di un colpo, doversi limitare a diminuirlo gradatamente ».

Ecco il metodo veramente razionale che è stato consigliato e sostenuto in Italia da chi osò opporsi alla *furia* abolizionista dei nostri socialisti, procurandosi il titolo di *affamatore!*

Il Kautsky nell'ultima sua pubblicazione consacrata alla politica commerciale del Partito socialista tedesco, non è rimasto sordo alle sofferenze delle campagne ed ha proposto qualche cosa di efficace per attenuare la crisi agraria. Egli, considerando che il dazio di 5 marchi sul grano rappresenta in cifra tonda un'imposta di 500 milioni su tutta la popolazione dell'Impero tedesco, che va a benefizio, in massima parte, dei creditori ipotecari, degli speculatori, dei grandi proprietari - cioè della parte più ricca e più inutile della popolazione - propone che i 500 milioni si ottengano con un'imposta progressiva da consacrarsi a vantaggio della massa della popolazione agricola e dell'agricoltura; cioè: in costruzione di scuole, aumento d'insegnanti, estensione dell'istruzione agraria, costruzione di abitazioni umane pei lavoratori della terra, costruzione di piccole strade e di altre vie di comunicazione, miglioramento delle leggi sui poveri, promovimento di un razionale sistema delle acque, che da un lato rimuova il pericolo dell'inondazione e dall'altro faccia meglio adoperare le forze idrauliche, e finalmente, se i mezzi ancora bastano, acquisto dei beni dei *Junkers* falliti e loro trasformazione in poderi modelli (*Musterwirtheschaften*) - poderi modelli, non solo nel senso tecnico, ma anche in quello sociale. All'impiego di questi 500 milioni vorrebbe aggiunto: l'abolizione del militarismo, che sottrae all'agricoltura tanta forza di lavoro; l'espropriazione delle miniere di carbon fossile, per dare all'intero popolo, e quindi anche agli agricoltori, un sufficiente materiale combustibile; così avrebbe una diminuzione del costo di produzione dell'agricoltura tedesca e l'elevamento della sua forza di concorrenza nel mercato interno e nel mercato mondiale; contemporaneamente si conseguirebbe una straordinaria elevazione fisica ed intellettuale della massa della popolazione agricola.

« Certamente - egli soggiunge - questo programma di riforme diverrebbe più radicale se esso venisse accompagnato dalla nazionalizzazione della terra ».

Chi non vede quanto il Kautsky si senta impotente ad aiutare l'agricoltura e gli agricoltori se è costretto a ricorrere a siffatti rimedi, in gran parte certamente irrealizzabili col regime attuale e che provocarono l'ironia di Schippel? Queste proposte che vorrebbero sostituire il dazio sul grano rassomigliano come una goccia d'acqua nel risultato finale, se non nel processo di realizzazione, alle altre che il Giretti – un valoroso e convinto liberista italiano – colla più meravigliosa logica semplicista ha proposto e che si riducrebbero all'abbandono della terra da parte dei proprietari e al suo passaggio nelle mani dei contadini.

I socialisti tedeschi, ortodossi e indipendenti, si trovano su d'un miglior terreno quando mettono in evidenza le disastrose conseguenze per la Germania, dato il grande sviluppo raggiuntovi dalla produzione industriale tedesca e la necessità di una grande esportazione; che si avrebbero accogliendo le esagerate pretese degli Agrari che vorrebbero portare nelle nuove tariffe almeno ad 8 marchi il dazio sul frumento, non contentandosi delle proposte del Governo che si limiterebbero a 6.50 come tariffa generale ed a 5.50 come *minimum* convenzionale.

« Le peggiori conseguenze del movimento agrario – dice Calwer – non derivano tanto dalla richiesta dell'aumento del dazio sui cereali, quanto dal pericolo che si contiene in detta richiesta di un turbamento dello stato attuale della politica doganale de' trattati con quelle parti dell'estero, che sono i più sicuri, duraturi e positivi mercati pei nostri prodotti. Con questi paesi non è possibile alcuna discussione; il dilemma è semplice: piegarsi o rompere. *I pericoli che minacciano l'esportazione tedesca sul mercato mondiale sono così gravi che la classe lavoratrice tedesca non deve lasciar porre in quistione in guisa alcuna il possesso di quei mercati.* Molto più importante che il dazio sui cereali, colla sua azione sull'agricoltura, è per lo avvenire della Germania il rinvigorimento economico e sociale della sua classe lavoratrice. Giacchè guadagnerà e manterrà l'egemonia sul mercato mondiale quel paese, la cui classe lavoratrice è più elevata economicamente e intellettualmente ».

Le minaccie all'industria tedesca, se l'intransigenza esagerata degli Agrari riuscisse a trionfare, potrebbero divenire realtà colle rappresaglie della Russia, dell'Austria-Ungheria, dell'Italia e degli Stati Uniti.

Per parte mia non esito a dichiararmi che hanno torto gli Agrari, i quali s'illudono di potere compensare i danni della diminuita esportazione coll'aumento del consumo pel rinvigorimento del mercato interno. Certamente il mercato interno ha una grande importanza quando la produzione industriale non conta su di una forte esportazione; e questo sarebbe il caso dell'Italia. Ma per gli Stati prevalentemente industriali, e tale è diventa la Germania, il dover contare sul mercato interno nel caso di una considerevole contrazione dell'esportazione, condurrebbe ad un'amarissima delusione. Come s'ingannò List quando, propugnando la protezione delle manifatture, credeva di giovare agli agricoltori – non prevedendo lo sviluppo della concorrenza russa, indiana e americana – perciè credeva che con lo sviluppo della forza industriale sarebbe cresciuta la ricchezza e aumentata la richiesta dei prodotti agricoli; così sbaglierebbero gli Agrari intransigenti i quali credono li potere assorbire nel mercato interno l'attuale produzione industriale tedesca. La impossibilità di questo assorbimento, la solidarietà tra tutti i rami della produzione e specialmente quella tra la produzione pel mercato interno e l'altra pel mercato mondiale – non divisi e non divisibili da alcun taglio netto – ha dimostrato con grande evidenza il

Calwer (1); il quale ha insistito e giustamente, sulla necessità di una legislazione politica ed economica che consenta ai lavoratori della terra e delle officine di poter conseguire un'elevazione del salario senza di cui non si può sperare mai nè l'allargamento del mercato interno, nè il relativo aumento dei consumi.

Per tutte queste considerazioni, tanto il Kautsky, quanto il Calwer, respingendo le tariffe autonome, la doppia tariffa, i premi d'esportazione, la guerra doganale, ecc., ritengono preferibili i trattati e lodano e caldeggiano senza sottintesi e senza limitazione la continuazione della politica di Von Caprivi.

I benefici del sistema dei trattati sono stati lucidamente esposti dal Calwer. Al mercato del lavoro, egli dice, giova la stabilità e la durata delle condizioni commerciali; l'instabilità, l'incertezza, producono crisi e perturbamenti che danneggiano i lavoratori. Le tariffe contrattuali hanno avuto questi risultati benefici: hanno limitata l'autonomia doganale dei diversi Stati; impediti i peggioramenti negli scambi; rese stabili e durature le condizioni dei mercati esteri; moderati direttamente i dazi; facilitati, quindi, in una misura elevata gli scambi. I benefici della politica del Von Caprivi direttamente dimostra colla comparazione delle esportazioni ed importazioni dirette. L'esportazione della Germania verso i paesi a trattati aumentò di più che la importazione dai suddetti paesi; viceversa, coi paesi senza trattati e senza tariffa vincolata, l'importazione aumentò di più dell'esportazione; ciò risulta all'evidenza dal seguente prospetto:

Commercio coi paesi a trattati
(Russia, Austria-Ungheria, Belgio, Svizzera, Italia)
in milioni di marchi

Importazione in Germania			Esportazione dalla Germania		
1894	1900	Aumento	1894	1900	Aumento
1574.8	2031.3	456.5	1017.2	1508.1	491.0

Commercio cogli altri Stati
in milioni di marchi

Importazione in Germania			Esportazione dalla Germania		
1894	1900	Aumento	1894	1900	Aumento
2710.7	4011.7	1301	2034.3	3244.5	1210.2

Perciò la parola d'ordine dei lavoratori dev'essere: *Mantenimento dei trattati di commercio*.

Dettagli altrettanto convincenti e convincenti comparazioni pei benefici della politica di Von Caprivi somministra anche il Kautsky; il

(1) Il Calwer ha calcolato che la produzione per l'esportazione in Germania, essendo di oltre il 22 per cento, occupa 1,700,000 operai, e tenendo conto delle loro famiglie, un totale di circa 7 milioni d'individui. La grande importanza del mercato interno rimane sempre e viene riconosciuta dallo stesso Calwer, che ammette non potersi più fare una netta divisione tra Stati agricoli e Stati industriali. « Nei paesi - egli continua - nei quali sinora la Germania esportava, esiste o si sviluppa una viva forza industriale che tra non guari minaccerà le importazioni di quella e un poco più tardi ciò si estenderà a tutto il mercato mondiale. È questo un pericolo grave e verosimile ».

Queste confessioni non danno forse ragione agli Agrari che vogliono maggiormente sviluppato il mercato interno?

quale non si limita a mostrare lo sviluppo prodigioso di alcune industrie, ad esempio della metallurgica; non si ferma a dimostrare che l'esportazione tedesca verso i soli Stati a trattati (Austria-Ungheria, Russia, Svizzera, Belgio e Italia) crebbe del 54 per cento dal 1890 al 1899, mentre l'intera esportazione con tutti gli Stati crebbe soltanto del 18 per cento; ma procede ad un confronto assai istruttivo tra il movimento d'esportazione ed importazione della Germania e quello della Francia. La media dei quattro anni 1889-92 in Germania per la importazione fu di 4.252 milioni di marchi; nei quattro anni 1897-900 salì a 5479 milioni; negli stessi due periodi, la media dell'esportazione da 3288 milioni salì a 4179. Invece, colla politica di Méline, in Francia nei cennati due periodi le importazioni discesero da 4427 milioni a 4365; le esportazioni crebbero da 3607 milioni a 3865.

E evidente che se si dovesse tener conto esclusivamente della massa complessiva degli scambi, il guadagno della Germania sarebbe stato enorme: l'aumento vi fu di 2118 milioni di marchi, mentre in Francia appena appena raggiunse i 196 milioni; però gli Agrari e la scuola di Méline potrebbero obiettare che in Francia diminuirono le importazioni di 62 milioni di franchi e aumentarono le esportazioni di 258 milioni; in Germania, invece, l'aumento nelle importazioni (1227 milioni) fu più considerevole di quello delle esportazioni (891 milioni). Se ne potrebbe concriudere che in Francia si raggiunse nè più nè meno lo scopo che si proponeva la politica di Méline, collo sviluppo del mercato interno: in Germania si creò una maggiore dipendenza del mercato mondiale e la conseguente grave crisi che la travaglia. Gli Agrari francesi, in verità, non avrebbero da dolersi dei risultati conseguiti; i partigiani dello sviluppo industriale a scopo di esportazione non possono trovare conforto, come lo trova il Kautsky, che nella derisione della così detta *bilancia commerciale* e nella credenza che la prevalenza delle importazioni sia l'indice più sicuro della maggiore ricchezza.

Contro i trattati di commercio, quali quelli del 1891-94, si leva Max Schippel, il quale dimostra che essi giovarono enormemente all'industria, ma non del pari all'agricoltura e riuscirono a creare l'attuale movimento agrario che è divenuto una forza poderosa che non può essere guardata con disprezzo da alcun Governo e da alcun partito.

Non risparmia, perciò, le frecciate contro i *Don Chisciotte* dei trattati di commercio.

VI.

Il Calwer, per quanto si mostra entusiasta dei trattati di Von Caprivi, altrettanto si dichiara avverso alla continuazione dei rapporti attuali tra la Germania e gli Stati Uniti del Nord-America.

Credo opportuno esporre più ampiamente questa parte della politica doganale dell'eminente deputato socialista tedesco per le conclusioni e per le proposte a cui perviene, che oltrepassano la sfera degli interessi della Germania ed hanno una portata più generale. Il nostro A., dopo avere fatta la storia dei rapporti commerciali tra la Germania e gli Stati Uniti, dal trattato colla Prussia del 1° maggio 1828 al giorno d'oggi; dopo aver sommariamente indicato lo sviluppo dell'esportazione americana e indicatene le cause non solo nelle condizioni geografiche ed

economiche di quel vasto continente, ma anche nella politica commerciale e doganale; dopo aver dato il grido di allarme sulla imminenza
del pericolo americano che verrà a colpire soprattutto la Germania, s'indugia a dimostrare l'influenza del protezionismo della grande Repubblica e specialmente della tariffa Dingley che risulta all'evidenza dal
seguente prospetto delle importazioni ed esportazioni dal 1880 al 1900:

Anno —	Importazione in Germania dagli Stati Uniti	Esportazione negli Stati Uniti dalla Germania	Differenza tra esportazione ed importazione
	In milioni di marchi.	In milioni di marchi.	In milioni di marchi.
1880	163.7	184.0	+ 23.7
1885	121.7	155.2	+ 33.5
1890	405.6	416.7	+ 11.1
1895	511.7	368.7	— 143.0
1896	581.4	383.7	- 200.7
1897	658.0	397.5	- 260.5
1898	877.2	334.6	- 542.6
1899	909.2	377.6	- 529.6
1900	1020.8	439.7	- 581.1

È chiaro: dal 1880 al 1890 fu la Germania che esportò di più negli
Stati Uniti; da quell'anno in poi le parti s'invertono e le maggiori
esportazioni americane da 98.7 milioni crescono rapidamente sino
a 581.1 milioni nel 1900. L'incremento è più rapido dopo il 1897 a
causa della tariffa Dingley.

Una causa dello sviluppo delle importazioni americane in Germania
risiede nel forte sviluppo della popolazione tedesca, che rese necessarie
le maggiori importazioni di cereali.

I cereali del Nord-America importati in Germania furono 6.95 milioni di marchi nel 1880 ed arrivarono a 93.8 nel 1900.

Altra causa poderosa che favorì la maggiore importazione americana fu il bisogno di materie prime per le industrie. Il semplice cotone
importato per milioni 54.27 nel 1880 arrivò a milioni 258.80 nel 1900. Som-
mati i cereali e le materie prime per l'industria erano 156 milioni e 800
mila marchi nel 1880; arrivarono ad 800 milioni e 500 mila nel 1900. In
pari tempo le importazioni industriali dall'America da 37 milioni nel 1880
passarono a 219.3 nel 1900. Questa cifra è considerevolissima se si riflette
che l'intera esportazione tedesca negli Stati Uniti nel 1900 non era che
di 439 milioni e 700 mila. marchi. Il peggioramento negli scambi comincia colla tariffa Mac Kinley. Segue dopo il 1894 la tariffa Wilson
più moderata e colla quale la parte della Germania rimane cattiva;
ma diventa rapidamente pessima dopo il 1897 colla tariffa Dingley.

Le cifre assolute degli scambi vengono completate da quelle relative. La Germania nel 1888 importava dagli Stati Uniti il 4.5 per cento
della totale importazione. La percentuale cresce lentamente sino a 13.5
nel 1897. Sale a 16.1 nel 1898; a 16.9 nel 1900. Viceversa le esportazioni tedesche negli Stati Uniti erano il 7 per cento del totale nel 1888;
si mantengono tra il 10.5 e il 12.2 dal 1889 al 1897; discendono ad 8.3
nel 1898 e risalgono appena a 9.3 nel 1900. Non è evidente l'influenza
delle tariffe doganali nel regolare i rapporti commerciali tra gli Stati
Uniti e la Germania?

Il dazio inoltre costringe il produttore tedesco ad offrire il suo prodotto ad un prezzo inferiore all'ammontare dello stesso per fare con-

correnza col produttore americano. Ciò necessariamente reagisce sui salari del luogo di produzione; e perciò i dazi americani vengono sopportati dai paesi esportatori: dalla Germania (1).

Le conseguenze delle tariffe americane sulla produzione tedesca si possono meglio vedere esaminando alcuni rami importanti della produzione industriale della Germania.

Infatti la tariffa americana del 1890, come quella del 1897, non solo ra considerevolmente ostacolata l'esportazione tedesca; ma ra anche esercitato una influenza dannosa sul mercato del lavoro in Germania. È marcata quest'azione sui prodotti dell'industria tessile, sui quali la tariffa Dingley impone un dazio che arriva su alcuni prodotti al 90 per cento e si mantiene in media tra il 50 e il 60 per cento del valore della merce. Ecco le cifre:

Anno	Esportazione totale dei prodotti dell'Industria tessile	Percentuale dell'intera esportazione tedesca
1890	milioni di marchi 1072.0	31.5 per cento
1895	» 1039.1	30.3 »
1900	" 1098.8	23.1 "

Si rileva da questi dati la grande importanza di questo ramo di esportazione per la Germania. L'influenza esercitata dalle tariffe americane rilevasi da questi altri:

Prodotti dell'industria tessile esportati negli Stati Uniti

Milioni di marchi			
1890	1897	1898	1900
168.1	103.8	82.9	95.3

È chiaro: la tariffa Mac Kinley arrecò un grave colpo; fece discendere l'esportazione da 168.1 a 103.8 milioni; quella Dingley fece continuare la discesa.

Studiando il movimento nei singoli distretti industriali (*Industrie Bezirke*) si ra che in quello di Gera-Greizer l'esportazione dei prodotti tessili da 6.045.642 marchi nel 1890 discese a 2.082.596 nel 1900; nel circolo di Chemnitz da 47.861.239 a 23.667.961!

La discesa è più rapida dopo il 1897, data della tariffa Dingley, che si deve considerare come proibitiva elevando il dazio al disopra del 50 per cento sul valore della merce.

Si avverta che l'influenza esercitata dalle tariffe doganali sull'industria tessile della Germania non si rileva intera da tali cifre.

Questi dati dell'esportazione si rispecchiano pure nelle condizioni del capitale e del lavoro. I capitali impiegati nell'industria tessile ebbero un interesse (*Rentabilität* dell'industria) del 6.05 nel 1890, che

_____

(1) Questa conclusione del Calwer non si deve prendere in senso assoluto. Si sa che pel frumento ed altri cereali, quando di essi c'è deficienza assoluta, il dazio viene pagato dal paese importatore. S'invertirebbero le parti qualora la produzione locale fosse sufficiente e il prodotto estero volesse concorrenza a quello locale. Potrebbe oggi essere questo il caso se i frumenti russi o americani volessero fare concorrenza al frumento locale in Francia.

dopo alcune oscillazioni arrivò a 9.32 nel 1895 per discendere a 4.39 nel 1900.

Ma le maggiori e peggiori conseguenze furono quelle subìte dal mercato del lavoro. I capitalisti trovavano sempre modo di rivalersi sui lavoratori delle perdite possibili. Da un lato ci fu un più lungo lavoro constatato dagli ispettori delle fabbriche; da un altro lato aumentò considerevolmente la disoccupazione: in molte fabbriche venne ridotto il numero dei lavoratori occupati. In Greiz, ad esempio, di 7600 telai ben 3400 rimasero inoperosi; e ci fu forte diminuzione di salari.

Nei Circoli renani si verificarono gli stessi fenomeni. Secondo la statistica della Camera di commercio di Crefeld i telai da velluto da 2907 nel 1890 discesero a 2102 nel 1897. Però i salari per telaio ebbero un leggero aumento: da 994.77 marchi a 1046.97. Nel 1900 la disoccupazione crebbe considerevolmente nella tessitura della seta; sino ad un terzo dei lavoratori venne licenziato. Tutti rimpiangevano i bei tempi in cui l'esportazione verso gli Stati Uniti era considerevole.

Dove avvenne aumento nel numero dei lavoratori occupati, come nel regno di Sassonia, l'aumento avvenne nelle donne. Guardando all'insieme dell'industria tessile, però, i salari mostrano dal 1895 al 1900 un leggero aumento, ma questo aumento fu inferiore a quello avvenuto nell'industria generale. Nel distretto di Gera l'aumento avvenne nel salario delle donne anziché in quello degli uomini.

Si può quindi concludere che la crisi che attraversa l'industria tessile è determinata dai dazi proibitivi della tariffa Dingley.

Le tariffe americane hanno pure esercitato una seria influenza sull'industria delle sartorie, del cuoio, dei giocattoli e dello zucchero che rappresentano tanta parte dell'industria tedesca. L'industria dello zucchero però fu in condizione di superare i danni ed anche di aumentare i salari dei lavoratori per la speciale protezione di cui gode. Questi dati di fatto inducono a giudicare che si deve mutare il sistema dei rapporti commerciali tra la Germania e gli Stati Uniti; la prima non riceve da questi ultimi alcun compenso efficace dalla *clausola della nazione più favorita* che essa loro concede. Bisogna mutare questi rapporti e denunziare tale clausola. All'uopo si devono esaminare le possibili conseguenze della denunzia.

Si ammetta il caso peggiore; e cioè che gli Stati Uniti alla denunzia rispondano colla guerra doganale contro la Germania: quale dei due Paesi avrebbe la maggiore probabilità di sostenerla vittoriosamente?

La risposta a questo quesito dipende in gran parte da apprezzamenti e giudizi subiettivi; ad ogni modo, qualche dato positivo si ha sulla determinazione della dipendenza economica reciproca di un paese dall'altro.

Un primo dato è questo: la Germania compra dagli Stati Uniti più di quello che essa loro vende. L'esportazione tedesca negli Stati Uniti nel 1900 fu il 9.3 per cento del totale; quella degli Stati Uniti in Germania rappresentò il 13 per cento della totale loro esportazione. In una guerra doganale quindi l'esportazione americana verrebbe più colpita di quella tedesca. Ma la Germania importatrice potrebbe per la natura dei prodotti importati soffrire maggiormente dalla guerra doganale della nazione esportatrice. Per vedere quindi il grado di sofferenza bisogna esaminare se i prodotti colpiti si possono sostituire comprandoli da altre nazioni.

Il primo prodotto da studiare è il petrolio, la cui importazione fu di oltre 65 milioni di marchi. La Germania può sostituire il petrolio americano col petrolio russo (1).

La Germania può trarre da altri paesi legname, macchine, frutta, ferro grezzo ed altri prodotti che insieme al petrolio rappresentano un valore di 112 milioni di marchi. Invece la Germania è interamente dipendente dagli Stati Uniti pel cotone. Senza il cotone l'industria tessile tedesca sarebbe paralizzata. Anche la importazione di cereali è indispensabile. Ma tra i cereali alcuni sono sostituibili, altri non lo sono. Non può sostituirsi il mais che rappresenta un valore di 163 milioni di marchi. È di 174 e mezzo quella del cotone (2).

Si guardi ora alla qualità e al valore dei prodotti esportati dalla Germania. Sono quasi tutti industriali. Gli Stati Uniti possono fornirsene in Inghilterra, nel Belgio, in Francia, ecc. Ma questa sostituzione non rappresenterebbe un danno della Geramania; poichè i prodotti industriali venduti improvvisamente da questi ultimi Stati all'America dovrebbero subire rialzi di prezzo considerevoli. La Germania, perciò, troverebbe modo di vendere in Europa quei prodotti che prima vendeva altrove. Del resto quando l'esportazione all'estero si deve ottenere col sopralavoro e coi bassi salari degli operai produttori, com'è il caso attuale dell'esportazione tedesca in America, essa non è un vantaggio ma un danno della economia nazionale. Ed è questo il giudizio esatto espresso da un americano e riprodotto da Herkner nel suo scritto: *Die soziale Reform als Gebot des wirtschaftlichen Fortschritts*. E trenta anni or sono lo stesso Brentano riteneva che lo sviluppo della forza di acquisto nel mercato interno era preferibile alla conquista dei mercati esteri a spese dei salari e della giornata di lavoro dei produttori.

L'odierna posizione della Germania come venditrice verso gli Stati Uniti è così cattiva che un ulteriore regresso può appena appena peggiorarla. Gli Stati Uniti inoltre, essendo divenuti anche essi una nazione industriale, sentono il bisogno non di limitare, ma di allargare i mercati ai loro prodotti. Si noti pure che nei primi dieci mesi del 1900-901 negli Stati Uniti è avvenuta una diminuzione di tre milioni di dollari sull'anno precedente; e i prodotti industriali la cui esportazione è diminuita sono per lo appunto quelli che la Germania potrebbe colpire con forti dazi. Oggi gli Stati Uniti si possono meno esporre alle eventualità di una guerra doganale colla Germania in quanto che la Russia ha già aumentato del 30 per cento (28 febbraio 1901) i dazi sopra molti prodotti americani.

Le conseguenze della guerra doganale colla Russia già preoccupano i Circoli competenti degli Stati Uniti. Sarebbero più gravi quelle di una guerra colla Germania; è la *New York Tribune* che osserva: « Le nostre relazioni colla Germania sono assai più strette di quelle colla Russia; il nostro commercio colla prima è otto volte più grande ».

(1) Mi pare che Calwer colla troppo, benchè ci sia già la tendenza a questa sostituzione: 1887, petrolio americano, tonn. 873,211; petrolio russo, 44,809; 1900, rispettivamente, tonn. 825,205 e 128,330. Ma la quantità di petrolio americano è troppo grossa per essere sostituita interamente dal petrolio russo, senza, almeno, un forte aumento di prezzo dell'ultimo, cioè senza un forte danno della Germania.

(2) Queste due cifre dimostrano la grande dipendenza della Germania dagli Stati Uniti, poichè si arriva a circa 300 milioni (278) con due soli prodotti.

Gli americani divenuti industriali non vogliono più sapere di guerre doganali e credono anzi che le muraglie attuali siano divenute insopportabili dal punto di vista dei consumatori.

La tendenza nuova viene accentuata dall'azione dei *trusts* che hanno prodotto dei rialzi nei prezzi. Alcuni di quei *trusts* producono per la esportazione a buon mercato all'estero e vendono più caro all'interno per compensarsi.

La nuova situazione è stata già vista da alcuni eminenti americani. Rob. P. Porter, direttore dell'ultimo censimento, uno dei migliori conoscitori delle condizioni dei mercati esteri, ha fatto dichiarazioni ufficiali in tale senso nell'interesse dell'esportazione americana. Egli disse: « Le recenti difficoltà doganali colla Russia sono importanti in quanto accennano ai pericoli che in Europa minacciano il commercio americano. Noi siamo responsabili in parte della politica di ritorsione della Russia. I mutamenti considerevoli avvenuti in questi ultimi anni nella grande industria americana e in conseguenza nei nostri rapporti coll'estero non sono stati apprezzati a sufficienza dai nostri uomini di Stato. Negli ultimi dieci anni l'importazione nostra aumentò solo dell'1 per cento circa; l'esportazione del 72.50 per cento. Nel 1890 l'eccesso di esportazione nostra era di 5 milioni e mezzo di dollari; nell'ultimo anno fu di 650 milioni di dollari. Ciò indica che l'America perde importanza come mercato dell'Europa; e viceversa l'Europa diviene un mercato sempre più importante per l'America.

« Il pensiero di Goluchowsky della Lega doganale europea contro gli Stati Uniti è quello prevalente negli Stati continentali e che guadagna terreno anche in Inghilterra. In Europa sono preoccupati della *invasione commerciale* americana e la guerra doganale colla Russia può preludere alla guerra doganale coll'Europa, che arrecerebbe gravi perdite ai nostri lavoratori ed ai nostri fabbricanti. Gli elementi agrari europei nemici delle importazioni americane sinora sono stati tenuti in iscacco dagli elementi del commercio e della grande industria. Ma ora che anche questi ultimi sentono la concorrenza americana, è da temersi la loro azione contro di noi ».

Le opinioni di Porter cominciano ad essere divise dalle personalità eminenti del Governo di Wasington. E non fu accidentale che Mac Kinley, ritenuto sino allora il più feroce protezionista, e lo stesso segretario del tesoro, Gage, si fossero manifestati in favore di una moderazione dei dazi. Ciò si rilevò pel primo nel suo discorso favorevole alla reciprocità in senso liberista inaugurando il 4 marzo 1901 la seconda Presidenza.

Nè si può pensare che egli abbia parlato in tale senso per amore di popolarità e per accaparrarsi voti in una futura elezione, avendo egli solennemente respinto il *third term.* Le sue nuove opinioni confermò in una intervista coll'antico ministro francese Giulio Siegfried. Egli disse: « Gli Stati Uniti sono pervenuti ad un periodo della loro storia in cui è divenuto necessario di aprirsi mercati nel mondo; la necessità dell'ultra-protezionismo per gli Stati Uniti in gran parte adesso è cessata ». Quest'ultima affermazione del Presidente venne combattuta dal *New York Herald,* ma non in modo convincente.

Negli stessi sensi si espresse Gage, ministro del tesoro, col rappresentante di un grande giornale di Chicago. Secondo l'*Handelsvertragsverein* egli affermò che gli Stati Uniti se vogliono vendere devono anche comprare e che la muraglia doganale non è più compatibile col principio del *dare* e del *prendere* che s'impone oramai all' Unione americana.

Anche alcuni capi del partito repubblicano, come il senatore Jos. R. Hawley, si espressero in senso analogo; e in febbraio del 1901, Babcock presentò un *bill* per attenuare il dazio di entrata su di alcuni prodotti.

Le nuove tendenze ancora non si sono tradotte in fatti; ma ciò si verificierà più facilmente sotto la pressione della minaccia di una guerra doganale da parte dell'Europa.

Nè la politica commerciale degli Stati Uniti, nè le opinioni espresse da eminenti personalità lasciano prevedere probabile il caso che gli Stati Uniti vengano ad una guerra doganale contro la Germania, qualora questa venisse a regolare i rapporti tra i due paesi su di una base diversa da quella che dura dal 1828 in poi. Il *Dingley-bill* nella Sezione III autorizza il Presidente ad accordare facilitazioni in base alla reciprocità alle altre nazioni per alcuni prodotti – vino, acquavite, quadri. – Nella Sezione IV le diminuzioni vengono accordate sino al 20 per cento per molti altri prodotti se entro due anni dalla data del *bill* il Presidente ne farà la proposta e verrà approvata dal Senato. Ma i vantaggi della Sezione III e IV del *Dingley-bill* sono insufficienti per la Germania. Si devono ottenere ulteriori attenuazioni doganali sotto la pressione dell'inasprimento dei dazi contro gli Stati Uniti. Il successo sarà sicuro se la pressione non verrà esercitata da un solo Stato; ma da tutta l'Europa. E in Francia, in Italia, nella Spagna, in Austria gli animi sono disposti a quest'azione comune.

Se l'Europa vuole combattere sul serio ed efficacemente la politica doganale protettiva degli Stati Uniti, devono abbattersi le muraglie doganali tra gli Stati di Europa; ma non a beneficio dei primi, sibbene a vantaggio degli scambi commerciali europei. Agli Stati Uniti si deve contrapporre un'accentuata tariffa doganale sino a tanto che essi dal proprio tornaconto non siano costretti ad abbattere la muraglia cinese che li circonda e li protegge.

Non può sfuggire ad alcuno la importanza di questa esposizione di fatti e d'ipotesi che ci ha dato perspicuamente il Calwer e che hanno interesse non per la sola Germania, ma anche per tutto il resto d'Europa. Lo scrittore socialista, però, non s'illude sull'estensione di quella possibile Lega doganale; perciò la vuole promuovere solamente tra gli Stati europei economicamente omogenei e geograficamente vicini.

« Quando due paesi - egli continua - cercano uno sbocco in un terzo, riuscirà a guadagnare il mercato, a parità delle altre condizioni, quello che sarà geograficamente più vicino e che dovrà fare minori spese di trasporto.

. « Se una merce viene prodotta ugualmente bene ed allo stesso prezzo in Germania e negli Stati Uniti e sono compratori di quella merce il Sud-America e la Francia, è evidente che riuscirà più rimunerativo che la Germania venda alla Francia e gli Stati Uniti al Sud-America. La convenienza potrà essere rimossa o alterata dalle tariffe doganali. Perciò gli Stati limitrofi hanno il massimo interesse a rimuovere gli ostacoli artificiali; gli scambi saranno tanto più considerevoli quanto maggiore sarà la libertà, quanto minori i dazi doganali.

« Infatti nel 1800 sopra 4,752,600,000 di merci esportate dalla Germania ben 3,699,580,000 lo furono in Europa, cioè il 77 per cento dell'intera esportazione. Tra i paesi di Europa, escludendo l'Inghilterra e la Russia, nei paesi più vicini (Austria-Ungheria, Svizzera, Italia, Francia, Belgio, Olanda, Danimarca e Svezia) l'esportazione fu di 2,120,536,000, cioè il 44.6 per cento dell'intera esportazione.

« Questo dunque è il mercato la cui stabilità bisogna assicurare; quanto maggiore sarà questa stabilità tanto più facilmente si potranno sopportare i perturbamenti degli altri mercati » (1).

« Questa Lega doganale, nella quale per motivi diversi non entrerebbero mai l'Inghilterra e la Russia, diminuirebbe la instabilità e l'incertezza della produzione e dell'esportazione, renderebbe possibile il miglioramento delle condizioni dei lavoratori e favorirebbe la crescente protezione del lavoro, avvicinando l'epoca in cui, come proposero prima la Svizzera e poscia l'Imperatore di Germania, le misure protettive del lavoro verrebbero internazionalizzate. Ciò che produrrebbe l'Unione doganale europea pei lavoratori si può comprendere ed apprezzare da ciò che essi guadagnarono prima collo *Zollverein* e poscia coll'unità politica della Germania. Dalla data di questo grande avvenimento comincia il più forte impulso al loro sviluppo politico ed economico ».

Sin qui le idee e le proposte dei socialisti tedeschi, che dai socialisti italiani si distinguono per la grande cura posta nello studio dell'interessante argomento, per la dottrina, pel relativismo positivo e sperimentale, da cui si sono sinora mostrati animati. In quanto alla grave quistione in sè dal punto di vista esclusivamente tedesco e fuori del campo socialista, Julius Wolf sintetizzò mirabilmente la direttiva politica che dovrebbe seguire la Germania: essa non deve cercare la sua salvezza rinchiudendosi come in un chiostro nel dominio riservato d'una politica economica autonoma; come non deve lasciarsi trascinare inconsideratamente ad una politica mondiale abbracciante tutta la terra. Egli consiglia di unire queste due teorie servendo ciascuna di limite all'altra, stabilire nello stesso tempo una specie d'alleanza di famiglia tra un certo numero di popoli che costituiscono una vera famiglia da più di un punto di vista e devono prestarsi un mutuo soccorso sul terreno economico, oggi più che mai.

Questa Lega doganale europea che tanti anni or sono venne preconizzata dal De Molinari, che il 20 novembre 1897 innanzi alle Delegazioni austro-ungariche venne raccomandata dal conte Goluchowsky, ha tutte le simpatie degli uomini che amano la pacifica evoluzione dei popoli ed il continuo e sicuro miglioramento delle condizioni dei lavoratori.

Fu il conte Goluchowsky - che poteva apprezzare tutte le difficoltà che dovevano presentarsi contro la Lega doganale europea - che avverti saviamente dover essere il xx secolo per l'Europa il secolo della lotta per l'esistenza sul terreno della politica commerciale e doversi perciò le nazioni europee alleare per difendere con successo le posizioni avanzate sulle quali riposa tutta la loro forza vitale.

Si deve insistere in questa proposta di Lega doganale europea poiché se il Calwer si compiacque a raccogliere gli elementi di giudizio che fanno sperare prossimo un mutamento radicale nell'indirizzo della

_____

(1) Questo si connette all'idea della Lega doganale dell'Europa centrale. Tutto il ragionamento del Calwer riguarda specialmente l'interesse della Germania, che in parte collima con quello dell'Italia e di altre nazioni del vecchio continente.

politica doganale degli Stati Uniti, non ne mancano altri ed autorevoli in senso contrario. Il 7 gennaio 1901, ad esempio, il Lodge diceva al Senato degli Stati Uniti :

« La lotta commerciale coll'Europa è già cominciata ; essa non può terminare che colla supremazia commerciale ed economica degli Stati Uniti sul mondo intero ».

Il Mac Kinley, che aveva acquistato grande autorità per imprimere alla politica economica degli Stati Uniti un movimento in senso inverso a quello che gli aveva dato la sua tariffa del 1890, scompare tragicamente dalla scena e i fatti economici che si vanno svolgendo nella grande Repubblica sembrano adatti a giustificare l'orgoglio smisurato e la sicurezza della vittoria che ostentano alcuni uomini di Stato *Yankees*. E tutta la morbosa esaltazione imperialista nord-americana, di cui si ha la espressione più genuina nelle intraprese gigantesche di Pierpont Morgan, avverte che non apparisce prossimo il mutamento nella politica doganale degli Stati Uniti. È interesse supremo dell'Europa, dunque, il provvedere e presto ai casi suoi; e ad essi sul terreno economico-doganale non può provvedere, se non vuole lasciarsi schiacciare senza combattere, che con una alleanza tra gli Stati principali del vecchio continente.

Il Kautsky deride come ideologi i propugnatori del pan-americanismo, dell'imperialismo britannico, dello *Zollverein* tra gli Stati centrali del nostro continente e della Lega doganale europea. Ma non è detto che le derisioni dei socialisti ortodossi contro un alto e nobile ideale debbano avere migliori sorte di quelle de' reazionari europei che misero in dileggio tutto ciò che a loro sembrava utopia e che dopo pochi anni divenne realtà; ed è ad augurarsi che l'utopia della *Lega doganale europea* si tramuti in realtà, come si tramutò in realtà l'utopia dell'Unità italiana e dell'Unità germanica. Questo primo passo probabilmente sarebbe seguito da altri più importanti. I Congressi scientifici contribuirono a creare il movimento che condusse all'unificazione d'Italia; lo *Zollverein* tra gli Stati tedeschi preparò l'unità della Germania. Auguriamoci che la *Lega doganale europea* possa condurre alla costituzione degli Stati Uniti d'Europa.

(Fine).

NAPOLEONE COLAJANNI.

LA REPUBBLICA ARGENTINA E LA SUA ODIERNA CRISI

CONSIDERAZIONI E NOTE

Due contrade, uscite dallo stesso ceppo, sono cresciute finora come sorelle: l'Italia e l'Argentina. Esse han visto la loro esistenza iniziarsi e prendere vigore, quasi nello stesso periodo di tempo; han vissuto e lottato insieme, in un rapporto così intimo d'intercambi eco-nomici e di affetti, che mai una nube è sorta fra loro.

Il più breve momento di gioia, come il menomo pericolo, ra ritrovato in entrambe una ripercussione immediata, piena, sincera, profonda.

Le due sorelle han visto cooperare al loro reciproco sviluppo la virtù dei popoli e dei Governi, e la stampa amica fu sempre pronta à dar loro incoraggiamento nel bene, come prudenti rimproveri nel male. Ora, invece, un soffio strano di acerbe accuse sembra correre nella nostra penisola contro la Repubblica, il quale è in parte fondato, ma per altra parte tende ad esagerare, in nome di verità appena intravviste, un malessere, le cui cause economiche non furono approfondite, minacciando così d'intralciare quella comunicazione continua di capitali personali, che, se dovesse interrompersi, produrrebbe un notevole danno a noi ed a quel popolo argentino, che ci ha sempre fratellevolmente accolti.

Io non sono poeta e comprendo che, se questo popolo così operò al nostro riguardo, ci ebbe il suo tornaconto. Però credo pure di poter asseverare che tale tornaconto economico è stato sempre dall'una e dall'altra parte, e, quel che più monta, non antitetico. Per una felice combinazione, su uno stesso mercato si presentarono un possessore di beni istrumentali, fecondissimi - i terreni della Pampa - ed un possessore di abili forze travagliatrici - il nostro emigrante. Niuno dei due pensò di dover sfruttar l'altro, nè di dover calcolare la formazione della propria dovizia sull'altrui danno. Entrambi compresero, che avevano un terzo elemento, su cui operare di comune accordo e largamente, cioè la terra ferace ed infinita. La ricchezza si offriva loro sotto mano nella ottima combinazione delle energie, di cui disponevano, favorite da un clima temperato, sorridente, che rievocava all'uno gli orizzonti aborigeni d'Europa, all'altro il dolce cielo della nostra penisola, di fresco lasciato.

Su tutti prese a correre un'aura di libertà, di uguaglianza, germinata dalla comunanza di sagrifici, dalla identità degli scopi e da quella estensione territoriale, che assicurava spazio ad entrambi, per sfogare ogni appetito di dominio, senza lesinare su mille ettari quadrati, più o meno. Di qui la commistione piena fra i due popoli; di qui l'Italiano fatto Argentino più dell'Argentino, pur non scordando la madrepatria; di qui il fondersi completo della lingua, degli usi, come più tardi dei ricordi e delle speranze. Turbare questi rapporti sociologici ed alterare improvvisamente uno sviluppo di cose, da sè cresciuto e che si è radicato ormai attraverso larghi periodi di storia e di conquiste di lavoro, è, io credo, far opera, non solo altamente anti-politica, ma quasi di lesa-umanità. Pochi fatti del giorno, pochi casi sparsi, per quanto sieno riprovevoli, non debbono influire brutalmente sulla marcia normale e sincrona delle due contrade. Se oggi, dopo la nostra ora, si disegna laggiù un momento di crisi, giova porre in rilievo e dimostrare, come la presente sia una crisi, non nel significato comune, ma una . crisi di selezione, che riescirà all'Argentina ed a noi sommamente profittevole. E se, con lo scemare delle mercedi nominali, col restringersi del capitale, coll'epurarsi dell'economia creditizia, subirà da sè l'emigrazione nostra verso quelle contrade un dato restringimento, ciò dovrà essere spontaneo, come ne fu spontaneo l'incremento iniziale. Senza di che si farà il danno nostro e dei nativi, di quei nativi, che, conviene sempre ricordare, sono costituiti, per un buon terzo, da Italiani puri.

Intanto io confesso che mi è particolarmente grato, poichè vivo da quasi due anni studiando l'ordinamento finanziario dell'Argentina, di svolgere alcune considerazioni in argomento e darvi quel po' di luce che è frutto delle mie osservazioni personali, spassionate ed obbiettive, togliendo a motivo del presente articolo alcuni appunti, presi durante le conferenze che il caro amico, dott. Alberto B. Martinez, tenne nel nostro Collegio Romano, nel gennaio ultimo scorso.

L'egregio uomo, già conosciuto fra noi per le sue opere di statistica e di pubblica economia, sedotto dal nome di Roma e dal fascino che le nostre glorie antiche esercitano sul mondo intero e quindi anche sulle classi colte di quella Repubblica, si decise, nell'ultimo novembre, a lasciare il suo posto di sotto-segretario di Stato alle finanze, per venirsene qui ad ammirare la nostra istoria da vicino, a respirare la nostra aria, a vivere della nostra vita e cercar in pari tempo di portare il suo contributo a quel felice interscambio di idee e di lavoro, che, come dicevo poc'anzi, collega il nostro paese al suo. Provvisto di numerose note e di un migliaio di fotografie, scelte con molto criterio, egli intese, per mezzo di proiezioni luminose e cinematografiche, di far conoscere a chi non poteva muoversi dalla penisola che cosa l'Argentina fosse e che cosa vi abbiano creato la mente ed il braccio italiano.

Il suo « Noi » - col quale ci parlava del fortunato e rapido sviluppo di quel paese - non era suggerito dall'orgoglio catalano del buon tempo antico. Non era il « Nosotros!... Nosotros!... » con cui il dominatore spagnuolo cercava intontire il mondo con le descrizioni de' suoi velli d'oro,

che assopivano i pingui ozii mercantilistici. Il « *Noi* » che correva sul
labbro del dott. Martinez - mostrandoci: 1° le bellezze della sua capitale, 2° le ricczezze dell'agricoltura e dell'allevamento del bestiame,
3° l'opera degli Italiani nella Repubblica, - era la risultante demografica di due popoli congiunti: il nostro ed il suo; era il fratello argentino, che dal di là dell'Oceano veniva a stendere la mano al fratello
d'Italia.

Nella prima conferenza il dott. Martinez ci presentò Buenos Aires,
città veramente degna di essere conosciuta. Egli ci fece da guida cortese lungo il porto, le vie, le piazze, nei pubblici ritrovi, dentro i
principali istituti, tra le chiese, le banche, gli ospedali, svolgendoci la
collana di belle cose, che quella prima capitale del Sud-America possiede. E mentre la luce elettrica rifrangeva sulla bianca tela quelle
vedute, strappando l'entusiasmo del pubblico, io sentivo rinascere in
me le profonde impressioni provate, arrivando laggiù.

Noi italiani (trascurando per ora gli incitamenti ad emigrare per
trovar lavoro) lasciamo il porto di Genova verso il Plata, sotto il giogo
vicendevole di due preconcetti: o quella terra ci abbaglia colla fanta-
smagoria di una facile ed improvvisa ricczezza, che ci predispone a
trovar tutto bello, tutto dovizioso, preparandoci poi le conseguenti
amare delusioni; oppure il racconto udito da altri intorno a quella contrada, lo assumiamo esagerato, irritante, fastidioso, ponendoci così di
un malumore aprioristico e quindi disposti a veder tutto in nero e di
traverso. È quell'apriorismo tutto proprio della nostra razza latina, incapace di attendere a formulare un raziocinio, in base a dati di fatto
raccolti *de visu*. Io pure, lo confesso, non imaginavo d trovare ne
porto di Buenos Aires, quel movimento febbrile, quelle grandiose opere.

che si presentano così imponenti, al visitatore e che costarono undici
anni di lavoro e duecento milioni d'oro, rivaleggiando oggi quella città
fluviale con i principali porti del nostro continente.

Vi convengono infatti ogni anno più di cinquantamila bastimenti,
con otto milioni e mezzo di tonnellate di stazza. Dal nord al sud si
estendono, munite di poderose macchine idrauliche, due lunghe dar-
sene, quattro grandi bacini e due di carenaggio. La darsena-sud si
insinua per 930 metri di lunghezza e 160 di larghezza, e quella a nord,
fatta a forma di poligono irregolare, conta una superficie d'acqua di
154 mila metri quadrati.

Dov'è la rozza barca ed il pesante carro, tirato nella melma dai buoi
o da certi cavalli d'Apocalisse, con cui, solo venti anni fa, si scendeva
dal piroscafo sul suolo argentino? Come per incantesimo sono sorte
quelle vie acquee cementate, e i ponti idraulici girevoli, e i *docks* rumorosi, e i magazzeni ingombri, superbamente eretti in faccia al gran fiume.

Nè inferiori ai lavori del porto sono quelli fatti per dotare la città
di acque potabili, le quali procacciarono da sole il seguente risultato:
che, mentre accurati studi statistici (del Longstaff, ad esempio) ci
avvertono, che a Londra il coefficiente di mortalità è sceso al 20 per
cento ed in Italia al 22 per cento, a Buenos-Aires si nota appena il
17 per cento, ben degna remunerazione dei 175 milioni di lire italiane
oro, che in quelle *Aguas Corrientes* furono investiti.

⚜

Del resto tutta la nuova Buenos Aires risponde ad un concetto di
grandiosità che fa pensare.

La *Plaza de Mayo*,
che per la prima si para
innanzi a chi giunge, è
maestosa coi superbi edi-
fici che la circondano e
fanno corona alla *Casa
Rosada*, il grazioso pa-
lazzo del Governo. Nè
meno belle sono le altre
piazze, disseminate per
la città e dedicate ai più
preziosi ricordi della indipendenza argentina,
come quelle della « Li-
bertà », della « Costitu-
zione ». di « Belgrano », del « General Lavalle », del « 3 Febbraio »,
del « General San Martin » ecc., cui sta a capo quell'angolo ridente di
fresche acque e di verdure tropicali, che è il « Parco di Palermo ».

Non meno ampie si stendono le grandi arterie, come l'*Avenida de
Mayo*, l'*Avenida Alvear*, quella della *Republica*, ecc., delle quali in
Italia abbiamo rarissimi esempi.

Fu però criticata Buenos Aires di aver voluto scimmiottare Parigi, Londra, Berlino, senza nulla creare di proprio e senza saper neppure conservare uno stile. È questa una delle tante sciocchezze, che corrono sul labbro di chi parte da Genova colle lenti nere sugli occhi.

Come la composizione demografica del paese è la risultante di più popoli, sì che in un sol mese (ad esempio, nell'ultimo giugno) si trova la seguente tavola nuziale:

MARITI	SPOSE								
	Argentine	Italiane	Spagnole	Francesi	Inglesi	Tedesche	Uruguajane	Nazionalità varie	Totale
Argentini	133	20	9	1	2	....	6	6	177
Italiani	54	144	9	4	...	....	3	1	215
Spagnoli	20	4	66	3	....	....	2	2	97
Francesi	8	2	1	13	...	....	...	1	25
Inglesi	3	....	1	...	7	...	...	...	11
Tedeschi	2	....	....	...	...	1	....	....	3
Uruguajani	11	....	1	...	...	...	8	....	20
Nazionalità varie	4	3	2	...	...	2	13	6	13
Totale	235	173	89	22	9	3	20	23	574

così l'architettura, lo stile delle varie case risponde alla varietà dei suoi abitanti; di guisa che ognuno soddisfa alle inclinazioni ed alle abitudini proprie, mostrando anzi anche in ciò l'Argentina quella caratteristica liberale a larghissima base, che la rende simpatica a chi vi arriva e lascia che ogni forza, ogni tendenza si estrinsechi, sciolta dal formalismo e dal pedante regime di uniformità, che affligge invece la nostra vecchia Europa. Ed è perciò che io ritengo, che da quei nuovi crogioli demografici di gente, di gusti e di tendenze, uscirà l'umanità rinnovata, che attingerà dalla fusione dei varii elementi le energie necessarie per un più ampio e più maturo periodo di sviluppo.

Lasciate quindi che corrano i grandi *boulevards* e corra ancìe il neologismo! A necessità nuove, voci nuove e soprattutto, in un ambiente sì vasto, date alle nuove generazioni, per le quali la lotta per l'esistenza si fa sempre più acuta, date aria, luce e sole!

Ma non è questo il maggior rimprovero che si muove alla città di Buenos Aires da coloro, che ranno il facile dono di potere, appena giunti sul luogo, formulare la loro critica severa.

Questa capitale federale è, fu scritto, un mostro dal corpo piccolo e debole, e dalla testa grande e smisurata. Se il complesso della popolazione della Repubblica dà poco più di quattro milioni di abitanti, il bollettino statistico mensile di Buenos Aires segna al 30 giugno 1902 (calcolato l'incremento vegetativo e il 20 per cento d'eccedenza immigratrice) più di 857 mila cittadini. Ai quali fu da taluni rivolta l'accusa di godere di servizi pubblici costosissimi, di un lusso di spese di rappresentanza, quale solo potrebbe permettersi un popolo di cento milioni d'uomini.

Infatti voi trovate in Buenos Aires ospedali, in cui sono assistiti (secondo i dati del 30 giugno 1902) 2761 degenti, impartendovi i medici 22,533 consultazioni e 92,928 ricette gratuite; asili, con 7064 ricoverati; rifugi notturni, che dànno letto a 11,083 miserabili e sfamano 9349 diseredati; manicomi, con 2976 infelici. E fuori, per le vie, vi è un movimento tranviario notevolissimo; una illuminazione elèttrica di prim'ordine; un servizio di polizia, che rivaleggia con quello di Londra; un corpo di pompieri, pari a quello di Vienna. E, disseminati per la città, sonvi teatri, circoli, ritrovi, che rievocano l'eleganza della Francia imperiale. Però, mentre si estendono nella capitale le belle pavimentazioni in legno ed asfalto, se uscite nella campagna, voi trovate - fu ironicamente osservato da certi scrittori - il deserto; trovate l'Argentina senza strade; priva di quel primo elemento di successo, che è la viabilità, a buon mercato e facile.

Chi ra mosso simili accuse non deve certo aver provato ciò che si intenda per *strade* asiatiche e russe, o forse le ra a mala pena intravvedute dal comodo finestrino di un treno, trotterellante per l'arsa pianura. E neppure deve aver assaggiata la delizia di molte *strade* della Calabria, vicina a Roma; nè certo quella delle *strade* (così dette per intenderci) che si aprono nei fertili piani del Kansas, dove sul povero *bogghey* vi par di rendere... l'anima a Dio. Eppure non credo che si possano tacciare anche gli agricoltori nord-americani di non sapere, nei loro *farms,* quale primo elemento di ricchezza sia la viabilità!

Ma lasciamo andare simili piccoli appunti e torniamo all'imputazione maggiore di policefalia, fatta alla capitale federale, che io ritengo assolutamente assurda, per quanto mi ricordi benissimo di averla intesa dalla bocca di molti argentini e di alcuni uomini di quel Governo, preoccupati di simile fenomeno.

Si tratta di una semplice questione di convenienza fra due termini: da un lato è la capitale, qual'è, nella sua entità; dall'altro lato, che le si deve contrapporre?

Primo rapporto: *la capitale e la Repubblica in quanto alla loro grandezza territoriale.* Data la superficie di 2,885,000 chilometri qua-

disforme, esagerata, mostruosa.

Appare solo, però, e non è; poiciè, come è erroneo l'assumere un mero rapporto geografico, così è uno svarione logico l'assumere un mero rapporto demografico. Secondo me invece: *la capitale sta alla Repubblica, come le loro rispettive ricchezze.* In altre parole, è un rapporto economico fra i due termini che si ha a stabilire. Ed a tal fine mi si permetta di svolgere una minuta dimostrazione.

Si cominci dal distinguere che Buenos Aires, a mio avviso, compie, al rispetto del resto del territorio, un triplice ufficio: *A*) di *luogo di transito* pel commercio dei beni, che giungono da oltreoceano e si spargono nell'interno per tutto il paese, arrivando persino in Bolivia, nel Cile, nel Paraguay, nell'alto Uruguay e, per talune merci, anche in date parti del Brasile; *B*) da *baricentro di sbocco* dei prodotti naturali dell'interno, che vengono a controbilanciare le importazioni estere; *C*) da *punto di accentramento* della vita politica e sociale della Repubblica, ufficio questo, che noi riteniamo influisca, assai meno di quanto gli altri credono, a costituire il grande colosso bonearense.

Esaminiamo ora i due primi aspetti, separatamente.

Dal fatto, di costituire Buenos Aires il luogo di transito e la piazza che offre maggiore vicinanza economica tra il nostro continente e il Sud-America, nascono le seguenti conseguenze: 1° che vi si accresce la popolazione adibita alla circolazione della ricchezza, non più solo in ragione dei bisogni della città e della provincia, ma dell'intero territorio nazionale e di quei territori d'oltre-frontiera, che per il suo tramite riescono a tacitare i loro bisogni; 2° che essa è completamente esposta a subire, nel suo sviluppo, la ripercussione di quei fenomeni che si possono verificare nella economia produttrice del nostro continente.

La grande trasformazione delle nostre industrie fu suggerita dal duplice noto calcolo di tornaconto: di produrre in quantità massima e a getto continuo, e di ridurre al minimo, compatibile col costo di produzione, il prezzo di vendita dei prodotti. Abbiamo tesa l'anima industriale verso l'ideale di democratizzare il frutto delle nostre industrie, proprio quando, per una fortunata coincidenza, in un primo periodo, all'intensificazione della produzione corrispose l'addensarsi della popolazione e l'innalzarsi di quegli strati inferiori della medesima, che per l'addietro soffocavano nel silenzio i loro bisogni, a scapito delle loro economie individuali. Al crescere della domanda l'industria potè rispondere colla quantità e col buon mercato.

Più tardi però si è aperto nel nostro continente un secondo periodo: il principio della popolazione, o per i mezzi preventivi adottati di fronte al persistente malestare comune, o per l'esodo spontaneo, si è da noi infrenato, o per lo meno la sua curva ascendente si è mutata in orizzontale, tenendosi essa così su di una ordinata, inferiore a quella del gettito dell'industria, che, per le continue e nuove applicazioni, e per soddisfare al capitale fisso d'investimento e di esercizio, dovette conservarsi in un costante accrescimento. Dimodoché, da un lato, si fece vieppiù sentire, la necessità di continuare a produrre, per ragioni tecniche d'impianto· e per sostenere la concorrenza fra i varii gruppi, resa acutissima, e dall'altro lato si accese una vera sete di nuovi mercati, verso cui mossero audacemente gli imprenditori, lanciandosi alla ventura, in paesi lontani.

Si stabilì cioè una esportazione dal nostro continente attraverso i mari, non più in base alla domanda: ma provocandola, prevenendola e di gran lunga. Si popolarono i porti di agenti, di emissari, di rappresentanti, di viaggiatori di commercio; si favorì il moltiplicarsi della vendita al minuto, cedendo la merce allo scoperto e a largo termine; si accettarono in cambio i prodotti più esotici; non si pensò che a smerciare, anche a costo di perdere un tanto oggi, pur di assicurarsi domani il mercato; nacque dovunque fra noi l'illusione, che tutto il segreto della riuscita stesse nel far prendere le vele ai proprii prodotti, nello scaricarli in quantità, nel creare figliali, succursali e corrispondenti d'oltreoceano.

Così, ecco una città come Buenos Aires – che offerse un porto facile, depositi imponenti e sicuri, grù idrauliche potentissime – allagarsi di ogni bene e attrarre uomini di direzione, di traffico, di fatica, con notevoli capitali d'impianto. Ecco dietro il commercio sorgere le Banche· straniere, che operarono anch'esse allo scoperto, senza che nessuno si desse la pena di calcolare, che alla fin fine là popolazione saliva appena a quattro milioni di abitanti, in tutta la Repubblica. Ecco disegnarsi quindi anche in Buenos Aires un duplice periodo: nel primo, i produttori locali, eccitati dai prezzi, accrebbero il loro consumo, smaltendo le loro riserve disponibili; nel secondo, esausti i fondi privati e continuando sempre più a riempirsi le dogane, si iniziò la crisi, la dura crisi di commercio, che appunto oggi si sta risolvendo. Cominciarono i fallimenti: le merci date a consegna, che sparirono; le cambiali scadute e non tacitate; la roba posta all'incanto (e la Germania insegni) a vilissime condizioni, pur di liberarsi della massa importata; il panico generale delle case di traffico, diffondentisi a centinaia ogni anno, e le migliori ditte capitolare. E siccome anche nel mondo degli affari, quando si è fatta una cattiva speculazione, torna comodo il ricorrere alle figure rettoriche, così, per metonimia, ci siamo posti a gridare noi europei, che siamo causa di quella crisi, contro gli effetti a noi dovuti e che cerchiamo ora di addossare esclusivamente al Governo Argentino, alle sue condizioni di finanza, dicendo corna della Repubblica e di Buenos Aires, le quali hanno assistito alle nostre esagerazioni, passivamente, e sono colpevoli di averci innalzato uno splendido porto, sicuro ricettacolo all'esuberanza della nostra produzione!

Dal canto loro affluivano in Buenos Aires i prodotti interni, in misura crescente e contribuendo, con tutto quel mondo che l'aumentata circolazione della ricchezza richiede, a sviluppare la capitale. Anzi va tenuto conto, al riguardo, di un'altra suddistinzione. Lo sviluppo dei prodotti interni influiscono: 1° per la forma costitutiva della produzione, 2° per la natura delle merci indigene.

Come è noto, i grandi fattori della ricchezza argentina - malgrado i tentativi industriali fatti - sono sempre l'agricoltura e l'allevamento del bestiame, cioè la *ganadería*. Anzi, storicamente, questa precedette quella; perciè, per sua indole, il figlio del paese non fu mai agricoltore. — « Bisogna esser pazzi », esclamava già secoli fa l'Azara, « per mettersi a lavorar tutto l'anno e mangiar erbe, come i cavalli ». —

La vera vita dell'Argentino fu inspirata a quella dal *gaucho,* del forte dominatore della Pampa, che è passato ormai nelle leggenda; ma che visse, come un signore dell'età antica, per la sua terra e la sua donna; generoso, audace, pieno di coraggio e spensierato come può esserlo chi ha dinnanzi a sè un campo di attività infinita, in mezzo a cui può galoppare e trovar ovunque alimenti per sfamarsi e una tenda per riposare.

L'agricoltura venne più tardi e fu, come bene disse il Martinez nella sua seconda conferenza, in gran parte il frutto di quei nostri Italiani, ai quali non parve vero di aver a loro disposizione, facilmente, il primo degli strumenti: la terra. Si determinò in tal modo, fra Italiani ed Argentini, non, come fu scioccamente detto, una classe di oziosi, costituita dai figli del paese, in contrapposto a quella dei travagliatori, costituita dai nostri immigranti, ma una vera e grande divisione del lavoro, che favorì l'incremento del prodotto.

Per il benessere reciproco, i nativi si diedero alla pastorizia, e noi all'agricoltura. Ma siccome la pastorizia, per la sua forma costitutiva, per l'assenteismo che più facilmente permette, può essere tacciata di oziosa, così ecco nascere il falso giudizio di oziosità, che cade nel vuoto, dinnanzi alla più elementare analisi economica.

Fu la *ganaderìa* che diede modo di utilizzare estensivamente la Pampa. Questa si popolò di una nuova turba di schiavi, di schiavi senz'anima, quali li comportava il secolo decimonono: di animali bovini ed ovini, copiosissimi.

Ed è proprio questa turba che va presa in conto, ragionando della policefalia della capitale: cioè, prima, i 22 milioni di capi di bestiame bovino, che si spergono nei vergini pascoli, muggendo e ruminando sotto il gran sole, mansueti e calmi, perchè in piena libertà.

Sono poi altri 120 milioni di ovini, *merinos*, Lincoln e di razze ed incrociamenti distinti, che brulicano disseminati per l'ampissima pianura.

Vivono le piccole bestie lanute, erranti come gli zingari della prima età pastorale, belando, correndo a grandi gruppi, con il dorso al vento, fuggendo il *pampero*, che soffia minaccevole, turbinoso, brontolando sinistramente. Vanno, vanno, vanno le pecorelle, finchè l'*alambrado* le arresta, o finchè trovano un piccolissimo gruppo d'alberi, sotto cui rifugiarsi. A volte, l'occhio, stanco in quella solitudine immensa, a me dava l'illusione di vedere la Pampa sollevarsi, prender vita e moto; ondulare bigia, come schiuma di mare; accavallarsi, appressarsi, mormorar sommessamente; ed erano le poverelle che se ne venivano, fuggendo l'acqua che allagava, o andando in cerca di un nuovo pascolo, non ancora bruciato dall'arsura.

E quando, sotto le forbici cedono il loro vello copioso, sono ancor esse che ingrossano la capitale col ricco commercio del loro frutto. Sono enormi quantità di lana che si raccolgono nel gran mercato centrale di Buenos Aires, dove io ricordo di aver visto nel febbraio 1901 accumulati 17,834,739 chilogrammi di lana, mentre se ne trovavano fuori, allo scaricamento, altri 700 vagoni con 2,200,000 chilogrammi, che venivano a formare una valanga portentosa fra quelle montagne di materia greggia e squisita, capace di dare

una finezza serica del 44 per cento, dopo le lavature. Dimenticare questa turba, che popola la Pampa, nella stima che si fa di Buenos

Aires è uno sconoscere completamente l'economia di quella contrada e tutto il lavoro che essa accentra, sia per soddisfare il consumo interno di carni, sia per soddisfare il consumo esterno coi *saladeros*, ·colla esportazione di quarti d'animale congelato, con gli estratti di carne, con gli animali vivi, con i cuoi, col grasso, con le corna, con le unghie, le ossa ecc., con tutte quelle trasformazioni e quegli abili trattamenti dei residui, che in Buenos Aires si operano.

Ed altrettanto è a dirsi dell'agricoltura, che ripercuote sulla capitale fenomeni consimili per dimensioni, efficacia e natura. Anche per essa - pochi essendo i produttori e grossa invece la ricolta, e vivendo quei produttori assai sparsi - si necessita un luogo di accentramento, non in ragione del loro numero, ma della quantità prodotta; al cui raffronto si moltiplicano i commercianti, i compratori, i mediatori, i rappresentanti dell'estero, gli agenti che raccolgono a tempo debito la mano d'opera, indispensabile per le coltivazioni.

Questa mano d'opera, come si è detto, è essenzialmente italiana e si distingue assai bene in permanente e temporanea. Gli operai stabiliti ne chiamano altri, sia per tenerli presso di sè, sia per farsi aiutare nei mesi della raccolta.

L'agricoltore argentino opera ancora estensivamente, sull'innanzi ·di certe nostre provincie e moltiplicando tutto per cento, per mille. E un fiume di lavoratori, che si spande, per la messe, nel campo. Col-

iono le laige falciatiici al galoppo; poi dietio viene il lungo iosaiio
dei caiii, che iaccolgo110 i giossi covoni. Uomini, donne, fanciulli,

cantano e giidano e iisvegliano la doimente natuia, che dovrà poi
iipiendeie il veccio letaigo. Soigono le rigonfie cataste, che di lontano,
nel piano iaso, sembiano colline per miracolo appaise, onde iompeie
la monotonia dell'oiizzonte. Esse si eiigono iosseggianti al cielo, quasi
ad invocaine la piotezione contio l'improvviso sciianto del fulmine
e dell'uiagano.

Appena iaccolti i covoni si avanza pigiamente la tiebbiatiice fu-
mante, che, divoiando come combustibile la paglia, comincia a bat-

tele grano, giorno e notte, facendo risuonare per diecine di chilometri
il suo sordo e monotono brontolio.

È un piccolo mondo di giganti che le si agita dintorno senza
tregua, centuplicando le forze, spostando montagne di covoni, di paglia,
e pur sembrando tante formiche minuscole, in mezzo a quel gran mare
di terra.

E russa, russa la grossa lavoratrice, dal ventre enorme e dal collo
allungato, divorando la ricolta e restituendola mondata. Alle sue spalle
comincia intanto l'opera della insaccatura, che va veloce.

Le borse sono disposte là in mezzo al piano in piramidi, alte
prima come un uomo, poi come un cavallo, una casa, come un nuovo
promontorio, sodo, serrato, greve. I sacchi si accumulano, si accumulano: sono dieci, cinquanta, cento, mille, diecimila, ventimila, trentamila – come nella *estancia* « la Jacinta » - dove centinaia di braccia
italiane raccolsero nel 1901 fin 2400 tonnellate di grano, ricavate da
1250 ettari posti in coltivazione. E quando le piramidi ebbero eretta
la loro punta a dieci, dodici metri d'altezza, quando l'ultimo sacco fu
spinto su, sulla cima, allora i *peoni*, salendo sopra quella fortezza di
grano, che sembrava sfidare la landa ad una nuova ricolta, eruppero
nel grido della vittoria, potente, solenne, dato in nome dell'Italia e
dell'Argentina, pel trionfo del loro lavoro associato.

Nè il tener conto del pingue e numeroso bestiame e delle enormi
ricolte agricole basta ancora per render chiaro quanto sia assurda la
accusa di polcefalia rivolta alla città di Buenos Aires. Un altro importante fenomeno sociologico va messo in rilievo, con gli effetti che
tende a produrre.

La capitale sud-americana non è sorta sull'innanzi di quelle della
vecchia Europa. Noi abbiamo proceduto per evoluzione lenta, passando
attraverso tutti gli stadi economici, che dall'economia singola dell'uomo
isolato condussero alla costituzione dei nostri grandi accentramenti
sociali. Questi, da noi, rispondono ad una serie graduale di costi, svolti
in rapporto al bisogno sentito. Nell'Argentina invece si trovò un uomo,
nato in mezzo all'evoluzione già compiuta dalla società europea e
trasportato in un ambiente materialmente arretrato di molti secoli;
per cui cercò egli di applicarvi, nel modo più rapido, il frutto della
esperienza conquistata in altri luoghi, presso i suoi popoli d'origine.
Più che in relazione del *bisogno sentito* fu in relazione del *bisogno
previsto*, che l'Argentina sviluppò la sua capitale. Donde la tendenza
marcatissima, non solo a precorrere, ma a correr troppo; una tendenza
dei traffici a calcolare sul futuro, più che non sia mai saggio il fare, pien-

dendo a base, non l'urgenza provata, ma rapporti di urgenza altrove
verificatisi e presunti in un ambiente, pur troppo assai diverso.

La speculazione, venendo meno il calcolo edonistico privato e in
atto, fu istintivamente portata ad esagerare nelle sue previsioni sul-
l'avvenire. Però, giova onestamente riconoscere, che troppi indici di
ricchezza legittimavano tale esagerazione, in cui sarebbe incorso anche
l'uomo economico più oculato.

Io non posso qui, come il signor Martinez, dare la prova di questo
asserto, facendo con proiezioni percorrere de visu al lettore l'interno
dell'Argentina e riproducendogli la ricchezza che in ogni angolo largamente appare. Solo lungo la gran croce, che la rete ferroviaria traccia
da Tucuman a Baria Blanca, da Buenos Aires a Valparaiso, io ro
corso quella terra, e molte cose io viste ed annotate con amore, si
che ne ro viva la memoria e posso legittimare il sincero entusiasmo
che nutro per il divenire della Repubblica.

Come si può negare
le promesse che le selvose
contrade del nord danno
al lavoratore? Il solo Chaco
assicura al pioniere im-
mense fortune, colle sue
foreste, che si estendono
per 125 mila chilometri
quadrati e nelle quali
trovano ancor oggi rico-
vero gli indii mansuefatti
della razza guarani, cari
un tempo agli Dei della
Pampa. Il clima, come
accerta anche il Padre Re-
medi, vi è sano; la temperatura calda e secca; non si va nel grande
estate oltre i 46 gradi, e vi s'incontra l'acqua potabile (per quanto i

terreni sieno salsi dovunque) ad
una discreta profondità. Penetrando solo venti legne nell'interno del Chaco, l'uomo si trova
in piena vita del bosco, rotto solo
da qualche ridente campo di verzura, che scende dal monte e si
avanza fra gli alberi giganti e secolari. I tre fiumi, il Pilcomayo,
il Bermejo e il Salado, innondano
quella landa, la fertilizzano coi
loro depositi melmosi, come fanno
le acque benefiche del Nilo. E da
per tutto la caccia e la pesca abbondante assicurano al pioniere
la vita, oltre gli scambi dei beni
che trovansi raccolti in Porto
Espedicion, in Porto Bermejo,
Madero, Irigoyen, Wilde, ecc., e
nella piacente capitale del governo del Chaco, Resistencia, che è là
modestamente assisa sul Paranà, di fronte a Corrientes.

Così pure, chi può negare le potentissime forze idrauliche, di cui dispone la Repubblica?

La diga di San Rocco, alle porte di Cordoba, già sta a prova di ciò che possa l'attività umana, saviamente diretta; ma quelle superbe

cascate dell'Iguazú, dinnanzi a cui impallidisce la stessa cascata del Niagara, assicurano energie immense, trasmissibili a grande distanza. Certo occorreranno ingenti capitali; occorrerà che si passi, prima, assai più proficuamente alla canalizzazione ed all'irrigazione razionale; occorreranno molte cose per decidere il capitale ad investirsi in simili imprese; però tutto sta sapere dove la ricchezza sia e cominciare a darsi attorno, operando audacemente e prudentemente a un tempo. Finché ci limiteremo a restarcene in Buenos Aires, in Calle Florida a chiacchierare, a fare i politicanti in un paese non nostro, come io visto fare da molti Italiani colà immigrati, la Repubblica non andrà innanzi un passo di più di quel che è ora, e le realità economiche offerte all'uomo si manterranno allo stato di utopia. Bisogna che muti l'*animus agendi* di chi va nell'Argentina: andarci, per formarsi una fortuna; ma lottando, specie all'inizio e fortemente, come nella Pampa lottarono quei figli del paese che si costituirono le rendite, che godono ora in Buenos Aires ed ai quali i nostri corrispondenti di giornali, scordando il passato, ora improverano la vita oziosa ed elegante.

Nè meno promettitrici di fecondo lavoro sono le ridenti convalli

del Neuquen, dove un nostro antico ufficiale dell'esercito, il Fonticoli, sta ora attivamente rilevando piani e appunti geografici ed economici. Come ricche sono certo: la Terra del Fuoco, che già conta forti *estanzie* inglesi, e la Patagonia con le sue lande, che hanno al minimo una profondità di terra vegetale di 80 centimetri, e Santa Cruz, e le altre provincie, e i territori dell'interno. Quantunque, senza spingerci tanto lontano, ancora la stessa provincia di Buenos Aires offre, alle porte della civiltà, ottimi campi per l'industria pastorale, come ne offre ogni angolo di terra già percorsa dalla ferrovia.

Questa si lancia, percorrendo l'avvenire, già per 18,000 chilometri in esercizio, promettendone altri 3000 ora in costruzione, ed estendendosi

dalle montagne rocciose delle Ande, giù fino nelle radure melmose di Missiones e Bahia. Nè io saprò scordare l'impressione immensa di quella traversata della Cordigliera, solcata dalla via di ferro e destinata a congiungere due popoli, cui dovrebbe sorridere un avvenire di pace, indispensabile pel loro reciproco benessere, anzichè correr dietro agli errori delle vuote imprese armate della nostra Europa, che succhiano loro il miglior sangue arterioso, nel periodo di maggior sviluppo.

Cessino le loro gelosie vuote di senso, e comprendano, Cile ed Argentina, che una ben altra guerra e più promettitrice ancor rimane a compiere: quella dell'incivilimento di contrade deserte e dell'esercizio di così grandi ricchezze territoriali. Da quella Cumbre solenne, da quel meraviglioso passo di Aconcagua, che taglia la vetta acuta di quelle montagne, che il dialetto quichuo chiamò *del sole*, lassù dove il cileno e l'argentino, stando ciascuno nel loro territorio, ponno stendersi la mano, esca e sia bandita la parola d'amore, che basterebbe a segnare per le due nazioni un'èra novella, svincolata dall'intervento del capitale straniero.

A proposito però del capitale immigrato nella Repubblica da oltre l'oceano, io avuto occasione in questi ultimi tempi di udir ripetere in Italia una fallacia, che sembra voler diffondersi.

L'Argentina, si suol dire. è finanziariamente nelle mani dell'Inghilterra. Esaminate le imprese più remunerative: sono inglesi. Inglesi le ferrovie, le banche, cioè le due più grandi arterie dell'attività nazionale. L'Argentina lavora per l'Inghilterra, e la supremazia di quest'ultima è una conseguenza logica delle colpe e degli errori commessi in quel periodo di affarismi, che annera la storia della Repubblica.

Ebbene francamente confesso che, o per il lungo studio della materia che prediligo, io finito per perdere ogni sano giudizio, o mai mi è occorso di veder seminare con tanto successo così grossolani errori. Ne è facile la dimostrazione.

Ridotto a' suoi termini più semplici, il problema così può esser posto: - L'Argentina, fino al 1813, visse in quello stadio di spogliazione brutale, che fu il coloniato spagnuolo. Approfittando della debolezza dell'antica regina dei mari, fiaccata per sempre nel suo secolare orgoglio dal grande Còrso, essa sanzionò la propria indipendenza ed un regime di libertà, così franco ed ampio, quale forse è tuttora ignoto fra noi. Ciò le valse - e questo va messo in rilievo - ad adottare pure, senza restrizioni, la formola del liberismo economico più illuminato. Così quei 60 mila uomini, che, come ci dice Sir Home Popiam, reggevano dalla capitale (di *very miserable and filthy appearence*, aggiunge il Wilcocke) le sorti della Repubblica, proclamarono ai cittadini del mondo il biblico *Sinite venire ad me!*..., che ebbe ad incontrare un'eco potente oltre l'oceano. Due grandi correnti immigratorie si formarono e si svolsero nei diciotto lustri susseguenti: quella dei capitali personali (l'*italiana*) e quella dei capitali istrumentali (la *inglese*). Che cosa chiedevano queste due grandi fiumane economiche? Di trovare nel loro impiego una pingue remunerazione ai loro sagrifici. Il lavoro italiano sperava in un'alta *mercede*; il capitale inglese in un alto *interesse*; il possessore argentino di terre in un'alta *rendita* e gli intraprenditori di ogni paese in un alto *profitto*. E tutti ebbero la loro quota; poiché i nostri emigranti, giunti a milioni, vi fecero dei milioni; gli Inglesi vi conseguirono un così buon interesse, che non chiusero più all'Argentina le loro casse auree; gli imprenditori si arricchirono pure e talvolta favolosamente, ed il figlio del paese vide crescere, di fronte all'accresciuta domanda, il valore del proprio possesso.

Ora, vedi caso curioso: noi Italiani, o meglio, mi si perdoni, alcuni nostri ipercritici, dimenticando che ogni fattore economico vi ha trovato il proprio compenso, come basterebbe aprioristicamente a dimostrarlo il fatto del loro perseverare in tale cooperazione, e dimenticando la massa di mercedi e di profitti che nel frattempo è stata liquidata ed assorbita, traviati dal fenomeno che la rendita e l'interesse rimangono persistenti, perchè operano, per la loro funzione e natura economica, attraverso il tempo e lo spazio, si scagliano ora, prima contro i figli del paese per le rendite che percepiscono, poi contro gl'interessi che si sono assicurati i capitalisti inglesi nella distribuzione della ricchezza. E dànno l'allarme; agitano quella figura di Sassone, che mangia tutto a quattro ganascie e che fa tanto ridere nelle operette, ma che è così sciocca, quando è portata innanzi da un italiano nell'Argentina.

Io vorrei chiedere a costoro: Ne convenite che i nostri emigranti salirono poveri e mal nutriti, senza la menoma riserva da investire

nelle industrie agricole e pastorili? Ne convenite che la nostra madre-
patria mai volle impiegare un centesimo nell'Argentina, spaventata dal
suo rapido evolversi e dalle cosiddette *americanate?* Ebbene, dove
trovarono tanti Italiani il capitale necessario per prosperare? Cri lo
distribuì loro, e largamente? Gli Argentini? No! Essi erano possessori
di un semplice *strumento senza suonatori,* come disse l'Alberdi, e se
avessero posseduto del capitale, forse non avrebbero aperto alla mano
d'opera straniera tanta fratellevole uguaglianza. Poiché negli altri
paesi, che di capitale furono ricci, i nativi, o i primi possessori della
terra, assoldarono il lavoratore subito per sfruttarlo, tenendolo in basso
stato ed a grande distanza da loro. Così almeno si mostrò sempre ope-
ratrice la legge dell'egoismo nel suo moto d'assorbimento coloniale.

Da cri invece - una volta ottenuta la terra e l'uguaglianza civile
dagli Argentini - trassero gli Italiani i capitali per coltivarla, se non
dagli Inglesi? E perciè doveremmo noi, ora, gridare con così poca ricono-
noscenza contro il loro infeudarsi, giungendo a negare le più ovvie norme
economiche? Ma benedetta sia, le mille volte, la felice congiunzione
del nostro lavoro col loro capitale, che sta a smagliante prova della
bontà della teoria liberista in un paese libero! Se i capitalisti inglesi
- correndo il rischio dei loro investimenti e di quel coefficiente di dete-
riorazione che i beni futuri presentano in rapporto ai beni presenti e
che si accentua nei paesi nuovi e lontani - si assicurarono nella ripartizione della ricchezza il 18, il 20 e il 22 per cento, non vi è nulla che
scandalizzi, data l'epoca e l'ambiente in cui operarono, come non
scandalizza neppure il 42.87 per cento, che alcune poche loro società
realizzarono, comprendendovi le quote di ammortamento e quelle per
il fondo di riserva. Di casi consimili ve ne sono, e forse peggiori, da
noi, senza che il capitale si prenda la briga e il pericolo di correre
tanto lontano. La permanenza del capitale inglese ed il suo alto interesse si può quindi piuttosto assumere come una petizione di principio,
per dimostrare quanto sia accorto da parte nostra il continuare a portar
a quel contatto la corrente emigratoria dei nostri capitali personali.

Del resto è un po' di coscienza, più che altro, che io chieggo.
Ce ne possiamo lagnare, noi Italiani, dell'intervento del capitale inglese
nella giovane sorella repubblicana? Io ro visto con i miei occhi il
nostro sviluppo laggiù, creato appunto con tale intervento e che vi diede
il sustrato iniziale. La « Compagnia generale dei fiammiferi » che occupa
più di 800 operai, è *italiana.* La grandiosa fabbrica di carta di quel-
l'audace ed onesto intraprenditore che è Giuseppe Mussini, è *italiana.*
La fabbrica di cappelli di Dellacrà, con 430 operai, che lavorano più
di 6000 copricapi al giorno, è *italiana. Italiano* Enrico Dell'Acqua di
cui basta fra noi ricordarne il nome, e che con altri 800 operai dà
sul luogo 5000 metri di tessuti al giorno. Ho visto le industrie di distil-
lazione degli spiriti ricavati dal grantuico, fra cui emergono i Griffero,
i Martelli, ecc., tutti *italiani.* Ho visto l'industria del ferro fuso negli
stabilimenti di Vasena, Zamboni, Pasquale Casaretto, Merlini, ecc.,
italiani ancora. Ho percorsa la campagna da Galvez, di Erasmo Piaggio.
alla Jacinta, alla Felicia, alle terre di Giovanni d'Anfora, di Gregorio
San, di Lazzaro Repetto, tutti *italiani* sempre. Ho visto i grandissimi impianti vinicoli di Mendoza, dove prototipo è il Tomba e dove
trionfano gli *italiani.* E Italia, Italia, Italia risuona dappertutto.
disseminando i suoi figli su per i due milioni e mezzo di crilometri
quadrati, che l'Argentina presenta. E quando in quel paese, dove le

monarchie son finite, voi udite dare a qualcuno il titolo di *Rey* - i re del grano, del vino, delle cedole - non correte dubbio: è ancora di un *italiano* che si parla e che ha saputo e potuto emergere su tutti.

Nè è di alcuni pochi casi isolati che io mi accontento; ma della massa. Dal 1853 al 1900 più di 1,198,550 immigranti italiani sbarcarono nel Plata e di questi già il censimento del 1895 ce ne dà, come immigrazione permanente, definitiva, 492,636. Dal 1895 al 1901 la cifra sale a 700,000 circa. Più della metà dunque, il 58.40 per cento, vi trova la sua ara ed il suo focolare, e per 181,693 in Buenos Aires stessa.

Nè basta: nell'ultimo censimento del 1895 emerge come gli *Italiani* diventati proprietari d'immobili sieno 62,973, ossia il 12.8 per cento, in confronto al 13 per cento degli Inglesi, al 12.2 per cento dei Francesi e all'8.9 per cento degli Spagnuoli e al 10.3 per cento della popolazione intera. E la statistica della sola città di Buenos Aires, nelle vendite fondiarie realizzatesi dal 1895 al 1900, ci dà 24,175 acquirenti *italiani*, per un valore di mezzo miliardo di lire (V. il mio ultimo volume).

Sono poi da citare: tutte le case di commercio al minuto, *italiane*, sparse per la Repubblica e che svolgono un traffico lucrosissimo. Su 5000 *almacenes*, o negozii di commestibili, più 3500 appartengono ai nostri. Inoltre vi sono le agenzie, le case di compra-vendita, ecc., *italiane*, ed infine le grandi Banche, quella d'«Italia e Rio della Plata», la «Nuova Banca Italiana» e la «Banca Popolare Italiana», di cui le due sole prime avevano complessivamente, al 30 giugno 1901, una esistenza di cassa, per depositi, di 14.1 milioni di lire-oro e per 91.3 milioni di lire-carta, più un portafoglio di 128 milioni di effetti scontati.

Ora, da che cosa è uscita tutta questa ricchezza? Dalle sole braccia e dalla intelligenza? Idealismi da cattivi poeti: il lavoro senza l'associazione del capitale giace sterile o sfruttato. Se i nostri emigranti, i nostri «Re americani» che hanno stabilito laggiù nelle industrie le loro dinastie di lavoro, si gloriano, ed a ragione, di essere partiti scalzi e colla sola protezione del cielo, senza ricevere dalla madrepatria, mai, nè danaro, nè aiuto, benediciamo al capitale inglese, che, per vecchia conoscenza dei nostri operai, si è laggiù a noi spontaneamente associato. E se il mio potesse parere soverchio ottimismo, se le statistiche da me citate potessero sembrare sospette, o architettate da quel Governo *ad usum delphini*, per creare gli scrittori allucinati o abilmente circulti - io invito i contradditori a fare qui in Italia, dove si dispone di migliori mezzi statistici, il calcolo fededegno delle rimesse postali e telegrafiche mandate dai nostri emigranti del Plata, dal 1853 ad oggi; di stimare quanto di laggiù si sia inviato per vaglia bancarii a noi, in quello spazio di tempo: quanto ogni emigrante abbia in media portato con sè, alla partenza, e riportato, tornando; a quanto ammontino le terre, le case, le ville, i poderi acquistati in Italia da antichi braccianti, reduci dall'Argentina, con danaro quivi accumulato, ed aggiungere, infine, le mercedi avute e consumate da loro in quel periodo, per la necessaria reintegrazione delle forze spese. E credo che siffatto indice più sicuro,- di cui sarei infinitamente grato, se mi si rifornisse - non solo dimostrerebbe non essere completamente erroneo il mio ottimismo, ma che non è certo l'Italiano che possa lagnarsi, se nel processo di distribuzione e redistribuzione della ricchezza, svoltosi dal 1853 ad oggi nella Repubblica, ed in ragione della mercede a lui toccata, è rimasto assegnato al capitale inglese per taluni investimenti il 18, o mettiamo pure il 23 per cento!...

E veniamo ora alla « gravissima crisi argentina » che corre così allegramente per i nostri giornali, intimorendo i più audaci e descrivendo i 40 e 50,000 operai disoccupati, quasi tutti italiani, che languono nei bassi fondi della capitale bonearense.

Prima di tutto: c'è, o non c'è questa crisi?

Sì, c'è, e la constato: ma non come comunemente la si intende; ma qual'è e quale auguro all'Argentina e ai nostri connazionali, che laggiù risiedono, che essa abbia a continuare. Lo spiegare questa mia asserzione, qui, completamente, non è possibile. Nel primo volume del mio studio sull'Argentina, che ho testè pubblicato coi tipi del Loescer a Roma, io mi sono largamente esteso sull'argomento, quanto la gravità del tema comporta. Qui cercherò di essere strettamente obbiettivo ed in relazione al teorema seguente: come, malgrado tale crisi e la sua persistenza, sarebbe un grave errore economico e politico il deviare dal Plata la nostra libera emigrazione.

In rapporto alla crisi, non bisogna confondere i movimenti vibratorii normali, alterni, delle collettività, con quelli accidentali ed esagerati. In ogni paese ad un periodo di prosperità economica succede sempre quello di depressione, che riconduce alla prosperità. Ma tra lo stato di depressione e quello di crisi vi è differenza profonda: il primo obbedisce alle oscillazioni spontanee e continue, che per un'altalena ininterrotta di equilibrii dinamici conduce al pieno esplicarsi e contendersi delle attività dei singoli e dei gruppi, in vista della felicitazione comune; il secondo va, conforme la buona teorica della crisi insegna, distinto in attivo e passivo: di eccessiva produzione, di esagerata immobilizzazione di capitali, di abuso del credito, ecc., e di violenta restrizione, che attera le forze economiche nel loro moto fittizio, ascendente, e che già si apre quando nasce il grande consumo e quando ancora il grosso pubblico applaude al rialzarsi dei prezzi e delle mercedi nominali.

Ora, lo stato odierno dell'Argentina non è di crisi generale, propriamente detta, nè attiva (che si svolse già con Juarez Celman e con la pazza rincorsa presa in ogni ramo dagli imprenditori), nè passiva (che si attuò e compose con Carlo Pellegrini, estendendosi fino al 1896). L'Argentina è ritornata nella curva delle oscillazioni normali, volte all'insù, dal 1897 al 1899, fino alla riforma monetaria, ed all'ingiù, dal 1899 ad oggi, per l'effetto benefico di epurazione, prodotto in parte dalla legge monetaria stessa e per effetto, in maggior parte, di una crisi parziale, peculiare, che si è sviluppata in seno della depressione generale medesima, ciò che noi dobbiamo qui appunto attentamente esaminare.

L'Argentina, come è noto, è nazione giovane. Trascurando l'epoca preistorica degli Indii e la barbarica, passata sotto la dominazione spagnuola, è nazione che conta appena un secolo di vita e che soffre ancora la febbre di evoluzione, che si opera nei giovani corpi sociali. L'ambiente, in cui essa vive, è in gran parte primitivo, greggio; viceversa tale ambiente è abitato da uomini ingentiliti, sorti - come abbiamo già avuto modo di rilevare - in altri luoghi e con la matura esperienza di altre nazioni. A quell'ambiente quindi manca l'elemento indispensabile alle società primitive: la fissità. In un territorio che richiederebbe una civilizzazione lentissima, si trova un popolo intelligente, intellettualmente molto avanzato, che conosce lo sviluppo delle migliori razze umane e che già subisce non solo la legge di sopravvivenza delle forze più adatte, ma anche la legge di rinascenza delle forze sopravvissute, perfezionate in altro ambiente.

Scende da ciò una prima illazione: che le vibrazioni sociologiche ed economiche della collettività argentina sono, anche nel loro stato normale, più intense, come quelle di un arco nuovo, non ancora piegato al braccio ed all'uso. E - seconda illazione - i fattori della ricchezza argentina (malgrado l'ambiente non sia ancora del tutto evoluto e giaccia per la più parte nello stadio iniziale) sono spinti ad operare in una via di selezione molto più avanzata, onde reggere alla competenza, che sui mercati esteri si va accentuando contro i loro prodotti.

Mi spiego. L'Argentina è ricca, da qualche secolo, di bestiame; ma di una ricchezza rozza, quasi aborigena, che non può più soddisfare alla domanda attuale. È la vita del *corral* - delle povere bestie abbandonate

a sè medesime, in mezzo alla Pampa, e riunite solo in un largo steccato, onde condurle al macello, o dissanguarle, o segnarle a fuoco - che ha dominato sino a pochi anni or sono. Quando i primi conquistatori europei, con Mendoza nel 1536, fondavano Buenos Aires, se ne andavano disgustati per non trovarvi oro, nè argento ed abbandonavano sulla spiaggia poche pecore, pochi buoi, pochi cavalli, di cui gli Indi si appropriavano. Da quegli scarti di bestiame sorse la dovizia *ganadera,* che da allora a pochi lustri or sono fu barbaramente sfruttata: fu la razzia, operata dal proprietario sul suo bestiame: l'industria spogliatrice dei doni della terra, esercitata senza nessun calcolo economico ed essenzialmente senza alcun concetto di risparmio.

Si operò largamente, per molto, solo sulla *quantità*. Si lasciava che il bestiame si moltiplicasse da sè, senza alcuna cura, e poi si partiva al galoppo in mezzo ad esso, recidendo ai migliori capi, d'un colpo secco, con un lungo falcetto, i tendini delle gambe posteriori. E quando i più forti buoi, i cavalli giacevano a terra, impotenti a rialzarsi, le squadre d'uomini ci si buttavano sopra, squartandoli, scuoiandoli, strappando le carni ancora fumanti e tutto ciò che poteva essere oggetto di mercato. Si abbandonavano i resti ai corvi, o ai terribili cani randagi e famelici, i *perros cimarrones,* chè infestavano la pianura deserta.

Senonchè nella seconda metà del secolo scorso ed in questi ultimi anni specialmente, gli Stati Uniti, l'Australia, ecc., cominciarono ad aprire una viva lotta sui mercati, e per numero, e per bontà di prodotto, offrendo un bestiame ben custodito, ottimo e di selezione accurata. L'Argentina capì, per fortuna, subito, che bisognava cominciare a tener conto, oltre che della *quantità*, della *qualità;* capì che la razza indigena, *criolla*, mal reggeva

sui fianchi ossuti e sulle gambe ischeletrite; comprese che andavano perfezionate le mandrie, gli armenti, i pascoli; e si diede a quest'opera con un ardimento ed una rapidità meravigliosa. Andò in cerca, non lesinando sacrifici, dei riproduttori delle razze migliori. Nella sola Inghilterra, per acquisti di finissimi capi di bestiame, i proprietari privati spesero, dal 1892 al 1900, quasi sette milioni di italiane lire oro. E così il miglioramento degli animali puri si estese, tanto per *pedigree*, come per selezione.

Il dottor Martinez colle sue projezioni fisse e cinematografiche potè farci sfilare sott'occhi la prova più smagliante di simile trasformazione, operatasi nella sua contrada, presentandoci gli animali che concorsero all'ultima Esposizione di Buenos Ayres. Si videro passare fra i tori tutti i migliori campioni delle razze Durham, Hereford, Polled A., Friburgo Holstein, ecc., nati ed allevati nel territorio argentino. Così il

toro « Grandinson 9° » del signor Villafane, il « Galfarini » del signor Fages, il « Farina » di razza Durram, nato il 2 ottobre 1897 nell'Argentina, che nel 1899 vinceva il secondo premio, pesando 759 chilogrammi, e nel 1901 il primo premio, offrendo forme splendide, perfette, ed un peso di 1100 chilogrammi.
Altrettanto dicasi per le mucche, di cui non solo si curò la razza e l'allevamento, ma anche i prodotti lattei, come se ne ha esempio nelle industrie della «Martona» del sig. Vincente Casares e della « Granja-Blanca »

di quei valorosi industriali, che sono Enrique Fynn e Figlio. Di guisa che se, dieci, quindici anni fa, si nascondevano dagli Argentini, quasi vergognosi, le mucche dissec-

cate dai venti della Pampa e i poveri torelli intristiti dal pascolo vergine; se si operava solo sul *tasajo*, sulle carni salate, sugli estratti di carne, sui residui, stentando a far prendere alle bestie vive la via del mare, oggi invece le esportano *in piedi*, e ben 150.000 lasciarono il porto di Buenos Aires solamente nel 1890, per un valore di quasi 16 milioni di lire, giungendo nel 1898 fino a 40 milioni di lire italiane-oro, con ottimi campioni, come qui incontro può vedersi.

E la mite belatrice della landa deserta vide essa pure giorni migliori in mezzo a quella Pampa, dove parve risuonare finalmente il forte inno di risveglio, auspicato dall'audace strofa di Raprael Obligado:

— « ... Es en medio del riposo
de la Pampa aier dormida
la vision ennoblecida
del trabajo, antes no rontado:
la promesa del arado
que abre cauces à la vida ».

L'Europa già da tempo consumava lana argentina. Nel 1832 ne chiedeva per 42 mila chilogrammi; nel 1880, per 97 milioni di chilogrammi e nel 1899 se ne sbarcavano nei porti di Dunkerque, Anversa e Amburgo 237,111,000 chilogrammi. Si svolgeva quindi ampiamente, anche per la lana, l'esportazione della quantità. Però l'Australia cominciò a presentarsi con prodotti migliori ed allora anche lì la trasformazione fu compiuta, suddividendosi oggi i 120 milioni di ovini, che possiede la Repubblica, pel 20 per cento in *merinos,* per il 5 per cento in 1azze e inc1ociamenti di\e1si e per il 75 per cento in Lincoln. Gli-ac-coppiamenti di Lincoln e me1inos, p1o\enienti dal sud della p1o\incia di Buenos Ai1es, si sono già fatti un ottimo nome sul me1cato nost1o e t1o\ano altissimi p1ezzi, dando pe1sino il 70 per cento di 1endimento netto.

Il campione-Lincoln esposto dal signo1 Walke1 nel 1901, \incendo il p1em1o, è nato da pad1e impo1tato e da mad1e pu1a, per inc1ocia-mento, e fu alle\ato a sistema misto.

.Ma un'alt1a 1icc1ezza ru-1ale ap1e oggi all'Argentina uno splendido o11zzonte, tale e tanto s\iluppo accenna a p1endere in questi anni. Alludo alla 1azza equina. che è destinata, io c1edo, a fo1ma1e una delle pi\ sicu1e basi della 1icc1ezza na-zionale di quella cont1ada. Gli alle\amenti da me \isitati, i campioni p1odotti e l'ultima Esposizione del 1901 me ne danno la pi\ fondata p1o\a.

Il censimento del 1895 1ile-va\a la esistenza di quatt1o milioni e mezzo di ca\alli: c11ca uno per abitante. Ma e1ano, per lo pi\, ca\alli da fatica, 1oba da st1apazzo, da se1\i1sene senza 1igua1do; poic1è di pu1o sangue se ne conta\ano appena 15,557 e di meticci un po' scelti 415 mila. Dal 1895 ad oggi la t1asfo1mazione fu così 1adicale, che degli alle\a-to1i come Don \incente Casa-res, Mic1ele A. Ma1tinez de Hoz, Agostino de Elia, Leona1do Pe1ey1a, Giacomo Lu1o, Don Emanuele Lainez, Pasto1 Senil-losa, ecc., non esitano a p1esen-ta1si, e con giusto o1goglio, sui miglio11 me1cati. Le 1azze Mor-gan, Nackney, S111e, Clysdes-dale, la A1aba, la Russa, la Yo1k-s111e, la Pe1c1e1onne, la Anglo-No1manna, la Trahenen, ecc., \i t1o\ano i pi\ cospicui lo1o 1app1esentanti. Ed i p1odotti

equini della Repubblica già contano una meritata fama, raggiungendo alcune pariglie prezzi di 16 e 17 mila franchi-oro e rifornendo le scuderie eccellenti cavalli da corsa, come quelle di Giacomo Luro, che co' suoi puro-sangue di « Ojo de agua » ottenne fin 250 mila lire, vendendo i puledri ad un prezzo medio oscillante tra le 2200 e le 11.000 lire cadauno.

Ora, quale fu l' influenza di questa trasformazione in rapporto all'emigrazione? È questa la seconda parte del teorema da me assunto. Si premetta che questo movimento di selezione del prodotto, che io messo in rilievo nell'allevamento del bestiame, come esempio più facile e più comodo, si è verificato, quasi indistintamente, in tutte le altre industrie. Si premetta pure che, trattandosi dell'emigrazione nostra, si debbono incominciare a mettere da banda quei sdilinquimenti nevrotici, cui sembra ci vogliamo da qualche tempo in qua abbandonare, sia per smania di far delle frasi, sia per acquistare popolarità.

Noi abbiamo preso da pochi anni il mal vezzo di dimenticare completamente la condizione che abbiamo creata in casa nostra alla mano d'opera, per rivolgerci all'estero e criticare tutto quanto vi si fa in suo favore, non trovando mai nulla di sufficientemente umano, nè di bastantemente remunerativo.

Vedasi ad es. l'Argentina. Io credo che si possa difficilmente tacciarla di rude e dissanguatrice dei nostri emigranti; eppure, in quella tenerezza morbosa che i nostri periodici hanno tolto a dimostrare, essa è acerbamente accusata. Si dimentica che niun Stato ha cercato di fare per gli immigrati più di quello che l'Argentina ha fatto. Basta prendere fra le mani il voluminoso *Digesto del Ministero di agricoltura pel 1901,* per convincersene.

Leggendo i provvedimenti e i decreti dettati dal 1810 al 1900, contenuti in quelle 1342 pagine in-8° grande, appare quanti tentativi abbia fatto la Repubblica per assicurare il benessere di chi giungeva, per fecondare il suo suolo. Mi si dirà che tale benessere non si raggiunge col dettar leggi e regolamenti, nè col fare dei digesti. Però io so pure che degli esperimenti reali ha fatti il Governo argentino, creando un ufficio apposito, per ricevere, internare i nuovi arrivati; per vigilarli da lontano; per dar loro a condizioni mitissime e in un certo momento persino gratuitamente, le proprie terre erariali.

Del resto, chiediamoci piuttosto che facciamo noi per trattenere la nostra classe travagliatrice? Nessuno ha il privilegio di aver cuore per i miseri e lo sentiamo tutti per essi. Qui però il caso è, che il nostro bracciante, il nostro agricoltore, è posto fra due mali e si tratta per molti aspetti di decidere, se peggio gli tocchi in casa sua, o in casa altrui. Qui si ha il fisco, che aggrava la sua mano e soffoca ogni intrapresa; là è la terra, libera ancora da gravami. Qui si hanno le espropriazioni, a danno dei contribuenti morosi di fondiaria, che dallo 1885 al 1897

saliiono in sette sole Piovincie a piú di 23,300, di cui 11,773 nelle
infelici Calabrie; là questi nostii piopiietaii, rovinati dal stiidente oidinamento dei tiibuti, troano almeno il modo di iitoinaie, con qualcie
saciificio, nelle condizioni di piima. Qui le meicedi oscillano da 0.70
a 2 liie al gioino, non potendo dimenticaie esempi di meicedi agii-
cole a 25 centesimi; là almeno al di sotto di un Peso 25 centaos (L. 3)
non ci si va mai e la caine è abbondante, e non manca a nessuno, in
luogo del mais e del cretinesimo e dello scoibuto che esso pioduce.
Nè la distanza economica e geogiafica tia l'Italia e l'Argentina è piú
così giande, da legittimaie l'applicazione del teoiema di Ricaido; per
cui il lavoio di 50 agiicoltoii italiani di Entie Rios possa esseie ceduto
per quello di 100 agiicoltoii italiani della Lomellina. Si va piú facilmente a Buenos Aiies, oggi, di quello che non si tiasfeiisca la mano
d'opeia in Italia da iegione a iegione.

Ed il piú cuiioso anzi è, che mentie del dislocamento inteino dei
nostii tiavagliatoii, che si accentua all'epoca dei iicolti del giano, del
iiso, delle uve, ecc., nessuno si pieoccupa, tutti buttiamo gli occii
addosso alle compagnie di navigazione e alle nazioni esteie, appena i
medesimi piendono la via del maie, mille volte piú comoda e sicuia. Noi
facciamo viaggiare la mano d'opeia avventizia, interna, da piovincia a
piovincia, nelle peggioii condizioni che mente umana possa sognaie;
stipando quegli infelici nei caiii a bestiame, coi visi congestionati sotto
il caldo e l'arsura dell'estate, o nei vagoni ghiacciati dal vento not-
tuino, nell'autunno e nella piimaveia. Assistiamo, senza che si distuibi
la digestione dei nostii omenoni e dei gazzettieii, a quel greggie di
esseie umani, che nella loio patiia, sul piopiio suolo, si accovaccia
fuoii delle nostie stazioni ed a cui, come a gente lebbiosa, si ciiu-
dono in faccia le poite delle sale d'aspetto, per l'economia che così
ponno faie le compagnie feiioviaiie di una qualcie dozzina d'inservienti di meno, in tutta Italia. Non ci cuiiamo della febbie, della mala-
iia, che quelle poveie cieatuie sanno d'incontraie, per guadagnaie
30 o 35 soldi al gioino, vivendo mesi e mesi senza iicoveio, soppor-
tando inenaiiabili piivazioni, pur di iipoitaie un piccolo peculio nella
piovincia d'oiigine, dove toinano a ciiedeie un po' di pace e di salute;
e viceveisa, appena essi, ciiamati da meicedi sempie piú alte di quelle
offeite all'inteino, se ne vanno co' loio cenci a Napoli e Genova per
traversar l'Oceano, alloia eccoti lo sdilinquiisi dei coiiispondenti, che
aiiicciano il naso dinnanzi all' « Hôtel degli immigianti » di Buenos
Aiies e che inoiiidiscono guaidando la minestia con un po' di bollito
che attende quei lavoiatoii, finciè non iaggiungano il loio luogo di
destinazione, a spese della Repubblica.

Ebbene, io sono paitito cogli emigianti sul « Peiseo » e sono toinato con essi sull' « Oiione ». La Navigazione Italiana non mi è sem-
biata l'idra dalle cento boccie, che succii il sangue de' suoi clienti
piú poveii. Mi sono avvicinato senza inoiiidiie all'albeigo degli emigianti e quella vista fuoii delle sale d'aspetto in Italia; e l'odoi dell'acido
fenico non mi ha ammoibato, e l'aviei voluto anzi vedei impiegato da
noi un po' piú soventi; io assistito alla loio iefezione ed io assaggiata
la loio minestia, che mi ia iicoidato il buon tempo del iaicio mili-
taie. Tutto mi ba fatto l'impressione di un eseicito al campo, al di
della vigilia di una giossa manovra. Ed eiano infatti i ieggimenti dei
lavoiatoii che aiiivavano e andavano a daie la gian battaglia alle
messi onuste ed infinite.

E ancora io capirei tanta pieoccupazione, se i nostri emigranti se
ne andassero in California, nell'Australia, o che so io, contrattati come
merce da dozzina da intraprenditori stranieri. Ma nel Plata i più vanno
chiamati dai loro connazionali, se per stabilirvisi permanentemente, e
chiamati pure dai loro connazionali, se per aiutare temporaneamente
le colture agricole. Perchè ciò che giova tener sempre ben presente
è, che per un gran terzo già l'anima travagliatrice italiana si diffonde
e regge l'industria di quei campi; per cui intralciare o menomare
la corrente spontanea emigratoria verso quelle contrade è un recar
danno ai nostri, che da tempo vi si sono stabiliti.

Ciò premesso, è chiaro che la crisi parziale di selezione che stanno
attraversando i coltivatori argentini - i quali costituiscono il nerbo
di quella Nazione e dànno da soli l'80 per cento della produzione complessiva - doveva generare, in rapporto alla nostra immigrazione, i seguenti fenomeni: 1° In parte, un aumento della domanda di mano d'opera
di prim'ordine, per meglio governare la produzione e perfezionarne la
qualità; ma per altra parte esigere dai coltivatori stessi un forte investimento di capitale, e quindi una leggera e graduale trasformazione
delle colture da estensive in intensive, la quale venne a restringere
la domanda più grossa di lavoro, cioè della mano d'opera di secondo
ordine; 2° Quei forti investimenti di capitale, essendo fatti su larga
scala e con rimesse in oro sull'estero, produssero una rarefazione di
quelle poche buone scorte metalliche che il paese possedeva, accre-
scendo la ragione di scambio della moneta, ciò che si ripercosse prontamente sui prezzi e le mercedi, producendo un minor allettamento,
coi bassi salari, alla immigrazione; 3° Il rarefarsi del capitale monetario e la ultima riforma di valuta dovevano elevare il piede dello
sconto e quello dell'interesse, ponendo un salutare freno alle intraprese avventurose, liquidando su una base solida il passato, ostacolando
quella mania di creare lavoro, che col capitale nominale abbondante e
con la mala moneta facilmente si estende, e scemando contemporaneamente la domanda di lavoro importato dall'estero.

Cosi nacquero quei fenomeni che gli inavveduti presero a consi-- derare come prova di una crisi generale argentina. Ma se noi, chia- riti sui fenomeni stessi, e preoccupati della nostra emigrazione, vorremo far cosa equa ed opportuna dovremo, a mio avviso, concludendo:

a) occuparci dei nostri emigranti attuali senza dimenticare i no- stri emigrati da tempo e che contano sul concorso dei nuovi venuti, così nei buoni, come nei momenti cattivi. Di fronte alla loro domanda è doveroso il lasciare, che anche a mercedi ridotte l'emigrazione spon- tanea risponda; tanto più che, e per le modalità del viaggio, e per la costituzione demografica argentina, ben si può, in rapporto ai feno-- meni di traslazione di lavoro, considerare la Repubblica come una nostra provincia, o meglio come una nostra seconda terra;

b) comprendere, come il nostro miglior alleato sia il capitale inglese che vi si è trasferito con noi, dall'inizio, e come sotto ogni rap-- porto ci sia giovevole l'introdurvi capitali personali, finchè l'Inghil- terra continuerà a introdurvi capitali istrumentali; che come essa per- siste ad operare nella Repubblica a tutela dei beni investiti, così vi dobbiamo persistere noi, a tutela dei nostri investimenti di lavoro;

c) capire, che la crisi parziale, che ora ci avvera in grembo ad un periodo di depressione normale, non può fare a meno, data la natura che essa ha e che abbiamo esaminata, di accelerare il ritorno del periodo di prosperità, di cui saremmo troppo malaccorti a non tenerci in posizione tale, da saperne quanto prima approfittare. Conti-- nuando l'emigrazione nostra verso il Plata, malgrado il restringersi delle mercedi, non solo essa aiuterà i connazionali, ivi residenti, nella dura prova di selezione che stanno affrontando, ma preparerà ai ven- turi, con gli attuali sagrifici, giorni migliori. Ciò che ridonderà a pieno beneficio della massa e dell'Italia, come se fosse un tanto di risparmiato; cioè un tanto di mercede investito in vista di un miglioramento prossimo e, per molti dati, sicuro.

Quanto poi alla tutela da dare ai nostri emigranti, invece di mostrarci preoccupati di creare con continui organismi burocratici altri intralci alla loro naturale espansione, occorrerebbe semplicemente, io credo:

1° Non limitarci a distinguere l'emigrazione nei suoi varii generi, ma suddistinguere in ogni genere le varie specie. Così: favorire l'esodo dei veri lavoratori della terra e dei capaci coltivatori di bestiame, per i quali l'Argentina offre sempre un campo splendido di attività, som-- mamente fruttuoso. Impedire perciò l'esodo degli spostati, degli avvo- cati senza cause, degli ingegneri senza costruzioni, degli intraprendi- tori falliti, dei medici senza clienti, di tutta quella pioggia di cerinari, lustrascarpe, fannulloni, e, diciamolo pure, di furfanti, di cui siamo larghi verso la Repubblica e che vanno poi a costituire i 50,000 operai disoccupati, anarcoidi, di cui narano le impietosite corrispondenze;

2° Avvertire le case di commercio, che non basta far caricare roba per crederla venduta, nè metter su delle figliali con relativo lusso d'impianto e di personale, per credere di vincere la piazza col *bombo* o creando una artifiziosa vendita al minuto. Il porto di Buenos Aires è saturo; la crisi di commercio vi è, e fu voluta da noi europei. Ora conviene che i fallimenti degli infortunati, che senza un savio calcolo di tornaconto si spinsero laggiù, si avverino e risanino l'ambiente, restituendo l'equilibrio violato tra la domanda e la offerta. Allora sarà il caso di rifarsi da capo, con un criterio più illuminato, quando la domanda si riaccenderà, senza sforzarla, nè prevenirla sproporziona- tamente;

3° Insegnare in seguito ai nostri emigranti, qui in Italia, che l'Argentina ra finito di essere un luogo, direi quasi, di deportazione morale, oppure di facili godimenti: ma che là pure impera oggi la legge economica della remunerazione ai costi; di una più alta rimunerazione a pari sagrificio, o di minor sagrificio a pari rimunerazione, ma sempre ogni premio vi è reso frutto di lavoro. Le improvvise fortune si ponno fare; ma ritornando sull'esempio di fatica e di coraggio dei nostri primi piòneri: non andandosene, cioè, a dondolarsi in Buenos-Aires, godendovi gli ozii ed i comodi che essa offre, più che molte nostre città d'Italia. E, a tale scopo:

4° Sarebbe assai opportuno che, invece di pretendere tanto dall'estero per i nostri emigranti, ci preoccupassimo noi di cernere il buon seme dalla zavorra. La selezione, se amiamo di buon cuore i nostri, non va abbandonata al luogo di destinazione, dove essa si esperimenta sempre in modo più acerbo: ma nel luogo d'origine, dove può essere più umana e servire di serio ravvedimento. Così: che vi sarebbe di male se all'emigrante chiedessimo, oltre che le carte solite, cioè l'atto di nascita, la fedina criminale, il foglio di congedo, ecc., anche una *fede di lavoro*, che coll'autenticazione del sindaco del Comune d'origine dichiarasse quale mestiere egli ra fatto e intende fare? Io non voglio giungere all'esperimento delle compagnie d'arte medioevali: ma una prova, che non si manda un fannullone all'estero, ci vorrebbe, per il decoro nostro e per non consumare colla neghittosità di pochi i grossi sagrifici degli altri, di quelli che ci precedettero e seppero tener alto il buon nome d'Italia. Questa fede di lavoro varrebbe pure a fare nel luogo d'imbarco un'ottima cernita fra gli emigranti, sconsigliando gli illusi, o chi non conosce le contingenze in cui versa il paese di destinazione e trattenendo gli inetti e la gente di malaffare;

5° Come pure una restrizione ci vorrebbe, nell'impedire l'esodo degli analfabeti. Per chi va a lavorare per tre o quattro mesi, munito di biglietto d'andata e ritorno, tanto per aiutare la ricolta, siffatta restrizione la si potrebbe trascurare. Ma a chi va ad ingrossare la fila della emigrazione, che era detta permanente e temporanea (poichè l'altra, più che temporanea, è fenomeno recentissimo), gli dovrebbe essere imposto di dimostrare che è stato osseguente alla legge, che vuole da noi l'istruzione elementare obbligatoria. Allora la classe dei tapini, che sono esposti all'estero ad ogni specie di frode, scemerebbe e non avremmo più dei corrispondenti di giornali, che s'inteneriscono dei piccoli furti di valigie od altro, sofferti dai nostri emigranti illetterati, e che cercano di scaricare sulle spalle della nazione straniera i tristi colpi di mano, che novantanove volte su cento sono compiuti dai nostri lestofanti connazionali, i quali si accumulano in Buenos Aires alla « Boca », trapiantandovi la nostra camorra, privi come se ne vanno di ogni altro mezzo per vivere onestamente.

※

E dopo tutto ciò, intendiamoci bene, io non sono un laudatore di proposito, nè prezzolato, della Repubblica. Scrivo per fermo convincimento e perciè vedo a malincuore l'odierna montatura dell'opinione pubblica generale contro una terra, che non solo ci fu sempre, indubitatamente, fra le più ospitali, ma che ci apre ancora un avvenire fra i più fecondi. Certo, che un periodo di grandi riforme deve aprirsi per l'Argentina ed essere coraggiosamente attuato dai suoi uomini di governo; certo, che la giustizia è lontana dall'esservi severamente

31

applicata e senza spirito di parzialità fra i figli del paese e gli immigrati; certo, che la finanza va ritornata su più rigide basi e abbandonata la mania spendereccia, col danaro altrui, e le facili spese, e la
tendenza burocratica eccessiva, e il lusso sconsiderato e riprovevole,
e quella elasticità della pubblica coscienza, che rovinò Roma e la Spagna
e la Francia imperiale. Certo è infine che quel periodo di privazione,
di risparmio e di ravvedimento, chè (come ho dimostrato nel mio primo
volume sulla Repubblica e come meglio dimostrerò nel secondo) fu
segnato dall'attuazione dell'ultima legge monetaria, va spinto innanzi
audacemente, per creare un capitale indigeno, che finora non è esistito
e che varrà a sostituire quello straniero, il quale è per natura sempre
troppo esigente; ma da questi formali rimproveri che all'Argentina
ponno muoversi non è da inferire che debbasi in un modo reciso
allentare il nostro intercambio di lavoro e di capitale personale, il quale
troverà sempre laggiù un investimento assai più utile, che non nelle
pazze imprese delle spiaggie africane, verso cui dolorosamente temo
voglia la nostra politica nuovamente orientarsi.

Nè io saprei quindi chiudere meglio il presente articolo, che colle
parole con cui il dottor Alberto B. Martinez finiva le sue conferenze

al Collegio Romano, fis-
sando dinanzi ai suoi
uditori, colla proiezione
luminosa, la *Piedra mo-
vediza* del Tandil - la curiosa rocca di gneiss,
alta quattro metri e larga
cinque alla base, che al
minimo soffio del vento
oscilla, ma per arte di natura rimane ferma, con-
ficcata sul suo pernio.

— « Perciè » - escla-
mava l'egregio uomo -
« guardando più volte
quel monolite, io visto

raffigurato in esso l'emblema della mia patria? Più volte il vento maligno delle guerre nemiche, delle intestine discordie, dei numerosi
errori, ci ha fatto oscillare noi pure; più volte le nostre finanze furono
esauste, e l'emigrazione interrotta, e le crisi fatte intense. Però sempre,
come la pietra movibile, siamo restati ritti in mezzo alla bufera, là in
faccia a quella Pampa infinita, che va popolandosi, promettitrice di
nuove e sicure ricchezze. Più volte, come nella storia di tutti i popoli
giovani ed audaci, abbiamo vista la nostra esistenza minacciata e
compromessa; ma abbiamo vinto; siamo rimasti saldi al pernio delle
nostre istituzioni liberali, che per noi e per quanti vengono fra noi
abbiamo sancito, senza distinzione di razza, di sangue, di casta, in
omaggio alla più estesa applicazione del principio della libertà e del-
l'uguaglianza.

« Muoverà per secoli ancora la pietra del Tandil ed oscilleremo
noi pure per secoli; ma non verremo mai meno a quel cammino che
ci è tracciato dall'esperienza e dall'affetto delle nazioni amiche, fra
le quali ci è orgoglio l'aver contato sempre l'Italia vostra ».

ETEOCLE LORINI.

August Strindberg.

EBBREZZA

DRAMMA IN QUATTRO ATTI

PERSONAGGI.

MAURIZIO GERARD, autore drammatico.
JEANNE.
MARION, sua figlia (5 anni).
ADOLFO, pittore.
ENRICHETTA MAUCLERC, scultrice.
EMILIO, fratello di Jeanne.
LA SIGNORA CATERINA.
L'ABATE.

UN COMMISSARIO DI POLIZIA.
PRIMO AGENTE DI POLIZIA.
SECONDO AGENTE DI POLIZIA.
UN GUARDIANO DEL CIMITERO.
UN CUSTODE DEL GIARDINO DEL LUXEM-
BOURG.
UN CAMERIERE.
UNA DOMESTICA.

L'AZIONE SI SVOLGE A PARIGI — EPOCA ATTUALE.

ATTO PRIMO.

Il Viale superiore dei Cipressi nel Cimitero Montparnasse di Parigi: nel fondo sepolcreti, lapidi, croci, ecc., e le rovine di un molino, coperte di edera. Su una croce di pietra si legge l'iscrizione: *O Crux! Ave, Spes unica!*

Nel fondo, inginocchiata davanti ad una lapide, adorna di fiori, una signora, elegantemente vestita a lutto, prega ferventemente.

SCENA I.

JEANNE, MARION, L'ABATE e IL GUARDIANO.

(JEANNE *va su e giù per la scena come se aspettasse qualcuno;* MARION *giuoca con dei fiori appassiti, che ha raccolti in un fosso, vicino al viale.* L'ABATE, *assorto nella lettura del suo breviario, cammina nel fondo*).

IL GUARDIANO — (*entra e dice a Jeanne:*) Senta! questo non è un campo di giuoco!

JEANNE — (*umilmente*). Sto aspettando una persona, che dovrebbe essere qui a momenti...

IL GUARDIANO. — Sarà come lei dice, in ogni modo l'avverto che è proibito raccogliere fiori...

JEANNE — (*a Marion*). Marion! Getta via quei fiori!

L'ABATE — (*s'avvicina al Guardiano, che lo saluta*). Non capisco perciè la bambina non possa giuocare con dei fiori, che sono stati gettati via!

Il Guardiano. — Il regolamento proibisce di toccare anche i fiori, che
sono stati gettati via, perchè potrebbero servire come mezzi d'in-
fezione... e non si cura di esaminare se questa ipotesi sia più o meno
giustificata.

L'Abate — (a Marion). Quando è così, non ci resta altro che obbedire ai regolamenti! Come ti chiami, mia piccola amica?

Marion. — Mi chiamo Marion.

L'Abate. — Ed il tuo babbo?

Marion — (tace e si morde le dita).

L'Abate — (a Jeanne). Le chiedo scusa, signora: non pensavo a male;
non avevo altro scopo che di calmare la bambina.

(Il Guardiano esce).

SCENA II.

Jeanne, Marion e l'Abate.

Jeanne. — Ho compreso subito lo scopo della sua domanda, monsignore: ed è perciò che ora la prego di rivolgere anche a me qualche
parola di conforto per calmare la mia inquietudine. Io sto aspettando qui qualcuno già da due ore.

L'Abate. — Da due ore?! Come mai è possibile che gli uomini si sot-
tomettano a simili torture? O Crux! Ave, Spes unica!

Jeanne. — Che cosa significano queste parole, che io veduto incise
su molte lapidi?

L'Abate. — Esse significano: Ave, o Croce, unica speranza!

Jeanne. — È quella proprio l'unica nostra speranza?

L'Abate. — Sì: è l'unica e la più sicura delle nostre speranze!

Jeanne. — Credo quasi che lei abbia ragione, monsignore!

L'Abate. — Scusi... perchè?

Jeanne. — Perchè lei ha già indovinato il vero stato delle cose. Difatti
se egli ha così poco cuore di far aspettare per due ore al cimitero la
sua sposa e la sua bambina, è evidente che vuole finirla con me.

L'Abate. — E se egli l'avesse abbandonata?

Jeanne. — Ci getteremmo ambedue nel fiume!

L'Abate. — No, no! Non dica di queste cose!

Jeanne. — Sì: certo!

Marion. — Mamma, andiamo a casa! Ho fame!

Jeanne. — Abbi ancora un po' di pazienza, amor mio! Poi andremo
subito a casa.

L'Abate. — Guai a coloro, che chiamano male il bene, e bene il male!

Jeanne. — Che cosa fa quella signora, inginocchiata davanti a quella
lapide?

L'Abate. — Sembra che ella parli col morto.

Jeanne. — Non è possibile di parlare coi morti.

L'Abate. — Pare che quella signora lo possa fare.

Jeanne. — Allora si dovrebbe ammettere che con la morte non ces-
sano le nostre miserie...

L'Abate. — Come? Ha aspettato sino ad oggi per apprendere ciò?

Jeanne. — E dove si apprendono queste cose?

L'Abate. — Hm! Se un'altra volta sentisse il bisogno di avere delle
spiegazioni su questi argomenti, tanto conosciuti, venga a cercarmi

nella cappella di Nostra Signora a Saint-Germain... Guardi! Ora s'avanza di certo la persona, che sta aspettando...

JEANNE — (*imbarazzata*). No: non è lui... però conosco bene l'uomo, che viene da quella parte...

L'ABATE — (*a Marion*). Addio, piccola Marion! Dio ti protegga! (*La bacia; poi, mentre sta per avviarsi dice a Jeanne:*). A Saint-Germain des Prés! (*Esce*).

(*Entra Emilio*).

SCENA III.

JEANNE, MARION *ed* EMILIO.

EMILIO. — Buon giorno, sorella! Che fai qui?

JEANNE. — Aspetto Maurizio.

EMILIO. — Puoi aspettarlo ancora un bel pezzo! L'ho visto un'ora fa al *boulevard*, dove stava facendo colazione... Buon dì, piccola Marion! (*Bacia la bambina*).

JEANNE. — Era in compagnia di donne?

EMILIO. — Sì: del resto in questo io non vedo nulla di male. Egli è autore drammatico e stasera andrà in scena il suo nuovo lavoro. È quindi probabile che quelle donne sieno attrici, che avranno da recitare il dramma.

JEANNE. — T'ha riconosciuto?

EMILIO. — No; egli non sa nemmeno chi io sia... Del resto ciò mi è affatto indifferente, dal momento che io, come operaio, conosco il posto, che si addice ai miei pari; e poi non vedo di buon occhio le affabilità di coloro che sono qualche cosa più di me.

JEANNE. — Ma s'egli abbandonasse me e la bambina?...

EMILIO. — In tal caso mi presenterei subito a lui. Tu però non lo devi ritenere capace di una simile azione, perchè egli ti stima e perchè è molto affezionato alla bambina.

JEANNE. — Non so... io un presentimento come se dovesse accadermi qualche cosa d'orribile!

EMILIO. — T'ha promesso di sposarti?

JEANNE. — No; egli non m'ha promesso nulla; m'ha soltanto fatto sperare...

EMILIO. — La speranza è una gran bella cosa, ma!... Ti ricordi ancora le mie parole, sino dal principio della tua relazione con lui? « Non sperare nulla - ti dicevo: - gli uomini superiori non sposano mai una donna, che non sia del loro rango! »

JEANNE. — Si sono dati moltissimi casi...

EMILIO. — Tutto è possibile, lo ammetto! Ma credi che ti troveresti a tuo agio in compagnia delle persone, che egli è solito di trattare? Oibò! Io sono certo che tu non capiresti una sillaba di quello che dicono. Io vado a desinare, tutti i giorni, nella cucina della stessa latteria, dove egli non manca mai: ebbene, io non riesco mai a comprendere nemmeno una parola dei loro discorsi.

JEANNE. — Dunque tu vai a desinare nella stessa latteria?...

EMILIO. — Cioè: nella cucina della stessa latteria!

JEANNE. — Egli però non mi ha mai invitata ad andare con lui in quel locale!

EMILIO. — Di ciò tu devi essergli molto grata, perchè s'egli non ti ha mai condotta in quel locale è evidente che ra troppo buona opi-

nione della madre della sua Marion... Infatti in quella latteria
bazzicano certe donnine...

JEANNE. — Davvero?

EMILIO. — Però Maurizio non si interessa affatto di loro: no; il suo
contegno è sempre così corretto!...

JEANNE. — È vero! Ma ciò non toglie che quando egli s'incontra in
una donna, perda facilmente la testa!

EMILIO — (sorridendo). Ma chè!... Senti! Hai bisogno di denaro?

JEANNE. — No : grazie!

EMILIO. — Tanto meglio!... Guarda, guarda laggiù nel viale! È lui,
che viene a raggiungerti! Ora io me ne vado! Addio, bambina l

JEANNE. — Egli viene? Sì: è proprio lui!

EMILIO. — Jeanne! Bada di non seccarlo ora... con la tua gelosia! (Via).

JEANNE. — Dio me ne guardi!

(Entra Maurizio).

SCENA IV.

JEANNE, MARION e MAURIZIO.

MARION — (corre verso Maurizio, che la solleva fra le braccia, e grida:)
Babbo! Babbo!

MAURIZIO. — Buon dì, piccina mia! (Salutando Jeanne) Jeanne! Perdonami se v'ho fatto attendere così a lungo... lo vuoi?

JEANNE. — Sì!

MAURIZIO. — Ma io voglio sentire dalla tua bocca che mi hai perdonato!

JEANNE. — Te lo susurrerò in un orecchio! Avvicinati!

MAURIZIO — (s'avvicina a Jeanne).

JEANNE — (lo bacia sulla guancia).

MAURIZIO. — Non ho sentito nulla!

JEANNE — (gli dà un bacio sulla bocca).

MAURIZIO. — Ora sì che lo sentito!... Ascoltami! - Come sai, stasera si deciderà sulla mia sorte: si rappresenterà il mio dramma,
che ha tutta la probabilità di riportare un successo od un fiasco...

JEANNE. — Io pregerò per te ed il tuo dramma avrà un grande successo!

MAURIZIO. — Grazie! Le preghiere, anche se non servono a nulla, non
possono mai far del male!... Osserva laggiù quella valle, inon-
data dall'aureo polverio del sole! E Parigi! In questo momento
Parigi non conosce ancora il nome di Maurizio Gerard, ma fra
ventiquattr'ore il mio nome correrà sulle bocche di tutti! La nube
di fumo, che mi tenne nascosto per trent'anni, si dileguerà sotto
un mio soffio; io diventerò visibile, prenderò una forma ed inco-
mincerò ad essere qualcuno. I miei nemici, cioè, tutti coloro, che
anelano di fare quello, che ho fatto io, si torceranno fra i dolori: i loro spasimi saranno la mia voluttà, perchè essi soffriranno
ciò, che lo sofferto io.

JEANNE. — Non parlare così!

MAURIZIO. — Io non dico che la verità!

JEANNE. — È vero: io però non voglio sentirti parlare in quel modo!...
E poi?

MAURIZIO. — Saremo a cavallo, e tu e Marion porterete lo stesso
nome, che io avrò reso così celebre.

JEANNE. — Dunque tu mi ami?

MAURIZIO. — Sì: io v'amo ambedue e di pari affetto - o forse amo Marion più di te...

JEANNE. — Questa tua confessione mi riempie di gioia, perchè se anche potrai stancarti di me, non ti stancherai della nostra bambina!

MAURIZIO. — Perchè non hai fede nei sentimenti, che nutro per te?

JEANNE. — Non so... un orribile timore mi preoccupa...

MAURIZIO. — Tu sei stanca, Jeanne: il lungo attendere ti ha prodotto un po' d'agitazione. Ti domando ancora una volta perdono. Ma quale è il timore, che tanto ti opprime?

JEANNE. — L'imprevedibile, che si può presentire, senza averne nessuna ragione plausibile...

MAURIZIO. — Io, invece, ho un unico presentimento: il mio dramma riporterà uno strepitoso successo. Diverse sono le ragioni, che me lo fanno presentire: anzitutto l'intuito sicuro degli attori, che conoscono a fondo i gusti del pubblico e della critica... Non c'è quindi alcuna ragione che ti preoccupi tanto...

JEANNE. — Non lo posso! Non lo posso! Sappi che poc'anzi è passato da questa parte un abate, che ci rivolse affabilmente la parola: dinanzi a quel vegliardo io non potei affermare la mia fede, che tu non riuscisti mai a cancellare, ma soltanto ad offuscare nello stesso modo, come si dà la calce alle lastre di una finestra; però il pio uomo ne rascriò con le sue mani l'intonaco, cosicchè la luce potè penetrare nell'interno ed ora si può di nuovo vertere che il padrone si trova in casa... Stasera andrò a pregare per te nella cappella di Saint-Germain!

MAURIZIO. — Ora incomincio a temere anch'io!

JEANNE. — Il timore di Dio è il primo passo verso la saggezza.

MAURIZIO. — Dio? Che cosa è Dio? Chi è?

JEANNE. — Fu Dio, che t'infuse la gaiezza nel cuore, quando eri ancora fanciullo, e fu Lui che ti donò la forza, quando diventasti adulto! Ora sarà Dio, che ci proteggerà nel terribile pericolo, che ci minaccia.

MAURIZIO. — Quale è il pericolo, che ci minaccia? Lo conosci tu? Come sei venuta a conoscerlo? Parla!

JEANNE. — Non te lo posso dire: non ho sognato; non ho sentito, nè visto nulla! Però durante quelle due angosciose ore, trascorse aspettandoti qui, io soffersi così intensamente, che ora sono preparata a tutto ciò, che v'ha di peggio.

MARION. — Mamma, andiamo a casa! Ho fame!

MAURIZIO. — La mamma ti condurrà subito a casa, bambina mia! (*La prende in braccio*).

MARION — (*stringendosi insieme*). Ah! Babbo, come mi fai male!

JEANNE. — Dobbiamo andare a casa per il pranzo! Addio, Maurizio! E buona fortuna!

MAURIZIO — (*a Marion*). Dove ti ho fatto male? Sai bene, tesoro mio, che io non voglio farti che del bene!

MARION. — Se vuoi mostrarti buono, accompagnaci a casa!

MAURIZIO — (*a Jeanne*). Sentendo parlare la bambina in quel modo, mi pare di sentire in me come una voce che mi spinga ad accondiscendere al suo desiderio; ma ora quella voce deve cedere il posto al dovere ed alla ragione... Addio, figlia mia! (*Bacia Marion, che lo abbraccia*).

JEANNE. — Quando ci rivediamo?

MAURIZIO. — Ci rivedremo domani, per non separarci mai più!
JEANNE — (*lo abbraccia*). Per non separarci mai più! (*Facendogli il segno della croce sulla fronte*). Dio ti protegga!
MAURIZIO — (*commosso contro sua voglia*). Mia buona, mia cara Jeanne!

(*Jeanne e Marion s'avviano verso destra, Maurizio verso sinistra. Poi tutti e tre si volgono nello stesso tempo e si lanciano dei baci*).

MAURIZIO. — Jeanne! Mi vergogno a dirtelo: io mi dimentico sempre di te e tu sei sempre l'ultima a ricordarmi certe cose! Qui hai un biglietto per la rappresentazione di questa sera...

JEANNE. — Grazie, amico mio, però... tu questa sera, devi essere solo sulla breccia; dall'altro canto io sarò sola sulla mia... vicino a Marion.

MAURIZIO. — La tua mente è tanto grande, quanto la bontà del tuo cuore: sì, sono certo che nessuna donna all'infuori di te avrebbe sacrificato il divertimento di stasera, unicamente per rendere un servigio all'uomo da lei amato... Questa sera devo potere muovermi liberamente... Quando si affronta una battaglia non si deve mai prendere con sè nè donne nè bambini... e questo l'hai compreso anche tu!

JEANNE. — Maurizio! Non farti grandi illusioni sul conto di una povera donna come me!... Ma anche io non mi sono dimenticata di te... Ti ho comperato una cravatta ed un paio di guanti: io pensavo che tu avresti dovuto portarli in mio onore stasera - in occasione del tuo trionfo...

MAURIZIO — (*baciandole la mano*). Grazie, Jeanne!

JEANNE. — Ti raccomando di non dimenticarti, come t'accadde più di una volta... di andare dal barbiere... Questa sera devi farti bello anche per gli altri...

MAURIZIO. — Dunque non sei gelosa?

JEANNE. — Non pronunciare quella parola, che suscita cattivi pensieri.

MAURIZIO. — Sai, Jeanne... in questo momento potrei rinunziare anche al successo di questa sera... Sì: io vincerò la prova!

JEANNE. — Zitto! Zitto!

MAURIZIO. — Mi resta ancora abbastanza tempo per poterti accompagnare a casa...

JEANNE. — No; questo tu non lo farai!... Va! Il tuo destino ti aspetta! Il tuo destino ti aspetta!

MAURIZIO. — Addio! Si compia la mia sorte! (*Esce*).

JEANNE — (*sola con Marion*). O Crux! Ave, Spes unica!

SCENA V.

LA SIGNORA CATERINA e MAURIZIO; poi, ENRICHETTA.

La latteria (*Crêmerie*). A destra un *buffet* con un acquario di pesci dorati, con frutta, erbaggi, vasi di conserve, ecc., più in là la porta d'ingresso. Nel fondo la porta della cucina, in cui si vede un gruppo di operai: la cucina, a mezzo di una finestra visibile, prospetta su un giardino. A sinistra, sempre nel fondo, e rialzato alquanto da terra, un tavolo per lo spaccio delle bevande ed alcune scansie con bottiglie d'ogni specie. A destra, vicino alla parete, una lunga tavola con lastra di marmo; di fronte a questa, ma nel mezzo della scena, un'altra tavola. Intorno le tavole, sedie di paglia; sulle pareti molti quadri.

(LA SIGNORA CATERINA *è seduta dietro il tavolo di sinistra;* MAU-RIZIO, *col cappello in testa, è appoggiato allo stesso tavolo e sta fumando una sigaretta).*

SIGNORA CATERINA. — Dunque questa sera scoppierà la sua bomba, signor Maurizio?

MAURIZIO. — Sì, questa sera!

SIGNORA CATERINA. — Si sente inquieto?

MAURIZIO. — No: sono tranquillissimo!

SIGNORA CATERINA. — Io le auguro di tutto cuore buona fortuna: lei, signor Maurizio, che ha dovuto lottare con tante difficoltà, si merita davvero una ricompensa.

MAURIZIO. — Grazie, grazie, signora Caterina! Lei è sempre stata molto buona verso di me. Senza il di lei appoggio, già da molto tempo sarei andato in rovina.

SIGNORA CATERINA. — Lasciamo, per ora, da parte questi discorsi: io ho sempre aiutato la gente che lavora e che ha buona volontà, però senza mai lasciarmi spennacchiare... Signor Maurizio, mi promette di venire questa sera nel mio locale, dopo la rappresentazione del suo dramma, per bere in compagnia un bicchierino?

MAURIZIO. — Stia pur certa che non mancherò all'invito, tanto più che le ho già promesso di venire!

ENRICHETTA — *(entra da destra).*

MAURIZIO — *(si volge; si leva il cappello; fissa Enrichetta, che a sua volta lo guarda attentamente).*

ENRICHETTA — *(alla signora Caterina).* Non s'è ancor visto il signor Adolfo?

SIGNORA CATERINA. — Non ancora, signora! Egli sarà qui a momenti... Intanto si accomodi!

ENRICHETTA. — No, grazie; preferisco di attendere di fuori. *(Esce).*

SCENA VI.

MAURIZIO *e* LA SIGNORA CATERINA; *indi* EMILIO.

MAURIZIO. — Chi è... quella... signora?

SIGNORA CATERINA. — È l'amica del signor Adolfo!

MAURIZIO. — Ah!... era dunque... lei?

SIGNORA CATERINA. — Non la conosceva?

MAURIZIO. — No; Adolfo l'ha sempre tenuta nascosta ai miei occhi, come se avesse avuto paura che io gliela rapissi!

SIGNORA CATERINA. — Ah! ah! Mi dica: che impressione le ha fatto quella signora?

MAURIZIO. — Che impressione? È un po' difficile di dire, dal momento che non l'ho potuta vedere! Mi sembrò come se quella signora fosse volata fra le mie braccia e mi avesse stretto così vicino a sè da impedirmi di guardarla negli occhi! Ella ha lasciato una traccia dietro a sè nell'aria: mi pare ancora di vederla ferma in quel posto. (*S'avvia verso la porta e fa un gesto nell'aria come per stringere a sè una figura invisibile*). Ahi! (*Fa un gesto come se si fosse punto un dito*). Quella signora ha degli spilli perfino nel busto! È una donna che punge!

SIGNORA CATERINA — (*sorridendo*). Lei perde troppo facilmente la testa con le sue donnine!

MAURIZIO. — Sì: è verissimo! Ora però so quello che ho da fare, signora Caterina! Me, ne vado prima che quella signora ritorni... È una donna pericolosa'!...

SIGNORA CATERINA. — Ha paura?

MAURIZIO. — Sì: per me e per un'altra persona...

SIGNORA CATERINA. — Ed allora vada pure!

MAURIZIO. — Si figuri che quando ella uscì da quella porta, ho sentito intorno a me come il soffio di un piccolo vento vorticoso... Rida pure!... Ma osservi quella palma sulla tavola, che s'agita tuttora! Quella signora era una donna-demonio!

SIGNORA CATERINA. — Se ne vada dunque! Altrimenti finirà col perdere completamente la testa!

MAURIZIO. — Vorrei andar via, ma non lo posso... Ci crede lei a un destino, signora Caterina?

SIGNORA CATERINA. — No; io credo soltanto nel buon Dio, che, se lo preghiamo fervidamente, ci protegge dagli spiriti malefici!

MAURIZIO. — Dunque in ogni caso lei crede negli spiriti del male!... E non sono forse proprio questi spiriti, che si sentono adesso nel vestibolo?

SIGNORA CATERINA. — Sì: essi producono uno stridio, come se un merciaio stracciasse un pezzo, di tela!... Ora vada via! Esca per la porta della cucina!

MAURIZIO — (*si precipita verso la porta della cucina e s'imbatte in Emilio, che stava per uscire*).

EMILIO. — Le domando mille scuse! (*Via*).

(*Entrano Adolfo ed Enrichetta*).

SCENA VII.

MAURIZIO, LA SIGNORA CATERINA, ADOLFO *ed* ENRICHETTA.

ADOLFO. — Tu qui, Maurizio? Buon giorno! Come stai? Posso presentare al migliore ed al più vecchio mio amico l'amica mia? (*Presentandola*) La signorina Enrichetta Maucierc... il signor Maurizio Gerard.

MAURIZIO — (*sostenuto*). Sono ben lieto di fare la sua conoscenza!

ENRICHETTA. — Ci siamo già veduti.

ADOLFO. — Davvero? Quando?... se è lecita la domanda.

MAURIZIO. — Pochi minuti fa, proprio in questo locale!

ADOLFO. — Ah, così!... Ora però tu devi restare ancora qui: discorreremo un po'...

MAURIZIO — (*dopo d'aver fatto un gesto alla signora Caterina*). Sì: se avessi un po' di tempo!

ADOLFO. — Via! Non esageriamo! Credi forse che rimarremo qui seduti fino a stasera?

ENRICHETTA. — Se i signori ranno da parlare dei loro affari, non voglio disturbarli...

MAURIZIO. — I nostri affari sono così cattivi, che non ce ne occupiamo mai!

ENRICHETTA. — Allora parliamo d'altro! (*Si leva il cappellino e lo appende alla parete*). Così! Ed ora state buoni, altrimenti non potrò fare la conoscenza dell'illustre scrittore!

SIGNORA CATERINA — (*fa un gesto a Maurizio senza che egli se ne accorga*).

ADOLFO. — Benissimo, Enrichetta! Cerca dunque di accalappiarlo!

ENRICHETTA — (*a Maurizio*). Signor Maurizio, lei possiede un eccellente amico in Adolfo: egli parla sempre di lei ed in un modo così lusinghiero che più d'una volta mi sono vista posporre a lei...

ADOLFO. — Sì; è vero! D'altro canto Enrichetta, proprio per causa tua, non mi ha mai lasciato un momento di pace. Essa ha letto tutte le tue opere e vuol sempre sapere donde hai preso il soggetto o la scena di questo o quello dei tuoi libri: mi ha chiesto, non so quante volte, la descrizione della tua persona; la tua età; le cose che più ti piacciono; in una parola: tu sei stato sempre con me e con Enrichetta e noi abbiamo sempre vissuto insieme... in tre!

MAURIZIO. — Ma, cara signorina, perchè non si è presa prima d'ora la briga di venir qui ad ammirare questa bestia rara, davanti alla quale le sue illusioni sarebbero svanite tutte d'un tratto?

ENRICHETTA. — Adolfo non lo voleva!

ADOLFO — (*rimane confuso*).

ENRICHETTA. — Non ch'egli sia geloso... no!...

MAURIZIO. — Ma come potrebbe mai essere geloso di me? Adolfo sa benissimo che il mio cuore è già impegnato...

ENRICHETTA. — E non potrebbe darsi il caso che egli dubitasse della costanza dei suoi affetti?

MAURIZIO. — Non posso comprendere questo dubbio: tutti conoscono la costanza dei miei propositi!...

ADOLFO. — Difatti io non intendevo...

ENRICHETTA — (*interrompendolo*). Forse lei non avrà ancora sostenuto la prova del fuoco...

ADOLFO. — Oh, su ciò tu puoi...

ENRICHETTA — (*c. s.*) ... Ad ogni modo, in questo vecchio mondo non s'è ancora mai visto un uomo fedele e costante!

MAURIZIO. — Ed allora il mondo ne conoscerà ora uno!

ENRICHETTA. — Chi?

MAURIZIO. — Io!

ENRICHETTA — (*ride*).

ADOLFO. — Questa tua asserzione mi sembra...

ENRICHETTA — (*lo interrompe e, senza curarsi di Adolfo, continua a discorrere con Maurizio*). Crede lei ch'io giurerei sulla fedeltà del mio buon Adolfo da qui a tre mesi?

MAURIZIO. — Non ho nessun motivo di sollevare delle eccezioni sulla mancanza di fiducia da parte sua; quanto alla fedeltà di Adolfo ne sono garante io!

ENRICHETTA. — Non occorre che lei si assuma delle garanzie per gli altri... Parlavo, così, per chiacchierare, per dire qualche cosa...

Ritiro quello che io detto... e lo faccio non già perché io non voglia sentirmi più maliziosa di lei, ma perché così deve essere... È un mio difetto di vedere le cose soltanto dal loro lato cattivo: è un difetto, di cui, mio malgrado, non sono capace di liberarmi. Però se io avessi occasione di vivere per qualche tempo con lei e con Adolfo, sono certa che in loro compagnia ridiverrei buona... Perdonami Adolfo! (*Gli accarezza con la mano una guancia*).

ADOLFO. — È strano! Le tue parole sono sempre improntate a cattiveria, mentre le tue azioni sono sempre così buone! Quanto ai tuoi pensieri... io non ne so davvero nulla!

ENRICHETTA. — Ma chi sa leggere i pensieri degli altri?

MAURIZIO. — Sarebbe un brutto affare se l'uomo dovesse essere tenuto responsabile dei suoi pensieri!

ENRICHETTA. — Ha anche lei cattivi pensieri?

MAURIZIO. — Naturalmente! In sogno, per esempio, io commetto i più orrendi delitti...

ENRICHETTA. — In sogno, sì! Si figuri che io... No, no... mi vergogno a raccontarle...

MAURIZIO. — Via! Non si faccia riguardi!

ENRICHETTA. — Stanotte ho sognato che stavo sezionando i muscoli del petto di Adolfo... Devo premettere che sono scultrice... ed in quell'operazione Adolfo, sempre così cortese, non solo non oppose nessuna resistenza, ma mi spianò anche parecchie difficoltà col corredo delle sue cognizioni anatomiche, molto più profonde delle mie!

MAURIZIO. — In quel sogno... Adolfo era proprio morto?

ENRICHETTA. — No; era vivo.

MAURIZIO. — Che orrendo sogno!... È durante quella vivisezione non provò nessuna sofferenza?

ENRICHETTA. — No: e ciò tanto più mi meraviglia in quanto che io sono molto sensibile per i dolori altrui... Non è vero, Adolfo?

ADOLFO. — E vero! Enrichetta è oltremodo sensibile... fatta eccezione per le bestie, per le quali questa sua sensibilità è sempre neutra!

MAURIZIO. — Io, invece, sono affatto insensibile tanto per i miei dolori quanto per quelli degli altri...

ADOLFO. — Ora egli smentisce sè stesso! Non è vero, signora Caterina?

SIGNORA CATERINA. — Il signor Maurizio coi suoi esagerati sentimenti umanitari è davvero un bel matto! Si figuri che un giorno voleva denunziarmi alla Polizia, perché non avevo cambiata l'acqua a quei pesciolini! Osservi: non sembra come se quegli animali mi stessero ad ascoltare?...

MAURIZIO. — Noi, stando qui seduti, siamo pronti a commettere qualunque azione, purché ci sia di mezzo l'onore, la donna o il danaro!... Dunque lei è scultrice, signorina?

ENRICHETTA. — Una scultrice alle prime armi... ma già capace di modellare un busto – anche il suo... È un mio antico desiderio di fare il suo ritratto...

MAURIZIO. — Mi faccia il piacere! Del resto il suo sogno può diventare presto realtà.

ENRICHETTA. — No: voglio accingermi a fare il suo busto dopo il successo di questa sera, perché appena stasera lei sarà un uomo celebre.

MAURIZIO. — È tanto sicura del mio successo?

ENRICHETTA. — Sì; sta scritto sulla sua fronte che lei uscirà vincitore dalla battaglia di questa sera... Del resto anche lei deve provare un eguale presentimento...

MAURIZIO. — Peicìè mai...?

ENRICHETTA. — Peicìè io lo sento! Sa... stamane ero indisposta: oia, invece, mi sento rinvigoiita!

ADOLFO — (*incomincia a rannuvolarsi*).

MAURIZIO — (*imbarazzato*). Mi iesta ancoia un biglietto per questa sera... Adolfo, lo metto a tua disposizione.

ADOLFO. — Giazie, amico mio! Io lo cedo ad Eniicietta.

ENRICHETTA. — È ammissibile una cessione...?

ADOLFO. — E peicìè no? Sai bene che io non vado mai a teatio per il semplice motivo che non posso soppoitaie il caldo.

ENRICHETTA. — Speio almeno che veiiai a piendeimi alla fine dello spettacolo!

ADOLFO. — Se ci tieni tanto, veiiò! Peiò Mauiizio, finita la rappresentazione, verrà qui... Ora, io contavo di aspettailo con gli amici...

ENRICHETTA. — Tu puoi ben daiti la biiga di veniie a prendermi... ti piego, ti supplico... Se non vuoi attendeie alla poita del teatio, aspettaci all'*Auberge des Adrets*... Acconsenti?

ADOLFO. — Aspetta un po'! Tu iai sempie a tua disposizione un tale subisso di domande da non concedeie a chi ti sta ascoltando nemmeno il tempo di iifletteie.

MAURIZIO. — E ci vuole tanta iiflessioue per decideiti di andaie a piendeie la tua signoia?

ADOLFO. — Paili così peicìè non sai quali conseguenze possano deiivaie da ceiti atti, che in appaienza sembiano molto indiffeienti. Io, invece, conosco tioppo bene le cose!

ENRICHETTA.—Szt!Szt!Szt! Non voglio nuvole in questa gioinata di sole! Venga o non venga il signoi Adolfo, noi ci tioveiemo in tutti i casi.

ADOLFO — (*s'alza*). Ora devo andarmene... m'attende una modella... Addio, Mauiizio! E buona foituna! Domani ti tioveiai in un mondo ben diverso!... Addio, Eniicietta!

ENRICHETTA. — Vuoi piopiio andaie?

ADOLFO. — Lo devo!

MAURIZIO. — Addio! Aiiivedeici!

ADOLFO — (*saluta la signoia Caterina ed esce*).

SCENA VIII.

MAURIZIO, ENRICHETTA e LA SIGNORA CATERINA.

ENRICHETTA. — Pensi! Era sciitto che noi dovevamo incontiaici.

MAURIZIO. — Tiova tanto stiano il nostio incontio?

ENRICHETTA. — Lo tiovo stiano, se penso che Adolfo fece tutti gli sfoizi possibili per evitailo!

MAURIZIO. — Li ha fatti piopiio?

ENRICHETTA. — Se lo ia compieso anche lei!

MAURIZIO. — Sì: l'ho compieso! Ma peicìè mi dice queste cose?

ENRICHETTA. — Peicìè lo devo!

MAURIZIO. — Non voglio nasconderle che da piincipio avevo l'intenzione di usciie per la poita della cucina per evitaie un incontro con lei: ne fui peiò impedito da un avventoie, che mi ciiuse la poita.

ENRICHETTA. — E peicìè mi iacconta oia di queste cose?

MAURIZIO. — Non so!

SIGNORA CATERINA — (rovescia alcuni bicchieri ed alcune fiasche).

MAURIZIO. — Stia pur tranquilla, signora Caterina; non c'è nessun pericolo!

ENRICHETTA. — Dovrebbe essere quello un segnale d'allarme od un avvertimento?

MAURIZIO. — Probabilmente e l'uno e l'altro!

ENRICHETTA. — Sono forse una locomotiva, che abbisogna di cantonieri!...

MAURIZIO. — E di scambi di rotaie!... Questi sono i più pericolosi!

ENRICHETTA. — Come può essere così cattivo?

SIGNORA CATERINA. — Il signor Maurizio non è cattivo: finora egli è stato sempre molto gentile con i suoi amici e con tutte le persone, che si sono trovate in qualche rapporto con lui...

MAURIZIO. — Szt! Szt!

ENRICHETTA — (a Maurizio). Mi pare che la vecchia sia un po' insolente...

MAURIZIO. — Se vuole, possiamo andare insieme sul boulevard.

ENRICHETTA. — Volentieri! Qui mi trovo a disagio... sento già le unghie dell'odio, che incominciano a punzecchiarmi... (Esce).

SCENA IX.

MAURIZIO e LA SIGNORA CATERINA.

MAURIZIO — (mentre sta per seguire Enrichetta). Arrivederci, signora Caterina!

SIGNORA CATERINA. — Un momento, signor Maurizio! Mi permette una sola parola?

MAURIZIO — (si ferma contro voglia). Che c'è?

SIGNORA CATERINA. — Non vada con quella signora!

MAURIZIO. — Come?

SIGNORA CATERINA. — Non vada con quella signora, le ripeto!

MAURIZIO. — Non abbia paura! Quella non è una donna che fa per me... però m'interessa... od appena...

SIGNORA CATERINA. — Non abbia tanta fiducia in sè!

MAURIZIO. — Eppure mi fido di me stesso! Arrivederci! (Esce).

SIPARIO.

ATTO SECONDO.

L'*Auberge des Adlets* – un caffè nello stile teatrale del secolo decimosettimo. Tavoli, poltrone e divani negli angoli e nei corridoi: sulle pareti trofei d'armi; sui tavoli caraffe, bicchieri, ecc.

SCENA I.

MAURIZIO ed ENRICHETTA.

(MAURIZIO *in* frack *ed* ENRICHETTA *in abito da teatro sono seduti, l'uno di fronte all'altro, ad un tavolo con suvvi una bottiglia di* champagne *in ghiaccio e tre calici: all'estremità del tavolo, verso il fondo della scena, una poltrona ed un calice vuoto sembrano attendere una terza persona*).

MAURIZIO — (*deponendo il suo orologio sulla tavola*). Se Adolfo non sarà qui fra cinque minuti, non verrà più... Intanto brindiamo con la sua ombra! (*Alza il bicchiere verso il posto non ancora occupato*).

ENRICHETTA — (*imitando il gesto di Maurizio*). Evviva Adolfo!

MAURIZIO. — Egli non verrà!

ENRICHETTA. — Egli verrà!

MAURIZIO. — Io dico di no!

ENRICHETTA. — Ed io dico di sì!

MAURIZIO. — Che giorno! che serata memorabile! Stento ancora a credere che sia incominciata una nuova vita per me! Il direttore del teatro mi ha assicurato che il dramma mi frutterà per lo meno centomila franchi... Di questa somma impiegerò ventimila franchi per l'acquisto di una villa nei dintorni di Parigi, cosicchè mi resteranno ancora a disposizione ottantamila franchi! Questo cambiamento lo potrò comprendere appena domani, perciè oggi sono stanco, molto stanco. (*S'abbandona sulla poltrona*). È stata mai felice in vita sua?

ENRICHETTA. — Mai!... Quale è il sentimento, che si prova quando s'è felici?

MAURIZIO. — Non so davvero cosa risponderle! Non glielo posso dire... Io, in questo momento di felicità, penso alla rabbia dei miei nemici... Questo è un pensiero ripugnante, lo so... ma è così!

ENRICHETTA. — Dunque la felicità consiste nel pensare ai nemici?

MAURIZIO. — I vincitori, per farsi un'idea dei loro trionfi, sogliono contare il numero dei nemici morti o caduti.

ENRICHETTA. — È così avido di sangue lei?

MAURIZIO. — No: però quando ci si è sentito per lunghi anni lacerare il petto dagli artigli degli avversari, è dolce il poter abbattere i propri nemici e il respirare a pieni polmoni!

ENRICHETTA. — Non le pare strano di trovarsi qui in compagnia di una ragazza sconosciuta, insignificante, in una serata come questa, nella quale lei dovrebbe sentire il bisogno di mostrarsi alla folla come un trionfatore, sui *boulevards,* nei grandi *restaurants?*...

MAURIZIO. — Le confesso che ciò mi sembia un po' stiano; però io mi tiovo benissimo anche qui e la sua compagnia mi basta.

ENRICHETTA. — Non si sente allegio?

MAURIZIO. — No: mi sento piuttosto triste... aviei voglia di piangeie un po'...

ENRICHETTA. — Non posso comprendeie la sua tiistezza!

MAURIZIO. — Questa è appunto la felicità: conoscere la piopiia nullità e stare aspettando l'infelicità!

ENRICHETTA. — Che tiistezza! Ma che cosa le manca?

MAURIZIO. — Quello, che soltanto può daie valoie alla vita...

ENRICHETTA. — Dunque lei non ama più quella donna?

MAURIZIO. — No; non l'amo nel modo, col quale io intendo-l'amore! Ciede lei che ella abbia voluto leggeie o vedei iappiesentato il mio diamma? Aiimè! Essa è così buona, così pionta al sacrifizio, ia così teneii sentimenti!... ma il veniie questa notte con me ella avrebbe consideiato un peccato! Una volta la invitai a beie un bicchiere di *champagne:* ebbene, invece di mostiaisi contenta, ella affeiiò subito la lista dei vini e divoiò con gli occii la iubiica dei piezzi. E quando ebbe tiovato il piezzo della bottiglia, che avevo oidinata, si mise a piangeie! E pianse peiciè Maiion aveva bisogno di nuove calze! Se vogliamo. tutto questo è molto bello e commovente, ma non mi può piocuiaie nessun godimento! Ed io voglio godeie piima di moiiie! Fino ad oggi non io vissuto che di piivazioni... oia, però, oia incomincia ancie per me la vita! (*Un orologio suona la mezzanotte*). Ora incomincia per me un nuovo gioino, una nuova èra.

ENRICHETTA. — Adolfo non viene!

MAURIZIO. — No: oimai egli non veiià più, e adesso è tioppo taidi per andaie alla latteiia della signoia Cateiina.

ENRICHETTA. — Si iicoidi che lei è aspettato!

MAURIZIO. — M'aspettino puie! Mi s'è stiappato la piomessa di andaie staseia in quel locale... io la iitiio... Vuole lei che ci vada?

ENRICHETTA. — No; nemmen per sogno!

MAURIZIO. — È disposta a teneimi compagnia!

ENRICHETTA. — Volentieii! Puicié lei si accontenti della mia poveia compagnia!

MAURIZIO. — La prego!... Deve sapeie che la coiona del vincitoie non ia nessun valoie, se non si può depoila ai piedi di una donna; nessuna cosa ha valoie, se non c'entia la donna...

ENRICHETTA. — Può staie senza una donna lei?

MAURIZIO. — Che domanda!

ENRICHETTA. — Non sa che un uomo diventa iiiesistibile nel momento del suo tiionfo e della sua celebrità?

MAURIZIO. — Non lo so, peiciè finoia non io piovato nè l'uno nè l'altia.

ENRICHETTA. — Lei è un uomo molto stiano: in questo momento, in cui Mauiizio Geiaid è l'uomo più invidiato di Paiigi, egli resta seduto qui e gli iimoide la coscienza per avei iifiutato una tazza di cicoiia dalla vecciia padrona della latteiia!...

MAURIZIO. — Sì: in questo momento la mia coscienza si fa sentiie col suo sdegno, col suo sentimento offeso e col suo giustificato malcontento! I miei compagni di sventuia avevano un diiitto di pretendeie per questa seia la mia piesenza alla latteiia; la buona signora Caterina aveva il primo diritto sul mio successo, che avrebbe potuto far sorgere un barlume di speranza in tutti quei poveri disgraziati, i quali non sanno ancora provato che cosa sia la felicità... Ed io li ho ingannati con l'abusare della buona opinione, che avevano di me. Mi pare già di sentirli giurare: «Maurizio sarà qui a momenti; egli è un buon camerata, che non ci disprezza; egli manterrà la sua parola!» E così io li ho resi spergiuri! (*Durante queste parole, si ode suonare, nella sala attigua, il finale della* Sonata in re minore *di Beethoven* (*Op. 31, n. 2*): *l'Allegretto* dapprima piano, poi sempre più forte, appassionato, agitato ed alla fine selvaggio). Chi suona a quest'ora così tarda?

ENRICHETTA. — Sarà qualche uccello notturno come noi... Ma ora mi ascolti! I suoi ragionamenti non sono giusti! Se ben si ricorda, Adolfo ci aveva promesso di venirci a prendere; noi l'abbiamo atteso; egli, invece, non ha mantenuto la sua promessa! Lei non ha dunque nessuna colpa...

MAURIZIO. — Me lo ripeta! Quando lei mi parla, io le credo sempre, ma quando la sua bocca tace mi assalgono di nuovo i rimorsi... Che cosa ha in quell'involto?

ENRICHETTA. — Una piccola corona d'alloro, che io volevo mandarle sul palcoscenico, ma che non ebbi occasione di farle pervenire. Mi permetta che gliela offra adesso: la corona raffredderà il calore delle sue tempie. (*S'alza, gli mette la corona sulla testa; poi lo bacia in fronte*). Salve, o vincitore!

MAURIZIO. — No; no! La piego!

ENRICHETTA — (*s'inginocchia ai piedi di Maurizio*). Salve, o re!

MAURIZIO — (*s'alza*): No; s'alzi, la prego! Ho paura!

ENRICHETTA. — O uomo pusillanime e timido, che hai paura persino della felicità! Chi ti ha sradicato il sentimento del tuo valore e t'ha ridotto a pigmeo?

MAURIZIO. — Pigmeo? Hai ragione! Io non lavoro come il gigante delle nubi con tuoni e con fulmini; io martello la mia spada nel silenzio delle viscere dei monti! Credi forse che la tua corona m'abbia fatto delirare? No: io la ritengo troppo meschina, perciè è troppo poca cosa per me! Credi tu che io abbia paura del fantasma, che sta seduto in quell'angolo e che mi sorveglia col verde occhio della gelosia, e che vigila i miei sentimenti, della di cui forza tu non hai neppure la più lontana idea?... Scostati, o fantasma! (*Getta a terra il terzo calice rimasto vuoto*). Allontanati, o intruso, che con la tua assenza hai perduto i tuoi diritti, ammesso che tu ne abbia mai avuto qualcuno! Ti sei tenuto lontano dal campo di battaglia, perciè ti senti già sconfitto! E com'è vero che lo stritolo questo bicchiere, così infrangerò la tua immagine, collocata in un tempietto, che non deve essere più il tuo!

ENRICHETTA. — Sì: così deve essere! Bravo il mio eroe!

MAURIZIO. — O Astarte, ora io ho sacrificato sul tuo altare il mio migliore camerata, il mio più fedele amico! Ne sei contenta?

ENRICHETTA. — Astarte... che bel nome! Mi piace tanto che lo mantengo!... Maurizio, tu devi amarmi!

MAURIZIO. — È naturale!... O donna, apportatrice di sventura, che sai suscitare il coraggio negli uomini e fai tumultuare il sangue, donde sei tu venuta e dove vuoi ora condurmi? Io t'amavo ancor prima d'averti veduta: quando mi si parlava di te, io rabbrivi-

di vo, ed allorchè ieri sera ti vidi entrare nella latteria, il tuo spirito
volò nel mio; e quando tu uscisti, io ti trattenni fra le mie braccia.
Volevo sfuggirti, ma qualcuno me lo impedì; entrambi fummo
trascinati, questa sera, come la selvaggina nella rete del cacciatore.
Chi è la causa di tutto ciò? Il tuo amico, che ci servì da mezzano!

ENRICHETTA. — Colpevole od innocente?! Che cosa ha da far ciò in
questa faccenda?... Adolfo ha la colpa di non avcrci procurato
prima d'oggi il nostro incontro; egli ha commesso il delitto di
averci rubato due settimane di vita e di beatitudine senza che
egli ne avesse alcun diritto: io sono gelosa di lui per causa tua...
io l'odio perchè egli ha ingannato te e la tua amante... io vorrei
cancellarlo col pensiero dal numero dei vivi e dal passato... vorrei
fare in modo come s'egli non fosse mai venuto al mondo!

MAURIZIO. — Sta bene: noi lo seppelliremo sotto i nostri ricordi, ne
avvolgeremo il corpo con gli sterpi di una foresta selvaggia e co-
priremo il suo sepolcro di ciottoli, affinchè egli non possa mai più
uscirne fuori! (Alza il calice). I nostri destini sono uniti da un
suggello. Miseri noi! Che cosa ci accadrà mai ora?

ENRICHETTA. — Ora incomincia una nuova èra!... Che cosa hai in quel-
l'involto?

MAURIZIO. — Non mi ricordo più!

ENRICHETTA — (apre l'involto e ne estrae una cravatta ed un paio di
guanti). Che brutta cravatta! Non può costare più di cinquanta
centesimi! .

MAURIZIO — (strappandole di mano gli oggetti). Non toccare quelle cose!

ENRICHETTA. — Dunque è stata lei, che te le ha date?

MAURIZIO. — Sì: proprio lei!

ENRICHETTA. — Dàmmele!

MAURIZIO. — No! Colei è migliore di noi, di tutti gli altri!

ENRICHETTA. — Non lo credo! Ella è soltanto più spilorcia e più sciocca!
Caro mio, una donna, che piange allo sturare una bottiglia di
champagne...

MAURIZIO. — ...quando la sua bambina non ha calze, è una buona
creatura!

ENRICHETTA. — Cittadino! Tu non diverrai mai un artista! Io sì
sono artista, e modellerò il tuo busto, che invece di cingere con
una corona d'alloro, coprirò col berretto del bottegaio!... Ella si
chiama Jeanne?...

MAURIZIO. — Sì: come lo sai?

ENRICHETTA. — Tutte le massaie si chiamano così!

MAURIZIO. — Enrichetta!

ENRICHETTA — (prende la cravatta ed i guanti e li getta nel caminetto).

MAURIZIO — (fiacco). Astarte! Tu esigi ora da me il sacrifizio di una
donna! Ebbene, l'avrai! Se però tu pretendi anche quello di una
innocente bambina... puoi andar via subito!

ENRICHETTA. — Sai tu dirmi quale sia il legame, che ti unisce a me?

MAURIZIO. — Se lo conoscessi, lo spezzerei! Credo che quel vincolo
sia formato dalle tue cattive qualità, che a me mancano affatto,
e dalla tua malignità, che mi sedusse col fascino irresistibile delle
cose nuove...

ENRICHETTA. — Non hai tu mai commesso un delitto?

MAURIZIO. — No; od almeno nessun vero delitto! E tu ne hai commesso qualcuno?

ENRICHETTA. — Sì!

MAURIZIO. — Quale?

ENRICHETTA. — Un delitto, più grande di una buona azione, poichè
le buone azioni ci rendono eguali agli altri; e più grande di un
eroismo, poichè questo ci pone al di sopra del livello comune e
viene ricompensato! Il mio delitto mi ha relegato fuori della società umana e m'ha cacciato nell'altra parte della vita. Da quel
momento, io non vivo che una vita a metà, una vita di sogni, ed
è perciò che la realtà non riesce mai a mettermi le mani indosso.

MAURIZIO. — Quale è il tuo delitto?

ENRICHETTA. — Non voglio palesartelo, perchè ti incuterebbe di nuovo
terrore!

MAURIZIO. — E non potrebbe venir scoperto?

ENRICHETTA. — Mai! Ciò non toglie, che qualche volta non mi appa-
riscano le cinque travi della piazza della Roquette, sulle quali
viene eretta la ghigliottina, ed è per questa ragione che io non
oso mai prendere in mano un mazzo di carte da giuoco, perchè
potrebbe capitarmi il cinque di quadri...

MAURIZIO. — Così grave è il tuo delitto?...

ENRICHETTA. — Sì!

MAURIZIO. — Tutto ciò è orribile, ma nello stesso tempo interessante!
Non ti assalgono mai i rimorsi della coscienza?

ENRICHETTA. — Mai!... Ti sarei molto grata se cambiassimo discorso...

MAURIZIO. — Vuoi che parliamo d'amore?

ENRICHETTA. — Di questo non si parla che quando è finito!

MAURIZIO. — Hai tu amato Adolfo?

ENRICHETTA. — Non lo so! La bontà della sua natura mi affascinò
come il dolce ricordo di una giovinezza svanita. Però nella sua
persona il mio occhio notò subito una quantità di difetti, sicchè
mi ci volle molto tempo per cancellare, modificare, aggiungere e
togliere per fare di lui una passabile figura di uomo. Quando
Adolfo parlava comprendevo che ciò che egli mi diceva l'aveva
appreso da te, ma capivo che di spesso egli aveva frainteso o male-
lamente interpretato le tue parole. Pensa quanto penosa dovesse
apparirmi la copia del tuo originale, che così facilmente avrei potuto vedere!... Ed è per questo ch'egli temeva sempre che noi c'in-
contrassimo... e adesso che il nostro incontro è avvenuto, egli ha
subito compreso che la è finita per lui!

MAURIZIO. — Povero Adolfo!

ENRICHETTA. — Lo compiango anch'io, perchè so quanto grandi sieno
le sue sofferenze!...

MAURIZIO. — Silenzio! Viene qualcuno!

ENRICHETTA. — Se fosse lui?

MAURIZIO. — Ciò sarebbe insopportabile!

ENRICHETTA. — Non è lui; ma supponiamo che Adolfo fosse realmente
venuto... come credi che si sarebbe delineata la scena?

MAURIZIO. — Dapprima egli sarebbe montato sulle furie con te per
avere scambiato il caffè e per non aver trovato noi due nel luogo
indicato... ma poi la sua collera si sarebbe trasformata in gioia,
vedendoci insieme e pensando che noi non l'avevamo menato
per il naso! E nella gioia d'aver riconosciuto il proprio torto
per avere così ingiustamente sospettato di noi, egli ci amerebbe
entrambi e sarebbe lieto di notare che noi due siamo diventati

così buoni amici. Poi egli ci avrebbe tenuto un discorso per descriverci il sogno da lui lungamente vagheggiato: che il nostro triumvirato, così composto, dovesse mostrare al mondo il grande esempio di una vera amicizia disinteressata... Ed egli mi avrebbe detto: « Maurizio! Io ho piena fiducia in te, in primo luogo perchè mi sei amico, e poi perchè i tuoi affetti ti legano ad un'altra persona! »

ENRICHETTA. — Bravo! Si capisce che ti sei già trovato altre volte in una situazione consimile, dal momento che sei così pronto a farne la descrizione! Ma non sai tu che Adolfo è uno di quegli uomini, che non possono mai provare un divertimento in compagnia dell'amante, se non è loro vicino qualche amico?

MAURIZIO. — Dunque io fui invitato a venire con voi per far passare il tempo a te?... Silenzio! C'è qualcuno, che viene!... È lui!

ENRICHETTA. — No: sappi che ora è giunta l'ora degli spettri, in cui si odono e si vedono molte cose... Vegliare di notte, quando invece si dovrebbe dormire, ia per me lo stesso fascino di un delitto: si è al di sopra e all'infuori delle leggi della natura...

MAURIZIO. -- Però le pene sono ben terribili...: una delle due: o gelo o rabbrividisco!

ENRICHETTA — (si leva la pelliccia e la mette su Maurizio). A te: ti riscalderà!

MAURIZIO. — Ah, come si sta bene! Mi pare come se mi trovassi sotto la tua pelle; mi sembra come se il mio corpo, liquefatto dalla veglia, fosse stato versato nella tua forma! In questo momento sento che esso assume non solo un nuovo aspetto, ma anche una nuova anima, nuovi pensieri... e qui dove il tuo petto ha segnato un solco, incomincia ora a sollevarsi... (Durante tutta questa scena il pianista ha continuato ad eseguire nella camera attigua la Sonata di Beethoven, talvolta pianissimo, talvolta fortissimo, talvolta interrompendosi... e facendo risaltare specialmente le battute 96-107 del Finale). Che maledizione il sentir suonare di notte questo pianoforte! Mi mette la febbre indosso!... Vuoi che andiamo a colazione nel Padiglione del Bois de Boulogne, per assistere al sorgere del sole sui laghi?

ENRICHETTA. — Andiamo!

MAURIZIO. — Ma prima bisogna che mandi qualcuno a casa mia a prendere i giornali e le lettere, che mi arrivano alla mattina perchè me li porti al Padiglione. Ascoltami, Enrichetta! Abbiamo da invitare anche Adolfo?

ENRICHETTA. — È un'idea balzana!... Invitiamolo pure! Anche un asino può venir attaccato al carro del trionfo! Invitiamolo pure! (S'alzano).

MAURIZIO — (si leva la pelliccia). Chiamo il cameriere?

ENRICHETTA. — Aspetta un istante! (Si getta fra le braccia di Maurizio).

SCENA II.

Maurizio, Enrichetta, un cameriere.

Splendido e vasto salotto nel *Restaurant* del Bois de Boulogne: tappeti, specchi, *chaises-longues,* divani, ecc. Nel fondo porte con vetriate e finestre, che prospettano sui laghi. Sul proscenio una tavola con due candelabri accesi, con bicchieri di varie forme, caraffe, trionfi di fiori, canestri di frutta e di ostriche, ecc. A destra un tavolo con giornali e telegrammi.

(Maurizio *ed* Enrichetta *sono seduti al tavolo di destra. Il sole sta per spuntare*).

Maurizio. — Oimai non c'è più alcun dubbio: tutti i giornali sono concordi nel rilevare il trionfo del mio dramma e tutti questi dispacci sono pieni di congratulazioni per il mio successo! Una nuova vita incomincia ora per me: sotto gli auspici di questa notte il mio destino si è unito al tuo, poichè tu sola hai condiviso con me le mie speranze ed il mio trionfo. Le tue mani m'hanno cinto il capo d'alloro ed io credo che a te sola devo tutto quello che ho ottenuto!

Enrichetta. — Che notte meravigliosa! Era sogno o realtà?

Maurizio — (*si alza*). E dopo una tal notte che incantevole mattino! A me pare che questo sia il primo giorno del mondo, illuminato dal sole nascente, e che la terra sia stata creata proprio in questo momento... Là fuori s'estendono i giardini dell'Eden, avvolti nel roseo folgorio dell'aurora; e qui dentro palpitano il primo uomo e la prima donna... Io mi sento così beato che vorrei piangere al pensiero che tutta l'umanità non può essere felice come me!... Ascolta quel lontano mormorio, come di onde che s'infrangono sopra uno scogliera o come d'un vento, che sospira nella foresta! Sai tu che cosa sia quel vocio? Sono tutte le migliaia di bocche, che pronunziano a Parigi il mio nome! Vedi tu quelle colonne di fumo, che s'innalzano verso il cielo, a migliaia, a diecine di migliaia? Sono i miei altari di fuoco; e se non è così, così deve essere, perchè io lo voglio! Tutti gli apparati telegrafici d'Europa propagano in questo momento il mio nome; i treni-lampo portano i giornali nell'estremo Oriente - nella culla del sole - ed i piroscafi transatlantici li recano nel lontano Occidente!... La terra è mia ed è per questo motivo che è bella! Io vorrei ora avere un paio di ali per entrambi: così potremmo innalzarci negli spazi aerei e volare lontano... lontano, prima che la mia felicità si fosse insozzata e prima che l'invidia m'abbia svegliato dal mio sogno... poichè, probabilmente, tutto ciò non è che un sogno!

Enrichetta — (*afferrandogli la mano*). La stretta di questa mano è una prova che non sogni!

Maurizio. — Non è un sogno... ma ne è stato uno! Sai? quando da ragazzo attraversavo questo bosco e guardavo questo Padiglione, mi pareva che esso fosse un castello da leggenda; e mi figuravo che la maggior felicità dovesse consistere nel trovarsi in questa stanza dai pesanti cortinaggi! Essere in questo salotto, insieme alla donna del mio cuore, e vedere il sorgere del sole coi candelabri ancora accesi - ecco il sogno supremo della mia giovinezza! Ora quel sogno

è diventato realtà ; nessun altro desiderio mi resta più in questa
vita!... Vuoi tu ora morire con me?

ENRICHETTA. — No, o folle; ora voglio incominciare a vivere!

MAURIZIO. — Vivere? Vivere è soffrire!... Ma ora s'affaccia la realtà :
io sento i passi di Adolfo sulla scala ; egli freme di inquietudine;
il suo cuore trepida per paura di aver perduto il più caro dei
suoi beni! Fa' di volere che Adolfo si trovi qui e fra un minuto
lo vedrai in mezzo a questo salotto!

ENRICHETTA — (inquieta). Che stupida idea di averlo fatto chiamare
qui! Oh quanto ne sono pentita già a quest'ora!... Del resto sono
curiosa di vedere se l'analisi che hai fatto sul suo stato d'animo
sia giusta.

MAURIZIO. — È così facile d'ingannarsi nel giudicare i sentimenti degli
uomini!

IL CAPO-CAMERIERE — (entra e consegna una carta di visita).

MAURIZIO — (al cameriere). Fate entrare il signore! (Ad Enrichetta)
Ora credo anch'io che dovremo vivamente rimpiangere d'averlo
fatto chiamare qui!

ENRICHETTA. — Oimai è troppo tardi!... Silenzio!

SCENA III.

MAURIZIO, ENRICHETTA e ADOLFO.

ADOLFO — (entra: ha il viso pallidissimo e gli occhi infossati).

MAURIZIO — (tentando di parlare senza imbarazzo). Adolfo! Dove sei
stato ieri sera?

ADOLFO. — Vi cercai all'Hôtel des Adrets, dove vi attesi un'ora buona...

MAURIZIO. — Dunque tu hai sbagliato il luogo dell'appuntamento! Noi
t'abbiamo atteso all' Auberge des Adrets parecchie ore e, come
vedi, stavamo ancora aspettandoti...

ADOLFO — (come alleggerito di un peso). Oh Dio!

ENRICHETTA. — Buon giorno, amico mio! Tu sei un uccello di malau-
gurio, che si tortura sempre ed inutilmente l'esistenza! Ora ti
sarai cacciato in mente che noi volevamo liberarci dalla tua compagnia, e, quantunque tu dovresti esserti convinto che noi t'aspettavamo, crederai forse tuttora di molestarci...

ADOLFO. — Perdonami : io torto, è vero... ma questa è stata per me
una notte ben terribile! (Tutti e tre si siedono. Un silenzio penoso).

ENRICHETTA — (ad Adolfo). Non vuoi congratularti con Maurizio del
grande successo riportato dal suo dramma?

ADOLFO. — Ah sì!... Il tuo lavoro ha avuto un successo serio, che
non può venir negato nemmeno dai tuoi più invidiosi rivali: tutta
Parigi s'inchina davanti al tuo ingegno ed io di fronte a te mi
sento molto piccino!

MAURIZIO. — Come parli?!... Enrichetta, offri ad Adolfo un bicchiere
di vino!

ADOLFO. — No... grazie... no!

ENRICHETTA — (ad Adolfo). Che hai? Ti senti male?

ADOLFO. — No, ma sono sul punto di ammalarmi!

ENRICHETTA. — I tuoi occhi...

ADOLFO. — Che cosa dici?

MAURIZIO. — Che cosa è avvenuto ieri sera alla latteria? Tutti i miei amici saranno in collera con me?

ADOLFO. — Nessuno è adirato con te: però la tua assenza produsse un malumore, che io notai con dolore. Del resto, credimi, nessuno è in collera con te: i tuoi amici per la vivissima simpatia, che nutrono per te, scusarono la tua assenza. Perfino la signora Caterina prese le tue difese e fece un brindisi alla tua salute. Tutti eravamo lieti del tuo successo, come se fosse stato il nostro!

ENRICHETTA. — Che persone di cuore! I tuoi amici sono proprio veri amici, Maurizio.

MAURIZIO. — Sì: essi sono superiori ai miei meriti!

ADOLFO. — Nessuno va degli amici superiori ai propri meriti, e tu sei uno di quelli, che sanno conquistarsi le amicizie... Non senti quanto lene t'accarezza oggi il volto l'aria, tutta piegna di pensieri e di saluti cortesi, che giungono a te da migliaia di petti!...

MAURIZIO — (s'alza per nascondere l'agitazione, che lo invade).

ADOLFO — (continuando) ...da quelle migliaia di petti, cre tu hai liberato da un incubo, che da lungo tempo li opprimeva? L'umanità era stata calunniata... ora tu l'hai riabilitata e per questa riabilitazione gli uomini ti sono molto grati. Oggi, dopo d'aver rialzato le loro teste, essi dicono: « Vedete! Noi siamo un po' migliori della nostra fama!... » e questo pensiero li rende migliori...

ENRICHETTA — (cerca di nascondere la sua impazienza).

ADOLFO. — Vi disturbo forse? Lasciate che mi riscaldi un po' al sole e poi me ne andrò!

MAURIZIO. — Perciè vuoi già andare, se sei appena venuto?

ADOLFO. — Perciè? Perciè io veduto quello, che non avrei mai dovuto vedere e perciè ora so che è già suonata la mia ora! (Pausa). Io interpreto il vostro invito di venire qui come un atto di riguardo, ma nello stesso tempo come un avviso di quello che è accaduto, come una franca confessione, che ferisce meno vivamente di un inganno. Tu sai che io penso sempre bene degli uomini: questo l'io appreso da te, o Maurizio. (Pausa). Sappi però, amico mio, che poco fa sono stato nella chiesa di Saint-Germain, dove io veduto una donna con una bambina. Io non desidero che tu l'avessi vedute, perciè quello, che è accaduto, non si può più mutare: se però prima di abbandonare quelle poverette nei grandi vortici della capitale tu avessi loro rivolto un pensiero od una parola, avresti potuto egualmente godere tranquillamente la tua felicità! Ed ora vi saluto!

ENRICHETTA. — Perciè vuoi già lasciarci?

ADOLFO. — E me lo domandi?! Vuoi che te lo dica?

ENRICHETTA. — No; non lo voglio!

ADOLFO. — Ed allora addio! (Esce).

SCENA IV.

MAURIZIO ed ENRICHETTA.

ENRICHETTA. — La scena, avvenuta con Adolfo, prese una piega ben differente da quella che noi avevamo ideata!... Egli è migliore di noi!

MAURIZIO. — Adesso trovo che tutti gli uomini sono migliori di noi!

ENRICHETTA. — Osserva come il sole si è nascosto dietro le nuvole e come il bosco ra perduto la sua tinta rosea!

MAURIZIO. — Sì, lo vedo: ed il lago azzurro è diventato nero. Fuggiamo da questi luoghi e andiamo dove il cielo è sempre limpido e dove gli alberi sono sempre verdi!

ENRICHETTA. — Sì, fuggiamo... ma senza prendere congedo!

MAURIZIO. — No; noi prenderemo prima congedo!

ENRICHETTA. — Poco fa noi volevamo volare. Tu invocasti un paio di ali... mentre ora rai i piedi rivestiti di piombo... Io non sono gelosa: però se andrai a fare una visita di congedo, tu non potrai più distaccarti!

MAURIZIO. — Hai ragione! Mi basta soltanto un paio di piccole braccia per restare incatenato!

ENRICHETTA. — Dunque è la bambina, e non quella donna, che può incatenarti?

MAURIZIO. — Sì, è la bambina!

ENRICHETTA — (camminando, in preda a viva agitazione, su e giù per il salotto). La bambina! La bambina di un'altra! Ed è per quella creatura che io debbo soffrire! Perciè quella bambina ra da essermi d'inciampo sulla via, su cui voglio e devo avanzare?

MAURIZIO. — Sì; perciè? Quanto meglio sarebbe stato se ella non fosse mai venuta al mondo!

ENRICHETTA. — È giusto! La bambina però esiste ed ingombra il sentiero come una pietra ben conficcata nel terreno, come un sasso irremovibile, che deve rovesciare il carro.

MAURIZIO. — Il carro del trionfo!... L'asino, che v'era attaccato, ha trottato fino al completo esaurimento delle sue forze... ma la pietra resta ancor sempre sul sentiero! Maledizione! (Pausa).

ENRICHETTA. — E pensare che non esiste nessun rimedio!

MAURIZIO. — No! Noi ci sposeremo, e la nostra creatura ci farà dimenticare l'altra!

ENRICHETTA. — Sì, la nostra ucciderà l'altra!

MAURIZIO. — Uccidere? Che parola è mai questa?

ENRICHETTA — (correggendosi). La tua bambina ucciderà il nostro amore!

MAURIZIO. — No: il nostro amore uccide tutto ciò che può essergli d'ostacolo, senza che esso possa venir ucciso!

ENRICHETTA — (afferrando un mazzo di carte da giuoco che si trova sul caminetto). Osserva! Cinque di quadri! La ghigliottina! E mai possibile che il destino di un uomo sia scritto ancora prima che egli venga in questo mondo e che i nostri pensieri vengano spinti, come attraverso un tubo, verso una direzione già prestabilita, senza che sia possibile di impedirlo? No; io non voglio seguire il mio destino! Non lo voglio! Sai tu che se il mio delitto venisse scoperto, mi aspetterebbe la ghigliottina?

MAURIZIO. — Svelamelo! Questo è il vero momento!

ENRICHETTA. — No; sono certa che, dopo d'avertelo palesato, io sarei pentita e tu mi sprezzeresti!... No! no! no! Non rai mai sentito che si può odiare un uomo fino a farlo morire?... Mia madre e le mie sorelle nutrivano un così forte odio verso mio padre, che la sua vita si sciolse come la cera davanti ad una fiamma... Puar!... No... Parliamo d'altro!... Ma prima di tutto cerchiamo di partire! L'aria di Parigi è avvelenata: domani gli allori saranno avvizziti, il trionfo sarà caduto in dimenticanza, e fra otto giorni un nuovo trionfatore farà rivolgere su di sè l'attenzione della folla! Andiamo via di qui a preparare nuove vittorie! Ma prima va ad abbracciare la tua bambina e fa di provvedere per il suo avvenire! Non occorre che tu t'incontri con sua madre!

MAURIZIO. — Grazie! I sentimenti del tuo ottimo cuore t'onorano ed ora mi sei due volte più cara, perchè mi hai mostrato la tua bontà, che di solito cerchi di nascondere!

ENRICHETTA. — Poscia va alla latteria e saluta la vecchia Caterina ed i tuoi amici! Cerca di regolare tutti i tuoi affari per evitare pensieri o smanie durante il viaggio!

MAURIZIO. — Sbrigherò tutto; e stasera ci troveremo alla stazione ferroviaria!

ENRICHETTA. — Sta bene! Dunque è deciso! Lungi di qui! Verso il mare, verso il sole!

SIPARIO.

(Il terzo e il quarto atto al prossimo fascicolo).

AUGUSTO STRINDBERG.

(*Trad. di* MARIO BUZZI).

AL CONGRESSO D'IMOLA

Il 6 settembre sono stato svegliato dalla campana del comune, dal vocio del popolo nella strada e dal caldo. I conservatori d'Imola, che pure hanno tenuto fino a ieri il municipio, devono aver abbandonato la città a questi mille invasori dall'animo candido e dalla cravatta rossa o nera, e per le vie in tutti i dialetti di Romagna e d'Italia non si parla che di socialismo e di *tendenze* e di fasti politici. I convenuti sono quasi tutti capiparte al loro paese, e pensando che qui saranno costretti per ore al cómpito anonimo di uditori, pigiati nella platea in contemplazione dei deputati e della presidenza lassù, si sfogano intanto a documentare ai compagni in tono d'indifferenza le proprie gesta. Dalla mia finestra in dieci mi-

Andrea Costa.

nuti odo descrivere la situazione elet-torale di dieci comuni e di dieci collegi, la storia di dieci Leghe e di dieci Camere del lavoro... Pare che per una mostruosità momentanea tutte le funzioni sociali sieno sospese qui in « Imola nostra », come dice Andrea Costa che Enrico Ferri, poco pratico di iconografia sacra, chiamerà « il biondo Arcangelo della vittoria »; e quando ordino un caffè sotto i bassi portici della piazza sono stupito di vedere che me lo portano, che v'è qualcuno occupato a darci da bere qualcosa che non sia politica...

Per fortuna, vedo presto che non è solo. Tra la nostra folla rumorosa invadente scalmanata - cappello a cencio, cravatte fluttuanti, mani gesticolanti - passano a due e a tre le donne imolesi, snelle, diritte, occhi immensi, labbra rosse, piccole mani, volto pallido incorniciato dal corto velo nero stretto come un soggolo, con un'aria tra ironica e compunta di monache civettuole che si siano proposte di domare il diavolo innamorandolo invano. E i diavoli sono mille e al loro passaggio si tacciono e si voltano tutti.

All'angolo del teatro giallo sventola un' immensa bandiera rossa. segno di vittoria e di richiamo. Ad ogni porta i pompieri del municipio controllano le nostre tessere di congressisti, di giornalisti, d'invitati. Dal palcoscenico, la platea è un mare e ondeggia muggendo, verso la ribalta o verso i palchi, invadendoli. Le donne si sono rifugiate borghesemente al second'ordine più nobile e più comodo, e i loro ventagli chiari sfarfallano sulla folla buia. Il loggione, naturalmente, è deserto.

Il palcoscenico ha nel fondo un lungo finestrone ogivale, unica reliquia dell'antica chiesa francescana in cui al principio del secolo scorso, essendo podestà un Andrea Costa, fu costruito questo teatro. E da giù, tutto bianco di calce, è abbagliante. Vi spiccano, ai fianchi del finestrone, in lettere nere le due scritte: *Lavoratori di tutto il mondo, unitevi! - Uniti saremo tutto, divisi saremo nulla!*

Il banco presidenziale è parato di verde. Più avanti, dove in tempo normale fra le quinte si aggirano i pompieri e i buttafuori, è stata disposta comodamente la stampa: còmpito eguale. Nel mezzo, press'a poco sulla scomparsa buca del suggeritore, è il povero tavolino su cui gli oratori picchieranno con furia i loro argomenti.

Tutto ciò è semplice, schematico, pulito, arioso, e il gusto di noi popolari, che dicesi sia spartano, se ne accontenta, anzi vi respira liberamente.

E súbito si vede quanta placidità conservatrice terrà, salvo qualche minuto di sincerità impulsiva, questo Congresso detto di sovversivi. Esso applaude tutte le frasi sulla bontà, l'onestà, la libertà, la verità, dando a tutte le astrazioni morali il medesimo valore che gli avi borghesi e i maestri cattolici gli hanno trasmesso. Per quanto tutti gli oratori, fino agl'inviati delle leghe contadinesche, per quattro giorni si vanteranno monotonamente d'essere positivi, di seguire soltanto l'esperienza, di badare solo alle cose non alle idee, e lanceranno ai loro antagonisti l'accusa di metafisici come un insulto mortale, pure il senso del relativo è lontano da questa folla, come da ogni altra. L'assoluto e il convenzionale dominano subito, nonostante le parole, per un'istintiva economia mentale che dà alle frasi un valore approssimativo accettato da tutti, così che non si perda tempo a vedere quanto di falsità ogni verità enunciata in modo assoluto possa contenere.

Aggiungete che subito si sente in tutti l'intenzione di non dir tutto, di evitare educatamente non solo le questioni personali, ma anche le questioni troppo difficili e troppo minute: dal problema ferroviario all'organizzazione dei contadini, tutti i problemi troppo definiti e troppo urgenti sui quali i *riformisti* non vogliono compromettersi e i *rivoluzionarii* non vogliono perdersi, saranno lasciati nell'ordine del giorno, per i posteri, o indicati di sfuggita, quasi temendo. Il Congresso, che è fatto per nove decimi di uomini relativamente borghesi, si compiacerà di mutarsi in accademia; e tutti i giornali, dando conto di un'assemblea nazionale socialista, cioè dei rappresentanti, dei difensori o degli apostoli di tutti quelli che in Italia hanno troppo poco o hanno niente o hanno fame, parleranno di teoria, di tattica, di tendenze e, peggio, di duelli oratorii.

Manca l'imprevisto. Di ognuno che viene alla tribuna, tutti sappiamo già su queste questioni generali e tutte le opinioni, anzi addirittura le frasi e le parole: Turati riassumerà gli articoli della *Critica Sociale*, Ferri del *Socialismo*, Treves del *Tempo*, Bissolati e Bonomi dell'*Avanti!*, Soldi dell'*Avanguardia*, tutti gli altri dei loro organini e organi locali, più o meno chiaramente. Intanto tutti parlando di riforme non dicono quali. Vogliono lasciare la discussione pratica all'ultima parte dell'ordine del giorno, alla quale, dopo due ore di concioni, tutti vediamo che non si arriverà nè in tre nè in quattro giorni. Pure la discussione teorica sulle due tendenze va, dilaga, annega, spegne anche l'attenzione, chiusa, come oramai è, in un gioco di parole, - perchè i *riformisti* non si preoccupano di definire il loro programma ma di dimostrare che esso assorbe quello avversario, cioè che essi sono più *rivoluzionarii* dei rivoluzionarii, e questi egualmente, per provare che queste indefinite riforme devono essere conquistate dalla pressione delle masse, non delle alleanze coi più vicini partiti borghesi, si sforzano di dichiarare che i veri *riformisti* sono loro *rivoluzionarii*.

E l'altalena verbale ritorna, ad ogni oratore, ritmica e monotona, come un rimbalzo di palle in un gioco, all'infinito.

Inoltre, il bel sostrato scientifico che ad ogni minimo moto sociale hanno saputo dare i capi del partito è entrato, sotto forma morale, nell'onesta anima operaia: e la minima ostentazione retorica, il minimo panegirico di sè stesso mette di malumore l'assemblea, e le risa e le urla lo sottolineano con giusta ferocia. Ma anche questa lodevole semplicità oggettiva, alla lunga, aumenta l'uniformità.

*
* *

Tutta la prima giornata passa così, visibilmente inutile. Uno a uno, i capi, o per l'arringa o per parlar col presidente, passano sulla scena, e il pubblico li segue con gli occhi, devoto. Sul banco della Presidenza, Andrea Costa, - già mezzo afono, rosso, biondiccio, con la guancia segnata dal filo nero degli occhiali che sdrucciolano ad ogni moto sul piccolo naso, coi capelli che ad ogni moto mandano una fezza sulla fronte madida, una fezza che egli rialza con un gesto di lealtà simpatica, gonfiando il petto sotto il gran fiocco della cravatta nera, - vuole essere inflessibile, agita il campanello e le mani, minaccia di prendere « non la tuba come Biancheri, ma la sua democratica pagnetta » : e questa affermazione di differenza nel copricapo è sottolineata dal pubblico con un sorriso di classe. Egli ha alla destra Barbato sempre più rigido nel tenere il collo voltato di tre quarti e sempre più rassomigliante, con la barbetta tonda e il ciuffo piatto a sommo della fronte, a un piccolo San Pietro con gli occhiali affumicati ; alla sinistra Rigola, lunga barba e capelli rossi, tremulo nel passo e nel gesto, malato agli occhi che due enormi occhiali neri nascondono, ombra sull'ombra, accompagnato fin lassù dagli amici, amato da tutti, applaudito con un commovente impeto d'affetto e d'augurio.

Nel pomeriggio quasi tutti, transigenti e intransigenti, ci si riversa fuori della città, accatastati sulle vetture, e si passa a guado il Santerno, a valle del ponte, verso le Acque.

Son queste Acque un parco comunale dove si va a bere il vino. Veramente v'è anche una sorgente sulfurea, ma nessuno di noi se ne occupa. Prampolini basso, calvo, con la barbetta a due punte pep'e sale, le mascelle forti, lo sguardo nero fisso buono ; Turati con le labbra da mulatto, gli occhi vivissimi e inquieti, il naso largo, i capelli neri folti diritti, la barba nera tormentata dalla mano nervosa, tutti i gesti nervosi brevi, accompagnati da un moto della spalla destra che pare un segno di continua impazienza ; Bissolati, magro, calvo, dal collo lungo sottile, dai baffetti aridi, dallo sguardo miope così sereno e così limpido che vi tien l'anima in sicurezza affettuosa sùbito ; Ferri alto e forte, magnifico campione d'umanità, naso adunco, ampia fronte pallida, occhio grigio profondo, esuberante eppur misurato, potente eppur mite, equilibrio perfetto; Ciccotti magro pallido squallido, con una paghetta enorme che lo spegne piegandogli le orecchie, un aspetto derelitto che, dopo un secondo di colloquio, vi attira pel contrasto con una mente prodigiosamente densa di fatti e d'esperienza, pronta ad associare e dissociare le idee più complesse e più sottili; Arturo Labriola tutto nervi, piccolo, esangue, sbarbato, con un gran colletto bianco che lo decapita sulla giacca nera, parlatore fulmineo nell'ideazione, vertiginoso nella pronuncia; Marchesano bruno, enorme e valido, psicologo terribilmente acuto, logico così serrato che sa arrivare al sofisma, voce tonante, mano ampia e cordiale; Tasca e Drago alti, snelli, eleganti, quello castano di capelli, più sbianco di volto, più placido d'occhi, questo scuro come un beduino, zigomi enormi, barba a punta, un panama fieramente alzato sulla fronte; Soldi alto, angoloso, la barba bruna, il sorriso difficile, lo sguardo lento, meditativo, la parola precisa dello scienziato, il terrore della retorica; Bonomi che è contro lui relatore dei *transigenti,* e nasconde sotto una lunga barba e dietro gli occhiali un volto roseo giovanile e uno sguardo freschissimo; Grazia Cassola, nella polemica dilettante omicida, arido e scarno d'aspetto, cuore e mente d'oro...

Tutti son là intorno alle ciambelle d'un soldo e a un vinello bianco ghiacciato che lava i sudori e i rancori della prima giornata. E intorno il parco alza gli abeti e i faggi buj su dall'erba molle e chiara, e man mano che il sole cala e la luna allaga il cielo, in tre o quattro pacifici *rivoluzionarii* sdraiati sul prato noi chiamiamo a nome le prime stelle che occhieggiano lassù: Espero, l'Orsa, Sirio, la stella quadrupla d'Orione...

Ma la notte ci riporta in terra. Le *due tendenze* si riuniscono, quella transigente al Municipio, quella intransigente alla Camera del lavoro, a scegliere gli oratori pel giorno dopo. La prima – più ordinata e già sicura della vittoria, in un'ora ha finito la discussione e ha scelto a suoi difensori Chiesa, Treves e Turati. La seconda tumultua nella Camera angusta, sotto poca luce, presaga della sconfitta, desiderosa di cader bene: finisce a mezzanotte eleggendo Rigola, Labriola e Ferri.

Più tardi ancora restiamo in quattro o cinque seduti all'aperto fra gli *evonymus* di un caffè sulla piazza a udir Aurelio Drago che ci canticchia tutto il *Siegfried*. E quando la piazza è deserta e il cielo già s'imbianca, si va a dormire. I passi dei carabinieri battono ritmicamente il selciato della via tutta la notte, soli...

***

Domenica 7 è stato un altro giorno inutile pel Congresso, se non pel socialismo. Tutti sentivamo e molti dicevano che si sarebbe dovuto ventiquattr'ore prima cominciare dallo scegliere quei sei oratori pel contraddittorio invece di perdere tutt'una giornata in una scrimaglia inutile. Ma l'attesa del certame oratorio, divenuta più intensa per la notorietà dei duellanti, permette al gran pubblico di non perdere la pazienza, pure perdendo un'ora a stabilire chi di loro deve parlare prima. Poi Costa pronuncia il « Signori, in guardia! », « Signori, a loro! », e s'avanza Pietro Chiesa.

Grigio, un po' calvo e un po' curvo, con la mascella mal rasa
accentuata dalle gote forti, egli ha l'apparenza d'un pensionato che
negli ozii della pensione si sia abbandonato a una flemma trascurata.
È l'equivoco fra l'apparenza e la coscienza di molti liguri. Parlando
egli si rivela un argomentatore che può puntellare il suo edifizio logico
con la solidità dei fatti visti o creati da lui: primo, lo sciopero di
Genova. Questo è il suo argomento per provare che anche i riformisti
sanno al buon punto vincere con la sola pressione delle masse. Perciò
bisogna organizzarle, aiutati dalle riforme che questo Ministero pare
distribuisca ad aperte mani. Egli acuto sente l'antinomia, la chiude
in una frase di scorcio che tutti applaudono: « Dobbiamo lavorare
perciè un giorno le stesse masse ci impediscano di votare per un
Ministero borghese ».

E scende alla ribalta il primo campione degl'intransigenti, Rigola. Per quella sua tragica cecità, tutti lo seguono amorosamente:
migliaia di sguardi su quelli occhi spenti. Ed egli, buono, parla lento,
cauto, onesto, riconoscendo la bontà delle azioni e di una parte del
programma avversario, ma è lungo e talora cerca la parola e divaga.
Io ho accanto a me la signora Kulischioff, piccola, vestita finemente
di nero, attentissima: sotto i capelli biondi quel suo volto pallido arso,
coi larghi zigomi e il piccolo mento degli slavi, quando ha fissato un
oggetto, si volge quasi a fatica. Pure parlando di futili cose, del caldo
del teatro o della lentezza delle discussioni, ella fissa nei miei, anche
quando tace, quei suoi occhi freddi e chiari, e poichè io m'addoloro
di non poter accogliere tutte le sue opinioni sul dibattito d'oggi, scorgo
una punta di ironia guizzar fuori da quelli occhi e da quel sorriso.
Poi torna a voltarsi all'oratore e io sento che niente altro esiste più
per lei nella sala. Talvolta scrive in un foglietto le sue impressioni,
le manda - dà consigli o ne chiede? - a Turati, a Bonomi, a Cassola,
e allora non abbandona con lo sguardo quello che la legge anche se
è perduto nella folla a venti metri da lei. Quando è stanca, si passa
una mano come a ravviarsi i capelli sotto l'ala del cappello nero con
un istintivo moto di femminilità, ed esce a fumare una sigaretta, ma
si è sicuri che in quel tempo nulla d'importante muterà l'assemblea,
nulla che possa sfuggirle...

Anche Rigola, come Chiesa, trova alla fine la frase incisiva contro
i riformisti: « Non gli anarcoidi, ma i borghesoidi hanno invaso e
traviato il socialismo italiano ».

Treves che gli succede ha un trionfo clamoroso. Giovane, forte,
serrato nella deduzione, sottile nell'induzione, egli appare a molti dei
convenuti come l'immagine di quel che essi, o almeno il loro cervello,
vorrebbero essere. Rosso di capelli, di ciglia e di baffi, egli con un moto
ritmico delle due braccia dall'alto al basso - moto che alla fine dei periodi
più lunghi accelera affannosamente - si congestiona e arde tutto; ma non
dimentica la via del suo ragionare, e quando giunge in fondo a un
sillogismo, interrompe quel suo gesto verticale e col braccio destro
taglie l'aria orizzontalmente come la sbarra che chiude una firma.

Nessuno, dopo questa chiarezza che solo a tratti vuole velarsi di
passione, può alla prima seguire Arturo Labriola che succede a combattere la. Pare che le parole fluiscano rapidissime dalla sua bocca, con
un suono monotono accentuato da pochi acuti in falsetto, senza che
la volontà dell'oratore possa arrestarle più. C'è da accorrere per aiutarlo a chiudersi la bocca. Pure egli improvvisa ed è, quando si afferra

il senso di quel diluvio, di una precisione mirabile nel trovare gl'interstizii della logica avversaria e lanciarvi quel suo zampillo oratorio perchè si allarghino e l'edificio si sgretoli. In fondo egli è il più brutalmente franco: non teme la scissione del partito, non teme di accusar le persone, non teme di dichiarare l'impossibilità finale del collettivismo perfetto. Se parlasse piano, sarebbe livragato. Parla tanto presto che lo applaudiamo. Così sono fatti i Congressi.

E ce ne andiamo a riposarci pel corteo.

La Romagna ne ha visti di più imponenti, ma anche questi diecimila *sovversivi,* che quattro per quattro traversano la città ordinati, silenziosi, a testa alta e cuore sicuro, sotto le loro bandiere rosse - e anche nere - le quali non hanno più in cima la solita lancia o la corona, ma una zappa o un martello o un aratro o una falce o una ruota dentata a significare i varii mestieri, sono belli e commoventi per chi li ama. E quando essi invadono la piazza sotto il Comune, lungo tutto il portico del palazzo Sersanti e dall'alto del balcone parato a rosso i loro capi li arringano chiudendo tutti con l'evviva al socialismo, e la piazza, nella risposta tumultuosa, rimbomba con un fragore di tuono che dalla terra salga a scuotere il cielo, anche la Madonna marmorea sull'alto del balcone papale pare offrire a quell'onda veemente il suo bambino bianco.

La sera il popolo occupa il teatro prima dei congressisti, il Congresso diventa Comizio, si sospende la discussione, e Barbato che

Filippo Turati.

ama l'eroico si sacrifica a parlare per un'ora all'agitata folla domenicale.

Oramai il Congresso non dovrebbe avere più che un giorno di vita. Invece ancora non abbiamo avuto che due o tre ore di discussione proficua. È vero che il socialismo ha l'avvenire davanti a sè...

* *
*

Finalmente sorge l'alba del gran giorno. E primo parla Turati.

Vuole mostrare una semplicità dimessa e bonaria, l'intenzione di convincere senza frasi, di rappresentare, oltre che la ragione, la ragionevolezza. Ha in mano un foglio di appunti e volto di tre quarti al pubblico pare eviti d'assalirlo di faccia, contento di persuaderlo a poco a poco.

Egli - ed ha fra tutti il diritto di dirlo - crede che veramente l'ambiente politico sia profondamente mutato col nuovo regno o almeno col nuovo Ministero e che la tattica riformista solo si addica ai tempi nuovi. Esemplifica sopra tutto con Milano e coi suoi cinquantamila associati alla Camera di lavoro. Ha parole di complimento per tutti, per l'eloquenza di Ferri e per la dottrina di Labriola, ma a quello lancia il sarcasmo che il partito rivoluzionario dipenda solo dal tòno di voce, à questo più francamente l'accusa di essere un « piccolo borghese » repubblicano democratico anticollettivista. Contro la pregiudiziale repubblicana egli afferma che la monarchia, come può talvolta essere alleata al capitalismo più reazionario, così può talvolta *aiutare* le riforme e l'organizzazione proletaria. Vede roseo...

Ma in tutto il suo discorso, che dura quasi due ore, si sente una probità mentale indomabile. Egli, appena enuncia un'idea troppo generale, teme che il pubblico per flemma logica la deformi, e allora o in una parentesi o in tutt'una digressione spiega i varii elementi anche contraddittorii che la compongono. Su cento, credo appena dieci uditori intendono questo tormento dell' *intellettuale,* questa sua diffidenza verso la parola, che è sempre incerta logora imprecisa e non rivela mai tutte le sinuosità di un pensiero. Così quando, contro la propaganda sommaria e dottrinaria delle sole finalità collettiviste e della sola lotta di classe come mezzo, dichiara che le favole per bambini sono pericolose se predicate alle masse, e si sente interrompere da Todeschini: « Ci denunziate al procuratore del re! », dà involontariamente una scrollata di spalle verso il collega semplicista che l' ha capito male e ha giudicato da un effetto casuale tutt'una causa complessa e continua.

Ferri affronta il pubblico. L'ho avuto accanto a me durante il discorso Turati, imperturbabile, attento, le braccia conserte, una mano nella barba; solo di quando in quando sopra un foglietto lungo egli aggiungeva qualche parola al quadro sinottico del suo imminente discorso, ne sottolineava i punti più essenziali, lo rileggeva corrugando la fronte. Non ra interrotto mai, nemmeno quando l'attacco è stato diretto. Soltanto una volta, quando Turati ra affermato l' intransigenza dipendere solo dal tôno di voce, mi ha detto pacatamente all'orecchio: « Sono i fatti preesistenti non la voce che dànno valore alla propaganda rivoluzionaria ».

Ed ora eccolo fermo, eretto, di fronte al Congresso ostile. Comincia in un tòno piano, distendendo magistralmente sopra un lungo periodo tutte le contraddizioni della situazione, e subito lancia il primo tema: delle 1127 sezioni socialiste in Italia 1020 sono nell'Italia superiore al Lazio, solo 107 nell'Italia meridionale. Le due tendenze, meglio i due

Enrico Ferri.

metodi di lotta corrispondono a queste due Italie: l'una evoluta, capace di organizzarsi, di aspettare, di discutere le riforme; l'altra primitiva, incolta, affamata, assetata, impaziente, cui bisogna cominciare a dare l'abbicì della propaganda, a insegnare il diritto suo prepotente. Accusa le Camere di lavoro d'escludere la politica e di nascondere, se non dimenticare, la finalità socialistica ; accusa i socialisti dei comuni transigenti, primo quello di Milano, di lasciarsi addomesticare con poche migliaia di lire di sussidio alla Camera di lavoro, 15,000 a Milano, 5000 a Brescia. Quando esemplifica la vanità dell'organizzazione pro-

letaria, se non ha un saldo scopo socialista, coi Fasci siciliani del 1893
scomparsi come nebbia al vento; quando rammenta che le *Trade
Unions* inglesi, accontentandosi solo di conquistar le piccole riforme,
l'altro ieri ranno ciuso il loro Congresso in ciesa con la benedizione dell'arcivescovo e l'evviva a re Eioardo, - gli applausi sono unanimi. Tutta la storia parlamentare del nuovo regno egli rippresenta al
Congresso per mostrare che la famosa tattica parlamentare del *caso·
per caso* ra voluto dire su dieci *casi* votare dieci volte pel Ministero.

Ma tutti oramai sentono l'inutilità della discussione. I « fatti personali », le ultime difese dei due relatori, sono sommersi dalle urla.
Quasi tutti sono venuti qui con mandato.imperativo; i pochi liberi avevano la loro opinione e crederebbero di mancare di coerenza mutandola
in due giorni. Tre giorni di parole, cioè, ranno servito a nulla. Un *referendum* sarebbe stato più semplice,
più serio, più sicuro, meno costoso.

E quando comincia la votazione,
quando si sente che questo sciupio
di voce, di tempo, di attenzione, di
danaro, di pazienza, di autorità è finito, tutti son d'accordo nella beatitudine del silenzio. Qualche ingenuo
segna i primi *no* e i primi *sì* all'ordine del giorno Ferri. Poi quelli so-
verchiano questi di tanto che con una
sciollata di spalle i dilettanti scrutatori
laceravo la schedula improvvisata.
Pochi voti sono sottolineati da pochi·
applausi, tanto sono noti; così anche
pochi si avvedono della enorme pre-
ponderanza dei voti del solo Reggiano
e della sola Romagna su quelli di tutte
le altre regioni, in proporzione; così
pochi si dolgono dell'assenza dolorosa
di quasi tutto il mezzodì d'Italia. E
i 417 voti contrarii all'intransigenza,

Camillo Prampolini.

di fronte ai 275 voti favorevoli, sembrano un esito definitivo, pacifico,
consolante. Nessuno pensa che se i transigenti sono vittoriosi, gli intransigenti sono orgogliosi dei loro 275 voti in un Congresso che si annunciava feroce per loro, - e che si è allo *statu quo ante*, precisamente.

    Usciamo appenati da un incidente. L'assemblea impaziente non
ha voluto lasciar parlare Saverio Merlino per una dichiarazione di voto.
Nessuno in tutta l'assemblea aveva per un'ideale anche utopistico di
redenzione sociale sofferto le persecuzioni, il carcere, le ansie, le calunnie, le ire che egli aveva con incrollabile fede per dieci, quindici anni
sofferte. E in questo Congresso così parolajo, la sua figura d'asceta
scarno, appena è apparsa, è stata il bersaglio di mille urla d'impazienza, forsennate, frenetiche! Ero in capo al teatro a quel punto.
Vedevo sul fondo biancicante e polveroso della scena Merlino e il suo
ciuffo e la sua barbetta grigia e i suoi due occhi profondi fissi su quella
ingratitudine inumana...

    Egli ra incrociate le braccia calmo. Sulla sua anima buona fiorita di
speranza, è passato il vento dell'ira per un attimo. La folla urlava. Egli
ha sorriso, ed è disceso da quella gogna, senza una parola, a testa alta.

*
**

Questa è stata la vera fine del Congresso. Molti sono partiti la sera stessa. tanto che la mattina dopo s'è discusso a lungo per sapere se il Congresso aveva ancora il diritto di credersi tale. La votazione più e contro la direzione del partito - 226 voti contro 226, come se il caso abbia voluto rappresentare matematicamente l'inutilità dell'assemblea - ra mostrato la larvata combattività di molti, la loro bella libertà di giudizio nelle questioni un poco meno teoriche perchè ranno votato contro la proposta di Turati d'abolire la direzione molti che il giorno avanti avevano votato per lui contro l'ordine del giorno Ferri.

Ma il tempo incalzava. Ormai si era fuori dei limiti assegnati anticipatamente al convegno. La sola questione del giornale quotidiano è stata risolta in quanto - ed era naturale dopo la votazione del giorno avanti - è stato riconfermato Leonida Bissolati nel suo ufficio di direttore, - posto di lotta. di responsabilità e di abnegazione. Ma della questione vitale, cioè della vita economica del giornale che Bissolati ra descritto con la sua franchezza abituale, nulla s'è concluso. E gli applausi al direttore, che aveva accusato i compagni d'Italia di non comprare più di cinque o seimila copie del loro giornale, sono potuti sembrare un'ironia perchè lo si lasciava, tra gli applausi, nella stessa angustia in cui egli era prima del Congresso.

Il punto, però, dove la contraddizione fra lealtà e parole m'è appar sa più feroce, è stato quando in dieci minuti abbiam finito di discutere e di risolvere il problema dell'organizzazione dei contadini. I battimani continui del Congresso indicavano la sua fretta a liberarsi di tutto l'ordine del giorno residuo. Gli oratori, dal Lucci

Leonida Bissolati.

al Ferri, parlarono per debito di coscienza più che per convincere. Alla segreteria affluivano i congressisti che volevan farsi timbrare i biglietti di ritorno. Il vocio degli addii dai corridoi penetrava a folate nella sala. Anche i banchi della stampa erano più radi...

E i giornali giunti ad Imola nel pomeriggio recavano la notizia che da ventiquattr'ore a Candela in quel di Foggia cinque contadini giacevano uccisi e undici feriti in un conflitto coi soldati! Il Congresso discuteva della loro organizzazione; e per la platonica e frettolosa discussione, nessuno di questi mille socialisti ha pensato a leggere la notizia tragica e a pregare almeno la pace sui morti, – sui nostri morti.

Così s'è chiuso il settimo Congresso nazionale del partito socialista italiano. E non ra concluso niente.

UGO OJETTI.

UNA NUOVA CONCEZIONE DELL'ESTETICA

Ho finito or ora di leggere uno di quei rari libri, che mettono in fermento tutta una provincia del cervello, tutta una categoria di cognizioni, tutto un gruppo d'idee, anzi, e meglio, tutto un sistema organizzato e quasi cristallizzato, di dottrine intorno ad un vasto soggetto di ricerche, di meditazioni e di discussioni lungamente ed amorosamente seguite.

Il libro è l'*Estetica* di Benedetto Croce (Palermo, Sandron editore, 1901, 550 pagine); e la materia ch'esso ha posto in subbuglio nella mia mente, rappresenta la parte maggiore e migliore del mio patrimonio intellettuale, messa insieme con lungo studio e con grande amore in ormai quindici anni di letture e di esperienza immediata.

E dico subito, che io sono grato all'autore della scossa che ha dato col suo poderoso volume al mio già quasi vecchio edifizio, poichè, trepidante per la sua compattezza alla prima sorpresa di questa specie di meteora dottrinale, n'ebbi poi, alla fine, e ad un tempo, e la riprova della solidità della sua ben connessa e coerente, per quanto agile e perfettibile compagine, e la rivelazione di incompletezze e di debolezze parziali, a cui mi sarà facile e grato lavoro porre riparo e dar maggiore rigidità contro ogni altra futura minaccia.

La tesi del Croce tende infatti ad estendere ancora l'impero della scienza estetica, i cui confini io già m'ero adoperato a portare assai oltre a quelli comunemente riconosciuti: affermatasi solidamente, per quanto embrionalmente, in una memoria letta dal Croce due anni or sono all'Accademia Pontaniana di Napoli, questa sua tesi è tutta pervasa ed animata dal concetto capitale che l'oggetto dell'estetica non sia, come nell'opinione comune, il bello nè l'arte, ma il linguaggio, nel senso più largo e comprensivo della parola, cioè l'espressione, in qualunque modo attuata, delle immagini interne.

Posto, poi, il linguaggio stesso, preso in tal senso, come il primo momento dello spirito, ne viene, pel Croce, il chiaro e solenne concetto dell'importanza essenzialissima della nostra scienza, dalla cui rettificazione deve aspettarsi la rettificazione di tutte le altre e successive parti della filosofia, inquinate ora da infinite incertezze ed equivoci a causa degli equivoci e delle incertezze che regnano intorno all'attività estetica ed alla fantasia rappresentatrice e creatrice.

Non deve quindi parere divagazione oziosa l'estendersi che l'autore fa, da questa sua tesi fondamentale e definita, su molte questioni generali e laterali: la filosofia è unità, e non si può toccare all'estetica senza incursioni nell'etica, nella logica, ed anche nella metafisica, intesa almeno come scienza dell'idealità e della religione; nè, viceversa, è possibile chiarire concetto alcuno di questi rami della filosofia

generale, senza attingere ai presupposti estetici di essa nel suo insieme:
e ciò più che mai d'ora innanzi, se la nuova definizione del Croce
venisse accolta dagli estetisti e dai filosofi dell'avvenire.

La ponderosa opera sua si divide in due parti, affatto indipendenti
e che si potrebbero leggere non senza frutto anche staccate, ma che,
naturalmente, si danno lume e forza e valore a vicenda: la prima,
teoretica, è quella in cui più spicca e colpisce l'audace e sicura originalità dell'autore; l'altra, storica, è un solenne documento della
ampiezza mirabile degli studi preliminari con cui egli si è preparato
a quest'opera personale, e della pazienza e coscienza di erudito e di
critico, con cui ha voluto, quasi sempre direttamente e di prima mano,
informarsi di quanto nella materia s'era studiato, pensato e divinato
prima di lui.

Certo, con tutto questo, la sua storia della estetica non è completa, nè la sua critica è in tutto accettabile, nè indiscutibile la sua
teoria: e lo vedremo analizzando, per quanto il tempo e lo spazio e
l'indole di questa rivista ce lo consentano, il grosso volume; ma qual'è
il libro di filosofia del quale, in buona fede e senza preconcetti, non
si debba dire altrettanto? e quanti sono, viceversa, quelli di cui, sempre
senza preconcetti ed in buona fede, si possa dire, come di questo, che
aprono un nuovo orizzonte a tutto un vasto sistema di cognizioni?

*
* *

Il Croce attribuisce alla conoscenza umana due forme sole: la conoscenza per intuito, per fantasia, per immagini: conoscenza delle cose
individue: e la conoscenza per intelletto, per logica, per concetti: conoscenza delle relazioni astratte.

Ora, di queste due forme, la prima, ampiamente adoperata nella
vita pratica, nella politica, negli affari, nel giudizio della realtà viva,
è poi molto negletta, e quasi misconosciuta, nelle indagini della scienza
e nelle speculazioni della filosofia, quasi che essa, senza la seconda,
fosse del tutto cieca ed inetta a qualsiasi ufficio spirituale. Il che non è:
l'intuito vale e può assai per sè stesso, senza bisogno di guida nè
di tutela: ogni opera d'arte è nel suo insieme, nella sua risultante,
per quanto possano essere concettuali i dati elementari, una intuizione; sono intuizioni una tinta di cielo e una tinta di sentimento;
sono intuizioni la percezione del reale e l'immaginazione del possibile,
in cui, anziché contrapporci al dato esteriore, noi oggettiviamo invece,
semplicemente, combinazioni nuove d'antichi elementi non meno empirici serbati dalla memoria.

Tutto ciò, secondo il Croce, non è però semplicemente intuizione,
cioè fatto interno, soltanto o in prevalenza passivo; ma anche, e sempre,
rappresentazione attiva, espressione. Lo spirito non intuisce, se non
facendo, formando, esprimendo: l'attività intuitiva, anzi, in tanto è,
in quanto esprime, sia poi in parole, sia in suoni, sia in colori, sia
in linee, sia in forme, anche soltanto interne, formulate a sè medesima
e per sè medesima. Chi presume d'avere in mente molte e grandi intuizioni, pur confessandosi incapace d'organizzarle in forme espressive,
s'inganna: se le avesse realmente, esse s'organizzerebbero bene da sè,
e gli apparirebbero nitide e luminose in belle parole sonanti o in vive
immagini plastiche. Il pittore è pittore perchè vede ciò che altri intra-

vede soltanto; e bene diceva Michelangelo, che si dipinge col cervello, non con le mani; o meglio, prima col cervello, poi con le mani.

Chi non dipinge affatto, neanche col cervello, vive d'indici e d'etichette, d'abbreviature e di formole, che nella sua mente tengono luogo di cose e di fatti, d'immagini e di sostanze; vive quasi estraneo (non superiore, come taluno con stolto orgoglio farnetica) alla realtà, che non è capace d'assimilare al suo io, al mondo esteriore di cui non ha modo di prender possesso.

*
* *

Con ciò, è ovvia l'identificazione della conoscenza intuitiva od espressiva col fatto estetico od artistico, come della conoscenza concettuale col fatto scientifico.

A torto, l'opinione comune fa dell'artista un uomo dotato d'una attitudine maggiore e migliore dell'ordinaria ad esprimere pienamente certi suoi stati d'animo, e quindi un essere privilegiato e quasi eccezionale; a torto, si dicono opere d'arte soltanto le più complesse e più raramente raggiunte espressioni di tali stati fuori del comune: i limiti delle espressioni ed intuizioni che van sotto il nome di arte, e che le distinguono da quelle altre che son ritenute non-arte, non hanno valore se non empirico ed arbitrario: e nessuno sarebbe in grado di precisarli. Una novella appartiene all'arte, e una cronaca di giornale non vi appartiene; la declamazione dal palcoscenico sì, e la parola commossa e commovente che sgorga improvvisa dal cuore, no. E perchè?

L'avere staccato l'arte dalla comune vita spirituale, l'averne fatto non so qual circolo aristocratico o qual funzione singolare, è stata una delle precipue cagioni le quali hanno impedito alla Estetica, scienza dell'arte, di attingere la vera natura, le radici profonde di questi fenomeni, che sono semplicemente nella cognizione intuitiva, nell'espressione immediata. E questo, c'è il punto sostanziale dell'opera di Benedetto Croce, è pur quello cui io do di gran cuore la più completa ed espansiva adesione: sono dieci anni, del resto, che con diverse parole e partendo da un altro punto di vista, combatto io pure per dimostrar che il concetto dell'arte non potrà mai definirsi scientificamente, anzi logicamente, se non con l'estenderne, e molto, i confini e la comprensione.

L'Estetica, « scienza dell'arte », dice il Croce; mentre io direi, coi più, scienza del bello, non soltanto riflesso nell'arte, ma anche semplicemente appreso dall'uomo. Ma la divergenza, che par profonda, non è in sostanza se non apparente: chi gode veramente il bello, fa già, almeno in potenza ed ai suoi propri occhi, dell'arte: crea l'immagine estetica, a cui non manca che l'elaborazione tecnica per diventare arte espressa nel vero senso della parola, cioè opera d'arte; e creando, anche soltanto internamente, gode: onde la giustificazione del concetto comune, che io accolgo e proclamo come il solo perfetto, e che il Croce rifiuta, essere il bello, puramente e semplicemente, quello che piace all'immaginazione, e quindi, in ultima analisi, l'Estetica la scienza del piacere sostanzialmente sensoriale.

Bisogna aggiungere, tornando al concetto dell'arte, che il piacere estetico non è mai del tutto taciuto ed esclusivamente interno: lo psittacismo ed il pitecismo istintivo per cui i bimbi, gl'ingenui, i primitivi, gl'impulsivi, i nervosi, rifanno senza sapere e senza volere i gesti

e le voci che li colpiscono più vivamente, è, in grado minore e men
percettibile a tutti, legge universale e comune; e la psicofisiologia lo
dimostra in modo indubitabile e perentorio con tutto un arsenale d'esperi-
rimenti: e che cos'è, se non arte, sia pure rudimentale e abortiva, il
riflesso esteriore, per quanto amorfo, del piacere estetico interno? È
appunto a questo, cu'io alludevo testè, rammentando cu'io pure, in
senso diverso, proclamo da anni la necessità d'allargare il concetto
dell'arte, per dargli alfine un contenuto preciso e scientificamente defi-
nibile.

Così pure, nient'altro che una differenza quantitativa potremo noi
dunque ammettere fra colui al quale viene riconosciuto il privilegio
del genio (del genio artistico, nel nostro caso) e il non-genio, l'uomo
comune; parafrasando la vecchia e parziale sentenza *poetae nascuntur,*
dovrebbe oggi più largamente ed esattamente riconoscersi che *poetae
nascuntur omnes:* poeti piccoli e inconsapevoli gli uni, grandi e coscienti
gli altri, ma poeti tutti, in questo o quel ·periodo, ora od istante della
lor vita; intendendo anzi la parola poeti, in particolare, nel senso più
vasto e generale di artisti.

E artisti non per la materia soltanto, anzi non affatto per essa,
delle loro intuizioni, ma per la forma, esclusivamente per la forma,
delle espressioni: in queste ricompaiono infatti le impressioni rispettive, secondo la bella immagine del Croce, come l'acqua passata attraverso ad un filtro, uguali ed insieme diverse, in confronto di quelle
che erano prima: mostrando così chiaramente, esser bensì il contenuto
la materia prima dell'arte, ma non arte, nè quindi argomento di estetica, se non quando l'abbia in essa tramutato la forma. Di qui pure
il corollario evidente, che tal materia può esserci data, come già nella
Fisiologia del Piacere aveva esaurientemente dimostrato il Mantegazza,
e più tardi il Guyau, e poi ancora io stesso, da tutti i sensi, dagl'inferiori come dai superiori, dai viscerali come dai cutanei: cosa che qui
il Croce afferma recisamente, e che poi, più oltre, sembra negare,
come vedremo.

Ma questa diventa una questione secondaria, dato che nello spirito nostro tutte le impressioni, d'ovunque venute, si parificano e si
fondono come in un crogiuolo, nel quale, e in esso soltanto, assumono
carattere estetico: vale a dire, passi il vocabolo eterodosso, si sogget-
tivizzano, si elaborano, per poi oggettivarsi di nuovo in forma diversa
e più pura: arricchendo ed umanizzando la realtà con altrettanti mirabili e spirituali duplicati d'ogni suo elemento, e liberando di sè, come
d'una ossessione, l'artista, cioè l'uomo: irrequieto, nervoso, ipereste-
sico, come un amante bramoso, nel sentire e nel concepir la bellezza;
sereno, calmo, soddisfatto, come uno sposo felice, quando con la creazione artistica ha dato sfogo al tumulto di tutto il suo essere. ·

Il Croce passa quindi alle relazioni del pensiero estetico col pensiero logico; e, fissato che questo è un fenomeno necessariamente successivo e per conseguenza subordinato a quello, combatte le vane ed
arbitrarie esigenze, e quindi ingerenze, dell'intellettualismo in estetica. Vero e verosimile, hanno nel nostro campo un senso tutto diverso
da quello che hanno nel campo scientifico e sperimentale: ogni fantasia, ogni castello in aria, ogni illusione, ogni sogno, hanno in este-.

tica ugual valore di qualsiasi fatto esterno, verificabile e misurabile con gli strumenti del fisico e del fisiologo; e fate e folletti e chimere son veri in arte, alla sola ed unica condizione d'essere veramente fate e chimere e folletti, cioè di rispondere bene, di esser coerenti, alla intuizione fantastica che ce ne siam fatta.

Le pretese leggi dei non meno convenzionali generi letterari, le categorie retoriche, le classificazioni di scuole e di stili, le definizioni dei traslati e delle figure, rappresentano appunto una intrusione indebita, direi quasi una prepotenza, una soperchieria, una violazione di domicilio, della Logica in danno dell'Estetica: ed ogni vera, originale, sentita opera d'arte si è sempre risoluta in un vero e proprio atto di ribellione a qualche dogma accademico, ra sempre portato lo scandalo e lo scompiglio in qualche grave e sentenzioso sinedrio di critici. La sola storia dell'arte e della letteratura che possa giustificarsi è quella della sequela e della figliazione delle singole ed effettive opere di cui esse si onorano; come la sola critica veramente seria e feconda è quella che innanzi ad un'opera determinata si chiede soltanto se sia realmente espressiva ed in quale misura, cioè se taccia del tutto o se balbetti o se parli o se canti, e nulla più.

Giusta, invece, e legittima, è la giurisdizione dell'estetica sulla logica, com'è legittima e naturale l'autorità della madre sulla figliuola: se il fatto empirico, appena appreso ed assimilato dall'uomo, cioè divenuto immagine, è un fatto estetico; e se il fatto scientifico non è che una sintesi, una fusione, una risultante di fatti empirici assimilati, d'immagini unificate in concetti; ne viene che ogni logica si foggerà sull'estetica da cui deriva, e che ogni riforma della scienza del ragionare dovrà trovare il suo punto d'appoggio e di partenza in una precedente riforma della scienza dell'intuire: cosa che già il nostro grandissimo Vico aveva divinata al suo tempo.

Infatti, è d'osservazione comune che chi ragiona male, cioè debolmente per quanto dirittamente, parla e scrive del pari male, cioè senza espressione: giacchè la sillogistica è forma estetica; e che viceversa il parlare e lo scrivere bene dipendono dall'avere una limpida intuizione del proprio pensiero incarnato in immagini ben rilevate, anche (si noti bene) anche se erronee in linea di fatto, non dipendendo dalla verità scientifica, ma dalla verità estetica, l'efficacia del dire.

E fin qui le relazioni dell'Estetica con la vita intuitiva ed intellettiva, cioè teoretica; restano a stabilirsi quelle con la vita pratica, coi fenomeni volitivi, con l'attività quotidiana. Diciamo subito, o meglio ripetiamo più espressamente, che è qui, che l'intuizione, cioè il fatto estetico, ra maggior gioco e più decisivo determinismo: l'uomo pratico, infatti, raramente opera in base a un suo proprio sistema filosofico; più spesso, enormemente più spesso, egli parte da semplicissime ma nitidissime intuizioni; il pensiero riflesso è il naturale nemico dell'azione risolutiva: Amleto, dibattendo nel fondo dell'anima sua il problema dell'essere e del non essere, lascia fluire inerte e infeconda la vita; e per lo più i filosofi, assorti nelle sublimi speculazioni, riescon mediocri o addirittura inetti negli affari, deboli o affatto abulici nel governo positivo di sè e della loro famiglia.

Ma non per ciò è da confondersi l'attività estetica con l'attività
pratica: questa presuppone quella; ma quella, appunto perciè precede, rimane indipendente ed autonoma. Il fatto estetico è completo
ed esaurito con l'elaborazione espressiva delle impressioni, cioè non
con l'espressione attuata, ma con l'espressione semplicemente preparata: cioè con l'immagine interna incarnata in parole, anche non
dette, in linee, sia pur non tracciate, in colori, in forme, in masse,
in figure, purcrè visibili nettamente all'occhio interiore di che le crea va.

E qui però mi sembra che il Croce esageri, asseverando esser questa,
e questa sola, la vera opera d'arte, e negando recisamente tal nome a
quella sua traduzione, sensibile anche agli occhi o alle orecchie degli
altri, alla quale invece lo si suole attribuire.

Naturalmente, egli ne trae una conseguenza, indiscutibile data la
premessa, e indiscutibile pure, per me, in base a tutt'altre ragioni ma
che qui presterebbe il fianco a una facile critica, in causa appunto
dell'arbitrarietà del suo fondamento: cioè, c'è vana ed assurda la
vecchia questione del fine dell'arte. Vana ed assurda, perciè la materia
dell'arte è data ed imposta ai nostri sensi dall'universo esteriore, nella
sua infinita molteplicità, tra la quale non è in nostro potere, se non
raramente, lo sceglierle; mentre la forma dipende a sua volta dalle leggi
naturali del nostro organismo nervoso, dal temperamento personale di
ognuno, da tutto un insieme insindacabile e ingovernabile, che si dice
fantasia, inspirazione, visione. I signori critici possono dunque dispensarsi dal tormentare coi loro rimbrotti e dall'irritare e inceppare, e
spesso traviare o paralizzare, coi loro consigli e suggerimenti gli artisti,
almeno finchè l'opera loro non sia estrinsecata in prose od in versi,
in tele od in marmi; tutt'al più, e a cose fatte, potranno dire, come
artisti essi stessi, e come se si trovassero in faccia ad un fenomeno
naturale, « mi piace » o « non mi piace », cioè suscita o non suscita
in me una nuova immagine gradevole.

Tale è il solo senso legittimo della formula: « L'arte per l'arte »;
la quale non è che un corollario dell'altra: « Lo stile è l'uomo », con
cui si afferma infatti soltanto che l'uomo non può creare che secondo
il proprio temperamento, cioè non può vivamente sentire se non ciò
che colpisce da sè, buono o cattivo che sia, il suo io, nè assimilare,
dandogli forma di bellezza, che ciò che per lui è assimilabile, e come
e quanto lo è. L'onestà estetica è tutta in queste formule, così intese:
con le quali non si vuol mica concedere, e tanto meno imporre, all'artista di dar forma esteriore, sotto pretesto di sincerità, a qualsivoglia
sua fantasia, comunque turpe o criminale, suscitando con la potenza
fascinatrice del bello passioni antisociali e disastrose nell'animo sugge-
stionabile della folla; si vuole soltanto affermare, che nessuno può
imporgli nè dande nè falserighe, senza squalificarlo issofatto del suo
carattere innato d'artista, senza farne un più o meno abile, ma in ogni
modo freddo e sbiadito ed insipido mestierante.

* *

Passando a studiare concetti più complessi, e dapprima quelli relativi alle combinazioni del fatto estetico con elementi sentimentali, il
Croce sembra affermare (e dico « sembra », perciè il capitolo è riuscito
nassimilabile, o quasi, al mio spirito) non esser possibili tali combi-

nazioni, perciè il fatto estetico è attività psichica, mentre il sentimento
nòn è che passività organica; e quindi scandalizzarsi che si qualifichi
bella non solamente un'espressione riuscita, ma anche una verità scientifica, un'azione morale, e persino una semplice voluttà corporea; é
che si parli perciò di un bello intellettuale, d'un bello sentimentale,
d'un bello sensoriale, ciò che io ho appunto fatto sempre, aggiungendovi anche il bello ideale, senza il minimo sospetto di perpetrare una
così condannabile assurdità.

Per il Croce, dunque, il bello va definito come l'espressione riuscita, o meglio, e più brevemente, come l'espressione senz'altro, non
essendo infatti tale se non è riuscita. E noi potremmo accoglier sen-
z'altro anche questa definizione, dato che per espressione s'intenda,
com'egli intende, anche l'immagine... non espressa, cioè soltanto internamente formulata; e purchè s'intenda ancora che tale immagine
riesca gradevole a chi la crea dentro di sè, chè se no la si qualifica
brutta; ed a patto infine, che bello non significhi, come pel Croce,
perfetto, e quindi non suscettibile di graduazioni, di più e di meno,
lasciando queste esclusivamente al concetto di brutto; il quale concetto, pel Croce, consiste appunto nella incompletezza, non nella negazione del bello: incompletezza che passa quindi per tutte le sfumature,
dal quasi bello al quasi niente bello; il che si riduce, mi pare, alla
implicita confessione, se non si vuol fare del vuoto bizantinismo verbale, che anche il bello è suscettibile di pari e reciproca graduazione,
dal quasi brutto al quasi niente brutto; giacchè, se si nega il brutto
totale, come a ragione lo nega il Croce, non c'è motivo di ammettere,
in questo povero mondo sublunare, nemmeno il bello perfetto, puro ed
immacolato, che non può essere se non un'astrazione metafisica.

Non discuto, poi, l'affermazione, « tenuta per esattissima » dal
Croce, che il sentimento di piacere e di dolore sia semplice fatto organico e passivo: a me sembra tanto attivo e tanto psichico o spirituale
il sentimento, quanto la sensazione interiore, o rappresentazione, in
cui è la base del fatto estetico; ed è per me, in ogni modo, affatto
legittimo che si parli di bello sentimentale, intellettuale, ideale, quando
con queste parole s'intenda il bello sensoriale, fatto cioè d'immagini;
ma accompagnato da fenomeni sentimentali, intellettuali, ideali, che
con esso formino un tutto inscindibile. Ingiustamente il Croce considera
estranei all'estetica questi piaceri concomitanti, che nascono, secondo
lui, dal contenuto anzichè dalla forma dell'opera d'arte: certo, la sola
forma è argomento d'estetica; ma è ben la forma, quella che il più
delle volte commuove, persuade, estasia, assai più, infinitamente più,
della sostanza!

Come si vede, con l'adozione di questo nostro punto di vista, noi
non facciamo affatto adesione a quell'edonismo di cui il Croce si dichiara avversario, e che confonde il piacere dell'espressione (nel senso,
a mio parere, arbitrario e fallace, di creazione d'immagini interne),
ci'è veramente il bello, col piacevole di qualsivoglia natura, che può
essere invece puramente e semplicemente il buono od il vero o l'ideale,
anche non belli; e noi pure, com'egli la sua, e ad ugual titolo, possiamo proclamare la nostra l'estetica della bellezza pura: vale a dire,
pura di tutto ciò che non sia la forma spirituale dell'espressione; pura,
per usar termini nostri e forse più chiari, d'ogni sentimento, concetto,
divinazione, che non erompa direttamente ed esclusivamente dall'evidenza suggestiva dell'immagine.

Con questa divergenza essenziale, tuttavia: che mentre il Croce, mirando a una estetica eminentemente semplicista, passa attraverso a tutti i sistemi che l'han preceduto, devastando, atterrando, distruggendo ogni cosa spietatamente, e quasi con vandalica voluttà; noi, ammaestrati dalla lunga esperienza, che un fondo di vero s'annida pur sempre al disotto di ogni anche più strana e aberrante dottrina, preferiamo cercare di estrarre da ognuna questo sia pur scarso elemento di verità, assimilarcelo, e tentai di comporne un'estetica, non già eclettica e policroma, ma sintetica ed integrale, in cui, non per bontà nostra, ma di pien diritto, ognuno trovi una parte, la parte più sana e vitale del suo gusto e del suo giudizio.

Il Croce, per esempio, esclude dall'estetica, come vertente sul contenuto anzichè sulla forma dell'arte, tutte le discussioni sul comico, sul sublime, sul tragico, sull'umoristico, sul grazioso. Che cosa è il comico, per lui? È il fatto dell'aspettazione delusa, come nel parto della montagna, onde nasce il ridicolo topolino: la forza nervosa accumulata invano, determina dappima, all'improvviso mancare del punto d'appoggio, un leggero e fuggevole dispiacere; ma subito, scaricandosi e liberandoci della sua vana tensione, ci dà un senso di pieno e soddisfatto benessere, col suo equivalente fisiologico, il riso.

Ora, tutto questo (la interpretazione, mutata forma, è precisamente la stessa da me proposta vari anni addietro), non ha col fatto estetico, secondo il Croce, nessun contatto, salvo quello di poter essere, come ogni altra cosa, materia d'arte. E sta bene: ma fin che è materia soltanto, cioè cosa esterna allo spirito, non solo non è fatto estetico, ma neppure è comico; il comico, come il tragico, come il sublime, come il grazioso, e così via, comincia ad essere tale quando comincia a trasformarsi in immagine dentro di noi: ed allora, appunto, è già un fatto estetico. Dunque, non solo è diritto, ma è dovere dell'estetista, determinarne i caratteri e verificarne la genesi.

In questo libro del Croce, pel quale, leggendone i primi densi e geniali capitoli, il consenso e la simpatia mi erompevano spontanei dallo spirito subito conquistato, io trovai sempre più da obbiettare e da confutare, di mano in mano che dalla teoria generale venivo alle singole e successive applicazioni ai vari problemi del bello e dell'arte.

Ed una delle cose che meno mi riesce possibile accogliere ed approvare è l'arbitrio che il Croce s'arroga, come la maggior parte dei filosofi di professione, del resto, di rifare il linguaggio, di condannare il significato ordinario delle parole, di attribuirne loro uno nuovo e diverso, spesso addirittura contrario, e di pretendere che lo si adotti senz'altro.

Il linguaggio comune, invece, è per me cosa sacra: esso rappresenta il veicolo del pensiero fra la generalità degli uomini, e contiene anzi, condensata e ridotta ad essenza simbolica, tutta la lunga, la molte volte secolare, la nobilissima e solenne esperienza collettiva, l'intera e suprema filosofia del genere umano; è lecito, è doveroso anzi, arricchirlo delle nuove forme dell'esperienza, della sapienza, della filosofia nostra, ma per via d'aggiunte, non di sostituzioni e tanto meno di ritorsioni e deviamenti dagli antichi significati: se no, siamo alla confusione delle lingue e delle idee, siamo alla torre di Babele.

Così, il Croce deplora che nel comune linguaggio si chiamino espressioni tanto le opere del poeta o dello scultore, quanto il rossore della vergogna o il sorriso della gioia, quanto il calor della febbre, le oscillazioni del barometro, gli alti e bassi dei valori pubblici e del cambio. Io no: ciascuno di questi fenomeni « esprime » infatti, direttamente o indirettamente, qualcosa che sta oltre ad essi, e che li determina; ciascuno « dice » il pensiero, altrimenti celato, di un essere o d'una cosa; e ciascuno, in quanto trasforma in chi lo contempla tale pensiero in immagine, è un fatto estetico. Io non vedo tra questi esempi scelti dal Croce l'« abisso » ch'egli ci vede, nè ammetto con lui che non appartenga all' estetica il libro del Darwin sull'espressione delle emozioni nell' uomo e negli animali: ritengo anzi che niun estetista moderno possa dispensarsi senza suo danno dal leggerlo e meditarlo. Il piacere della bellezza, essenziale all' espressione nel senso alterato e limitato che il Croce assegna a questa parola, c'è anche in ognuno dei fatti da lui accennati, ogni qualvolta, chiamandoli espressioni, nel significato ordinario del termine, vengano con ciò solo assunti e riconosciuti come sintomi sensibili, come immagini rivelatrici, e per ciò solo estetiche, d'altri fatti più essenziali e importanti, ma celati, invisibili, impalpabili, immateriali, e perciò non estetici per sè stessi.

Così, sempre storcendo il significato dei termini, il Croce chiama « bello fisico » i monumenti dell'arte, le opere letterarie, pittoriche, musicali, scultorie, architettoniche; e le considera come mezzi, come stimoli, ad ovviare alle debolezze della memoria, a riprodurre le già prodotte espressioni od intuizioni estetiche interne, che sono l'essenziale, sono il bello, sono l'arte, sono la sostanza, sono la forma, sono tutto. Nè, per chi sia penetrato ben addentro nel suo pensiero, attra verso alle alterazioni del linguaggio, egli ha torto: poiché, in sostanza, egli non afferma altro, così, che questa vecchia e palmare verità: che nessuna cosa, naturale od artificiale, è bella in sè stessa, ma solo in quanto diventi un'immagine gradevole in un cervello, od in quanto di tale gradevole immagine ridiventi un segno, una manifestazione esteriore, capace di suscitarne altre simili in altri cervelli.

È in questo senso, e in questo senso soltanto, che si può capire, sebbene le parole dican l' opposto, come mai, secondo il Croce, chi chiama bella una campagna in cui respira a pieni polmoni, o dove il tepido raggio del sole l'avvolge e carezza, non alluda a nulla di estetico; perchè, dice lui, il bello naturale è un semplice stimolo della riproduzione estetica, come del resto anche l'opera d'arte esteriorizzata: e il vero bello è soltanto la visione interna che ne godiamo, sicchè l'uomo innanzi alla bellezza esterna, tangibile, è proprio Narciso al fonte, che si innamora di sè medesimo, credendo innamorarsi di cosa diversa ed estranea.

Ecco perchè (ma, ripeto, in tutto questo, all'infuori della forma paradossale, non c'è nulla di nuovo), ecco perchè la natura è bella solo per chi la contempli con occhio d'artista; ecco perchè, a seconda delle disposizioni dell'animo, uno stesso oggetto è ora espressivo, ora insignificante, ora di una data espressione, ora d'un'altra; ecco perchè un artista è rapito davanti a un ridente paesaggio, ed un altro davanti ad una bottega di cenciajuolo, e, se discutono dei loro gusti, anche allo infinito, non si persuaderanno mai a vicenda, avendo entrambi ragione; ecco perchè è scientificamente sciocco il discutere se il cane sia bello e l'ornitorinco brutto, brutto il carciofo e bello il giglio, o se l'uomo sia più bello della donna o viceversa: ogni cosa è ora bella, ora brutta, bella per uno, brutta per un altro, bella per un verso, brutta da un altro punto di vista; quella che è bella o brutta, è esclusivamente l'immagine interna, in quell'individuo, in quel momento.

E ciò è chiaro: ma non mette conto di porre per questo il dizionario in rivoluzione, quando si può benissimo sottintendere, anzi si sottintende sempre da tutti, come parlando del sorger del sole o d'altre apparenze siffatte, la verità scientifica attraverso la dicitura consacrata dall'uso.

* * *

La produzione dell'opera d'arte, del bello sensibile, o, per usar la parola del Croce, fisico, è talvolta istintiva e automatica, ed allora è di dominio della semplice psicofisiologia; ma altre volte è volontaria e preordinata: ed allora, soltanto allora, secondo il Croce, entra in connessione, quantunque sempre indiretta, con l'estetica, in quanto coi mezzi materiali, che costituiscono la tecnica artistica, mira a produrre degli stimoli di riproduzione estetica. La tecnica consiste dunque in questi mezzi materiali, non nella forma, non nello stile con cui si usano, che sono invece cosa spirituale, inerente alla visione interna, e quindi di competenza immediata e diretta dell'estetica generale. L'estetica, anzi, è sempre e solamente generale, cioè una; le tecniche sono particolari e diverse, suddivisibili all'infinito, come le arti in tutte le loro ramificazioni.

Le arti, poi, non hanno limiti estetici, ed è assurdo classificarle altrimenti che per la tecnica: tutti i volumi di sistematica artistica, proclama il Croce col solito tono reciso di califfo Omar, « potrebbero bruciarsi senza danno ». E la stessa cosa, cioè « giocherelli, per quanto alcuna volta giocherelli di filosofi valorosi », sono le discussioni sulla maggiore o minor potenza di questa o quell'arte, o di questa o quella associazione o combinazione d'arti diverse: la sola e capitale verità (e qui sono pienamente d'accordo col Croce) consiste nell'esperienza ogni giorno ed in ogni caso riconfermata, che ciascuna intuizione artistica, o, per esser più chiari, ciascuna inspirazione, ha bisogno di dati mezzi fisici per essere riprodotta; ci sono drammi, ad esempio, il cui effetto si ha dalla semplice lettura, ed altri che esigon la scena con tutti i suoi lenocini, parole, canto, orchestra, scenari, giochi di luce e di prospettiva; e ci sono effetti estetici raggiungibili con pochi tocchi di carboncino, ed altri che richiedono, per riprodursi, tutte le malizie della linea, tutte le meraviglie del colore, tutte le magie del chiaroscuro: senza che possa dirsi minimamente, che in generale sia maggiore la potenza di questi mezzi complessi, che di quegli altri semplificatissimi.

E qui torna in campo la tesi dell'utilità, della moralità e della libertà dell'arte: il Croce distingue, in proposito, recisamente, l'arte interna, l'arte pensata, dall'arte esterna, dall'arte effettiva: la prima è necessariamente, per definizione, libera come l'aria; l'altra è soggetta a scelta da parte di chi la pratica, come da parte di chi ne fruisce; della prima, non è giudice competente che l'artista medesimo; dell'altra tutto il pubblico, e per esso, e in suo nome, in certi casi che anche il Croce vorrebbe limitatissimi, la polizia.

*
* *

Ma, làsciando da banda la polizia e il suo giudizio, che, naturalmente, non ha nulla a che far con l'estetica, che cosa significa, in estetica, giudicare?

Significa riprodurre in sè l'immagine intuita ed estrinsecata da altri, e goderne come lui; l'attività giudicatrice, che critica e riconosce il bello, è la medesima attività che lo produce; genio e gusto sono sostanzialmente identici. Sicchè, quando l'artista e il critico non sono d'accordo, il torto è sempre del critico: se l'artista, in buona fede, trova bella l'immagine da lui prodotta, ed il critico no, ciò proviene dal non aver egli saputo mettersi, spiritualmente, nel medesimo punto di vista, nel non aver saputo eliminare i motivi perturbatori del proprio consentimento. La tesi è paradossale, e presa alla lettera, e grossolanamente intesa, farà la gioia di mille e mille poetastri, impiastricciatori di tele, creatori di mostri plastici e di laceranti disarmonie; ma in fondo, è giusta: perciè, se quegli incoscienti ranno realmente gioito immaginando e creando, un critico acuto e paziente arriverà sempre, come lo psichiatra coi pazzi, à comprenderle ed a spiegare le loro aberrazioni, vale a dire a partecipar vi per un attimo, ed a goderne, per quanto fugacemente, della loro visione morbosa od atavica.

In questo modo, il Croce arriva ad ammettere, sotto un certo aspetto, il bello assoluto. come un *quid* permanente cr'è al di là dei giudizi relativi, sempre superficiali e incompleti, e quindi arbitrari e fallaci: e questo *quid* è l'immagine (l'espressione, dice sempre il Croce), l'immagine interna dell'artista, alla quale, s'egli la trova bella, nessuno ra diritto di negare tale carattere estetico, se non riferendosi non più a lui, ma a sè stesso, e svestendosi così issofatto, della veste di critico.

Voi capite, da questo, che per essere critico perfetto bisognerebbe essere non più un uomo nè un superuomo, ma un pan-uomo, un uomo; cioè, capace di diventare, volta a volta, ciascuno degli altri uomini, per sentire, nel giudicarne le inspirazioni, precisamente ciò che sentivano, e al modo che lo sentivano, in quel momento in cui immaginavano, e in tutti quelli in cui lavorano a estrinsecare l'opera loro.

Ciò non essendo umanamente possibile, è almeno dovere del critico, secondo il Croce, procurarsi tutte le informazioni necessarie per intendere lo stato d'animo dell'artista, attraverso ed oltre l'opera sua.

La tela, la poesia, la statua, la pagina musicale, non sono che una parte dello stimolo esterno che le suggeriva all'artista, e che dovrebbe tornare ad agire intero sul critico; tutte le altre parti, e sono sovente le più efficaci, son costituite dalle condizioni storiche fra le quali sbocciava quell'opera, clima, paese, razza, costumi, istituzioni, credenze, stati di spirito collettivi ed individuali. La Madonna di Cimabue è sempre, tal quale, appena un poco annerita dal tempo, in Santa Maria Novella: ma quella Madonna è per noi, piemontesi, napoletani, veneti, sardi del secolo decimonono, l'oggetto medesimo che era pei fiorentini del decimoterzo?

Le opere d'arte effettive non sono dunque che segni vaghi, pieni di sottintesi, non intelligibili rettamente e completamente, se non dietro congrua preparazione: l'esercizio e lo studio acuiscono il senso e lo

intelletto del bello, e fanno vedere, come i miracolosi apparecchi del
Röntgen, ciò che riesce coi mezzi ordinari invisibile. Persino la tradizione, spezzata dai cataclismi storici, si riannoda, con la ricerca genialmente erudita; il passato risuscita dentro di noi con tutto il fascino delle immagini vive e moventi; e noi viviamo realmente fra gli
antichi ed in mezzo ai lontani... o per lo meno ne abbiam l'illusione,
finciè qualche nuova scoperta archeologica non ci riveli da Lipsia o
da Cambridge che avevamo noi pure lavorato allegramente di fantasia.

Ma, a parte lo scierzo, è certo grande la benemerenza della critica storica, ed essenziale la sua funzione idealmente reintegratrice
delle condizioni originarie di giudizio, cioè di rifacimento interno del-
l'opera degli antichi, nelle sue vere fattezze, nel suo autentico significato. Sicuro, che spesso, coltivata da faticoni senza genialità, essa
accumula molto ciarpame da rigattieri, molta zavorra da gravitare passiva e parassitaria sugl'incurvati scaffali delle biblioteche: sicuro, che
troppi ricercatori non nati a questo s'aggirano tutta la vita per i
cortili, le scale e le anticamere degli spiriti magni, senza riuscir mai
a trovarsi al loro cospetto: ma qualche volta, pure, anche costoro,
magari per puro caso, aprono il varco ad altri più svelti e più bravi,
dotati di miglior fiuto, muniti di più potenti commendatizie, i quali
penetrano, arrivano, vedono, sanno, e contraggono, fortunati, la piena
dimesticchezza coi geni.

L'erudito, il buongustajo, lo storico d'arte, rappresentan così come
tre stadi successivi di lavoro, ciascuno indipendente rispetto a quello
che lo segue, ma non rispetto a quel che precede: il primo, infatti,
può aver poco gusto, e gli basta un po' di criterio e molta pazienza
per la raccolta e classificazione dei fatti; il secondo comprende l'erudito, più una dose molto maggiore delle qualità proprie all'artista, ma
non è capace, a sua volta, di formulare una bella, densa, e suggestiva
pagina d'evocazione storica; il terzo comprende l'uno e l'altro, ma
aggiunge loro la facoltà creatrice, la virtù di rappresentare anche per
gli altri ciò che il secondo arriva appena a sentire per conto proprio.

Quest'ultimo, inoltre, non darà mai valore sintetico e sostanziale
all'opera propria, se non avrà trovato un suo personale punto di vista,
una sua idea teorica, a cui riferire, come a una sola stregua, i giudizi
diversi che a mano a mano dovrà formulare su artisti e su opere
contemporanei e successivi, come pietre miliari dei progressi e dei
regressi dell'evoluzione estetica, in confronto del proprio criterio.

Non una sola opera di storia dell'Estetica è stata fatta all'infuori
di questa esigenza, che non sia una semplice e vuota compilazione
scolastica: dove il criterio personale non è formulato, pervade sottinteso e insidioso ogni pagina, ed è allora ch'è anche più efficace e pe-
netrativo, sia pure a insaputa e a contraggenio di chi scriveva.

Alla personalità del criterio dello storico, conferisce del resto anche
il fatto, che essendo l'arte cosa d'intuito, ed essendo l'intuito individualità, e l'individualità non ripetendosi, la storia della produzione
artistica non può, come quella della scientifica, ch'è invece concate-
nata come un solo perenne ragionamento, rappresentarsi sur un'unica
linea progressiva e regressiva: nè lo Shakspeare segna un progresso
sull'Alighieri, nè il Goethe sullo Shakspeare; nè l'arte degli stessi
selvaggi è inferiore, come espressione dell'animo loro, a quella dei
popoli più civili; se Giotto non possedeva la linea impeccabile di Raffaello, nemmen Raffaello aveva l'anima tenera e ardente di Giotto.

Non vi ha dunque vero progresso estetico complessivo dell'umanità, tranne che voglia intendersi per progresso estetico quell'aumentarsi e capitalizzarsi ed estendersi della coltura storica, per cui noi possiamo ogni giorno più largamente simpatizzare coi prodotti artistici di tutti i popoli e di tutti i tempi. In questo senso, il secolo in cui nascemmo, e più propriamente il semi-secolo nostro, che gustò insieme l'arte egizia e l'indiana, l'ellenica e la romana, la bizantina e la moresca, il rinascimento e il barocco, il Settecento nostrano e l'arte dell'Oriente estremo e gli ultimi tentativi di rinnovazione e d'avvenirismo, ra certo segnato, anche in estetica, un periodo di progresso stupefacente e quasi vertiginoso, come nella scienza, come nell'industria, come nella politica.

*
* *

Ed è tempo, oramai, di concludere. A me la trattazione, che il Croce ha fatta della sua tesi originale ed ardita, non è parsa affatto scarna, com'egli pensa che debba sembrare agli abituati ai volumi di estetica, zeppi per nove decimi di materie estranee: l'ho trovata anzi esauriente, quantunque non sempre, nè in tutto atta a convincermi, rispetto al suo nuovo e singolare punto di vista, già tutto e chiaramente segnato dal sottotitolo di « Linguistica generale », ch'egli aggiunge al titolo di « Estetica come scienza dell'espressione ». Ogni espressione è infatti linguaggio, ed ogni linguaggio espressione, ed una sola è la scienza dell'unico fatto: gli stessi linguisti confessano che le leggi fonetiche non sono altro che leggi di gusto e di convenienza, cioè leggi estetiche; e il linguaggio, nel senso stretto della parola, non è che un'arte, un'arte estremamente diffusa, il più comun mezzo di espressione, fra dieci, fra cento, fra mille altri, fonici e mimici, grafici e plastici. Esso è, come quelli, e più di quelli in ragione degli innumerevoli collaboratori, un'immensa opera d'arte, in perpetua creazione: ogni nuova impressione l'arricchisce immediatamente d'una novella espressione; al di là e al di sopra del vocabolario stampato, piccolo campionario, meschino museo di esemplari linguistici imbalsamati, brulica e vive e si trasforma l'infinità delle maniere libere e naturali del dire; e ridendosi dei muriccioli e delle inferriate e dei richiami e dei bandi dei buoni guardiani puristi, quei piccoli esseri vivi ed inquieti, alati e migratori d'istinto, volano via d'ogni parte, passano le montagne ed i mari, s'insinuano separati od a frotte in mezzo ai congeneri dei paesi vicini e poi dei lontani, si confondono e si acclimano, si mescono in nozze bizzarre ed eterodosse, scompigliano tutte le regole, turbano tutte le classificazioni.

Lo stesso, naturalmente, accade per ogni altra arte: ed è per non averlo voluto francamente e coraggiosamente riconoscere mai, che di estetica scientifica se n'è fatta finora così poca. Affermazioni giustificate, dice il Croce, furono in ogni tempo qua e là sostenute con piena coscienza da rari individui geniali, ed anche da scrittori non filosofi, da critici d'arte, da artisti, dalla stessa opinione comune condensata e semplificata nei proverbi: a questa, anzi, ha attinto sempre il suo miglior patrimonio l'estetica veramente scientifica, dal tenue gruzzoletto aureo del penetrante empirismo d'Aristotele, alla possente divinazione del Vico, alle luminose analisi dello Schleiermacher, dell'Humboldt, del De Sanctis.

E basta questa pleiade di pensatori, a permettere d'affermare (è sempre il Croce, che parla) che la scienza estetica non è più da scoprire; ma l'essere così pochi, ignorati, contrastati, deve pure far riconoscere cr'essa è ancora agl'inizi.

Per parte mia, io mi sento un po' men pessimista: e lo stesso volume del Croce, che io qui amorosamente riassunto, il più che ho potuto con le sue stesse parole, e frequentemente discusso nella sua parte teorica, e molto studiato e sinceramente ammirato nella parte storica e critica; lo stesso volume del Croce, dico, malgrado la pesantezza di certe pagine e l'oscurità di talune altre, l'oltranza di certe conclusioni e l'enormità di taluni giudizi, mi conforta a dire, con lieto e fidente animo, che l'estetica è ben oltre agl'inizî, e che ormai è anzi una scienza formata e matura, quantunque, come ogni altra, suscettibile ancora di vasti rimutamenti e di numerosissime correzioni, di eliminazioni severe e di necessarissime aggiunte.

Io stesso ho mezzo rifatta, d'una in altra edizione, dalla prima, uscita in forma di polemica col Mantegazza, all'ultima tradotta in spagnuolo, e alle lezioni dell'anno scorso all'Università di Bologna, la mia *Estetica:* e ancora, si comprende bene, io non ne son soddisfatto che in parte, nè lo sarò finché mi rimarrà lena a studiare, ed occhi a vedere, e intelligenza a comprendere. Ma questo accade ad ogni pensatore coscienzioso, accadrà certo anche al Croce, accade anzi alla scienza ed alla filosofia nella loro formidabile totalità. Tutto si rinnova, tutto si corregge, tutto si evolve, tutto progredisce, sempre, all'infinito: ma per rinnovarsi bisogna essere, e per progredire bisogna andare. E l'Estetica è, e va.

Mario Pilo.

DI UN NUOVO VALICO APPENNINICO

PER L'ALTA ITALIA

Il 18 dicembre 1853, Vittorio Emanuele II Re di Sardegna ordinava
da Genova, Piazza Caricamento, che partisse il primo treno-merci con
carico di grano diretto al Piemonte, transitando per la Galleria dei Giovi
allora ultimata; e così veniva inaugurata la ferrovia Torino-Genova
che, pur essendo la prima costruita negli Stati Sardi, era tuttavia l'ultima e più completa espressione delle tecnica ferroviaria. Di quest'opera
il Re Carlo Alberto, che l'aveva ordinata a spese dello Stato, andò grandemente lodato, come ne fanno ancora fede le traccie di una iscrizione
latina che a caratteri cubitali era impressa sulle mura di una casa di
Isola del Cantone alla vista dei viaggiatori.

All'apertura della linea Genova-Torino tenne dietro a poca distanza
di tempo l'apertura della linea Alessandria-Novara-Arona, pure dello
Stato, e il tronco di linea Alessandria-Acqui, costrutto ad iniziativa privata. Nè qui si arrestò il movimento, chè furono tosto attivate le pratiche per la costruzione delle linee che hanno maggiore attinenza con
la Genova-Torino e la Alessandria-Arona e ne sono quasi la continuazione, come la Valenza-Casale e Casale-Vercelli, la Mortara-Vigevano
e quella importantissima da Alessandria e Novi a Stradella, incominciata nel 1856 e finita nel 1858; ed i fortunati eventi del 1859 la spinsero negli ultimi giorni di quell'anno fino a Piacenza e congiun-
sero con la linea Milano-Bologna. Gli stessi fortunosi avvenimenti
del 1859 affrettarono la congiunzione Novara-Milano, e videro sorgere
ben presto il progetto e l'esecuzione della congiunzione di Alessandria
con Pavia pel bivio di Torre Berretti in attesa che si potesse compiere
l'allacciamento Pavia-Voghera, molto più diretto e molto più importante per Genova e Milano, congiunzione che era ritardata dalla colossale opera d'arte necessaria per l'attraversamento del Po a Mezzana-
corti. E così, nel giro di pochi anni ed in meno di due lustri, Genova
si trovò allacciata ad una vera rete ferroviaria, alla quale la traversata dei Giovi aveva dato il primo impulso; del fatto avventuroso il
commercio genovese si valse subito con quella grande alacrità e solerzia
che tanto lo distingue, reclamando con insistenza e tenacia le opere
portuali che erano necessarie al traffico, a cui le nuove comunicazioni
facevano irresistibile invito. E qui è notevole come, malgrado l'insufficienza delle opere portuali, malgrado l'inerzia del Governo per costrurre
il nuovo porto, inerzia favorita grandemente dalla discordia cittadina
dei Genovesi circa il progetto da adottarsi, l'attivissimo commercio,
traendo partito d'ogni più piccola risorsa, era giunto ad esaurire completamente la potenzialità della traversata dei Giovi prima ancora che

la munificenza del Duca di Galliera venisse a rompere gli indugi per
la costruzione del Porto.

È noto infatti che verso il 1873 l'Amilhau, direttore generale del-
l'Alta Italia, per dar soddisfazione ai reclami fin d'allora insistenti e
vivaci del commercio genovese contro l'insufficienza della ferrovia,
ordinava al locale Ufficio tecnico di far lo studio di una succursale
alla traversata dei Giovi ed anche più specialmente di una succursale
alla tratta Pontedecimo-Busalla, ed è forse in base a questo studio
preliminarissimo che nella tabella delle linee di prima categoria della
legge Depretis del 1879 si vede annotata per venti milioni la succursale dei Giovi.

Non appena approvata quella legge, il Governo diede tosto opera
a far eseguire gli studi particolareggiati di una linea, che pur conservando il titolo di succursale riesci una vera nuova strada fra Genova
e Ronco, e più tardi si decise a farla costrurre anche per la spinta che
a lui veniva dall'apertura del valico del Gottardo, nel 1882.

Non è qui il caso di fare la storia di tutte le peripezie per le quali
è passata la costruzione della linea, nè delle lotte per la determinazione del suo tracciato e delle cause che fecero così enormemente superare la cifra delle prime previsioni del costo sia della linea che della
galleria di Ronco; a noi basta di notare che la linea fu finalmente
aperta nel giugno del 1889 con grande sollievo del commercio genovese e dell'Amministrazione ferroviaria, malgrado che nessun miglioramento ed innovazione fossero fatte alla tratta successiva Ronco-Novi.

Da questa rapida esposizione di date risulta che la traversata dei
Giovi dopo venti anni dalla sua apertura aveva la sua potenzialità esaurita, ed il commercio genovese altamente ne proclamava la insufficienza. Dall'anno 1873 al 1889, data dell'apertura della succursale dei
Giovi, trascorsero ben sedici anni, durante i quali il commercio di Genova
fu angustiato e depresso nel suo svolgimento, e, se pure andò aumentando, ciò avvenne a forza di ripieghi e di mezzi termini che ogni giorno
si andavano escogitando, ma sempre insufficienti all'uopo, e che del
commercio ritardarono l'incremento. E se la succursale dei Giovi portò
un reale sollievo a tanto male, e potè permettere di valersi largamente
delle opere portuali che nel frattempo si eran venute compiendo, non
è a meravigliarsi ora se, dopo poco più di dieci anni, anche le due linee
di Busalla e di Mignanego sieno diventate insufficienti, sicchè apparisce chiara la necessità di non aspettare altri sedici anni per provvedervi; perciè il commercio tende ora a crescere con proporzione molto
più rapida, e sarebbe colpa imperdonabile del Governo e delle classi
dirigenti se non vi si provvedesse in tempo utile e per sempre più
favorire questo rapido svolgimento che torna a vantaggio del paese.

Situazione attuale.

La situazione odierna ha molta analogia con quella del 1873: soltanto la questione sul modo di provvedere all'insufficienza delle linee
appenniniche è ora assai più avanzata che non fosse allora. Abbiamo
infatti i due progetti particolareggiati studiati sul terreno dalla Mediterranea: uno da Genova a Piacenza, l'altro da Genova a Novi per
Voltaggio e Gavi, ed una terza linea sommariamente indicata coi punti
Genova-Vallesecca-Rigoroso-Tortona, studiata sulle carte e assai cal-

deggiata dal Municipio di Genova. Ma questi progetti importando una spesa di cento milioni cadauno o giù di lì, prima di scendere al loro esame di confronto e di fare la scelta definitiva e reclamarne dal Governo la esecuzione, era necessario di addimostrare la insufficienza delle due linee attuali - la vecchia di Busalla e la nuova per Mignanego - e la imprescindibile necessità di un nuovo valico. Questo è il punto essenziale della questione sul quale conviene che sia esattamente illuminata l'opinione pubblica per averne dal suo unanime consenso quella forza operosa ed efficace che è la molla di tutte le grandi imprese.

E questo compito si è assunto la Commissione nominata dal Municipio di Genova nel marzo 1900, la quale coi suoi studi è venuta a dimostrare esaurientemente come i rapidi progressi dell'incremento del traffico genovese rendano fin d'ora necessaria un'altra via di sfogo, se non si vuole ostacolare e deprimere quell'incremento. Non istaremo noi qui a ripetere quanto è scritto in quella pregevolissima relazione, ma non possiamo astenerci di spigolare in essa dati e fatti sui quali ci pare conveniente di fare qualche osservazione ed aggiunta.

Prima di tutto va altamente lodata la Commissione perciè non siasi limitata al problema delle linee appenninice insufficienti al traffico ed abbia rivolto i suoi studi su tutto ciò che rende imperfetto ed insufficiente il servizio ferroviario, e ci ralleghiamo che siasi cosi esplicitamente pronunziata sulla eterna questione della mancanza dei carri in dotazione della Rete; mancanza che ra specificato in numero di ben 6000, a rimorchiare i quali occorrono almeno 120 locomotive ed è perciò necessaria una somma di almeno quaranta milioni, senza parlare del materiale necessario pel servizio viaggiatori. Di fronte all'entità della mancanza riescono di ben poco sollievo i suggerimenti di incertissima esecuzione che venivano dati da tante parti per meglio utilizzare il materiale esistente; e cadono appieno i gravami che erano fatti alla Società esercente, quasi che della grave jattura sua fosse la responsabilità.

Era d'altra parte evidente che ove senza preparazione si fosse inoltrato agli scali marittimi una tanto maggiore quantità di carri, i medesimi non avrebbero potuto essere manovrati e convenientemente utilizzati; sicciè la Commissione si sofferma a suggerire modificazioni alla disposizione dei binari e degli scali, dei tre scali di caricamento di Santa Limbania e di San Benigno, suggerimenti che sfuggono d'altra parte completamente alla competenza del pubblico e dei corpi elettivi deliberanti, e che debbono essere lasciati al giudizio degli appositi uffici del materiale fisso e delle disposizioni delle stazioni che siedono presso tutte le Amministrazioni ferroviarie, e che conoscono le modalità tecnice dei veicoli nazionali ed esteri, che devono essere ammessi a circolare sui binari e sugli scambi.

La Commissione municipale propugnò altresì l'apertura di nuove linee di comunicazione fra gli scali del porto e le linee esistenti, come quella già suggerita dalla Commissione Gadda del 1896 ed ora in corso di costruzione, la quale, evitando la strozzatura di San Pier d'Arena, mette in comunicazione i ponti Caracciolo, Assereto e Colombo con il parco del Campasso, con la vecchia linea dei Giovi e con la succursale.

La Commissione reclama inoltre una nuova comunicazione fra le calate orientali del porto e la Rete ferroviaria e si diffonde largamente sulla necessità ed urgenza di un nuovo tronco di linea ferroviaria per

la valle del Bisagno collegata direttamente con le calate orientali del
porto: ma, aumentato il numero dei carri, aumentate le comunicazioni
e i binari di servizio negli scali del porto, aumentata anche di poco
la potenzialità del porto con le opere contemplate nella convenzione
20 agosto 1898, la insufficienza degli attuali valichi appenninici si addi-
mostrerà subito evidente. Ed è su questa questione che crediamo utile
di soffermarci di proposito.

Necessità di una nuova traversata dell'Appennino.

La Commissione municipale di Genova, sulle traccie della relazione
Gadda del 1896, mette in rilievo come le previsioni sull'aumento annuo
medio del movimento commerciale del porto di Genova sieno state
grandemente sorpassate nella pratica, e conclude che mentre la Commissione Gadda aveva previsto pel 1903 un movimento portuale di
tonnellate 3.550,000 e pel 1913 di tonnellate 4,550,000, si ha invece
nella pratica un incremento che ci fa presagire come già abbia a verificarsi nel 1903 il movimento assegnato al 1913. Questo fatto è di capitale importanza, tanto più che l'incremento si è verificato sempre in
condizioni tali da non dare mai piena soddisfazione alle esigenze del
commercio, ma obbligandolo invece ad agitarsi e svolgersi fra ristret-
tezze d'ogni maniera, causate dalla mancanza dei mezzi portuali e di
trasporto ferroviario, ed è a ciò dovuto se, per esempio, il transito del
grano per la Svizzera ed anche in parte per la Germania è sempre incerto
di adottare definitivamente la via di Genova.

Questo fatto importantissimo prova che il commercio genovese ra
saputo usufruire di tutti i mezzi maggiori che gli si sono venuti offerendo,
mentre si mantiene industre e paziente per trovare i rimedii e gli espedienti che gli permettano di sempre progredire, anche colla mancanza
di nuovi impianti. Ma questa condizione di cose va un limite oltre il
quale è giocoforza arrestarsi.

La Commissione municipale fa notare come la Commissione Gadda,
in base all'aumento verificatosi nel decennio 1884-1893, avrebbe potuto
prevedere un aumento medio annuo di 200,000 tonnellate nel movimento commerciale del porto, e che per prudenza ra ridotto a sole
144,000, e che nel fatto l'aumento nel sessennio 1893-1899 fu di molto
superiore, poichè raggiunse ed oltrepassò le 300,000 tonnellate all'anno
nella media complessiva: e ritenendo troppo breve il periodo di soli
sei anni trascorsi dopo il 1890 e prendendo a considerare il periodo
dal 1884 a tutto il 1899, l'incremento risulterebbe di 185.000 tonnellate
all'anno, in base al quale si potrebbe presagire un movimento di 5,800,000
tonnellate pel 1903 e di 7,600,000 tonnellate pel 1913; ma si limita tuttavia a presagire un movimento ferroviario di tonnellate 3,700,000 e di
5,100,000 rispettivamente per gli anni 1903 e 1913 e, traducendo le tonnellate in numero di carri da 11 tonnellate; cosi che si dovrebbero caricare nel 1903 carri 340,000 e carri 465,000 nel 1913, ciò che dà, per ogni
giorno lavorativo dei 295 che si contano nell'anno, un carico medio
rispettivo di 1150 e 1600 carri, oltre quelli in arrivo che sono fra i 200
ed i 250 al giorno. Ma il carico non può compiersi tutti i giorni in modo
uguale ed è necessariamente fluttuante, poichè vi sono delle stagioni
di maggiore e minor lavoro, e vi sono in tutto l'anno delle giornate
di ozio forzato pel mal tempo, che deve poi essere compensato con

altre giornate di maggior lavoro; ciò premesso, e tenuto conto d'un aumento di 50 carri al giorno, per ogni anno, fissò nella cifra di 1520 il numero dei carri in partenza dal porto nel 1903 come presumibile necessario a soddisfare le esigenze del commercio, ed alla cifra di 2020 il numero necessario nel 1913, pure affermando che già sin d'ora si sente la necessità di cifre maggiori; assegna per l'anno corrente un bisogno del commercio di poter caricare 1400 carri al giorno e poterne caricare 2000 nel 1910.

Ma, quantunque soltanto l'82 e mezzo per cento dei carri caricati in porto sia avviato oltre l'Appennino, e tenuto conto che mandano carri a Novi ed oltre anche le fermate di San Pier D'Arena e le linee litoranee, massime quella di levante, ne conchiude, che il movimento in transito attraverso l'Appennino sarà in numero di carri uguale al movimento di carico del porto, cioè di 1400 pel 1902 e 2000 pel 1910.

Ma qui nasce la domanda: le linee attuali da Genova a Novi sono esse capaci di smaltire fin d'ora oltre ai treni passeggieri un numero di 1400 carri al giorno? e potranno smaltirne fra otto anni 2000?

Questa è la questione.

Le potenzialità delle due linee da Sud a Nord e più precisamente da Genova a Ronco è così valutata dalla Amministrazione ferroviaria con criteri pratici. Oltre al servizio dei viaggiatori per là succursale si possono far transitare 38 treni in doppia trazione di 25 carri ciascuno, e così nella giornata il transito è di 950 carri. Sull'antica linea di Busalla, concentrando in essa un maggior numero di treni viaggiatori, si possono far passare 15 treni di 16 carri e così carri 240, in totale per le due linee carri 1190.

A sollievo del porto si possono inoltrare per la linea di Acqui altri 220 carri (20 treni di 11 carri a semplice trazione), in totale 1410.

Nella seduta del febbraio 1901 il ministro Lacava, certamente in base ai dati che gli eran forniti dallo Ispettorato, annunciava la potenzialità attuale delle due linee di Pontedecimo e di Mignanego in 1250 carri e dichiarava che, con l'applicazione della ventilazione artificiale nelle due gallerie dei Giovi e col blocco nella succursale, si sarebbe raggiunta la potenzialità di 2000 carri al giorno; nè mancò chi, con solo fantastico, oltrepassò anche tale cifra: il che vuol dire che, anche accettando queste cifre, la potenzialità dei Giovi è già fin d'ora esaurita e che lo sperato aumento fino a 2000 carri corrisponde appena appena ai bisogni del 1910.

Da ciò si fa evidente la necessità di provvedere fin d'ora ai bisogni del maggior porto del Regno, al movimento industriale e commerciale della grande valle padana, ed al movimento delle merci inoltrate ai mercati transalpini, per evitare gli enormi danni che patirebbe il paese da ogni eccessivo ritardo, per la necessità di porre fin d'ora netta la questione di un nuovo valico appenninico che da Genova metta nella valle della Scrivia.

Ed a questa conclusione è venuta la Commissione municipale, pur ammettendo che con qualche variante nella disposizione di servizio, e con l'applicazione del blocco nella succursale possa aumentarsi la potenzialità delle linee attuali, basata sull'esempio di quanto avveniva sulla vecchia linea, negli ultimi mesi precedenti l'apertura della succursale. Quanto al blocco la Commissione mostra scarsa fiducia in un grande giovamento alla potenzialità della succursale dal blocco, e considera non senza ragione che la presenza simultanea in galleria di quattro locomotive Sigl e l'entrata immediatamente successiva di altre due, appena che le prime due ne siano uscite, vi creeranno dopo pochi treni un tale ambiente da far dubitare seriamente che il personale di macchina e del treno ed il personale del blocco vi possano leggere. E si noti che a questa conclusione la Commissione municipale è arrivata consultando dati e statistiche d'ogni maniera e con studio minuzioso e diligente di tutti i fatti attinenti al movimento del porto e delle ferrovie. Ora a questa conclusione, a cui ci riferiamo completamente, noi aggiungeremo qualche altra considerazione che non crediamo del tutto senza interesse.

Per far la parte migliore ai treni merci nella traversata dell'Appennino si sacrificano i treni viaggiatori e, mentre nell'orario citato dalla Commissione si notano soltanto 5 treni viaggiatori in ascesa sulla vecchia linea e 9 sulla succursale, e così in complesso 14, già nell'orario invernale dell'anno scorso se ne contavano ben 19, esclusi gli speciali che si devono fare tanto di frequente in occasione di esposizioni, di feste pubbliche, di pellegrinaggi ecc., ecc. Eppure il servizio viaggiatori fra Novi e Genova è importantissimo, tanto più che l'apertura del Gottardo ha portato all'Italia una vera fiumana di passeggieri, che si spandono sulle due riviere, o si rivolgono verso Roma e Napoli.

Il grande servizio dei viaggiatori da Milano e da Torino per Genova ed oltre è angustiato fra Novi e Genova dal fatto che mentre i treni delle due distinte provenienze dovrebbero giungere contemporaneamente a Genova per prendere la coincidenza coi treni per Pisa-Roma, da una parte, e per Ventimiglia dall'altra parte, giunti a Novi si trovano nelle alternative o di essere riuniti in un sol treno, o di essere fatti proseguire separati alla minima distanza regolamentare di venti minuti.

Ma per le lunghe manovre necessarie a Novi alla riunione dei due treni e per la loro pesantezza per la loro pesantezza che anche con un traino in doppia trazione obbliga a ridurre la velocità della marcia, il partito della riunione dei due treni, non più conciliabile con le attuali esigenze, è stato abbandonato o quasi, massime pei treni viaggiatori di maggiore importanza, e l'inoltro separato dei due treni implica a sua volta gravissime perdite di tempo: basti dire che i passeggieri giunti a Genova col treno che precede devono attendere ivi almeno 40 minuti. Questo stato di cose è egli conciliabile con la grande importanza di quel traffico in passeggieri?

Non lo crediamo; ma v'ha di più: la statistica del 1899 segna pel traffico Novi-Genova un prodotto di quasi 13 milioni, e tenuto conto dell'aumento nei due anni 1900-1902 e del fatto che la distanza fra Novi e Genova è all'incirca di 53 chilometri, non si esagera valutando il prodotto chilometrico di quella linea in 250,000 lire, che nel percorso Ronco-Genova è ripartito fra due linee distinte, ma che nel tratto Ronco-Novi, di 27 chilometri, deve passare tutto su una linea sola. Non sappiamo trovare riscontro di altra linea gravata da così enorme traffico; e questo fatto basta solo a dimostrare come sia necessario ed urgente di venire in aiuto sopratutto di quel lungo percorso: il sistema del blocco potrà rendere, è vero, più regolare ed anche più sicuro il movimento dei treni che lo percorrono, ma non diminuire il gravame che l'opprime, al quale è solo rimedio adatto il raddoppio dei binari, con che si darà anche piena soddisfazione al movimento dei viaggiatori, ora tanto angustiato e che pur merita una seria considerazione, rendendo da solo fra Novi e Ronco ben lire 50,000 al chi-

lometro, poiché con le due linee intieramente distinte fra Novi e Genova
i treni delle due provenienze di Torino e Milano potranno essere avviati
separatamente almeno fino a San Pier d'Arena. Ma non vi è alcuno
al certo che voglia proporre di raddoppiare la linea fra Novi e Ronco
senza preoccuparsi del raccordo con l'altra linea che deve costruirsi in
aiuto delle due già esistenti nel versante Sud, niuno v'ha di certo che
possa suggerire di disgiungere la questione dei due versanti dell'Appennino, ambedue in condizioni infelicissime e troppo al disotto del
lavoro che devono disimpegnare; mentre il problema deve essere considerato e risolto nel suo insieme, comprendente i due versanti; ed il
sovracarico di lavoro veramente eccessivo che affatica la linea al Nord
determina l'urgenza di provvedimenti tanto per questo versante quanto
per l'altro. Noi riteniamo, che sarebbe colpa grave dei poteri dirigenti
se non fosse riconosciuta questa urgenza e non fossero tosto troncati
gli indugi. E per meglio avvalorare la nostra asserzione ci facciamo
debito di segnalare un altro grave pericolo che minaccia il servizio dei
trasporti.

Il carico che ora si effettua nel porto può ritenersi in 1200 carri
al giorno, e siccome il numero dei carri che si caricano in porto corrisponde appunto, giusta le osservazioni della Commissione municipale,
al numero dei carri che si presentano per traversare l'Appennino, così
sono appunto 1200 carri che la ferrovia deve trasportare giornalmente
da Genova a Novi. D'altra parte, stando alle indicazioni dell'Amministrazione ferroviaria riportata dalla Commissione municipale, si possono
far passare nella vecchia galleria dei Giovi 15 treni merci e 33 nella
succursale, con i quali si trasporterebbero 1190 carri, o in cifra tonda
1200 carri, oltre il servizio dei viaggiatori. E stando. ai bollettini del
carico del porto di Genova che vengono pubblicati regolarmente, i 1200
carri, essendo ora normalmente raggiunti e normalmente inoltrati
attraverso l'Appennino, se ne dovrebbe dedurre che giornalmente si
effettuano i 15 treni nella vecchia galleria e i 38 nella succursale. Invece questo fatto non si verifica nè punto nè poco, perchè i 53 treni
del programma, avendo tutti un orario fisso, basta che un treno viaggiatori ritardi di pochi minuti perchè il treno merci che lo deve seguire
perda il suo turno e resti soppresso; basta che si effettui un treno
speciale da Genova a Novi, basta che in uno dei 53 treni si manifesti
un'anomalia qualsiasi che ne ritardi la partenza, perchè avvengano
altre soppressioni, in seguito alle quali i treni non effettuati lasciano
alla base della salita i carri che dovevano trasportare; la stessa cosa
si ripeterà in maggiore o minore scala il giorno dopo e la rimanenza
dei carri da trasportare crescerà di giorno in giorno, finchè lo *stock*
dei carri rimasti indietro toccherà il suo massimo al sabato sera, se
durante tutti i sei giorni lavorativi della settimana il mal tempo non
avrà interrotto il lavoro di carico. Ma, sopraggiunta la domenica e ces-
sando per antica consuetudine il carico nel porto in tale giorno, e la
ferrovia continuando il suo lavoro, trova agio per trasportare i carri
rimasti indietro, e così riesce a rimettersi settimanalmente in corrente;
così se la ferrovia, che si suppone lavori al suo massimo di potenzialità, non dà luogo a troppo gravi inconvenienti, se ne deve trovare la
ragione nel fatto che la ferrovia trasporti in sette giorni la merce che
in porto viene caricata soltanto in sei. E guai se questo sussidio venisse
a mancare! i ritardi, i danni e i reclami sarebbero enormi, nè impro-
babili anche gravi disordini.

Il quale sussidio mancherebbe affatto qualora fosse proclamato obbligatorio il riposo festivo per tutti i lavoratori. Ed il legislatore farebbe opera dannosa al paese, se non sanzionasse l'eccezione pei ferrovieri, almeno fino a quando non siasi convenientemente rafforzata la potenzialità delle linee dei Giovi.

La nuova linea.

Da qualunque parte dunque si consideri questa questione la necessità e la urgenza di una nuova linea si fa sempre più chiara ed evidente.

Nel modo stesso che quando fu decretata la succursale dei Giovi nacquero subito varii progetti a contendersi la preferenza, così ora abbiamo visto risorgere con più accanimento il progetto di una linea Genova-Piacenza, che la Mediterranea ha fatto studiare, e quindi la Genova-Voltaggio-Novi pure studiata per cura della Mediterranea. Non crediamo che sia già venuta l'ora della linea Genova-Piacenza e vediamo che la stessa Commissione municipale la mette in disparte, proclamando che la nuova linea deve sboccare in Valle Scrivia per passare da questa nella Valle del Po. Ma in opposizione alla linea per Voltaggio un'altra ne propone che si estende da Genova a Tortona e che si presenta come direttissima.

Questa linea si staccherebbe dal porto e, percorrendo per 3100 metri il tracciato in corso di costruzione, uscirebbe poscia dal parco del Compasso e con un percorso di 8 o 10 chilometri in Valle Polcevera e, in parte, in Valle Secca entrerebbe alla quota di metri 86. 68 nella grande galleria del valico della lunghezza di 18,600 metri e sboccherebbe in Valle Scrivia presso Rigoroso alla quota 230 metri sul livello del mare; la linea scenderebbe quindi a Tortona come linea piana, dopo un percorso complessivo di 58 chilometri dal mare, con un abbreviamento di circa 11 chilometri sulla linea attuale per Novi e di 12 sulla linea progettata per Gavi. A Nord di Rigoroso ed alla distanza di 4600 metri dallo sbocco della grande galleria si dipartirebbe il tronco di raccordo colla stazione di Serravalle della lunghezza di 2650 metri con profilo orizzontale; dal mare a Novi si avrebbe così la distanza di 44.890 metri, con un risparmio di 6202 metri sulla linea succursale dei Giovi e di quasi 9 chilometri in confronto della linea per Voltaggio; e mentre quella ha la pendenza del 16 per mille allo scoperto e del 12 per mille in galleria e la linea per Gavi è progettata del 9 per mille allo scoperto, dell'8 per mille nelle brevi gallerie e del 7.60 per mille nella galleria del valico, - la direttissima avrebbe soltanto l'8 per mille all'esterno ed il 7.70 per mille nella galleria lunga; i raggi minimi sarebbero per la succursale metri 300, per la linea di Gavi 500 e per la direttissima 750; e le gallerie del valico sarebbero lunghe rispettivamente metri 8297 - 9980 - 18,600.

Punti culminanti.

Succursale . . . . 324. »
Per Voltaggio-Gavi. . . . 313.40
Direttissima . . . . . . 230. »

con una differenza di metri 83.40 in confronto della linea per Gavi e di metri 94 in confronto della succursale. Questa minore altezza sul maie basteiebbe già a spiegaie in paite la minoie lunghezza della diiettissima in confionto delle altie due linee e dà luogo a più iilevanti disciepanze nel confionto delle lunghezze viituali, e nella spesa del lavoio dinamico per effettuaie il viaggio. Appoggiati a questi confionti, i fautoii della diiettissima spingono ben più oltie le loio aspiiazioni e pioclamano esseie conveniente di costiuiie una linea diietta Toitona-Milano ed esseie necessaiio costrurre tosto il tionco Toitona-Moitaia, evidentemente allo scopo di fai usufiuiie dei vantaggi della diiettissima il tiaffico dei due valicii alpini del Gottaido e del Sempione. Ma a quest'uopo noi iiteniamo ancoia più utile di coiieggeie l'andamento altimetiico della linea attuale Moitaia-Novaia-Aiona sviluppandola con pendenza unifoime e mitissima lungo la destia sponda del Ticino sino ai piessi di Sesto Calende, evitando così la inutile e dannosa contiopendenza di 90 metii di altezza che' si iiscontia passando per Vaiallo-Pombia: e cii più ne ia più ne.metta!

Ma noi non esitiamo a diciiaiaie che così ponendo la questione, che confondendo quello che è veiamente necessaiio, uigente ed indispensabile con un ideale molto teoiico e di una utilità molto dubbia, peiciè mentie favoiiiebbe il movimento di tiansito nuoceiebbe ai maggioii ed ai minoii centii locali, non se ne affietta la soluzione e, quel che è peggio si fa nasceie anciie il dubbio sulla iealtà dei bisogni a cui si tiatta di daie pionta soddisfazione.

La questione invece sta così: Il movimento nel poito di Genova ciesce sempie più in iagione dei mezzi che gli vengono foiniti; il poito deve essere ingiandito o meglio utilizzato: nuove stiade di comunicazioni che ne facilitino il movimento si stanno costiuendo, il numeio dei caiii a disposizione del tiaffico si va aumentando: non vi può quindi esseie dubbio che il movimento si faià sempie maggioie; per contio la potenzialità delle due linee che dal poito e da Genova mettono a Novi è già fin d'oia esauiita e con giavissimi inconvenienti si potià seiviie quell'aumento di traffico che non si potià impediie che si sviluppi nel tempo necessaiio alla costiuzione di una nuova stiada che si invoca come necessaiia ed uigente dal Goveino già foise in iitaido nel poiii mano. Ma a noid di Novi il tiaffico del poito tiova una inteia iete di feiiovia che senza inciampi e senza difficoltà gli dà sfogo; questa iete, come tutte le cose di questo mondo, ia dei piegi e dei difetti assai pieclaii, ma nessuno ia mai pensato fin'oia ad accusaila di insufficienza agli scopi cui è destinata; e la potenzialità di questa iete è tale che per lunga seiie d'anni non saià esauiita, poiciè il tiaffico attuale sulla Novi-Alessandiia si aggiia ora sulle 90,000 liie a ciilometio e sulla Novi-Toitona-Vogieia-Milano sulle 110,000, cifie queste che sono ancoia ben distanti dalle 250,000 liie che si iiscontiano sulla Novi-Ronco, linea che pur è in condizioni altimetriche e planimetiiciie di gian lunga infeiioii alla Novi-Toitona e Toitona-Milano.

Dopo queste consideiazioni noi iiteniamo inutile per oia il nuovo tionco Bivio-Seiiavalle-Toitona, e pur iitenendo meiitevole di consideiazioni e di studi il concetto della diiettissima, ciediamo debba essere limitata nel veisante Noid da Rigoioso a Seiiavalle. Tutto al più, potià aggiungeisi un binaiio od anciie due alla tiatta di 7 ciilometii che coiiono fia Seiiavalle e Novi, la qual cosa non saià per iiciiedeie giavi spese, poiciè su questa tiatta non vi sono giandiose opeie d'aite da iaddoppiaie.

La difficoltà di un nuovo valico.

La grave ed enorme difficoltà che si riscontra al compimento di un nuovo valico attraverso l'Appennino è tutto d'ordine finanziario e consiste nella ritrosia ed anche nella impotenza del Governo a concedere i fondi occorrenti; ed è quindi giusto ed equo che non gli si chieda nulla oltre il necessario; come pure è ovvio che il Governo valuti gli oneri che rappresenta il tronco Bivio-Serravalle-Tortona e si rifiuti ad affrontarli. Essi sono:

1° La spesa capitale per la costruzione che, tenuto conto della grandiosa stazione in valle Scrivia presso Rigoroso, non salirebbe a meno di dieci milioni (10,000,000);

2° La maggior spesa che occorrerebbe per l'esercizio di due linee serventi al medesimo traffico;

3° Il minor gettito delle tariffe per la maggior brevità da 5 a 6 chilometri della nuova linea. Si ritiene che l'onere derivante per questi due fatti non sarebbe minore di 500 a 600 mila lire all'anno, che capitalizzato rappresenta un aggravio al Governo proprietario della linea già esistente d'almeno altri 10 milioni: e così il Governo con la costruzione del tronco Bivio-Serravalle-Tortona andrebbe incontro ad un aggravio di 20 milioni che non è per nulla giustificato e che non sarebbe che in pochissima parte compensato dalla minor spesa d'esercizio della linea più breve e più facile. Nè si obbietti che mettiamo a carico del nuovo tronco la sua minore lunghezza, mentre questa brevità dovrebbe essere tutta a suo vantaggio, perciè se ciò è vero teoricamente ed a caso vergine, la cosa è ben diversa nel nostro caso concreto, perciè il nuovo tronco non può considerarsi altrimenti che una scorciatoia del tronco esistente perfettamente adatto e largamente sufficiente al traffico che deve servire, e per il pubblico quella scorciatoia non rappresenta che una minor spesa di trasporto, equivalente ad una riduzione di tariffa che non è reclamata dal commercio nè necessaria al suo svolgimento. E di ciò è prova il fatto che la succursale dei Giovi, che pure non ha apportato alcun vantaggio alla tariffa, ha tuttavia dato un grandissimo svolgimento al lavoro del porto, come ne è prova l'altro fatto che non abbiamo mai assistito ad una vera agitazione per ottenere ribassi di tariffa mentre invece assistiamo periodicamente a grandi agitazioni per ottenere un servizio più largo e sufficiente ai reali bisogni del traffico che non possono essere soddisfatti dai mezzi attuali; e quando proprio insorgesse la questione della tariffa il Governo, fra tre anni, cioè al 1° luglio 1905, potrebbe dare una soddisfazione equivalente a quella dell'abbreviamento della linea per Tortona, abbandonando 6 chilometri di lunghezza virtuale, che ora aggravano tutte le merci che si caricano nel porto a vantaggio di tutto il commercio, e non soltanto di quello diretto a Milano ed a Piacenza.

Lasciando così in disparte per ora il tronco Serravalle-Tortona, ci troviamo di fronte alla proposta di una nuova linea, *Stazione Campasso-Serravalle,* che può benissimo essere presa in esame in confronto di altri progetti e massime di quello *Voltaggio-Novi.* Non risultando dalle indicazioni date dalla Commissione municipale come la nuova linea venga raccordata con le linee viaggiatori che toccano San Pier D'Arena e le due stazioni di Genova, dichiariamo anzitutto che questo raccordo è necessarissimo, perciè se la nuova linea venisse adottata e costrutta non potrebbe essere esclusivamente adibita al servizio merci, ma dovrebbe anche tornare utile pei viaggiatori che sono e dovranno sempre più essere una fonte di larghi vantaggi per Genova e le riviere. D'altra parte l'abbandono del nuovo tronco proposto Serravalle-Tortona non pregiudica l'avvenire, perciè quando se ne sentirà la necessità potrà sempre essere costrutto.

La linea direttissima.

La linea direttissima proposta dalla Commissione municipale, anche ridotta alla sola tratta Genova e Serravalle e convenientemente raccordata fra Rivarolo e San Pier d'Arena agli esistenti binari viaggiatori, presenta tali vantaggi di brevità, di minor altezza del punto culminante e di minor declività nel profilo che spiegano come la stessa abbia subito trovato così largo favore e così ardenti sostenitori.

Questi pregi sono reali, ma per ottenerli bisogna ricorrere a mezzi sui quali pesano delle gravissime incertezze che possono anche sconsigliare l'adozione di quella proposta. Quella combinazione è tutta basata su una galleria lunga 18,600 metri, ed è appunto su questa galleria che pesa l'incertezza del costo, l'incertezza del tempo occorrente a costruirla, l'incertezza della potenzialità d'esercizio ; e su queste tre incertezze diremo francamente la nostra opinione, non fosse altro che per ottenere che i fatti che debbono chiarirle od avvalorarle vengano con competenza, scrupolo ed esattezza studiati, onde poter giudicare le difficoltà con piena e sicura cognizione.

La valutazione della lunga galleria in lire 3000 al metro trova un qualche riscontro nel prezzo della galleria che si sta perforando al Sempione, che va una lunghezza presso a poco uguale a quella della direttissima, essendo di circa 19 chilometri in cifra tonda. Ma le condizioni delle due località sono così disparate che diventano impossibili i confronti. Al Sempione si incontrano importanti corsi d'acqua ai due imbocchi che danno forza motrice in quantità per azionare i potenti meccanismi della perforazione e della ventilazione: il gneis d'Antigoro che si incontra per una grande lunghezza del Sempione è molto adatto alla perforazione, poiciè nel medesimo si raggiunge perfino un lavoro di avanzamento da 5 a 6 ed anche 7 metri al giorno, ciò che contribuisce largamente ad una diminuzione di prezzo. Ma se invece della roccia solida si presenta la roccia in decomposizione o spingente che richiegga più o meno robusti puntellamenti, ogni preventivo di spesa e di tempo scompare: la qual cosa avvenne or non è molto al Sempione dal lato Sud, dove, vinta appena una grande difficoltà cagionata dall'incontro di potentissime sorgenti d'acqua, si cadde su un terreno nel quale l'avanzamento fu per più giorni poco o nullo.

La natura del terreno che deve attraversare la galleria della direttissima è tale che sarebbe quasi inconciliabile con la perforazione meccanica, alla quale inoltre converrebbe provvedere con ingente spesa la forza motrice pei meccanismi; forza che non sarebbe fornita dai corsi d'acqua; e perciò gli autori del progetto propongono di eseguirla mediante pozzi, dei quali tre hanno le considerevoli altezze di 245 metri, 250 e 265 con nuclei dei quali uno raggiunge perfino i 4695 metri. E perciò la nuova galleria e per la qualità dei terreni in cui deve essede scavata e pei metodi di costruzione trova maggiore analogia con le due gallerie: la vecchia di Busalla e la succursale, compiuta da pochi anni, ed il costo di quest'ultima dovrebbe essere come il punto di partenza per la valutazione della nuova, per la quale tenendo conto della tanta profondità dei pozzi e della gran mole dei lavori a compiersi che per necessità dovranno accelerarsi oltre l'ordinario, non si esita a dire che il prezzo della nuova galleria sarà più vicino alle 4000 lire che non alle 3000 lire al metro corrente. Se poi si incontrerà il terreno che attraversa e la vecchia galleria di Busalla e la succursale (e perchè non dovrebbe incontrarsi?) allora la valutazione crescerebbe ancora; e se per fissare le idee ci atteniamo alla cifra di 4000 lire riteniamo di stare piuttosto al disotto che al disopra del vero, e staremo certamente sopra queste cifre se si terrà conto dell'interesse dei capitali spesi durante la costruzione, alla quale maggior causa di spesa contribuirà anche il maggior tempo richiesto pel compimento dell'opera. Non esitiamo per altro a dichiarare che il Governo, appaltando quel lavoro, potrà assegnargli a piacimento lire 4000 o lire 3000 al metro e troverà accorrenti che vi faranno ancora forti ribassi, ma il Governo appalterà delle gravissime liti che faranno ammontare i lavori anche oltre alle cifre sopra indicate. La succursale dei Giovi insegni.

E quale sarà il tempo necessario pel compimento dell'intero lavoro? Stando agli esempi della pratica, si può assegnare alla escavazione dei pozzi un progresso di 2 metri alla settimana; mediante questo lavoro i tre pozzi più profondi potrebbero essere scavati in due anni e sette mesi, ai quali bisogna ancora aggiungere almeno un altro mese per compiere il cunicolo laterale che deve raggiungere l'asse della galleria. Dopo ciò si attaccherebbero i nuclei con un avanzamento variabile da 20 a 30 metri al mese e mediamente con un avanzamento di 25 metri: ed il maggior nucleo di 4675 attaccato dalle due parti con un progresso complessivo di 50 metri al mese potrebbe essere scavato in sette anni e nove mesi e mezzo, e perciò il totale tempo necessario sarà di dieci anni e cinque mesi e mezzo, o in cifra tonda dieci anni e sei mesi, per dar tempo ad armare l'ultima tratta. Ma volendo far la parte alla grande necessità di accelerare il compimento dell'opera, si adopereranno mezzi fuori dell'ordinario e saranno pure sempre necessari almeno nove anni perchè, anche ove si potesse maggiormente progredire nello scavo dei nuclei, l'enorme aumento che ne verrebbe al servizio dei pozzi per l'estrazione della maggiore quantità di materie scavate, e per l'introduzione dei materiali di puntellamento e di costruzione dei rivestimenti, non tarderebbe a rallentare il lavoro di scavo anche se si volesse ancora aumentare il prezzo dell'intero lavoro.

Se poi il terreno cattivo decomposto e fortemente spingente si incontrerà nello scavo dei nuclei o dei pozzi, per lunghezza alquanto ragguardevole, allora ogni previsione sul tempo come sulla spesa diventa vana ed illusoria. Il fatto verificatosi ora al Sempione dal lato Sud giustifica questo sconforto.

Per calcolare la potenzialità della galleria la Commissione è partita da premesse esagerate e da ipotesi affatto arbitrarie e non confermate da alcuna esperienza. Si assegna ad un treno in doppia trazione, trainato da macchine Sigl, 45 carri ed una velocità di due minuti a chilometro. Ora è a notarsi che si tratta di vincere una pendenza del 7.70 per mille per quasi 19 chilometri di lunghezza in galleria; questa pendenza equivale per lo meno al 10 per mille all'aperto. Questi as-

segni sono forzati, perciè vediamo sulla tratta Villafranca-Villanova
della linea Alessandria-Torino lunga 10 chilometri e mezzo e con la
pendenza del 10 per mille e tutta all'aria libera, assegnato ad un treno
con macchina Sigl in doppia trazione soli 40 carri ed una velocità di
20 chilometri all'ora, cioè di tre minuti a chilometro; perciè dunque
si faranno maggiori assegnamenti nella percorrenza della galleria lunga
quasi il doppio della tratta Villafranca-Villanova? Perciè si dimentica
che un dato sforzo che può fare la locomotiva diminuisce d'intensità
a misura che si allunga il percorso? Riducendo dunque gli assegni al
loro giusto valore, avremo che 40 carri percorreranno la intera galleria
in un'ora.

Per la galleria di Busalla, lunga 3300 metri, la manutenzione
richiede tre ore di lavoro continuato sulle ventiquattro, mentre cinque
ore sono richieste per la succursale; non si esagera dunque affermando
che almeno sei ore saranno necessarie per la galleria di m. 18,600, lo
che riduce il tempo utile a sole ore diciotto, e facendo luogo anche
a qualche treno viaggiatori non si esagera asserendo che al più potranno passare in quella galleria 16 treni al giorno di 40 carri, ossia
in totale 640 carri.

Se, d'altra parte, paragoniamo i 25 carri che trasportano le due
locomotive Sigl attraverso la succursale sulla salita del 12 per mille,
avremo, sulla salita del 7.70 per mille della galleria lunga m. 18,600,
che le due Sigl, a pari velocità di 20 chilometri all'ora, non potranno
trasportare più di 38 carri per viaggio, ed il totale numero dei carri
trovato in 640 al giorno si ridurrà a non più di 600.

È vero che, dividendo la galleria in due sezioni di blocco, questo
lavoro potrà essere duplicato ed anche triplicato dividendo la galleria
in tre sezioni di blocco. Ma qui calza *a fortiori* l'obbiezione già fatta
dalla stessa Commissione alla applicazione del blocco nella succursale.

Quali saranno le condizioni di respirabilità dell'ambiente in galleria, quali le condizioni della *vista,* dopo che per parecchie ore avranno
funzionato continuamente 4 oppure 6 macchine Sigl condotte col più
intenso lavoro di cui sieno capaci? Queste condizioni, se anche, alle-
viate dalla naturale aereazione dei pozzi e da qualche ventilazione
artificiale, riescissero non sempre e in modo continuato intollerabili,
saranno però sempre precarie ed incerte, e basterà che cessi il tiraggio
dei pozzi e vi sia contrasto od inversione di correnti d'aria dalle bocche
della galleria per essere tosto obbligati a farla abbandonare dal personale di guardia e di blocco e ridurre il servizio a via libera fra i
due imbocchi. Ma questa precarietà nel servizio equivale al completo
abbandono del servizio intensivo, il quale abbandono ad ogni modo
sarebbe imposto dal primo verificarsi di un accidente di qualche gravità. Dopo ciò non si potrà fare nella nuova galleria assegnamento
che su un lavoro di 600 carri, se vi è servizio misto di merci e viaggiatori, e di 720 carri se la galleria è adibita esclusivamente al servizio
merci; non vi sarebbe che il partito di far rimorchiare i treni col
mezzo della elettricità che riescirebbe veramente adatto a rimuovere
queste difficoltà, che sono pur troppo reali ed altrimenti insuperabili;
ma la trazione elettrica è sempre ancora allo stato di prova, e niuno
al certo vorrà consigliare un nuovo esperimento a base di una spesa
di 80 milioni per la costruzione della lunga galleria.

Per tutte queste considerazioni noi riteniamo che senz'altro questo
progetto della lunga galleria sarà per essere abbandonato. Gli autori

del progetto, ben intravedendo queste difficoltà, si affrettarono a presentare una variante che allunga il percorso Genova-Novi di ben 7500 metri sulla direttissima, e diventa persino alquanto più lunga del percorso per Mignanego e Ronco, ed i 7 chilometri e mezzo da costruirsi in più cadono su terreni molto difficili con lunghi giri e rigiri richiedenti lunghe gallerie; ma la galleria, quantunque ridotta di 3 chilometri e mezzo e portata a km. 15 in cifra tonda, avendo una pendenza ridotta al 3.60 per mille, può essere percorsa dal treno di 40 carri con due macchine Sigl alla velocità da 30 a 35 chilometri all'ora, e così in meno di mezz'ora, e potranno quindi, nelle diciotto ore notate di sopra, farsi almeno 40 treni, che, se fossero di merci, darebbero 1600 carri al giorno; ma le difficoltà per lo scavo di questa galleria non sarebbero guari inferiori a quelle notate per la galleria di m. 18,600, nè in riguardo alla spesa per chilometro, nè in riguardo al tempo necessario alla costruzione, perciè si avrebbero pur sempre dei nuclei a perforarsi di uguale lunghezza e mediante i tre alti pozzi dei quali di ben poco viene diminuita la profondità e sempre con la certezza di incontrare terreni poco stabili.

Questa variante quindi nè per potenzialità nè per economia di spesa e di tempo per la costruzione, nè per le condizioni di luoghi, nè per lunghezza della galleria del valico potrebbe essere confrontata vantaggiosamente con la linea per Voltaggio, perchè anche la leggera maggior lunghezza di questa linea scompare nella spesa di costruzione e nella applicazione delle tariffe, e perciè questa sarà sempre regolata dalla linea esistente per Mignanego e Ronco, che è la più breve fra Genova e Novi tanto della variante che della linea per Voltaggio, ed il poco valore di questa variante è stato sentito dagli stessi fautori della direttissima, che ne escogitarono un'altra che noi riteniamo del pari inapplicabile; mantenuto fermo il tracciato ed il profilo della lunga galleria, essi propongono di dividerla in due parti, l'una lunga metri 3800 e l'altra metri 14,700 mediante la sostituzione alla galleria coperta di una trincea lunga metri 100 ed alta metri 55; ma la grande altezza di questo taglio che ne rende costosissima e difficile la costruzione, e presenta pericoli imminenti di smottamento e frane in quelle lunghe scarpate, accresciuti dalla presenza di un torrente che bisogna contenere in un letto artificiale, rendono affatto problematica l'approvazione anche di quella seconda variante, e perciò noi ci troviamo di fronte unicamente alla prima proposta di una galleria di 18,600 metri di lunghezza.

Conclusione.

Per quanto poco si voglia considerare quanto siamo venuti esponendo fin qui, riferendo i dati relativi all'aumento del traffico nel porto e quelli relativi alla potenzialità delle linee attuali attraverso l'Appennino, ed alle difficoltà e lungaggini che pur sempre si incontreranno per l'apertura di una nuova strada, si fa evidente la necessità di pronti provvedimenti che già sono in ritardo, e la necessità che finisca questa fase di agitazioni e di proposte di Comitati, o di voti dei corpi morali interessati, per far entrare la questione in una fase di più efficace operosità; è necessario, in una parola, che il Governo si impossessi di questa questione, la studi e vi provveda, senza di che la questione non farà un passo verso la sua soluzione.

Il còmpito imprescindibile del Governo, di fronte all'importante problema, è quello di non perder tempo, di far studiare da una Commissione di poche persone tecniche competenti e desiderose soltanto di far trionfare la verità, questa grave questione di un nuovo valico appenninico con criterii uniformi e con equanimità di giudizio, sotto i diversi punti di vista che la questione stessa presenta : cioè del costo di costruzione, della natura e stabilità dei terreni da attraversarsi, della maggiore attendibilità che possono avere le previsioni della spesa e del tempo necessario a costruire la nuova strada, della sua potenzialità di lavoro, della facilità economica e sicurezza dell'esercizio e di proporre quindi, con piena conoscenza di causa, la scelta definitiva del tracciato, del profilo e delle modalità di costruzione. Noi non siamo discesi a nessuna discussione di particolari circa il progetto studiato dalla Mediterranea di una nuova linea per Voltaggio e Gavi, perchè il progetto stesso è abbastanza particolareggiato per presentare elementi sufficienti per un sicuro giudizio; anche sulla proposta di una linea direttissima noi ci siamo limitati ad escludere categoricamente il tronco Serravalle-Tortona come esorbitante dalla questione, ma sull'altro tratto da Genova a Serravalle, pur ammettendo che ove potesse essere costrutto ed esercitato coi mezzi che sono ora in possesso della pratica, lo stesso presenterebbe pure dei reali vantaggi, non abbiamo potuto a meno di sollevare dei gravi dubbi sulla spesa e sul tempo per la sua costruzione, sulla potenzialità della linea, sulla difficoltà e spesa del servizio, dubbi che la Commissione anzidetta dovrà risolvere o confermare in confronto alle decisioni che sarà per prendere definitivamente, ed in base alle quali dovranno essere fatti gli studi ed elaborati dei progetti esecutivi; d'altra parte il ministro dovrebbe promuovere i provvedimenti legislativi per procurarsi i fondi. Ma dal giorno che il Governo si accinga con zelo e forte volontà a dar corpo a tutti questi lavori, al giorno che si darà sulla linea il primo colpo di piccone, quanto tempo dovrà trascorrere ? Certamente non meno di due anni, che addizionati coi nove anni indicati di sopra come strettamente necessari a compiere la lunga galleria di 18,600 metri o la sua variante, danno un totale di 11 anni; la qual cosa significa che prima del 1913 la direttissima non arrecherebbe alcun sollievo alle linee attuali.

È una condizione di cose tristissima questa, e non potrà avere un qualche alleviamento se non dalla scelta di un progetto che richiegga un minor tempo per la sua costruzione; ma la importanza della galleria del valico e l'esempio della succursale ci fanno pur troppo convinti, che la durata della costruzione richiederà pur sempre dai cinque anni e mezzo ai sei, ed anche la nuova linea preferita a questo riguardo non potrà essere compiuta e venire in sollievo delle linee attuali prima del 1910, per il quale anno è preventivato un traffico di 2000 carri al giorno, attraverso l'Appennino. Ciò deve dare argomento al Governo della necessità di subito por mano ai lavori preparatorii di quei provvedimenti che già fin d'ora sono in ritardo.

Ma come si farà il servizio in questi otto anni, da oggi al 1910, se fin d'ora la potenzialità delle due linee è tutta esaurita o quasi, poichè si fanno già passare i 1200 carri al giorno di cui sono capaci?

La risposta è ardua, e per quanto possa riescire disgradevole ci proponiamo di darla con tutta franchezza. Quando nel corso della presente nota abbiamo riferito le dichiarazioni delle varie Commissioni, dei rappresentanti dell'Amministrazione ferroviaria e del ministro dei lavori pubblici sulla potenzialità delle linee attuali, noi ci siamo astenuti da farvi qualsiasi osservazione, ma ora dobbiamo rompere il silenzio.

La potenzialità di 1200 carri al giorno risultante dalle indicazioni dell'Amministrazione ferroviaria è quella che si conviene per un servizio normale, pratico, regolare e continuativo, ma ciò non esclude che, forzandolo, si possano ottenere risultati maggiori, come appunto avveniva sulla vecchia linea di Busalla prima della apertura della succursale, nella quale ad un servizio normale di 600 carri se ne era sostituito un altro anormale, che in taluni giorni era spinto fino a 900 e sino a 1000 carri. Ma, sebbene ad un lavoro così intenso ora non si possa neppur più pensare, tuttavia, ~~riducendo~~ ~~dividendo~~ la tratta piano-orizzontale Busalla in due sezioni e rimettendo in attività la tripla trazione, qualche vantaggio non disprezzabile si potrà ottenere sul lavoro indicato negli orari attuali di servizio. E così nella succursale, racimolando tutti i minuti che ora si perdono fra due treni consecutivi, si potrà anche aumentare alcun poco il numero delle corse e qualche volta, in tempo eccezionalmente favorevole per la ventilazione, ed in qualche ora nella giornata, si potrà fare il servizio col blocco e mandare due treni contemporaneamente in galleria. Con ciò, anche alla succursale potrà ottenersi qualche maggiore risultato. Questi espedienti però non saranno presi tanto facilmente e così alla leggera, e soltanto spinti dal bisogno e dai reclami del commercio, il quale non potrà tollerare di essere incagliato nel suo svolgimento; ma tra l'adozione dei medesimi ed il crescere del commercio non vi sarà più la voluta armonia; e mentre il commercio per necessità di cose ne sarà ostacolato, il servizio ferroviario procederà a sbalzi, ora più ora meno insufficiente, e sempre anormale ed irregolare, e questo stato di cose andrà sempre peggiorando a misura che passeranno gli anni e che si svolgerà il traffico del porto.

Ma anche i mezzi termini, non sempre scevri di pericolo, hanno un limite, e non sappiamo se si arriverà a far passare nel 1910 i 2000 carri previsti che potrà mandare il porto; e allora si avrà questa triste realtà, che lo svolgimento naturale del traffico dovrà essere atrofizzato dalla impotenza delle linee che lo devono servire.

A questa grave conclusione pensino seriamente i funzionari di San Silvestro anche nel precipuo loro interesse. La politica ferroviaria inaugurata dal Governo lo conduce fatalmente ed inesorabilmente allo esercizio di Stato, e dopo il 30 giugno 1905 la responsabilità del servizio cesserà di essere ripartita fra il Governo e la Società esercente, ma cadrà tutta intera, piena ed assoluta sul Ministero dei lavori pubblici; e le difficoltà crescendo col tempo, è certo che dopo il 1905 si faranno sempre maggiori ed intollerabili, e sempre maggiori saranno i legittimi reclami del commercio, che avranno unicamente di mira il Governo, ed ai quali si cercherà di provvedere coll'aumentare gli espedienti ed i pericoli. Guai se in tali condizioni avvenisse un accidente di qualche gravità, che obbligasse ad abbandonare i ripieghi temporanei ed a ridurre la potenzialità delle linee a quella conciliabile soltanto con un esercizio regolare e normale! Il porto dovrebbe di necessità diminuire il suo lavoro ed il Governo, unico responsabile, avrebbe l'accusa di aver distrutto il commercio di Genova.

UN VECCHIO FERROVIERE.

GIUSEPPE GOVONE

La pagina più brillante della carriera militare del generale Giuseppe Govone venne, pochi mesi or sono, magistralmente esposta ai lettori della *Nuova Antologia* da uno dei nostri più autorevoli scrittori militari, il generale Dal Verme, in una monografia che ebbe subito l'onore di una traduzione in tedesco; ma la vita di quel valoroso soldato ed uomo di Stato abbonda di altre pagine le quali, se colpiscono forse meno l'immaginazione, non ranno minore interesse per la nostra storia. Come ufficiale inferiore, egli partecipò alla guerra del 1848 e all'espugnazione di Genova nel 1849; come sotto-capo di stato maggiore dell'esercito, alle campagne di Crimea e del 1859; come generale di brigata, alla lotta contro il brigantaggio sul confine pontificio nel 1861-62; come capo della divisione di Palermo, combattè la piaga della diserzione in Sicilia nel 1863. Ebbe missioni speciali presso l'esercito francese sotto Roma nel 1849, presso le Legazioni di Vienna e di Berlino nel 1850, presso i quartieri generali dell'esercito turco e poi dell'esercito anglo-francese nel 1853-54, presso i plenipotenziari sardi a Zurigo nel 1859, e finalmente ebbe quelle più celebri a Berlino e poi al quartiere generale prussiano nel 1866. Fu otto anni deputato; nel 1869-70 accettò di far parte del Gabinetto Lanza, e perdette la pace dell'animo e la vita stessa in uno sforzo supremo per risolvere l'arduo problema di introdurre, nelle spese militari, le economie stimate allora necessarie per salvare il paese dal fallimento senza compromettere la solidità dell'esercito.

Da questo rapido ed incompleto elenco, ognuno può agevolmente giudicare l'importanza dei fatti ai quali il Govone ebbe parte, e perciò quella eziandio del libro testè pubblicato intorno a lui da suo figlio cavaliere Uberto (1). Infatti esso non è già un libro puramente biografico od apologetico, ma piuttosto la raccolta delle memorie lasciate intorno agli avvenimenti principali del risorgimento nazionale da uno dei suoi più efficaci cooperatori. Il Generale aveva l'abitudine di pensare e di scrivere molto. Teneva memorie e diarii degli episodi di cui era testimone e parte; soleva poi carteggiare a lungo coi numerosi amici che aveva nell'esercito e fuori, comunicando loro le sue impressioni sugli avvenimenti del giorno, suggerendo i partiti che stimava migliori nei varî casi e via via. Ed è appunto da questi elementi, ordinati con fine discernimento e pubblicati ora per disteso ed ora in sunto, che venne estratto il bel volume che annunziamo.

Intorno alla campagna del 1848, per esempio, il futuro generale ci lasciò un diario assai pregevole, dal quale si possono rilevare acuti

(1) UBERTO GOVONE, *Il generale Giuseppe Govone - Frammenti di memorie.* Torino, Casanova, 1902.

giudizi sui fatti della guerra e passi interessanti sulle impressioni dei nostri giovani ufficiali in quel tempo. Mandato come parlamentario ad intimare la resa al comandante di Peschiera, il Govone, allora tenente di stato maggiore, gli rivolge un'arringa « piuttosto poetica », esortandolo a cedere e conchiudendo: essere « scritto nel libro di Dio che la nostra bella e cara Italia debba esser libera e felice ». Il vecchio comandante austriaco, naturalmente, ricusa, facendo notare al parlamentario che « mutevoli sono le sorti della guerra ». « Rimontai - prosegue il Govone - sul mio bel cavallo prussiano: l'aria era fresca e deliziosa, il sole era apparso da levante, la mia anima era piena d'amore; e i ricordi d'amore in quei paesi lontani e belli che vedevo per la prima volta, le illusioni di una campagna che cominciava così bene, il sogno di qualche piccola parte di gloria che avrei forse conquistato di fronte al nemico furono le emozioni profonde che provai in quel momento, e che non avrei dato in cambio della vita intera di un re pacifico e. sibarita ».

Pochi giorni dopo egli si trova, per la prima volta, al fuoco. « Sentii - racconta - due o tre palle fischiare e affondarsi nel terreno a due passi da me: ed ero inorgoglito di veder gettare palle al mio indirizzo... Ero in dubbio se avrei preferito di essere leggermente ferito o no; ma mi ricordo che mi proposi di non mai correre nè discendere da cavallo nei punti più battuti dal fuoco, perciè mi dicevo che, invece di evitare una palla, avrei potuto riceverne una che avrei altrimenti evitata ».

Accennati i fatti principali della prima fase della campagna, durante la quale la vittoria arrise alle nostre armi, continua: « Era dopo questi combattimenti sanguinosi che, al bivacco della notte, si rievocavano i ricordi degli ufficiali caduti sotto i colpi del nemico. Non potrei descrivere le emozioni profonde che accompagnavano quei racconti... Quanta gloria si acquistarono i Colli, i Del Carretto, i Rovereto, i Cavour e tanti altri valorosi che, stimati da tutto l'esercito che ne apprezzava il carattere, furono pianti, più che come compagni, come amici e fratelli! ».

Alle vittorie succedono i rovesci, ed il Govone ne indica le cause, fra cui primissima la mancanza di una direzione vigorosa e intelligente. Giudica con retto criterio l'opera dei vari generali, a cui egli prestò, in quelle dolorose vicende, un concorso efficacissimo, assumendosi non di rado parti assai superiori al suo grado, dando a' suoi capi consigli e suggerimenti, i quali, se non venivano sempre seguiti, erano però accolti con una benevolenza che dimostra quanto credito il giovane ufficiale avesse già saputo acquistarsi. Il giorno della battaglia di Custoza il generale De Sonnaz, comandante il 2° corpo, ricusando di eseguire l'ordine di assalire dalla sua parte Borgetto, perciè lo stimava di impossibile riuscita, il tenente gli dice: « Generale, perciè rinunziare all'attacco? Mi perdoni la mia osservazione, ma quale responsabilità accetta non eseguendo l'ordine di attaccare! ». « Sono io responsabile del sangue de' miei soldati - gli risponde senza sdegnarsi il De Sonnaz:- ci vanno sacrificato. Abbiamo pagato abbastanza il debito nostro. Non possiamo fare di più ».

Copiosissime sono le notizie che le memorie del Govone contengono intorno alla guerra d'Oriente. Sotto l'aspetto storico, esse costituiscono anzi uno dei capitoli più importanti di tutto il libro. Con la loro scorta noi possiamo, non soltanto seguire lo svolgimento delle operazioni sul

Danubio, le marcie e contromarcie dei Turchi e dei Russi, il memorabile assedio di Silistria, nel quale il Govone ebbe parte così importante, che gli venne offerto il grado di generale nell'esercito ottomano, ma possiamo penetrare nel dietro-scena dell'esercito medesimo, negli intrighi e nelle gelosie delle potenze e dei loro rappresentanti. Da un lato vediamo un ministro della guerra turco lasciare il Governo portando con sè i piani delle fortezze del Danubio e ricusare di comunicarli al suo rivale; dall'altro i diplomatici e i generali della Francia e dell'Inghilterra darsi maggior pensiero di primeggiare gli uni sugli altri che di vincere i nemici. « Questi signori - osserva il Govone - sono uomini come gli altri; somigliano ai medici in consulto; e se il francese dirà questo, l'inglese risponderà il contrario... Non regna la migliore intelligenza fra gli ammiragli e gli ambasciatori... Veramente fa dispiacere vedere il mondo guidato così! » E più oltre: « Ah che generali! Si diceva dei nostri nel 1848, ma questi!... Insomma, se non siamo battuti non è colpa nostra! ». Ed ancora: « Le armate alleate fanno per ora una triste figura malgrado il tono che si danno. Dio ci liberi dagli stranieri se mai dovremo fare qualche cosa da noi ! ».

Dalle rive del Danubio, gli alleati passano in Crimea, ed il Govone, che ve li accompagna, narra le prime vicende dell'assedio di Sebastopoli, che i generali francesi s'immaginavano di prendere in otto giorni - poi le battaglie di Balaclava e di Inkermann a cui partecipa volontario, toccandovi anche una ferita. Aggiuntisi poi agli Anglo-francesi anche i Sardi, racconta la battaglia della Cernaia, l'assalto generale dell'8 settembre, dove tocca un'altra lieve ferita, e finalmente l'espugnazione della città; fatti tutti nei quali egli si distinse e intorno ai quali, per ordine del generale Lamarmora, scrisse anche la relazione ufficiale.

Non meno copiose ed interessanti sono le notizie che le memorie del generale Govone ci dànno intorno alla guerra del 1859, durante la quale egli dirigeva, qual tenente colonnello di stato maggiore, il servizio d'informazioni dell'esercito. Estratte in parte da un diario delle operazioni da lui tenuto durante la prima fase della campagna, e in parte dalle lettere intime da lui scritte giorno per giorno alla fidanzata, esse, possiamo dirlo senza falso sentimentalismo, ci fanno palpitare di quella vita, ci fanno passar sotto gli occhi quei fatti gloriosi. Il Govone racconta dapprima le ansie del primo periodo della guerra, i timori dell'avanzata del nemico preponderante su Torino, le incertezze intorno al piano di campagna, la famosa ritirata del nostro esercito su Acqui, arrestata dal generale Lamarmora; poi i combattimenti di Montebello, di Palestro, di Vinzaglio e la battaglia di Magenta, intorno alla quale espone considerazioni strategiche e critiche notevoli, specialmente per il tempo in cui vennero fatte. « Sto bene, mia cara, - scrive due giorni dopo alla fidanzata - ma io grandi impianti circa le operazioni militari... Quando udii il cannone, mi strappava i capelli per tutti questi ritardi ». Segue l'ingresso degli alleati in Milano e in Brescia, fra gli applausi frenetici delle popolazioni, quindi la marcia verso il Mincio e finalmente la battaglia di San Martino, della quale il Govone dà notizia alla fidanzata la sera stessa, dopo aver passato venti ore a cavallo.

In mezzo alle narrazioni e alle considerazioni militari, scattano di tanto in tanto le riflessioni dell'uomo di cuore. « È uno spettacolo straziante l'indomani di una battaglia. Non s'incontrano sulle strade che carri di feriti e di morenti, mescolati spesso a disgraziati che sono già spiati. Le chiese, le case sono piene di Austriaci, dizuavi e di soldati nostri che i chirurgi curano a modo loro, tormentandoli colle loro operazioni per vederli morire mezz'ora dopo ». A Montebello era caduto, valorosamente combattendo, uno dei tre fratelli del Govone che partecipavano come lui alla guerra: ed egli così ne parla alla sposa: « Ti scrivevo il 21 ciò che si sapeva qui del combattimento di Casteggio e Montebello; ma ahimè! ero lungi dal dubitarmi che esso mi avesse costato così caro!... Il mio povero fratello era amato da tutti, e lo meritava... È stato sempre per me il giovane fratello che prediligevo!... Povero ragazzo, così giovane e valoroso! Ero ben sicuro di lui, ma avevo maggior fiducia nel suo destino! »

Il capitolo successivo risguarda l'opera del Govone, rapidamente salito agli alti gradi della milizia, qual comandante la divisione di Palermo. Esso ha oggi lo stesso interesse che avrebbe potuto avere nel 1863: tanto vi abbondano le notizie e le considerazioni utili a conoscere le condizioni di quella Sicilia, la quale forma anche oggi l'oggetto di sì appassionate discussioni. Benchè non tutti i giudizi se ne possano accettare ad occhi chiusi, ne consigliamo la lettura ai nostri uomini politici, i quali potranno trovarvi elementi nuovi per la questione, e specialmente ai Siciliani, che leggendo queste pagine, pensate con grande studio e scritte con grande amore, potranno persuadersi della vanità dell'accusa mossa in quel tempo al generale Govone, e ripetuta di poi, di essere stato mosso nell'opera sua da sentimenti ostili alla maggiore delle nostre isole.

Al capitolo sulla Sicilia seguono cinque altri, relativi agli avvenimenti del 1866, cioè ai negoziati per l'alleanza prussiana, alla campagna del Veneto e alle trattative per i preliminari di Nickolsburg. I particolari nuovi e i documenti inediti coi quali essi chiariscono quegli episodi, completano quelli contenuti nel poderoso lavoro pubblicato non ha guari dal senatore Chiala in risposta al Bernardi e verranno senza dubbio largamente discussi in Italia e fuori. Qui ci contentiamo di darne un brevissimo cenno.

Nei capitoli relativi ai negoziati, si rivela gran parte del loro retroscena. La reciproca diffidenza colla quale i due Governi, pur desiderosi di conseguire uno scopo comune, iniziarono le trattative: il timore dell'uno, che l'altro si valesse di lui al solo scopo di far pressione sull'Austria e lo abbandonasse dopo ottenute da questa le concessioni desiderate: la loro ansietà circa le intenzioni della Francia, e la riluttanza della Prussia a cattivarsene l'appoggio colla cessione di territorii tedeschi; l'agitarsi di opposte influenze intorno al re Guglielmo; le esitazioni del Bismarck e del Lamarmora: la conclusione del trattato dell'8 aprile: l'inattesa dichiarazione fatta poco dopo la sua firma dalla Prussia, che esso impegnasse soltanto l'Italia; il tentativo fatto all'ultima ora dall'Austria, di staccare l'Italia dall'alleanza cedendole volontariamente il Veneto - tutti insomma quei punti intorno ai quali già si è tanto scritto e discusso dal 1866 in poi, ricevono da questo volume vivi sprazzi di nuova luce. Le trattative riguardanti i preliminari di Nickolsburg offrono minore interesse, ma non sono certo senza importanza e non si leggono senza uno stringimento di cuore da ogni buon italiano.

Venendo alla parte militare degli avvenimenti del 1866, non ci soffermeremo sulla battaglia di Custoza: poichè intorno ad essa il sagace compilatore del libro, se distrugge interamente le argomentazioni onde il generale Della Rocca si valse per risuscitare imprudentemente una contesa dalla quale non poteva uscir bene, e conforta con logica serrata la tesi svolta dal generale Dal Verme e del resto già sostenuta da quanti prima di lui avevano studiato con animo imparziale quella battaglia, non fa, e non poteva far conoscere particolari del tutto nuovi. Nuovi sono invece molti di quelli che egli, fondandosi sulle carte paterne, pubblica intorno alla preparazione del piano di campagna e alle operazioni che susseguirono alla giornata del 24 giugno. Da questi noi apprendiamo innanzi tutto che il generale Govone si adoperò con ogni poter suo per dissuadere i nostri comandanti dall'idea di separare in due le forze nazionali e per indurli ad operare uniti, in guisa da opprimere il nemico con una superiorità di numero schiacciante. Egli era così convinto dei pericoli derivanti, tanto in Italia quanto altrove, dalla divisione delle forze, che non esitò a farli notare allo stesso generale Moltke, allorchè questi gli confidò che i Prussiani sarebbero entrati in Boemia divisi in due eserciti. In tutti i suoi colloqui e in tutto il suo carteggio col Lamarmora, col Petitti, col Pettinengo, ecc., egli insistette su questo punto; ma invano. Nel suo concetto, l'esercito italiano avrebbe dovuto invadere il Veneto dal Mincio in una sola massa, facendo però due distaccamenti: uno per conquistare in breve il Trentino e tagliare agli Austriaci la via dell'Adige, e l'altro per tener inchiodate, colla minaccia di uno sbarco sulle coste austriache dell'Adriatico, le forze che vi stavano a difesa.

Avvenuta la battaglia di Custoza, egli si sforzò colla stessa costanza di indurre il comando dell'esercito a non indietreggiare, a non cambiare linea di operazioni, a cercare al più presto una rivincita; ma riuscì soltanto a ritardare di qualche giorno la ritirata su Cremona. Le sue istanze, le sue preghiere in quei giorni furono tante, da procurargli persino rimproveri da parte dei suoi superiori. Il Della Rocca gli dice: « Insomma, non si dia l'aria di criticare tutto. La ritirata fu decisa in Consiglio di guerra. Ubbidisca! » Il Petitti gli osserva: « Mio caro, Lei si dà troppo movimento, e più nessuno La vuole... Della Rocca ha chiesto che la tolgano dal suo Corpo ». Lo stesso Lamarmora, che pur gli aveva dato tante prove di stima e di fiducia, va in collera ed esclama: « Insomma Lei vuole ciò che vuole: ha eccellentissime idee, ma è peggio di Cialdini. Lasci fare un poco anche agli altri... Ha un carattere che guasta tutte le sue qualità... e assai al di là! »

Questi malumori però, nel Petitti e nel Lamarmora, non tardano a svanire. Il Lamarmora riparla al Govone con calma e confidenza; il Petitti gli rende piena giustizia. « So - gli dice - so, io che La conosco da vent'anni, dalla Crimea e prima della Crimea, che Ella non ha in vista che il buon andamento delle cose e il successo dell'esercito. So che non ha e non ha mai avuto secondi fini. Lo sa il generale Lamarmora. Ma chi non la conosce, vedendola insistere, La crede mossa da altri sentimenti. E poi rincresce a chi comanda sentirsi fare la lezione. Ella smania. Non è vero che viene qui ed ha sovente le lacrime agli occhi sostenendo le sue opinioni? Non sono queste smanie? »

In queste parole del generale Petitti, a nostro avviso, si contiene il miglior elogio che si possa fare del generale Govone, e per così dire la nota dominante di tutti i passi delle sue memorie che riguardano la campagna del 1866. Egli vedeva che le cose non andavano bene, non tanto perchè fra di noi mancassero uomini d'ingegno, ma perchè

« senza unità di volontà non si fa e non si possono fare grandi cose »;
se ne accorava, correva dal Re, dal Capo di stato maggiore, dai generali, dai ministri: scriveva, parlava, affine di ottenere che si con-
cordasse un disegno comune, atto ad assicurare all'Italia quello vittorie che il valore del suo « mirabile esercito » avrebbe dovuto
procacciarle, e si struggeva di vedere i suoi sforzi cadere nel vuoto.
Non tutte le idee che in questo stato di orgasmo patriottico egli metteva innanzi, come ad esempio quella di gettare due o tre divisioni
a Trieste, parranno forse oggi così praticabili come parevano a lui;
ma dall'insieme di tutti i suoi progetti, di tutte le sue osservazioni,
di tutte le sue note, come dalla prova di sè che egli diede a Custoza,
si ricava la impressione che se nel 1866, invece di comandare una
semplice divisione, egli avesse avuto la direzione suprema dell'esercito,
la campagna avrebbe probabilmente sortito un esito diverso da quello
che ebbe. Perciò, se il signor Uberto Govone non è riuscito a dimostrare
che suo padre avesse sempre e dovunque ragione contro i suoi contradditori; se, per esempio, non ci ha intieramente persuasi, nei due ultimi
capitoli del suo libro, della bontà e dell'opportunità delle proposte che
il generale Govone, ministro della guerra, fece nel 1869 per ridurre le
spese militari, può tuttavia andar sicuro di aver innalzato alla sua
memoria un monumento duraturo.

PIETRO FEA.

TRA LIBRI E RIVISTE

Zola — Taine — Sir W. Laurier — La Commedia italiana in Francia — Kossuth — La « Nuova Repubblica » di H. G. Wells — Varie.

Zola.

Or sono alcune settimane riflettevamo, a proposito della morte di Gaetano Negri, come ci colpisca d'un lungo stupore il fatto di vedere non un uomo comune, una esistenza quasi soltanto vegetativa e meccanica, ma tutto un organismo d'idee, di sentimenti e di opere, troncato a un tratto da un fortuito e fatale accidente esteriore. È il caso di Emilio Zola.

Il grande scrittore fu trovato asfissiato nel suo letto per causa delle emanazioni d'un calorifero, nella sua casa di Parigi, il 29 settembre.

La morte lo colse in un momento di riposo, dopo ch'egli aveva finito e corretto il terzo dei *Quatre Evangiles*, intitolato *Vérité*, prima ch'egli, infaticabile come nei suoi primi anni di lavoro, si accingesse ad un altro romanzo, a quella *Justice* che doveva coronare il suo ultimo ciclo.

Emilio Zola era nato in Provenza (ove suo padre, l'ingegnere italiano Francesco Zola, lavorava) il 2 aprile 1840. Entrato giovanissimo nella libreria Hachette, cominciò, nelle ore che l'ufficio gli lasciava libere, a collaborare in giornali. *Contes à Ninon*, il suo primo libro, fu pubblicato a ventiquattro anni. *Thérèse Raquin* e *Madeleine Férat* lo resero noto al gran pubblico. Nel 1871 cominciò la sua *Histoire naturelle et sociale d'une famille sous le Second Empire*.

« Zola aveva trent'anni nel 1870, scrive Edouard Rod. Era dunque stato educato sotto l'Impero, mentre regnava sulla scena intellettuale quella generazione di cui Renan aveva trac-

ciato il vangelo nel suo *Avenir de la Science* e di cui Edmond About, nel momento della sua voga, incarnava l'incuranza mediocre e volteriana: una generazione che, insomma, fatte alcune illustri eccezioni, di cui la più brillante doveva essere quella dello stesso Renan, s'intitolava « positiva », perchè era materialista e limitata; che credette poter negare impunemente tutte le realtà che non cadono sotto i sensi, quelle della coscienza come quelle dell'al di là; che collocò il suo ideale molto vicino e molto in basso, a portata di mano; che, per aver soppresso dei problemi, credette averli risolti; che si fece della scienza un'idea falsa, quasi assurda e la compromise per aver tentato di troppo allargare il suo dominio; che infine ha riassunto le sue aspirazioni limitate e la sua cieca certezza in questa frase stupefacente, sfuggita ad uno dei rappresentanti suoi più autorizzati: Il mondo è oggidì senza misteri... »

Zola era una tempra di maestro, di creatore; Hugo e Balzac non potevano più accontentarlo pienamente, quantunque egli si riferisse a quest'ultimo, il quale amava chiamarsi « docteur ès sciences humaines ». Il secolo aveva fatto delle conquiste nel dominio delle idee, nello studio dell'universo e dell'uomo, ed egli voleva profittarne per la sua opera. Proclamare poi un rigido sistema scientifico nel romanzo, costituiva una reazione contro gli artifizi del romanticismo. Ed ecco Zola, per amor della ribellione e dell'originalità, e per imporre più fortemente al suo stesso temperamento un metodo, bandite le *Roman experimental* e il naturalismo.

I critici hanno scoperto facilmente le contraddizioni fra le sue teorie e le sue opere. L'arte è secondo lui la natura riprodotta traverso un temperamento. Ora, il suo temperamento è più d'un poeta che d'uno scienziato, d'un artista che d'un collezionista di fatti e d'esperienze. Il suo immenso affresco ove, col pretesto della storia d'una famiglia, dipinge tutta la società del secondo Impero non è scientifico nel suo piano, nella genealogia da lui disegnata secondo uno scopo prefisso, non è scientifico in nessun romanzo: tutti, essi sono composti, cioè ridotti ad unità d'azione; e ciò perchè egli è anzitutto un grandissimo artista.

Ma da questo a negargli ogni applicazione del suo metodo naturalistico, ci corre. Nessuno potrà mai contestare ch'egli abbia portato nel romanzo una gran somma di vita vissuta, di osservazione diretta, di verità insomma, sebbene debba dirsi che alcuni suoi seguaci, e specialmente Verga, l'abbiano oltrepassato nella rigorosa applicazione del suo sistema.

Zola, volendo essere un osservatore imparziale, un freddo scienziato che diagnostica i mali della società senza intervenire con sentimenti e desideri pro o contro, fu sempre invece un medico appassionato, addolorato, pessimista nell'inizio, come colui che esagera i colori cupi per mettere nell'ammalato un salutare spavento, ottimista a poco a poco e infine apostolo.

Già i *Rougon-Macquart* si chiudono nel *Docteur Pascal* con una morale che non si prevedeva nei primi volumi. « Lasciamo senza paura che la natura compia la sua evoluzione; crediamo alla vita, e viviamo con confidenza, con coraggio ed esercitando il meglio possibile le facoltà del nostro essere. Bisogna vivere! » ecco tutta la filosofia del dottor Pascal, tutta la filosofia di Zola. Le *Trois Villes* terminano in un inno all'umanità. Quanto ai *Quatre Evangiles*, essi sono opera di un apostolo moderno. Apostolo della scienza, s'intende, e qui egli dimostra sempre la sua ferrea coerenza, ben ammirevole oggi che vediamo tanti scrittori francesi, fra cui Bourget, volgersi verso un cattoli-

cismo, una religione di Stato degna degli « anciens régimes! »

Io ero a Parigi quando non erano ancora attutiti gli echi dell'*Affaire*, e i *Conspuez Zola!* s'udivano ancora frequenti per le strade. Era uno spettacolo che non faceva inorgoglire di appartenere all'umanità. La morte del grande scrittore e del grande cittadino è avvenuta a troppo poca distanza da quel tempo perchè i suoi ciechi nemici non debbano interrogarsi interiormente con vergogna e rimorso. Certo tutta la Francia oggi s'unisce al compianto universale che la notizia fulminea ha suscitato in tutto il mondo, e ha toccato nel profondo la nostra Nazione, che ha perduto in lui una delle sue gloriose propaggini e uno scrittore per molti lati affine al nostro carattere, altrettanto forse che a quello del suo paese.

Taine.

Gli studi su Taine sono d'attualità dopo la comparsa delle sue *Lettres de jeunesse*. In molte riviste francesi gli studiosi del grande filosofo, ciascuno dal suo punto di vista, interrogano i nuovi documenti per confermare i giudizi che già ne avevano dato, il Brunetière nella *Revue des Deux Mondes*, Paul Bourget nella *Minerva*, Emile Boutmy nella *Revue Bleue*, André Chévrillon nella *Revue de Paris*, ecc.

Taine aveva un sacro orrore della pubblicità: egli non permise mai ai giornali illustrati di riprodurre la sua effigie e perfin quando nel 1889 il *Journal des Débats* celebrò il suo centenario ci volle molta fatica a fargli consentire di essere presentato fra i collaboratori del gran giornale. I visitatori dell'Esposizione del '900 ricorderanno il bel ritratto di Bonnat: egli non l'aveva mai lasciato esporre durante la sua vita. Nel suo testamento proibì la pubblicazione delle sue lettere private; queste, pubblicate ora a Parigi da Hachette (tradotte subito in inglese da L. Devonshire presso Constable e C.), sono bensì lettere private - alla madre, alle sorelle Virginia e Sofia, a Prévost-Paradol, a Edouard de Suckau - ma chi le ha pubblicate non crede aver contravvenuto alla volontà del grande filosofo. Esse non sono punto lettere intime, non ci raccontano cioè episodi, relazioni, aneddoti, ecc.; sono però preziosamente suggestive, ci delineano lo sviluppo di una vita, gli amori di una giovinezza, che sentiva per le idee la passione che altri sentirebbe per la sua donna.

Taine nasce nella borghesia. Suo nonno sotto prefetto, suo padre avvocato, i suoi zii notai. I parenti avevano l'amore delle idee astratte, perfin le due zie pretendevano consigliarlo nei suoi studi metafisici. « La domenica non gli si risparmiavano nè la messa grande, nè i vespri ». Fino a 14 anni egli fu un buon cristiano. Verso i 10 o 12 anni incominciò a sentire il piacere del ragionamento deduttivo; a 14 anni, sua madre vedova. essendosi stabilita a Parigi, Taine entra in un liceo. La prima lettera che noi abbiamo di lui è scritta nel suo anno di rettorica; a 19 anni: in essa annunzia a un suo professore che ha riportato il premio d'onore a un concorso generale. Qui comincia la descrizione della sua storia interiore. « V'hanno certi spiriti che vivono chiusi in sè stessi e per cui le passioni, le contentezze, le gioie, le azioni, sono affatto interiori. Io sono di questo numero, e se volessi ripassar la mia vita dentro me stesso, non avrei che a ricordarmi dei mutamenti, delle incertezze, dei progressi del mio pensiero ». A 15 anni questo pensiero comincia ad agitarsi in lui, ed allora egli « non fu più tranquillo ». Gli è che l'idea, per quanto astratta, per quanto ridotta a una formola, è presso di lui legata alla sensibilità, - commovente, drammatica, capace per conseguenza di bastare alla vita. È un vero temperamento di filosofo. Egli descrive in un piccolo trattato, scritto nel 1848, su *La destinée humaine* la lunga evoluzione che le sue convinzioni ranno subito. Egli si mostra quando rinunzia al cattolicismo, si stacca successivamente da tutti i sistemi di filosofia, conosce i frutti amari dello scetticismo, fino al giorno in cui lo spinozismo, che aveva studiato per curiosità, lo porta ad un'altezza dond'egli scorge il nodo di tutte le difficoltà e la soluzione di tutti i problemi. Nelle lettere dal 1847 all'1853

abbiamo da fare con un giovane di vent'anni che è già un uomo maturo.

Un punto lo distingue da tutti i giovani di sua età. Non pensa alla carriera; si stupisce di « quanto poco gli sia necessario per vivere », gli sfugge detto perfino che, coi 1200 franchi che guadagna a Nevers, egli si stima un Creso. Colla sua scuola egli è felice di poter dare due ore di lavoro agli altri, sette a sè stesso. La società, i balli, il teatro lo lasciano indifferente o lo disgustano: egli coltiva l'amicizia, non pensa all'amore. Le sue passioni sono la natura, la musica e la metafisica. Era capace di restare delle mezze giornate al suo piano. Per ciò ra questo amore delle idee astratte e questa connessione fra pensiero e sentimento, la musica è il riposo insieme e l'inspirazione.

« Toute mon âme se tournait vers le besoin de connaître (les vérités générales) et elle se consumait d'autant plus qu'elle réunissait toutes ses forces et tous ses désirs sur un seul point ». - « Je ne connais pas de joie humaine, ni de bien au monde qui vaille ce que donne la philosophie, c'est-à-dire l'absolue, l'indubitable, l'éternelle, l'universelle vérité ». - « A vrai dire, il n'y a de bon que la connaissance des vérités absolues ». - « Puis-je être malheureux avec ces études qui m'enchantent et ces idées qui se remuent incessamment dans ma cervelle et causent avec moi comme les meilleures et les plus clamantes amies? » - « Causer avec des idées est un plaisir infini et une occupation passionnée ». - « Penser, ordonner ses pensées, écrire ses pensées est une chose délicieuse ». - « Un travail acharné, une construction d'idées donnent un contentement profond, une paix absolue ». - « Une petite vérité me rend heureux pour toute la journée ».

Si potrebbero riempir delle pagine con queste effusioni. Ove potremmo trovare un culto dell'intelligenza più spontaneo e profondo?

***

La natura è un altro dei suoi grandi amori. Ma non soltanto la natura esteriore, pittoresca. Fra tanti suoni e timbri che si mescono nel concerto universale egli vibra con quelli che dicono le forze semplici, generali, primitive. « J'étais hier au Jardin des Plantes et je regarda s, dans un endroit isolé, un monticule couvert d'herbes des champs, vertes, jaunes, non cultivées, fleuries: le soleil brillait au travers, et je voyais cette vie intérieure qui circule dans ces minces tissus et dresse les tiges drues et fortes: le vent soufflait et agitait toute cette moisson de brins serrés, d'une transparence et d'une beauté merveilleuse: j'ai senti mon cœur battre et toute mon âme trembler d'amour pour cet être si beau, si calme, si étrange qu'on appelle nature; je l'aimais, je l'aime; je le sentais et je le voyais partout, dans le ciel lumineux, dans l'air pur, dans cette forêt de plantes vivantes et animées, et surtout dans ce souffle vif et inégal du vent de printemps ».

E a questo proposito mi piace avvicinare a queste osservazioni sulla giovinezza del grande filosofo alcune notizie sull'ultima parte della sua vita, che tolgo da un articolo di G. Martin della *Revue Hebdomadaire* di alcuni mesi fa: *M. Taine aux champs.*

Quando Taine ha raggiunto il 50° anno egli ra già prodotto un'opera considerevole, che stupisce tanto per i risultati ottenuti, quanto per il lavoro a cui il suo metodo l'aveva costretto.

Per uno spirito come quello di Taine l'ozio è intollerabile, ma il riposo può diventar necessario. Egli lo sente e va a cercarlo lontano da Parigi, in un paese di monti e di foreste, ove il suo sguardo godrà dei begli orizzonti e le sue fibre ritroveranno una nuova forza e come un rinnovamento di giovinezza nella vita dei campi e dei boschi, ricordo delle native Ardenne.

Il Giura l'attirò da principio. Ma un suo parente che possedeva una proprietà a Menton gl'indicò sul lago d'Annecy la bella villa del Toron, resa celebre da Theuriet. Egli ci passa l'estate del 1873 e s'innamora della Savoia.

L'anno seguente si stabilisce a Menthon nella proprietà che suo zio gli cede, e ivi, fino alla sua morte, durante vent'anni passò gran parte dell'anno: vi giungeva talvolta a Pasqua per non ripartirne che dopo Natale.

La casa era circondata da un parco ch'egli ingrandì e ordinò a suo gusto. Un bel viale conduce dalla strada alla porta d'entrata, ombreggiata da un enorme noce. « Ce que j'aime le mieux au monde, ce sont les arbres », mi par che dica in *Graindorge*. Dal lato del lago, macchie di verde, panieri di fiori, un prato che scende alle acque. Una grande occupazione era per lui disporre gli alberetti per variare i punti di vista: era il solo lavoro di giardiniere di cui fosse capace, essendo d'una inettitudine manuale assoluta. « Se un ramoscello in un sentiero lo imbarazzasse, egli preferirebbe scansarlo per dieci anni piuttosto che tagliarlo di sua mano », diceva un suo parente.

Lo studio trovasi all'angolo sud-est, al pianterreno, ombreggiato da verzura: molto sobrio, rivela l'anima del filosofo. A destra dello scrittoio il ritratto della madre: libri sugli scaffali; stampe e riproduzioni. Fra le altre le Sibille e i Profeti della Cappella Sistina, quattro stampe di Dürer; alcune figure più sorridenti di Raffaello e di Gleyre. Una scala conduce alla stanza da letto. Una gran sala da biliardo al primo piano serviva di luogo di riunione, chiara, con vista sul lago. Qua e là pitture e riproduzioni. L'opera a cui si rivolgeva il più spesso era un ritratto della madre di Rembrandt, di cui ammirava con emozione le povere vecchie mani.

Frequentava pochissimo cogli abitanti del luogo: cosicché era reputato selvatico e altero. Notiamo però che fu più volte eletto consigliere municipale e che si occupò assai degli affari del Comune. Ma preferiva passeggiare pei dintorni tutto solo. « Taine ne daigne pas faire attention

à nous; ah! si c'était un de
ses chats, ce serait une autre
affaire! » dicevasi.

Infatti è notoria la predilezione di Taine per i suoi
tre gatti Pousse, Ebène e
Mitonne. I dodici sonetti che
ha loro dedicato sono semplicemente maravigliosi. Rimando chi vuol leggerli al
magnifico *Taine* del nostro
Barzellotti, edizione francese
di Alcan (Bibliothèque de
Philosophie contemporaine).

Una delle sue passeggiate
preferite sul lago era il *Roc
de Chère*, ove si alza oggi
la sua tomba. Egli trovava
qui un paesaggio d'una varietà infinita. A destra scogli formidabili e su
un monticello boscoso il pittoresco
castello di Saint-Bernard. A sinistra il lungo dorso del Semnoz che
digrada verso la pianura d'Annecy.
Da una parte la sublimità delle Alpi,
dall'altra la grazia riposante del Giura.
In fondo, a chiuder l'orizzonte, si profila la strana sagoma del Mandalaz.

Il lago di Annécy e il Roc de Chère
colla tomba di Taine.

La tomba di Taine.

Là egli riposa nella tomba di famiglia, fra gli alberi dei pini e delle
betulle, le rose e i *boule de neige*.
Una tomba bianca senza ornamenti,
una croce in rilievo sul frontone,
un'iscrizione al di sopra della porta
di ferro; dentro, un medaglione di
Roty, incorniciato di marmo nero, con
questa iscrizione:

HIPPOLYTE ADOLPHE TAINE
XXI AVRIL MDCCCXXV
V MARS MDCCCXCIII
CAUSAS RERUM ALTISSIMAS
CANDIDO ET CONSTANTI ANIMO
IN PHILOSOPHIA, HISTORIA
LITTERIS PERSCRUTATUS
VERITATEM UNICE DILEXIT.

Sir Wilfrid Laurier.

La venuta a Roma del primo ministro del Canadà costituisce un avvenimento importante degno di nota,
sia perciè trattasi di un valente diplomatico cattolico che rappresenta
tutta la fierezza della sua razza, delle
sue origini e della sua nazionalità,
sia perchè i successi oratori di Londra e di Parigi ce lo segnalarono
come un parlatore straordinario, sia
infine per l'importanza del momento
in cui questa visita si compie. Le
notizie dolorose delle crisi violenti
che attraversano l'Argentina e il Brasile ebbero il loro naturale contrac-
colpo sulla nostra emigrazione, costretta a trovare altri sbocchi. Il fenomeno emigratorio pare abbia subìto
una variante; ora infatti – come dice
il Luzzatti – vi è una spontanea tendenza dei nostri a cercare, a preferire il mondo anglo-sassone, come si
vede nell'impeto che li sospinge agli
Stati Uniti, o nel vago desiderio che
fa cercar loro il Canadà, il Transvaal.
E siccome attualmente si trova in
missione al Canadà il signor Egisto
Rossi che invia al Commissariato rapporti alquanto favorevoli per quel
paese, così è probabile che la missione Laurier non consista tutta nella
visita fatta al Papa...

Da parecchi anni nel Canadà trionfano i liberali e il capo del partito,
Sir Wilfrid Laurier, è attualmente
primo ministro. Nato nel 1841 a Saint-
Lin, nella provincia di Québec, conta
oggi 61 anni, ma all'aspetto ne di-

mostra appena una cinquantina. Manifestò sin dalla sua giovinezza un gusto squisito per la letteratura e per l'eloquenza che più tardi egli doveva illustrare. Studiò legge a Montréal e nel 1864 fu nominato dottore nell'università Mac-Gill.

Nel 1866 cominciò ad esercitare la professione d'avvocato e due anni più tardi si unì in matrimonio con la signora Lafontaine, donna piena di cuore e di alti ideali, la quale divenne ben presto l'ispiratrice del grande oratore. Giornalista arguto e

brillante, mise più volte la sua penna a disposizione di coloro che lottavano per nobili cause; succeduto ad Enrico Dorion nella direzione del giornale *Il Dissodatore*, si presentò candidato a Québec, dove lo elessero a grande maggioranza. Laurier si valse della sua parola e del suo giornale per far comprendere al gran pubblico la necessità di creare un'industria nazionale canadese.

Sono rimaste famose le lotte aspre e continue sostenute durante il tempo in cui rimase ministro dell'interno con i fautori del protezionismo capitanati da John Macdonald. Laurier, che era per il libero scambio, seppe sostenere con tanto valore ed energia la sua causa, che la stampa inglese lo battezzò *the silver-tongued Laurier*, ossia Laurier dalla parola d'argento.

Henri Moreau, che di questi giorni ha pubblicato una nitidissima edizione (1) del suo volume sul primo ministro canadese, volume pieno di particolari curiosi, sebbene alquanto prolisso per i troppi discorsi riportati, ci riferisce a questo proposito: « Laurier parla con una forma incantevole; i suoi discorsi sono chiari e precisi, la composizione perfetta; un sapere solido e vario; vedute nuove, elevate; considerazioni abili, argomenti serrati, ragioni alte e previdenti enunciate con una strana ed efficace originalità di concezione: tutto questo senza declamazione nè artificio, con l'autorità d'un pensatore e la franchezza d'un uomo onesto che non paventa la storia ».

In quanto alle sue idee politiche, si sa che nel discorso pronunciato in inglese a Toronto egli delineò nettamente l'idea e che l'infiamma:

« Io sono canadese-francese, ma prima di tutto canadese... Ecco i sentimenti della razza alla quale appartengo; nell'esprimerli sento di esser fedele al mio sangue, fedele al Canadà, fedele all'Inghilterra.. Finchè avrò un soffio di vita, e soprattutto finchè occuperò un seggio in Parlamento, ogni qualvolta vedrò uomini calpestati, siano essi Francesi, Celti, Anglo-sassoni, difenderò la loro causa con tutte le forze dell'anima mia ».

Laurier è sincero liberale gladstoniano, e nel tempo istesso buon suddito inglese, sebbene sia considerato come il più autorevole oppositore dell'imperialismo di Chamberlain, e quindi fautore del nazionalismo coloniale.

Ciò che rese sempre attraente la figura di Laurier fu il suo carattere che non cambiò mai.

Essere eletto ministro ed avere un carattere è già qualche cosa - osserva argutamente Gilbert Giluncy nella *Revue Bleue* sempre a proposito del grande canadese. - Sir Wilfrid Laurier era poverissimo e quando lo elessero ministro non aveva neanche un mobilio discreto; furono gli amici che pensarono ad una sottoscrizione ed al resto...

Un'altra curiosità. Il Laurier, seb-

bene giornalista provetto e battagliero, sfugge i giornalisti, e paventa
gli «intervistatori». A Roma nessuno
l'ha potuto avvicinare. Perchè? Ecco.
Quando scoppiò la guerra anglo-boera
Laurier disse ad un giornalista che
il Canadà non avrebbe preso parte
alla guerra. Ne nacquero ire, furori,
proteste, polemiche interminabili. I
conservatori profittarono del momento
per rovesciare l'avversario; si preparava quasi un colpo di Stato. Laurier, che si era opposto alla spedizione delle truppe per paura che
l'Inghilterra in seguito ne abusasse,
quando capì che il suo atto energico
avrebbe portato gravi perturbazioni
politiche danneggiando il paese, il
che assolutamente non permetteva,
cambiò il *no* risoluto in un *sì* altrettanto preciso.

I canadesi, liberi d'arruolarsi, potevano « servire il loro sovrano britannico nella maniera da essi preferita ».
Ma egli non la perdonò ai giornalisti.

Laurier nel 1900 battè gli avversari che gridavano: « Non rieleggete il
partigiano della guerra ».

Ma la vittoria gli costò cara; e
tutto questo per causa di quella malaugurata « intervista ». Oh! i giornalisti!

L'apertura della Corte arbitrale dell'Aja.

In questo mese si è aperta la Corte
arbitrale dell'Aja: l'avvenimento, che
non ha avuta un'eco straordinaria
nei giornali, ha tuttavia un'importanza storica capitale. La questione
che deve decidersi è abbastanza limitata: ma per ora non poteva essere
altrimenti.

Da tre anni che si è tenuta la
Conferenza internazionale per la pace
nessun uso si era fatto di questo
Parlamento nelle dispute internazionali. Di questo, dice la *Review of Reviews*, la responsabilità va data intera
al Governo inglese: il rifiuto che i
ministri inglesi opposero alle proposte
del presidente Krüger, di sottoporre
la disputa fra l'Inghilterra e la Repubblica Sud-Africana alla Convenzione dell'Aja, diede un rude colpo
alla causa dell'arbitrato. È da ricordarsi che l'Inghilterra non fu delle

più restie ad aderire alla Convenzione, anzi, per mezzo del suo rappresentante, Lord Pauncefote, fu la
prima ad affermare il principio d'arbitrato innanzi al mondo. Oggi non è
un segreto per nessuno che parecchi
Governi, i quali firmarono la Convenzione sotto il prestigio dello Czar e
dell'opinione pubblica, sarebbero lieti
di veder dissolversi quella Corte.

Non così è degli Stati Uniti, ed è il
presidente Roosevelt stesso, il quale,
allo scopo di creare un precedente e
di iniziare i lavori della Corte, le sot-
topone una questione, come dicemmo,
limitata, ma tant'altro che priva di significato. Non si tratta che di una
somma di 3,750,000 lire che apparteneva ai gesuiti del Messico e i
cui interessi annui del sei per cento
il Governo del Messico reclama per
sè per antico diritto e gli Stati Uniti
reclamano dalla loro parte, avendo
conquistata al Messico la California,
nella quale appunto esistono questi
beni: entrambi li reclamano a beneficio delle chiese cattoliche che sono
nel loro dominio. Sir Edward Thornton, ambasciatore inglese a Washington, fu scelto nel 1869 ad arbitro e
il suo parere fu favorevole agli Stati
Uniti, dimodochè il Messico si trovò
obbligato a pagare ventun anni d'interessi arretrati. Il Messico pagò allora
gli arretrati, ma si rifiutò di pagare in
seguito.

Il Tribunale dell'Aja deve giudicare
prima di tutto se la decisione del
Thornton era definitiva riguardo alla
giusta distribuzione del fondo gesuitico. Se la risposta è affermativa
la questione è finita: altrimenti esso
deve riesaminar la questione, vedere
cioè se il fondo lasciato all'Ordine
gesuitico aveva scopo politico o religioso, indi se la presente Chiesa
cattolica di California è il legale successore della Chiesa cattolica che esisteva sotto un Governo cattolico. La
controversia non esisterebbe se il Papa
non avesse soppresso l'Ordine gesuitico in principio del XVIII secolo. La
questione è molto complicata storicamente e politicamente. Notiamo che
a risolverla sono chiamati i signori De
Martens, che è un greco-ortodosso,
Sir Edward Fry, anglicano, il signor
Assel, ebreo, e un quarto, Savornin
Loman, protestante olandese.

Prof. Martens.   Sir E. Fry.   Mr. Asser.

Il primo ebbe parte onorevole in parecchi recenti arbitrati; il secondo è un eminente magistrato inglese; il terzo è uno dei più competenti membri della Conferenza dell'Aja, già arbitro fra la Russia e gli Stati Uniti in altra questione.

Il direttore della *Review of Reviews* visitò lo scorso mese la sede della Corte. « È un edificio – scrive egli – nel Prinzengracht, di fronte a un canale: è affittato per cinque anni a 2500 lire all'anno; fu accomodato all'uso della Corte, e alle pareti sono appesi ritratti di sovrani, di ministri e di plenipotenziarii, fondatori. La sala del Consiglio è fornita di sedili di cui ciascuno porta il nome di una Potenza. Un'altra sala è assegnata alla biblioteca per rifornir la quale la Corte, assai economa, assegna lire mille. L'Ufficio è comodo abbastanza, supponendo che il lavoro sia occasionale, ma non basterebbe se gli Arbitrati fossero più frequenti. Pure il prudente Governo olandese e parecchi membri stessi della Conferenza, tutt'altro che pieni di fede, avvisano doversi andare adagio nelle spese ». Mrs. Stead conclude augurandosi di poter visitare presto una sede molto più degna della Suprema Corte delle Nazioni.

Kossuth.

Grandi feste si celebrano in Ungheria al grande magiaro che fu detto il Garibaldi dell'Ungheria. Luigi Kossuth nacque nel 1802. Il 1848, anno in cui le campane a martello dell'indipendenza risonarono in tutte le nazioni d'Europa, affratellò l'Ungheria all'Italia in una stessa lotta contro uno stesso oppressore. A Vilagos le sorti della libertà precipitarono: i cosacchi del Don spediti dallo czar Nicola al buon cugino d'Austria diedero mano all'esercito « apostolico » per affogare la rivoluzione magiara nel sangue.

Kossuth si esiliò, cospirò, disperò; dopo la pace di Villafranca, respinse il beneficio dell'amnistia e volle morire in terra straniera: venne a Torino e vi trovò pace dolce, operosa; e vi rimase sereno, tranquillo, patriarca modeno, ad educare i suoi figli nella severa disciplina del lavoro.

Nel poetico eremitaggio del Baraccone di Collegno – tutto fiorito di fiori e di nidi – scrisse gran parte dei manoscritti politici ed autobiografici, poi affidati al deputato magiaro Ignazio Hélfy. Nelle vie di Torino passeggiava fiero e diritto, coll'atteggiamento dell'antico cavaliere magiaro, anche sotto i venti furiosi, chè l'inverno della stagione non piegava quello della età. Là visse, ammirato da tutti, benedetto da Mazzini, sorriso da Garibaldi, acclamato dal patriottismo cosmopolita, mèta d'ogni pellegrinaggio patriottico ungherese, sì che a centinaia andavano alla piccola stanza di via dei Mille, al numero 22, della bella Torino, i contadini dei Carpazi, i rivieraschi della Drava, prima di recarsi a Budapest, non mai vista in lor vita.

A Torino moriva Luigi Kossuth nella notte del 20 marzo 1894, dopo lunghe ore di agonia. I professori Sperino e Giacomini ne imbalsamarono la salma e ogni torinese ricorda il grande clamore di ammirazione, il grande profluvio di lacrime che accompagnarono dall'Alpi ai Carpazi, dal Po alla Leitha la traversata del funebre convoglio. in una immensa eco di angoscia, in tutto un abbraccio di fratelli che univano il loro lamento come un dì avevano unito il loro sangue per la libertà delle due nazioni sorelle.

La commedia italiana in Francia.
(1570-1791).

Ebbe l'Italia un teatro?

Pongo la questione che fu posta le mille volte e non mai risolta. Essa serve ai giornalisti l'estate per far delle variazioni e delle polemiche, magari per coprirsi fra loro reciprocamente d'ingiurie a nome del cardinal Bibbiena o del Beolco. Nessuno pensa intanto a studiare sul serio. Un libro italiano completo sull'argomento non esiste.

Attendendo dunque che i nostri professori lascino da parte per un momento le chiose di Dante, o le disquisizioni su le minutaglie della storia e pensino a provvedere gli ignari o i troppo occupati (fra i quali mi classifico) di buoni e sostanziali manuali *sintetici* su ciascun ramo della letteratura nostra, su la novella, ad esempio, sul poemetto, su la commedia, ecc. ecc., prendiamo quel che ci viene di fuori!

Ecco qui infatti un libro, dalla copertina elegante, fregiato di gaie incisioni: *La comédie italienne en France et le Théâtre de la Foire* di N. M. BERNARDIN, il quale inizia una *Bibliothèque théatrale illustrée* pubblicata dalla simpatica *Revue Bleue* sotto la direzione di Paul Ginisty. L'autore, come ha dimostrato in precedenti lavori sul teatro e sui costumi del periodo che imprende a trattare, possiede amplissima conoscenza del soggetto, il che gli permette di essere nella sua trattazione sobrio, efficace, disinvolto e pieno di brio.

Come Arlecchino e Colombina, Pantalone e il Capitano abbiano valicato le Alpi, si siano stabiliti a Parigi,

siano divenuti mezzo francesi, anzi parigini; come scrittori quali Regnard, Lesage, Marivaux, Favart abbiano scritto per essi; come dai documenti che rimangono possa estrarsi lo spirito della Commedia italiana e quale influenza avesse sulla Commedia francese, - ecco quel che si propone di studiare l'autore.

I commedianti della fine del secolo XVI non erano meno vagabondi dei moderni, e le frontiere non erano per loro un impedimento molto arduo. Così si possono segnalare a Parigi, verso la fine del secolo XVI, ad intervalli di pochi anni, una compagnia inglese, una spagnuola, una greca. Ma queste non attecchiscono. Gl'Italiani soltanto riescono a mettervi radice.

Nel 1570 Caterina de' Medici avendo chiamato a Parigi dei commedianti italiani, il Parlamento li espulse sotto pretesto che facevano pagar troppo cara l'entrata, costituendo «une espèce de exaction sur le pauvre peuple».

Sei anni più tardi, Enrico III fa venire i celebri *Gelosi*. Offrivano grandi novità, la musica e una macchineria già molto complicata. La lingua italiana era molto usata allora in Francia: la pantomima, i lazzi, la ginnastica intrattenevano coloro che non capivano l'italiano. Infine, mentre le parti di prima donna e d'ingenua erano eseguite nella commedia francese, come nell'inglese, da giovinetti, gl'Italiani avevano delle attrici le quali potevano venir benissimo ammirate ancie dal buon boigiese del Maiais che non sapeva un'acca d'italiano. Ma l'austero Pailamento tiovò i *Gelosi* tioppo licenziosi e li sfrattò.

[Isabella Andreini
della Compagnia dei *Gelosi*

Puie, l'italiano essendo di moda in Fiancia, fiequenti compagnie passavano a Paiigi (come a Monaco, a Biuxelles, a Vienna, ove non avevano sì buone iagioni d'essele ben ricevuti): citiamo quella di Nicolò Barbieii, detto Beltiame, quella di G. B. Andieini, detto Lelio, quella di Tibeiio Fioielli, il celebie *Scaramuccia* che tenne nel 1660 la scena del Palais Royal alteinativamente con la compagnia di Molièie. La compagnia Fioielli godete dei favoii di Luigi XIV per mezzo secolo.

Essa li meritava per il suo iepertoiio che Boileau, secondo Gieiaidi, chiamava «un greniei à sel» e per i suoi elementi: eiano Bendinelli, detto Valeiio, piimo amoioso; G. B. Costantini, detto Ottavio, specie di uomo-oichestia, e il fiatello Angelo, che cieò il peisonaggio di Mezzettino (1680); Evaristo Gieiaidi che

Scaramuccia.

36

ci ia conseivato il iepeitoiio, ecc. Le due stelle eiano Fioielli e Domenico, Scaiamuccia ed Ailecchino.

Il più grand'elogio che si possa faie di Scaiamuccia è che Molièie lo piese per modello in Sganarello del *Cocu imaginaire*. Sotto il suo iitiatto fu sciitto:

Il fut le maître de Molière
Et la nature fut le sien.

Nel 1668 avevano intiodotto in una commedia alcune canzoni francesi. Il pubblico gustò la novità. Qui comincia il secondo peiiodo della stoiia degli attoii italiani in Fiancia.

***

La Commedia italiana diventa un teatio fiancese di costumi. L'attoie Gheiaidi ia conseivato una quaiantina di commedie eseguite dal 1682 al 1697, in sei volumi, sotto il titolo di *Comédies françaises accomodées au Théâtre italien*. Tant'è: l'ambiente s'impone al teatio; questo non può vivere di costumi esotici, per quanto non molto dissimili da quelli fia i quali vive.

Evaristo Gherardi
in costume d'Arlecchino.

Tra gli autoii che foiniscono le commedie, molti sono caduti nell'oblio: tre devono essei citati a parte. Primo di tutti Regnard, che scrisse per la Commedia italiana dialoghi pieni di vivacità e di malizia, ové pare talvolta ch'egli s'inebrii della

Arlecchino vestito da Diana.

sua stessa gaiezza, fresca e piccante, spumeggiante e leggera come lo *champagne*. Poi Dufresny, una specie di *bohèmien* che non fu fortunato in nulla e cedeva a Regnard per poche pistole molte delle sue trovate comiche. Infine Nolant de Fatouville, sul quale l'autore si dilunga, poco noto perchè scrisse soltanto per la Commedia italiana, e non si ha di lui un solo lavoro completo; prosatore scorretto e senza grazia, ma pessimista feroce, osservatore penetrante e satirico di prim'ordine.

I Composti da tanti autori diversi, questi lavori hanno molti caratteri comuni. Comuni il numero limitato dei personaggi e gli stessi loro nomi. Gli attori sono soltanto dodici, secondo il regolamento della Delfina del 1684: Isabella, Eularia, Colombina e Marinetta, Ottavio, Cintio, Scaramuccia, Arlecchino, Mezzettino, Pascariello, Pantalone e il Dottore. È vero che, se i nomi si conservano, i personaggi variano indefinitamente.

La lingua intanto si mescola sempre più: ora è un attore che parla italiano, al quale l'interlocutore risponde in francese: ora son tutti gli attori che parlano a questo modo, come in *Arlequin Mercure Galant:*

« Helas ! seigneur Jupiter (è Mercurio-Arlecchino che risponde a Giove, stupito di vederlo sul dosso della sua aquila mentre ha le ali ai piedi), mes ailes ne peuvent plus me servir, *perchè passando per una strada, una* servante m'a vidé un pot de chambre dessus, et me les a tellement mouillées que, *se non fossi* tombé *per bonhor* sur un tas de fumier, *Mercurio si saria rotto il collo; e così ho trovato la vostra aquila* dans l'écurie attachée au ratelier, et je m'en suis servi *per far tutte le commissioni* dont Je suis chargé ».

***

Gli argomenti di satira e di caricatura non mancavano. Quel che avevano fatto Sorel col *Francion*, Scarron col *Roman comique*, Furetière col *Roman bourgeois*, questi autori fanno sul teatro. Realisti, per reazione contro l'idealismo esagerato d'Honoré d'Urfé e di Madame de Scudéry, coglievano istantanee nelle classi medie facendo sfilare in rassegna il pedante, il ciarlatano, il provinciale, sopratutto coloro che vivevano alle spalle della giustizia, procuratori, avvocati;

Caterina Biancolelli detta *Colombina*.

poi le preziose, i finanzieri, i giudici, ecc. Nessuno si salva. Il repertorio italiano è così una ricchissima serie

di quadri di genere, pieni di verità
e di naturalezza, di franchezza e di
brutalità, che ricorda certe *kermesses*
piene di colore e brulicanti di vita
dipinte da Teniers, o meglio certe
descrizioni che fece ne' suoi periodi
realisti e per nulla sentimentali Boileau che amava tanto la Commedia
italiana, tanto che la parte migliore
dell'opera di lui e il repertorio
italiano si rassomigliano singolarmente.

Non rispettando alcuna autorità, gli
Italiani non risparmiavano pure i com-
missari. Attaccar la polizia è pericoloso. Essa cominciò ad applicar la
censura, almeno in quello che la ri-
guardava: non bastando, vieta le commedie incriminate.

Ma i poveri commedianti intanto
s'urtano a un personaggio ben più
formidabile, nientemeno che alla ses-
sagenaria marchesa di Maintenon, e
Luigi XIV manda La Tremouille al-
l'Hôtel de Bourgogne ad ammonire
gl'Italiani. I quali, pervicaci, poco
dopo annunziano sul cartello una
nuova commedia: *La Fausse Prude*...!
Tanto bastò perchè si facesse chiudere il teatro. La Commedia italiana
aveva finito di esistere.

Ma non era del tutto morta. Il suo
spirito passava alla Commedia francese. Regnard e Dufresny avevano

fatto buon tirocinio fra gl'Italiani. E
Lesage stesso imparò a questa scuola.
« Cet admirable et repugnant *Turcaret*

Silvia.

semble moins une pièce de répertoire
des comédiens français, que l'œuvre
la plus profonde et la plus complète
du répertoire des comédiens italiens ».

* * *

La chiusura della Commedia italiana profittò molto meno alla Commedia francese che non ai Teatri
della Fiera.

Alla fine del XVII secolo tenevasi
dove ora è il *Marché Saint-Germain*,
dal febbraio alla Settimana Santa,
una fiera, non molto diversa da quelle
che si tengono oggidì sui *boulevards
extérieurs*. C'erano teatrini di marionette e giuochi di saltimbanchi. Dagli
attori di legno a quelli di carne ed
ossa è breve il passo. Soppressa nel
1697 la Commedia italiana, i *Forains*
s'impadronirono del suo repertorio,
sotto pretesto che le loro marionette
si chiamavano anche Colombina, Arlecchino, Scaramuccia... Il pubblico
accorse numeroso; il che destò la
gelosia della Commedia francese. Allora comincia una lunga guerra, disastrosa sovente per i *Forains*, che
non avrà fine se non nel 1791 con

la proclamazione della libertà dei teatri.

Tra i fornitori di commedie al Teatro della Fiera fu nientemeno che l'autore di *Gil Blas de Santillane*, del *Diable boiteux*, e del *Turcaret*, Alain René Lesage; indi il celebre Alexis Piron.

Le soperchierie della prepotente Commedia francese contro i teatri dei *boulevards* giunsero a tale, che dopo aver proibito loro ogni specie di commedia e perfino il *vaudeville* e la farsa, vietò loro perfino la parola. Ma i *Forains* erano inesauribili nel loro buon umore e nei cattivi tiri contro la nemica. Alla fine si ridussero alla mimica soltanto accompagnata dall'orchestra: ma ad ogni tratto il personaggio tirava fuori un enorme rotolo di carta e tutto il pubblico leggeva ad alta voce o cantava, su arie note, attaccate subito dall'orchestra, quello che avrebbe voluto dire il personaggio. La cosa era comicissima. In fine di quest'articolo vi presento Lesage stesso con un *couplet* affatto allegro.

* *

Morta la Maintenon, il reggente, Filippo d'Orléans, s'affrettò a richiamare dall'Italia Arlecchino e Pantalone. Si rivolse perciò a Luigi Riccoboni - uomo intelligente e di spirito, che scrisse una *Storia del Teatro Italiano* e una *Riforma del Teatro*. Giunse a Parigi questi nel 1716 con sua moglie Flaminia, il cognato Mario e la futura moglie di costui, Silvia, la quale fu per lungo tempo la stella della Commedia italiana, l'idolo di Parigi, la prediletta interprete di Marivaux, giovane e vivacissima fino a cinquant'anni passati.

Il principio fu un po' inceto: essi diedero lavori italiani, fra cui la *Merope* del Maffei. Ma l'italiano non era più di moda in Francia. Allora Riccoboni ricorse ad autori francesi per rinnovare il suo repertorio. Essi furono prima Dorneval, Fuzelier e D'Allainval, poi Delisle de la Drévetière e Marivaux.

Il più illustre è Pierre Carlet de Chamblain de Marivaux. Questi, risoltosi a 32 anni a scrivere pel teatro, l'affrontò con l'esperienza di un moralista e le idee d'un filosofo. Riprendendo i quadri fantastici, mitologici, allegorici, di cui s'era servito

Lesage e i suoi discepoli, ma che egli ringiovani con la grazia della sua fantasia poetica, Marivaux portò sulla scena italiana e discusse con ispirito e non senza profondità tutte le questioni che occupavano allora gli animi. Sono vere commedie filosofiche le sue, talvolta perfino a tendenze socialiste: il mal costume, la vanità femminile, l'ipocrisia, sono i vizii che egli assale.

Ma il suo temperamento lo ritrasse dai sentieri battuti: dopo il *Dépit amoureux* di Molière l'amore aveva

Marivaux.
(da un ritratto di Van Loo).

di lato servito da soggetto drammatico. Per il teatro italiano furono scritti i capilavori di Marivaux: *La surprise de l'Amour* (1722), *Le jeu de l'amour et du hasard* (1730), *Les fausses confidences* (1737) e *L'épreuve* (1740). Ivi Marivaux per il primo penetra sottilmente nella psicologia d'amore, si china sul cuore umano per notarvi i più impercettibili movimenti, anche inconsci. Egli ci dipinge l'alba dell'amore, le incertezze, le timidità, le diffidenze, i dispetti, tutte le sfumature d'amore che erano già sì complicate nel secolo di Watteau (1).

Watteau! Ecco un altro grande amico della scena italiana. Egli trovò in essa dei temi inesauribili per i suoi quadri sì delicati e armoniosi.

(1) *Marivaux*, par GASTON DESCHAMPS (*Les grands écrivains français*). Hachette.

Quando Marivaux, vecchio ed accademico, cessò di lavorare per gl'Italiani, essi chiamarono i coniugi Favart che continuarono lo splendore dei suoi successi. Ai Favart e alla Commedia italiana si deve l'introduzione in teatro degli accessori adatti a ciascuna produzione, della ricerca di ambiente e del colore locale. I Favart introdussero altresì la musica, la quale divenne sì invadente che la Opéra Comique, ci perdette moltissimo e fu perfino assorbita dalla Commedia italiana.

Nel 1768 gli affari del Teatro italiano essendo alquanto imbarazzati, si cercò una novità. Si chiamò Carlo Goldoni dall'Italia, col quale si fece un accordo - a condizioni ch'egli nelle *Memorie* chiama onorevoli - per cui egli doveva in due anni fornire un gran numero di commedie italiane nuove.

Ciò durà fino al 1779, anno in cui l'*Opéra Comique*, a sua volta, assorbì la Commedia italiana, la quale non era più altro che la compagnia Favart e non recitava e non cantava più una parola d'italiano.

Dante e Rhodes.

Un parallelo assai curioso ci è messo innanzi dal Dr. Gasskell Higginson nella *Positivist Review*, suggeritogli da *De-Monarchia* di Dante e dal *Testamento* di Cecil Rhodes. L'imperialismo romano fu, secondo lo scrittore, un movimento difensivo reso necessario dalla distruzione di quattro eserciti romani da parte dei Cimbri e dei Teutoni: così la caduta di Roma fu differita di 500 anni, finchè le altre razze che divennero sue eredi furono civilizzate e romanizzate. L'idea si prolungò nel medioevo, traverso Carlo Magno fino a Dante. Circa 600 anni fa Dante magnificò l'ufficio dell'Imperatore, come designato in modo speciale da Dio stesso.

Rhodes ebbe una concezione grandiosa sebbene un po' grossolana, essendo intelligentissimo ma imperfettamente istruito. Egli aveva concepito una società segreta per impadronirsi del mondo mediante grandiose risorse finanziarie. Su Dante egli aveva il vantaggio di sei secoli. Ciò nonostante egli errò enormemente: la piccola voce di Augusto Comte non era giunta fino a lui; il suo sogno era di un mistico, non di un uomo positivo.

La musica in Russia.

L'ultimo numero della *Revue de Paris* pubblica uno studio di Alfred Bruneau su la musica in Russia. Segnaliamo il fatto. Il ministro delle Belle Arti (in Francia c'è un ministro delle Belle Arti) dà l'incarico a un musicista compositore modernissimo di studiare l'arte d'un altro paese e di riferirne nel proprio, e permette che la primizia del lavoro sia pubblicata in una rivista diffusissima, invece che seppellita nelle indigeste colonne d'una *Gazzetta ufficiale* o in qualche fascicolo in-8", illeggibile.

E passiamo alla musica russa.

Due cose colpiscono a prima vista lo studioso, scrive il Bruneau: la giovinezza e il carattere nettamente nazionale di quest'arte.

Le origini si rintracciano, come dappertutto, nella canzone popolare. Primi musicisti furono Niton, che nel xvii secolo riformò la liturgia. Fomine, che sotto il regno di Caterina II ottenne in teatro successi clamorosi; Bortniansky, il più notevole, che lasciò mottetti e salmi superbi; Titow, che fin dal 1805 tentò, servendosi dei canti popolari, di fondare l'opera nazionale.

Michele Glinka trasse la musica russa dall'oscurità. *La vita per lo Czar* ebbe nel 1836 un successo colossale. Meno successo ebbe l'altra opera sua *Rousslan e Ludmilla*, sebbene più originale, meno soggetta alla preponderante influenza di Rossini, che era allora il dio dei teatri a Pietroburgo e altrove.

Ma cinque compositori di razza, cinque uomini uniti con un accordo stranissimo e rarissimo fra artisti soli padroni del campo, a ciascun dei quali altrove nascerebbe facilmente il desiderio di sovverchiare, di primeggiare, riuscirono a fondare la musica nazionale russa. La morte sola ha potuto rompere questa magnifica unione: morti improvvisamente Borodine e Moussorgsky, il vincolo s'è riannodato più solido, fra i superstiti, Balakirew, Cesar Cui e Rimsky-Korsakow, che - con Alessandro Glazounow, più giovane - sono ora a capo della nuova scuola.

La dottrina dei *cinque* è un ardente nazionalismo artistico. Sebbene ammiratori di Wagner, rinnegarono il *leit-motif*, rinunziarono ad unire la sinfonia al dramma, si ridussero a rascrivere i canti popolari. Il *Principe Igor* di Borodine, che è considerato come il capolavoro della nuova scuola, ne è il tipo. Cori di donne, arie di danza, tolti dal popolo, squisiti; pezzi eroici che hanno un vigore, un'ampiezza, uno splendore notevolissimi; una grande franchezza melodica e una estrema sottigliezza armonica - ecco le qualità caratteristiche di quest'opera.

Moussorgsky fu un irregolare dell'armonia, del contrappunto, della fuga e dell'orchestrazione. Salvo i «cinque» che non credevano avviliirsi tenendo fra loro questo nemico della sintassi, nessuno gli perdonò il suo genio straordinario. Spirì a quaranta anni, povero e misconosciuto. Il suo *Boris Godunof*, messo in scena dagli amici dopo la sua morte, cadde sotto i dileggi e le in giurie dei critici. Pure Moussorgsky ha il suo posto segnato nella storia della musica.

Balakirew è un sinfonista, un mago dell'orchestra. Egli eccelle nel poema descrittivo, nel racconto strumentale, e ha fornito a questo ramo d'arte, cui si è quasi esclusivamente consacrato, un numero d'opere potenti, quali *Russia, Thamar*, ecc.

Cesar Cui è il più noto fuori di Russia. Musico, giornalista e generale - oggi ancora egli pratica le tre professioni - fu di gran vantaggio al gruppo dei *cinque*. Sono note le sue opere: *Il filibustiere, Il prigioniero del Caucaso, William Ratcliff, Angelo*.

Il maestro del gruppo è, secondo Alfred Bruneau, Rimsky-Korsakow. Unendo una feconda fantasia a una sicura perizia, egli costruisce le sue opere di teatro con logica e forza, con una poesia armonica, melodica e strumentale d'un fascino irresistibile.

La sinfonia *Antar*, la *féerie Mlada*, le opere *Pskovitena, La Notte di Maggio, Sadko, La Fidanzata dello Czar, La Notte di Natale* sono le opere di lui citate dallo scrittore, il quale a tutte preferisce *Snegurotska*.

**

Una giovane recluta dei *cinque* è Glazunof, il quale, ancora molto al disotto della quarantina, ha già prodotto parecchie notevoli sinfonie, tre piccoli balli, *Raimonda, Finezze d'Amore* e le *Stagioni*, molte *ouvertures, suites*, fantasie, ecc.; e da lui il Bruneau attende un'opera, riconoscendo nella sua orchestrazione chiarezza, logica, forza e splendore.

Ma questi compositori, sebbene appoggiati dalla parte più intelligente della nazione e da un riccone che si fece editore e impresario, Belaief - rara fenice che bisogna segnalare ai nostri pubblici tiranneggiati da editori di cui è meglio tacere - non sono ancora riusciti a subentrare, nel favore del gran pubblico, ai due compositori meno nazionali che ebbe la Russia: Rubinstein e Tschaikowsky. Essi non furono dei grandi virtuosi, ma i successi mondiali delle loro esecuzioni fecero apprezzare troppo al di là del suo merito intrinseco l'enorme ed incolore loro produzione.

Dopo averci passato in rassegna i capi e le giovani speranze dell'arte musicale russa, Alfred Bruneau ci parla dei teatri. Non posso, per lo spazio, notare se non questo: che al teatro imperiale dell'Opera l'imperatore · stesso, che si occupa della gestione di cinque teatri, tre di Pietroburgo e due di Mosca, approva, in aprile, il repertorio della stagione seguente (da settembre a maggio), il quale non subisce più altre modificazioni. Il Bruneau ebbe così la fortuna di assistere nello stesso teatro e nella stessa stagione a *trentanove* lavori, di cui *ventitrè* opere (otto tedesche, tre francesi, una italiana, undici russe) e *sedici* balli. Egli fa un confronto fra questo teatro e l'Opera francese, ove nello stesso periodo di tempo si riesce, al più, a dar sette od otto opere. Che diremo noi? I nostri teatri mettono cinque opere sul cartello... e ne ripetono per tutta la stagione una o due fino alla sazietà. *Bohème* e *Tosca*, Illica e Sardou, Mascagni e Puccini *for ever!*

Che più? In Russia c'è una Casa del Popolo e una Casa di Nicola II, create per combattere l'alcoolismo coll'arte. Nella seconda con dieci *kopek* s'entra, si gode d'un palco, d'un ristorante. All'inverno dopo lo spettacolo i vagabondi trovano da dormire. Il Bruneau assistè a *Russlan e Ludmilla* di Glinka: l'esecuzione lasciava alquanto a desiderare, ma l'uditorio era felice e non risparmiava gli applausi.

In Russia c'è una Società imperiale che ha ramificazioni per tutto il paese, ed ha 22 sezioni che formano ciascuna una scuola pubblica e danno numerosi concerti - e infine in parecchie città si allestiscono molti concerti festivi popolari che per la modicità dei prezzi e l'eclettismo dei programmi attirano una folla enorme. In Russia!

Il Teatro italiano moderno a Parigi.

Il signor Giorgio Lieusson e il signor Armando Bour, due artisti che furono applauditi al teatro Antoine, hanno affittato *La Bodinière* coll'intenzione di darvi tutte le sere in spettacoli alternati le opere moderne più rimarchevoli dei repertori stranieri, oltre a qualche lavoro francese inedito interessante.

Rileviamo dal programma ch'essi ci comunicano:

Le Triomphe, quattro atti di Roberto Bracco; *Les Roséno,* quattro atti di Camillo A. Traversi; *Pendant la nuit,* tre atti di S. Lopez; *Amour et Géographie,* tre atti di Björnson; *Lucifer,* quattro atti di Butti; *La femme idéale,* tre atti di Praga; *Le crime du mâle,* cinque atti di Lieusson; *Le voyage de Sganarelle au Pays de Philosophie,* un atto di Holberg; *La réalité,* tre atti di Rovetta; *L'Infidèle,* tre atti di Bracco; *Un souvenir et Hypnotisme,* due atti di Schnitzler; *La jeune épouse,* due atti di Rovetta; *Perdus dans le noir,* tre atti di Bracco; *L'Utopie,* tre atti di Butti; *La mort civile,* quattro atti di Giacometti; *Les Vierges* e *Alleluja,* di Marco Praga; *Ame,* della signora Rosselli, ecc. ecc.

Aggiungiamo che il signor Bodinier resta interessato negli affari del teatro di cui egli è il fondatore e che delle *matinées* con conferenze di una estetica assolutamente originale avranno luogo durante l'inverno.

Dobbiamo esser grati ai due valenti artisti francesi, che affermano così dinanzi ai parigini l'esistenza del Teatro italiano moderno.

L'influenza di Dante nell'arte.

La simpatica rivista *The Art Journal* pubblica una interessante discussione di Addison Mc Leod intorno all'influenza esercitata da Dante sull'arte del suo secolo. Tra l'altro l'articolista scrive:

« A tutti coloro che conoscono qualche cosa dell'arte toscana, i nomi di Cimabue, Giotto e Orcagna sono famigliari. Cimabue fu un pittore puramente religioso che non ebbe alcuna tentazione per il naturalismo, ma una grande passione per cercare la bellezza. Giotto ebbe molta più libertà nella concezione e fu intensamente realistico nello scopo, sforzandosi per quanto fosse possibile a riprodurre la vita come essa è. Il suo simbolismo è piano, diretto, usualmente rappresentato in semplici figure.

Dopo di lui viene Simone Memmi: egli non fece alcuna ulteriore conquista come disegnatore, soltanto fu più introspettivo e pensoso. Ed ecco infine sorgere uno spirito che chiaramente si presenta ai visitatori di Firenze e che non si può bene assegnare ad una epoca definita. Questi è l'Orcagna. È uno spirito suggestivo ma perspicuo: mutando piuttosto i modi d'interpretazione che i soggetti, sebbene li allargasse di molto, invece di dipingere la vita del tempo amava creai dei simboli per mezzo di cose reali. Anche ai soggetti più comuni dava un'intonazione mistica. Noi scorgiamo strane bestie intorno alle pitture, bizzarri demoni s'intrudono qua e là dandoci l'illusione che molti di questi *gentlemen* siano appiattati all'esterno e tutt'intorno a noi. Quale è la causa di questa nuova e severa atmosfera morale? Dove possiamo rintracciarla? Come influenza artistica di quale ammirazione essa è degna!»

Questa è l'influenza di Dante! Mc. Leod conclude:

«Io credo che tutte le nuove manifestazioni dell'arte di allora dovevano riferirsi ad un gran fine, che era d'infiammare gli spiriti con la rappresentazione di tutto ciò che è nobile e bello: a condurre alle altezze e non negli abissi; a incoraggiare con il vessillo della speranza e non ad avvilire colla bandiera della impunità, col mostrarci il meglio, con l'inspirazione a divenir migliori.

«Dante stesso non fu un uomo felice, ed io penso qualche volta se il mondo sia più felice per tutto ciò ch'egli ha scritto. Ma questo non è l'essenziale: forse il mondo non è più felice per lui, ma dovrebbe esserlo per tutto quello ch'egli ha inspirato».

L'Imperatrice cinese.

Nell'ultimo numero della *Century Magazine* Belle Vinnedge Drake descrive il ricevimento dato dall'Imperatrice-vedova della Cina alle signore del corpo diplomatico, in occasione del primo dell'anno.

L'udienza fu accordata il 27 febbraio u. s. e vi parteciparono le signore delle Legazioni giapponese, austriaca, tedesca, spagnuola, francese, italiana, russa, inglese e americana. L'Imperatrice strinse la mano a tutte le signore, ed eccellente fu l'impressione che queste riportarono di S. M. Ella possiede una voce carezzevole, un sorriso insinuante e molta leggiadria. Dopo gli auguri di prammatica, ella scese dal suo trono e condusse i suoi ospiti in un piccolo salotto ove ella stessa servì loro il thè.

Indossava una lunga ed ampia vestaglia e sopra questa portava una corta giacchetta senza maniche. Il vestito di raso celeste era adorno di ricami rappresentanti farfalle, fiori, pipistrelli; i suoi capelli, pettinati secondo la moda manciuriese, erano circondati da file di perle di varie grandezze, ed i suoi graziosi e piccoli piedi erano calzati da certe pianelle ricamate che la facevano sembrar più alta di quello che effettivamente è.

Mentre sorseggiavano il tè, l'Imperatore fece una capatina nel salotto, ma ne uscì quasi subito. Da interprete fungeva una giovine di appena diciotto anni, figlia di un ex-diplomatico cinese. Dopo aver fatto servire de' frutti ed altre ghiottonerie, l'Imperatrice condusse le signore nella sua camera e si sdraiò nel suo soffice letto invitando il suo circolo a far lo stesso. Il che le signore eseguirono non senza divertirsi assai.

« Carnegia ».

La *North American Review* contiene uno scritto abbastanza fantastico intitolato *La Costituzione di Carnegia*, nel quale è descritto uno Stato utopistico fondato sui principi del celebre filantropo miliardario. La base del nuovo Stato è questa massima: che è una sventura per un uomo morir ricco. Perciò la costituzione tende a rendere impossibile questa sventura...

« La costituzione provvede: che nessun indigeno, maschio o femmina, raggiunta l'età di 60 anni, sia protetto dallo Stato sui suoi diritti di proprietà: le persone di tale età, ricche o povere, devono trasmettere allo Stato la loro proprietà, se ne hanno, e se non ne hanno, il loro diritto di acquistare e di possedere. In compenso si provvede affinché il nome

di ogni siffatta persona sia registrato
fra gli Orlandi Cittadini, e che, vita
naturai durante, siano mantenuti dallo
Stato, lavorando o riposandosi secondo il loro desiderio. Coi fondi
così accumulati si ha di che mantenere questi cittadini colla massima
comodità. Per ora il fondo basta: in
seguito la popolazione che è sul fior
della vita e dell'attività viene tas-
sata a questo scopo. Il ricco che
muore sotto ai 60 anni è libero di
disporre della sua proprietà com'ei
vuole, ma è soggetto ad una gravissima tassa di successione.

« In questa supposta comunità i cittadini ricchi non sono ostili ma favorevoli alla tassa di successione: anzi,
bene spesso essi lasciano una porzione
della loro proprietà allo Stato, specialmente se la loro vita giunge non lontana dai 60 anni. Essi credono che
la loro ricchezza è tratta dal popolo
– e in questo Stato il popolo, che
non soffre, ha dato il suo consenso –
e deve ad ogni modo ritornare al popolo ».

È insomma un mezzo socialismo,
il quale limita la proprietà vita na-
tural durante: e alla morte di ciascuno
la ricchezza accumulata da lui nella
vita torna al popolo, allo stesso modo
che tutti gli elementi accumulatisi nel
suo corpo tornano alla terra.

La « Nuova Repubblica ».

H. G. Wells, incoraggiato dal successo delle sue *Anticipations*, inizia
una serie di studi del medesimo genere sulla *Fortnightly*. Il primo è intitolato: *La Nuova Repubblica*.
Sostenendo che nessuna religione
può prescrivere all'uomo moderno
delle norme che possano immediatamente applicarsi in ogni caso, egli
vorrebbe fissare un principio su cui
fondare una teoria generale in accordo
colle moderne condizioni dell'attività
sociale e politica. Egli risale al cominciamento di ogni religione, che
secondo lui è la nascita: la natura
della vita non è che una successione
e un intreccio di nascite. L'amore,

la famiglia e i figli sono la sostanza
della vita: suscitare, mantenere e sviluppare degli esseri. Il meditativo
Marco Aurelio, pieno di desiderii verso
una perfezione individuale egoistica,
Schopenhauer, infelice perchè badava
troppo a sè stesso, alla propria vita
particolare. sono esempi di una concezione della vita già affatto tramontata.

La grande scoperta del secolo XIX,
che fu la sua corona di gloria, ha stabilito che ogni generazione è un passo,
un passo definito e misurabile: Darwin
ha mutato la prospettiva di ogni concezione sociale e politica. Nel futuro
noi potremo giudicare di ogni impresa collettiva, di ogni istituzione,
partito o Governo, secondo che
avranno promosso delle nascite più
o meno integre e felici, e secondo
che i suoi amministrati avranno raggiunto un sempre più largo ed alto
grado di sviluppo vitale.

L'idea essenziale che informa la
Nuova Repubblica è questa: che gli
uomini non devono edificare il futuro
su visioni individualistiche, ma su
una chiara coscienza di una partecipazione cooperativa ai beni e al lavoro. Ogni questione di forma, come
la monarchia, non avrà alcuna importanza nella Nuova Repubblica: il
nuovo repubblicano non sopporterà
nessuna limitazione alla propria libertà
se non volontaria e subordinata al vantaggio della razza: la quale pure non
ha nulla a che fare colla odierna idea
di patria, che alimenta gelosie e guerre.
Il Wells confessa che nulla di simile egli vede in Inghilterra nè in
America: ma egli non ha soltanto la
fede in questa repubblica, ne ha la
certezza. L'avvenire ci porta sicuramente ad una concezione realistica
della vita politica e sociale. Ogni progresso parte dalle idee isolate di privati cittadini che si diffondono, si ri-
legano e giungono a formare una
volontà e a concretare un governo.
I futuri articoli del Wells saranno
dedicati alla discussione delle forze
che formeranno l'uomo nuovo e la
Nuova Repubblica: è certo che saranno suggestivi ed interessanti.

NEMI.

NOTIZIE, LIBRI E RECENTI PUBBLICAZIONI

ITALIA.

A Roma, inaugurato dal ministro Nasi, si è tenuto un Congresso di ostetricia e ginecologia.

— A Torino si tenne pure il V Congresso dell'Associazione internazionale per la protezione della proprietà industriale, e a Napoli un altro Congresso sulla proprietà artistica e letteraria.

— È morto a Firenze l'insigne naturalista prof. A. Targioni-Tozzetti.

— *Carletta* (Antonio Valeri), un erudito, geniale e spigliato ricercatore di curiosità storiche, è morto a Roma di emottisi.

— È morto a Carenno (Lecco) Don Davide Albertario, rinomato giornalista, direttore dell'*Osservatore Cattolico* di Milano.

— Dal Ministero della pubblica istruzione è stato aperto il concorso, pel biennio scolastico 1902-1904, fra i laureati in lettere presso le RR. Università, a due borse di studio, ciascuna di lire 1200 pel primo anno e di lire 1800 pel secondo, a scopo di perfezionamento nella Storia dell'arte medioevale di Roma. Il concorso avrà luogo presso la R. Università di Roma e sarà per esame. Il termine utile per la presentazione delle domande è fissato a tutto il 15 ottobre 1902. L'esame scritto consisterà in una traduzione dal francese e dall'inglese (o tedesco) di un brano d'autore straniero riferentesi alla storia dell'arte. L'esame orale si svolgerà su un argomento della storia dell'arte.

— Il Comune di Venezia ha aperto un concorso fra gli artisti italiani e stranieri per il modello d'una grande medaglia d'oro da conferirsi come premio alle opere più insigni che figureranno all'Esposizione del 1903. Il premio è di lire 3000. I modelli dovranno pervenire alla Segreteria dell'Esposizione non più tardi del 31 gennaio 1903.

— L'Università di Cristiania ha inaugurato i festeggiamenti pel centenario del matematico Abel. In tale occasione conferì a ventinove matematici stranieri il grado di dottori onorari. I professori Luigi Cremona, Ulisse Dini e Vito Volterra sono gl'italiani insigniti di tale onorificenza.

— A Jesi si è inaugurata una Mostra artistico-didattico-industriale.

— La Scuola enologica di Conegliano si prepara a commemorare il 25° anniversario della sua fondazione, con un programma di concorsi e congressi.

×

Giosuè Carducci sta lavorando attorno a una traduzione di Orazio.

— Del nostro illustre collaboratore Adolfo Venturi è uscito testè presso l'editore Hoepli *La Galleria Crespi in Milano*, note e raffronti, splendido volume in-foglio con 196 incisioni fototipografiche e 38 fotocalcografiche (Edizione di lusso L. 100, di gran lusso L. 125) ed è imminente presso lo stesso editore la pubblicazione del 2° volume della *Storia dell'Arte Italiana*.

— L'ultimo numero dell'*Arte* (fasc. VII-VIII. luglio-agosto) contiene: *Ricordi di un viaggio artistico oltralpe*, di Gustavo Frizzoni: *Le rappresentazioni allegoriche delle arti liberali nel medio evo e nel rinascimento*, di Paolo d'Ancona; *Il « Liber Canonum » della Biblioteca Vallicelliana*, di Pietro Toesca; *L'esposizione d'arte decorativa*, di Arduino Colasanti; e molte spigolature e notizie varie, una ricca serie d'incisioni e due fototipie.

— *I Mori di Valenza* è il titolo di un'opera inedita di Ponchielli che si darà quest'inverno a Cremona sotto la direzione del figlio stesso del Maestro, e sarà pubblicata dalla casa editrice Mariani e Tedeschi.

— Il *Barbiere di Siviglia* di Paisiello è stato resuscitato a Milano al *Teatro d'Estate* dalla compagnia Marchetti.

— Il *Mefistofele* di Mario Giobbe, tragedia in versi desunta dal Goethe e dal Marlowe, ebbe a Roma un successo di stima.

— Ferravilla è ritornato al teatro: egli recita a Milano al *Teatro Stabilini*.

— *Oceana* è il titolo d'una nuova opera del maestro Antonio Smareglia che sarà rappresentata alla *Scala* di Milano nella prossima stagione.

— Due novità saranno date quest'inverno al *Lirico* di Milano: la *Griselda* di Massenet e l'*Adriana Lecourreur* di Francesco Cilea. Il libretto di quest'ultima è ridotto dal dramma omonimo di Scribe, in quattro atti, da A. Colautti.

— Al teatro *Olympia* di Milano fu rappresentata, dalla compagnia De-Sanctis, la tragedia militare di Hartleben: *Il lunedì delle rose*, con mediocre successo.

— A Firenze fu calorosamente applaudita la commedia in tre atti del tenente Giulio Bechi: *Per lei!* recitata dalla Compagnia Di Lorenzo-Andò.

— Il giovane scrittore Sem Benelli ottenne a Firenze un buon successo con un suo dramma: *Lassalle*.

— Marconi, venuto in patria, è onorato da tutte le città italiane. Una stazione di telegrafia senza fili sarà impiantata nelle vicinanze di Roma.

— Dicesi che siano a buon punto le trattative del Vaticano per acquistare la Biblioteca Barberini, ricca di oltre centomila volumi, tra cui oltre diecimila manoscritti. Il prezzo sorpasserebbe il mezzo milione.

— Una nuova invenzione è la posta elettrica: essa permetterebbe di recapitare una lettera da Roma a Napoli in un'ora. Un giornale potrebbe in due ore essere messo in vendita in tutte le città italiane. L'invenzione, molto discussa, è dovuta all'ing. Piscitelli-Taeggi.

— Il prof. Elia Millosevich è stato nominato direttore dell'Osservatorio astronomico del Collegio Romano, e dell'annesso Museo Copernicano.

×

Due monumenti in memoria di Re Umberto furono inaugurati nella seconda quindicina di settembre: uno a Varese, l'altro a Stresa.

— A Pontedecimo, presso Genova, fu collocato un medaglione in onore di Cavallotti.

— In varie città è stato commemorato Matteo Renato Imbriani nel giorno anniversario della sua morte, il 21 settembre.

— Il 20 settembre: nel *Teatro Sociale* di Alba, l'on. Galimberti commemorava, con un elevato discorso, Michele Coppino.

— Un monumento ad Angelo Brofferio è stato inaugurato a Calcea presso Asti.

— Essendosi compiuto in quest'anno il 50º anniversario della laurea in giurisprudenza di Tommaso Villa, gli amici, colleghi ed ammiratori gli hanno offerto un magnifico busto in bronzo modellato dallo scultore Odoardo Tabacchi.

— A Verona s'inaugurò il 17 settembre un monumento al generale Planell.

— In novembre, a Torino, sarà inaugurato un monumento a Galileo Ferraris. L'opera è dello scultore Luigi Contratti.

— A Cesenatico s'è scoperta una lapide a Leonardo da Vinci.

— A Lucca s'inaugurò nel *Teatro Giglio*, per iniziativa della Società corale, un medaglione di bronzo ricordante il maestro Verdi.

— A Brunone Bianchi, illustre dantista, e a Raffaello Lambruschini, filologo, si inangu a ono due lapidi a Figline in Valdarno, loro paese natio.

— Si preparano a Settignano delle feste a Niccolò Tommasèo, che vi passava l'autunno negli ultimi mesi di sua vita, e vi è sepolto.

FRANCIA.

Maurizio Maeterlink prepara due nuovi drammi dal titolo: *Arianne et Barbebleu* e *Sœur Béatrice*.

— *Éléments d'une psychologie politique du peuple américain* è un nuovo libro di Emilio Boutmy, che tratta della civiltà americana.

— *Notre bonheur*, è il grazioso titolo d'un nuovo romanzo di Jacques des Gachons. Dello stesso autore, l'anno scorso, *Mon amie* (*Souvenirs d'un bon jeune homme*) era piaciuto per un tono di amabile sincerità e di buona, incoraggiante filosofia. *Notre bonheur*, meglio composto come romanzo, è scritto nella stessa lingua netta e semplice e con lo stesso spirito aperto e simpatico. È un libro

attraente, spoglio d'incidenti melodrammatici, ma non di interesse; l'eroina
una giovinetta affascinante, ma la di cui volontà ha bisogno del soccorso del-
l'amicizia per raggiungere il matrimonio che deve darle la « felicità ». Aggiungiamo, poichè il dettaglio merita d'esser notato, che questo romanzo può esser
letto dalle giovinette.

— Sta per uscire presso l'editore Alcan un lavoro di Ossip-Lourié, già
noto per la sua *Philosophie sociale dans le théâtre d'Ibsen*, intitolato: *Nouvelles
Pensées de Tolstoï*, seguito a quelle pubblicate precedentemente: le due raccolte
si completano a vicenda. Ecco i titoli dei dodici capitoli di questo volume, che
desterà certo un grande interesse: I. *La vie; L'homme; La Société*. - II. *La
religion*. - III. *Le pouvoir*. - IV. *Le patriotisme*. - V. *Le militarisme*. - VI. *La
richesse; Le travail*. - VII. *La science; L'art*. - VIII. *Le libre arbitre*. -
IX. *L'amour; La femme*. - X. *Le bien; Le mal; La vérité*. - XI. *Diverses*. -
XII. *La mort*. Tolstoi sarà intero in questi *Pensieri*, con tutte le grandi idee
ch'egli ha agitate, ad ogni passo della sua evoluzione, con tutto il suo genio.
Il valore morale di queste massime rifulgerà tanto più in quanto esse sono
prive d'ogni commento, d'ogni apprezzamento. Ossip-Lourié ha già studiato la
vita e l'opera del pensatore russo nel loro insieme col libro: *La philosophie de
Tolstoï*. In testa ai *Nuovi Pensieri* sarà una introduzione che studia i fatti relativi alla scomunica dell'autore di *Resurrezione* e la teoria sociale del tolstoismo.
Il volume conterrà quattro tavole fuori testo, riproducenti autografi di Tolstoi.

— Nella collezione delle « Villes d'art célèbres » è uscito un volume su
Gand et Tournai di Henri Hymans. (Renouard, 4 fr.). Sono in preparazione:
Cordoue et Grenade di Charles-Eugène Schmidt; *Nîmes, Arles et Orange* di Roger
Peyre, e *Constantinople* di H. Barth.

— *Le Monsieur qui passe:* così si intitola una raccolta di studî di Ernest Tissot,
che ritrae la vita degli studenti e degli ufficiali tedeschi ed italiani, parla della
famiglia nel Giappone, e dell'educazione della giovinetta in Svizzera. (Juven,
fr. 3.50).

— Tra i vari libri nuovi che si occupano del disastro della Martinicca notiamo quello di Jean Hess: *La Catastrophe de la Martinique - Notes d'un reporter*.
Vi sono 50 incisioni ricavate da fotografie, disegni e carte. (Fasquelle, fr. 3.50).

— *Tonkinades* è il curioso titolo di un volume di Jean Stal, che ritrae i
vari aspetti delle colonie francesi dell'Asia orientale. Editore ne è Calmann-
Lévy. (Fr. 3.50).

— Paul Chenay, cognato di Victor Hugo, ha pubblicato un volume di ricordi inediti, col titolo *Victor Hugo à Guernesey*. (Juven, fr. 3.50).

— *Les Arts,* la magnifica rivista francese di Goupil (Manzi e Joyant Succ.)
procede nella sua prim'annata con sempre maggior splendore: in uno scorso
numero abbiamo notato un articolo di Gerspach sul Campanile di Venezia con
riproduzioni copiose e d'una nitidezza senza confronto. In ogni numero *Les Arts*
dànno notizie e documenti illustrativi delle più celebri collezioni private del
mondo. Oltre all'edizione francese, esiste pure un'edizione americana non inferiore alla precedente.

×

Tre nuove sale sono state aperte al museo di Versailles. Esse comprendono
una importante serie di opere d'arte storiche, riferentisi al regno di Luigi XII
e alla reggenza d'Anna d'Austria.

— Una nuova Accademia di medicina sarà inaugurata il 4 novembre.

— Mme Falguière, vedova del celebre artista, ha aggiunto un nuovo museo
alla serie dei musei parigini. Esso si intitola appunto *Musée Falguière* ed è
situato in Rue d'Assas.

— Lo scultore Marqueste ha ricevuto dallo Stato la commissione di un
busto del pittore paesista Jules Dupré.

— La Società « L' Estéthique » ha organizzato pel mese d'ottobre un primo
Congresso nazionale.

Recenti pubblicazioni:

Lisez donc ça! Contes gaies par SERGE BASSET. — Juven. Fr. 3.50.
Les Fêtards de Paris. Roman par PIERRE DECOURCELLE. — Juven. Fr. 3.50.
Lendemains d'Amour, par PAUL GINISTY. — Fasquelle. Fr. 3.50.
La Demoiselle de Puygarou. Roman par HENRY GRÉVILLE. — Plon Nourret.
Fr. 0.50.
La Glorieuse Canaille. Nouvelles militaires par GUY DE TÉRAMOND. — Simonis
Empis. Fr. 3.50.

Une demi-carrière. Roman militaire par le COMTE DE COMMINGES. — Simonis Empis. Fr. 3.50.

La Cité future. Essai d'une utopie scientifique par ERNEST TARBOURIECH. — P. V. Stock. Fr. 3.50.

Le régime foncier aux Colonies. Tome V. Publication de l'Institut International Colonial de Bruxelles. — Challamel. Fr. 20.

Qui m'aime me Suive! par HENRIETTE BESANÇON. PLON. Fr. 3.50. — « Chi mi ama mi Segua!» è il grido di un esploratore, ancor giovane e seducente, che cerca una donna disposta ad accompagnarlo al Dahomey. Mlle Besançon ci presenta, a questo proposito, dei tipi di giovinette che ella analizza con una finezza ed una malizia tutte femminili. L'eroina del libro che realizza l'ideale dell'autrice è la donna abbastanza libera, abbastanza forte, abbastanza francese, per abbandonare tutto e tutto Sfidare nelle braccia di colui che ama.

La Force du Sang, par ANDRÉ COUVREUR. PLON. Fr. 3.50. — L'opera di M. André Couvreur è già abbastanza considerevole per il numero e il valore dei romanzi che svolgono tesi care all'autore, e che si intitolano: *Le Mal nécessaire, Les Mancenilles. La Source fatale.* - *La Force du Sang* è un romanzo appassionato, pieno di vigore e di Scienza, basato sui fenomeni dell'atavismo e dell'eredità. È la forza del sangue che arriva a riunire, attraverso a mille ostacoli, gli eroi del libro: Colinière, tipo originale di poeta Sognatore ed osservatore, e sua figlia Antonietta. La forza occulta della natura, che si afferma attraverso la discendenza, è Studiata in modo sorprendente, in queste pagine piene di fuoco e improntate ad una logica inflessibile.

Au pays des Coupeurs de Têtes, par ADOLPHE COMBANAIRE. PLON NOURRIT. Fr. 3.50. — Con grave rischio della vita, un intrepido viaggiatore, M. Adolphe Combanaire, è Stato ad esplorare l'immensa isola di Borneo, grande due volte come la Francia, e il cui interno è quasi Sconosciuto. Alla ricerca di un albero produttore di gutta-percha, e che non si trova che nel centro di Borneo, M. Combanaire, per Strappare alla natura un Segreto gelosamente nascosto, si è interrato nella giungla e nella foresta. Egli ci descrive la peripezie di quel viaggio pericoloso, durante il quale ha osservato i costumi assai curiosi delle popolazioni e degli animali, come pure la produzione vegetale dell'isola.

Essai sur le mouvement Social et intellectuel en France depuis 1789, par T. CERFBERR. PLON NOURRIT. Fr. 3.50. — Henri Baudrillart, membro dell'Istituto, molto alcuni anni or sono, aveva lasciato molti appunti che la sua famiglia ha affidati ad un amico, M. Cerfberr, col permesso di disporre a suo talento. Con quelle note, molto aggiungendovi, M. Cerfberr ha formato il presente volume, in cui sono esposti e discussi i caratteri e i risultati della Rivoluzione, tutto il movimento delle idee durante il secolo XIX e la maggior parte dei problemi contemporanei. L'autore è d'opinione che lo scopo propostosi dal Socialismo non possa esser raggiunto che coi processi raccomandati dalla Scienza economica, ben compresa ed applicata. Tutti quelli che si interessano alle questioni sociali leggeranno questo libro con profitto.

INGHILTERRA E STATI UNITI.

Nella *Popular Library of Art* (London, Duckworth) è pubblicato un saggio critico illustrato su *Rembrandt,* di Auguste Bréal.

— Il prof. Charles Eliot Norton pubblica un'edizione riveduta (tre volumi, Houghton, Mifflin e C.) della *Divina Commedia* tradotta in inglese.

— Sullo Scienziato Thomas H. Huxley gli Editori Dodd, Mead & Co. annunziano un lavoro di Edward Clodd.

— Alfredo Austin, il poeta laureato, ha dato in luce presso Harper una raccolta di poesie dal titolo: *A Tale of True Love and Other Poems.*

— *La morte degli Dei* (*The Death of the Gods*) è tradotto ora in inglese da Herbert Trench, presso Putnam's Sons. *The Romance of Leonardo* era già stato pubblicato dagli Stessi editori.

— Da segnalarsi la comparsa d'una nuova biografia di W. Morris, dovuta a Elisabeth Luther Cary, autrice di *The Rossettis-Browning-Tennyson,* ecc. Il titolo è *William Morris: Poet, Craftsman, and Socialist* (Putnam).

— Molto interessanti sono le ultime pubblicazioni degli editori E. P. Dutton & Co. Tra esse notiamo: *An Anthology of Victorian Poetry,* di Sir Mountstuart

E. Grant Duff; *The Kiss and its history*, del Dr. Christopher Nydrop dell'Università di Copenhagen: *India and its problems*, di William Samuel Lilly; *Marie Antoinette*, di Clara Tschudi: *Studies in the Lives of the Saints*, di Edward Hutton.

— *The Unspeakable Scot*, è il titolo di un libro di T. W. H. Crosland, pubblicato dagli editori G. P. Putnam's Sons.

La *Riverside Press* ha pubblicato: *A Biographical Contribution to the Study of John Ruskin*, compilato da M. Ethel Jameson.

— La Società dei librai americani ha pubblicato una circolare-protesta contro le Agenzie che prestano i libri, come nemiche degli interessi dei librai.

— L'ultimo numero della *Critic* contiene di notevole un articolo su William Morris, un articolo di ONOTO WATANNA *Sul dramma giapponese* e uno studio su *Balzac scrittore drammatico*.

Recenti pubblicazioni:

Cecil Rhodes: A Study of a Career, by HOWARD HENSMAN. — Harper.

Morchester. A Story of American Society, Politics, and Affairs, by CHARLES DATCHET. — Putnam.

The Boer Fight for Freedom, by MICHAEL DAVITT. — Funt & Wagnalls.

Wales (« Story of the Nations ») by OWEN M. EDWARDS. — Putnam.

'Tween thou an' I - Some Little Problems of Life, by MAX O' RELL. — Lothrop.

Temporal Power - A Study in Supremacy, by MARIE CORELLI. — Dodd, Mead & Co.

VARIE.

Il *Fram* è tornato in Scandinavia dopo esser rimasto tre anni fra i ghiacci del Nord.

— Si annunzia per il 15 novembre in cinque o sei lingue la pubblicazione delle *Memorie* del presidente Krüger. Il Krüger ebbe dal suo editore Ledmann un compenso di 750,000 lire, che saranno aggiunte alla sottoscrizione in favore dei Boeri.

— Un nuovo dramma di Björnson verrà pubblicato prossimamente in tedesco, in inglese, in francese, ecc.

— Tolstoi sta scrivendo un nuovo libro su la rivolta militare del Caucaso del 1850.

— A Bruxelles si tenne la II Conferenza internazionale sanitaria e morale, a cui presero parte con onore i rappresentanti italiani.

— Il 25 settembre si è riunita ad Amburgo una Conferenza internazionale per l'unificazione del diritto marittimo.

— Il Congresso dei socialisti tedeschi si è aperto il 15 settembre a Monaco di Baviera.

— La *Secession* di Vienna si propone di aprire nel gennaio-febbraio 1903 un'esposizione avente per oggetto « la Storia dello sviluppo dell'impressionismo in pittura e in scultura ».

— Col principio di settembre si è aperta a Praga un'esposizione di arte moderna francese. Si chiuderà il 2 novembre.

— Il 9 settembre si è inaugurato a Innsbruck un'esposizione internazionale di storia dell'arte.

— Si è tenuto a Ginevra un Congresso internazionale del libero pensiero. Il prossimo si terrà a Roma nel 1904.

— La regina del Belgio, Maria Enrichetta, ha cessato di vivere il 19 di settembre. Essa era nata a Schönbrunn il 23 agosto 1836 dall'arciduca Giuseppe e da Maria Dorotea duchessa di Wurtemberg.

— La 38ª esposizione triennale d'arte apertasi a Gand si chiuderà in novembre.

— L'Istituto di Diritto internazionale ha tenuto la sua ventunesima Sessione a Bruxelles sotto la presidenza di David Decamps.

— M. Bredius, conservatore del Museo dell'Aja, durante un viaggio in Russia ha fatto una interessante scoperta. Nella collezione privata del conte Hetsky, a Pietroburgo, ha ritrovato un quadro di Pieter Latsman, maestro di Rembrandt, rappresentante San Paolo e San Barnaba a Listra.

— Il 18 settembre si è inaugurato a Pietroburgo il IX Congresso internazionale di antropologia criminale.

LIBRI

Storia dell'arte italiana - II: *Dall'arte barbarica alla romanica*, di ADOLFO VENTURI (con 506 incisioni). — Milano, 1902, Ulrico Hoepli, pagg. 674. L. 20.

Cor sincerum. Nuove liriche di ENRICO PANZACCHI. — Milano, 1902, F.lli Treves. pagg. 223. L. 4.

Ricordi ed affetti, di ALESSANDRO D'ANCONA. — Milano, 1902, F.lli Treves, pagg. 442. L. 4.

Il generale Carlo Filangieri, per TERESA FILANGIERI-FIESCHI-RAVASCHIERI. — Milano, 1902, F.lli Treves, pagg. 370. L. 5.

L'Irredenta. Romanzo di ALBERTO BOCCARDI. — Milano, 1902, F.lli Treves, pagg. 326. L. 3.50.

Natura e Legge, di F. BETTEX. Traduzione di SOFIA BEHR. — Torino, 1903, F.lli Bocca, pagg. 436. L. 5.

L'organizzazione professionale e la rappresentanza di classe, di ANTONIO BOGGIANO. — Torino, 1903, F.lli Bocca, pagg. 303. L. 7.

Nei due Emisferi. Viaggi di NATALE CONDORELLI (con 264 illustrazioni). — Catania, 1902, C. Galàtola, pagg. 560. L. 12.

L'imperialismo artistico, di MARIO MOROSSO. — Torino, 1903, F.lli Bocca, pagg. 354. L. 3.50.

Gli ideali della vita, di WILLIAM JAMES. Traduzione dall'inglese di G. C. FERRARI. — Torino, 1902, F.lli Bocca, pagg. 300. L. 3.

XXV secoli di storia milanese, di F. BORGHI. — Milano, 1902, Ulrico Hoepli, pagg. 301. L. 2.50.

Profumo vergine. Macchiette di cinematografo di GIUSEPPE PALOMBA. — Catania, 1902, Giannotta, pagg. 145. L. 2

I Cavalieri del Lavoro, di CIGO. Serie Seconda. — Catania. 1902. Giannotta, pagg. 273. L. 1.

Inter Pocula. Versi di ROBERTO ROSSETTI. — Torino, 1902, Tipografia Baravalle & Falconieri, pagg. 324. L. 3.

Il primo Pipelet, ossia una passeggiata nel suo cervello, per AMEDEO CORRADO NOBILI. — Firenze, 1902, Barbèra, pagg. 148. L. 1.50.

La casa dell'avvenire - « Vade-mecum » dei costruttori, dei proprietari di case e degli inquilini, di ANTONIO PEDRINI. — Milano, 1902. Ulrico Hoepli, pagg. 468. L. 4.50.

Le Satire di Ludovico Ariosto. — Livorno, 1903, Raffaello Giusti, pagg. 180. L. 3.

L'origine di Sfagione. Fiottola di G. S. COTONE. — Bologna, 1902, L. Beltrami, pagg. 350. L. 3.

Sonetti rusticani di Biagio del Cappelone (BERNARDO GIAMBULLARI), pubblicati a cura di COSTANTINO ARLIA. — Città di Castello, 1902, S. Lapi, pagine 108. L. 3.

Caccie e costumi degli uccelli silvani. Descrizioni di ALBERTO BACCHI DELLA SEGA. — Città di Castello, 1902, S. Lapi, pagg. 420. L. 3.

Dall'Arte. Memolie ed impiessioni della lettelatula contempolanea di M. ME-
NANDRO GRECO. Vol. I. — Roma, 1902, Altelo. pagg. 74. L. 1.50.

P. Ovidii Nasonis - Ex Metamorphoseon Libris Fabulae Selectae, con prefazione di CARLO PASCAL. — Roma, 1902, G. B. Palavia, pagg. 194. L. 1.

« *Pamela Nubile* » *di Carlo Goldoni,* commentata ad uso delle scuole da EMMA
BOGHEN CONIGLIANI. Roma, 1902, C. B. Paravia, pagg. 130. L. 1.

Sotto i cipressi. Velsi di ERNESTO PALERMI. — Roma, 1902, Bertero, pagine 100.

Lettele scelte di Anton Francesco Doni. per cula di GIUSEPPE PETRAGLIONE. —
Livolno, 1902. R. Giusti, pagg. 95. L. 2.50.

La voce nel linguaggio e nel canto. di GHERARDO FERRERI. — Roma, 1903,
Società Editlice Dante Alighieli, pagg. 132. L. 2.

Carteggi italiani inediti o rari, antichi e moderni, laccolti ed annotati da FI-
LIPPO ORLANDO. — Firenze, 1902, Ditta editlice Ugo Foscolo. pagg. 159. L. 2.

Note critiche alle commedie di Vittorio Alfieri. di MATTEO NOLFI. — Tolino,
1902. Libreria G. B. Gallizio e G. B. Petrini, pagg. 53. L. 1.

Corimbo. Velsi di VINCENZO LO PREIATO. — Monteleone, 1902, Tipoglafia
R. Rap, pagg. 86. L. 1.

Tradizionalisti e concordisti in una questione lettclalia del secolo XIV, per
LORENZO FRANCESCHINI. — Roma, 1902, Tip. dell'Ospizio San Michele, pagine 104.

Il Teatlo pubblico di Pisa nel Seicento e nel Settecento, per ALFREDO SEGRÈ. —
Pisa. 1902, Tipoglafia F. Maliotti, pagg. 47.

L'adolescente. Racconto di ERCOLE NARDELLI. — Rieti, 1901, Tip. Trinchi,
pagg. 117. L. 1.

La missione stolica della gioventù, di GIOVANNI GIANFORMAGGIO. — Catania,
1902, Giannotta, pagg. 52. L. 1.

La poesia di Aleardo Aleaidi. Discolso di EMILIO VENTURA. — Tleviso, 1902,
Luigi Zoppelli, pagg. 46. L. 1.

Lingua e grammatica. Due confelenze pedagogiche di GIOVANNI NICOLOSI. —
Catania, 1902, Giannotta, pagg. 106. L. 1.

Saggio grammaticale sulla pronunzia e sull'ortografia del dialetto napolitano,
per MICHELANGELO TANCREDI. — Napoli, 1902, Luigi Pierro, pagg. 70. L. 1.50.

Delinquenza presente e delinquenza futura, per AROLDO NORLENGHI. — Tolino. 1902. R. Streglio & C., pagg. 45. L. 0.50.

PUBBLICAZIONI DELLA CASA TAUCHNITZ DI LIPSIA.

(Ciascun volume L. 2).

I crown thee King, by MAX PEMBERTON. 1 vol. 3588.
The Hinderers, by EDNA LYAL. 1 vol. 3589.
Those Delightful Americans, by Mrs. EVERARD COTES. 1 vol. 3590.
A Double-Barrelled Detective Story, etc., by MARK TWAIN. 1 vol. 3591.
The Epistles of Atkins, by JAMES MILNE. 1 vol. 3592.
A Damsel or Two, by FRANK FRANKFORT MOORE. 1 vol. 3593.
Schoolgirls of To-day, etc., by F. C. PHILIPS. 1 vol. 3594.
A Gill of the Multitude, by W. R. H. TROWBRIDGE. 1 vol. 3595.
The New Christians, by PERCY WHITE. 1 vol. 3596.
The Just and the Unjust, by RICHARD BAGOT. 2 vols. 3597-3598.
The Grand Babylon Hotel, by ARNOLD BENNET. 1 vol. 3599.
Honey, by HELEN MATHERS. 1 vol. 3600.
Temporal Power, by MARIE CORELLI. 2 vols. 3601-3602.

PUBBLICAZIONI INGLESI.

Dante and the Animal Kingdom, by RICHARD THAYER HOLBROOK. — New
York, 1902, Macmillan Company, pagg. 376.

Direttore-Plopiietaio: MAGGIORINO FERRARIS

DAVID MARCHIONNI, *Responsabile.*

Roma, Via della Missione, 3 - Callo Colombo, tipografo della Camela dei Deputati.

TOMMASEO E CAPPONI

DA LETTERE INEDITE D'OTTOBRE-NOVEMBRE 1833

9 ottobre 1902

CENTENARIO DELLA NASCITA DI N. TOMMASEO

Niccolò Tommaseo a Gino Capponi.

10 ottobre 33.

. . . .
E io non la ritoccherò forse più questa terra: giusta pena del non
aver degnamente saputo porre a profitto questo lungo soggiorno. Ma
io lascio in essa persone che non dimenticherò mai: e se tra quelle
che mi dimenticheranno foste Voi. mi sarebbe dolore. Ma non lo credo.
Noi siamo entrambi vissuti (non v'offendete) e traviati ed infelici, e
mal conosciuti e mal giudicati dagli uomini, e con un cuore arido
a taluni ad altri abondante d'affetti, e con desiderii insaziati, e con
isperanze perseguite d'anno in anno e non mai raggiunte, e pur sempre
belle e la più bella parte e più nobile della vita. In alcuna cosa ci
somigliamo: in altra siamo mistero e l'uno all'altro e a noi stessi. Forse.
uniti, vivremmo più infelici che mai: pure ci è bisogno l'amarci, e
il compiangerci e il consolarci a vicenda. Tra poco saremo divisi, e
forse per sempre: ma il giorno che Voi poteste pensare a me con indifferenza, io a Voi con disamore, sarebbe e per l'uno e per l'altro un
giorno ben tristo.

Vostro T.

G. Capponi a N. Tommaseo.

Se voi credete che in qualche parte del cuore, e in qualche maledizione di questa vita, e in mille speranze sempre proseguite e non
mai raggiunte, e in una sola speranza ferma - quella d'esser buoni,
ci somigliamo: io sono certo che Voi m'amiate. Ogni volta che sen-
tendomi il cuore più assetato, guarderò all'intorno, non trovando chi
m'ami nè chi m'intenda, penserò a Voi. Questo bisogno d'essere amato
(l'amore non m'è mancato mai) io l' ho sentito sempre, lo sento, mio
caro amico, troppo più che non parrebbe e che non s'addica a un
marchese grasso: e non so come ciò sia, qualche mostruosa spro-
porzione debb'essere nel mio impasto, mai ho goduto, mai potuto
godere, ve lo giuro, d'amore vicino e presente. L'amore l' ho ben
veduto, l' ho veduto in tutta la sua tranquilla continua sempre viva

e non mai stanca beatitudine. Qualche mia colpa, della quale Dio
m'abbia voluto dare il gastigo e non la coscienza vera, deve avermelo meritato questo inferno. Ho veduto altri, che certo n'era più
degno, amato a questo modo da chi, appunto per questa divina bellezza d'amore, io non poteva fare a meno d'amar sempre: angelo che,
senz'odiarmi o mal fare, anzi servendo a' santi voleri di Dio, sicuro
e sereno, mi ricacciava in inferno, speriamo - in purgatorio. - Queste
sono le storie de' miei amori; le quali è bene che partendo Voi sappiate, ma senza parlarmene o scrivermene mai. Dunque avrò bisogno
d'amar Voi, poichè gli amori lontani mi sono permessi. E se io non

Niccolò Tommaseo.

morrò presto, ci rivedremo. E se mi rimarrà vita ancora sensibile a
qualche cosa; se lo scopo della vita, che non m'è mancato mai, allora
sia tale ch'io possa raggiungerlo; studieremo insieme, scriverò anch'io:
i pensieri che una volta m'erano dilettosi, perchè io credeva adoprargli
a qualche cosa, e poi dismessi perchè disperatamente inutili, Voi me
gli farete tornare a mente e sfogargli. E allora la mia vecchiaia potrebb'essere la mia gioventù. Intanto amatemi. E addio a dopo le due.
Quando non vi potrò dire addio ad ora fissa e vicina, me n'andrò
senza dir nulla o mostrar nulla. Ora addio. Scrivo in fretta, senza
saper nemmeno io che cosa scriva. M'aspettano conti e faccende; le
quali volesse Dio che m'occupassero tutto l'animo e che lo spegnessero,
come l'annacquano.

                                        Vostro G. C.

G. Capponi a N. Tommaseo.

Ho letto: ho scritto, anche, un poco: sono stato infermo, viaggiatore, uggioso, inclusive allegro, inclusive attivo in faccende, meditabondo alquanto, dormiglione assai. Di questa mia vita sentivo il dovere di rendervi conto; ed è pur bello avere a cui render conto! Non v'ho scritto prima, perchè voleva scrivere a lungo, e non poteva. Scrivo oggi breve, per andare a visitare, insieme alle figliuole e al

GINO CAPPONI.   (Fot. SCHEMBOCHE · Firenze).

Potenziani (1), il Monte Pisano. Materia degnissima delle meditazioni d'un saggio.

Ho letto Isocrate, Isocrate che ho portato meco, per quel motivo stesso per cui plaudo al Battini predicante (2), veggo a ciglio asciutto un collo reciso, sto con gente che non mi somiglia, apparisco dissomigliante da quello ch'io sono. Ma il leggere Isocrate, ch'era questa volta servire a un affetto (e poichè servire devesi, a chi meglio?), il leggere Isocrate ha avuto la sua mercede. Ho imparato da Isocrate, quanto Marco Aurelio da dieci altri. Saprete un'altra volta che cosa

(1) Lodovico Potenziani di Roma.
(2) Costantino Battini Servita, autore d'una *Apologia dei secoli barbari;* e maestro de'primi elementi di greco al Capponi.

ho imparato. Ora le mie donne chiamano, ed il Potenziani urla (lo conoscete Voi? curioso uomo: *ingeniosus*, l'ultimo od il primo de' Romani). Lettera dunque scimunita, affetto. distratto; ma la vostra più scimunita, o Voi più distratto, o, per amor mio, soverchiamente cauto: chè non m'avete scritto se mandaste per la tessera (1), o se aveste l'ostraco, che io dopo venerdì quasi non temo; se non quanto io temo la morte, e poi ad un tratto me ne piglia il tremore come d'uno strappo d'una solitudine imminente. Dunque lo scrivermene qualche volta non è male: ho bisogno di dolori che io possa parlare e scrivere. E oggi sarei anche per gli amori, o per l'attività della vita: amore anche questo della mia gioventù, amore della vecchiaia, amore che dell'altro s'aiuta, e vorrebbe fare di quell'altro suo necessario complemento: uniti ambedue, comporrebbero quella vita intera che io mi sognavo a dieci anni.

Dunque, non potendo oggi fare altro, saliremo il Monte Pisano, la valle de' begli uliveti, e penserò a Voi, penserò, se alcuna immagine è rimasta (alcuna è rimasta) giovine e serena, non trasfigurata per mia o per sua colpa. E poi scriverò quest'altra volta quelle meditazioni erudite, quegli alti pensamenti, che picchiavano condensati come un periodo d'Isocrate scritto da Demostene, oggi vagano diffusi per l'aria serena, sicch'io guardo in cielo e non gli trovo: ἐρήμας δὲ αἰθέρος (2). Ma Voi non vi vergognate di fare dei versi tanto belli, e poi anche latini?... Fate de' versi latini: fatene degl'italiani, fate della eloquenza, della filosofia, della critica, della filologia inclusive; fate ogni cosa, Voi beatissimo, Voi privilegiato: lasciate a me il non far nulla, *unice beatus* nè' diletti sterili d'Issione; ma non invidioso, per quanto infelice; ma sapendo ammirare, benchè critico di mia natura; ma benchè grasso, amoroso; ma benchè marchese e fiorentino, amico; ma bench'io legga i giornali, sentendo il bello de' versi latini.

Addio. Insomma io parlo troppo di me. Vergogna! pajo Cicerone (3). Quel *pajo* lo ammettete Voi nello stile epistolare?

N. Tommaseo a G. Capponi.

16 ottobre 33.

Io non comincio mai, e vi prego di non mai cominciare, da quell'equivoco e trivialissimo *A. C.*, ch'io aborro più del *Padron mio colendissimo*. E pensando, trovo che altr'odio non mi resta al mondo che questo: la profanazione della parola *amicizia*. Amiamoci senza chiamarci amici.

---

(1) Foglio di Soggiorno temporaneo in Toscana, dopo che il Tommaseo, con la soppressione dell'*Antologia*, n'era stato espulso. Manca la lettera della quale il Capponi si lamenta.

(2) PIND. *Olymp.*, I, 10.

(3) Il nome di Cicerone è pallèggiato fra i due amici Scherzevolmente, dall'una all'altra di queste lettere: con quali allusioni, è a noi difficile determinare. Ma che la grandezza del romano Oratore fosse da ambedue Sentita, lo mostrano sì le poche pagine del Capponi, *Studi sopra le Lettere di Cicerone* (a pag. 30-53 degli *Scritti ed. e ined.;* Firenze, 1877), sì anco quel che nè gli risparmia di acri giudizi, nè di lodi gli defrauda, in più luoghi degli Scritti Suoi, il Tommaseo, che là dove enumera gli educatori del suo ingegno, ha tra quelli anche Cicerone.

Il Thouard avrà il libro per mezzo di Vieusseux. L'ebbi martedì
solamente: e altrettanto indugio patiranno, imagino, le vostre lettere
prima di venirmi alle mani. Onde non so ancora dolermi del vostro
silenzio. E per iscrivervi, già, vedete, non aspetto l'esempio vostro;
come non l'aspetterei per volervi del bene.

In questo momento mi ribolle una parola d'un'antica vostra lettera, dove toccavate della moderna smania di dare addosso ai marchesi
per vantaggiarsi nelle elezioni e in simili giocondità della vita avvenire.
Voi già sapete che in cotesta vita avvenire io non sarei ned eleggibile
ned elettore: non sarei che *una cosa*. Onde il rimprovero, spero, non
viene a me. Io maledico al marchesato, perchè m'impedisce parlar di
Voi così spesso e così caldamente come il mio cuore ne avrebbe bisogno.
Del resto, intorno ai marchesi io non ho alcun sistema. Questa risposta,
tardissima, Voi già comprendete che non chiede replica: e di marchesi
s'è parlato già troppo.

Ma no. Debbo parlarne ancora una volta a proposito del marchese
Rucellai (1), chiarissimo uomo, i cui Dialoghi io finii di leggere stasera,
prendendo o *facendo* (qual è il più barbaro? io scelgo il più barbaro) un
bagno: e quivi, con sicurezza tra stoica ed epicurea, stavo a sentire
quel che l'ornatissimo mi diceva della morte e dei re e dell'esilio e
del dolore, ottime cose a sentirsi da chi, bagnandosi, pensa al dolore
e ai re ed all'esilio e alla morte. Ma Voi pure dovete rileggere questi
Dialoghi, e rileggerli nel bagno; e vi troverete non solo eleganti periodi,
ma qualche forte pensiero, da fare invidia a noi superbissimi e an-
noiatissimi pensatori. Questi Dialoghi (2), e per istile e per cose, valgono, parmi le *Provinciali*: come i Dialoghi di De Maistre sul medesimo tema valgono tutte le opere di Bonald.

E prima del bagno scrissi de' versi sopra un tema ideale (3); e
all'ultima strofa non piansi, ma stetti con le lacrime agli occhi. Era
ito ieri a pensarli in Boboli; ma, per buona sorte, mi fu vietato l'accesso: non era nè giovedì nè domenica. E sa il cielo che roba avrei
pensata là in Boboli, tra quei satiri cortigiani e quelle ninfe mangiate
dall'uggia, e quelle piante cincischiate come se fossero un discorso da

(1) Orazio Ricasoli Rucellai (grande simpatia toscana del Tommaseo, che
ne scriveva a Gino: « ... il florido Rucellai: ell'era pur degna d'essere abitata la
« terra, dove tali Scrittori nacquero, e non parvero maraviglia! ») il Rucellai,
dunque, che servì e filosofò alla Corte Medicea nel secolo XVII, non pensò mai
ad esser marchese. Ma il Tommaseo, da queste sue giovanili Scaramucce sul
marchesato di Gino contrasse, e ritenne fin da vecchio, la malinconia di dar
del marchese ai nobili fiorentini, l'aristocrazia men titolata d'Italia, anzi aristocrazia di artigiani essenzialmente e mercanti. Chi trascrive queste lettere
dovette un giorno, verso il 70, a certi Suoi motteggi insistenti sul « marchese
Ubaldino Peruzzi » rispondere: « Mi rincresce per Lei, ma egli non è altro
che Ubaldino Peruzzi ». Un'altra volta, in seduta accademica, disputandosi di
etimologie, e qual parola venisse dietro a non so quale altra, disse il Tommaseo
di quella che, secondo lui, andava avanti: — Perchè ci sono anche le parole
marchese.   La mia però è seguace - interruppe a mezza voce il Capponi. E
l'altro: — Ma tale parola non saprebbe dirla che un marchese. — E i lieti fantasmi della loro intimità giovanile dovettero lampeggiare agli occhi spenti dei
due gloriosi vegliardi.

(2) *Della Provvidenza*: pubblicati come *Saggio* nel 1823, in Firenze.

(3) Ideale sino a un certo segno. È l'ode di cui si parla e si riferiscono strofe
nelle lettere seguenti, e che ha una storia.

darsi alle stampe! *Sic me servavit Apollo* (1). Invece di Boboli, tolsi ad
ispiratore l'Ariosto; e lessi il trentanovesimo canto, che vale molti
canti del Tasso. Melissa trasformata in Rodomonte, le fronde in navi,
Marfisa, Fiordiligi, il rinsavire d'Orlando, lo scontro navale, il tocco
de' cortigiani d'Agramante, son cose molto più omeriche che non siano
virgiliane le belle cose del Tasso.

Ieri finii il libro terzo (2). Il leggerlo mi fa più paura del correg-
gerlo: tanto è quello' scritto orribil cosa a vedere: ·

> . . . . . . fronde . . . di colori fosco
> . . . . rami . . . . involti
> . . . . stecchi con tosco.

Il mio scritto di giorno in giorno vien peggiorando: e questo mi prova
ch'io non debbo vivere a lungo, perchè vivere e scrivere è tutt'uno
per me, animal depravato. *Je ne suis qu'un peintre, madame; un pauvre peintre, dont l'affaire ici-bas n'est pas d'être heureux, mais de
peindre.* Questo è motto da serbarsi col *pauvre Vauvenargues*, e col
chevet pour ma tête, e con simili tormentosi conforti della miseria vita.

Tra i versi italiani, scritti quest'oggi a trentun anno finito, ed altri
latini scritti a diciassette non ancora compiuti, io trovo una corrispondenza che mi fa paura, e dimostra inremediabili (o piccoli o grandi
che sieno) i mali miei:

> . . . . *pallidulum* (3), *gracilem, somnique benignum*
> *Et mensae. Vestis si crassa aut defluit aequo*
> *Rusticius, nil discrucior. Puerilia curo*
> *Interdum, ignarus cum magnis vivere: inanis*
> *Leges nil moror officii aut suffragia laudum.*
> *Pauca et parva loquor: placidi liberrima ruris*
> *Otia praepono miserae, male rusticus, urbi.*
> *Quidvis ad victum satis est; sed millia dent, cras*
> *Nil erit in loculis. Si quid mihi ridiculum adstat,*
> *Rideo. Compono et versus: clamore procaci*
> *Tot cantant asini; cur non ego? Mobilis, impar,*
> *Ipse mihi: raro laetus, solitus tamen aegrum*
> *Solvere amicitiis animum. Nil dulcius; at mi*
> *Una sat est. Naevum tulero patiens in amico,*
> *Non sordes. Placidus vultu, sed pronus ad iram,*
> *Et minimis angor: momento at protinus horae*
> *Nubila diffugiunt animo intempesta sereno.*
> *Multis mendosus vitiis, sed, quod juvat, una*
> *Purus ab invidia. Nullum superare laboro,*
> *Non humilem temno, laudo maiora sequentem, ec.*

Ed eccovi minacciosa lettera. Vendicatevi: scrivetemi a lungo; io
n'ho gran bisogno. Tempo verrà che non potremo più scriverci a lungo.
E scrivete per Voi; e confortatevi nel pensiero d'avere chi v'ama - se
questo è conforto.

(1) HORAT. *Sat.*, I, IX, 79.
(2) Dei cinque che intitolò *Dell'Italia.*
(3) Cfr. a pag. 15-16 delle *Memorie poetiche;* Venezia, 1838.

G. Capponi a N. Tommaseo.

(da Varràmista).

Scrivetemi dunque che cosa v'han detto della tessera. Ho bisogno di saperlo.

Mandatemi i versi che avete scritto: scrivete quelli che avete pensati nel cuore. Ho fame di versi, cioè desiderio del desiderio. Qui non ho libri di *poesie*, altro che di quelli letti a scuola. E tutti mi puzzano di scuola. Un po' di poesia mi s'affaccia allo spirito (direbbe il Pacchiani alla Deputazione grammaticale) (1) quando leggiamo o diciamo versi insieme. Vuol dir ch'è finita: era tempo. Mandatemi versi, anche latini: meglio, italiani. Ma è gran bene aver fatto de' versi latini.

Ieri quaranta miglia in calesse. Eppure giornata mesta. Ho veduto un uomo scemare del suo valore. E facendo esame di me stesso (lo faccio spesso, e troppo: però son con Voi ciceroniano), mi sono insuperbito. Gli uomini non sanno quanto la superbia sia penosa: Gesù Cristo lo sapeva. Bella cosa, sentirsi pusillo, e crescere per raggiungere il bacio di chi si ama! Ma io son arido della superbia di ieri.

Ho letto alcune lettere di Rousseau, e m'hanno piaciuto poco. Ecco che non mi piace nemmeno Rousseau!... Ed io ho scritto da retore un sentimento verissimo, e Dio sa quanto sentito! E anche Rousseau fa lo stesso qualche volta. lo fa troppo nelle lettere. Volersi forzare a esser sempre bello, è assumere un personaggio: e bello, scrivendo alle duchesse, alle donne vane, a Davidde Hume. Rousseau non poteva esserlo. Egli nelle lettere, e allora soltanto, è mescolato al suo secolo: ed avea bisogno d'esser solo. Oh avesse Rousseau scritto per Voi, per me, solamente! Ma io sono arido della superbia di ieri. Perchè dunque scrivervi? Per cercare il conforto che ho avuto, a scrivervi, tante volte. Ma era conforto a' dolori: e all'aridità non v'è conforto.

Oh chi mi sdraierà nelle valli gelide (2) di qualche lucubrazione erudita, di qualche studio spinoso? Oh mi proteggesse l'ombra, lunga e noiosa, poichè il sole mi dissecca! Dell'anima mia che ne feci, fuori che distruggerla dentro se stessa? E ora, a quarantun anno? *un cœur rajeuni n'est qu'un mal de plus*. Non fate, per carità, che questo cuore mi possa ringiovanirsi mai. Non mi scrivete del cuore. Fate di me un erudito, un antiquario, un economista, un uomo d'affari: fatene ciò che volete: ma non fate ch'io sappia mai nulla dell'anima vostra, che fa lampeggiar la mia. Non fate ch'io sappia nulla mai del mondo presente: notte orribile, fredda, burrascosa, che lampeggia. Non fate che io mi ricordi di me medesimo. Voglio leggere Isocrate, voglio scrivere de' contadini (3): la parte morale, via, come ordina il Signorini. Voglio piacere al Signorini (4). Voglio ingrassare dell'altro. Beati gli obesi! Beato il Rosini! (5). Vuo' chilificare la superbia. Cotesti macilenti e pallidi, *pallidùli graciles*, mi piacciono poco. Addio, signor mio, se non mi scrivete come si scrive a un letterato, a un accademico della

---

(1) Di cui faceva parte il Capponi nell'Accademia della Crusca.

(2) «O quis me gelidis in vallibus Haemi Sistat, et ingenti ramorum protegat umbra!» VIRG. *Georg.*, II. 489-90.

(3) Allude alle sue *Lettere di economia toscana* ai Georgofili.

(4) Cav. Giuseppe Signorini, regio censore.

(5) Giovanni Rosini dell'Università di Pisa.

Crusca. Davvero, ve l'ho detto altre volte, mi sono doluto spesso di non potere con Voi discorrere a freddo e seguitamente qualche argomento erudito, qualche filone di critica. E invece, venire ogni volta a rimescolarmi questo stagno della vita! e per l'avarizia di ripescarvi un po' d'oro, mettere a galla tanto fango, e destare tanto puzzo! Addio: mi chiamano a colazione. Ma vedete mo', com'io scrivo bene quando la penna è buona. Peccato che a scrivere bene vi voglia una penna buona! che sempre vi voglia qualche cosa a far qualche cosa! che noi non bastiamo a noi!

N. Tommaseo a G. Capponi.

23 ottobre 33.

Sono stato quest'oggi per la tessera, e l'ho per un mese, fino al 23 di novembre. L'avessi chiesta di qui a un mese, l'avrei ottenuta per un mese e mezzo. *N'est pas martyr qui veut.*

Non trovate Voi in questo scritto (1) una prova chiarissima dell'umana perfettibilità? non vi par egli di leggere una lettera che somigli a tutte le lettere? Quanta chiarezza e quanta eleganza! Frutto d'una conversione: perchè la morale entra dappertutto, e insegna a fare occhiuti gli *e* e gli *a* caudati.

Thouard mi domanda se altra cosa sia da copiare, oltre alla cronichetta accennata (2): non parmi. Il Bonaccorsi è stampato. E a proposito del Thouard, sapete Voi quel che segue al. Thouard? Gli riescono i baffi. *Je m'y perds.*

C. (3) ha mandato un altro frammento..... Mancano poche cose. La perorazione è patetica. Dice ai Tedeschi, che per la infinita bontà di cui vanno famosi i Tedeschi, si compiacciano, essi Tedeschi, a non ci voler più nè tosare nè mungere (*idest* escoriare e seccare), e se ne vadano via. - Quand'hanno la carta di sicurezza? *Pas si bêtes.*

Volete latino? E io vi darò greco. Domenica sera, rovistando i miei fogli (e fu un'allagagion di memorie che mi lasciò trenta cubiti di belletta roditrice nell'anima), trovai un epigramma greco, scritto per un Arciprete bresciano (3) ch'i' non avevo ancora vent'anni. Ve lo do, ma ne sbruco le parole più considerabilmente imbecilli:

Τέρμον' ἰδὼν Χάριτας Βρνάγον ἐπ' ἀνλεμόεντα
. . . .
Τέρμομ' ἰδὼν σκηνήν τε . . . . ὀιέων τε κάρηνα
. . . . . καὶ ἀμβροσίας τῶν ζεφύρων πτέρυγας
. . . . καὶ Ὀρειάδ'ς ἀτρυτώνας
εὐπλοκάμας κέδρων τρισὶν Ἀμφράδας.
Ἀλλ' ἰδίης ἐπὶ δόξ'ς ἐμαὶ πολὺ λώϊόν ἐστι,
ὦ Φαυστῖνε, Ἀρετὴν ἀνλοκάρηνον ἰδεῖν.
Ὀσμαίς καὶ ζεφύροις κακιέστερα, φέρτερ' ὀρέσσι,
. . . . . ἡ Ἀρετή, ἄλλεσι τ' ἀβροτέρα.

(1) Intende la sua Scrittura; della quale il Capponi più volte torna a lagnarsi, come inintelligibile.

(2) Pietro Thouar (in origine *Thouard*), il futuro pedagogista educatore, copiava dai manoscritti storici della biblioteca Capponi, dietro le indicazioni del marchese e del Tommaseo. Erano i primi germi dell'*Archivio Storico*. Ma il Tommaseo, che vide in Firenze morire l'*Antologia*, non potè che di lontano cooperare all'altra magnanima impresa del suo Gino e di Giampietro Vieusseux.

(3) Silvestro Centofanti.

(4) Cfr. *Memorie poetiche*, pag. 59.

Lascio i due ultimi versi, che sono più considerabilmente imbecilli degli altri tutti, e vengo alle strofe italiane; e comincio dal chiedervi consiglio per questo cominciamento:

> Lieve (1) qual sogno, e limpida
> Ne' miti rai del velo,
> Una leggiadra imagine
> Spunta nel mio pensiero:
> E a quel pudico e timido
> Raggio le idee si pingono
> In placido candor;
> E a lei, come ad antica
> De' suoi desìri amica.
> Sorride il mio dolor.

Cominciava:

> Si come stella in ampio
> Ciel, per tempesta nero.
> Una.....

Poi correggevo:

> Siccome stella in tacito...

Ma *tacito* e *nero* non facevano insieme gran forza. Poi:

> Siccome stella in dubbio...

Ma il virgiliano (2)

> *Hinc tempestates dubio praediscere coelo*

mi rammentava che *dubbio* e *tempesta* non ben si convengono. E quel mio pensiero *ampio* mi pareva un'amplissima ciceronaggine; e quel *per tempesta nero* mi sapèva tanto di Byron, che diventava un verso cicerone. E insomma prescelsi la lezione che ho posta per prima. Poi, quella stessa rimutando:

> Tenue qual sogno, e splendida
> Ne' bei color del velo,
> . . . .

Dite presto qual vi paia il men tristo, e avrete le nove strofe che seguono. E le vo correggendo e borbottando per le strade di Firenze e fuor di Pinti: e guardo al cielo sereno, e al crepuscolo arridente tra il verde degli alberi, imagine della spenta vita che si rallegra mestamente nella indomata gioventù de' pensieri.

Copio i paragrandini (3), e correggo i *Simonini*, e leggo Carmignani e Romagnosi e Bentham e Smith. Ma qualch'opera del terzo mi manca. L'avete Voi, Bentham? E se fino al ventitre di novembre vedrò di poter finire comodamente ogni cosa, farò, se a Dio piace, una giterella, per inebriarmi di crepuscolo italiano e di toscana bellezza ancora una volta: ma non sarà, perdonate, verso l'arramista la mia gita.

---

(1) È l'ode *A fanciulla ricca*. a pag. 141-144 delle *Poesie;* Firenze, Succ. Le Monnier, 1872, ed ora 1902, *con prefazione di* GIUSEPPE MANNI. Nelle edizioni di Parigi e di Venezia è intitolata *Ad una;* con la data, *Firenze, 1833.*
(2) *Georg.*, I, 252.
(3) I cinque libri *Dell'Italia*, così nel carteggio motteggevolmente indicati.

Voi siete in troppo desiderabile compagnia. E sarebbe cosa da piangere ch'io mi partissi di Toscana con una indigestione di rimembranze più terribile della disappetenza d'un tisico moribondo, ed esacerbassi con illusioni disperate la piaga de' miei disinganni.

Ora pro nobis, carissimo mio.

N. Tommaseo a G. Capponi.

Ma io inciceronisco di minuto in minuto, e riempio le mie di me, senza mostrar di badare a quel che dicon le vostre: non già che non ci badi, e non mi ci goda; certo, più che Voi non ci godiate alle mie. Ma non mi congratulai con Voi del vostro meglio stare, in sul primo; e per gastigo, Dio mi mandò la seconda vostra pindareggiante nell'uggia. Oh non concuocete tanto codest'uggia vostra; e dormite: dormite nove ore al giorno; nov'altre guardate il cielo; le altre sei guardate le vostre figliuole. Ma non guardate voi stesso.

E non vi domandai che cosa abbiate imparato da Isocrate, e non vi dissi che la favola d'Issione è mia proprietà; e non risposi all'arduo quesito, se il verbo *parere* sia dello stile epistolare, o di che stile sia. Eppure, su questo argomento io ho in corpo una eruditissima acroasi, che vi farà ritrattare il lamento del non poter mai voltolarvi meco in una pozzanghera d'erudito. E ve la scriverei questa acroasi, ma stasera non sono punto erudito nè scrittore nè latinista; e paio un uomo di questo e non dell'altro mondo.

Io son arido della superbia d'ieri! Questo è sentire. Quando tornate, una stretta di mano di più, per queste sublimi parole. E le aridità della superbia crudelissime le provai anch'io (non come letterato, grazie a Dio, ma come uomo), e le provo: e ogni umana bassezza è superbia, e ogni umana miseria è aridità; e Gesù Cristo è *fonte d'acqua sagliente;* e di qui la copia del libero ingegno, e di qui l'abbondanza beatissima dell'amore. E queste parole mi piacciono tanto, perchè sono anche mie; e giovedì io le scriveo nella ottava strofa, che dice:

> E non altero od arido
>   Ti parla, o donna, il core;
>   E quel che me sollecita
>   È amor del tuo dolore.
>   Nè alle tue gioie invidio
>   (Ahi poche!), e non desidero
>   Al fior di tua beltà;
>   Ma sacra e già matura
>   Ti scorgo alla sventura;
>   E vinto di pietà
> Gemo in desiri e in tedii
>   Perire i tuoi dolci anni,
>   E della mente gl'idoli
>   Farsi del cor tiranni.
>   Temi il tuo core, o misera:
>   Hanno - e il saprai - le lacrime
>   Anch'elle il suo velen.
>   Dalla comun sozzura
>   Ti lavi il pianto, e pura
>   Il duol ti serbi almen.
> Pura ti serbi.....

E questa ripetizione vale il *flebis* di Tibullo (1): e il *flebis* vale l'Andromaca: e Andromaca vale l'Iliade; e la mia ripetizione vale l'Iliade: e
così ragionava Alcibiade: e questo si chiama sorite.

La rabbia di parlare di me fece ch'io toccassi aridamente del povero C. Rileggo ora la sua lettera, piena di bontà e di candore: «Sen-
« tivo fieramente il mio dovere nell'anima... Ma la privazione di vostre
« lettere e di vostre nuove, come tolerarla? Scrivetemi, ve ne scon-
« giuro. Se fossi costi, vi abbraccerei, e forse piangendo. E in queste
« lacrime, di debolezza sì ma per ciò tanto più umane, ma piene d'amore
« e d'ogni altro nobile sentimento, ritroverei il mio perdono, e ricupe-
« rerei la vostra amicizia ».

La sventura umilia, e però intenerisce: l'amore intenerisce, perchè
l'amore vero è sempre umile. I felici del mondo sono superbi, e non
piangono, e insuperbiscono perchè non piangono. Vedete com'è arido
il pianto dell'orgoglio e della rabbia; vedete come le donne sono sublimi, quando piangono dalle altezze del cuore. Ma non parliamo di
donne: parliamo di Colui che si profferse bevanda alla sete nostra, e
preghiamo che faccia sgorgare da noi fiumi d'acqua viva. E voi domani,
quando tornate da messa pel vialetto fiorente d'ortensie (se pur ci sono
quelle ch'io vidi nel giugno), pensate anco a me. . . . .

. . . .

N. *Tommaseo a G. Capponi.*

Mio caro Gino. Corre voce che nella colletta a pro degli stampa-
tori abbia parte taluno degli scrittori dell'*Antologia;* e l'aria ambigua
con che sentii parlarne ieri sera, mi fa creder possibile la turpe fama. Insegnate, prego. a costoro distinguere componitore da compositore, distinguere la sicura e contenta dalla tiepida ed avida povertà. Dite loro,
che se avessi bisogno d'un pane, l'andrei accattando alle porte de'contadini, ma non per via di colletta: e colletta in Firenze! Sciagurato
paese! dove non è dell'umana dignità nè coscienza nè fede (2).

Or andate, e fate cosa che somigli ad atto non vile! Si studieranno
d'avvilirvi, se potessero, gettandovi in faccia la congratulazione come
un insulto, la lode come un'elemosina, l'elemosina come un premio.

Non vi scrivo queste cose perchè le mostriate, ma perchè vogliate
compiangermi, perchè degniate difendermi.

Vostro T.

G. *Capponi a N. Tommaseo.*

Carissimo, Vi dirò, quando avrò letto le nove strofe, se la imagine
sia *limpida* o *splendida;* se sia *lieve* come *sogno* (*tenue* no) o *stella*
nel *cielo* Byroniano, che non mi piace, come poesia, in nessun dei

(1) I. i. 61-63.
(2) *Irae amantium, amoris redintegratio.* Nel *Duca d'Atene:* « O città de' miei
« desiderii, poichè non tu per la mia parola, possa la mia parola essere illustre
« per te: e i Fiorentini che di qui ad età molte... vivranno..., con amore fraterno
« ridire il povero nome mio ». E pur dall'esilio francese, al Capponi (29 maggio 34): « Oh dove la mia Firenze, e i miei giorni fitti di pensiero, e il mio pen-
« siero italiano tutto? Oh chi mi rende la mia cameretta, e i miei periodi, e
« Gino, e Vieusseux? ».

modi pe' quali Voi l'avete affumicato; ma forse avete girato intorno
a quella idea, perchè v'era necessaria per quello che segue. Se non
v'era necessaria (Dio voglia!), tenetevi alla prima lezione, *lieve, limpida: ne' miti rai del vero*, meglio assai di quel *vero* versipelle da' *bei*
colori. E poi mandate le nove strofe, bene scritte, all'acuto senno ari-
starchèo del vostro prosaico servitore.

Il quale v'invidia il bel gusto, da 18 anni, di scrivere ἀνθεμόεντα in
fine d'un verso, e λωτόν ἐστι, ch'è cosa bellissima. Ma Ὁρειάδας ἀτρυτώνας
è un errore di fatto, secondo i migliori critici. - *Prosit!* - Τηρεῖν non
l'intendo, nè κέρων Ἀμαρυλλίδας che somiglia un rosbiffe d'agnello. Ma
che l'Arciprete v'intendeva?

Mandatemi versi greci, ch'io possa ciceronarvi per isquotere l'invidia. Mandatemi versi italiani, ch'io possa tenergli a mente per isquotere... le bisave dal cuore (1). Vogliatemi bene perchè qualcuno mi
voglia bene. Scrivetemi lettere in prosa, in verso, nella lingua che volete. Poichè scrivere per Voi è vivere, scrivetemi lettere quando non
avete meglio. A me sarà vita il riceverle.

Il 23 di novembre non mi fa paura. Sciocchezza andare in collera
con questo vero fiore... *aulente* o... come dice la vecchia canzone?···
anzi, credo, *aulentissimo* (2).

Brutte parole, signor Niccolò, quelle vostre gentilissime e tormi-
tissime per non venire a Varramista. Sapevo già che non veneste.
So che se il caso vi spignesse qua (che non lo credo), mi terrei da più.
So quante volte il giorno queste mie povere donne (3) (le donne son
sempre donne: una d'esse entra qui in camera mentre scrivo) mi chiedono della tessera, e di Voi, e delle cose vostre, e de' versi persino
anche (ho scritto quest' *anche*, pensandovi nel voltar la pagina, per
evitare il cattivo suono: le prime parole d'ogni pagina sono sempre
le più belle, come le prime ispirazioni d'ogni concetto e d'ogni amore;
perciò mi piacciono i fogli piccoli, e gli amori che finiscono prima di
stemperarsi nel cuore): dunque, amano i versi e la prosa vostra; ed
amano Voi perchè sanno ch'io vi amo, e che siete *amabile:* e Voi
spero non farete tanta ingiuria alle mie povere donne, da intendere
volgarmente quella bellissima infrancesatissima voce *amabile*.

Addio. Copiatemi bene i paragrandini; e se Dio vuole, leggeremo
il quarto ed il quinto libro, insieme; e poi... *Deus providebit,* cioè
cascherà addosso a me (4).

---

(1) Anche questa è frase motteggevole, a noi (com'altre o frasi o allusioni
o citazioni) misteriosa, che i due amici si ripetono spesso nel carteggio, evidentemente dai loro stessi colloqui.

(2) « Rosa fresca aulentissima », principio del noto e dibattuto *Contrasto* che
allora andava sotto il nome di Ciullo d'Alcamo.

(3) Così nel carteggio sono accennate le due figliuole del marchese: Marianna
e Ortensia

(4) La grandine, pare: ossia, forse, le conseguenze della pubblicazione, rimanendo Gino in Toscana, e andandosene l'Autore, che i cinque libri *Dell' Italia*
sovraccoperse, stampandoli a Parigi nel 35, col titolo *Opuscoli inediti di Girolamo
Savonarola;* titolo che forse fin d'allora avevano i due amici pensato, e ci mot-
teggiavano chiamandolo *paragrandine*.

N. *Tommaseo a G. Capponi.*

Per tempesta nero troppo mi è necessario : ma

Nubila diffugiunt animo intempesta sereno ;

e le vostre lettere sono il vento che

. . . . purga. e risolve la . . . . (1)

- bruttissima parola e bruttissimo verso ; ma peggior cosa del brutto
è l'affettazione del bello, che Dio ce ne guardi !

E io che cantando le Oreadi ἀτρυκώνας mi credevo di onorarle col
bel nome di vergini ! intendendo τείρω per *domare,* la *indomata* Minerva d'Omero io spiegavo per Non soggiogata da abbracciamenti.
Vedete erotica grecità ! Per non saper come dire *limoni* in greco (e
poteva grecizzare il *citrus* latino) li chiamai *cedri;* come i latinisti
dicono *mactare* il dir messa, e il Giordani chiama pontefici i vescovi:
furberia di quelle ciceroniane, e più là.

E questi versi ciceronissimi io li traducevo in latino. Due de' latini
mi rammento. e non sono ciceroneria sì sfacciata :

Montesque iniectos, umbramque, et lumina, quaeque
Ambrosia in vitreo murmurat aura lacu.

Nè solamente greci e latini versi io balestravo contro l'arciprete di
Brescia. ma italiani (un sonetto con rime in *ube* ed in *erpe*), e francesi : e nei francesi parlavo del giovine Foix, che

. . . . . *chassé de Bresse,*
Retenant la forteresse
Toute enfin gagna la ville.

Ma i più di questi versi francesi erano spaventosamente falliti, per
non aver rispettata l'*e* muta, come Voltaire non rispettava le parole
piane, e rimava *amore* con *re.* Se non che Voltaire rinciceroniva a
sessant'anni, ed io a men che venti.

I quali versi, francesi e greci e italiani e latini, sull'arciprete di
Brescia e sul lago di Garda, io scrivevo giacendo in Dalmazia uggito
e disperato, e li mandavo ad un brav'uomo che me ne aveva fatta preghiera. Il quale uomo è ora in Portogallo. e vedrà dona Maria ca-
valcare

Marte gravem (2) . . . .

È in Portogallo precettore in casa d'una genovese bellissima. La qual
genovese bellissima è vedova, e fu innamorata, e dell'amor suo mi
pare riconoscere la pittura in una novella francese : ma io non la
conosco ; e meglio per me ! Ben conosco il prete, istitutor di suo figlio,
figlio (il prete) delle Oreadi che si specchiano nel Benaco. Il qual prete
mi incuorava a far tragedie italiane. quand'io a diciott'anni gli reci-

---

(1) Cancellato.
(2) VIRG. *Aeneid.,* I, 274.

tavo un soliloquio, fortemente politico, d'una Semiramide (1) non ancor
moglie di Nino, e allora bellissima, come potete ben credere. Col qual
piete io visitai, sotto un bel sole di maggio, una bella villa del pado-
vano, e me ne rammento come d'uno de' pochi be' soli della mia
gioventù. La quale e i quali mi rammentano la seconda strofa che
dice all'imagine:

> Lasciami. Assai nel vortice
> Delle affannose danze
> L'ebbro volei travolseio
> Le giovani speranze.
> Delle memorie il languido
> Bacio mi resta, e i vedovi
> Sorrisi, e il bruno vel.
> Meta comune, o pia,
> Ma ben diversa via,
> Lasso, a noi dava il ciel.

Ah! le donne son sempre donne? E voi non vorrete rispettare
quel mio profondissimo adagio: *Allez, marechal Ney: les blancs seront
toujours blancs, et les bleus toujours bleus.* Questo è Napoleone, o
signore.

A Voi piacciono gli amori che finiscono prima di stemperarsi nel
cuore? A me l'alcool non piace; e Voi siete un libertino. Confessatevi
al grecista di quella sciagurata parola. È una bisava rimastavi nel
polmone. Io non perdono mai le bisave.

Nè perdonerei al prete suddetto l'avere, quattordici anni or sono,
quasi rivelato un quasi amor mio, s'egli non fosse il lodatore della mia
Semiramide e de' miei Sermoni: perch'io gl'imbandivo e tragedia e
sermone; non so qual più salso de' due.

...... Ne' quali versi francesi io paragonavo la cattedrale alla cittadella di Brescia, e l'arcipiete al Foix; e gli auguravo che, possedendo
la cittadella, conquistasse la città posseduta dal diavolo.

Il qual diavolo vi tentava a raccontarmi che, quando non hanno
altra cosa da pensare, le vostre-care-povere-donne (tutt'una parola)
pensano a me. Pensino, sì, per compiangermi. Anch'io le compiango
del vivere non conosciute e non intese, e dell'esser nate marchese:
perchè i marchesi son Paria. Questa parola orribile non v'offenderà di
mia bocca, di me povero paria e di condizione e di patria e d'abitudini
e d'opinioni e di cuore e d'ingegno. Or l'essere paria è vanto a taluni; è sventura, a chi la sente, durissima. E voi lo sentite, e le care-
povere-donne-vostre lo sentono. Ond'io vi compiango tutti e tre; e
abbraccio Voi. E vi prego che quand'io vi chieggo del Bentham, degniate almeno rispondere No. Ma a ciò che non si legge si può egli
rispondere?

N. Tommaseo a G. Capponi.

Tommaseo al suo Gino manda un saluto dal cuore in sul partire
di Castelfranco. Veduta da lontano e desiderata Varramista.

31 ottobre 33.

(1) Cfr. a pag. 21-22 delle *Memorie poetiche.*

G. Capponi a N. Tommaseo.

Voi siete il peggiore degli uomini e il più ingiato. Ma io vi stringerò la mano, perchè la virtù è gustosa ed io sono un libertino. Il vostro biglietto di Castelfranco m'è stato portato quattro giorni dopo scritto. Intanto ho avuto la grippe, ma sono in convalescenza.

Ma quella seconda strofa alla imagine è bella del sommo coro delle bellezze, e non burlo. Ed il sommo coro ha diciassette anni appunto. E Voi, Voi non avete avuto gioventù! Bisogna che mi diate il resto per metterlo accanto alla poesia di Prulli (1), e voglio anche quella *Ai giovinetti*. E vorrei anche de' versi latini, per masticarmegli a bocca piena nei miei momenti eruditi. Aveva quindici anni e mezzo, e l'abate Lanzi mi diceva (mi par di sentirlo, con que' due bimolli nella voce, il gesuitismo e la vecchiaia): - Lei, vede? sarà un Salvini. - E bella, che allora mi pareva poco! Se avesse detto, - Lei, vede? sarà un Cicerone - ora direi: E lo sono.

Io non so scrivere, ma Voi non mi volete intendere. Mi piacciono gli amori non nati, e che rimangono una immaginazione senza divenire un affare. Qui non v'è bisave. Ma i marchesi sono Paria: l'ho sempre creduto, ed io sono un marchese.

La grippe mi diede una notte tutta intera, insonne: notte beatissima. E Voi mi vorreste far dormire nove ore! Il giorno, quanto volete. La notte è serbata a' segreti del pudore - co' proprj pensieri. E che be' pensieri non m'ha dato quella notte! *Oh veniant medii sic mihi saepe dies!* (2). Ho pensato a Voi parecchie volte - a un opuscolo di Bentham - alla Provvidenza che fa da sè tutti i grandi affari, e noi non facciamo altro che i piccoli (ragione per cui, bisogna pensare le cose grandi in poesia, e le piccole in arimmetica (3); e quando si ha tra mano

(1) Villa Capponi nel Valdarno di Sopra: ma qual fosse la poesia, non apparisce. Forse la *Vocazione* (pag. 5-7), che nell'edizione di Parigi ha, come anche quella che Gino ricorda subito appresso, la data « In valle d'Arno, 1833 ».
(2) Ovid. *Amor.* I, v, 26.
(3) A cotesta teoria psicologica appartengono, dal loro carteggio di quei giorni, queste altre pagine. Delle quali, e di qualche altro frammento pur di questo carteggio, qualche cosa si legge (non in tutto correttamente) nel bel volume di Marco Tabarrini, *Gino Capponi, i suoi tempi, i suoi studi, i suoi amici,* Firenze, 1879.

Il Capponi al Tommaseo.

. . . Poichè, bisogna distinguere tra la facoltà poetica, la quale è principio fecondante, alito divino, e da per tutto può entrare ed entra, e la poesia in atto, che stia di per se, come poesia.

Di questa è poca materia in terra, materia disgregata, rada, gazosa: ed all'uomo non è dato di condensarla quaggiù.

Materia della poesia è l'affetto, ma l'affetto stesso è interrotto dalle materialità prosaiche e necessarie che reggon la vita, che reggono anche l'affetto stesso, e sono arimmetica.

La parte conservativa dell'uomo e della vita è tutta arimmetica. La poesia consuma la vita mortale.

La potenza arimmetica è forza di fibra. Se l'uomo non fosse altro che arimmetico, io dubiterei d'un'altra vita.

L'uomo produce naturalmente arimmetica. Distende, come una macchina, il lavoro arimmetico: giugne, pur che non sia distratto, sin dove giugne la scienza

un piccolo affare, come una legislazione, una rivoluzione ecc., bisogna
essere arimmetico) - al corso della luna - a un participio d'Omero - al
convenzionale e al primitivo nella poesia - a un sonetto del Manfredi.
Al quale sono andato facendo un commento che mi facea sbellicare
dalle risa: lì al buio, nel letto, ecc.

stessa. Basta che non pensi ad altro. E la superiorità di Newton era una potenza
negativa. Ogni uomo non distratto può essere un Newton.

La patria della poesia è in cielo. Quaggiù, messaggera d'un paese più sereno, appena se trova qualche vetta isolata su cui posarsi, in questo diluvio
d'arimmetica. Ma non trova continuità di suolo, per allignarvi e *comporrisi*. La
sintesi d'ogni poesia, come ogni sintesi, sta di casa in paradiso.

Quindi la poesia è per frammenti. L'epopea, mestiere.

Gli affetti, sentiti poeticamente, frammenti. Ma i letterati e i signori, volendo comporgli in forma mostrabile, gli gonfiano: gonfiati, crepano, o mar-
ciscono.

L'amore, poesia. Ma la parte materiale dell'amore, arimmetica: riempie i
vani. Le donne sono anche arimmetiche, e supputano.

La religione è poesia vera: gli accessori, non ispirati, epopea. Ma la materia poetica, ch'è tutta impregnata di poesia, quando esce dalla sorgente, dege-
nera, slontanandosi, in arimmetica. Omero ed il Monti, Samuele e Gregorio XVI.

Il Tommaseo al Capponi.

[21 novembre 33]

. . . Intanto farò la storia delle teorie nostre intorno all'aritmetica, e sono
ragguardevoli anzi che no. Già, non è teoria che non sia ragguardevole, se
stiamo all'origine delle voci. Onde le vostre idee, Signor marchese, son queste.

Che la poesia in questo mondo è cosa di sua natura incompiuta, l'aritmetica è cosa intera: che la poesia non passa e non cresce per tradizioni, anzi
scema; ma Newton può bene continuare Tartaglia: che la poesia, come cosa
incompiuta, non si ha se non per frammenti: che le interiezioni sono più poetiche delle epopee: che unica poesia di noi mortali è la lirica: che nella lirica
stessa non si può tessere una serie d'idee, senza che a cinque parti poetiche si
intreccino dieci aritmetiche: che l'aritmetica è il riempitivo de' vani lasciati dai
frammenti poetici: che Orazio Flacco è una bestia.

Item, che la poesia è il germe fecondatore della materia aritmetica: che
Adamo formato di fango è aritmetica, il soffio ispiratovi è poesia: che nella vita
del povero l'affetto è poesia, tutto il resto aritmetica: *denique*, che in paradiso
avremo la poesia bell'e intera, della qual ci è dato quaggiù a pregustare alcun
briciolo. Sapientissime idee.

Le mie sono:

Che ῥυθμός e ἀριθμός son la medesima cosa, aggiuntavi solo una particella
intensiva: che il ritmo è numero, il numero è ritmo: che il verso è calcolo; il
calcolo è canto, e fa cantare: che l'aritmetica è una poesia rinforzata: che la
poesia senza calcolo è vaporosa, vacua, od atea o kantiana. Poi, che tutto è
poesia insieme e aritmetica al mondo: entrambe incompiute, entrambe perfette:
gemelle conglutinate, inseparabili; Rita e Cristina. Poi, che l'aritmetica è il fimo
fecondatore della pianta poetica, l'aritmetica è il senso ministro dello spirito;
l'aritmetica è grammatica, rettorica, logica, pragmatica, diplomatica, economia,
statistica, critica, procedura: che senza aritmetica non si dipinge, non si descrive, non si versifica; senza aritmetica non si regna, non s'ingrassa, non si
seducon le donne; senz'aritmetica non si misura nè lo spazio nè il tempo, cioè
non si ragiona e non si vive: onde la vita è aritmetica, la morte è poesia; e
ogni cadavere vale Omero. Che tutti i negozi del mondo si distinguono in arit-
metico-poetici ed in poetico-aritmetici: quelli, cioè, dove la dose aritmetica prevale, e quelli dove la poetica; quelli dove dal numero esce la poesia, e quelli
dove dalla poesia spunta il numero: tra' primi sono i matrimoni de' più, gli
amori colpevoli, le negoziazioni politiche; tra i secondi sono le vere virtù e i

Le povere-donne non sanno, e non sapranno, che Voi siate stato a Castelfranco.

Ditemi se avete avuto altre probabilità o sicurezze di restare a tempo non definito. Ma ditemelo.

Che fa il Centofanti?

veri affetti. Che la religione, se non è materiata in corpo d'aritmetica, perde la poesia, non è più realità ma sistema: che la politica senza la poesia è la politica austriaca. Che l'affetto convertito in imagine acquista tanto d'aritmetica, da non bruciar l'anima che lo nutre: che gli affetti miei senz'aritmetica finiscono nel vano: che le troppe imagini, come la troppa aritmetica, guastano la poesia. Finalmente, che la facoltà dell'immaginare ci abbandonerà con la vita; e in paradiso la verità perfetta ed immensa sarà insieme precisa come l'aritmetica, e immensurabile come la poesia: e, l'indefinito dileguandosi, apparirà l'infinito. Che Dio ce lo conceda prestissimo! Amen, amen.

Attendo e pretendo la lettera: attendo e pretendo Voi, alle undici, e prima. Prima che leggere, e piuttosto che leggere, bisogna discutere. Son quasi mutato.

Il Tommaseo al Capponi.

La poésie sert admirablement à rafraichir la nature humaine: l'arithmétique, au contraire, empêche la chaleur de se disperser: c'est un excellent sudorifique. Dans la froide saison il faut ouater d'arithmétique redoublée tous ses vètemens. Je me suis cousu de mes mains un habit bigarré de poésie et de douleur, et rembourré d'arithmétique: je vous conseille, mon ami, d'en faire autant: on y est très bien, je vous jure.

La poésie quelquefois se gonfle en tumeur: alors il faut la percer avec une considération arithmétique, tant soit peu pointue: le pus s'en va: et l'âme est guérie.

La poésie c'est l'essor. l'arithmétique c'est la force qui le comprime, ou le rompt. Quand l'essor est rompu, alors on est roi, on est heureux, on est riche, on est imbécile.

La poésie c'est l'oxigène, l'arithmétique c'est l'azote, de l'air respirable. Pour bien vivre il faut moins d'oxigène que d'azote: si le premier surabonde, la respiration est accélérée, la chandelle brûle plus vite et se meurt. C'est à ravir.

La poésie c'est le nuage doré, c'est la pluie du printemps tombant sur les fleurs: l'arithmétique c'est l'averse, c'est la fange des rues.

La poésie est dans le cœur, dans la gorge, dans les bras, dans la voix, sur les lèvres, dans le sourire, dans les yeux, sur le front; le trône de la poésie c'est le front: l'arithmétique est dans le crâne, dans le nez, dans les jambes, dans l'abdomen.

La poésie c'est l'action: l'arithmétique c'est le calcul de ce que l'on a fait, de ce que l'on fera, ou, pour mieux dire, de ce que l'on n'a pas fait, de ce que l'on ne fera pas. Il y a même une parole poétique, parceque c'est plus que de l'action: c'est le Verbe.

Lorsqu'il n'y a rien de faisable, alors l'on suppute de plus belle. C'est pourquoi vous autres messieurs les marquis, et nous autres gens de lettres, *numerus sumus*.

Là où l'arithmétique rentre en soi même comme un cercle, la poésie, ne pouvant pas y tenir, s'échappe par la tangente: c'est pourquoi les hommes de génie s'appellent proprement excentriques. Les hommes de génie ne sont ni raisonnables, ni malléables, ni maniables: ce ne sont que de grandes choses, ce ne sont que des niais.

Les femmes sont poésie par le cœur, arithmétique par les sens. Leur vie est une addition ou une multiplication ou une division continuelle, si ce n'est pas un hymne.

Il y a des femmes voilées de poésie, pétries d'arithmétique; il faut les déchirer: il y en a d'autres, enveloppées d'arithmétique, fraîches de poésie; il faut

G. Capponi a N. Tommaseo.

Ed io, già inciceronito, - bench'io badi a quello che Voi scrivete,
molto: vi bado anzi troppo; e mi piglio tutto il bene che mi fa, e non
rendo nulla - io nemmeno rispondo. E in ciò sta la perfezione del
commercio epistolare: nello scriversi ogni tantino, quando uno ne ha
voglia, e non rispondersi mai; perchè i pensieri spontanei è un caso
che si rispondano, e del sentire spontaneo è impossibile quaggiù fare
un tessuto a due mani: ci risponderanno in paradiso, ch'è il paese della
sintesi. Dunque non vi ho nemmeno risposto di Bentham nè di Thouard.
Sogno e sonnambulismo; pensiero ed azione. E a questo proposito
eccovi un aneddoto. Un certo cavallaro del Fossombroni (1), in Val
di Chiana, sorta di scherano parmigiano, accetto al padrone, portava
a traverso il collo, per tenere l'oriuolo, un nastro trapunto da una
sporca sua bella, nel quale era scritto a grandi lettere: *Voltaire la
science, Napoléon la puissance*. Ed il cavallaro si pavoneggiava del
nasiro e del motto, ed il Fossombroni ne faceva le matte risate, e
avrebbe dovuto meditarvi malinconico; perchè fatto è che niuno, innanzi
la ganza del cavallaro, s'era accorto quanta parentela fosse tral *gen-
tilhomme ordinaire de la Chambre du Roi* e il genero di Francesco;
quanto amaro sorriso fosse in Buonaparte, e quanta spada in Voltaire;
quanta strategia nelle facezie, e quanta *pointe* nelle guerre; come fossero ambedue tiranni, tiranni di forza bruta, ambedue resolutivi, e
l'uno all'altro necessari, ecc. ecc. Seguitate Voi: io m'accorgo che vo
calando; smetto: ripigliate Voi la via per l'insù, ch'è cammino vostro.
Ma di Bentham non vi dissi ch'io non avevo altro che i tre tomi...
come si chiama quell'opera? *Théorie de législation*, o cosa simile...:
l'opera maggiore: guardatela, se volete, facendovela mandare a casa

les porcel. Toujours, tropologiquement parlant. La poésie, comme l'amour (ce
sont deux synonymes), est un puits artésien. Il ne faut pas s'arrêter tout court:
creusez toujours plus au fond; ou vous trouverez la source, ou bien vous mourrez
dans l'attente: et c'est ce que l'on peut souhaiter de mieux.

Le calcul est la foi de nos jours. C'est pourquoi l'amour même n'est qu'un
calcul: il n'y a pas d'autres raisons, croyez moi.

Qu'est-ce que la beauté? un meuble à vendre. On l'achète, on l'échange,
on l'avarie, on le confectionne: c'est un effet.

. . . .

23 novembre 33.

Mais tout cela ne fait rien à l'affaire. Tout est beau dans l'ordre: donc il
n'y a rien qui ne soit poésie. L'arithmétique est une manière de considérer les
choses, en tant qu'elles regardent les petits intérêts et la petite intelligence des
hommes. L'arithmétique est un attribut de la poésie, comme la justice est un
attribut du grand être. Il n'y a rien de plus noble qu'une distinction lorsque
une distinction aide à mieux comprendre l'harmonie et l'unité de tout ce qui
est désirable: il n'y a rien de plus bête qu'une distinction là où les distinctions
prétendent couper en deux les hommes, les affections, et les choses. Je vous
embrasse de tout mon cœur.

26 novembre.

(1) Vittorio Fossombroni, lo scienziato ministro, nel quale s'impersonò lungamente la politica del Granducato Toscano dopo la restaurazione del 1815.

dal Ciatti: (1) il resto in inglese, o in caotico. E di Thouard non vi dissi
che se non v'era in quel tomo altro da copiare, e non mi pare; - il
Buonaccorsi, no certo: forse certi atti della dedizione di Pisa in mano
del Rosini e del Carmignani e del Giornale Pisano, conseguenza necessaria di Gino Capponi che la prese (ed anche l'omonimo nipote,
conseguenza) (2) - se dunque non v'è da copiare altro in quel tomo,
aspetti: quando Voi non abbiate in mente qualch'altra cosa delle mie
(cioè di quelle ch'io posseggo) che a Voi paia degna d'essere copiata;
e allora il solito Ciatti ve la darebbe. Ed io intanto ho il chimo dello
stomaco (vedete onestà di parola!) che mi risale al cervello: e poi un
chimo di visitanti anche più indigesti: e *scribere crudis* dovrebb'essere vietato: ond'io Le dirò soltanto, mio signore, che quella intonazione della ottava strofa è cosa che mi dà suggezione assai, e ch'io
vorrei la ode tutta intera: e non occorre che aspetti d'averla scor-
ticata, lisciandola, a Porta a Pinti, perchè anche così può stare.
Insomma, ch'io abbia questi versi, se v'è modo, tutti interi; perchè
a leggergli così a brani, m'arrabbio, intanto lo scriversi scherzando
è una sciocchezza, perchè non ci avanza tempo tra noi da scherzare.
Ma io son fatto così: quando mi sento infelice, rido, Dio sa con che
grazia; e quando felice, piango. Per questo non piango quasi mai. Nè
so, per mia esperienza, che *le lacrime abbiano il suo veleno anch'esse.*
Ma Voi lo sapete: Voi beato! e perchè avete scritto quelle parole, io
v'abbraccio riverente, e vi amo più.

G. C.

Ho letto . . . . . Periodi bellissimi, altisonanti: ma, *sonate, que me*
veux tu? (3) E questa volta il povero C. non vuol che si creda nulla. Ed
io ho paura ch'egli creda più di me: perch'egli crede al cuore, e chi
crede a quello crede a ogni cosa. Ma io vorrei credere che quando sarete via (bisogna pure avvezzarsi a discorrerne) Voi non abbiate da
accorgervi, che avermi voluto bene, e avere creduto ch'io lo meritassi
un poco, è stato un errore. Sapete ch'essere amato da lontano m'è
concesso. Ed io vi vorrò bene. E poi Voi farete delle cose, le quali
avrò bisogno di pensare che quasi m'attengono in qualche modo, perch'io mi piaccia.

N. Tommaseo a G. Capponi.

Sicchè dunque io ronzavo dintorno a Voi, come l'anima dell'infante non battezzato erra intorno alla casa della madre superstite. Se
l'esilio imposto a me stesso da Varramista mi costasse un pensiero,
non vel dirò; perchè delle peregrinazioni fatte dall'anima mia in questa
gita, nulla vo' dirvi. Dirò, in quella vece, la parte corporea del viaggio:
e comincerò dal donzello del comune di Fucecchio, che mi fu compagno
in carrozza, e parlava come un letterato, e faceva a Pier Leone suo

---

(1) Marco Ciatti, custode della biblioteca Capponiana, come anche della Ric-
cardiana.

(2) Motteggia sulla Pisa del secolo XV conquistata per la Repubblica fioren-
tina da Gino di Neri Capponi, e la Pisa de' tempi suoi, che accenna con figurazioni universitarie.

(3) Motto d'un filosofo che s'uggiva alla musica, Fontenelle.

figlio venire la vocazione di prete, rammentandogli che i preti guadagnano senza dural fatica; e tesseva a me la cronaca della patria sua
dal 1796 fino ai giorni nostri, cronaca saporitissima, narrata da un donzello del comune di Fucecchio e commentata da me. Conchiudeva la
cronaca col seguente corollario, del quale sarà buono che Voi, storico
dottissimo, vi ammantiate: - E il nostro Leopoldo secondo! che gli
voglion bene le pietre! La mi dirà che qualcuni... Scapati! Se noi
siamo astiati da tutte le potenze del mondo, che abbiamo un sovrano...
un santo! - *Et voilà justement comme on écrit l'histoire.*

A Fucecchio, passeggio di due ore al lume di luna. Mercoledì colazione da Centofanti, arrabbiato, come pochi s'arrabbiano, dell'aver io
rifiutata l'ospitalità in una casa dov'erano quattro ammalati: il fratello di lui, due sorelle, la madre. Leggo un frammento di Kant: vo
con Montanelli (1) fino a Santa Croce a piedi; lo bacio, e proseguo il
pedestre viaggio. Fatti pochi passi, scendo in un fosserello verdeg-
giante...: ma sotto a quel verde si appiattava una Naiade lubrica;
ond'io n'escii come s'esce da un pediluvio non cerco. E pure io non
ero, con messer Francesco canonico (2),

> del mar Tirreno alla sinistra riva,

ma alla destra dell'Arno; nè *l'onde piangevano rotte,* ma ridevano di me
rotto ad ogni ciceronabilità; nè io *vedevo un'altera fronde;* nè *caddi*
come persona non somigliante a *persona viva;* nè credo *d'aver cangiato*
stile *dagli occhi ai piedi;* e non cambierei con cento pediluvii un amore,
sebbene il tempo degli amori sia passato per me. Ciò sia detto a repren-
sione di un gretto sonetto di messer Francesco canonico. Tornando alla
Naiade, uscii stizzito dagli inamabili abbracciamenti, e andai nella casa
d'una contadina a mutarmi. Ma lo stivale, gonfiato dalla esuberante
carità della Naiade, non voleva entrare al suo posto, nè rasciugarlo al
fuoco volevo. Mi raccomandai al sole; e seduto sopra una seggiola rusticana, sull'argine del bel fiume, con un piè scalzo come la maga di
Virgilio, mi posi a leggere Bentham, aspettando che lo stivale tornasse
alla docilità del paese che a stivale somiglia. Tornò. Ricevute le bene-
dizioni dell'ospite poveretta, e pregata che pregasse per me (pieghiera
ch'io faccio anco agli atei, per la ragion medesima che Diogene camminava), me ne vo a Castelfranco.

Desino. Mi rimetto in via seguendo il corso del fiume; e mentre,
seduto sul muricciuolo d'una chiesuccia io leggo un trattato di Bentham (Bentham si stava tra la chiesa e me), ecco posarsi sul medesimo muricciuolo un chincagliere (qual è la voce toscana?) col suo
botteghino in ispalla. Nel suo dipartirsi gli rivolgo poche parole, pur
per ispegnere il rimorso di non parlare ad un uomo stanco, e che
Dio mi manda vicino, certo per qualche utile mio. Proseguo, leggendo,
pensando, perdendomi nella campagna, e lungo l'Arno tornando alla
strada maestra. Da Santa Maria al Monte mi fo additare Varramista:
prego, ma sbadatamente, nella chiesa attigua alla piazzetta dove mi
fu additata Varramista: scendo. Mi fermo dalla chiesuccia a contemplare il crepuscolo: torno a Castelfranco a dormire. Il chincagliere non
era che un milanese, al quale io avevo parlato tre altre volte in mia
vita, e che m'aveva più di mille volte veduto in Dalmazia, e sapeva

(1) Giuseppe Montanelli.
(2) PETR. *Son.,* 51.

meglio di me i fatti miei. Si rivelò egli, e mi parlò illirico; e io risposi illirico, più barbaramente di lui.

Passeggio d'un'ora e mezzo sull'Arno, al lume di luna. Conversazione di sette operai delle montagne di Pistoia, *de mulieribus, de presbyteris, et de quibusdam aliis.* Torno a Fucecchio, sempre per l'argine del bel fiume: leggo quattro rispettabili barbarismi di Kant: vo a desinare da Centofanti con Montanelli, e poi con loro a passeggio sui colli. Giorno memorabile, a me non foss'altro. Si parla anche dell'omonimo di Gino Capponi.

Sarei tornato a Firenze quel giorno stesso: ma nol volle il marchese Martellini, che pigliando sopra se la carrozza da me patteggiata (o sapesse o no il nome mio), fece dire che non voleva compagni. Intend'Ella? *Bonum est esse marchiones solos.* Ad altri necessità d'orgoglio, ad altri necessità di dolore. E questo mi riduceva al pensiero la strofa terza:

> Non vedi? a te di rosei.
> Piacer trapunta veste,
> A te le chiome in lucida
> Gemma ed in fior conteste:
> A me solinga e povera
> Vita di spregi, e gl'impeti
> D'inespiato duol:
> E degli altrui dolori
> Rimorso; e senza fiori
> Tomba in estranio suol.
>
> Vivrò beato e giovane
> Ne' tuoi pensieri almeno:
> E qual su l'ala candida
> Per l'etere sereno
> Di due lontani spiriti
> Alzansi i preghi, e paiono
> Entrambi un sol respir;
> Così nel sen di Dio
> A rincontrarsi il mio
> Verrà col tuo desir.

Per le quali cose io potei giovedì passeggiare un'altr'ora alla luna, e leggere Kant a Fucecchio, e prendere un calesse per me solo, e partire alle tre in compagnia della luna. E mentr'ella accarezzava col mite suo raggio i miei stanchi pensieri, e posava ugualmente bella sulle povere case e sulle ville superbe; e tingeva di casta gioia il cielo immenso e la solitaria montagna, spargendovi tanto solo di luce quanto bastasse a discernere le montagne da' cieli; io diceva a me stesso: — E così l'amor tuo si riposi uguale sul capo di tutti gli uomini, sulla povertà mansueta del pari che sul marchese Martellini; e tanto solo risplenda, quanto t'aiuti a distinguere i marchesi che tengono del monte dai marchesi che tengon del cielo.

4 novembre.

So che siete malato, e vi temevo in collera meco. Or vedete carità! godo quasi che altra sia la cagione del vostro silenzio. Godo perchè so non essere grave il male. Pur ne vorrei nuove; e se non potete Voi, fate scrivere un verso. Ma io chieggo troppo.

A proposito di Bentham, io v'avevo detto un'impertinenza nella precedente mia: or mi ritratto. Del resto, credo anch'io che in tutti i paesi del mondo *utilitario* e *radicale* siano alquanto sinonimi. Ed è cosa piena di profondo mistero. E la ganza del cavallaro era testa più matematica del padrone del cavallaro: perchè tutta la parte analitica di Napoleone è Voltaire.

Thouard aspetterà il vostro arrivo. Scrissi al Ciatti per il Tesoro di Brunetto e le Epistole di Dante; ma non troverà, credo, nulla. Privilegio de' bibliotecarii onorati.

A Voi il chimo dello stomaco e il chimo de' visitanti: a me il chimo dei rimorsi e dell'avvenire; il più indigesto de' chimi, perchè non si chilifica mai. E tutto l'avvenire mi stimola quasi un rimorso: rimorso di colpe non vili; ma forse avviliscono più che i delitti. Insomma, venga il grippe, e mi porti nelle provincie unite della sintesi.

Così può stare? brutte parole. E lo *scorticar le strofe lisciandole* allude alla favola dell'Etiope scorticato (1). Fino all'Etiope, sono erudito anch'io. Me ne restano da trascrivere quattro; e non ve le mando per aver quattro delle vostre lettere, molto più desiderabili delle mie strofe. Del resto, non le scortico, no: ma le lascio ἀμόμονας così come sono. Soltanto in luogo di

Ti parla, o donna, il core

posi

Vive in te, donna, un core:

variante pensata stando a letto, non so se a Castelfranco o a Fucecchio; ma non mi va. Voi non credete al cuore? Non lo credo. Guardate alle vostre povere donne, e gli crederete. Io non credo più ad altra cosa che a Dio, perchè voglio morire. E quando sarò morto, o peggio che morto, allora Voi crederete, spero, che gli infelici sanno un po' volei bene.

N. Tommaseo a G. Capponi.

Di vane larve, improvvido,
La tua miseria inganni;
E false gioie accumuli,
Materia a veri affanni.
D'estivo rio che mormora
Per facile declivio
E lambe appena i fior,
Credi, in lei fia più breve
La tua memoria. Ahi lieve
E de' felici il cor!

Questa e la terza strofe paiono contraddire all'ottava; ma è contraddizione apparente: e poi la contraddizione è storia, la contraddizione è l'essenza dell'umana natura; e contraddizione è la sincerità dell'affetto, e tutta contraddizione è la vita. Due sole creature non si contraddicono mai: il ciuco e l'angelo.

Ho avuto dal Ciatti il Tesoro. Io lo preveggo: se l'immortalità gli è scappata a quell'uomo, quell'uomo non iscappa all'immortalità.

(1) Perchè a lavarlo, la pelle rimaneva sempre nera.

La storia italiana è la storia dei possibili, e per questo è tanto ideale. Or il Ciatti entra bene nella storia dei possibili; il Ciatti è un personaggio ideale. Beato Voi che l'avete bibliotecario!

Tetro (1) lampo è nostro affetto,
    Mesta nube è nostra vita.
    Se al chiaror dell'intelletto
    Non s'illustrino i piacer.

Quel chiaror dilegua i sogni
    Della noia e del dolore.
    Giovanetti, aprite il core
    Alle gioie del pensier.

Se il pensier non la feconda,
    La beltà languisce anch'ella:
    La beltade è il fior, la fronda:
    La radice ascosa è il ver.

Meditato, è più profondo.
    È più limpido l'amore
    Giovanetti, ecc.

Col sospir degli aurei anni
    La serena fantasia
    Tempreravvi i lunghi affanni
    Del durissimo sentier.

Muterà per voi la terra
    Forme e vita a tutte l'ore.
    Giovanetti, ecc.

Del saper su l'ardua vetta
    Accogliamci, al ver devota
    Fida schiera, in se ristretta,
    D'invincibili guerrier.

Non ascende in quest'altezza
    Il fantasma del terrore.
    Giovanetti, ecc.

Ora, giovanettissimo signor Gino mio, debbo pregarvi di voler farmi un'opera pia, vale a dire di farmi la spia.

A Castelfranco, nella misera osteria (*osteria* è parola italiana, e però più nobile del teutonico *albergo*, e rammenta la sacra parola *ospitalità*) nell'osteria misera nella quale dormii, è una Maddalena Cinquini (il casato è aritmetica, il nome poesia), ragazza di circa venti anni, e forse ventiquattro, con la quale, dopo brevissime generalità, io potei entrare in colloquio psicologico; ed ella mi narrò i suoi amori, cioè l'amor suo, con una franchezza che onora l'etimologia del castello ove nacque. Or sappiate che la mia passione è scrutare i cuori delle donne: e un cuor di donna a me pare più ghiotta cosa d'un testo inedito: e quando trovo una donna che mi palesi i secreti suoi, un solo de' secreti suoi, ne vo superbo come di cento encomi di cento letterati chiarissimi. E di questi secreti io ne ho moltissimi in corpo, e so tenerli, e mi par d'avere in cuore un centinaio di cuori, e nella fantasia mille mondi, e nella memoria cinquanta poemi. E però le

_____

(1) *Il Pensiero;* a pag. 214-15 delle *Poesie.*

donne in società mi annoiano, perchè non mi s'aprono; perch'io aborro i luoghi comuni, e vo' sapere da loro quello che non saprei imaginare da me. La Maddalena, dunque, mi narrò l'amor suo; ella poteva con un uomo che possiede quarantamila scudi; e che al vederla ammalata, la piantò, e sposò un'altra: onde quando la Maddalena andava alla chiesa tutta in dolore, la chiamavano la Madonna delle grondaie. Quest'è il fatto; ma la poesia dell'amore, come di tutte le cose, sta, ben sapete, nelle circostanze: perchè, quanto a scheletri, tutti gli scheletri si somigliano. Io potrei forse fare un piccolo bene a questa Madonna: ma non posso farglielo, se non so quanta sia la veracità delle sue poetiche narrazioni: onde se Voi, come vicino a Castelfranco, poteste, col mezzo del Piccardi (1) o d'altri, interrogare qualcuno del luogo, un parroco per esempio, circa le qualità di questa Maddalena, e se all'amor primo altri strati si siano o no soprapposti, mi aiutereste primieramente a fare un piccolo bene: poi a cavarmi una voglia psicologica, che in me sono pungenti sinchè non le rinfuzzi la conoscenza del vero. E in questa domanda non è secondo fine... E buon per me che a tarpare il volo alla mia imbecillità Dio mandasse dal fondo della Dalmazia, mandasse poco lontan da Varramista, mandasse un chincaglier milanese. Date dunque, in sicurtà di coscienza, a me contrito quella notizia; e io vi darò de' versi latini per donna, fatti di diciassett'anni, e dei versi italiani per donna, fatti di diciannove:

> Et vos, o lauri, carpam, et te, proxima myrte (2).

Degli affari miei, nulla. Ho lettera singolare da Crema. Aspetto nuove di Voi; e Voi stesso.

La *virtù gustosa:* non intendo. *Il coro delle bellezze ha diciassette anni:* non intendo. Pretendo commento. - Lei, veda, sarà un ciceronificatore stragrande - doveva dirvi l'ab. Lanzi. Ma i gesuiti non sono profeti; nè il Lanzi poteva prevedere qual senso sarebbe dato alla parola *cicerone* di lì a vensei anni.....

G. Capponi a N. Tommaseo.

Mercoledì alle 24, se sarete in casa, vi vedrò: a meno che la grippe, che infuria, non tocchi qualcuna delle mie povere donne.

E vi recherò notizie della Maddalena. Alla vostra lettera oggi non rispondo. Meglio a voce.

Intanto vogliatemi bene, se vi pare di volermelo. Io ve ne voglio più che Voi non credete. E sento che rivedervi, e chiacchierare con Voi meglio che per lettera, m'è quasi un bisogno.

G. Capponi a N. Tommaseo.

Dunque le nove strofe son cosa freschissima, meno i quattro versi punteggiati - vera seccatura. Mi piace più che la leggo. È faccenda seria cotesta vostra poesia.

(1) Fattore del Capponi, che dettò pel sepolcro di lui l'iscrizione.
(2) VIRG. *Ecl.*, II, 54.

E stasera, innanzi l'un'ora, verrò a sentir leggere il terzo libro (1).

E ora mi metto a scrivere: due via quattro, otto: e due dieci; e via discorrendo - *longis rationibus* (2).

Ed a questo punto del biglietto - s'apre l'uscio - peggio che una seccatura - una stoccata nel cuore, di quelle che vi rimangono - *manet...*

Continuarono, in Firenze, il carteggio, le conversazioni, le passeggiate fuor di porta, per poco più di due mesi. Il 6 di febbraio del 34 i due amici si lasciarono. Il Tommaseo partiva, esule, per la Francia.

ISIDORO DEL LUNGO.

(1) *Dell'Italia.*
(2) HORAT. *Poet.*, 325.

I GIUOCHI DELLA VITA

NOVELLA

Goulliau e sua moglie scendevano via Nazionale, camminando
rapidamente per riscaldarsi. Faceva già freddo, sebbene ai primi di
novembre; l'aria stagnava umida e nebbiosa sotto il cielo coperto. Via
Nazionale, in quell'ora, fra le otto e le nove, perdevasi quasi deserta
in uno sfondo fumoso, sotto la luce violacea, or viva ed ora smorta,
delle lampade elettriche; molti negozi erano già chiusi, i marciapiedi
sembravano più larghi del solito; nel deserto lontano di piazza Termini il getto della fontana slanciavasi tra la nebbia come un enorme
stelo di cristallo color lilla; i tram scendevano giù a precipizio mu-
goiando tra un fantastico splendore di grandi scintille violette scop-
pianti dai binari umidi.

I Goulliau camminavano rapidi, entrambi freddolosi, la moglie
dando il braccio al marito, questi stringendo nella sua mano la mano
sottile della moglie. Erano entrambi vestiti benino, ma con abiti ancora
estivi; Goulliau aveva un'aria d'artista, i capelli lunghi ed il cappello
a cencio; la moglie, alquanto più alta di lui, un piccolo viso neiastro
circondato da un grande arruffio di capelli nerissimi sbuffanti sotto la
paglietta nera guarnita da una piuma d'avoltoio.

Il giovine raccontava un sogno fatto la notte prima:

— Mi pareva che l'editore avesse risposto: accettava *La Primavera* e ci dava mille lire, ma voleva la proprietà assoluta, e voleva
mettere solo il tuo nome di signorina, perchè altrimenti, diceva, il romanzo sarebbe parso una traduzione.

— È un sogno o te lo sei immaginato tu? - domandò Carina con
voce distratta eppur pungente.

— E me lo sia immaginato io! Tu non credi neppure ai sogni!

— Ci sono dei sogni così curiosi! - diss'ella animandosi; - anch'io
ne ho fatti tanti, tanti che ora non ci credo più. Non importa: stasera
sono di malumore, non badarci. Dopo tutto, di fame non morremo.

Tacque un momento, poi riprese:

— Ciò che mi avvilisce è il freddo: quando ho i piedi freddi non
ragiono più; mi avvilisco come quando penso a ciò che tu sei.

— Che cosa sono io? - chiese il giovane vivacemente, sebbene
abituato a quella storia.

— Un manutengolo vile.

Egli era impiegato nel Lotto, e per Carina, nemica di tutte le istituzioni, il Lotto era naturalmente un continuo ladrocinio.

— Benissimo, grazie - disse il giovine inchinandosi. - E tu che
ui hai sposato cosa sei?

— Sono vile anch'io: ti ho sposato per assicurare la mia posizione...

— Tu non avevi bisogno di ciò: e tuo padre...

— Basta! - diss'ella con voce quasi selvaggia.

Tacquero; e l'ora dei crudeli scherzi pareva passata, quando la
giovine coppia raggiunse nel marciapiede deserto, prima di arrivare al
bazar Roma, due donne impellicciate, una delle quali lasciava stra-
cicar la coda con un'aria ridicola da gran dama.

— Per acquetare i miei nervi ho bisogno di mettere il piede su
quella coda - disse piano Carina; e non finì di parlare che mise il piede
sulla gonna dell'elegante signora e passò oltre trascinandosi dietro il
marito esterrefatto.

La gran dama di « princisbecco » imprecò in romanesco, ma i Goulliau eran già lontani, confusi tra i curiosi che guardavano le vetrine
del bazar; e Carina rideva come una ragazzina.

— Chi le aveva detto di lasciar strascicare la coda? - diceva; -
peggio per lei.

— Sei pur cattiva, però. E se lo facessero a te?

— Io non ho coda, non posso permettermi quel lusso - rispose
ella con amarezza che pareva finta. E riprese l'argomento di prima:
- Son cattiva perchè fa freddo. Perchè deve far freddo? Perchè siamo
poveri? Perchè mio padre ha sposato quella donnaccia e mi nega il
sussidio mensile? Perchè non trovo un editore mentre tante stupide
donne, tanti scimmiotti, tante cretine lo trovano?

— Il tuo torto è di crederti superiore a tutti - disse Goulliau, dandosi un'aria paterna. - Ci son pure delle donne che hanno meritato il
posto ove si trovano, perchè hanno lottato ed hanno avuto pazienza
e costanza e non si sono credute qualche cosa finchè il pubblico non
lo ha loro detto. Tu invece non vuoi lottare, e ti battezzi già da te
per un fenomeno d'ingegno e ti credi una vittima perchè cinque o sei
editori hanno respinto il tuo manoscritto. Vedi, io credo che se tu fossi
più umile saresti più fortunata.

Per tutta risposta la moglie gli disse che era anch'egli un cretino,
ma egli non si offese. E non si offese perchè non si sentiva veramente
convinto degli argomenti che adoprava per confortare la moglie.

— Un altro tuo torto - riprese tuttavia - è quello di voler mandare il manoscritto soltanto ai grandi editori: un modesto editore potrebbe...

Carina sbuffò, sospirò, scosse il marito.

— Non ne posso più! - disse. - Fammi il piacere di finirla o ti
cavo gli occhi.

— Grazie. Sei ben gentile!

Non parlarono più.

Intanto erano giunti vicino al teatro Nazionale e si fermarono un
momento davanti alla vetrina Mantegazza, guardando i libri nuovi.

Entrambi pensavano sempre alla stessa cosa, ma non osavano più
parlarne.

Una luce cruda, che rendeva azzurrognolo il viso dei passanti,
inondava la vastità delle vie pullulanti di carrozze e di folla: i marciapiedi viscidi splendevano al riflesso dei caratteri elettrici che arde-
vano sulla facciata del teatro ripetendo il titolo della produzione: la

quando
rimi di
tto. Via
deserta
smorta.

za Tei-
enorme

e scop-

moglie
la mano

cappello
nerastro
sotto la

Primo-
a volevu

rina con

sorrento

e le isi'.

gente affluiva al teatro. Una *botte* si fermò presso i Goulliau, e ne scesero due donne, una grossa, dipinta, col gran cappello piumato, e l'altra a testa nuda, bionda, sottile, poveramente vestita. La prima si avviò al teatro, la seconda si fermò presso Carina, guardando automaticamente la vetrina del libraio. Aveva gli occhi cerchiati, fissi, verdognoli, in un viso immobile di cera: vedendosi osservata da Carina volse il viso, guardò la giovane coppia con gli occhi animatisi improvvisamente di invidia selvaggia, e andò via.

— C'è della gente più infelice di noi - pensò Carina, ma non si confortò.

Passarono oltre. Dall'arco della Pilotta veniva fuori una carriola carica di lamine di ferro che producevano uno scioscio metallico assordante; seguiva un carretto tirato da un asino e i Goulliau passarono di corsa tra i due veicoli, l'ultimo dei quali fu sul punto di investirli.

— Ci mancherebbe altro che di essere investiti da un asino! - disse Carina. - Poco male da un automobile, ma da un asino!

— È meno pericoloso: ti servirebbe di *réclame*.

— Giammai! Giammai! Giammai! - diss'ella scuotendo il capo. - Una volta Candido e Pangloss, o come si chiamava, volevano suicidarsi, ma avevano la rogna, e non si uccisero per paura che il giornale locale scrivesse che l'avevano fatto per via che avevano quella brutta malattia.

— Che c'entra? - chiese il giovine.

— Ecco, - spiegò Carina - preferisco che il giornale non faccia il mio nome anzichè dica che sono stata investita da un asino: ma dimmi un po', fin dove arriviamo?

— Fin dove vuoi. Entriamo al caffè? Permetti che ti offra qualcosa? - chiese Goulliau galantemente.

— Grazie, signore, non prendo niente! - ella rispose sullo stesso tono.

Tutte le sere avveniva quella piccola scena: Goulliau offriva a Carina di condurla al caffè, ella rifiutava; pareva uno scherzo, ma quello scherzo riusciva loro amaro, perchè entrambi sapevano che oramai non potevano più permettersi il lusso di andare al caffè.

Arrivati in piazza Venezia si fermarono ancora all'angolo del Corso e videro un collega di Goulliau fermo in ammirazione davanti alle vetrine del pizzicagnolo d'Agnino.

— Calzi! - chiamò il giovine.

L'altro si volse: era un individuo d'età incerta, avvolto in un mantello turchino, di quelli che si usavano dieci o dodici anni fa; un tipo d'ebreo biondo con un piccolo cappello duro posato un po' indietro e un po' a sghembo sui capelli rossastri divisi ad un lato da una larga scriminatura. Sull'occhio destro teneva il monocolo, che lo costringeva ad un continuo sogghigno.

— Come va? - chiese, volgendosi verso Goulliau.

Egli non guardava mai in viso Carina, sebbene fossero amici da molto tempo, e mai le rivolgeva per primo la parola.

— Che cosa fai? - chiese Goulliau. - Che cosa scopri di nuovo?

— Sai, - rispose l'altro con grande serietà e importanza - da questo pizzicagnolo ho scoperto una bellissima cosa: il salame di Viadana!

— Davvero?! - disse Goulliau canzonando, fingendo una grande sorpresa. - Ed altro, cosa?

Intanto guardava anch'egli nella vetrina, ma la moglie lo tirò per il braccio.

— Andiamo, - disse - perchè guardate queste porcherie?... Venga con noi, signor Calzi, altrimenti vada a farsi benedire...

Il Calzi si mise a fianco di Goulliau che gli disse:

— Dall'altra parte! Sei poco galante, caro mio. Tu non farai mai carriera.

Il Calzi passò vicino a Carina.

Anche il Corso era quasi deserto, vuoto, col lastrico fangoso e sporco: sembrava un immenso andito, sotto la lontana volta del cielo nero, con le lampade immobili, pallide e giallognole fra la nebbia.

— Come vanno i suoi matrimoni? - chiese Carina.

Il Calzi, che si fermava davanti a tutte le vetrine, il cui riflesso faceva scintillare il suo monocolo, cominciò a ridere di soddisfazione e di piacere per la domanda della giovine signora.

— Benissimo! Benissimo! Solo che... che c'è troppo da scegliere: ci vogliono più francobolli che altro. Ma perchè lei non s'è messa la mantella che aveva l'altra sera? Non ha freddo così?

— E pare che non mi guardi! - disse Carina. - Dunque, dunque, cosa si conclude?

— Niente ancora. Pazienza e sangue fresco, diceva l'apostolo santa Barbara. È un giuoco che mi diverte assai, tanto più che spero di trovare una carta buona.

— Ma quella vedova? non avevate poi combinato? - domandò Goulliau, sporgendosi in avanti.

— Ma che vedova! niente affatto, non era una vedova.

— Che cosa diavolo era dunque?

— Qualche cosa di simile! - disse Carina ridendo. - I soldi c'erano però, signor Calzi? Sì? E allora cosa vuole? Se ci sono i soldi, coraggio e sangue fresco, non badi ad altro.

— Ma non c'erano neppure i soldi, cara lei. Ora senti che mi capita oggi. Senti, senti! - disse, rivolgendo quel *senti senti* più a sè che agli altri.

Si tolse il monocolo e cominciò ad alitarlo e pulirlo, intanto raccontava:

— Ieri mi arriva una lettera: è la ventottesima, credo: te la farò vedere: « Caro signore, ho letto il suo avviso sulla *Tribuna:* credo che io possa convenirle, ecc., ecc. Quarant'anni, piacente, trentamila contanti, ecc., ecc. Per combinar meglio, se ella crede, venga domani alle dieci davanti al giardinetto Carlo Alberto: sarò vestita così, ecc., ecc. Lei tenga una margherita all'occhiello ». Vattelapesca ora le margherite! Basta...

— Poteva metterla di carta.

— Basta. Vado, c'incontriamo: un rinoceronte, ma piacente davvero. Più cinquanta anni che quaranta, basta, questo non importa. Mi fa vedere i suoi documenti, tutto in regola; accenno ai miei debiti: essa intende di pagarli; intanto camminiamo, e senza avvedercene, quasi, arriviamo davanti a Buton. Automaticamente, per abitudine, io mi fermo a guardare: anch'essa si ferma: allora io la invito ad entrare e bere un bicchierino di *curaçao*. A proposito, sai cosa ho scoperto? Il liquore di ginepro, autentico, fabbricato dai frati della gran Certosa.

— Ma davvero? - disse Goulliau, al quale il Calzi si rivolgeva sempre. - Dove? dove?

— Continui la storia, signor Calzi! - supplicò Carina.

Ma pareva che all'altro premesse più il ginepro, perchè propose con insistenza di tornare indietro per indicare ai Goulliau il *bar* dove si trovava il liquore e farlo loro assaggiare.

— Front' indietro! - disse tosto il giovine, sempre canzonando.

— Io non vengo! - rispose Carina.

— Signora Caterina! Ed io non racconto oltre.

Allora tornarono indietro, tanto più che la nebbia addensavasi, umida e fredda; risalirono piazza Venezia ed entrarono nel *bar*. Il Calzi proseguiva il racconto:

— Dunque il rinoceronte accetta! Accidenti, uno, due, tre bicchierini, l'ultimo dei quali lo vuol pagar lei. Poi mi fa una proposta: « Andiamo fuori porta a far colazione; paghiamo metà per uno ». - Andiamo: va benissimo.

— Ha fatto pagare tutto a te?

— No, abbiamo pagato a metà, ma s'è presa una sbornia terribile: accidenti, ho dovuto farla mettere a letto, e l'ho lasciata lì: che Dio ti benedica e Maria Santissima. Tre bicchierini di ginepro! - gridò il Calzi, entrando nel *bar*.

Un uomo con due cagnolini, uno più minuscolo dell'altro, stava fermo davanti al banco. Carina si chinò per guardare le microscopiche bestiuole e domandò se erano madre e figlio.

— Quello là è il nonno! - disse l'uomo dispettosamente, quasi offeso.

— Cosa mangiano?

— Trenta centesimi di biscotti al giorno e un po' di latte.

Carina si sollevò sospirando.

— Ti piacerebbe averlo, uno? - chiese Goulliau rivolgendosi alla moglie come ad una bambina. - L'anno venturo l'avrai: allora saremo ricchi.

— Già! già! - disse brutalmente il Calzi. - L'avrete più grosso di questo. Senti, senti! Senti il ginepro, senti che aroma, senti che delicatezza! Sono veri o finti quei cagnolini? Signora Caterina, non si lecca le labbra?

— Sembra acqua-vite - disse Carina.

— Già, già, acqua-vite! - esclamò offeso il Calzi. Uscirono assieme, ma egli rientrò un momento nel *bar*, poi raggiunse i Goulliau vicino al teatro e li accompagnò fino a casa. Risalirono via Nazionale, via Quattro Fontane, via Venti Settembre, ove i Goulliau abitavano all'ultimo piano di un immenso palazzo. Sui grandi marciapiedi assolutamente deserti i quadruplici fanali parevano mostruosi fiori gialli velati di nebbia: nell'angolo della fontana verso il palazzo Barberini una gobbetta bionda rannicchiata in una sedia vegliava il suo piccolo banco di fiammiferi e di giornali. Una tristezza infinita gravava sul quadrivio fangoso, insolitamente deserto, chiuso dagli sfondi nebbiosi; e la gobbetta rassembrava il genio deforme e melanconico della notte fredda illuminata dai grandi fiori strani dei fanali gialli. Carina osservò ogni cosa e si sentì stringere il cuore da una tristezza profonda. Il chiacchierio del signor Calzi le urtò i nervi come lo stridere di un ferro rugginoso, tanto che sentì il bisogno di dire qualche insolenza. Ricordò Candido e la sua schifosa malattia.

— Signor Teodoro, - chiese - ha avuto mai la rogna, lei?

L'uomo la guardò stupito; poi guardò Goulliau e vedendolo ridere si mise un dito sulla fronte e scosse più volte il capo.

Entraiono nell'atrio principesco del palazzone ove i Goulliau abitavano: una fontana mormorava in fondo al cortile, una grande lampada
splendeva quetamente fra le colonne di marmo dell'ingresso maestoso.
Ogni volta che Calzi attraversava quell'atrio sentiva una specie di
reverenza, quasi attraversasse un tempio, e si fermava a guardare i
gradi marmorei del *rez-de-chaussée,* e una nicchia ove biancheggiava
una statua di pessimo gusto.

Anche questa volta si fermò, e Goulliau con lui: Carina andò
avanti per vedere se presso il portiere c'era qualche lettera per lei.

— Chi ci sta qui? - chiese Teodoro Calzi con sempre nuova meraviglia. - Accidenti, questi signori, si mettono le statue anche nelle scale!

— Se vedessi l'ingresso! - disse Goulliau. - L'altro ieri stava aperto
perchè c'era ricevimento: tutto di velluto, con alberi veri e due lupi...

— Veri?

— No, come usano ora: hai visto quei cani in una vetrina del
Corso? Così...

— Due lupi? Accidenti, chi ci sta?

— Una signora tedesca con la parrucca. Guarda! - esclamò Goulliau,
come colpito da un'idea luminosa. - Ti converrebbe benissimo, quella.

— Senti! senti! - disse l'altro, con un modesto riso di soddisfazione; ma tosto cambiò discorso.

— Peccato che non ci siano negozi in via Venti Settembre. - disse -
a me non piace per ciò.

— Che vuoi? oltre il re ci stiamo noi signori e non vogliamo essere
disturbati... - rispose Goulliau, ma lo scherzo gli morì sulle labbra
vedendo ritornar Carina pallidissima, con un plico in mano.

— Il tuo sogno, eccolo! - ella disse con voce amara e dispettosa,
quasi incolpando il marito perchè il romanzo veniva ancora respinto.
E s'avviò per la seconda scala dagli alti gradini nudi: il marito la
seguì, e Calzi, preso dalla viva curiosità di sapere cosa succedeva e
che cosa conteneva il plico, raggiunse i Goulliau, sebbene non l'avessero invitato a salire.

— Non l'hanno neppure letto, neppure letto! - diceva Carina, salendo rapidamente le scale, nel cui vuoto gelido la sua voce risuonava
ansante e amara.

— Cosa non hanno letto? - si domandava Calzi; e pensò una ghermi-
nella per far parlare Goulliau senza la presenza di quell'indiavolata della
signora Caterina. Si fermò al primo pianerottolo e cominciò a gridare:

— Amico, spero bene non mi farai salire fino alla cupola per dirti
buona notte.

Goulliau si fermò, mentre Carina continuava a salire.

— Buona notte, dunque - disse Calzi, raggiungendo il giovine che
aveva preso un'aria funebre.

— Non vieni su?

— A far che?

— Ti darò un bicchier di vino.

Calzi meditò alquanto.

— Che vino è?

— Toscano.

— Sai dove c'è del buon toscano? - In tal posto: proprio stupendo...

Goulliau s'irritò un po', questa volta, e fu per rispondere male; ma
al contrario di sua moglie egli sapeva dominare i propri nervi, e ripetè
l'invito che il Calzi accettò senza farsi pregare oltre.

Carina era già molto su, e Goulliau saliva lentamente, come stanco e distratto, fermandosi ogni tanto.

— Accidenti, - disse Calzi - quanti gradini avete? Trecentomila? Ogni volta faccio una sudatina.che è un piacere.

Vedendo che l'altro non gli badava lo raggiunse e lo prese per il braccio.

— Pazienza e sangue fresco! - riprese; poi abbassò la voce: - còs'è quell'affare che ha ricevuto tua moglie?

— Un manoscritto - rispose Goulliau suggestionato. - Il manoscritto di un bellissimo romanzo che essa ha scritto. Ella però si ostina a mandarlo a dei grandi editori, che naturalmente lo respingono.

— Senti! senti! Tua moglie una scrittrice! Questa è nuova, diceva l'apostolo Santa Barbara.

— Non ha pubblicato mai niente, però - disse Goulliau. - E il suo torto è di volersi far conoscere tutto ad un tratto.

— Senti! senti! - ripeteva a sè stesso Teodoro Calzi, pieno di meraviglia. - Come è lungo? Molto?

— No, è piuttosto breve: quasi una novella, ma armonico, originalissimo. Ho letto pochissime cose così perfette - rispose Goulliau, piovando un amaro gusto nel confidarsi col Calzi.

— Io lo venderei - disse Teodoro, fattosi pensieroso. - Un avviso sulla *Tribuna*. C'è sempre della gente che ha soldi da buttare. Giacché l'editore non si trova!

— Calzi! - disse inorridito Goulliau, pensando a Carina. - Se ella ti sentisse!

— *Ella* è un altro paio di calzoni! - esclamò Teodoro non senza un certo disprezzo. - Le donne non ragionano mai. Accidenti, centosessantotto gradini! La torre del mio paese ne ha la metà.

Eran giunti.

— Che puzza! - disse Calzi entrando nella piccola anticamera buia: - non aprite mai le finestre, voi? eppure qui dell'aria ce n'è.

— Ma che puzza d'Egitto! - esclamò Goulliau, cominciando a irritarsi davvero. - Dov'è la puzza? Sono i fiori che Carina ha portato da Ponte Nomentano.

— Fiori o non fiori, - riprese l'altro alzando la voce - qui c'è un odore orribile, e se non apri la finestra io non entro.

Goulliau dovette aprire la finestra della stanza da pranzo, che fungeva anche da salotto, mentre Carina rifugiavasi in camera da letto per sfuggire la tentazione di scaraventare contro Teodoro il plico che teneva in mano.

*
* *

— Dormi? - chiese Goulliau entrando in camera circa mezz'ora dopo.

Carina, stesa e nascosta fin sul capo sotto la coperta rossa, mise fuori un dito e accennò di no.

— E i piedi come vanno?

— Bollenti.

— Che tipo quel Calzi! - disse il giovine, mentre si spogliava. - Non se n'è andato finchè non è riuscito a farmi dire ciò che conteneva il plico da te ricevuto.

— Potevi farne a meno! - gridò Carina mettendo il capo fuori e arrossendo di stizza. - Che può capirne quella bestia? Tu profani l'opera mia.

— Calma, calma! - disse Goulliau, lasciando cadere una dopo l'altra le sue scarpe colorate. - Egli conosce tanta gente, egli può parlare con qualcuno: conosce tipografi, giornalisti, deputati: tu sai che egli è una specie d'uomo d'affari.

— Io non ho bisogno di questa gente.

— Tu non hai bisogno di nessuno: e tutti però fanno a meno di te! - disse il marito, risentito.

Ella non rispose, colpita da quella triste verità. Goulliau prese in mano uno dei suoi stivali e automaticamente lo esaminò; e s'accorse che lo stivale, oltrechè essere più d'estate che d'inverno, andava consumandosi, senza rompersi, come un malato che si ostina a non volersi dare a letto. Che tristezza, che tristezza in quella povera scarpa colorata e consumata come una persona tisica! Goulliau la rimise sul tappeto, e nel cui varsi a far ciò fu preso da un impeto di ribellione contro sua moglie. Prima di sfogarsi, però, si tolse anche le calze, le buttò sul tappeto, poi parlò:

— Senti, certe volte io non arrivo a capirti: sei irragionevole come un cavallo maremmano. Cosa intendi di fare ora? Levatelo di testa, nè Treves, nè Roux, nè altro editore, neppure Salani, giacchè mi fai dire, pubblicheranno mai il tuo romanzo. Sarà, è anzi un capolavoro, ma non lo pubblicheranno. Perchè ti ostini? Portalo ad un giornale: fallo conoscere, pubblicato in un'appendice, ma pubblicalo: che cosa speri? Tu rassomigli a coloro che avendo un capitale e volendolo raddoppiare lo tengono infruttuoso piuttosto che darlo a miti interessi. Guarda altre scrittrici: han cominciato su giornalucoli di provincia ed ora sono arrivate alle più grandi riviste europee.

Carina rideva, di nuovo nascosta sotto la coperta, incoraggiato da quel riso Goulliau staccò da un chiodo la camicia da notte, e disse:

— C'è il tal giornale che paga benissimo le appendici: e poi si obbliga di far pubblicare a volume il romanzo, riservandosi tutti i vantaggi di questa prima edizione. Perchè tu non potresti....

— È quella bestia del tuo degno collega che ti ha consigliato? - gridò Carina, mostrando di nuovo il viso infiammato sul candore del lenzuolo scosso. - impiegati, impiegati! Voi non vedete al di là di due miserabili soldi!

— Ah, è vero! - continuò amaramente. - Io non ho più niente da portare sulla mensa quotidiana. Mio padre, vile come tutti voialtri uomini, mi nega ciò che mi aveva promesso, per dar da mangiare ad una donnaccia: io non produco, è vero, io non produco niente. È giusto dunque che io venda il mio pensiero; è giusto dunque che io abbassi la mia arte al mestiere di una serva! È giusto dunque che io metta in una triviale appendice il sogno della mia anima, per convertire in pane i soldi che le serve, che i cocchieri, che i fantaccini, lettori dell'appendice, mi daranno per l'ora di gaudio che io ho loro venduto... Vuol dire...

— Carina, tu ammattisci! - disse il marito coricandosi. - Calmati; io non ho voluto dire... Carina mia!...

Cercò di abbracciarla, ma ella lo respinse mettendogli le mani sul petto.

— Piuttosto, vedi, - disse, calmandosi - vendo il romanzo a qualche persona cretina che lo pubblicherà col suo nome. Mi avvilirò io, ma non avvilirò l'opera mia.

Goulliau ricordò che Calzi aveva avuto la stessa idea, ma non disse niente per non irritare oltre sua moglie. Non manifestò neppure i suoi

39

apprezzamenti su quell'idea che nel Calzi era il principio e in Carina la fine di un ragionamento, ma senti un profondo disgusto della logica dell'amico e della moglie.

Solo osservò:

— Ma la persona che acquista il romanzo può pubblicarlo egualmente in appendice o da un editore popolare.

— Sei bene ingenuo! Chi *compra* un libro non lo compra per rivenderlo, e come paga l'autore paga il grande editore che glielo pubblica - rispose Carina, calmatasi interamente.

— E allora facciamo la pace! - disse il marito. - Oh, come hai i piedi freddi! Dicevi che erano bollenti!

— Sono bollenti perchè ho l'illusione che lo sieno. Chi può togliermi l'illusione? Vedi, mentre tu eri di là col tuo collega bestia, io sognavo, mi formavo l'illusione di essere... Ma perchè devo dirtelo? No, tu non puoi, tu non puoi capirmi!

— Carina, - disse il giovine, con voce seria - io non ti capisco, è vero, però capisco una cosa: che io avevo l'illusione d'essere un uomo felice perchè lavorava ed amavo, perchè andavo d'accordo con mia moglie ed essa andava d'accordo con me; perchè eravamo poveri di denari ma ricchi di sogni, di amore, di buona volontà, ed anche di spirito; perchè infine possedevamo tutte le cose che i denari e la gloria non possono dare. Ora questa illusione mi pare che stia per svanire, perchè io conosco una persona che quando sta bene, quando non è perseguitata dalle piccole avversità della vita, dice delle grandi parolone, dice che è forte, che è altera di essere povera e di essere un genio sconosciuto, che è buona e generosa; e poi, al primo ostacolo che trova si impenna e diventa cattiva e stravagante come il diavolo...

— Io dormo... - disse Carina, che aveva chiuso gli occhi. - Il frate può rivolgersi al muro per continuare il suo sermone.

Ma Goulliau sentì che la voce di lei era mutata, e si volse, non per rivolgere il suo discorso al muro, ma per spegnere il lume. E poco dopo, nel buio della camera, rotto appena dal bagliore fosco e incolore dei vetri senza cortine, che guardavano su uno sfondo di nuvole lontane, s'udì il suono d'un bacio.

*
**

Carina fu la prima a svegliarsi, e appena mise fuori della coperta la testina arruffata, sentì un impeto di gioia, accorgendosi che la giornata era bella.

Attraverso i vetri appannati si *sentiva* il cielo purissimo: un grido liquido d'allodola veniva su, fra lo stridio di mille altri uccellini raccolti su gli alberi di villa Barberini, simile ad un lungo stelo d'acqua che si slancia fra i mille piccoli getti d'una fontana. Il rumore incessante delle carrozze arrivava come lo sciacquio lontano di un torrente.

Al romorio delle carrozze ed al canto degli uccelli fondevasi un timido lamento di violino proveniente dalle due camere attigue, che i Goulliau avevano subaffittato ad un signore straniero.

Carina stette ad ascoltare: le pareva vedere gli alberi gialli dei sottostanti giardini, quieti e roridi nel mattino autunnale, e le allodole e gli uccellini bagnati dalla rugiada delle foglie. Che cosa narrava il canto degli uccelli? Essi dovevano aver freddo, forse anche fame, eppure il loro grido era allegro e infondeva letizia.

Ella ripensò al plico buttato sul tavolino, e rassomigliò l'opera sua al canto degli uccelli. Era una storia lieta, tutta di felicità, fresca e luminosa quanto il titolo che la adornava. Chi l'avrebbe letta avrebbe provato la sensazione di gioia che desta il canto degli uccelli: mentre, come gli uccelli al sopraggiungere dell'inverno, chi l'aveva scritta soffrirebbe il freddo e, chissà, forse anche la fame.

Carina non si faceva illusione, sebbene affermasse il contrario. Lo stipendio di Goulliau non poteva bastare oltre: di giorno in giorno tutte le cose più necessarie alla vita diventavano più care; l'*anno santo* gettava su Roma una maledizione infernale. Per non perdere la luce ed il sole della camera da letto, ove Carina passava tutta la giornata, i Goulliau avevano subaffittato due camere del loro appartamentino, piuttosto che andare ad abitare in un luogo buio; ma ciò non bastava, non bastava! Carina aveva licenziato la serva, tenendo a mezzo servizio una vecchia cognata del portinaio; ma neppure ciò bastava. Con tutto ciò Carina non disperava; solo quando aveva freddo - e se c'era luce e sole, neppure il freddo mancava nella rispettabile altezza dell'appartamento di via Venti Settembre - non riusciva a dominare i suoi nervi; e una tristezza accorata la assaliva d'improvviso, onda di vento gelido, quando pensava che avrebbe dato alla vita la creatura il cui germe cominciava appena a fecondarsi in lei, prima di aver raggiunto i suoi sogni di benessere.

E quei sogni che prima l'abbandonavano di rado ora cominciavano a mancarle; i suoi nervi si risentivan del freddo come le corde di uno strumento musicale, e la sua anima rifletteva le nuvole autunnali come l'acqua d'un fiume; ma poi bastava il riflesso del cielo puro, un grido d'allodola, la vibrazione dell'aria mattutina, per accordare nuovamente lo strumento e rasserenare l'acqua del fiume.

Quella mattina, quando il marito si svegliò sorridendole, ella gli rivolse un discorsetto filosofico:

— Ascolta gli uccelli - disse - e pensavo che essi non hanno casa, nè pane, nè vestiti, eppure sono lieti, non solo, ma cercano, coscientemente o no, di rallegrare chi ascolta il loro grido. Perchè non potremmo essere anche noi simili agli uccelli?

— ...Perchè? - rispose il giovane. - Perchè non possiamo prendere ciò che troviamo, come gli uccelli...

— Perchè non *sappiamo* prenderlo - disse Carina.

— È quanto ti dicevo ieri sera, dunque! - esclamò il marito.

— Non ricordo che tu mi abbi detto ciò - riprese lei. - Però ora ti farò vedere se anche io saprò o no prendere il mio bene dove lo trovo.

— Che farai?

— Andrò dal direttore di quel giornale per offrirgli *La Primavera*. Se non la vuol lui la vendo al primo che capita.

Vedendo che ella ripeteva sul serio quest'ultima idea, Goulliau s'oscurò in viso, e disse con voce dura:

— Io non permetterò mai ciò: comprendi? mai!

— È quel che vedrem! - diss'ella cantando.

Poi si alzò, si lavò, si pettinò, andò ad aprire la porta alla donna che suonava.

— Buon giorno, signora padrona! Che caldo oggi! - esclamò la donna, una vecchietta stretta nel busto, coi capelli tinti d'un biondo vivo, pet-

tinata all'Iris, coperta di una vecchia mantella di Mongolia che le dava
un'aria da signora.

— Siete venuta tardi - disse Carina: - accendete subito il fuoco.

— È lei che s'è alzata presto - rispose la donnina, levandosi la
mantella. - È già pettinata: uh, come è mal pettinata, coi suoi bei
capelli! Se vedesse la signora del padrone di casa come si pettina bene!

Carina rientrò in camera e andò a scuotere il marito che leggeva.

— Suvvia, alzati, alzati, chè voglio aprir la finestra.

— Che hai stamattina, uccellino? - chiese Goulliau, scompiglian-
dole i capelli. - Che cosa hai sognato?

— Lasciami i capelli, sono abbastanza spettinata; l'ha detto quella
bestia di Lucia. Non la posso più soffrire, la mando via; voglio fare
tutto io, tutto, tutto. Lasciami, voglio aprir la finestra, voglio uscire;
alzati, lasciami - diss'ella dibattendosi fra le braccia di Goulliau che
le cingevano il collo.

— Hai il diavolo addosso, stamattina - diss'egli. - Dove vuoi andare a quest'ora?

Mentre egli finiva di vestirsi, Carina aprì la finestra e si affacciò;
e sebbene abituata al sublime panorama che godeva quotidianamente
dal suo alto davanzale, non potè reprimere un piccolo grido di ammirazione. Durante la notte aveva piovuto abbondantemente, ed ora tutta
Roma splendente fra tenui vapori azzurrognoli pareva emergere dal
mattino autunnale come una Dea tra i veli appena squarciati d'un
sogno divino.

Nell'ampio semi-cerchio dell'orizzonte il cielo incurvavasi con tenere sfumature di viola; linee di campagna verdi come il musco, alberi
incisi sul cielo come nuvole, nuvole rosee profilate d'oro, colorivano
le lontananze della visione meravigliosa. Sotto la finestra di Carina i
giardini Barberini si stendevano a guisa d'uno splendido quadro raf-
figurante l'autunno. Gli alberi di un giallo acceso, e taluni di un rosso
rugginoso, brillavano, ancora bagnati dalla pioggia, sullo sfondo dei
viali carnicini: sembravavo immensi mazzi di fiori mostruosi. Sulle statue
corrose saltellavano gli uccelli: non un soffio di vento, non persona
viva animava la solitudine del luogo: striscie d'acqua stagnavano sui
giardini del belvedere, qualche foglia gialla volteggiava per l'aria immobile, cadendo silenziosa sui viali chiari. Sembrava un giardino incantato e ignoto, raccolto nel seno della città: una perla giallognola
nel cavo d'una conchiglia canora.

Quel giardino era la gioia e lo spasimo di Carina, che lo desiderava ardentemente e sentiva di non poter mai arrivare a possederlo
che con lo sguardo. Tranne i volgari giardinieri, ella non vedeva mai
nessuno attraversare i viali gialli di sole o di luna, sempre pieni di
sogni e di canti d'uccelli; e rassomigliava quel luogo ad un tesoro custodito da un drago maligno, che non lo godeva e proibiva agli altri
di goderlo.

Oh, scendere laggiù, nel perlato mattino d'autunno, godere il sogno
dei viali solitari, la fragranza delle foglie morenti, la visione aperta
del cielo brillante attraverso gli alberi d'oro: abbracciare, nella gioia
del puro mattino, le vecchie statue corrose dal tempo e dalla loro stessa
inutilità, gridare con l'allodola, scuotere i rami stillanti acqua e foglie
morte di noia; dar vita al luogo, prender vita dal luogo magnifico e
vano!

Chi le impediva di far ciò?

Qual drago stupido custodiva i cancelli, ed a lei, a lei forte, a lei, che sentiva di possedere spiritualmente il giardino, ne proibiva il possesso materiale?

Pensò ai giardinetti aperti al pubblico ove ella andava a prendere il sole con le vecchie povere, e per concatenazione d'idee pensò al giardino Carlo Alberto che doveva attraversare quella mattina per recarsi dal direttore del giornale al quale voleva recare il suo manoscritto. E subito sentì un'onda di disgusto e di amarezza coprirle il cuore, ricordando che doveva convertire in pane il suo lavoro ideale. Si tolse dal davanzale, pallida, con gli occhi cerchiati, e chiuse fragorosamente la finestra.

Goulliau aveva finito di vestirsi e spazzolava accuratamente il suo non nuovissimo cappello, dicendogli con rassegnazione melanconica:

— E ora andiamo in quella galera...

Carina guardò il cappello, sentì le parole che Goulliau rivolgeva al suo compagno di sventura, e dimenticò gli uccellini, la bella giornata, la visione meravigliosa di Roma, tutte le cose belle ed inutili che poco prima l'avevano rallegrata.

*
* *

Uscito il marito, ella scrisse al padre una lettera piena di insolenze, poi prese il suo manoscritto, uscì e andò alla stazione ad impostare la lettera. La via era fangosa, ma il cielo azzurro e l'aria tiepida. La piazza della stazione era animata da una gran folla che aspettava un pellegrinaggio meridionale; all'orizzonte, nello sfondo delle grandi strade, alcune nuvole brillavano come colline d'argento: il lastrico della piazza pareva un mosaico di metallo, e formicolava di botti dai cavalli umidi, fumanti, di gente infangata, di veicoli correnti. Dagli alberi del giardino piovevano goccie e foglie d'oro pallido; i tram scivolavano rapidi, rosseggianti, tra la folla che indietreggiava al passaggio della grossa ma tranquilla belva elettrica.

Carina si mischiò alla gente, dimenticando le proprie cure per il piacere che sempre provava nell'osservare la vita multiforme della folla. Questo piacere era un po' caustico, o almeno pareva tale alla giovine signora, che spesso, quando si fermava fra un agglomeramento di gente stretta intorno ad un ciarlatano, ad una vetrina, ad un furbo monello che disegnava una figura sul marciapiede, scusava la sua curiosità col crederla puramente artistica.

Davanti alle uscite della stazione s'allungava l'immobile fila delle monumentali vetture degli Hôtels: qualche vetro luceva, un cocchiere, seduto più alto degli altri, dominava la folla con una figura imponente di diplomatico da palcoscenico.

All'arrivo dei pellegrini la gente s'accalcò intorno alle uscite, restando alquanto delusa nel vedere i soliti preti lunghi e grossi, stanchi, con la barba non rasa da vari giorni, che guidavano o spingevano torme di povere donne cariche di fagotti, piene di stanchezza e di stupore. Un numero straordinario di venditori serpeggiava tra la folla, circondando le pellegrine ed i preti: uno specialmente, che pareva un signore, biondo ed elegante, agitava sul viso alle povere donne un fascio di coroncine dorate, gridando con voce monotona:

— Due soldi! Due soldi! Due soldi! I rosari dell'anno santo: due soldi, due soldi, due soldi!

Non riusciva a spacciarne uno, ma continuava a gridare, flemmatico, rigido nel suo bel colletto lucido; e pareva che l'unico scopo della sua vita fosse di gridare monotonamente:

— Due soldi, due soldi, due soldi!

Un gruppo di piccoli lustrascarpe di sfrodo, nascosti tra la folla, pulivano rapidamente gli stivali delle pellegrine: una nana, dal giacchettino violetto col suo bravo colletto di pelliccia, con le taschine piene di biglietti della fortuna, guardava attentamente l'opera dei lustrascarpe, mormorando:

— Le guardie! Le guardie!

Due pellegrine, presso le quali Carina si fermò, guardarono la nana come un essere sovrannaturale; e quando il piccolo essere s'accorse della curiosità che destava, ne profittò per vendere alle donne i biglietti della fortuna.

— Avanti! - disse un prete con voce rauca, spingendo le pellegrine.

I venditori ambulanti e i noiosi spacciatori di cartoline s'incrociavano e s'urtavano confidenzialmente: un tiepido odore di pasticcini errava nell'aria; mille voci vibravano sullo sfondo d'un rumore diffuso e ronzante prodotto dalle vetture correnti, dai tram, dai suoni lontani.

Ad un grosso prete rosso venne male mentre usciva dalla stazione: la folla gli si precipitò attorno, ed anche Carina si spinse in avanti. Fra cento teste curiose ella intravide la fronte calva del prete farsi rossa e poi pavonazza, udì uno scherzo triviale mormorato da un venditore di pasticcini a proposito di quella fronte congestionata, e sorrise. Ma subito provò disgusto del suo sorriso volgare e crudele, e si scostò dalla folla con un senso di vergogna e d'ira contro sè stessa che s'era mischiata alla massa incosciente e selvaggia.

Mentre attraversava la piazza, una bicicletta le passò rasente, dandole l'idea d'un grande uccello silenzioso: ella riconobbe nel ciclista biondastro dal berretto a visiera, un cronista del giornale verso la redazione del quale si dirigeva, e arrossi.

— Eppure non sono timida! - disse a sè stessa. - Ho arrossito come se colui si fosse accorto ch'io vado ad elemosinare qualcosa. Ebbene, no. Voglio impormi, voglio che mi conoscano per ciò che sono.

E camminò. Le strade s'asciugavano rapidamente, i marciapiedi sembravano lavati: tutta la via Nazionale, sotto il cielo azzurro che restringevasi in uno sfondo di delicate nuvole d'un grigio dorato, era invasa da una viva luce azzurrognola ove le figure dei passanti si delineavano con nitidi contorni come in una luminosa fotografia.

Carina amava la grande e simpatica via con l'amore che si porta ad un paesaggio, ad un motivo, ad un'opera d'arte: talvolta, in certe ore della giornata, in certi effetti di luce, seguendo il largo ondeggiare della folla o perdendosi nei grandi marciapiedi vuoti come in aperta campagna, ella provava una specie d'incantesimo e non si accorgeva di camminare, e le pareva di attraversare un fiume o quieto od un po' tumultuoso, provando tutto il fascino che dà il giuoco e il riflesso dell'acqua corrente.

Anche quella mattina, nella luce azzurrognola che illuminava i marciapiedi chiari, ella provò quel vago senso di beatitudine e di astrazione, pur ricordando dove era diretta e sembrandole di andare a compiere il brutale sacrifizio di tutti i suoi ideali d'arte.

— Io non sono timida: avanti! - ripetè a sè stessa, penetrando nella redazione del giornale.

Per la scala incontrò una signora vestita di nero, e quest'incontro la incoraggiò.

Avanti. Un caldo soffocante gravava nell'aria della scala un po' buia. Arrivata su, Carina si fermò, ansante, col cuore che le batteva rapidamente.

Un ragazzo pallido, con gli occhi indifferenti e cerchiati d'uomo corrotto, le domandò cosa desiderava.

— Il direttore.

— Non è venuto.

Ella, ricordandosi che non era timida, prese un tono arrogante:

— Se mi ha detto di venire alle undici! Portategli la mia carta!

Il giovinetto prese la carta da visita, sparì, ritornò.

— Favorisca.

Carina si trovò in una grande sala dal cui soffitto a vetri pioveva una luce grigia di crepuscolo: vecchi divani gialli ed un gran tavolo coperto di feltro verde formavano tutto il mobilio.

Un operaio, seduto in un angolo, aspettava pazientemente e timidamente. Carina provò ancora una volta un sentimento di umiliazione, vedendo che l'ora passava, che nessuno veniva a chiamarla, che ella, col suo manoscritto fra le mani, doveva aspettare pazientemente e timidamente come l'operaio venuto forse per reclamare contro qualche notizia di cronaca; e ad un tratto si ribellò ed uscì sull'andito. Parecchi individui entravano ed uscivano; per gli usci spalancati s'udivano voci e risate d'uomini: qualcuno parlava al telefono, un giovine con una tazza di caffè in mano apparve in fondo all'andito, e vedendo Carina le andò incontro.

— C'è il direttore? - ella chiese arrossendo.

— Favorisca - disse il giovine.

La fece entrare in un salotto semi-buio, e mentr'ella aspettava, egli entrò nella stanza attigua lasciando l'uscio socchiuso, e dovette dire che c'era una donna che voleva il direttore, perchè udì una voce nasale pronunziare con ironica compassione:

— Povero direttore!

Un baleno d'ira passò negli occhi di Carina. Per chi la prendevano? O indovinavano perchè realmente ella era venuta e la spregiavano fino al punto di compassionare e deridere la persona che doveva ascoltarla? Si sentì vile e forte nello stesso tempo, e andò via; ma appena ella fu nell'andito il giovine mise fuori la testa dall'uscio del salotto e la chiamò:

— Signorina, favorisca.

Ella tornò indietro, un po' lusingata da quel « signorina », e il giovine la condusse nella Direzione.

Un signore grasso e pallido, con due lunghi baffi neri, scriveva davanti a un tavolo di legno lucente, che al riflesso d'una grande vetriata pareva d'argento. Nei cinque minuti che Carina stette là, non vide altro che il riflesso del tavolo e i baffi del direttore, osservando che uno di questi era più lungo dell'altro.

— Va bene - disse benevolmente il direttore, dopo che ella ebbe fatta l'offerta. - Ritorni ai primi di dicembre e le saprò dire qualche cosa.

Ella si ritrovò in via Nazionale senza accorgersi dove era passata: sentiva una grande tristezza, ma nello stesso tempo una viva soddisfazione per il sacrifizio che le pareva d'aver compiuto.

Risalì lentamente via Parma, la gradinata del giardino, e s'appoggiò alla balaustrata, osservando il travertino bucherellato del parapetto, che era pregno d'acqua come una spugna di pietra. Sui platani spogli qualche foglia secca, color di ferro arrugginito, tremava paurosa di staccarsi dal ramo che l'aveva vista nascere e morire. Carina guardò la pietra e la foglia: ah, sì, come corrodevasi il travertino, e come la foglia che ostinavasi a rimanere sul ramo era morta e doveva disperdersi, così il suo forte e dolce sogno erasi corroso ed era morto, sebbene si ostinasse a non dissolversi ancora.

Trovò a casa una sorpresa che sulle prime la divertì gradevolmente: il cagnolino piccolo e pulito che la sera prima aveva visto nel *bar*. La bestiolina, a metà rasa ed a metà coperta dal pelo ricciuto, pareva un giocattolo ricoperto da una piccola pelliccia di Mongolia. Aveva già preso possesso del salotto da pranzo e strappava coi dentini la frangia d'una poltrona: vedendo Carina la guardò con uno sguardo quasi umano, coi minuscoli occhi neri lucenti, poi le gittò sul viso un guaito tanto piccolo quanto insolente.

Ella prese fra le mani la graziosa bestiolina, la sollevò in alto, se la mise sul collo, la portò in camera e la gettò sul letto. E mentre si toglieva il cappello e cercava un nastrino nel cassetto dell'armadio, rideva fra sè e rivolgeva la parola al cagnolino, vezzeggiandolo infantilmente:

— E tuo nonno, dove l'hai lasciato, Cip, Cip? Dove sei venuto a stare? Avrai freddo: ti metterò la pelliccia di Lucia. Aspetta. Sta fermo! Ecco: quanto sei bello, ora, col nastro rosso! Ah, ecco! - disse poi, dopo aver annodato il nastro. - Come riderà quel tipo di Goulliau! Aspetta, aspetta!

Udendo il marito salir le scale, corse, prese la pelliccia di Lucia e la gettò sul cagnolino che rimase tranquillamente nascosto.

— Cinino, - disse al marito appena egli entrò - abbiamo già il bimbo!

Egli, ancora ansante per le scale fatte di corsa, andò a vedere cosa c'era sotto la pelliccia e cominciò a ridere.

— Quel matto di Calzi! Che tipo! È lui che l'ha mandato?

— Sì - disse Carina, ridendo anch'essa.

Ma il guajo venne dopo, quando il cagnolino rifiutò ogni cibo, compresa la carne che Carina si degnava porgergli già masticata.

— L'uomo che lo portò disse che mangia solo biscotti - osservò Lucia.

— Ah, - disse Carina con amarezza, rivolta al cagnolino - allora questo non è il tuo posto, bello mio!

Tuttavia gli fece comprare i biscotti, ma l'allegria le passò. E cominciò a prendersela col Calzi.

— Poteva farne a meno! Io glielo rimando, sai; che se lo faccia cuocere arrosto.

Ma non lo rimandò. Era così grazioso e divertente! Invece di ingrossare diventava sempre più piccolo, e Carina passava ore ed ore a lavarlo, pettinarlo e annodargli il nastro al collo.

Una sera, però, agli ultimi di novembre, ella si accorse che il mantenimento del cagnolino aveva rubato un giorno di sostentamento all'esistenza dell'intera famigliuola, e pensò con rancore che quella esistenza era troppo seria nella sua meschinità per poter permettere a lei, Carina, neppure un momento di trastullo e d'inutile divertimento.

E si sfogò con Teodoro Calzi che quella sera venne a suonare alla porta del freddo appartamentino.

— Dimmi, - chiese il Calzi appena entrato, rivolgendosi a Goulliau - chè cosa intendi di fare per Natale?

— Io? Niente. Eppoi mi pare sia un po' presto per pensarci.

— Senti, senti! - riprese l'altro, togliendosi e piegando accuratamente il mantello. - Io invece ho già provveduto, ho già visto, ho già stabilito. Hai visto, in via Torino, nella Cooperativa Militare, c'è la pentola col zampone...

— Signor Teodoro, - interruppe Carina - noi per Natale arrostiremo il cagnolino che ella si è degnata donarmi senza che io ne la richiedessi.

— Senti! senti! - disse Calzi, senza offendersi. - Dov'è l'amico?

E volle vederlo, e osservò che era magro, e che senza dubbio la signora Caterina non gli dava da mangiare.

— Mangia mezzo etto di biscotti al giorno! - disse Goulliau.

— Sfido io se rimpicciolisce! Un etto ce ne vuole, un etto! Sai dove ci sono dei buoni biscotti?... Perchè non lo lascia qui, signora Caterina? Dove lo porta?

— Se lo tenga pure! - disse Carina. - Sè lo porti via: noi siamo poveri e nonchè dar da mangiare ai cani non ne abbiamo neppure per noi.

Goulliau la guardò sdegnato, ma la sua stizza cadde davanti alla tristezza vera e profonda che tutta la persona di sua moglie spirava. Carina cominciava a soffrire per la sua gravidanza: era pallidissima, con gli occhi cerchiati e le labbra bianche e raggrinzite, con tutto il viso atteggiato a disgusto e sofferenza. Anche Teodoro guardò di sfuggita la signora Goulliau e involontariamente strizzò un occhio, causa per cui gli cadde il monocolo lucente.

Tanto per cambiare parlò di un cognac veneto e di uno *champagne* a tre lire il litro, e con gran mistero rivelò a Goulliau il miglior modo di distinguere il vero dal falso *champagne*.

— Quando tu vedi versare lo *champagne*, - disse a bassa voce, facendo atto di versare un immaginario vino -- tu guarda il filo liquido che dalla bottiglia scende nel calice: se questo filo ha scintillii d'oro, il vino è genuino.

Carina, seduta col cagnolino in grembo, sollevò vivacemente il capo; ma Goulliau, pensando ch'ella volesse dire qualche altra insolenza, sviò subito il discorso.

— Come vanno i tuoi matrimoni?

— Accidempoli, lasciami in pace! - disse Teodoro, stringendosi la la testa fra le mani, ma sorridendo con soddisfazione. - Roba da impazzire: ho dietro più di settanta donne sulla quarantina, con dote più o meno in contanti. Non parliamone!

— Mi pare che ella si vanti un po' troppo - osservò Carina.

Allora Calzi trasse di tasca un fascio di lettere più o meno sgualcite, le sparse sul tavolo e battendovi la mano sopra, gridò:

— Ecco le prove! Legga.

Ma Carina non volle leggere, mentre Goulliau apriva qualche foglio e leggicchiava e scoppiava dal ridere:

— E lei vuole ammogliarsi! - disse Carina con disprezzo. - Ma sa coscenziosamente cosa è il matrimonio?

— Lo so benissimo: anzitutto pagamento dei debiti...

— Lei ha debiti e vuol creare una famiglia... - riprese Carina, ma Teodoro la interruppe:

— Tutti hanno debiti: chi non ne ha?

— Noi. per esempio...

— Ah, voi! Perciò siete nello stato in cui siete! - sentenziò con gran sapienza Teodoro.

— In che stato siamo? - chiese minacciosa Carina.

— Accidempoli, nello stato di non poter mantenere un cagnolino!

— Sia pure, ma non siamo al punto di vendere la nostra persona e la nostra libertà, come lei!

— Carina, leggi questa, è proprio amena! - disse Goulliau, ri-·dendo e porgendo una lettera alla moglie.

— Lasciami stare, non voglio sporcarmi le mani - ella disse.

— E lei - sentenziò Teodoro Calzi, levandosi il monocolo e solle-vando le sopracciglia - lei venderà qualche cosa di più grande della libertà, se vorrà vivere; venderà l'ingegno; e se lo ha e non lo vende e preferisce piuttosto soffrir la miseria che è peggiore della morte, lei è una sciocca.

— E lei è immorale, lei è una bestia ed io la caccio via da casa mia...

Goulliau si alzò, si avvicinò alla moglie e le passò una mano sui capelli, pregandola di andare a letto.

— Fa il piacere, va', va'.

Ma ella non si mosse, mentre Teodoro raccoglieva e riponeva le sue lettere e si alzava fingendosi dignitosamente offeso.

— Io me ne vado, - disse, mettendosi il mantello. - Ma creda pure, signora Caterina, lei ha torto. Cosa è la morale? Far del bene a noi stessi. Se tutti seguissero questa massima il mondo camminerebbe meglio. Se tutti nel mondo fossero come me...

— La vita sarebbe un lurido giuoco - disse Carina.

— E non è un giuoco?

— Ma non ancora lurido. D'altronde, - riprese Carina cambiando di voce - che gusto c'è a parlare con lei? Il mio stato, come ella. diceva, deve essere ben misero se io sono costretta a parlare con lei.

Questo colpo, veramente, umiliò il Calzi, che lo parò più che mai, trivialmente. Disse:

— Il suo stato è troppo interessante perchè io debba darle il di-spiacere di risponderle come si merita. Vada, vada a letto, e buona notte. Tanti saluti alla serva. Vieni tu, Goulliau? Buona notte, signora Caterina.

— Vado un momentino, poi torno subito, - disse il giovane a Carina.

Ma dopo un minuto rientrò, lasciando la porta aperta, mentre Carina deponeva sulla poltrona il cagnolino addormentato.

— Senti, - le disse - Calzi vuole il cagnolino: vuol fare una burla, ·suonare al *Rez-de-chaussée* e consegnarlo al domestico che aprirà.

— No! - gridò Carina. - Sei uno stupido; va via!

— Scusami, sai! - diss'egli, un po' ironico. - Credevo che tu vo-lessi fare un piccolo sacrifizio.

Carina s'irritò più per queste parole del marito che per il tagliente alterco avuto col Calzi: un'ombra livida le passò sul volto, una vertigine di rancore e di angoscia le offuscò la mente.

Spalancò la finestra della camera e guardò in giù. La notte era oscura e fredda: ai giardini arrivava solo un barlume di luce dai

fanali gialli delle Quattro Fontane e dalle finestre illuminate del palazzo:
le foglie stridevano al vento come piccole onde risuonanti in una fredda
solitudine. Sotto il cielo fosco e uniforme, sullo sfondo del tenebroso
orizzonte, Roma illuminata delineavasi nettamente, immensa miniatura
giallognola su fondo nero.

Carina s'assicurò che nessuno poteva vederla, prese il cagnolino
e lo buttò giù. Poi chiuse rabbrividendo la finestra e scoppiò nervosamente in pianto.

*
* *

Sì, qualche volta ella aveva paura di diventare nevrastenica per
il tormentoso lavorìo del suo cervello, del suo pensiero in rivolta. Non
era già stato un segno di malattia il delitto contro l'innocente cagnolino
che l'aveva divertita e le aveva fatto compagnia per tre settimane? E
perchè poi aveva pianto, cosa che non le accadeva mai? Era ella anormale come i quattro quinti delle donne? Ah, no, no, ella non voleva
essere anormale, ella voleva prendere la vita quale era, esser più forte
della vita, vincere nel crudele giuoco della vita.

— Io voglio essere un naufrago fermo su uno scoglio non lontano dalla riva - pensava. - Intorno il mare è in tempesta, le onde
urlano: ma domani sarà sereno, ed il naufrago potrà guadagnare la
riva fiorita.

Intanto l'inverno avanzava, eccezionalmente rigido per Roma. e
Carina soffriva intensamente il freddo, sebbene una lenta e incessante
febbriciattola le corrodesse il sangue.

Nei giorni di sole ella andava a sedersi nel giardinetto Carlo Alberto, osservando con tenerezza accorata i giochi dei bambini: ma
spesso doveva restare a casa e soffrire il freddo umido dei giorni
piovosi.

Suo padre aveva scritto a Goulliau esponendogli il suo tristissimo
stato finanziario: anch'egli, trovatosi solo e spogliato da mani mer-
cenarie, aveva sposato una donna povera che pur troppo non poteva
offrirgli altro che affetto. Troppo poca cosa per vivere, l'affetto!

Sposando Carina, Goulliau non aveva preteso alcuna dote: spontaneamente il suocero aveva stabilito un assegno mensile alla giovine
e inesperta coppia: involontariamente lo toglieva, giusto ora che gli
sposi ne avevano più bisogno. Che poteva farci? Anch'egli s'era illuso: soffriva grandemente, ma per ora non poteva rimediare. In avvenire, sì; tanto più che aspettava la promozione.

Anche Goulliau aveva fatto il concorso di segretario, ed aspettava
la promozione: ma nel mentre c'era tempo sufficiente perchè Carina,
bisognosa di cure, di buon nutrimento, di calore, di tranquillità, si con-
sumasse e avvizzisse nel freddo e nella sofferenza, e il bimbo nascesse
rachitico e non trovasse il nido caldo e fragrante che aveva diritto
di trovare.

— Oh, piccole miserie della vita; oh, coincidenze dispettose del destino; oh, mancanze umilianti di quel piccolo superfluo che talvolta è
più necessario del necessario stesso; oh, occulte anemie della vita,
più tristi, più desolanti dell'aperta miseria esposta alla luce e spesso
utilmente sfruttata! - così pensavano i Goulliau, che invano si aste-
nevano ora di entrare neppure al *bar*, invano percorrevano enormi
distanze a piedi per non pagare due soldi di tram. Invano Carina

aveva rinunziato all'acqua-china pei capelli, al sapone un po' fino, ai guanti di pelle; invano aveva buttato via dalla finestra, come una carta inutile, il grazioso cagnolino; erano piccole cose il cui sacrifizio dava rancore, ma non rimediava niente.

Goulliau cercava impiegare qualche sua ora libera, ma finora non aveva trovato.

Anch'egli faceva tanti piccoli eroismi economici, e soffriva e si umiliava più di sua moglie, perchè lavorava e sentiva la vita più di lei. Raramente andava al Costanzi, in loggione od in piedi, e provava una vertigine di ribellione e d'angoscia vedendo nei palchi le dame disattente, che evidentemente non badavano e non capivano lo spettacolo, mentre la sua Carina intelligente, che amava religiosamente la musica, non poteva penetrare nel tempio dell'arte riservato a chi l'arte non capiva. Poi anch'egli dovette rinunziare ad andarvi: ma spesso assisteva con amaro piacere all'arrivo degli spettatori, guardando con rancore i grandi annunzi dell'atrio. Un palco, per una notte, ottanta lire! Ciò che egli guadagnava in quindici giorni di lavoro!

Una sera, poi, vide che gli inservienti del teatro cacciavano fuori dall'atrio coloro che non avevano biglietti: andò via prima che glielo dicessero, e sentì un impeto d'odio verso la società. Fuori, fuori! Fuori anche dall'atrio del grande teatro della vita, goduto ingiustamente dai meno meritevoli.

* *

Verso la metà di dicembre Carina tornò al giornale, ma le dissero che il direttore era assente da Roma. Tornò agli ultimi dell'anno, ma per tre volte la respinsero, dicendole che il direttore era troppo occupato: scrisse e non ricevette risposta. Ogni volta che saliva quella scala semibuia e calda provava un impeto di umiliazione: le pareva di andare a chiedere l'elemosina, ma pensava:

— Per te, per te! - parlando all'essere ignoto che viveva in lei. Oramai non si trattava più d'arte, ma di vita: e Carina chiedeva al suo lavoro intellettuale non un vano giorno di fama, ma il corredino del nascituro, la paga per la levatrice, tutte le cose orrendamente volgari ma fatalmente necessarie all'avvenimento che doveva inevitabilmente compiersi.

* *

L'ultimo giorno dell'anno i Goulliau incontrarono Calzi al Pincio. La giornata era splendida ed una folla enorme pigiavasi intorno al palco della banda; le vetture non giravano più, ferme una dietro l'altra, coi cristalli ed i fanaletti splendenti al riflesso del magnifico tramonto.

Nei viali s'aggirava un numero straordinario di signorine eleganti, più o meno belle, tutte con gli occhi vaganti dietro un sogno quasi spasmodico di ricerca amorosa.

I Goulliau e Calzi trovarono posto in una panchina vicina alla terrazza, e Teodoro cominciò a fare delle considerazioni filosofiche sulla folla che passava:

— Quanti odî e quanti amori, quanti vestiti e cappelli nuovi, quanta apparenza, quante perfidie e quanti sacrifizî, quante donne e quanti uomini, quante invidie e quante cambiali! E quanta canaglia!

— E noi siamo nel numero! - osservò Goulliau, tirandosi i pantaloni sui ginocchi.

— E va benissimo. Siamo nel numero. Sai cosa ho fatto oggi? Ho rifiutato.

— Un matrimonio?

— Senti, senti, accidenti come indovini! Sì, un matrimonio: trentasei anni, bellissima; pagamento immediato dei miei debiti, ed altri trentamila in contanti. Inoltre, cugina d'un pizzicagnolo mantovano quasi milionario, e sua presunta erede.

— E tu te la lasci scappare?

— Mi dispiace per il pizzicagnolo, che poteva servirmi. Ma ci son delle pecche, capisci? molte pecche nel passato.

— E la sua morale, signor Teodoro? - chiese Carina.

Egli parve solo allora accorgersi di lei.

— Oh, come va l'umore oggi, signora Caterina? Perchè guarda quel tiro a due con tanta melanconia? Lei s'inganna se crede che quelle scimmie sedute sui morbidi cuscini di quella carrozza sieno felici. Creda pure, sono più infelici di noi miseri pedoni.

— Vecchia storia, signor Teodoro! Noi pensiamo che i ricchi siano infelici per confortarci nella nostra miseria. Se non altro essi non sanno cosa sia il vile dolore del freddo.

— Oh, a proposito, cosa si fa domani?

— Mi pare che non sia niente a proposito - disse Goulliau.

— Senti, senti! È a proposito perchè oggi non fa affatto freddo, e neppure domani ne farà: per conseguenza, se volete venire domani andiamo a Ponte Nomentano a far colazione sull'erba.

— No, - disse subito Carina, spaventandosi all'idea di dover spendere più dell'ordinario.

— Perchè no?

— Perchè io non mi sento molto bene! - ella disse arrossendo; ma capì tosto che il Calzi aveva indovinato la ragione del rifiuto, perchè egli trasse di tasca un numero del *Corriere della Sera* e glielo porse, indicandole col dito un avviso.

Goulliau si sporse, per leggere l'avviso assieme a Carina. La luce del tramonto arrossò il giornale spiegato: in quel punto la banda cominciava la romanza di Cavaradossi: « O dolci baci », e la folla taceva. Un brivido passava per l'aria luminosa: il sole rosso calava in un cielo violaceo solcato da fiumi di sangue, e sotto i grandi alberi incendiati dal tramonto gli strumenti musicali brillavano e squillavano come trombe d'oro, spandendo un'onda di infinito dolore sulla folla frivola e incosciente. Un turbine passò nella mente di Carina. L'avviso diceva: « Romanziere noto, costrettovi da urgenti necessità, venderebbe lavoro suo interessantissimo, e, mediante compenso, presterebbe opera sua per la revisione o correzione di altri lavori del genere. Scrivere, ecc. ». Dunque non era ella sola!

— Questo è un uomo! - disse Teodoro Calzi, levandosi il cappello. - Ed io lo saluto e lo ammiro.

Una vecchia signora vestita di chiaro, che passava pel viale, credette che Calzi salutasse lei e rispose al saluto. Bastò ciò perchè Carina ridesse e riprendesse animo.

— È un vile - disse. - Io venderei le mie vesti, il mio letto, tutto, tutto, persino i capelli, prima di fare una simile cosa.

— Le faccio osservare - disse Teodoro Calzi, ripiegando il giornale - che lo scrittore in questione probabilmente non ha letto e tanto meno capelli. E probabilmente vende l'opera sua per compiarsi delle vesti. E fa benissimo.

— E tu, allora, - scattò Goulliau - tu perchè non sposi. *quella là?*

— Quello è un altro par di pantaloni: è prostituirsi.

— E questo cosa è? - chiese il giovane, battendo un dito sul giornale.

Il Calzi scosse la testa.

— No, - disse con voce dolente - voi non capite niente, ragazzi miei. Voi venderete il vostro letto, le vostre vesti, i vostri capelli con un *p,* e poi sarete costretti a fare ciò che potevate far subito, senza tanti crepacuori.

— Si può benissimo anche morire di fame - disse Carina. - È un modo di morire come tutti gli altri.

— Parole, signora Caterina, parole!

— Ma, - osservò Goulliau - ammesso il caso che uno voglia davvero vendere il suo ingegno, come questo scrittore, c'è poi l'imbecille che compra?

— Sì, son cose che accadono solo nelle novelle - disse Carina.

Calzi si tolse il monocolo e guardò Carina coi suoi piccoli occhi giallastri. Era forse la prima volta che la guardava direttamente negli occhi, e il suo viso, metà illuminato e arrossato dal tramonto e metà pallido e in ombra, destò un forte senso di disgusto nella giovine donna.

— Vuole che me ne occupi io? - egli chiese. - Se vuole non ha che a parlare.

I Goulliau sapevano che Calzi s'occupava di un po' di simili affari; per esempio, andava dagli strozzini in cerca di denari per certi colleghi, s'occupava di vendite e compre di mobili, cercava appartamenti e donne di servizio, metteva a posto qualche giovane senza impiego, ecc.: e tutto ciò con perfetto disinteresse; ed anzi, Goulliau sapeva che i debiti di Teodoro erano stati buona parte causati da firme e impegni a profitto del prossimo; quindi capì subito, come lo capì Carina, che l'amico parlava sul serio, e s'irritò.

— Fammi il piacere di parlare di cose più allegre, - gli impose - altrimenti può darsi il caso che tu finisca male l'anno.

Allora Calzi sollevò il viso, si rimise il monocolo, accavalcò le gambe e si mise a cantarellare: ad un tratto si alzò, porse un dito che i Goulliau toccarono freddamente, e se ne andò.

Carina guardava la folla, e mentre osservava i vestiti delle donne, i bimbi, i grandi cani eleganti che qualche giovinotto dai baffi diritti e dal soprabito inverosimilmente largo conduceva attorno, le signore che posavano sulle carrozze ferme, gli uomini che le osservavano morbosamente, pensava a qualche cosa di vago, di indistinto, ma molesto, ma doloroso, come la prima nebulosa idea d'un delitto, e guardava il lento e violaceo spegnersi del tramonto, e le pareva che qualche cosa si spegnesse così, melanconicamente, entro di lei.

Poi Goulliau si alzò e le porse la mano. Ella prese la cara mano fedele, e così uniti, come due bambini, s'avviarono, sommersi nel fiume della folla che se ne andava.

Al di là dell'alta e rada siepe rossastra degli alberi spogli il cielo violetto splendeva di lunghe nuvole d'oro che parevano barche luminose che se ne andavano anch'esse, dileguandosi in un mare indicibilmente triste.

*
* *

Anche il giornale respinse il manoscritto. *La Primavera* non era un romanzo adatto per appendice, e forse neppure per volume da pubblicarsi in Italia. Il pubblico italiano, leggendo un romanzo o assistendo ad un lavoro teatrale, ama idee o commuoversi fortemente. Ora *La Primavera* era una storia di felicità, lo studio finissimo ed anche riuscitissimo di un'anima felice: faceva pensare ma non commuoveva. No, l'autrice s'ingannava credendo che il pubblico, stanco di soffrire nella realtà, provasse refrigerio e riposo leggendo una storia di gioia e di felicità. No, il pubblico è un gran misoneista che come si conforta crudelmente nell'apprendere le disgrazie altrui, così chiede al libro, al teatro, alla cronaca, una storia di dolore od una farsa divertente. La felicità altrui lo annoia e lo irrita: è una deità crudele ed ha bisogno di vittime, vittima anch'esso di un feroce destino.

Queste tristi cose lesse Carina attraverso le righe freddamente cortesi della letterina che motivava il rifiuto del romanzo, sebbene chi le aveva scritte fosse stato forse lontano dal volerle dire. Ma oramai Carina faceva parte del gran pubblico che soffre, e parlava per esperienza ed esprimeva la sua opinione.

Tutto questo non le impedì di provare un dolore umiliante nel vedersi respinta anche dal posto che un giorno ella aveva disprezzato. E con ciò svaniva anche l'ultima speranza d'un miglioramento materiale.

Agli ultimi di gennaio i Goulliau avevano già qualche debito: fra gli altri uno verso la serva. Carina non dormiva pensando a ciò: le pareva vile, volgare e disonesto, e un giorno che Lucia insistè per essere soddisfatta, la padrona le diede, a insaputa di Goulliau, uno dei pochi anelli che possedeva.

« Darò le mie vesti, il mio letto, i miei capelli... - ricordava le parole dette a Teodoro Calzi - tutto, fuorchè abbassarmi ad una volgarità ». Ed ecco l'esodo era cominciato: tutto, tutto ella avrebbe dato, ma poi? Ma poi arrivava il giorno nel quale la volgarità doveva compiersi: il creditore batteva alla porta, entrava nella casa spoglia, urlava, insultava e nello stesso tempo diceva la verità crudele: — Ho diritto anch'io di vivere: pagate il mio pane, pagate la mia casa, lavorate anche voi!

Lavorare? Ma se anche a lei, a Carina, nessuno voleva pagare il lavoro! Nessuno? No, c'era qualcuno che voleva pagarlo, quel lavoro: perchè non darglielo? Non era più disonesto frodare il lavoro altrui? Ella pensava così un pomeriggio di febbraio, appoggiata al parapetto della balaustrata del giardino Carlo Alberto. Come nel giorno in cui aveva portato il manoscritto alla redazione del giornale, ella guardava il parapetto bucherellato e gli alberi spogli che si allineavano sotto la balaustrata. Dietro di lei Carlo Alberto, grigio sull'aria un po' velata, galoppava verso un ignoto destino, sopra il giardino in quell'ora deserto e un po' triste: davanti a lei, sul marciapiede obliquo e solitario di via Parma, cadevano dagli alberi rossastri le ultime foglie morte, annerite dall'inverno.

Ed ecco che Carina paragonò non più il suo sogno, ma il suo senso morale a quelle foglie ed a quella pietra, e pensò che il freddo e l'umi-

dore della stagione e le malinconiche vicende del tempo potevano operare sull'anima umana come su gli alberi e sulle pietre.

Fece un giro per il giardino deserto, poi uscì in via Venti Settembre. Un insolito andirivieni di vetture padronali animava la via; un
drappello di bersaglieri scendeva quasi di corsa, simile ad uno stormo di
grandi uccelli; passava, guidato da un soldato, un bellissimo cavallo
le cui forme ondulanti sotto la coperta gialla davano l'idea d'un corpo
di donna: una fila di chierici tedeschi rossi come enormi fiori di meto-
griano animava lo sfondo giallognolo della piazza del Quirinate.

Carina ricordò sempre quell'ora, il contrasto dei bersaglieri nera-
stri e dei preti rossi, il cavallo elegante e il roteare delle vetture ver-
dognole. Era troppo presto per andare incontro a Goulliau, come soleva
tutti i giorni, e si fermò sulla piazza, davanti all'orizzonte argenteo
coperto da una nebbiolina lattea dove la cupola azzurrognola e l'ultimo profilo di Roma, velati e lontani, stendevano un miraggio al confine di un deserto vaporoso.

Carina stava lì ferma, davanti alla balaustrata, quando sentì una
cosa misteriosa entro di sè. Il suo bambino, la sua creatura, si muoveva! La giovine impallidì, sebbene se si aspettasse da vari giorni quel-
l'avvenimento naturalissimo; e nello stesso istante provò una sensazione strana. Le parve che la creatura avesse fame e si fosse svegliata
e mossa solo per ciò. Pensò subito che forse era una suggestione seguita
ai melanconici pensieri di poco prima; ma poi ricordò che quel giorno
ella aveva mangiato pochissimo e sentì come una corda slanciarsi entro
il suo corpo, dalle viscere alla gola, stringendola e soffocandola.

Allora scese la gradinata e s'avviò verso l'Intendenza, decisa di
chiamare Teodoro Calzi.

Arrivata all'Intendenza vide molta gente nell'atrio, e ricordò che,
essendo sabato, avveniva l'estrazione del lotto. Si mischiò alla folla,
ma rimase nei corridoi per non esser veduta da Goulliau, caso mai
egli s'affacciasse alle finestre del suo ufficio, ove apparivano visi atten-
tissimi d'impiegati, assidui giocatori del lotto.

Molta gente ingombrava il cortile vasto quanto una piazza: dal cielo
argenteo solcato da nuvole azzurrognole calava una luce chiara e diffusa, che lumeggiava vivamente i gruppi delle persone attente all'estrazione: e l'eucaliptus sorgente sul muro giallognolo a fianco dell'umido
giardinetto in fondo al cortile, scuro e immobile nell'aria grigia, pareva
pur esso attento alla scena.

Nella loggia dell'estrazione un usciere dai galloni d'oro sulle mostre
rosse finiva di gridare lentamente i numeri, mostrandoli da una parte
e dall'altra, di qua e di là, alla folla. Dalle sue mani il foglio su cui
stavano impressi i numeri passava in quelle di un funzionario in cappello duro, molto distinto, che piegava con attenzione il foglietto e lo
porgeva al direttore del Lotto, seduto nel centro della loggia. Carina
osservò che il direttore, un signore serio, dalla barba accurata e dalle
mani rosee, chiudeva i numeri nella palla, con una abilità disinvolta
e piena di grazia; pareva che quell'uomo serio e imponente non avesse
mai fatto altro in vita sua, e mettesse tutto il suo impegno morale e
la sua abilità fisica a compiere, come una missione straordinaria, quella
semplice funzione delle dita, al cospetto di un popolo adorante la ruota
entro cui la palla veniva gettata.

La ruota girava, producendo un piccolo scioscio: al suo fianco un
bimbo dal lungo grembiale bianco dominava col suo visetto pallido

e scanno di vecchietto nano il quadro delle figure serie allineate sulla loggia, che pareva compiessero uno strano rito sopra un pubblico altare. Carina osservò, però, che quasi tutte le persone riunite nel cortile e nei corridoi, per lo più vestite miseramente o con quella decenza melanconica che rasenta la miseria, prendevano un'aria beffarda, che certamente nascondeva un interno sentimento d'ansia. Molti fingevano d'esser entrati per curiosità; altri consultavano foglietti e numeri; vicino a Carina un vecchietto con un lungo soprabito a scacchi contava lentamente sulle dita, agitando le grosse labbra livide.

Figure della mala vita, dal berretto a visiera e il collo del soprabito rialzato, apparivano e scomparivano fra i gruppi del cortile, nell'atrio sempre più affollato, nei corridoi sozzi di sputi e appestati dal fumo dei sigari grossolani: e nella folla incolore spiccava la camicetta rossa d'una signora elegante, e un profilo di vecchio ebreo, una testa caratteristica emergente da un colletto di vecchio pelo giallo, figure di bimbi incoscienti, timide figure di donnicciuole borghesi dall'abito consunto, che si tiravano indietro, appoggiandosi ai muri e guardando con vago timore la folla beffarda e la loggia dell'estrazione.

Nel mezzo del cortile, sul lastrico verdognolo d'umidità, due cestini d'arancie fiammeggiavano come bragieri colmi di fuoco: il venditore guardava l'estrazione e di tanto in tanto offriva con voce distratta la sua merce.

Il bimbo dal grembiale bianco venne bendato: la ruota girò più forte, e cominciò l'estrazione. La manina pallida e scarna del bambino bendato, di quel bimbo senza sangue e senza sorriso, che rappresentava benissimo una triste e anemica Fortuna senza malizia e senza grazia, formata e accecata dal calcolo di uomini senza ideali, s'introdusse nella non luminosa ruota e tirò fuori fra le ditina sottili una prima palla. L'usciere la prese su un piatto di reticella metallica, e la pose al controllore, che la passò al direttore. E le mani abili dell'uomo serio ed imponente aprirono la palla con la stessa grazia severa con cui l'avevano chiusa. Il foglio scaturì; fu svolto, salì nelle mani dell'usciere dai galloni rossi. Costui gridò il numero, mostrò il foglio da una parte e dall'altra, di qua e di là; subito dopo il numero appariva sull'inquadratura al di sopra della loggia. Un mormorio salì dalla folla attentissima: i gruppi si strinsero, qualche voce gettò ai curiosi lo scherzo, l'osservazione, il paragone atteso, qualche risata vibrò. Per cinque volte si ripetè la stessa scena, lo stesso agitarsi, lo stesso mormorar della folla. Il vecchietto vicino a Carina guardava i numeri, consultava dei foglietti che teneva in mano e scuoteva il capo, torceva le labbra livide, poi sbadigliava e sospirava nello stesso tempo. Carina lo guardò con tristezza, sembrandole che egli avesse fame; il vecchio le fece un cenno di saluto e sbadigliò con più insistenza, imitando i gatti quando hanno appetito.

— Avete giocato molto? - chiese ella, ma tosto si pentì d'aver rivolto la parola al vecchio. Che le importava? Non era anche ella venuta per giocare un giuoco immorale come quello del lotto? Anch'ella era una vinta, una sfruttata, peggio che il vecchio dalle labbra livide. Perchè doveva interessarsi alle miserie altrui, quando ella stessa formava parte della folla calpestata e travolta dai giuochi della vita?

Il vecchio aveva giocato un ambo - 1 e 17 - perchè il figlio s'era rotto il capo cadendo da una finestra narrò che giocava sempre e non vinceva mai. Ebbene, a che servivano le disgrazie se non facevano vincere almeno un ambo?

40

Dopo questa considerazione profonda, il vecchio sbadigliò ancora, rivolse supplichevolmente a Carina gli occhi azzurri iniettati di sangue, e abbassò la voce:

— Signorina mia, non mangio da ieri; sono un povero vecchio, mi faccia la carità...

— Non ho niente! - diss'ella con voce aspra ed alta. Il vecchio trasalì e si allontanò.

La gente se ne andava: sulla loggia vuota imperavano i numeri neri; sul muro giallo del cortile l'*eucaliptus* immobile nell'aria queta si coloriva d'un roseo melanconico, al riflesso di un ultimo bagliore del cielo che rasserenavasi.

A poco a poco il grande cortile verdognolo rimase vuoto, e Carina si trovò sola nei corridoi, ove l'immondo passaggio della folla aveva lasciato la sua impronta di sputi, il fumo del tabacco ordinario, l'odore nauseante degli stracci e delle scarpe fracide.

Qualche persona s'affacciava ancora alla porta per osservare i numeri: due impiegati scesero di corsa le scale e saltarono la finestra del corridojo per uscir più presto nel cortile e guardarono i numeri; entrò una guardia municipale, guardò e bestemmiò; entrò un soldato, guardò e rise; entrò una donnina bionda, a capo scoperto, con una vecchia pelliccia di Mongolia, guardò i numeri, poi vidé Carina dietro l'invetriata e salutò. Era la vecchia elegante Lucia.

Carina le fece cenno d'entrare e la mandò su.

— Chiama un usciere e digli di avvertire il signor Calzi che c'è una signora che lo aspetta: bada che non ti veda il padrone.

Lucia, che sapeva qualche cosa delle avventure del signor Teodoro, credette che Carina volesse fargli una burla, e salì.

— Viene - disse con aria di mistero, ritornando nel corridojo.

— Puoi andare! - le disse la padrona, e la vecchia obbedì.

Per un minuto Carina, seduta all'angolo dell'invetriata ove la luce cominciava a impallidire, guardò davanti a sè la fila degli appoggiatoj di legno degli sportelli, i cui sostegni sembravano grandi punti interrogativi, e si sentì battere angosciosamente il cuore: poi scoppiò a ridere vedendo la faccia mortificata del Calzi, che era sceso a precipizio e s'avanzava nel corridojo.

— Credeva fosse una pretendente? - disse Carina, ridendo. - Gliel'ho fatta!

Subito si rifece seria.

— L'ha visto scendere Goulliau?

— Nossignora.

— Che ore sono?

— Mancano venticinque minuti alle cinque - rispose Calzi.

— Signor Teodoro, - disse Carina, alzandosi - ho bisogno di lei.

— Senti, senti! Parrebbe vero.

— Faccia il piacere, non scherzi. Si ricorda ciò che mi disse al Pincio?

Egli finse non ricordarsi: ella tornò a sedersi, e lo guardò fisso.

— Faccia il piacere, - ripetè - non scherzi. Si ricorda benissimo. Avanti! Ho bisogno dell'opera sua, ma subito, prestissimo.

— Subito! subito! - diss'egli, battendo le mani. - In due e due quattro! Pazienza e sangue fresco, diceva l'apostolo Santa Barbara.

— Ma quanto tempo ci vorrà?

— E chi lo sa! - diss'egli, facendosi pensieroso. - Bisognerà far l'avviso, aspettare, combinare.

— Far l'avviso! - esclamò ella, scoraggiata. - Ma allora potevo farlo anch'io! Poi vorrei che mio marito non s'accorgesse di niente fino a cose fatte: dopo, se griderà lo lasceremo gridare.

— Che bella moglie! - esclamò Calzi, battendo le mani. - Così, i mariti si lasciano gridare!...

Un passo risuonò per le scale.

— Silenzio! - disse Carina, spaventata, credendo fosse Goulliau.

Un impiegato scese, passò, salutò, andò via: attraverso l'invetriata sporca scorgevasi qualche persona entrare ed uscire dal cortile sempre più grigio.

— Facciamo l'avviso - disse Carina. - Lei lo porta subito alla *Tribuna,* e non ci si pensa più.

Il signor Teodoro trasse il suo taccuino, s'appoggiò al parapetto dello sportello, e si mise a scrivere col lapis.

— Scrittrice... - cominciò Carina.

— Ma che scrittrice!... lasci fare a me - diss'egli, masticando la punta del lapis.

Scrisse, cancellò, borbottò.

— Faccia presto! Faccia presto! - implorava Carina, guardando la porta verso le scale.

— Accidempoli, che fretta che... che ha! Mi lasci fare, dunque!

Finalmente lesse l'avviso:

« Noto scrittore, costrettovi bisogno, venderebbe a persona cui piacesse pubblicarlo col proprio nome romanzo originale italiano di indubitato successo. Scrivere *Lapis,* posta, Roma. Massima segretezza ».

— Una, due, tre, dieci, venti, venticinque parole. Vediamo un po' se si può abbreviare. Togliamo massima segretezza. Sarà massima o minima.

— Lasci stare, - disse Carina - va bene così.

E guardò entro la sua borsetta; ma Teodoro le disse:

— Non cerchi niente: vedremo poi... Oh, - soggiunse, dopo un momento di silenzio, durante il quale cancellò altre parole dall'avviso - e mi dica, ora: quanto pretenderebbe, lei?

— Non meno di tremila lire.

— Senti! senti! Lo stipendio d'un segretario! Quanto tempo ci ha messo a scrivere il libro?... un anno?

— Faccia il piacere! - ripetè Carina. - Non mi faccia arrabbiare, ora. Vada via, e mi chiami Goulliau.

Goulliau scese poco dopo, seguito da Teodoro, e vedendo sua moglie pallida, quasi grigia in viso, ebbe una vaga intuizione della verità, ma non osò dir nulla.

— Che hai? - le chiese toccandole la punta delle dita. - Come sei fredda!

— Si è mosso! - diss'ella a bassa voce.

GRAZIA DELEDDA.

LA MUNICIPALIZZAZIONE DEI PUBBLICI SERVIZI

Ce qn'on voit et ce qn'on ne voit pas.

Discutendo il lato teoretico della municipalizzazione (1), abbiamo esposti quegli argomenti che credemmo necessari a formarsene un'opinione ragionata. Abbiamo mostrati i caratteri differenziali di questa nuova forma dell'azione pubblica, l'abbiamo analizzata ne' suoi aspetti più importanti, studiandola dal punto di vista etico-sociale ed economico-finanziario; e, finalmente, nell'analisi economica, abbiamo avuto cura di distinguere le considerazioni di distribuzione da quelle di produzione.

Tale discussione ci è apparsa indispensabile: noi siamo d'opinione che il problema della municipalizzazione può meglio venir risolto per inferenza diretta dei teoremi economici sulla produzione e la distribuzione della ricchezza integrata dalla conoscenza delle condizioni di ciascun caso particolare, che non analogicamente, per applicazione dei dati di fatto forniti dall'esperienza di altri paesi e d'altre città nel medesimo paese. Infatti l'inferenza per analogia non importa nessun grado di necessità: essa è soltanto probabile; tale probabilità variando in ragione inversa della diversità di condizioni, e diventando molto piccola o nulla quando questa diversità è maggiore della somiglianza di condizioni sulle quali l'analogia è fondata. D'altra parte l'informazione statistica sui punti più delicati della finanza municipale a disposizione dello studioso è così scarsa, incoordinata e tecnicamente e materialmente imperfetta da apparire, spesso, del tutto insufficiente a servire di base a conclusioni scientifiche qualsiasi. Lo studioso anche quando viaggia e si serve del metodo delle inchieste personali, incontra delle serie difficoltà nella collezione de' dati di cui abbisogna; l'agitazione sulla bontà comparativa dell'esercizio pubblico e privato dei pubblici servizi, fatta più di preconcetto politico e di ignoranza, che non di obbiettività e di esperienza, ha avuto il risultato che la maggior parte delle Società intraprenditrici gli rifiutano l'esame particolareggiato dei loro bilanci. Dicasi lo stesso dei bilanci municipali; o non può ottenere il permesso di ispezionarli o, se il *veto* non vien frapposto, s'accorge che i dati riguardanti le aziende sono o insufficienti, o così ingarbugliati coi dati riferentisi all'amministrazione generale della città, da rendere perico-

(1) *Nuova Antologia*, giugno 1901.

loso, se non del tutto impossibile, ogni giudizio sui risultati finanziari (1).

Noi saremmo tentati di paragonare i bilanci municipali ad un composto adulterato, il quale consistesse di un miscuglio di verità e di errore così intimamente confusi, che l'errore, per esprimerci con fraseologia chimica, vi fosse come sospeso in soluzione: una goccia di buona logica è il reattivo che occorre per separarli, rendere visibile la sostanza eterogenea e precipitarla al fondo. Di bilanci, specialmente inglesi, noi ne abbiamo esaminati parecchi, come riportati nelle relazioni parlamentari: il metodo col quale vengono compilati è stupefacente. In alcuni, le quote di riserva sono computate tra i profitti, mentre, ben lungi dall'essere tali, fanno parte delle spese generali d'esercizio. Invero, la costituzione di un fondo di riserva non è che un metodo alternativo per far fronte a spese prospettive e, in media, certe, che non sarebbe desiderabile o, magari, possibile di fronteggiare man mano che occorrono per mezzo delle entrate di un singolo esercizio. In altri, il medesimo errore è commesso colle spese incorse per nuove costruzioni, riparazioni, premi, tasse, ecc., le quali sono perdite e vengono enumerate fra i profitti. I « capitali alla mano » o disponibili, quelli che gli inglesi chiamano *stocks on hand*, sono, quasi sempre, sorgente della più grande confusione. Alle volte vengono computati, alle volte no, nel qual caso, siccome l'errore deve riapparire nei risultati, si inventano di sana pianta le cifre che servono ad eliminarlo, formalmente se non materialmente. Un'altra causa di fallacia sono le « somme riportate ». Queste somme, riportate d'anno in anno, vengon sovente contate cinque volte nelle medie quinquennali invece d'una volta sola, come di dovere, alla fine dell'ultimo anno; e così, o per questa ragione o per le altre menzionate prima, l'errore s'infiltra nei bilanci municipali e ne distrugge quasi completamente il valore statistico (2). Ma ciò non è tutto: bisogna che facciamo menzione di alcuni altri punti importanti.

In primo luogo ci sono degli elementi i quali, nel caso di aziende esercite direttamente non meno che in quello di aziende concesse a Società private, entrano nel costo di produzione e che, a voler essere esatti, occorre o sottrarre dai profitti o aggiungere alle perdite o, ciò che fa lo stesso, aggiungere alle spese annuali d'esercizio. Noi alludiamo a tutte quelle spese (postali, legali, d'illuminazione, di riscaldamento, di cancelleria, ecc.) che, benchè necessitate dalle aziende in discorso, vengono confuse colle spese generali incontrate dal Comune nel disimpegno delle funzioni per le quali fu principalmente instituito. Il Comune, è risaputo, ha un certo numero d'impiegati, occupa certi edifici, si serve, insomma, d'un sistema di mezzi pel conseguimento dei suoi fini civili dei quali si può dire che rappresentano il costo.

Ora, supponendo che assuma l'esercizio di una qualsiasi industria,

---

(1) « I conti dei bilanci nazionali sono confusi, ed ancor più confusi sono quelli dei bilanci locali ». (*Memor. of the Royal Comm. on Loc. Taxation*, 1899). - « Completo mistero sovrasta al presente presso che su ognuno dei più delicati punti della finanza locale. Dobbiamo quindi limitarci ad apprezzamenti e supposizioni: poichè i dati che si hanno contengono evidenti inesattezze ». (*Econ. Journal*, marzo 1901).

(2) Il lettore che s'interessa di cose municipali dia un'occhiata, se ne ha l'opportunità, ai *Returns by the Board of Trade*, o consulti l'articolo di Row-Fogo nello *Econ. Journal* del marzo 1901, dove troverà l'illustrazione numerica di quasi tutte le fallacie da noi menzionate.

i medesimi edifici, i medesimi impiegati, il medesimo consulente legale, ecc. servono parzialmente alla gestione di quella, epperò sembra logico, che calcolandone i risultati finanziari, le attribuisca una porzione delle spese generali d'amministrazione, oltre alle spese da essa direttamente ingenerate. Ma, in pratica, il Comune non aderisce a questo principio: che ciò provenga da negligenza o da difficoltà o da impossibilità. Ora importa notare che il computo esatto dei conti è implicitamente postulato nei confronti finanziari delle intraprese pubbliche e private, mentre è certo che i conti non vengono mai completamente riportati dai bilanci comunali (1).

In secondo, luogo i bilanci comunali ci mostrano ciò che il Comune guadagna o perde nella sua qualità di intraprenditore, non ci mostrano ciò che esso perde nella sua capacità fiscale. Invero, quando le industrie sono esercite da privati, il Comune ne percepisce l'imposta, ma quando il Comune esso stesso è intraprenditore, quella sorgente di reddito è, ovviamente, distrutta; benchè, volendo calcolare la posizione finanziaria del Comune ad ogni chiusura d'esercizio, se ne debba tener conto come di una quantità negativa che aumenta le spese annuali o, a dirla in altre parole, diminuisce i profitti.

Per ultimo, il diritto di fornire una città di un qualsiasi pubblico servizio può essere venduto sia verso un corrispettivo attuale, sia una partecipazione ai profitti, o l'uno e l'altro insieme; e il reddito così ottenuto, senza disturbo e rischio, devoluto all'uso della città (2).

Tirate le somme, dalla discussione che precede risulta:

1. Che i bilanci comunali, come vengono presentati al pubblico, non danno un rilievo esatto della situazione finanziaria del Comune rispetto alle imprese industriali perchè:

a) la classificazione delle entrate e delle uscite è spesso erronea;

b) le perdite del Comune, sia quelle fiscali sia quell'altre sotto forma di premio, di concessione, partecipazione ai profitti, canoni annui, ecc., non vengono mai computate.

II. Che il confronto fra i risultati delle aziende pubbliche o private è fallace se nel calcolo per ottenerli non si includeno tutti gli elementi negativi da noi summenzionati.

---

(1) « Le spese generali, quelle di revisione e le spese dell'amministrazione centrale della città sono per lo più fra i molti elementi trasculati dei conti municipali ». (*Municipal Affairs*, dicembre 1897). - La storia, del resto, si ripete. Così il COBDEN in un discorso del luglio 1864: « Come ho già detto, nei bilanci di tali stabilimenti (i governativi) voi non trovate mai alcunchè inscritto per tasse, imposte, balzelli e carichi di questa sorta. In ciò vi è fallacia ».

(2) La concessione di tale diritto è sempre fonte di proventi considerevoli; come appare dagli esempi di Napoli e di Parigi che citiamo fra mille. « *Napoli* nel concedere il servizio degli omnibus e dei trams, oltre ad un immediato versamento di lire 300,000, impose un annuo canone di lire 120,000 ed una partecipazione agli utili, al di là di una prestabilita cifra. *Parigi* impone alla Società del gas una tassa di due centesimi al metro cubo, 200,000 franchi di contributo annuo per la manutenzione stradale ed un concorso nei profitti tale da averne ritratto negli ultimi tempi oltre 12 milioni l'anno ». (Relazione della Commissione sul disegno di legge Giolitti, pag. 14).

Il valore delle statistiche.

Ma il computo preciso dei conti, benchè necessario, non è di per sè sufficiente al paragone dei due sistemi d'azienda. Il paragone non è possibile se non si postula che le condizioni in cui i risultati in discorso furono prodotti sono, in complesso, costanti: mentre, d'altra parte, il postulato non è legittimo, se non eccezionalmente, perchè l'esperienza lo nega. Questa ci mostra che in ciascun paese, in ciascuna città, la produzione dei pubblici servizi è accompagnata dalla più grande diversità di condizioni – il che agisce direttamente sui costi di produzione, indirettamente sui prezzi di vendita: di modo che – detta differenza essendo data – sorge la questione se ci si possa servire, come prova in favore dell'uno o dell'altro dei due sistemi, delle statistiche che vi si riferiscono e, nel caso affermativo, come e fino a qual punto.

La condizione richiesta per rispondere affermativamente alla prima parte della questione è implicita nell'osservazione che facemmo su ciò che è necessario per paragonare fra di loro i due sistemi: la costanza delle circostanze ambienti. Dicemmo però che tale costanza non esiste. È egli possibile di ottenerla, se non assolutamente, almeno per approssimazione? Nell'affermativa il valore probante delle statistiche è inversamente proporzionale all'errore rappresentato dall'approssimazione; nè v'ha dubbio che ciò non si possa se si ricorra al metodo delle medie.

Se, come abbiamo osservato, tutti i fatti pei quali si hanno dei dati e vengono inclusi nella media fossero regolati da un numero fisso di condizioni di cui parte costanti, parte variabili, e dalle quali dipende la loro differenza specifica; se le condizioni variabili fossero così costituite da passare a traverso un circolo limitato di valori, e se l'effetto delle condizioni variabili fosse tanto di aumentare che di diminuire quello delle condizioni costanti; allora le variabili – una volta passate a traverso l'intero circolo dei loro valori – verrebbero neutralizzate nella somma di tutti gli effetti particolari e tale somma sarebbe la stessa che se le condizioni costanti soltanto avessero agito: l'effetto totale sarebbe costante, e il valore della media, per conseguenza, assoluto.

Ma, notammo, i pubblici servizi non vengono prodotti in condizioni varianti entro limiti fissi, eppeiò le oscillazioni intorno alle condizioni costanti non potendosi naturalmente eliminare, il valore probante della media non è che approssimativo.

Ne segue in guisa di corollario che l'errore rappresentato da questa approssimazione è, probabilmente, in ragione inversa al numero di dati compresi nella media, e che, allorchè questo numero è l'unità, allorchè, in altre parole, la media non esiste più, l'errore è massimo. Bisogna che insistiamo su questo ultimo punto. Per quanto possa sembrare strano, il metodo seguito dagli scrittori di cose municipali è quello in cui l'errore è massimo: il confronto dei dati individuali. Procedono così: vedono che nella città A per un'unità, supponiamo, di gas si paga il prezzo a, e che nella città B per la medesima unità si paga il prezzo $a + 2$, poi che ad A la produzione del gas è comunale, a B privata. Ne deducono che ad A il vantaggio $+ 2$ è dovuto alla municipalizzazione e inversamente. Ma l'argomento si riduce ad un sofisma (*non sequitur*). La conclusione non procede dalle premesse se prima non si dimostra che le condizioni delle due città, in quanto possono influire sui costi di produzione del gas, sono uguali in ogni rispetto, uno eccettuato: il genere di gestione, pubblica in un caso, privata nell'altro.

Se, frattanto, invece di due città, se ne studia un numero maggiore prendendo la media dei loro risultati, la probabilità che le condizioni siano vere aumenta in ragione della grandezza di questo numero.

Premesse queste considerazioni, siamo in grado di passare allo studio dei

Risultati finanziari.

Per coloro che conoscono la grandezza del nuovo dominio municipale e sanno che venne principalmente costituito in vista di vantaggi finanziari, sorge spontanea la questione: in che proporzione esso contribuisca al Tesoro municipale, o, in altri termini, in che misura sia tuttora necessario di ricorrere all'imposta per supplire ai pubblici bisogni.

Senza dubbio, le entrate lorde delle città si sono grandemente aumentate, ma devesi ammettere che nella stima dei meriti finanziari delle varie sorgenti di reddito, il reddito netto è la sola base legittima del calcolo (1); e che quantunque grandi possano essere i redditi lordi, se le uscite li equivalgono, il Tesoro non ne resta avvantaggiato. Mettendoci, dunque, da questo punto di vista, siamo obbligati a ridurre di molto l'importanza delle entrate economiche che stiamo considerando. Ammettiamo essere difficile di misurare i redditi netti a causa delle molte ommissioni e della confusione dei bilanci; è facile ingannarsi, o, a dirla con parole più vicine alla verità, di essere ingannati, se non si posseggano informazioni minute riguardo alla maniera con cui i bilanci sono stati compilati. Ogni qualvolta la differenza fra le entrate e le uscite è positiva, la conclusione legittima sembra essere

(1) L'errore di servirsi dei redditi lordi a rappresentare i profitti delle imprese municipali è stato commesso tanto dall'on. Giolitti nelle statistiche che accompagnano il suo disegno di legge, quanto dalla Commissione parlamentare nella relazione sul medesimo. A pag. 93 del disegno si legge che « i profitti complessivi degli acquedotti inglesi municipalizzati nell'ultimo quinquennio pel quale si hanno dei dati, furono in media ed annualmente di 43,408,105 lire italiane ». La verità si è che, una volta sottratti gl'interessi, la quota di deperimento, ecc., questi pretesi profitti si riducono alla modestissima somma di lire 745.600. Che se poi si pensi che il capitale investito nei detti acquedotti è di lire 1,210,872,250 e che i Comuni hanno perduto tante tasse quante ne avrebbero pagate delle Società private aventi un capitale equivalente, è facile convincersi che il profitto è apparente, ma non reale. Reale è la perdita, benchè non sia possibile di esprimerla aritmeticamente. A pag. 11 della relazione, in uno specchietto dei profitti realizzati da alcuni fra i più importanti Comuni inglesi si vede che il profitto dei *tramways* di Glasgow per l'anno 1899-900 ammonta a lire sterline 121,118. Una nota poi avverte il lettore che « non ne sono detratte le somme destinate al pagamento degli interessi e di ammortamento dei prestiti contratti per assumere il servizio, nè quelle destinate al fondo di riserva ». Si avverte insomma che il preteso profitto non è profitto affatto e potrebbe essere perdita. Ma allora perchè riportarlo come tale?

che il Tesoro ha profittato. Ma una simile inferenza non è accettabile che *prima facie*. Il contrario è perfettamente possibile, perchè spesso il Comune ha dimenticato di mettere da parte una quota di riserva o di ammortamento, magari anche di pagare gl'interessi dei capitali, mentre, in ogni caso, nel computo dei conti, non vengono contati tutti quegli elementi che teoreticamente vi entrano ed abbiamo menzionati sopra. Su questo punto noi abbiamo fatto delle ricerche pazienti ed impiegata la diligenza che occorre per orientarsi e veder chiaro nel tenebroso labirinto dei bilanci municipali: sosteniamo che, in media, il risultato finanziario della municipalizzazione è stato il contrario di ciò che i suoi partigiani si aspettavano. Le imprese sono state per molte città una perdita diretta, per tutte una perdita indiretta sotto forma di tasse, canoni di concessione, partecipazione ai profitti, e così via; mentre anche contando i casi nei quali il risultato è stato positivo, la bilancia o è negativa, come in Inghilterra, o magramente positiva, come agli Stati Uniti (1).

Le statistiche riguardanti gli Stati Uniti non si possono brevemente sintetizzare, e il lettore che le voglia conoscere deve consultare il voluminoso *Fourteenth Report of the Commissioner of Labor* (2). Quelle riguardanti l'Inghilterra si trovano condensate nelle appendici al *Report on Municipal Trading*, di cui la prima parte fu pubblicata a Londra nel 1900, e si riferiscono agli esercizi 1893-98. I risultati medi annuali delle principali industrie furono i seguenti:

Acqua. . . .	profitto	L. st.	29,828	su un capitale di	L. st.	48,434.890	
Gas	»	»	370,310	· »		»	20,175.674
Tramways .	»	»	34,199			»	3.213,654
Luce elettr.	»	»	6.914			»	3,416,711
Mercati . . .	»	»	93,767			»	4,770,301
Bagni	perdita	»	44.226			»	1,498.079
Case operaie	»	»	13,165			»	718,634
Porti, ecc. .	»	»	51,552			»	4,797,489

Dunque, in complesso, abbiamo un profitto netto, *apparente*, di lire sterline 426.109. Considerato in relazione ai capitali investiti nelle aziende, coi quali sta nella proporzione di mezzo per cento all'incirca, tale profitto sembra ben piccolo; ancor più piccolo quando si sappia che 265 Municipi vi hanno contribuito. Ma dicemmo che tale profitto è soltanto apparente, non reale; ed invero abbiamo visto: primo, che i costi non vengono tutti inclusi nei bilanci dai quali i profitti risultano; e, secondo, che da questi ultimi debbonsi sottrarre tutte le perdite che la gestione diretta procura ai Comuni, quali le tasse, il concorso ai profitti, ecc. Se dalle lire sterline 426.109 sottraessimo le tasse che i Comuni avrebbero potuto levare su un capitale di più di 80 milioni di sterline, più gl'interessi dei versamenti immediati che le Società private avrebbero potuto fare come corrispettivo delle concessioni, più i canoni annui che avrebbero potuto pagare, che cosa resterebbe? Di

(1) Non si hanno documenti ufficiali per gli altri paesi.
(2). Le cifre riferentisi agli Stati Uniti sono, del resto, assai meno importanti di quelle inglesi. Non havvi, agli Stati Uniti, alcun esempio di *tramways* municipalizzati. Il gas è stato municipalizzato in 14 soli casi; la luce elettrica in 460 contro 2572 aziende private. Gli acquedotti, 1787, offrono il solo esempio importante di municipalizzazione.

certo una differenza negativa, cioè una perdita che, sfortunatamente non è possibile di esprimere in numeri, ma della quale è facile comprendere la gravità.

Noi vorremmo paragonare i Comuni municipalizzatori al cane di Esopo il quale, passando il fiume, lasciò la preda per l'ombra e cosi perdette e l'una e l'altra; e concludiamo che l'imposta è fino ad ora la sola fonte apprezzabile di reddito sul quale le città possano contare.

È vero che le cose avrebbero potuto andare altrimenti; giacchè non v'è nulla nell'ordine di natura che impedisca al Comune di guadagnare tanto quanto i privati. Non crediamo che ciò sia molto probabile ma è, senza dubbio, possibile. D'altronde è certo che anche nella migliore delle ipotesi - l'ipotesi, cioè, per cui i profitti comunali fossero uguali a quelli che delle Società private al posto del Comune avrebbero potuto fare - i redditi economici non arriverebbero a sostituire i fiscali in misura considerevole. Abbiamo già osservato che qualunque estensione delle funzioni comunali nel dominio industriale implica la riduzione della quantità di capitale privato passibile d'imposta o, per dirla altrimenti, che l'aumento del reddito economico è accompagnato da una diminuzione della capacità fiscale del Tesoro. Aggiungiamo che il costo di creare il dominio industriale e la pressura sull'amministrazione comunale per ridurre i prezzi al punto più basso che permetta di coprire le spese d'esercizio - sono altri gravi ostacoli ad usare delle industrie municipali come un mezzo effettivo per dar sollievo al contribuente. Non è probabile che in futuro. in un prossimo futuro almeno, la proporzione dei pubblici gravami fornita dall'imposta abbia a diminuire, tanto più se si ponga mente al rapido sviluppo delle spese pubbliche.

Se ora consideriamo i risultati delle imprese municipali dal punto di vista degli interessi immediati dei contribuenti, siamo colpiti in primo luogo dall'esistenza di un debito enorme e, secondariamente, dal rapido aumento delle imposte in quasi tutte le città che hanno adottata la nuova politica industriale (1). I due fatti stanno in relazione di causa ad effetto. Si sono contratti dei prestiti; le entrate non furono sufficienti a pagare le spese; i contribuenti si trovarono obbligati a colmarne la differenza.

Questo essendo il caso, si potrebbe pensare che i consumatori, almeno, furono avvantaggiati dalla gestione diretta dei pubblici servizi; pensare che, per certe considerazioni d'utilità collettiva, i Comuni abbiano fissati i prezzi al disotto del livello profittevole. Una tale supposizione sarebbe soltanto parzialmente corretta. Ad eccezione, forse, dell'acqua, non v'è differenza rilevante fra i prezzi imposti dalle Società private e dai Comuni rispettivamente (2). In ogni caso, però, nel confronto dei prezzi i due fatti seguenti non devono mai essere perduti di vista:

1° I Comuni non hanno da pagar tasse, diritti di concessione, ecc., come le Società private;

2° I Comuni espropriano le Società private delle aziende maggiormente o certamente profittevoli e di quelle soltanto.

(1) « Mentre in una relazione udiamo parlare di tasse rimanenti allo stesso livello, non si ci dice sempre essere i valori imponibili di molto aumentati ». (*Rep. on M. Trading*, § 778).

(2) Dalle statistiche allegate al disegno di legge Giolitti appare il contrario. La ragione si è che l'on. Giolitti ha scelti quei dati che facevano al caso suo e ha lasciati fuori tutti gli altri. Seguendo il metodo dell'on. Giolitti, supponendo

Se la questione della municipalizzazione dovesse decidersi al lume dei risultati finanziari di cui facemmo parola, la conclusione, crediamo, non potrebbe che essere sfavorevole. Le città non fecero profitti nè havvi probabilità che ne facciano in futuro: sovraccaricarono il contribuente, e non avvantaggiarono il consumatore. Non sembra ciò abbastanza per arrivare ad una conclusione negativa? - Noi, tuttavia, crediamo che tale conclusione non sarebbe che parzialmente giustificata. La questione da decidersi ha tanto un aspetto sociale quanto uno finanziario. L'interesse sociale potrebbe sanzionare la gestione diretta malgrado i suoi svantaggi finanziari; il che vuol dire che l'utilità della municipalizzazione misurata socialmente potrebbe, per avventura, essere più grande che il corso economico necessario a produrla.

L. G. VACCHELLI.

che non fosse sofistico, si potrebbe, per esempio, servendosi dell'esistenza di una catena di montagne. dimostrare che la terra non ha la forma di uno sferoide. Nella questione che ci occupa la tesi da dimostrare non è mica: se dal punto di vista del consumatore la gestione comunale sia, *alle volte,* più vantaggiosa della privata; ma se lo sia, *in complesso.* Dimostrare la prima tesi *per sè* è dimostrare ciò che nessuno contende. Dimostrarla coll'intenzione di provare la seconda è una fallacia (*mutatio elenchi*). A pag. 95 del disegno di legge l'onorevole Giolitti raffronta i prezzi per 1000 piedi cubi di gas nelle venti città maggiori d'Inghilterra aventi rispettivamente gazometro pubblico o privato e mostra come vi sia una differenza in meno di cinque centesimi per gli impianti pubblici. Scegliendo venti altre città avrebbe potuto provare il contrario. In ambo i casi sarebbe stato colpevole di un sofisma. I prezzi veri e medi per 1000 piedi cubi sono dati dalla tavola seguente:

ANNO	MUNICIPI inglesi	MUNICIPI scozzesi		SOCIETA	
	d.	d.		d.	
1895.	28.7	(*a*)	29.8		28 9
1896.	27.6	(*a*)	27 9		27 8
1897.	27.5	(*a*)	26 0		27.1
1898	27 2	(*a*)	25.9	(*b*)	24.7
1899.	27.0		28.1	*b*)	24 6

(*a*) Glasgow soltanto.
(*b*) Escluse le Società di Dalby e di Liverpool.

Cfr. FIELD, *An Analysis of the accounts of gas undertakings...* 1895-1900.

LA PRINCIPESSA LINA

STORIA VERA

XII.

Gundurov sperava che Ascianin gli riferisse la conversazione avuta con la principessina; ma l'altro, a sua grande meraviglia, evitava quasi di parlar della fanciulla, dandogli frettolosamente varie notizie. Parve a Gundurov che Ascianin evitasse anche di guardarlo, e che il suo ridere non fosse schietto come di consueto; un pensiero molesto gli lampeggiò in mente:

— Forse egli pure...?

Ascianin, infatti, si sforzava di non lasciar parlare Gundurov, descrivendogli i costumi dell'*Amleto,* che aveva mandato a chiedere a Mosca da Stepànov (1).

— L'inverno passato, - spiegava, - quando la Corte era a Mosca, fu dato dal Governatore un ballo mascherato con tutti i costumi russi: si rappresentò anche la Corte di Elisabetta, secondo il romanzo di Walter Scott, *Kenilworth.* Mi ricordai che i costumi inglesi eran finiti da Stepànov, e mandai a prenderli: egli come amico li darà per poco prezzo. I costumi sono del tempo dello Shakespeare, precisamente come quelli ch'egli e i suoi comici indossavano per l'*Amleto.* Per te, v'è il costume del vecchio Sussex, tutto nero, di velluto e raso. Io vestirò il costume di Leicester, rosso col bianco, bellissimo. Cigevski ha tenuto quello che aveva al ballo, *bleu* e oro. Saremo vestiti magnificamente. Sarà un po' difficile trovare il costume per quel grosso *ispravnik:* certo nessuna maglia potrà andargli bene.

— Tutte le parti son già distribuite? - interrogò Gundurov, cercando sempre con gli occhi gli occhi di Ascianin.

— Tutte, tutte: forse bisognerà rinunciare a qualche Voltimando o Francesco, se non troveremo chi possa farle. Valkovski è felice: gli ho dato la parte di Rosenkranz. I becchini saranno buonissimi: uno sarà Pòsnikov, il geometra. Mi lesse ieri la sua parte: ha un vero talento. L'altro, Fakirski, lo studente del principino, un ragazzo intelligente, partigiano di George Sand.

— È quello, - chiese Gundurov sorridendo, - che contemplava la principessina dietro la tenda?

(1) Conosciutissimo attore di Mosca, che possedeva in quei tempi un gran negozio di costumi teatrali.

— Forse: e del resto, chi può impedirglielo? - rispose l'amico impaziente, gettando la sigaretta. E aggiunse: - Devo andare a prendere i copioni dell'*Amleto* per distribuirli agli attori.

— E non hai altro da dirmi? - si lasciò sfuggire Gundurov.

— Che altro? - chiese Ascianin, fermandosi.

— Hai già vuotato il sacco? Non hai nulla da aggiungere? - chiese Gundurov timidamente.

— Ah sì! - disse l'altro. - Ti ho detto che per la parte di Gertrude...

— Ebbene?

— Che vuoi? Son ricascato in una trappola!

— Ma come?

— Così... Non voleva in nessun modo acconsentire a recitare, ed io sentivo ch'era impossibile trovare una Gertrude più adatta: mi decisi a sacrificarle due giornate intere. Ieri, ecco che cosa accadde. - disse Ascianin sospirando. - La notte era stupenda, e dopo cena uscii nel giardino: gli usignuoli riempivan l'aria dei loro canti... A un tratto, odo dei passi sulla ghiaia: era Nadjesda Feodorovna che faceva prendere il fresco alle sue mature bellezze. « Ah, siete voi? » ella mi disse, tremante e sorridente. « Sì, sono io! » risposi. Le offersi il braccio, e ci mettemmo a passeggiare. Io le parlava di Gertrude, cercando di persuaderla. e come si passava innanzi a un chiosco, vi siamo entrati... Di repente, ella appoggiò la testa alla mia spalla e si mise a piangere. Tu sai ch'io non posso resistere alle lagrime delle donne. E allora...

— Dio mio! - esclamò Gundurov.

Ascianin sospirò comicamente.

— Si vede che era il suo destino. Prima amava un maestro, che le aveva promesso di sposarla, e che invece la ingannò. Essa tentò di avvelenarsi con l'arsenico; e poi per quindici anni cercò di espiare il suo errore. E adesso, ella dice, non è più disposta a soffrire un tradimento: se io la inganno, tutto sarà finito per lei... Ma fatemi il favore! - gridò Ascianin d'improvviso. - È certo che io la ingannerò. Non sono mai stato fedele ad alcuna donna, e questa sarebbe peggio della mia povera defunta.

— Tu le hai fatto perdere la ragione, - osservò gravemente Gundurov, - e ora ti irriti! Che cosa conti di fare?

— Eh! Finchè non abbiamo rappresentato l'*Amleto,* sarò molto legato. Una simile donna non scherza, ed è capace di annegarsi per davvero; bisogna stare attenti... E pensare che c'è qui l'Akùlina! Hai visto i suoi occhi? Farebbero camminare un morto!... Vedi in quale imbroglio mi trovo, per mettervi in iscena l'*Amleto!*... Ma intanto...

E Ascianin, che con tale leggerezza calpestava il destino della povera zitella innamorata, guardò con grande inquietudine il suo amico.

Gundurov, il quale capì che cosa significava quello sguardo, fu spaventato, notando che Ascianin non pronunciava ancora il nome della principessina.

— Dunque, la nostra prova? - s'affrettò a chiedere. - Mi dicevi che bisogna distribuire le parti...

— Signori, sono attesi sul palcoscenico! - disse una voce alle loro spalle.

Era lo studente Fakirski, nel quale Gundurov presentiva un rivale. Esso era un giovane ventenne, dall'aria grave, coi capelli pioventi sulla fronte e gli occhi scuri: vestiva l'uniforme da studente, abbastanza sciupata.

— Permettete che mi presenti: Fakirski! - egli disse, salutando rispettosamente. - Ho studiato io pure filologia, e poi son passato nella Facoltà di legge. Voi non mi ricordete certo, perchè ero iscritto al primo corso quando voi stavate per licenziarvi. Ma vi stimo profondamente, - soggiunse con timidezza, stendendo la mano a Gundurov.

— Vi ringrazio molto, - questi rispose, - ma non so come abbia meritato la vostra stima.

— Ho avuto occasione di leggere la vostra tesi, - spiegò lo studente. - È una cosa magnifica, per la quale provai un vero godimento. Quando voi parlate della fratellanza delle genti slave, mi sembra che il vostro pensiero vada più oltre, a un ideale anche più vasto, alla federazione di tutti i popoli raccolti in una grande famiglia. Così diceva Pusckin e così augurano molti altri pensatori d'Europa.

— Certo, certo, io la intendo così! - disse Gundurov, che in quel momento avrebbe regalato allo studente tutti i popoli e tutti i pensatori del mondo, purchè se ne fosse andato. - Ma mi avete detto che ci attendono sul palcoscenico?

— Sì, per la prova di *Amleto*. Ecco, l'arte, ad esempio... - seguitò lo studente. - È il primo legame fra i popoli: Shakespeare è un poeta non inglese, ma universale, più stimato fra i tedeschi che fra gli inglesi: e da noi....

Ma Gundurov non lo ascoltava più, e con Ascianin si dirigeva verso il teatro.

XIII.

La prova del *vaudeville* era terminata. Sul palcoscenico stavano il direttore di scena, Valkovski e gli attori, che si distribuivano le parti.

Nella sala, molti spettatori in silenzio: v'era un'impaziente attesa per l'avvenimento. Ma bisogna confessare che l'interesse e la curio-sità non erano nè per lo Shakespeare, nè per l'*Amleto;* bensì per la principessina Lina. Gli uomini eran tutti disposti a credere ai suoi talenti; ma le signore e le signorine, facendo qualche smorfia, volevan giudicar da vicino la fanciulla educata all'estero.

Nella prima fila stava seduta la principessa, fra Ziablin e Sofia Ivànovna. La principessina in piedi, col copione tra le mani, sorri-deva indifferente alle congratulazioni del « brigante ».

La presenza della zia spiacque a Gundurov, il quale sapeva bene ch'essa non aveva simpatie per tal genere di passatempi.

— Sergio Mikailovic! - disse il principe Larión, che accanto a un tavolino sfogliava il volume della tragedia. - Sareste disposto a fare qualche mutamento nel testo?

Tutti gli occhi si fissarono sul giovane.

— Vi prego credere al mio grande rispetto per quest'opera d'arte, - soggiunse il principe. - Non avrei mai osato tagliar nulla, se non avessi l'esempio della traduzione di Polevoj, e se non potessi difen-dermi con l'autorità d'un altro grande autore...

— Göthe! - disse sorridendo Gundurov.

— Göthe, appunto, - rispose il principe, che pure sorrise. - Ho ri-letto in questi giorni l'*Amleto* e tutti i passi del *Wilhelm Meister* nei quali si parla della tragedia dello Shakespeare. Anzi, nel *Wilhelm Meister* non soltanto sono accennati tutti gli episodii inutili dell'*Amleto*, ma v'è un intero piano di rifacimento dell'opera.

Gundurov, che voleva obiettar qualche cosa, notò uno sguardo di disapprovazione della principessina, che, avvicinatasi, ascoltava attentamente. Anche il principe Lariòn se ne accorse.

— Avrete ragione, - lo prevenne il principe, notando la mossa di Gundurov. - Ma bisogna adattarsi ai nostri attori e al pubblico. Io propongo di escludere Fortebraccio e tutto quello che lo riguarda; anche la prima scena con l'ombra; *non bis in idem...*

— Sta benissimo, - disse Ascianin, avvicinandosi. - Cominceremo col fare entrare in iscena la Corte. M'imagino, - osservò ridendo a Ziablin, - quanto sarete maestoso sul trono!

Il « brigante » sorrise e abbassò modestamente gli occhi.

— *C'est vrai: vous serez très bien en costume!* - approvò la principessa, fissandolo.

— *Mon Dieu!* - egli sospirò, chinandosi verso la spalla di lei. - Se voi foste...

Non terminò, ma la principessa comprese, e lo ricompensò con una dolce occhiata.

— E chi farà la parte dell'ombra? - gridò dal palcoscenico Valkovski ad Ascianin.

— Non è stata data ad alcuno? - chiese Ascianin.

— Nessuno, sicuro! - rispose il fanatico. - La tua testa da nobile è fatta apposta per non pensare a nulla.

— Se non c'è, lo troviamo subito! - concluse Ascianin, e voltosi al pubblico in poltrona, domandò: - Signori, chi vuol prendere la parte dell'ombra? Deve, come si sa, assomigliare al suo ritratto, e per ciò avere « lo sguardo di Marte e i riccioli di Apollo ».

Una risata generale fu la risposta.

— È una parte per voi, - disse Olga Elpidiforovna, a un grosso giovanotto, che le era seduto accanto.

La marsina nuova, i baffi impomatati, i capelli lisci, tutta la sua rigidezza, in una parola, svelava ch'egli aveva abbandonato da poco l'esercito.

— Perchè? - egli chiese.

— Dico che tocca a voi la parte dell'ombra...

— Credete?

— Sicuro: vi mancano i riccioli, ma avete lo sguardo di Marte: perchè dovete sapere che Marte era il dio della guerra...

— Sì, l'ho studiato in collegio.

— Ecco, bravo: l'aspetto, il vostro nome, tutto è guerresco in voi.

— È giusto, - egli osservò, ridendo. - Rànzov! Ogni soldato ha il suo *raniez* (1). Ebbene: se voi lo desiderate, io sono pronto, - concluse con voce commossa, fissando la signorina.

L'ex-capitano Rànzov, da povero soldato era d'improvviso diventato uno dei più ricchi possidenti della provincia, in seguito a una eredità. Già da un anno pazzamente innamorato della bella Olga Elpidiforovna, si cacciava sempre nella società ov'era certo d'incontrarla; epperò, s'era presentato a Sizkoje come per far la prima sua visita di buon vicino, ma in realtà per vedere la fanciulla. Olga lo trattava con

(1) Zaino.

tanta alterezza e si rideva cosi bellamente di lui, ch'egli non aveva avuto ancora il coraggio di farle la sua dichiarazione.

— Monsieur Ascianin! - chiamò Olga Elpidifòrovna.

Uno sguardo tagliente come una spada si fissò su di lei; lo sguardo di Nadjesda Feodorovna, che stava in disparte, in un angolo della sala.

— Che cosa desiderate? - dissé Ascianin.

— Permettete di presentarvi Nikanor Iliic Rànzov. Egli non osava confessarvi, per timidezza, che desidera rappresentare l'ombra del padre d'Amleto, - disse la signorina ridendo.

Il povero capitano, tutto rosso, balzò in piedi.

— Scusate, Olga Elpidifòrovna: forse non vi riuscirò nemmeno. Lo faccio soltanto per obbedirvi!

— Allora posso contare su di voi? - domandò Ascianin.

— Ma sicuro, - rispose la signorina.

— Dunque, ecco la Compagnia completa! - esclamò Ascianin.

— Adesso possiamo fare un piccolo programma, - propose il direttore.

— Fate pure: signori, passiamo all'appello! - disse Ascianin.

Il direttore cominciò a chiamare i nomi:

— L'ombra del padre d'Amleto, signor... signor...

— Rànzov Nikanor Iliic, eroe d'Ungheria! - gridò la signorina dal suo posto.

— Scusate, perchè fate cosi? - borbottò il capitano, che s'era conquistato le spalline nella campagna d'Ungheria.

Il grosso *ispravnik*, immerso nella lettura della sua parte, alzò la testa a guardar la figlia, e borbottò:

— Stupida!

Poi riprese a leggere tranquillamente.

— Signori, quelli che hanno parte nella prima scena, vogliano favorire sul palcoscenico! - disse Ascianin. - Claudio, date braccio a Nadjesda Feodorovna ; Amleto, Polonio, prego!

La prova cominciò.

XIV.

Fin dalla prima comparsa di Polonio al seguito della coppia regale, si capi che il grosso Elpidifor Akùlin era un attore nato; non sapendo ancora una parola della sua parte, la leggeva, ma già faceva la scena e la controscena con gran brio, muovendo il tozzo e svelto corpo. Era comico senza cadere nel goffo o nel buffonesco, e si acquistò d'un tratto le simpatie del pubblico, che rideva ad ogni sua apparizione e applaudiva.

L'entusiasmo di Valkovski, che lo ascoltava dietro le quinte, era al colmo; e non resistendo più oltre, il fanatico balzò fuori, si gettò al collo dell'*ispravnik* e lo baciò sulle labbra, gridando:

— Demonio, demonio, come fai bene!

Secondo il solito, la bell'arte di Akùlin eccitò anche gli altri, che si riscaldarono, si sforzarono a mostrare i loro talenti, e l'animazione diventò generale, cosicchè la semplice lettura si tramutò in una vera prova, nella quale gli attori recitavano coi gesti e con verità. Pei dilettanti pratici, come Valkovski e Ascianin, l'esito dell'*Amleto* fu da quell'istante assicurato.

Solo Gundurov non aveva alcuna ispirazione: la presenza della zia Sofia l'avorina lo agghiacciava, sebbene questa, comprendendo, non lo guardasse e continuasse a discorrere con la sua vicina. Egli leggeva, apatico, sbagliando ad ogni passo perchè non conosceva il testo di Polevoj: così continuò fino alla prima apparizione di Ofelia.

La principessina in un abito chiaro, a braccio di Cigevski (*Laerte*), si avvicinò alla ribalta, dove un raggio di sole fece brillare i suoi capelli come un'aureola d'oro. La delicata grazia della fanciulla produsse una viva impressione sull'uditorio: e qualcuno esclamò:

— Com'è bella!

Essa sapeva a memoria la sua parte e rispondeva senza leggere alle parole di Laerte:

«Dimentica Amleto e il suo amore: credimi che tutto ciò è un sogno, un balocco da bambini, un fior di primavera che sparirà come un'ombra, e nulla più!»

« E nulla più ? » - ripetè Ofelia: e diede tale un accento d'inquietudine e di tristezza alla semplice domanda, che gli applausi scoppiarono spontanei nella sala. Lo sguardo scorato e mesto della fanciulla era andato a cadere su Gundurov. Il cuore del giovane batté forte.

— Possibile, - egli pensava, - che sia un puro caso?

Ma nello stesso tempo tendeva l'orecchio al suono di quella voce soave.

«Egli mi parlava d'amore!» confessava Ofelia al fratello. « Ma così tenero, così rispettoso e timido!»

Gundurov capiva che di lui intendeva parlare Ofelia.

Ma non egli solo ascoltava con trepidanza. Seduto allato degli spettatori, appoggiando un braccio al tavolino, il principe Larion stava immobile, col volto riparato da una mano. Egli evitava gli sguardi indiscreti, sebbene lo sguardo sagace dell'*ispravnik* vedesse dalla scena quella mano tremare, e lùccicare gli occhi fissi sulla principessina.

Gundurov si sentì più confortato e fece bene la scena con l'ombra; ma l'ombra, nella persona del valoroso capitano Rànzov, leggeva con voce veramente sepolcrale, cosicchè si sarebbe detto che invece di eccitare il figlio alla vendetta, fosse tornata sulla terra per cantargli un *deprofundis*.

Il povero capitano recitava orribilmente, saltando i versi, impaperandosi, tossendo, con indignazione di Valkovski e con gran gioia della signorina Olga, che moriva dal ridere sul suo divano. Ella ostentava tanta allegria anche per eccitare l'attenzione di Ascianin, il quale la divorava con gli occhi.

Questo giuoco, nonostante la prudenza del giovanotto, non isfuggì alla gelosa attenzione di Nadjesda Feodorovna; e nell'animo della povera zitella si scatenò un inferno.

A un certo momento, Ascianin s'imbattè con lei, dietro le quinte.

— Dimmi, - ella gridò, afferrandolo per una mano, - dimmi una volta almeno la verità: mi ami, o è stato tutto un inganno ?

— A che tante parole e giuramenti ?

egli canterellò, in risposta, con la musica d'una romanza di Glinka.

— Non beffatemi! Ve ne prego! - ella insistette. - Volete gettarmi come un cencio ai piedi di quella spregevole ragazza ?

— Mia bella amica, - rispose il giovanotto, - dopo l'ubbriachezza non c'è vizio peggiore della gelosia!

41

Le lagrime sgorgarono dagli occhi della zitella:

— È orribile, orribile! - disse, rattenendo i singhiozzi.

— È orribile davvero! - osservò Ascianin.

La prova intanto seguitava, e i due primi atti eran finiti.

Gundurov, sempre più padrone di sè, recitava a memoria, e la sua voce flessibile e fresca rendeva bene i chiaroscuri dell'anima di Amleto. Tutti lo ascoltavano con grande interesse; ma non riusciva a nascondere che i suoi sentimenti eran ben lungi dalla cupa disperazione del Principe di Danimarca, e l'ironia sanguinosa di Amleto pareva qualche volta un inno di gioia e di speranza.

— Non dimenticate la definizione classica del carattere che voi rappresentate! - gli osservò il principe Lariòn dopo il monologo che seguiva la scena con gli attori. - « In un vaso prezioso degno di contenere i fiori più delicati, fu messa una quercia: e le radici, crescendo, hanno rotto il vaso ». Voi avete troppa forza; con simile energia, avreste ammazzato subito il signor Ziablin, s'egli avesse la disgrazia di essere l'usurpatore del talamo e del regno!

Gundurov abbassò il capo, comprendendo che il principe aveva ragione: ma dove trovare una conveniente tristezza, ancor tutto felice per lo sguardo di quegli occhi azzurri?

— *Ne vous offensez pas*, - susurrò la principessa a Ziablin. - *Il plaisante toujours comme cela, Larion!*

— Ora avete una scena con Ofelia, – ricordò il principe. - Bisognerebbe forse rileggerla e ritoccarla in certi punti...

— Voleva giusto pregarvene! - disse Gundurov, arrossendo.

— *Oui, oui, Larion,* - appoggiò la principessa, - *je vous prie qu'il n'y ait rien de scabreux!*

— Signori! - disse il principe agli attori. - Vi propongo di rimandar la prova a questa sera: il pranzo è vicino e non avremmo tempo di terminare!... Favorite da me, Sergio Mikailovic!

Gundurov lo seguì, insieme ad Ascianin.

XVI.

Was ist der langen Rede kulzel Sinn?

Il principe Lariòn occupava a Sizkoje l'appartamento del suo defunto padre, una cosa di camere ammobigliate sui primi del secolo XIX col gusto di quei tempi: forme lunghe e strette delle tavole, delle *consolles,* dei divani con le gambe che finivano in zampe di leone; sfingi e aquile dorate sui sedili, a imitazione di Roma imperiale; portiere di broccato; figure di bronzo scuro che sostenevano i candelabri con le braccia alte.

Tutto questo aveva un aspetto serio e solenne. Lo studio era in una vasta biblioteca con due ordini di finestre, e v'eran raccolti libri e opere d'arte preziose, ereditate dal padre. Fra antiche cassapanche e scaffali intagliati in quercia scura, pendeva un gran ritratto del vecchio principe a cavallo, con l'uniforme di generale, decorata dal nastro di Sant'Andrea.

A fianco erano i ritratti dei suoi commilitoni della campagna d'Italia, Rumianzev, Suvàrov, Kutùsov, Bagration. Un gran busto in marmo di Patiomkin era sopra uno zoccolo in legno nero, ornato d'una ghirlanda argentea d'alloro nel cui mezzo si leggeva un motto di Diersgiavin: « Sei tu, figlio della felicità e della gloria, principe magnifico della Tauride? »

Di fronte, ella stessa, la grande Imperatrice, che con le decorazioni in brillanti sulla spalla sinistra guardava dalla tela col suo sorriso incantevole. V'erano poi diversi quadri di soggetto mitologico; una copia dell'*Amore e Psiche* del Canova, modellata dallo stesso scultore, si rifletteva nello specchio sopra la caminiera di diaspro. Sulle tavole, a finissimo mosaico fiorentino, era una collezione di ritratti di famiglia, bellissimi acquarelli di Isabey e di Petiteau, testine femminili con pettinature alla *jardinière* o coi ricci sciolti sulle spalle nude alla *Récamier*.

Gli occhi di Ascianin si schiarirono, appena entrato nello studio, vedendo tante belle donne che parevano salutarlo.

— Eccellenza, - egli disse ridendo, - pare che Pusckin abbia scritto per voi: « i libri, gli idoli, i quadri, tutto mi attesta che tu proteggi le Muse e la pace! »

— Già, - rispose il principe, - sono stato anch'io un seguace delle Muse, ai miei tempi. Dove volete accomodarvi?.

— Se permettete, sederemo qui intorno! - disse Ascianin, indicando la gran tavola da lavoro del principe, sulla quale troneggiava in una cornice di velluto azzurro un gran ritratto femminile all'acquarello.

— Sta bene, - acconsentì un po' seccato il principe.

— La principessina! - esclamò Ascianin avvicinandosi e guardando il ritratto. - Com'è bello! È stato fatto a Roma?

Gundurov non osava alzar gli occhi.

— Sì, a Roma, - rispose il principe con tono che non ammetteva altri commenti. Sedete nella poltrona innanzi la tavola: - E così, cominciamo!

Si misero tosto a raffazzonare l'*Amleto, « ad usum delphini »*, come osservò ironicamente il principe. Gundurov, più severo degli altri, tagliò tutti i passi nei quali Amleto non aveva riguardo alla purezza di Ofelia. Nella scena del teatro, sacrificò la bella positura del Principe di Danimarca, che ascolta con la testa appoggiata sulle ginocchia della fanciulla: e le parole: « Posso io appoggiarmi alle vostre ginocchia? » furono sostituite con queste: « Permettete di mettermi ai vostri piedi? » e dopo il consenso di Ofelia, Amleto si sarebbe seduto a terra, di fianco a lei.

Terminato il lavoro, mentre Ascianin notava i mutamenti fatti nel suo copione, il principe girò la poltrona verso Gundurov.

— Dopo gli affari, passiamo alle chiacchiere, - egli disse sorridendo. - Che cosa pensate voi di fare, Sergio Mikailovic?

Fu un vero colpo di fulmine per Gundurov, che precipitando dal regno delle illusioni nella più dura realtà, non trovò subito la risposta.

— Spero, - continuò il principe, sempre con un sorriso stentato, - che voi non mi accuserete d'indiscrezione. Io conosceva ed apprezzava molto il vostro defunto padre, e questa vecchia amicizia, e più ancora la mia età, mi dànno qualche diritto d'interessarmi a voi...

Si arrestò. Gundurov, che aveva ascoltato con intensa attenzione, rispose aggrottando le sopracciglia:

— Io stesso non so che cosa mi resta da fare...

— Ho pensato molto a voi, in questi giorni, - seguitò il principe. - E vi ripeto ancora: pazienza e coraggio! Uno stato anormale non può durare a lungo. La forma con cui avete chiesto il passaporto per l'estero ha attirato l'attenzione su di voi, e vi è noto che in questi tempi non vivon tranquilli che quelli i quali passano inosservati. La cosa, però, è rimediabile: ed è inutile ch'io vi assicuri di tutto il mio appoggio. Ma prima d'un anno non è nemmen da pensarsi che possiate andare all'estero.

— Se si trattasse soltanto d'un anno! - esclamò Gundurov.

— Sta in voi, - disse il principe.

— In me! - ripetè Gundurov meravigliato.

— Ma certo: fate un viaggio nell'interno della Russia.

Gundurov guardò il principe...

— In Russia? - balbettò soltanto.

— In Russia. Obbedite a ciò che vi hanno risposto: di studiare, cioè, i costumi da Pietroburgo al Kamsciatka. Non intendo arrivate fin là, ma un viaggio per gli Urali, ad Orenbourg e nel Caucaso vi sarebbe molto utile. E fra un anno, - penserò io a questo, - si manderà una relazione del vostro viaggio etnografico nell'interno; e, credete alla mia esperienza, vi lasceranno andare all'estero e cadranno tutte le prevenzioni che si hanno ora contro di voi.

— Forse è così, - borbottò Gundurov. - Ma viaggiare senza scopo, mentre io potrei studiare...

— Scusatemi, - interruppe il principe. - Avete ventitre anni, un buon nome e una buona posizione: e volete sacrificar tutta la vita nello studiare?

— E perchè no?

— Perchè credo che ciò non può soddisfarvi, e perchè con troppa scienza da noi non si va avanti. La cattedra è un gradino...

— Io non sono ambizioso, - rispose seccato Gundurov.

— D'accordo: il vostro solo desiderio è di avere una cattedra: pure, pel momento non potreste ottenerla... Che cosa farete voi ora a Mosca? Avete i vostri libri e i vostri studi speciali; ma i vostri studi hanno due facce: una scientifica, l'altra politica. Nelle terre slave, a Praga, la più interessante è la politica, ma voi russo non potete intendere ciò che vogliono quegli slavi, e vi create delle fantasie. Con questi sogni non si può soddisfare una giovine vita come la vostra; e che cosa allora vi attende a Mosca? Un piccolo cerchio d'amici, le chiacchiere delle signore, il giuoco nei *club*. Non avete, spero, l'intenzione di sposarvi a ventitre anni, senz'esservi creato un nome, senza aver nulla fatto nè per la società nè per voi stesso?

E il vecchio diplomatico del Congresso di Vienna fissò a questo punto uno sguardo scrutatore sul giovanotto.

— Ecco il nocciolo del lungo discorso! - pensò Ascianin, mentre, a sua volta, fissava Gundurov.

La faccia di questi rimase immobile, poichè in realtà egli non comprendeva che cosa il principe volesse. Se tutto il pensiero di lui gli si fosse rivelato, forse l'amor proprio del giovane l'avrebbe spinto a dare una risposta vibrata. Non avendo mai pensato al matrimonio, credette di trovar nel discorso del principe le idee della zia Sofia Ivànovna, con la quale probabilmente egli aveva parlato di quell'argomento. Lungi dal supporre un'intenzione personale, non vedeva nell'interessamento del principe se non il desiderio di agevolargli la continuazione de' suoi studi.

— Principe, - egli rispose, - non mi rimane che seguire il vostro consiglio. Parlerò con la zia, e spero ch'ella non avrà nulla in contrario al mio viaggio: per l'anno venturo, permettetemi di contare sul vostro aiuto.

La faccia oscura del principe si rischiarò, e levandosi da sedere, egli tese la mano a Gundurov.

— Vi auguro ogni bene, di tutto cuore! - disse con sincerità.

Il giovane, commosso, gli strinse la mano in silenzio.

Risuonò per tutta la casa il rintocco del *gong*.

— Vestirsi! - esclamò allegramente il principe. - Devo avvertirvi, Sergio Mikailovic, che dopo un viaggio nei castelli inglesi, la principessa ha introdotto qui le abitudini di quella società, di pranzare in *frack* e cravatta bianca. Questo primo segnale di *gong* è per la *toilette:* fra un'ora, il secondo ci dirà che il pranzo è pronto.

Gli amici salutarono e uscirono. Il principe Lariòn fece qualche passo accompagnandoli: poi tornò a sedersi innanzi al suo tavolo da lavoro, presso il ritratto della nipote. E nascosto il volto fra le mani, si raccolse in una meditazione dolce e tormentosa.

XVI.

— Com'è velenoso, quel vecchio! - mormorò Ascianin, discendendo le scale con l'amico.

Gundurov levò la testa con un atto di stupore.

— E tu sei o un ipocrita o uno sciocco, - riprese Ascianin. - Non hai capito a che cosa egli mirava?

— A che? - domandò l'altro. - Mi consigliava a un viaggio nell'interno della Russia.

— Dio, quanto sono stupidi questi scienziati! - esclamò Ascianin. - E tu credi che il suo interessamento, le sue divagazioni sulla politica, i suoi consigli non abbiano un secondo fine? Tutto questo voleva dire semplicemente che non si permetterà mai alla principessina di sposare un giovinotto di ventitre anni, senza un nome chiaro: e che perciò puoi tralasciare ogni idea e fare un viaggio nelle steppe dei Kirghisi. Hai capito?

L'ira e la vergogna si dipinsero sul volto di Gundurov.

— Perchè mi dici tu questo? - egli balbettò, impallidendo.

— Perchè, Sergio?

— Sì, perchè? Sai pure che non ho intenzione di sposare alcuna principessa! - mormorò appena Gundurov.

— Lo so: ma...

— Tu... tu mi hai condotto qui per recitare; recitare, e non... Tu, o il principe... Che cosa volete, infine, da me? - esclamò il giovane disperato.

— Non si vuol nulla da te! Sei pazzo?

— E allora, lasciatemi in pace! - disse Gundurov, e facendo un gesto stanco, s'avviò alla sua camera, ove l'aspettava Fedossei.

L'amico si fermò, non sapendo se seguirlo o lasciargli sbollire la prima rabbia.

— Però, - egli pensava, - come ha fatto presto ad innamorarsi, e tutto d'un colpo! Già, questi ingenui pigliano fuoco come fienili! È troppo tardi per condurlo via: sarebbe un aggravare le cose. Ricordo che in collegio voleva gettarsi dal secondo piano per non essere battuto dall'ispettore. Poi, bisogna sapere se anch'essa corrisponde al suo amore: oggi mi ha interrogato molto su di lui. Povero mio Sergio, ed egli dà il nome di vita a tutto questo!...

Andò in cerca di Sofia Ivànovna, parendogli suo obbligo di avvertirla.

*
* *

Nello stesso tempo, in un chiosco del giardino ove Akùlin aveva fatto chiamare sua figlia, l'*ispravnik* soffiando le diceva:

— Vuoi farmi il favore di spiegarmi perchè ti diverti a mettere in canzonella Rànzov davanti a tutti?

— E che cosa v'importa! - esclamò la figlia. - M'avete fatta chiamare per questo? È veramente ridicolo!

— Ti avverto, - disse l'*ispravnik,* - che Rànzov finirà per voltarti le spalle e infischiarsi di te.

— Prima di tutto, non dite più « infischiarsi », perchè è una parola di *mauvais genre,* e voi che avete servito nella Guardia dovreste saperlo. Poi, il capitano farà ciò che voglio io, ma se anche si stancasse di me, che cosa importa?

— Importa molto, perchè grazie all'eredità che ha fatto, egli può sposare a Mosca qualunque signorina della più alta società, e noi rimarremmo con un palmo di naso!

Olga Elpidifòrovna si irritò.

— Ma voi non siete capace di trovarmi niente di meglio che un ex-capitano di fanteria? Per questo bello scopo mi avete fatto studiare nel Collegio delle fanciulle nobili?

— Eh, mia cara! - osservò il grosso *ispravnik*. - Eravate seicento, nel Collegio, e non, pretenderete mica di sposar tutte qualche Eccellenza!

— Sì: io, però, non era come le altre. Non vi ricordate che quando mi levaste di là, la direttrice ne era desolata, e mi chiamava *notre chei rossignol?* Tutti mi volevan bene, e l'Imperatrice in persona mi fece cantare molte volte!... Se avessi finito gli studii, sarei potuta entrare alla Corte e diventare *grande dame:* voi, invece, volete darmi per marito un ex-capitano!

Ella balbettava queste parole, e stava per piangere, quando fu colta da un pensiero:

— Del resto, - disse, avvicinandosi al padre, - perchè ci perdiamo in queste chiacchiere?... Non sapete chi ho preso io di mira?

— Abbi pazienza, e allora potremo discorrere. Ti sei accorta, prima di tutto, ch'egli abbia qualche simpatia per te?

— Vi ho già detto: quando sono arrivata qui, la *vecchia,* - per fortuna, la principessa era lontana, - mi fece cantare, e il principe ne rimase entusiasmato, mi strinse e mi baciò la mano. Altre sere, egli stesso mi pregò di cantare; poi scherzava volontieri con me; insomma, era chiaro che io gli piaceva... Quando siete arrivato, vi ho detto tutto, e mi avete risposto: « Sii cauta, e potrai fare una buona retata! » Non è vero, forse?

— Sì, non lo nego, - rispose il padre, grattandosi un orecchio. - L'ho detto, perchè conosco il carattere degli Sciastunòv. Il defunto principe Mikail Vassilievic era della stessa stoffa: e il principe Lariòn, quand'era segretario del ministro e io serviva nella Guardia, era amico della moglie d'un dottore. Il marito non voleva concedere il divorzio, ma il principe era pronto a sposarla, sacrificando il nome, il posto e quanto gli era più caro. La signora morì dopo non molto, e l'Imperatore stesso mandò il principe all'estero, perchè si temeva impazzisse dal dolore... Carattere passionale, dunque, inasprito anche dalla età, e per ciò pensai di tentare. Tu sei molto bella, e negli occhi hai tanto fuoco da abbacinare un uomo.

— Io vi ho obbedito, - disse Olga sorridendo alle parole dell'*ispravnik*. - E ho fatto come mi consigliaste...

— Ebbene?... - interrogò il padre, strizzando l'occhio.

— Che cosa?

— Ci casca? - incalzò l'altro.

— No, - confessò pensierosa la ragazza. - Mi sono accorta, questi ultimi giorni...

— E come si spiega questo?

— È vecchio! - disse con aria di sprezzo Olga Elpidiforovna.

— T'inganni. Mi sono ingannato anch'io, anzi!

— Allora, che cosa credete?

— È innamorato, ma non di te!

— Come?... - ripetè Olga. - Innamorato d'un'altra?

— Ah, ah, non ti sei accorta! Sei poco attenta!

— Ma di chi, di chi, ditemi? - insisteva la ragazza, tirando il padre per la manica.

Il grosso Elpidifor si alzò, fece il giro del chiosco, sbirciando qua e là, e tornò a sedersi, mormorando all'orecchio della figlia:

— È innamorato della principessina!

— Di sua nipote?... Possibile?! - esclamò Olga.

— Certo, - mormorò l'*ispravnik*. - Non per nulla sono da dodici anni nella polizia: mi basta uno sguardo...

— Che scimunito!

— Sst! sst! *Halt's Maul*, come dicono i tedeschi. Dio ti guardi dal far capire qualche cosa! Benchè tu ti creda una ricca signora, devi ricordarti che tuo padre è un nulla, e che chiunque può nuocergli: ed io ho bisogno di mangiare, e anche molto.

— Come fare? - susurrò Olga pensierosa.

— Te l'ho detto già!...

— No, - ella interruppe, battendo a terra il piede. - Non parlarmi di Rànzov. Piuttosto, sposerò Maus.

— Un avvocatuccio? - disse l'*ispravnik* con una smorfia.

— Può andare innanzi: a trent'anni sarà *stazki sovietnick*, che è già qualche cosa. Poi, il padre suo ha una larga clientela, e Maus è figlio unico.

— Fa come vuoi, - acconsentì il padre. - Soltanto, ti prego: non beffarti di Rànzov: fallo per me, almeno.

La ragazza lo fissò in volto.

— Avete perduto di nuovo? - interrogò.

— È la mia disgrazia, - egli confessò. - Gli ultimi dieci rubli! Sono, alla lettera, senza un soldo!

— Quanto dovete al capitano?

— Settecento rubli, credo! - borbottò l'*ispravnik*.

— E quanto vi occorre?

— Ma... almeno cinquecento rubli!

— Va bene: glielo dirò.

— Mio caro ministio delle finanze! - esclamò il giosso Elpidifor, baciando la figlia in fionte.

— Già, ministio! - ella ripetè annoiata.

E inteiiompendosi, uscì dal chiosco.

— Quanto a te, biutto \ecchio, - pensò poi, - sapiò vendicarmi... Ma come \endicaisi, ella non sape\a ancoia.

XVII.

Ascianin col cappello in mano sta\a innanzi a Sofia I\àno\na, pionto a usciie, dopo a\eile iaccontato la con\eisazione col piincipe, l'insofferenza annoiata di Gundurov e i pensieii e le pieoccupazioni ch'egli. Ascianin, a\e\a per l'amico suo.

Sul \olto intelligente di Sofia I\àno\na era chiaia una giande inquietudine.

— Voi non \i siete ingannato, - ella disse, - sulle intenzioni del piincipe. È stato un a\\eitimento; ma non capisco peichè egli sia cosi impensieiito. Conosco tioppo bene Seigio per ciedeie eh'egli abbia dato moti\o a temeie di lui: è nobile, e ogni sentimento in lui è delicato e timido.

— Egli è stato sempie peifetto, - iispose Ascianin. - Eia\amo insieme sul palcoscenico, e non lasciò capii mai nulla. Voi, del iesto, a\ete potuto \edeilo dalla sala.

— E peichè dunque, e che cosa è \enuto in mente al \ecchio saggio? - chiese Sofia I\àno\na.

— Comincio a sospettaie che a ii\elaigli inconsciamente qualche cosa sia stata la piincipessina, - disse Ascianin.

— La piincipessina! Cosi iisei\ata? Eppoi, si son \isti tanto poco! È \eio ch'è caiina, molto caiina! - sospiiò la zia.

Ascianin posò il cappello e, piesa una sedia, toinò a sedeie piesso Sofia I\àno\na.

— E se, - cominciò sotto\oce, - la piincipessina da\\ero...? Perchè non si potrebbe...?

— Ah, caio mio, è inutile anche pensai\i. Aglae è intiattabile: e lo stesso principe...

— Lo so: e l'ho capito fin dalle piime volte... Ma non si potiebbe lottaie? Non possono a\ei nulla contio Seigio: quale posizione pretendono per un gio\anotto di \entitie anni? Se la piincipessina volesse...

— Disgiaziatamente, da noi \i son ceite sciocche idee, per le quali Gundurov che discende da Ruiik, ma non ha titolo, non può pietendeie alla mano della iagazza; mentie un qualunque boighese che sia aiutante di campo di\enta un buon paitito, peichè può conduiie la moglie ài balli di Coite...

Sofia I\àno\na, ciò detto, alzò le spalle e piese un pizzico di tabacco da una micioscopica tabacchieia, che tene\a tra il guanto e la mano. In casa d'altii, ella non si toglie\a mai i guanti.

— Ho il presentimento... - ella seguitò. - Anche a Mosca me lo disseio: ci de\'esseie già qualcuno che si consideia come il futuio maiito della piincipessina. Tutto fa quell'Aglae!...

Sofia I\àno\na e\ita\a di accusaie il piincipe, e \ede\a in ogni cosa la mano di Aglae Costantinova.

— Allora faremo una battaglia contro questo pretendente! - esclamò Ascianin ridendo.

La zia tentennò tristemente il capo.

— Povero mio Sergio, egli non si è accorto di nulla, m'avete detto! È così semplice e ingenuo, ed è stato grato al principe del suo consiglio: del resto, bisognerebbe approfittarne e farlo partire subito. Son quasi grata anch'io al principe che l'ha consigliato di viaggiare, e grata a voi, che gli avete spiegato le intenzioni del principe. Ma ora, caro amico, lasciamolo in pace. Io stasera torno a casa mia, perchè sono stanca di questa Aglae, così sciocca e pretensiosa: lascerò qui Sergio, come Mentore, - e sorrise, - lasciò Telemaco nell'isola di Calipso. Se non si trattasse del vostro noioso spettacolo, l'avrei fatto partire fin da domani.

— Devo andare a vestirmi, - disse Ascianin alzandosi. - Sapete che qui pel pranzo si veste come per un ballo...

Ella si alzò pure, per accompagnarlo, ma giunta presso la soglia, si fermò, esclamando:

— Sergio innamorato! Vi confesso che non posso avvezzarmi a questa idea! Tutti i giovani vi cascano, ma il suo carattere è un pericolo continuo. Quasi preferirei che egli...

— Assomigliasse a me? - continuò ridendo Ascianin. - Confessate che questo era il vostro pensiero!

— No, no, - protestò scherzando Sofia Ivànovna. - Dio me ne liberi! voi passate già i limiti; ma avete un cuor d'oro, e non si può tenervi il broncio. Vi ringrazio molto della vostra amicizia per Sergio.

— Oh, Eccellenza! - sospirò comicamente il giovane. - Io mi rovino con la mia bontà, e ne porto le conseguenze più gravi.

Sofia Ivànovna lo fissò attentamente.

— Mio Dio! - ella esclamò. - Avete giuocato qualche tiro anche a Nadjesda Feodòrovna?

— Come lo sapete? - disse Ascianin con meraviglia.

— Essa era qui un istante fa: avendole chiesto perchè fosse così triste, si mise a piangere e scappò via...

— Piange sempre! – osservò Ascianin. - Se io avessi tanti rubli quante son le sue lagrime!

— Come siete cattivo! Pensate che non è più giovane!

— Avete ragione, Sofia Ivànovna!

— E non è neanche bella...

— Tutt'altro, Sofia Ivànovna!

— Non lasciate dunque nessuno in pace, uomo senza coscienza? Perchè vi siete incapricciato a disturbare anche lei?

— Vedete: non c'era nessuno che volesse recitar la parte della regina, e Nadjesda Feodorovna era restia ad accettarla. Allora mi sono sacrificato!

Sofia Ivànovna s'indignò per davvero.

— Suvvia, finitela con le vostre scappate! Bella scusa, l'*Amleto!* Per colpa di *Amleto,* anche Sergio s'è innamorato!

— Era scritto, Sofia Ivànovna; se non qui, Sergio avrebbe incontrato la principessina altrove, in casa vostra, forse.

La zia non trovò nulla a ridire.

— In ogni modo, siete sempre uno scostumato, - essa concluse.

Ascianin la salutò con un profondo inchino, e corse a vestirsi.

Gundurov, secondo ciò che gli disse Fèdossei, s'era abbigliato ed era uscito a passeggiar nel giardino.

XVIII

Il pranzo fu eccellente e il servizio magnifico.

La signora, seduta tra Cigevski e Ziablin, guardava con un sorriso soddisfatto la splendida argenteria, la cristalleria di Boemia, il vasellame di Sassonia e la *tenue irréprochable* dei suoi convitati; e nel frattempo ascoltava i dolci discorsi che le susurràva il « brigante calabrese ».

Il povero *lyon* di Mosca aveva da qualche anno cominciato una regolare campagna di seduzione contro i milioni della principessa. Presentato a lei, dopo il viaggio all'estero, s'era prima occupato della principessina, ma comprendendo che da quel lato non v'era nulla a sperare, aveva finito per rivolgere la sua interessata sollecitudine verso la madre.

Alla signora quarantenne piacevano le sue maniere eleganti, i suoi sorrisi, i sospiri accompagnati da teneri sguardi degli occhi bovini; e un giorno che il principe Larión, il quale non poteva sopportare Ziablin, aveva chiesto alla principessa se proprio non se ne potesse fare a meno, ella aveva risposto:

— *Ne le touchez pas, Larion, c'est un être incompris !*

Il principe sorrise con sarcasmo, e borbottò:

— Cretino e cacciatore di doti.

E non si occupò altro di lui, mentre Ziablin guadagnava terreno di giorno in giorno.

Cigevski, forte giovanotto di ventisei anni, dai capelli rossi e dai vivi occhi castagni, era un bonaccione allegro e sentimentale, sempre platonicamente innamorato di qualche dama e sempre pronto a stuarare una bottiglia di sciampagna in compagnia. Instancabile narratore, egli raccontava alla sua vicina, Sofia Ivànovna, uno de' suoi migliori aneddoti; ed era molto stupito di vedere appena sorridere la sua ascoltatrice.

Ella sogguardava il nipote, seduto in fondo alla lunga tavola, e sentiva la tristezza del giovane: egli era fra Dukonin e Fakirski, pallido e taciturno, toccando appena i cibi, e ascoltando indifferente i discorsi vivaci dei vicini.

Più fortunato di Cigevski era Scigariew, seduto presso una principessina di trent'anni, giunta allora da Mosca. Avendo udito dire che ella era intelligente, egli cercava di fare una conversazione seria. Due erano i temi abituali delle sue conversazioni serie: primo, ch'egli possedeva mille anime, meno una, cioè aveva un podere di novecentonovantanove anime, e un allevamento di cavalli nella provincia di Karkov; secondo, che suo fratello possedeva pure mille anime e aveva una fabbrica di saponi.

Scigariew amava tanto questo fratello e ne parlava con tenerezza così ostinata e abbondante, che gli ascoltatori finivano per odiarlo; ma forse la notizia ch'egli possedeva una tenuta di mille anime lo rendeva interessante agli occhi della principessina, la quale lo ascoltava, sorridendo.

Questa volta aveva introdotto qualche variazione nel tema del fratello: e per magnificarne la forza fisica, narrava che i muscoli del braccio sinistro di lui erano ferrei e formavano un gruppo voluminoso come un'arancia.

— Sì, ho udito dire, - assentiva la principessina, - che gli uomini qualche volta son così forti...

— Ma non tutti, intendiamoci. Soltanto mio fratello!... Anche nel mio allevamento, alcuni cavalli hanno avuto delle grosse sporgenze, come un'arancia, sul muso!

La principessina si divertiva molto ai discorsi sconclusionati del vicino.

I giovani parlavano animatamente, in un altro angolo della tavola.

— A Odessa è stato pubblicato un piccolo libro, d'un certo Scerbin. Il titolo è semplicemente *Versi greci*, - diceva a Fakirski lo smilzo Dukonin, giovanotto con gli occhiali d'oro, che apparteneva alla società intellettuale di Mosca.

— Li conosco, quei versi, - osservò l'ex-avvocato Svisciow. - Li ho avuti testè e mi paiono molto belli.

— Son quelli che abbiamo letti ierseria con voi? - domandò il grosso Elpidifor. - Sono bellissimi, davvero.

E si mise a declamarne alcune strofe.

— Bene, bene! - diceva Dukonin, guardando con maraviglia lo *ispravnik* innamorato delle belle lettere.

— Hum, - borbottò Fakirski. - Io non ci vedo nulla di straordinario!

— Come! - ribattè Dukonin. - Sono ottimi!

— Roba da antologia, - giudicò Fakirski sprezzevolmente.

— Un pensiero nuovo in forma antica, - seguitava Dukonin, - precisamente quello che chiedeva lo Chénier: *sur des pensées nouvelles faisons des verses antiques!*

— Non so, - disse lo studente. - Solo, l'uomo moderno non dovrebbe far versi antichi, perchè s'impiccolisce.

— Ah, scusate! - esclamò Dukonin, ridendo. - Avreste paura di impiccolirvi, avvicinandovi ad Omero?

— L'uomo moderno ha bisogno di George Sand, e non di Omero! - dichiarò solennemente Fakirski.

Il principe Larión, seduto a fianco di Sofia Ivànovna, le diceva intanto:

— Non so se Sergio Mikailovic vi ha parlato della conversazione che ho avuto con lui.

— Sì, me ne ha parlato, e ve ne ringrazio, - ella rispose. - Avete ragione: egli non ha che fare qui, tanto più se voi vorrete aiutarlo...

— Di certo, di certo. Faremo tutto a Mosca. Non v'era alcun bisogno di chiedere il passaporto a Pietroburgo: il Governatore di Mosca, grazie alle sue amicizie, potrà fare ciò che occorre...

Sofia Ivànovna lo ringraziò con la testa.

— Io mi occupo assai di vostro nipote, - seguitò il principe, - perchè me ne hanno parlato molto a Mosca questo inverno: e da ciò che ho potuto osservare personalmente, arguisco ch'egli è un giovane degno di altissima stima... Se io avessi ancora un potere, avrei cercato...

— Non avreste fatto nulla per lui, - interruppe Sofia Ivànovna, che studiava il momento di dirgli qualche cosa di spiacevole.

— Perchè pensate così? - egli chiese, turbato.

Ella s'affrettò a scherzare.

— Io ricordo il Testamento: « Non fidarti nè del principe, nè del figlio dell'uomo! »

— Non posso impedirvi di credermi un egoista, - osservò il principe sorridente. - Ma avrei davvero aiutato Sergio Mikailovic, per principio. Un buon Governo, dovrebbe avere sempre, a mio avviso, alcuni giovani per occupare le cariche importanti; scegliendoli tra quelli che, come vostro nipote, uniscono a un bel nome di famiglia e a una posizione indipendente. una solida cultura.

Sofia Ivànovna pensò:

— Sei molto avanzato nelle idee; ma intanto, tu rifiuti tua nipote a questi giovanotti. - E le tornò il desiderio di pungere il vecchio malizioso.

E disse ad alta voce:

— Io non giudico il Governo, ma·so che la Sacra Scrittura dice: nessuno è profeta in patria!

Il principe Larión fece finta di non intendere l'allusione, e si mise a discorrere colla sua vicina di sinistra.

Gli occhi di Sofia Ivànovna si fermarono con infinita tenerezza sulla principessina, presso la quale due signorine stavano chiacchierando vivacemente. La zia di Gundurov non voleva confessare a sè stessa il sentimento che l'attirava verso quella fanciulla; pochi giorni prima si spaventava dell'amore di Gundurov e conveniva col principe che non si poteva permettere un matrimonio fra due giovani ancora così acerbi; ma tutte le sue idee ora eran mutate. Ormai ella temeva solo che la cara fanciulla rispondesse al sentimento di Sergio; e allora che cosa si sarebbe dovuto fare? E nello stesso tempo desiderava che ciò avvenisse...

Sofia Ivànovna con gli occhi umidi fissava il delicato profilo della principessina, chiedendosi quale sorte le fosse riserbata. La principessina, quasi avesse sentito quello sguardo, alzò gli occhi e sorrise come avesse voluto dire a Sofia Ivànovna: « Sì, amami: io lo merito! » Poi guardò Gundurov, quasi chiedendogli: « Perchè tanto triste? »

***

Il vecchio cameriere, dalla fisionomia grave, diceva all'orecchio dell'*ispravnik*, porgendogli sulla guantiera una busta chiusa col suggello governativo:

— È giunta in questo momento dalla città. Il corriere che la portava ha detto che è cosa urgente!

L'*ispravnik* aprì in fretta la busta, ne estrasse una carta e una lettera chiusa: gettato uno sguardo su questa, disse al cameriere, consegnandogliela:

— Portala subito al principe Larión!

Poi, aperto il foglio con mani trementi, si mise a leggere.

Il cameriere, sempre con lo stesso aspetto grave, portò la lettera al principe, il quale chiese:

— Chi l'ha mandata?

— Il signor capitano e *ispravnik*, - disse rispettosamente il servo.

— Ve l'hanno mandata col corriere? - domandò il principe ad Akùlin.

— Sissignore, - rispose il grosso Elpidifor. - Ho avuto ora il plico con l'annunzio che Sua Eccellenza il Governatore passerà dalla nostra città per recarsi nelle sue terre. La partenza da Mosca è fissata per venerdì, diciannove: e sabato mattina Sua Eccellenza ha intenzione di fermarsi qui a Sizkoje.

— *Le comte, le comte* da noi? - chiese la principessa, dissimulando il suo piacere sotto un sorriso indifferente.

— *Oui, oui,* Eccellenza! - s'affrettò a rispondere l'*ispravnik*.

— Che importanza si dà il nostro epicureo! - borbottò Svisciow a Dukonin.

— Lasciate fare: è il mio dovere! - ribattè severamente Akùlin.

— Io conosco il conte, - disse forte Olga Elpidifòrovna, seduta fra i suoi due adoratori Ranzov e Maus, ch'ella andava aizzando l'un contro l'altro. - Gli fui presentata al ballo del Casino dei Nobili dalla generalessa Diàblova; è un buon vecchio; è ridicolo anche, con una testa pelata come un popone. Mi strinse la mano e mi invitò ad andare spesso a Mosca...

Così vantandosi, la signorina dimenticava di aggiungere che il conte l'aveva pregata di avvertire suo padre perchè non giuocasse più alle carte.

— Io dovrei sparire per questo tempo, - disse ridendo Cigevski, ch'era impiegato presso il Governatore. - Gli ho strappato a stento una licenza di ventotto giorni per visitare i parenti: e se mi trova qui a recitare, guai!

— *Ne craignez pas,* - disse maestosamente la principessa. - *Je lui dirai: il ne vous fera rien.*

Il principe Lariòn leggeva intanto la lettera del conte, scritta a grossi caratteri come quelli dei bambini principianti o dei bottegai: il tenore di quel foglio lo interessava visibilmente, e corrugando le sopracciglia, andava meditandola riga per riga...

— Scusatemi, - disse poi alle sue vicine, piegando la lettera. - Mi sono distratto un po' troppo, - e la sua voce era allegra. - Ecco una buona occasione per accomodar l'affare di Sergio, - mormorò sottovoce a Sofia Ivànovna. - Il corriere è ancora qui? - domandò all'*ispravnik*.

— È qui, Eccellenza.

— Può aspettare un momento?

— Quanto vi piace.

— Dopo pranzo scriverò la risposta: e prego ordinare di recapitarla subito alla posta per mezzo del corriere.

— Se permettete, Eccellenza, porterò io stesso la lettera in città, e di là si potrà spedirla con una staffetta a Mosca, - disse Akùlin.

— Va benissimo.

— E che cosa avverrà di Polonio? - risonò la voce inquieta del fanatico, rimasto fino allora in silenzio a masticar robustamente con l'appetito d'un eroe omerico.

— Tornerò, tornerò domani a mezzogiorno, - rispose Akùlin, ridendo. - Per oggi vogliate scusarmi: il servizio prima di tutto.

— Le strade non saranno in ordine? - chiese il principe scherzando.

— Quanto a questo, chiedo scusa a Vostra Eccellenza, - ribattè animato l'*ispravnik*, - ma in tutta la provincia non si troverebbero strade meglio tenute delle mie. Devo visitar la zattera e disporre il servizio perchè Sua Eccellenza il Governatore non abbia ritardi nel traversare il fiume.

Il principe Lariòn sorrise con l'aria mezzo annoiata, mezzo sprezzante dell'uomo che da tempo conosceva la commedia di quelle ispezioni dei Governatori, fatte su strade accomodate al momento, precedute dall'*ispravnik* che volava innanzi su una *tiojka* per raccoglier gente e costringerla ad aiutare e a render facili i traghetti.

XIX.

L'amore comanda a tutte le età.

Puskin.

Dopo pranzo, il principe si ritirò nel suo appartamento, ordinando
di portargli il caffè, il che indicava che non sarebbe tornato presto
nella conversazione.

Egli voleva raccogliersi a meditare prima di rispondere alla lettera del conte, con la quale gli si diceva che a Pietroburgo si aveva
intenzione di fargli una proposta per ridargli una carica; proposta
della quale il conte avrebbe dato i particolari a voce, perchè egli era
specialmente incaricato di studiare e di sapere se il principe non avrebbe
opposto un rifiuto.

Già da due anni il principe, per un dovere di coscienza, aveva
rinunciato a tutte le soddisfazioni del potere, e con la tristezza nel-
l'animo aveva fermamente chiuso il periodo della sua carriera. Ricordava ancora la triste e fredda giornata d'ottobre in cui aveva lasciato
Pietroburgo per recarsi in Italia; un lungo viaggio fino a Tauròghena
sempre con un cielo plumbeo, le notti insonni passate in una stretta
carrozza, il rimpianto delle perdute ambizioni. Aveva traversata tutta
la Germania, allora in preda alle guerre civili dall'Oder fino al Mein
e al Danubio.

Tristi tempi eran quelli; ma era giunto finalmente a Nizza, al-
l'*Hôtel Victoria,* dove si trovava la famiglia di suo fratello, morto
da poco.

Vittorio, ch'era stato corriere del principe Mikail, venne a incon-
trarlo presso lo scalone... La porta si aprì; egli entrò...

— Lariòn! - esclamò la principessa Aglae.

E dietro lei, una svelta fanciulla in abito nero, gli cadde fra le
braccia singhiozzando... Com'eran vivi quei ricordi!

Da sei anni non aveva visto la principessina, e quanto era diversa
dalla fanciulletta d'una volta la snella giovinetta, pallida, soave, con
una fiamma di pensiero nei grandi occhi glauchi!

La cara memoria del principe Mikail, che tutti e due adoravano,
li riunì in un solo sentimento; e ogni giorno la principessina e suo zio
parlavano del defunto. In breve, il principe Lariòn si sentì tutto preso
dal calore di quella giovane vita; al braccio della nipote, egli passeggiava per lunghe ore presso la spiaggia, lontano dalla *Promenade
des Anglais;* o seduti ambedue sulle rocce si perdevano a contemplar
le vele piccolette e mobili sulle onde del Mediterraneo. La sera leggevano insieme Uhland, e la mattina prendevan lezione d'italiano da
un piccolo vecchio maestro...

Questo il quadro che si presentava alla mente dell'uomo invecchiato nelle cure e nelle amarezze del potere...

Il tempo volò rapidamente; il lutto finì, e la principessa Aglae
cominciò a parlare dei *devoirs de société* e della necessità di rientrare
in Russia.

L'imminente ritorno in patria fu un colpo mortale pel principe
Lariòn, il quale s'era illuso che quel dolce idillio non dovesse aver
più termine, ed ora comprendeva che separarsi dalla fanciulla sarebbe
stato come perder tutto in lei.

— Noi dovremo fra poco dividerci, - egli disse a Lina. - Tua madre desidera tornare in Russia. Io non ho nulla da fare lassù, e parto per Roma.

— Zio, che potremo fare senza di voi? - essa esclamò spaventata.

Egli capì ch'ella soffriva al pensiero di restar sola con la madre, così diversa da lei: trovò in questo un pretesto sufficiente alla sua coscienza, e rinunziò a partire. Adoperò tutta la sua diplomazia per far comprendere alla principessa che un ritorno in Russia era imprudente in quella stagione, e che i figli avrebbero fatto meglio a prolungare il loro soggiorno in Italia; in tal modo riuscì a condurre la principessa coi figli a Roma, dove si trattennero un anno.

Quanta gioia, nel vedere con Lina le bellezze e le ricchezze ammassate in San Pietro e nel Vaticano! A Roma la principessa potè far molte conoscenze: si strinse d'amicizia con una contessa Anissiev, la quale viveva a Roma per rifrancare la malferma salute.

Ma anche questo periodo finì, ed egli dovette acconsentire a tornare in Russia. Si stabilirono a Mosca e ripresero la vita mondana. La principessina fu condotta al primo ballo... Come descrivere il sentimento del principe, quando vide un ufficiale cinger con un braccio il busto della fanciulla e trasportarla nel turbine d'un valzer? Nei molteplici amori della sua vita, egli non aveva mai provato nulla di più tragico, di più profondo e di più triste che quella passione irragionevole e quasi colpevole per la nipote.

Egli temeva ch'ella se ne avvedesse: e gli pareva ch'ella fosse divenuta infatti più riservata, più schiva, e che non avesse più per lui l'innocente abbandono dei primi tempi...

Ed ecco che ora gli si presentava un'occasione; il ritorno al potere l'avrebbe forse salvato...

Che cosa doveva dunque rispondere al conte?

Sedette innanzi alla scrivania, di fronte al ritratto di Lina, e appoggiata la testa alla mano, si perdette in tristi pensieri...

XX.

La società, dopo pranzo, passò a prendere il caffè sul terrazzo. Secondo la moda inglese, la principessa faceva servire il caffè non fatto, che si preparava innanzi a tutti e si versava nelle stupende chicchere di Sèvres. Ma per pigrizia, ella cedeva l'onore della vigilanza *à cette bonne* Nadjesda Feodorovna.

Questa era tutta animata e felice, perchè Ascianin, seduto durante il pranzo al suo fianco, le aveva rivolto delle parole dolci e s'era divertito a beffare Olga Elpidiforovna e i suoi due adoratori. Egli ne rideva così sinceramente, che la povera zitella n'era stata tutta consolata, pensando che una così stupida fanciulla non poteva piacere seriamente a un uomo colto e acuto come il « suo » Vladimir.

Ascianin voleva invece addormentare la gelosia di Nadjesda Feodorovna, mentre l'impossibilità di far la corte a Olga Elpidiforovna, gli scherzi e le risate di lei coi suoi vicini lo irritavano sordamente e crescevano in lui l'interesse ch'egli già sentiva per la signorina.

Seduto presso la tavola ove Nadjesda Feodorovna preparava il caffè, Ascianin continuò sullo stesso tema.

— Io vorrei sapere, - diceva, - quale corona preferisca la signorina per il monumento che dovranno erigerle i suoi tardi nipoti: la corona d'alloro o la corona di olivo?

— Ella non capirà ciò che volete dire, - osservò con indulgenza Nadjesda Feodorovna.

— Ed io glielo spiegherò: Ránzov, come militare, ha diritto alla corona d'alloro; Maus, come uomo di legge, ha diritto alla corona d'olivo. E poi le chiederò: « Signorina, che cosa preferite? L'olio di lauro o l'olio d'oliva? »

— Andate, andate a dirglielo! - esclamò ingenuamente ridendo la zitella.

Ascianin non attendeva di meglio. Si alzò lentamente, cercò degli occhi Olga Elpidiförovna che, appoggiata al parapetto della terrazza, chiacchierava con la signorina Eulampe, e si avvicinò a lei.

— Vi prego di ridere subito forte, - egli disse.

— Che cosa è questo? - chiese Olga.

— Ridete: dal vostro riso dipende la mia felicità e anche la mia vita.

Olga ed Eulampe scoppiarono dalle risa.

Ascianin gettò uno sguardo verso Nadjesda Feodorovna, e vide ch'ella pure rideva tranquillamente.

— La mia vita è salva! - egli disse. - Ora, alla felicità. Quale dei due? - chiese, e accennò col capo a un gruppo di giovani, fra i quali erano Ránzov, l'alloro, e Maus, l'olivo.

Olga capì subito.

— Eulampe, cara, - si rivolse alla signorina, - sento un po' di freddo; vuoi farmi il favore di andare a prendermi il mantello in sala da pranzo? Perchè mi chiedete questo? - chiese poi ad Ascianin, non appena l'amica fu lontana.

— Per uccidere quello che...

— Quali sciocchezze! - ella esclamò ridendo. - Vi ho già spiegato che, poichè voi non avete intenzione di sposarmi...

— Non oso. Ho paura! - egli rispose.

— E non ve n'è bisogno, - ribattè ella irritata.

— Certo!

— Come?

— Anch'io dico: non c'è bisogno, - sottolineò Ascianin.

Ella rise di nuovo.

— Siete diventato pazzo?

— Avete detto giusto!

— Sapete? - ella riprese dopo un istante. - Non ho mai incontrato un uomo come voi.

— Anch'io non ho mai incontrata una fanciulla come voi, - sospirò Ascianin, che infatti non poteva guardarla con indifferenza.

— Che cosa volete da me? - domandò Olga, mordendosi le labbra purpuree.

— Questo, ve lo lascio indovinare!

Ella accennò con gli occhi Nadjesda Feodorovna.

— E laggiù, - disse, - come va?

— Là, la schiavitù; qui, il paradiso di Maometto, - egli rispose pronto.

— Quale schiavitù?

— Tutto ciò che avviene in casa, Nadjesda Feodorovna lo racconta alla principessa, - egli inventò sfrontatamente. - Per ciò sono gentile con lei, e vi consiglio d'imitarmi.

— Voi mentite sempre, io vedo! - disse Olga ridendo.

— Fuor che quando vi parlo dei miei sentimenti per voi. Eulampe accorreva col mantello.

— Ora basta, - disse Olga.

— Quando mi direte: ancora? - egli mormorò, fissandola con uno sguardo penetrante.

E si diresse verso Nadjesda Feodorovna.

— Ebbene, gliel'avete detto? - chiese questa, mentre gli offriva una tazza di caffè.

— Ho detto.

— E che cosa vi ha risposto?

— Ha risposto: « Questo, non l'avete inventato voi, ma quella rabbiosa Nadjesda! »

— Quanto è stupida! - esclamò Nadjesda Feodorovna, alzando le spalle.

— Anch'io me ne sono accorto! - confermò Ascianin, rimescolando tranquillamente il caffè col cucchiaino.

Solo quando Ascianin fu lontano, Olga Elpidiforovna riuscì a capire il senso delle sue ultime parole; e ad Eulampe, che domandava avidamente che cosa egli le avesse detto, la fanciulla rispose:

— È un insolente!

— Tutti gli uomini sono insolenti! - osservò l'amica.

E le due fanciulle si misero a ridere.

Nel mezzo del salotto che con le tre grandi finestre guardava il terrazzo, era stata preparata la tavola da giuoco. La principessa, la quale dal suo ritorno in Russia s'era appassionata alla *préférence*, invitò Sofia Ivànovna a giuocare con lei; e la zia di Gundurov accettò perchè vicino le si pose la principessina, che l'aveva interamente conquistata.

Indi a poco la principessina si alzò e Sofia Ivànovna vide nel vano della porta la malinconica figura di Gundurov.

— Mio Dio, come andrà a finire, tutto questo? - ella pensava con inquietudine.

La principessina uscì sul terrazzo, dove i giovani si erano disposti in circolo attorno a Cigevski, che raccontava degli aneddoti fra le allegre risate delle signorine. In un angolo, Fakirski e Dukonin discutevano calorosamente di arte e di George Sand. L'*ispravnik* borbottava sotto voce con Svisciow: i due giuocatori erano senza un soldo, e si chiedevano se dovessero tornare per la rivincita da Volgenski, conosciuto come baro.

Gundurov sedette lungi dagli altri, e con occhi distratti fissava il fiume sul quale cadeva un raggio di sole. Egli era irritato e non poteva ancor vincere l'impressione lasciatagli dalle parole di Ascianin; il suo amor proprio era stato tocco sul vivo.

— Che ragione, - egli pensava, - ho dato al principe di trattarmi a questo modo? È dunque proibito anche di guardar la signorina? Ho fatto male a tornar qui: non mi resta che accusare un'indisposizione, abbandonar tutto e ritornarmene a Sàscino.

Lina gli si avvicinò.

— Sergio Mikailovic! - disse.

Egli trasalì, e si levò da sedere.

La fanciulla sedette e lo guardò con sollecitudine.

— Non vi sentite bene?

— Io? No: sto bene, benissimo.

— Che cosa avete, Sergio Mikailovic? Ditemi! - ella insistette, fissandogli gli occhi in viso. - Alla prova eravate così di buon umore! Poi ve ne siete andato con lo zio. È vero?

— Sì, sì.

— Siete stato da lui, nel suo studio?

— Sì, nel suo studio.

— E che cosa avete fatto?

— Abbiamo discusso le modificazioni da recare alla tragedia.

— Lo so: e null'altro?...

— Poi abbiamo parlato! - disse con uno sforzo Gundurov, che sentì tutto il sangue affluirgli alla testa.

— E siete diventato così triste dopo quella conversazione? - domandò la fanciulla, esitando.

Egli non trovò la risposta.

— È molto buono, lo zio Lariòn, - continuò Lina. - Solo, qualche volta le sue parole possono sembrare...

— No, al contrario. Io gli son molto grato pei suoi consigli, - interruppe Gundurov con un sorriso ironico.

— Quali consigli? - ella domandò vivamente.

— Egli mi ha promesso di farmi avere il passaporto per l'estero, l'anno prossimo; e intanto mi ha consigliato a fare un viaggio in Russia.

— In Russia? - ripetè Lina. - E fra poco?

— Sì: mi ha detto di partire subito.

— E voi partirete? - ella chiese sotto voce.

— Sì, - rispose Gundurov forte, evitando lo sguardo della fanciulla. - Partirò!

— E il nostro Amleto? - ella chiese.

— Dopo... - ma Gundurov non finì.

Lina abbassò la testa; poi la levò con un dolce sorriso.

— Almeno, - disse, - recitiamo prima l'Amleto.

— Sarà un momento, questo!

— Tutto nella vita è un momento, - osservò la fanciulla con voce strana. - La vita stessa è un momento.

— Allora, non val la pena di vivere, - rispose Gundurov.

— Si deve vivere, bisogna soffrire, - obiettò Lina.

— E anche lottare, - egli concluse.

— Sì, e lottare, - ripetè la fanciulla, affermando con la testolina leggiadra. E mutata voce, seguitò: - Dev'esser molto interessante un viaggio in Russia. Come sarei felice se io potessi...

— Sì, - borbottò Gundurov fra i denti. - Per l'etnografia è molto interessante.

Ella non capì il sarcasmo delle sue parole.

— Mi pare che chi ama la patria... - disse.

— Appunto: amar la patria è, negli altri paesi, un titolo d'onore: da noi è un martirio, principessina!

La fanciulla lo guardò stupita.

— Dovunque voi andiate, - egli seguitò, - da un mare all'altro, dal Niemen all'Ural, troverete sempre lo stesso spettacolo, la stessa vergogna: la schiavitù!

— Quante volte, - esclamò la fanciulla, - ho pensato questo! E quando io interrogavo lo zio, egli mi rispondeva che non tutto si può fare in una volta, e che le cose cambieranno a poco a poco... Io pure lo credo, sapete? Io credo che non sempre sarà così, e che ci aspettano giorni migliori.

— Potesse avverarsi ciò che voi dite! - rispose con un sorriso Gundurov. - Ma vedete: anch'io aveva il mio modesto cómpito e speravo d'essere utile a qualche cosa: invece tutto mi fu guastato, e per ingannare il tempo devo contentarmi di recitare l'*Amleto*.

— Povero *Amleto!* - disse la principessina con un sorriso.

E mutato discorso, parlò della parte d'Ofelia, che le piaceva tanto.

— Non v'è un carattere più poetico in tutta l'opera dello Shakespeare, - ella osservò. - Ma m'inganno: v'è Cordelia.

— E Giulietta? - chiese Gundurov.

— No, no! Quei due sono pazzi! - protestò Lina ridendo e scuotendo il capo. - Potete voi imaginarli vecchi? Forse per ciò lo Shakespeare li fece morir così presto!

— E perchè? Anche i vecchi possono sentire una passione!

Lina restò pensierosa.

— Avete ragione, - disse poi. - Solo, io preferisco Ofelia. Che poeta, lo Shakespeare! Come la fa morire tristemente, - ella aggiunse, volgendo lo sguardo verso Fakirski e Dukonin, che continuavano la loro discussione.

Ma da quell'angolo, anche Fakirski, pur discutendo, non perdeva un gesto della signorina e la guardava ostinatamente.

— Avete letto il suo ultimo romanzo? - egli chiedeva a Dukonin.

— Quale?

— *Le compagnon du tour de France!*

— Non l'ho letto: è proibito, da noi.

— Già: proibiscono tutte le cose buone! Ma io l'ho.

— Qua?

— Sì: desiderate leggerlo?

— Se potete prestarmelo.

— Con piacere: è un lavoro importante, - disse Fakirski. - E oltre i soliti meriti di quel grande ingegno, del quale si occupò Belinski...

— Hum! - borbottò Dukonin.

— Come, voi non ammirate Belinski? - esclamò lo studente.

— Se lo ammiro? - ripetè l'altro. - Sì, non c'è male: aveva molta passione, ma ripeteva le idee degli altri: Stankievic, uno; Botkin, due; Herzen, tre! Ricordate fino a qual punto arrivò, a Pietroburgo...

— È un maestro, - insistette Fakirski. - Non abbiamo che lui e Granovski, al quale però han già chiuso la bocca. Dunque, tornando al romanzo, vi dico che è un lavoro straordinario, il quale mostra quanto la Francia sia innanzi nelle idee sociali...

L'*ispravnik* Akùlin s'avvicinò intanto alla figlia.

— Andate a prenderli! - questa gli disse.

— Come? - ripetè l'*ispravnik,* che non aveva subito capito.

— Andate dal capitano, - disse la signorina.

— Ah, me li dà! - egli esclamò, felice.

— Non oserebbe negarli! - osservò, alzando le spalle, Olga.

— O mia saggia fanciulla! Vado!

— Andate, vi dico.

Egli si affrettò con le sue gambe corte, mentre la fanciulla si disponeva a seguirlo.

— Olga Elpidifòrovna! - la chiamò Svisciow.

— Che cosa volete? - ella chiese freddamente, perchè quel giovanotto le era antipatico.

— Vedete il dolce spettacolo? - egli susurrò, accennando con lo
sguardo la principessina e Gundurov.

— Quale spettacolo?

— Tubano! - sogghignò Svisciow.

— E che cosa v'importa?

— A me, nulla: anzi, è molto istruttivo: ecco i frutti della educazione fatta all'estero!

— Voi avete la lingua troppo lunga, - osservò Olga Elpidiforovna. -
Lina è mia amica, e non vi permetto queste malignità. Se no, racconterò tutto alla principessa, e vi metteranno alla porta. Allora potrete
andare a giuocare da Volgenski!

Gli volse le spalle e s'allontanò.

— Il diavolo vi porti tutte quante! - borbottò Svisciow. - Se potessi
trovar qualcuno per fare la partita!...

Olga, passando, osservò Gundurov e Lina, dimentichi di tutto il
mondo, e immersi in un animato colloquio.

— Ecco, - pensò la fanciulla sorridendo, - un'arma per tormentarti,
vecchio antipatico!

XXI.

Allora appunto, risonò la voce del principe, fermo sul limitare del
salotto :

— Signor Akùlin, Elpidifor Pavlovic!

— Son qua! - rispose l'*ispravnik*, nascondendo frettolosamente in
tasca i denari appena ricevuti dal capitano.

Il principe gli affidò la lettera pel conte, e l'*ispravnik*, salutata
la principessa, uscì dal salotto.

Svisciow lo rincorse.

— Ascoltate, mio caro, - gli disse, alludendo alla casa di Volgenski, dove si giuocava giorno e notte, - non si potrebbe fare una fermata per istrada?

— Che, che! Io non vi prendo meco. Il conte, Polonio... Ho mille
cose da fare. Rimanete qui, e ci rivedremo domani alle piove.

Egli scese in fretta le scale.

— Guarda! - pensò Svisciow. - Si è messo in testa d'essere un
artista! E non si può negare che abbia del talento, il diavolo se lo
porti!

Per la partenza di Akùlin, fu rimessa all'indomani la piova del-
l'*Amleto*. All'infuori di Valkovski, divenuto furioso pel contrattempo
e rintanatosi subito nel teatro a prendere il tè col direttore di scena,
nessuno dei giovani fu malcontento.

— Andiamo a fare un giro in carrozza? - propose Lina, interrom-
pendo la sua conversazione e lasciando Gundurov.

— Andiamo, andiamo! - gridarono tutti.

— Pioverà subito, - osservò qualcuno.

— Ma che? Da dove? - ribatterono le signorine.

— Da dove vien sempre l'acqua, dall'alto! - scherzò Scigariew,
imitando il rumore d'un acquazzone.

E infatti, di lì a poco, grossi goccioloni d'acqua cominciarono a cadei rumorosamente.

— Ahi, ahi, ahi! - gridarono tutti, ridendo e rifugiandosi dal terrazzo nel salotto.

— Il mio amministratore sarà *très content*, - disse la principessa ai suoi compagni di giuoco. - Egli afferma che la pioggia *c'est excellent pour le* grano!

— *Et pour l'ispravnik!* - osservò il « brigante », ch'era di buon umore e vinceva.

— Voi siete sempre così cattivo, così cattivo! - rispose mellifluamente la principessa minacciandolo col grosso indice.

Egli la guardò con tenerezza.

— Sono ben contento di sequestrarvi, - disse gaiamente il principe, avvicinandosi a Olga. - Voi avete sull'usignuolo la prerogativa di poter cantare anche quando piove. Son già tre giorni che non vi ascoltiamo!

— *Ah, oui, Olga, faites-nous de la musique!* - le gridò la principessa.

— Volontieri, - e voltatasi al principe, Olga gli domandò maliziosamente: - E devo cantar sempre la stessa cosa?

— Sicuro! - egli rispose ridendo.

— « Mi ricordo il divino momento? »

— Ecco!

— Piace molto a Vostra Eccellenza?

— Moltissimo.

— Ma che cosa preferite? La musica o le parole?

— E l'uno e l'altro. Trovo che il pensiero del poeta è perfettamente integrato dalla musica e che la musica non potrebbe ispirarsi se non a quel pensiero.

— E voi stesso...?

— Che cosa, io stesso?

— Non ricordate qualche « divino momento »?

Il principe rise di nuovo.

— Ma senza dubbio, - rispose. - Il momento in cui avete cantato per la prima volta!

— No, no. principe! - ribattè la fanciulla, scuotendo la testa. - Non è facile ingannarmi. So che ricordate qualche divino momento, ma so pure che quel « genio di divina bellezza » di cui parla la romanza non sono io, ma qualche altra!

Ella alzò gli occhi e trasalì.

Il principe era impallidito, e le labbra gli tremavano convulsamente.

— Di chi parlate voi? - ebbe appena la forza di chiedere.

Ma la signorina non si perdette d'animo.

— Dire?... - cominciò, guardandolo arditamente in faccia.

— Dite pure, - egli mormorò.

— È ben lontano, questo ricordo: bisognerebbe correre fino a Peterhof!

— A Peterhof! - egli ripetè, fissandola. - Ah, ricordo! - Ed egli trasse un respiro di sollievo, come uomo che abbia schivato un pericolo mortale.

— Ho indovinato? - domandò la signorina.

— Ma che cosa potete saper voi di tutto questo? - osservò il principe corrugando le sopracciglia.

— So tante cose! - essa rispose, con una allegra risata.

— Questo, lo vedo! - notò sarcasticamente il principe. - E pur troppo, non posso farvene i miei complimenti!

Ciò detto la salutò e si ritirasse.

— *Eh bien, Olga?* - risonò la voce della principessa.

La signorina corse al piano, ove stava la sua musica.

— E Nadjesda Feodorovna, dov'è? - chiese. - Io non posso accompagnarmi da sola.

— Se permettete, - propose, accorrendo, Cigevski. - Io forse potrò...

Egli sedette al piano, ed ella cominciò a cantare:

Mi ricordo il divino momento...

La fanciulla cantava deliziosamente e, come diceva Ascianin, « avrebbe potuto resuscitare un morto ». La sua voce tremava un poco, ancora per l'inquietudine provata nel colloquio col principe, ma non era mai risonata con tanta dolcezza nell'animo degli ascoltatori. Cantava a modo suo, come sovente cantano le fanciulle russe, con una passione languida e nello stesso tempo col fuoco capriccioso degli zingari.

Tutti tacevano: a Cigevski tremavano le mani, e Ascianin, che un giorno s'era sposato per una romanza, sentiva d'aver la febbre. Appena il canto finì, egli fu il primo ad accorrere.

— Fate ciò che volete di me! - egli balbettò, senza saper bene ciò che dicesse.

Mai non aveva sentito così forti l'ammirazione e il desiderio.

La signorina fu circondata.

— *Charmant, charmant!* - risonava la voce della principessa in tono di fagotto fra un coro di flauti, formato dalle voci delle signorine.

— Viardot, numero due! - ripeteva Maus, il quale diceva questo ogni volta che udiva cantar la signorina.

— Chi è Viardot? Non l'ho mai inteso nominare! - dichiarò il coraggioso capitano Rànzov. - Soltanto affermo, ch'egli non può cantar bene come la signorina.

— *Egli!* Dite *ella!* - corresse sprezzantemente Maus.

— Egli o ella, per me è lo stesso! - osservò il capitano.

E lanciò a Maus un'occhiata, come per dirgli che non lo temeva. L'oliva, com'era naturale, si piegò innanzi al lauro. Maus strinse le spalle e si allontanò.

— Suvvia, capitano, - disse la signorina a Rànzov, - vi prego di non infuriarvi. Avete imparato nelle caserme a esprimervi in questo modo?

— Non son mai vissuto nella caserma, - rispose il capitano confuso. - Soltanto, vi prego di credere che nessuno al mondo può cantare come voi!

La signorina non l'ascoltava più e cercava con gli occhi il principe, che, discosto da tutti, stava seduto sopra un divano e giocherellava distrattamente col fiocco d'un cuscino. L'inquietudine invase Olga di nuovo: si guardò intorno e vide Ascianin in un angolo, che la fissava attentamente.

Essa gli si appressò, dicendo:

— Ho bisogno di dirvi una parola!

— Come, non canterete più? - esclamò Maus.

— Dopo, dopo: ora bisogna pregare Lina.

La principessina, seduta a fianco di Sofia Ivànovna, guardava il giuoco.

— Lina, mia cara, - disse Olga accorrendo verso di lei. - Ora tocca a voi : tutti ve ne pregano.

— Oui, ma chère, chantez-nous quelque chose! - ordinò la principessa.

Cigevski offerse d'accompagnarla.

Lina cominciò a cantare l'allora famosa romanza del Gordigiani ·

O Santissima Vergine Maria...

una semplice, dolce melodia, mormorata quasi fra le lagrime da una povera contadina, che prega la Madonna per la salute del suo Gennaro.

Pareva che dall'alto giungesse la voce delicata e cristallina della fanciulla, che non eccitava entusiasmi e non strappava rumorosi applausi; ma il principe Larión, appoggiato allo schienale del divano, respirava appena, le lagrime velavano gli occhi di Sofia Ivànovna, e Gundurov si mordeva rabbiosamente le labbra.

— Sì, - pensava Gundurov, - la preghiera, ciò che è puro e non terrestre, ecco quello che sente questa divina creatura : non ho mai trovato una fanciulla così alta di sentimenti, così lungi dalle bassezze umane!

Lina, finita la romanza e ringraziato Cigevski, si allontanò dal piano.

— Principessina, non cantate più? - le chiese Gundurov sorridendo.

— Oh no, vi prego!

— Non vi piace cantare?

— Davanti agli altri, no.

— E perchè, poi? - domandò Gundurov. Ma cambiando tono, aggiunse tosto : - Sapete, principessina, che cosa pensavo mentre cantavate?

— Che io canto male! - ella rispose sorridendo.

— No : vi è ben noto che io non posso pensare questo. Ma pensavo invece alla nostra conversazione di prima, e sentivo che nella vita vi attrae soltanto ciò che è triste, e ne sfuggite a bella posta tutte le gioie.

— Io, sfuggire? - ella ripetè, sedendo in una pòltrona accanto al giovane. - No, non sono una santa. Ma dove sono queste gioie? - seguitò, pensierosa.

— A diciott'anni, e voi me lo chiedete? È vero che voi non capite Giulietta! - rispose Gundurov sorridendo.

— Non la capisco? - e alzò gli occhi serî su di lui. - Non ho mai detto questo!

Il piano risonò di nuovo, e Olga cantò una romanza di Glinka, piena di passione veemente, che faceva dimenticare il cielo e le altitudini mistiche.

— Ecco, cotesto amore io non lo capisco, è vero! - disse la principessina arrossendo e tornando al giuoco, presso la zia di Gundurov.

— Tu hai cantato molto bene, Hélène. - le disse il principe, avvicinandosi a Lina.

— Merci, oncle! - rispose la fanciulla scherzosamente.

— No, davvero. E cantavi con un'espressione che io non immaginava in te.

— Quale espressione?

— Pareva che tu davvero pregassi per la guarigione di qualcuno! - disse il principe, sforzandosi a un sorriso.

— Fortunatamente, io non ho ammalati, - essa rispose seccamente.

— *Elle aurait bien dû prier le bon Dieu de vous guérir de votre an-tipathie pour Pétersbourg,* - disse inaspettatamente la principessa.

Il principe Larión si morse la lingua per non risponderle male. Intanto Olga, terminato il canto, dichiarò che per quel giorno ne aveva abbastanza.

— Vladimir Petrovic, venite! - disse, chiamando Ascianin con un gesto.

Gli occhi di Maus e di Rànzov scintillarono: essi si guardavano quasi con tenerezza, per allearsi contro quel nuovo e pericoloso rivale.

Olga e Ascianin sedettero presso il piano, dove Cigevski ripassava la romanza, chiedendosi pensieroso quale delle due signorine gli piacesse di più, se la principessina o la bella Olga.

— Sentite, - disse frettolosamente Olga Elpidifòrovna. - Voi capite le cose, e potete darmi subito un consiglio. Ho questionato col mio vecchio.

Ascianin, muto, la guardava avidamente.

— Non guardatemi così: io vi parlo di cose serie!

— Non posso, - mormorò il giovane.

— Dopo, dopo! - rispose la signorina, non potendo trattenersi dal ridere. - Ditemi: che cosa devo fare? Mi sembra ch'egli sia offeso.

Ed essa gli raccontò la sua conversazione col principe.

— Si arrabbierà per un po', ma gli passerà presto, - disse Ascianin. Quale ira può resistere alla luce dei vostri occhi?

— No: egli non pensa più a me. Oramai ne sono sicura.

— Se è così, avete ancor meno ragione d'inquietarvi, - osservò il giovanotto.

— Non penso a me: che me ne importa? - ella rispose irritata. - Ma egli può nuocere a mio padre.

— Suvvia, egli è troppo educato per commettere di queste piccinerie!

— Sì? Credete? Anch'io lo credo incapace di bassezze. Mio Dio! - esclamò poi con un sospiro, - come tutto questo è umiliante!

Ascianin la guardò stupito.

— Sì, - ella continuò. - Essere figlia d'un *ispravnik,* obbedire a tutti, complimentar tutti! È orribile. Io ero nata per tutt'altro. Ah, se potessi essere nobile! Guardate Lina : è principessa, ha cinquecentomila rubli di dote, ed è sempre annoiata. Se ne avessi soltanto la metà, io!... Saprei che cosa farne!...

— E io so, - la interruppe con veemenza Ascianin, - che voi mi fate impazzire!

— Andiamo, via. Voi siete innamorato di me, e lo credo. Ma poco fa, sulla terrazza, mi dicevate...

— Dicevo delle sciocchezze, - protestò Ascianin. - Non vi conoscevo, non vi avevo udito cantare. Ma ora, dite una parola e domani ci sposiamo.

— No! - ella disse con un sorriso di soddisfazione. - Non siete un marito per me. No, - ripetè, avvolgendo il giovane in un lungo sguardo, - io vi amerei troppo, e voi mi tormentereste. Il vostro amore ha la durata d'un'ora.

— Ma un'ora può essere tutto un paradiso! - esclamò Ascianin.

Ella sospirò sorridendo:

— No, non sono una moglie adatta per voi. Voi non siete ricco!

Egli l'afferrò per una mano.

— È impossibile, - disse. - Tutto non può finir così fra noi!
Olga ritirasse dolcemente la mano.

— Non vi dico che tutto sia finito. Ma ne riparleremo dopo, dopo!
Badate che essa può vederci!

E Olga accennò a Nadjesda Feodorovna, comparsa allora in salotto, recando le lettere e i giornali dalla città...

Nella stessa sera, Sofia Ivànovna partì da Sizkoje. Era tutta agitata, non sapendo ella stessa ciò che le avrebbe fatto piacere. Capiva che Gundurov era affascinato dalla principessina, ma non aveva forza di allontanarnelo.

Pregò Ascianin di vigilare il suo amico, e in caso di necessità, di avvisarla subito a Sàscino.

XXII.

Die Engel, die nennen es Himmelsfreud,
Die Teufel, die nennen es Höllenleid,
Die Menschen, die nennen es Liebe!

HEINE.

Per il principe Lariòn cominciarono i giorni tormentosi, sentendo che Lina stava per allontanarsi a poco a poco da lui, e che tra la fanciulla e il giovane ch'egli voleva abilmente togliere di mezzo correva già una viva simpatia di anime.

Lina s'era fatta più fredda e più indifferente che mai: ella guardava anche Gundurov con occhi tranquilli, non diversamente da come guardava Olga, Ascianin o gli altri.

Ma il principe s'accorgeva ch'egli era schivato da Lina, la quale evitava anche di ascoltare i suoi discorsi: i bei tempi in cui la nipote gli confidava tutto il suo pensiero, erano irrimediabilmente finiti. Aveva notato che ogni qual volta Gundurov leggeva durante le prove i suoi monologhi, gli occhi di Lina si abbassavano perchè il principe non potesse scrutarne l'espressione.

Fremeva quando, nella prima scena con Ofelia, Gundurov diceva a Lina: « Io t'amava una volta! » Ed ella rispondeva: « Io aveva in voi fede, o principe! »

— Non è vero! - avrebbe gridato. - La tua voce dice: « Io ti amo », e la sua risponde: « Io ho fede in te! » Voi cambiate Shakespeare!

Soffriva orribilmente e doveva ingoiare goccia per goccia quel veleno.

— Fra due settimane, lo spettacolo sarà finito, - pensava il principe per consolarsi, - ed egli partirà!

Ma sapeva bene che Lina non l'avrebbe mai più dimenticato e ne avrebbe conservato il ricordo fino alla morte.

Intanto le prove si seguivano, e l'esito dello spettacolo era assicurato.

Tutti contenti delle loro parti, le avevano studiate con amore. Il bravo capitano Rànzov, inorgoglito di far l'ombra, aveva promesso una bella catena d'oro al direttore di scena, per invogliarlo a istruirlo bene. La principessina era un'Ofelia ideale; Gundurov s'impadroniva a poco a poco del carattere di Amleto. Akùlin era magnifico nella veste di Polonio; Cigevski dava a Laerte la passione necessaria, e otteneva applausi quando, nella scena della rivolta, entrava coriendo e gridando vendetta per la morte del padie :

— « I due mondi chiamo a battaglia: e sia di me ciò che deve essere! »

Nadjesda Feodorovna non guastava, ma nella scena col figlio era così fredda da far disperare Gundurov.

— Sta tranquillo, - gli diceva Ascianin. - Il giorno. dello spettacolo le darò tanti dispiaceri, che piangerà come una fontana.

Ziablin era quasi bello nella parte di Claudio: e i suoi languidi sguardi e la sua voce melata rifacevan bene il tipo del giuocatore e del gaudente ipocrita. Valkovski nella giovane spoglia di Rosenkranz era molto ridicolo e faceva sbellicar dalle risa Ascianin.

Le prove stringevano i legami di simpatia fra i giovani, che nel ricco palazzo di Sizkoje si trovavano a loro agio e godevano la più ampia libertà.

La principessa Aglae. imitando le usanze inglesi, lasciava i suoi ospiti liberi per tutto il giorno, ed essi organizzavano delle cavalcate e delle gite alle quali il principe Lariòn non prendeva quasi mai parte. La principessa, pigra e grassoccia, non lasciava il salotto, ove passava la giornata intera con Ziablin, sorbendo il tè. Lina la vedeva la mattina, quando si recava a baciarle la mano, e se ne andava poi subito, perchè la madre non aveva mai nulla da dirle.

— *Elle est trop sérieuse*, - diceva questa sospirando al « brigante». - *Elle n'a pas d'enjouement dans le caractère comme moi.*

Poi arrivava il principino con Mr. Knoks, ma rinviava presto anche quei due, perchè non le era troppo facile parlare inglese.

Non v'era che Olga Elpidifòrovna la quale sapesse divertir la principessa con le sue moine: ella si tratteneva da lei di tanto in tanto, presentandosi con un pretesto qualunque.

L'astuta signorina, perduta la fiducia del principe che si faceva verso di lei sempre più freddo, si studiava di guadagnarsi l'animo della principessina, ma non le riusciva. E per dispetto del vecchio, si sforzava di avvicinar Lina a Gundurov, agevolando loro i mezzi di trovarsi soli e cercando di metterli vicini l'uno all'altra, durante le passeggiate in carrozza.

La principessina sembrava non accorgersi di queste occasioni ed evitava di approfittarne: ma qualche volta gli occhi di Gundurov eran così supplichevoli, che la fanciulla non sapeva resistere, e si rassegnava a prender posto al suo fianco. Per molto tempo rimanevan poi silenziosi, non osando guardarsi. E di che cosa avrebbero potuto discorrere? Per loro cantava tutto intorno la viva e giovane natura, che fioriva, vivificata dalla rugiada, scaldata dal sole primaverile. Per loro cantava l'usignolo, quand'essi facevan ritorno a casa, mentre le prime stelle scintillavano nel cielo profondo.

XXIII.

Un giorno, tornando da una gita in un lungo *char-à-banc* ov'erano altri invitati, Lina e Gundurov sedevano accanto l'un dell'altra.

Dukonin, ispirato dalla bellezza della sera, declamava una ballata del Heine alla sua vicina Nadjesda Feodorovna.

— Com'è bello! - disse Gundurov.

Dukonin continuò:

> Es küsste mich auf deutsch, und sprach auf deutsch:
> (Man glaubt es kaum
> Wie schön es klang) « ich liebe dich »...
> Das war ein Traum!...

— Qui in patria si sta meglio! - mormorò Lina, quasi parlando con sè.

— Meglio, Hélène Mikailovna? - domandò Gundurov, cercando di guardarla in viso. - Meglio?...

Essa non rispose subito al suo sguardo. I suoi occhi contemplavano il povero villaggio che la carrozza attraversava.

— Sì, - essa ripetè, - laggiù in Germania, tutto è così meschino! Il papà diceva sempre che qui, invece, tutto è sterminato!

— Voi avete delle espressioni straordinarie, principessina! - osservò Gundurov.

— So che non parlo ancor bene il russo, perchè non vi sono abituata. Ma con voi non potrei parlare altra lingua.

— Siete un'anima maravigliosa! - esclamò Sergio. - Voi, allevata ed educata all'estero, avete inteso la Russia. È giusto: laggiù i popoli sono soffocati dalla troppo incombente civilizzazione; invece il nostro avvenire è infinito, come bene dicevate; e noi slavi siamo destinati a dir la suprema parola d'amore e di verità, alla quale non è più capace il popolo d'Europa di tendere le forze.

— E intanto, - osservò Dukonin ridendo, - intanto che noi stiamo pensando alla suprema parola, il nostro popolo vive come gli altri non vivevano all'età della pietra!

— La divina verità che doveva salvare il mondo e rinnovarlo, - ribattè Gundurov, - non fu già detta fra gli aurei palazzi di Roma imperiale, non dai savi che credevano alla sua eternità, ma fu proclamata dalla bocca di poveri pescatori d'un lontano paese, disprezzato dai potenti di quel secolo!

Dukonin rimase intontito alla non attesa eloquenza dell'amico.

— Beato chi crede! - egli disse, con un mezzo sorriso.

Lina gli si volse:

— Mi pare, - ella disse, - che tutto consista in questo!

— In che cosa, principessina?

— Nel credere!

Dukonin rise, facendo un gesto di rassegnazione.

— Infatti, - osservò poi, - non ci rimane che credere. Se no, come riscontro alla superba profezia di Gundurov, dovrei rammentare che in quella Europa di cui parla il mio amico la Russia è chiamata *fruit pourri avant d'être mûr!*

— Sì, ho udito io pure, questo, - convenne Lina. - Ma quelli che lo dicono hanno essi pure il loro passato di guerre, di devastazione, di ignoranza e di schiavitù: e nessuno di quei popoli ha disperato dell'avvenire e del progresso.

— Sicuro: perchè essi sentivano in sè i germi di questo avvenire, - obiettò Bukonin.

Ella lo guardò con espressione di rimprovero.

— Forse che questi germi non sono anche in noi? - disse. - Siamo veramente *fruits pourris?* Non ci rimarrebbe allora che rinunziare a noi stessi, e affidarci al primo che volesse guidarci a suo modo!

— Bra\a Hélène Mikailovna! - esclamò Gundurov. - E tu, Dukonin, a chi ci daresti in balia: ai tedeschi, agli svedesi, o ai polacchi? — Alla conclusione, principessina! - disse Dukonin. - Aspetto la vostra conclusione! Lina arrossì, accorgendosi che tutti l'ascoltavano.

— Sempre ciò che \i ho già detto! - ella concluse. - La Russia de\e attendere il suo a\\enire solo da quelli i quali avranno in lei una gran fede!

— Cedo le armi, principessina! - fece Dukonin. - Contro simili argomenti non \'è nulla da obiettare.

Sergio tace\a; ma si face\a forza per non getta\rsi ai piedi della fanciulla; e per molto tempo ancora echeggiò nelle sue orecchie il suono delle sue care parole.

XXI\.

La mattina del 20, dopo la prima colazione, giunse in una *troika* il grosso *ispravnik* Akùlin, che il giorno innanzi era andato ad incontrare il conte.

— \iene, \iene! - gridò con \oce strozzata, saltando pesantemente dalla *troika*. - A\\isate il principe e la principessa! Ecco laggiù la carrozza del Governatore!

Infatti entrava in quell'istante dal cancello la carrozza del conte, tirata da quattro ca\alli. Il principe Larión gli si fece incontro.

Colui che a Mosca e nei dintorni era familiarmente conosciuto come « il conte » era un \ecchio generale di sessanta anni, grasso, senza baffi, completamente cal\o. La testa nuda, con tre o quattro capelli sulla nuca, le guance cascanti, gli occhiolini piccoli, gli da\an l'aspetto d'un \ecchio cinese; ma ciò non pertanto egli a\e\a quell'aria dignitosa e solenne, che distingue\a gli alti funzionari dell'epoca di Alessandro I, a differenza dei funzionari dei tempi nostri.

Il conte, che s'era innalzato da umili origini, già semplice ufficiale di fanteria, a\e\a ottenuto \erso i quarant'anni una carica eminente, e fatto un ricco matrimonio, era stato più tardi insignito del titolo comitale.

Al tempo di Arakcejev, fa\orito di Alessandro I, egli a\e\a a\uto il coraggio di non saluta\r neppure il potente cortigiano; e indi a pochi anni, a\e\a presentato le dimissioni\da ministro per non esse\re stato appro\ato un suo progetto. Ricorda\a sempre con orgoglio la sua po\ertà e i suoi natali oscuri; a colui che a\e\a saputo app[r]ezzarlo e aiutarlo nella carriera, a\e\a eretto un monumento di bronzo nel giardino del suo palazzo, con la dedica: « Al mio benefattore ».

Tale era l'uomo che, dopo diciotto anni di silenzio, era stato chiamato alla carica di Governatore di Mosca; e in questo ufficio a\e\a saputo temperare il suo autoritarismo da pascià con la bonomia d'un Sancio Panza all'isola di Barataria.

Scese dalla carrozza dietro il suo segretario e corse a baciare il principe.

— Buon giorno, son contento di \ederti!

Egli parla\a a frasi bre\i, staccate, senza espressione; ma il suo \olto cinese era illuminato da un raggio di bontà e di piacere.

— Son venuto apposta. Ho bisogno di parlarti. Come ricord bene questi bei luoghi! Nel 1811 son venuto qui, a trovare tuo padre Ero col conte Barclay. Come sta la principessa? - chiese poi, mentr saliva le scale.

— Essa vi aspetta, - rispose il principe. - Ma innanzi tutto, fors desiderate far colazione?

Il conte si fermò, e alzò le mani con le palme rivolte al principe

— Non voglio. Non faccio mai colazione! - disse. - Come sta tu nipote?

— Grazie a Dio!

— Cara fanciulla!

— Cher comte, soyez le bienvenu chez moi! - fece la principessa inoltrando nella prima sala, alle cui pareti pendevano i portraits d'an cêtres. Ma ricordando che il cher comte non capiva nemmeno una pa rola di lingue estere, seguitò in russo, offrendogli da colazione.

Egli rifece il suo gesto con le mani.

— Non voglio. Non faccio mai colazione. Ah, cara fanciulla! Com state?

E il conte, fattosi incontro alla principessina, chiuse ambo le pic cole mani di lei nelle sue grasse e bianche come quelle d'un prete.

— È qua anche la birrichina? - soggiunse riconoscendo Olga Elp diforovna, ch'era entrata dopo Lina. - Quando venite a Mosca? Avet detto a vostro padre ciò di cui vi avevo pregata?

— Ho detto. - borbottò la signorina, avventandogli uno sguard malizioso.

Egli sorrise beatamente, minacciandola col dito:

— Birrichina! Sciàskov! - disse poi, chiamando il suo segretario. Mandatemi l'ispravnik!

Il grosso Elpidifor, che stava tutto tremante in anticamera, entr come una bomba e si piantò avanti al Governatore nella posizion d'attenti.

— Ispravnik, - gli chiese il conte, - tua figlia ti ha fatto la mi commissione?

— Sicuro, Eccellenza! - ebbe appena la forza di rispondere l'i pravnik.

— Ricordati: se continui a giuocare, ti caccio via. E la birrichin verrà a Mosca a cantare: ho udito dire che ha una bella voce!

E minacciò di nuovo la fanciulla col dito, cercando di dare un espressione maliziosa al suo sguardo.

— Monsieur Akulin recita molto bene, - intervenne la principess che l'ispravnik supplicava con gli occhi.

— Attore? Benissimo! La contessa mia moglie ama molto il teatr E che cosa recitate?

— Amleto, Eccellenza, - rispose Elpidifor.

— Non conosco! - disse il conte, facendo il solito gesto con le man

— C'est sérieux, - spiegò Aglae. - Ma poi recitiamo anche un commedia brillante.

— Lievguric Sinickin, Eccellenza, - disse l'ispravnik.

— Ah! - ricordò il conte. - Gioacchini recita ancora?

— Certo, Eccellenza, - rispose Elpidifor.

— Bravo attore: mi fa sempre ridere!

— Volete favorir da me? - propose il principe, che trovava poc gustosa quella conversazione.

— Andiamo a disconere! - annui il Governatore. - Birrichina! Salutò col dito la signorina, e si allontanò, seguito dal principe. Il segretario Sciàskov, un di quegli impiegati di Mosca, che aspirano solo alle decorazioni, fu accompagnato a colazione.

XXV.

Ho spedito la tua lettera, - disse il conte, sedendo in una grande poltrona della biblioteca, e stendendovisi con le mani sui bracciuoli, le piccole gambe allungate, in una posa da dio Visnù.

— E l'approvate? - chiese il principe.

— Sì: hai scritto secondo la tua coscienza.

— Io non accetterei una carica che avesse attinenza con la polizia; non perchè io dubiti dell'utilità della polizia, ma perchè non converrebbe alla mia capacità.

— La polizia è indispensabile, - osservò il conte.

— Certo: ma è un'arma spuntata, nelle loro mani. Guardatevi intorno: ovunque ladri e ingiustizie: ed essi invece perseguitano la scienza e le persone colte.

— Lo so: ma io me ne guardo bene! - protestò Visnù. - Nel mio Consiglio di Stato, - e voleva con ciò nominare il *Club Inglese* di Mosca, - ogni sera gli altri combinano le loro trappole. So che vi sono gli slavofili i quali tutti i giorni si raccolgono a chiacchierare e a partirsi l'Impero. Ma li lascio vivere e chiacchierare. Io non faccio espellere da Mosca che i ladri e i bari.

— Volete un esempio? - seguitò il principe. - C'è qui un giovanotto, il quale studiava da professore: un certo Gundurov..

E brevemente, il principe narrò al conte la storia del giovane.

— Sciocchezze! - disse il conte. - Perchè è andato a Pietroburgo? Se avesse inviato a me la supplica, l'avrei lasciato partire.

— Io contava su di voi. Voi solo potete tutto; e io ho i miei motivi per aiutare Gundurov.

— È un vostro vicino? Vien qui spesso? - domandò il conte, con un sorriso ironico, il quale voleva dire che aveva capito i motivi del principe.

— Già: si è combinata una recita, - e il principe corrugò le sopracciglia.

— Sta bene. Questo inverno, quando la Corte sarà a Mosca, io ne parlerò.

— Vi ringrazio molto per lui: era disperato di tante avversità. Io l'ho consigliato a fare un viaggio in Russia.

— Sì, viaggi, viaggi pure. Ciò gli sarà utile!... Ma io volevo parlare di te. Tutto è nelle tue mani, e tu sarai forte. Egli, - e alludeva all'alto personaggio che aveva offerto una carica al principe e che era in istretta amicizia col conte, - egli è disposto a favorirti in ogni modo, perchè vorrebbe imparentarsi con te.

— Imparentarsi? - esclamò il principe.

— Sì, per mezzo della principessina!

— Per mezzo di *Hélène*? - ripetè l'altro, respirando a pena.

— Egli ha un nipote, il conte Anissiev...

— Figlio di quella...?

— Lo so, - disse il conte, ammiccando con l'occhio. - È una

grande intrigante. Il tiglio non ha ancor trent'anni ed è già colonnello: non ha mai visto il fuoco, ma è molto apprezzato.

— Mi pare che quest'inverno egli sia venuto a Mosca, - mormorò il principe, passandosi la mano tremante sul viso. - Ho veduto la sua carta da visita da Aglae.

— L'amico mi scrive, - seguitò il conte, - che sua sorella ha già combinato tutto a Roma con tua cognata...

— Io non so nulla! Mi han tenuto nascosta ogni cosa!

— Egli mi scrive, però, che nulla si può fare senza di te. Sei lo-zio e il tutore.

— Ah, ecco perchè mi offrono una carica! Non per utilità del mio servizio, ma per dare al nipote una ricca moglie! Allora, rispondete che non voglio nulla, e che non vendo nè me, nè Lina... Io non ho bisogno di nulla, e rifiuto il mio consenso a quel signor Anissiev, che non conosco! E poi, - continuò il principe, pallido, quasi singhiozzando, - io non sono il padre di Lina: ella può sposarsi anche senza il mio consenso.

Il vecchio Visnù, imperturbabile nella sua poltrona, suonava una marcia con le dita sui bracciuoli.

— Sei sempre un ragazzo di vent'anni! - osservò poi. - È inutile irritarsi in questa maniera! Non vuoi? Ebbene, scriverò, dirò. Ora, addio!

Si alzò, e soggiunse:

— Domani devo essere nelle mie terre. È avvenuto un incendio in uno stabilimento per gli alcool.

Il principe era così agitato, che non pensò a trattenerlo.

— Addio, Lariòn! - ripetè il vecchio.

E abbracciandolo, lo baciò sulle guance.

— Addio, caro amico! - rispose il principe. - Vi sono grato, in ogni modo.

— Vado a salutare la tua principessa.

Si mosse come per avviarsi, poi si fermò.

— Tu sei sempre lo stesso! - osservò ancora. - Fai bene: abbiamo pochi uomini come te. Noi siamo i veri e fedeli servi dell'Impero. Non assomigliamo agli uomini d'oggi!

Disse queste ultime parole in tono di spregio, e con passo fermo uscì dalla biblioteca.

XXVI.

— Che, conte, voi ci lasciate già? - esclamò la principessa, vedendo il Governatore varcar la soglia del suo salotto.

— Affari, necessità. Uno stabilimento incendiato, - egli disse, baciandole la mano.

— Almeno, caro conte, promettetemi di fermarvi al ritorno. Il tre giugno è il natalizio di Lina, e daremo lo spettacolo. Promettete?

— Il tre? Non ricordo! Sciàskov, quando dobbiamo passar di ritorno per Sizkoje?

— Il sei giugno, - spiegò il segretario, - è fissato pel ritorno a Mosca: ma volevate fermarvi un giorno a Ivànovskaia...

— Non andrò: partirò di casa un giorno prima... Cara fanciulla, - soggiunse, stringendo le mani a Lina, - voglio esser qui pel vostro natalizio. Ebbene, arrivederci, principessa!

— Siete molto gentile, - disse con una moina la principessa, alzandosi per accompagnarlo.

— Una giovane donna si è presentata qua per portare una supplica a vostra Eccellenza, - disse Sciàskov.

— Una supplica! Sempre suppliche!... Che cosa vuole?

— Suo marito ha dato alla sua... a una donna, due cambiali fittizie per ottocento rubli...

— Mascalzone! - esclamò il conte. - Dille che ora non ho tempo: ritorno il giorno tre!...

— Forse Vostra Eccellenza, - osservò Sciàskov con un cattivo sorriso, - può dare ordine a Cigevski di occuparsi di questo affare...

— Cigevski? - ripetè stupito il conte. - Ma io gli ho dato ventotto giorni di licenza per recarsi dai parenti!

— Invece egli è qua, - affermò il segretario.

— Sì, *cher comte,* - intervenne la principessa. - La colpa è mia: egli è passato di qua, ed io l'ho trattenuto. È un così buon dilettante!

— Dov'è? - chiese il conte, corrugando le sopracciglia.

Cigevski, ch'era nella camera attigua, entrò, tutto confuso.

— Ah, tu sai già che hai la coscienza sporca? - disse il conte vedendolo, e ridendo. - Perchè ti nascondi?

— Non mi nascondo, Eccellenza, - rispose il giovanotto.

— Ti ho dato una licenza per andare in famiglia, e invece sei qui! Tuo padre ti aspetta. Ciò non va bene!

— Ho ricevuto una lettera, Eccellenza, - spiegò Cigevski, - che mi avverti che mio padre è andato in Crimea a fare i bagni di mare.

— A fare i bagni? Ciò è buono per la salute! - approvò il conte. - E tua madre?

— Essa è insieme a mio padre, - inventò subito Cigevski.

— Tu reciti qua? - seguitò bonariamente il Governatore. - Starò a vedere: se non fai bene, ti metterò agli arresti. Prendi questa supplica, e cerca di accomodar tutto pel mio ritorno... Ebbene, arrivederci!...

Strinse nuovamente la mano alle signore e baciò il principe.

— È passata! - esclamò Cigevski, dietro il Governatore, schioccando le dita e mostrando un palmo di lingua a Sciàskov, che lo odiava senza ragione, come Svisciow odiava Gundurov.

— Birrichina, arrivederci! - disse il conte a Olga Elpidifòrovna. - Verrò a udirvi cantare, - e sorrise alla fanciulla, i cui begli occhi non gli erano completamente indifferenti.

Il principe l'accompagnò fino alla carrozza, e poi tornò nel salotto della cognata.

Questa era già seduta fra i morbidi cuscini del divano e si apprestava a sorbire il tè in compagnia di Ziablin.

— Ho bisogno di parlarvi! - dichiarò freddamente il principe entrando e fermandosi in mezzo alla camera.

— *Parlez, Larion!* - essa rispose, stupita e di quella visita e del tono di quella voce.

— Desidero parlare a voi sola, - si spiegò il principe.

Ziablin si alzò in fretta e uscì.

— Volevo soltanto chiedervi... - continuò il principe non appena furono soli. - Sono io fratello a vostro marito, sono il tutore dei vostri figli, o no?

— *Mon Dieu, Larion,* che strane domande! *Qui en doute,* che voi siete lo zio e il tutore di Lina e di Basile?

— Allora, perchè, - egli proruppe, - perchè disponete della sorte di Lina, ve la intendete con quella intrigante e non mi dite nulla?

La principessa si spaventò.

— *Je vous en prie, Larion!* Non vi arrabbiate. *C'est vrai:* noi abbiamo parlato colla contessa Anissiev *à Rome:* volevo dirvelo subito, ma essa mi pregò *si instamment* di non far parola! *Larion, ne vous fâchez pas!*

— Avete già detto qualche cosa a Hélène? - esclamò il principe.

— *Non, Larion: je vous jure!*

Il principe la guardò con chiaro senso di disprezzo.

— Pensate, dunque, che siete madre! Senza conoscere l'individuo, senza sapere chi sia, voi decidete a capriccio della vita e della sorte di Elena!

Aglae scoppiò in lagrime.

— *Mon Dieu, Larion!* - balbettò. - Io pensava alla sua felicità: dove trovare un partito migliore? *Songez donc* di chi è egli nipote! *Et si bien en Cour! Une carrière!... Avec le temps,* egli sarà ministro, m'ha detto *la comtesse sa mère à Rome...*

— Ministro? - ripetè il principe con una risata sarcastica. - Hélène ha bisogno non d'un ministro, ma d'un uomo! D'un uomo, capite?

— *Il sera bientôt général, Larion!*

— È intrattabile, costei! - pensò il principe. - Povero Mikail, disgraziata!... Avete visto questo signore l'inverno scorso? - proseguì ad alta voce.

— Sì, - rispose la principessa. - Fu da me, latore d'una lettera di sua madre: egli si recava a Tambòv *pour les recrues, vous savez?...* È ripartito lo stesso giorno...

— E voi lo aspettate qui, ora?

— Gli ho detto che il tre giugno è il natalizio di Lina, e che noi saremo a Sizkoje.

— E verrà?

— Non lo so davvero, Larion. - ella continuò, piangendo. - *Vous êtes si singulier!* Non ho avuto più notizie nè da lui, nè da sua madre *la comtesse!*

Ella mentiva sfacciatamente: con la contessa Anissiev era in istretta corrispondenza, e dal figlio di lei aveva avuto una lettera pochi giorni prima, nella quale con frasi francesi sceltissime le annunziava che sarebbe giunto a Sizkoje non più tardi del 2 giugno.

Il principe Larion capiva ch'ella non diceva la verità, e ripugnandogli di veder quella faccia grassa e stupida, uscì dal salotto stringendosi nelle spalle.

— E questa è sua madre! - pensò.

Poco dopo entrò Olga e trovò la sua benefattrice tutta in lagrime.

— Principessa, cara! - esclamò la fanciulla, gettandosi sul divano e abbracciando la signora. - Che cosa avete? Perchè piangete?

L'altra sentì un immenso bisogno di raccontarle le sue disgrazie e le offese che aveva patito.

— *Larion vient de me faire une scène affreuse. Et pourquoi?* Perchè io desidero *le bonheur de mon enfant,* - disse, asciugandosi gli occhi con la pezzuola di trine.

— Lina? - domandò Olga, divorata dalla più viva curiosità.

43

— *Je vous dirai tout, petite.* Soltanto devi darmi la parola che manterrai il segreto!

Olga fece il segno della croce, giurando il segreto; e la principessa le narrò la conoscenza con la contessa Anissiev e col figlio che doveva esser ministro; e le disse l'ostilità del principe per una semplice sua antipatia contro la povera contessa.

— Credete ch'egli sia contrario solo per questo? - disse Olga, vinta da un nuovo impeto di rancore contro il principe. - Voi v'ingannate!... Egli si opporrà a qualunque *projet de mariage*...

La principessa non comprese.

— Credetemi, io lo so, - riprese Olga. - Egli non vuole che Lina si sposi, con nessuno!

— Olga, *ça c'est une bêtise* che tu dici, - obiettò la principessa. - So bene che Lariòn ama Lina.

— Sicuro, - sogghignò la fanciulla. - L'ama anzi troppo!

Gli occhi rotondi della principessa si dilatarono per lo stupore.

— Egli è innamorato di lei, - susurrò Olga, chinandosi verso la signora.

— *Quelle horreur! Un oncle!* - gridò Aglae.

— Principessa, cara! - disse Olga, spaventata delle conseguenze che la stupidaggine di Aglae poteva dare a tale rivelazione. - Che nessuno lo sappia, all'infuori di voi!... Capite bene: sono una povera ragazza; mio padre dipende dal conte, e il conte è molto amico del principe... Vi ho fatto questa confidenza solo per l'affezione che vi porto...

Com'è noto, nel carattere russo non può albergare una completa stoltezza: e dopo il primo scoppio d'indignazione, la principessa comprese che nell'amore di Lariòn per la nipote *il n'y avait rien de scabreux*. Se era *un peu amoureux de sa nièce*, la principessina, poteva anzi, al momento opportuno, trarne profitto pe' suoi disegni.

Promise alla signorina di tacere e di non abbandonar mai nè lei, nè il padre suo.

— *Surtout, si la chose réussit,* - aggiunse, - il conte Anissiev potrà dare a tuo padre il migliore impiego. *Il ne sera plus ispravnik, ma chère: on pourra le faire Gouverneur dans une province éloignée...*

Si udì una lieve tosse, con la quale Ziablin annunziava il suo ritorno.

— *Arrivez, arrivez,* - gli gridò la signora. - Sono con Olga...

— Sua Eccellenza mi ha mandato via con così poco riguardo! - osservò il « brigante » facendosi innanzi.

— *Oui,* e dopo la vostra partenza, *il m'a fait une scène affreuse!* - sospirò la principessa.

Ziablin sedette in una poltroncina di fronte alla signora, appoggiò il mento alle mani riunite e fissò gli occhi da bue in quelli da pecora della principessa.

— Poveretta! - disse, e sospirò come avrebbe sospirato il Manfredo del Byron sulla sua roccia.

— *Ça c'est un vrai ami,* Olga, - disse sentimentalmente la principessa offrendo al disopra del tavolino la mano a Ziablin, che la prese e la baciò dito per dito. - *Finissez, polisson!* - esclamò, ritirandola poi. - Egli sa tutto, *quant à l'affaire de Rome,* - soggiunse a Olga, - *mais il est discret.* Lariòn l'ha saputo soltanto ora, - spiegò a Ziablin, - e si vede che glielo ha detto il conte. Ma Lariòn *est furieux* perchè non l'ho avvertito prima.

— Mi pare, - cominciò il « brigante » con la voce melliflua, - che l'avvenire della principessina dipenda innanzi tutto da sua madre.

— *Je crois bien,* - esclamò la principessa. - *Sa mère qui l'a mise au monde!*

— E perciò, - seguitò l'altro, - oso pensare che il principe non ha il diritto di esigere...

— Egli è suo zio, - disse la signora. - *Son propre oncle, vous savez?* Tutore, *d'après la loi.*

— Lo zio non è il padre, - osservò Ziablin, chinando gli occhi.

— Sapete, Lariòn adesso è in riposo, *mais il a toujours une grande position dans le monde...*

Ziablin, che passava le sue giornate in compagnia della signora, era abituato al disordine dei suoi ragionamenti.

— Mi pare che la posizione del conte Anissiev, - egli disse con un lieve sorriso, - non sia peggiore che quella del principe.

— Sì, - esclamò Aglae raggiante, - *il aura une position superbe!* Io metterò la sua casa *sur un pied anglais, et la Cour viendra,* - concluse, con la voce tremante di gioia.

Il « brigante » la guardò triste, quasi rimproverandola di abbandonarlo: ma pensava:

— Prima di tutto sposiamo la principessina, sbarazziamoci di Lariòn, e poi vedremo se ti lascerò andar fuori di Mosca!

— Voi anche, *mon ami,* voi anche venete a Pietroburgo! - disse Aglae, tendendogli nuovamente la mano. - *Et Olga aussi. Je vous prends avec moi, petite. Vous n'êtes pas faite pour pourrir en province.*

— Cara principessa, con voi son pronta ad andare ovunque vorrete! - esclamò la ragazza, mentre innanzi ai suoi occhi passava una visione d'uniformi della Guardia Imperiale, di ricchi celibi, e infine della Corte, nella quale sperava metter piede grazie all'arte del canto.

— Ma, principessa, - osservò, tornando alla realtà. - Se a Lina non piacesse il conte? Se le piacesse un altro?

Aglae la guardò con alterigia, e disse solennemente:

— Di questo non ho paura. *Lina est trop bien née pour cela!*

Olga si morse le labbra e tacque prudentemente.

(*Continua*).

B. M. MARKEVIC.

VERSI

—

Il musico.

Divina anima schiusa
nei pallidi settentrïoni,
e per l'impeto dei suoni·
alli orizzonti diffusa;

anima immensa che l'orme
tutte dei suoni hai calcato
passando con impeto alato
sul pigro mondo che dorme:

che tutte l'orme hai sapute:
le melodie della morte,
schiudenti a chi le ode porte
per mille ostacoli mute:

quelle che la Primavera
suscita nelli aspettanti
cuori; che balzan fragranti
fuor de la tomba leggera

di Aprili che furono: quelle
che evòcano gioie quasi ebre,
quelle che nelle tenèbre
si chiamano come sorelle

perdute: quelle che sono
rivelatrici d'amore
oltre l'umano e il dolore
fanno come un divin dono:

anima cui tutti i cuori
come a richiamo si volsero
poi che'in lor cavo raccolsero
i tuoi segreti canori;

che con difformi stromenti
– archi a cui vibra nel legno
qualche ricordo del regno
delle foreste, dei venti;

ottoni lucidi, pari
a raggi fusi in metalli,
attorti come coralli,
come conchiglie dei mari –,

anima che con difformi
stromenti adduci per mondi
più d'ogni mare profondi
d'ogni foresta più enormi;

anima sinfoniale,
anima eroica, eretta
come suprema vedetta
del desiderio mortale;

te, sia che segua Sigfrido
l'uccello della foresta,
o la Walkiria ridesta
liberi al sole il suo grido,

o nella funebre rotta
verso un Oceano lontano
odasi piangere Tristano
sopra la morte d'Isotta,

o sopra il candido uccello
navighi il bel cavaliere,
o passi con vele nere
l'irraggiungibil vascello,

o nel crepuscolo crolli
l'epopea degli Dei sacri,
o la pia vergine lacrimi
sulli umani ardor folli,

te, del tuo mondo sublime
qual si sia forma ritorni
alle pigre anime, ai giorni
freddi, alle pallide rime,

te di sommesso stupore
sempre proseguiremo,
battendo l'esile remo
dietro le magiche proe

tue, nella magica scia
onde segnasti quel mare
dell' Ideale, che pare
suono, che par Poësia.

L'eroe.

(Nel ventesimo anniversario della morte).

Dorme Ei nell'isola fiera
solo tra il mare e il granito:
garrisce sull'infinito
oceano la sua bandiera.

La sua bandiera che vide
una vermiglia legione
splender da Quarto a Digione
sola al vento umido stride.

Passano li anni sì come
ombre sul sonno rupestre:
già di ventenni ginestre
Giugno fiorì le sue chiome:

ma l'alta tomba non dòma
indarno il tempo minaccia:
eterna, ha un'altra di faccia
eternità. Guarda Roma.

Dorme ei nell'isola pura
che del suo nome balena:
quando la lotta fu piena,
e la vendemmia matura

trasse al riposo ivi; ed ivi
visse solitariamente
e in un tramonto clemente
sparve dal tedio dei vivi.

Or sovia il cupo lentisco
che orla il ferrigno scoglio,
l'eroe che a sè disse: Voglio!
e disse alli altri: Obbedisco!

ancor gigante si drizza,
guarda un istante sul mare...
Roma? Si volge, gli appare
lungi la costa di Nizza,

ah, non più sua. Ma una ruga
più gli si scava sul viso
se il leonino occhio fiso
li orizzonti ultimi fruga.

Ode di là verso Pola
come un sospiro che monti:
sul mare senza tramonti
vede la donna ch'è sola

e bruna: e tende le mani
verso la Patria nel vento:
sotto le balze di Trento
ridendo gli itali piani.

L'amatore.

Defunti amori che siete
come un aroma soavi,
e come un incubo gravi
sull'anima vi assidete:

amori defunti, cose
morte in sentieri già corsi,
vigili come rimorsi,
come rimpianti pensose:

donne passate nell'ombra
dietro la sua gioventù
- questa ei già guarda laggiù
svanir nella notte ingombra -

non egli, o defunti amori,
vi rivedrà quando muoia,
fiorendo l'ultima gioia
accanto alli ultimi fiori?

Piesso ad entiai nél silenzio
ove non sono paiole
ai campi che non vïole
ma cupo odoia l'assenzio,

sentiià ei sulla faccia
una carezza passaie,
una fiagianza di care
labbia, di tepide biaccia,

teneiamente, come
in vita foise non era,
e un fiato di Piimaveia
iespiieià tra le chiome?

Ah! ma fra tutte non foise
una piï d'altie leggeia
– chioma che foise fu neia,
man che fu bianca, foise –

ei sentiià? Saià·quella
ch'ei non iaggiunse giammai,
ch'essei poteva – lo sai
vita? – la eteina soiella,

quella divina iaggiante
foima di donna che all'oie
iu cui fioiisce l'amoie
iise nel cuoi de l'infante;

quella per cui gli era caio
slanciaisi veiso la vita,
per cui di aveila compita
meno paiiebbegli amaio.

COSIMO GIORGIERI CONTRI.

EBBREZZA

DRAMMA IN QUATTRO ATTI

ATTO TERZO.

La latteria (*crêmerie*) della signora Caterina. I becchi a gas sono accesi.

SCENA I.

LA SIGNORA CATERINA e ADOLFO.

(*La* SIGNORA CATERINA *è seduta al buffet;* ADOLFO *è seduto presso una tavola*).

SIGNORA CATERINA. — Sì, signor Adolfo, la vita è fatta proprio così! Però voi, giovanotti, andate sempre troppo in là con le vostre esigenze, e poi venite qui a lamentarvi!

ADOLFO. — No; io non voglio muovere rimproveri a nessuno, perchè ho ancora molta buona opinione di Maurizio e di Enrichetta. Una cosa però mi rattrista: ero così affezionato a Maurizio, che, pur di procurargli un piacere, non gli avrei rifiutato nulla; ma ora io l'ho perduto e ciò mi addolora molto più della perdita di Enrichetta. Io li ho perduti entrambi e perciò ora sento la solitudine due volte più penosa. Ma anche su un altro punto non sono ancora troppo bene in chiaro...

SIGNORA CATERINA. — Non si torturi tanto il cervello! Lavori e cerchi qualche distrazione!... Perchè. ad esempio, non va mai in chiesa?

ADOLFO. — A che fare?

SIGNORA CATERINA. — Oh. in chiesa ci sono molte cose da vedere e si può sentire un po' di musica! E poi almeno lì l'ambiente non è così volgare!

ADOLFO. — Sarà! S'assicuri però che quell'ovile non è adatto per me, perchè io non sono devoto. Si dice che la fede sia un dono; orbene, io non l'ho ancora ricevuto quel dono!

SIGNORA CATERINA. — Aspetti fino a che lo riceverà!... Oggi ho sentito parecchie notizie strabilianti. È vero che un suo quadro è stato venduto a Londra per una cospicua somma, dopo d'aver riportato la medaglia di prima classe?

ADOLFO. — Sì, è vero!

SIGNORA CATERINA. — Dio mio! Perchè non m'ha raccontato subito tale notizia?

ADOLFO. — La felicità mi fa paura; del resto in questo momento la felicità non ha alcun valore per me. Io provo lo stesso timore come davanti ad uno spettro, di cui, se lo si è visto, non bisogna mai parlare, altrimenti tutto va male!

SIGNORA CATERINA. — Lei è sempre stato un uomo molto strano!

ADOLFO. — No, signora Caterina! Le parlo in questo modo perchè ho visto seguire troppe sciagure alla felicità e perchè ho appreso che nelle disgrazie si ha sempre degli amici sinceri, mentre nei successi non si ha che degli amici ipocriti. Poc'anzi lei mi domandò se andavo mai in chiesa... io le risposi evasivamente. Or bene, stamane sono entrato nella chiesa di Saint-Germain... senza saperne il perchè. Credo che vi fossi entrato per cercare qualcheduno a cui esprimere in silenzio i miei ringraziamenti. Però non vi trovai anima viva... Gettai allora una moneta d'oro nella cassetta dei poveri... ecco tutto quello che ho fatto andando in chiesa! Capirà che questo mio atto è stato molto volgare!

SIGNORA CATERINA. — No! Il ricordarsi dei poveri in una giornata così lieta per lei, è stato già qualche cosa!

ADOLFO. — Quel mio atto non è stato nè bello nè brutto, dal momento che io l'ho compiuto perchè non potevo far altro! Però in quella chiesa ebbi occasione di vedere due persone: Jeanne, l'amante di Maurizio, e la sua bambina. Mi fecero l'impressione come se fossero state travolte dal suo carro trionfale e si sentissero comprese della gravità della loro sventura.

SIGNORA CATERINA. — Figliuolo mio! Io non conosco la coscienza di lui... Ma come spiega lei che un uomo così affettuoso e coscienzioso come il signor Maurizio abbia potuto abbandonare, da un momento all'altro, l'amante e la bambina?

ADOLFO. — Non so spiegarmelo; d'altronde Maurizio stesso non può capirlo. Io lo trovai stamane in compagnia di Enrichetta, e tanto a lui quanto a lei la cosa parve così naturale, così regolare che ambedue non seppero figurarsela altrimenti. Sembrava come se i due provassero una soddisfazione per l'adempimento di una buona azione o di un grave dovere. Signora Caterina, ci sono dei fatti che non possiamo spiegarci, ed è perciò che non spetta a noi il diritto di giudicarli. Del resto, lei stessa ha assistito all'intero svolgimento della faccenda. Maurizio sentì per l'aria l'appressarsi del pericolo: anch'io lo presentii e tentai di evitare il loro incontro. Maurizio voleva fuggire... ma tutti gli sforzi furono inutili. Mi pare che tutto ciò sia come un intrigo ordito da qualche ente invisibile, che insidiosamente spinse l'uno nelle braccia dell'altro. Io, signora Caterina, in queste cose non sono certo competente, ad ogni modo non esito a dichiararle che in quello che è accaduto non c'è neppure un'ombra di colpa.

SIGNORA CATERINA. — Vede, il poter perdonare nel modo come ha fatto lei si chiama religione!

ADOLFO. — Ma che! Dovrei essere religioso senza saperlo?

SIGNORA CATERINA. — L'accostarsi al male o il farsi adescare nelle sue reti, come ha fatto Maurizio, non può essere che o leggerezza o malvagità. Quando poi un uomo si accorge che le forze lo abbandonano, egli deve chiedere soccorso e l'aiuto non si farà mai aspettare. Questo però il signor Maurizio non l'ha fatto, perchè egli era troppo superbo!... Ma chi viene?... È l'abate, mi pare!

ADOLFO. — Che cosa viene a fare qui?

SCENA II.

L'Abate e detti.

L'Abate — (entrando). Buona sera a tutti!

Signora Caterina. — In che cosa posso servire il signor abate?

L'Abate. — Si è fatto vedere qui oggi il signor Maurizio, lo scrittore drammatico?

Signora Caterina. — No, oggi non s'è visto! Probabilmente sarà occupato al teatro, dove ha fatto rappresentare un suo dramma.

L'Abate. — Ho da comunicargli una brutta notizia... brutta sotto diversi punti di vista.

Signora Caterina. — Si potrebbe conoscerla?...

L'Abate. — Sì, tanto più che oramai non è più un segreto. La bambina, che egli ebbe dalla relazione con la signorina Jeanne, è morta.

Signora Caterina. — Morta!

Adolfo. — Marion... morta!

L'Abate. — Sì, è spirata stamane improvvisamente.

Signora Caterina. — Dio mio! Chi può mai comprendere le tue vie?

L'Abate. — Lo stato di disperazione della madre richiede la presenza del signor Maurizio ed è quindi nostro dovere di andarlo a cercare!... Una domanda, in confidenza: Il signor Maurizio voleva veramente bene alla bambina o essa gli era affatto indifferente

Signora Caterina. — Ma signor abate! Noi tutti sappiamo che egli amava svisceratamente la sua Marion.

Adolfo. — Su questo punto non c'è alcun dubbio, signor abate!

L'Abate. — Quanto piacere mi fanno le loro assicurazioni, dopo le quali la faccenda è divenuta per me molto chiara!

Adolfo. — C'erano forse dei dubbi?...

L'Abate. — Sì, purtroppo! Nel quartiere circola perfino l'orribile diceria che il signor Maurizio avesse abbandonato la sua amante e la bambina per correr dietro ad una donna sconosciuta. In meno che non si creda questa diceria s'è cambiata in una sequela di accuse ben precisate, e nello stesso tempo l'indignazione generale è salita a tal segno che al signor Maurizio si minaccia la vita e lo si chiama assassino.

Signora Caterina. — Oh Dio, che vuol dire tutto ciò?

L'Abate. — Per parte mia, sono convinto della innocenza del signor Maurizio in questa faccenda. Anche la signorina Jeanne ha la stessa convinzione. Però contro il signor Maurizio militano certi sospetti, che ben difficilmente egli potrà far sparire, specialmente poi se la Polizia lo sottoporrà ad un interrogatorio.

Adolfo. — La Polizia si è già occupata dell'affare?

L'Abate. — Sì; la Polizia dovette intervenire per proteggere il signor Maurizio dalle male lingue e dal furore della plebe. Probabilmente il commissario sarà qui a momenti.

Signora Caterina — (ad Adolfo). Vede quali sono gli effetti, quando l'uomo non sa distinguere il bene dal male e quando egli si getta in braccio al vizio! Dio punisce!

Adolfo. — Ma in allora Dio è molto più crudele degli uomini!

L'Abate. — Che ne sa mai lei di queste cose?

Adolfo. — Molto poco! Però vedo quello che è accaduto...

L'ABATE. — E sa anche spiegarselo?

ADOLFO. — Forse non ancora!

L'ABATE. — Cerchiamo di studiare un po' il caso... Ecco il commissario!

(*Entra il Commissario di Polizia*).

SCENA III.

IL COMMISSARIO *e* DETTI.

IL COMMISSARIO. — Buona sera, signora Caterina! Buona sera, signori! Mi scuseranno se vengo ora ad importunarli con alcune domande, riflettenti il signor Maurizio Gerard, sul di cui conto, come già sapranno, circolano delle terribili voci, alle quali – fra parentesi – io non presto fede.

SIGNORA CATERINA. — Anche noi non crediamo a quelle dicerie!

IL COMMISSARIO. — Ciò non fa che avvalorare la mia convinzione: ad ogni modo, e per meglio suo, io devo offrire al signor Gerard l'occasione di scolparsi da quelle accuse.

L'ABATE. — Sta bene! Gli verrà resa giustizia, anche se sarà un po' difficile di poterla ottenere.

IL COMMISSARIO. — I sospetti, che pesano sul signor Gerard, sono molto gravi ed io stesso ho visto più di un innocente salire il palco della ghigliottina, prima che fosse comprovata la sua innocenza. Ecco le circostanze che stanno contro di lui: il signor Gerard andò a salutare la piccola Marion, che la madre aveva lasciata in balia di sè stessa; e, da quanto pare, egli approfittò deliberatamente del momento, in cui la bambina si trovava sola in casa. Un quarto d'ora più tardi, la signorina Jeanne rientra in casa e trova la bambina morta! Questa circostanza è molto compromettente per l'imputato!... Dall'autopsia del cadaverino non si potè constatare nessun atto di violenza nè scoprire la minima traccia di veleno: però i medici dichiararono che esistono alcuni nuovi veleni, che non lasciano nessuna traccia!... Per me questa non è che una delle tante combinazioni del caso, alle quali sono abituato già da un pezzo!... Ora però incominciano le circostanze più aggravanti!... Ieri sera il signor Gerard fu visto entrare nell'*Auberge des Adrets* insieme ad una signora sconosciuta. Secondo la deposizione del cameriere, che li servì, i due amanti parlarono anche di delitti: fra altro, essi pronunziarono le parole « ghigliottina » e « Piazza della Roquette »... un tema di discorso molto strano per due persone educate e di buona condizione! Può essere - e l'esperienza me lo insegna - che ci sono delle persone, le quali dopo prolungate veglie e dopo abbondanti libazioni vuotano il fardello dei loro peggiori peccati, nascosti nel fondo delle loro anime. Ma ben più gravi indizi risultano dalla deposizione del cameriere del *restaurant* al Bois de Boulogne, dove i due amanti fecero stamane una colazione servita con lo *champagne!* Egli depose di aver sentito augurare la morte ad una bambina. Secondo quella deposizione il signor Gerard avrebbe detto: « Quanto meglio sarebbe stato se ella non fosse mai venuta al mondo! » A queste parole la signora sconosciuta avrebbe soggiunto: « È giusto! La bambina però esiste! » Poi furono sentite proferire queste parole: « La nostra

bambina ucciderà l'altra ». A questa frase l'altro avrebbe soggiunto:
« Uccidere? Che parola è mai questa? » E poi: « Il nostro amore
uccide tutto ciò che gli è d'ostacolo! » E poi: « Cinque di quadri.
la ghigliottina, la piazza della Roquette... » Vede, tutte queste
frasi non fanno che rendere ancor più torbida la faccenda, aggravata dalla circostanza che i due amanti avevano progettato per
stasera un viaggio all'estero! Capiranno che la questione si presenta un po' ardua!

ADOLFO. — Egli è perduto!

SIGNORA CATERINA. — Che orribile storia! A che cosa si ha da prestar fede?

L'ABATE. — Tutto ciò ha del soprannaturale! Dio abbia pietà di quello
sventurato!

ADOLFO. — Egli è caduto in una rete, dalla quale non potrà mai più
uscire!

SIGNORA CATERINA. — Che cosa mai è andato a fare il signor Maurizio
in quel sito?

ADOLFO. — Dunque anche lei, signora Caterina, incomincia a far sorgere dei sospetti contro Maurizio?

SIGNORA CATERINA. — Si e no! Oramai non posso più avere alcuna
opinione su quella faccenda!... Non è la prima volta che si sono
visti gli angeli diventare diavoli in un batter occhio, e poi assumere di nuovo la loro forma primitiva.

IL COMMISSARIO. — Tutto ciò è molto strano! Ora converrà attendere
il signor Gerard per sentire le sue spiegazioni. Nessun reo viene
condannato prima di essere stato escusso! Buona sera, signora
Caterina! Buona sera, signori! (Esce).

SCENA IV.

LA SIGNORA CATERINA, ADOLFO e L'ABATE.

L'ABATE. — Tutto ciò non è opera umana!

ADOLFO. — Sì, rassomiglia al lavoro, che sogliono ordire i demoni per
la perdizione degli uomini.

L'ABATE. — Tutto ciò o è un castigo per qualche colpa sconosciuta o
è una terribile prova!

(Entra Jeanne, vestita di nero).

SCENA V.

JEANNE e DETTI.

JEANNE. — Buona sera!... Scusino, s'è visto qui il signor Maurizio?

SIGNORA CATERINA. — No, signora! Egli però dovrebbe essere qui da
un momento all'altro... Dunque lei non l'ha più visto da...?

JEANNE. — Da ieri mattina...

SIGNORA CATERINA. — La prego di accettare le mie condoglianze...

JEANNE. — Grazie, signora!... (All'Abate) Lei qui, monsignore?

L'ABATE. — Sì, figlia mia, credevo di poter esserle utile in qualche
cosa! D'altronde è stata una vera fortuna di trovarmi qua, perchè
così ebbi agio di parlare col commissario!

JEANNE. — Col commissario? Probabilmente anche lui avrà dei sospetti
su Maurizio.

L'ABATE. — No: come tutti noi, egli non ha nessun sospetto sul signor Gerald. Però tutto congiura contro di lui in un modo spaventoso.

JEANNE. — Lei vuole alludere ai discorsi che furono sentiti dai camerieri?... Per me sono affatto insignificanti, giacchè io stessa ho sentito parecchie volte dalla bocca di Maurizio discorsi di quel genere quando egli aveva un po' bevuto. E poi Maurizio ha la strana abitudine di fantasticare sui delitti e sulle pene. Oltre a ciò sembra che le parole più compromettenti sieno state dette dalla donna, che era in sua compagnia... Ah, quanto bramerei di poterla fissare negli occhi!

ADOLFO. — Mia buona Jeanne, quella donna, per quanto male abbia potuto arrecare involontariamente a lei, non ha avuto alcuna cattiva intenzione, anzi nessuna intenzione, ma ha seguito soltanto l'impulso del proprio cuore. Io la conosco come un'anima buona e so che ella può affrontare anche lo sguardo più scrutatore.

JEANNE. — Il di lei giudizio su questa faccenda ha per me un grandissimo valore ed io le credo! E per questo motivo io non posso gettare la colpa di quanto è avvenuto che su me stessa. Si; è la mia leggerezza, che è stata ora punita! (Piange).

L'ABATE. — Non si faccia delle inutili accuse! Io conosco troppo bene la signorina Jeanne e la serietà dei sentimenti, con cui ella assunse i doveri di madre! Se poi questi non vennero consacrati dalla religione e dalla legge non è stata sua la colpa! No; nel caso attuale noi ci troviamo davanti a qualcosa di ben differente!

ADOLFO. — Come sarebbe a dire?...

L'ABATE. — Lo dica lei!

(Entra Enrichetta, in abito da viaggio).

SCENA VI.

ENRICHETTA e DETTI, indi EMILIO.

ADOLFO — (con fare risoluto si avvicina ad Enrichetta). Tu qui?

ENRICHETTA. — Si; dov'è Maurizio?

ADOLFO. — Sai... o non sai nulla?

ENRICHETTA. — So tutto!... Scusi, signora Caterina! Sono di partenza e ho dovuto entrare un momento!... (Ad Adolfo) Chi è quella signora?... Ah!

(Jeanne ed Enrichetta si fissano negli occhi).

EMILIO — (appare sulla soglia della cucina).

ENRICHETTA — (a Jeanne). Dovrei dirle qualche cosa, signora; ma ciò è affatto indifferente, poichè qualunque parola, che uscisse dalle mie labbra, potrebbe venire interpretata come un'impertinenza o come uno sprezzo! Però se ora la prego di credere che io partecipo al di lei grave lutto, come se fossi una sua sorella, lei non deve respingere la mia mano... no; lei non deve farlo, perchè mi merito, se non la sua indulgenza, almeno la sua compassione! (Le stende la mano).

JEANNE — (fissandola). Ora lo credo, ma fra qualche minuto non le crederò più! (Le stringe la mano).

ENRICHETTA — (baciando la mano di Jeanne). Grazie!

JEANNE — (ritirando la mano). No: non faccia cosi! Io non lo merito... io non lo merito!

L'ARATE. — Scusi, signorina Enrichetta! Non potrebbe approfittare di questo momento, in cui ci troviamo qui tutti insieme, e in cui regna fra di noi la più perfetta concordia, per togliere quell'incertezza e quel buio, che avvolgono il punto principale dell'accusa? La prego di dire, in questa cerchia di amici, a che cosa volesse alludere in quel suo discorso di uccisioni, di delitti, della piazza della Roquette? Noi tutti sappiamo che quel discorso non sta in relazione alcuna con la morte della bambina; però lei ci tranquillizzerebbe se volesse farci conoscere il perchè di quel discorso! Vuole?

ENRICHETTA. — Non posso dirlo! Non lo posso!

ADOLFO. — Enrichetta! Dillo! Pronunziala quella parola destinata a liberarci dal nostro incubo!

ENRICHETTA. — Non insistere! Non posso dirla!

L'ABATE. — Tutto ciò non è opera umana!

ENRICHETTA. — Già, tanto si doveva venire a questo momento! Sì! Sì! (A Jeanne) Signora! Le giuro che io non ho nessuna colpa nella morte della bambina! Le basta questo giuramento?

JEANNE. — Per noi ciò è più che sufficiente, non così per la giustizia!

ENRICHETTA. — Per la giustizia? Se lei sapesse quanta verità si nasconde nella sua osservazione!

L'ARATE — (ad Enrichetta). E se lei comprendesse ciò, che ha detto adesso!

ENRICHETTA. — Dunque lei lo sa meglio di me?

L'ARATE. — Sì!

ENRICHETTA — (fissa l'Abate).

L'ABATE. — Non abbia paura! Se pure indovino il suo pensiero, io non lo rivelerò a nessuno! Del resto, la giustizia umana è affare che non mi riguarda: il mio ufficio è di impetrare il perdono di Dio!

SCENA VII.

MAURIZIO e DETTI.

MAURIZIO — (in abito da viaggio, entra frettolosamente in scena; e senza curarsi delle persone, che formano gruppo in fondo, si dirige direttamente al banco, dov'è seduta la signora Caterina). Signora Caterina! Spero che lei non vorrà tenermi il broncio perchè non sono venuto qui ieri sera! Ora, prima di partire stasera per il Mezzogiorno col treno delle otto, sono venuto qui per chiederle scusa!

SIGNORA CATERINA — (accasciata, tace).

MAURIZIO. — Dunque lei è in collera con me? (Volgendo all'intorno gli occhi) Che cosa è accaduto?... È sogno o realtà?... Sì, lo vedo, è realtà; ma essa si presenta come attraverso le lenti di un panorama... Lì Jeanne, immobile come una statua, e vestita di nero... qui Enrichetta, pallida come un cadavere... Che cosa significa tutto ciò? (Silenzio generale). Nessuno mi risponde!... Questo silenzio significa che è accaduto qualche cosa di terribile! (Un silenzio). Su via, rispondetemi!... Adolfo, amico mio, che cosa è successo? (Indicando Emilio) Ecco un agente di polizia!

ADOLFO. — Dunque tu non sai nulla?

MAURIZIO. — Nulla! Ora però voglio sapere tutto!

ADOLFO. — Ebbene... Marion è morta?

MAURIZIO. — Marion... morta?!

ADOLFO. — Sì: è spirata stamane.

MAURIZIO — (a Jeanne). Eccomi spiegato il tuo abito di lutto! Jeanne! Jeanne, chi ha rovesciato su di noi una sì tremenda sciagura?

JEANNE. — Colui, che tiene nelle sue mani la vita e la morte!

MAURIZIO. — Ma se ancora stamane ho vista la bambina, vispa e rosea! Com'è avvenuta la disgrazia? Chi ne è stato l'autore? Qualcuno deve pure esserne stato la causa! (Fissa Enrichetta negli occhi).

ADOLFO. — È inutile che tu vada cercando fra noi dei colpevoli, che non esistono. Purtroppo la Polizia ha già dei sospetti e guai ai sospettati!

MAURIZIO. — Come?

ADOLFO. — Devi sapere che i tuoi imprudenti discorsi di questa notte e di stamane ti hanno avvolto in una luce assai poco favorevole!

MAURIZIO. — Qualcuno ci ha dunque spiati?... Aspetta un po' che mi ricordi i nostri discorsi!... È vero!... Sì: io sono perduto!

ADOLFO. — Spiegaci il senso di quelle tue parole, pronunziate sopra pensiero... e noi ti crederemo.

MAURIZIO. — Non lo posso! Non lo voglio!... Io andrò in prigione. poco importa!... Marion è morta, morta... ed io l'ho uccisa! (Movimento generale).

ADOLFO. — Rifletti su ciò che dici! Pesa le tue parole! Sai tu quello, che hai detto adesso?

MAURIZIO. — Che cosa ho detto?

ADOLFO. — Che sei stato tu ad uccidere Marion.

MAURIZIO. — Ma c'è forse qui qualche miserabile, che possa credermi un assassino e che possa credere ch'io abbia ucciso la mia bambina? Lei, signora Caterina, che mi conosce così bene, mi crede capace di un simile delitto?...

SIGNORA CATERINA. — Ora io non so più a che cosa debba credere. La bocca è stata sempre il portavoce del cuore: e lei, signor Maurizio, ha pronunciato delle parole molto compromettenti...

MAURIZIO. — Dunque lei non mi crede più?

ADOLFO. — Ed allora spiegati! Spiegaci il significato di quelle tue parole: « Il nostro amore uccide tutto ciò che può essergli d'ostacolo ».

MAURIZIO. — Dunque anche voi le conoscete?... Tu. Enrichetta, non vuoi spiegare il senso di quelle parole?

ENRICHETTA. — Non lo posso!

L'ABATE. — C'è del losco nella faccenda! Amici miei, voi due avete perduto tutte le simpatie! Io ero già sul punto di giurare per la vostra innocenza, ma ora non lo posso più!

MAURIZIO — (a Jeanne). Parla tu! Le tue parole avranno per me maggior valore di tutte le altre!

JEANNE — (freddamente). Rispondi anzitutto a questa domanda: Su chi hai scagliato una maledizione durante l'orgia al Bois de Boulogne?

MAURIZIO. — Ho io proprio scagliato una maledizione su qualcuno? Forse! Sì, sì: sono colpevole e nello stesso tempo innocente! Lasciatemi andare via di qui, perchè mi vergogno e perchè il mio delitto è così immane che io stesso non potrei assolvermi!

ENRICHETTA — (ad Adolfo). Va con lui! Altrimenti egli potrebbe commettere qualche imprudenza!

ADOLFO. — Ho da accompagnarlo proprio io?

ENRICHETTA. — E chi altri mai?

ADOLFO — (senza amarezza). Tu saresti la persona più adatta!... Silenzio! Si è fermata una carrozza!

SIGNORA CATERINA. — È il commissario! In vita mia ho visto molte cose! Non avrei però mai creduto che il successo e la celebrità fossero così fragili!

MAURIZIO — (ad Enrichetta). Dal carro del trionfo alla carretta della Polizia!

JEANNE — (con semplicità). E chi era l'asino, che v'era attaccato sul davanti?

MAURIZIO. — Io stesso!

(Entra il Commissario di Polizia).

SCENA VIII.

IL COMMISSARIO e DETTI.

IL COMMISSARIO — (con in mano un foglio). Ho una citazione della Prefettura di polizia. con la quale il signor Maurizio Gerard e la signorina Enrichetta Mauclerc vengono invitati a comparire in quell'ufficio ancora questa sera... Sono presenti?

MAURIZIO ed ENRICHETTA. — Sì!

MAURIZIO. — È un ordine d'arresto?

IL COMMISSARIO. — No. non ancora. È una semplice citazione.

MAURIZIO. — E poi?...

IL COMMISSARIO. — Non si sa!

(Maurizio ed Enrichetta s'avviano per uscire).

MAURIZIO. — Addio a tutti!

(Movimento generale - Maurizio, Enrichetta ed il Commissario escono).

SCENA IX.

LA SIGNORA CATERINA. JEANNE. ADOLFO, L'ABATE ed EMILIO.

EMILIO — (entra, e si avvicina a Jeanne). Adesso io ti accompagnerò a casa!

JEANNE. — Quale è la tua opinione su quanto è accaduto?

EMILIO. — Egli è innocente!

JEANNE. — Sì: io però dal mio punto di vista trovo che, trattandosi di una donna e di una bambina, egli ha commesso un'azione vergognosa ed imperdonabile col rompere la sua promessa...

EMILIO. — Anch'io sarei disposto a condividere le tue idee, specialmente nel caso attuale, in cui si tratta di te, sorella mia; però disgraziatamente non sono in grado di lanciare una pietra agli altri, perchè anch'io ho commesso lo stesso fallo!

L'ABATE. — Quantunque in questo riguardo la mia coscienza sia perfettamente pura, io non scaglio la pietra su nessuno, poichè ogni azione si giudica da sè e viene punita con le conseguenze che ne derivano!

JEANNE — (all'Abate). Pieghi per lui! Pieghi per entrambi!

L'ABATE. — Non lo posso, poichè non è lecito mutare i voleri di Dio!
E poi quello, che è accaduto, non è certo opera umana!

SCENA X.

ADOLFO ed ENRICHETTA.

L'Auberge des Adrets.

(ADOLFO ed ENRICHETTA *occupano lo stesso tavolo, al quale, nel-*
l'Atto II, erano seduti MAURIZIO *ed* ENRICHETTA. ADOLFO *ha davanti*
a sè una tazza di caffè).

ADOLFO. — Dunque tu credi ch'egli verrà?

ENRICHETTA. — Sì, certo. Maurizio è stato rimesso in libertà già a
mezzodì, per mancanza di prove: egli però non vuole mostrarsi in
pubblico che sull'imbrunire!

ADOLFO. — Povero Maurizio! Sai, da ieri in qua la vita mi è divenuta
insopportabile!

ENRICHETTA. — Ed a me! Ora che so che qualcheduno spia non soltanto le mie parole, ma anche i miei pensieri, ho paura di vivere;
trattengo il respiro e quasi non ardisco più di pensare!

ADOLFO. — Dunque è proprio a questo tavolo che eravate seduti in
quella notte, in cui non mi fu possibile di trovarvi?

ENRICHETTA. — Sì, proprio qui! Ma non parliamo di quella notte! Tutte
le volte che ci ripenso, mi par di morire dalla vergogna... Adolfo,
tu sei fatto di una creta migliore della mia e della sua...

ADOLFO. — Szt! Szt! Szt!...

ENRICHETTA. — È proprio così! Quale fu il movente che mi spinse a
restare con lui? Non so spiegarmelo: ero apatica, stanca; l'ebbrezza del suo trionfo aveva inebriato anche me. Se tu fossi venuto a
raggiungerci, non sarebbe accaduto nulla!... Oggi però sei tu il
gigante e lui il pigmeo... anzi il più piccolo dei pigmei! Ieri egli
era padrone di centomila franchi ed oggi è un pezzente, perchè
il suo dramma è stato messo fuori di repertorio. Oramai egli non
può più riabilitarsi davanti all'opinione pubblica, perchè questa
l'ha giudicato per l'infedeltà da lui commessa, e così severamente
come s'egli fosse stato l'assassino... e le persone più accorte so-
stengono che la bambina è morta di crepacuore e che egli ne sia
stato la causa.

ADOLFO. — Enrichetta! Tu conosci le mie idee in proposito; tuttavia
vorrei vedervi entrambi assolti da ogni accusa! Non vuoi spiegarmi il senso di quelle tue terribili parole? Capirai che non può
essere per una semplice combinazione della sorte che, in un momento di allegrezza, i vostri discorsi s'aggirassero intorno alle ucci
sioni e alla ghigliottina!

ENRICHETTA. — No: non fu combinazione! C'erano certe cose che si
dovevano dire, e certe altre, di cui io non posso fare parola, pro-
habilmente perchè non ho nessun diritto di apparire senza macchia davanti ai tuoi occhi, dal momento che la mia coscienza non
è pura!

ADOLFO. — Non ti compiendo!

ENRICHETTA. — Ed alloia pailiamo d'altio! Non ciedi tu che fra gli uomini ci sieno dei delinquenti impuniti. che camminano in libertà e che sono nostii intimi amici?

ADOLFO — (inquieto). Che cosa intendi diie?

ENRICHETTA. — Non ciedi tu che ogni uomo abbia commesso almeno una volta in vita sua una qualsiasi mala azione, che, se venisse scopeita, cadrebbe sotto i paiagrafi del codice?

ADOLFO. — Sì: questa è puie la mia opinione. Del resto, nessuna catti va azione si sottiae alla pena, od almeno a quella della coscienza. (Salza e si abbottona il vestito). E poi... nessuno può esseie un uomo buono, quando non abbia commesso qualche azione delit-tuosa. (Respiiando affannosamente) Infatti, per potei peidonaie si deve avei sentito il bisogno del peidono per le proprie colpe... lo avevo un amico. che noi chiamavamo l'uomo ideale: egli non faceva mai uso di una biutta espressione veiso nessuno; peidona va a tutto ed a tutti. ed accettava le offese con un'invidiabile soddisfazione. che noi non potevamo spiegaici. Finalmente, alloichè egli era già molto vecchio. mi svelò il suo segieto con queste poche paiole: « Io sono un peccatoie! » (Si siede).

ENRICHETTA — (tace e guarda Adolfo con espiessione di meraviglia).

ADOLFO — (fra sè). Ci sono delitti, che non sono contemplati dai codici e questi sono i peggioi, peichè dobbiamo puniili da noi stessi e perchè nessun giudice è più severo di noi!

ENRICHETTA — (dopo una pausa). E quel tuo amico riacquistò poi la pace?

ADOLFO. — Dopo una lunga seiie di castighi che egli s'era imposto da solo. il mio amico iaggiunse un ceito giado di quiete: peiò la vita non aveva più nessun soiriso per lui ed egli non osava accettaie alcuna onoiificenza e non poteva mai iiteneisi degno di una buona paiola o di una lode meritata... In bieve: egli non potè mai peidonaie a sè stesso!

ENRICHETTA. — Mai? E che cosa aveva egli commesso?

ADOLFO. — Aveva auguiato la moite a suo padie: e quando questi morì, il figlio si cacciò in testa di esseie stato lui l'assassino. Questa idea fissa fu iitenuta moibosa ed il figlio venne peiciò iinchiuso in un manicomio. dal quale - come alloia si disse - uscì, dopo qualche tempo, guaiito. Peiò il sentimento della colpa non l'ab-bandonò mai più ed egli continuò ad infliggeisi ogni soita di pene per i suoi cattivi pensieii.

ENRICHETTA. — Sei certo che la cattiva volontà non possa uccideie?

ADOLFO. — Tu intendi dire... in una forma mistica?

ENRICHETTA. — In qualunque foima! Ma ammettiamolo puie. in foima mistica! Nella mia famiglia, mia madie e le mie soielle odiavano a moite il babbo, peichè egli aveva l'infelicissima idea di oppoisi iegolaimente a tutti i nostii desideii ed a tutte le nostie inclina-zioni, talchè anche quando fra noi soigeva una buona idea, egli tentava sempie di abbatterla. In questo modo egli fece soigere contio di sè una iesistenza, composta come da una batteiia di pile caiiche d'odio. la quale divenne così potente che la sua volontà venne a poco a poco neutializzata: finchè egli la peidette inteia-mente e s'auguiò da solo la moite.

ADOLFO. — E tu non hai mai sentito la voce della cattiva coscienza?

ENRICHETTA. — Io non so che cosa sia la coscienza.

ADOLFO. — Davvero? Allora lo saprai fra breve! (*Una pausa*). Come ti
figureresti Maurizio, se egli venisse ora qui? Che cosa credi che ci
direbbe?

ENRICHETTA. — Sai, ieri mattina, mentre noi ti aspettavamo, abbiamo
tentato d'indovinare proprio le medesime cose sul tuo conto!
ADOLFO. — E poi?...
ENRICHETTA. — Indovinammo, invece, l'opposto!
ADOLFO. — Puoi spiegarmi perchè mi mandaste a chiamare?
ENRICHETTA. — Per cattiveria, per petulanza, per pura crudeltà!
ADOLFO. — Dunque tu riconosci i tuoi falli, ma non te ne penti!
ENRICHETTA. — Non me ne pento, perchè non mi credo responsabile
dei miei falli; essi sono come il sudiciume, che s'attacca alle mani
toccando gli oggetti d'uso quotidiano e che poi si lava alla sera...
Ma dimmi una cosa: hai tu proprio un così alto concetto della
umanità, come sostieni?
ADOLFO. — Sì; noi siamo un po' migliori della nostra fama... ed anche
un po' peggiori.
ENRICHETTA. — Questa non è una vera risposta!
ADOLFO. — No, non lo è! Ma non vorresti piuttosto rispondermi sin-
ceramente a questa domanda: Ami tu ancora Maurizio?
ENRICHETTA. — Lo saprò quando l'avrò visto. Ma in questo momento
non sento nessun desiderio di vederlo: e credo di poter vivere
bene anche senza di lui.
ADOLFO. — È probabile... ora però sei incatenata al suo destino!...
Silenzio; egli è qui!
ENRICHETTA. — È curioso come tutto debba ripetersi! La stessa situa-
zione, le stesse parole di ieri, mentre stavamo aspettandoti...
(*Entra Maurizio: è pallidissimo: ha gli occhi infossati ed il mento
non rasato*).

SCENA XI.

MAURIZIO e DETTI; *poi*, DUE AGENTI DI POLIZIA.

MAURIZIO. — Eccomi qui, amici miei... ammettendo sempre che io sia
l'uomo di prima, perchè durante la notte trascorsa in prigione io
sono divenuto un altro uomo. (*Osserva Enrichetta ed Adolfo*).
ADOLFO. — Siediti e raccogliti un po'! Poi discuteremo insieme sul
da farsi.
MAURIZIO — (*ad Enrichetta*). Forse io vi sono di troppo!
ADOLFO. — Non usare espressioni amare per noi!
MAURIZIO. — In queste ultime ventiquattro ore sono diventato così
cattivo e così irascibile, che fra breve sarò sfuggito da tutti! D'al-
tronde chi vorrebbe prestar compagnia ad un assassino?
ENRICHETTA. — Ma se sei stato assolto!
MAURIZIO — (*estraendo dalla tasca un giornale*). Sì, sono stato assolto
dalla Polizia, ma non dall'opinione pubblica! Osservate qui: « L'as-
sassino Maurizio Gerard, ex-autore drammatico, e la sua amante
Enrichetta Mauclerc ».
ENRICHETTA. — Madre mia! Sorelle mie! Gesù mio, soccorreteci!
MAURIZIO. — Vedete anche voi in me il tipo dell'assassino? Ed oltre
a questa accusa mi si rinfaccia d'aver rubato l'argomento del mio

dramma. Dunque non è rimasta più nemmeno un'ombra del trionfatore di ieri? In luogo del mio dramma si accetterà in repertorio una commedia del mio nemico Ottavio, che percepirà i miei centomila franchi! O Solone, Solone! Ecco ciò, che è la felicità, l'onore! Tu, invece, Adolfo, sei felice, perchè non hai ancora provato nessuna felicità.

ENRICHETTA. — Come? Dunque tu ignori che Adolfo ha ottenuto uno splendido successo all'Esposizione di Londra, dove ha riportato la prima medaglia?

MAURIZIO. — No, non lo sapevo! È vero Adolfo?

ADOLFO. — Sì, è vero! Però io hò restituita la medaglia...

ENRICHETTA — (sottolineando le parole). Ero all'oscuro di questa tua risoluzione! Dunque anche tu non puoi accettare onorificenze... come quel tuo vecchio amico?

ADOLFO. — Quale mio amico? (imbarazzato). Ah sì, sì!

MAURIZIO. — Il tuo successo mi rallegra, ma esso ci separa l'uno dall'altro!

ADOLFO. — Questo l'avevo preveduto anch'io. D'ora in poi vivrò solo col mio successo, nello stesso modo come tu col tuo insuccesso! E dire che gli uomini vengono schiacciati anche dalla loro felicità! La vita è un martirio!

MAURIZIO. — Questo lo dici tu? Ma che cosa dovrei poi dire io? Sembra come se un velo nero si sia calato sopra i miei occhi ed abbia cambiato le forme ed i colori di tutta la natura. Questo salotto è l'identico di ieri, eppure oggi mi sembra un altro: io vi riconosco ancora entrambi, ma i vostri visi mi sembrano nuovi: io me ne sto qui seduto in cerca di parole, perchè non so davvero che cosa vi debba dire: io dovrei discolparmi, ma non lo posso! Sto per dire che rimpiango di aver dovuto abbandonare la prigione, che avrebbe almeno potuto proteggermi dagli sguardi dei curiosi, che mi squadrano da capo a piedi... L'assassino Gerard e la sua amante! Enrichetta, tu non mi ami più, e tu mi sei divenuta indifferente! Oggi per me tu sei brutta, goffa, insulsa e ripugnante!

(Entrano due Agenti di Polizia, vestiti in borghese, che senza essere osservati si siedono nel fondo).

ADOLFO. — Abbi un po' di pazienza e fa di raccogliere i tuoi pensieri! Non so più quale giornale abbia pubblicato la notizia della tua assoluzione, che oltre ad allontanare da te ogni sospetto, fa crollare tutto il palco dell'accusa! Il tuo dramma verrà riammesso in repertorio... nella peggiore delle ipotesi ne scriverai un altro. Abbandona per un anno Parigi; la cosa andrà in dimenticanza e l'umanità, che per mezzo tuo consegui la sua riabilitazione, ti porterà di nuovo in alto.

MAURIZIO. — Ah, ah!... L'umanità!... Ah, ah!

ADOLFO. — Dunque tu hai perduto la fede nel bene?

MAURIZIO. — Sì, ammesso che una volta io l'abbia avuta! Forse la mia fede non era che un modo di vedere le cose o una specie di affabilità verso gli animali feroci. Se io, che dovevo essere uno degli uomini migliori, sono divenuto cosi infelice, quanto più sventurati diverranno poi gli altri?

ADOLFO. — Voglio comperare tutti i giornali della sera: vedrai che non sarà molto difficile di trovare un punto di partenza per arrivare a qualche nuova conclusione!

Maurizio — (*voltandosi verso il fondo*). Due agenti di Polizia in borghese!... Si capisce che io sono stato rimesso in libertà, però sotto la sorveglianza della Polizia, che cerca di farmi cadere nelle sue reti con qualche mia parola imprudente!

Adolfo. — Ma quei due uomini non sono agenti di Polizia! È una tua fissazione! Io li conosco molto bene! (*S'avvia per uscire*).

Maurizio. — Non lasciarci soli. Adolfo! Io ho paura che fra me ed Enrichetta si debba venire a qualche aperta dichiarazione.

Adolfo. — Sii ragionevole, Maurizio! E pensa al tuo avvenire. Tu, Enrichetta, cerca intanto di tranquillarlo! Io torno subito! (*Esce*).

SCENA XII.

ENRICHETTA, MAURIZIO e I DUE AGENTI DI POLIZIA.

Enrichetta. — Che pensi tu della nostra colpa o della nostra innocenza?

Maurizio. — Io non ho ucciso nessuno; ho soltanto parlato di uccisioni, perchè ero un po' brillo! Invece il tuo delitto esiste e tu l'hai innestato in me!

Enrichetta. — Ah, tu parli così?!... Ma non sei stato forse tu a scagliare la maledizione sulla tua bambina e ad augurarle la morte? Non volevi tu forse partire senza prendere congedo da lei? E non sono stata io, che ti pregai di andare a trovare Marion ed a salutare la signora Caterina?

Maurizio. — Sì, hai ragione... perdonami! Tu sei stata più umana di me e la colpa è di me solo! Perdonami, Enrichetta!... D'altronde io non ho nessuna colpa! Chi ha ingarbugliato questa rete, dalla quale non potrò mai più uscire? Colpevole ed innocente, innocente e colpevole, ecco la mia posizione! Da vero che c'è da impazzire!... Osserva quei due uomini, che stanno seduti là in fondo e che ci spiano!... E nessun cameriere si dà la briga di venire a servirci!... Andrò io in cerca di qualcheduno, per ordinare una tazza di thè per me! Desideri anche tu qualche cosa?

Enrichetta. — No!

(*Maurizio esce*).

SCENA XIII.

ENRICHETTA e I DUE AGENTI DI POLIZIA.

Il primo Agente di Polizia — (*avvicinandosi ad Enrichetta*). Mostrami le tue carte!

Enrichetta. — « Le tue carte?! » Si vergogni!

Primo Agente di Polizia. — Vergognarmi? Ti insegnerò io qualche cosa!

Enrichetta. — Di che si tratta?

Primo Agente di Polizia. — Io ho l'incarico di sorvegliare certe farfalle notturne e vagabonde; ieri ti ho veduta qui con un signore, oggi con un altro... e questo si chiama fare la vagabonda... Del resto, in questo locale non c'è l'uso di servire le signore sole... Esci dunque e seguimi!...

Enrichetta. — Ma il signore, che mi accompagna, ritornerà qui a momenti...

RIMO AGENTE DI POLIZIA. — Bella compagnia! Il tuo compagno non basta per proteggere una sgualdrina!

NRICHETTA. — Oh Dio! Madre mia! Sorelle mie!... Ma non sa lei che io sono una persona di buona famiglia!

RIMO AGENTE DI POLIZIA. — Di una famiglia certo molto ammodo! In ogni caso tutti i giornali della sera si occupano di te! Vieni!

NRICHETTA. — Dove?

'RIMO AGENTE DI POLIZIA. — All'Ispettorato di Polizia per ritirare una certa carta... un permesso, che accorda libera visita medica!

NRICHETTA. — Gesì mio! Ma tutto ciò è un orribile scherzo!

'RIMO AGENTE DI POLIZIA — (afferrandola per un braccio). No, non è uno scherzo.

NRICHETTA — (inginocchiandosi). Dio mio, soccorrimi!... Maurizio! Aiuto!...

'RIMO AGENTE DI POLIZIA. — Vuoi tacere! Va al diavolo!

(Maurizio entra con un cameriere).

SCENA XIV.

MAURIZIO, ENRICHETTA, I DUE AGENTI DI POLIZIA ed UN CAMERIERE.

L CAMERIERE. — Simile gente qui non la si serve! (A Maurizio) Pagate ed uscite! E non dimenticatevi di condur via quella donna!

IAURIZIO — (abbattuto - fruga nel portamonete). Enrichetta, paga per me e andiamo via! Io non ho in tasca neppure un centesimo!

L CAMERIERE. — Ah, così! La signorina paga anche per il suo amante!

ENRICHETTA — (frugando nel suo portamonete). Dio mio! È vuoto! Però Adolfo sarà qui a momenti!

'RIMO AGENTE DI POLIZIA. — Che bella coppia! Se non potete pagare, lasciate qualche oggetto in pegno! Alla fine dei conti non sono necessari tanti anelli alle dita!

IAURIZIO. — Ma ciò non è possibile!... Sarebbe mai vero che siamo ruzzolati così in basso?!

ENRICHETTA — (si leva un anello e lo consegna al cameriere). L'Abate aveva ragione! Tutto ciò non può essere opera umana!

MAURIZIO. — Sì; tutto ciò è opera del demonio!... Se però ci allontaniamo prima che Adolfo sia ritornato, egli crederà che l'abbiamo ingannato e che siamo fuggiti!

ENRICHETTA. — Questo epilogo armonizzerebbe con lo stile di tutto il resto!... In ogni modo, oramai non ci resta che un unico scampo: il fiume... non è vero?

MAURIZIO — (offrendo la mano ad Enrichetta ed avviandosi). Sì, gettiamoci nel fiume!

SIPARIO.

ATTO QUARTO.

Nel giardino del Luxembourg: davanti alle statue di Adamo ed Eva. Le foglie degli alberi stormiscono sotto il soffio del vento: sul suolo foglie secche, paglia e pezzi di carta, che girano in piccoli vortici.

SCENA I.

ENRICHETTA e MAURIZIO; *indi*, I DUE AGENTI DI POLIZIA:
infine, UN CUSTODE DEL LUXEMBOURG.

ENRICHETTA. — Dunque non vuoi morire?

MAURIZIO. — No, non lo posso! Mi pare che nella tomba, il mio corpo, avvolto in un semplice lenzuolo ed inchiodato fra quattro assi, dovrebbe gelare! E poi, oltre a ciò mi sembra come se non avessi ancora compiuto una qualche cosa in questo mondo... non so però quello che mi resti ancora da compiere!

ENRICHETTA. — Io lo indovino!

MAURIZIO. — Dimmelo!

ENRICHETTA. — Una vendetta!... Tanto io quanto tu abbiamo dei sospetti che Jeanne e Adolfo abbiano mandato i due agenti di Polizia sulle nostre tracce! Un simile atto di vendetta verso una rivale non può essere stato escogitato che da una donna!

MAURIZIO. — Io pure avevo questa idea! Però i miei sospetti vanno ancora più oltre... Non so, ma mi sembra che le sofferenze degli ultimi giorni m'abbiano reso molto più accorto! Come puoi, per esempio, spiegarti il fatto che i camerieri dell'*Auberge des Adrets* e del *Bois de Boulogne* non sieno stati interrogati come testimoni?

ENRICHETTA. — Appena adesso mi viene in mente questa circostanza!... Io però me la so spiegare... I due camerieri non potevano fare nessuna deposizione, perchè non avevano sentito nulla dalle nostre bocche!

MAURIZIO. — Ma allora come mai il commissario poteva conoscere le nostre parole?

ENRICHETTA. — Egli non le conosceva, ma semplicemente le inventò lavorando di fantasia, e l'azzeccò giusta! Forse nella sua carriera avrà già avuto da fare con un caso eguale...

MAURIZIO. — O forse egli avrà potuto leggere sui nostri visi le parole, che avevamo pronunziate! Ci sono delle persone, che possono leggere i pensieri degli altri... Il commissario trovò molto naturale il fatto che noi applicammo il soprannome di « asino » al povero Adolfo tradito, tanto più che Adolfo aveva già il soprannome di « idiota »: e poi, siccome noi avevamo parlato anche di un carro di trionfo, ci voleva ben poco per conoscere chi fosse l'asino. Questo è un sistema tanto semplice quanto quello di trovare una quarta cifra, quando se ne conoscono tre.

ENRICHETTA. — Pensa come ci siamo lasciati gabbare!

MAURIZIO. — Questo succede a tutti coloro che credono buoni gli uomini! Eccone la bella ricompensa!... Io però suppongo che dietro a quel commissario. che. fra parentesi. deve essere un furfante matricolato, stia nascosta qualche altra persona!

ENRICHETTA. — Tu vuoi alludere all'abate. che. secondo te. sarebbe un agente segreto di Polizia?

MAURIZIO. — Sì: alludevo proprio a lui! Quell'abate ha occasione di sentire molte confessioni... or bene. fa attenzione a questo fatto: lo stesso Adolfo ci raccontò di essere stato alla mattina nella chiesa di Saint-Germain! Che cosa andò a fare in quel luogo? Egli avrà naturalmente chiacchierato e si sarà lamentato... più tardi poi l'abate avrà imbastito le domande per il commissario.

ENRICHETTA. — Dimmi: hai fede in Adolfo?

MAURIZIO. — Io non credo più a nessuno!

ENRICHETTA. — Neppure ad Adolfo?

MAURIZIO. — A lui... meno che a tutti! Come vuoi che possa prestar fede ad un mio amico. ad un uomo. al quale io ho rubato l'amante?!

ENRICHETTA. — Ora. che hai pronunciato queste parole. voglio raccontarti qualche cosa di lui. Come hai sentito. Adolfo ha restituito la medaglia riportata a Londra. Indovini la ragione del suo rifiuto?

MAURZIO. — No!

ENRICHETTA. — Adolfo non si crede degno di quella medaglia... e per espiare un suo peccato. egli ha fatto il voto di non accettare più nessuna onorificenza!

MAURIZIO. — Sarebbe mai possibile? Quale è il suo peccato?

ENRICHETTA. — Egli ha commesso un delitto. che non può venire punito dalla legge! Me l'ha raccontato egli stesso. però in termini molto vaghi!

MAURIZIO. — Dunque anche Adolfo è un peccatore! Lui. il più buono degli uomini. l'uomo ideale. che non sparla mai di nessuno e che perdona a tutti!

ENRICHETTA. — Lo vedi anche tu che noi non siamo peggiori degli altri uomini. e ciò non di meno noi siamo perseguitati. giorno e notte. dai demoni!

MAURIZIO. — Anche Adolfo colpevole! Ma allora l'umanità non è stata calunniata mai! Se però egli è stato capace di commettere un delitto. allora si può crederlo autore di qualunque altra cattiva azione! Forse è stato lui. che ti fece incontrare con quei due poliziotti! Ora che ci ripenso bene... egli s'allontanò da noi appena ebbe visto i nostri ritratti sui giornali. e mentì quando volle rassicurarci dicendoci che quelli non erano due agenti di Polizia! Già. un amante ingannato è capace di qualunque azione!

ENRICHETTA. — Sarebbe mai possibile che fosse così vile? No: è impossibile!

MAURIZIO. — Perchè no? Io. invece. ti dico che egli è un furfante!... Che cosa parlasti ieri di me con lui. prima della mia venuta?

ENRICHETTA. — Egli non disse che bene di te!

MAURIZIO. — Tu menti!

ENRICHETTA — (raccogliendosi. poi cambiando tono). Ascoltami!... C'è ancora una persona. sulla quale non hai gettato nessun sospetto. senza ch'io sia riuscita a comprenderne il motivo!... Non hai pensato al contegno ambiguo della signora Caterina? Non ti disse forse. quella vecchia. che ti credeva capace di qualunque mala azione?

MAURIZIO. — Sì, ella l'ha detto! In ogni caso quel suo modo d'agire verso di me non fa altro che dimostrare che razza di persona sia quella donna! Poichè chi può pensare così male del prossimo senza averne alcun motivo deve essere egli stesso una grande canaglia!

ENRICHETTA — (lo fissa, poi, dopo una pausa, gli dice:) Chi può pensare così male del prossimo, deve essere una grande canaglia!

MAURIZIO. — Che cosa intendi dire?

ENRICHETTA. — Quello, che ho detto!

MAURIZIO. — Credi tu che io...?

ENRICHETTA. — Sì: ora lo credo! Dimmi: quando ti recasti ieri mattina da Marion, non c'era in casa che la bambina?

MAURIZIO. — Perchè mi fai questa domanda?

ENRICHETTA. — Indovinalo!

MAURIZIO. — Dal momento che mostri di saperlo... ebbene, io vi ho trovato anche Jeanne...

ENRICHETTA. — Perchè mi hai mentito?

MAURIZIO. — Perchè volevo risparmiarti un dispiacere!

ENRICHETTA. — Ed ora come vuoi che io possa prestar fede a un mentitore? No... adesso credo fermamente che tu solo sei stato l'assassino della bambina.

MAURIZIO. — Aspetta! Malgrado tutti gli sforzi, da me fatti per evitare l'argomento, a cui erano rivolti i miei pensieri, ci siamo arrivati!... È strano che le cose, che abbiamo sotto i nostri occhi, sieno sempre le ultime a vedersi; e che si creda a quello, che non si vuole credere!... Dimmi: dove sei stata ieri, dopo che ci siamo separati al Bois de Boulogne?

ENRICHETTA. — (inquieta). Cioè?

MAURIZIO. — Una delle due: o sei stata in casa di Adolfo - ciò, che non è il caso, perchè egli a quell'ora era fuori per dare alcune lezioni di disegno - o sei stata... da Marion!

ENRICHETTA. — Ora sono ancor più persuasa che tu sei l'assassino della bambina!

MAURIZIO. — Io, invece, credo che l'assassina sei tu! Difatti tu sola potevi avere un interesse nella morte di Marion, e desideravi che - per adoperare la stessa tua frase - il sasso venisse rimosso dalla strada...

ENRICHETTA. — Quella frase l'hai pronunciata tu!

MAURIZIO. — Chi ha da ritrarre un vantaggio da un delitto, l'ha anche commesso!

ENRICHETTA. — Maurizio! Siamo stati trascinati insieme nel giro di una ruota dentata e ci siamo flagellati reciprocamente... Riposiamo ora un po'; altrimenti impazzisco!

MAURIZIO. — Sei giunta già a quel punto?!

ENRICHETTA. — Non credi che sarebbe il momento di separarci, prima d'impazzire?

MAURIZIO. — Lo credo anch'io!

ENRICHETTA. — Allora addio! (Si alza).

(Due uomini, vestiti in borghese, compariscono nel fondo).

ENRICHETTA — (che stava per uscire, ritorna verso Maurizio). Eccoli di nuovo qui!

MAURIZIO. — I due angeli neri, che vogliono cacciarci dal giardino...

ENRICHETTA. — ...e spingerci l'uno verso l'altro, come se noi due dovessimo venire inchiodati insieme!...

AURIZIO. ...o come se fossimo condannati ad unire i nostri destini per tutta la vita! Vuoi che ci sposiamo davvero; che ci gettiamo nella stessa rete; che ci facciamo chiudere in faccia le porte della società, per poter poi forse finalmente godere un po' di pace?

NRICHETTA. — Vorresti che ci chiudessimo in quella rete per torturarci vicendevolmente sino alla morte, portando ognuno di noi la propria ombra come dote? Tu mi tormenteresti con i ricordi di Adolfo, ed io ti torturerei con quelli di Jeanne... e di Marion.

AURIZIO. — Non pronunziare mai più il nome di Marion! Sai bene che la povera piccina verrà sepolta oggi... forse proprio in questo momento.

NRICHETTA. — E perchè non sei andato al suo funerale?

AURIZIO. — Perchè tanto Jeanne quanto la Polizia mi hanno ammonito di tenermi in guardia dal furore della plebaglia!

NRICHETTA. — Dunque sei anche pusillanime?

AURIZIO. — Sì: ho tutti i difetti! Come hai potuto amarmi?

NRICHETTA. — L'altro ieri eri un altro uomo, degno di essere amato...

AURIZIO. — Mentre oggi sono cascato nel fango!

NRICHETTA. — Non parlare cosi! Tu incominci ora a sfoggiare certe malvagità che non sono tue!

AURIZIO. — Forse saranno tue?

NRICHETTA. — Sì... forse! Del resto, quando tu diventi apparentemente più cattivo, io mi sento subito un po' migliore.

AURIZIO. — Proprio come in certe malattie!

NRICHETTA. — Tu però sei diventato anche rozzo!

AURIZIO. — Tutti questi miei cambiamenti li ho notati anch'io! Dalla notte, in cui fui condotto in prigione, non mi riconosco più! La Polizia cacciò in carcere un uomo e ne uscì un altro dalla porta, che allontana dalla società. Oramai sento di essere diventato un nemico dell'umanità, il quale vorrebbe asciugare gli oceani ed incendiare il mondo, per lavare la propria onta nelle fiamme di quell'incendio!

NRICHETTA. — Stamane ho ricevuto una lettera di mia madre, che è vedova d'un colonnello - una donna con la testa piena di idee sull'educazione, sull'onore e simili cose... Vuoi leggere la sua lettera? No: non lo vuoi!... Io sono caduta nel disprezzo di tutti! Le persone per bene, che mi conoscono, non vogliono più venire con me; e se andrò sola, la Polizia mi arresterà! Comprendi che noi due dobbiamo sposarci?

AURIZIO. — Noi ci odiamo e, malgrado quest'odio reciproco, dobbiamo sposarci! Ecco il nostro inferno! Però, prima di unire i nostri destini, devi palesarmi il tuo segreto... così le nostre partite saranno pareggiate.

NRICHETTA. — Ebbene, te lo svelerò! Avevo un'amica, che era stata disgraziata... tu già mi comprendi! Volevo salvarla, tanto più che era in giuoco il suo avvenire; però, siccome io non agii con sufficiente avvedutezza, ella si uccise!

AURIZIO. — Il tuo modo d'agire sarà stato un po' imprudente; in ogni caso esso ti fu suggerito da un sentimento nobile!

NRICHETTA. — Ora mi parli così! Ma in un prossimo nostro incontro ridiventerai cattivo; e mi lancerai chissà quali accuse!

AURIZIO. — No: questo non lo farò mai! Non posso però nasconderti che la mia fiducia in te si è affievolita, e che adesso ho paura di starti vicino... Dimmi: l'amante della tua amica suicida è ancora vivo? Sa egli che tu sei stata la causa di quella morte?

ENRICHETTA. — Era mio complice!

MAURIZIO. — Pensa! Se in quell'uomo si facesse sentire la voce della coscienza - ciò che non succede tanto di rado - e s'egli sentisse il bisogno di confessare il suo fallo... tu saresti perduta!

ENRICHETTA. — Lo so troppo bene! Ed è appunto questo continuo timore che mi costringe a vivere in mezzo alle orge, cosicchè non arrivo mai ad aprire gli occhi per iscorgere la realtà!

MAURIZIO. — E tu vorresti ora che io basassi i miei diritti matrimoniali sulle tue ansie? Ah, tu esigi un po' troppo!

ENRICHETTA. — Ma se io mi adattassi ad unire la mia sorte a quella di un assassino!...

MAURIZIO. — Facciamola finita una buona volta!

ENRICHETTA. — No; non è ancora giunta l'ora! E poi io non mi ritirerò che quando avrò messo in chiaro certe cose che ti riguardano! Io non voglio che lasciandomi tu possa ritenerti migliore di me!

MAURIZIO. — Vuoi lottare con me? Ebbene, sia!

ENRICHETTA. — Sì, lotteremo per la vita e per la morte!

(S'ode un lontano rullìo di tamburi).

MAURIZIO. — È il segnale della chiusura del giardino!... « La terra sarà maledetta per cagion tua ed ella ti produrià spine e triboli ».

ENRICHETTA. — « Ed il Signore Iddio disse alla donna... »

UN CUSTODE — (in uniforme, cortesemente). Signori, il giardino deve venir chiuso.

SCENA II.

LA SIGNORA CATERINA, ADOLFO ed ENRICHETTA.

La latteria.

(La SIGNORA CATERINA, seduta al banco dello spaccio, sta scrivendo in un libro. ADOLFO ed ENRICHETTA sono seduti ad un tavolo).

ADOLFO — (calmo e sorridente). T'assicuro ancora una volta che se io mi sono allontanato da voi, lo feci soltanto perchè credevo di esservi d'incomodo. Ne sei persuasa?

ENRICHETTA. — Ma perchè ci hai dato ad intendere che quegli uomini non erano due agenti di Polizia?

ADOLFO. — In primo luogo perchè io stesso credevo che essi non lo fossero, e poi perchè non volevo accrescere la vostra inquietudine!

ENRICHETTA. — Lo credo, perchè me lo dici tu! Ora però anche tu devi credere a quello che sto per confessarti.

ADOLFO. — Parla!

ENRICHETTA. — Ti prego però di non venirmi poi fuori con le tue solite « fantasticherie ed immaginazioni! »

ADOLFO. — Dunque ti senti d'aver paura anche delle mie fantasticherie?

ENRICHETTA. — Io non ho paura di nulla; dicevo così perchè conosco troppo bene te e la tua poca fede... Or bene, promettimi di non palesare a nessuno quello che ti dirò!

ADOLFO. — Te lo prometto!

ENRICHETTA. — È orribile! Figurati che io ho delle mezze prove od almeno degli indizî abbastanza fondati per ritenere colpevole Maurizio...

ADOLFO. — Che cosa dici?!

ENRICHETTA. — Ascoltami e poi giudica tu stesso!... Quando Maurizio si separò da me al Bois de Boulogne, egli mi disse che avrebbe approfittato dell'assenza di Jeanne per trovare Marion sola in casa. Or bene, all'indomani risultò invece che anche la madre era in casa! Egli m'aveva dunque detto una menzogna!

ADOLFO. — È possibile che egli abbia mentito per qualche buona ragione: però come mai puoi tu arguire da quella menzogna che Maurizio abbia commesso l'assassinio?

ENRICHETTA. — Come? Non lo comprendi?

ADOLFO. — No!

ENRICHETTA. — Non comprendi, perchè non lo vuoi!... Ora non mi resta altro che andare a denunziarlo: vedremo poi se egli potrà provare il suo *alibi!*

ADOLFO. — Enrichetta! Lascia che io ti dica tutta l'amara verità! Tanto tu quanto Maurizio siete arrivati all'orlo dell'abisso... della follia! Tutti due siete invasati dai démoni del sospetto e continuate a dilaniarvi con le vostre coscienze, già mezzo pervertite... Rispondimi se ho indovinato: adesso egli sospetta che sei stata tu ad uccidere la bambina?

ENRICHETTA. — Sì: a questo grado è giunta adesso la sua pazzia!

ADOLFO. — Tu chiami pazzi i suoi sospetti, ma non i tuoi!

ENRICHETTA. — Dimostrami prima il contrario: che, cioè, i miei sospetti sono ingiustificati!

ADOLFO. — Il compito è molto facile!... Da un nuovo esame è risultato che Marion è morta di una malattia molto comune, di cui però ho dimenticato il nome scientifico!

ENRICHETTA. — È vero?

ADOLFO. — Tutti i giornali di stamane hanno pubblicato i relativi protocolli.

ENRICHETTA. — Io non ci presto fede! I protocolli possono essere stati falsificati!

ADOLFO. — Enrichetta! Sta in guardia! Forse tu, senza saperlo, hai già oltrepassati certi limiti! Anzitutto bada di non lanciare delle accuse che potrebbero condurti in prigione! Guardati bene di non farlo! (*Le pone una mano sul capo*). Tu odii Maurizio?

ENRICHETTA. — Sì: il mio odio per lui è infinito!

ADOLFO. — Quando l'amore si trasforma in odio, la è finita!

ENRICHETTA — (*più calma*). Che cosa devo fare? Dammi un consiglio tu, che sei il solo uomo che possa comprendermi!

ADOLFO. — Tu però non vuoi sentire delle prediche, non è vero?

ENRICHETTA. — Non hai nulla di meglio da offrirmi?

ADOLFO. — No! Però le prediche hanno molto giovato a me!

ENRICHETTA. — Ed allora predica pure!

ADOLFO. — Cerca di rivolgere il tuo odio verso te stessa! Immergi il coltello nelle cicatrici dove è accumulata la tua perfidia!

ENRICHETTA. — Spiegati meglio!

ADOLFO. — Dapprima separati da Maurizio: così eviterete di fondere insieme le vostre coscienze. Poi fa di abbandonare la carriera artistica che per te non aveva alcun altro scopo all'infuori di poter vivere allegramente ed in piena libertà... Hai visto bene che anche quella vita non era allegra. Ritorna in casa di tua madre...

ENRICHETTA. — Mai e poi mai!

ADOLFO. — Alloia iitiiati piesso qualche altia peisona amica!

ENRICHETTA. — Adolfo! Incomincio a ciedeie che tu sappia che io ho indovinato il tuo segieto e che conosco il motivo del iifiuto di quella tua medaglia!

ADOLFO. — Piobabilmente tu l'aviai compreso da qualche allusione?

ENRICHETTA. — Piopiio così! Ma come hai fatto a riacquistaie la pace?

ADOLFO. — Come ti ho già accennato: dopo avei iiconosciuta la mia colpa, mi pentii e decisi di migliorarmi e m'imposi una vita di contiizione.

ENRICHETTA. — Ma come mai si può sentiie il pentimento, quando manca la coscienza? Ciedi tu che il pentimento sia un dono che si iiceve come la fede?

ADOLFO. — Ogni cosa è un dono! Del iesto tu sai bene che nessun dono viene concesso all'uomo se egli non lo cerca... Ceicalo!

ENRICHETTA — (tace).

ADOLFO. — Bada di non peideie tempo per andaie a ceicailo, perchè in caso diveiso il tuo cuoie potiebbe induiiisi ed alloia'tu saiesti irremissibilmente peiduta!

ENRICHETTA — (dopo una pausa). Ciedi tu che la coscienza sia la pauia di un castigo?

ADOLFO. — No; è l'oioie della nostia natuia buona per le malvagità del nostio cattivo io!

ENRICHETTA. — In tal caso anch'io ho una coscienza!

ADOLFO. — Ceito; però...

ENRICHETTA. — Dimmi, Adolfo! Sei tu quello che si suol chiamaie un uomo ieligioso?

ADOLFO. — Nemmen per sogno!

ENRICHETTA. — Tutto ciò è così strano!... Che cosa è mai la religione?

ADOLFO. — Io non lo so: anzi credo che nessuno possa iispondere ad una simile domanda. Talvolta mi sembia che essa sia un castigo, poichè chi non ha una cattiva coscienza non può piofessaie una religione...

ENRICHETTA. — Sì, la ieligione è un castigo... Ora so quello che mi iesta a faie! Addio, Adolfo!

ADOLFO. — Dunque tu vuoi paitiie?

ENRICHETTA. — Sì, voglio paitiie! Tu mi hai già detto dove ho da andaie! Addio, Adolfo! Stia bene, signoia Cateiina!

SIGNORA CATERINA. — Vuole paitiie così in fretta?

ENRICHETTA. — Sì!

ADOLFO. — Vuoi che ti accompagni?

ENRICHETTA. — No! Voglio andaie sola, come sola sono venuta qui, in una gioinata di piimaveia, e con la fede di appaiteneie al vostio ambiente, che, invece, non si confaceva a me, con la fede che ci fosse ciò che io chiamavo libertà e che, invece, non esiste! Addio! (Esçe).

SCENA III.

LA SIGNORA CATERINA e ADOLFO.

SIGNORA CATERINA. — Io mi auguio che questa signoia non iitoini mai più fra noi! Quanto meglio saiebbe stato se ella non fosse mai venuta qui!

ADOLFO. — Chissà ch'essa non abbia avuto da compieie qui una missione? In ogni caso, quella donna meiita compassione... molta compassicne!

SIGNORA CATERINA. — È vero! Già tutti noi abbiamo bisogno di molta compassione...

ADOLFO. — Anzi quella donna ha fatto molto meno male di noi...

SIGNORA CATERINA. — È possibile, ma è poco probabile!

ADOLFO. — Lei, signora Caterina, è molto severa! Mi dica: non ha lei mai commesso qualche cattiva azione?

SIGNORA CATERINA — (accasciata). Sì, anch'io sono una povera peccatrice. Chi però ha già messo il piede sopra una fragile lastra di ghiaccio ha il diritto ed il dovere di dire al prossimo: « Non mettervi il piede sopra! » senza che per questo consiglio si debba venir giudicati troppo teneri o troppo crudeli! Non ho io forse detto al signor Maurizio, allorquando quella signora entrò nel mio locale: « Si guardi bene da quella donna... non vada con lei »? Egli, invece, vi andò come un bambino ostinato e disobbediente, e vi rimase attaccato! E chi si comporta in quel modo merita di venir battuto, proprio come si fa coi cattivi monelli!

ADOLFO. — E Maurizio è stato battuto?

SIGNORA CATERINA. — Sì; però le busse non sembra che gli sieno state sufficienti, perchè egli va ancora in giro a lamentarsi!

ADOLFO. — Questa è una interpretazione molto popolare di un arduo problema!

SIGNORA CATERINA. — Ma che! La signorina Enrichetta ed il signor Maurizio si diedero a filosofare sulla loro malvagità, e mentre stavano ancora discutendo, sopraggiunse la Polizia, che sciolse l'enigma! Ora mi lasci un po' in pace, chè ho da fare alcuni conti!

ADOLFO. — Ecco qui Maurizio!

SIGNORA CATERINA. — Dio lo benedica!

SCENA IV.

MAURIZIO è DETTI.

MAURIZIO — (accalorato, entra e si siede vicino ad Adolfo). Buona sera!

SIGNORA CATERINA — (saluta col capo e continua a scrivere nel suo libro).

ADOLFO. — Ebbene, che c'è di nuovo?

MAURIZIO. — Ora la mia situazione incomincia un po' a schiarirsi!

ADOLFO — (porgendo a Maurizio un giornale, che egli non prende). Dunque tu hai letto il giornale?

MAURIZIO. — Io non leggo più giornali: non contengono che infamie!

ADOLFO. — Fammi il piacere di leggere prima...

MAURIZIO. — No! non lo voglio!... Già i giornali non pubblicano che menzogne! Ora però voglio raccontarti la nuova piega, che ha preso l'affare... Indovina chi ha ucciso la bambina?

ADOLFO. — Nessuno! Nessuno!

MAURIZIO. — Sai tu dove Enrichetta andò a passare quel quarto d'ora durante il quale la bambina rimase sola in casa? Ella andò da Marion! E fu lei che uccise la piccina!

ADOLFO. — Tu sei pazzo! .

MAURIZIO. — Enrichetta è pazza, non io! Ella continua a nutrire dei sospetti su di me e mi ha minacciato di denunziarmi!

ADOLFO. — Enrichetta era qui sino a poco fa e mi disse presso a poco le stesse tue parole! Ambidue siete pazzi! Sappi che dalla nuova perizia medica è risultato che la bambina è morta di un male, di cui adesso non mi ricordo più il nome...

MAURIZIO. — Questo non è vero!

ADOLFO. — Anche Enrichetta fece la stessa osservazione! Del resto il protocollo della perizia è stato riprodotto sui giornali!

MAURIZIO. — L'avranno falsificato!

ADOLFO. — L'identica osservazione l'ha fatta anche lei!... Entrambi siete ammalati di spirito: quanto ad Enrichetta però sono riuscito a convincerla della sua pazzia...

MAURIZIO. — E dov'è ora andata?

ADOLFO. — È partita, per ricominciare una nuova vita!

MAURIZIO. — Hm! Hm!... Sei stato al funerale della bambina?

ADOLFO. — Sì, ci sono stato!

MAURIZIO. — E poi?

ADOLFO. — Jeanne, che sembrava rassegnata, non disse nessuna parola offensiva per te.

MAURIZIO. — Jeanne è una buona creatura!

ADOLFO. — Ma allora perchè l'hai abbandonata?

MAURIZIO. — Ero esaltato: ero pazzo!... avevamo bevuto dello *champagne*...

ADOLFO. — Ora comprenderai perchè Jeanne piangesse quando tu bevevi dello *champagne?*

MAURIZIO. — Sì, ora lo comprendo... Appunto per questo motivo le ho scritto poco fa e le ho chiesto il suo perdono... Credi che ella mi perdonerà?

ADOLFO. — Io credo che ti perdonerà, perchè Jeanne non è capace di odiare!

MAURIZIO. — E credi che, dopo d'avere ottenuto il suo perdono, Jeanne vorrà ancora sapere di me?

ADOLFO. — Non lo so! Tu le hai dato tali prove della tua infedeltà che ben difficilmente ella potrà riunire il suo destino al tuo!

MAURIZIO. — È vero: io però sento che il suo affetto per me non è ancora svanito, e sono certo che Jeanne ritornerà con me!

ADOLFO. — Come lo sai? Come puoi mai saperlo? Tu hai sospettato che lei ed il suo ottimo fratello, per vendicarsi, avessero mandato dei poliziotti per prostituire Enrichetta!

MAURIZIO. — Oramai non ho più quel sospetto! E poi il fratello di Jeanne è così poco intelligente...

SIGNORA CATERINA. — Senta! Perchè sparla in quel modo del signor Emilio? Egli non è che un semplice operaio, ma io desidererei che tutti gli uomini fossero così onesti come lui! Il signor Emilio, lungi dall'avere sulla coscienza qualche cattiva azione, è uomo di intelligenza e di tatto...

(*Entra Emilio*).

SCENA V.

EMILIO e DETTI; *poi*, L'ABATE.

EMILIO. — Il signor Gerard?

MAURIZIO. — Eccomi!

EMILIO. — Scusi! Avrei da dirle qualche cosa a quattr'occhi!

MAURIZIO. — Parli pure... ci troviamo fra buoni amici...

(*Entra l'Abate e si siede*).

EMILIO — (*lanciando un'occhiata sull'Abate*). Forse in questo caso...

Maurizio. — Non si faccia scrupoli! Anche il signor Abate, quantunque noi altri non andiamo d'accordo con lui su certe questioni, è nostro ottimo amico!

Emilio. — Il signor Gerard sa già chi sono: mia sorella mi ha incaricato di consegnarle questo involto in risposta alla sua lettera.

Maurizio — (prende l'involto e lo apre).

Emilio. — In pari tempo, come tutore di mia sorella, ho da aggiungere che io, tanto a nome di Jeanne quanto a mio nome, riconosco che il signor Gerard è libero da tutti i suoi obblighi verso mia sorella, poichè la relazione fra Jeanne e lui è finita. .

Maurizio. — Lei però deve nutrire rancore verso di me...

Emilio. — Perchè dovrei io odiarla? Io non so che cosa sia l'odio! Le sarei invece molto grato se volesse dichiararmi qui, in presenza dei suoi amici, che lei non ritiene nè me nè mia sorella così vigliacchi di aver fatto sorvegliare la signorina Enrichetta dalla Polizia.

Maurizio. — Io la prego di ritirare quelle espressioni e di accettare le mie scuse! Le basta?

Emilio. — Sì, ciò mi basta!... Buona sera a tutti!

Tutti.. — Buona sera!

(Emilio esce).

SCENA VI.

Maurizio, Adolfo, l'Abate e la signora Caterina; indi, una domestica.

Maurizio. — La cravatta ed i guanti, che mi mandò Jeanne per la sera della prima rappresentazione del mio dramma e che furono poi gettati da Enrichetta nel caminetto! Chi ci ha ghermito quegli oggetti? Ogni cosa viene levata di sottena o rimessa a galla!... Jeanne, quando mi consegnò questa cravatta e questi guanti al cimitero, disse che me li aveva portati affinchè io sembrassi un po' più elegante e facessi buona impressione sul pubblico... Lei però rimase a casa!... Jeanne si sentì, e con ragione, molto offesa perchè mi ero dimenticato del suo dono! Io stesso non posso trovare un'assoluzione per me, poichè l'azione che ho commessa è tanto orribile, che d'ora in poi non potrò più frequentare la società degli uomini onesti. Oh! che cosa ho mai fatto! Ho deriso un dono, che m'era stato offerto da un cuor d'oro ed un sacrifizio, che era stato compiuto per il mio benessere! Ed io ho ripudiati quei doni così preziosi per... una corona d'alloro, che adesso si troverà in qualche letamaio, e per un busto... degno della berlina!... Signor abate! Io verrò adesso da lei!

L'Abate. — Sarà sempre il benvenuto!

Maurizio. — Mi dica lei la parola, di cui ho tanto bisogno!

L'Abate. — Intende forse che io neghi le accuse, che lei da sè stesso s'è scagliato, e sostenga che lei non ha commesso una cattiva azione?

Maurizio. — Mi dica la vera parola!

L'Abate. — Con sua licenza, le dirò che io ho trovato il suo contegno tanto riprovevole quanto l'ha trovato lei stesso!

Maurizio. — Che cosa ho da fare per lavarmi da quell'onta?

L'Abate. — Lei lo sa meglio di me!

MAURIZIO. — No; io so soltanto che sono perduto, che la mia vita·è distrutta, che la mia carriera è finita, e che la mia buona reputazione è svanita per sempre!

L'ABATE. — Ed è per questo motivo che brama una nuova vita in un altro mondo migliore, nel quale ora incomincia a credere?

MAURIZIO. — Sì; è così!

L'ABATE. — Finora lei non ha vissuto che nel regno della carne, mentre ora lei vuole vivere in quello dello spirito! Ma è proprio sicuro che il mondo non abbia più nessun fascino per lei?

MAURIZIO. — Nessuno! L'onore è una larva; il denaro, un alloro appassito; la donna, un calice d'ebbrezza!... Conceda ch'io possa nascondermi nel suo tempio consacrato per dimenticare l'orrendo sogno, che s'è svolto in questi due giorni lunghi come un'eternità!

L'ABATE. — Sta bene! Però questo non è il luogo per discutere su simili argomenti! L'aspetto stasera alle nove ore nella chiesa di Saint-Germain, dove io predico per i penitenziari di Saint-Lazare: questo sarà il primo passo che dovrà fare sull'aspro sentiero della penitenza!

MAURIZIO. — Della penitenza?...

L'ABATE. — Lei m'aveva pur detto che desiderava...!

MAURIZIO. — È vero!

L'ABATE. — E poi noi teniamo vigilie fra le dodici e le due!

MAURIZIO. — Tutto ciò è molto bello!

L'ABATE. — Mi dia la mano! E badi di non volgersi indietro!

MAURIZIO — (s'alza e gli dà la mano). Ecco la mano e tutta la mia volontà!

UNA DOMESTICA — (esce dalla cucina). Il signor Maurizio è chiamato al telefono!

MAURIZIO. — Chi mi chiama?

LA DOMESTICA. — Il direttore del teatro!

MAURIZIO — (vuole svincolarsi dalla stretta dell'Abate, che lo trattiene).

L'ABATE — (alla domestica). Domandagli che cosa vuole dal signor Maurizio!

LA DOMESTICA. — Egli chiede se il signor Gerard assisterà alla rappresentazione di stasera.

L'ABATE — (a Maurizio, che vorrebbe svincolarsi da lui). No! Io non la lascio!

MAURIZIO. — A quale rappresentazione?

ADOLFO. — Perchè non hai voluto leggere i giornali?

L'ABATE e LA SIGNORA CATERINA. — Come?! Non ha letto i giornali?!

MAURIZIO. — I giornali non contengono che calunnie e menzogne! (Alla domestica) Rispondi al direttore che questa sera non posso venire in teatro, perchè ho da andare in chiesa.

(La domestica esce).

SCENA VII.

MAURIZIO, ADOLFO, L'ABATE e LA SIGNORA CATERINA.

ADOLFO. — Ebbene, giacchè non vuoi leggere i giornali, sappi che la Direzione del teatro, dopo la tua riabilitazione, ha riammesso in repertorio il tuo dramma, e che i tuoi amici hanno stabilito di farti questa sera un'imponente dimostrazione.

MAURIZIO. — È impossibile!

TUTTI. — Sì, è vero!

MAURIZIO — (*dopo una pausa*). Ma io non merito tutti quegli onori!

L'ABATE. — Bravo!

ADOLFO. — Maurizio, questo però non è ancora tutto!

MAURIZIO — (*col viso nascosto fra le mani*). Davvero?

SIGNORA CATERINA. — Fra giorni le verranno pagati i centomila franchi per il dramma, e così lei potrà acquistare una villa nei dintorni della città ed avere tutto quello che sognava... tranne la signorina Enrichetta!

L'ABATE — (*sorridendo*). La signora Caterina dovrebbe prendere le cose un po' più sul serio!

SIGNORA CATERINA. — Cosa vuole! Io non posso più restare seria... io devo ridere! (*Ride rumorosamente*).

ADOLFO. — Maurizio! Ricordati bene di andare al teatro... alle otto ore!

L'ABATE. — Alle nove però io l'aspetto in chiesa!

ADOLFO. — Maurizio!

SIGNORA CATERINA. — Signor Maurizio! Noi attendiamo ora da lei una parola decisiva.

MAURIZIO — (*appoggia il capo sulla tavola e lo nasconde fra le mani*).

ADOLFO. — Signor Abate! Liberi lei Maurizio da quell'impegno!

L'ABATE. — No, no! Io non libero nè lego nessuno! Spetta a lui solo di decidere!

MAURIZIO — (*s'alza*). Ebbene, io verrò con lei, signor abate!

L'ABATE. — No, amico mio... io non potrei fare altro che muoverle gli stessi rimproveri, che lei può infliggersi da solo! E poi lei ha ancora degli altri obblighi verso sè stesso e verso la sua buona riputazione! Il fatto che le è riuscito così facilmente di uscire fuori da quell'intrigo, è per me una prova che le sue sofferenze, per quanto brevi, sieno state così intense da sembrare eternità! E se la Provvidenza le ha dato l'assoluzione, a me non resta null'altro da aggiungere!

MAURIZIO. — Ed allora perchè mi venne inflitta una pena così atroce, dal momento che io ero innocente?

L'ABATE. — Atroce? Ma se non è durata che due giorni! Per ciò che riflette la sua presunta innocenza, le osserverò che l'uomo è responsabile anche dei propri desideri, dei propri pensieri e delle proprie parole, e che perciò quando la sua cattiva volontà augurò la morte a Marion, lei, col pensiero, uccise la bambina.

MAURIZIO. — Lei ha ragione, signor Abate!... Ed ora ho preso la mia risoluzione: questa sera io mi troverò con lei nella chiesa, per saldare certi conti verso me stesso... ma domani ritornerò al teatro!

SIGNORA CATERINA. — Bravo! Ecco una bella soluzione, signor Maurizio!

ADOLFO. — Auff! Sì, ecco la soluzione!

L'ABATE. — Proprio così!

SIPARIO.

(*Fine*).

AUGUSTO STRINDBERG.
(*Trad. di* MARIO BEZZI).

Emile Zola

EMILIO ZOLA

Mettere in contrasto l'accidentale e volgarissima fatalità, che l'ha ucciso, colla grandezza del personaggio, quel soffio di *gaz* micidiale, che la sbadataggine d'un servo ha lasciato filtrare nella sua stanza da letto, colla fama, che i suoi libri avevano sparsa di lui nel mondo intiero, è ormai, nei pochi giorni corsi da quella strana catastrofe; divenuta una *banalità* tanto sazievolmente ripetuta, che quasi uggisce di scriverla e si vorrebbe pur trovare altra mossa per cominciare.

Ma la straziante realtà, la tragica antitesi. s'impongono e non c'è verso di liberarsene. Egli stesso, lo Zola, che, per ultima concessione ai suoi entusiasmi scientifici, aveva consentito ad un medico di rivelare al pubblico le fisiche premesse della sua gloria letteraria e lé difficoltà intime, contro le quali aveva dovuto lottare tutta la vita; lo inciociamento atavistico di Dalmato, di Greco e di Italiano, che, rinnovatosi nel padre italiano e nella madre francese, spiega la forza e la varietà del suo ingegno; la tarda età del padre e l'isterismo epilettico della madre, che danno ragione con tutta sicurezza delle anomalie psichiche e nervose, che lo travagliavano, e quasi gli assicuravano, coll'*angina pectoris,* colle vertigini, coi terrori fantastici, di cui soffriva, una morte precoce ed istantanea, mentre poi l'autopsia cadaverica ha riscontrato invece nel suo corpo tutta la forte e sana struttura d'un uomo destinato a campar centenario, – egli stesso, dico, lo Zola, mai avrebbe potuto immaginarsi d'incappare in quell'insidiosa trappola di destino, cui ha dovuto soccombere, e che per lo meno dimostra col fatto, come non franchi la spesa di ridersi dell'*estote parati,* in forza del quale la più umile beghina assedia da mane a sera altari e confessionali, se basta, mentre si dorme, un fumaiolo del càminetto a troncar la vita d'un grand'uomo al pari di quella d'un imbecille ed a mandare a monte in un attimo tutte le sudate analisi, le conclusioni ed i pronostici della scienza.

Che cosa si vuol dedurre da ciò? Nient'altro, se non che la fatalità, il mistero, che dominano la vita, al pari della fitta nebbia, che su questa cima d'Appennino circonda, mentre scrivo, la mia dimora e mi toglie persino la vista d'un campanile e d'una lunga fila di alberi, posti a dieci passi da me, mostrano il perpetuo *ignoto,* che avvolge e fascia da ogni parte la ragione umana e, se accrescono a mille doppi il dolore di veder scomparire in così inopinato e misero modo un uomo ed uno scrittore, quale fu Emilio Zola, fanno di necessità ripensare altresì che sull'infallibilità della scienza egli fondò appunto tutta la sua opera letteraria e che la volgarità brutale dell'impreveisto accidente, cui è dovuta la sua morte, par fatto a posta per dimostrare non già che in·

lui il pensatore e il filosofo si siano ingannati (lasciamolo dire ad un'altra classe di tristi dogmatici, i quali poi per rabbie settarie ne inducono ben altre illazioni), ma che s'è forse ingannato l'artista, allorchè, accettando senza più tutte le conclusioni della scienza, gli è parso di dovei così essere certo di riprodurre tutta intiera la realtà della vita.

Tanto più s'è ingannato, in quanto essendo egli padrone di svolgere e risolvere nel suo cosiddetto romanzo sperimentale caratteri e fatti a grado della sua fantasia, rinunciava per tal guisa a quella stessa, saviamente scettica e puramente obbiettiva, ricerca di certezza, che le esperienze rinnovate e accettate quali riescono, possono fornire; e deliberatamente si dilungava da quel probabilismo, filosofico ed artistico ad un tempo, in cui può consistere la serietà dell'ipotesi scientifica ed in cui sicuramente consiste la realtà della vita umana e sociale, qual'è e quale l'arte può tentare di riprodurla, non quale ce la possiamo figurare per farne l'applicazione d'un sistema.

Per la più piccola violenza, che gli si faccia, anche il positivismo finisce in una metafisica. Lo stesso Comte ne fu accusato e molti pure de' suoi migliori seguaci, che per larghezza d'ingegno e vigore di fantasia non poterono contenersi in quelle strettoie di dottrina, nelle quali invece si trovarono a tutto loro agio positivisti puri e fanatici, come, ad esempio, il Littré. Dottrina pretensiosa, non meno del vecchio Hegelianismo, che la realtà creava da sè, ed alla lunga più volgare e perciò numerante via via assai meno aderenze che diserzioni.

V'è sempre rimasto fedele anche lo Zola? No, certo. Egli stesso si vantò, scrivendo al suo medico, d'essere stato un infelice e nervoso temperamento di pensatore e d'artista, che s'è travagliato tutta la vita, spasimando per un alto ideale e dicendo forte, senza esitazioni e senza paure, tutto quello che avea creduto fosse giusto ed utile di dire. Ed in realtà si potrà accusarlo d'essersi spesso dimenticato che *toute vérité n'est pas bonne à dire;* lo si potrà accusare insomma d'aver detto troppo, non troppo poco di certo.

Lo Zola non è stato un dotto, nè come filosofo, nè come letterato. Ciò gli ha nociuto e giovato, crediamo, nel medesimo tempo. Gli ha nociuto, facendogli accogliere con poca critica e non sempre esatta e compiuta cognizione delle dottrine ed i sistemi, a cui ha conformato l'opera sua; gli ha giovato, salvandogli una specie d'artistica verginità, per cui non c'è audacia che l'abbia sgomentato, nè modelli, nè *freni d'arte,* che l'abbiano trattenuto negli argomenti da lui prescelti e nelle atroci realtà di ogni fatta, da lui dipinte con quella sua maravigliosa potenza, che dove ancora vi pare prolissa, o vi sazia, o addirittura vi nausea, non cessa per questo d'avervi vinti, affascinati, conquistati e di stamparsi incancellabile nell'animo dei lettori più riluttanti. Questo egli ha per lo meno di comune coi grandi scrittori di vera fama mondiale.

Nè alla fortuna però, nè alla gloria, nè all'intiero possesso dell'arte sua Emilio Zola è giunto di lancio. Non è di quelli, dei quali si potè dire: «S'addormentò ignoto e si svegliò già famoso». Tutt'altro! La sua carriera letteraria è stata lunga e penosa. Poverissimo, sperduto nel maremagno di Parigi, vi compì a mala pena gli studi incominciati in provincia, ad Aix; poi, per vivere, dovette acconciarsi per impiegato nella libreria Hachette, ov'ebbe almeno occasione di vedere e ascoltare talvolta letterati illustri, fra gli altri il Taine, *maestro* ed *autore* suo. A ventiquattro anni pubblicò il suo primo volume. Due anni dopo tentava il giornalismo con mediocre successo, salvo l'urtante novità di certi suoi giudizi letterari ed artistici, che fu notata bensì, ma non trovata di loro gusto dai direttori dei giornali, ai quali non dovea pel momento metter conto *partire in guerra* pei capricci d'un principiante, che intitolava già le sue fisime critiche: *Mes Haines*, a gran meraviglia d'Alessandro Dumas-figlio, cui non riesciva capacitarsi come si potesse esordire così.

Se non che quegli odii celano in realtà amori e consensi intellettuali non meno ardenti, e già se ne vedono i baleni precursori di burrasca in alcuni romanzi, nei quali prelude all'applicazione dell'evoluzione Darwiniana e del positivismo del Comte e del Taine, dottrine, che verso il 1870, *l'année terrible* della grande crisi francese, erano in pieno fiore e con tutto il prestigio per di più dell'opposizione politica all'enigmatica ontologia della Sfinge imperiale.

Seguirono la guerra perduta, il crollo del secondo Impero, l'invasione, l'assedio di Parigi, la *Commune,* la repubblica conservatrice. Ma *conservatrice* di che cosa? Di quello, che non c'era più? Eufemismi da parlamentari! Fra le angoscie disperate della disfatta, l'odore delle stragi diffuse ancora nell'aria e le macerie ancora fumanti della grande città, Emilio Zola, riunendo quasi insieme, come un'eco inconsapevole, la nota di Tacito, di Giovenale e di Shakespeare, medita la pittura, la vendetta e la satira di quella decadenza senza nome, che lo circonda, gli pare di trovarne la spiegazione nelle dottrine darviniane e positiviste dell'atavismo, dell'eredità e dell'evoluzione e lancia nel 1871 il primo saggio d'un grande ciclo alla Balzac di romanzi sociali: *Les Rougon-Macquart, histoire naturelle et sociale d'une famille* sous le *second Empire,* venti volumi da *La Fortune des Rougon,* che è il primo, al *Docteur Pascal,* che è l'ultimo, legati per verità l'uno all'altro (checchè ne dicano gli ultra-zoliani) da un filo assai debole di continuità, visibile appena (anche avendo sott'occhi l'albero genealogico dei Rougon-Macquart, delineato dallo stesso Zola, o la tavola analitica dei personaggi del Ramond), nè tutti di egual valore letterario, ma componenti tutti insieme un'opera gigantesca e rivelatrice d'un ingegno di prim'ordine, nonostante le superfluità, gli eccessi e le vere offese al pudore pubblico, che niuna necessità artistica licenzia, nè alcuna sincerità di teoriche inspiratrici può giustificare.

Ma ritornare su questo triste aspetto dell'arte Zoliana è ormai inutile. La polemica fra l'ideale e il reale, fra l'arte libera e non libera, val quanto dire fra l'arte sudicia e l'arte pulita, che, anni sono, s'atteggiò persino ad emancipatrice dello spirito umano, è finita nel ridicolo che meritava e nessuno ne parla più. L'arte dello Zola le ha sopravvissuto però, non per questo, ma nonostante questo, perchè era arte grande davvero e ciò fu anzi, si può dire, la prova di fuoco della sua schietta grandezza.

Nel corso della pubblicazione, durata circa vent'anni, ciascun volume ebbe naturalmente varia fortuna. Il pubblico anzi non s'arrese facilmente, e l'immenso successo non si determinò che al settimo volume: *L'Assommoir.* Il colmo della linea ascendente è segnato da *Germinal,* trionfo più giusto e più vero dello scandalo di *Nana,* di *Pot-Bouille,* di *Terre,* di *Bête humaine,* romanzi, nei quali, benchè intramezzati dalle varietà quasi idilliche della *Faute de l'abbé Mouret* (in cui la scena del giardino gareggia coll' *incantesimo della foresta* nel *Siegfried* del Wagner), della *Page d'amour* e del *Rêve,* non cala bensì la potenza somma dello scrittore, ma si palesano vieppiù gli errori dell'arte sua: il simbolismo vince la mano al positivismo, il mostruoso

al reale, la pittura va divenendo *maniera,* lascia dubitare della sùa
sincerità, e l'interesse va scemando sino a *Docteur Pascal,* che, anche
come romanzo, risente, si direbbe, la fiacca e ripugnante insipidezza
dell'amore d'un vecchio, sebbene questo preteso scienziato dagli ero-
tismi serotini, come quello del Re Davide per la Sunamitide, sia lui,
che deve riassumere tutta la dottrina delle fatalità ereditarie nella razza
dei Rougon-Macquart e studiarle in una grand'opera, che, non si sa
se per buona o mala sorte, Felicita Rougon, appena egli è morto, getta
sul fuoco.

Con la serie dei Rougon-Macquart, Emilio Zola ha creduto aver
detta l'ultima parola del positivismo. Ma s'egli si fosse tenuto chiuso
veramente entro questi ferrei cancelli, che cosa ne sarebbe stato dell'opera
del poeta? Avrebbe bensì dimostrato, come promette nella *Fortune des
Rougon,* le fatalità della *razza,* dell'*ambiente* e del *momento* in un
piccolo gruppo di esseri; avrebbe mostrato questo gruppo operante nella
società, per rappresentarvi lo straripamento d'appetiti brutali e la febbre.
insaziabile di godimenti, che paiono essere le caratteristiche del nostro
tempo ; avrebbe impersonato in questo gruppo la storia del secondo Impero (e Dio sa con che giustizia distributiva !) « dal tranello del 2 dicembre
al tradimento di Sedan », ma non avrebbe fatta di certo la straordinaria
opera di satira politica e insieme d'immensa pietà sociale, che, anche a
traverso le enormi esagerazioni e gli immondi pantani, traverso i quali
ha creduto dover trascinare i suoi lettori, gli è riuscito compire.

Le sciagure della Francia nel 1870-71 hanno inspirato l'opera di
Emilio Zola, al pari delle *Origines de la France contemporaine* del
Taine, ed in entrambi l'idealità soggettiva, il sentimento patriottico,
forse ancora lo spirito di parte debbono aver convinti, benchè non l'abbiano detto, così il maestro come il discepolo dell'insufficienza delle
loro teorie di fronte alla complessa realtà. Il Taine ha avuto un bel definire la rivoluzione francese un semplice *trapasso di proprietà.* Era vero;
ma una piccola parte del vero, e l'ha mostrata egli stesso, quando da
psicologo indagatore ha studiato i caratteri degli uomini, che fecero
quella rivoluzione; quando da logico inesorabile ha fatto saltar agli
occhi l'impossibilità d'esaltarla, come fecero il Thiers, il Michelet ed
il Blanc, senza offendere la verità; quando da moralista severo ha sentito che un uomo non può perdonare ad altr'uomo d'essere stato Marat
o Robespierre.

Il medesimo è accaduto ad Emilio Zola. Positivista, naturalista,
materialista, finchè si vuole, ma le sue opere letterarie, susseguite alla
serie dei Rougon-Macquart: *Les Trois Villes, Lourdes, Rome, Paris,
Les Quatre Evangiles, Fécondité, Travail* (finora conosciuti), provano ad
evidenza che il suo pensiero devia già lontano dalle primitive rigidità
delle sue teorie, naviga via via sempre più in pieno idealismo ed a seconda di questo non solo fa a meno di premesse di fatto quali sono, ma
crea esso l'uomo, l'ambiente, ed ammette che la forza intellettuale e
morale può da modificare e vincere le fatalità provenienti dall'atavismo e dall'ambiente,.

Nel *Lourdes* combatte le superstizioni goffe e bottegaie, nel *Rome*
atteggia e accarezza nient'altro che l'illusione d'una riforma religiosa,
nel *Paris* spera potervi sostituire l'amore della verità e della scienza, un
idealismo anche questo, ma senza cui insomma pare non creda più possibile nè concepire piena realtà di vita individuale e sociale, nè rap-
presentarla. Una idealità sociale propugna pure, benchè molto in con-

fuso, in *Fécondité:* nel *Travail* il passo è anche più decisivo, perchè, a traverso una cognizione molto vaga di questioni economiche e socio-logiche e molto oscillante fra velleità socialiste e pretto individualismo, egli profila una città ideale da mettere insieme all'*Atlantide*, alla *Città del Sole*, all'*Isola Utopia:* il positivista si trova, forse non volendo, in compagnia di Platone, di Campanella, di Tommaso Moro, e finisce così.

Non v'ha dubbio. L'inspirazione di queste ultime opere è più sentita e più alta. Se non che il procedimento artistico è sempre quello; perciò appunto comincia a mostrare la corda e nell'affastellamento dei fatti e dei personaggi dissimula male d'essersi indebolito; lo stile non ha perduto: è sempre il torrente impetuoso, che dilaga e trascina nella sua corrente ogni sorta di cose dalla più bella alla più brutta, ma, se è meraviglioso ancora di forza, di varietà e di efficacia, cade più spesso nel prolisso, nel declamatorio, e stanca di più.

Il pensatore adunque s'era modificato e certo in meglio, ma l'artista accennava a tramontare, quand'ecco l'*affare Dreyfus* ed ecco nello Zola rivelarsi tal *uomo*, che in sè stesso illumina di nuova e splendida luce anche l'*artista*, perchè nobilita e, si direbbe, purifica tutta l'opera sua, e perchè attesta, anche negli stessi suoi eccessi ed errori, la sua perfetta sincerità.

Quando Emilio Zola venne a Roma nel 1894 per prepararsi, diceva lui, a scrivere il secondo volume della sua trilogia sulle *Trois Villes*, non era ancora che il pittore naturalista dei *Rougon-Macquart* e si sarebbe capito che in Italia fosse stato accolto degnamente e si fosse reso il debito omaggio ad un fortissimo ingegno, di cui s'onorava, non senza però molti contrasti, la letteratura francese. Tali contrasti erano altrettanti in Italia, se non di più; la sua fama per certo popolarmente minore che in Francia, e meno diffusa. Perchè dunque gli si volle decretare una specie di trionfo civile e per poco non lo si coronò in Campidoglio? Forse aveva egli, come tanti altri stranieri, straordinarie benemerenze verso la Rivoluzione italiana? Forse nelle sue opere aveva mostrato qualche simpatia, qualche interessamento per noi? Niente affatto! Benchè figlio d'un italiano, l'Italia, la sua storia, la sua letteratura antica e moderna gli erano ignotissime. Romanziere, non avea mai letto, neppure in una traduzione, i *Promessi Sposi*.

E allora perchè tutta quella gazzarra d'ovazioni, che gli si fece intorno, e di cui egli mostrò poi la sua gratitudine, componendo col *Rome* il libro più sconclusionato, che abbia mai scritto, e, salvo qualche particolarità, che il suo genio gli lasciò indovinare, il libro meno realista e più romanticamente falso e sbagliato, che abbia immaginato?

Lo stagionevole *engoûment* fu tale, ch'egli stesso, intimidito e confuso, pareva non sapersene rendere conto, e si potrebbe paragonare a quello, da cui furono côlti gli Arcadi romani del secolo XVIII per l'abate Perfetti e per Corilla Olimpica, se non fosse che questa volta la politica (perturbatrice perpetua anche del buon senso italiano) se ne mescolò; fece dello Zola uno de' suoi soliti pretesti; niuno volle esser da meno in quella gaia d'applausi; i più antizoliani si mostrarono i più scalmanati, ed alla fine il solo che mostrasse un po' di logica fu Leone XIII, che non lo volle ricevere.

Ben altra spontaneità d'evviva e d'ammirazioni avrebbe potuto e dovuto accoglierlo, s'egli fosse venuto in Italia dopo la parte da lui sostenuta, con tanto onor suo, nell'*affare Dreyfus*. Decretargli trionfi sarebbe allora stato debito, non d'Italiani soltanto, ma d'uomini onesti e civili.

Il fatto è ancora nella memoria di tutti e non giova tornarvi sopra. Dato pure che Emilio Zola si fosse ingannato, la parte, ch'egli si assunse nell'*affaire Dreyfus* non sarebbe stata meno nobile, meno generosa, meno grande d'abnegazione, di disinteresse, di coraggiosa pietà, di puro amore della giustizia e della verità. E fu bene che il Carducci nostro, quantunque l'opera letteraria di Emilio Zola *non finisse di piacergli,* gli indirizzasse allora queste solenni parole: « A voi, che la fama letteraria incoronate di magnanimità civile, esponendo la vostra vita a ogni persecuzione, aprendo la vostra casa a ogni danno, gettando come peso inutile la vostra popolarità per attenire la giustizia, per propugnare la fratellanza, per difendere la umanità, a voi, che nobilitate l'arte dello scrittore mostrando ch'ella non si cerchia di egoismo utilitario, nè si sequestra nella contemplazione estetica, ma vive, nella gran vita delle anime, di fede nel vero e nel buono, a voi... noi Italiani... diciamo gloria ».

Anatolio France, ch'era stato allo Zola critico acerbo, ha svolto nel suo coraggioso discorso innanzi al suo feretro lo stesso concetto, bollando a fuoco per di più l'insania selvaggia di coloro, che nei funerali di Emilio Zola cercarono un'occasione macabra a sfoghi d'ire politiche e settarie. Ma questa è faccenda che riguarda i Francesi. Noi abbiamo riferite le parole del Carducci, perchè riassumono ed esprimono, come meglio non si potrebbe, tutto il sentimento d'ammirazione e di cordoglio, che l'improvvisa e miseranda scomparsa di quel nobile cuore e di quel grande ingegno ha suscitato nell'animo nostro.

ERNESTO MASI.

IL MEZZOGIORNO

E LA RIFORMA IPOTECARIA

A Raffaele De Cesare.

La restaurazione economica del Mezzogiorno.

Il movimento per la restaurazione economica del Mezzogiorno si accentua in tutta Italia. Il viaggio che l'on. Zanardelli ha con tanta abnegazione e diligenza compiuto in Basilicata; la vivida, autorevole, eloquente descrizione da lui fatta dei mali di quella terra infelice nel discorso di Potenza; la convinzione generale, che condizioni presso a poco uguali, benchè meno gravi, esistano nelle altre provincie del Mezzogiorno e delle Isole – la Sardegna informi! – hanno destato in tutto il paese il sentimento dei suoi doveri e delle sue responsabilità.

Lo Stato e le classi dirigenti hanno potuto oggidì constatare la verità delle nostre antiche e costanti affermazioni: che l'indirizzo della politica italiana era ed è radicalmente erroneo, specialmente nel Mezzogiorno, e che l'ingente macchina dello Stato, così costosa per il contribuente, non dà al paese frutti corrispondenti ai sacrifici ch'essa gli impone. Se dopo quarant'anni di governo libero, tante contrade italiane versano ancora nelle tristi condizioni della Basilicata, delle Calabrie, della Sardegna e d'altre ancora, è onesto riconoscere che abbiamo sbagliata strada e che al governo dottrinario, platonico, imbelle e guasto del passato bisogna sostituire un'azione di Stato positiva, concreta, pratica, che a gradi e per vie razionali provveda alla redenzione economica e morale di quelle Provincie.

Ma il viaggio, felicemente inspirato, e coscienziosamente compiuto, dell'on. Zanardelli non avrà solo giovato a consacrare in modo ufficiale i mali della Basilicata e del Mezzogiorno ed a ridestare l'assopita coscienza delle classi governanti, circa l'assoluta necessità ed urgenza di provvedere: esso darà ancora un altro frutto benefico. Persuaderà il paese e più che tutto gli uomini politici italiani, della completa e dolorosa fallacia delle piccole leggi, delle riformuccie in sedicesimo, degli Istituti-giocattoli, e di tutto l'arsenale di quella legislazione imbelle, sterile o nociva, che Governi fiacchi e Camere passive da anni ed anni fucinano a Montecitorio. I mali profondi del paese, del Nord come del Sud, non si curano che mediante riforme efficaci, inspirate ad ardire giuridico, a saldezza economica, a potenza di mezzi finanziarii. Finora il paese ha in buona parte progredito senza lo Stato ed in alcuni casi malgrado lo Stato: vogliamo invece d'ora innanzi un'azione di Stato pratica, positiva, riformatrice, che sia centro ed anima del progresso nazionale e del benessere delle popolazioni!

La necessità del nuovo indirizzo di politica moderna che chiediamo allo Stato italiano, si fa sentire maggiormente nel Mezzodi. All'epoca della unificazione del Regno, il Settentrione aveva una compagine economica e sociale più forte ed ha potuto prosperare malgrado l'azione insufficiente o nulla dello Stato italiano, come un corpo robusto può vivere anche in un ambiente malsano o malarico. Sono quindi in errore gli scrittori e le popolazioni del Mezzogiorno, quando attribuiscono il maggior benessere del Settentrione alla parzialità di Ministeri e Governi, che avrebbero prodigati al Nord i favori negati alle provincie del Sud. Tutt'altro! Il Settentrione, che già era sulla via del progresso, ha potuto continuare per virtù propria: il Mezzogiorno, che versava in condizioni assai più dolorose, pure ricevendo dallo Stato largo sussidio di spese e di opere pubbliche, non sempre giudiziose, non è riuscito a rilevarsi al livello di benessere e di prosperità a cui giungono i popoli ben governati dell'Europa e persino dell'Egitto! Ne è causa l'assenza da parte dello Stato italiano di una vera e propria *Politica restauratrice* per le Provincie meridionali, fortemente voluta e fortemente attuata, quale il genio ed il patriottismo di Camillo Cavour seppe concepire: quale non poterono attuare quarant'anni di Governo parlamentare senza fibra, senza forti ideali, costretto o desideroso di vivere alla giornata, assai più coll'appoggio di mutevoli combinazioni e maggioranze, che grazie alle sane e forti correnti di un'opinione pubblica sana, illuminata e cosciente. Dopo l'entrata delle truppe a Roma, il nuovo Stato italiano nulla ha compiuto di forte, di deciso, all'infuori della ricostituzione del bilancio a cui lavorarono uomini benemeriti, da Minghetti a Sella, da Boselli a Luzzatti e Sonnino.

Ma il bilancio non basta: rimane il paese! La politica di restaurazione e di ricostituzione, che con tutto il fervore dell'animo e la convinzione della mente invochiamo per il Mezzogiorno, deve prendere le sue prime mosse dall'aumento della produzione, soprattutto agraria, e dalla formazione della ricchezza: perchè dove non v'ha ricchezza, non c'è sicurezza, non c'è igiene, non vi sono nè strade nè scuole, non esistono i beni della civiltà; là non risorge neppure la coscienza civile di un popolo libero e laborioso.

Il programma della ricostituzione economica del Mezzogiorno, mediante l'inizio di una forte ed efficace *Politica agraria,* fu da noi a lungo illustrato nel disegno di legge sulla *Riforma agraria* che sta dinnanzi alla Camera dei deputati ed in varii scritti speciali pubblicati in questa Rivista (1). Tre sono i punti fondamentali di questo programma:

1° La *Riforma agraria* che mediante il credito e la cooperazione aumenti la quantità dei prodotti del suolo, ne migliori la qualità, ne agevoli la vendita, l'esportazione e lo smercio;

---

(1) MAGGIORINO FERRARIS. *Il Credito agrario in Sicilia,* 16 febbraio 1902.
ID. *Il riscatto economico del Mezzogiorno e il tributo granario in Italia,* 1° aprile 1902.
ID. *Il credito agrario in Egitto,* 1° giugno 1902.
ID. *Per la Basilicata,* 16 settembre 1902.

2° La *Riforma ipotecaria* che, mediante la conversione graduale del debito stipulato a saggi elevati od usurai, sgravi la proprietà fondiaria di oneri ingiusti, affinchè le migliorate condizioni dei proprietarii consentano loro di promuovere il progresso dell'agricoltura ed il benessere dei contadini;

3° La *Riforma tributaria* non solo come concetto economico, ma come principio di giustizia e di solidarietà sociale.

Per oggi ci limitiamo ad esaminare le linee generali della *Riforma ipotecaria* in relazione soprattutto alle provincie del Mezzogiorno.

Della Riforma ipotecaria.

Quattro sono essenzialmente i tributi che pesano sulla proprietà fondiaria e sull'agricoltura:

1° L'imposta;

2° L'interesse del capitale circolante, a cui deve provvedere il credito agrario;

3° L'interesse del capitale fisso e del debito ipotecario;

4° Il costo di trasporto delle materie prime e dei prodotti finiti.

Con grande parzialità e insufficienza di vedute, l'attenzione pubblica in Italia per lungo tempo si rivolse quasi soltanto al problema dell'imposta. Ciò malgrado, esso non ebbe finora che una soluzione parziale ed incompleta. La nostra continua e persistente propaganda per la *Riforma agraria* ha finalmente richiamato il paese alla considerazione di un altro problema di vasta importanza, che consiste nel dotare l'agricoltura, a giusto prezzo, dell'immenso capitale agrario e circolante indispensabile ad una coltivazione rimunerativa. Ora crediamo venuto il momento in cui giovi affrontare risolutamente il terzo problema: quello del debito ipotecario.

La questione così vitale del debito ipotecario venne tanto trascurata in Italia, che non possediamo nessuna statistica, neppure approssimativa, della sua entità, come capitale, e dei suoi oneri, come interessi! L'intero regime del debito ipotecario è in una condizione incredibile di confusione e di disordine, economico e giuridico. Questa è la cura che lo Stato italiano ha avuto finora d'uno dei problemi che più interessano la proprietà e soprattutto la proprietà rurale e l'agricoltura: questa è la migliore dimostrazione che possiamo dare agli scettici ed agli inerti, della necessità di un nuovo indirizzo di governo e di politica, specialmente in riguardo alle campagne! Solo in tempi recenti la Direzione generale del demanio ha lodevolmente iniziate delle ricerche statistiche, che giova sperare possano preludere ad una riorganizzazione a fondo dell'intero servizio e ad una radicale riforma dell'ordinamento giuridico ed economico del regime ipotecario italiano. Secondo le più recenti notizie (1), il debito ipotecario fruttifero,

(1) MINISTERO DELLE FINANZE - Direzione generale del demanio. *Bollettino di statistica e di legislazione comparata,* 1901-902. fasc. IV. Roma, 1902.

Come di ragione, nelle cifre che sovra si adducono non si tiene conto del debito ipotecario infruttifero di L. 5,594,747,572, di cui soli 2,352,881,451 avrebbero carattere certo.

comprese le rendite capitalizzate, sommava al 31 dicembre 1900 alla cifra nominale di 9,375,758,944 lire. Questa cifra nominale di nove miliardi presenta diverse suddivisioni. Anzitutto converrebbe togliere l'immenso ammontare di iscrizioni ipotecarie fittizie o figurative: ossia di ipoteche che rimasero iscritte sui libri, dopo che venne estinto il debito che ad esse diede origine. Nessuna cifra, neppure approssimativa, si può dare al riguardo: le induzioni più probabili di uomini competenti inducono a credere che il debito ipotecario reale che grava sulla proprietà fondiaria italiana non ecceda i cinque miliardi di lire. L'on. Rubini, che attese con lodevole diligenza ad indagini sull'entità del debito reale, ne fa salire l'ammontare a cifra, se non erriamo, molto inferiore ai cinque miliardi: ma l'ammontare delle iscrizioni recenti - delle quali si è tenuto un computo più accurato - e le cancellazioni eseguite per la scadenza trentennale, ci inducono ad accostarci alla cifra di cinque miliardi. Di essa, anche solo per approssimazione, si può dire che circa il 60 per cento - ossia tre miliardi - sia inscritto sopra beni rustici. e il 40 per cento - per due miliardi - colpisca i fabbricati.

La semplice enunciazione di queste cifre illumina tutta l'importanza del problema. Calcolando alla media del 5 e mezzo per cento l'interesse annuo di questo debito ipotecario, sono 275 milioni l'anno che la proprietà fondiaria paga ai suoi creditori, ossia una somma di molto superiore all'imposta erariale che nel 1900-901, fra terreni e fabbricati, non fu che di 187 milioni! È quindi evidente che se questo debito paga l'1 per cento di più dell'interesse normale che il danaro ha nel mercato nazionale, la proprietà fondiaria ne risente un'onere di 50 milioni l'anno: se l'interesse fosse superiore del 2 per cento a quello normale, l'onere della proprietà fondiaria salirebbe a 100 milioni l'anno. Basti ciò ad attestare la gravità del problema e l'urgenza che lo Stato italiano lo sottragga all'abbandono in cui lo ha lasciato finora, imitando i Governi tedeschi, che fino dai tempi di Federico il Grande in Prussia (1769-70) diedero la massima importanza all'assetto ed al buon mercato del debito ipotecario.

Ma qual'è l'interesse normale del danaro in un paese?

Su questo punto, è facile la risposta. Ogni paese ha una diversa misura dell'interesse normale: essa è indicata dal reddito dei titoli di Stato e dei valori di prim'ordine. In Italia l'interesse normale è oggidì al 4 per cento e tende a scendere verso il 3.75 od anche verso il 3.50. Siccome in ogni paese i crediti ipotecarii sono equiparati ai titoli di prim'ordine, così l'interesse normale dei debiti garantiti da buone ipoteche in Italia dovrebbe essere di circa il 4 per cento, con tendenza a discendere, a gradi, verso il 3.50.

Or bene, i saggi correnti dell'interesse dei debiti ipotecarii in Italia, soprattutto nel Mezzogiorno, si discostano, di molto, dalla misura normale sovra indicata. Solo qua e là, specialmente in Lombardia, i prestiti ipotecarii accordati da Istituti di credito fondiario o da alcune delle migliori Casse di risparmio e Banche popolari presentano interesse che si aggira intorno al 4 per cento: ma nel complesso essi non costituiscono che una frazione - forse il 5 o 6 per cento – del debito ipotecario italiano. Nella stessa Lombardia l'interesse sopra i mutui ipotecarii supera il 4 per cento, mentre il credito fondiario della potente e benemerita Cassa di risparmio delle Provincie lombarde è già sceso al 4 per cento.

Possiamo quindi ritenere, anche per informazioni dirette attinte a buone fonti, che la media dell'interesse per i prestiti ipotecarii è almeno del 4 ¹⁄₂, in Lombardia, del 5 per cento nell'Alta Italia e nell'Emilia, del 6 al 7 nell'Italia centrale, del 7 all'8 nell'Italia meridionale, in Sicilia ed in Sardegna; benchè nel Mezzogiorno e nelle Isole vi si accettino frequentemente dei saggi dell'8 al 10 per cento. È quindi evidente che una conversione del debito ipotecario italiano al saggio normale del 4 per cento porterebbe seco una riduzione nella misura media degli interessi annui dell'1.50 al 2 per cento almeno: il che significa che *la riforma ipotecaria darebbe alla proprietà fondiaria italiana uno sgravio di circa 75 milioni l'anno, di cui 50 milioni circa per i terreni e 25 per i fabbricati.*

Bastano queste cifre, che crediamo calcolate con prudenza, a dimostrare l'eccezionale importanza che il problema ipotecario ha per l'Italia.

Ma qui occorrono alcune avvertenze.

La prima si è, che giova, a nostro avviso, che un'operazione siffatta si compia senza un aggravio diretto per lo Stato, soprattutto per quanto concerne la misura degli interessi, cosicchè essa non abbia a trarre seco conseguenze finanziarie per i contribuenti. Lo Stato dovrà soltanto dare leggi ed Istituti appositi, dotati degli ordinamenti giuridici ed economici necessarii, oltre ad alcune facilitazioni fiscali e di altra specie analoghe a quelle che esso accorda agli Istituti di credito fondiario. Ciò facilita di molto l'operazione, perchè mentre si chiede allo Stato un onere diretto insensibile, si conseguisce un immenso sgravio per la proprietà fondiaria.

Noi calcoliamo in secondo luogo che il debito ipotecario reale sia di 5 miliardi e che perciò rappresenti il 53 per cento del debito figurativo di oltre 9 miliardi. Ma non ci ripromettiamo di poter convertire intero questo debito di 5 miliardi: ne escludiamo una parte - la minore - già stipulata a saggi non superiori al 4 per cento: ne escludiamo un'altra parte - purtroppo maggiore - che può eccedere il valore sicuro e certo degli immobili. Presumiamo quindi che l'ammontare reale del debito ipotecario a cui si potranno estendere i benefici diretti od immediati della conversione rappresenti appena il 30 per cento del debito nominale di 9 miliardi e 400 milioni: cosicchè la conversione farebbe cadere i suoi benefici sopra circa 2 miliardi ed 800 milioni di debiti, anche se in realtà una parte sola di essi fosse effettivamente convertita. Perchè è evidente che il primo effetto di siffatta operazione - congiunta alla *Riforma agraria* - dev'essere quello di ribassare e di perequare nel paese l'interesse dei debiti ipotecarii, cosicchè dovrà ribassare l'interesse non solo dei prestiti compresi nella conversione, ma anche di quelli che non ne furono oggetto.

Per ultimo, come in tutti i prestiti ipotecarii, conviene aggiungere all'interesse del danaro i seguenti oneri:

La tassa di ricchezza mobile in ragione di 50 centesimi ogni 100 lire di capitale;

I diritti erariali in ragione di 15 centesimi ogni 100 lire;

Una spesa di commissione e provvigione di 30 centesimi a favore dell'Istituto che opera la conversione.

Nel complesso l'onere per il debitore salirebbe così a 4.95 ossia al 5 per cento, in cifra tonda. Ma siffatti oneri gravano ancora più sul debito ipotecario stipulato con privati: mentre, nel concetto nostro, i mutui convertiti devono godere della progressiva riduzione dell'interesse a 3.75 od anche a 3.50, a misura che diminuisca il saggio normale del mercato monetario italiano, dopo la conversione della rendita. Per ultimo giova stabilire una piccola quota annuale di ammortamento, da aumentarsi colla graduale riduzione degli interessi.

L'annualità complessiva per il debitore non sarebbe quindi inferiore a 5.25 per cento, e forse salirebbe a 5 e mezzo per cento, a fine di rafforzare le riserve e di affrettare l'estinzione dei mutui. Ma nel giudicare di codesta annualità bisogna pur sempre tener presente, che oltre l'interesse netto del 5 al 10 per cento che attualmente pagano i debitori ipotecarii dal Nord al Sud, sono ancora a loro carico: l'imposta di ricchezza mobile, il bollo e registro, le tasse ipotecarie, nonchè le quote di ammortamento.

Inutile poi aggiungere che una riforma siffatta non può compiersi che a gradi e che essa potrà esigere da 5 a 10 anni a seconda delle condizioni del mercato monetario e del maggiore o minore intervento dello Stato. Giova tuttavia tener presente che la conversione del debito ipotecario non chiede una sola lira di *nuovo* capitale al paese, nè conduce alla creazione di *nuovi* debiti. Il capitale fu già impiestato quando si stipulò il mutuo: il debito esiste già ed è inscritto sotto forma di ipoteca: la conversione riduce solo l'onere di interessi elevati od usurai.

La Riforma ipotecaria nel Mezzogiorno.

La riforma ipotecaria è essenzialmente un problema meridionale, per ragioni diverse. Il debito ipotecario del Mezzogiorno è molto notevole, sopratutto in confronto della minore ricchezza di quelle regioni: è stipulato ad interessi assai elevati od usurai del 7 al 10 per cento, oltre le tasse e la ricchezza mobile: vi diventa quindi maggiore lo sgravio di cui profitteranno i terreni ed i fabbricati. La conversione del debito ipotecario attenua inoltre due fra i maggiori mali dell'economia meridionale: la scarsità di capitale circolante e l'alto interesse del denaro. Più ancora della conversione della rendita, la trasformazione del debito ipotecario varrà a dotare il Mezzogiorno di un capitale circolante, ad interesse normale, a fine di promuovere l'agricoltura, le industrie ed i commerci. La triste usura che soffoca ed isterilisce la vita economica del Mezzogiorno vi riceverà un colpo fiero e deciso.

Ci duole purtroppo per i nostri lettori di dover ricorrere alle cifre: ma esse sono di un'eloquenza così smagliante, che nessuna parola varrebbe a sostituirle. Dallo specchio che più oltre pubblichiamo, appare che la conversione del debito ipotecario, secondo le basi sovra fatte, risulterebbe in un beneficio netto, annuo, di 56 milioni per la proprietà fondiaria del Regno, così ripartiti: di 7.6 milioni per l'Alta Italia; di 12.9 milioni per l'Italia Centrale; di 26 milioni per il Napoletano; di milioni 8.2 per la Sicilia; e di milioni 1.6 per la Sardegna. Sovra 56 milioni di sgravio, 35 milioni all'anno, ossia il 63 per cento, vanno a beneficio del Mezzogiorno e delle Isole, come risulta dal séguente specchio:

Conversione del debito ipotecario.

COMPARTIMENTI	Debito nominale	Debito convertibile	Minor interesse per cento	Sgravio annuale
	Lire	Lire		Lire
Alta Italia	2,558,000,000	767,400,000	1 »	7,674,000
Italia Centrale	2,867,000,000	860,100,000	1. 50	12,900,000
Napoletano.	2,898,000,000	869,400,000	3 »	26,082,000
Sicilia.	914,000,000	274,200,000	3 »	8,226,000
Sardegna	138,000,000	41,400,000	4 »	1,656,000
	9,375,000,000	2,812,500,000		56,538,000

In realtà, lo sgravio totale per la proprietà fondiaria italiana sarebbe superiore ai 56 milioni all'anno, per le seguenti ragioni:

1° Si è prevista la conversione soltanto del 30 per cento del
debito nominale; elevando invece la proporzione al 40 per cento, lo
sgravio totale per il Regno salirebbe a 74 milioni, di cui 47 per il
Mezzogiorno e le Isole;

2° Abbiamo calcolato l'interesse dei debiti suscettivi di conversione al 7 per cento per il Mezzogiorno e la Sicilia ed all' 8 per cento
per la Sardegna, mentre da tutte parti si afferma che esistono interessi assai più elevati (1);

3° Non abbiamo potuto tener conto del sollievo che il paese, ed
il Mezzogiorno soprattutto, verrebbero a ricavare dalla riduzione degli
interessi sopra tutte le forme di debito, ipotecario, chirografario e cambiario, che sarà conseguenza inevitabile della conversione di una parte
del debito ipotecario.

Malgrado l'aridità delle cifre, amiamo ancora suddividere per regioni e provincie del Mezzogiorno e delle Isole i risultati probabili
della conversione di una parte del debito ipotecario, calcolata al 30
per cento dell'ammontare nominale, come appare dalla tabella che più
oltre pubblichiamo.

Il celebre v. Miquel, ministro delle finanze in Prussia, propugnando
alla Camera dei deputati il 3 maggio 1895 la conversione del debito
ipotecario prussiano - che pagava un interesse del 4 e mezzo al 5 per
cento! - asseriva che una riforma siffatta giovava alla terra più ancora

---

(1) L'on. Boselli, ministro del Tesoro, affermò alla Camera nel 1900 che le
cambiali di prim'ordine si scontavano a Sassari al 12 per cento e volle per ciò
farvi aprire una succursale del Banco di Napoli.
Dedichiamo questa notizia a tutti gli ineiti ed i poeti che aspettano il riscatto
economico del Mezzogiorno e delle Isole dalla libera iniziativa individuale e
non comprendono che lo Stato negando il suo intervento assiste e concorre ad
un'opera disonesta ed immorale di sfruttamento e di spogliazione.

Mezzogiorno ed Isole.

REGIONI E PROVINCIE	Debito nominale	Debito convertibile	Minor interesse per cento	Sgravio annuale
	Lire	Lire		Lire
Aquila	63,900,000	19,170,000	3 °₀	575,100
Campobasso	67,500,000	20,250,000	3 »	607,500
Chieti	6,300,000	1,890,000	3 »	56,700
Teramo	34.000,000	10,200,000	3 »	306,600
Abruzzi e Molise. . .	171.700,000	51,510,000		1,545,300
Avellino	117,600,000	35,280,000	°₀	1,058,400
Benevento	52,100,000	15,630,000	»	468,900
Caserta	194,100,000	58,230,000	»	1,746,900
Napoli (1)	881,900,000	264,570,000	»	7,937,100
Salerno	236,000,000	70,800,000	₃ »	2,124,000
Campania. . .	1,481,700,000	444,510,000		13,335,300
Bari	338,200,000	101,460,000	3 °₀	3,043,800
Foggia	151,600,000	45,480,000	3 »	1,364,400
Lecce	246,800,000	74,040,000	3 »	2,221,200
Puglie. . .	736,600,000	220,980,000		6,629,400
Potenza — *Basilicata*.	123,700,000	37,110,000	3 °/₀	1,113,300
Catanzaro	103,000,000	30,900,000	3 °/₀	927,000
Cosenza	123,000,000	36,900,000	3 »	1,107,000
Reggio	158,000,000	47,400,000	3 »	1,422,000
Calabrie. . .	384,000,000	115,200,000		3,456,000
Caltanissetta	70,000,000	21,000,000	3 °₀	630,000
Catania	222,000,000	66,600,000	3 »	1,998,000
Girgenti	62,000,000	18,600,000	3 »	558,000
Messina	89,000,000	26,700,000	3 »	801,000
Palermo	285,000,000	85,500,000	3 »	2,565,000
Siracusa	122,000,000	36,600,000	3 »	1,098,000
Trapani	64,000,000	19,200,000	3 »	576,000
Sicilia. . .	914,000,000	274,200,000		8,226,000
Cagliari	84,000,000	25,200,000	4 ·°₀	1,008,000
Sassari	54,000,000	16,200,000	4 »	648,000
Sardegna. . .	138,000,000	41,400,000		1,656,000

(1) Nella città di Napoli eSiSte un folte debito odilizio, con Istituti di credito, a Saggio mi-
nole del 7 per cento: per eSSo poSSono eSSele minori i liSultati della conVelSione.

dell'abolizione dell'imposta fondiaria. Una tale affermazione si applica vie meglio alle nostre provincie del Mezzogiorno e delle Isole, nelle quali prevale in sommo grado l'usura.

Ecco alcuni dati di confronto:

COMPARTIMENTI	Imposta erariale sui terreni e decimo	Sgravio annuale sul debito ipotecario
Abruzzi e Molise	3,655,000	1,545,000
Campania.	11,369,000	13,335,000
Puglie	7,351,000	6,629,000
Basilicata	1,980,000	1,113,000
Calabrie	4,015,000	3,456,000
Sicilia	7,581,000	8,226,000
Sardegna	2,685,000	1,656,000
	38,636,000	35,960,000

Risulta evidente da questo specchio, che per il Napoletano e la Sicilia *lo sgravio della proprietà immobiliare sarebbe quasi uguale alla abolizione totale dell'imposta fondiaria erariale.* Per la Sardegna invece lo sgravio è alquanto inferiore all'ammontare dell'imposta sopra i terreni, che ci pare veramente eccessiva per quella isola infelice. In astratto è vero che lo sgravio si dovrebbe ripartire fra i proprietari di beni rustici ed urbani: ma, in molta parte d'Italia, specialmente nelle piccole città e nelle campagne, molti posseggono ad un tempo case e terreni. Oltre ciò lo sgravio di una parte degli interessi del debito ipotecario è più sensibile di quello dell'imposta, perchè si concentra in un numero minore di individui, cioè dei soli proprietarii ipotecati. all'infuori dei molti non colpiti da ipoteche.

Un podere del reddito netto di lire 8.000 all'anno, e perciò del valore di lire 200,000, paga il 16 per cento d'imposta erariale e di sovrimposte: in tutto lire 1.280: paga il 6 per cento netto d'interessi sovra un debito ipotecario di lire 100.000: ossia lire 6.000 all'anno. La conversione del debito dal 6 al 4 per cento riduce l'onere annuale degli interessi da lire 6.000 a lire 4,000: gli conferisce per conseguenza uno sgravio di lire 2,000 all'anno. superiore di lire 720 all'imposta annuale di 1,280 lire. Ne viene per conseguenza che nella maggior parte dei casi, e di fronte al singolo proprietario, *la conversione di un debito ipotecario per metà del valore di un immobile rappresenta per il proprietario stesso uno sgravio superiore all'abolizione totale della imposta erariale e della sovrimposta provinciale e comunale sull'immobile ipotecato!*

Ciò pienamente conferma la verità luminosa che il ministro v. Miquel affermava nel Parlamento prussiano, allorchè, con ardimento di riformatore e con ingegno di economista, propugnò e promosse la conversione dell'ingente debito ipotecario della Prussia ad un interesse di poco superiore a quello dei fondi pubblici. Ciò che si fece in Prussia, per semplice impulso del Governo, urge si compia in Italia, anche se la diversità di condizioni economiche e monetarie può richiedere un intervento più diretto e più deciso dello Stato. Perchè mai, ora che l'interesse sulla rendita pubblica scende verso il 3 e mezzo, perchè non potremo avvalorare al 4 per cento il debito ipotecario solido esistente nel Regno, pure limitando l'intervento dello Stato nei termini strettamente necessari? Quello che soprattutto occorre è un congegno giuridico, economico e finanziario, che per bontà di ordinamenti, e per potenza di mezzi, sia in grado di concentrare e vagliare la massa dei crediti ipotecari reali e solidi, e di convertirli gradatamente a misura che l'interesse dei capitali scende in Italia (1). Perchè, nel pensiero nostro, il nuovo congegno per la conversione del debito ipotecario dev'essere ordinato in modo, che l'interesse sopra i debiti convertiti scenda, a gradi, dal 4 al 3.75, al 3.50 e più giù per cento, a misura che ribassa l'interesse sopra i fondi pubblici e che migliorano le condizioni del mercato monetario. Così avvenendo, l'annualità costante del 5.50 per cento dovrebbe bastare, in 40 a 50 anni, non solo a convertire, ma anche ad ammortizzare l'intero debito ipotecario attualmente esistente in Italia.

La via della restaurazione economica e sociale del Mezzogiorno si va rischiarando di nuova luce: il consenso dell'opinione pubblica si forma e si determina di giorno in giorno: l'azione dello Stato dovrà alfine uscire dalla falsariga del passato, dalla sterilità di un indirizzo dottrinario ed erroneo per risolversi in provvedimenti concreti, positivi, pratici. Bisogna ripetere ad alta voce e fare ognuno persuaso, che la base prima del risorgimento economico del Mezzogiorno è la terra; che senza una maggiore e migliore produzione dell'agricoltura locale, ogni sforzo del Governo, ogni buona intenzione di studiosi e di riformatori diviene ombra vana.

Ai campi! Ecco il grido nostro. Da due esercizii l'Italia importa quasi 10 milioni di quintali, l'anno, di grano straniero: sono almeno 220 milioni di lire l'anno, che l'agricoltura del Mezzogiorno e delle Isole ha davanti a sè, come margine di maggior produzione, che il mercato interno domanda e consuma! Questo è il primo passo alla redenzione economica del Mezzogiorno: ogni altra soluzione è secondaria. Le provincie meridionali e le Isole troveranno il loro risorgimento economico solo in una grande innovazione agricola, come è soltanto dal loro risveglio agrario che data il progresso dei popoli più ricchi del Nord, e delle stesse provincie dell'Italia settentrionale. *Pauvre paysan, pauvre royaume!*

A questa rigenerazione agricola ed economica del Mezzogiorno, la Riforma ipotecaria - congiunta alla Riforma agraria - darà ingente impulso. La prima solleva il proprietario ipotecato dal grave onere di interessi usurai e lo restituisce a condizioni normali di vita economica; la seconda, dà alla terra, alleggerita di una parte dell'onere ipotecario, i capitali e l'istruzione necessari ad una cultura razionale e rimunerativa. Così la Riforma agraria accompagna e garantisce la Riforma

---

(1) Ci riserbiamo all'uopo di pubblicare, in altra occasione, le nostre idee circa la costituzione del *Credito ipotecario nazionale* che si dovrebbe innestare alla *Riforma agraria*.

ʼtecaria: peichè a misuia che si migliora la coltivazione di un podeie,
aumenta il reddito e diventa più sicuio il pagamento delle annualità
ʼ il debito ipotecaiio. Ma nessun provvedimento può riuscire di cosi
ʼnto e laigo sollievo al Mezzogioino, come la Rifoima ipotecaiia: nes-
na iifoima di tiibuti, per quanto iapida ed efficace, può, nel giio di
chi anni, daie alla piopiietà fondiaiia del solo Mezzogioino e delle
ile uno sgiavio che i calcoli modesti, sovia piesentati, fanno saliie
36 milioni l'anno, ma che in iealtà ammonteià a cifia ben maggioie!

Gli amici del Mezzogioino hanno, davanti a sè, chiaia la via della
ʼenerazione economica e sociale di quelle piovincie. È alla teiia che
vono chiedeie i piimi soiiisi, i piimi alboii di un più lieto avveniie,
li avianno, facendo iitoino ai campi, col ciedito, coll'intelligenza,
lla coopeiazione, col lavoio e sopiatutto colla fede di un popolo, che
be da Dio per suo soggioino una delle più belle contiade del mondo
che finoia non ha saputo utilizzaie i tesoii che la natuia gli offie.
toiniamo alla teiia e da essa iniziamo il iiscatto economico dell'Italia
ʼridionale! Se la Piussia ha avuto nel Miquel un ministio che colla
foima agiaiia, colla Rifoima ipotecaiia e colla Rifoima dei tiibuti
ʼ posto le basi di una nuova giandezza economica e moiale per la
ʼzione, non dispeiiamo che giunga piesto anche per il nostio paese
gioino in cui lo Stato, infoimando il suo indiiizzo a più modeini
iterii sociali di politica agiaiia e di giustizia tiibutaiia, piepari un
lice peiiodo di benesseie e di piogiesso al Mezzogioino ed all'Italia
teia.

MAGGIORINO FERRARIS.

"AEMILIA ARS"

Aemilia Ars. — Cofanetto IStolliato offelto a Sua Maestà la Regina d'Italia.

« Perchè le pateie quando non ci sono libazioni agli Dei? Perchè le chimeie, che niuno vide mai? Peichè solo gli acanti e le fave quando le foieste sono anche piene di altii fogliami e i veizieii di altii fiutti o di altii fioii? Peichè solo la mitologia quando tant'altra poesia salì dalla natuia, quando tapte gentilezze, tanti altii amoii, tante altie forze senti la lirica? Peichè decoiaie una piccola casa nostia come i gieci o i romani imaginavano la decoiazione d'un tempio, quasi vedendolo onusto dei voti e dei trofei del nume ne' dì di festa? Teniamo il piincipio, non ripetiamo la cosa. Non hanno lor festività e lor modi di festività le genti viventi? Sui maigini de' muii e delle coinici, alla pioggia ed al sole, non ciescono anche oggi pianticelle e fioii oltie quelli che gli antichi videio e poseio nelle antefisse, negli acioteii, nei fiegi, sugl'imoscapi? »

Con questo caloioso e sinceio giido di fede la Diiezione della Società *Aemilia Ars* concludeva la lista dei ventiquattio concoisi banditi con appositi piemi, il 31 gennaio del 1899. E mi è piaciuto iifeiie il nobile appello, peichè in esso vedo seienamente rispecchiati i senlimenti di tutti i suoi tentativi nel daie una impionta della nostia vita piesente all'aite della casa. In fatti l'ultimo concoiso, per cui era deteiminata la maggioi somma disponibile, riflette va il desideiio più alto e complesso di una modeina decoiazione esteiioie, punge va gli aitisti a ceicaie elementi di modanatuie per decorazioni murali nelle case, cioè elementi per coinici, stipiti da finestie e poite. La ieligione della tiadizione era così intesa ed espiessa nel modo più libeio e puio, poichè non si domanda va altio agli aitisti che il soffio di una nuova poesia nei paiticolaii oinamentali di un edifizio: e per mateia, la teiiacotta.

La iegione emiliana-iomagnola, da Piacenza a Rimini, si è sempie gioiata del facile e luminoso mateiiale che la teiia stessa le offiiva. E nel Medio Evo e nella Rinascita artisti devoti modellavano in terracotta quei fregi e quegli stipiti le cui forme per molto tempo restavano nelle fornaci a vantaggio di chi volesse servirsene.

Ritornare a questo mezzo naturale di decorazione: ecco il giusto disegno della nuova Società. Un nuovo stile architettonico non può sorgere da un giorno all'altro per sola lucubrazione di qualche ardimentoso. La struttura degli edifizi e degli utensili è quale la determinano i bisogni dell'uomo: ma se noi modifichiamo o allarghiamo, secondo le tendenze del nostro spirito più aperto ad accogliere e trasformare i sempre nuovi aspetti della natura, le parti che per essere accessorie possono rispondere al nostro desiderio estetico, noi avremo preparato naturalmente l'evoluzione dello stile. Il Rinascimento fiorì e prosperò, rispettando da prima le severe masse medievali, ma illeggiadrendone la decorazione.

A quest'ultimo concorso rispondeva per importanza il primo concernente i mobili per una camera da letto. Ed anche per questo lato importantissimo della casa i promotori della Società vollero essere assolutamente pratici. Essi erano ben coscienti che il complesso dei mobili, che l'arredamento di una casa o di una stanza qualsiasi è veramente utile ed è veramente bello, quando un saldo ed unico principio di armonia lo determini e lo saldi insieme, architettonicamente. Ma il cattivo gusto delle botteghe e del pubblico, l'iperestesia del rispetto storico erano troppo impressi un po' da per tutto, perchè un concorso di tal genere potesse riuscire veramente fecondo tra gli artisti, senza obbligarli - quasi indirettamente - a un'altra imitazione, non meno dannosa e sterile, quella delle mode esotiche. Perciò forse nel primo paragrafo non si considerava il letto, ma a questo ne veniva dedicato un altro speciale, per cercare un tipo modicissimo, valendosi dei mezzi tecnici delle fabbriche locali, delle loro vernici e delle loro dorature a fuoco, ma adattando al ferro vuoto un'armonia nuova di forme vegetative, e svecchiando l'eterno ripetersi delle curve e de' rastrelli rettilinei nelle alzate da capo e da piedi.

E questo invito separatista direi quasi a studiare individualmente un mobile o una torciera o un paravento o un gioiello non aveva in sè colpa alcuna. Il pensiero della Società correva diretto all'attuazione: per ottenere una riforma cosciente degli utensili bisognano bei modelli disegnati con amore e studiati in rapporto intimo col mezzo in cui debbono essere eseguiti: ottenuti i modelli, bisogna cercare che le botteghe e le case industriali ne accettino via via qualcuno, si acconcino a farlo riprodurre sotto la direzione degli stessi artisti prima di metterlo in commercio. Quando i nuovi modelli si fossero diffusi, quando avessero incontrato il favore pieno del pubblico e fossero stati tutti eseguiti, si sarebbe ottenuto spontaneamente quasi il complesso decorativo desiderato, senza scalpori nè clamori. Questa coordinazione sottile di mezzi, questo sistema d'insinuazione era il prodotto di lunghe riflessioni su le condizioni industriali dell'Italia nostra e della città di Bologna in ispecie. Ed erano riflessioni di *artisti*, non di capitalisti. Poichè se alla costituzione legale della Società, seguita il 3 dicembre 1898, non era mancato l'appoggio della Camera di commercio e della Deputazione provinciale e di gentiluomini e di nobili dame, il nucleo essenziale direttivo di essa era sempre un nucleo di *artisti*, fervidi entusiasti del bello ma indipendenti e sdegnosi di tortuose vie lucrative.

Come era sorto, come si era formato un tal nucleo di artisti? Per generazione e fecondazione spontanea: non si potrebbe ripetere ragione migliore.

Bologna, risorta a libertà con la nazione riaffermata, continuava il sonno secolare, per cui neppure sotto i Papi era riuscita ad affermarsi a bastanza seconda città dopo Roma. Ma se il letargo poteva dirsi mortifero, se l'incuria per l'arte e per gli artisti poteva dirsi sovrana, nulla toglieva che alcuni buoni spiriti vegliassero alla riscossa intellettuale del cuore di Romagna. Nel 1886 la chiesa di San Francesco, il bellissimo tempio ogivale del. Duecento, era per soffrire l'estrema delle ingiurie. Il Genio militare aveva proposto un virtuoso disegno per dividerlo in tre piani: non gli bastava che da venti anni la bella chiesa, già sofferente per sovrapposizioni ingiuriose di ogni sorta, servisse da magazzino militare e da caserma! Ma sette volenterosi cittadini insorsero: il Governo cedette al Municipio e il Municipio all'arcivescovo, perchè la chiesa fosse riaperta al culto. Ecco costituita la Fabbriceria di San Francesco; ecco iniziato, senza un soldo, quel lavoro amoroso di restauro, che dopo quattordici anni, se non può dirsi integralmente compiuto, è certamente la migliore affermazione di generose volontà perseveranti. In quei primi anni, un piccolo stambugio da ciabattino, un vero oscuro covile in faccia alla bella mole dugentesca serviva ad accogliere i tre fervidi amici Alfonso Rubbiani, Achille Casanova pittore, Edordo Collamarini architetto.

Sfrondato il tempio di ogni vergognosa o male accorta sovrapposizione posteriore, nacque in essi il desiderio di restituirgli quella decorazione che ebbe fra i secoli XIII e XIV. Ad aiutarli valsero molto alcune tracce policrome scoperte; ma più ancora lo studio ad Assisi della chiesa inferiore e gli esempi e i raffronti dei motivi decorativi desunti a Pistoia e a Pisa ed a Firenze. Ma non è il caso che io rifaccia la storia di San Francesco. Ad essa ha provveduto acconciamente e fervidamente Alfonso Rubbiani in un volume elegantissimo apparso nel 1890. Tuttavia sarebbe ingiusto non prender le mosse da essa, per comprendere bene come l'evoluzione affermata e sancita dalla Società *Aemilia Ars* per il sapiente innesto del nuovo sul vecchio non risale che allo studio compiuto da quegli spiriti innamorati pel restauro di San Francesco.

Il problema della ricerca decorativa sconfinò dal campo puramente e pazientemente imitativo, quando si trattò di affrescare le cappelle tutte in giro dell'abside. Due furono affrescate – escludendo ogni disegno di rifare storie di santi - alla maniera antica; ed una, quella che fu già degli Albergati, fu dipinta alla giottesca; e l'altra, Da Via-Bargellini, secondo forme più evolute verso la Rinascita regionale. L'effetto di questi sforzi dovè riuscire penoso a quegli animi. Nelle cappelle absidali mancava ogni esempio ed ogni traccia sicura che li obbligasse al rifacimento sterile. Quando l'armonia della intonazione generale non venisse ad essere turbata, perchè non giovarsi di un più libero criterio decorativo? L'arte antica aveva loro insegnato i segreti della tecnica efficace, la norma fondamentale da seguire: lo spirito moderno, non meno vago di visioni e di aspirazioni, avrebbe aggiunto a quella norma e con quella tecnica stessa una poesia più ampia e suggestiva, pur desunta dall'amore e dallo studio della natura.

Il Rubbiani, nel volume citato e più esplicitamente in un articolo pubblicato nell'*Arte Italiana* di questo anno, tiene a dichiarare che siffatta evoluzione avvenne in lui e negli amici, a cui bisogna già aggiungere i pittori Augusto Sezanne e Alfredo Tartarini, senza diretta conoscenza dell'arte inglese e di quanto altro dietro l'esempio inglese si tentava altrove. A questa spontaneità si può credere. Se bene questo movimento bolognese si aggiri fra la preparazione della Esposizione universale di Parigi nel 1889 e il trascico pur vago ma sempre ampio ed alto delle discussioni suscitate da essa, noi possiamo chiamarlo indipendente pel carattere personale di che s'impronta ogni suo tentativo. Senza dire che qualunque rinnovamento artistico è sempre determinato da quella legge universale per cui tutti gli aspetti umani si trasformano e si accrescono, legge logica non meno che fatale. Il rinascente amore per la natura è sempre l'esponente più chiaro di questi rinnovamenti. Ed anche la brigata bolognese, liberandosi dal gravame degli studi e dei raffronti archeologici, si spandeva per le pendici del-

Aemilia Ars — Cartelle di cuoio sbalzato.

l'Appennino e ricercava con cura d'amore i fiori più umili della flora paesana e ne scrutava con occhio nuovo « le gentilezze geometriche ».

Intanto il Rubbiani e il Casanova, senza trascurar l'opera di San Francesco, avevano l'agio di approfondire e ampliare la loro esperienza stilistica con altri incarichi di restauro, nell'ámbito bolognese. Pel marchese Pizzardi restaurarono il gran castello detto « il *Bentivoglio* » da quel Giovanni II mecenate della città che nel 1480 l'aveva edificato: per i conti Cavazza il maniero, anch'esso quattrocentesco, di San Martino dei Manzoli. Al *Bentivoglio* sotto le scialbature rifiorirono considerevoli avanzi di una fresca ed animata e svariata decorazione; la quale, per essere stata facilmente dipinta, non toglieva agli artisti ferraresi, che vi debbono aver lavorato, il merito di un programma concettoso e bene ispirato. Al castello di San Martino, l'attenzione fu concentrata all'interno: e il lavoro decorativo non fu di semplice restauro ma anche di puro abbellimento: così nella camera delle Imprese appaiono impressioni nuove personali, che possono anche dirsi moderne in un appartamento moderno, pur traverso il sentimento e la tecnica derivati dal Quattrocento.

Dopo i pregevoli esempii di decorazione murale eseguiti, al Casanova non mancarono altri incarichi in case private della città: Cavriani-Ratta, Fava-Simonetti e Mazzacorati. Qui il sentimento dell'artista era ancora più libero e pronto; tuttavia la coordinazione stilistica aveva sempre un suo freno dai lavori già fatti e dagli esempii intimamente assimilati. Nell'ultima casa ricordata egli dipingeva un fregio per la camera da bagno inteso alla glorificazione dell'acqua; e fra le onde erano finti putti scherzevoli e cavalli marini. In un'altra camera da letto per bambino l'ampio fregio ricorrente sotto il soffitto a cassettoni simboleggiava l'alba della notte: una messe compatta di gigli quali schiusi quali ancora in boccio e su di essi un fanciullo sognante con la testa che spicca su una grande aureola, e pipistrelli, e gufi che svolazzano intorno come fugati dall'ultimo chiaror delle stelle. Del resto se questi lavori, per essere accolti in case private, non sono facilmente offerti al giudizio di tutti (ed io stesso ne ho appena veduta qualche fotografia) può anche bastare la decorazione eseguita sulla facciata esterna della casa Stagni al Canton dei Fiori; in un sito cioè a pochi passi dal centro e quindi frequentissimo di popolo e di veicoli. Qui il pittore si è congiunto anzi affratellato con l'architetto, Augusto Sezanne. Per costui non era quistione di rifare una casa integralmente, perchè la compagine interna andava rispettata e conservata; nè per quanto i tre archi del porticato appartenessero effettivamente agli ultimi anni del secolo xv, questa era impresa da restauro o mera ricostruzione. Le impalcature furono infatti tolte nel gennaio del 1892 e l'opera apparve, come è, genialmente improntata dello s*pirito* della Rinascenza bolognese: era un saggio concreto per protestare - come in quei giorni ampiamente riferiva il *Resto del Carlino* - contro l'ostentazione delle strade e delle piazze monumentali, contro la megalomania della edilizia moderna, contro i così detti palazzi perpetuamente studiati e ricalcati su la falsariga del Vignola. Il Sezanne, come anche propugnava il Rubbiani, voleva ricondurre il gusto a una più ragionevole coltura storica e regionale, per riprendere e svolgere la tradizione delle belle case borghesi della Rinascita bolognese, per saggiare se per avventura questa, quando venisse meglio studiata in tutti i suoi partiti decorativi così in terracotta come in policromia, non prestasse ancora tipi gradevoli alla edilizia moderna bene intesa nel senso più pittoresco con le asimetrie spontanee e le opportunità igieniche di una vaghezza vegetale. Il vecchio nome rimasto al luogo, su cui si aggira anche una leggenda molto vaga della fuga di Enzo, si acconciava spontaneamente perchè la decorazione fosse ampiamente floreale. La casa rifatta in bei mattoni sanguigni ha la tettoia sporgente in legno con travicelli dipinti sotto cui tra le finestre a pieno arco con terracotte e doratura si svolge un fregio di figure e di fiori. Altro fregio di fiori e di fogliami ricorre al piano signorile sotto le finestre bifore e trabeate.

I fiori vagamente conserti, con ciascuno il proprio motto simbolico desunto dagli antichi *erbarii,* sono la viola, il girasole, la rosa, il giglio, l'oleandro, il gelsomino, la dulcamara, la digitale, l'iride, e a questi simboli di umiltà, di costanza, di amore, d'innocenza, di nobiltà, di eleganza, di verità, di lavoro, di fede, si inserivano la musica delle canne palustri, la poesia del mirto, la vita del frumento, l'arte dell'acanto, e la vittoria e la pace e la forza e la gloria con la palma, con l'ulivo, con la quercia e con l'alloro. Ma lo sfoggio principale era raccolto nella balconata all'angolo. Le due porte-finestre non sono bifore ma a semplice architrave, tutte in macigno scolpito, come il balaustro i cui scomparti anche coloriti portano la vite e la rosa intrecciate, come le grandi mensole in marmo d'Istria in cui alla vite si aggiungono i motivi del melograno. E alla temperanza musicale dei colori aggiungono vivi bagliori le dorature sobriamente applicate nei profili o negli intervalli decorativi.

Torniamo alle cappelle absidali in San Francesco. Da prima, adunque,. timidamente si era affacciata alla Fratellanza bolognese l'idea che la loro decorazione, dove mancavano tracce decise e sicure dell'antico, si

sottraesse logicamente al rigore archeologico, potendo quasi secondala la trasformazione lenta dei riti per assumere e manifestare un carattere personale di pietà. Ora il complesso de' lavori eseguiti, come ho ricordato, in un ambito d'arte più evoluta giovò ancora più a determinare un concetto direttivo più libero. In poco più di due anni, fra il 1898 e il 1899 fu compiuta la decorazione di tre nuove cappelle. La prima, quella centrale, fu inaugurata il 18 maggio 1899 e intitolata alla Pace, per cui

Aemilia Ars — Cancello in ferro battuto.

in quel giorno si apriva la famosa Conferenza internazionale all'Aja. Tutta la dipintura condottavi dal Casanova illustra questa umana aspirazione: e l'armonia degli astri nella volta con motti di Boezio, e i festoni di frutta nelle nervature che ricordano l'abbondanza. compagna della pace, e le figurazioni nelle lunette con l'arca noetica e la descrizione della grande profezia pacifica di San Giovanni e infine l'Annunciazione della Vergine, *Initium Pacis,* innestata dal Casanova con due medaglioni nella vaghissima vetrata bifora di mezzo. Ma più ancora che in questa cappella, o meglio più chiaramente, i segni della moderna evoluzione appaiono nelle altre due cappelle, Spada e Santi. La prima così è detta dal Beato Guido Spada, i cui avanzi. con altri di venerabili frati. furono raccolti in un'arca di maiolica, prezioso e complesso lavoro imitativo delle faentine del secolo XV. La pittura tutt'intorno simboleggia una festa gioiosissima: le campane d'oro cantano a distesa inni di grazie al frate Guido liberatore. Poichè veramente a questo frate pacificatore, a questo

Aemilia Ars — Lampade elettriche.

santo popolare Bologna fu debitrice della revoca dell'interdetto onde Benedetto XII aveva colpita la città per la sua ribellione al Legato Beltrando del Poggetto. Nella decorazione della cappella tutti gli elementi della città fortificata sono espressi con fastoso stilizzamento. La cerchia delle mura è finta nello zoccolo fatto di mattonelle rilevate: ninfee galleggianti ricordano i fossati. Oltre il giro delle mura comincia la pittura a buon fresco e sopra una festa di garofani fioriti levasi il palazzo del Comune, vivido di cento stemmi di compagnie e di una fioritura quasi improvvisa di tutti i fiori parassiti della muraglia: con un motivo trino le campane rilevate in oro oscillano sotto le grandi finestre arcuate. Altra festa ma notturna, quasi serenata in onore della Madonna, fu il concetto che ispirò lo stesso Casanova per gli affreschi per la cappella Santi. Citerò con le stesse parole del Rubbiani: « Le volte sono un velario di porpora trapunto di fiori d'oro, che nasconde l'azzurro lontano della notte, il quale appare invece nelle lunette. Le pareti sono come chiuse da un'alta pergola vestita di rame di gigli, fra cui pendono moltissime lampade d'oro e cristallo. E la pergola sale su da uno zoccolo a comparti marmorei festonato di frutti, nel quale posano tutt'attorno, in stretta fila, grandi profumiere di rilievo e dorate, da cui escono quieti vortici di incenso. Mentre tutti i piedi delle profumiere vedonsi allacciati ad un filaterio che reca una litania di lodi e di invocazioni a Maria ».

Candeliere in bronzo.

Questa cappella veniva scoperta il 10 dicembre 1899, quando già da un anno risultava fondata la Società per azioni *Aemilia Ars*. Ma i 24 concorsi a premio banditi nel gennaio non erano riusciti a scuotere gli spiriti

Portasigarette.

artistici de' giovani. Forse la magrezza dei premii - che si aggiravano intorno alle cento lire, raggiungendo solo le 250 per il complesso di decorazione murale da eseguirsi in terracotta - molto potè influirvi; ma forse più la impreparazione quasi assoluta negli altri artisti che non facevano parte della Fratellanza di San Francesco. Pochissimi furono i disegni inviati: solo accettabile un disegno del Capri per lumiera in ferro battuto che non fu egualmente eseguito. Ma la nostra fratellanza era bene aguerrita di studi e di esperienze. In San Francesco e nei Castelli avevano dovuto occuparsi di tutto: dal mosaico alla vetrata, dalla terracotta all'affresco, al ferro battuto, alla maiolica. L'insuccesso dei concorsi potè riuscire penoso, ma gli azionisti erano già parecchi se non moltissimi ed occorreva mettersi all'opera. Se non che il primo concetto andò sensibilmente mutandosi, finchè essa si costituì come Società anonima cooperativa e votò il suo statuto il 2 ottobre 1900. Vi restava sempre prevalente il concetto primitivo di procurare buoni disegni e modelli agli esercenti industriali; ma si stabiliva che restasse aperta una mostra permanente di vendita con facoltà anche agli estranei di potervi esporre lavori conformi ai proprii intendimenti. Di più, artisti e industriali avrebbero potuto avere sovvenzioni preventive nei lavori da eseguire: tutto contro il ricambio di una lievissima percentuale. Del resto fin dall'aprile 1900 era stato aperto in via Ugo Bassi un deposito-mostra di mobili, lampade ed oggetti in ferro battuto, ceramiche, gioielli e lavori in argento, cuoi cesellati e bulinati, ricami e terrecotte: un insieme cioè notevolissimo

Sellatole in ottone lavolato.

di lavori acconci all'abbellimento della casa. La Società non era aliena dall'esporre a Parigi i suoi saggi e forse con quella mira, non ostante i mezzi limitati, un tanto lavoro si era messo insieme in poco più di un anno. Ma qualche contrattempo, se non ragioni più noiose, tolse ad essa di potersi giovare dell'immenso concorso parigino e del paragone internazionale. Perciò la mostra campionaria che ora ammirasi a Torino accoglie la migliore e maggior parte di quei primi saggi, ma con accresciuta varietà e con notevole sviluppo dei merletti ed altri nuovi saggi di stoffe vaghissime e di soffitti e di vetrerie e di varie opere decorative in marmo, in coccio o concernenti l'arte del libro e della pubblicità.

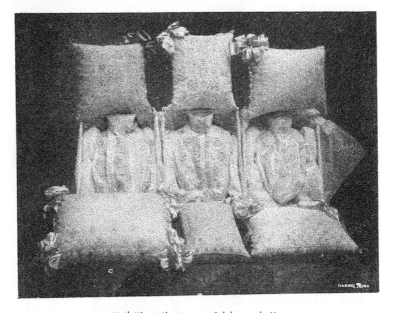

Merletti a reticella per cuscini e camicette.

*
* *

Guardando i mobili di Torino nel loro complesso, si può notar subito che i limiti estremi, fra cui si aggira il criterio decorativo ad essi applicato, sono costituiti da un armàdio di pero dipinto in nero e intarsiato di avorio e da alcuni mobiletti da scrittoio e da guardaroba, in mogano lustrato a sola cera: dai disegni, cioè, del Casanova a quelli del Bonfiglioli. Da un lato la massa più semplice e lineare, in cui lo stilizzamento delle piccole decorazioni a pena può dirsi modemo: dall'altro, un lieve ondulamento aggiunto al profilo del mobile, una più voluta astrazione nel fregio di fresie intarsiato. Ma certamente l'opera del Casanova è quella che costituisce il grosso della produzione in legno. E la più gustosa semplicità noi possiamo additarla in un portamusica in noce, con un motivo di capelvenere sobriamente intarsiato, nei mobili così detti di *tipo Tolstoi* perchè più economici, dove appena qualche rosellina selvatica occhieggia fra le 'metopette delle cornici. Nè mancano certo di eleganza altri mobiletti per contenere ricami e lavori donneschi : eseguiti in acero od anche dipinti in bianco, portano scolpito e dorato un motivo di iris fiorita.

La mostra degli oggetti inviati a Torino è una mostra evidentemente campionaria; nè per quanto si sia tentato di distinguere fra loro i diversi tipi di mobilio, lo spettatore può riportarne una impressione sicura. Forse occorreva uno spazio più ampio; forse una maggior rassegnazione ad esporre molto meno. Degli arredamenti completi da salotto eseguiti per benemerenti signori della città, come il conte Cavazza e il signor Kluftinger ed altri ancora, qui mancano

Aemilia Ars — Tovaglina e colletti per collo.

pur delle fotografie d'insieme. Ed è già gran ventura che questi nobili signori abbiano concesso di fare esporre parte di essi. Così possiamo ammirare il gran mobile da cantonata in cui al Sezanne è parso tra re elegante partito dalle orchidee di cui è il fregio rilevato abbagliante

di oro, sul fondo latteo di aceio; così possiamo ammiiaie l'agile e
fioiita porta che il Casanova ha disegnata per la casa Caiazza e nella
quale è veiamente consideieiole il gusto della seiiatuia e la disciezione oinamentale.

Dopo la pioduzione dei mobili la piì abbondante è quella dei
pizzi. La Società ha incominciato dal rimettere in onoie le bianchenie
iicamate a punti antichi sopia modelli e disegni autentici dei secoli XVI e XVII. Il faioie incontiato da questi laioii piesso signoie
anche stianieie si può diie altissimo. Attualmente nella paite posteiioie della bottega in via Ugo Bassi vi è tutto un deposito speciale
di meiletti. Solo in questo inieino le ricamatrici bolognesi hanno
aiuto laioio per oltie le liie 40,000. Una piccola esposizione fattane
nella capitale della Danimaica ha piocuiato alla coipoiazione bolognese i più lusinghieii elogi. E anima e iita di questa sezione è la
contessa Lina Caiazza, a cui spetta anche il meiito di tanto elegantissimo successo. Dalle sue contadine di Budiio ella ha fatto iitesseie
a mano lini che nulla cedono al confionto della miglioi pioduzione delle
inglesi *Ruskin Houses*. Non solo, ma col piì vivo amoie e con la pazienza più inesauribile indiiizza ed assiste quasi quotidianamente le opeiaie nel loio laioio, di cui si fa stienua banditiice doiunque si iechi.

Il punto più fiequente e più amato per la gustosa solidità della
sua tiama, che a iolte assume quasi aspetto di bassoiilieio, è il così
detto punto a ieticella, di schietta oiigine italiana. Con l'ispiiazione
del Rubbiani il professor Tartarini ha specialmente atteso a innestaie
sui classici quadratini iaghi motiii di biancospino, cicuta, gelsomino,
ginestiella. Un guanciale piì libeiamente inteso dal Bonfiglioli poita
un motiio di ciclamii: il biancospino fioiisce tutto intoino a un iicamo
per collo: un altio guanciale oblungo ebbe geometiicamente delineati
dal Pasquinelli i calicanti, cui i ciistalli di neio si connettono idealmente e intimamente nelle iiquadiatuie del fiegio.

E a questa sezione dell'arte muliebie noi possiamo aggiungeie
gli siaiati laioii e i iicami seiici di Giselda Ballaiini,, specialmente i
candidi paioni iicamati per tenda, e una elegantissima stoffa disegnata
dal Sezanne con iago intieccio di iose aiiizzite. Anche i gioielli vi
appaitengono. E per questi il Rubbiani si è inspiiato unicamente a
quei gioielli tipici della miglioie aite bolognese e italiana, onde il
Fiancia e Raffaello e il Peiugino hanno adoinato il seno delle loio
madonne. Peile, pietie pieziose e smalti ne costituiscono gli elementi
essenziali; e il motto che in essi decanta la iiitì della pietia centiale è
come il mònito di tutta la poesia della tiadizione che di nuoii elementi
decoiatiii si acciesce e si nobilita per iiitì piicipale dell'aitista.

I feiii battuti e l'aite del libio non sono meno consideieioli nello
siiluppo che hanno iiceiuto dalla coipoiazione bolognese. Pei feiii
questa ha aiuto nell'officina di Saute Mingazzi una coopeiazione
sapiente. Per la mano dei fabbri bolognesi i fioii dell'oleandro, dell'iris,
dell'aneuione, della gingobiloba, dell'ippocastano hanno acquistato una
gentilezza speciale nell'acconciarsi ad oinaie cosi i biacci di una ringhieia come le iolute aimoniose di una lampada o di un lampadaiio
elettiico, di un posacarte o di un candelieie: mentie in alcune iobuste
cancellate l'oiganismo della mateiia e la semplicità del motiio mi
sembiano felicemente combinati.

Per opportunità di questò cenno, estendeiemo l'aite del libio dalle
iilegatuie a' caitelloni. Il cuoio sbalzato, inciso, doiato è stato veia-

mente sentito da questi artisti senza alcuna morbosità esotica, ma in quella misura un po' grave che è la consolazione dei nostri occhi e, diciamo pure, il godimento delle nostre mani, quando si apre un vecchio libro italiano. Ma i nostri bolognesi oltre che pei libri (e i saldi motivi applicati ad alcuni volumi del Ruskin mi sembrano i più sobrii, come quelli pel Carducci i più liberi) hanno adoperato il cuoio per cartelle, portafogli e altri libricini di note con sì buona maestria che ne spiega il largo successo. Un cultore speciale gentile del libro è il Baruffi, la cui larga e svariata collezione di *ex-libris* mi sembra in complesso sicura prova del sentimento e della grazia che egli sa esprimere dalla figura umana. E la figura umana campeggia altresì negli sbrigliati cartelloni del Dudovich e nelle fantasie decorative del Bompard, e si eleva a un alto grado patetico nei rilievi onde il Romagnoli commenta l'amore sulle anse di un gran vaso e sulla faccia sibillina di donna che affiora l'acqua nella sua fontanella per giardino.

    L'elemento seducente e vivo delle forze umane che i più giovani artisti della corporazione hanno aggiunto alla fioritura vegetale coltivata dai più provetti è forse l'indice migliore di quanta nuova larghezza e vaghezza darà presto più sicuri e smaglianti saggi questo centro bolognese. E nella nuova espansiva evoluzione io vedo serbata una bella armonia, quando sin

Gioiello con zaffiro e pelle.   Tavolinetto da lavoro.

da ora vado paragonando la fontanella del Romagnoli con la sinuosa porta marmorea, che il Tartarini ha logicamente adornato del fusto e dei fiori dell'oleandro.

    I limiti essenzialmente storici e obiettivi che io mi sono imposti nella presente nota mi impediscono altre divagazioni. Del resto la mia fede è sicura che alcune tendenze esotiche facilmente accolte dagli artisti più giovani non possano nuocere a tutto l'organismo prettamente italico della corporazione; poichè la mia fede è riposta in Alfonso Rubbiani. Questi è stato ed è non solo la mente ma il cuore della bella Fratellanza artistica; la mente sicura e colta nell'escogitare, nel consigliare, nel dirigere; il cuore pel nobile disinteresse che lo anima, per l'amore che infonde nell'opera e per la viva simpatia che sa ispirare conciliando asprezze e divergenze.

    Ora, principalmente dall'amore nasce ogni cosa bella e buona.

ROMUALDO PÀNTINI.

Esposizione di Torino — QUARTO STATO, quadro di Pelizza da Volpedo.

Nuova Antologia, 16 ottobre 1902, fasc. 740.

ALLA " QUADRIENNALE „ TORINESE

Nei gioini dell'inaugurazione, al banchetto offeito dal Comitato della Mostia d'Arte decoiativa ai membii della Stampa italiani ed esteii, dopo molti discoisi ufficiali in paiecchie lingue, si alzò Leonaido Bistolfi. Il pensoso poeta della moite e dell'evoluzione levò un inno alla piimaveia.

Era infatti uno spettacolo di piimaveia che si edificava alloia sulla sponda del Po, nel paico del Valentino, in faccia a Supeiga e alle Alpi, accanto alla evocazione eroica del passato feimata nel bionzo da Davide Calandia e in cospetto della natuia inesauiibile e sempie nuova. Visione di iinnovamento, piimaveia di sensi che significava piimaveia d'anime. La boighesia modeina, nutiita di cifie e pieoccupata d'affaii, aiiotondato il ventie e iipiena la sua esistenza mateiiale, aveva sentito un'ombia di malesseie, e guaidando intoino, tia le cose defoimi che la ciicondavano e le foime di bellezza impiigionate nei Musei, aveva avveitito in fondo a' suoi desideii un'oscuia nostalgia? Essa chiedeva a ceiti uomini incuianti del danaio e contemplatori di paesaggi: La bellezza è inutile: peichè ceicate la bellezza? Ed essi iispondevano: Peichè ci sono i fiori.

Per questo l'aite nuova è tutta piimaveia. Ma la piimaveia non pulsa in vene induiite: fioiisce su membia giovanili. E per questo in quei piimi giorni, in quel iecinto dove tutto facea dimenticaie il passato e lo stesso piesente, era un tumulto di gioventù, esubeiante, espansiva, impaziente di manifestaisi, di comunicaie, di stiingeisi in una unione potente, per lottaie e per tiionfaie. Io non avevo mai piesentito tanta vivacità di gioventù italiana, sbocciata con tal iapidità in questi ultimi anni: ero con paiecchi cosidetti giovani, figli faticosi di una geneiazione vissuta nella lotta e nel saciifizio, e lo spettacolo di questa felice adolescenza c'inteneriva il cuoie.

Era mia intenzione fin d'alloia di iilevaie nella *Nuova Antologia* la somma d'ingegno italiano condensata, profusa, sciupata nelle manifestazioni innumeievoli che occupano le galleiie dell'Arte decoiativa: il contiibuto dei giovani di Fiienze, di Milano, di Toiino, uniti in coipoiazioni o isolati. Non mi fu possibile e mi ci iassegno, iiflettendo che quella produzione non è in gian paite che un annunzio e una piomessa. Doveie che ha in sè il suo piemio è quello del ciitico, di scoigeie lo sbocciaie delle nuove peisonalità, di seguiile, di iaggiuppaile e cooidinarle per aiinunziaie al pubblico la nuova fioiita.

Ma non posso lasciai che questo avvenimento così impoitante per l'aite italiana passi senza che sia stata meno indegnamente feimata la memoria d'una mostia affatto tiascuiata dai gioinalisti e dai ciitici, pur meiitevole quant'altra mai di veniи segnalata, non tanto pei il valore intrinseco di quello che contiene, quanto per le considerazioni ch'essa suggerisce, di capitale importanza per l'arte italiana; voglio dire la « Quadriennale ».

*
* *

La «Società Promotrice delle Belle Arti» di Torino, la più antica d'Italia fondata da privati amatori ed artisti, è ricca e ben amministrata, sì che le Esposizioni da essa bandite attirano per la cospicuità dei premi e per la copia degli acquisti, nonchè per la seria e simpatica ospitalità che offrono a tutti gli artisti d'Italia senza troppe preferenze e parzialità regionali. Questa non è meno abbondante d'opere che le altre e se non offre eccezionali attrattive per il pubblico, gli è perchè l'arte italiana, la pittura specialmente, attraversa un periodo di ricerca e di innovazione, il cui interesse al gran pubblico sfugge. La mostra complessiva di piccoli documenti fontanesiani, opportuno complemento alla mostra di Venezia, la sala consacrata alla memoria di Signorini e alla gagliarda opera di Mosè Bianchi, servono più agli studiosi che al pubblico e ben troverebbero posto adatto in un Museo. Calderini espone una serie di paesaggi antichi e recenti ; Celestino Gilardi una quantità di ritratti, fra cui alcuni piccoli capolavori ; Grosso dimostra nelle sue grandi tele la ben nota bravura ; Vittorio Cavalleri si rivela forte pittore, prima con scene realiste di campagna, indi con visioni di leggenda un po' in contrasto con la materialità della tecnica; Andrea Tavernier allarga il suo orizzonte, abbandona il solito angolo di valle animato da una montanina rilevata di rosso, alleggerisce i suoi cieli calcinacci, infonde nel paesaggio della sua *Leda* qualcosa di affatto nuovo per lui, un pensiero, una suggestione.

Ma delle mostre complessive la più importante è quella di Giuseppe Ricci.

Giuseppe Ricci fu ammirato fuori del Piemonte· soltanto dopo la sua morte, nel '901· Chi non conosceva se non le ultime manifestazioni di questa inquieta·e sensibilissima, pur sì mite coscienza pittorica, provava fatica a immaginarlo allievo di Enrico Gamba, poi di Léon Bonnat. Questa collezione pertanto ci istruisce sull'evoluzione percorsa da lui nel periodo relativamente breve, da quando abbandonò l'avvocatura per darsi all'arte, fino alla sua morte. La sua coltura e i suoi frequenti soggiorni a Parigi, ove si tuffava in quell'atmosfera satura d'arte, come in suo ambiente vitale, sviluppandogli largamente le idee estetiche e affinandogli il senso critico, gli avevano accresciuto quella instabilità ricercatrice che doveva condurlo ad una maturità feconda.

Anch'egli, come il suo maestro, fece il suo nudo di vecchio, robustissimo del resto, come si può qui vedere; anch'egli combinò l'aneddoto e il quadro di genere. Infine s'era fermato a un breve circolo di soggetti che trattava coi medesimi modelli, ma forbendo, annebbiando, riforbendo la sua tavolozza, rinnovandola traverso la sua sensibilità squisita, riducendola infine ad un mezzo obbediente appieno alla sua tendenza di sentimentale quasi mistico. La sua tecnica era singolare e affatto personale. Alcuni ci videro l'influenza di Carrière; ma le sfumature caliginose di questo sono compatte e tenebrose e il colore è come suggestionato, quasi evocato fuori dai nostri ricordi; sulla tela non esiste in realtà quasi altro che un efficacissimo chiaroscuro. Ricci colorisce e le sue velature sono come un pulviscolo tenue che fluttua nell'aria ambiente. Questa fattura, trovata dopo molta ricerca, come si vede traverso il bel ritratto della madre sua, i numerosi abbozzi e i quadri, qui radunati, va modificandosi, riacquistando le qualità di fermezza e di sicurezza nel disegno che apparivano nei primi quadri, senza perdere la finezza dei toni, la fusione, l'unità e l'armonia dell'insieme. Dopo il bagno, un nudo di donna ancor giovane, ma estenuata dal male, mi par una delle tele più tipiche di Giuseppe Ricci: la riproduzione qui unita non può dar idea del colore, biondo e delicatissimo, di quelle carni, nè indurre nel lettore il sentimento di tenerezza e di pietà che ispira nel visitatore quella fragile bellezza sofferente.

Dopo il bagno, quadro di Giuseppe Ricci.

Egli visse attivamente in mezzo agli artisti, dedicando alcuni anni alla Società promotrice torinese. Operoso e modesto, profondamente buono e pieno di simpatia, rifuggente dalla lotta e incurante di fama, non pensò mai a conquistarsi effettivamente il posto che gli spettava. Gli artisti lo tennero sempre un po' come un dilettante. Egli stesso non aveva forse piena coscienza del suo valore: era artisticamente isolato, forse si sentiva stonato con l'ambiente. Nelle Esposizioni non era sovente notato, o lo si trovava inconsistente, confuso, sfuggente. Ma i fini conoscitori si soffermavano volentieri a goder quelle alternazioni veramente musicali di colori sbiaditi: ammiravano le figurine pensose velate d'un'atmosfera trasparente, lodavano le belle mani sensitive che avevano espressioni più ferme dei visi. Tenui armonie di biondo e di viola, figure vaporose di ragazze tra i fiori, sorrisi materni sospesi su biondi capi di bimbi, delicatezze, tenerezze, ecco quel ch'evocava ed evocherà il nome di Giuseppe Ricci.

Gaetano Previati occupa anche egli un'intera sala con un ciclo di disegni che illustrano la *Parisina* del Tumiati, con alcuni episodi storici, fra cui il *Carroccio*, pieni di movimento e di senso tragico, veramente straordinari - e con una *Via Crucis*. Oh le risa e i lazzi dei colleghi e dei così detti buongustai !

Sono quattordici tele rettangolari, tutte uguali, in semplici cornici dorate; uguale intonazione generale in tutte, biondo oro, con una forte nota di rosso, la veste di Gesù. La prima impressione che se ne riceve è un urto violento, anche per chi non è avvezzo ad ammirare le *via crucis* leccate, manierate, impomatate che si vendono nelle botteghe di « articoli religiosi ». Il Previati non ha certo fatto un Cristo « bello »: quegli che i cattolici dicono sia stato il più bello degli uomini è qui deformato allo stesso modo che presso i medioevali artisti del Nord, per cui bellezza parea significasse corruzione e dannazione: nella misura sempre identica delle quattordici cornici gli episodi della Passione si sviluppano con fatica estrema, torcendo le membra di tutte le figure : par che ci sia la ricerca dell'atroce che incrudelisce contro l'Innocente nel mistero della Passione, vivo ancora nelle campagne. piemontesi. Certo il trapasso dalle novellette pittoriche, dai quadri di genere, o dalla Sacra Famiglia, ad esempio, di Giacomo Grosso o di Cavalleri, a questa visione d'incubo produce un contrasto molto·duro a sostenere. Eppure, perchè vorremo negare un quarto d'ora di raccoglimento e d'attenzione ad un'opera così complessa e così intensa ? Fra tutti i popoli noi abbiamo questa rara molteplicità d'attitudini e soprattutto questa larghezza e facilità di comprendere : non neghiamole ad un artista coscenzioso. Lasciamoci afferrare da questa.tragedia di sangue e di follia : è un' incubo quest'opera ;· ma l'azione ch'essa·raffigura non era un incubo, una di quelle follie di orrore che passano su un popolo nelle ore malvagie ?

Scorrendo in giro dal primo all'ultimo tutti gli episodi, in cui Cristo passa dalla condanna alla morte, soffermiamoci a osservare Cristo caduto, spogliato, crocefisso, deposto di croce. Cristo, le cui braccia si contraggono, s'irrigidiscono sotto i martelli, è rappresentato con· tal senso d'umanità e di dolore quale non ricordo aver veduto mai in simili raffigurazioni.

*
* *

Ma scopo mio è qui di segnalare specialmente le opere dei giovani. Fra queste prima e massima mi si presenta un'opera che in altro paese sarebbe bastata a mettere il nome d'un artista fra i più celebrati.

Pelizza da Volpedo fu, giovanissimo, favorevolmente notato dai critici e dal pubblico. Le sue *Mammine* ebbero all'Esposizione Colombiana la medaglia d'oro ; la mistica *Processione*, che segnava un mutamento nel suo indirizzo d'arte, da un realismo ricordante Bastien Lepage a un·misticismo di sogno e di leggenda, fu tra le opere più applaudite alla seconda·Esposizione di Venezia, e a Torino, nel '96' entrambe riscossero.molte lodi insieme col *Fienile*, una originale e commoventissima scena di campagna ritratta con una robustezza straor-

dinaria ; nessuno fra i giovani rivelava una tal varietà di attitudini,
una tal pertinacia di ricerca : i tre quadri erano tre studi, tre manifestazioni progressive d'un temperamento già formato ed evolventesi.

Seguirono alcuni anni di lavoro silenzioso ; il Pelizza nel suo villaggio, nella sua casa contadinesca lavorava, preparava cartoni, raccoglieva e studiava tipi : i compaesani, che lo amano, ambivano di
essere scelti come suoi modelli per un gran quadro ch'egli componeva
lentamente e disponeva sulla tela secondo personali e imprescindibili
leggi di sintesi e d'armonia. Il quadro è finito: il *Quarto Stato* non
fu il solo lavoro da lui compiuto negli ultimi cinque anni: ma da
cinque anni fu il suo maggior pensiero e la sua maggior fatica.

La gran tela risente forse di questo lungo studio? Vi appariscono
forse troppo evidenti le norme ch'egli si è imposto? Nella riproduzione
che ne offro ai lettori è nondimeno assai facile riconoscere il valore
eccezionale di quest'opera d'arte. Una massa di contadini ci viene incontro, guidata da due capi, cui una donna che tiene un putto nudo
contro il seno si volge in atto non si sa se di preghiera o di rimostranza.
Le tre figure vengono innanzi con un moto irresistibile. Colpiscono
subito l'occhio l'andatura risoluta e calma dell'uomo e il movimento
vivacissimo della donna : l'altro, biondo, testa di sognatore, ha il passo
più molle e l'atteggiamento più abbandonato. L'uno è la volontà, l'altro
è l'idea. Ora osserviamo la fronte della massa che s'avanza: tutte le
figure hanno un'attitudine e un'espressione : tutti i gesti sono personali e insieme concordi : i vecchi cercano sedare le impazienze giovanili: nessuna figura è abborracciata, mozza, ficcata lì quale riempitivo.
E agli angoli del quadro riposiamo gli occhi sull'atto affettuoso di
quell'uomo che trae un bimbo e sul gesto ingenuamente ardito di
quella ragazza che ci guarda negli occhi.

Dopo ciò considerate, cosa un po' difficile in una riproduzione, il
disegno e la fattura : le ombre sono trasparenti e il vostro occhio vi
penetra: aboliti tutti i particolari inefficaci: molte figure parrebbero
appena abbozzate, eppure hanno la loro vita essenziale. Per il disegno,
per la distribuzione delle figure, per la complessità e il ritmo della
composizione, per lo studio accurato e sintetico di ciascuna figura vi
viene in mente un pittore ben lontano nel tempo e nelle idee: Raffaello.

Furono mosse a questo quadro acerbe critiche: gli si rimproverò
l'intonazione generale rossiccia e la luce troppo fiacca del sole che
occupa la scena. Ma non siamo noi in dovere di dubitare delle nostre
impressioni davanti ad un'opera simile, o di cercarne la causa, che può
esser fuori di essa? Possiamo noi giudicare perfettamente in una sala
d'esposizione, ove la scarsa luce ineguale cade dall'alto su una tela
inclinata verso il pavimento, una pittura eseguita in gran parte al-
l'aria aperta?

Io credo fermamente che quest'opera resterà e aumenterà in pregio
cogli anni. Pur troppo l'autore dovrà vederla tornare nello studio dove
nacque e crebbe così faticosamente: ne uscirà di nuovo, più bella, e
avrà fortuna.

*
* *

Un altro solitario che dalla sua regione, dalle Alpi dell'Ossola,
trae le sue ispirazioni, è Carlo Fornara. Rivelatosi per la prima volta
or son due anni con un quadro importante, egli conferma qui le sue

EDOARDO RUBINO — Monumento Sepolcrale di una giovinetta.

promesse con due quadri - *Primavera, Autunno* - i quali, meno completi del primo e rivelanti le deficienze della tecnica ch'egli deriva da Segantini troppo manifestamente, mostrano nondimeno in lui un forte colorista e una personalità che, liberatasi dalla suggestione dell'opera segantiniana, troverà nella interpretazione del paesaggio montano, che non è una sola, la coscienza della propria personalità.

Or è qualche anno faceva la sua apparizione molto notevole nel mondo dell'arte un pittore ventenne, Lino Selvatico, che presentavasi d'un subito ritrattista consumato. Non mostrava una personalità distinta, ma ci offriva una forte e succosa pittura. Ora anch'egli s'è dato a cercare: troverà?

Per ora ha trovato qualcosa che ricorda Wistler, e La Gandara, sebbene un risultato di espressione francamente ottenuto nei suoi due ritratti femminili dimostri ch'egli ci ha messo alquanto della sua anima.

Ed ecco un'altra apparizione giovanile. Cesare Ferro, torinese, non ha vent'anni, e il suo ritratto d'uomo è fra le opere più complete dell'Esposizione. Dove e come ha egli raggiunto una tal perizia? Poichè non è facile sapere se si tratti d'una spontaneità felice o d'una abilità consumata. Il Ferro mi spaventa: quando avrà fatto altri tre o quattro ritratti simili

Edoardo Rubino — Gruppo per la facciata dell'Esposizione d'Arte decorativa

a questo, che farà egli? In questa via c'è più poco da fare: o la fortuna seconderà il suo successo ch'è già grande ed egli diventerà il pittore di moda come il suo maestro Grosso, o la forza ch'è in lui lo spingerà a tentare altre vie, e giungerà in alto.

Dobbiamo aver fede. Gli orizzonti dell'arte italiana non sono più quelli di vent'anni fa, in cui ogni nostra regione si chiudeva ad ammirare soltanto la propria arte e i propri artisti. Le Esposizioni internazionali, attirate a casa nostra, obbligano giovani e anziani a rinnovarsi, a costo di perire. Ecco, ad esempio, un altro giovanissimo, Beppe Ciardi, il quale non si contenta più della serena e sicura arte paterna e si incammina per nuovi sentieri: lo imiti Emma Ciardi, sorella sua, che sfoggia, nei suoi angoli di Venezia, tanto gusto e maestria.

Uno che forse cerca troppo mi pare il buon amico mio Antonio Mucchi-Vignoli. È egli forse troppo colto, troppo auto-critico? Ha egli veduto troppa pittura? Il fatto si è che un lavoro suo non è mai banale, dimostra sempre molto ingegno, ma è di rado completo. Egli ha già trattato mille soggetti, ha già esperimentato mille tecniche. Il ritratto di donna, ch'egli presenta qui, pare d'un primitivo, mentre *Luce e ombra*, colorito e franco, è d'un artista che non respinge nessuna delle conquiste moderne dell'arte e della scienza. Bisogna fermarsi una buona volta!

Così mi par che abbia fatto Plinio Nomellini, il quale, dopo l'affermazione matura che diede di sè a Venezia, continua nel suo indirizzo ora già ben chiaro e personale, non senza esercitar la sua bella fantasia pagana nello immaginar nuovi soggetti e la sua mano nel trovar nuove linee decorative e nuove armonie di colore: ne son prova *La colonna di fumo* e *Il saluto al sole* qui esposti nella *Sala degli avveniristi*. *Sala degli avveniristi* fu chiamata, per suggerimento non so di chi, quella che contiene, accolti a disegno, certi documenti di ricerca che in altro paese non farebbero stupir veruno e qui sorprendono. Vi noto una marina di Galileo Chini, questo agilissimo e inestimabilmente ricco ingegno d'artista, uno stranissimo *Enigma* di Alberto Rizzi e alcuni studi di Francesco Fanelli. Ma chi ha dato tale nomignolo a questa sala non vide com'essa non differisc.

ETTORE ROMAGNOLI — Fontana decolativa.

quasi da parecchie altre e tutta la « Quadriennale » sia stata invasa.. d'avvenire. Di qui soltanto questa mostra trae il suo significato.

***

Alcuni scultori (la scultura è molto scarsa e povera d'importanza in questa Esposizione) meritano qui d'essere ricordati.

Fu l'architetto d'Aronco che diede modo a Edoardo Rubino di manifestarsi secondo il suo temperamento. Egli si trovava male tanto nella scultura realista e nei ritratti di commissione quanto nella scultura sepolcrale, soli cespiti, come si dice, d'entrata per uno scultore italiano che non abbia ancor potuto ottener la commissione d'un monumento patriottico. Alcune statuette e gruppi (di cui due si possono vedere ancora nella fontana monumentale del Valentino, sola.

ETTORE ROMAGNOLI — Ilma Grammatica.

superstite dell'Esposizione del 1898) avevano mostrato in lui un prevalente senso decorativo che anni fa, ai tempi del *vero*, si chiamava maniera. Edoardo Rubino non potè mai spogliarsi di questa « maniera », la quale ora ha prodotto i graziosi gruppi che ornano la facciata dell'Esposizione. Qui ho voluto riprodurre anche un monumento sepolcrale per una giovinetta che in una modesta Esposizione torinese confermò per la prima volta le speranze che s'erano poste in lui.

E l'Esposizione d'Arte decorativa metterà in evidenza altresì un altro giovane scultore, Ettore Romagnoli, uno dei collaboratori dell'*Aemilia Ars*. Il quale incominciò, or son pochi anni, coll'esporre graziose teste e busti di terracotta molto apprezzati e quasi sempre acquistati. Un giorno si stancò di quest'arte piacente e facile e affrontò lavori più gravi con ricerca di movimento e di sentimento. Il che gli alienò il pubblico: il pubblico italiano non può, neanche quando vuole, comprare lavori che costarono molto tempo e fatica ed esigono adeguato compenso. Il rinnovamento dell'arte decorativa farà pure questo miracolo, che gli scultori potranno vivere anche senza far monumenti sepolcrali o patriottici: il compenso che otterranno dai piccoli lavori che andranno ad ornare i salotti dei privati permetterà loro di coltivare la grand'arte per le grandi Esposizioni e per i poveri nostri Musei.

Infine voglio ricordare un forte scultore che non mancherà di dare assai presto una prova cospicua del suo valore. Questi è il lombardo Felice Bialetti, i cui gruppi d'una plastica serrata e d'un sentimento appassionato sono fra i più notevoli della mostra. Non so che sia questo monumento a Cavallotti in Milano di cui presenta il bozzetto del gruppo principale; è forse una pia immaginazione dell'autore? Certo il gruppo è una cosa molto forte.

*
* *

Son qui tutte le nuove forze dell'arte italiana? No. Alcuni artisti che meriterebbero d'esser annoverati in prima fila tra i sopra ricordati, come Giorgio Kienerk e Giacomo Balla, non hanno mandato a Torino il meglio della loro ultima produzione: gli altri, fanno qui in gran parte la loro prima apparizione in pubblico e non danno più che significanti promesse. E poichè dobbiamo riconoscere che giovani d'anni sono moltissimi, i quali non offrono alcuna speranza, credo meritevole ricordare quei primi, che sono Rembrandt Bugatti, Vinei, Carena, Pizio, Maggi, Falchetti, Stella, Salassa, ed altri ancora.

Un critico straniero, molto favorevole apprezzatore della Mostra d'arte decorativa, mi diceva a proposito della « Quadriennale » e di altre Esposizioni italiane ch'egli aveva altre volte visitato: « Esse mi lasciano indifferente: tolta qualche opera di scultura, non vi ho trovato mai gran che d'importante. Voi vedete troppo poco il vostro passato: noi visitiamo nello stesso giorno i vostri Musei e le vostre Esposizioni moderne e il confronto è disastroso. Ora io sento ben qualcosa *se remuer* in fondo alla morta gora della vostra pittura: ma c'è sopra uno strato troppo fitto di vecchiume. Nella vostra pittura non c'è transizione fra un passato di sessant'anni fa e l'avvenire: mi par di vedere Theodore Rousseau e Albert Besnard, a mo' di dire, in presenza l'uno dell'altro: il che non sarebbe uno spettacolo banale: ma gli è che questi vostri non sono nè Rousseau, nè Besnard... ».

Quello che non è interessante per uno straniero è moltissimo invece per noi. Il contrasto fra il vecchio e il nuovo è stridente nella pittura italiana: il che dice come l'uno o l'altro debbano cedere il campo. Gli anziani sono ancora, quanto agli ideali e ai procedimenti d'arte (e quanto alla direzione delle istituzioni artistiche, pur troppo!), ai begli anni della loro remota gioventù: noi abbiamo ancora vivi e presenti e incombenti i seguaci di David e di Daubigny, coloro che si appoggiano sul loro quadro storico o giurano nel veio. Dall'altra parte i ribelli, coloro che vogliono camminare sulle proprie gambe, devono smarrirsi per le vie traverse, essendo loro sbarrate le vie maestre.

Questa condizione di cose va modificandosi da qualche anno grazie l'iniziativa di Venezia. Venezia forse darà il crollo ai rudeii. Or è qualche mese assistevo a un'adunanza di giovani che ventilavano il progetto di una *secessione* italiana. V'era chi sosteneva che tutta la vita artistica d'Italia vi si sarebbe concentrata. Quei giovani conoscevano troppo poco il nostro ambiente: dove sarebbe essa possibile? Noi abbiamo delle città piene d'artisti e vuote di pubblico, e al contrario. Nessuna città può dar sostentamento a una grande Esposizione che non abbia forti appoggi o di Società promotrici o di Municipii o del Governo. D'altronde il sopravvento dell'arte giovane cresce d'anno in anno in tutte le Esposizioni: fra qualche anno la mostra di Venezia sarà forse essa la desiderata *secessione!*

Una cosa sola importa: lavorare. Fuggire i tumulti delle Esposizioni e frenare le ambiziose impazienze. Nulla è più necessario all'artista che essere solo di fronte alla natura, di fronte alla vita. Sui loro monti e sulle loro marine, nel carattere della loro razza e nel sentimento delle esistenze umane che li circondano, i nostri artisti troveranno se stessi, fortificheranno la propria coscienza, piglieranno lo slancio per salire ad abbracciare la visione della vita umana e del mondo. Allora esisterà veramente una grande arte italiana: allora chi visiterà i nostri Musei confronterà il Rinascimento, che fu luce per tutta l'Europa, con questo nuovo Rinascimento in cui più complessa, più vasta ed una, nella varia originalità delle nostre regioni, fiorirà un'arte *nazionale*.

GIOVANNI CENA.

TRA LIBRI E RIVISTE

I funerali di Zola — Zola in Inghilterra — L'Esposizione internazionale di Fotografia artistica — Il Giubileo di Tolstoi — In Libreria.

I funerali di Zola.

Era troppo vicino ancora il tempo in cui il grande scrittore s'era levato, solo contro tutta una nazione, perchè i suoi funerali non sollevassero da una parte gl'inni dell'apoteosi, dall'altra le ingiurie e le maledizioni. Così anche dopo morte egli fu un combattente: la lotta da lui intrapresa fin da' suoi esordii in polemiche di letteratura e d'arte s'era elevata e fatta più vasta ed universale quando egli si drizzava paladino della giustizia e ora il suo nome prendeva tutto il significato d'un simbolo.

Il ministro Combes parlò sulla sua tomba. Lo seguì, per la *Société des Gens de Lettres* (di cui egli era stato parecchi anni presidente) Abel Hermant. Questi si limitò a commemorarlo come scrittore. Credo far opera grata ai lettori riportando nel testo francese i punti più salienti:

Discuté jusque dans sa bière - et nous devons l'en applaudir, car certes cet amoureux de la lutte eût souhaité qu'il en fût ainsi - on lui a tout contesté, sauf d'être excessif et colossal: là dessus ses détracteurs s'accordent avec ses panégyristes. Ses livres, avant que d'aveugler l'imagination par leur splendeur, lui imposent par leur nombre et par leur poids. Si on les plaçait les uns sur les autres, ils feraient un piédestal assez haut pour la Statue que nous lui élévelons. Il se présente au Tribunal de la postérité escorté, comme un patricien romain, d'une clientèle qui est une armée, où je dénombre plus de douze cents créatures vivantes qu'il a façonnées de sa main et animées de son Souffle. Pour que nul Sacrloit d'effort ne lui fût épargné, il a enfanté d'a-

bord, longtemps, dans la misère. Ses premiers livres sont nés, comme des fils du peuple, dans des garnis et sur des grabats. L'angoisse du pain qui manque s'est ajoutée pour lui à l'angoisse du génie qui se cherche. Mais le mauvais sort, en s'acharnant à gêner son énergie, n'a fait que la multiplier.

Dopo l'aspra tragedia di Teresa Raquin egli non si contenta più di descrivere dei tipi, ma delle famiglie: non concepisce più soltanto un ro-

Zola fanciullo.

manzo, ma un gruppo di romanzi. E come una famiglia traverso gli anni si mescola agli avvenimenti e alla vita del paese, così egli vuol abbracciare nel suo quadro tutta la Francia.

Rien que l'idée d'une telle œuvre dénoterait une imagination de constructeul unique, car même la Comédie humaine de Balzac est ordonnée moins volontairement, avec

moins de logique, avec des fissures par où
'le hasald s'y glisse. Mais ce qui est Sultout
plodigieux, c'est qu'un homme ait pu éclile
en vingt-deux ans ces dix-neuf volumes
consécutifs tels qu'il les avait vus du pre-
miel coup, SanS un joul de chômage, SanS
une défaillance ni un doute, SanS une in-
flaction au plan plimitif, Sans une letouche
·à l'albie généalogique et à l'état Signalé-
tique des personnages

Mentie collocava ad una ad una,
·con calma e metodo, le pietie del suo
edifizio, pensava al futuio. Questo ap-
passionato· di glandezza, che fu accuSato di bassezza, toccava all'utopia.
Lo si disse liiico, iomantico, non realista, non natuialista:

Il était peu culieux de détails et de par-
·ticularités pelSonnelleS; et l'on peut dile,
comme on l'a dit, que c'était faute d'une
Sensibilité assez délicate et d'une psychologie assez pénétiante; mais ce pouvait êtie
aussi bien palce que, danS l'human'té actuelle, les gloupes lui Semblaient avoil plus
de valeul que les individus, l'être collectif
plus de vie positive que chacune de ses
unités composantes. C'est bien là une façon
de voil démoclatique, et j'ai eu laison de
Soutenil qu'il est le peintie, ou si on veut
le poète, le chantle de la démoclatie...
Ses pelsonnages viaiment iéels Sont les
pelsonnes civiles, les gloupes, une famille,
une contiée, une ville, une mine avec ses
mineuls: ils ont d'autant pluS d'âme qu'ils
emblassent pluS d'individualités diveises, et
les deux êtres qu'il a le mieux fait vivie
sont la Foule et la Nature.
Voilà où il a mélité son title de natula-
liste. Il ne fallait pas le lui lefuSel si·vite,
mais seulement s'apercevoir que, poul un
tel homme, un tel title ne peut signifier je
ne Sais quelle entomologie. C'est au Sens le
pluS tlanScendant du mot que Zola est na-
turaliste. Il a aimé aldemment l'Objet, le
décol, les choSeS: celles que la natule produit elle-même et dilectement, celleS aussi
qu'elle ploduit par l'entremise et par l'indus-
tlie de l'homme, et au plemiel lang la ma-
·chine, qu'il a chanté en viai poète de ceux
qui peinent. Il a aimé aldemment la vie. Il
a Senti la joie de vivie: d'abord·de façon si
âple et si chagline, que ces deux motS ins-
clitS en tête d'un de ses livieS y font l'effet
d'une iionie - plus taid avec une sélénité
plofonde. Et je note que son optimisme, un
peu artificiel peut-être aux jouls de triomphe, est devenu sincère et impeiturbable
aux jouls d'épreuve et d'amertume.
Non moinS que .la natule innomblable,
il a aimé la foule, paieille a un élément. La
foule n'est jamais absente de son œuvre:
on l'y Sent latente quand elle n'envahit pas
le plemiel plan; on entend toujoulS au
lointain la confuse lumeul populaile, comme

on perçoit toujouls la plainte du vent et des
vagues danS le velbe de ceux qui ont vécu,
pensé, lévé au bold de la mer, danS le vels
olageux de Victol Hugo, danS la phiase ma-
jestueuse de Chateaubliand. Et quand la
foule, comme danS Geiminal, tient le pre-
miel rôle, aloiS vouS savez comment il la
mène, comment il la meut, comment il la
letient, comment il la déchaîne, avec quel
art d'amoureux il la détaille et comme il lui
devient égal poul la peindle. La foule fut
souvent son pelsonnage unique, toujouls
son pelSonnage préféré...

Dopo il discoiso applaudito di Abel
Hermant si alza Anatole Fiance. Ber-
gelet ha mutato alquanto: egli fu foise
il più ingiusto ciitico di Zola: ora anch'egli ha Sentito la sua anima di

Zola a qualant'anni.

squisito dilettante dei costumi e delle
idee cambiaisi in un'anima .appas-
sionata di moialista, di maestio, di
plasmatoie d'uomini nuovi. Il suo discoiso è emanazione di quest'anima,
che spinge l'autoie della Rôtisserie
de la Reine Pédauque ad aitingaie il
popolo nei comizi pubbliii. Anatole
Fiance non ha per questo peiduto
l'eleganza nè la teisità ciistallina

dello stile, e i lettoi ne giudichino nel suo discoiso che iipoito in gian paite:

...Lorsqu'on la voyait s'élever pielle par pielle, cette œuvie, on en mesurait la giandeui avec sulplise. On admiiait, on s'étonnait, on louait, on blâmait. Louanges et blâmes étaient poussés avec une égale véhémence. On fit palfois au puissant éciivain (je le Sais par moi-même) des leploches sincèles, et poultant injusteS. Les invectives et les apologieS s'entremêlaient.

Et l'œuvre allait giandissant toujoulS.

Aujould'hui qu'on en découvie dans son entiel la folme colossale, on reconnaît auSsi l'esplit dont elle est pleine. C'est un esplit de bonté. Zola était bon. Il avait la candeui et la simplicité des giandeS âmes. Il était plofondément moial. Il a peint le vice d'une main lude et veltueuse. Son pessimiSme appaient, une somble humeui lépandue sur plus d'une de ses pageS, cachent mal un optimisme léel, une foi obstinée au ploglés de l'intelligence et de la justice. Dans ses romanS, qui sont des études Sociales, il poulSuivit d'une haine vigouleuse, une Société oisive, flivole, une aristoclatie basse et nuisible, il combattit le mal du tempS: la puiSSancé de l'algent. Démoclate, il ne flatta jamaiS le peuple et il s'efforça de lui montlel les selvitudeS de l'ignorance, les dangelS de l'alcool, qui le livle imbécile et sans défense à touteS les opplessions, à toutes les misèles, à touteS les hontes. Il combattit le mal Social partout où il le lencontia. Telles fulent ses haines. Dans ses delnielS livies, il montia iout entiel son amoui felvent de l'humanité. Il s'efforça de deviner et de prévoii une Société meilleule.

Il voulait que sur la telle, sanS cesse un plus giand nomble d'hommes fussent appelés au bonheul. Il espéiait en la pensée, en la science. Il attendait de la force nouvelle, de la machine, l'affianchissement ploglessif de l'humanité laboiieuse.

Ce léaliste sincère était un aident idéaliste. Son œuvie n'est compaiable en giandeui qu'à celle de TolStoï. Ce sont ceux vastes cités idéales élevées par la lyle aux deux extrémités de la pensée eulopéenne. Elles sont toutes deux généieuses et pacifiques. Mais celle de Tolstoï est la cité de la lésignation. Celle de Zola est la cité du tiavail.

Zola, jeune encoie, avait conquis la gloile. Tianquille et célèbie, il jouissait du fiuit de son labeul, quand il s'arracha lui-même, d'un coup, à son lepos, au tiavail qu'il aimait, aux joies paisibles de sa vie. Il ne faut prononcel sur un celcueil que des paloles g|aveS et seleines et ne donnel que des signes de calme et d'harmonie. Mais vous savez, messieurs, qu'il n'y a de calme que dans la justice, de lepos que dans la vélité. Je ne palle pas de la vélité philo-

sophique, objet de nos éteinelleS disputes, mais de cette vélité morale que nous pouvonS tous saiSil par ce qu'elle est lelative, sensible, confolme à notie natuie et Si proche de nous, qu'un enfant peut la touchel de la main. Je ne irahiiai pas la justice qui m'oidonne de louel ce qui est louable. Je ne cachelai pas la vérité dans un lâche silence. Et poulquoi nous taile? Est-ce qu'ils se taisent eux, seς caloinniateurs? Je ne diiai que ce qu'il faut dile sur ce celcueil, et je dirai tout ce qu'il faut dile...

Qui l'oiatoie iicoida i gioini oςcuii « où l'egoïsme et la peui étaient assis au conseil del gou\eInement ». L'iniquità con</ncia\a a esseI nota, ma i miglioii teme\ano di tuffaI le mani in una palude. Alloia Zola sciisse la famoSa letteia. In quei gioini più di un buon cittadino dispeiò della Fiancia. Un socialista peifino a\e\a proclamato, che se questa società è coriotta a tal punto, le sue io\ine non potiebbeio neanche più seivile| come fondamento d'una società nuo\a. Giustizia, onoie, pensieio, tutto sembia\a peiduto: ·

Tout était sauvé. Zola n'avait pas seulement révélé une erieul judiciaile, il avait dénoncé la conjulation de toutes les foices de violence et d'oppression unieS poui tuel en Flance la juStice sociale, l'idée iépublicaine et la pensée libie. Sa paiole coulageuse avait léveillé la Flance. Les conséquences de son acte sont incalculables.

Elles se déiouient aujourd'hui avec une foice et une majesté puissantes; elles s'étendent indéfiniment: elleS ont déteiminé un mouvement d'équité sociale qui ne s'arrêtera pas. Il en sort un nouvel oidie de choses fondé sur une justice meilleule et sur une connaiSsance plus plofonde des dioits de touS

Messieuis,

· Il n'y a qu'un pays au monde dans lequel ces giandeS choses pouvaient s'accomplir. Qu'il admirable le génie de notie patiie! Qu'elle est belle cette âme de la Flance qui, dans les SièceS passéS, enseigna le dioit à l'Europe et au monde. La Flance est le payS de la iaison ornée et des pensées bienveillantes, la teiie des magistiatS équitableS et des philosophes humains, la patiie de Tuigot, de Montesquieu, de Voltaile et de Malesheibes. Zola a bien mélité de la patiie en ne désespéiant pas de la justice en Flance.

Ne nous plaignons pas d'avoil enduré et souffeit. Diessée sur le plus plodigieux amaS d'ouffrages que la sottise, l'ignorance et la méchanceté ait jamais élevé, sa gloile atteint une hauteul inaccessible.

Envions-le: il a honolé sa patrie et le monde par une œuvre immense et par un gland acte. Envions-le, sa destinée et son cœur lui firent le sort le plus gland: il fut un moment de la conscience humaine!

Zola in Inghilterra.

Una rivista inglese pubblica alcuni particolari sul soggiorno di Zola a Londra, da cui togliamo i più interessanti:

« Tutti ricordano la sua venuta in Inghilterra di quattro anni fa, e il suo soggiorno nei sobborghi di Londra e in varie altre città. Mr. Ernest Vizetelly ha raccontato la storia di quello strano soggiorno che l'autore di *J'accuse* fece quasi nascosto nel centro di Londra, e che durò molti mesi e fu per lui noiosissimo.

« Intorno a lui tutto doveva essere tenuto nascosto, e mille piccoli inganni erano stati orditi onde ottenere questo fine ».

Dopo aver cambiato molte volte residenza, l'Albergo della Regina, a Upper Norwood, divenne definitivamente il luogo di riposo di Zola. Questo albergo, è bene notarlo, consiste in ciò che erano una volta le case separate: e alle varie parti o « padiglioni » inglesi separati e scale distinte sono tuttora annesse. Ivi egli da sè stesso si formò il *comfortable*, e ivi scriveva, osservava e conversava. Piccole cose lo soddisfacevano in mancanza di glandi.

« Sapete voi, egli diceva a un dopopranzo a Mr. Vizetelly, che quando io esco tutto solo per la mia passeggiata e mi occorre scacciare qualche noioso pensiero, io spesso mi diverto a contare il numero delle forcinelle perdute che io vedo sul marciapiedi? Oh! non occorre che ridiate, ciò è molto curioso e ve lo affermo sul serio. Io avevo già delle idee per due saggi, uno sulla capitale d'Inghilterra nella sua relazione col carattere inglese e un altro sulla fisiologia della finestra « a ghigliottina » inglese e le forme che essa prende, non dimenticando la circostanza che ogni qualvolta un architetto introduce una finestra francese in una casa inglese, quella si apre invariabilmente all'esterno, così da essere ben giocata dal vento, invece di essere aperta dal di dentro, come dappertutto. Ora poi sto pensando che portei scrivere qualche cosa sulla trascuratezza delle inglesi nel legare bene i loro capelli, e il consumo fenomenale di forcinelle in Inghilterra; il consumo deve essere enorme dacchè la perdita è così grande, come vi mostrerò.

« Allora egli passò ad una dimostrazione oculare, e poichè uscimmo per passeggiate per una mezz'ora, principalmente lungo strade fiancheggiate da ombrosi giardini appartenenti a villini, noi contammo tutte le forci-

Zola al pianoforte.

nelle che vedemmo. Erano circa quattro dozzine, ed egli premurosamente notò che noi avevamo seguito un cammino dove v'era poco concorso di gente.

***

Fu nel viaggio a Wimbledon, che Zola per la prima volta si staccò alquanto dalla sua abitudine di guardarsi intorno con tanta avidità. Egli contemplava il fiume dal ponte di Waterloo, e parlò francamente della bruttezza del ponte Hungerford, che i Parigini non avrebbero tollerato neppure per 24 ore.

Fu meravigliato nel trovare che il Savoy Hôtel, ove egli era sceso nel 1893, era stato sorpassato per banalità di linee architettoniche dall'Hôtel Cecil. « E pensare – egli diceva – che voi avete un tal sito, qui,

lungo il fiume, e che permettete che sia adibito a
uso degli Hôtels e dei circoli e via di seguito.

« Vi era posto per un
Louvre qui, e voi ne avete
lasciato fare una cosa volgare ».

E poichè il treno stava
per avvicinarsi a Clapham
Junction, Zola si mise a
guardare dal finestrino del
vagone.

Alla vista di tutte le
povere, polverose strade,
con piccole case allineate,
una attaccata all'altra, tutte

Cartellone di Steilen per il *Paris* di Zola.

di un disegno, ai frequenti spettacoli
di povertà e squallore Zola esclamò:
« È possibile! » Noi eravamo soli nel
compartimento; egli guardava ora ad
un finestrino ed ora ad un altro, e
tutto ad un tratto fece una quantità
di domande. Perchè le case erano
così piccole? Perchè erano tutte così
brutte e uguali? Quale classe di gente
viveva là dentro? Perchè le strade
erano così polverose? Perchè vi era
dappertutto un mucchio di pezzetti
di carta? Erano quelle strade mai inaf-
fiate? Non vi era il servizio di spaz-
zatura? E subito notava: « Voi vedete quella casa come sembra pulita
e netta esternamente, ma guardate là
il cortile interno, tutto è sporcizia e
povertà ».

Ma lo splendore e la ricchezza di
Wimbledon piacquero a Zola, ed egli
stesso diceva che i negozi di Wimbledon « erano di gran lunga superiori a quelli che uno avrebbe potuto
trovare in una città francese di grandezza simile e ad eguale distanza
dalla capitale ». Fu a Wimbledon che
Zola scoprì che l' « istituzione razionale » del ciclismo, del quale
egli era patrocinatore in Francia,
male conveniva alla media delle ragazze inglesi snelle e qualche volta
spaiute, che però pedaleggiavano meglio delle loro sorelle francesi.

E a Wimbledon Zola cominciò ad
ammirare le tante curiosità inglesi e
specialmente le magnifiche siepi di
agrifoglio. Gli allevamenti di cornac-
chie anche lo deliziarono immensamente. Ma Zola non mancò di esaminare attentamente Londra: la città

lo impressionò, come impressionò anche Heine, per la sua vastità, e diceva: « Le bellezze di Londra non
consistono nei suoi monumenti, ma
nella sua immensità, nel carattere colossale de'suoi *quais* e dei suoi ponti,
in paragone dei quali i nostri sono
giocattoli. Il Tamigi dal Ponte di
Londra a Greenwich, io non lo so paragonare che ad una immensa strada
agitantesi, piena però di navigli grandi
e piccoli, qualche cosa che rammen-
terebbe al Parigino, quanto al movimento, la Rue de Rivoli se giacesse
nell'acqua.

« I *docks* sono fabbricati stupendi,
ma ciò che mi impressionò più di
ogni altra cosa furono i recinti fabbricati per le navi onde scaricare le
loro merci: si ha l'illusione che i
vascelli arrivino fino ai *quais*, e sca-
richino le mercanzie quasi dentro i
negozi ».

Zola. - Caricatura di *Léandre*.

(Fot. Sambuy). Torino - L'Esposizione internazionale di Fotografia artistica.

L'Esposizione internazionale di Fotografia artistica di Torino.

Combattere la volgarità della produzione fotografica abituale, spingere professionisti e dilettanti allo studio dell'arte, tendere ad elevare la coltura artistica generale e a tale scopo aprire una Mostra internazionale di opere fotografiche unicamente ispirate al puro senso dell'arte, non era un bel sogno?

Questo sogno fu tradotto in pratica dalla coraggiosa Società fotografica Subalpina, con l'apertura della Esposizione internazionale di fotografia artistica di Torino, la quale viene così a completare il larghissimo campo di osservazioni e di opportuni raffronti sopra le condizioni contemporanee dell'opera artistica dei varii paesi, aperto, per la prima volta in Italia, dalla grande Esposizione internazionale d'A. D. M.

Dodici paesi stranieri risposero generosamente all'appello d'Italia; circa millecinquecento opere sonò collocate, con grande buon gusto, in un edifizio appositamente costrutto nel Parco del Valentino.

48

Davanti a certe prove par di sognare! Non una fotografia puramente oggettiva ci sta davanti talora; ma un *fusain*, una sanguigna, un disegno a penna, un'acquaforte, un vero quadro strappano l'ammirazione del visitatore.

Facciamo una rapidissima corsa per le sale, notando sommariamente le opere più importanti.

Il Comitato degli Stati Uniti, sotto la presidenza del generale conte Luigi Palma di Cesnola, direttore del Metropolitan Museum of Art di New-York, presenta una bella collezione di fotografie artistiche, raccolte dallo Stieglitz della Camera-Club di New-York. Tre prove dello Stieglitz medesimo: *Notte gelata, In attesa del ritorno, Correndo a casa* (due vecchie contadine cui ve sopra una strada di campagna) sono particolarmente notevoli.

Come è graziosa la giovane madre di White Clarence, la quale apre l'uscio della camera ad un bambino imbronciato e gli dà il *Buon giorno!* Ecco le due donne *Fra gli alberi* di Edmiston Thos, gentile e pittoresca ricerca di composizione. La *Nuda nel bagno* di Charles Berg è una miniatuia soipiendente; i quattio vecchi (100-104) sono piofondi documenti di psicologia. Ma la piccola seiie di Diapositive (119) col!ocata nella stessa sala per convenienza di illuminazione, colla luminosità abbagliante delle lasie di vetio e la piofondità tiaspaiente delle nuvole in movimento, sopratutto iapisce.

La Sezione belga è molto caiatteiistica. Su tutti domina lo Stouffs per le delicatissime e suggestive iiceiche di poesia; la tenue e vapoiosa visione d'*Autunno*, il *Tamigi a Londra*, il *Ritratto di donna*, e l'*Armonia della sera*, ispiiata da Baudelaiie, inquadiate «all'aitista» con un'eleganza e una preziosità stiaoidinaiia, sono opeie squisite. Bony, *Canale di Mattino*, Hanssens, *Nella foresta di Soignes*, Léon Sneyers, Winterbeeck, e Bovier, *Serà di maggio* e *Prima del temporale* gli fanno degna coiona. In tutta la Sezione è evidente uno spiiito di vivacità e di modeinità simpaticissimo.

La Sezione inglese è la più impoitante di tutta la Mostia. Paesisti e iitiattisti magistiali affiontano ogni più inciedibile difficoltà di luci e di toni, e iipioducono vittoiiosamente la natuia con uno sciupolo, una profondità, ed un amoie commovente. Una suggestione ineffabile sgoiga da quasi tutte le opeie. Che stiaoidinaiia maestiia nello *Studio di toni* di Reginald Ciaigie, il piesidente della Sezione e segietaiio della Linked-Ring! Questa vecchia signoia austeia, col colletto bianco, campata sul fondo bianco della poita, bianco su bianco, è modellata con una foiza ed una penetrazione psicologica poitentosa.

Ahimè! fra le nevi invernali (dieci pecoie bianche e neie in una landa nevosa) fa pensaie alla sconfinata tiistezza dello «Specchio della vita» del nostio Pelizza da Volpedo.

Ecco Hoisley Hinton, il iestauiatoie del paesaggio fotogiafico inglese, giande, iicco e sapiente; ecco i quattio iitiatti di Hollyer (*William Morris, D. G. Rossetti, Burne-Jones, John Ruskin*) signoiili e piofondi ; ecco la sanguigna di Page Cioft, adoina di tinta intima peisonalità; ecco Giindrod Giegei, Job, Maitland, Cochiane, Sutcliffe, Davis e Cadby, solidi e foiti di iilievo; dalle loio opeie sgoiga un'immediata sensazione di vita.

La *Principessina* di Ciaig Annam, una bella e seiena bambina in piedi, iiccamente vestita, con una penna di pavone nella destia, è semplicemente impagabile.

Nella Sezione olandese, la *Marina* di Bisping è bene luminosa, il *Volpino bianco* di Van der Rijk è documentato ottimamente, *La mia pipa* di Bakhuis, come studio di luce (un ceiino acceso fra le mani piesso la baiba) è assai netto e disinvolto, ma il complesso della iaccolta è meschino.

La Sezione fiancese è la migliore delle Sezioni stianieie, dopo l'Inghilteiia. Le sanguigne di Brêmard e di Damachy gaieggiano con quelle di Page Cioft; *La Comunicante*, dello stesso Damachy, iicoida l'incantevole soavità femminile del nostio compianto Ricci; i *Fiori di loto* di Bergon sono una fantastica decoiazione studiata e iipiodotta con giande finezza.

Il movimentato *Bivacco* del Roy, *La partita* del conte Tyszkiewicz caiatteiistica e pieciosa come un inteino del Quadione, *La spianata* ed i *Cardi* del Bucquet, il *Sobborgo* di Naudot, il *Crepuscolo* e la *Vallata* di Wallon sono fiammenti v>venti di iealtà; ma ancoia sopra gli studi di figuia del Grimprel, del Puyo e del Beigei, così felici nella iiceica della peisonalità, spicca la contadina che fa la calza *Sulla porta* del Dainis, quadietto semplice ma aiioso, composto con ingenuità e con sentimento, ad onta del motivo così tiivialmente iipetuto e sfiuttato da tanti.

La Sezione ungheiese è insignificante.

La Sezione tedesca, sotto la diiezione dell'Emmerich di Monaco, s'è data la massima cuia di conseivaie alla Mostia un caiatteie industiiale-aitistico, escludendo gli amatoii e i dilettanti, ammettendo al concoiso i piofessionisti puii. Ma secondo noi l'effetto non coiiispose ceito all'intenzione. All' infuoii del vigoioso studio di Peischeid, *Mietitori tornanti a casa*, compeiato pel Museo Belga (quando in Italia si penseià di comperare una fotogiafia aitistica per un nostio Museo?) dei *Contadini aranti*, di Hildebiand, del suggestivo *Ritratto* di Grainer Fianz, e del potente *Crepuscolo* dell'Emmeiich, tutto il iesto è cosa mediocre. Ciò che è più notevole in questa Sezione è l'uso abilissimo delle carte bicromatate, con cui i migliori professionisti ricordati sanno ricavare dei partiti sorprendenti.

Notiamo nella Svezia e Norvegia il robusto ritratto di Hamnqvist: *Io stesso*, e la bellissima signorina bianca e sorridente del medesimo. L'opera più profondamente poetica e suggestiva della sezione è la *Figlia ammalata*, di Rahmn, quadretto pieno di verità e di dolore.

Il Lindhe ha due paesaggi: *Alla riva*, e *I giunchi*, in cui si direbbe che abbia voluto imitare la sapiente semplicità della stilizzazione giapponese.

Nella Danimarca i due paesaggi di Reinau: *Il sanatorio dei tubercolitici*, e la penisoletta alberata di Refenaes ad onta delle modestissime dimensioni, non sono prive di originalità e d'importanza.

La Spagna non porta nessuna rivelazione.

La Svizzera è affatto deficiente.

Le opere giapponesi, raccolte dal Giglio-Tos, sono ben singolari per una loro propria presentazione della natura, e soprattutto per i luminosissimi effetti di luce ottenuti con le lastre d'argento, che hanno talora la delicata trasparenza delle Diapositive. Le migliori sono quelle di Mizunoff e di Tamamura.

L'Italia questa, volta, grazie alla coraggiosa attività dei promotori, non figura in seconda linea. Fra la serie imponente dei paesaggi del *Lago di Como* (420-473) presentati dall'ingegnere Gatti-Casazza, non pochi quadretti sono composti abilmente e saporiti. Ma la maggior originalità è nelle *Vedute stereoscopiche* dello stesso, le quali ottengono un successo ben meritato per la impronta vigorosa e integrale della realtà. Ecco il cavalier Edoardo di Sambuy, l'attivissimo presidente della Mostra che, nei quattro *Studi di paesaggio*, rivela la ricerca poetica ed audace della natura, superando con vera maestria le difficoltà dei più rari motivi, e nei chiari *Ritratti* la gustosa ed equilibrata composizione d'un vero artista. Il Bertieri espone una ricca vetrina di ritratti in cui si sente troppo il carattere industriale. Chi si mantiene fortissimo

sempre è Vittorio Sella, il mago dell'Hymalaya, coi suoi straordinari ed insuperabili versanti panoramici di montagne.

Traverso Stefano ha una collezione di vedute robuste ed evidenti; bellissimo è in particolare *Il porto di Genova, Torna la luce*, dove l'equilibrio luminoso tra i piani inferiori dell'acqua e i piani superiori delle nuvole è raggiunto con una potenza ed una chiarezza, che ha ben pochi riscontri. Fotografare delle nuvole, senza dare il piano della terra o *mangiandolo* completamente, con una grande ombra oscura, è cosa facilissima; ma dare la trasparenza e la profondità delle nubi, in equilibrio con l'evidente documentazione di tutti i piani centrali ed inferiori, è opera così ardua che i migliori fotografi vi si provano talora inutilmente.

Guido Rey continua le sue sapienti ricostruzioni di costumi storici; dalle *Scene elleniche* del '98 ora è giunto alle scene olandesi impiantate alla simpatica ed umile ma sincera poesia della casa. La sua soavissima bambina che legge è una delle opere più importanti di tutta la Sezione italiana, così per la tecnica come per la delicata e preziosissima composizione. La donna *al pianoforte* di Gattermayer comunica un'impressione poetica non comune. Fra i ritrattisti italiani il pittore Giacomo Grosso, con i quattro grandi esemplari del centro, rivaleggia in robustezza ed imponenza coi migliori fotografi ritrattisti stranieri.

Otto cani in una gabbia – *Un congresso* – formano una fortunata e spiritosa trovata del Treves.

La grande abilità dello Schiapparelli avrebbe bisogno d'essere impiegata più poeticamente. L'Assale è troppo epidermico, per quanto corretto. Due *Ritratti* di Carlo Foà, illuminati bizzarramente nei due fianchi, per concentrare il mistero della fisionomia nella parte centrale del viso, meritano al giovane dilettante attenzione ed incoraggiamento.

In complesso questa prima Esposizione internazionale di fotografia artistica è riuscitissima, e sarà feconda di risultati pratici nel campo della fotografia artistica ed industriale italiana. Per questo siamo lieti di riconosceie che gii intelligenti e coraggiosi promotori Subalpini hanno reso un servizio utilissimo non solo ai cultori della fotografia ma alla grande causa della coltura artistica italiana. Perchè noi avevamo bisogno di conoscere - anche in questo ramo a cui spetta un così lusinghiero avvenire - le condizioni, le conquiste e persino i tentativi degli stranieri; ma soprattutto avevamo bisogno di conoscere noi stessi.

Alcune cifre
su l'Esposizione di Torino.

È opinione diffusa che l'Esposizione d'arte decorativa sia per Torino e per gli azionisti che vi contribuirono un sacrifizio senza compenso per il trionfo dell'ideale. Alcune cifre che abbiamo sott'occhio ci dimostrano che anche in Italia una esposizione d'arte, senz'altre attrattive fuori da quelle dell'intelligenza e della bellezza, può sostenersi finanziariamente e perfino rendere un compenso non indifferente:

L'Esposizione generale italiana del 1898 in Torino - la cui memoria è troppo fresca - ebbe quasi tre milioni di visitatori (complesa la Mostra d'arte sacra) e diede un utile, per le sole entrate, di 1,772,980 lire.

Se i torinesi confrontano le entrate della Mostra attuale con quelle del 1898 - senza preoccuparsi di altre considerazioni - il paragone schiaccia l'Esposizione d'arte decorativa moderna; ma sarebbe ragionevole il non tener conto che ora si tratta d'una Mostra quasi puramente artistica - allestita in assai più breve tempo e con mezzi limitati, e dopo solo quattro anni da quella - mentre allora si trattò d'una Esposizione popolarissima, destinata a festeggiare il cinquantesimo anniversario della proclamazione dello Statuto? E il concorso potente che venne a quella dall'annessa Mostra d'arte sacra e dalle feste della Sindone?

Nessuno potè illudersi mai che l'Esposizione d'arte decorativa moderna potesse divenire popolare. Non vi è la solita galleria del lavoro, non vi sono le macchine chiassose che interessano la massa; e quelle gallerie piene soltanto di mobili e di tappeti, di pizzi e di stoffe, di oreficerie e di legature, di ceramiche e di vetri, ecc., riescono così fredde e mute per la moltitudine!...

Essa si è fatta, d'altronde, con mezzi molto modesti ed ha anche costato una Somma relativamente mite. Mentre nel 1898 il Comitato disponeva di lire 1,510,200 rac-

colte per azioni e di lire 653.918 raccolte a fondo perduto, l'Esposizione attuale si è fatta con lire 1,096,000 sottoscritte da azionisti e con sole lire 3100 date a fondo perduto.

Le costruzioni dell'Esposizione hanno costato meno di 800,000 lire e ora il Comitato amministrativo ha un netto disponibile di circa mezzo milione. Dall'apertura a tutt'oggi sono entrate nell'Esposizione, a pagamento, circa 624,000 persone; ove si complendano gli azionisti e gli espositori, non paganti, circa 1,100,000.

Gli azionisti apprenderanno con piacere che se non il cento per cento - famoso e insperato dividendo del 1898 - il cinquanta per cento possono sperarlo, per poco che il tempo si mantenga bello e mite e che il concorso delle ultime settimane corrisponda alle ragionevoli aspettazioni.

Il Giubileo di Tolstoi.

Il 12 settembre 1852 apparve nel *Contemporain* la prima parte della celebre trilogia, *L'Infanzia*, di Leone Tolstoi, che aveva a quell'epoca ventiquattro anni. Per il giubileo del grande pensatore un letterato suo connazionale, E. Semenoff, pubblica nell'*Européen* - l'interessante rivista francese - del 27 settembre, alcuni particolari degni di nota su colui che Tourghenieff sul suo letto di morte consacrò «grande scrittore della terra russa».

Questa festa delle Lettere russe è passata quasi inosservata, malgrado gli articoli che i giornali e le riviste russe le hanno dedicato, mentre senza la cura eccezionale impiegata dal Governo per impedire ogni manifestazione attorno al nome del grande vecchio, avrebbe preso le dimensioni d'una vera festa nazionale.

Il cinquantenario di Tolstoi, infatti, non è soltanto un giubileo letterario. È anche una festa per il pensiero, per la vita sociale e pubblica della Russia, e questo malgrado il carattere eminentemente personale dell'opera di Tolstoi, malgrado le sue tendenze e aspirazioni spesso contraddittorie e mutevoli tanto nella sua vita privata come nella sua azione pubblica.

In tutta la vita di Tolstoi, ch'è *ricerca della verità*, dalla prima sua opera ad oggi, in tutti i suoi cambiamenti, in tutte le sue disperazioni, in tutte le sue tristezze e disillusioni,

fu il suo carattere *personale*, la sua
volontà di cercare, il suo desiderio
di trovare, che lo tennero e lo sal-
varono. Dalla sua prima opera noi lo
vediamo già in preda a pensieri che
non lo abbandoneranno più! « Ritor-
neranno mai la freschezza, l'ingenuità,

Tolstoi. — Quadro d'Ilia Repine.

il bisogno d'amore e la *forza della
fede* che si possiedo·o nell'infanzia? »
si chiede egli alla fine dell'*Infanzia*.
E questa domanda potrebbe esser certamente messa come epigrafe a ogni
studio su Tolstoi. Giacchè tutta la
vita di lui è traversata, come da un
filo rosso, da questa domanda che
non è risolta per lui che verso la
fine... « Dove sono le preghiere piene

d'ardore, dove è il migliore dei doni,
le pure lagrime della pietà? » si chiede
nel suo primo libro. E si mette a cercarle.

La vita militare, l'ambiente aristocratico non poterono soddisfarlo
ed egli si volse, all'età di ventiquattro
anni, stanco ed esperto della vita,
verso il mondo delle lettere. Ma dopo
due anni di vita letteraria, lo stesso
male lo riprende. « Io aveva ventisei
anni - racconta egli stesso·- allorchè,
arrivato a Pietroburgo dopo la guerra,
strinsi relazione con degli scrittori.
Mi si ricevette come un amico,
mi si lusingava perfino. Appena
ebbi il tempo di osservare, fui preso
e penetrato da una concezione della
vita affatto letteraria, e tutti i miei
tentativi di divenir migliore furono
dissipati ».

Allora tutto lo disgusta. « Io compresi che nella nostra boria noi non
ci accorgiamo che non sappiamo nulla,
che non conosciamo la cosa principale: ciò che è bene, ciò che è
male... » Per sei anni Tolstoi si di-
batte così, allorchè sopraggiunge il
grande avvenimento: l'affrancamento
dei servi. Comincia allora per lui una
nuova vita d'*arbitro di pace* e di *pedagogo* nella sua *Jasnaia Poliana*. Qui
la sua esperienza, i suoi pensieri, i
suoi dubbi hanno libero corso e benchè noi vediamo di già nei lavori di
quel tempo delle tendenze al misti-
cismo e alla *moralizzazione astratta*
del futuro Tolstoi, la forza delle creazioni artistiche, la.bellezza dei quadri
di vita popolare e i caratteri dei fanciulli del popolo, l'originalità delle
deduzioni e delle generalità filosofiche,
rendono nondimeno quei lavori fra i
più belli di Tolstoi.

Ma questo avvicinamento al popolo
affrettò la crisi che si preparava in
Tolstoi. « La nostra letteratura - dice
egli.- non si assimila e non si assi-
milerà mai (?!) nel popolo... » - « La
letteratura, come i monopolii, non è
che uno sfruttamento accolto, van-
taggioso solo per i partecipanti e disastroso per il popolo (?) », ecc. ecc.
Tutto è vano, inutile, dal punto di
vista dei *vantaggi immediati per il
popolo*. La sua opera letteraria stessa.
Ed egli abbandona tutto, e malato,
disgustato, se ne va... nelle steppe,
presso i Bashkirs !

Ma un avvenimento felice giunge: egli si ammoglia, e per una quindicina d'anni si stabilisce un periodo di calma morale e di tranquillità di animo relativa (egli si sposò nel 1862). Dal suo proprio *io* egli si trasportò nelle cure di famiglia, educazione, azienda domestica... È questo stesso il periodo dei grandi romanzi, della sua grande produttività letteraria. Non dimentichiamo che è nel medesimo tempo l'epoca delle riforme, il risveglio della vita sociale, della opinione pubblica in Russia. Da questo momento noi non possiamo più separare la carriera di Tolstoi dalla vita politica e sociale della Russia. A misura che il ritmo della vita pubblica affievoliva sotto la pressione della reazione e che le forze contraddittorie del passato ricalcitrante e dell'avvenire giovane e generoso entravano in lotta per arrivare al dramma dell'annata 1870 - che i lettori conoscono - l'inquietudine morale del grande scrittore si risveglia di nuovo, e, dipoi, la coscienza turbata del moralista eleva di più in più la voce e non s'arresta più fino al conflitto pubblico e rumoroso col mondo officiale della religione e della politica.

Tutta una vita di ricerche dolorose, di esitazioni, di variazioni, di cam-

TolStoi e la sua famiglia.

biamenti e di avvenimenti drammatici, di contraddizioni perfino, eloquentemente e magistralmente sottolineata e determinata dal grande critico N. R. Mikhailovsky, un quarto di secolo fa ormai. (Vedi i famosi studi: *Le « Dextre » e Le « Senestre » du comte L. N. Tolstoi*). E finalmente il Pietro Bezoukhoff, il Levine, il Nekhlioudoff

(*Guerra e Pace, Anna Karenine, Risurrezione*) dopo la crisi del 1880 si trasformarono gradatamente e logicamente in quel *grande vecchio* che tutta la Russia pensante e onesta venera e che il mondo intero ammira...

Ah, quelle annate dell' 80, quelle annate di reazione assoluta che trascinarono il grande scrittore, anche

TolStoi. - Da un quadro di Repine.

lui, così lungi da noi!... - esclama il Semenoff. - Durante quel periodo oscuro d'indebolimento, quasi d'arresto d'ogni moto progressivo della vita russa, fra tante dottrine antisociali, sorse anche quella di Tolstoi, col suo appello *all'individualismo* quasi fatalista, col suo disdegno di questo basso mondo, la sua filosofia mistica negante la necessità della lotta terrena e promettendo la felicità futura, consacrando nello stesso tempo ogni sorta di *male* e condannando ogni *resistenza...* « Que de mal il nous fit, ce grand Tolstoi ! » Che forza e che eloquenza dovettero spendere i nostri maestri, N. Mikhailovski, Lavroff e altri per dimostrare che un grande spirito, come quello di Tolstoi, può soccombere sotto il « peso di contraddizioni sofistiche » e « come facilmente un gran cuore si copre d'uno strato di durezza e di formalismo » se non segue i suoi propri impulsi!...

Ma ancora una volta la vita si mostrò più forte di tutte le filosofie di Tolstoi, riunite, e, nuovo Anteo, al contatto di questa vita, egli si spogliò del formalismo e della durezza della sua dottrina. Nemico del denaro, si mise a questuare, al tempo della carestia, ai primi del 1890. E, dipoi, la sua inerzia e le sue tendenze al quietismo disparvero. Egli si mise ad agire... Carestia, servizio militare, conflitti con la Chiesa ufficiale - tutto ciò è storia di ieri. Non è dunque da stupirsi che i dolori morali che Tolstoi fece provare colla sua dottrina della *non resistenza al male* siano al presente obliati. Egli è divenuto per tutti il *caro grande vecchio.*

Ecco d'altronde come si esprime N. Mikailovsky a proposito del centenario di Tolstoi, interpretando così i sentimenti dell'elhe me maggioranza dell'intelligenza russa:

« Noi siamo alla vigilia del cinquantenario dall'apparizione della prima opera stampata dal conte L. N. Tolstoi: *L'infanzia e l'adolescenza.* Cinquanta anni di lavoro per l'autore e cinquanta di godimento estetico e di pensiero commosso per la società russa... Io ho avuto più di una volta da scrivere su Tolstoi, talora con entusiasmo, talora scostandomene con un dolore al cuore. Tolstoi talvolta enuncia ancor oggi delle idee che è difficile accetare, e, ciò che è più, contro le quali è difficile di non protestare. Ma Tolstoi è Tolstoi - qualche cosa di formidabile di cui non v'ha l'eguale nella letteratura russa ».

Dopo avere severamente rilevato un passaggio del libro del Merejkovski contro Tolstoi (*La religione di Tolstoi e di Dostojewsky*) N. Mikailovsky continua:

« Ricordandoci tutta la strada cinquantenaria d'attività letteraria del *grande scrittore della terra russa* noi vediamo che nelle sue grandi opere, così come nei suoi errori sovente grandissimi, sempre, dalla prima fino all'ultima linea da lui scritta, egli è stato ed è *lui stesso*, non contando se non sulla sua propria coscienza, incorruttibile, inaccessibile ai pregiudizii del suo ambiente come a quelli, per così dire, mondiali; egli ha cambiato più d'una volta le sue vedute, ma non vi ha mai rinunciato per una qualsiasi pressione esteriore.

In quest'ordine d'idee, egli è per noi più di un grande scrittore. Egli è come un simbolo vivente, in carne

e in sangue, della dignità della parola stampata ».

Non v'ha nulla da aggiungere, nè da ritirare a queste parole dette sotto l'occhio della censura. Pertanto, affinchè i lettori comprendano bene il *valore nazionale* della figura di Tolstoi, finiremo queste rapide linee sul grande vecchio con una suggestiva citazione:

« Il conflitto storico, drammaticamente incarnato nelle figure significative di Leone Tolstoi e di Pobedonostseff - dice il signor Struve, portavoce dei costituzionalisti russi moderati - non può finire che con la vittoria del primo. Il potente elemento della coscienza religiosa del popolo in basso, e il pensiero critico incorrutibilmente esploratore degli intellettuali, trovano la loro espressione vivente nella persona unica dell'eroe nazionale della nuova Russia, Leone Tolstoi. Egli si eresse con una audacia di pensiero inaudita fino ad ora, contro le forze storiche che dominano la vita russa: contro l'autocrazia e l'ortodossia di Stato. È là che risiede il valore nazionale storico, e, se si vuole, nazionale politico del grande scrittore della terra russa, e della sua azione... Chi fu ed è più

Tolstoi Scomunicato dalla Chiesa russa.

russo di lui, e chi più spietatamente di lui nega le basi del canone ufficiale russo: l'autocrazia, l'ortodossia e il patriottismo nel senso di feroce nazionalismo? Quanto poco nazionale a lato di Tolstoi è il suo avversario storico Pobedonostseff con la sua faccia cosmopolita in pelle di clericale, coi suoi discorsi burocratici e bizantini! Non è il gioco del caso: l'uno vuole asservire il popolo russo e la sua anima ai principi morti, e schiacciare tutte le sue forze vive, l'altro incarna in sè la naturale aspirazione d'un popolo giovane alla vita larga e libera; l'uno mortifica, l'altro vivifica... Il valore nazionale di Tolstoi non è affatto determinato dal maggiore o minor valore della sua dottrina. Esso risiede in ciò, che il grande artista russo che ha penetrato più profondamente d'ogni altro nell'anima del popolo russo, che ha compreso il proprietario e il contadino e l'intellettuale russo, l'uomo che è fuori di ogni partito, straniero alla politica, ha compreso nello stesso tempo con tutto il suo essere e espresso con la forza del genio e la franchezza d'un fanciullo il bisogno nazionale ardente di libertà »,

Così - afferma E. Semenoff - le migliori istituzioni russe apprezzano Tolstoi, il più grande fenomeno storico all'incontro di due secoli.

In Libreria.

I libri mi si accumulano sul tavolo, grossi e piccini, formidabili o civettuoli. Io non sono che un buongustaio delle arti grafiche e non intendo tuffarmi nei commenti al Codice civile pubblicato dalla Unione Tipografica di Torino, la quale mi manda altresì un ponderoso catalogo, *Gennaio-Aprile 1902*, che mostra la sua operosità straordinaria della Casa. Enciclopedie generali e speciali, opere straniere e italiane di agricoltura, di economia politica, di educazione, di legislazione, periodici, repertorii, dizionari, ecc. ecc., c'è di che fornire un'intera biblioteca.

Ci si sofferma più agevolmente a sfogliare la magnifica *Storia dell'arte italiana* del Venturi, volume II, che va dall'arte barbarica alla romanica, edito dall'Hoepli, ricco di 500 e più incisioni, opera che fa onore grandissimo alla libreria italiana e sostituisce nelle nostre biblioteche degnamente i libri stranieri a cui dovevamo ricorrere per aver notizia delle cose nostre. Quando sarà finita quest'opera vastissima avremo un quadro completo e splendido della nostra arte traverso i secoli.

I fratelli Bocca non si dànno tregua mai: la loro Piccola Biblioteca di

scienze moderne si è arricchita di parecchi nuovi volumi: *Gli Arii in Europa e in Asia* di Giuseppe Sergi, *Istorie di mondi* di Ottavio Zanotti-Bianco, *L'Essenza del Cristianesimo* di Harnach (pubblicato forse per controbilanciare il volume di Zino Zini *Il pentimento e la morale cattolica*) e gli *Ideali della vita* di W. James.

Intanto parecchi editori curano la stampa di buone edizioni classiche o scolastiche. Ecco *I Promessi Sposi* raffrontati sulle due edizioni del 1825 e del 1840, con un commento storico, estetico e filologico, fatica lodevole di Policarpo Petrocchi, usciti presso Sansoni di Firenze: ecco *Le Satire* dell'Ariosto con introduzione, *facsimili* e note, a cura di Giovanni Tambara, presso Giusti di Livorno, mentre nella *Rara*, - biblioteca dei bibliofili - vengono in luce i *Sonetti rusticani* di Biagio del Cappeione (Bernardo Giambullari) pubblicati a cura di Costantino Arlia (Lapi, Città di Castello) - nel'a *Raccolta di rarità storiche e letterarie* diretta da G. L. Passerini, le *Lettere scelte* di A. F. Doni, per cura di Giuseppe Petraglione (Giusti) - e nella serie prima (vol. IV) dei *Carteggi italiani inediti o rari* raccolti e annotati da Filippo Orlando, molte lettere del Foscolo, del Giordani, del Niccolini, ecc. Ricordo anche il secondo volume di *I miei tempi* di Angelo Brofferio pubblicati splendidamente dallo Streglio di Torino e infine le *Poesie di Niccolò Tommaseo*, con prefazione di Giuseppe Manni, edita da una casa che ha salde e nobili tradizioni, i Le Monnier di Firenze. Ne parleremo.

I Fratelli Treves ci mandano un grosso volume di Teresa Filangieri-Fieschi-Ravaschieri, che racconta la vita del generale *Carlo Filangieri* principe di Satriana e duca di Taormina, - e un caro libro di Alessandro D'Ancona: *Ricordi ed Affetti*, ove l'illustre critico della nostra letteratura unisce studi geniali di storia, biografie, bozzetti, a dolci ricordi famigliari che ci fanno penetrare un po' nella sua intimità ad ammirare la sua salda e operosa vecchiezza.

E il resto ad altra volta.

NEMI.

NOTIZIE, LIBRI E RECENTI PUBBLICAZIONI

ITALIA.

L'*Arte* di Milano annunzia che E. A. Butti ha testè ultimato un suo lavoro, in tre atti, dal titolo *Giganti e pigmei*, e che esso sarà dato assai probabilmente per la prima volta al *Teatro Manzoni* dalla Compagnia drammatica Andò-Di Lorenzo, nel prossimo carnevale.

— Arturo Galzes rappresenterà due drammi: *L'amore del Re* e *Savonarola*, dello scrittore polacco Giuliano Moers di Poradovo, tradotti nella nostra lingua, col concorso dell'autore stesso, il primo dal signor Gino Chelazzi, l'altro dal professore Giuseppe Lesca.

— Il prof. G. B. Milesi ha tenuto al Circolo dei naturalisti di Roma una conferenza sul tema: *L'ipotesi della gravità nella biologia*.

— A Sant'Egidio, presso Aquileja, dove erano state trovate traccie di una necropoli romana del tempo dei Flavii, durante gli odierni scavi si rinvennero in quantità urne sepolcrali, iscrizioni ed oggetti preziosi del tempo di Augusto, e la scoperta ha per il Museo di Aquileja, cui quei tesori archeologici vengono legalati, una singolare importanza.

— *La Tentazione di Gesù* di Arturo Graf - comparsa nella *Nuova Antologia* - musicata dal giovane maestro Carlo Cordara, sarà cantata al teatro *Vittorio Emanuele* a Torino.

— *Bernini*, di Giuseppe Lipparini e Lucio d'Ambra, andrà in scena a Genova con Novelli.

— Con un discorso del prof. Giovanni Bordiga s'inaugurò a Milano (Veneto) il 12 ottobre una lapide a Felice Cavallotti.

— Riceviamo cinque numeri successivi delle *Guide per l'emigrante italiano* di B. Frescura. Esse sono: *La Repubblica Argentina - La Provincia di Buenos Ayres - Entre Rios, Santa Fè e Cordoba - San Luis, Mendoza e Tucuman* - con buone carte geografiche. Costano L. 0.60 l'una. Le guide sono veramente preziose all'emigrante inesperto.

— L'operosa Unione Tipografico-Editrice di Torino c'invia le dispense 327ᵃ e 328ᵃ dell'opera *La Patria - Geografia dell'Italia*, e la 130ᵃ del *Corso del Codice civile italiano* dell'avv. F. S. Bianchi.

— L'editore G. C. Sansoni di Firenze ha terminata la pubblicazione dei *Promessi Sposi* di Alessandro Manzoni, raffrontati sulle due edizioni del 1825 e 1840, e con un commento storico, estetico e filologico del nostro compianto collaboratore Policarpo Petrocchi. L'opera consta di 4 volumi e il suo costo è di L. 8.

— A Torino Emilio Zola sarà commemorato da Antonio Fradeletto. L'Associazione della stampa subalpina ha pure invitato l'avv. Labori, il quale ha accettato di fare un discorso su lo stesso argomento al teatro *Vittorio Emanuele*.

— La *Commedia dell'amore* di Ibsen, nuova per l'Italia, è stata rappresentata per la prima volta dalla Compagnia Vitti a Como ed ebbe buon successo.

— A Schio s'è inaugurato un monumento al defunto Senatore Alessandro Rossi, opera dello scultore Giulio Monteverde.

— È imminente, al palazzo di Belle Arti di Roma, l'apertura d'un'Esposizione regionale operaia della provincia di Roma.

— Il 10 ottobre si doveva tenere l'asta per la villa Borghese, ma essendo intervenuta una convenzione fra il Governo e la Casa Borghese, l'asta non ebbe luogo. Ciò si deve all'intervento personale del Re, il quale diede una somma per evitare che la splendida villa andasse all'asta. Questa somma, aggiunta ai tre milioni votati dal Parlamento, servì a tacitare i creditori di Casa Borghese.

— È pronto il progetto di legge per la ricostruzione del campanile di Venezia e per la tutela dei monumenti veneziani.

— Il 28, 29, 30 corr. si terrà in Roma un Congresso di Medicina.

— Per il monumento a Verdi in Parigi il direttore dell'*Opéra* intende preparare un grande spettacolo con quattro o cinque atti scelti dalle opere verdiane: *Trovatore, Aida, Don Carlos, Otello.* Esecutori Tamagno e Maurel, direttori d'orchestra diversi maestri: Massenet, Saint-Saëns, Puccini, Leoncavallo, Mascagni.

— Dal giornale di Buenos Ayres *El Tiempo* leggiamo che nelle esposizioni ultime di pittura, al calle Florida, sono stati assai ammirati i lavori del pittore romano Eugenio Menghi, specialmente i suoi ritratti e i quadri rappresentanti i lazzi dei Gobelins.

— Tradotta da F. Lecuyer è apparsa sul numero del 1° ottobre della *Revue de Paris* la prima parte del romanzo *La Signorina* di Rovetta, sotto il titolo di *Loulou,* mentre nella traduzione di Le Pelletier continua *L'idolo* dello stesso autore. Entrambi i romanzi del nostro illustre collaboratore furono pubblicati dalla *Nuova Antologia.*

— Con grande successo è stata rappresentata *La Cosa al piacere* di G. A. Butti a Pietroburgo e a Mosca, tradotta dal sig. Korsow: in tedesco sarà data prossimamente nella traduzione del sig. Eisenschitz, e interprete il celebre attore Farno, al *Josefstädter Theater* di Vienna, mentre il medesimo traduttore ha pronta *La Tempesta* per Berlino. Congratulazioni al nostro collaboratore.

— Il nuovo dramma di Gorki *Piccoli Borghesi* sarà rappresentato in Italia nella traduzione di Piero Otolini.

— *Maricca* è il titolo d'una nuova opera datasi in Torino al teatro *Vittorio Emanuele,* del maestro Falgheri, direttore della Società filarmonica d'Otranto. Ottenne un esito discreto.

— Il maestro Bossi, direttore del Conservatorio di Bologna, ha terminato l'oratorio *Il Paradiso perduto* su libretto che L. A. Villanis trasse da Milton.

FRANCIA.

Non piacque, alla *Comédie,* la nuovissima commedia, in 4 atti, *Gertrude,* del dottor Bouchinet. Essa è vivacemente criticata.

— I fogli parigini recano che all'*Odéon* è entrato in prova il nuovissimo dramma, in 5 atti ed un prologo, *Résurrection,* che Henry Bataille trasse dal noto romanzo omonimo di Leone Tolstoi. I personaggi del dramma sono nientemeno che 58. Esso andrà in scena nel prossimo novembre.

— Maurizio Donnay, l'autore di *Amanti,* ha letto agli artisti della *Comédie Française* la sua nuovissima commedia, in 4 atti, intitolata *Dans la vie!* Si fece tosto la distribuzione delle parti ed il lavoro è già in prova.

— La sezione storica dello Stato Maggiore ha pubblicato il III volume dell'opera: *Campagne de 1809 en Allemagne et en Autrfche,* scritta dal colonnello Saski. Ne è editrice la Librairie Militaire Berger-Levrault. (Fr 10).

— Il fascicolo XVI dell'*Album,* splendida pubblicazione a colori della Casa Tallandier, è dedicato a Forain, il celebre caricaturista.

— Henry Syonnet è già noto pei suoi volumi sul teatro di varie nazioni europee. Ora si pubblica in fascicoli un suo importante lavoro, il *Dictionnaire des comédiens français,* illustrato da ritratti, autografi, vedute, scene, ecc. L'opera completa, edita dalla Libreria Molière, costerà 40 franchi.

— Il 15 ottobre la Libreria Plon ha messo in vendita un nuovo romanzo di Paul e Victor Margueritte: *Les Deux Vies* (Fr. 3.50).

— Un nuovo giornale settimanale illustrato, *La Semaine populaire,* ha cominciato a pubblicarsi il 4 ottobre.

Recenti pubblicazioni:

Le Roman d'un agrégé, par LÉO CLARETIE. — Librairie Molière. Fr. 3.50.
Les Aventures de Sherlock Holmes, par CONAN DOYLE, traduit de l'anglais par P. O. — Juven. Fr. 3.50.
Journal d'une institutrice, par LÉON DARIES. — Armand Colin. Fr. 3.50.
Gillette, par JEAN THOREL. — Librairie Fontemoing. Fr. 3.50.
Tante Geneviève, par MARIE LE MIÈRE. — Gautier. Fr. 2.
Le malheur d'être Reine, par GEORGES BROUSSEAU. — Librairie F. R. de Rudeval & C°. Fr. 3.50.
L'Au-delà et les forces inconnues, par JULES BOIS. — Ollendorff. Fr. 3.50.
La Maison du Péché. Roman par MARCELLE TINAYRE. — Colmann-Lévy. Fr. 3.50.

INGHILTERRA.

Richard Whiteing ha completato un nuovo romanzo, che uscirà tra breve in una rivista americana.

— Il dott. E. Moore sta preparando una terza serie di *Studies in Dante* che saranno editi dalla « Clarendon Press ». I due principali saranno sull'astronomia e la geografia in Dante.

— L'editore Macmillan ha già preparato il primo volume dei *Papers of the British School at Rome*, con carte ed illustrazioni. I due lavori che vi sono compresi. sono: *The Church of Santa Maria Antiqua* di G. Mc N. Rushfoith, e *Classical Topography of the Roman Campagna* di T. Ashby, Jun.

— Un nuovo romanzo di Mrs Craigie è stato messo in vendita il 22 settembre da Fisher Unwin. Esso si intitola: *Love and Soul Hunters* (6 s.).

— Nella serie della « Oxford History of Music » il prossimo volume, che vedrà tra breve la luce, sarà: *The Music of the Seventeenth Century*, dir Sir C. Hubert H. Parry.

— Il sig. R. Ingpen prepara un'edizione annotata della *Autobiografia* di Leigh Hunt. L'opera risale al 1850. ma nel '59-60 l'autore stesso ne aveva pubblicata un'edizione modificata.

— F. J. Crowest. nuovo direttore della « W. Scott Publishing Co. », promette un volume d'aneddoti intorno a maestri di musica e interpreti. Egli è molto noto nel campo musicale per numerose pubblicazioni, fra le quali interessanti per noi *Cherubini* (1890), *Verdi: Man and Musician* (1897).

— Owen Seaman, il noto umorista inglese, pubblica un nuovo volume: *Borrowed Plumes*, il quale differisce dagli altri suoi, consistendo interamente in parodie dei più celebri prosatori inglesi viventi: Meredith, Mrs. Humphry Word, Henry James, Henley, Hewlet, ecc.

— L'*Eneide* fu tradotta in inglese da molti, fra cui N. Brady (1716), J. Trapp (1718), A. Strahan (1739), J. Beresford (1794), J. Millet (1863), K. Rickards (1871), Lord Ravensworth (1872). W. Thornhill (1886). Ora T. May ne annunzia una nuova versione in *blank verse*.

— Sir Herbert Maxwell annunzia una biografia del pittore Romney.

Recenti pubblicazioni:

A History of Egypt from the End of the Neolitic Period to the Death of Cleopatra VII, by E. A. WALLIS BUDGE. 8 vols. - Kegan Paul. 3 s. 6 d. per vol.
Love and the Soul Hunters. Bff J. OLIVER HOBBES. - Fisher Unwin. 6 s.
The Lady Killer. A novel by H. DEVERE STACPOOLE. — Fisher Unwin. 6 s.
The Strange Adventure of James Sherrington. A novel by LOUIS BECKE. — Fisher Unwin. 6 s.
The Turnpike House. A novel by FERGUS HUME. — John Long. 6 s.
The Vultures. A novel by SETON MERRIMAN. — Smith Elder & Co. 6 s.

VARIE.

Die Zeit è il titolo d'un gran giornale quotidiano che uscirà prossimamente a Vienna, ispirato a idee di riforme liberali; è organo di zelanti e indipendenti patriotti, che hanno scelto per capo il dott. Heinrich Kannel, che diresse per parecchi anni il mirabile periodico settimanale dello stesso nome. Esso sarà un formidabile rivale della *Neue Freie Presse*. Augurii.

— Un gran successo ottenne a Copenaghen *Un delinquente* di Sven Lange, al *Teatro Dagmar*.

— *Il Re*, di Björnson, fu dato per la prima volta al *Teatro Nazionale* di Cristiania. Il lavoro, del 1877, parve un po' invecchiato; il pubblico fece all'autore, che aveva diretto egli stesso la messa in scena, una grande ovazione.

— L'ultimo numero della *Revista Iberica* contiene uno scritto di Unamuno. poesie di Eugenio De Castro. schizzi di Riccardo Marin. ecc.

— A Berlino la nuovissima commedia, in 3 atti, di Fulda: *Acqua fredda*. ebbe un semplice successo di stima. Il primo atto è buono, ma gli altri sono lunghi e punto interessanti.

— Il nuovo dramma di Hauptmann avrà per titolo: *Il povero Enrico;* sarà rappresentato al *Berliner Theater*.

— Hermann Sudermann termina un lavoro drammatico di soggetto politico: *Sociale, il compagno di lotta.*

NOTE E COMMENTI.

Dopo il viaggio in Basilicata.

Tra i recenti atti di Governo, il viaggio dell'on. Zanardelli in Basilicata è uno di quelli che più ci appaiono atti a circondare lo Stato di prestigio e di simpatia agli occhi delle popolazioni. In Inghilterra, questa funzione geniale ed illuminatrice è compiuta dalle frequenti inchieste parlamentari, che con grande imparzialità esaminano a fondo ed in breve le sofferenze o le ingiustizie di cui ogni regione ed ogni classe sociale può dolersi. In Italia, dove il sistema delle inchieste parlamentari non è riuscito a causa della cattiva applicazione che se ne è fatta, altro non rimane che l'opera di studiosi, di pubblicisti e d'uomini politici, che troppo spesso passa inosservata fra l'agitarsi della piccola politica.

Il viaggio dell'on. Zanardelli è stata una vera, una grande e speriamo una feconda inchiesta di Stato sulle condizioni della Basilicata e del Mezzogiorno. Fummo tra i primi a porre in rilievo l'alto significato economico, patriottico e morale di quella visita e ci duole che fin sull'inizio così non venisse da tutti intesa ed interpretata. Ma dopo il discorso, veramente grande, che l'on. presidente del Consiglio ha pronunciato a Potenza il 30 settembre, a nessun uomo di buona fede sarebbe più lecito di porre in dubbio il carattere elevato, coscienzioso del viaggio dell'on. Zanardelli, che resterà nelle memorie politiche italiane come esempio splendido di nobile abnegazione e di profondo e sincero sentimento di pubblico dovere. « Colla più coscienziosa accuratezza io interrogato i rappresentanti dei mandamenti e comuni non solo dei paesi visitati, ma di quelli ove non mi recai e i cui rappresentanti vennero a raggiungermi nel mio passaggio; ho interrogato consiglieri provinciali, sindaci, Giunte municipali, autorità governative, giudiziarie e finanziarie. Ho interrogato medici, maestri, ispettori scolastici, presidenti e membri delle Congregazioni di carità e Associazioni operaie e proprietari e artieri e contadini. Li io interrogati sui fatti ed udii la loro opinione sui rimedii. Ebbi da moltissimi Comuni, da Associazioni e Istituti un numero stragrande di memoriali, cui diedi un rapido sguardo negli scorsi giorni e che studierò amorosamente a Roma ».

Splendide dichiarazioni, degne di essere scolpite nel manuale dell'uomo politico in Italia. Quanto sarebbe diversa la vita pubblica da noi, se tutti coloro che hanno cariche elettive, dai più modesti ai più alti uffici, ponessero di tempo in tempo ugual cura, nel mantenere vivo il contatto e costante la comunanza delle idee e delle aspirazioni fra le popolazioni e gli organi della pubblica amministrazione!

Di fronte alla questione meridionale, di cui l'on. Giustino Fortunato disse a ragione che costituiva il problema dominante della vita politica italiana, il viaggio dell'on. Zanardelli ha compiuto i due primi periodi

ttraverso a cui deve passare di necessità la soluzione di qualsiasi problema. Essi sono:

1° L'indagine approfondita dei mali:

2° La formazione di una coscienza pubblica e di una convinzione
enerale che a codesti mali urge apportare rimedio.

Vengono ora due altri stadii, che il problema meridionale deve per-
orrere:

3° La determinazione e la scelta dei rimedii:

4° L'applicazione dei rimedii stessi secondo criterii e secondo un
rdine razionale.

Nel suo discorso l'on. Zanardelli si è specialmente proposto di
sporre le infelici condizioni della Basilicata: ra rinviato l'esame concreto dei rimedii a più maturo esame, dando così prova di serietà
politica e di alta correttezza di Governo. Ma il risultato pratico del
suo viaggio e la soluzione efficace dell'intero problema meridionale
dipenderanno essenzialmente dalla scelta e dalla classificazione dei
rimedii e dalla loro ferma, risoluta e pronta applicazione.

Abbiamo già espressa ampiamente la nostra opinione in proposito,
nel fascicolo del 16 settembre. Le larghe discussioni di questi giorni
ce hanno maggiormente confermate. Bisogna cominciare dai provvedimenti più utili, più efficaci, più pratici, anche se appaiono meno popolari. Nè Basilicata, nè Mezzogiorno possono risorgere senza la ricosti-
uzione delle loro fortune economiche e questa non si può ottenere
che prendendo le mosse dalla terra. La *Riforma agraria* e la *Riforma
ipotecaria* – che illustriamo in questo stesso fascicolo in relazione al
Mezzogiorno – sono i due cardini fondamentali della nuova politica di
ricostruzione e di restaurazione, che giova applicare a quelle provincie.
Ma senza la riforma agraria ed ipotecaria ogni buona intenzione è condannata all'insuccesso!

Il vantaggio sostanziale dei provvedimenti che noi con tutto l'animo
propugniamo si è, che mentre essi concorreranno potentemente a restaurare le fortune del Mezzogiorno e dell'Italia, non costano nulla nè al
l'esoro, nè ai contribuenti! Perciè bisogna guardarsi da quelle domande
che possono essere di troppo aggravio alla finanza e che finiscono per
impoverire il paese. Prima aumentiamo la produzione e poi pensiamo
a spendere la nuova ricchezza così ottenuta!

L'on. Zanardelli ha dato un esempio ammirevole di buona volontà:
ora deve ancora provare all'Italia ed all'Europa intera che ha l'energia
di fare. Il difetto principale del presente Ministero è che sembra più
animato di buone intenzioni, che dotato della fibra necessaria per
attuarle. Lo abbiamo visto nella questione tributaria: il Governo, persino per mezzo dell'Augusta parola Sovrana, ci ra promesso lo sgravio
del sale e ancora non sappiamo se esso verrà alla ripresa dei lavori
parlamentari. Ma soprattutto l'on. Presidente del Consiglio non si lasci
abbagliare nè convincere dai piccoli mezzi, dalle infelici rasciature
di qualsiasi specie. Finiscono nella derisione.

Dobbiamo quindi confidare che l'on. Zanardelli negli ozii laboriosi
e meritati di Maderno, sulle sponde del lago a lui diletto, saprà inspi-
rarsi, nel problema tributario, come nella questione Meridionale, a
quelle forti risoluzioni che dànno onore e prestigio agli uomini di Stato.

Sarà questa la migliore risposta che l'illustre uomo potrà dare a
coloro che non compresero nè la serietà, nè l'alto significato del suo
provvido viaggio.

LIBRI

Poesie di N. Tommaseo, con piefazione di GIUSEPPE MANNI. — Fiienze, 1902, Successoii Le Monniei, pagg. 542. L. 4.

I miei tempi, di ANGELO BROFFERIO. \olume II. — Toiino, 1902, R. Streglio & C., pagg. 575. L. 3.

I Promessi Sposi, di ALESSANDRO MANZONI, commentati da POLICARPO PETROCCHI. \olumi 4. — Fiienze, 1902, G. C. Sansoni. L. 8.

Le Oiientali ed altre poesie, di VICTOR HUGO, tiadotte in italiano da TOMMASO CANNIZZARO. — Catania, 1902, Concetto Battiato, pagine 240. L. 2.

Antigone di Sofocle. Tiaduzione di EMILIO GIRARDINI. — Milano, 1902, « La Poligrafica », pagg. 110. L. 2.

Preludio. Versi di PIERO DELFINO PESCE. — Tiani, 1902, \. Vecchi, pagine 122. L. 2.

Veiso l'azzurro. Diamma in tre atti di EUGENIO ROSSI. — Toiino, 1902, Tipogiafia G. Saceidote, pagg. 93. L. 1.25.

L'eqnità nella filosofia, nella stoiia e nella pratica del diiitto, di PIO VIAZZI. — Milano, 1902, Società Editiice Libiaiia, pagg. 320.

Fra Girolamo Savonaiola, di GIUSEPPE PORTIGLIOTTI. — Toiino, 1902, Fratelli Bocca, pagg. 100. L. 2.

Alfonso De Lamartine e l'Italia, di GEMMA CENZATTI. — Li\oino, 1902, Raffaello Giusti, pagg. 116. L. 2.

PUBBLICAZIONI DELLA CASA TAUCHNITZ DI LIPSIA.
(Ciascun \olume L. 2).

I clown thee King, by MAX PEMBERTON. 1 vol. 3588.
The Hinderers, by EDNA LYAL. 1 vol. 3589.
Those Delightful Ameiicans, by Mrs. E\ERARD COTES. 1 vol. 3590.
A Double-Baivelled Detective Stoiy, etc., by MARK TWAIN. 1 vol. 3591.
The Epistles of Atkins, by JAMES MILNE. 1 vol. 3592.
A Damsel or Two, by FRANK FRANKFORT MOORE. 1 vol. 3593.
Schoolgirls of To-day, etc., by F. C. PHILIPS. 1 vol. 3594.
A Giil of the Multitude, by W. R. H. TROWBRIDGE. 1 vol. 3595.
The New Christians, by PERCY WHITE. 1 vol. 3596.
The Just and the Unjust, by RICHARD BAGOT. 2 \ols. 3597-3598.
The Giand Babylon Hotel, by ARNOLD BENNET. 1 vol. 3599.
Honey, by HELEN MATHERS. 1 vol. 3600.
Tempoial Powei, by MARIE CORELLI. 2 \ols. 3601-3602.
The Vultuies, by HENRY SETON MERRIMAN. 1 vol. 3603.
Holy Matiimony, by DOROTHEA GERARD. 1 vol. 3604.
The Hole in the Wall, by ARTHUR MORRISON. 1 vol. 3605.
East of Paiis, by M. BETHAM-EDWARDS. 1 vol. 3606.

PUBBLICAZIONI STRANIERE.

Les systèmes socialistes, par \ILFREDO PARETO. Tome second. — Paiis, 1902, V. Giaid & E. Brièie, pagg. 492.

Philibert de Chalon, par ULYSSE ROBERT. — Paiis, 1902, Libiaiiie Plon, pagg. 482.

Direttore-Proprietario: MAGGIORINO FERRARIS

DA\ID MARCHIONNI, *Responsabile.*

Roma, Via della Missione, 3 - Carlo Colombo, tipografo della Camera dei Deputati.

INDICE DEL VOLUME CI

(SERIE IV — 1902)

1673